W0318382

Edition préparée
sous la direction de Marie-Catherine Vacher

L'ENFANT DES TÉNÈBRES

DU MÊME AUTEUR

L'HOMME DE BLAYE, Flammarion, 1984.
VOIE NON CLASSÉE, Flammarion, 1985.
L'INSOMNIAQUE, Flammarion, 1987 ; Babel n° 440.
LE MONARQUE ÉGARÉ, Flammarion, 1989 ; Seuil, 1996.
CHAMBRE NOIRE, Flammarion, 1990.
ADEN, Seuil, 1992.
PHOTOS DE FAMILLES, Seuil, 1994.
MERLE, Seuil, 1996.
DANS LA PENTE DU TOIT, Seuil, 1998.
L'AMOUR DE LOIN, Actes Sud, 1998.
ISTVÁN ARRIVE PAR LE TRAIN DU SOIR, Seuil, 1999.
LES MAL FAMÉES, Actes Sud, 2000 ; Babel n° 557.
NOUS NOUS CONNAISSONS DÉJÀ, Actes Sud, 2003 ; Babel n° 741.
LA ROTONDE, Actes Sud, 2004.
UNE FAIM DE LOUP. LECTURE DU "PETIT CHAPERON ROUGE", Actes Sud, 2004.
DANS LA MAIN DU DIABLE, Actes Sud, 2006 ; Babel n° 840.

ISBN 978-2-7427-7410-4

Anne-Marie Garat

L'ENFANT DES TÉNÈBRES

roman

ACTES SUD

Et une fois franchi le pont, les fantômes vinrent à sa rencontre.

F. W. MURNAU, *Nosferatu le vampire*, 1922.

Virginia Woolf sortit à cinq heures. A l'instant, l'averse cessa. Plus une goutte, vraiment, cela tenait de l'intervention divine ; si étonnant, si ravissant qu'Elise eut à l'esprit une action de grâce. Longtemps elle était restée sur le trottoir d'en face, guettant la porte de la Hogarth Press... Sans impatience, sans même regarder l'heure à sa montre : cela offense le temps. Cela distrait de l'attente et déprécie son dessein, dont l'indécision fait le charme. Derrière les vitres embuées, elle voyait s'agiter de grandes ombres sous les lampes ; des typographes occupés au marbre, des employés à la casse ou de jeunes auteurs venus porter leur manuscrit ; peut-être parmi eux l'éditeur Leonard Woolf lui-même ? Le soir venait. Aux étages, les bureaux des avocats Dollman et Pritchard étaient éclairés. Mais là-haut, vitres noires, c'est donc que personne ne se tenait dans les appartements, qu'il n'y avait ce jour-là ni visite ni réunion privée : alors Mrs Woolf serait bien dans son antre, au fond du couloir, son bloc-notes sur les genoux, sa petite machine à écrire à côté d'elle.

Jamais Elise n'aurait osé franchir le seuil de la Hogarth Press, mais elle imaginait très bien cette sorte de débarras en demi-sous-sol, chichement éclairé d'une verrière, où Virginia Woolf écrivait ses livres en fumant des cigarettes, parmi les vieux meubles et les piles d'invendus emballés dans du papier brun. Elle savait surtout que, vers cette heure du soir, il lui arrivait de quitter la salle humide et sombre pour aller marcher un peu, prendre l'air dans le quartier, ou rendre visite à quelque connaissance. Ce soir, peut-être celle-ci obéirait-elle au besoin de se dégourdir les jambes, ou à cette nécessité plus mystérieuse du travail des écrivains qui, par moments, les jette dehors... Rien ne l'en assurait, au contraire. Mille raisons pouvaient s'y opposer, qu'Elise n'avait pas à conjecturer, ni à conjurer par d'absurdes opérations magiques, ni à redouter puisqu'elle n'avait rien à exiger ni à quémander. A quoi s'ajoutait que, demain, elle rentrait à Paris, comme prévu. Cela mettait son prix à l'essai, elle n'aurait pas deux fois à tenter sa chance... Venir là rien que pour voir Mrs Woolf sortir de chez elle ! C'était tellement ridicule, à son âge, de guetter ainsi à la dérobée, comme une timide écolière, une amoureuse transie. Transie et trempée, en dépit du vaste parapluie que, la voyant partir sous la pluie, lui avait prêté le portier de l'hôtel ; toujours prévenant Sparrow, qui offrait des pastilles à la menthe et cirait ses chaussures... *Please, Miss, have my umbrella !* Malgré quoi elle avait les pieds saucés, la goutte à son nez, qu'elle ne mouchait pas : comment se moucher, encombrée comme elle l'était de ses emplettes, avec ce manche à tête de canard tenu à deux mains, droit contre l'averse ? Ridicule. A ses yeux exclusivement, parce que les rares passants fuyant sous leur propre parapluie n'avaient pas un regard pour elle : ils se moquaient bien qu'une quelconque Elise Casson fît le planton dans l'espoir d'apercevoir la grande Virginia Woolf.

Elle avait quitté son hôtel d'Armeny Street à midi, d'une humeur inquiète : d'ici le soir, mille dangers l'empêchaient. Elle se perdait, sa montre s'arrêtait. Elle glissait sur les pavés mouillés, se foulait une cheville, et comment dit-on cheville en anglais ? Elle se faufilait dans la foule, la plus anonyme, la plus insignifiante possible, déjouant l'obstacle imprévu qui s'opposerait à son rendez-vous. Comme si c'était mal d'aller à Tavistock Square... Pourtant, digne sous son *umbrella,* elle se donnait l'air d'une personne qui sait sa destination, marchant décidément par ces rues étrangères, aux enseignes en langue étrangère. *Miss Casson doesn't speak english.* Ou alors un peu, mais elle écorche, elle estropie, pas trois mots de bons à la suite. *I am one of your adoratives !* Elle avait préparé cette phrase avec le petit dictionnaire aux pages fanées, le bilingue de M. Brasier, et d'autres de remplacement, en cas, mais sa tête bouillait, vieille théière, elle ne se souvenait d'aucune, à quoi bon. Enfin, ce n'est pas si terrible d'aller où tu vas ! La cohue aux abords de Soho lui tournait la tête. Les gens mal lunés, leur air d'ennui, les passants jouant leur rôle, très *british,* lui semblaient hostiles. Même la clocharde avait l'air faux, affalée dans ses nippes, à la bouche du métro. Parfois, la pluie laissait des flèches crues de soleil éblouir la rue, la vapeur montait des pavés, aveuglait les trottoirs, alors elle baissait les yeux, d'adoration, de ferveur pour la rencontre promise. Voyons : bien mise, correcte. Son tailleur à revers passementés, coupe stricte, la serge se froisse moins que le crêpe Georgette, son genre employée modeste ; le chutney d'hier soir lui laissait sur la langue un picotement de menthe, ou de gingembre ; et des rêves, toute la nuit !

Pour tromper l'attente, elle avait occupé son après-midi en courses diverses. Dans le jour bleuâtre de la boutique, un jeune commis indien lui présentait l'assortiment des thés. Il les lui faisait humer par-dessus le comptoir, s'évertuait à nommer les essences, elle opinait, plongeant pieusement son nez dans les pots. Cette oraison des sens, le picotement poudré des sinus étaient dévolus à Mrs Woolf, vers elle allait sa prière. Mais le commis avait brusquement levé les yeux. Alors son air entendu, équivoque ! Devinait-il son secret ? Ensuite, elle avait acheté une veste en laine d'Ecosse. Du beau fil écru tricoté au point nid-d'abeilles, point de riz et à torsades, un choix déroutant. Sur la pile, dormait un petit chat tigré trois couleurs, en réalité plus de trois, réglisse, caramel et noir, et blanc tacheté au museau ; que la mercière délogeait rudement. Elle avait caressé son ventre tiède, son menton ; Mrs Woolf savait si bien suggérer de ces sensations ténues. Consentant, le chaton bâillait de son gosier rose, ses yeux vifs rétrécis et, oubliant son achat, elle se laissait mordiller les doigts, des frissons électriques au creux du poignet. Ses doigts aux ongles courts, main ferme de femme faite. Une femme seule, pensa-t-elle, absorbée par la vue soudaine de sa main. Alors surgit l'enfant qu'elle avait été, mains gercées. Alors les torchons moites, pendus au-dessus des fourneaux, dans la cuisine du Mesnil, la buée des lessives, des vaisselles… La veste était pour sa mère, vieille domestique, qui n'avait jamais quitté cette cuisine. Chez Fortnum & Mason, elle avait choisi une boîte de chocolats pour M. Brasier. Là, très chic, très distingué, des miroirs, du cristal ; les serveurs en tabliers empesés, présentoirs d'apparat habillés de papier doré, et les bonbons anglais aux couleurs acidulées dans la cellophane brillante… Cela avait occupé le temps, jusqu'à l'heure de son rendez-vous à Tavistock Square.

Ce même cinq heures du soir, septembre 1933, tandis qu'Elise Casson attendait Mrs Woolf sous la pluie battante de Londres, à Genève, il faisait grand soleil, les bords du lac Léman étaient noirs de monde, une atmosphère d'euphorie vacancière. Cependant, le matin même, il y avait eu un petit incident de séance au palais Wilson. Sous la fresque du plafond où cinq hommes de bonne volonté se donnent la main, éloquente allégorie, l'assemblée entendait un juif de haute Silésie venu rapporter les exactions nazies, massacres, magasins saccagés, viols, synagogues et tombes profanées… Alors le délégué de l'Allemagne s'était levé : "Messieurs, charbonnier est maître chez soi. Nous sommes un Etat souverain, ce qu'a dit cet individu ne vous regarde pas… Nous faisons ce que nous voulons de nos socialistes, de nos pacifistes et de nos juifs, et nous n'avons à subir de contrôle ni de l'humanité, ni de la SDN." Joseph Goebbels s'était rassis dans le silence, la journée s'annonçait belle.

A Paris aussi, il faisait beau. Aujourd'hui, Camille Galay ne travaillait pas à la chaîne d'empaquetage de café, elle était venue gare de l'Est, accueillir son amie Magda ; le train de Vienne avait du retard. Elle aussi attendait et, pour tromper le temps, contemplait, perplexe, *Le Départ des poilus*, la grande fresque accrochée en face des quais, la scène peinte par Herter en souvenir de son fils, tombé à Château-Thierry. Camille n'avait aucun souvenir des départs d'août 1914, elle avait cinq ans, cela s'était-il passé ainsi ? Tout pastellisés de bleu, les fiancés enlacés, les amants résignés, le jeune père en uniforme embrassant son bébé, le vieux père au bouquet et le jeune conscrit en chemise blanche saluant la victoire, un homme pleure, une femme s'agenouille… Cet instantané patriotique, d'harmonieuse et grave sérénité, quel photographe l'a-t-il immortalisé ainsi ? La photo veut l'œil objectif, disait Jos : la photo a un *deal* avec la réalité. Même sous le soleil d'Alabama. Surtout au soleil.

Sous celui de septembre 1933, dans l'Alpe d'Allgäu, Gabrielle attendait aussi, étendue sur la chaise longue de la terrasse. Elle guettait le retour des promeneurs sur le chemin ; à cette altitude, il faisait frais et déjà la lumière déclinait. Des sommets, du col vers l'Autriche, venait un vent d'automne qui couche les herbes du pré et fait frissonner. Mais de la cuisine où Grete sortait le strudel du four l'odeur acidulée se répandait, elle portait son parfum jusqu'à elle ; devant la vieille maison des Zeisser, il y avait des framboisiers et à Genève, rue de Candolle, Julia Brighten, savourait une Linzer tarte à la framboise. Du bout des dents, la jeune élégante cueillait la pâte sablée au bord de sa cuillère, pas une miette sur son rouge à lèvres. Pendant la Grande Guerre, Lénine fréquentait cette brasserie Landolt. Surveillé d'un œil par la police, il y rencontrait les socialistes suisses, d'une patience d'ange pour leurs prudences de pacifistes. Qu'était devenue sa table favorite ? Peut-être Miss Brighten y était-elle accoudée, qui trompait le temps en contemplant aux murs les tableaux de Fontanez, une *Ronde* et un *Carnaval* estudiantins, pointillisme alerte, suave et printanier, très rafraîchissant par cette chaleur de septembre… Cela se passait-il ainsi ? Son passage dans les universités de Bucarest, de Paris ou de Cologne, de Bruxelles ne lui avait guère laissé souvenir de telles rondes et carnavals, Julia dansait déjà d'autres sarabandes…

A cinq heures du soir, on dansait au sous-sol de *La Coupole*, boulevard du Montparnasse. Le swing, et surtout la rumba, l'orchestre du *Melody's Bar* d'Oskar Calle vous tenait jusqu'au matin, bien mieux qu'au *Jimmy* ou au *Palerme* de Pigalle. Pas un samedi Pauline n'aurait manqué de descendre au dancing avec la bande de Sylvain ; ses amis savaient faire la fête, elle aussi. Elle aimait se trémousser aux airs antillais et cubains, mais sans se noircir les épaules comme les évaporées, qui veulent se donner des airs de Rita Montaner : elle avait son quant-à-soi, une première de chez Coco Chanel ne tombe pas dans ces vulgarités. Elle tombait plutôt sur le canapé Chesterfield en croisant ses jolies jambes, elle s'éventait de son foulard et réclamait un punch bien glacé : quelle chaleur en ce début septembre, l'été ne finissait pas !... A Deauville, cet été, on portait des pyjamas mexicains, soie bayadère avec des sandales de plage lamées, très chic. Cela lui donnait des idées. Des idées, elle en avait à revendre, ne lui manquait que l'argent. Mais de l'argent, elle savait où en trouver, à présent... Voilà des choses sérieuses, qui méritent réflexion, pas ces histoires de politique, qui envahissent les journaux et la radio ! Sylvain n'avait que ça à la bouche, en arrivant, il s'en étranglait d'enthousiasme : l'évasion d'un nommé Hofer, en Autriche, un agitateur blessé dans une bastonnade : à la barbe et au nez de la police de Dollfuss, enlevé par ses amis à sa prison d'Innsbruck et conduit en voiture à Bressanone, la frontière italienne ! Même sur une civière, chiche qu'il serait aux côtés d'Hitler à la tribune officielle ! Laisse la politique, viens donc danser, chantonnait Pauline, *Casera de mi corazón, El manisero entona su pregón !...*

Simon Lewenthal ne dansait pas, il ne mangeait pas de Linzer tarte à la framboise, il n'attendait personne. Dans son bureau directorial d'altitude, dernier étage des usines B&G de Choisy, il commençait sa deuxième journée de travail. Samedi est comme un jour de semaine, les dossiers s'entassent, les cours montent, le café, le cacao, la production de blé est déficitaire, la crise dure. On embauche, on débauche, un volant de sécurité selon le marché, il faut mettre en place le nouveau système de pointage électrique, deux syndicalistes signalés à l'emballage. Il avait d'abord téléphoné à son frère et pris de ses nouvelles, puis à l'ingénieur Courtois, enfin à Mme Mathilde qui attendait comme chaque samedi soir son bilan d'entreprise, une routine. Mais avant de se plonger dans ses dossiers, il s'était approché de la baie, à l'aplomb des cours désertes de l'usine et de ses toits de béton. De là, on dominait le vaste paysage urbain de banlieue, l'étagement des bâtiments industriels et des cheminées sous le soleil couchant, au loin les toits de Villeneuve-Saint-Georges, parmi lesquels celui de la maison de M. Patient. Ce soir, il se rendrait chez lui, il y passerait la nuit en compagnie...

Le soleil se couchait sur l'Europe, sauf Londres sous les nuages, le ciel était limpide, la météo estivale, et si la nuit montait à l'est, assombrissant plaines et chaînes montagneuses, le cours des fleuves en tracés d'argent, palmes d'estuaires ouvertes aux océans, la coulée somptueuse des glaciers et le moutonnement des forêts, la nébuleuse bleue des villes aux dômes et clochers paisibles, les cheminées d'usines, quel veilleur, quelle sentinelle verrait, dans cette invasion naturelle des ténèbres, le spectre d'une main colossale planant sur la carte, y jetant son ombre tentaculaire…

I

La pluie cesse, Mrs Woolf paraît, ce ne peut être qu'elle. Qui d'autre, cette grande silhouette, d'une chaste et sombre beauté, si mince qu'on dirait une jeune fille, en longue jupe plate et veste courte, panne de velours, des vêtements démodés, et même inélégants, pourtant pleins de grâce... Dans l'encadrement de la porte basse, elle ploie le cou, s'attarde plus que de raison à assujettir le bec-de-cane, qui résiste, ou bien elle y met trop de fébrilité, puis elle jette vers le fond de la rue un long regard incrédule. Ce faisant, elle tend une main devant elle, tâte l'air comme une étoffe, si maigre et longue main qu'Elise en a un frisson. Alors elle a vraiment le temps de la voir, de voir son visage. La pluie avait cessé, si soudainement que c'était miracle, bonté divine ! Lever de rideau et coup de cymbales, chœur des séraphins. Elise en avait fermé les yeux. Elle ne se souvenait pas d'avoir fermé les yeux. Elle se rappelait seulement l'avoir vue s'éloigner à grande vitesse, et il y avait bien à présent, oui, une sorte de chien jaune courant sur sa trace. C'était à peine plus tard, pourtant déjà loin sous les arbres elle fuyait ; inclinant dans l'élan sa haute taille, portée vers quelque part d'un grand pas nerveux, comme si elle fût en retard, en retard, et sa jupe fouettant ses mollets la suivait en remous d'eau. On eût dit qu'elle ne touchait pas terre, ou bien c'était un reflet du contre-jour, pâle lumière, ce nimbe de pluie où elle avait disparu. La rue était vide, à présent, et il pleuvait de nouveau, à seaux.

Ferme-t-on les yeux lorsque s'offre enfin à vous l'image la plus convoitée, la plus caressée en pensée, et si fugitivement, et si extraordinairement présente, si proche que, d'un pas, vous pouvez l'aborder, d'un geste la saisir ? Mais à lire *Une chambre à soi*, *Orlando*, on connaît mille fois mieux cette personne ! A vous elle s'adresse, directement, au plus sombre et plus intime. On dialogue, à tu et à toi dans cette obscurité, mieux qu'en pleine lumière des réalités. Cette personne se retrouve intacte demain, tout à l'heure : rien qu'à ouvrir la page de son livre elle est là, entière et à soi. L'autre, sur le pas de sa porte, est une divinité auréolée de sa gloire. On n'aborde pas les divinités. Par égard et dévotion, on les garde à cette distance qui les tient hors de portée sans qu'elles aient à le demander, qui est le prix de leur existence. Que Virginia Woolf sortît à l'heure qu'il fallait était un présent ineffable et si gracieux que la trivialité d'un geste l'aurait injurié. Pas une seconde l'idée n'effleura Elise de lui emboîter le pas, de la suivre jusqu'au coin de la rue, ou plus loin, jusqu'où elle allait… En rien abuser de cet instant n'aurait augmenté son étrenne, et l'idée même d'une filature était tellement indigne, qu'elle en aurait été mortifiée pour cette personne. Elle n'y pensa même pas. D'ailleurs, maintenant que la Hogarth Press était redevenue la banale vitrine d'une quelconque boutique, rien ne la retenait plus. Elle tourna les talons et fila vers le métro, comme une voleuse contente, emportant sa vision, si inconsistante, immatérielle image qu'elle était peut-être un mirage, une imagination surchauffée par la longue attente…

Arrivant à son hôtel, près de la gare Victoria, dans la demi-pénombre du soir, elle trouva le portier plongé dans l'examen d'un repiquage de poinsettia anémié, une des plantes exotiques qu'il s'obstinait à cultiver pour agrémenter le bureau d'accueil, mieux pour sa satisfaction personnelle que pour celle de la clientèle de passage, pour quoi il consultait toutes sortes d'ouvrages savants sur l'acclimatation des espèces tropicales en pays tempérés. Elle le surprit dans sa perplexité, et à peine leva-t-il d'abord la tête.

— Il manque de chlorure de fer, ou de sang de bœuf, crut comprendre Elise, qui compatit, d'un sourire amical. Ah mais, pauvre demoiselle, vous êtes comme un chien mouillé ! *Like a soaking wet dog !*

— *A yellow dog ! Yellow dog !* chantonna Elise, s'ébrouant joyeusement sur le seuil.

Etre le chien jaune de Virginia, courir sur ses pas, quel bonheur, Sparrow ne pouvait comprendre, c'était d'autant plus gai. Aussitôt, il fut aux petits soins pour elle, mettant à la soulager de ses emplettes, et de son encombrant parapluie, la même prévenance qu'à soigner ses cactées, et il alluma aussi le plafonnier, par politesse, une suspension modern style, vraiment passée de mode, dont la faible lumière électrique éteignait plus qu'elle n'éclairait les couleurs délavées du papier peint, des fauteuils fatigués, et la collection de vaisselles des Indes endormie dans sa vitrine victorienne. Mais depuis qu'elle descendait là, à chaque voyage, Elise avait adopté ce décor, comme celui d'une vieille parente dont on ignore ce que contiennent les tiroirs de ses armoires, quelles robes y fanent sur les cintres, quelles bagues pâlissent dans les écrins, et si elle l'avait trouvé une fois changé, elle en aurait été aussi chagrinée que de perdre un vieux livre. Oui, à chacun de ses séjours, c'était une page qu'elle lisait, les épisodes charmants et désuets d'un roman à deux sous, dont le portier était le personnage principal et les hôtes d'occasion les personnages secondaires, mais qui est secondaire dans la vie ? Qui ne traîne avec soi les troublantes et passionnantes intrigues dont l'existence de chacun est faite, les souvenirs et les regrets, fragments d'espoir et envies inassouvies, d'amours et de détestations, et des petits crimes que l'on commet à tout instant. Aux petites heures du matin, ils reviennent et tout est à recommencer, le nouveau jour plus vieux que l'ancien, et si neuf ! Rentrer fourbue de sa course, avec le secret de son rendez-vous, si lourd soudain, voilà un crime dont il aurait fallu se confesser à quelqu'un ! Comme elle aurait aimé pouvoir poser tout de suite sa tête sur une épaule, celle de Sparrow, puisqu'il était là, se laisser aller au fond d'un des fauteuils, converser avec lui doucement, de choses anodines et profondes, en se tenant les mains. Lui le vieux garçon mal soigné, mal peigné, dont elle ne connaissait pas le nom, après tout ce temps ; seulement son sobriquet de Sparrow, dont l'affublait la clientèle. Il avait certes l'air très bien d'un moineau, un peu déplumé mais quel être coriace, agile et dur à la tâche. D'où ce surnom lui était-il venu, quel être au monde, en quelle circonstance, l'en avait-il baptisé, une mère, une sœur, un patron moqueur ? Elle l'avait adopté aussi, avec la maison, son plafonnier et son odeur de musc, avec ses vieilles dentelles et ses tristes poinsettias.

— Ah ! Sparrow, me voilà de retour… Je suis une soupe, et votre parquet sera perdu, s'excusa-t-elle, au bord des larmes.

Ces heures bouleversantes lui mettaient-elles les nerfs à vif ? En tout cas, il comprit qu'elle était agitée par quelque chose de personnel, et pressée de gagner sa chambre : comme d'habitude, il lui porterait plus tard son plateau du soir, sa grande théière et ses sandwichs au beurre de noisette, et une part de crumble aux pommes. Mais avant :

— Miss Casson, votre livraison est là. Tout va bien. Je vous la monterai tout à l'heure…

Non, elle la prend tout de suite. Parce que les thés, d'Inde ou de Chine, les vestes en laine d'Ecosse, les chats trois couleurs et les chocolats de M. Brasier, et même le rendez-vous illuminant sans cesse différé, sans cesse promis à Tavistock Square, c'est bien un tralala de saison à côté de la livraison très importante qu'elle vient prendre en service commandé, tous les deux mois, à date fixe, à l'hôtel d'Armeny Street. Sans montrer de surprise, gardant son air détaché, Sparrow plongeait sous le bureau, tirait le paquet ficelé et le lui tendait.

— Cependant, n'oubliez pas : laissez-moi vos souliers, sur le seuil. Dans l'état où vous les avez mis, un bon coup de cirage...

— Mes souliers ?... Oui, bien sûr... Merci, Sparrow !

Rien ne la pressait davantage que de grimper à sa chambre, d'échapper à son regard. Elle empoignait son colis, elle filait vers l'escalier, mais le paquet pèse un tel poids qu'il freine son élan. C'est qu'il contient un exemplaire de chaque revue, hebdomadaires, mensuelles et bimensuelles, qui tiennent la chronique de l'actualité romanesque, théâtrale et poétique, la somme des articles savants de toute l'intelligentsia britannique. Pas moins.

On objectera qu'il serait plus pratique et moins onéreux, au lieu d'un voyage Paris-Londres aller-retour, plus une chambre à l'hôtel d'Armeny Street et les frais annexes, de payer des abonnements aux maisons d'édition londoniennes, aux universités de Cambridge et d'Oxford, de faire livrer à Paris, par la poste, qui marche très bien, ces revues littéraires confidentielles, dont la collection est un casse-tête, et le choix aléatoire. On aura raison. Que ne court-on pareil dans toutes les villes d'Europe pour approvisionner la rue Notre-Dame-des-Champs en périodiques de Berlin, de Vienne et de Budapest, de Rome aussi, et même, de temps en temps, de New York. Ceux-là arrivent très bien par les messageries. Certes en nombre réduit, mais la clientèle spécialisée ne s'en plaint guère, un petit cercle d'initiés parisiens, et d'illustres ou d'obscurs littérateurs étrangers de passage, avertis de l'aubaine de trouver à la librairie Brasier des nouvelles de la vie artistique internationale. Ils prennent ce qu'ils trouvent, encore bien contents qu'il existe un tel lieu dans Paris. Pourquoi un tel engouement pour Londres ? D'ailleurs, à cause de cette gestion insensée, de ce goût immodéré pour les parutions anglaises les plus rares, nombre d'invendus restent sur les bras, remarquait encore Elise : rien qu'avec le fonds, on pourrait faire un monument à la gloire de la littérature d'avant-garde. Il encombre la réserve, au fond de la cour, et personne n'a le temps ni le courage d'y mettre un peu d'ordre, de tenir catalogue de tout ce musée de papier.

Mais, mais, mais, opposait M. Brasier, s'abonner à l'aveuglette, c'est risqué. Se désabonner aussi, du souci, de l'argent perdu, calculez bien. On ignore quelles revues naissent et quelles meurent, ces parutions sont éphémères par nature, variables quant à leur contenu : on ne sait comment les rédacteurs s'entendent, s'ils restent ou s'en vont. Avec les revues, c'est au petit bonheur la chance : autant faire son marché soi-même, quand on le peut. Et puis, Elise, ne comparez pas l'Angleterre aux autres pays d'Europe : c'est la patrie de Laurence Sterne et de Jonathan Swift. Enfin, que redire à cela : j'aime Londres. J'y ai appris l'anglais, mon fils y est enterré, au cimetière de Highgate, voilà.

Voilà les raisons absurdes qu'opposait M. Brasier à la jeune Elise Casson, quand celle-ci, dans les débuts, lui représentait ses arguments, et plusieurs années elle lui vit faire ces voyages bimensuels absurdes avec une régularité de métronome. En son absence, elle tenait la librairie de la rue Notre-Dame-des-Champs, elle disposait la vitrine selon son humeur, y mettait en évidence les livres qu'elle aimait. Pour quelques jours, elle avait toute licence, elle était la patronne, un enchantement. Au retour, il n'avait de cesse de dépouiller ses revues anglaises, puis de reprendre sa lecture en boucle de *Tristram Shandy*, du *Voyage sentimental*, aussi de *La Chartreuse de Parme*. Il mettait de moins en moins souvent le nez dans sa comptabilité, il lui laissait la bride sur le cou. Au fond, elle menait la maison à sa guise. Grâce à Stendhal, à Sterne, grâce aux revues de Londres également, grâce à l'aimable distraction de M. Brasier et à ses lubies, elle avait fait son apprentissage de libraire mieux qu'à n'importe quelle école.

C'était naguère, avant que M. Brasier ne devînt vieux soudain, que la goutte ne le prît en traître. Alors qu'il était flamboyant, svelte, péremptoire, infatigable, il rapetissa, se recroquevilla, traîna la jambe en gémissant, sacrant et râlant, acariâtre, dolent, impotent. Lui qui ne buvait ni ne fumait, sauf un petit manille, de temps en temps, par gourmandise – est-ce la nicotine, mademoiselle, qui me sort par le gros orteil ? –, cette punition injuste le contrariait fort. Il avait renoncé à visiter les maisons d'édition où il allait en voisin, en ami, à chercher son fromage de Hollande chez la crémière au coin de la rue, puis à monter à son appartement de l'étage. Lors d'une crise plus méchante, il avait installé son lit et son fauteuil dans le réduit à lucarne, derrière la cuisine. Il y avait pris ses quartiers, certains matins si fatigué d'une insomnie qu'il ne paraissait pas au magasin avant midi. Pour finir, il avait proposé à Elise, au lieu de partir, le soir, à son petit appartement de la Glacière, de s'installer là-haut comme chez elle, d'y prendre ses aises, puisqu'il n'y habiterait plus, décidément. Elle avait accepté, parce que, seul et vieux, la maladie vous désespère et vous apeure. Sans calculer, sans hésiter, bien qu'elle ait su qu'elle y serait aussi bien sa garde-malade d'occasion, et son veilleur de nuit désormais, au nom de tant de choses qu'elle devait à cet homme, tant de choses qu'ils ne disaient pas entre eux. Mais si elle était aujourd'hui cette femme instruite, et libre, qui gagnait sa vie, qui pouvait renseigner les clients sans rougir ni perdre pied, les conseiller dans leurs lectures, et même tenir une discussion avec M. Gide ou M. Cocteau quand ils passaient à la librairie, accueillir des étrangers fameux qui traînaient par là avant d'aller dans les cafés de Montparnasse, c'est qu'il avait eu autrefois l'immense, l'étrange et pénétrante liberté de considérer sa jeunesse, d'en avoir su mieux qu'elle les promesses.

C'était ancien et toujours neuf, ce temps de la guerre où elle avait grandi sans personne pour guide, laissée à elle-même, dans le désarroi général. Qui se serait enquis de la petite souillon, de sa solitude, quand chacun, désemparé, ne savait où donner de la tête, le désastre emportait tout. Elle se réfugiait dans la bibliothèque, le seul endroit où personne ne venait jamais, et elle était tombée dans les livres. A vrai dire, une femme les lui avait mis entre les mains, avait ouvert le premier pour elle. Avait osé pour elle ce qu'elle n'aurait jamais osé faire, prendre ce qui ne lui appartenait pas. Donné ce qui ne lui revenait pas. Elle était tombée dans les livres, emportée en de si lointains voyages qu'elle en revenait hagarde, ivre et rompue, et triste, triste de la langueur d'abandon où chaque roman la laissait, d'y trouver et perdre sans cesse la raison de vivre qu'elle n'avait pas. M. Brasier avait su tout cela d'elle. Elle avait moins de vingt ans et lui plus du double. Il venait visiter Henri de Galay dans sa réclùsion du Mesnil, lui porter les livres qu'il lui commandait, parce que longtemps ce vieux client avait été de ses pratiques et qu'il connaissait sa vie. Comme elle entrait un jour, portant leur collation sur un plateau, de la voir si fraîche, comme une servante du temps jadis, il lui en avait fait le compliment, alors, par impertinence, elle avait osé répliquer avec des vers de Ronsard, hors de propos, d'une incongruité si grande qu'elle en riait encore ; mais elle n'avait rien d'autre à opposer que le beau sonnet qui l'occupait alors, son amour de lecture du moment. Leur amitié datait de ce jour-là. Et du jour de l'enterrement, au cimetière du bourg où se pressait la petite foule venue aux obsèques d'Henri de Galay – il n'y avait pas grand monde à l'accompagner, c'était au milieu des jeunes morts de la guerre, dont la nouvelle venait chaque jour. Elle était moins que rien, se tenait à l'écart de la belle société, quand il était venu vers elle, sachant qu'elle n'avait aucun diplôme, ni relation pour quitter Le Mesnil, qu'elle serait une bouche de trop maintenant qu'elle n'avait plus son service, elle qui, depuis trois ans, faisait la lecture au malade au fond de sa chambre, et il avait dit : Je suis seul à ma librairie, j'ai besoin d'une vendeuse. Je vous enlève. Voulez-vous ?

Elle n'avait pas demandé son reste, écouté les cris de sa mère ni les remontrances de la gouvernante, Mme Victor. Sait-on comment on reconnaît l'occasion, comment on la saisit au passage avec l'intuition des illuminés ? Elle avait fait sa valise en vitesse, la petite valise de son voyage à Venise, et elle était partie le jour même avec M. Brasier, cet homme qu'elle connaissait à peine, dont elle ignorait les pensées, les mœurs et les goûts, sur un coup de tête, une inspiration subite, de celles qui renversent les destins. Ce premier soir, Paris était froid, hostile et vaste, elle débarquait en paysanne sur le trottoir de la ville étrangère, une jeunesse ignorante et niaise en compagnie d'un monsieur d'âge, sans même avoir l'idée de cette chose équivoque. Pour sa première nuit, il lui avait installé un lit de fortune sur une banquette, précisément dans cette arrière-cuisine où il logeait à présent. C'était bien assez bon pour son commencement. Sur cette couchette, elle n'avait pas fermé l'œil de la nuit, le temps d'apprendre qu'elle n'avait rien à se reprocher, qu'elle ne devait rien aux maîtres qu'elle laissait. Le temps de se donner le droit du bonheur, la faim féroce de son bonheur de l'instant, qui était de rester allongée toute droite telle une reine gisante, réveillée comme une chouette, à écouter des bruits inconnus dans l'odeur du vieux papier, suave, sucrée, une poussière qui farinait sa face et la faisait rire en silence, chatouillée de cette bonne odeur de livres, sous le carré du vasistas, bientôt gris de l'aube, et puis bleu, bleu, ce matin-là ! Un carré de bleu inouï dont elle se souvenait comme d'un vitrail d'église. Alors il pouvait être péremptoire, lunatique et maniaque, cet homme l'avait adoptée, il l'avait hébergée et apprise, morigénée et tarabustée, il avait pour elle la bonté des bergers.

La dernière fois que M. Brasier avait fait Paris-Londres et retour, on l'avait appelée de la gare du Nord. Elle avait dû fermer la librairie pour aller le chercher, piteux, malheureux de ne pouvoir même soulever son paquet de revues, qu'un porteur gardait sur un diable avec son bagage, tandis qu'il restait effondré sur un banc de la salle d'attente, épuisé du voyage, furieux contre sa jambe fichue, son dos perclus, refusant de prendre seul un taxi, de faire un pas de plus dans la foule alerte de la gare. Ce retour rue Notre-Dame-des-Champs était la plus triste conclusion des expéditions anglaises, mais, en son for intérieur, Elise se félicitait déjà de leur fin. Leur fin ! Deux mois plus tard, c'était elle qui prenait le train et le ferry de Calais-Southampton, débarquait à Londres avec pour mission de prendre livraison du paquet de revues, hôtel d'Armeny Street.

Depuis un an, elle accomplissait cette corvée, pour lui complaire. D'abord une corvée, mais ensuite ce n'était plus si contrariant. C'était même plaisant, la courte aventure de partir et de revenir par les mêmes voies, de retrouver Sparrow et les odeurs du petit hôtel, son lustre désuet et son crumble du soir. Et très vite, tandis qu'elle s'émancipait dans ces excursions londoniennes, ce qu'elle n'aurait jamais osé imaginer, jamais osé concevoir comme un projet réalisable, quelque chose d'impensé avait pris forme à chaque voyage. Ou plutôt chaque retour la projetait vers le départ suivant, vers un rendez-vous qu'elle ne formulait pas, qu'elle laissait la tenter, la séduire et l'inquiéter, avec au fond du ventre l'émoi amoureux, puisqu'elle se trouvait dans la même ville, si près de l'aire sacrée où vivait cette femme célèbre, son désir de voir, voir un jour celle qui écrivait les livres dont la traduction récente lui avait porté la nouvelle. Peut-être, d'abord par une des revues traînant sur le bureau de M. Brasier, ou parce que, un matin, des exemplaires tout neufs de ses livres étaient arrivés, qu'elle avait portés à son nez pour sentir l'encre fraîche. Elle en avait lu un le soir même, l'avait dévoré, oubliant de se déchausser, de dîner, peu à peu envoûtée, pantelante, les genoux tremblants, dans l'illumination rare d'entendre cette voix monter, une voix familière et inconnue lui dire si intimement, et par quel sortilège, qui elle était, Elise Casson, comment elle vivait et pensait, et sentait le monde. C'était donc Virginia Woolf !

Et cette femme n'était pas une morte, un écrivain embaumé dans quelque cimetière, où les adorateurs vont se recueillir. Elle était une vivante, elle respirait, elle allait et venait dans des rues de Londres, peut-être croisait-elle ses pas. Elle était un être dans le temps, une contemporaine. Elise avait pu voir une photo d'elle, une fois, dans quelque revue… Impossible de la retrouver dans ce musée, le fatras de la cour, sous les empilements d'invendus. Une physionomie étrange, longue face émaciée, mélancolique, était-ce bien elle, ou une autre, comment le savoir ? Désormais, elle avait attendu avec impatience les livraisons de Londres que leur facteur assidu rapportait tous les deux mois, avait déchiffré mot à mot, à l'aide du petit bilingue – quels progrès faisait-elle, à cet exercice ! –, des articles sur des conférences récentes de l'écrivain connue, de qui *Les Vagues* et *Flush* venaient de paraître, une dame dont le chroniqueur disait en termes sibyllins les mœurs baroques, et l'humeur sombre, peut-être malade. Enfin une créature altière et mondaine, très en vogue, quoique farouche, inaccessible. Mais avant de s'autoriser, de se donner le droit d'inventer de la rencontrer, d'en concevoir l'idée et de la forger, corrigeant sans cesse les circonstances qu'elle imaginait, des mois avaient passé, temps d'attente lent et pourtant léger, tant que rien n'assurait ni ne compromettait le rêve.

Elle n'avait rien dit de son dessein, l'impudeur d'un tel projet, un enfantillage absurde ; à personne elle ne disait ses pensées. Sûrement pas à Pauline, qui, sur ces sujets, avait des intuitions de voyante et vous perçait au cœur de ses commentaires assassins. A M. Brasier non plus, qui traitait les gens illustres familiers de sa librairie avec la même bonhomie que le porteur de lait ou la fruitière voisine. Il l'aurait rabrouée, il aurait moqué son excentricité, jeté par terre son nuage. D'ailleurs, secret pour secret, lui disait-il, tout ce temps, en quoi consistait exactement la livraison des revues, ce qu'elle rapportait de Londres, si docile et confiante, sans poser de question ? D'ailleurs, quelle question poser, quand elle croyait, ingénue, satisfaire une lubie du vieil homme, lui épargner la contrariété d'interrompre ses approvisionnements auxquels il tenait tant ? Il avait fini par se déclarer, une veille de départ.

— Sassette, disait-il, il faut que nous parlions.

Sassette ! Rien que ce nom, revenu subitement à ses lèvres, était une alarme considérable. Jamais plus M. Brasier ne disait ce petit nom qu'elle interdisait, ce nom d'autrefois qu'elle avait quitté comme elle s'était quittée, pour avoir une vie à soi, une chambre à soi. Ce soir-là, elle venait de tirer le rideau de la librairie, de remettre un peu d'ordre dans les livres sur les rayons, toujours à refaire quand sont passés les clients de la journée. Elle avait un peu traîné pour épingler les bordereaux de ventes, préparer les commandes aux éditeurs, tandis que chauffait la soupe du libraire. Il l'avait retenue dans la petite cuisine, avant qu'elle ne monte à l'appartement : il faut que nous parlions. Ils se regardaient en chiens de faïence pour savoir qui de l'autre sait déjà, un peu ou rien, de toute façon l'un de l'autre sait si peu de choses, malgré les années. Leur manière d'être ensemble interdit de se laisser aller. Quand on vit dans les mêmes cinquante mètres carrés toute la journée, les mots d'aveu ou les confidences qu'on fait à l'étourdie peuvent être dangereux, et même catastrophiques. Pour cette bonne raison, jamais Elise ne demanderait à M. Brasier qui est ce fils mort à Londres, ni sa mère, il en a bien eu une, pourtant nulle trace, pas plus à la cuisine que dans les deux pièces de l'étage. Quant à elle, elle serait bien en peine, s'il le lui demandait, de dire un mot de son père. Ne pas en avoir vous épargne bien des conversations.

Cette soupe, elle la prépare elle-même ; le seul plat du soir que supporte le frugal libraire, avec une lichette de fromage, son croûte rouge de Hollande. Quant à la façon d'accommoder le poireau, l'effiler ou le trancher en julienne, couper l'oignon par le travers ou du long, passer les légumes à la moulinette selon la saison et la primeur, ces sujets de conversation respectent le quant-à-soi même si, tout en vaquant, on discute sans fin pour savoir si oui ou non M. Malraux s'imagine qu'on aura lu *Au cœur des ténèbres* avant sa *Voie royale* ; si Benjamin Constant est un sceptique mondain ou un homme désespéré, un dogmatique ou un opportuniste ; si Garamond, ce génie typographe, a étudié le nerf optique pour y adapter si bien sa lettre, ou bien obéi à une intuition d'artiste géomètre. L'un dans l'autre, c'étaient de jolies disputes et controverses, et les soirées passaient, en toute neutralité sentimentale.

— Sassette, il faut que nous parlions.

Mais il restait coi, tandis qu'elle versait la soupe dans sa grande assiette, qui est presque une petite bassine. Tellement embarrassé, M. Brasier, qu'il ne touchait pas à son breuvage ; d'ailleurs il était brûlant, fumant sous la lampe. Il s'y prenait de biais, très prudent. Voyait-elle jamais le livreur du paquet ficelé ? Jamais. Ne le rencontrait ni n'entendait parler de lui. Il venait en son absence déposer le colis à l'hôtel, n'est-ce pas ? Précisément, oui, et c'était un des charmes du séjour qu'il fût aussi libre, sans avoir à courir de-ci, de-là, en ambassades lointaines, à contacter des gens dans des bureaux confidentiels, surtout avec son anglais très défaillant. Puisque quelqu'un, diligent et fidèle observateur de la production littéraire, sûrement très introduit, faisait avec discernement le choix judicieux de ce qui intéressait le vieux libraire parisien… Une personne avisée, cet ami londonien, fin connaisseur des milieux *ad hoc*, cultivé, ponctuel, serviable, discret. En quelque sorte, un fameux indicateur.

— C'est que, Sassette, il faut que vous le sachiez, nous ne pouvons pas continuer comme ça : à vous je ne peux, je n'ai pas le droit. J'ai le droit, je suis autorisé à vous dire. Asseyez-vous donc.

Comme elle riait de tant de détours – enfin, de quoi parlez-vous ? –, il prenait l'air fâché : Sachez que parmi ces revues il y en a une sorte particulière, une sorte. Ces sortes faisaient encore rire Elise qui restait debout, la louche à la main. Tandis que fumait bleu la petite bassine, il y plongea son nez plus long que d'habitude, son long nez sensible, aux cartilages visibles sous la peau fine, où glissaient ses demi-lunes d'acier, et tout en tournant la cuillère, songeur, presque honteux, il expliqua à Elise qu'elle était sans le savoir, et cela l'avait bien tourmenté, plus que la goutte, croyez-moi, en service secret. Une sorte. Qui consistait à rapporter, sans le lire – à vrai dire, le lire était impossible, de ce côté-là elle était bien tranquille, et lui aussi –, de rapporter, donc, un document qui ne les regardait pas, ni elle ni lui. Qui renseignait des gens. Vous savez ou non ce qu'est le renseignement ? De cela il était chargé, avait accepté, il n'avait pas maintenant, en tout cas pas tout de suite, peut-être plus tard, à dire en quelles circonstances et pourquoi il faisait de son plein gré cette sorte de choses. Rendait cette sorte de service. Mais lui, c'était lui, et pas elle, et si elle ne voulait pas, si elle avait peur… Mais de quoi peur avoir ? pensait-elle, amusée plus que surprise, puisque c'était si facile de faire ce qu'il y avait à faire, qu'il ne pouvait plus faire, comme elle l'avait fait plusieurs fois depuis l'hiver dernier, de rapatrier le paquet, et de le poser tranquillement sur le bureau de la librairie, avec sa ficelle.

— Innocente ! Parlons sérieusement.

Peur, oui, par les temps qui courent, le monde comme il va. Elise, enfin, ne faites pas la sotte. Courent où, les temps, monsieur Brasier ? De quoi parlez-vous ? C'est que la chose était si bien rodée qu'on n'avait pu l'interrompre, si soigneusement mise en place que sa maladie mettait du monde dans l'embarras. Il n'est pas si aisé de trouver au pied levé quelqu'un de sûr pour prendre cette livraison, convoyer la chose.

— Je vous ai abusée, Sassette, ce n'est pas bien. Il faut que vous sachiez, à présent. D'abord que Sparrow est à nous ; c'est une tombe.

— Une tombe, Sparrow ?

— Vous aussi, Sassette, une tombe. Quoi que vous décidiez, dorénavant.

— Sparrow, qui cire mes souliers ?

— Voilà, Elise, à présent : décidez. C'est très délicat de vous dire cette sorte de choses, mais à vous je fais confiance. Je le peux, n'est-ce pas, Elise ?

A présent, Sassette n'est plus bonne à rien. C'était juste pour que je t'aime, et jamais homme n'est plus dangereux que quand il vous le fait à l'affection. Je te vois venir, Brasier. La question de la confiance vient comme un cheveu sur la soupe du soir, et il ajoute, pour y mettre le grain de sel :

— Je peux vous dire que la cause est juste. Enfin, elle est assez bonne puisque j'ai bien voulu, moi. Et vous, voulez-vous ?

Au-dessus de la soupe, sous la lampe jaune, entre deux tours de cuillère, voilà comment se décident les conspirations. Elise en rit. Elle a le bon cœur d'en rire, quoique cette affaire soudaine lui ouvre des perspectives verticales, assez vertigineuses. D'abord que ses objections, d'abonnement plus pratique et moins onéreux, cela vient à l'esprit du premier idiot. Leur petit commerce littéraire, rapporter sous le bras son paquet londonien est très voyant, même pour un borgne. Elle objecte. Il secoue la tête. Des gens comme moi, vous à plus forte raison, n'ont pas le profil. Le style, ni le genre. Un vieil original, libraire maniaque de revues d'art, manifestes et polémiques, c'est voyant comme pas deux, et pas du tout plausible.

— Quel style, quel genre ont les autres, dites-moi ? A quoi ressemble un espion ?

— Un espion ! Ah, le gros mot, vous lisez trop de romans. Disons : agent de liaison. Nous autres sommes petit fretin, facteur, bagagiste, gâte-sauce et saute-ruisseau. Vous pareil, sans vous offenser, Elise, souris de bibliothèque, qui passe son temps à lire des poètes, estropie les trois mots d'anglais à sa disposition : c'est parfait, vous êtes parfaite. Surtout n'apprenez pas l'anglais, restez comme vous êtes.

Il riait aussi parce qu'il savait qu'elle avait dit oui. Par ignorance, ou par enfance, par amour, par bravade, par simplicité. Oui, c'était dit sans rien dire, et elle partait demain. Mais, tout de même, Sparrow lui coupait le sifflet, en tant que ni vu ni connu, en tant que moineau la vue basse. Un garçon aussi terne, obsédé par ses plantations de cactus en serre, confiné dans son repaire de l'hôtel d'Armeny Street, qui ne sortait pas plus loin que le marché aux fleurs, les rares jours de beau temps, un agent de liaison, elle en restait pantoise. Et assez guillerette d'envisager cette confrérie-là. Des imaginations pittoresques qu'elle s'offrait. Puis elle oublia. Elle oublia vraiment, tellement c'était facile, charmant le petit séjour, ses emplettes et ses balades, et aussi le grand rendez-vous avec Mrs Woolf, qui occupait son cœur.

La dernière fois qu'elle était venue, c'était l'été, et Londres est désert en été, ses beaux quartiers vidés ; la société de Kensington et de Notting Hill est partie s'ébattre dans ses cottages de campagne, sur les plages de Brighton ou d'Exeter, sur la Côte d'Azur ou à Rome. Comment avoir peur, se sentir en danger dans les avenues dépeuplées où elle flânait, les places ensoleillées, ce grand parc ombragé où elle rêvassait, seule sur un banc, en compagnie des écureuils et des oiseaux qui picoraient les miettes de son pique-nique, jusqu'entre ses pieds... Alors, elle n'avait pas encore poussé jusqu'à Tavistock Square. En cette période estivale, la dame de ses pensées en serait absente, en allée vers quelque villégiature lointaine. Rien ne la pressait, rien n'exigeait de heurter le temps, c'était une saison intime, pleine de promesses vagues. Au croisement des lignes de Piccadilly, Regent Street et Haymarket, elle était au centre d'un périmètre familier, son cœur battait paisiblement. Dans cette atmosphère lumineuse de la ville, son silence, sa quiétude dominicale, la réalité était bienveillante, les îlots de nuages traversaient en file le ciel grand bleu, suivant un vent haut, quand autour rien ne bougeait, ni une feuille, ni un brin d'herbe...

Pourtant, sur ce banc du square, lui était soudainement venue l'idée d'une audace, que l'été autorisait, une aventure dont personne n'entendrait parler. En se prenant pour sa propre dupe, elle avait réussi à se convaincre d'une promenade en fraude, à son propre compte : elle avait pris le trolleybus jusqu'à Hampstead, et visité le cimetière de Highgate. Cette expédition improvisée n'avait rien rapporté, que de lui casser les jambes, car l'endroit est pentu et le soleil tapait dur ; que de trouver à ce quartier lointain le charme d'un village ancien, et au cimetière celui du Père-Lachaise. Bien entendu, dans le serpentement des allées vides et sous le couvert des arbres, elle n'avait pas rencontré, parmi toutes ces tombes, à tout hasard, celle d'un jeune Brasier. Qu'elle cherchait, en vérité. A défaut, un gardien lui avait indiqué celle de Karl Marx, près de laquelle elle s'était assise un long moment, étourdie d'échouer là. Ensuite, suante, assoiffée, elle avait bu beaucoup à la fontaine de l'entrée, ivre d'eau, une sorte d'égarement : mais que faisait-elle là, en plein midi, ce dimanche de juillet, à chercher la tombe d'un jeune mort inconnu ?

Et, chose encore plus incongrue, au retour, très fatiguée, sous prétexte de s'y délasser, d'y gagner un peu d'ombre et de fraîcheur, elle était entrée à la National Gallery. Elle avait erré dans les salles vides, l'enfilade silencieuse des vastes pièces pleines de tableaux, les couloirs vides et les escaliers vides, s'enfonçant dans ce château ouvert à tous les vents, avec l'envie d'appeler, comme on le fait sur le seuil des demeures inconnues : "quelqu'un ?", par crainte de commettre une indiscrétion, d'être congédiée, telle une intruse, par les riches habitants un instant absentés, et elle était tombée en arrêt devant un tableau très grand. Elle était restée en tête à tête avec Jean de Dinteville et Georges de Selve, un colloque étonnant, sans traduction ni explication.

C'était d'abord comme un rêve, aussi bizarre que les fabrications énigmatiques dont le cerveau s'encombre dans le sommeil, mais qui, dès le réveil, assurent qu'on a bien dormi, tant ce qu'elles représentent contredit la réalité. Elle était bien réveillée, et pourtant absorbée jusqu'à l'hypnose par le luth et le globe, la boussole, le cadran solaire et le compas, la pelisse d'hermine et la soie rouge de la manche, le polyèdre et les motifs du tapis, des pavements, la médaille et les gants qu'une mathématique ou une géométrie distribuait, ces choses savantes et luxueuses d'un temps passé, instruments et accessoires dont le rébus l'emplissait d'une torpeur. Plus elle s'engourdissait, plus elle comprenait que ce n'était pas un rêve, mais un avertissement dont les *Ambassadeurs* narquois lui faisaient leçon. Ces deux personnages surplombaient le temps, ils semblaient instruits de menées inquiétantes qui concernaient quelque chose d'elle, au présent. Aussi bien son expédition en fraude au cimetière de Highgate, le motif réel de son enquête funèbre. Celui de ses séjours à Londres, son petit commerce de revues en contrebande. Aussi sa visite à la Hogarth Press ; mais surtout les remuements d'Europe, fracas d'événements lointains qui se tramaient dans le désert endormi de l'été londonien. Rien n'échappait à leur songe. Ils savaient également qu'elle était insignifiante. Fille de rien, sans éducation. Qu'elle tirait sa science d'avoir lu tous les jours, servante, les journaux à M. Henri, sans rien y comprendre. Alors, il l'interrompait, commentait avec la condescendance amusée d'un maître d'école les articles politiques de *L'Illustration*, du *Temps* et du *Matin*, avant de la congédier brusquement, irrité par son ignorance… C'étaient des mêmes hommes d'argent et d'armes, faiseurs de guerres, de crises et de banqueroute que l'entretenaient les personnages du tableau, dans le silence du musée. Soudain effrayée de ce face-à-face, elle avait tourné les talons, fuyant le regard vivant de ces deux personnes qui semblait l'accompagner, vouloir lui apprendre ce qu'elle ne voulait pas savoir. Dehors, elle avait cru retrouver son insouciance du matin, sur le banc du parc, mais le bel été immuable avait disparu, le soir noyait les rues d'une ombre sale, seul le haut des toits accrochait encore les rayons d'un soleil mourant. C'est de ce dernier séjour, peut-être, qu'elle avait commencé de douter de la mission de M. Brasier, de se retourner, craintive, méfiante, sur une mendiante en haillons près du métro, d'imaginer à tout bout de champ qu'un policeman demanderait à contrôler ses tickets de métro, ou qu'un commis indien, avenant, doucereux, la devinerait soudain.

Maintenant, elle montait l'escalier de l'hôtel tenant embrassés ses paquets et le colis de revues, anxieuse de sentir attaché à sa nuque le regard de Sparrow, aussi insistant que celui des *Ambassadeurs*. Tandis qu'il devisait avec elle, il n'avait rien manifesté, mais à présent il suivait son ascension, étonné de sa volte-face, perplexe, réprobateur. Qu'y a-t-il de neuf ? Pourquoi prend-elle le paquet, est-ce si pressé ? Elle se demandait : Quoi donc m'a passé par la tête ? Le réclamer tout de suite n'est pas dans nos conventions, cela le fâche. Toujours il le monte plus tard à ma chambre, avec mon plateau, peut-être après l'avoir ouvert, après avoir vérifié que tout va bien ?... Ou mieux : après avoir glissé lui-même le document, cette chose secrète qu'elle ne peut lire, elle est bien tranquille, et M. Brasier aussi. Elle en défaillait de peur. De vraie peur, cette fois ! La peur dont elle se riait, stupide, sous la lampe de la cuisine. Innocente ! Elle frissonnait à présent, pas seulement d'être trempée. Chaque marche semblait plus raide que d'habitude ; le colis plus volumineux, il pesait plus lourd, c'était évident. Comment demain se rendre à la gare d'un air naturel, d'un air anodin, quand elle mettait en péril si étourdiment les dispositions bien rodées, desquelles le Moineau était garant, une tombe. M. Brasier, une tombe itou. Ce qui lui évitait d'expliquer qui sa maladie mettait dans l'embarras. Qui pensait à la place des gens les gestes qu'ils devaient faire, calculait leurs déplacements, leurs horaires et leur emploi du temps, de qui elle était le facteur. Au pied levé, n'est-ce pas, quelqu'un de sûr pour prendre livraison, convoyer la chose : Elise, bonne pomme...

De très mauvaise humeur, elle jeta sur son lit la chose de plus en plus choquante. Franchement méchante. Enfin, soyons sérieux, se regimba-t-elle. La pluie, tout le jour, le brouillard, l'insolite soleil perçant les nuages et ses allées et venues en tous sens, ses achats pour tromper le temps, et pour finir sa longue station à Tavistock Square : à ce train-là, tout finit par prendre l'air suspect. Même la lumière du vieux plafonnier semblait fausse, fausses les fleurettes anglaises du papier peint, et elle, dans le miroir de l'armoire, se fit l'effet d'une fausse jeune femme déguisée en Elise Casson. Dont les arrière-pensées n'avaient plus rien à voir avec la peur. De moins en moins. Plutôt avec le mécontentement, carrément la colère. Alors, vraiment furieuse, révoltée d'être baladée, bernée par qui elle ne savait, l'idée excellente lui vint de tirer les choses au clair. D'une inspiration subite, elle ouvrit le paquet.

Comment ne l'avait-elle encore fait ? C'était tellement facile de dénouer la ficelle, d'envoyer voler le papier brun, un emballage vraiment bricolé, du travail bâclé. Les revues, une vingtaine, comment pouvaient-elles autant peser, se répandirent sur la courtepointe. Elle les feuilleta rapidement, elle en connaissait les titres, *Criterion* de T. S. Eliot, contributions de Auden, Dylan Thomas. *Writing & Reading*, traduit Gide, publie Forster, Bowen… *Scrutiny* : la femme de Leavis y écrit sur Jane Austen. Articles sur Conrad, James, etc. Loue D. H. Lawrence, exécute Hemingway, Greene… *New Literature, Delphin Revue, Novels and Poetry, New Magazine of Arts*… Feuilles grises, jaunes, glacées, de lourd ou faible grammage, typographie standard ou artiste… *So what ?*… Laquelle est un alias, où est l'anomalie ? Finalement, à première vue, aucun échantillon n'avouait son défaut de fabrique, pas de quoi fouetter un chat, pas de quoi se faire battre le cœur. Debout au milieu de la chambre, encore en tailleur et béret, les pieds mouillés, elle concluait : M. Brasier a raison : nous sommes bien tranquilles. Elle se déchaussait enfin, ôtait ses bas, et sa jupe, enfilait un peignoir, sans quitter du coin de l'œil la pile de revues, encore fâchée de s'être monté la tête avec des vétilles, quand le plus beau de sa journée, de sa vie, était la seconde illuminante où Mrs Woolf était parue sur le pas de sa porte, un parfait précipité de temps ! Seigneur ! Voilà qu'elle passe le seuil, malmène un bec-de-cane, tend sa main à la pluie.

— Elle s'incarne parmi nous. Ainsi soit-il, murmura Elise, pour moquer l'émotion qui picotait ses yeux…

Car, si géniale qu'elle soit, Mrs Woolf doit quand même incliner sa tête pour passer les portes basses. Bien que déesse, il lui arrive de se battre avec les loquets. Cet objet idiot résiste à sa main divine. Elle s'obstine, fébrile, malhabile, sa crainte augmente, sa peur d'en être mal jugée. Malade de montrer sa peur, et son indignité, son inaptitude foncière à réussir le geste le plus ordinaire, et même trivial : à qui, mari, servante ou médecin, sœur, ami, ou chien, devra-t-elle rendre compte de si mal fermer sa porte ? La folie est-elle de ne savoir tirer une porte comme absolument quiconque ; d'avoir peur, à la folie, de ne pas y parvenir. De croire que cet exercice est probatoire de votre valeur, parmi mille autres du jour, et de désespérer d'en réussir aucun. Alors, pour distraire l'attention, elle tend la main, sa longue main translucide, d'aristocratique légèreté, telle l'aile d'un papillon la laisse planer dans l'air du soir, à la recherche aveugle d'une sensation normale, d'une sensation à soi, palpant la matière atmosphérique de la pulpe des doigts, de la paume ouverte, la laissant éprouver l'absence de gouttelettes, bruine, poudre d'eau… Tiens, il ne pleut plus ! Non, vraiment, soudain il ne pleuvait plus du tout. Quel magique cinq heures du soir ! Son apparition suspend l'averse, si divin décret, qu'on n'en croit pas ses yeux. Elise en croit-elle ses yeux, qu'elle a fermés, d'avoir eu le visage de Virginia Woolf à soi seule, un quart de seconde sa longue figure de fantôme, ses joues creuses, lèvres minces, nez pincé de petit rapace et lobes bombés, paupières tombantes sur le regard terrifié, un quart de seconde d'absolue beauté à vénérer pour l'éternité ?

Les apparences sont trompeuses. De quoi peut-on croire ses yeux ? Mrs Woolf disparaît dans un nuage, ne reste d'elle que ce chien jaune, tout à fait perdu au bout de la rue. Les gens muets des tableaux tiennent d'éloquents discours, certains jours d'été : doit-elle les croire ? Ces revues sont un trompe-l'œil de première classe, on n'y voit que du feu. Au pays des aveugles, les borgnes sont rois. Un peu rassérénée par ses conclusions, Elise apprivoisait sa vision de Tavistock Square, s'en racontait déjà la légende, qui console de la perte, minimisait ses frayeurs du jour et, ce faisant, elle s'affairait au petit ménage de sa chambre d'hôtel, qu'elle quittait demain matin pour prendre son train, et à midi son ferry. Demain soir, elle serait rue Notre-Dame-des-Champs, loin des mirages londoniens avec leurs éclaircies subites. Vers sept heures, elle prit le plateau de Sparrow, déposé sur son seuil, comme d'habitude, son thé-sandwich et son crumble. En échange, elle déposa sur le tapis, comme d'habitude, sa paire de chaussures. Ce soir, très mouillées. Puis, par acquit de conscience, elle revint examiner sous la lampe les revues controversées. Polémiques, éloges et commentaires, blablabla, de l'anglais pur sucre. Bien entendu, elle ne comprenait pas un mot sur dix. Elle refit le paquet, renoua la ficelle, puis s'installa confortablement sur le lit avec son plateau, se versa une tasse de thé, huma le délicieux crumble poudré de sucre. La pluie londonienne pouvait tomber à verse sur les trottoirs du soir, elle était à l'abri dans cette bonne petite chambre de l'hôtel, elle avait les pieds au chaud. Alors seulement, en un éclair, la solution lui parut, lumineuse, enfantine : Elise, que vas-tu chercher midi à quatorze heures, triple buse ? Sous la courtepointe, elle remuait ses orteils avec une satisfaction sans pareille.

Ce même jour, à Genève, le temps était au beau, et même exceptionnellement chaud, le ciel radieux, l'atmosphère limpide jusqu'au sommet du mont Blanc, neiges miroitantes dans leur magnificence éternelle. Aujourd'hui le thermomètre dépasserait sans doute les 35 degrés. La presse en faisait ses titres, tant *La Tribune* que *Le Journal*, et la radio ; l'événement occupait les esprits : on n'avait pas vu ça depuis 1902. Ces prévisions s'assortissaient de conseils à la population contre les dangers d'un tel accès caniculaire, insolations, brûlures, déshydratations : vieillards et enfants priés de rester aux abris. D'ailleurs, hier, d'avoir piqué une tête en plein midi, une riche curiste américaine était morte d'hydrocution à Evian. Les plages du Léman étaient noires de monde, de Rolle à Vevey.

— Selon vous, a-t-on aussi chaud à 35 degrés Celsius qu'à 119 degrés Fahrenheit ? demandait Thomas Hawthorne à son compagnon.

Les deux jeunes gens élégants installés sur un banc de la promenade à l'ombre d'un saule, en chemise claire et gilet, allongeaient en parallèle nonchalamment leurs jambes et leurs souliers d'été, suède et toile, impeccables. D'accord pour s'accorder une station vespérale, ils contemplaient, les yeux mi-clos, les cygnes endormis au bercement des clapotis, vaguelettes lasses léchant la grève de gros sable. Un transbordeur blanc, le drapeau suisse flottant fièrement à sa proue, venait de quitter son attache et s'éloignait vers le large, laissant son sillage écumeux sur l'eau aveuglante, soleil déclinant du zénith ; si pimpant et paisible spectacle qu'il intimait, au moins, une minute de silence. La question des degrés resta en suspens.

Ils ne s'étaient pas beaucoup éloignés du palais Wilson, étant convenus, le temps d'une suspension de séance, de prendre une gaufre au kiosque du parc Mon-Repos, pour profiter de l'aubaine de cet été tardif, au défi des mises en garde sanitaires, et pour fuir le café-restaurant de la Société des nations, une pétaudière. On ne pouvait faire un pas sans écraser les pieds d'un diplomate, d'un secrétaire général ou d'un conseiller, il fallait retenir la veille pour obtenir une table, et encore de second choix, les meilleures, celles près des fenêtres, étant réservées aux augures, cela va de soi. De toute façon, pour le point de vue, inutile de se battre, aucune n'offrait celui qu'on avait de ce banc sur la paix genevoise, ses allées ratissées et ses massifs fleuris, sur le panorama du lac et des Alpes. Derrière eux, dans la pente du parc, les parterres de roses foisonnaient, embaumant l'air brûlant, et les oiseaux pépiaient de ravissement.

— Fichue idée de nous coincer là, dans ce palais, en pleine ville... disait Hawthorne, poursuivant quelque pensée paresseuse.

Son voisin le laissant à ses griefs, il poursuivit :

— Bon, maintenant, on nous construit un palais des Nations tout neuf, à l'Adriana. Cela aura-t-il un peu plus d'allure ? Mais non, vous verrez : du pur style international en béton universel. Si seulement le projet avait été confié à Le Corbusier... Dire que nous avons failli être logés en pleine campagne, à dix kilomètres d'ici. La propriété Sans-Souci...

— Sans souci ! Beau programme, pour la SDN…

— A Versoix, il y avait pourtant tout ce qu'on peut rêver : magnifiques demeures néo quelque chose et jardins de plaisance, le port du Creux-de-Genthod pour les hydravions, les champs d'aviation à côté, la voie ferrée ; enfin, c'était parfait. Vous connaissez le château Bartholini ? Voilà qui aurait eu du chien ! Savez-vous qui y logeait, récemment ? Waldthausen. Le champion de courses mort à Marseille, la semaine dernière… *My God*, Louvain, sortez-vous de vos carnets, de temps en temps !

Hawthorne appuyait son accent d'Oxford de manière insupportable. Tout en écoutant ces propos, un calepin posé sur les genoux, son voisin crayonnait à la mine sèche un croquis du paysage immédiat. Soit, en raccourci audacieux : quatre bas de pantalons à revers et quatre chaussures de gentlemen, exercice de perspective assez périlleux. Le jeune homme eut un petit rire.

— Il paraît que ce Waldthausen a laissé son rodéo fastueux dans le parc de votre château. Les voisins l'ont prié d'aller faire tourner ses moteurs plus loin. Il a installé ses circuits à Nyon, je crois. Les Vaudois sont plus tolérants. Ou plus durs d'oreille.

— Ah ! Vous connaissez l'histoire…

— Elle est dans tous les journaux… Joli garçon, richissime. Un Suisse du Liechtenstein… Il court avec Julio Villars. Sur Alfa Romeo, à Stelvio, au Ventoux, il abandonne, c'est son truc. Comme à Montlhéry. Quatrième à La Baule, en août dernier, derrière les Bugatti… Brillant coureur, mais second couteau.

— Quelle science ! Un amateur, vous avez raison. Rien à voir avec Caracciola, Fagioli… Vous aimez les courses ?

— Très peu pour moi. J'ai seulement lu la presse, éloges, panégyriques et condoléances.

— Et vous retenez tout ça, d'une seule lecture ?

— Mémoire automatique.

— Je vous envie…

— Allons, Hawthorne, poursuivait distraitement Louvain, revenant à leur sujet. Laissons Versoix aux banquiers alpestres. Nous ne sommes pas là pour folâtrer dans les floralies. La SDN a besoin de sérieux, d'urbanité, de neutralité. Il y va de la paix mondiale, non ? Remontez vos chaussettes, s'il vous plaît. J'ai du mal avec les plis…

Le jeune homme dessinait sans lever les yeux sous sa mèche tombée, une petite cicatrice à la lèvre, légère rature de la ligne, troublante ; mais les traits carrés, énergiques et nets. Il parlait vite et froid, avec une moquerie de timide qui avait séduit Hawthorne, dès le premier jour. Curieux stagiaire, cet attaché de la délégation française, en résidence provisoire à Genève, avec qui il s'était lié, malgré ses préventions, et sa grande prudence. D'une délégation à l'autre, méfiance et quant-à-soi. Même en ville, hors des sessions ; on se croise à l'opéra, dans les librairies ou les brasseries, mais on ne fraie pas. Même chez les dames galantes de Plainpalais. Discrétion, motus et circonspection diplomatique, une obsession. Cependant, celui-là était de passage, détaché à tout point de vue, d'une liberté de langage très policée, une impertinence qui concernait tout un et n'offensait personne. Il valait le dérangement. Hawthorne avait un peu dérangé ses habitudes pour l'aborder, puis le fréquenter : d'ici quinze jours, Etienne Louvain repartait, cela ne portait pas à conséquence. Vu qu'il n'était pas même titré et semblait s'en ficher comme d'une guigne, en promeneur, son calepin en poche, seulement posé sur la branche, le temps d'un stage, drôle d'oiseau. Capable de passer sans sourciller de l'allemand à l'anglais, *old sport*, reconnaissait-il une touche de Cambridge dans son accent ? L'italien aussi. Hier, il l'avait surpris, assez enthousiasmé par l'acrobatie, lui qui ne pratiquait que le français. Et encore, très scolaire. Ce garçon l'intriguait et le charmait, surtout qu'il eût ce passe-temps piquant de crayonner en contrebande, de silhouetter gens et choses, à tout bout de champ.

— Je vous envie, d'avoir une telle mémoire, soupirait Hawthorne. Je tiens des listes de noms, les anciens, les nouveaux, qui remplacera qui… Vous tenez des listes, vous ? Ce matin, un quidam me tient la jambe devant le secrétariat de la délégation autrichienne, vingt minutes, tout ce temps je me creuse les méninges pour lui mettre un nom. Savez-vous qui c'était ? Sands, de l'ambassade anglaise à Berlin, en personne. Nous avons travaillé ensemble, l'an passé, aux accords de Lausanne. Il me parlait de von Neurath, von Papen, et de MacDonald, comme s'il avait fait un bridge avec eux hier soir. Les grands manitous, passe, mais s'il fallait se souvenir des délégués de chaque pays… Il y en a un que je n'oublierai pas ! Apponyi.

— Délégation hongroise.

— Un coriace ! La Hongrie a eu toutes les inspections imaginables aux fesses sur ses violations du traité… Preuves à l'appui, pour nous, l'armée hongroise, c'est 100 000 hommes. Il maintient 35 000, dont 1 800 officiers.

— Au moins, vous avez la mémoire des chiffres !

— Mais à quoi cela nous sert-il, les chiffres ? Au final, il a eu gain de cause. Ne croyez pas que je plaide en morale. J'adore la rhétorique, un art classique. J'écris à longueur d'année les discours de notre délégué ; je suis le roi de la litote et du syllogisme. Hitler sera moins casuiste. Il remilitarise à tour de bras. La Hongrie a enfoncé le coin, les autres suivront. Aux accords de Trianon, l'addition était trop salée, nous avons trop tiré de plans sur la comète.

— En France, on dit : compter les œufs dans le cul des poules.

— Vous êtes d'accord, Louvain ? On ruse avec les accords, le cadre légal est aux chiottes. Notre échine si souple qu'il n'y aura pas besoin de la briser. Je vais partir en vacances, soupira-t-il. Sienne, Pérouse... Le lac de Trasimène me changera de celui-ci. La SDN sombre lentement dans son lac d'eaux douces... Le *Titanic*, voilà qui avait de l'allure ! Le choc de l'iceberg !... De nous, il restera le jet d'eau, souvenir de la baleine noyée... Vous en avez fini, avec mes chaussettes ?

— Dites-moi, votre Office Hansen, pour l'aide aux réfugiés allemands...

— Bientôt, ce sera le Haut-Commissariat... J'en suis à recruter les peintres, pour rafraîchir nos bureaux de Lausanne. Bleu céleste.

— En voilà une bonne nouvelle !

Hawthorne coiffa sa mèche impeccable d'une main sourcilleuse.

— Hier, Hitler était à Niederwald. Venu en avion de Tannenberg, avec Göring et Hindenburg, tribune dressée devant la Germania, la foule des milices, Casques d'acier, vétérans de la grande guerre, drapeaux, étendards, enfin la grande parade habituelle. Et que dit-il ? "Nous ne pouvons pas renoncer à vous, les Sarrois, pas plus que l'Allemagne à vous." Pendant ce temps, en ville, manifestations des socialistes, ou ce qui en reste, bastonnade...

— Ne désespérez pas : ce sera mieux à Nuremberg, dans quinze jours, aux festivités de clôture. Grandiose, vous verrez.

— Vous avez assisté à la séance, ce matin ? Vous avez entendu Joseph Goebbels ? Silence dans les rangs : affaires intérieures, aucun droit d'ingérence, nos diplomates s'inclinent. Je suis pessimiste, Louvain.

— Vous pouvez replier vos jambes.

— Helbronner plaide le rattachement de votre Comité national à notre Haut-Commissariat aux réfugiés, mais Hitler proteste que nous soutenons son opposition...

— Pourtant, nous faisons son jeu. Nous fichons à tour de bras aux frontières.

— Avec le passeport Nansen, les plus chanceux visent l'Amérique, la Palestine. Les autres sont coincés ici. Au chômage, évidemment. Ils se perdent dans la nature...

— Ils ont des raisons... Dites-moi, à ce sujet : j'ai eu vent d'un ressortissant de Cologne qui a passé la frontière, la semaine dernière, par le lac de Constance. Il pourrait être à Berne...

— Vous, je vous vois venir.

— Je viens. Il s'appelle Werfel. Gustav Werfel. Ou Gustav Maïcheff, du nom de sa mère. Peut-être l'aurez-vous dans vos fiches ? Avant de partir à Sienne ?...

— Je ne vous promets rien... De vos amis ?

— Une relation de relation... Si c'est bien lui, il a besoin d'un accueil. A Sienne, ne manquez pas d'aller voir les petits Lorenzetti. *Città sul mare. Un castello sul mare.* La barque, on dirait une feuille sur l'eau. Premiers paysages de la peinture occidentale.

Un vol de mouettes passant bas sur les berges se hasarda dans le parc. Une se posa non loin d'eux. Louvain eut tôt fait de la croquer sur un coin de sa page, et dans la même ligne le massif tout proche, sinueuses branches de lierre d'une rocaille, gribouillage rapide. Des couples distingués flânaient dans les allées, un tramway se dirigeait vers la ville dans un bruit de ferraille, déplacé pour un si beau site. Le soleil pâlissait le lac, mercure liquide. Hawthorne s'étira, bâilla sans retenue.

— Je me demande si je vais faire de vieux os ici. J'ai un poste en vue, à Londres, au Foreign Office. Pas vraiment exaltant, mais plus opérant. La SDN est un vieux théâtre, et moi un acteur fatigué. Au moins, vous, vous êtes de passage. Spectateur, non ?

— Observateur...

Louvain finissait son dessin, d'un cadre esquissé entourait sa composition, et soudain apparut l'architecture invisible, l'équilibre et la géométrie qui commandaient l'ensemble, ordonnant les traits jetés sur la page en un jeu d'obliques, d'ombres et de clarté. Le petit chaos d'anecdotes en rien ne promettait cet achèvement d'une élégance mathématicienne, une construction si parfaite que Hawthorne eut un sifflement admiratif.

— Mazette ! Quelle main de maître. D'où tirez-vous ce talent ?

— J'ai fait de l'escrime, cela délie le poignet. De la savate également. Dansant, plus élégant que la boxe. Mon père y tenait... Non, Hawthorne : dans mes jeunes années, j'ai suivi les cours de dessin de Lhote. Meilleur professeur que peintre... Son credo : la structure. Echelles, intervalles. Le rêve corrigé par la rigueur, la surprise par la géométrie... A vrai dire, je passais mes vacances devant une fenêtre, cela aide à cadrer...

Mécontent d'en avoir tant dit, il se levait, fourrait le calepin dans sa poche et renfilait son veston, rectifiait sa coiffure et sa cravate.

— Pour revenir à votre question, voulez-vous mon avis ? Il fait plus chaud en degrés Fahrenheit qu'en Celsius. Et maintenant : un voyage en miles est-il plus court ou plus long qu'en kilomètres ? Ah, les chiffres, Hawthorne !...

Ils revinrent lentement, poussèrent jusqu'à la jetée des Pâquis, d'où le panorama urbain s'offrait en majesté, le jet fusait sous le soleil blanc. Le temps de fumer une cigarette – des américaines, Louvain, qu'en pensez-vous ? –, ils restèrent un instant à regarder, sur l'autre bord, les marins déchargeant les bricks, ces barques d'un autre temps charriant le sable et les graviers des carrières de Meillerie pour les chantiers de la ville, transports séculaires que le béton triomphant menaçait à présent de ruine, et le ballet lointain des petits hommes courant sur les chemins de roulement en poussant leurs brouettes vers le quai des Eaux-Vives semblait un spectacle anachronique dans le contre-jour aveuglant, dérisoire agitation artisanale des hommes de peine, quand se hissaient désormais les tours de ciment armé, défiant tous les ciels des grandes cités modernes… Devant eux, sur les pelouses parfaites se dressait le palais Wilson avec ses toits à la Mansard, sa tourelle imposante et l'éclat de ses mille fenêtres, flanqué du pavillon nord, verre et métal, construit en six mois pour la Conférence du désarmement. Sur les hauteurs, loin dans l'écrin de verdure, s'élevait le dôme de poussière de l'Adriana, le nuage monté du chantier où pelleteuses et bétonneuses travaillaient à la gloire des nations. Rien dans la paix satisfaite de ce jour d'été ne dénonçait le remuement du monde, il devait faire le même temps radieux sur les places de Berlin et de Munich, à Budapest et à Rome ; l'anticyclone campait, immobile sur l'Europe.

De Sienne, de Lorenzetti, on pouvait bien rêver, mais une fois passé le contrôle, encore éblouis par le soleil excessif du dehors, les deux jeunes gens tombèrent sur la réalité immédiate. D'un regard averti, ils évaluèrent le panorama du vaste vestibule, au pied de la volée de l'escalier central, les agrégats poussifs quittant le café-restaurant, poursuivant de digestives confidences ; là-bas, avisèrent une petite émeute journalistique, appareils armés, guettant la sortie de quelque porte-parole. D'autres circulaient, se hâtant vers l'immense salon des délégués, où reprenait la session, d'anonymes secrétaires, aussi frileux que chauves-souris, tenant à pleins bras les graves dossiers dont ils avaient traqué la formule fautive, la coquille catastrophique, tandis que de vieux messieurs auréolés d'importance, ministres ou ambassadeurs de toutes nationalités, s'acheminaient vers leur siège avec des lenteurs pachydermiques, escortés de jeunes attachés et interprètes, subalternes affairés, dont la suffisance se parait d'une gravité comique. Ah ! ici réunis tant de cols empesés, de fesses grasses, de ventres et d'épigastres bombés, tant de dents sorties en rictus de politesse et de mains serrées, négligentes, enthousiastes, mains obséquieuses aux chevalières d'or poussant leur avantage sur des bras dodus, des épaules avachies… Il était l'heure de rouvrir les débats, déclarait dans le brouhaha le président de séance, un grand maigre Grec à la pomme d'Adam extraordinaire. Hawthorne accompagna encore son compagnon de quelques pas : ce soir, il y avait un cocktail chez Mme Verdussen, la femme très courtisée d'un des directeurs du chantier de l'Adriana : Louvain voulait-il en être ? C'était facile de l'introduire… Non, il n'en serait pas, sa soirée était prise. Il avait retenu son heure de vol, à l'aérodrome. C'était très dommage. On rencontrait là des personnalités originales, gens de théâtre et actrices en vogue. Il y avait un jardin anglais, des balancelles, le seul endroit où l'on ne s'ennuyait pas… En échangeant ces derniers mots, ils approchaient du salon des dames, et du seuil, parmi les quelques groupes attardés, ils ne purent que remarquer la jeune femme, arrêtée près d'une croisée. Figurine de porcelaine, elle tenait la pose tel un mannequin de mode, si élégante et délicate personne sous le pompeux plafond orné des médaillons classiques, la *Musique*, l'*Astronomie*, la *Sculpture* et la *Littérature*, qu'on eût dit un bibelot rare posé là par malice, coquette poupée de soie rose sertie dans le décor des boiseries blanches rehaussées d'or.

— Tiens ! Julia Brighten, souffla Hawthorne, retenant Louvain par le bras. Elle attend quelqu'un, dirait-on…

— En confidence, mon cher, souffla celui-ci de même, je crois que c'est moi.

D'étonnement, Thomas Hawthorne s'écarta, considéra le jeune stagiaire, qui filtrait vers là-bas un regard amusé, laissant à plaisir durer la surprise.

— Elle a demandé audience à notre ministre, qui a d'autres affaires étrangères à fouetter, cet après-midi, murmura-t-il. Je suis désigné pour faire office. Qui est-ce ? Vous la connaissez ?…

— Attention à vous, Louvain. Une intrigante, un peu folle. Redoutable. Si elle s'expose ici, c'est pour faire savoir à notre délégation qu'elle a plus d'une ambassade dans son sac, et plus d'un obligé à son arc.

— Peste ! Dites-m'en davantage, Hawthorne. Sinon je ferai un impair, peut-être deux.

— Son père est le banquier John Brighten, de mes compatriotes. Ayant survécu aux tranchées de la Somme, il s'est avisé que la vie valait désormais d'être employée à plein temps : il exploite à grande échelle des champs pétrolifères en Roumanie. Lucratif commerce, grosse fortune, croyez-moi. Avec sa petite famille, il voyage beaucoup, il est de toutes les cures thermales, asthme récidivant, séquelle de gaz chimiques, je ne sais. Invité à tous les salons industriels, il y fait la promotion de ses affaires, et lorgne sur celles des autres… Julia Brighten a été pensionnaire des meilleures écoles. Polyglotte, sept langues, dont le roumain, l'allemand, le français : vous êtes battu, Louvain. Un diplôme de droit en Sorbonne, le gratin. Emancipée, sportive – votre savate sera courte –, et moderne, résolument moderne. Petit scandale : elle est en train de divorcer d'un mariage arrangé, un aristocrate local. Cela fait du bruit à Bucarest, et donne du souci à son père. Une enfant gâtée, des relations partout. Journaliste à temps perdu : pour le moment, elle potine, mais elle a des ambitions, et le bras long. Un conseil : gardez votre langue. Laissez-la parler…

— En voilà, une fiche ! Vous qui n'avez pas la mémoire des gens… En tout cas, merci du conseil, et, donnant, donnant : cela vous vaudra bien un petit rapport.

— Je n'osais solliciter.

— Mais si, osez donc…

Abordé par un secrétaire qui l'entraîna aussitôt vers l'assemblée maintenant pleine, Hawthorne laissa là le jeune homme, qui se dirigea nonchalamment vers la visiteuse. Celle-ci tournait ostensiblement le dos, profondément absorbée par le spectacle des pelouses vertes et du ciel bleu. Même de dos, une silhouette téméraire, provocante et séduisante, sa mince taille savamment déhanchée, drapée dans la soie d'une robe haute couture, son petit bibi de biais sur l'oreille, très primesautier, et le double rang de perles, parfaites sur sa nuque dégagée, à distance répandant les effluves d'un parfumeur célèbre, Ricci, n'est-ce pas ? Le jeune homme mordait sa joue, réprimant un sourire, et comme il était à deux pas, elle se retourna brusquement, lui tendit ses petites mains gantées, rieuse.

— Méchant, dit-elle. J'ai failli t'attendre !…

A Choisy, les dernières équipes quittaient les ateliers, des volontaires du samedi, gratifiés d'une prime d'une heure pour l'après-midi de ce jour normalement chômé. Au bout de la rue, les usines Bertin-Galay avaient fière allure. Dôme de fonte et cinq étages de bureaux, perron à péristyle, l'architecture affichait la prospérité insolente, à son fronton l'emblème de la marque : la célèbre galette d'or échancrée d'une dent gourmande au milieu de laquelle le sceau rouge B&G, tel un blason moderne, captait le soleil du soir, et le même motif se répétait en frise tout le long du toit. Du coup, l'ensemble évoquait davantage un théâtre qu'un établissement industriel ; du moins en façade car dépassaient derrière les tours d'acier, les cheminées crachant haut dans l'air leur fumée droite, dix hectares de béton, hangars et ateliers, une ville bâtie jusqu'à la Seine. Depuis deux mois qu'elle arpentait Paris, Camille avait eu loisir de rencontrer le sigle partout reproduit dans les publicités, les journaux, et sur les affiches qui proclamaient : *La santé, c'est B&G, goûtez le bon goût B&G*, ce slogan répandu en France et une bonne partie de l'Europe sur les paquets de biscuits, les plaques de chocolat, les sachets de café de la firme. Le sigle pavoisait sur la portière des camions, des estafettes de livraison, stylisé en ferronnerie aux fenêtres, sur l'en-tête du papier à lettres, jusque sur le tablier des ouvrières, cousu à la place du cœur…

De cette entreprise, moins que tout autre, elle connaissait les arcanes. Qui l'aurait éclairée là-dessus ? Son enfance américaine avait ignoré le sujet, comme beaucoup d'autres concernant une histoire qu'il fallait taire, tenir dans la distance et l'oubli, la période honnie de la guerre qui avait dispersé sa famille, mis un océan entre les uns et les autres. Personne n'en tenait conversation autour d'elle, et elle se souciait bien peu, enfant, puis adolescente, d'interroger sur cette *fabrique* familiale. Seul l'oncle Daniel y faisait parfois allusion, comme d'une plaisanterie fameuse. Mais quel crédit accorder à cet oncle fabuleux, qui brassait les affaires, s'enrichissait et se ruinait chaque matin, fastueux gangster de cinéma aux poches pleines de cadeaux, quittant un avion pour un palace, un cigare pour un plongeon dans la piscine, courant après sa dernière fiancée ou un nouvel appel au téléphone, sans cesser d'en rire. Dans sa bouche d'*entertainment producer*, ce terme de fabrique n'évoquait rien que d'ancien et de désuet ; sa condescendance se teintait pourtant d'émotion ou cachait un ressentiment secret… Quant à elle, elle y associait surtout la figure redoutable de sa grand-mère, l'aïeule d'un autre siècle, les souvenirs cuisants qu'elle en gardait, pleins d'étrangeté et de frayeurs enfantines. Elle avait grandi sans bien savoir quelle part réelle son père et ses oncles, Gabrielle, et même son frère, ses cousins, avaient à cette affaire familiale, dont Mme Mathilde, en dépit de son grand âge, tenait les rênes sans désemparer, mais c'était si loin la France, et Paris…

Pourtant, à peine débarquée de New York, début juillet, le notaire lui avait donné leçon sur ce pan d'histoire familiale. Elle avait subi l'exposé avec le sentiment très désagréable d'être chapitrée sur ordre. Tout en tapotant les épais dossiers sur son bureau, il l'avait informée avec onction de l'état de ses biens *propres*. Chaque fois qu'il prononçait le nom de la firme, il avait un papillotement ému, choqué qu'elle parût incrédule et même insensible à ses représentations. Plein de commisération pour tant d'ignorance, l'air gourmand de ceux qui offrent des friandises aux enfants, il lui avait chuchoté des chiffres d'une voix de confessionnal, exaltant l'empire qu'était B&G, le fleuron, le fer de lance, l'orgueil de l'industrie française, et quel honneur, quelle providence c'était d'en être, mademoiselle Galay ! L'appartement de la rue Buffon, une misère à côté des titres qui lui revenaient, en biens propres. Ce mot répété à l'envi l'avait autant troublée que celui de fabrique. Qu'avait-elle en *propre*, vraiment, et à quel *titre*, pour porter si mal le nom des Galay ? Dans le silence douillet de l'étude, à elle, ivre de voyage et de chagrin, il susurrait avec convoitise ses espérances, assurant qu'il se faisait fort désormais de gérer à son avantage les bénéfices générés, placés en investissements sûrs, qu'il chiffrerait, à terme. Elle n'avait signé que le legs, pour avoir les clés de la rue Buffon. En bien propre. Pour le reste, elle réfléchirait.

— Réfléchissez, disait-il, bonhomme. Il faut toujours réfléchir…

A quoi ? Elle ne savait. Elle se donnait jusqu'au retour de ses parents, à la fin de l'été. Jusqu'à l'arrivée de Magda. En attendant, elle était seule, le temps qu'il faudrait, pour devenir quelqu'un, et elle y était peut-être parvenue. Elle était surtout parvenue en bas du boulevard Saint-Michel. Devant une colonne Morris, elle était tombée en arrêt à la vue de l'énorme galette : *Goûtez le bon goût B&G* ! Réfléchissez, disait le notaire. Jos était adossé à la colonne, d'accord avec elle d'occuper son temps mieux qu'en promenades. De partir en reconnaissance et d'aborder la question par le biais le plus direct : celui des réalités. Elle avait une visite à rendre, grâce à lui elle venait de s'en souvenir… Alors c'était très cocasse, et assez consolant, que de se présenter à l'embauche, et elle n'avait guère été intimidée par cette forteresse de Choisy, tout ce faste déployé, ni par la secrétaire qui remplissait pour elle le formulaire d'un air suffisant d'institutrice. Avait-on ravalé le béton, pour que l'usine parût si neuve, au bout de quinze ans… Quinze ans ?

Une seule fois dans sa vie, elle était venue là, avec ses cousins Guillemot. C'était un hiver de l'après-guerre, lors d'un des séjours de vacances en Europe. Elle ne se rappelait pas qui avait eu l'initiative de leur visite, les avait conduits, enfants élégants, à la *fabrique* de Choisy. Seulement que l'avait alors frappée le défilement des rues maussades du faubourg jonchées de détritus, qu'ils avaient traversées, assis tous les quatre sur la banquette arrière de la belle voiture de leur grand-mère. Simon

Lewenthal les attendait sur le perron, le directeur en personne ; grand, svelte, maintien raide, d'une prestance et d'une froideur intimidantes, surplombant de sa stature la grappe d'enfants ahuris qu'ils formaient à la descente de voiture, engoncés dans leur fourrure. Pas un mot d'accueil. En revanche, dès qu'à pied d'œuvre, disert, d'un faux entrain, fausse déférence. Il présentait comme de considérables personnes la petite demoiselle et ses cousins à tout un, ouvriers et contremaîtres ; eux saluant d'un air respectueux de domestiques. Abasourdie par ce déploiement de puissance, dans cette déformation des échelles propre aux enfants, écrasée par le gigantisme des murs et des machines, hébétée par le vacarme des chaînes que réverbérait la toiture métallique, elle avait écouté, sans rien y comprendre, les explications techniques absconses que professait l'homme grave, indifférent au ridicule de leur groupe enfantin, comme au dédain patent des femmes en tablier, au coup d'œil narquois qu'elles leur lançaient, agitées comme pantins au rythme des machines. Les stridences électriques, l'odeur suffocante, tout cela lui avait paru parfaitement incompréhensible, l'avait désorientée, jusqu'au sentiment d'un désespoir profond. Elle avait dû sembler bien pâle à leur guide, car il l'avait prise d'une poigne ferme, et plus lâchée, comme si elle devait s'enfuir par la première issue. Ce dont elle aurait bien été capable, terrorisée jusqu'à la fin du trajet à l'idée de défaillir, de trahir sa faiblesse. Mais domptée par sa prise autoritaire, pour la première fois de sa jeune vie soumise à une humiliation, une impuissance sans nom, sans démêler quel mépris, quelle bassesse motivaient ce supplice, elle serrait les dents, au bord de l'évanouissement. Comment s'avouer que, de si loin, la grotesque visite des petits maîtres aux usines avait nourri son envie d'y revenir un jour, par la porte qu'elle choisirait, pour venger le souvenir ? Il avait fallu cette vacance du temps d'été, sa solitude dans Paris déserté, pour que, d'une inspiration subite, elle donne raison à Jos. Elle s'étonnait elle-même, amusée plus que contrite, d'y accéder si facilement. Au fond, c'était presque comique de monter chaque matin vers cette entreprise célèbre dont elle possédait sa part, rentes et bénéfices. Sur le perron de laquelle personne ne l'attendait aujourd'hui… Mais ce samedi, elle n'avait pas pris la direction de Choisy, tant pis pour la prime. Elle était venue gare de l'Est accueillir Magda qui arrivait de Budapest, *via* Vienne, un voyage au long cours.

II

La jeune fille qui attendait le train de Vienne n'avait rien en commun avec Miss Brighten, ne portait comme elle soie ni perles, ni bibi, mais pantalon et chemisette de lin clair, lunettes noires ; elle s'éventait de façon assez cavalière avec son journal. Comme à Genève, le temps était estival, mais l'activité des motrices augmentait sensiblement les degrés Celsius. Sous les verrières, pas un souffle d'air. Bon nombre des gens venus accueillir les voyageurs avaient le veston sur le bras, la face luisante de sueur ; l'un ou l'autre allait de temps en temps remplir une gourde à la fontaine, mouiller les mouchoirs pour rafraîchir les enfants. Camille se tenait un peu à l'écart. Après avoir examiné *Le Départ des poilus*, elle toisait à présent les fresques illustrant les destinations chatoyantes d'Alsace et de Lorraine, fraîches allégories touristiques. Elle se distinguait du lot par sa posture et par sa taille, grande, élancée et ferme à la fois, une charpente de garçonne. Le col relevé allongeait sa nuque, rehaussait sa coiffure taillée au carré, une couronne fauve sur le front. Chaussée de sandales de sport, lacées haut, à son dos un petit sac de cuir avachi, elle avait pourtant de l'allure, une distinction naturelle qui donnait à sa cambrure quelque chose d'un poulain lâché dans la prairie ; dans le hall de la gare, c'était une curiosité. Dont elle avait conscience d'ailleurs, affichant sa dégaine, plongée dans son examen des œuvres ferroviaires. Le spectacle qu'elle donnait, celui qu'elle contemplait, cela distrayait de l'attente, car il fallait prendre patience : le convoi avait un retard d'une demi-heure, que déplorait l'employé en nage. Il jouait l'important, s'affairant malgré sa manche de veste vide, mutilé de guerre, à distribuer des prospectus vantant les grandes lignes européennes vers des destinations prestigieuses, Naples, Moscou, Bucarest, Istanbul, les commodités et menus fastueux du Venice Simplon-Orient-Express, de quoi faire rêver les sédentaires qui rôdent dans les gares. Camille avait pris ce train autrefois, trop petite pour en garder le souvenir précis, mais le cerveau est un gisement, rien qu'un nom extrait images et sensations. Celui-là évoquait une longue traversée d'ennui, l'inquiétude qu'enferment les compartiments des trains, vitesse et dispersion, le sentiment d'excitation et de douceur lorsque s'ouvrent sans peine les grilles d'un parc, les portes d'un hôtel, s'écartent les rideaux d'une baie, quand on arrive quelque part où vous attend quelqu'un dans la nuit, une lampe à la main... Elle froissa le prospectus et le jeta dans une corbeille. Magda serait là dans quelques minutes, elles seraient enfin réunies, finirait le no man's land de l'été, sa traversée solitaire.

Camille était à Paris depuis deux mois, personne de sa famille n'en savait rien. Où se perdre mieux que dans la grande ville de son enfance, en quelque sorte touriste en villégiature ? Elle n'était ni une touriste, ni une étrangère. Elle pensait et rêvait en langue américaine, mais elle était française, par sa naissance et son éducation. Par sa famille de vieille souche, bourgeoisie d'affaires, grands industriels parisiens et réseau de relations, cercles d'influence qui assurent pouvoir et notoriété, considération. Il aurait suffi qu'elle descende chez sa grand-mère, la puissante, intraitable octogénaire ; il aurait suffi de se présenter Chaussée-d'Antin, pour avoir ses aises dans son luxueux hôtel particulier. Elle aurait pu prendre le premier train gare Saint-Lazare, débarquer au Mesnil, à la campagne, trouver refuge dans la vieille maison familiale et y guérir son vague à l'âme, se laisser dorloter par les domestiques de son enfance ; chercher la compagnie de ses cousins Guillemot à Genilly, jouer au tennis, aller à bicyclette avec eux sur les chemins. Il aurait suffi d'annoncer son arrivée pour être aussitôt entourée, accaparée par les uns et les autres, accueillie et distraite de mille façons, assaillie de questions, étourdie de rires et de voix, rétablie parmi les vivants. Mais elle voulait ne voir aucun d'eux, n'être vue de personne. En cet état d'hébétude et de chagrin, de détresse sans nom, elle ne voulait que disparaître, pour un temps dont elle disposait, à ses risques et périls. La visite de Magda donnait pour terme la fin de l'été ; en attendant, elle expérimentait la situation à la fois inquiétante et excitante des disparus qui s'absentent sans laisser un mot sur la table, une adresse, qui signent par là un sacrifice sans légende, la revanche négative de leur impouvoir. Amputée vive d'elle-même, elle disparaît. Personne ne la cherche, ne s'inquiète d'elle. Nul ne se soucie de savoir ce qu'elle fait, pense, entreprend, tandis qu'elle va, dans la foule nombreuse des rues, avec le sentiment d'impunité que donne l'anonymat. Dans ce temps dont nul ne sait l'histoire, peut-être a-t-elle une chance de se rencontrer, Camille Galay ? Nul ne m'en dira nouvelle, si je ne me trouve. Si je ne soigne ce mal dont Jos, par sa mort, a ouvert la plaie. Pour la première fois quelque chose m'arrive, cela m'appartient. Elle se disait : Ici, je vais finir de comprendre ce qu'est la mort de Jos. Avant que son fantôme ne s'évanouisse, ses traits, sa voix ; avant qu'il ne m'abandonne. Avant que je ne renonce à lui. C'est ce qu'elle approchait avec peine, honteuse de s'avouer que ce n'était peut-être pas de lui qu'il s'agissait, mais d'elle. D'une autre, avec qui elle avait commencé de vivre, une vieille connaissance perdue de vue, que la mort avait touchée autrefois, dans des limbes de mémoire, l'abandon, la perte, et sans les mots la douleur d'être confisquée à soi, si vive qu'on se demande comment elle a pu si longtemps dormir.

Elle avait quitté New York sans prévenir qui, de quoi, et que dire ? Ses parents étaient comme chaque été de séjour chez leurs amis Zeisser dans l'Allgäu, et cette fois en Europe pour un congé sabbatique de plusieurs mois. Elle n'avait pas d'amis dans la ville, ou bien les jeunes gens infatués qu'elle avait quittés pour suivre Jos. Quelles relations solliciter, pour quel service, quelles bonnes paroles ? Son oncle Daniel, peut-être ? Où le joindre, au Mexique, sur le tournage du film qu'il produisait, contre lui toute la presse liguée, les critiques ricanants, les gens d'argent, à qui il devait toujours davantage, et que pouvait-il pour elle, sinon lui dire en riant de rappliquer tout de suite, de venir s'amuser à faire du cinéma avec lui à Oaxaca. Alors Mamy Baxter ? La vieille dame, fidèle gardienne de la maison de Brooklyn Heights, qui la voyait transporter ces objets dans le grenier, dormir douze heures d'affilée et la laissait repartir, sans trouver un mot. Pauvre Mamy Baxter, impuissante, désolée, dont elle n'avait rien à attendre. Son frère ? Théo aurait-il lâché son campus de Boston, ses algorithmes et ses tournois d'échecs pour accourir, et à quoi bon ? En ces jours affreux, au moins avait-elle appris cette chose très simple, élémentaire, irrémédiable, c'est qu'elle était seule. Pour la première fois de sa vie, non seulement personne ne pouvait rien pour elle, ne lui devait rien, mais l'aide de qui que ce soit la mettait dans le danger de s'éviter. A Paris, elle serait à l'abri, loin des compassions qui défigurent la peine, lui donnent quitus. Elle avait avancé son départ. Au lieu de septembre, c'était juillet. Entre-temps, elle saurait de quoi elle était capable. Si son orgueil, sa liberté, sa neuve conquête servaient à quelque chose de bon.

Elle avait fui New York où partout elle rencontrait Jos. Du fond du *coffee shop*, il la regardait entrer, de cet air équivoque des revenants lui souriait, bouleversant de gentillesse et de jeunesse. Il dégringolait quatre à quatre l'escalier de secours d'un immeuble, sautait d'un bond sur la chaussée, casse-cou. D'une embrasure de porte, il surgissait, sautillait au bord du trottoir. Les bras en équilibriste, il feignait le vertige, au bord d'un abîme… Il l'était ! Dans une rue de Lower East Side, fauché par une voiture. Sa trajectoire par-dessus le capot, fabuleuse dans le contre-jour du crépuscule orange. Cela s'arrêtait là. Il restait en l'air, funambule étonné. Elle s'interdisait de penser la chute, le choc, craquement, corps disloqué. En cet état d'apesanteur, d'une légèreté de plume, indemne. Aucun futur à son vol pour mettre à mal la beauté, la paix. C'était une photo mentale, de celles qu'on ne prend jamais. Alors au prochain coin de rue, de nouveau il téléphonait d'une cabine, lui adressait un clin d'œil, vivant parmi les vivants, de nouveau il marchait près d'elle. Elle s'interdisait de tourner la tête ni les yeux vers lui ; si elle succombait à la tentation, il mourrait. Il s'écraserait sur la chaussée. Mais c'est fait, il est déjà mort ! se disait-elle, incrédule. Elle avait vu son cadavre dans les linges gris de la morgue, son visage endormi, sa mâchoire bâillonnée de bandes. Elle avait vu son cercueil descendre dans la tombe d'un petit cimetière de Cloisters. Elle avait signé des papiers, des formulaires, à l'hôpital où on l'avait transporté. Elle avait vendu l'épave de sa Ford, rangé chez elle, dans le grenier de la belle maison de Brooklyn, le peu de choses qui lui appartenaient, ce qui restait de lui. Il était mort et ne la quittait pas. Il n'était pas en paix. Il voulait d'elle quelque chose de plus, qu'elle avait promis. Cela suffisait à le maintenir en cette présence joueuse et cruelle qui simulait la vie…

Elle avait erré dans les rues, à en perdre la raison. Souvent, au-dessus des voitures filant au fond des avenues, il planait, arrêté en son envol, d'une grâce d'ange moqueur. Si elle renonçait, si, un quart de seconde, d'une distraction, elle oubliait, elle le précipitait pour de bon dans son néant, sombrait avec lui… Le tenir sauf à bout de regard, à bout de pensée, en était-elle capable longtemps ? Elle courait à des buts absurdes, une visée si vague qu'une fois rendue, égarée, elle repartait à contresens dans la trépidation urbaine, l'ombre des buildings obscurcissait sa vue. Dans les quartiers pauvres d'Italy, sur Bowery Street, elle cherchait une boutique qu'ils fréquentaient ces jours derniers, où il devait être à l'attendre, chez ce marchand chinois, à cette agence, qu'elle savait soudain être de l'autre côté de la ville, vers Hudson River, où elle courait, et elle se réveillait d'un somme de brute, sur un banc de Battery Park, à la nuit tombée. Elle soliloquait aux carrefours, assise sur les marches elle attendait que Jos sorte de la Public Library, une patience d'aliénée. Jusqu'à ce qu'elle sente contre elle le poids d'un corps affalé, odeur infecte, la main qui palpait son genou, un mendiant. Si répugnante et douce apparition, sainte face ravagée contre la sienne que, revenant à elle, grelottant de peur, elle avait eu froid, si froid, en plein soleil ! Les entrailles, les os glacés : morte ! Quel fonds de bon sens, instinct de survie, lui avaient-ils dicté de partir, de quitter ce foyer infesté. Le voyage, la traversée d'océan, parenthèse anesthésiée de sommeil, elle s'en souvenait à peine.

Une fois à Paris, elle avait eu tant à faire, que c'était une ivresse de réalité. Tant de dispositions matérielles à prendre : une providence. S'installer rue Buffon, dans l'appartement, puisqu'il était à elle à présent. Habiter un endroit où Jos ne serait pas ! L'air sentait la naphtaline, la moisissure, partout des toiles d'araignée et quelle poussière, mais affronter ces vieilleries, faire entrer la lumière, aérer, battre les tapis, quel combat héroïque avec l'ange ! Puis passer chez le notaire, à la banque, trouver un peintre, un plombier, des actions d'importance qui vous sauvent l'esprit. Résoudre une à une les questions urgentes, comme faire rouvrir le compteur, gaz à tous les étages, la ligne de téléphone, et ranger, trier, déplacer une commode, choisir une lampe, s'emparer des objets, les malmener, un programme étourdissant. Remplissage des premières heures, des premiers jours, cette agitation domestique donnait un sentiment euphorique, mais ensuite ? Les choses ne résistent pas, elles sont dociles et bêtes, elles obéissent. Changer les meubles de place ne donne qu'une satisfaction passable. Plus rien à faire, qu'occuper l'espace étranger de l'appartement, celui de la ville, aller au soleil des rues où Jos n'a jamais été. Et partout les gens vaquaient à leurs occupations, comme si de rien n'était. Elle ne pouvait ouvrir la porte de la boulangerie sans tomber sur de pathétiques créatures en train de papoter, platitude et désolation. Des femmes léchaient les vitrines avec une expression d'avidité révoltante. Au Luxembourg, des enfants gavés jetaient leur brioche aux pigeons voraces, les gens flânaient, ignorant la mort ricanante accrochée à leurs basques. Au musée, des amateurs contemplaient les madones primitives comme s'ils en attendaient révélation des intrigues du monde et des desseins de Dieu… Toute cette inanité, cette bassesse blessaient sa vue, nourrissaient une colère nouvelle. L'ombre de Jos dévaluait toutes choses ici-bas, les rendait insupportables et vaines, et nul sanctuaire pour le mettre à l'abri, lui épargner sa vie de vivante, qui continuait sans lui. Il aurait fallu dormir du même sommeil létal, laisser le monde à sa laideur, à son poids d'épaves éparses et négligeables...

Mais elle ne dormait pas, ses forces, toujours neuves, sur le qui-vive, avide de ce spectacle scandaleux, l'esprit battant la campagne, un tel désarroi ! A tout moment, l'ombre portée d'un arbre réclamait sa vue, l'inclinaison d'une branche, la chaise en fer d'un square, un pan de lumière sur le toit. L'éclair joyeux d'une vitre qu'on ferme, et sur le rebord de la fenêtre, le pigeon ébouriffé, son œil rond, réprobateur. Elle naviguait à vue, propulsée dans la netteté du soir, sans repères, rime ni raison. Une fois, au Luxembourg, elle avait fondu en larmes. L'inondation subite l'avait prise en traître. Jusque-là, elle n'avait pas pleuré, cœur sec. Mais, une fois amorcée, la source lacrymale était sans fin, puérile, bienfaisante. Fontaine des pleurs, elle allait d'un banc à l'autre, suffoquée de déréliction. Etait-ce vraiment cela, la disparition ? La sienne, ou celle de Jos ? De quoi pleurait-elle ? Jamais plus il ne saurait qu'il y avait des feuilles aux arbres, épuisées de lumière et de vent. Qu'il y avait une rose d'été, dans son calice une abeille affairée à sa survie minuscule, des moineaux picorant dans le gravier. Celui-là, à ses pieds, secouait de son bec menu une énorme miette, acharné à en tirer sa pitance, son obtuse obstination de bestiole si touchante de vaillance, si brave et tout petit qu'elle en riait, au milieu de ses larmes.

Pourtant, chaque matin, elle se réveillait d'aplomb. Etonnée de son bon sommeil, de la nuit si brève et de la jeune lumière qui traversait les persiennes ; de sa grande envie de café noir, de pain grillé. Choquée que son image, dans la salle de bains, ait si belle mine et bonne santé. Le monde était encore attrayant, en dépit du chagrin, immense, des mouchoirs trempés. Malgré le remords et la colère, elle allait bel et bien au musée, traversait les jardins, achetait du pain et du lait, réglait la facture du peintre de la rue Buffon, et buvait un verre de chardonnay au zinc, le garçon lui souriait. Alors sa rage de vivre la désolait moins, la tentation du jour ne lui paraissait plus si détestable. Maintenant, Jos ne restait plus suspendu dans l'air orange du soir. Elle pouvait voir l'accident aller à son achèvement, selon son régime propre de réalité, à pleine vitesse, la collision, la voiture surgie, disparue. Il gisait sur la chaussée. Elle se souvenait qu'il disait : *It's all right*, je suis bien. Ce n'est rien. Elle se souvenait qu'ils avaient rendez-vous, elle était en retard, elle courait. Il la voyait courir, traversait à sa rencontre. Il tombait, flasque, poids de chair et d'os écrasés, ce choc. Elle en criait, à genoux près de lui qui disait : Tout va bien. Je vais dormir. Il avait tenu deux jours. Elle se demandait, à le voir si peu abîmé, sans attelle ni plâtre, sans pansement : Que fait-il là ? Partons. Viens, allons-nous-en, à présent. Il n'y a rien à faire, inopérable, disaient les médecins. Qui étaient ces gens, si sûrs de leur verdict. Ils n'y touchaient pas. N'y touchez pas, ne le soulevez pas. Il respirait faiblement, l'amplitude courte de sa poitrine sous les draps. Il la regardait à travers des loupes intérieures difficiles à comprendre. Ce sont les stupéfiants, disait l'infirmière. Pourquoi stupéfier un mourant ? Elle promettait. Sait-on ce qu'on promet, n'importe quoi. Ce qu'il veut de sa volonté entière, dernière, sa volonté folle de tout petit enfant. Il demandait, la voix étranglée de timidité, d'impatience, et elle répétait : Oui, je promets, oui. A peine se connaissaient-ils. Six mois. Cent cinquante-trois jours, précisément. Avec lui finissaient l'inconsistance et la légèreté, la maladie chronique à quoi tout enfant aspire d'échapper par mille résolutions, dissoutes chaque matin, rageant de ne trouver jamais l'acte par lequel il prend pied dans l'existence et il avait fallu ces six derniers mois, tout ce qu'elle venait de connaître avec lui, pour être, aujourd'hui, seule dans la ville, inconsolable de cette amitié qui l'avait baptisée à elle-même. Jos avait surgi dans sa vie, tout entier en son âge armé pour être celui qui lui ouvrait l'expérience nouvelle de sa mue. Jusque-là, elle avait plus ou moins bien emprunté les rôles que dictait son milieu. L'enfance, la jeunesse végète en territoire étanche, nulle prise ne donne accès. D'une embardée, elle mettait fin à sa dépendance, en rupture de famille, d'amis. Elle partait sur les routes d'Alabama avec un inconnu, un traîne-misère : six mois d'absence, en roue libre. Enfin elle-même, une vraie personne.

On ne voit pas venir le tournant, on s'y trouve brusquement. La circonstance vous pousse où vous alliez, vous étiez prêt, sans doute. Ce matin-là, dans un couloir de l'université, elle s'est arrêtée devant les annonces punaisées aux murs, devant lesquels elle était passée cent fois. Jobs faciles pour privilégiés en manque d'activité, d'expérience et d'initiative, que vante l'époque, ravagée par le chômage de masse, ironie remarquable : *Do it yourself. Freedom is money.* D'argent, elle ne manque pas. De liberté non plus. Elle peut le faire *by herself,* serveuse de bar, ouvreuse de cinéma, coursier, vendeur de journaux. Tireur de photos ? Elle s'était présentée à l'agence, c'était à prendre dans l'heure. Elle n'avait aucune idée du business, ni des tarifs en vigueur. Du jour au lendemain, elle travaillait sur la plage de Coney Island, dans une minable boutique de photos-souvenirs. Il y avait des toiles peintes grossièrement barbouillées, trouées d'orifices où les gens passaient la tête, aviateurs d'un aéroplane, chasseurs d'Afrique terrassant un lion, gros bébés en barboteuse, au choix : un dollar le cliché. Le soir, souvent tard dans la nuit, elle développait les portraits dans l'arrière-boutique, à la tireuse automatique. C'était très mal payé. Le gérant, un sous-traitant douteux, passait prendre la recette de la semaine ; mais elle avait appris les rudiments et la débrouille. C'est là que sa route croisait celle de Josef Nádas.

Abrutie de sa nuit de tirages, mettant le nez dehors en bâillant, frileuse, affamée, elle avait d'abord pris le jeune homme endormi contre les planches de sa boutique, son sac sous la tête, pour un campeur d'occasion, un clochard échoué de l'aube. A l'horizon, le soleil énorme sortait des brumes atlantiques, éblouissant les chromes de sa vieille Ford. Assis sur le caillebotis de la promenade, ils avaient fait connaissance, en partageant sa thermos de café et le premier hot-dog de la baraque voisine. Le grand 8 et les attractions foraines étaient encore sous leurs bâches, leurs échafaudages aux guirlandes éteintes et leurs enseignes dépeintes faisaient un décor de théâtre délabré ; il y avait de rares flâneurs, minuscules silhouettes au loin sur la plage, jonchée de papiers gras. Il l'avait fait rire, en vantant ses ressources d'homme à tout faire : il savait coudre et tricoter, souder, réparer un moteur de voiture, tresser un panier, réduire une luxation, servir la messe, ressemeler des chaussures avec un bout de pneu, écrire à la machine avec deux doigts, à toute vitesse, et faire des nœuds de marin. Il pouvait marcher sur les mains. Ce qu'il démontrait, illico. Vidant ses poches sur le sable, trois dollars, une mandarine, et les clés de sa voiture, son seul domicile.

— Moi Jos, toi Camille, grimaçait-il, moqueur. Une fille comme toi ne traîne pas dans ces zones-là, Camille Quoi ?

Elle avait donné son nom, qui ne lui disait rien. Enfin un qui ignorait les célébrités. Mais dès que donné le sien, elle avait ri de la surprise : Josef Nádas, Hongrois. Hongrois ? Envolé, exilé vers le Nouveau Monde, mais là-dessus il ne s'étendait pas, il n'avait rien à raconter des vieilles histoires, même pas à tenter quelques mots avec elle, qui prétendait parler sa langue étrangère, fière d'en connaître assez pour une conversation : il était américain. Elle aussi, non ? Lui, il avait son *pass*. Il avait connu la quarantaine de Long Island, interrogatoires, probation, bon pour la citoyenneté américaine. Son périple, Prague, Vienne et

Amsterdam, où il embarquait cinq ans plus tôt, c'était dessiné du doigt sur le sable, effacé aussitôt d'un revers de main. Il avait fait tous les petits boulots. Cireur de chaussures, ouvrier agricole, métallo dans une usine de Denver, échotier pour un journal local, et puis avait appris le judo avec un Chinois de Philadelphie ; à Chicago photographié les chats écrasés, les assassinés, les crimes : auxiliaire, en free-lance, précisait-il ; et les combats de boxe à New York. Enfin, chômeur, il était devenu par accident balayeur en chef à la bibliothèque de l'université de Columbia. Et là, était tombé, des livres ouverts un soir rien que pour lui, sur les photos de Jacob Riis, de Lewis Hine, les pionniers de la photo documentaire. Il avait rendu son balai.

Il ne se vantait pas, il réfléchissait, tirant de ses expériences une philosophie déconcertante selon laquelle il faut vivre au présent. Etre soi, c'est vivre au-dehors de soi ; se suivre, c'est se précéder. Nomade, libre comme l'air. Mais l'air n'est pas libre, disait-il : il obéit aux vents. A toi de choisir lequel te pousse. J'ai un *deal* avec la réalité, disait-il. La réalité est mon genre de vie. Une règle qu'il mettait en application, reporter à son compte, avec son matériel photo dans le coffre, ses effets et ses livres. Un bureau d'expertise agricole de Philadelphie lui avait acheté des clichés pour illustrer son bulletin, alors lui était venue l'idée d'un retour à la région où il venait de passer l'hiver, un séjour de terrain qui lui donnait des lumières personnelles, ignorées des experts en chambre : les effets de la dépression dans les petites villes et les exploitations agricoles du Sud. Il avait des photos à faire, d'un certain point de vue. Pas besoin de statistiques et de commentaires : la réalité nature, sous le soleil cru, avec son Vest Pocket, pas très bon, et son Rolleiflex cabossé, d'occasion.

Il ne l'avait subjuguée ni intimidée, seulement séduite par sa force solitaire. Elle avait de l'argent, c'était un contrat équitable que de payer l'aventure. Aux siens, elle avait dit : Je vais étudier l'économie dans le Sud. Deux jours plus tard, elle partait avec lui. Elle avait envie de servir enfin à quelque chose, d'être utile à quelqu'un. Pour se montrer à la hauteur, elle avait trompé ses forces, coopéré, enduré sans un mot. La précarité de la vie itinérante, l'inconfort, le dénuement, la saleté, elle n'en avait jamais eu l'idée. Dans les premiers temps, c'était pittoresque, enivrant et facile, puis c'était devenu beaucoup plus ingrat que tout ce qu'on pouvait s'imaginer dans les hauts de Brooklyn où venaient les chiffres de la crise, calculés par les experts de Wall Street. Dans les films, les mendiants avaient toujours la bonne mine des acteurs de cinéma ; même dans les actualités, on avait du mal à réaliser. Elle avait serré les dents, d'orgueil, d'humilité, de peur qu'il ne la laisse au bord de la route, à une gare d'autobus ; qu'il ne se déleste tout de suite de cette assistante indigente. De peur qu'il ne la garde que pour son argent.

— Mais tu peux arrêter quand tu veux, disait-il doucement. Moi aussi. Tu paies, mais tu ne m'achètes pas. On n'est tenus à rien, qu'à notre liberté ; elle seule nous oblige. Alors, on est quittes, compagnon ? Moi aussi j'ai été apprenti…

Pour l'encourager, une de ses rares confidences, il lui avait raconté un épisode à Prague, son apprentissage de la photo avec un type manchot, le bras perdu dans une tranchée, qui trimballait son attirail sur le dos. Un nommé Sudek, bossu appareillé de génie, qui attendait des heures la bonne seconde pour prendre une flèche de soleil dans la cathédrale Saint-Guy, les rails du tramway dans la neige, la nuit et le brouillard. Jos avait été son étudiant de Prague, pauvre et amoureux. Il avait fui la tentation des miroirs qui vous font vendre votre âme au diable : à ce sorcier, il aurait donné la sienne. En avant, disait-il, tapotant le volant, et il y avait devant eux la route plate du Sud, ruban noir jusqu'à l'horizon.

Ils avaient eu des petits matins sinistres, le réveil à l'aube sur la banquette arrière de la vieille Ford, le dos rompu, les membres gourds, la thermos de café froid, dans les détritus. Huit jours de campement sans se laver, sans changer de vêtements, sans les commodités d'un motel de fortune, qu'ils s'offraient de loin en loin. Il était bon camarade, loyal en affaires. Elle tenait leurs comptes à jour, le cahier de bord de leur randonnée et archivait les bobines de négatifs, comme il le lui avait appris. A temps perdu, au campement du soir, il lui avait aussi montré un peu de judo, qui consiste à ajuster à soi la force de l'autre. Des recettes de ragoût hongrois, et expliqué la photo : une façon de négocier le droit de prendre sans offenser, de donner avant d'emprunter. Il disait : Déclenche après réflexion, après le temps que demande l'image pour se réfléchir quelque part. Pas forcément dans la tête : là. Il montrait son plexus. Entre le cœur et l'estomac. Juste à l'endroit où il tenait son Rolleiflex. Prends ton temps. Un bébé mort, la faim, la crasse excluent la précipitation. Ce sont des faits sobres, sans bavure, temps morts. Tu auras le temps du désespoir, plus tard ; ne gaspille pas ta monnaie. Ne te mets pas en frais : l'enfer est une économie de temps long. Elle avait eu du courage, de la constance, elle avait encaissé le choc, loin des villes et de leur richesse, loin d'elle-même. Elle avait vu les bourgs déshérités d'Alabama, dévastés par la dépression, cahutes branlantes au bord des routes de poussière, fermes vides où s'engouffrait le vent des plaines, campagnes sans récoltes ni vergers qu'abandonnaient les familles entières, chassées par la misère, hordes nomades échouées dans les camps de fortune, parmi les immondices et les épaves de leurs guimbardes épuisées. Avec Jos, elle avait habité chez les métayers sans terre, sans souliers, sans travail. Elle les avait photographiés dans leurs masures de planches, tapissées de vieux journaux, plancher nu, une cuvette, le poêle, la chaise ; debout sur le seuil, leurs mains calleuses, couleur de terre, pendant au bout des bras, leurs mains ouvertes sur du rien. Elle les photographiait avec leur consentement, au prix de leur volonté donnée. Jos payait leur nuit dans la grange, la bouillie de maïs, les saucisses de porc, si peu cher que c'était une honte. Ils ne nous font pas la charité. Leur pauvreté n'est pas à vendre, elle est un capital exorbitant. Nous n'avons pas les moyens de leur dépense. Chômeurs, ouvriers agricoles itinérants, femmes de fermiers affamées, leurs enfants. Un genre de vie qui donne *l'œil objectif*.

Quittons-nous là, disait Jos, au retour. On a fait un bon voyage ensemble, compagnon, mais je ne suis pas ton genre, tu n'es pas le mien. Vois, je marche sur un fil, je suis un cirque ambulant, Barnum à moi tout seul. Il faisait l'équilibriste, au bord du trottoir. Si par malheur je tombais dans tes bras, je ne m'en relèverais pas. Ne tombe pas dans les miens : ce n'est pas un endroit pour toi. Tu cherches autre chose. Je ne sais pas quoi, ce n'est pas de mon ressort. Débrouille-toi.

— Je veux voir les photos tirées. Je veux aller à l'agence avec toi, insistait-elle. S'ils n'en veulent pas, je connais des gens utiles. Allons chez Julien Levy, il a sa galerie, sur Madison Avenue, près de la 57e Rue.

— Les beaux quartiers de Manhattan, ricanait Jos. Tous des pictorialistes, des surréalistes. Des faiseurs de jolies images. Tu me prends pour un artiste ?

Il mettait à ce mot un mépris qu'elle entendait comme un reproche, et si elle revenait à la charge, le malentendu s'aggravait.

— Il y a des revues, des journalistes qui écrivent des articles, on va leur montrer les épreuves. A quoi bon, sinon ? Pourquoi avons-nous fait tout ça ? Tu n'as pas le droit de laisser tomber…

— Laisser tomber quoi ? Je n'ai pas de mission évangélique. Il lui boxait les côtes en riant. Si j'arrive à les vendre, on partage, on solde notre compte.

— Je n'ai pas de compte avec toi, j'ai une dette.

Il était furieux de ce mot. Moi aussi, je connais des gens, pas les mêmes que toi. Mes relations sont incompatibles avec les tiennes. Infréquentables. *Underground*, il y a encore des dessous qu'on ne visite pas. Tu n'y connais rien, petite. Tu es née dans le bon berceau, *baby*, tu auras du mal.

— Que sais-tu de ma naissance ? criait-elle, au milieu de Bowery Street. Je t'interdis de parler de ma naissance, tu ne me connais pas. D'où sors-tu, toi ? Tu as beau jouer le clochard céleste, tu ne me la fais pas. D'où viens-tu, pour me faire la leçon, le Hongrois ? Je connais ta Hongrie aussi bien que toi. J'y suis allée plus que tu ne crois…

Il ricanait, mains aux hanches, pâle au soleil de juin. Fous-moi la paix, avec la Hongrie. Barre-toi. C'était leur première dispute. Elle l'avait planté là, elle courait vers la station de Broadway. Il l'avait rattrapée et prise à la taille : Une fois, je reviendrai à New York. On boira un verre, on ira à Coney Island, faire des photos dans l'aéroplane, la tête dans le trou. Il l'avait embrassée sur le coin de l'oreille, un baiser perdu. Elle n'était pas amoureuse de lui, elle avait besoin de quelqu'un.

Elle était rentrée à Brooklyn Heights, maison déserte, famille envolée. D'où sors-tu, *my Lord* ? L'Alabama, c'est au diable ! As-tu pas honte d'être nippée comme une filles des rues, une perdue, n'y a-t-il pas assez de misère ? Mamy Baxter avait jeté ses affaires à la poubelle, la salopette en loques, les chemises sales, les sandales éculées. Elle avait fait couler un bain chaud. La voyant si maigre, la vieille dame gémissait de plus belle. Si Gabrielle savait ça ! Et ton père ? Trois cartes postales en six mois, cherches-tu à nous désespérer ? Camille avait revu Jos tous les jours ; elle ne renonçait pas, il ne la quittait pas. La vieille Ford était dans un garage du Bronx, pour révision totale. Il logeait dans un asile de chômeurs, sous le pont de Brooklyn. Elle le suivait dans les boutiques, les bars, où il rencontrait toutes sortes de gens louches et aimables, placidement assis du matin au soir à des tables sales avec le même godet de vodka, ou d'ouzo, ou d'alcool de riz, croquant des graines de tournesol, des bretzels ou des cornichons. Qu'avait-il à trafiquer au noir, à négocier, dans ces palabres paresseuses qui n'avaient rien à voir avec les photos, avec la crise et l'Alabama ? Elle ne comprenait pas pourquoi les photos soudain n'avaient plus d'importance, ce qu'il cherchait dans ces rencontres. Tu auras du mal. Une fille comme toi ne traîne pas dans ces zones-là. Elle l'attendait à l'écart, pendant des heures regardait la portion de rue encadrée par la porte du café, un découpage curieux où passaient des séquences courtes, somnolente et vide, si loin de ce qu'avaient vu ses yeux, là-bas, et elle descendait doucement, en flottaison lente dans des abîmes de rêverie. Cela avait duré huit jours. Puis il était mort.

S'il ne l'avait pas rencontrée, s'il n'avait pas dormi une nuit contre la baraque de Coney Island, s'ils n'étaient pas partis ensemble, il ne serait pas mort. Si elle ne s'était pas accrochée à lui, si elle n'avait pas couru au rendez-vous, en retard… Ce retard la condamnait. Et pour racheter la faute, réparer le mal, conjurer le destin, le mauvais sort de la fée oubliée qui lui donnait pouvoir de malheur, au seul contact de sa main, à sa seule approche, elle aurait payé le prix exorbitant dont il parlait, mais quel en était le prix, la monnaie ? Elle avait promis de porter un jour, à cette adresse de Budapest, la chose qu'il lui confiait. Au fond de ma sacoche, au fond, regarde. Ivre de morphine, de poisons internes, hémorragies lentes, la bouillie que c'était dedans, elle ne voulait pas y penser. Il brûlait de fièvre, à le toucher elle brûlait aussi. Au fond de ma sacoche. En Hongrie, jure-le-moi, fais-le. Une sorte d'étui, boîte de cuir rouge patiné, fermé d'une serrure. Elle avait donné sa parole de le rapporter à Budapest. Au milieu des flambées de peur, son serment inaudible mourait entre ses lèvres gercées. Elle recouvrait sa voix de la sienne, perdue dans son souffle et alors elle disait ces mots en hongrois, il répondait de même, dans la langue qu'il ne voulait plus parler.

Personne ne lui avait jamais rien demandé, elle n'avait jamais eu à donner. D'ailleurs, il ne demandait pas, il exigeait, avec son autorité absolue de mourant. Elle ne donnait rien, elle s'accaparait du viatique délabré. Elle s'emparait, jalouse, du serment qu'elle faisait, se sommait d'être à sa hauteur, suppliante d'une prière qu'elle s'adressait en propre. Son poids, aussi léger que celui du petit étui, la lestait d'amour, d'une joie noire qui illuminait son obscurité, il annonçait la réconciliation prochaine avec elle-même, la dette acquittée, et l'âme de Jos serait en paix. Au début, elle l'avait gardé sur elle, un objet de poche qu'elle s'affolait de perdre, vérifiant qu'il était toujours bien là, mais elle avait apprivoisé sa présence. Maintenant, elle le laissait rue Buffon, dans le tiroir de la commode, il attendait. Avec la sacoche, pleine des négatifs de Jos. Prends ton temps, laisse réfléchir ta pensée, là. Entre cœur et estomac. Avant la fin de l'année, elle irait à Budapest, elle accomplirait sa promesse. D'ici là, Magda serait là, une alliée, une femme soldat entraînée aux combats. A elle, elle raconterait l'histoire de Jos, et celle de sa disparition, tout ce qu'il avait changé de sa vie. Les rues n'étaient plus si invraisemblables ; à force d'arpenter les quartiers, leur géométrie mentale devenait très raisonnable, un discours de la méthode urbaine, qui remettait la vie d'aplomb. Elle pouvait considérer les carrefours sans s'effondrer et pleurer comme une Madeleine, envisager le paysage sans désespérer des invitations de l'été. Les choses s'étaient simplifiées, d'une actualité élémentaire que le jour clarifiait à ses yeux.

C'est ainsi qu'elle était tombée en arrêt devant la colonne Morris, en bas du boulevard Saint-Michel, avait lu les affiches. Au Théâtre Montparnasse, *Crime et châtiment.* A la Comédie des Champs-Elysées, une pièce de Jules Romains, *Monsieur Le Trouadec saisi par la débauche*, programmes d'automne. Une réclame pour Philips Radio, reçoit ondes courtes et longues ou moyennes, ignore le fading, 1 950 francs. Réclame pour les biscuits Bertin-Galay, une affiche superbe. Galette d'or avec son sceau rouge, les usines stylisées en frise à cheminées fumantes, signée Cassandre. Alors, elle n'était pas du tout étonnée de voir Jos, adossé à la colonne, nonchalant. Il n'était pas un revenant équivoque et menaçant. Il la regardait avec amitié, avec confiance et bonté. Son petit sourire engageant lui disait qu'elle était sur la bonne voie, qu'elle venait d'avoir une très bonne idée…

Gare de l'Est, le train paraissait enfin. Au loin, l'énorme motrice crachant sa vapeur et le convoi, écrasé par la perspective, semblaient faire du sur-place dans la réverbération pénible. L'air vibrant de chaleur troublait au loin la masse de ferraille engagée sous la passerelle de béton qui surplombe les voies. Tandis que la petite foule se précipitait à son approche, Camille resta résolument au bout du quai, vigie solitaire, dans le vacarme métallique répercuté par les verrières. Si son cœur battait la chamade, si sa gorge se nouait, on n'en devinait rien. Ces trains et ces navires, ces arrivées, ces retrouvailles, ces embrassades, elle en détestait le spectacle, l'effusion, la douleur et la joie. Deux mois plus tôt, à Nantes, il n'y avait personne pour assister à la lente approche du port, pour guetter ardemment les passagers agglutinés au bastingage, parmi lesquels elle était. Personne pour suivre l'accostage et la foule vomie des ponts et des cabines, déjà volant vers ceux qui leur voulaient du bien, récupérer leur bien. Dès la passerelle, chacun cherchait éperdument, parmi les visages indécis du quai, ceux et celles qui agitaient mouchoirs et chapeaux, lançaient des noms, des cris pour se distinguer de la masse. Comme si traverser le temps et l'espace n'était que pour échouer entre les bras aimants qui enveloppent et étreignent, palpent et dévisagent, mangent des yeux la face, de leur convoitise amoureuse s'approprient tout votre être, réclament, revendiquent avec cette faim terrible, leur part du voyage. Son attente sur le quai de la gare ravivait ce souvenir pénible des arrivées solitaires, mais enfin Magda, Magda la seule valait qu'elle vienne là, cet après-midi, qu'elle transige avec sa détestation des départs et des arrivées, et soit au rendez-vous.

La silhouette de la jeune fille émergeait enfin de la cohue des voyageurs refluant maintenant vers la sortie, entourés de leur escorte bruyante et pressés de questions. C'était Magda, remorquant un gros sac à ferrures, Magda en manteau de laine à martingale et chapeau de pluie, par ce temps d'été ! Camille riait de bonheur pour cette apparition dans le nimbe de soleil, réprimant le tremblement de sa lèvre, fronçant davantage le sourcil. A l'abri de ses verres fumés, elle regardait avancer son amie, la douce et belle, et loyale amie, Magda, rayonnante dans son impossible équipement d'hiver ! Posant son fardeau, elle faisait face, une rougeur subite montée à ses joues, si fort qu'elle y portait les mains, et sur ses traits on pouvait lire – on avait toujours pu lire sur ses traits la houle des sentiments, les transports et les chagrins, les peurs, les contrariétés et les joies, si transparente Magda que c'était un danger de l'aimer. Indifférentes à la bousculade du quai, elles restaient immobiles au milieu de tous, s'envisageaient à distance avec passion, farouches, intimidées, du même rire silencieux effaçant la séparation, si véhément regard mutuel que Camille, ôtant enfin ses lunettes de soleil, plongea dans celui que donnait la jeune fille, brillant de soudaines larmes. Ce visage carré, menton saillant et bouche large, pulpe sensible de la lèvre retroussée, les pommettes rondes et le front bombé d'une enfant, et le son tachetant sa carnation claire d'un nuage roux, elle en retrouvait l'image aimée. L'absence en avait rendu incertain le modelé, la surface mouvante des traits et leur mystérieuse profondeur, cette aventure construite de mille accidents et repères, perdus dans son souvenir. Ces temps derniers, elle ne la voyait plus qu'en pâle halo dans des couloirs sombres de maisons où elles avaient été ensemble, à la lampe électrique trop faible des chambres, sous le balancement des lanternes, les soirs de promenade dans le jardin d'Ottilia où brasillaient les lucioles. Que de clairs de lune avaient baigné leur visage ! Ou alors, elles allaient sous le violent soleil, dans la senteur de terre et de foin portée par le vent chaud, la plante des pieds piquée par le chaume à travers la semelle trop mince des sandales, les mollets nus griffés, et visage contre visage, les joues en feu, le haut ciel azuré virant au violet, alors c'était déjà les yeux chavirant dans les yeux…

— Te voilà enfin ! s'exclama-t-elle, déguisant son émotion sous le reproche. Approche ! De quel froid viens-tu, ainsi équipée !

— Pauvre tante Lottie, elle m'a habillée de pied en cap, comme pour le Grand Nord. A Vienne, c'était l'été, mais tu la connais : elle m'aurait fait une scène sur le quai, si je n'avais étrenné ses cadeaux.

C'était en français, mais l'inflexion hongroise de l'une croisait l'accent américain de l'autre.

— Comment vas-tu, Magda ?

— Toi, ma Camille, comment vas-tu ?

Enfin elles s'embrassaient, enfin tombaient dans les bras l'une de l'autre, fourrant dans le cou leur nez et leurs joues, mêlant aux baisers de petits cris de chiots, comme c'était animal et gai, cette fricassée de museau ! La première, Camille défit son étreinte, d'un geste brusque s'empara du sac, très lourd, avec tant d'énergie, qu'elle vacilla.

— Hou ! Quel plomb transportes-tu ?

— Ma vie tout entière !...

La cascade de son rire, ses dents gourmandes, quel bonheur c'était de la retrouver ! Elle ôtait son gros manteau et son chapeau de pluie, paraissait en robe plissée à haute ceinture, remontait ses manches sur ses bras nerveux, tout aussi tachés de son, et empoignait l'autre anse du sac. Le portant ensemble, elles s'acheminèrent vers la sortie, le parvis de la gare, où stationnaient les taxis, étourdies par le tintamarre de la place engorgée de trafic.

— Ah le parfum de Paris, s'écria Magda, la rue parisienne ! J'en suis grise ! Laisse-moi sentir !

Dans le courant d'air du porche, s'engouffraient par bouffées l'odeur du macadam fondant mêlée à l'essence des moteurs tournant au ralenti dans l'embouteillage, la vapeur métallique des machines, tramways et camions, et la poussière des trottoirs, les effluves acidulés d'un marchand de bonbons, berlingots et nougats, l'atmosphère poisseuse de la ville soulevée par le vent chaud, si particulière, si moderne, disait Magda, humant, les yeux fermés : Ça y est, Millie, je suis arrivée !... Nous voilà ensemble, chérie.

Il y avait eu une saison de sa vie où Camille s'appelait Millie, où elle était seule, abandonnée de tous, puis Gabrielle était parue. D'abord comme une ombre inquiétante surgie de n'importe où, puis un miracle de lumière. Cette nouvelle institutrice, dont les bonnes et sa grand-mère la menaçaient comme d'une punition, était une personne qui lui avait appris à aller dans le noir sans peur, à chercher une étoile au ciel, à lire les nuages et avancer contre le vent, appris le chemin des fourmis et des escargots... Elles traversaient le parc vers la grande maison aux fenêtres éclairées, et la nuit venait, assombrissant les arbres centenaires, peuplant la campagne d'ombres fantastiques, mais

Gabrielle tenait sa main dans la sienne... Oh la prise douce et forte, berceau de chair, sa paume profonde et ses doigts poudrés de jacinthe et de vanille, oh comme Gabrielle entrait dans sa vie de ravissante manière !... Avec elle, Camille sortait d'une chrysalide d'hiver et de nuit ; avant elle, il n'y avait rien. Avant, seule à errer dans l'immense demeure de sa grand-mère, Chaussée-d'Antin, elle était livrée à l'indifférence des bonnes, elle écoutait le bruit du boulevard, son roulement nocturne ; elle pleurait. Elle était une enfant qui pleure, ne voulait rien, ne savait rien vouloir, que rien... Pendant tout cet été à Paris, où elle marchait au hasard des rues et des jardins, alors qu'elle cherchait quoi faire du fantôme de Jos, l'enfant d'alors sortait des limbes d'oubli, elle venait à sa rencontre. Une présence rétrospective, minuscule et secrète, et pour l'atteindre il fallait le scalpel d'un chirurgien cherchant une balle dans le cœur, même chirurgie cruelle et nécessaire par laquelle s'écartent les chairs à vif. Elle croyait souffrir de la disparition de Jos, mais sa grande pitié de lui, sa honte de lui survivre avaient pour objet l'être qu'il lui désignait par son absence. A la place qu'évidait sa mort, elle se trouvait entière et vivante, une inconnue qu'il fallait délivrer de ses enveloppes avec prudence et respect, avec autant de piété, d'humilité et de ferveur qu'elle pensait à lui. Peut-être avait-elle commencé de se souvenir de Millie parce que Jos était mort et que Magda venait. Ce rendez-vous promis au bout de l'été en réveillait d'autres et parmi eux le premier, la rencontre éblouie par laquelle elles épousaient leur enfance. Il avait fallu tant de choses du lointain passé, ignoré d'elle, pour que, par exception, elle soit d'un voyage à Venise avec son père, le grand savant Pierre Galay, pour qu'elle parte avec Gabrielle, et Sassette, sa petite bonne, pour qu'elle s'engage, un matin, entre deux cabines de bain du Lido, et rencontre Magda...

Rue Buffon, la pénombre fraîche du vestibule les accueillit, silence et torpeur régnaient dans l'immeuble, on eût dit déserté par ce temps d'été. D'un seul élan, elles hissèrent le sac à l'étage, riant d'étouffer leurs voix devant chaque porte close, telles des voleuses. La fenêtre du palier plongeait sur le Jardin des plantes, le feuillage encore épais, d'un vert presque noir, mais un mur en briques du Muséum, frappé de soleil oblique, réverbérait un reflet d'incendie qui ajoutait à la fièvre de leurs joues, d'autant que les verrous résistaient, au moins trois clés différentes, avec lesquelles se battait Camille, fébrile, malmenant les serrures au point que Magda prit les choses en main.

— Qui cambriolons-nous ? Es-tu bien sûre que c'est là ?

La jeune fille parlait au trousseau avec plus d'autorité que leur propriétaire, mais elle s'abstint d'en faire la remarque, troublée par ce qui ressemblait de plus en plus à une effraction. Mais Camille poussait la porte, allait droit devant dans l'espace clair, ouvrant les bras à son amie avec une gaieté excessive, comme par revanche lui offrant, à la croisée des portes, l'espace du petit appartement où la lumière du soir réfléchissait la clarté des murs peints de frais, ivoire, coquille d'œuf, dont la teinte chaude et légère émanait tel un voile d'été. Une vague senteur d'essence et de plâtre flottait encore dans l'air tiède, que le confinement rendait plus entêtante, l'atmosphère des lieux neufs qu'aucune vie n'a imprégnés, aucune cuisine, aucun bouquet, cire ou lessive, ni la présence des linges, des livres, des tapis et des tentures où dorment les odeurs, mais l'endroit était si joli, et coquet, que Magda riait de soulagement, après la confusion de leur arrivée.

— Hein ! Qu'en dis-tu ?

La surprise que Camille réservait à son amie l'était peut-être davantage à elle, qui quémandait cet avis avec moins d'assurance qu'elle n'aurait dû. Pourtant, à Magda qui prétendait retenir une chambre d'hôtel, elle avait opposé qu'elle avait à présent un logement pour la recevoir, dans lequel celle-ci aurait ses aises, sa chambre et un cabinet de toilette, et toute liberté d'en disposer tout le temps qu'elle voudrait, avec l'avantage d'être près du Quartier latin, de la Sorbonne et du Jardin des plantes pour ses promenades et ses rendez-vous… Sans attendre de réponse, Camille offrait un tour du propriétaire.

— Là, le petit salon… Ici, la salle à manger contiguë, très pratique. Il suffit de laisser ouvertes les portes. On recevra tes amis, on fera des fêtes à tout casser, n'est-ce pas, Magda ?

Elle allait et venait dans la pièce, tapait un coussin, redressait un petit tableau, par jeu tournait le bouton du récepteur TSF, une magnifique boîte à jambon à façade de bakélite, qui nasilla une voix lointaine. Elle éteignit aussitôt.

— Ta chambre, petit balcon sur la rue. Ici, la mienne. J'y campe depuis peu… Cette pièce-là est condamnée, débarras, reliques… La cuisine. Elle est ancienne, mais vois : glacière, grille-pain électrique. Et la salle de bains ? Toute neuve, le confort moderne… Es-tu contente ?…

Les murs résonnaient de leur pas, de leurs voix, accusant la solitude de ce lieu dans lequel, malgré son exiguïté, elles se perdaient d'une pièce à l'autre, explorant sa disposition, la surprise de l'une et l'inquiétude de l'autre se confondant en une même excitation. Elles finirent par revenir au salon, se jeter sur le vieux canapé, peluche râpée, qui voisinait avec une lampe à pied d'acier, du plus bel effet. Sur un pan de mur laissé à son état, restaient des rectangles fanés d'anciens cadres, peintures ou photos disparues. Il contrastait avec la cloison opposée, restaurée de frais, dont la peinture pimpante jurait avec les coussins fanés, les meubles désuets, un vieux piano droit, les fauteuils d'un autre temps, disposés de guingois sur un tapis flambant neuf. On aurait dit, dans sa disparité, un chantier de théâtre qu'un régisseur inconséquent aurait dépareillé à plaisir et abandonné, si loufoque que Magda demandait, interdite :

— Enfin, m'expliqueras-tu ? Chez qui sommes-nous, Camille ?

— Chez moi... Assez incroyable : moi-même, je n'en reviens pas.

La jeune fille inspectait le bric-à-brac, réalisant à travers les yeux de son amie combien il dénonçait la confusion d'esprit et l'improvisation, mais Magda s'était déjà portée vers les rayons de livres. Elle se retournait vers Camille, les yeux agrandis d'étonnement.

— Parfaitement, confirma celle-ci, saisissant sans ménagement un volume souffreteux : un échantillon de littérature hongroise. Un peu ancienne, il est vrai... Bonne pour les bouquinistes...

Magda feuilletait le livre avec précaution, le remettait à sa place, en silence cherchait d'autres titres, émue et interloquée, alors Camille devança ses questions :

— Gabrielle a vécu là. C'est l'appartement où elle a grandi. Tu sais bien, celui de sa tante de Budapest. Je n'allais pas jeter tout ce qui s'y trouvait... Tout cela dort dans la poussière depuis des lustres. J'ai fait un peu de ménage, mais j'ai gardé les livres... Au moins, tu te sentiras chez toi, en cette compagnie !...

— Agota ? Cette tante qui l'a élevée, ma mère connaissait sa famille... Une fois, enfants, nous sommes passées devant une maison de Buda, te souviens-tu ? Nous avons forcé la grille, nous sommes entrées dans le jardin... Une forêt vierge, pleine de chats sauvages !...

Camille s'était rembrunie.

— Une ruine. Aussi délabrée que cet appartement, conclut-elle avec une désinvolture qui coupait court. Tout ce passé ne m'appartient pas, pourtant il est à moi : Gabrielle me l'a donné, une idée à elle. Demande-moi ce que je fais ici...

Cette question, elle se l'était posée en entrant dans l'appartement, et déjà la serrure récalcitrante servait d'avertissement... Rendue au milieu du petit salon, elle avait eu un vertige. Un tel saut de New York à Paris ! Jos n'avait rien à faire ici ! Elle, non plus, rien à faire. Elle n'avait eu envie que de tourner les talons, de tirer la porte sur ce fatras mortifère des héritages. Heureusement, personne pour assister à sa déconvenue, ni pour la consoler de sa chance d'être propriétaire de cette brocante ! Alors elle moquait son accès de panique, sa décision, dans l'heure, de commander un peintre pour ravaler quelques murs, un plombier pour réparer la tuyauterie antique, installer une douche dans le petit cabinet de toilette. Elle avait mis sa touche d'actualité, à peu de frais. En quinze jours, trois coups de pinceau, un peu de ménage, et voilà.

— Le résultat est améliorable... Crains-tu toujours les fantômes ? J'ai encore l'impression d'être une intruse dans une maison hantée. A nous deux, peut-être allons-nous chasser les revenants... As-tu peur ? On entend des pas dans le couloir, la nuit, je te jure. Est-ce que je te fais peur, comme autrefois ?

Enfin Camille se déridait, taquiner Magda lui faisait chasser ses pensées chagrines car d'elles d'eux Magda était la plus froussarde ; dans la vaste demeure d'Ottilia, elle tremblait des recoins d'ombre et des toiles d'araignée, des expéditions au grenier où elles s'aventuraient, des hululements de chouette, elles se réfugiaient sous les draps et se racontaient des histoires, à qui se ferait le plus peur, elles riaient à ce souvenir. Mais l'appartement laissait un malaise. Après l'effusion des retrouvailles, Magda retrouvait Camille telle qu'en elle-même, ombrageuse et susceptible, agitée de contradictions. Ses dernières lettres lui avaient pourtant appris des événements qui semblaient devoir changer son humeur inquiète, son insatisfaction permanente. N'avait-elle pas pris des décisions d'importance, comme abandonner ses études de droit pour l'ethnologie, ou l'économie ? Elle avait rejoint Théo à Boston, pour y suivre la conférence d'un élève de Mies van der Rohe, venu tout exprès d'Allemagne, un événement. Et elle avait joué un petit rôle dans une comédie musicale ! Une invention farfelue de son oncle bien-aimé, qui s'amusait à imposer sa nièce, par caprice de producteur. Tant de starlettes en rêvaient, qui auraient payé cher pour être à sa place... Mais non, Camille n'avait rien vu de passionnant à ce tournage. Elle s'était surtout beaucoup ennuyée à attendre les quelques prises où elle figurait, traînant parmi les techniciens. Elle lui avait décrit son petit séjour à Hollywood par le menu, tournant en drôlerie les faux-semblants des studios et la faune insensée, cocasse, extravagante, qu'attirait son oncle. Seule la première du film l'avait vraiment divertie. Le lancement excentrique avait défrayé la chronique, le gala dans un palace de Broadway tournant en pugilat, il avait fallu l'intervention de la police... Magda en était restée à ces nouvelles plaisantes et décousues. Elles dataient de l'automne dernier. Depuis lors, plus rien, grand silence de six mois. Seulement la confirmation par télégramme que Camille était bien à Paris, qu'elle l'attendrait à la gare, qu'elle la logeait.

— Voyons, que je te regarde un peu, gronda-t-elle par diversion. Tu as une mine de chat affamé. Tout ne va pas ici comme tu l'entends… Tout ne va pas non plus très bien, là-bas, à Budapest ni à Vienne… Mais d'abord, fêtons mon arrivée. Y a-t-il des verres, ici ? J'ai apporté du tokay !

Elle extirpait une bouteille du fond de son sac, tandis que Camille explorait un buffet, comme la locataire d'une maison étrangère.

— Viens t'asseoir près de moi. Offre-moi une cigarette et raconte. Que deviens-tu, que fais-tu, loup y es-tu ?…

Camille sortait une boîte à cigarettes en argent, gravée d'initiales à l'ancienne, la tendait à Magda.

— Comme elle est jolie, s'exclama celle-ci, piquant une cigarette à bout doré.

Camille la subtilisa en vitesse, claqua brusquement le fermoir et fourra la boîte de Jos au fond de son sac. Elle ne pouvait parler de lui, pas encore. Les premiers mots sont dangereux, le plus souvent ils défigurent et trahissent. Soufflant sa fumée, irrésolue, elle cherchait son inspiration. Raconte… Par où commencer ? Pourtant, chaque fois, elles s'empressaient de mettre à jour la chronique, dès la première heure déversant sans l'épuiser le trop-plein de leur cœur qu'avaient tu leurs lettres, tout ce qui attendait depuis la dernière fois. Elles en sortaient ivres, inassouvies de récit. Au-delà des épisodes rapportés, il s'agissait de se brûler l'une à l'autre, de frotter leur jeunesse pour allumer le combustible secret, raviver le feu entre elles. Longtemps les avaient réunies les circonstances dont les enfants ne décident pas. Dans un sens ou dans l'autre, elles faisaient le voyage, à Budapest, à Ottilia, dans la propriété familiale des Reviczky ; ou au Mesnil, quand Camille rentrait de New York avec les siens, le temps d'un été. Depuis, libres d'inventer leurs rendez-vous, elles se retrouvaient à Paris, à Vienne, chez tante Lottie, ou bien comme l'an dernier, au bord du lac de Constance, avec István, le frère adoré et honni de Magda, ce poison de leur enfance… C'était chaque fois une nouvelle épreuve de vérité avant de retrouver l'accord profond, la note sombre et vibrante de leur partition intime. Mais, cette fois, Camille ne savait par où commencer. Tant de renversements et négations bouleversant sa vie, quand tout devait être si simple, si gai. Magda l'examinait de son air perspicace et sévère, l'intelligence irradiant son beau visage, sans rancune pour son humeur. Si bonne Magda, compréhensive et sérieuse, intransigeante avec elle comme avec les autres, qui, sentant le terrain miné, cherchait d'autres sujets…

— Vois, j'ai apporté de petits cadeaux pour tout le monde… Ce portrait pour Gabrielle, Endre Ady. Rentrent-ils bientôt d'Allemagne ? Ces chocolats de chez Gerbeaud pour ta grand-mère… Je n'entre jamais dans cet endroit, un repaire de la bourgeoisie, mais ils damneraient les anges avec leurs friandises. Pour toi, un pot de miel des abeilles d'Ottilia…

La jeune fille continuait de déballer son sac sur le tapis, alors Camille l'interrompit, la tira vers elle.

— Cela attendra. Dis-moi : comment vont-ils tous, là-bas ? Comment ta mère se porte-t-elle ?

— Tes mains ! Dans quel état sont-elles ! Ne me dis pas que c'est ton chantier qui les a arrangées de la sorte…

Camille résistait, mais de force Magda ouvrait ses paumes, exposait les entailles à vif, les ampoules écorchées, ses ongles cassés. Camille les lui retira enfin, passa aux aveux avec une moue, au fond pas mécontente de braver son amie.

— Il m'est passé par la tête de tâter de la condition ouvrière. Je travaille à la chaîne. Le crois-tu ?

— Que me chantes-tu ? Le plafond me tombe sur la tête ! Toi, ouvrière !

— Manutentionnaire, si tu préfères.

— D'où sors-tu cette idée folle ?

— M'en crois-tu incapable ? *Freedom is money.* Je gagne ma vie. Demain, si j'en ai assez, j'arrête, libre comme l'air. Je pointe dans une usine de banlieue. Ecoute : personne de ma famille ne me sait à Paris. J'avais besoin de respirer un peu. De tranquillité, comprends-tu ?

— Tranquillité ! Est-on tranquille, ouvrière ? En voilà une bien bonne…

— Epargne-moi tes leçons. Toi, la socialiste enragée, tu devrais me féliciter.

Magda haussait les épaules, de plus en plus incrédule, pour finir moqueuse.

— Excellente idée. Bravo. Un peu inattendu, mais fameux.

— Merci. Et ne me fais pas la morale. Ne t'imagine pas que je me punis. Je n'expie pas ma vie de petite fille riche. Ces fariboles ! Je ne milite pas pour le prolétariat, comme toi. Disons que c'est une expérience existentielle qui me manquait, voilà. Maintenant, donne-moi de leurs nouvelles à tous, là-bas, redemandait-elle, pour couper court. Raconte…

Remettant à plus tard les questions que soulevait cette nouvelle excentrique et le débat qu'elles ne manqueraient pas d'avoir,

Magda réfléchissait, interrogeant le plafond d'un air indécis, puis elle céda brusquement, soufflant sa fumée d'un long soupir.

— En vérité, tout le monde va très bien. Maman prend décidément pension dans sa maison de santé. De la diète aux lavements de bromure, des cures de sommeil aux cures de calcium et de belladone, alternées avec l'hydrothérapie, et les purges à l'eau de Seltz, le pauvre Dr Ferenczy ne sait plus qu'inventer de tortures… Le plus beau est que cela a provoqué un eczéma terrible. Elle est ulcérée de la tête aux pieds, une momie enveloppée de bandelettes. Figure-toi que c'est un châtiment de Dieu ! Elle affirme qu'elle est visitée, qu'elle élimine le mal par sa peau ! Mais à cet exorcisme, elle résiste avec une santé incroyable. Tu ne peux savoir comme elle se porte bien, en martyre illuminée. Sainte maman, ainsi soit-il…

Camille laissa le silence, elle ne savait que trop le mal dont souffrait la belle *contessa*, son lent naufrage mental, dont les premiers signes remontaient à l'époque où elle l'accueillait à Ottilia. Ils passaient alors pour une humeur fantasque, dont s'accommodent les enfants, familiers de l'étrangeté des adultes.

— Veux-tu aussi des nouvelles de papa ? Disons qu'il s'en sort de son mieux. Misanthrope plus que jamais, ce qui l'exempte du chemin de croix conjugal. Voilà qu'il a entrepris de restaurer la reliure de toute sa bibliothèque… Cela nous coûte les yeux de la tête en cuir et en colle, nous qui cherchons chaque jour comment payer notre pain, notre charbon et nos créanciers. Au moins, cette occupation le satisfait, seul dans son atelier sous les toits, en compagnie de ses chiens. Nous n'achetons plus guère de viande pour nous : il ferait beau voir qu'ils en aient ! Ils sont au pain trempé, comme nous, ce régime leur convient très bien.

Cette fois, le tableau dépassait tout ce que Camille savait de la situation, la ruine familiale que précipitait la crise d'après-guerre, et la gestion insensée du comte Reviczky, ses placements absurdes, selon le vieux principe d'épargne bancaire, disparus en un jour dans la banqueroute, et elle vit soudain sur Magda les marques évidentes de la gêne, l'étoffe sure de sa robe, ses chaussures raccommodées, honteuse de son inattention dans la joie des retrouvailles, mais celle-ci poursuivait, volubile, maintenant que le premier pas était franchi.

— Yolie a quitté Vienne, elle a renoncé au conservatoire pour soigner maman. Elle donne quelques cours de solfège, ce qui fait rentrer un peu d'argent. Sabeth traduit des contrats d'assurance en allemand dans une banque. Pendant ses heures de secrétariat, elle écrit ses poèmes sous le coude, ni vu ni connu. Elle est revenue vivre chez nous, cet hiver : son damné Russe de

Kolia court toujours les brasseries, il joue aux cartes, comme un forcené. Elle veut divorcer, mais cela coûtera cher. Moins que de payer les dettes de son mari, il est vrai… Alors, nous vendons les derniers bois que nous avions à Ottilia, pour la libérer de ce servage… Bref, mes sœurs sont des anges. Elles font bouillir la marmite et ravaudent nos nippes. Tu vois, je porte cette vieille robe de maman, sauvée par les doigts de fée de Sabeth. Qui répare aussi les meubles et gâche du plâtre, sinon le plafond nous tombe sur la tête… Nous ne renonçons pas à nos soirées récréatives pour autant. Même sous les gouttières du salon, nous chantons, Yolie et moi au piano, Sabeth au violon. Il nous reste une bonne, Erika, t'en souviens-tu ? Elle vieillit, elle n'y voit plus guère, mais elle préfère jeûner avec nous plutôt que nous quitter…Voilà en pied, grandeur nature et sans retouche, le portrait des Reviczky. Vu d'ici, cela me semble assez comique… Là-bas, nous ne disons rien de tout cela, nous nous taisons. C'est stupéfiant, et carrément touchant de voir quel chœur de silence nous faisons tous !

Elle faisait ce tableau désolant sans tristesse pour l'infortune des siens, avec cet humour dangereux dont elle savait dénier la douleur et le malheur, les réduire en comédie, prête à railler ses propres soucis pour interdire tout apitoiement. En rien son persiflage ne donnait la leçon à Camille, ne constituait un reproche pour sa sortie de tout à l'heure, ses histoires d'enfant gâtée, sa lubie de tâter du travail ouvrier. Elle tirait sur sa cigarette avec gourmandise, un petit sourire aux lèvres.

— Nous ne sommes pas les plus mal lotis, va, et même, au bout du compte, plutôt des privilégiés. Nous avons un toit, et une paire de chaussures chacun. Mais la Hongrie est en piteux état, Millie. C'est terrible…

— Et István ?

Camille a soufflé la question, mais elle sait d'avance qu'István est hors sujet. L'enfant, adorable de beauté, qui prenait la pose au bord des vagues, à Venise, est si loin que c'est un rêve, un mirage maléfique du souvenir. Magda n'ira pas plus loin. Sa chronique ne comprendra pas István.

— Le voilà des Croix fléchées. As-tu entendu parler de cette peste des *Nyilasok*, Camille ?

De cette maladie-là, Magda ne rit plus, ni de la place qu'entre elles occupe toujours l'ennemi de leur enfance. A laisser déferler le temps des jeunes années, il y aurait trop de peine, et de honte, trop de griefs empoisonnés. Elle évacue le sujet du revers de la main.

— Effarant, dit-elle enfin, et sa voix a baissé dans les graves, de voir comme chacun de nous travaille au silence. Même le passé immédiat, nous n'en parlons pas. Nous nous tenons frileusement dans le présent de chaque jour pour résoudre nos problèmes immédiats, trouver de l'argent, manger, payer nos dettes, faire durer plus longtemps nos robes, et c'est la même chose pour l'état du pays. Nous ignorons les épaves que nous enjambons sur les trottoirs, les files de la soupe populaire, les brutalités, les arrestations. Ce qui reste de nos frontières, l'intimidation et la peur, la bassesse, la dictature, nous ne les nommons pas, bien à l'abri sous le bâillon auquel nous consentons. Nous enfouissons nos pensées, notre peur avec. Nos nouveaux maîtres nous engagent au silence, nous y encouragent quand ils ne nous terrifient. Ils n'ont même plus besoin d'aboyer. Ils occupent nos rues de Budapest. Es-tu allée à Vienne, à Berlin ? J'en arrive. Bientôt, nous serons tout à fait muets.

Le soleil faible du soir virait d'angle, il frappait le vieux pan de mur. Il lustrait le plancher jusqu'au bord du tapis de laine tout neuf, ridicule, honteux tapis. Camille se taisait, la gorge serrée. Tout ce que Magda évoquait était sans commune mesure avec sa tyrannique puérilité, son insondable manque de logique. Respecte ta famille, sois solidaire et digne d'elle, réalise ses vœux, sois droite et tiens ta place. Ces injonctions enfantines, en désaccord permanent avec les dérapages chroniques de sa vie, contre lesquelles elle n'en finissait pas de se battre, étaient-elles de nature à lui servir de conduite quand la vieille société d'Europe allait à vau-l'eau, quand montait de toutes parts une menace incompréhensible, que Magda regardait de son promontoire, lucide et déterminée, si haut au-dessus d'elle !...

— Il n'y a rien de plus beau, de plus merveilleux que toi, je ne veux personne que toi. Tu es là, dit-elle avec ferveur, honteuse de la faiblesse de cette protestation à conjurer les menaces.

— Nous sommes là, ma Millie. Nous sommes libres.

Elle la prenait dans ses bras, refermait sur elle ses bras robustes et tendres.

— Ecoute : j'ai mon doctorat, finies les études. Je donne des conférences, on me paie pour ça ! La Ligue féminine internationale m'invite pour trois semaines. Je vais lire des poèmes dans les meetings, animer des débats pacifistes ! J'ai beaucoup de gens à voir. Viendras-tu avec moi ? Pour le moment, je suis sans le sou. La bonne tante Lottie paie mon équipement d'hiver, et mon voyage. Toi, mon logement ! Mais après ça, tu verras ! Ils tracent les frontières au crayon rouge, ils donnent des ordres, ils croient dresser le monde à leur loi. Mais la terreur est bonne, elle déclare son nom. Elle nous laisse le choix de déclarer le nôtre. Pour qui nous prennent-ils ? Nous apprendrons à nous servir de leurs armes. *Szabadsógo !* Liberté, liberté !... Tu me regardes comme si je parlais de la lune ! D'où arrives-tu ? Il faut vraiment que je t'explique ce qui se passe ici. Nous n'avons plus le temps d'être innocents. J'ai besoin de toi. En seras-tu, Millie ?

En être ? Etre de quoi, Millie ? Toi qui ne penses qu'à t'évanouir, à laisser place vide ! Auras-tu le front d'opposer tes états d'âme, tes mélancolies de saison et le fantôme de Jos au discours de Magda, aguerrie, combative et pleine d'espérance. Quand tu sombres dans l'angoisse stérile avec des gémissements d'enfant gâtée, regarde-la, rayonnante, une femme de son temps qui agit et qui pense. Au milieu du petit salon, elle se dresse, elle barre la route à tes chimères, elle t'interdit de déserter. Sa jupe est pleine des bruits et des cris qu'elle a ramassés dans les avenues et les gares de toutes les villes d'Europe, elle agite l'air de ses bras dorés de taches de son, vivifiante, ardente, elle rit !

— Si tu savais comme j'ai hâte de les revoir, tous... Enfin, comment vont-ils ? Théo viendra-t-il à Paris ? Tu en as long à me raconter, toi aussi ! Ah ! Je me fais l'effet d'une provinciale à côté de toi ! Je vais changer ma garde-robe, me mettre au goût de Paris. Et demain matin, je coupe mes cheveux ! Je te confie mon scalp. Qu'en dis-tu ? Mais d'abord, déclarait Magda, allons dîner dans un petit café du coin. Et invite-moi, puisque tu gagnes ta vie d'ouvrière...

III

Soudain le vent rabat la cime des mélèzes, du fond du pré sa risée couche les herbes hautes, puis tout redevient immobile ; alors les framboisiers s'agitent à leur tour, malmenés de main invisible. Ce passage du vent, aussi immatériel que celui de l'ange dont on dit qu'il intime silence… C'est encore l'été, cinq heures du soir, mais le soleil disparaît déjà derrière les sommets, éteignant le ciel limpide qui vire au mauve, dégrade le vert en bronze, épuise le rouge des géraniums, fondant les couleurs entre elles d'une même grisaille. Gabrielle remonte frileusement le col de sa veste, cet air froid annonce l'automne, précoce à cette altitude, mais, davantage que des hauteurs de l'Allgäu, il semble venu d'un horizon crépusculaire, du nuage noir recouvrant les pays d'Europe, propageant sur villes, bourgs et campagnes une obscurité morale, dont les avertissements troublent jusqu'ici la quiétude des montagnes. Pourtant comme sont sereins ce paysage alpin étendu devant elle, et cette maison de Löchen dont les hôtes amis font chaque année un séjour bienheureux, d'un accueil si généreux qu'on y est comme chez soi… De la cuisine, lui parviennent la voix perchée de Mina, la petite bonne embauchée au village pour l'été, et celle d'Eva, qui querelle Grete : celle-ci a entrepris de beurrer la plaque ou d'abaisser la pâte du strudel à sa manière, et sa mère proteste qu'elle s'y prend mal… La bonne odeur répandue jusqu'ici, parfum d'alcool, miel et cannelle, les heurts de vaisselle, tintements et chocs étouffés qui accompagnent les gestes domestiques de toutes les maisons où règne la paix devraient éloigner son alarme du soir. Ils la blessent au contraire, lui font davantage ressentir l'inquiétude des siens dispersés en des points extrêmes de l'espace, dont l'absence l'envahit. Elle les réunit mentalement, calcule, selon les fuseaux horaires, l'heure qu'il est pour Camille à New York, Théo à Boston, Daniel à Oaxaca, et ceux de Paris… Sous quelle lumière, dans quelle nuit sont-ils, quels gestes font-ils, quel dessein, bonheurs et peines les occupent, dont elle n'a pas l'idée ? Allongée sur la chaise longue, elle guette le retour de Pierre et de Jürgen, partis sur le sentier autour du petit lac pour leur marche du soir. Ils ne tarderont pas à paraître au bout du pré. Tout à l'heure, ils longeront lentement la barrière à claire-voie, passeront le portail. Pierre n'a pris qu'un veston léger, qu'il néglige toujours de boutonner, elle chasse ce souci dérisoire ; quel bonheur est l'attente tranquille de son retour, l'assurance que la promenade lui ramène la silhouette bien-aimée, dessinée bientôt à contre-jour sur le chemin. Elle le sait si sûrement qu'elle peut laisser aller sa rêverie vers les absents, convoquer chacun en pensée. Si l'élu d'une plus fervente grandit parmi les autres, elle la refoule aussitôt, parce que la lui consacrer le désigne à la vindicte des puissances maléfiques, à la mort, la mort prête à fondre, tels les rapaces royaux qu'on voit parfois planer dans le ciel pur, et tomber comme pierre sur leur proie invisible. Non, l'amour ne peut être ce signal de malheur par lequel il indique à la mort sa préférence. En conjurer la menace, autant se vouer au diable ! Autant s'exalter plutôt du miracle qui, à chaque seconde, préserve les êtres des conjonctions hasardeuses, accomplit la merveille de vivre, et d'attendre. Elle attend le retour prochain à Paris. Ils y seront ensemble, convergeant bientôt de toutes parts, de si loin qu'ils viennent. Pour peu de temps, sans doute, mais être réunis est un rêve impur, peut-être même une erreur. La vie n'est faite que d'improbables retrouvailles et séparations certaines, de longs éloignements et brèves rencontres ; attendre est la seule chose tangible du présent, son tourment et sa félicité.

Elle en éprouve la gratuité jusqu'à la douleur, suspendue aux minutes de l'horloge, au rythme des bruits familiers de la cuisine proche, à l'intermittence du vent d'été dans cette vallée que gagne le soir. Qu'il est bon d'entendre le tic-tac des pendules, de mettre l'oreille à sa montre. Le temps passe et nous vieillissons. Sur cette terrasse fleurie, dans ce creux de vallée éternelle et puissante éprouver à fleur de peau les sensations ténues, tous les sens en éveil voir pâlir les ombres incertaines et tendres, ressentir l'alarme et l'apprivoiser, en faire une force, voir passer l'invisible main sur toutes choses et la nommer le vent, c'est le comble du bonheur… Mais sa hantise de la disparition, que chaque crépuscule ravive ! L'éclipse du jour, l'agonie de lumière, ce moment où tout sombre réveille l'angoisse dont elle ne peut extirper le poison d'enfance, de toute petite enfance… Si nombreux les errants, les inconsolés, confisqués par l'histoire, par l'exil… Sa famille perdue de Hongrie, son père, sans fratrie ni parentèle et sa mère ensevelis ensemble sous une neige d'oubli, gisants d'une tombe abandonnée du Père-Lachaise ; tante Agota, inhumée au cimetière du Montparnasse ; la chère Renée sa nourrice, en allée dans un train sans retour… Endre sans dépouille ni repos, égaré dans la jungle birmane… Ils revendiquent leur part, entretiennent le dialogue sans réplique des morts, qu'ils réclament et infligent, le dernier mot toujours laissé aux vivants, à leur âme en peine. Vingt ans ont passé sans faire taire leur voix. D'eux elle tire cette connaissance intime de la perte, une science sûre pour le restant des jours, blessure ouverte par quelle faute originelle, transmise en héritage, terribles mémoires anciennes qui ne se souviennent que du mal… Pierre est mort, pourtant il marche ce soir sur le chemin de Löchen. La béance, l'égarement de sa perte, est-elle cette femme anéantie qui descend le chercher au tombeau, tel Orphée aux enfers dévalise la mort, lui dispute sa proie des griffes, des crocs arrache son dû à la boue, au sang, aux infernales entrailles de la guerre ?… Elle ne se souvient pas des ténèbres. Elle chante d'amour, elle est folle, viens, oh viens, et il vient, dépouille le linceul de la terre, ressuscité des morts, revenant des limbes. Elle ne se rappelle que la résurrection. Son cœur chante la revanche parfaite, le triomphe de la vie. La mort est tressée de joie, la vie est intacte. Pierre est à la barrière avec Jürgen. Arrêtés pour redresser un piquet, ils tirent pour l'assujettir, en vain, pas plus l'un que l'autre n'a une once de sens pratique ; cette scène, si drôle, elle en rit, et son cœur s'élance vers eux. Vers Pierre, qui fait signe de loin, levant les bras en signe d'impuissance, pour dire dans quel embarras ils se trouvent avec ce piquet, et les larmes lui brouillent la vue, de gratitude pour le pitoyable, merveilleux piquet. Elle s'arrache à la chaise longue, saisit sa canne et marche à leur rencontre, traînant sa jambe raide, mais alerte, pressant le pas d'un boitement qu'accentue son élan mais mince, et jeune, et vivante, aérienne sur le chemin d'herbe, réprimant le battement fou de son cœur, le rire bondissant qui efface à cet instant les peurs rampantes, et elle voit frémir les feuilles fraîches, les fleurs humides du pré velouté par la lumière tombante, opposant au gâchis du monde, à ses difformités monstrueuses, aux cohues grimaçantes qui vont hurlant la laideur par les rues, la bonne nouvelle que porte le soir.

Arrêté au milieu du pré, Jürgen Zeisser tendait l'oreille. Dans la forêt, on entendait le moteur d'une voiture montant d'Immenstadt ; s'étouffant à l'assaut des virages, renâclant, cahotant dans les ornières.

— Encore un qui tente l'ascension, protestait-il. Depuis que la route est goudronnée, ils viennent nous parfumer d'essence jusqu'ici... La peste des touristes motorisés ! Ils ne prendront quand même pas notre chemin ?

Non, le moteur s'éloignait en contrebas, son écho faiblissait, pétaradant dans les reprises. Jusqu'en 1930, la haute vallée était restée à l'écart du monde, à l'abri des échappements de gaz et des visites intempestives ; c'était le plaisir de cette maison de Löchen, héritée des grands-parents d'Eva. Jürgen revenait sans cesse à ce temps où l'on y montait de la gare en voiture à cheval, les bagages entassés derrière le banc. La carriole enchantait les enfants, et les grelots du harnais ; à chaque lacet, l'ascension découvrait une nouvelle vue du paysage alpestre. Il fallait alors une demi-heure pour descendre par le sentier se ravitailler au bourg, le double pour remonter les courses, sac au dos. Pour le reste, il y avait le lait et les œufs, les volailles de la ferme voisine, de l'autre côté du lac, le miel des ruchers, les noisettes, les baies qu'on cueillait en promenade... Cela datait de l'âge d'or amoureux qui fait fi des obstacles et des désagréments, car tout manquait alors : les paysans de l'autre siècle avaient la vie rude. L'eau prise au torrent, l'unique cheminée pour chauffage, éclairage à l'huile. Les fumées avaient noirci poutres et portes ; deux pièces à vivre inhospitalières sous le grenier à foins. Le reste était dévolu aux bêtes, quelques vaches, leur seul bien, moitié du temps à l'estive, l'hiver parquées à l'immense étable, quand la neige ensevelissait tout et coupait du monde, jusqu'au dégel... Maintenant, seuls le plancher rustique des chambres en soupente, les étroites fenêtres rappelaient l'ancien état de la ferme, car depuis de gros poêles de faïence chauffaient les murs, un lambris de sapin habillait la pierre, à la cuisine trônait une énorme cuisinière en fonte ; et il y avait des livres, des miroirs aux cadres d'étain et des gravures, des tapis, de profonds fauteuils, tout le confort de la bourgeoisie des villes ; sauf le téléphone. Grâce à Dieu pas de téléphone, mais une radio, depuis que l'électricité montait jusqu'à cette vallée de Souabe, où nombre d'hôtels accueillaient les touristes de toute l'Europe. Jürgen n'aimait guère cette province reculée, sa mentalité paysanne fermentée de ressentiments et de méfiance ataviques, mais sa femme oui, et sa grande maison, dont le charme, l'isolement et l'imprenable vue sur l'Allgäu faisaient un refuge idéal, de ces lieux bénis qu'on voudrait être la dernière forteresse contre les remuements de l'Histoire, un conservatoire familial à l'abri du monde.

Elle l'avait été, un temps. Alors, la vie était simple ; Jürgen commençait sa carrière de biologiste à Tübingen ; les enfants naissaient, Otto, puis Oskar et Grete, Eva renonçait à son poste à la bibliothèque pour les élever. La famille montait à Löchen avec l'ardeur des commencements, des promesses d'avenir. Les portes claquaient aux courants d'air tiède de l'été traversant les corridors, la lumière était jeune, comme les enfants, temporaires créatures dormant dans les petits lits innocents. De ce temps, restaient épars dans les chambres leurs bibelots et jouets, un plumier taché d'encre, un porte-plume à loupe, où l'on voyait la baie de Naples, une toupie, des billes d'acier ; une paire de bottines échouée dans un placard, et des cardigans d'autrefois rappelant l'échelle naine de leurs corps, leurs menottes et leurs cous d'oiseaux. Traînaient encore des manuels de latin et des albums de contes, une vieille chaise de bébé en bois peint, une luge accrochée au clou, témoins du temps perdu de leur enfance. En réalité, il y avait eu la guerre. En 1917, elle ne finissait pas, Otto avait l'âge d'être mobilisé.

— La veille, disait Jürgen, il apprenait encore le calcul et la géométrie, l'histoire, le latin, un très bon élève... Il allait encore à vélo par les vieilles rues de la ville, le long du Neckar. La veille, il courait avec ses camarades au commissariat du quartier lire les communiqués du front, affichés avant les journaux... Comme à son jeu de soldats de plomb, il tenait la comptabilité des "prises considérables de guerre", les prisonniers et les avions abattus. Il se fâchait des "replis stratégiques conformes aux prévisions" et des "retraits en bon ordre sur des positions sûres". La guerre était un jeu d'enfant, une addition de conquêtes. En bonne arithmétique, de cette somme devait découler la victoire finale. Comment ai-je pu le laisser se forger une idée aussi puérile ? Laisser l'opinion générale le gagner à l'idée absurde de la puissance armée, à cette exaltation patriotique diffusée dans toute la société, jusque sur les bancs d'écoles ? Une contamination dont nous n'avions pas nous-mêmes l'idée...

Une seule fois, il y avait longtemps, dans ce même salon, près de la lampe où ils étaient à présent, Jürgen s'était laissé aller devant Pierre à l'aveu du remords, une de ces occasions rares où l'on se livre entre hommes sans masque, au bénéfice de l'ombre, de la lumière veilleuse qui dénoue les pensées. Ce rêve inepte de la grande, de l'invincible Allemagne infligé à ses enfants, dressés à la rigueur des maîtres et des parents, exemplaires d'obéissance et de soumission, Pierre n'avait pas oublié la voix basse et amère de Jürgen en faisant le procès ; s'incluant dans la condamnation.

— Occupé à mes travaux, j'ai refoulé hors de mes représentations l'horreur européenne. La raison même de la vie s'y effondre, de la science et de la pensée. Quelques-uns d'entre nous, notre petite communauté aux abois, tentions de maintenir la fiction que la science nous tenait au-dessus de la mêlée, de croire que des lendemains de paix effaceraient l'ignominie… Quel être indigne ai-je été, pour ne rien voir venir ? Pour avoir si mal été à la hauteur de ma mission. La guerre de 1870 avait épargné mon père et mes oncles, j'avais atteint la limite d'âge pour être de celle-là : moi son père, moi qui n'ai connu aucune guerre dans ma chair, en pleine possession de ma force, un homme mûr, j'ai livré mon enfant au convoi militaire qui l'emportait. Je suis resté seul sur le quai, désarmé, dans des affres inconnues de moi à ce jour. Misérable !

De ce moment d'effondrement intérieur, Jürgen prenait Pierre à témoin, impuissant à l'en consoler, à réparer ce qui ne se répare pas, eux deux des hommes de cette génération défigurée qui, de chaque côté du Rhin, avait vu sombrer tout ce en quoi ils avaient cru jusque-là, d'inoxydable bonne conscience. Mais son ami aggravait sa faute d'appartenir, disait-il, à ce milieu protestant libéral, d'incurable dignité et loyalisme, puritain avec pondération en public, libre-penseur en privé, tellement entraîné à cette schizophrénie prussienne, difficile à comprendre pour les étrangers, que la cuirasse était parfaite, vraiment !

— Cette double vie me semblait naturelle. Jusqu'à l'expérience de la guerre, son dessillement affreux. Le départ d'Otto a désavoué ma vie… Vous dirai-je qu'alors j'ai regretté, et même haï, oui, de vous avoir sauvé ? Qu'alors, j'ai condamné la seule chose de bon sens, de raison et de justice que j'aie accomplie en ces temps d'égarement criminel ?

Cette chose inopinée surgie dans sa vie, rien ne l'y préparait ; ou bien il y était préparé de longue date par ces dispositions morales que forge une éducation, parfois *a contrario* des préceptes énoncés, comme le contrepoison des raisons assimilées. Quel ange ou démon lui inspirait-il la pitié, la compassion navrée pour cet homme malade croisé au bord du Neckar, qui s'avouait aussitôt, par une sorte d'épuisement suicidaire, évadé la veille de l'hôpital, errant dans la ville tel un mendiant ? Il l'hébergeait, le soignait. Il l'accompagnait à la frontière autrichienne, le conduisait lui-même à un col mal contrôlé, qu'Eva et lui connaissaient dans cette vallée, à deux pas de la Suisse. Cet acte insensé, un crime envers son pays. Comment avait-il trouvé les ressorts de la fraternité humaine la plus élémentaire, la plus haute en morale, en infraction totale avec son éducation et ses convictions, et été en même temps ce père inconséquent jetant son fils sans défense dans le charnier des tranchées ?

— C'est seulement en voyant s'éloigner le train emportant Otto que j'ai pensé à vous comme à un ennemi. J'ai vraiment pensé que, demain, vous tueriez mon fils. Ah ! Pierre, quels enfants apeurés étions-nous, improvisant au jour le jour nos faibles réponses, inaptes à l'épreuve, indigents devant cette folie générale… Et quel sacrifice de nos propres enfants…

Il parlait d'Otto, le fils perdu. A peine Pierre se souvenait-il de l'adolescent entrevu dans la maison de Tübingen quand il s'y cachait, le temps de reprendre des forces. Une silhouette de jeune garçon impétueux, dévalant l'escalier, étudiant sans visage… Inscrit au parti nazi dès les débuts, dès Munich. A présent référendaire auprès des tribunaux, en poste dans la juridiction de Paderborn. Ni fiancée ni amis ; les journaux ne parlaient que trop des gens qu'il fréquentait. A vrai dire, depuis ces années plus de nouvelles, hormis une carte de vœux laconique adressée à sa mère, une fois l'an, concession exclusive aux rituels de son enfance, inspirée par quelle pensée… Eva conservait pieusement dans une boîte à biscuits ces cartes qui leur navraient le cœur. Pierre se taisait, il recueillait ces paroles, à cette plaie aucune consolation. Plus jamais ils n'avaient abordé le sujet, mais il savait qu'à renouer après la guerre, à maintenir le lien de reconnaissance et d'estime conquis en dépit de tout ce qui aurait dû les séparer, il confirmait le pacte qu'avait scellé leur histoire d'hommes en ces jours affreux. Jürgen avait besoin, oui, passionnément besoin que le savant exigeant et grave revînt vers lui chaque année réconcilier les deux parts de son être, l'assurer qu'il n'avait pas failli ; au moins dans ce domaine, ne s'était pas trompé. Témoin de l'infraction dont il avait été capable contre lui-même, les siens, et l'ordre établi, l'amitié de Pierre lui était la plus chère contrepartie à ses manquements d'homme, de père, à son impuissance de citoyen, un sentiment dont il ne s'ouvrait à quiconque, pas même à Eva. Les mots sont ingrats et traîtres, ils n'ont pas à nommer ces choses-là. Tues, elles gardent leur vérité entière. Malgré l'éloignement, les tensions entre leurs pays, le litige récurent des accords de l'armistice, malgré la brièveté des séjours, l'amitié s'était renforcée, préservée par égard mutuel. C'était la réponse privée qu'ils pouvaient opposer aux diktats de l'Histoire, sans se dévaluer, sans désespérer. Et même, ce que d'aucuns considéreraient comme suspect, l'intelligence où ils se trouvaient en échangeant librement sur l'état de la science dans des pays aussi antagonistes, cette insubordination bénigne de leur amitié vengeait Jürgen de ses regrets anciens, de la désertion d'Otto, et de ses inquiétudes actuelles.

Ainsi, chaque été, Pierre et Gabrielle passaient-ils deux ou trois semaines à Löchen… La villégiature y était rustique ; à ces hauteurs, guère d'autres distractions que les promenades, le jardin et la lecture, les confitures et la conversation. Le plus clair du temps, les deux hommes s'isolaient en longs apartés, dans le bureau ou en promenade, ils discutaient de science. Si le biologiste avait quelque peu passé la main, se consacrant à la clinique, il gardait vive sa curiosité pour les recherches du Pr Galay dans son laboratoire américain, sujet inépuisable. Ils y mettaient la même passion, controversant de questions ardues sans hausser la voix. Mais à s'y tenir assidûment, ils disputaient d'autres plus susceptibles, qui tourmentaient Jürgen Zeisser : que Pierre quittât l'Institut Pasteur après la guerre, s'installât aux Etats-Unis, invité par une fondation à poursuivre ses recherches de grand immunologiste, réalisait ce qu'il n'avait pas osé, pourtant la seule issue de raison en ces années de chaos. L'effondrement moral de la défaite, le sentiment général de trahison et la brutalité des désordres publics, en quelques mois, grèves, crises et fusillades, cortèges de manifestants jusqu'au bain de sang des spartakistes assassinés sur l'ordre de Noske, tout cela inspirait la honte, l'effroi, l'hébétude. Le départ s'était présenté, seul horizon possible, la fuite plutôt que la résignation à cette folie chronique ; mais il n'avait pas osé. Pas eu, un matin, le sursaut d'énergie pour décider l'aventure absolue de l'exil, d'abandonner tout. Tout, c'était non seulement sa situation assise, parents, amis et confrères, le voisinage du quartier, ce qu'on laisse derrière soi d'incompréhension, de mépris ou de haine, mais le manteau de plomb que sont habitudes, routines, l'attachement viscéral au quotidien, qui paralysent plus sûrement que ses racines l'arbre ; et encore la langue, son ignorance absurde de toute autre langue que la sienne, hormis le latin ! Mais surtout le manque profond de courage civique, qui requiert la vertu rare de la responsabilité individuelle, que n'autorisait son éducation ni sa culture. Il n'avait pas choisi. Seulement laissé faire, de jour en jour s'amoindrir ce vœu, sans lui donner l'élan d'un vrai projet. C'était resté une hypothèse incolore et faible, dont le fantôme blême demeurait en lui comme de ces hontes d'enfance dont on ne guérit pas. En réalité, plus que tout l'avait retenu, empêché radicalement, la maison de Löchen, où s'était matérialisée la fiction du bonheur. Un lieu édénique où Eva et lui étaient jeunes, les enfants, petits. Une innocence, une pureté imaginaires s'étaient incarnées là, dans la liquide succession des jours d'été, si fugace saison qu'elle était irréelle, mais elle suffisait à le justifier…

— A l'aide ! J'ai trouvé des tas de champignons ! criait Grete, du bord de la terrasse.

Elle venait à leur rencontre sur le pré, rayonnante de jeunesse. Les joues fraîches, avec sa coiffure courte à raie masculine, elle incarnait une beauté citadine, en vogue dans les milieux artistes et arborait, avec ses pantalons de montagne et son gilet en cuir, un air de garçon déluré, que toléraient ses parents, bon gré mal gré.

— Si vous ne voulez pas nous empoisonner, venez m'aider à les trier. J'ai besoin de vos lumières de botaniste…

Elle prenait son père par le bras, l'entraînait avec une brusquerie feinte.

— J'ai ramassé tout ce que je rencontrais, des girolles, des morilles… Je ne suis pas sûre des autres. Ils ont l'air bizarre, venez voir… Je suis montée au col, cet après-midi. Un temps splendide ! La vue était dégagée jusqu'à Hittesau…

De ces escalades en solitaire, elle rentrait déchirée, ravie et fourbue. Mieux que quiconque elle connaissait cette zone sauvage de la montagne, forçant ses passages parmi les rochers au risque de se rompre le cou, son occupation favorite quand elle ne s'enfermait pas dans sa chambre pour écrire quelque poème inspiré… Arrivée de la veille, elle emplissait la maison de son activité brouillonne, concédant à sa mère de participer à la vie domestique, pour laquelle elle n'avait aucune disposition, sans doute par ce zèle prétendait-elle faire bonne figure ? C'était le prix du sacrifice que la jeune fille voulait bien consentir, quand elle avait tant d'autres choses urgentes à faire à Berlin…

— J'ai inventé une recette selon mon inspiration, vous verrez, madame Galay : des beaux-arts en mycologie !

Oskar et Grete se déclaraient artistes. Le cadet avait étudié l'architecture en dilettante à Dessau, puis quitté l'école pour rejoindre sa sœur à Berlin. Il se dispersait en petits travaux alimentaires, peintre d'affiches ou de décors pour les films de *Kammerspiele* produits dans des studios éphémères. Profitant des relations de Grete dans les milieux du cinéma, du café-théâtre, il se consacrait au photomontage, la seule chose qu'il ait retenue de son passage au Bauhaus, entassait ses compositions iconoclastes sous son lit, convaincu que son art était le seul langage d'avenir, en perpétuels débats et crises d'excommunication avec ses quelques amis affichistes et communistes. Quant à Grete, elle écrivait pour des revues confidentielles. Elle chantait et dansait, sur quels tréteaux, mieux valait l'ignorer… De toute façon, elle n'en faisait qu'à sa tête, jeune animal célibataire multipliant, Eva le craignait, les amants que sa grâce subjuguait, prête à toutes les expériences, et lesquelles parmi les plus redoutées par sa mère… Ils payaient leur loyer à Berlin, et quelques dettes trop criantes. Sur le reste, ils fermaient prudemment les yeux, convaincus que leurs enfants avaient forgé leurs armes à l'usage de leur temps ; du reste, ceux-ci restaient aimants avec eux, les payaient de leur tolérance avec une sorte de bienveillance frondeuse, manquant rarement un été à Löchen…

— A nous ! A la saison, au plaisir d'être ensemble à cette table, nos chers amis… A toi, Grete, notre cuisinière émérite !

Le dîner avait été gai, autour d'une potée de saucisses et de lard, la spécialité de Mina, et du plat de champignons, les noirs, les dorés, dressés en bouquet artistique. Jürgen avait débouché une bouteille de Schiller, il en faisait miroiter l'ambre subtil dans son verre ; une des joies de Löchen que ce vin souabe, gardé à la cave. Le vent dehors bousculait les arbres, battait les volets, faisant plus oppressante la nuit et plus douce leur réunion sous la grosse lampe en cuivre. Cette année, Jürgen paraissait vieilli. Sa minceur naturelle devenait maigreur, son long visage se creusait aux pommettes, aux tempes, qu'il avait dégarnies ; des touffes de poils gris hérissaient son crâne, ses sourcils broussailleux et ses demi-lunes lui donnaient un étonnement enfantin sous la défaite des traits. Pourtant d'une dignité affable, toujours empreinte de bonté, en accord avec la placidité d'Eva qui veillait à l'équilibre de toutes choses, tant de signes discrets par lesquels ils manifestaient leur amitié. Tandis que la croûte caramélisée du strudel craquait sous le couteau de Grete, sa mère la regardait mettre le dessert en pièces : les parts seraient en ruine, les pommes confites et les raisins écrasés, pauvre marmelade. Ce n'est pas comme cela qu'on s'y prend, pensait-elle, mais elle avait assez accablé sa fille de conseils toute la journée, mieux valait lui laisser massacrer le strudel que de risquer une observation…

Tout en répartissant généreusement les parts déchiquetées dans les assiettes à dessert, jolie porcelaine de Saxe héritée de la grand-mère Zeisser, Grete écoutait son père rapporter les nouvelles des fermiers, de l'autre côté du petit lac, une des dernières familles à vivre encore là, comme à l'autre siècle. Ils finissaient leur existence de paysans pauvres en s'escrimant aux travaux, leur subsistance réduite au seul revenu de leur ferme, résignés à ne toucher que la maigre indemnité de guerre pour leurs deux fils disparus au front, dans une telle incompréhension du monde qu'elle confinait à la stupidité.

— Les chromos de l'empereur Guillaume II et du général von Moltke trônent encore à leur mur, disait Jürgen. Depuis des lustres cloués là, décolorés, constellés de chiures de mouches… Par quel colporteur d'almanach sont-ils parvenus à eux, quelle autorité les a-t-elle persuadés de les accrocher là, eux que rien de l'Histoire semble ne devoir atteindre ? Hissés à cette altitude d'ignorance, arrêtés en ce temps inamovible, ils répètent les gestes ancestraux sans qu'un jour diffère de l'autre, sinon par le passage des saisons recommencées… Les pauvres gens s'empressent d'abandonner leur besogne, ils plient le genou devant les passants que nous sommes, comme si nous étions des maîtres d'autrefois…

— Ce soir, disait Pierre, Jürgen et moi, en nous arrêtant chez eux, nous nous sommes fait l'effet de voyageurs du futur retournant au passé, comme on rêve parfois de le faire. D'être tombés par erreur dans une couche restée intacte du temps révolu… L'impression de faire effraction dans un monde de fantômes qu'on dérange, de déchirer le voile du temps où ils se meuvent et de troubler un ordre pour ainsi dire funèbre. Aussi déplacés qu'à visiter le pays des morts…

— Hélas, ils ne sont pas morts, disait Grete, en suçant le sucre sur ses doigts. Ils sont bien vivants, et nombreux. Cette masse des paysans, rancie de superstitions et de peurs ignares, est la première à rallier l'ordre nouveau sans condition. La première à honnir la démocratie, confondant en une même détestation SPD et communistes. Ils applaudissent aux cadavres de l'opposition jetés aux chiens ou pendus aux crochets de boucher.

Elle débitait cela sur un ton de conversation badine, apparemment absorbée par le contenu délicieux de son assiette, sa paupière en amande baissée à l'ombre de la mèche blonde qui barrait son front.

— Ce sont de braves gens. Ils ne feraient pas de mal à une mouche, protesta Eva. Ils t'ont ramassée en piteux état dans la montagne, te souviens-tu ?… Tu ne pesais pas lourd, à huit ans, mais ils t'ont ramenée sur leur dos…

— M'avoir tirée de là ne les exempte de rien. Exact : ils ne font rien aux mouches. Elles pullulent en paix dans leur cuisine. Mais ils nous exècrent. Nous sommes leurs ennemis.

— Grete, tais-toi, murmura Eva.

— Ces gens ne s'inclinent que devant le pouvoir, n'importe lequel, pourvu qu'il leur casse l'échine. Ils seront valets du NSDAP qui claque du talon sur nos trottoirs, ils lèchent leurs bottes. Attention à eux, papa, ils vendront votre peau.

Et elle éclata d'un rire juvénile, renvoyant en arrière sa mèche d'un joli mouvement du cou, puis posa sa tête sur l'épaule de son père.

— Oh, je ne veux pas vous peiner, mes chéris… Mon strudel est-il réussi, malgré les conseils de maman ?

— Ce que tu prétends est injuste, grommelait Jürgen, sans lâcher le sujet. Ils sont davantage les victimes de notre histoire que des ennemis, comme tu le dis. N'oublie pas que tes grands-parents vivaient ici, de la même manière. Nous descendons d'eux. Leur expérience de malheureux nous oblige.

— Je ne suis pas héritière de cette expérience, poursuivait Grete, par un démon de querelle. Elle ne m'apprend rien. Sauf à la mettre en théâtre ! Sur la scène de l'art, j'apprends que je ne serai pas une sainte Jeanne des Abattoirs, qui descend aux enfers observer les pauvres, essuyer leur sainte face de pauvres et les sauver de leur pauvreté. Jeanne y perd sa vie en vain. La pauvreté rend bête et dangereux. Les maux des hommes sont entre les mains des hommes. *Dixit* Bertolt Brecht. Mais il a quitté l'Allemagne. Il est loin à ce jour, comme bien d'autres. Ses livres ont bien brûlé, ma foi…

Cette allusion aux feux de joie nazis sur les places publiques, tout l'été, fit un silence que seul rompait le bruit de la cuisine, où Mina était occupée à la vaisselle.

— Seigneur ! Tu ne joues pas dans cette pièce, au moins ! chuchota Eva, alarmée.

Troublée de baisser la voix. Où en était-on s'il fallait parler à couvert ? Se méfier de cette fille sans malice, qui rapporterait au village les propos entendus à la ferme d'en haut, et cette crainte subite donnait un malaise, rendait au conseil moqueur de Grete un écho inquiétant.

— Sois tranquille, personne ne la joue plus, pas même à la radio. Elle est interdite. Qui joue quoi, en ce moment ? Qui reste-t-il pour jouer quoi que ce soit ? Allons, maman, rassure-toi… Je raconte des fables, des petits contes d'enfants. Tellement nigauds, tellement inoffensifs que notre public en raffole. Il rit à gorge déployée à nos niaiseries. Il n'y a plus que la farce pour employer les acteurs, et passer la rampe au nez de la censure… Nous faisons les clowns. Es-tu contente ?

Gabrielle, inquiète, guettait l'air de Pierre qui semblait absent, surtout celui de Jürgen, le rouge monté à son front. Le persiflage de Grete ne se déployait avec tant de hardiesse que parce qu'elle avait pour témoins les amis de ses parents, des tiers devant qui son père s'obligeait à temporiser. Enfants, son frère et elle s'abritaient de ce prétexte, sachant qu'il ne gronderait trop en leur présence, et c'était un jeu de tolérance consentie, dans l'insouciance des étés. Mais, cette fois, il ne s'agissait plus de joute infantile. A l'évidence, la jeune fille arrivait à Löchen avec un bagage plombé de réalités que ses parents, ni Pierre et elle n'imaginaient, en dépit de ce qu'ils lisaient dans la presse. Pour sa part, Gabrielle admettait sa révolte devant ce qu'on croit être le mur des générations, l'expérience dont se prévalent les adultes ressentie comme un démenti de celles qu'on fait. Sous la sortie de Grete contre les paysans de la ferme voisine, elle entendait d'autres reproches, un avertissement qui ressemblait à celui du vent du soir, passé tout à l'heure sur le pré.

— On est pourtant bien, ici, à l'air pur de nos montagnes, soupirait Grete, ramassant du doigt les miettes de son assiette. Idyllique. Nous cuisons nos strudels, nous dormons dans nos bons lits de Löchen… Dormez, braves gens. Qu'en pensez-vous, madame Galay ?

Avait-elle senti une alliée ? Puisque Grete l'interpellait, ou la bravait, Gabrielle osa une réponse.

— Il y a longtemps que nous ne dormons plus, Grete. Tu étais encore enfant que déjà nous ne dormions plus. Il y avait des coquelicots au bord des fossés. Les arbres croulaient sous les fruits. Les meules étaient sur les prés. Le tocsin a sonné. Dans toutes les campagnes, de France et d'Allemagne. Ce jour d'été nous a réveillés pour toujours, je crois. Et vois, pourtant : nous sommes là, ensemble…

Ce ton de douceur décontenança la jeune fille. Le sourcil levé, elle interrogeait le plafond et Gabrielle entendit le silence autour de la table, honteuse d'en avoir trop dit, car Pierre avait ce geste machinal, bien connu d'elle. Il portait la main à sa tempe, comme s'il y consultait une pensée secrète, d'une palpation prudente suivait du bout des doigts la cicatrice étoilée dont la blessure s'étendait plus bas, à sa mâchoire où la peau très fine tirait le creux du cou, et, elle savait, sous la chemise, la palme des chairs brûlées de son épaule, qu'aucun baume n'apaisait, parfois si irritée qu'il ne supportait le contact d'un linge. Brusquement, Eva s'était levée et, pour faire diversion, elle porta un toast avec sa tasse de café.

— *Tu restais patient et divin, car ta face impassible aura vu / Plus d'un monde apparaître et sombrer sur les gouffres remplis de ténèbres…*

Elle vida sa tasse d'un trait et se rassit, un peu émue de son emphase.

— Merci, maman… L'hôte du menuisier n'est pas si fou, dans sa tour d'ivoire nord-occidentale, admit Grete, avec amertume. Mais qui écoute vaticiner Hölderlin, aujourd'hui ? Connaissez-vous les dieux qui nous réconcilieront ?

Eva s'empressait d'empiler les assiettes et les couverts, de les tendre à la bonne qui s'attardait autour de la table, curieuse de leur conversation.

— Mina, finis de ranger et va te coucher, nous n'avons plus besoin de toi…

Jürgen avait pris la main de Grete, la retenait entre les siennes pour l'amadouer, la presser de cesser sa provocation inutile, à la fois une caresse et une menace.

— Ma petite fille, disait-il, forçant le ton enjoué, ton dessert est excellent. Tu es aussi bonne pâtissière que comédienne, je n'en doute pas. Chante-nous donc plutôt *Muss i denn, muss i denn zum Städtele hinaus*, comme vous le faisiez, Oskar et toi, aux fêtes d'Immenstadt...

— *Faut-y donc que j'quitte ma p'tite ville !* chantonna Eva. Le jeune homme promet d'épouser sa belle à son retour, dans un an... Nous aimions tant cette complainte, et comme vous étiez attendrissants, tous les deux !...

La jeune fille, que ce rappel de son enfance ne semblait pas dérider, eut une seconde d'hésitation, pesant le pour et le contre, encore désireuse d'imposer sa raison par quelque besoin belliqueux, puis elle céda brusquement, adoptant une voix de bateleur, pleine de gouaille :

— Je veux bien chanter, mais une chanson de ma façon, alors !... Imaginez-moi négresse. Noire de la tête aux pieds, barbouillée de suie. Des tresses frisottées, un pagne de raphia, et un collier de bananes...

Et prenant pour scène l'espace de la salle à manger, sans accessoire ni orchestre, sans le secours d'une rampe, seulement pour le plaisir de se démontrer, et peut-être pour se faire pardonner, elle se lança dans un numéro de revue nègre, entonnant un air où il était question de case brûlée et de négrillons grillés, si bons à croquer, de petites mains coupées à la machette par le grand diable blanc affamé. Elle roulait du bassin, lançait haut sa jambe et tapait sur ses cuisses, roulait des yeux et papillotait, bondissait, élastique, acrobate, se désarticulait et retombait sur ses pieds, prenait pour percussion son ventre et ses fesses, si drôle, si méchante dans sa pantomime, qu'ils restaient ébahis, ne sachant s'il fallait rire ou s'offenser de la caricature, mais elle y mettait un tel entrain qu'ils se rallièrent au spectacle, pour finir gagnés par sa conviction et son talent, étonnés par son abattage, sa prouesse de faire surgir ici, en ces montagnes reculées, toute la subversion des parodies qu'offraient les cabarets enfumés des villes, ridiculisant avec insolence antisémites et racistes de tous poils. Essoufflée, rieuse, elle s'abattit sur le banc près de Jürgen et lui lança ses bras au cou.

— Ah, papa ! Vous devriez venir à Berlin, voir notre spectacle ! Le magnifique collage qu'Oskar a fait pour notre affiche : *Négro et Bamboula, rois du Tapioca* !

La chambre est bien close, l'obscurité tapissée de ténèbres. Quelque part des coulis d'air chuintent sous une porte, par l'interstice d'une fenêtre. La nuit est dense où tout s'efface, distances, profondeurs et altitudes, une nuit sans lune ni nuage, sans étoile, qui tourne sur son axe oblique et penche, et tombe, et la chambre bascule, lente, au gré de la rotation du monde. Se peut-il un autre côté de la terre, des îles de corail, l'horizon soulevant la couverture du ciel, irisant l'océan d'une coulée d'or, se peut-il qu'il y ait les clochettes de muguet d'un jardin, l'enclos d'un verger où court un poulain, un vallon lumineux boisé de saules qui accueillent le regard, quand règne ici tant d'obscurité ? Dans le silence, Gabrielle écoute le souffle intermittent du vent qui est la respiration inquiète de la maison, ou bien c'est celle de Pierre endormi, à peine audible, car le murmure minéral de la montagne emplit son oreille tel celui de la mer, ce grondement tellurique qu'on ne perçoit pas le jour, dont la note basse vibre jusqu'au fond de soi, cœur et viscères palpitants d'anxiété. Elle palpite et vibre, la peur agite son flanc, elle ne dort pas.

Le sommeil n'est pas venu. Pourtant, il se présentait tout à l'heure, une fois éteinte la veilleuse, dans la chaleur de la couette qui sent bon le duvet et le coton lissé au fer, la douce emprise du linge de nuit qui enveloppe et apaise. Ses paupières brûlaient de se fermer. Maintenant, les yeux grands ouverts sur tout ce noir, elle est suspendue aux bruits ténus de la nuit, qui aiguisent son insomnie. Pourtant, comme la vie est agréable et douce dans la maison de Löchen, léger le passage des jours. Depuis lundi, mardi est passé, jeudi a succédé à mercredi, les nuits, les jours naturels se recouvrent et se dissolvent entre eux sans à-coups, de lundi à samedi une seule coulée lente de bien-être et de plaisir. Etre en vie, une volupté de tout instant. Chaque heure incertaine interroge la suivante, l'appelle, craintive, avide de plénitude, de possession, de sécurité et d'intimité, de bonheur, de bonheur ! Aussi se commande-t-elle de respirer calmement, de ne pas bouger du tout, de résister aux fourmillements de ses bras, à l'impatience de ses mains, d'immobiliser l'instant qui verserait au sommeil, dans la tiède quiétude des draps…

Illusion, fausseté que tout cela ! La maison est malheureuse. L'arrivée de Grete a bouleversé la paix factice du séjour. Sa présence couve quelque part dans l'obscurité. Où que soit sa chambre, elle est un foyer d'inquiétude et de douleur, de menaces occultes dont les convulsions agitent l'atmosphère et se propagent en ondes jusqu'ici. Grete vient de la réalité. Elle fait irruption, portant dans les plis de ses vêtements, dans l'odeur de ses cheveux, au bout de ses doigts, le poison puissant des réalités, l'agitation mauvaise des villes, des rues tumultueuses, la fièvre des foules humaines et leur clameur de métal, de pierre et de chairs, tel le râle d'un animal monstrueux accouchant de la réalité laide. Non, ce ne sont ni le vent ni les bruits de la montagne que Gabrielle entend à présent mugir, mais le mal contemporain dont le vacarme atroce a une fois touché son tympan, y a imprimé pour toujours le bruit que fait la guerre. La guerre ! Elle connaît son bruit. Il est en puissance dans les paroles de Grete, ce soir, et même dans sa chanson comique, jusque dans ses contorsions de danseuse de cabaret. Dans son rire, elle le fait entendre. Quels dieux nous réconcilieront-ils ? Elle-même, a-t-elle entendu venir ce bruit, alors, l'a-t-elle reconnu, pour crier l'alarme ? Trop tard. Quand sonnait le tocsin, trop tard. Il ne restait qu'à courir sur la route du Mesnil, à s'époumoner en vain pour rattraper l'instant, l'instant d'avant, l'arrêter dans sa perfection de bonheur. Il restait à mourir. Aucun dieu n'est intervenu.

A ce souvenir, elle s'est assise sur le lit, les épaules horripilées d'un frisson. Elle écoute, dilate ses yeux dans l'obscurité. Pierre dort-il vraiment ? D'ordinaire, elle n'hésite pas à savoir s'il dort ou non, l'intimité de leurs corps le lui enseigne. Pareille à l'écume qui couvre à chaque vague le sable, ses moindres aspérités et reliefs, elle épouse son humeur et son âme nocturnes, les baigne de son amour. Cet homme opaque et distant, une énigme adorable, lui est si proche dans le sommeil, transparent et livré, qu'elle peut déchiffrer son silence, son souffle et sa chaleur. Oh ! la vie est bonne, de leur donner l'étreinte des nuits. Si sauvage, si parfaite bonté, qu'il lui arrive de la fuir pour mieux la bénir. Parfois, elle se lève et enfile une veste sur sa chemise. Sur la pointe des pieds, elle quitte la maison et descend au jardin de Brooklyn Heights. Elle se glisse parmi les arbustes, la rosée froide de la nuit, elle frissonne de cette hostilité nocturne mais tout va s'adoucir, se réchauffer, le jour va revenir, et elle éprouve le bonheur du lit délaissé où elle va reprendre sa place contre Pierre, lover ses membres dans les siens et loger son front contre son épaule. A cet instant, dort-il ou fait-il semblant ? Au dîner, comme souvent il a observé le silence, peu enclin aux discussions de table. Pourquoi a-t-elle cru bon d'opposer à Grete cette chose du passé ? A s'être blessé le matin, en mille occasions de la journée on heurtera l'endroit sensible, il nous attire, et tout recommence. Le temps ne passe pas. Pierre touche à sa tête le point de douleur qu'avec précautions extrêmes, avec foi et vaillance il tait, enfoui au fond de soi. Il a eu ce geste machinal de consulter sa tempe, comme chaque fois d'y chercher la place qui trahit, aux seuls yeux de Gabrielle, la remontée du souvenir dont ils ne parlent plus jamais ; qui vient de la dresser sur le lit.

La nouvelle était arrivée début octobre 14, parmi toutes celles, ineptes, que rapportaient la presse, censurée, et la voix publique, affolée, ivre de mensonge, ce mensonge massif des premiers mois de guerre, cacophonie et clameur parmi lesquelles chacun cherchait, misérable, pantelant d'angoisse, à discerner un peu de vérité sur ce qui se passait là-bas, dans le Nord, et l'Est, ces régions imaginaires où s'étaient engouffrés les troupeaux d'hommes venus de tous les coins de France. En vain attendait-on du fracas frontal des armées un bruit audible, un message intelligible. Mme Mathilde avait été prévenue à titre privé par l'Etat-Major, une faveur. Privilège dû au vieux contrat de son industrie avec les forces armées pour la fourniture militaire, considération envers la vieille dame de fer, dont le père avait produit dès 1870 le biscuit de soldat ; dont le fils aîné, grand savant pastorien et médecin, était porté disparu dans le massacre de son héroïque régiment, vers Othain, sans que soit sonnée la retraite… Pour ce sacrifice, la Patrie reconnaissante. En l'honneur de la France. On ne disait pas le chiffre des douze mille morts de ce régiment. Seulement, et avec six semaines de retard, le ministère de la Guerre concédait de transmettre par exception, à quelques familles d'élection, l'avis du décès des leurs, gradés exclusivement, et puisque le champ de bataille était maintenant occupé par l'ennemi, les morts ensevelis par ses soins, leurs restes dispersés, pièces humaines déchiquetées éparses dans la terre sanglante ou réunies en sépulture quelque part, il n'en serait pas davantage nouvelle. Si cet avis avait pu l'atteindre, elle qui se relevait à peine d'une atteinte cardiaque, Mme Mathilde n'en avait rien montré. Pas plus qu'aux autres coups du sort qui s'acharnait, en cette saison de folie, à parachever le désastre familial. Ni l'internement de Blanche, sa fille aînée, se vouant à la démence mortelle par prémonition des horreurs à venir ; ni la désertion de son cadet, Daniel, enfui vers les mirages du cinéma américain à la veille de la mobilisation ; ni l'impotence de son époux, Henri de Galay, après tant d'années de voyages lointains condamné à la réclusion de sa chambre du Mesnil… Rien ne semblait devoir ébranler la forteresse de son humeur, et de sa santé. Dans cette adversité cumulée, elle arborait même une sérénité supérieure, grandie d'une force virile que peu d'hommes autour d'elle manifestaient. Sa forte poitrine sanglée dans la cuirasse de soie, elle avait reçu le coup frontal, sans broncher plus qu'un cheval de guerre.

Gabrielle se souvenait de ce jour d'octobre où elle avait porté elle-même la nouvelle au Mesnil. Sa face blême aussi impénétrable que le marbre, descendant de voiture, elle avait longuement porté son regard vide sur toutes choses alentour. La ramure bleue des cèdres centenaires, l'or des feuillages d'automne, le vert vif, blessant à la vue, de la pelouse tondue la veille par Victor, pente herbue que bornaient le mur d'enceinte et le portail aux ferronneries frappées par le soleil bas, les buissons de roses, et la glycine, où bourdonnaient encore les abeilles épuisées par l'été, d'un long regard balayant la beauté inutile du parc, et ensuite revenant à eux tous sortis pour l'accueillir sur le perron, les dévisageant un à un par une sorte de défi, et puis trouvant Camille, enfouie dans les jupes de Gabrielle, peut-être la première prévenue de ce qui allait tomber des lèvres livides de sa grand-mère :

— Cette fois, cette enfant sera tout à fait orpheline.

Dans l'instant, Gabrielle n'avait rien senti, que le froid du soir. La brusque tombée du serein tel un manteau de mort l'ensevelissant, et eux tous, statufiés sur le perron, regardant cette femme monter vers eux les marches en ahanant, et les poussant vers l'intérieur avec sa rudesse coutumière.

— Préparez mon lit et mes coussins, vous autres. Et mon café noir.

Mauranne fuyait vers la cuisine, étouffant dans son tablier des hoquets de chèvre, tous se dispersaient en silence, Mme Mathilde disparaissait au fond de la maison, vers la chambre d'Henri pour lui porter la nouvelle, et seul Meyer restait là. Il tournait vers elle un regard mendiant, de si poignant désespoir qu'à deux fois elle avait fait non de la tête, non, non, une dénégation enfantine, et lui disait oui, il hochait obstinément, farouche, dans ce différend muet ignorant l'un et l'autre ce qu'ils affirmaient ou déniaient, et c'était tellement étrange la disparition de tous, le silence, qu'elle ne sentait vraiment rien. Seulement l'intense clarté, simple et droite, de la décision qu'elle était en train de prendre, qu'elle avait déjà prise, de tenir sa promesse à Pierre. A genoux devant Millie, à sa hauteur d'enfant, elle s'entendait encore lui dire, comme on se fâche calmement, d'une grande contrariété :

— Nous allons partir, toi et moi. Toi et moi. Très loin d'ici.

Gabrielle avait quitté Le Mesnil dans le même état d'anesthésie froide, se regardant avec patience et sévérité accomplir toutes sortes d'actions, et dire toutes sortes de choses nécessaires. Comme informer Mme Mathilde de sa décision d'accomplir le vœu de Pierre qu'elle prît soin de Millie, qu'elle allât, loin, la mettre à l'abri du malheur, au moins pour un temps ; à quoi la vieille femme consentait. Non seulement consentait, mais disait même le souhaiter, si abrupte dans son accord qu'elle semblait par là s'absoudre de quelque faute, prête à tout ce qu'on voulait, signer la décharge de tutelle qui autorisait le départ, à payer le passage, s'inclinant au refus sans réplique de Gabrielle. Comme annoncer ces dispositions à Henri de Galay, entendre de lui, sans larmes et sans voix, qu'il garderait pour elle et Millie la place légitime qui leur revenait dans cette maison, qu'à ses yeux elles devaient reprendre un jour. Et lui qui avait été si peu le père de ses enfants, qui, au seuil de sa mort, n'en avait plus un seul à le veiller, trouvait la force de se lever, debout la prenait dans ses bras et l'appelait "mon enfant chérie"... Et aussi télégraphier à Daniel l'annonce de son arrivée à New York, réalisant ce qu'il lui avait demandé en un temps encore proche, si lointain déjà, dans une autre vie. Enfin quitter Dora, son amie, la seule qui savait tout de son enfance, de son histoire. Dans le petit salon de la rue des Saints-Pères qui avait connu tant de drames, elle la prenait à témoin qu'elle était de nouveau celle-là que la mort poursuivait. Puisqu'elle ne savait que vouer ceux qu'elle aimait au néant, puisque de si loin elle portait cette malédiction, il lui fallait partir, partir, disparaître à son tour. Dora pleurait, et Gabrielle la regardait pleurer, consternée de sa peine comme si celle-ci en concernait une autre. Elle se souvenait mal de ces jours, de la semaine confuse et affairée où elle allait des uns aux autres, puis fermait l'appartement de la rue Buffon, puis prenait le train, gare Montparnasse, et puis embarquait à Nantes où Dora les accompagnait, avec Millie regardait s'éloigner la terre de France, la côte se fondant, s'amenuisant à l'horizon...

Elle ne s'était réveillée que là-bas, une fois recueillie par Daniel, fou d'inquiétude et de chagrin, qui, sans explication, comprenait qu'elle ne venait pas à lui comme il l'avait voulu, que ce billet de transatlantique pour New York, donné en gage en ce mois de juin triomphant, n'achetait pas son amour, et que Pierre, son frère, avait été le rival redoutable, l'amant absolu qui le disqualifiait. Il le savait déjà, et aussi que sa mort la lui confisquait plus sûrement encore. Alors il se multipliait en services, abandonnant tout de ses activités, de ses rendez-vous, bien qu'il fût, elle l'apprit plus tard, dans une de ses passes catastrophiques, résolvait, sans qu'elle y prît attention, avec une diligence et une efficacité prodigieuses, les problèmes matériels et administratifs de son arrivée, ses malles, ses papiers, son logement dans la maison de Brooklyn Heights, la jolie demeure victorienne dominant le fleuve, le large bras de mer et le panorama de cette ville futuriste hérissée de tours baroques, un théâtre que l'été indien éblouissait de soleil, dans la distance aussi irréel qu'une toile peinte, alors seulement elle s'était effondrée. Elle le pouvait parce que maintenant Millie était entre les mains d'une femme d'âge, maternelle et pleine de bonté, une vieille institutrice irlandaise, la sœur de son associé, que Daniel lui présentait pour mère universelle, bonne Mrs Baxter. Parce que dans cette maison et ce jardin inconnus rien n'était à elle, ni passé ni avenir, plus rien pour la retenir ni l'obliger. Elle le pouvait puisqu'elle avait traversé. Puisque l'amplitude d'océan et de ciel, l'infinie, montueuse plaine d'eau qui versait au néant avait empli son être, elle pouvait mourir, aimer la mort et se laisser aimer d'elle, se laisser prendre et pénétrer, et assouvir. Maintenant qu'elle avait traversé, c'était une occupation absorbante que de mourir, opiniâtre, exclusive, une passion qui requérait ses dernières forces, buvait sa vie à sa bouche, son souffle à sa gorge, asphyxiée, exténuée de douleur, allégée des choses et de son corps qui s'absentait, renonçait, ni faim ni soif, incendiée d'amour pour la mort qu'elle voulait, appelait dans un ravissement d'extase noire, sans mémoire, sans souvenir. Elle fuyait de toutes parts, échouée en ce lieu de nulle part, une hémorragie consentie de tout son être, et c'était facile de mourir de Pierre, puisqu'elle était sa renoncée d'amour, sa séparée sans espoir de retour, puisqu'ils ne seraient jamais mieux réunis que dans le sommeil de l'amour mort.

Elle ignorait combien cela avait duré, des jours, des semaines. Elle avait repris conscience sans étonnement dans un bain de pure blancheur, d'une sérénité idéale, qui ressemblait peut-être à la mort, une chambre inconnue suspendue à des altitudes célestes où passaient des ombres blanches dans les rais de soleil hivernal et, à son chevet, en larmes, Daniel plaidait. Il invoquait une créature d'outre-monde, plus puissante que l'enchantement des ténèbres, il plaidait pour l'enfant de Pierre, il portera son nom, et nous vivrons, vous vivrez, vous n'avez pas le droit de mourir, disait-il, avec un entêtement pitoyable. Une litanie de mots blancs, incompréhensibles, et pour cette annonciation elle n'avait ouïe ni entendement ; pour ce messager que la compassion navrée d'être si loin de lui, étrangère à sa langue inaudible, à ses larmes. Cela avait mis du temps à lui parvenir, à travers des membranes de mémoire, un long voyage dans d'inextricables ténèbres que peuplaient des rêves non rêvés, des pensées impensées, cela progressait vers elle dans cette blancheur, cette obscurité, et elle avançait à sa rencontre. Peu à peu, cela prenait corps, péniblement s'incarnait en une minuscule fève d'épiphanie enfouie elle ne savait où, en quel lieu elle la logeait, son cœur ou son cerveau désertés de vie, avant qu'elle ne migre, descende à son ventre où s'étendait son règne, créature inouïe qui, de son autorité absolue, réveillait son corps nouveau-né, la remettait au monde et l'accouchait, et à peine l'enfant tressaillait-il, à peine battait-il au tambour de son ventre qu'il naissait, dans cette blancheur souveraine de l'hiver. Grand prématuré, pressé d'existence, en grand-hâte il venait combler la béance du monde. La neige recouvrait la ville, sa clarté réverbérée sur les murs lavait les couleurs, purifiait la vue et le cœur. Si petit, démuni, par ce grand froid de février, d'une force de géant guerrier, il lui refusait le regard rétrospectif qui précipite l'amour en cendres. Non, Eurydice descendue aux enfers, instruite du malheur, elle ne se retournerait pas, elle ne laisserait pas encore mourir l'amour. L'enfant de Pierre dans ses bras, elle marchait vers la lumière et Théo vivait.

Ils vivaient, ils avaient vécu, Théo et Millie, Daniel, et Pierre, tous vivaient et elle était vivante dans cette nuit allemande de Löchen, assiégée par le passé qui ne passe pas, qui fait de chaque présent le tourment et la joie d'être au monde. La maison était pleine de bruits, craquement d'un meuble, d'une solive au grenier, plainte du vent sous un volet, et brassage des sapins, flappement mou d'un drap laissé sur la corde, ces bruits vivants des maisons qui sont leur respiration et le battement de leur cœur, elle les entend tous, elle les nomme. Mais une autre chose s'exprime, sapant les apparences lénifiantes de la nuit, parce que la réalité est double. Sous elle s'en cache une autre, subreptice et maligne, que les sens en alerte devinent, Gabrielle connaît sa duplicité. Elle sait remonter le temps, se raconter l'envers de l'histoire, la reprendre à son début et suivre son cheminement tors, car à votre insu, hors de votre vue, toujours une version différente s'écrit, dont une encre invisible sous-titre la ligne et lui dicte un sens dissident, qu'on déchiffre ensuite, sans savoir quel bon ou mauvais génie s'interpose pour piper cruellement la partie, la sauver quand elle semble perdue, change sournoisement les pions de place par son décret de démiurge, avec ce ricanement du démon ou cette grâce miraculeuse de l'ange, à en perdre la raison ! Ainsi tout le temps qu'elle le croit mort, en ces mois d'hiver et tout le printemps 1915, à des milliers de kilomètres Pierre grelotte de fièvre dans un hôpital militaire de

Tübingen. Parmi les grands blessés survivants du massacre, épaves pitoyables qui continuent de mourir chaque jour sous des draps puant la sueur et la sanie, les gazes infectées de leurs pansements, il délire, ayant oublié la montée au front, les marches forcées, oublié le passage du temps, ses travaux de chercheur et jusqu'à son nom. Il est encore dans le charnier parmi les crânes défoncés, la jonchée sanglante des innombrables cadavres démembrés dispersés sur la plaine. Il gît encore au fond du fossé où l'a projeté l'explosion de l'obus. Deux jours entiers cramponné à un tronc qui soulève son torse et donne un peu d'air à ses poumons, un air incendié de poudre, irrespirable, il perd son sang, couché dans la flaque visqueuse qui colmate sa poitrine défoncée, le trou béant par lequel sa vie fuit en sirop épais, qui clapote et crève en bulles molles, et il fait si chaud que la terre fume, exhalaison d'humus qu'empue son haleine amère, l'herbe poisse sa face aveuglée de croûtes, colle ses paupières, et s'il crie, s'il appelle une aide, un secours, le garrot de sa gorge n'émet qu'un vagissement, faible râle perdu dans le pullulement des mouches, leur bourdon incessant dont la vibration couvre le tonnerre des canons, le fracas lointain et bientôt disparu des bombardements, emplit le silence du cloaque où il stagne, au-dessus de lui la couverture du ciel impassible où courent des nuages insensés, où s'étoilent par myriades les constellations, et avant de sombrer, de mourir, il a eu le temps de comprendre, dans l'éloignement de sa conscience, que ce qu'il cramponnait, tétanisé depuis deux jours, c'était non le tronc d'un arbre mais d'un homme, sans tête, sans bras ; le bain gluant où il agonisait, ses viscères répandus sous lui. Il se débat encore, au fond de ce lit d'hôpital, pour s'extraire de l'immonde paquet d'entrailles humaines que la vermine dévore déjà, l'infernal festin des mouches emplit ses tympans, et davantage qu'alors il ne peut lutter, crier ni pleurer. Béant, il brame d'un cri muet, sa bouche ligneuse happant des morceaux d'air rare, et l'on croyait si peu qu'il vivrait qu'il était resté six mois, de rémissions en rechutes, confiné au quartier des mourants.

De cet épisode, il semblait ne garder que l'étonnement puéril d'être vivant, encore vivant sur ce chevalet de torture, le vaincu d'il ne savait quelle épreuve abominable, mais, dans sa faiblesse extrême, acharné à maintenir le souffle qui déchirait ses poumons à chaque inspiration, à prolonger le sursis pantelant de sa vie, à le reconduire d'heure en heure, de nuits en jours interminables, résistant sans but, mais rectifiant déjà ce que lui fournissait sa mémoire peu à peu recouvrée, opposant à la torpeur insane son refus de capituler, sa volonté de durer encore, et, dans les intermittences de lucidité que lui laissait la fièvre, il s'accrochait aux signes épars dont l'addition requérait l'effort épuisant de sa pensée vouée au chaos. Il captait les voix des médecins, des infirmières, dont il comprenait la langue, et ç'avait été sa première victoire que de se retrancher, par ruse et prudence de vaincu, dans un mutisme qu'on prenait pour de l'égarement, pour l'atonie consécutive au traumatisme du front, dont on commençait de constater les symptômes effrayants. On le traitait avec égards pour sa démence, ainsi arrachait-il aux conversations décousues des informations selon lesquelles il se rétablissait dans l'espace et le temps, données mentales qu'il avait du mal à assimiler, localisant peu à peu l'hôpital et la ville où il avait été évacué, après que les services sanitaires eurent investi le champ de bataille, et peut-être de grands blessés comme lui avaient-ils été pris dans la hâte pour morts, et enterrés vivants... Cette idée le hérissait d'horreur rétrospective, elle faisait de lui un survivant criminel, responsable de quelque chose d'innommable. L'avoir oublié ne l'en absolvait nullement, ne l'autorisait à se plaindre ni à se révolter du mal qu'il endurait, et la détention de l'hôpital, qui redoublait celle de sa captivité, cette prison sordide aux couloirs infects, ce lit souillé n'étaient que le prix de la faute irréparable de se rétablir dans la vie, dans l'ordre des saisons, et le printemps venait. Avec lui, ses forces restaurées de jour en jour et, vacillant du lit à la fenêtre, il avait une joie noire à simuler l'amnésie qui le sauvegardait, qui empêchait que des nouvelles soient transmises en son nom, comme les envois postaux commençaient de le permettre, dans ce fortin de sa pensée reconquise aussi barricadé que libre, aucun plan ne semblant concevable encore, disait-il, pourtant, déjà il s'évadait. Tout ce temps, le crincrin sardonique et déchirant d'un orgue de Barbarie montait sous sa fenêtre, comme une injonction à réaliser son projet, à épouser les pas de ce musicien des rues errant dans la ville, à s'éloigner comme lui, anonyme et mendiant. Cette résolution virulente décuplait sa certitude qu'il marchait déjà, en pensée il marchait, jusqu'à la retrouver, où qu'elle soit, il accomplissait le serment qu'il lui avait fait de *revenir quand la guerre serait finie*, ignorant qu'à ce jurement elle avait si peu cru, si peu accordé sa foi qu'à la nouvelle de sa mort elle avait acquiescé, au point de partir loin, loin, de vouloir elle-même mourir ! Tandis qu'il était mort pour elle, il commençait le dangereux périple de son retour, le long retour qui devait les perdre encore, et les réunir de nouveau quand tout concourait à leur séparation, et déjà autrefois elle avait cru l'autre vivant, avait passionnément attendu Endre tandis qu'il gisait depuis tant d'années dans la terre de Birmanie, par cette ironie barbare inversait avec Pierre l'illusion où elle avait déjà failli, le vouait au néant quand il marchait, marchait vers elle à travers l'Europe dévastée et qui, quel tribunal, jugerait ce que le destin découvre des êtres, ce qu'il met à nu de leur impouvoir ? A eux seuls ils pouvaient pardonner d'avoir pu désespérer l'un de l'autre, et absoudre la trahison, consentir à ce que cette guerre avait fait d'eux...

Dans l'obscurité, Gabrielle cherchait à tâtons la place voisine où il dormait. Dormait-il ? Sentait-il la caresse aérienne dont elle couvrait amoureusement son visage, par prière recueillait dans sa paume tremblante le souffle de sa vie, si faible et précieuse expiration de sa poitrine, effleurait ses lèvres et, s'il dormait, d'où venait le baiser qu'il donnait à ses doigts dans l'éloignement du sommeil ? Alors, au moins en cet instant tout peut reprendre sa place, chaleur et froid, clarté et obscurité alterner dans un ordre immuable, alors la souffrance et l'espoir, la peur et la joie, la foi et la tristesse se confondent dans la succession naturelle des jours, comme au début du monde.

Il s'en faut de quelques kilomètres par-dessus les hauteurs nocturnes de l'Allgäu, l'espace solitaire où sont tapies les bêtes sauvages, où le gel couvre de givre les mélèzes et les sapins, mousse et lichen des rochers baignant dans la clarté laiteuse de la nuit ; à vol d'oiseau la ville n'est pas loin où, dans une chambre, un autre insomniaque écoute le vent et le craquement des solives. L'hôtel est ancien, chalet de lac alpin au toit de bardeaux, deux étages desservis par un escalier dont chaque palier arbore les massacres de chevreuils et de cerfs de vieilles chasses, poil mité, bois ternes, seul leur œil de verre luit dans l'obscurité. Cet escalier, un calvaire. L'homme qui l'a gravi ce soir peste de n'avoir pris davantage ses précautions, pourtant entraîné aux aléas du voyage. De n'avoir retenu une chambre au rez-de-chaussée, mais l'hôtel était plein, pas le choix. En cette saison, les touristes raffolent des bords du lac de Constance, ses croisières de maigre aventure, ses pontons pittoresques et les orphéons du kiosque de la promenade ; il a fallu supporter leurs flonflons insipides jusqu'à la nuit tombée. Heureusement, les soirées sont fraîches, les amateurs de musique ont battu en retraite, encore mené grand train dans la salle de restaurant aux baies ouvertes sur le jardin ; de l'autre côté du lac, clignotent les lumignons de la rive helvète. Ivres d'agapes vacancières, les dîneurs ont heurté leurs chopes de bière, éclusé tant et plus, et encore prolongé leurs conversations insanes dans les couloirs, enfin repus de tapage, se sont endormis. Le silence enfin, relatif. On cogne encore aux cuisines. On porte un broc aux voisins. Et puis silence, vraiment. Le vent. Un craquement de solive, quoi travaille le bois en sourdine ? Cette scie de mandibule aiguise les nerfs, termites, pourriture… Evidemment, ce n'est pas un palace. Dans les grands hôtels de Bucarest, de Vienne ou de Rome, surtout au *Kaiserhof* de Berlin on est autrement traité, moquettes, tapis, doubles vitrages et tout à l'avenant, le personnel ne vous corne pas aux oreilles, silence dans les couloirs. Cloportes ni cafards, ni rats, compagnie triée sur le volet, chemises brunes ou noires au garde-à-vous. Une grosse fille aux nichons débordant la guimpe ne vous tourne pas autour, monsieur Wiesel par-ci, monsieur Wiesel par-là, minaudant, dégageant un empestant fumet d'oignons frits à vous faire tourner de l'œil. Mais ces inconvénients calculés, sauf celui de la chambre au deuxième, sont la contrepartie de son bref séjour incognito, représentant de commerce en transit, deux jours de villégiature qu'il s'offre parfois dans ce genre de pension de deuxième catégorie.

Nul professionnel du tourisme mieux que lui ne connaît les ressources de l'hôtellerie européenne. A Brescia, Sedan, à Brno, à Trieste comme à Ostende, il a ses adresses, et même dans des villages perdus de Russie ou de Pologne, de gargotes discrètes. Aucun indicateur ferroviaire ou guide routier ne tient comme lui à jour lignes et horaires, jonctions et raccordements, aiguillages de secours. A moi seul, un guide Baedeker ambulant, tout dans la tête, rien dans la poche, voyageur sans bagage. En est-il besoin pour passer douanes et contrôles avec les passeports dont je dispose, du nom qui me chante ? Ici Wiesel, Steinmarder, et là Renard, j'aime ces noms de bêtes. Aussi celui de Grubensteiger, celui-là m'est en propre. Ma propriété, ma nature. On ne peut faire plus vrai ni plus romanesque que l'authentique multiplication des identités, les sincères empilements de postiches, verres teintés, monocle ou lunettes de myope, perruques mitées, moustaches variées, un fourniment de cirque minable mais moins pitoyable que l'insondable crédulité des foutriquets qui prennent pour argent comptant vos accessoires de foire, votre nez pour un faux quand c'est le dentier qui l'est, votre accent pour preuve de belgitude quand vous parlez un berlinois parfait, français d'Ile-de-France itou, au choix… Il ne faut pas fin métier pour tromper ni grand art, seulement s'y consacrer avec sérieux, avec conviction, se prendre avec loyauté, sincérité et rigueur pour ce que l'on décide d'être, au choix. Le bon aloi est un rôle de composition facile, précisément celui que sollicite votre partenaire, observez-le. Il accorde son tympan et sa vue à votre mimétisme compatissant, nul besoin de tant de subterfuges et de ruses, ni de mensonge grossier. Instiller, subreptice, la pestilence à son oreille, à sa vue, par un détachement proche de la distraction s'ajuster à son optique, à son ouïe, cela se fait en toute intuition de belette ou de renard : les phraseurs sont légions, ils ne demandent qu'une écoute complaisante. Il suffit d'écouter, tout un a quelque chose à dire, sait quelque chose qu'il veut monnayer. Il veut juste un peu d'attention, un peu de considération, se ferait mendiant pour l'avoir. Il ne l'obtient pas des puissants qu'il courtise, moins encore de ses pairs, qu'il méprise. La chose qu'il a entendue ou vue, dont il a été témoin et qu'il ne faut pas raconter, son vœu est de la taire, de l'oublier, mais elle occupe ses pensées, elle fraie son passage vers le conduit bienveillant… Ah, la petite lueur de convoitise, la vaniteuse, féroce, avide et amère tentation de céder, de se laisser corrompre à la sauvette ! Il ne demande qu'à livrer et dénoncer, dès la première délation surpris qu'elle soit aussi facile, vétille. Mais en quête du frisson de la vraie trahison, il s'enhardit, il donne alors des preuves et des assurances, jamais satisfait de capituler. Celui-là qui parle tant à la *légère* sous-estime le poids considérable dont pèse le mot… De sa sourde oreille, de son œil d'éveillé endormi, Wiesel ou Renard, ou Grubensteiger tire ce qu'il veut de quiconque ; si Gustav Werfel a ce talent, il le saura bientôt. Deux ou trois occasions se sont présentées de l'évaluer, mais celle-ci sera son passage de la ligne, à risquer sa peau on atteint des sommets inégalés, à Werfel de se démontrer. A toi de tendre l'oreille, mon garçon.

Cependant la scie des solives ne cessait pas, ni termite ni cafard, un grillon ! Que l'automne précipite dans les maisons, signe avant-coureur des froidures, l'ami des veillées, un grillon imbécile grimpé à cette altitude de l'hôtel, justement dans la chambre qu'il n'avait pas choisie, la seule qui fût libre ! La simple idée d'avoir à supporter toute la nuit le cri-cri le fit sortir de ses gonds. Il rejeta les draps et se leva dans l'obscurité, écoutant de toutes ses oreilles pour situer la bête, on eût dit au plafond. Dès que debout, la douleur lancina son dos, que l'escalade des deux étages avait attisée, maudit soit ce chalet, ses touristes soiffards, les bords lénifiants du lac et l'assommante corvée de piloter Werfel à distance, ou de le conduire, de le promener. De l'envoyer au casse-pipe pour le tester. Pour le jouer. Une pièce n'a de valeur qu'à hauteur de ce qu'on est prêt à risquer pour la perdre. Introduit en Suisse parmi un lot de réfugiés, suffisamment signalé en lieu idoine, il n'a qu'à se laisser cueillir, à lui de se vendre ou de se solder selon le marché. Le grillon est là, dans le coin de la fenêtre. Dans l'obscurité, il en détectait exactement la place, la hauteur, une visée qu'il aurait jurée juste sans besoin d'en corriger l'axe, et presque il évaluait la taille, le format du crétin occupé à siffler sa félicité, rien qu'à l'amplitude de son crissement. Brusquement, Grubensteiger donna de la lumière, cligna à peine avant de focaliser précisément où il avait localisé le zinzin, la bête, le grillon. Le fit tomber d'un revers de main, sur le plancher l'écrasa du talon nu, une sensation aiguë, ondes apaisantes de silence et remontant l'échine le frisson carnassier de sa victoire sur l'insecte ; il essuya son talon au tapis. Pauvre Werfel, songea-t-il, considérant le petit tas écrasé. D'intuition, de science sûre, il n'avait pas besoin d'évaluer son agent, de l'éprouver, il connaissait ses piètres chances de réussite, la preuve : il lui avait collé au cul un ange gardien qui pourvoirait à toute éventualité.

Finalement, une fois hissé jusque-là, cette chambre n'était pas désagréable. La lumière de la lampe de chevet arrondissait les angles, baignait de douceur la bêtise du mobilier rustique, folklorique à bon marché. Au caractère véniel de la violence peu de gens croient, ils s'imaginent des explosions, des décapitations sanglantes, des déflagrations épouvantables, quand celle-ci opère l'air de rien, pour ainsi dire de manière abstraite, si vite et subrepticement qu'on n'entend même pas revenir l'écho de la détonation, on ne ressent son onde de choc que longtemps après, et l'on a du mal à la rapporter à une réalité. Exterminer les cloportes, cancrelats, grillons, pareil les rats, ne fait pas plus de bruit qu'écraser de l'engeance humaine, même vermine, elle beugle, lamente, elle hurle, mais qui s'en émeut ? Chacun ferme ses volets, verrouille sa porte, calfeutre les interstices. Faire irruption de nuit chez lui surprend le planqué dans l'hébétude de son sommeil ; tympans bouchés aux bruits du dehors, il se croit à l'abri de ne rien entendre, rien voir, dormez, braves gens. Grubensteiger vit qu'il parlait à son reflet dans le miroir, une créature à la fois familière et adverse dont la présence dans la chambre ne l'inquiétait pas, non qu'il pensât au miroir de l'armoire, au contraire il l'avait oublié, pour ainsi dire intégré à la double vue qu'il offrait, inversée et complète, une duplicité naturelle de l'espace et du temps, sa substance parfaite. Un revenant. A lui, il s'adressait, à cet autre tel qu'il le savait au-dedans dupliqué, sous les accessoires de foire et les masques, y compris ceux dont la vie l'avait affublé par accident, un être de pure algèbre. Cette silhouette contrefaite, affaissement du torse et maigreur extrême des membres, l'identifiait au représentant de commerce piteux qui, dans ce pyjama grotesque, avait tué le grillon. Il soutenait son regard, l'iris dilaté perçant loin en arrière de son reflet, portant en arrière de lui-même, ni absent ni égaré, au contraire très concentré sur le point focal de longue distance, pour ainsi dire de longue-vue dont il jouissait sur l'actualité, aigu et cruel, dénué d'indulgence pour sa piètre personne présente comme pour l'autre, le phénix qui avait pu accoucher naguère de sa chrysalide le grand insecte prédateur qu'il était maintenant, une pitrerie plaisante. Si la plupart des gens ont la capacité d'oublier, d'édulcorer et absoudre les choses du passé, à les relativiser ou occulter, à pardonner à soi ou aux autres, à mentir et trafiquer ce qui dans le passé leur échoit de petites et grandes horreurs, de crimes visibles ou cachés, de sanglantes affaires auxquelles ils ont été mêlés de près ou de loin, moi je ne rature ni ne renie rien. Je suis l'historien incorruptible de moi-même, aucune archive ne m'est inconnue. Aucun plomb ne pèse sur ma poitrine dans mes nuits sans sommeil, je n'ai ni juge ni maître que moi-même, ma solitude est absolue. Que Werfel crève, mon talon est intact.

IV

A sept heures, le soleil perçait la brume, voilant de vieil or les façades ingrates, palissades et terrains vagues, ateliers en vieille brique rongée de salpêtre. Très pictorialiste, pensait-elle, les yeux encore embués de sommeil, si tu voyais ça, Jos… Grimpée sur la plateforme, Camille regardait défiler le paysage du faubourg parisien, les joues fouettées par l'air frais. Bondé à cette heure, l'autobus hennissait, lâchait un nuage de gaz à chaque départ, ballottant son chargement. Il longeait des lotissements de villas en pierre meulière, anciennes propriétés réduites en chiches enclaves, leurs parcs d'agrément à des jardinets aux arbres anémiques, et c'étaient des perspectives entrevues de longues rues identiques, des files d'entrepôts, leurs toits de tôle nacrés par l'humidité de la nuit, des enceintes couvertes d'affiches aux couleurs délavées, pans déchirés. Elle regardait fuir épiceries et estaminets encore fermés, les fabriques d'artisans, un garage flanqué d'une petite station d'essence avec sa pompe neuve, un atelier de réparation, une glacière, un dépôt d'autobus et, derrière les toits, les quatre cheminées monumentales de la nouvelle centrale électrique de Vitry… De son passé de campagne, la banlieue gardait encore le tracé de chemins vicinaux, bordés par endroits de haies sauvages, de bosquets, aujourd'hui défoncés par un chantier de construction, déjà planté des poteaux d'une électrification prochaine. Elle trouvait de la curiosité à ce décor en pleine mutation, se surprenant à cadrer mentalement, à choisir l'axe fugitif par lequel la photo fictive s'imprimait en elle, une image plus que réelle, la saisie documentaire de faits saillants comme elle avait appris à les voir avec Jos, à repérer, avec son *œil objectif*, ces angles du monde où se précipite leur vérité, que la photo recueille et manifeste.

Elle avait encore dans les yeux les villes verticales, électriques et brutales, l'incessant chantier de l'Amérique moderne, mais c'était à un autre souvenir qu'elle rapportait ce faubourg. Celui des centres pauvres d'Alabama, terre morte rôtie de soleil, les snacks et les garages, la grisaille des bâtis de planches à l'infini, porches de guingois et rues poussiéreuses engourdies de ruine avant même d'avoir été une ville, jusqu'aux magnolias paralysés de poussière, écrasés sous un ciel atone envahi de cumulus aux circonvolutions de cerveau gigantesque, et mort. En regard, le mauvais moellon parisien des villas à bon marché paraissait riche d'histoire, leurs fondations le socle du perpétuel recommencement ; malgré la dévastation, les bombes et la crise, dans toute l'Europe le rêve populaire de l'épargne et d'une maison à soi résistait. Harassé de privations, de deuils et de chômage, de misère, chacun puisait aux carrières du passé, redressait pierre à pierre ses ruines, à l'image des cités antiques, voies romaines et palais crétois pillés pour échafauder de nouveau sur les fondations détruites, et peut-on faire du neuf avec l'ancien ? Elle se promettait d'y revenir lentement, de faire certaines de ces photos volées du coin de l'œil, fragments visuels qu'emportait l'autobus dans sa course. Revenir pour voir, une deuxième fois, pour réfléchir, parce qu'une photo n'est pas le fruit de l'instant ou un acte de hasard, mais un dessein, et peut-être un raisonnement.

Elle descendit au terminus de la ligne. Sur la place, le monument aux morts de 14-18 trônait sur son terre-plein, un poilu de bronze neuf, la vareuse emportée par un vent d'obus, tenant baïonnette au fusil et sa main sur le cœur, héroïque dans sa solitude matinale. Pas un ne lui jetait un coup d'œil. Il faisait déjà partie du paysage ; au même titre que les étals du petit marché en train de s'installer, que le café du coin où s'engouffraient déjà des ouvriers, accoudés au zinc pour se lester d'un verre de vin blanc ou d'un petit noir arrosé. Mais la plupart, certains le vélo à la main, s'acheminaient déjà en troupeau vers l'usine qu'on voyait se profiler au bout de la rue contre le soleil levant. Chacun se taisait, encore enfermé dans ses pensées, alors que le soir c'était une effervescence de plaisanteries et de papotages, qu'elle évitait, craignant de nouer une relation personnelle. Les deux filles, ses plus proches voisines à la chaîne, suffisaient bien, c'étaient des ruses pour échapper aux sujets favoris de leurs discussions, qu'elle ignorait, comme les feuilletons sentimentaux, les films du samedi soir, au cinéma *Louxor*. Heureusement, elles habitaient Choisy, Camille ne faisait pas route avec elles. Tu es sur la corde raide, se disait-elle. Un de ces jours, l'une ou l'autre va te sauter à la figure avec des questions. Tu lui claqueras entre les doigts parce que tu n'as pas deux sous d'imagination. Ces petites cailles t'attendent au tournant, elles sont plus sagaces qu'elles n'en ont l'air. Sans instruction ni diplôme, elles ont une science naturelle de la relation, tu ne la leur feras pas longtemps, avec tes grimaces.

Elle ne parvenait pas à se défaire de son anxiété du matin. Le soir, la fatigue, l'euphorie d'avoir tiré sa journée sans accroc la disculpaient ; en quelque sorte, lui donnaient quitus. Mais, au lever, on se dit ses quatre vérités. La nuit tire au clair les embrouilles, elle fait son petit ménage. Alors apparaît qu'on n'est pas si sûr de son orgueil et de sa volonté, que les forfanteries personnelles ont du mal à tenir la route. Il faut du courage, une vaillante dose de mauvaise foi pour se donner raison contre soi, surtout contre Magda. Avant qu'elle n'arrive, c'était déjà difficile, mais depuis qu'elle était là, son expérience existentielle avait du plomb dans l'aile. Raison de plus pour tenir bon. Camille repartait prendre son autobus, place d'Italie. Si raide de courbatures, certains matins, qu'elle titubait en sortant du lit, mais le temps du trajet elle se remettait en selle, le paysage balayait ses pensées. D'ailleurs, dès que passé les portes de l'usine, elle oubliait vite, cueillie par l'atmosphère de l'atelier d'ensachage, son odeur de corne brûlée, le passage rapide aux vestiaires où claquaient les portes de fer. Une fois revêtus la blouse et le bonnet réglementaires, dans le piétinement morne, elle rejoignait la cohorte des ouvrières sous l'uniforme qui les confondait toutes.

Elle avait vite appris à calquer ses gestes sur ceux de ses voisines, les trois mouvements dont il fallait saisir le sachet, replier ses cornes, puis l'orienter d'un quart de tour sous l'agrafeuse, le pousser sur la plaque tournante dans la même direction que les autres, bloqués en attente par un volet automatique, tous les dix sachets abaisser la lieuse qui les collait ensemble d'une bande et libérait le volet ; alors le bras articulé les poussait sur le tapis roulant vers l'emballeuse. Des grains torréfiés s'échappaient, ils tressautaient sur le tapis et crépitaient en pluie, collant aux doigts une pellicule huileuse, mais cet enduit donnait meilleure prise. En réalité rien de pénible, sinon la répétition du geste machinal durant des heures. Ce n'était pas un travail de force, comme celui qu'avait connu Jos. Il lui avait raconté son passage aux forges, les ouvriers demi-nus dansant devant les fours incandescents, tirant du brasier des langues de métal rouge. C'était d'une fatigue exténuante, et il n'était pas solide. Pas de la trempe de ceux qui travaillaient là, qui avaient de gros muscles, la peau tannée, la face et les yeux brûlés par la fournaise, orgueilleux de leur fatigue, encore assez braves diables pour prendre pitié de la sienne, et tout en la moquant de lui enlever des mains le fer et les tenailles, sans un mot, parce que le martèlement des marteaux-pilons les rendait sourds et muets. A côté, ce travail-là était propre et facile. Il fallait juste lutter contre la torpeur, se maintenir dans une vigilance moyenne, un état intermédiaire de veille vide. Le seul danger : perdre le rythme, au risque du faux pas. La sanction immédiate était un retard de la chaîne, l'embouteillage qui, de place en place, décalait chaque poste. Alors la sirène sonnait, brève stridence, coupait le courant, et c'était un désordre épouvantable et comique : le contremaître furieux surgi de sa guérite, les ricanements, les sifflets, l'aubaine de la pause forcée libérant une gaieté infantile d'écoliers réveillés. Puis le mouvement reprenait, dans le cliquètement hargneux des machines.

C'était une prouesse que de parvenir ensemble à cette docilité de rouage, dans l'ébriété de la caféine libérée dans l'air, un alcool fort qui tapissait narines, gorge et cheveux, en dépit du bonnet, tous les pores de la peau buvant l'âcre parfum. Des cerveaux ingénieux avaient conçu ce dispositif hypnotique. C'était simple, très intelligent, et très reposant de s'y abandonner, une fois admis son principe. Elle n'allait pas plus loin, effarée de sa conclusion. Effarée aussi de constater les meurtrissures de ses mains, les ampoules et les cals résultant de ces gestes sommaires, les blessures, indolores dans l'instant, du contact répété avec l'hostilité matérielle du papier cristal des emballages, des courroies, du tapis métallique et de la chaîne de la lieuse, qu'elle tirait toutes les vingt secondes pour évacuer le chargement. Comme une chasse d'eau, pensait-elle de temps en temps, gagnée par un fou rire pour l'incongruité de ce geste… Non, elle ne s'achetait pas une bonne conscience, ni une âme, au saint travail ouvrier. Le sermon la faisait rire, des curés laïques prêchant la rédemption des nantis par la solidarité prolétarienne. Rien de moral ni de revendicatif. Elle essayait, voilà tout. Elle avait une revanche à prendre, personnelle. Sans autre but que ta propre gloriole ? Juste pour éprouver cette chose laide du travail industriel, sans horizon que son recommencement chaque matin, juste par provocation ? Magda l'avait passée à la question, pour qu'elle avoue enfin quel diable expérimental la poussait.

— Je ne provoque personne, et pour les laideurs, j'en ai vu d'autres, à côté desquelles mon excursion estivale aux usines B&G est une promenade touristique.

— Tu te feras repérer, tu n'as pas la tête de l'emploi. Tu es des beaux quartiers…

Jos lui avait dit la même chose, *baby.*

— J'ai l'emploi, répliquait-elle, furieuse. De ma tête, ils se moquent, du moment que je suis la cadence. Sous ma blouse de travail, je ne suis personne. J'ai mes vieilles nippes, il suffit que je n'ai ni bijou ni falbalas.

— Ni de petite boîte à cigarettes en argent, persiflait Magda. Qui trompes-tu ?

— Pas moi : je paie de ma personne, je mérite mon salaire.

— Et ton accent, Camille ? On l'entend à cent pas.

— Les deux filles à qui je parle un peu à la pause sont sûres que je suis alsacienne. Elles viennent de Brest, c'est dire.

— Tu t'instruis ?

— Je suis à bonne école.

— Jusqu'à quand ?

— Le temps de voir, Magda.

— Mais voir quoi, Millie ?

— A quoi ressemblent les usines Bertin-Galay. Je touche mes dividendes. Je suis actionnaire, après tout. J'ai le droit.

A présent, suffit, se disait Camille. J'ai vu l'usine en gros et en détail. La fabrication, les fours de la chocolaterie et de la biscuiterie ; la torréfaction et les chaînes de conditionnement, l'emballage, l'expédition. Ma visite est terminée. Je connais de long en large le bastion, béton et poutrelles métalliques, rails et wagonnets, ponts roulants vers la Seine, le terminal de chemin de fer reliant Vitry, le port commercial sur le fleuve. J'ai même la vue aérienne, la photo est exposée à l'entrée de chaque atelier, pour mieux imprimer en chacun sa puissance et sa gloire. J'ai connaissance du travail posté, autant de pris, je sais à quoi m'en tenir. Cet enseignement valait le déplacement. On ne la lui ferait plus avec les discours de New Deal et de réhabilitation sociale par le salariat. A présent, elle avait rempli son contrat, l'espèce d'engagement qu'elle prenait envers Jos, sa dernière apparition au bas du boulevard Saint-Michel. Elle était quitte, elle avait passé l'été comme elle l'entendait, mieux qu'elle ne le croyait en arrivant, épave éplorée. Ce matin-là, elle venait de prendre sa décision : ce jour à la chaîne serait son dernier. Elle pouvait quitter l'usine, rendre son tablier et son bonnet sans se désavouer. Maintenant, elle voulait prendre le temps de revenir sur la route de Choisy faire des photos de cette banlieue, sous un angle objectif, en souvenir de Jos. Elle avait aussi d'autres projets en tête concernant ses négatifs qu'elle rapportait d'Amérique ; elle avait des gens à voir, de ceux que dédaignait Jos peut-être, mais fais-moi confiance, je ne te trahirai pas. Et puis Magda était là. Son séjour à Paris était une occasion trop bonne pour ne pas lui consacrer tout son temps, bientôt elle repartirait. Ce soir, elle tirait sa révérence. Libre comme l'air, elle choisissait le vent d'aujourd'hui pour se pousser plus loin, pour changer son fusil d'épaule. Elle avait le seul remords, cuisant, du privilège scandaleux de sa liberté. Aucun de ceux qui l'entouraient n'avait ce choix élémentaire et luxueux, arrimé chacun à son poste sans horizon. Leur condition lui paraissait ce matin dans toute sa cruauté, cela donnait aux objections de Magda toute leur actualité. Elle chassa ces pensées déprimantes et s'installa à son poste, mais à peine la chaîne démarrait-elle, à peine Camille commençait-elle à entrer dans sa torpeur ordinaire, à pousser les sachets et tirer sur la chasse que le contremaître surgit, escorté d'une gamine timide. D'un air fâché, presque avec rancune, il donna l'ordre dans son dos.

— Nadas, au bureau.

Ce nom, qu'elle avait donné dans l'improvisation du premier jour, le nom de Jos, elle y était si peu habituée, qu'elle eut une seconde d'hésitation. Mais d'une main preste, il donnait lui-même un quart de tour aux paquets de moka en transit, tirait sur la lieuse, glissait l'autre fille à son poste, si précis dans son intervention que le travail n'en était pas affecté et, d'un geste prompt, la poussait sans ménagement vers la paroi vitrée qui séparait l'atelier des services administratifs. Sans bien réaliser ce qui se passait, elle se trouva dans une antichambre impersonnelle, deux chaises bancales sur le linoléum vert, loin du fracas des chaînes, abasourdie, vaguement inquiète de la suite. Fataliste, malgré tout, quant à cette convocation imprévue. De temps en temps, on appelait un employé pour une paperasse, une remontrance de retard ou de tenue, ou même pour un questionnaire de santé. Tout le monde y était passé, juste avant qu'elle n'arrive, alcoolisme et tuberculose. Ou bien on la changeait de poste, alors elle aurait bien du plaisir et de l'avantage d'annoncer son départ.

Dans le silence relatif, un crépitement de machines à écrire lui parvenait du secrétariat, derrière une cloison en verre dépoli, mais elle n'eut pas le temps de méditer davantage. Un genre de commis à face lunaire, sorti en coup de vent, la priait d'un coup de menton de le suivre, visiblement désigné pour la corvée. Complet gris, cravate et chaussures noires, longue joue blafarde, aussi triste clown que Buster Keaton, pensa-t-elle, lui emboîtant le pas. Sur le revêtement de plastique souple, ils ne faisaient aucun bruit ; aucun non plus ne transpirait maintenant derrière les portes nombreuses des couloirs en enfilade, dont les fenêtres donnaient sur la pelouse de la façade, silence de temple, domaine des cols blancs. Ici, le personnel de l'atelier ne venait pas, l'aristocratie du secrétariat ne frayait pas avec la main-d'œuvre ; même dans l'autobus, les employés aux écritures se tenaient à l'avant, aux places assises ; ils avaient leurs tables réservées à la cantine. Autant de prérogatives qui devaient inspirer à son guide, très imbu de sa grise personne, son air digne et chagrin, et son tic de tirer sur ses poignets de chemise, de rajuster sa cravate à chaque pas, comme s'il se rendait chez le pape. Elle n'avait jamais pénétré dans cette partie des bureaux, et lui l'arpentait avec la piété d'un néophyte introduit au saint des saints. En fait, passé la double porte matelassée du coupe-feu, on débouchait dans le hall d'entrée, sous la coupole fléchant l'espace d'une lumière de cathédrale, et là, il y avait du monde. Quatre ou cinq messieurs d'âge en conversation, de gracieuses demoiselles s'en allant trottant, primesautières sur leurs talons, dossiers sur le bras, crayon entre les dents ; celle de l'accueil, au standard téléphonique, frisottée, pimpante, et un liftier en livrée brune à liseré rouge, sa galette B&G sur le cœur, au garde-à-vous devant l'ascenseur. Ils durent patienter, et comme elle dévisageait son guide d'un air interrogateur, très embarrassé, rouge tomate, il détourna son regard, le perdit vers la verrière, levant si haut son menton que sa pomme d'Adam prit un relief étonnant. Plus étonnant, l'ayant laissée monter, il s'effaça. D'évidence, sa mission s'arrêtait là.

— Dernier étage, indiqua-t-il au liftier. Vous devriez ôter votre bonnet, suggéra-t-il précipitamment à mi-voix, comme affligé de son allure, mais les portes se refermaient.

Cette coopération tardive la laissa pantoise et, tandis que défilaient les étages, elle pesa le pour et le contre du conseil, se jeta un coup d'œil dans le miroir. Là-dessous, elle n'était pas si ridicule, sa frange bordant le sourcil et son nez retroussé, ses joues roses du trajet sur la plateforme, au petit vent du matin. Elle opta pour conserver la galette sur son chef, décidée à ne pas s'en laisser remontrer. Si choquait quelqu'un sa tenue d'ouvrière, elle serait la reine des mouches parmi les abeilles. C'est dans cet esprit offensif qu'elle atterrit au dernier étage, les portes s'ouvrant sur un vaste espace inattendu, toutes baies plongeant, vertige, sur le panorama urbain, tapis moelleux, meubles de teck lustrés et, siégeant derrière son majestueux bureau directorial, à contre-jour du soleil se levant sur la Seine, l'horizon bleu de brumes l'auréolant d'un nimbe de gloire, Simon Lewenthal soi-même.

L'ascenseur était reparti, dans un chuintement discret. Il y eut un bref silence, instable de tension bizarre, et si, un instant, Camille fléchit sous le coup de la surprise, elle eut un réflexe d'acrobate, d'un rétablissement immédiat reprit son aplomb. A toute vitesse pensa qu'il était indemne, elle aussi, malgré le choc du face-à-face. Projetés l'un et l'autre à l'envers du temps, lui si peu changé, à vrai dire pas du tout, la cinquantaine, mais si conforme à son souvenir qu'elle avait encore dix ans devant lui, impossible ! Sa visite à l'usine, sa poigne de fer. Elle eut réellement dix ans, un quart de seconde, puis d'un retour en boomerang se rétablit au présent, et respira un grand coup, tandis qu'il montait vers elle, traversait au ralenti l'espace vaste du bureau. Mon Dieu cette allure, cette qualité d'être, en chaussures de daim, tweed léger, le pan du veston ouvert sur la chemise, fin coton d'Egypte, glabre, peau d'ange, en cet envol d'accueil plus sexuel que social, front taurin, lippe abrupte, mâchoire nette et le regard sombre sous les cheveux cendrés, au secours ! En grande forme, réveillée de la tête aux pieds, elle aurait pu compter les étoiles, les trente-six chandelles à la fois, sans qu'une lui échappe. Simon Lewenthal en personne prenait dans les siennes ses mains sauvagement parfumées de moka et, dévot, les lui baisait, surpris, un instant, de leur état désolant.

— Chère Camille, vous êtes-vous bien amusée ? s'enquit-il, trop aimable.

Le temps de déglutir, elle optait pour l'effronterie.

— L'exercice a été profitable, monsieur.

— Otez ce bonnet ridicule.

— Buster Keaton me l'a déjà demandé…

— Qui ? D'où débarquez-vous, grand Dieu ?

— De l'autobus de sept heures. Risquais-je de vous y rencontrer ?…

— Non. J'ai dormi ici. Voyons, laissez-moi vous regarder. Vous êtes charmante en Louise Brooks des faubourgs.

Il l'attirait des deux mains vers la baie, d'une obséquiosité, d'une insolence qui la révoltèrent, mais sa lèvre tremblait dangereusement tandis qu'il la dévisageait.

— Bravo. Vous êtes formidable dans ce rôle de composition, confirma-t-il, voix fêlée de dépit ou de colère, parce qu'au jeu du persiflage il commençait de perdre patience.

— Ravie que ça vous ait plu.

— Ce sont vos vraies dents ? Vos vrais yeux ? Pas de postiche ?… Vous êtes très contente de vous, n'est-ce pas ?

— Sous un certain angle.

— Cependant, nous ne sommes pas aux studios de la Universal.

— Je m'en suis aperçue.

— Alors finie la comédie, mademoiselle Galay…

— Finie, monsieur, admit-elle à regret, soudain très fatiguée par cette joute idiote.

Il était tombé assis dans son fauteuil pivotant, assez abattu lui-même. Il fermait les yeux, tapotant sa lèvre du bout des doigts de ses mains jointes, ongles parfaits, et parut un instant abîmé dans de sombres pensées. Pendant quoi, respectant son silence, elle inspectait le décor majestueux dans son détail, le plafond laqué, le lambris d'acajou, la lampe d'un design hardi, ce bureau directorial d'altitude où se traitaient en secret les affaires de la société, nid d'aigle ou promontoire militaire, avec son seigneur, son boss élégant juché sur son trône de cuir fauve. A présent, il lui jetait en coin un regard noir, de douloureuse perplexité ou de grande curiosité, comme si elle fût un animal rare. Elle crânait encore, mais n'en menait pas large, elle n'avait pas prévu la tournure que prenaient les événements.

— Epargnez-moi vos commentaires, pria-t-elle gentiment, pour devancer l'orage. Soyez beau joueur, comme moi bonne ouvrière. On n'en fera pas une affaire d'Etat, ni un fait divers…

— Pourtant, faire scandale vous connaît. Si je ne m'abuse, la presse à sensation rapporte vos dévergondages dans les galas mondains, non ? insinuait-il d'une voix fielleuse, narquoise, odieuse.

Blême, elle arrachait enfin son bonnet, le jetait sur le bureau, parmi les dossiers empilés, décoiffant le téléphone en ébonite de son écouteur, si outrée par la lâche attaque que les larmes lui brouillaient la vue. Cette stupide histoire de la première du film, la bagarre entre invités et reporters, stipendiés pour semer la zizanie, cette photo à la une ! Traînée par les flics sur la chaussée de Broadway, jupe retroussée, jambes nues sous les flashs, la nièce du grand cinéaste, ivre ou droguée, disait le *Sunday Times.* Très maître de lui, visiblement satisfait de son effet, Lewenthal rétablissait l'écouteur dans sa dignité.

— Les journaux ont menti, ripostait-elle, furieuse de la faiblesse de sa protestation. Et je ne suis pas là pour subir vos ragots…

— Vous êtes là pour quoi, au juste ? tonna-t-il. Pas si bien joué, votre petit personnage… Amateur, ma chère ! C'est un monde : n'avez-vous rien d'autre à faire de vos journées que d'inventer de nouvelles frasques ? Croyez-vous que je n'ai d'autres chats à fouetter que de faire mener une enquête interne sur mon personnel parce que, depuis huit jours, circule le bruit d'un mouton dans mon usine ?

— *Mouton.* Mouton ?

L'étonnement lexical hors sujet mettait à mal son discours, mais elle avait l'air si sincère qu'il expliqua, un peu désarmé :

— Espion, mouchard, comme vous voudrez.

— Mouchard ! Je suis venue en observateur. Voir de quoi il retourne dans les usines B&G, le fleuron de l'industrie alimentaire française. Du point de vue de la tranchée. Vous feriez bien d'en faire autant, de temps en temps. C'est instructif, je vous assure.

— Amen. Et sous quel nom de tranchée opérez-vous, déjà ?...

Il feignait de consulter une fiche parmi les dossiers de son bureau.

— Camille Nada. Rien ? Mademoiselle Rien, vous ne manquez pas d'à-propos !

Fouettée par cette insulte au nom de Jos, qu'il estropiait, elle ne daigna pas relever la provocation.

— Votre grand-mère sera flattée de savoir où sa petite-fille, Mlle Rien, passe son loisir estival...

— Donnez-vous le plaisir de le lui apprendre ! Elle s'en offusquera peut-être moins que vous. Elle sait d'où elle vient, elle.

— Sans doute, mais elle a une autre idée de son rang, et moi de ma charge. Maintenant, je retourne à mes occupations. Retournez aux vôtres. Ailleurs que chez nous, s'il vous plaît. Les usines ne manquent pas où exercer vos talents. Vous ne comptez pas sur une lettre de recommandation, j'espère... Bien le bonjour, ma chère.

Cette fois, il se levait et, plus du tout beau félin ni dévot en baisemain, il l'empoignait au coude d'une prise magistrale, qui l'électrisa. Elle n'avait plus dix ans pour subir son ascendant. Pour plier aux brutalités de ce rustre. D'un mouvement bref, elle s'arracha, réflexe de judo un peu approximatif, mais assez ajusté pour que, déstabilisé, Lewenthal vacille contre le bureau. Pour que, du heurt renversant la pile de dossiers du coin qui s'éparpilla sur lui, il s'étale en vol plané. A lui de compter trente-six chandelles, à demi assommé par sa chute. Elle perdait peut-être la main depuis les leçons de Jos, mais le résultat dépassait ses prévisions, alors, éperdue, elle se précipita à genoux, le feu aux joues.

— Excusez-moi, je ne voulais pas..., balbutiait-elle, au comble de la confusion, le relevant de son mieux, sans rancune pour la ridicule posture qu'il avait, sur son beau tapis directorial.

Voilà comment s'effondrent les empires et les gloires, eut-elle méchamment à l'esprit, aussitôt navrée de son manque de magnanimité. Refusant son aide, il se redressait malgré tout, plus décontenancé que furieux, tapotait pensivement son front du doigt. Son arcade sourcilière était vraiment entamée, un peu de sang y perlait ; qu'elle s'empressa de tamponner de son bonnet, un pansement de fortune. Il la laissait faire parce que, encore sous le choc, il peinait à reprendre haleine, et c'était doux, très amical, cette reddition guerrière, leurs souffles unis, si proches qu'elle sentait la chaleur de sa poitrine, sous sa paume le tweed moelleux de sa veste, et elle eut presque un élan de sympathie pour la désarmante virilité de cet ennemi blessé. En quelque sorte, elle pardonnait au vaincu la traîtrise par laquelle elle le mettait à terre, ô beau cavalier désarçonné, abattu sans coup férir !

— Vous avez mal ? s'enquit-elle avec une fausse contrition.

— Pas trop… Et vous, comment allez-vous ?

Il trouvait le courage d'un sourire pâle, essuyant le sang de sa paupière avec sa pochette de soie. Il prenait aussi le temps d'évaluer la situation, en stratège dont elle se méfiait.

— Peste, Millie, vous avez la main leste, et de bon matin ! admit-il pour finir, beau perdant.

Ce petit nom dans sa bouche eut le pouvoir sorcier de faire fondre quinze ans comme neige, et même vingt, puisqu'au Mesnil il la prenait sur ses genoux, il la tenait haut, à bout de bras la faisait tourner sous les branches noires du grand cèdre, d'un manège affolant l'enivrait d'orgueil, et même si elle ne s'en souvenait pas – ne voulait pas se souvenir, c'était un contrecœur révoltant de s'en souvenir –, elle battit des paupières, cette fois repentante pour de bon, étourdie par sa mansuétude, déconfite, honteuse. Mais enfin, oui ou non, était-elle une femme émancipée de la jeune Amérique, et lui un homme affamé de puissance capitaliste ? Eux deux des étrangers que la vie avait tenus éloignés, et c'était parfait, très bien établi. Elle n'avait pas de comptes à rendre, surtout pas d'avoir été Millie dans ses bras.

— Je ne vous savais pas à Paris, c'est une divine surprise. Diantre, vous avez grandi… Enlevez cette blouse, qu'on vous reconnaisse… Mais quel âge avez-vous donc ?

— Et vous ? rétorquait-elle en obtempérant, si impertinente qu'il feignit un geste de capitulation.

— Bon, décida-t-il, avec un enjouement proprement scandaleux, s'il vous plaît, faites un peu de ménage, pendant que je fais un peu de toilette. J'ai des rendez-vous à Paris. Je vous ramène. Où allez-vous ?

Elle n'allait nulle part, elle n'avait pas prévu que sa dernière journée serait si courte. Il allait dans le quartier des banques, puis à l'Etoile, ce qui offrait toutes sortes de destinations à improviser en cours de route. Il disparut dans un cabinet de toilette attenant. Il avait là, visiblement, une chambre de fortune, un campement de luxe pour ses nuits de labeur infernal. Plus confortable que le siège arrière d'une vieille Ford, railla-t-elle. Cela la vengeait des mauvaises pensées, contradictoires et vaines, la comparaison entre la chaîne qu'elle venait de quitter, un quart d'heure plus tôt, et ce bureau fastueux où elle se trouvait hissée, d'un bond un peu abrupt. L'atterrissage la laissait rêveuse. Entre le poste de commandement et la soute, un tel écart. L'embardée la remettait à sa place. Tu es née dans le bon berceau, tu auras du mal, *baby.* Pas plus que ça, Jos, tu verras. Il était assis dans le fauteuil directorial, en toute impunité ; les pieds sur le bureau, comme tout le monde le faisait là-bas. Il la toisait, narquois, une insolence déplacée très antipathique. Elle le bouscula un peu pour remettre de l'ordre dans les dossiers. Elle ignorait les subtilités du secrétariat, mais elle mettait de la bonne volonté à réparer son intervention intempestive et quand Lewenthal reparut, ma foi, cela avait bonne allure. Lui aussi avait repris du poil de la bête, changé de chemise, d'une élégance parfaite, ce camaïeu de beiges, chapeau de feutre brun, pardessus mastic sur le bras ; et un discret pansement gommé sur l'arcade. La descente en ascenseur, un vertige feutré, traverser le hall sous les révérences du personnel, fendre l'espace à son bras, avec sa petite robe d'été à trois sous, c'était d'une audace sans pareille, et ensuite, à son côté dans la Panhard, lustrée comme une panthère noire, silencieuse sur l'asphalte, remonter la rue jusqu'à l'arrêt du bus, laisser derrière soi monument aux morts, troquet et marché, voilà comment on pactise avec l'ennemi, compagnon. L'ennemi répandait une odeur suave de savon à barbe de qualité, d'eau de toilette de qualité, au moins *Cuir de Russie*, tout entière sa personne de qualité calée dans les coussins de cuir. Et sa conversation de même, urbaine, bienveillante.

— Je dois vous avouer que je ne me suis pas contenté du rapport de mon contremaître. Je vous ai épiée, depuis son bureau. Je vous ai reconnue, Camille. Depuis trois jours, j'hésitais… La faire mettre à pied, ou la laisser goûter l'exploitation du capital ?… Vous m'amusez beaucoup, *young girl.* Vous ne manquez pas de santé. Quels sont vos projets, hormis cette expérience de terrain ?

— Je vous en tiendrai la liste.

— Ah, mais volontiers… Je serai enchanté de vous revoir. Demain soir, voulez-vous ? Retrouvons-nous chez Paul Guillaume, avenue du Bois. C'est un grand marchand de mes amis. Puis nous irons dîner…

— Très aimable. Mais je suis invitée.

— Alors samedi ? Samedi, je vous conduirai au théâtre…

— Samedi, je vais au cinéma.

— Allons-y ensemble ! Non ? Non. Alors ce soir ? Ce soir, vous n'aviez rien prévu. Ce soir, vous étiez harassée de votre journée d'ouvrière. Vous ne pensiez qu'à quitter votre déguisement de prolétaire et à dormir d'un sommeil réparateur. Ce soir, allons voir *King Kong* au cinéma *Marivaux*. Cela vous changera de la comédie musicale…

L'endroit est parfait. A l'extrême pointe, l'éperon rocheux culmine en promontoire, surplombant la combe. De cette hauteur, Louvain contrôle le plateau herbu, seule nappe de vert dans tout ce bleu. Au loin, le contrefort vaporeux du massif alpin déploie son drapé colossal, érigeant la chaîne des pics en majesté. L'endroit est périlleux, un balcon exigu entre les rochers, mais son contrefort le protège de la vue, d'autant que coiffé de petits mélèzes tordus par les vents. Ce bosquet fait un couvert excellent, son ombre pailletée de lumière doit paraître à distance une simple tache dans le miroitement minéral, perdue parmi les reliefs et bosselages du pan escarpé où il s'est installé. Un poste d'affût imprenable. Au-dessous, la vallée disparaît sous la couverture blanche, les nuages bouchent le col, du sirop d'orgeat à travers lequel il est monté, avant de déboucher au soleil de midi, devant l'archipel céleste des Diablerets, ses cimes enneigées contre le ciel cobalt. L'ombre gagne déjà les parois vitrifiées du massif, gigantesque papier froissé où de maigres glissades de sapins s'accrochent, dans des échancrures cristallines de carrière. Mais là, tout près, à ses pieds, ce sont des touffes d'herbe fine dans les fissures, des plaques de mousse hérissées de minuscules fleurs jaunes comme il en pousse à ces hauteurs, un semis frissonnant, innocent et délicat, qui inspire de la tendresse. Au moindre mouvement d'air, le toit de branches crisse et grince, bercement de navire à l'attache. Pour le reste, pas un bruit, le silence que fait le vent, la clameur muette d'altitude venue des sommets, des cols glacés où s'engouffre la bise, et même les lointains rapaces piquant dans le vide leur vol oblique n'ont pas de cris, ou alors perdus dans l'immensité.

Il est arrivé par le versant arrière, trois heures d'ascension hors sentier, coupant à travers prés pentus et rocaille, puis glacis scabreux, plaques instables comme du sel entre des pans de forêt qu'épaulent les murs en à-pic, avant d'atteindre un plateau d'herbes rases et de rochers où dévale un torrent rageur. Il a fait halte, repris haleine et s'est mouillé la face à l'eau glaciale. Dans le bruissement d'abeilles agacées, il a mangé une poignée de noisettes et d'amandes, avec les figues sèches, et bu la chicorée à sa gourde, provisions de montagne qui tiennent au corps sans écœurer. Il est monté trop vite, malgré son pas lent, ou bien il perd l'entraînement, avec sa charge au dos, le sac qui pèse aux reins, tiraille à la ceinture, mais finalement sans fatigue une fois le muscle échauffé, les cuisses et les mollets de cuir, le souffle long, juste le petit goût salin de sa lèvre en sueur. Il y a passé sa langue plusieurs fois, avec une gourmandise pensive. Sa chance a été de trouver ce nid d'aigle à l'arrivée, le bosquet et la petite cuvette à couvert, où il s'est installé. Il est très en avance, comme il l'a calculé. Tout en examinant minutieusement le paysage de son observatoire, ce vaste espace libre et solitaire, il s'est octroyé le droit de fumer un petit cigare, pour l'âcreté et la patience. Pendant ce temps, il n'a pas plus bougé qu'une pierre. Puis il s'est étendu, la nuque calée sur un coussin de mousse, filtrant entre ses cils le tamis d'ombre au-dessus de lui, humant l'odeur de farine grillée, de résine chaude et de camphre qu'exhale le rocher, blanc comme l'os et veiné de bleu, et les petites aiguilles de sapin qui lui font une couche moelleuse. Enfin, ç'a été un moment parfait, de sérénité, de plénitude et d'oubli. Le long de ses membres court un chatouillement de plumes qui ensommeille sa cervelle. Il a failli s'assoupir. Pas de ça, Lisette. Il s'est redressé. Deux heures à sa montre.

Il a sorti le fourniment de son sac à dos, sa paire de jumelles, et les pièces du fusil, son Lebel M93 à cinq coups, remonté en quelques mouvements brefs, très souples ; les cliquetis d'huile lui tirent un sourire de satisfaction pour le métier qui remonte aux poignets. Il engage la lunette APX sur le support de la boîte de culasse et bloque le loquet. Puis il couche l'arme sur le lit d'aiguilles, à portée de main ; son long canon d'acier, sa crosse profilée, la loupe de tir verrouillée. A l'instant, il ne raisonne pas, la tête vide, disponible et froid. Il agit lentement, en suivant ses réflexes, ce ressort de seconde nature qui s'obtient par long usage. Au moment critique, on passe la main, quelqu'un d'autre commande, qu'on connaît à peine, on s'y fie sans le questionner. Malgré tout, il y a l'assaut du soleil, la brûlure de l'air, ce silence immense. Cela lui donne un élancement nauséeux au creux de l'estomac. En dépit des réflexes et du sang-froid, se présente toujours un petit moment où l'on prend la décision ridicule de penser contre soi. C'est une souffrance, d'orgueil et de peur, que la solitude donne. Voyons voir, décide-t-il. Jusque-là, il ne s'est pas occupé du paysage, juste de sa splendeur.

Il ajuste ses jumelles de chasse et plonge sur le pré, moins de cent mètres en contrebas. L'air translucide sert les lentilles ; au grossissement, les couleurs restent entières et vives, à peine granulées par l'éloignement. On a dû ramasser récemment le regain : il traîne sur le plan herbu, le cercle des meules et les allées jaunes du ratissage. Il inspecte l'alpage jusqu'à la ligne de sapinière qui le ferme, au jugé : moins de trois cents mètres ; une courte futaie noire à l'aplomb du précipice, qu'indique seulement la tonalité d'encre de l'air. Balayant l'espace, réglant lentement l'optique, il repère le débouché étroit du chemin venant de la vallée, qui traverse l'aire en plein milieu et monte en pente douce vers l'abri, une sorte de chalet et son étable basse. En plongée, il distingue les barbelures de mousse entre les pierres plates du toit, flaques de soleil ; un pan de mur en vieux bardeaux, les volets barrés de planches clouées. Cet estivage abandonné de longtemps, le bâtiment commence de s'écrouler, sa porte pend sur ses gonds, bêtes ni hommes n'y séjournent plus. En revanche, il y a des traces de campement récent. On a dû casser la croûte entre deux râtelages, un foyer de cendre entre des pierres noircies, deux bouteilles vides dans l'herbe, en tas des cordes, des toiles hors d'usage, de celles qu'utilisent les paysans pour transporter le foin à dos d'homme. D'une auge vermoulue l'eau captée plus haut d'un torrent déborde en longs filets épars. Son glouglou, ici inaudible, doit emplir le silence, en bas.

En bas, il voit l'homme, assis sur le banc. Sa culotte de velours à grosses côtes, sanglée au genou, ses chaussettes tirées sur le mollet, ses chaussures à lacets de cuir. Sa chemise de montagne, gros carreaux rouges et noirs, ouverte sur la poitrine. Tiré sur le front, son chapeau de ville. Ce chapeau de feutre taupe, minuscule au milieu du gigantesque panorama alpestre, une anomalie. Lui seul peut la trouver comique, de son observatoire. Il ignore si l'agent dépêché au rendez-vous est adepte de la randonnée et porte son équipement, ou s'il l'a emprunté pour la circonstance. L'homme dort, du moins il le semble. Relâchement des cuisses au bord du banc, jambes allongées, pieds l'un sur l'autre et bras croisés, la tête inclinée à l'ombre du chapeau, tiré sur les joues. Il ne dort pas. Les jumelles cerclent sa main sur le biceps, ses doigts tapotant la chemise. Pas le moins du monde nerveux, ni impatient, il pianote pour passer le temps. Peut-être, en dehors du service, ce type est-il musicien. Organiste. Ou bien dactylo.

Etienne Louvain abandonne ses jumelles et plisse les yeux, embrasse l'ensemble de la combe, l'étendue de pré et le chemin qui débouche du sentier, là-bas, entre deux saillies rocheuses. Il n'a plus besoin d'ausculter le détail, de grossir le matériel local en échantillons. Il lui faut envisager maintenant le dispositif général, les distances, les équilibres géométriques, à partir desquels on peut tirer des plans, estimer le temps, de là à ici, les déplacements intempestifs, la visée au vol. Non seulement la combe est fermée mais, de tous côtés, la montagne cerne l'horizon de ses crêtes irisées d'or ; on est comme au fond d'un grand bol bleu. A cette altitude, dans les vastes espaces sauvages, c'est une souricière naturelle, une nasse sans autre issue que le col, par ce goulot entre les rochers. Où ils ne vont pas tarder de paraître. L'homme endormi d'un œil les attend. Etienne Louvain aussi.

Il n'est pas de la bleusaille pour se désemparer, mais un rendez-vous pareil, en rase campagne, il n'en a pas beaucoup arrangé. Dans les villes, il y a toutes sortes de complications techniques. Il faut des repérages d'arpenteur, des vérifications d'horloger pour expertiser et s'assurer le contrôle. La contingence y tient un rôle, quoi qu'on ait combiné. Ici, c'est aussi stylisé, et pour ainsi dire abstrait, qu'un échiquier de salon. Ce genre de coup se calcule de loin ; l'exécution n'est plus qu'une question de temps. Louvain n'est là qu'en couverture de sécurité. Dans une telle équation, reste toujours une inconnue. On ignore si le partenaire admet la règle, et sa contravention, s'il entre dans la partie ou renverse l'échiquier en traître. Qu'il foute la partie en l'air, une probabilité à envisager mais, là où il est, Louvain a le point de vue de Dieu. Du diable, corrige-t-il avec un petit rire de glotte. L'homme en bas ignore qu'il est couvert, ce qui lui donne la liberté des créatures, une illusion de manœuvre et d'initiative très confortable. Averti, il perdrait moitié de ses moyens.

Louvain reste aux aguets, réprimant des frissons qui se dépêchent au-devant, cavalent vers le moment critique, sans faire courir plus vite l'aiguille de la montre, sans accélérer la minute, et cela le fait ciller souvent, pour mouiller l'œil, désembuer sa vue, excellente. Dans le brasier de lumière, sans une ombre portée, les choses se dissolvent, aux limites de disparaître dans les flots de soie mauve et bleu aveuglants de la montagne. Le plus dangereux, c'est la beauté ; le sentiment de paix et de bonté pures qu'inspire l'inhumanité des cimes. Un genou à terre, légèrement basculé en avant, il se tient dans la position du coureur au départ. Si absenté à lui-même qu'il pourrait s'envoler, tels les oiseaux de proie qu'il a vus planer à contre-vent, et aller à la rencontre des promeneurs, sur le sentier de montée. Le point de vue des oiseaux est enviable, en ces circonstances. A force de ne plus bouger du tout, les épaules, la nuque raide lui font mal. Il corrige sa position. Juste alors, ils paraissent.

Emergeant du goulot, deux silhouettes, noires à contre-jour, qui marchent du pas lent des montagnards. La secousse le remet d'aplomb. Il s'empare du fusil couché sur les aiguilles, le cale à l'aisselle, ajuste d'instinct la hausse, règle sa ligne de visée. Un peu de sueur perle à son front. Il prend une longue inspiration, profonde et paisible, qui libère son corps de toute tension autre que celle du nerf optique, braqué sur eux. L'un derrière l'autre, les randonneurs, sac au dos et canne à bout ferré, remontent sans hâte le chemin, maintenant rendus au milieu du pré. L'un a noué aux quatre coins un mouchoir sur sa tête, l'autre porte un feutre à plume de faisan, deux touristes en balade. Ils approchent du vieux chalet, sans marquer de surprise car, depuis le début, ils voient l'homme assoupi sur le banc, qui semble ignorer leur présence. Sans surprise, puisqu'ils ont rendez-vous avec lui, et mieux vaut qu'il soit dehors, en terrain découvert, loin de la baraque, bras ostensiblement croisés, désarmé. Endormi. Ils font une halte, l'air de se consulter sur la majesté du site, levant la tête vers les sommets en brève contemplation, si tranquilles, si benoîts, que le spectacle vaut le déplacement. Gustav Werfel marche derrière, avantage que son guide lui a laissé en gage de loyauté. Comme les chiens offrent l'échine pour feindre allégeance. Louvain reconnaît l'Allemand à l'imperceptible claudication de son pas, qu'on peut attribuer à la longue marche, mais dont il sait la cause ancienne. Un éclat de shrapnel, en 17, tendon de la cheville gauche sectionné, mal soigné à l'hôpital de Bonn. Il n'a guère changé, sauf qu'il a rasé sa moustache. Peut-être récemment. Malgré l'éloignement et l'écrasement du soleil, son visage anguleux, l'orbite profonde et la mâchoire osseuse dessinent un faciès qui le distingue de son guide, un blond élancé au muscle long. Débutant, juge Louvain à son allure, deuxième catégorie. Trop vert, trop élastique, après une pareille escalade, ce jeune gymnaste est d'une insolente jeunesse à côté de son compagnon, que la course a éprouvé.

Maintenant le dormeur paraît enfin s'ébrouer, déplie son corps engourdi, et amorce vers eux quelques pas, secouant la tête en signe bonasse de bienvenue, mains aux hanches. Maintenant ils forment un triangle près de l'auge, à bonne distance les uns des autres. Maintenant le grand blond boit à sa gourde à l'écart, assez gaillard, quelqu'un qui a livré son colis et que cela ne concerne plus. Werfel s'éponge de son mouchoir le front et le crâne, qu'il a dégarni, il le passe sur sa nuque ; visiblement, il récupère mal. L'homme au chapeau hoche toujours, patient, sans tenter un rapprochement. C'est entre eux deux que cela a lieu à présent. Entre eux deux circulent des ondes palpables, même à cette distance. Ils se mesurent sans échanger de regard, pas encore, affichant l'air faussement dégagé de gens qui se reniflent avec prudence, se suspectent avec politesse. On dit que les hommes, certains d'entre eux, conservent leur vieil instinct olfactif de prédateurs, savent reconnaître l'humeur de l'autre au frémissement de sa peau, sa peur, son mensonge ou sa loyauté à son odeur, aux effluves d'épices de la sueur, de l'haleine. Ils ont fini de s'évaluer. Tout en restant à distance, leur posture d'attente fléchit, un relâchement insensible des reins, du jarret.

Ce spectacle donne à l'observateur posté un contentement profond. Tout va bien, se dit-il et il bat des paupières. Tout va bien, une formule pratique. C'est plus fort que ça, la satisfaction rare de voir concorder abscisses et ordonnées sur un plan millimétré. D'observer à la lunette astronomique la collision d'étoiles calculée en laboratoire. Là se conclut la convention entre Genève et Berne, depuis le renseignement initial de Hawthorne qui a localisé le réfugié, ou déclaré tel. Une fois discrètement arraisonné, dûment identifié, on évite de l'effrayer. On lui laisse croire qu'il dicte de passer par où il veut : sa sécurité garantie, avant de rencontrer un intermédiaire *ad hoc*. Cela a pris une semaine, dans un hôtel de Vevey, pour le convaincre que son plan va à son terme, selon sa volonté. Qu'il soit agent double ou transfuge d'occasion, passant avec armes et bagages à l'autre bord, on le saura plus tard, une fois radiographié, une fois neutralisé. Et quoi de plus neutre, de mieux garanti, que cette rencontre, pour ainsi dire au sommet, loin des villes, loin des micros et des mouchards. D'en haut, l'équation se résout sans bavure, pour un peu Louvain lâcherait son fusil.

La palabre commence à peine quand l'homme au chapeau sursaute, comme d'une piqûre de guêpe, l'instant d'après le jeune blond aussi, l'un s'écroule, puis l'autre, alors seulement la double détonation emplit la combe. Dans le silence immédiat, stupeur énorme, son double écho lointain revient en onde assourdie. Werfel éponge toujours sa nuque, pas surpris pour deux sous. Immobile, il considère songeusement les deux hommes abattus à ses pieds. C'est arrivé si vite que Louvain, sidéré, ne bronche pas, ne cille même pas. Seulement le fusil se trouve remonté au creux de son cou, sa joue couchée en position de tir, et les pensées ne le rejoignent pas encore qu'il tient déjà Werfel dans sa mire. Celui-ci pivote lentement, se tourne vers là-bas, vers l'orée de la sapinière. L'œil collé à la lunette, rectifiant sa ligne de visée, Louvain suit la direction. Là-bas, sortant du couvert, se tient une silhouette indécise, une ombre encore embusquée à la lisière, en équilibre à l'aplomb du ravin. Le type se risque à découvert, son arme en travers de la poitrine. Il se détache nettement au soleil, se campe, jambes écartées, au bord du vide ; il est tranquille. Werfel a vers lui un drôle de geste, de gêne enfantine ; il rebrousse chemin, il quitte la place. Sans hâte, il descend vers le *sniper*, qui l'attend, arme au pied. Trop près du chemin, de la fuite ; lui d'abord. Si bandé qu'il encaisse à peine le recul du fusil, Louvain a tiré. L'autre disparu, projeté dans le précipice. Werfel ne comprend pas, il continue d'avancer vers cette absence, la détonation n'a pas le temps de lui parvenir, le deuxième coup est pour lui, qui s'abat. On dirait qu'il cherche un endroit idéal pour se coucher à son aise. Il y a cette chose bizarre que Louvain attend longtemps l'écho de son tir, dans le fracas du silence revenu ; en vain. Longtemps il écoute, sans rien entendre que le mugissement muet de la montagne, sa paix absolue. Considère, atone, le grandiose petit pré vert, théâtre solitaire au fond du cirque monumental drapé de vapeurs dormantes. Le colmatage des nuages dans le col. L'air immobile, d'une transparence de cristal. Il revient à lui, détendu comme au réveil d'une sieste d'été. Rien n'a changé du paysage. Rien n'a encore eu lieu. Il arrive juste. L'endroit est parfait. Le toit de mélèzes crisse et grince, une carcasse de navire à l'attache, pluie d'aiguilles sur la mousse. En contrebas, les corps étalés dans l'herbe. Avec une emphase étrange, le jeune gymnaste semble embrasser la terre. L'homme en chemise gît en chien de fusil, tête grisonnante, son chapeau a roulé loin. Werfel vautré. Trois cadavres, disposés de loin en loin, une équation mortelle. En deux coups, le temps de réarmer, au jugé pour le second tir, les têtes ont fusé, en gerbe de sauterelles rouges. Avant que le tireur ne bascule, il a vu le sang gicler. Le choix est simple, au moment critique.

Il enchaîna précis, automate, les gestes d'expert à l'exercice, la lunette de tir dégagée du support, logée dans l'étui, le fusil démonté, encore chaud, ses pièces calées dans les poches intérieures du sac, puis la paire de jumelles. Il sanglait les boucles, endossait les cinq kilos, les bretelles, la ceinture. Il remarqua à ses pieds un bouquet d'exquises petites fleurs, soufre vénéneux. De minuscules informations lui parvenaient, qu'il devait traiter sur-le-champ, trier, interpréter, très vieilles consignes remontées spontanément à sa mémoire, dictant le calcul, sa conduite immédiate. S'extrayant de la cuvette à reculons, il quitta le lieu d'opération. Tout hors programme exclu, improvisation prohibée. Comme descendre sur le pré, liquider les traces, balancer les corps dans le ravin avec l'autre, et puis quoi encore ? Piqueniquer sur la prairie en attendant de la visite ? Exécution, évacuation. Quels que soient les dégâts. Surtout s'il y en a. Un carnage pareil est sans repentir. Le tonnerre des détonations a dû s'entendre dans la vallée. Dans les champs, plus bas, où des paysans travaillent. De loin, l'un d'eux aura aperçu ces promeneurs inconnus qui montent sur le chemin forestier. Si seul qu'on se croie, il y a toujours un témoin. Aussi bien un invité de plus ? Embusqué plus haut, pour couvrir qui, lui peut-être ? En quelques secondes, il fut hors de vue, la combe disparut derrière l'escarpement. Il dévalait, sautant d'un rocher à l'autre, si concentré que pas une fois son pied ne manqua l'assise. Plus bas, il retrouva le petit torrent furieux, engoué entre les rochers ; courut jusqu'au bord du versant, le passage escarpé qui lui avait donné le plus de mal. Il s'y jeta, glissant à l'oblique en bordure des sapins, freinant des coudes et des reins, longs dérapages dans le gros sel qui emportaient des écailles rocheuses, soulevaient une poussière suffocante, les mains déchirées par les affleurements aigus. La descente était si rapide qu'il reprenait à peine souffle, emporté par la vitesse, en rupture constante d'équilibre, encaissant les chocs sans ressentir les torsions, la secousse musculaire à chaque bond, je me flanque les quatre fers en l'air, fracture ouverte, nom de Dieu, je me brise le cou, on n'en parle plus, se disait-il, ivre de l'accélération qui faisait de lui ce pantin désarticulé fonçant vers le vide. Ensuite, il fut dans la purée de pois, le nuage épais à mi-montagne, mais il avait atteint le couvert de la zone forestière. Les premiers sapins étaient des armées de fantômes noirs dans le brouillard, si dense que c'était une nuit d'encre laiteuse, lui-même une ombre dans cette blancheur sombre, et il fut aussitôt en sueur, de sa course folle ou du contrecoup de la peur, la glaçante colère de peur qui l'avait tétanisé là-haut, en même temps qu'elle décuplait son intelligence, inondé de la tête aux pieds. La transpiration ruisselait le long de ses cuisses, poissait son dos, et claquant des dents, grelottant, fièvre de cheval, hallucination, il crut se voir venir entre les troncs, sous le noir des ramures montant tout à l'heure, du pas lent et régulier des montagnards. Il se vit passer. D'un écart, il se jeta dans un fourré de houx, creva le barrage d'épineux et s'affala dans l'humus acide du sous-bois, la pourriture humide. C'était plus fort que lui, mais en quelque sorte une bonne chose que de rêver en pleins bois. Tu vas tourner de l'œil parce que tu te vois monter comme un enfant de chœur. Innocent et la rose aux dents, rantanplan. De son plein gré, il s'agenouilla, puis se coucha. Hors d'haleine, la gorge en feu, il toussait, crachait avec des hoquets une écume grise, glaire et salive amères. Une poigne terrible tirait sa face en arrière, forçait un rictus qui faisait saillir ses dents et ses yeux, il parvint enfin à vomir.

Il avait dû dormir un certain temps. A son réveil, il avait seulement froid, et le corps rompu. Il entendait dans le lointain des sonnailles lentes, un concert de troupeau à la pâture, des cris de corbeaux aussi, et contre son oreille un grésillement d'insectes. Peu à peu, les sensations normales se rétablissaient, une estimation aiguë lui revenait de l'espace, de l'éloignement, et du temps. Le sang battait sous sa langue, à sa tempe. Tu feras un petit croquis dans ton calepin, se dit-il d'un ton sec, et tout alla aussitôt mieux. Assis sur son sac à dos, parce que l'émotion et la colère lui coupaient encore les jambes, mais c'étaient des sentiments naturels. Pas la grosse boule d'épouvante qui l'avait renversé dans le houx. Ensuite, il retrouva le chemin forestier, les bois de mélèzes et de sapins, se mit à le descendre d'un pas naturel. A sentir l'obéissance des muscles et de la charpente, les choses s'équilibraient autour, le paysage faisait le gros dos avec de petits champs irrigués, clôturés de barrières de courtil, et c'était merveille que de rentrer dans son corps, l'épouser et l'utiliser sans hâte ni variation, revenu à une fringale de gros pain, de fromage, à une soif de vin fort, cette table de l'auberge qui l'attendait lui parut pays de cocagne. Ce qui s'était passé reviendrait à l'ordre du jour quand il le déciderait. Là-haut, l'échiquier s'était renversé, mais il étudierait par quel coup imprévu. La mort fond comme rapace sur une combe verte et repart planer en altitude, silence glacé, ce qui lui avait donné cette nausée très désagréable. Il était sous le nuage à présent. Au fond, la vallée bigarrée d'ombres montrait des toits, des villages et des clochers. Il atteignit la route en lacets qui descendait du col, et quand l'autobus de la poste corna plus haut son air d'opérette, il posa son sac par terre, s'assit dessus et attendit ; comme un qui rentre fourbu d'une longue randonnée.

Simon Lewenthal aimait la vue qu'on avait de l'appartement de son frère, presque au coin de la rue de Lyon et de l'avenue Daumesnil. Du quatrième étage, on voyait d'un côté la gare et son minaret à grosse horloge, de l'autre la colonne de Juillet, le Génie ailé détachant à contre-jour sa silhouette juvénile en équilibre sur un pied. Sur lequel la Liberté danse-t-elle ? Alain prétendait autrefois qu'elle en changeait chaque nuit, la plaisanterie vieillissait avec eux. Elle ne le faisait plus rire, depuis quelque temps il ne jetait plus un regard dehors, croulant sous les copies, prétendait-il, les cours à préparer, les articles, les ouvrages à lire, un retard accumulé. C'était un sujet sensible qu'Alain fît carrière de fonctionnaire, dans un lycée parisien, certes prestigieux, mais maigre salaire, un écart abyssal entre eux. En rien la destinée familiale ne promettait à l'aîné son ascension sociale, sa fortune. Cela s'était joué en quelques années, eux deux étudiants de même pénurie, et la bifurcation fulgurante des voies, sur laquelle on se retourne ensuite, en se demandant quel aiguilleur en a décidé.

— Tu n'es pas parti de tout l'été, tu t'asphyxies dans tes livres… La gare de la Bastille est à deux pas, à vingt minutes les guinguettes, la campagne de Brie-Comte-Robert…

— Il me suffit le trafic des trains sur le viaduc, éludait Alain. D'ici, j'entends les vaches qui les regardent passer, et les touristes de banlieue brailler, le dimanche soir…

— Il y a des concerts plus exaltants…

— J'écoute ceux de la radio, et j'ai mes disques.

— Viendrais-tu au cinéma avec moi, ce soir ? Je t'enlève.

Il risquait l'invitation, proposition de pure forme. Alain refusait déjà, à son habitude, mais peut-être avait-il entendu le peu de conviction qu'il y mettait cette fois. Ils se tenaient debout dans le bureau, plus tristes que gênés par toutes ces choses entre eux que sa visite éclair rendait encore plus pénibles. Insister davantage, Simon y avait renoncé de longtemps, comme de l'inviter aux soirées qu'il donnait, aux voyages qu'il faisait, de lui présenter les gens qu'il fréquentait. Non qu'Alain fût susceptible, timoré, introverti : il s'en désintéressait totalement, dénué de goût pour tout ce qui ressemblait de près ou de loin à une vie mondaine, aux relations autres que ses étudiants, ses collègues, ses maîtres. Il écrivait, mais ne publiait pas, et pour Lewenthal cette activité intellectuelle monomaniaque restait un mystère. La philosophie, placée par lui à une telle altitude mentale, plus sûrement spirituelle, qu'elle lui interdisait tout accès aux spéculations qui semblaient combler son frère, empêchait une première question, forcément frappée d'inanité, et il y a un moment où il est trop tard. Par réciproque, Alain ne faisait jamais allusion à son travail d'industriel. Ils taisaient ce qui les divisait, veillant par une sorte de crainte, ou de pudeur ombrageuse, à limiter leurs échanges à des sujets inoffensifs dont la puérilité évitait les conflits, ils n'auraient pas manqué d'en voir. Mais tous deux rompus à l'exercice, dans la mutuelle prudence, ils s'y cantonnaient, jaloux de cette relation qui, bien qu'assidue, les tenait à l'âge régressif d'enfants. Pourtant des hommes faits, ils cultivaient une image ancienne pour toujours marquée, embellie et simplifiée, la fiction d'une jeunesse qui les avait unis, la seule en quoi ils se reconnaissaient, comme si les pages du livre n'eussent pas tourné, s'ils fussent toujours les deux frères de la rue Lepic dans l'ombre de leur mère, à l'abri des dissensions qu'inflige la vie. Pareils dans leur physionomie, et jusqu'aux gestes que les fratries impriment, l'âge atténuant encore les dissemblances de traits, ils se faisaient l'effet de doubles étranges et familiers dont la préservation tacite les sauvait, ou les perdait. Car d'une confidence, récente, qui transgressait leur accord, Alain avait bouleversé leur rapport. Ils n'y étaient pas revenus mais c'était entre eux un effroi que cette effraction inédite.

— File, disait Alain. Tu seras en retard au cinéma, la séance n'attend pas…

Ce soir, Simon passait en coup de vent, retardé par ses rendez-vous d'affaires, il n'avait même pas posé son pardessus. Il le gardait sur le bras, mécontent de lui-même et de son frère, coupable encore et furieux de l'être, navré du malentendu chronique. Il aurait mieux fait de s'abstenir, de passer plus tard, demain ; mais demain, même fiasco prévisible. Il n'osa davantage poser la question sur la consultation qu'il avait conseillée à Alain, le rendez-vous qu'il le pressait de prendre. Entre deux portes, c'était indécent, et il fuyait déjà, ravalant son remords. Sur le trottoir, il respira un grand coup, lâchement soulagé de retrouver l'air libre après l'oppression des murs tapissés de livres, jusque dans l'entrée encombrant le passage, une forteresse de livres dans laquelle Alain se barricadait, et choisit-on sur quel pied l'autre doit danser ? Chaque pas l'éloignait de son frère, du souci de son état mental, de sa santé, de ses dilemmes philosophiques, dans la trouée du soir le Génie s'auréolait d'or, sa jeune jambe élancée ; la droite.

Il marchait vite, à la recherche d'un taxi, ce soir d'une jeunesse insolente, le grand patron d'une entreprise puissante, il avait des projets d'avenir, il bâtissait. Si dérisoire que ses motifs parussent à Alain, ils étaient une raison de vivre qui valait les siennes. Du promontoire de Choisy, il dominait le paysage du futur, dont les plans lui devaient tout. En pleine guerre, implanter une usine neuve loin des centres d'affaires et d'argent, loin du siège de la maison mère, quai d'Austerlitz, était une idée tellement loufoque qu'on avait crié au suicide. Le bruit avait circulé que la propriétaire des biscuits Bertin-Galay perdait la tête, que s'achevait son règne. De santé défaillante, accablée par l'âge et les soucis personnels, elle n'était plus qu'instrument aux mains de son directeur, ce Simon Lewenthal, un jeune ambitieux formé aux méthodes américaines… Ambitieux, il l'était. Il inventait pour demain les solutions inédites, on ne fait pas deux fois le même calcul. A l'époque, le crédit obtenu des banquiers Lazard signait son incroyable aplomb. Il fréquentait la rue Pillet-Will, familier de Jean, l'aîné de David-Weill, grâce à lui nouait avec le père une sympathie de collectionneurs, même si celui-ci affectionnait Watteau ou Degas, quand lui n'achetait que de l'art moderne. Plus sûrement par affinité de caste, parce que, enfin, disait-on, ces juifs enrichis au capitalisme américain n'ouvrent guère leur porte qu'aux leurs... En fait, la banque Lazard ne s'intéressait qu'au courtage de l'or, au marché des changes et à la dette publique, pas aux développements industriels et financiers. Ni à la sidérurgie, aux mines ou aux banques, qui faisaient les fortunes de l'époque. Ainsi avaient-ils évité les faillites dues aux compagnies ferroviaires, aux catastrophiques emprunts russes, au désastre du canal de Panamá. Ils ne s'occupaient que des grandes fortunes privées, laissant rentrer les bénéfices et les dividendes énormes des sociétés, à une époque où aucune inflation n'attaquait la valeur du franc germinal, aucune fiscalité, de revenu ou d'épargne, ne menaçait les fortunes amassées. En dépit de ces prudences, des incertitudes de la guerre, Lewenthal obtenait d'eux crédit ! Jamais Mme Mathilde n'aurait conçu ni négocié un tel accord, elle qui se tenait à l'écart des milieux financiers, ne fréquentait sorties en ville, expositions, chasses ni concerts. Patronne redoutable, main de fer, bourreau de travail, elle décidait seule, jalouse de ses prérogatives, avec rare discernement, parfois d'une témérité virile qui en imposait dans les milieux d'affaires. Mais elle n'aurait pas emporté l'appui de la banque Lazard.

La cheville ouvrière, le cerveau du montage, c'était lui, Lewenthal. Lui seul, fort de ses relations, transformait l'entreprise traditionnelle en grand groupe industriel, changement d'envergure si brutal que l'installation à Choisy défrayait la chronique. D'abord la construction, confiée aux frères Perret, adeptes du béton : ils venaient de construire le Théâtre des Champs-Elysées dans ce matériau moderne, et Lewenthal voulait une usine à l'image du futur. Ensuite, multipliant le capital, il absorbait une marque de chocolats belges et un importateur de café qui périclitaient. En temps de guerre, il adaptait la ligne céréalière à la fourniture militaire : B&G fournissait le front, et l'arrière ; le poilu et la société frivole des planqués, en manque de plaisirs. Opportunisme commercial, cynisme, pragmatisme ? Il l'assumait. Appuyé sur le crédit bancaire le plus sûr, c'était, en quelques années, le formidable succès de son quitte ou double. La guerre finie, on était revenu à la biscuiterie fine, conforme aux programmes prophylactiques, le bon lait, la bonne farine, cacao, café, les denrées naturelles qui devaient redresser le pays, mission de santé publique et de reconstruction nationale qu'appelaient les politiques. Plus beau, le plan social. Le logement ouvrier à bon marché sur les terrains jouxtant Ivry, viabilisés en vitesse. Assurances et services de santé, colonies de vacances, le Noël de l'usine. Paternalisme libéral ? Il l'assumait aussi. Alors, on avait enfin compris que le grand patron Lewenthal était non le manipulateur, l'éminence grise, mais le véritable *alter ego* de Mme Mathilde, l'émule exemplaire du général d'active qui continuait de vieillir, de son hôtel luxueux de la Chaussée-d'Antin veillant à la prospérité de l'entreprise. Les parts d'actions savamment réparties, elle restait désormais seule, avec son successeur Lewenthal, à la tête du groupe B&G.

Il faisait ce bilan avec une rage jubilatoire, un orgueil dont la vanité lui paraissait, mais qui le vengeait du quart d'heure passé avec Alain. Il le lui adressait en pensée comme s'il fallait l'en convaincre, s'en convaincre lui-même et qu'avait-il donc à plaider, auprès de quelle instance cherchait-il bénédiction ? Davantage qu'Alain, dont le souci s'éloignait dans le sillage de son pas pressé, il visait, se l'avouait-il, la jeune fille tombée ce matin dans son bureau de Choisy. L'apparition burlesque et bouleversante de cette ouvrière en bonnet renversait le temps, le ramenait d'un bond abrupt à ses débuts, aux années enfuies ; une adversaire dont la jeunesse réveillait il ne savait quelle vindicte, ou plaisir du jeu, la tentation d'en découdre sur un terrain neuf comme un alcool naturel monté à ses veines, et si elle avait des leçons à lui donner sur le point de vue de la tranchée, il en avait d'autres à son service.

V

A sept heures du soir, la foule indigène du quartier Montparnasse se pressait sur le boulevard, hilare, hagarde, multitude des robes collées au flanc des costumes filant selon le principe des bancs de poissons de hauts-fonds sur leur trajectoire fluide, leur cours fluctuant brusquement, tournevoltant en attroupements éphémères, puis le flot se reconstituait et fuyait, Elise en était étourdie. Les fils tortueux du sort, les fils tenaces de la vie commune tressés sous ses yeux, les destins humains divers et changeants que cette foule évoquait lui procuraient un sentiment mêlé, d'incertitude, de perplexité, de vague ébriété. Des leitmotivs dissonants émergeaient du grondement urbain, du trafic dense à cette heure, autobus, camions, voitures, telle la confuse ouverture d'une symphonie, sans cesse esquissée par cette précipitation effrénée des corps, vers quelle destination… Quel concert ce prélude annonçait-il, de l'universel désastre que toute multitude promet ? Elle avait choisi une place écartée à la terrasse de *La Coupole*, tout au bout de la rangée des tables. En fait, pas choisie du tout, mais c'était inespéré que celle-ci fût libre, par chance la plus éloignée des portes de la brasserie dont le battement incessant pulsait une foule excitée, que le chef de file saluait, très strict, impassible dans son habit noir. Il officiait près de l'entrée, d'un geste péremptoire hélait un taxi en maraude pour les clients qui quittaient l'établissement, en même temps qu'il veillait au ballet des garçons venus prendre les commandes au banc de l'écailler, ceux-là d'une hardiesse de danseurs évitant les collisions en levant à bout de bras les plateaux d'huîtres sur leur lit de glace ; il signalait les consommateurs en attente aux serveurs distraits et sur toute cette effervescence régnait avec la condescendance d'un chef pour le chahut d'un orchestre en train de s'installer. Mais jamais l'ordre ne venait, c'était toujours à recommencer.

A cette heure, et par cette température encore clémente, la brasserie faisait le plein. Sa clientèle mondaine intimidait Elise, mais elle en aimait le spectacle, entre chien et loup. Le brouhaha, l'atmosphère tapageuse du boulevard où commençaient de s'allumer les vitrines et les enseignes, l'embarras du carrefour, l'odeur montée du trottoir mêlée aux forts effluves de parfums féminins, à ceux des algues iodées du banc proche, tout cela remuait en elle une gaieté secrète, des envies inabouties et flottantes de participer à sa manière à cette fête du soir. Tout en guettant l'arrivée de Pauline parmi les passants, elle se tenait sage sur sa chaise, son sac sur les genoux, devant la Suze citron qu'on venait de lui servir. Elle n'y goûtait pas encore, se contentait de contempler les glaçons de son verre, le petit parasol de papier japonais piqué dans la coupelle de cacahuètes grillées, le marbre de la table où le torchon avait laissé des traînées humides. Elle portait le tailleur gris qu'elle avait eu tout le jour à la librairie, avait juste noué à son cou un foulard du même ton, en rayonne à pois blancs. Avec son béret, elle était assez coquette pour passer inaperçue, semblable à toutes les petites Parisiennes, sorties des bureaux et des magasins, qui envahissaient les terrasses. Mais, à l'intérieur, on ne voyait que belles dames et riches messieurs dont la langue, américaine, italienne ou russe, faisait une rumeur de conversations, amplifiée par le haut plafond, et elle ne redoutait rien tant que d'avoir à entrer, traverser les allées encombrées, fendre cette foule d'étrangers au débraillé chic, si naturellement à l'aise sous les lustres.

Ce dont raffolait Pauline, qui l'y entraînait de force, frôlant des célébrités qu'elle nommait avec un frisson, et elle la faisait s'asseoir avec la bande des amis qu'elle y retrouvait, au milieu des miroirs multipliant leur image flatteuse de jeunes gens délurés. Le plus souvent, on l'oubliait au bout de la banquette, mais cela convenait à Elise qui écoutait d'une oreille attentive leurs discussions curieuses. D'ailleurs, ils n'étaient jamais les mêmes, ou alors elle avait du mal à les distinguer, une bande de garçons aux cheveux plaqués aux tempes, sentant de luxueuses eaux de toilette, dont les chemises sombres et les cravates claires affichaient un côté voyou sous de coûteux vestons à larges revers, arborant des boutons de manchette et des épingles d'or, d'une vulgarité étudiée, comme leurs conversations, décousues et frivoles. Où Pauline recrutait-elle ses amis, d'où la connaissaient-ils ? Elise l'ignorait, mais, d'évidence, ils appartenaient à un milieu où l'on ne travaille pas, où l'on s'occupe de trafics mystérieux qui font circuler les biens et l'argent. Ils n'en manquaient pas, payaient les tournées avec de grosses coupures tirées de portefeuilles de marque, commandaient le champagne avec une prodigalité de nababs. Cela étourdissait Elise, l'amusait et la laissait coite au bout de sa banquette, jusqu'à ce qu'elle s'éclipse, sans que personne s'en avise… Cette table écartée de la terrasse où elle s'était installée pour attendre Pauline ne conviendrait sûrement pas à celle-ci. Elle la gronderait en riant, d'autorité l'entraînerait à l'intérieur, avec son verre et sa coupelle. Mais Elise était en avance, elle avait le temps de jouir de son observatoire, de se laisser gagner par l'euphorie sombre du soir.

Sombre, elle l'était. Si elle envisageait ce spectacle du trottoir avec un certain amusement, elle était encore alarmée de sa rencontre à la librairie, cet après-midi, de ce que celle-ci pouvait augurer, sans qu'elle puisse deviner quoi. Qui, de tous ceux qui passaient en hâte, pouvait imaginer quel souci l'occupait. La porte de la brasserie battait sans cesse, brassait son flux nombreux d'étrangers, gens inconnus ou illustres qu'elle ne reverrait jamais, qui l'ignoraient. Comme l'ignoraient ses voisins immédiats, d'avantageux jeunes gens, très satisfaits de l'étoffe de prix qui vêtait leur corps, de leurs mains soignées, de leur jeunesse oisive ; de même le garçon, qui avait tardé à prendre sa commande, comme si elle fût transparente. Loin de se sentir dédaignée, elle avait au contraire la sensation très réconfortante que nul ne la voyait à cette place à l'écart, pas plus intéressante qu'un mur où se projettent les ombres passantes. Confortable, et même agréable impression qu'à peine son reflet dans la glace de la brasserie soit un dessin flou. Elle devait l'être pour tous : flou son visage anodin, floue sa grise silhouette anonyme, moins qu'une présence, et cela lui procurait une certaine satisfaction, le sentiment de coïncider avec une part d'elle-même, inemployée, que les circonstances allaient requérir : sa disposition naturelle à se fondre et se faire oublier, la discrète apparence qu'elle avait de toujours offerte, son effacement, dès l'enfance, quand elle n'était que l'ombre de Mauranne, l'humble cuisinière du Mesnil, sa réplique ou son double négligeable, au point qu'on ne savait si elles étaient sœurs, ou bien mère et fille, souillon vouée aux tâches ingrates chez qui nul ne distinguait une quelconque qualité… Peu avaient eu à l'esprit de percer son existence, sauf M. Brasier, de deviner une autre en puissance sous l'aspect falot de sa personne, craintive et docile ; pour déceler sous ses silences et sa réserve quelles mues s'opéraient en elle, par quelle résolution secrète, volonté et ténacité, elle s'échappait d'elle-même, quittait une à une les hardes mentales de son enfance.

Il était donc vers trois heures de l'après-midi, moment que choisissait M. Brasier, tous les clients le savaient, pour se retirer et faire sa sieste dans sa petite chambre de l'arrière-cuisine, ou écouter une émission en sourdine, l'oreille collée à la radio ; qu'Elise mettait à profit pour feuilleter les catalogues des nouveautés de l'édition, ou pour se mettre à jour de quelque lecture. De préférence d'œuvres faciles, qui s'accommode d'être interrompue par un client, rares à cette heure de creux, qui déserte la librairie. Pour cela, elle s'installait sur une chaise basse, derrière le meuble où trônait la caisse enregistreuse, avec le livre calé sur ses genoux. Elle y était à l'abri des regards, à peine ses épaules dépassaient-elles, si elle se haussait un peu. Elle était justement plongée dans *L'Affaire Saint-Fiacre*, parue l'année précédente chez Fayard ; un roman assez touchant qui remuait en elle toutes sortes de réminiscences, parce que Maigret y enquête dans le château où son père était régisseur et que, sous l'intrigue policière, court un motif secret d'amour enfantin, humilié et douloureux. Le craquement des planchers, les odeurs de maisons anciennes, la silhouette furtive d'une bonne en jupon au fond d'un couloir, les insomnies du commissaire, troublé par le retour au passé, seul à ruminer dans la chambrette où on l'a logé, tout cela l'intéressait davantage que le mystère banal de l'assassinat, aussi ne leva-t-elle même pas la tête à l'entrée d'un client, assez discret pour refermer la porte sans bruit, et qui, elle le devinait ensuite vaguement à ses déplacements, avait dû se mettre à consulter la table des romans, puis celle des revues. Cela durait depuis un moment et rien ne venait troubler sa lecture, quand, dans le calme de la librairie, son silence assoupi que le bruit étouffé de la rue perturbait à peine, par quelque signal intérieur, elle avait fini par lever le nez, s'inquiéter de ce lecteur dont l'examen studieux durait un peu trop. Elle avait été surprise de le trouver debout tout près d'elle et la dominant de sa haute taille ; un homme en blouson zippé de suédine à larges poches de poitrine ; là-dessous du muscle, une envergure mâle et sportive. Le visage glabre, abrupt, tout en géométrie de lignes droites qu'une mèche tombée adoucissait, le teint hâlé comme s'il rentrait d'une course au grand air, pas vraiment celui d'un amateur de littérature ; du moins de ceux qui entraient d'ordinaire, estima-t-elle d'un coup d'œil. A vrai dire, le sourcil froncé, il réfléchissait, absorbé, sur les étagères derrière elle, par la rangée des livres de philosophie : Alain, Aristote, Hegel, Hume, Kant, Leibniz, Spinoza… A vrai dire, elle le comprit à retard, c'était elle qu'il examinait avec attention, depuis un moment sans doute, et elle rougit de sa distraction, d'être prise en flagrant délit de négligence envers la clientèle, ferma son livre et se leva.

— Bachelard, dit-il, montrant du doigt les volumes derrière elle. *L'Intuition de l'instant*... Alain, également... *Propos sur le bonheur*...

Comme elle se retournait vivement pour s'en saisir, il l'interrompit d'un geste.

— Non, non... Je lis juste les titres... *Traité de la nature humaine*... Ah ! Voilà : *Crainte et tremblement*. Kierkegaard !...

— Vous cherchez quelque chose de particulier, monsieur ?

Il eut un sourire d'excuse, posa poliment ses mains sur le bord de la caisse, gantées de cuir, gros gants de moto aux poignets serrés par des boucles d'acier.

— Je cherche plutôt quelqu'un... Vous.

— Moi ?... Le libraire est M. Brasier. Il sera là, d'un moment à l'autre...

— Chut !... Il dort. Surtout laissons-le dormir. Je veux parler à Mlle Cazzoni, chuchotait-il.

— Casson, corrigea-t-elle, rouge de nouveau. Mlle Casson. Cazzoni, c'est un pseudonyme d'édition.

Entendre prononcer ce nom était très bouleversant, parce qu'il figurait au bas des rares recueils encore publiés, inaugurant une série qu'elle projetait d'enrichir peu à peu, des œuvres futuristes, textes brefs et poèmes de son choix, en petits fascicules sous jaquette verte. Dans cet essai téméraire, auquel consentait bravement M. Brasier, elle mettait beaucoup de fierté, une foi de néophyte et ses quelques économies, et, afin d'ennoblir quelque peu l'entreprise, de se donner du courage, elle avait opté pour Cazzoni, son nom de Venise... Ainsi le jeune liftier d'un grand hôtel du Lido l'avait-il baptisée autrefois, zézayant son nom par une grâce ineffable, sur le seuil de son ascenseur métamorphosant par magie celui qu'elle portait si peu, si mal. Puisqu'elle n'avait pas de père, celui de sa mère, un nom si obscur qu'il apparentait à peine.

— Casson, je sais, admit-il, avec une gravité soudaine.

Il s'était accoudé maintenant, et se penchait dangereusement vers elle, le menton sur le poing, son visage trop proche s'encadrant entre la caisse ventrue aux touches noires et le téléphone à fourche, son sourire suspendu, genre chat du Cheshire. Elle voyait très bien ses joues rasées de près, ses yeux endormis d'une rêverie précise, paupières pesantes, le front menacé par cette mèche un peu longue, la lèvre blessée d'une cicatrice troublante, d'une séduction équivoque. Cela couvrait-il un dessein littéraire ? On ne sait jamais, pensa-t-elle, les poètes n'ont pas toujours la tête qu'on croit.

— Pour vous donner une idée de la collection, voyez : les recueils sont là, sur la table des nouveautés, tenta-t-elle, avenante.

— J'ai remarqué. Très intéressant… Cependant, ce n'est pas ma spécialité. Je voudrais vous parler d'une chose plus personnelle. Mademoiselle Casson, je suis un ami de Sparrow, souffla-t-il d'un air entendu.

Sparrow, à présent ! Sparrow avait un effet plus renversant encore que Cazzoni. Ce visiteur de librairie se servait des noms comme un cambrioleur des clés d'un trousseau volé. Après Venise, il vous ouvrait Londres par une porte dérobée, une façon d'entrer cavalière qui donnait des coups au cœur, affolants. Vous êtes seule dans la pièce, à vaquer ou à lire un roman de Simenon, et soudain quelqu'un est là debout, qui n'a même pas frappé, une apparition. Elise avait reculé, l'air de ne rien comprendre, si sûre de sa figure à cet instant impassible, quasi stupide, qu'elle méritait le bon Dieu sans confession. Les rougeurs, c'est pour la galerie, pensa-t-elle. Quand il y a effraction caractérisée, que des inconnus se croient chez eux chez vous, mieux vaut garder sang de glace, et réfléchir aux moyens d'éconduire, prestement.

— Ce poète nous est inconnu, nous ne l'avons pas en rayon, dit-elle froidement, soutenant sans ciller le regard de tendre noisette.

— Sparrow n'est pas poète, il est cordonnier, souriait-il toujours. Il renforce vos semelles, régulièrement. Il dit que vous marchez très bien ainsi. Que vous avez bon pied, bon œil.

Les semelles ! Elise, triple buse ! Elle en était encore ébahie, ravie, épatée. Encore sous le coup de sa lumineuse découverte. Qui, quand même, valait son pesant de moutarde. Triple buse, passe, une ou deux fois, à la rigueur. Mais toute seule, rien que par esprit déductif et raisonnement, rien qu'en suivant son bon sens et son à-propos, elle avait compris le stratagème de Londres, une astuce plutôt déloyale, mais combien plaisante. Si, à son corps défendant, elle en avait été la dupe, maintenant elle avait éventé la ruse. Vous n'êtes pas la crème des oies pour gober des mouches pareilles ! Vous avez beau étaler sur la courtepointe le gratin littéraire de Grande-Bretagne, vous n'y voyez que du fretin, alors vous cherchez où le diable peut bien mettre son grain de sel : vous brûlez, vous trouvez. Pas fâchée pour deux sous, même plutôt contente de sa sagacité naturelle, de prendre Sparrow à revers et de lui clouer le bec, médusé, admiratif. Bluffé. Un homme si soigneux de vos chaussures, quel que soit le temps. Même pas vexé, pour le même prix, lui non plus ; ils s'étaient quittés très bons amis. Damer le pion, ça s'appelle. Ce visiteur en blouson avait beau faire le malin, il tombait sur un os. Malgré tout, la peur lui serrait le ventre. Elle s'entêta d'autant.

— Beaucoup de gens viennent ici, vous savez... On les connaît à peine. Vous, par exemple. Etes-vous du quartier, ou bien d'ailleurs ? Rappelez-nous votre nom ?...

— Très bien. Vous êtes parfaite. Nous sommes très contents de vous. Infiniment.

Cependant, il n'avait pas beaucoup de temps à perdre en politesses. Les petits papiers glissés sous les semelles, c'était une idée à lui. Etant donné la circonstance, qu'elle débutait, au pied levé, c'est le cas de le dire, il fallait bien. Vous voyagez pour mon compte, disait-il doucement, c'est très aimable à vous. S'excusait de la visite impromptue, une exception à la règle : il avait besoin d'elle, une urgence. Berlin, prendre livraison de quelques manuscrits de poésie, l'actualité littéraire. M. Brasier, quoique un peu fatigué, se tient au courant des parutions berlinoises. Il acceptera qu'elle s'absente un peu, si elle veut bien. Ce qu'il la presse d'envisager. *L'Intuition de l'instant*, n'est-ce pas ? Pour sa réponse : disons demain ? Pour plus de confort, disons l'église Saint-Sulpice, cinq heures. Sera près du premier pilier, tout au fond. Donnera d'autres indications, qu'elle a raison de vouloir connaître, évidemment. Son nom ? Augustin Meaulnes, mademoiselle Cazzoni. Et il quittait la librairie, glissait entre les tables de livres sans rien déranger, refermait sans bruit la porte sur la rue. Derrière la vitre, elle le vit rabattre la béquille de sa moto, enfourcher l'engin et filer vers le boulevard Raspail. Alors le cœur lui battit violemment. Si vite disparu, ce voleur savait tant de choses d'elle, sa vie d'avant, sa vie de maintenant. Augustin Meaulnes ! Emprunter les noms romanesques et les sourires de chat, avec cette désinvolture d'escroc disposer des gens et des voyages, sans ôter ses gants. Berlin ! Pourquoi pas Istanbul ou Moscou ? Dans quel guet-apens tombait-elle depuis que M. Brasier déclarait forfait. Depuis qu'elle avait mis le bout du doigt dans ce trafic, pris goût au colportage touristique. En faisaient-ils des mystères pour passer trois feuilles de papier cigarette d'un pays à l'autre ? Se pouvait-il que, de procédés aussi puérils, dépende la paix des foyers et des nations ? En réalité, elle n'en doutait guère, hélas, *Crainte et tremblement*. Elle tirait donc assez bien son épingle du jeu pour que ce grand Meaulnes lui-même se dérangeât ? Un ami de Sparrow, c'est intéressant. Ne vous méprenez pas sur mon compte, Augustin, je ne vais pas aimer que vous soyez trop pressé, que vous décidiez à ma place le jour et l'heure, et la rapidité de mes intuitions. Si vous voulez jouer à chat perché avec moi, il va falloir accepter ma règle, plutôt que moi la vôtre...

Une cliente entrait, sa pâle figure enfouie sous une toque en zibeline, respirait avec bruit, asthmatique, torturait le bec-de-cane et s'échouait au milieu de la librairie ; une habituée, qui venait choisir son roman hebdomadaire : Delly ou Max du Veuzit ? Voyez dans la petite pile eau de rose et fleur de bleuet, à votre bon cœur, madame… Cela vous contrarie, jeune homme, mais vous garderez votre sourire mistigri et vos griffes dans le gant, parce que vous n'avez pas le choix. Apparemment, vous n'avez que la petite Elise sous la main. Mais attention, cette fille est une âme simple, ne la froissez pas. Elle a poussé au fond d'une cuisine de campagne. Elle a vidé des brocs et des pots, récuré des chaudrons de cuivre, et lavé le linge sale de ses élégants patrons. Elle a astiqué du couvert d'argent et essuyé du cristal qui n'étaient pas à elle. Elle a obéi et tenu sa langue, appris à se commander l'ordre d'autrui comme s'il était le sien, à sonder le visage des gens, au point de mieux le connaître qu'eux-mêmes dans leur miroir. C'est une discipline qui affranchit des servitudes. Cela enseigne à devenir son propre maître. Elle sait avoir la tête où bon lui semble. Déplacer ses rêves à des hauteurs inaccessibles, mettre son masque d'endormie, ne se trahir que par volonté. C'est devenu une seconde nature. Elle ne fait aucun effort, cela lui vient tout seul, et elle n'a pas besoin d'admirateurs. S'il lui plaît, elle vous écoutera plaider et convaincre, entendra vos raisons et vos explications d'homme de l'ombre.

— *Ma robe couleur du temps*, c'est très bien, madame, un bon roman, triste et sentimental.

La dame, avec un sifflement de bronche, tirait un billet des profondeurs mélancoliques de son sac. Saint-Sulpice, un endroit rêvé pour les aveux. Cher Augustin, je vais vous confesser un peu, ou bien je n'irai pas à Berlin…

C'est quand même très loin, Berlin, songeait Elise, à la table de *La Coupole*, quand elle aperçut Pauline descendant d'un taxi. Sa robe de satin perle découvrant son genou, sa jambe galbée, son petit escarpin à double bride posé sur la chaussée, elle tendait sa monnaie, lui faisant déjà signe d'un air de qui est en retard, de qui a des soucis, de qui est au bord des larmes. A peine s'effondrait-elle à son côté, la jeune femme sortait son mouchoir et tamponnait ses yeux, sortait son Rimmel du sac et noircissait ses cils, et puis se poudrait, et passait le bâton de rouge sur ses lèvres.

— Je quitte demain, pestait-elle, en examinant son nez dans son miroir de poche, frottant ses lèvres l'une à l'autre. Demain, je donne mon congé. Pas même le droit de se maquiller, dans ce bastringue. Mlle Chanel interdit le mascara, le rose aux joues.

Artifice ! Il faut être nature, nature ! Mais l'élégance, c'est le faux ! A-t-elle assez vanté ses bijoux en toc ? "Ce qui compte, ce n'est pas le carat, c'est l'illusion !" Ai-je meilleure mine ?

Elise patientait, habituée au tempérament volcanique de Pauline, à ses accès de joie ou de désespoir, qui passaient comme pluie du matin.

— Vois ma robe. Est-elle belle ? J'ai dessiné moi-même le modèle. Exclusif ! C'est très joli, ce satin, le doux, le flou… Touche un peu. Une deuxième peau… On est très bien sur le trottoir : restons-y. Ce soir, je ne veux voir personne, que toi. Une vodka ! commandait-elle de loin au garçon. Bien frappée !

Elle secouait sa petite tête aux mèches crantées, coupées juste sous l'oreille, deux perles aux lobes, posait son menton sur le poing, accoudée à la table avec la dégaine d'une garçonne.

— Il faut que je me remette de mes émotions… Y en a-t-il du monde, ce soir !

D'émotion, elle ne se laissait pas envahir longtemps, déjà elle examinait la rue avec des mines gourmandes, l'œil allumé par la confidence qu'elle préparait.

— Ecoute bien : hier, j'ai signé le bail ! Enfin, c'est Léon qui a signé. C'est fait. J'ouvre en janvier, ma belle. Au 6, rue Saint-Benoît : boutique sur la rue, atelier à l'entresol, très chic. Je suis chez moi. Qu'en dis-tu ?

Elise n'en disait rien, tout ouïe, souriant dans le vague, elle attendait la suite. Parce que ce projet que Pauline poursuivait tenait surtout à ses tractations amoureuses, qu'elle menait en femme d'affaires : l'argent, il n'y a que ça pour remuer le monde. Les hommes sont tous des maquereaux, ils m'ennuient, mais je me sers d'eux. Qu'ils paient. Albert ou Gonzague défilaient. Si Léon signait, c'est qu'il supplantait Philippe. Le comte Léon Tchaïnoff, petit-neveu de prince, émigré récent de Saint-Pétersbourg, aussi maigre qu'opulent, rapatriait en fraude, avec sa fortune, une collection de reliques sacrées, Vierges et Christs byzantins en transit par Varsovie, maintenant bloquée à Bruxelles, chez un négociant d'art indélicat. Le comte avait dû parvenir à ses fins, pour signer enfin le bail. L'affaire de cette collection voyageuse intéressait beaucoup Pauline, qui n'y connaissait rien en icônes, mais savait leur cote sur le marché parallèle des amateurs à l'affût, alléchés par toutes ces fortunes nomades de l'émigration russe, et le train de vie de Léon nécessitait des liquidités : il avait sur le dos femme, enfants, cousines et tantes, des chevaux, des chiens, des traites et des dettes. Une fois, elle avait entraîné Elise chez lui, boulevard Niel. Un caravansérail, dès le vestibule tendu de soie sauvage, cramoisie et noire avec des glands gros comme des poires ; partout laques et paravents de Coromandel, des nègres grandeur nature en ébène à filets d'or tenant des flambeaux de bronze et, sous une espèce de tente, la vieille nourrice de Léon, dont il ne se séparait pas, dans sa vaste blouse brodée et ses dix jupes superposées une tigresse des steppes, veillant sur son vieux nourrisson, et sur le samovar. Lui, sa poitrine étroite sanglée dans une veste à brandebourgs, perdu dans sa pelisse d'ours, faisait les honneurs, d'un extrême mauvais goût et d'une gentillesse exquise, roulant terriblement des jurons, offrait des cerises aigres, des cornichons, et du caviar dans des barils d'argent à une foule de visiteurs disparates égaillés sous les stucs et les lustres ; des Tziganes jouaient du violon, balalaïka, tambourins, l'atmosphère empestait la fumée des torches.

Léon a donc chassé Gonzague, supputa Elise, le fauché à particule – elle ne se souvient plus du nom vieille France –, qui traînait à *La Coupole* son dandysme et son ennui, flambait plus qu'il ne possédait, promettait sans tenir. Chassé Sylvain, qui écoulait des voitures d'occasion ? Réparées au noir par un mécano de Montreuil, un trafic louche, de rapport inégal. Celui-là, trop dilettante pour Pauline, avait toujours pensé Elise. Finalement, elle écoutait d'une oreille moins distraite qu'on ne croyait les conversations des amis de son amie. Enfin, voilà pourquoi pleurait Pauline : d'une scène désagréable, très vulgaire, entre deux portes, au moment où elle quittait la rue Cambon. Philippe l'y attendait, appuyé au capot d'une Hispano-Suiza fatiguée, en costume rayé gris, feutre gris et gants beurre-frais, le grand jeu pour l'épater, mais aussitôt des reproches, des injures, des menaces. Il l'avait quelque peu secouée, avait fait tomber son sac, répandu toutes ses petites affaires, juste devant les belles vitrines de la maison Chanel ! Heureusement, un taxi passait, elle avait sauté dedans, elle avait fui ce malpoli. Pauvre Philippe, reniflait-elle, tapotant sa narine de son mouchoir parfumé, il manque d'allure. Hier, il mangeait dans ma main, aujourd'hui, il me mord les doigts. Je l'ai plaqué sec.

— Tu sais, dit-elle gentiment, de temps en temps, il faut être une petite brute avec ces gens-là.

— Tu ne le reverras donc plus ?

— Que si, bien sûr. Dans une semaine, il reviendra rire avec nous autres… Alors, vois-tu, je quitte la rue Cambon. C'est palace, c'est Byzance, mais je me tue au travail. Mes jambes, le soir, on dirait du plomb. La première me fait les yeux doux, parce qu'elle sait ce que je vaux. On est nombreux là-dedans, mais moi, j'ai de l'or dans les mains. Je n'y peux rien. Elle me regrettera. Bien fait. Seulement j'attends octobre, pour annoncer mon départ : le temps d'arranger la rue Saint-Benoît, bien comme il faut. Tout en chintz blanc sur les murs, et de l'acajou, moquette bleu nuit, des lampes Tiffany. Le temps d'embaucher des filles à moi. Oh, ma petite Elise, voilà mon rêve arrivé. En ai-je mis du temps ? Enfin, à trente ans, ce n'est pas si mal…

En réalité, trente-cinq. Pauline ne cherchait pas sciemment à tromper. Elle mentait avec une effronterie qui passait pour de la franchise, si sincère qu'à la démentir on l'aurait peinée. Une logique sentimentale très élémentaire, une sorte de candeur la poussait à truquer gaiement les apparences, à brouiller les cartes sans vergogne, un art de la retouche que la couturière pratiquait en virtuose, à l'atelier comme en ville… Elle n'avait nul besoin de se rajeunir, même par coquetterie, mais un esprit malin la poussait au mensonge gratuit, et elle se fiait à son amie pour garantir ses approximations par son silence ; d'autant plus précieux que celle-ci était bien la seule à pouvoir la contredire… Mais, pas de souci, Elise était une tombe, sur ce sujet comme sur tant d'autres. D'ailleurs, Pauline se rajeunissait à présent du même aplomb qu'elle se vieillissait autrefois, elle avait toujours triché avec son âge : à quinze ans en déclarait seize ; à seize en réclamait dix-huit, enragée de grandir trop lentement, précipitant le temps de sa jeunesse pour voler aux années son dû, comme si la vie allait manquer à ses promesses. Avait-elle assez chicané, faussant le compte de ses anniversaires dans d'âpres disputes, juste pour avoir gain de cause, avec une assurance qui laissait pantois, et on finissait par céder, devant tant de passion. En fait, Elise et Pauline étaient du même âge ou presque, elles avaient été petites enfants au Mesnil et avaient grandi ensemble au fond de cette campagne d'Ile-de-France, dans la belle propriété des Bertin-Galay. Toutes deux tenues à l'office, dressées au service, l'une élevée par Mme Victor, sa grand-mère ; l'autre bâtarde de la cuisinière recueillie par la gouvernante au grand cœur qui donnait asile, imposait sa volonté à toute la maisonnée, y compris à l'intraitable Mme Mathilde. Mais la faiblesse de sa grand-mère valait à Pauline toutes sortes d'avantages, passe-droits et indulgences qui, à l'échelle de l'enfance, sont des privilèges de roi, quand Elise, traitée en petit animal trouvé, restait nabote et gauche, tarabustée, surchargée de tâches, dans la double servitude de sa mère et des maîtres, si ahurie qu'on la croyait simple d'esprit. Elles auraient pu se détester ou s'ignorer, mais loin d'en faire des rivales, par ces affinités d'enfance qui défient les injustices, leur condition scellait entre elles une connivence d'instinct. Enfant, on sait interpréter les signes occultes ; elles se savaient échouées dans cette maison au nom d'arrangements que les adultes taisaient, bouches inutiles qui risquaient d'un jour à l'autre d'indisposer les maîtres ; elles étaient logées à la même enseigne. En avait-il fallu, entre-temps, des malheurs et des aventures, pour qu'elles soient devenues ces jeunes femmes émancipées, enfuies de leur cuisine d'enfance, chacune prenant un chemin que rien ne dictait.

Si Pauline poursuivait un rêve, c'était bien celui de son indépendance. Elle se la promettait farouchement, du temps où elle pédalait à la machine à coudre du Mesnil, pour ourler son trousseau de fiancée. Elle s'était accaparé avec passion cette machine neuve, tombée du ciel tel un bolide providentiel pour fuir, mettre entre elle et Le Mesnil le plus de tours de roue possible. Elise avait encore à l'oreille le roulement de pédale, du pied-de-biche et de la courroie emballée faisant le bruit des trains de nuit qui sonnent aux passages à niveau, l'emportant loin, toujours plus loin, les kilomètres de points un à un ajoutés, les kilomètres de fil dévidés traçant la route de son évasion. Pauline n'aimait pas la couture, ingrate, délicate, qui voulait soin et patience, quand son tempérament était de paresse et d'indolence, son goût celui du plaisir facile. Mais la couture était le seul moyen de s'en sortir, et elle avait mis à se contrarier, à se parfaire, un tel acharnement que le métier lui était venu aux bouts des doigts. De l'or dans les mains, on le lui disait, comme si ce fût un cadeau des fées.

— Aucune fée n'était à mon berceau, pas plus qu'au tien. Personne ne m'a rien donné. Le métier, cela se fabrique. Cela se conquiert à peiner des jours et des nuits, à se piquer les doigts, tire l'aiguille, ma fille.

Fourbue, les reins cassés. Et cette fatigue ne paie pas, elle laisse pauvre. Exaspérée de pauvreté, la rage de s'en venger par tous les moyens, de saisir la chance au passage. Dans sa tête de moineau, Pauline avait logé deux ou trois principes simples, qui la rendaient adorable et dangereuse, une morale de parvenue sans scrupules. Elle avait copié dix heures par jour, et parfois quinze, des patrons signés des plus grands noms, en gagnant trois francs six sous, mais elle avait l'intuition du vol utile. Elle s'appropriait les tours de main, les secrets de coupe et de finition, la façon et l'astuce artisanales, le sens des étoffes, leur sensualité, leur intelligence. Elle savait, de science opportuniste, tirer de son butin disparate les règles personnelles de son art.

— La mode est éphémère, prétendait-elle, ce qui dure, c'est la bonne ouvrage. Les saisons passent : la mode, c'est pour les rombières. Moi, je suis une styliste. Le style, c'est le surjet impeccable, l'ourlet invisible. Le choix des boutons, l'entoilage parfait.

C'est le petit point qui fait une robe, le coup de fer qui fait un chapeau. Même avec des matières pauvres et avec la crise on n'a que ça : du jersey synthétique, de la rayonne et même du feutre bouilli, travaillé à la pattemouille brûlante. Le tour de main n'a pas de prix.

Elle était passée de la modiste de la rue de Rennes à différents ateliers de haute couture, sous-traitant les maisons en vogue, promotion rapide mais cher payée, en ravalant son orgueil, en rongeant son frein. Je mets ma fierté dans la poche, mon mouchoir dessus. Mais là, je la garde au chaud, gare à vous ! Pour finir, admise au saint des saints, chez Coco Chanel. Pas satisfaite pour autant. Elise avait entendu mille fois ses griefs : Mademoiselle était intransigeante, intraitable, une possédée du travail, infatigable et méchante. De l'acier dont on fait les canons. Ses dents et ses perles, double blancheur cruelle dans sa figure noiraude, sa paire de ciseaux au bout du bolduc passé autour du cou. On savait son origine de paysanne pauvre, orpheline, mais elle abhorrait ce mot, interdit de le prononcer devant elle ; pour quoi Pauline la tenait en haute estime. Elle faisait partie des premières de la grande Mademoiselle, exécutait ses modèles sur ordre, juste après qu'ils sortaient de ses doigts d'artiste. Elle qui ne cousait pas, n'avait jamais cousu, composait directement sur le corps des mannequins en coupant, coupant et taillant encore sous les yeux de l'atelier silencieux, un silence religieux, seul le cliquetis de ses ciseaux, chacune de ses brèves paroles recueillie comme prophétie. Pauline apprenait tous les jours à cette école, mais jalouse, rageuse d'être toujours en maison, une simple employée. Ouvrière ! Rien que ce mot la mettait en colère, un mépris venu de loin, écho de celui qu'y mettait sa grand-mère, la menaçant de cette condition honnie : ouvrier, on ne s'appartient pas. Chômeur, prolétaire, traîne-misère. Elle n'avait aucune sympathie pour les midinettes, les filles de couture défilant en riant à la Sainte-Catherine, aucune solidarité de classe : toutes des esclaves. Alors c'était sa victoire à elle, enfin, cette boutique, dans un bon quartier. Et qu'importent les moyens pour arriver à ses fins : les hommes, puisqu'ils ont de l'argent ; et qu'avec l'argent, ils croient acheter les femmes. Elle avait chassé le bon pigeon, Léon chéri, son ange russe, à qui elle trouvait toutes les qualités, y compris sa maigreur intéressante, y compris sa famille innombrable qui le tenait à distance. Pas question d'être une régulière. Je suis sa danseuse.

— Mais pas pour longtemps, crois-moi. Dans moins d'un an, je le rembourse. Il ne sera pas mon patron, je ne serai pas son jouet. Les bons comtes font les bons amis. Ah ! Ah !

Ravie de son mot d'esprit, elle suçotait, gourmande, le bord du verre de vodka pailleté de givre, suivant du regard les passantes du soir, avec un ravissement d'esthète.

— En voilà de belles coupes... Ce petit tailleur de lainage avec cape courte, gros-grain rose au revers, très net. Et ce tweed ! Tenue impeccable, le tweed. Le bon, n'est-ce pas, le vrai. Oh ! la veste écossaise, jaune et noir. Mais avec ces chaussures d'après-midi, quelle faute de goût !... La blouse imprimée : banal maintenant. Je n'en veux pas. Je préfère le sweater de cachemire... N'empêche, il y a beaucoup de bécasses du beau monde, ce soir, habillées comme des portemanteaux.

Puis se tournant vers Elise, comme si elle la découvrait enfin :

— Tu ne dis rien ? Fais voir ta mine, un peu. Pas mal, ce béret. Mais porte-le franchement sur l'oreille, comme ça. C'est plus distingué. Alors, toi : quelles nouvelles as-tu à me dire ? demanda-t-elle brusquement. Quand traîneras-tu M. Brasier chez le notaire, pour qu'il te fasse donation de son fonds de commerce ? Il te le doit bien, va...

Elise riait de l'idée scabreuse d'une donation, très choquée, au fond, du cynisme de Pauline. Surtout de ce qu'elle appelait *commerce* le temple où elle passait ses jours dans la religion des livres, de tout ce qu'ils contenaient, qu'elle n'aurait jamais le temps de connaître, mais dont la simple présence autour d'elle, ces murs de papier, était un rempart vivant de pensées et de sentiments inconnus, à éprouver, à imaginer. Après maintes tentatives, Elise avait renoncé à faire lire un roman à Pauline, même pas Hector Malot, Paul Bourget, ou Simenon ; même pas Delly. Pour l'orthographe, n'en parlons pas. Elise lui écrivait les brouillons de ses lettres, à l'occasion. L'habituée asthmatique de la librairie était une lettrée à côté d'elle, qui ne lisait pas, jamais n'ouvrait un livre, ni le journal d'ailleurs. Elle écoutait juste sa TSF, une Ducretet à sept lampes dont une valve, à trois mille francs, le dernier modèle : La Voix du monde. Les voix du monde, pour Pauline, c'étaient exclusivement les variétés sur Radio Paris, les airs de Fréhel et de Suzy Solidor, de Maurice Chevalier, ou de Jean Sablon, dont elle connaissait tout le répertoire, séduite par leur légende de chanteurs venus de la rue, la romance des mauvais garçons et des filles perdues sauvés par les projecteurs et les paillettes du music-hall. C'étaient les musiciens de *La Coupole*, cubains, antillais, Rita Montaner, Filiberto Rico. Pour le reste, d'une ignorance totale, tenant pour fariboles les affaires du temps, de la société, de la politique surtout, sa bête noire. Ne me parle pas de politique, protestait-elle, furieuse, si Elise évoquait le prix des loyers ou la journée de huit heures. Pour Pauline, la politique signifiait la guerre. La guerre, un sujet inabordable. Un point incandescent qui fusait en colère, en exécration, en haine, si on y touchait. Elise se gardait d'y toucher.

— M. Brasier ne me doit rien. Je n'ai pas besoin de comte russe pour vivre, répliqua-t-elle vivement, avec une petite intention de revanche pour l'idée choquante de Pauline.

— Crois-tu que j'aie mal fait de prendre l'argent de Léon ?

Désemparée, toute sa superbe envolée, elle avait pris la petite voix des enfants punis. Elle qui flambait et mentait, portait sur gens et choses des jugements sans nuance, affichait pour vertus sa frivolité et sa licence, il suffisait parfois qu'Elise la critique pour que le doute s'empare d'elle, alors c'était pitié que son humilité, son remords éperdu, ce désarroi peint sur son joli visage fardé. Alors se révélait une part d'elle, énigmatique et redoutable, la faiblesse et la puérilité d'une enfant perdue, sous les apparences de sa réussite et de son assurance le gouffre d'une détresse immense. Elise était déroutée chaque fois de mesurer son ascendant, doutant qu'il fût si grand, ignorant à quelle aune Pauline l'évaluait, en quel moment elle avait pu le prendre et elle s'effrayait elle-même, ramenée à ses peurs de petite fille, quand il lui fallait comprendre des choses trop difficiles, déchiffrer le sens caché des avertissements. Aussi moqua-t-elle gentiment Pauline, lâchement, pour vite colmater la brèche.

— Il n'y a rien de mal, Pauline. C'est un prêt ! Il investit un capital. Toi, tu le fais fructifier, et comme tu le projettes, dans un an, tu le rembourses, avec intérêts.

— Avec intérêts, crois-tu ?

— Cela me semble équitable. Surtout si tu les calcules toi-même. Non ?

A cette idée, Pauline pouffait dans ses jolies mains manucurées, déjà insouciante, déjà oubliant le nuage, en un instant évaporé dans sa petite tête, et de tout il en allait de même. Imprudente dans ses relations, éblouie par le premier miroir aux alouettes, et changeant en girouette d'engouement, avec une rage de plaisir facile, une légèreté dont on ne savait quelle part y avaient l'indifférence, la rouerie ou l'inintelligence, qu'elle pouvait porter à des hauteurs sidérantes. L'expérience du malheur à certains êtres enseigne cette aptitude, peut-être, et Pauline avait eu son lot. Jamais plus elle ne parlait de cet été 14, du dénouement affreux des belles accordailles fêtées avec les hirondelles… Alors, tout un tremblait de voir paraître sur le seuil l'employé de la mairie, ceint de l'écharpe tricolore ; le pli avait été porté un matin à la ferme des Armand. A la fin du jour de pluie, novembre, ils étaient venus en ambassade, les deux paysans serrés l'un contre l'autre, hébétés, annoncer que le jeune fiancé du printemps, leur fils unique, était tombé au champ d'honneur. Ainsi disait-on. Dans la cuisine, ils se tenaient sans appui, leur parapluie dégouttant sur le carreau. La flaque s'élargissait sans que personne voie cette chose énorme de l'eau qui gagnait autour d'eux, et c'était sans recours. Une fois donnée la nouvelle, ils attendaient encore, tanguaient en silence, ne savaient ce qu'ils mendiaient, incrédules de lire sur les visages le pli stupide qui se froisse et se fige, la bouche ouverte, cette misère de la peine sans nom, rien d'autre pour intercéder, même les prendre dans les bras personne n'osait, tendre les mains inutiles, comme s'ils fussent en cet état des intouchables. Alors Pauline était entrée avec Sassette. Elles descendaient du grenier où, tout l'après-midi gris, elles avaient rangé les pommes sur les claies, en tablier de toile, manches retroussées sur leurs jeunes bras. Sous la lampe, sa lumière livide, ils étaient tous là, M. Henri tiré de sa chambre de malade par le bruit, et les grands-parents Victor, et Meyer, le palefrenier, ce chœur muet dans la sidération suppliante qui annonce, qui crie la nouvelle atroce, alors Pauline était tombée, de son long. Elise n'avait jamais vu un corps tomber ainsi, s'abattre comme un arbre. Un corps si lourd qu'il résonne comme un tronc de bois plein. Peut-être, au plein de l'été, le hêtre sur la prairie avait-il eu ce poids de grand cadavre foudroyé par l'orage. Heureusement, elle était tombée ; en quelque sorte, cela avait fait diversion. Ils avaient retrouvé des gestes et des mots de secours pour la soulever, la porter, et quelle nuit, quels jours avaient suivi… Elise ne pouvait se rappeler ce soir de novembre sans que le choc du corps qui tombe résonne dans le sien, neuf, intact, pareil à l'instant où Pauline s'abattait. Tout revenait en masse, le désastre de cet automne, le pays en guerre, la propriété désertée, Gabrielle et Millie dès alors parties en Amérique, la mort, la mort ! A qui parler ? Vides les corridors, le vestibule, vides les yeux des gens traversant les pièces vides, pareils à des fantômes navrés. Elise se réfugiait dans la bibliothèque, à l'étage, et elle lisait, seule, grelottant et pleurant sur les pages noyées. Que de larmes versées, l'eau lui tombait des yeux sans qu'elle la sente, les lignes, les mots flottaient, mais à travers ce brouillard elle lisait, à s'en perdre de vue. Pauline ne pleurait pas. Elle ne se levait plus, tout le jour marmonnait ou chantonnait sous les draps. Elle s'entretenait bas, on ne savait de quoi ni avec qui. Elle ne mangeait ni ne se lavait. Cela avait duré des semaines. Un matin, elle s'était remise debout, avait regagné derechef sa place à la machine à coudre. Vieille, maigre à faire peur, comme les chats qui se soignent seuls, au fond d'une grange, et reparaissent, convalescents hagards et dédaigneux des commisérations. Sa maladie lui avait passé. La guerre pouvait danser. Au printemps, elle était partie se placer en atelier. Vingt ans, déclarait-elle, et il n'y avait plus personne pour la contrarier.

— Elise, viendras-tu à Charenton, dimanche prochain ?

Dimanche prochain ? Le jeune homme aux gants de moto lui revenait soudain, qu'elle avait oublié dans le tourbillon. Irait-elle au rendez-vous à Saint-Sulpice ? Irait-elle à Berlin, voyageuse de commerce en revues littéraires pour complaire à ce filou, ou par sa propre intuition que le risque est plus aimable que la prudence… Rien que poser la question, crainte et tremblement, jetait une ombre savoureuse, pleine de frissons, mais elle n'en soufflerait mot à Pauline. Avec quiconque ne débattait du oui ou du non. Elle avait des soucis personnels, mais fourre-les dans un vieux sac et perds le sac, disait Meyer. On récolte ce genre d'enseignement à la table des cuisines.

— Dimanche, je ne sais encore, éludait-elle, mais le suivant, alors peut-être ?

Charenton était entre elles un secret de plus. Pauline ne s'y rendait qu'en sa compagnie, l'y envoyait même seule, de plus en plus souvent. Il y avait là-bas une belle maison de maître, le domaine de plaisance d'un certain M. Tilleul qui vivait au Pérou, un négociant rentier. Ou bien il était pieux à se vendre, ou bien il avait à se racheter, disait Pauline : c'était un mystère, qu'il ait légué sa belle propriété à une congrégation de saintes filles. Deux étages de dortoirs, réfectoire et grand jardin d'arbres chenus, avec un trou d'eau pour les poissons rouges sous des rocailles, une pension tenue par des sœurs jardinières, institutrices et cuisinières sommaires, où restait Petit, le fils de Pauline, dix ans de vie clandestine. Il ne connaissait pas sa mère, qu'on lui disait disparue, Dieu sait où. Au Pérou, peut-être ? Du père, il n'était pas nouvelle non plus. Il n'avait de famille que sa tante Pauline et sa marraine Elise. L'orphelin attendait ses visiteuses du dimanche au parloir, une fois par mois.

— Petit va avoir dix ans, soupirait Pauline. L'an prochain, il va falloir que nous lui trouvions un collège, un internat, n'importe quoi. Enfant de troupe, c'est bien, non ?… Il paraît que c'est gratuit.

— Donne-le aux cochons, tant que tu y es, suggéra Elise, vidant sa Suze d'un coup.

— Ah, les grands mots, les horreurs ! Ne va pas te fâcher encore. C'est terrible, les enfants, ça grandit à une vitesse ! Si j'étais riche… Remarque, je le serai peut-être bientôt : j'ai un filon fameux pour écouler les icônes de Léon.

— Eh bien voilà : si c'est de bon rapport, écoule donc Petit avec les icônes…

— Un très gros coup, tu sais… Tu n'en diras rien ? Sylvain a des acheteurs qui paient bien. Si ça se fait, il prend son pourcentage, moi le mien.

— En a-t-il des amis, ce Sylvain ! C'est bien le grand chuchoteur de mystères qui était à côté de toi, l'autre soir, celui qui a une tache de vin dans le cou ?…

— Il est drôle, je t'assure. Toujours le mot pour rire. Mais ne crois pas qu'il plaisante en l'air : il est d'une société secrète, souffla-t-elle soudain à son oreille, émoustillée par la confidence. Des gens bien introduits, qui n'ont pas froid aux yeux.

— Introduits dans quoi ?

— Dans des affaires privées. Ils sont de Dordogne, ou d'Angoulême, ce coin-là. Mais à Paris ils organisent des actions armées dont tu n'as pas idée. Moi non plus. D'ailleurs, je m'en moque. Est-ce que j'y comprends quelque chose ? Pourvu qu'ils paient ! Oh ! regarde ! Vois qui sort, à présent. Là, sur le trottoir…

Là sur le trottoir, un couple élégant hésitait, cherchant à se dégager de la foule, lui en complet-veston, cheviotte, pure laine chinée, et chemise blanche, impeccable, en a-t-il de l'allure ? commentait Pauline, émue par cette vision.

— Et la jeune femme, avec lui… Les reconnais-tu, enfin ? C'est Camille Galay ! Et lui, lui : Lewenthal… Le grand patron, l'industriel de nos biscuits et chocolats fins.

A quelques pas, le couple s'adressait au portier qui avait retenu le taxi stationné en attente, courbettes et salutations, claquement de portières. Elise, au lieu de se pencher, s'était reculée tout au fond de sa chaise, piquant du nez sur son verre vide, floue, couleur des murs, transparente, et elle aurait bien assommé Pauline pour son agitation.

— Les as-tu vus, au moins ? Voilà qu'ils filent à présent…

Elise restait muette. Bien sûr, elle avait reconnu Camille. Millie ! La petite Millie, dont elle avait été la bonne toute une année, avant-guerre. Depuis croisée quatre ou cinq fois, certains étés où la famille se trouvait réunie au Mesnil, alors une adolescente poussée en graine, une étrangère de passage avec laquelle elle ne frayait pas, intimidée en sa présence. Les Victor appelaient les *Américains* le docteur et Gabrielle, leurs enfants, et l'oncle Daniel qui tombait parfois avec sa suite de gens en vue, cousus d'or. Leur séjour attirait les cousins Guillemot et la tante Bertille, son frère le notaire ; et Mme Mathilde, avec son directeur, toute leur compagnie de gens d'industrie ou du commerce. On dressait les tables aux nappes blanches sous le cèdre, c'étaient des parties de croquet ou de tennis sur le pré, où Daniel, munificent, avait fait construire un court, sur un coup de tête. Aussi paraissaient de beaux messieurs du canton, députés et maires, bâtisseurs prodigues de villas à bon marché sur toute la commune du Mesnil, au point que c'était une ville, bientôt. La crise n'avait pas ruiné tout le monde… Oui, Elise avait reconnu Camille, et pour rien au monde aurait supporté d'être vue d'elle. Grandie loin de France, dans ce pays de tous les mirages, elle menait la vie brillante et toute tracée des enfants de famille, occupée à mille loisirs, pourquoi se souviendrait-elle de la bonne obtuse qui avait veillé son sommeil, l'avait lavée, avait peigné ses cheveux et tenu son linge, parfois portée, un fardeau trop lourd pour ses bras de petite fille ? Elle se moquait bien de la jeune fille insignifiante qu'elle trouvait à l'occasion avec sa vieille mère, autour d'un café, à la table de la cuisine où elle passait en coup de vent, lançant un bonjour distrait. Par la porte ouverte, venaient les senteurs de verveine d'autrefois ; par son embrasure, on voyait le soleil dans la cour, l'écurie où, un jour d'automne, Millie avait trouvé un chiot lové contre la chienne dans sa caisse, cadeau du vieux palefrenier, oublié dans son départ…

— Est-elle devenue originale, cette Camille, babillait Pauline, très lancée. Son petit spencer anis sur le pantalon lie de vin, quel culot ! Le goût américain, mais elle a quand même de l'allure… Dis-moi, que penses-tu, de les voir ensemble ? Ils avaient l'air on ne peut plus amis, ces deux-là, et pressés !… Imagines-tu qu'ils sont en affaires ?

Elle suivait en se haussant sur son siège le départ du taxi, mais une fois la voiture disparue dans le trafic, elle s'affaissa, maussade..

— Ils sont donc de retour, tous… Le beau monde va envahir Le Mesnil, un de ces quatre… En voilà, du travail ! Ma mère y trouvera son compte : elle n'aime rien tant que commander, faire son importante. Gouvernante, pfff !

Insondable mépris, vieux grief, Elise ne releva pas.

— Elle va tarabuster ta pauvre mère à ses fourneaux, comme aux beaux jours… En avons-nous connu des tralalas et du tintouin, toi et moi ? C'est loin, ce temps… Loin le temps où Gabrielle arrivait chez nous avec Millie dans ses jupes. Elle tombait au Mesnil comme cheveu sur la soupe. Mais celle-là avait de la classe… Qui eût dit, alors, qu'elle épouserait le docteur ?

Pauline tournait dans sa petite tête une pensée inhabituelle qui semblait la décontenancer.

— Je l'aime, admit-elle brusquement. J'aime cette femme, elle a de la trempe. Elle a été bonne avec nous...

D'un mouvement de main brusque, elle chassa cet aveu importun, eut un petit ricanement.

— Bonne ? A quoi cela sert-il d'être bonne ?... Les sœurs Papin ont bien fait de crever leurs patronnes... Ciselées comme des lapins, ma foi.

Pauline n'avait mis aucune violence à ses mots. Au contraire, elle les voilait d'une douceur qui glaça Elise. Quel assassinat son amie rêvait-elle, dont les sœurs lui donnaient l'exemple ? Maintenant que le procès d'assises allait se tenir au Mans, la presse reprenait la chronique de leur crime affolant ; toutes les unes, de *L'Humanité,* de *Détective* à *Police Magazine,* offraient le portrait des deux femmes hagardes. Mais Pauline ne laissa pas Elise à ses réflexions.

— Alors, dimanche prochain, oui ou non, allons-nous à Charenton ?

Pauline aurait trouvé de son goût l'élégance de Julia Brighten qui, debout près de la desserte, laques et miroirs, préparait un cocktail, dosant avec un art consommé son mélange, mesurant l'amplitude de ses gestes délicats, très consciente du spectacle qu'elle offrait à son hôte, affalé dans le fauteuil, à l'autre bout du salon. Elle était prête à sortir, en robe du soir de Lucien Lelong, une coupe raffinée, d'extrême sophistication dans sa géométrie. Le long fourreau bleu d'eau moulait sa taille et descendait droit, fluide sur les hanches, ouvert d'un fin plissé sur le devant, une fente pleine de promesses qu'écartait le moindre mouvement du genou, et bras nus, dos nu, l'échancrure du décolleté en V épousait la cambrure troublante de ses reins, ondine, sirène ensorcelante, tout humide de reflets. Sa petite tête, nuque rase et déliée, un cran luisant plaqué à la tempe, oscillait telle celle d'un serpent ; les diamants à ses lobes, unique bijou, piquaient d'un éclat minéral toute cette fluidité charnelle. Quelle science avaient-ils, ces couturiers, pour styliser les formes féminines en les exaltant, pour les mouler de leurs mains caressantes, les révéler et les soumettre, car impossible de gesticuler dans ces fourreaux étroits qui entravent la jambe, exigent de l'épaule, des hanches et des cuisses, la tenue d'une grande herbe flexible, ondoyante et sensuelle. Et quel goût avait Miss Brighten d'épouser ce dessein, de lui donner, avec quelle insolence, la réponse voluptueuse de son corps. Si elle bondissait sur les courts de tennis, si elle dévalait en skieuse aguerrie les pentes des stations à la mode, si elle savait porter avec désinvolture le tweed sportif des terrains de golf, elle adaptait à sa robe du soir la posture qu'elle exigeait d'elle, servant sa ligne autant que celle-ci la parait. Idéale, songeait l'homme abandonné au fond du fauteuil, un profond club de cuir dans lequel sa silhouette s'effondrait, dos tassé, épaules relevées par les accoudoirs trop hauts pour sa carrure, jambes négligemment croisées dont le tiraillement du pantalon découvrait de médiocres chaussettes grises, quelque peu effilochées. Mais il semblait se soucier fort peu de sa dégaine, ni de paraître, en compagnie de l'exquise Julia Brighten, un aussi piètre faire-valoir. L'œil mi-voilé, regard de saurien fatigué, il la regardait lui préparer son cocktail comme s'il allait de soi qu'elle fût sa vestale, et maintenant qu'elle ondulait vers lui, d'un déhanchement étudié, penchait vers lui son buste, il battait lentement des paupières, suffisant et las, une moue plus qu'un sourire de remerciement aux lèvres, dont la commissure aiguë creusait sa joue.

— Vous aimerez mon breuvage, Grubensteiger.

— Un poison ?

— Un philtre de sorcière ou un élixir de jouvence ?...

Il eut un rire thoracique, petit spasme sans gaieté secouant son buste contourné et plongea son nez dans le verre. Elle saisissait déjà son étole et sa pochette.

— Je dîne dehors. Quinze couverts chez le ministre des Affaires étrangères, je ne peux arriver en retard... Je vous laisse, à présent. Notre ami ne va pas tarder...

— Restez. Tenez-moi compagnie.

Elle hésita, puis céda, adopta le fauteuil en vis-à-vis, décontenancée par son invite, qui n'en était pas une. Un ordre, à peine déguisé ; et une contravention à ce qui était convenu : elle ne devait pas assister à la rencontre. D'ailleurs, qu'il fût là était également une anomalie. Il ne s'était trouvé chez Julia, dans sa suite du grand hôtel *Lutetia*, que par deux fois en douze ans. Ce soir, et une première fois, mémorable. A peine sortait-elle de l'adolescence, dix-sept ans : son père lui offrait en cadeau d'anniversaire le plus extravagant séjour, un catalogue de toutes les folies parisiennes, des courses à Longchamp aux bars américains de la rue Delambre, des revues nègres dans les clubs de Pigalle aux théâtres et à l'Opéra, à la foire du Trône, aux bals de la bonne société, aux concours de tir et aux vols en planeur du Bourget. Un programme étourdissant que la toute jeune fille remplissait avec le sérieux d'une bonne écolière, cochant les *trucs* qu'elle avait *faits*, et ceux qui restaient à *faire*, une liste remaniée sur le conseil des noctambules qu'elle ramassait au passage. Des inconnus en bandes braillardes qu'elle invitait à finir la nuit au

Lutetia, au grand dam des garçons d'étage, commandant à cinq heures du matin des fraises, des pieds de cochon grillés ou des toasts de caviar et du champagne, gâchant les tapis et le linge, une débauche de plaisirs qui étaient son passage de la ligne, son rite d'initiation, à prix d'or. Le banquier avait réglé l'ardoise faramineuse et distribué les pourboires adéquats qui achetaient le silence du personnel sur les détails scabreux, très fier du montant global : à cette hauteur, sa fille se montrait digne d'entrer dans le monde. Si les échotiers vieille France, que choquaient ces mœurs dissolues, avaient quelque peu daubé dans leurs billets, les débordements de Julia s'accordaient aux années folles, cette époque où les mœurs périssaient et l'argent flambait. C'était tellement anticonformiste, tellement moderne qu'une fille jette sa gourme comme un garçon. Elle y avait gagné une certaine célébrité, aussi de couronner sa jeune gloire en empilant les diplômes dans les plus prestigieuses écoles, paradoxe piquant d'être un bas-bleu et une perruche à la fois. Pas d'héritière plus fêtée, plus enviée et courtisée que cette fille Brighten dont le père brassait les millions, qui conversait avec esprit, affranchie, dilettante impertinente qu'on croisait dans tous les lieux en vue d'Europe. Nous amusons-nous bien ? demandait-elle à Grubensteiger, chaque fois qu'elle le retrouvait, à Bucarest, à Berlin ou à Vienne, en souvenir de ce jour où il lui avait donné sa leçon inaugurale.

Elle n'avait pas tout de suite remarqué, parmi les compagnons très farces qui saccageaient sa suite, cet individu à la mine pâle, embarqué avec les autres, d'un âge incertain, l'air d'un séminariste ou d'un aristocrate fauché, quelque chose de pitoyable et d'arrogant, qui intriguait. Il ne buvait pas, il ne criait ni ne chantait. Entre ses longs doigts d'araignée, comme d'un chapelet il jouait avec son trophée, le collier de perles à trois rangs qu'elle avait mis aux enchères. Il serait à qui lui offrirait la chose la plus surprenante en échange ; il avait gagné : il lui avait offert sa perruque. Une moumoute mitée collée sur une toile grossière, si répugnante, si cocasse guenille qu'elle s'en était coiffée, prise d'un fou rire aux larmes. Et lui, dépouillé, son crâne aux cheveux ras, yeux mi-clos, sa tête de clown impassible, quel pitre génial ! Elle avait adoré cet original sinistre, inconnu parmi les inconnus vautrés sur sa moquette, qui lui sacrifiait son scalp de si gentille façon. Elle l'avait longtemps conservé, témoin du bon temps d'alors, en gage de leur accord, qui datait de ce jour-là... Bien après le départ du dernier fêtard, le dernier à lever le siège, il était resté encastré au fond de son fauteuil, semblable à celui qu'il occupait à présent, et lui avait tenu le plus étrange, le plus séduisant discours. A moitié ivre, elle n'en avait rien entendu d'abord, tant son soliloque équivoque surprenait, dans le silence revenu de ce théâtre dévasté, parmi les reliefs du pique-nique nocturne, les plats d'argent souillés, les bouteilles vides et les verres cassés qui jonchaient sa chambre.

— Petit serpent, disait-il, petit serpent, tu n'es pas ivre pour deux sous, regarde au fond de ton verre : un alcool frelaté. Aucune bulle de ton champagne éventé ne te grise. Tu es sobre, petit chameau, tu t'ennuies à bâiller. Tu secoues ton hochet, tu fais tinter l'or paternel, mais son assommant grelot ne t'amuse pas du tout, tu es triste. Tu veux tuer le temps, hein, et tu ne sais pas comment t'y prendre ? Tu veux être déroutée et tu n'as que la routine, revenu médiocre. Veux-tu que je t'enseigne la dépense, veux-tu des plaisirs ? Déguerpis, passe le pont : de l'autre côté, c'est d'un divertissement royal, mon petit serpent. Tu mets ma perruque, tu t'en coiffes, c'est un premier pas. Tu vas t'amuser comme une folle. Je t'ai vue, dans ce bar de Pigalle, tu m'as plu. Tu es seule, tu ramasses n'importe qui, tu n'as pas d'amis. J'espère bien que tu n'as pas d'amis ! Il ne faut pas en avoir, c'est dangereux. Tu ris ? C'est un bon commencement. Tu as un talent fou pour être Julia Brighten. Tu sais mentir, hein ? A ce jeu tu es très bonne, demoiselle.

Elle riait de son discours loufoque, cet entretien l'amusait énormément. En réalité un monologue, mais une part inconnue d'elle donnait la réplique. Plus que du propos, elle était curieuse de la voix de ventriloque, persuasive, pénétrante, qui semblait sourdre de lui, sous son apparence chétive une créature perfectionnée qui, tel un prestidigitateur, fait son tour et, comble de maestria, en révèle l'astuce à votre barbe. Elle écoutait à peine mais, insidieuse, la voix de fausset perçait son tympan, traversait les membranes de son cerveau engourdi jusqu'à atteindre des zones inexplorées, que ses pensées ignoraient, en chatouillait de curieuses, toutes neuves et charmantes, de grande importance pour l'avenir, qui lui parvenaient à travers les brumes de son ébriété. Derrière les vitres de sa chambre, dans la lumière blême du petit matin, on voyait la façade du *Bon Marché*, pierre et ardoise, sa rotonde élégante, le magasin dont les propriétaires avaient financé, de l'autre côté du boulevard, le *Lutetia*, premier hôtel art déco, lustres Lalique et vaisselles signées, pour y loger leurs riches clients de province, les étrangers qui s'y approvisionnaient, une annexe en quelque sorte. Elle irait tout à l'heure, escortée d'un groom, dilapider la manne paternelle en achats inutiles, pur gaspillage, pour passer le temps. Rien ne lui manquait, elle n'avait envie ni besoin de rien, une misère. Cet homme parlait vrai, saint Jean bouche d'or, à cinq heures du matin, il avait la bonté de l'éclairer sur des amusements supérieurs.

— Ecoutez : il suffit d'écouter, disait-il. Ecoutez bien tous les faux amis que vous rencontrez, les amis des amis de votre père, les relations d'amis qui ont des relations. Ils ne demandent qu'à dire ce qu'ils savent, ce qu'ils ont récolté dans les ambassades, les rédactions, cabinets et alcôves, conseils d'administration, syndicats, états-majors, dans les inaugurations et les cérémonies, cela se perd au vent du bruit mondain. Ils ont besoin d'un public, le plus inoffensif, le plus frivole possible, devant qui sera sans conséquence la fuite inopinée, l'indiscrétion qui soulage : observez-les bien, ils sont à l'affût. Ah ! vous verrez, Julia, comme ce moment donne de plaisir... Vous en serez surprise parce que vous n'avez jamais écouté personne. Il y aura un moment où, araignée du matin chagrin, de votre petite patte vous tirerez à un bout, et les mouches s'agiteront de l'autre. Sans bouger d'un cil, vous les ferez aller, bruire et bourdonner, vous les ferez danser au bout de votre fil. Voulez-vous vous amuser, Julia Brighten ?

Il avait abandonné la voix de fausset pour un timbre métallique, tout aussi surprenant. En même temps, il était passé du tutoiement au vous déférent, pour lui tenir un discours de grande personne. Lui en avait-on jamais adressé de tel ? Un autre peut-être, le bon ami de son père, mais Trebisch était gai, il riait, quand celui-là était sérieux. Qui était-elle, qui allait-elle devenir qu'il savait mieux qu'elle ; par quel biais perçait-il son âme, dont elle ignorait l'existence. Quel secret d'elle-même avait-il débusqué et son art ne consistait-il pas surtout à lui en inventer un, elle qui n'en avait pas. A lui souffler celui qui lui faisait défaut, à l'en lester, elle qui flottait dans l'insignifiance de son enfance sans fin, à laquelle ne remédiait en rien l'absurde passage de la ligne programmé par son père. Elle avait toujours eu la nostalgie de ce moment où ils avaient été à tu et à toi, où il lui parlait le langage qu'on se parle sans inhibition, dans la crudité du monologue intérieur. Plus jamais ensuite il n'avait quitté le vous, et elle ne l'avait jamais tutoyé, mais ils avaient ensemble le souvenir de ce petit matin à l'hôtel *Lutetia* où ils avaient été si intimes, où elle avait joui bien mieux qu'à coucher ensemble, bien davantage, le sexe est un simulacre décevant. Pourtant, quand il s'était enfin extirpé du fauteuil, surgi des voiles de la nuit, elle avait découvert sa silhouette contrefaite, son torse creux effondré d'un côté, l'infirmité que rien ne laissait prévoir tout le temps qu'il parlait et qui lui rendait son aspect pitoyable, maintenant qu'il était debout. Grand, pourtant, d'une prestance qu'autrefois il avait dû avoir. Une raideur martiale dans son maintien, des gestes courts, économes et précis, les mains longues un peu crochues, d'un bibliomane ou d'un collectionneur d'objets précieux, d'un horloger maniaque, étrangement parcheminées par quelque cicatrice ancienne, vestiges ou stigmates d'une grandeur perdue. De quelle infortune portait-il l'infirmité, avec détachement, à vrai dire avec une certaine dignité ? Je garde votre collier, disait-il. Vous ne m'achetez pas. Vous ne me vendez rien. C'est un échange équitable avec ma perruque, selon votre marché. Portez-la, mais seulement en pensée comme moi ces perles. Au démon, on se vend pas, se disait-elle, très gaie : on se donne.

Ce soir, par une circonstance extraordinaire, Grubensteiger occupait la même place qu'alors, dans la suite du *Lutetia* où Julia descendait chaque fois, par fidélité superstitieuse, et elle se demandait s'il en éprouvait la même émotion qu'elle. Il avait souhaité y revenir si longtemps après, pris le risque de ce rendez-vous dans un endroit en vue, en contravention avec tous leurs accords, toutes leurs prudences. Partout ailleurs, c'était dans des endroits imprévisibles, qu'il choisissait lui-même selon des visées qui lui échappaient, auxquelles elle se pliait, en connaissait-il des hôtels, des bains publics et des salles d'attente de petites gares perdues ? Cette fois, elle avait proposé, une exception ; il avait accepté. Il s'agissait de traiter le cas Werfel entre émissaires de même niveau. Cet agent nazi, retourné ou sur le point de l'être, éliminé dans l'Alpe suisse. Avec lui sa réception, les deux agents d'en face et, pour faire bon compte, le *sniper* qui couvrait Werfel. Cela faisait désordre, des deux côtés. On se supprime, mais à l'amiable, pas en traître. Pour ainsi dire, si le mot convient à la situation… Julia avait ménagé le rendez-vous au sommet. *Go-between* mais pas davantage, ses chaussures à talons ne supportaient pas d'arpenter ce genre d'alpage, sa robe Lelong non plus… Elle allait s'éclipser, les laisser en tête à tête, comme convenu. Que Grubensteiger vînt au *Lutetia*, qu'il s'assît où il l'était la première fois, donnait à cette rencontre un sel très particulier. Elle restait en face de lui, troublée par sa concession, une faveur ou un test ? Emue et inquiète de son inquiétude, du fléchissement qu'elle percevait chez lui, qu'elle ne savait interpréter, mais assurément le signe d'un dérangement. Elle en concevait maintenant un sentiment mêlé de tendresse et de commisération, pour lui ou pour elle ? parce que, des deux, l'un serait forcément lésé à ce jeu auquel ils s'amusaient beaucoup. C'est la loi du jeu qu'il départage, qu'à un moment il donne l'avantage, pas toujours à celui qui connaît le mieux sa règle. Par caprice, l'iniquité du hasard désigne l'élu qui tire plus vite les marrons du feu, sans le vouloir vraiment, sans même le préméditer. Juste parce que ce soir-là, à cette partie, il est un peu mieux réveillé, plus jeune, ou plus vieux, mieux averti des traquenards que lui tend son adversaire préféré, son meilleur ennemi. Le regard couvant dont Grubensteiger guettait sa silhouette à travers le salon était-il d'assurance excessive qui endort la vigilance, ou l'aveu de sa fatigue, qui alerte l'instinct de sauvegarde ? Et elle, trop exacte Julia, trop parfaite, était-elle dans un de ces moments où l'on est au summum de son art, ou bien trop sûre de son personnage, au point qu'il vous perd de vue ? Alors vous êtes nue.

Elle en eut aux reins un frisson. L'épouvante ne vient pas de la rencontre frontale avec une idée seule, elle surgit de deux ou de trois, de leur association. Moins que des idées, de vagues intuitions secondaires reléguées en des recoins écartés, qui par ondes électriques, infimes et fortuites, communiquent entre elles et vous hérissent soudain de vraie peur, par leur juste conjonction. Poison ou philtre ? Il prend si rarement d'alcool qu'elle se souvient des circonstances précises où il en a bu en sa présence. A Baden-Baden et à Milan. Bon signe ou mauvais signe ? Elle ne sait toujours pas s'il s'y adonne par déficit ou par maîtrise. Si la saveur à ses papilles est un adjuvant agréable ou un ersatz amer. S'il se récompense ou se punit. Autre anomalie : il est venu en avance sur l'heure. Or sa ponctualité exclut l'approximation, son obsession maniaque de l'heure, une vraie montre suisse, se moque-t-elle ; il n'a même pas besoin de la consulter, elle tictaque dans son cerveau. Grubensteiger est le maître du Temps. Il est arrivé en avance : par accident, par calcul ? S'il veut passer un moment avec elle alors qu'il ne vient pas pour elle, c'est qu'il veut quelque chose de précis, qu'il n'a pas déclaré, qu'il estime en ce moment. Il l'observe par-dessus son verre, de son regard voilé, mi-sommeillant mais sur le qui-vive, intrigué, amusé peut-être ? Grubensteiger s'amuse-t-il tout seul, à mes dépens ? Voilà ce qui a mis ce frisson d'angoisse, une sueur qui glace sa nuque et ses reins, la conjonction entre le verre qu'il boit, le quart d'heure d'avance, et il ne pose aucune question ; il attend. C'est incompréhensible. Il veut ma compagnie, et il n'en a pas besoin. Il veut être seul avec son visiteur, il a posé sa condition, et il me retient, sans même se donner la peine d'un prétexte. Elle eut une inspiration subite, pour faire diversion.

— Oh ! Mon ami, je ne vous ai pas remercié… Votre petite intervention a eu ses effets. Mircea est devenu plus conciliant depuis que ces documents sont sur la place publique. Il aura du mal à se relever du scandale. Son avocat le presse de céder au divorce, et le mien est sûr d'obtenir une réparation conséquente. Vous y êtes allé fort, Grubensteiger… Je ne sais d'où vous avez sorti cette dame, mais elle est parfaite.

Il ne voulait ni remerciement ni compliment, de sa main translucide, il chassa négligemment le sujet. En un autre moment, ils auraient devisé du mauvais coup porté au Roumain, ils se seraient amusés ensemble du stratagème par lequel il la débarrassait de ce mari d'occasion, parce qu'une farce est deux fois plaisante, à la faire et à la raconter.

— Je suis en retard, décida-t-elle. Je vous laisse, à présent. Faites comme chez vous…

— Vous ne pouvez partir sans accueillir notre visiteur, ce serait inconvenant, objecta-t-il doucement, s'enfonçant davantage au fond du fauteuil où il semblait disparaître.

Elle comprit enfin : il voulait voir. La voir introduire et lui présenter cet homme qu'elle lui recommandait. Il voulait les voir ensemble. De son œil éteint que rien ne trompe assister au spectacle du premier contact. Car si expérimentés, si pénétrés que soient les acteurs de leur rôle, la première seconde de leur entrée en scène est la plus dangereuse. Ils viennent du dehors, de la coulisse, ils ne sont pas encore ajustés, pas encore dans le ton que donnera l'autre. Ils attendent le *la* en quête d'établir le leur, une seconde leur indécision flotte, impalpable information sur la nature de la comédie et la vérité de l'acteur, seul un expert la perçoit. Il veut nous voir, se répéta-t-elle, soudain très calme et, au fond, d'accord avec lui. Comment ne pas voir celui qu'on a fréquenté de longtemps vous perdre ou se perdre, finir par perdre le contrôle de son jeu, de sa machination, de son artifice, et pressentir, deviner que, dans le long affût dont il vous suit ou dont vous le suivez, il laissera percer, par impatience, par inadvertance ou par négligence, ce qui l'anime au fond, du fond de son âme, de son secret, qu'on lui a révélés, qu'on lui a donnés comme arme pour vous jouer.

On toqua à la porte, ce qu'ils attendaient tous deux. Ce coup étouffé, répété après un silence, elle l'accueillit d'un joli mouvement de sa nuque alanguie vers là-bas, l'autre bout du salon, longue herbe ployée dont le bref élan amorçait celui de se lever, de déplier son corps souple dans la fluide soie de sa robe. Tapotant le diamant à son lobe, elle fit un petit signe d'allégeance, amical et frondeur, à l'homme qui, du menton, lui donnait liberté de donner son spectacle à présent. Ensuite, ce fut simple et rapide, la seconde critique eut lieu sans à-coup. Du même geste qu'elle ouvrait, Louvain entrait. Il entre et referme lui-même la porte, ô chuintement exquis des huis, il s'incline. Car ce jeune attaché ne vous baise pas la main. En homme du monde il tend la sienne sans toucher la vôtre et salue brièvement, indifférent à votre existence de meuble élégant. Il esquisse un sourire, que blesse une irrésistible cicatrice, et tandis qu'il a déjà ôté son chapeau, le tenant avec ses gants contre sa poitrine, il s'avance, sans arrogance ni crainte, vous ignorant, vous tournant le dos désormais, à trois pas du saurien tapi, il s'arrête. Il ne fait révérence non plus ni n'hésite devant l'homme important, que personne ne rencontre sans qu'il en ait décidé, sans qu'il en ait lui-même calculé l'opportunité et dicté les conditions, parce qu'il est tout aussi rompu à ce jeu. Il en connaît les rouages et les lois, les applique pour son propre compte, il n'a pas de leçon à recevoir. Alors elle peut accompagner le visiteur deux pas en retrait, dissimulée par sa stature observer un temps d'arrêt qui lui donne loisir de voir le contrechamp : Grubensteiger enfin se levant, s'arrachant au fauteuil et bien plus qu'elle c'est lui, dans l'instabilité de sa posture, l'effondrement de son torse, qui offre sa face en spectacle, la face dont on perce l'obscurité, dans son ombre on commence à frayer son passage vers des clartés indistinctes, qu'il ignore, et tout en ajustant négligemment votre étole, instruite, délivrée, mutine et bienveillante vous dites alors :

— Monsieur Lange, monsieur Grubensteiger, vous êtes chez vous… Je suis décidément en retard ! Bonne soirée, messieurs…

VI

Encore sous le coup de son enlèvement, Camille restait muette. Le taxi descendait le boulevard Raspail et son ravisseur s'absentait, apparemment absorbé par les magasins et terrasses illuminés, affiches et réclames, l'agitation électrique d'une multitude errante que rien ne semblait devoir tarir, papillons de nuit surgis dans les phares. Elle l'avait attendu plus d'une heure à *La Coupole* devant son gin, différant son envie de décamper, rongeant son frein parce qu'elle avait accepté, quelle sotte, de le retrouver là, mais il dépassait les bornes. Il était enfin paru, fendant la foule entre les tables de la brasserie. Elle allait l'accueillir fraîchement, le planter là vertement, mais veston ouvert et mains nues, un air défait qui n'augurait rien de bon, il lui avait fait ravaler ses reproches en s'excusant, abrupt ; si cassant qu'il semblait l'accuser, elle, de son retard !

— Désolé. Partons d'ici. Mon taxi nous attend.

Agacé par la lenteur du garçon, sans attendre la monnaie, il réglait sa consommation. Un abus patent d'autorité qui survoltait sa contrariété mais elle s'était abstenue de protester, subodorant que le moment n'était pas aux explications, malgré tout choquée par la vivacité du ton sans réplique : était-elle de ses subalternes pour se laisser traiter de la sorte ? Lui prenant le bras sans ménagement, il lui faisait traverser la salle bondée, à peine poli pour les gens qu'ils bousculaient, ni pour le portier qui faisait patienter le chauffeur, alors, depuis qu'il l'avait jetée dans le taxi, elle se taisait, indécise, très malcontente du procédé, pourtant curieuse de la suite, attendant qu'il daigne se justifier, lui jetant en coin des regards prudents. Sans doute tournait-il les raisons qu'il dirait bientôt ? Cela n'avait pas l'air de venir, il campait dans son retranchement sans se soucier d'elle plus que d'une guigne. N'y tenant plus, elle osa rompre le silence :

— Très amusant, ce kidnapping… Puis-je savoir où nous allons, à ce train d'enfer ?

— Nous allons chez moi, laissa-t-il tomber, insensible à sa raillerie.

Chez lui, c'était un hôtel particulier, rue de Lille. Une cour pavée éclairée d'une lanterne, où les laissa le taxi sous les révérences d'un gardien accouru, qui payait la course dans leur dos. C'était un perron de trois marches escaladé en vitesse, une vaste entrée traversée en hâte, dallée de noir et blanc, escalier de pierre, rampe de fer forgée, ascenseur à banquette capitonnée, enfin le luxe auquel on pouvait s'attendre, dans lequel il se mouvait sans paraître le voir, seigneur des lieux. Au deuxième étage, pas feutrés sur le tapis, anonymat distingué, nulle plaque à la double porte blindée de son appartement. Entrer là tenait du rêve : d'un commun, le faste directorial de Choisy, comparé à celui de ce domicile ! XVIIIe siècle modernisé par un décorateur inspiré, dernier cri, pas un meuble ne devait avoir son pareil, modèle unique, signé des meilleurs designers, chaque objet, mon Dieu, une œuvre d'art, et les tableaux aux murs ! Camille n'avait guère de vues sur la peinture moderne, mais il semblait que tout le décor, dans sa stylisation géométrique et le ton également neutre, n'avait pour but que de s'effacer, de servir humblement d'écrin aux deux grandes toiles accrochées, l'une aux couleurs baroques et joyeuses, prismes, roues, fusées, tour Eiffel peut-être, manèges célestes ; l'autre d'un réalisme choquant. Hommes obèses, lubriques femelles disloquées en biseaux, en rondelles, aux nudités grotesques, grimaçantes et fardées sur fond d'une ville concassée, peuplant l'espace de présences fantasmatiques, aussi menaçantes que fascinantes, issues d'un noyau de nuit fracassée où voisinent les hallucinations de la chair et de l'esprit. Au point que la femme surgie sans bruit, tablier de linon sur robe et bas noirs, profilée par la lumière oblique d'une applique, lui parut, avec son ombre fantastique projetée au mur, une des créatures torturées surgie d'un des tableaux.

— Préparez un en-cas et retirez-vous, lui lança Lewenthal au passage, sans la considérer plus qu'une potiche. Accordez-moi encore une minute, s'il vous plaît : j'ai un coup de téléphone à donner, ajouta-t-il dans sa direction. Installez-vous.

Et il disparut au fond de l'appartement, la laissant là, sans plus de façon. La soubrette de même s'esquivait, si bien que, restée seule, au milieu de cet espace irréel, elle eut le vertige d'une actrice propulsée sur le théâtre par quelque erreur de distribution, brutalisée par un metteur en scène insensé, qui s'absentait avant la première réplique. Du trajet rapide en taxi, elle se réveillait brusquement, un ballot jeté sur le tapis, ahurie, mortifiée. Avoir consenti à ce rapt dépassait l'imagination. A retard, les accusations s'amassaient, sa colère, son dépit. Désinvolture et grossièreté, bas le masque : on peut bien singer la courtoisie, faire son homme du monde, le naturel revient au galop. Voyez mes propriétés, ma puissance, mes aises et mon train de vie, mes paquebots, mes usines, mes entrepôts, capital et intérêts, mes trophées, mes miroirs. Voyez comme je nage dans l'opulence et la beauté. Patron, c'est un art de vivre ; je ne me refuse rien. Elle étouffa un cri de guerre, d'un poing vandale cogna un fauteuil, tourna le dos à la pièce insolente, aux tableaux prétentieux, écrasa son nez sur la vitre. Qui donnait sur le noir d'une cour intérieure. Là, toits et cheminées déformés d'ombres chinoises, pans acérés découpés en escalier, et dans tout ce noir fuligineux elle crut voir la silhouette décharnée d'un fou, un assassin en fuite, montant vers le ciel urbain plein d'hostilité. L'aventure lui mettait vraiment les nerfs en pelote. L'absurde vision la rejeta vers le salon éclairé, peureusement rassurée d'y échapper.

Pourtant, derrière les murs épais, les doubles portes, les tentures : silence. Pas un bruit d'humanité ordinaire, le choc d'un verre, l'eau d'un robinet, l'écho d'une discussion dans un bureau, une chambre… Le prosaïsme de la cuisine devait être consigné à l'écart, une abstraction loin des splendeurs de cette scène, où seuls dignes de représentation s'affichaient, avec quelle suffisance, l'esprit, l'art, le raffinement. Mais qui pouvait vivre dans ce décor ? Au moins, chez M. Guillaume, c'était habité, bohème chic… Camille fit volte-face au soudain retour de la soubrette qui poussait, impeccable, une table roulante, vins fins et alcools, champagne dans seau de glace, choix d'assiettes froides… Aucun appétit pour ces fantaisies ; pourtant prête à mordre. Celle-là ferait l'affaire, puisqu'il n'y avait qu'elle à se mettre sous la dent, mais qu'y pouvait cette créature empesée d'amidon, face lunaire d'une actrice de cinéma muet, papillotant de la paupière ? Camille observa le petit ménage de son installation, ruminant de mauvaises intentions, par vengeance alluma une cigarette, aussitôt un cendrier d'onyx atterrit sur la table basse.

— Madame n'a plus besoin de rien ?

— De rien. D'ailleurs, elle s'en va.

Elle s'en allait. Que n'était-elle partie plus tôt, qu'avait-elle suivi ce malotru jusqu'ici, comme s'il fût un hypnotiseur de foire. Mais du pas que sortait la soubrette, couleur muraille, il rentrait par l'autre coulisse, ballet réglé d'un vaudeville où elle jouait les utilités. Est-ce que j'ai une gueule d'atmosphère ? Apparemment remis d'aplomb par l'aparté téléphonique, il avait quitté son air traqué et ses mines de conspirateur, la physionomie avenante, un peu lasse. Maintenant son regard, ses gestes témoignaient la souffrance discrète, la maîtrise mondaine de soi, chacun de ses traits prenait à témoin d'un petit combat personnel, le souci vaincu, virile pudeur, il n'allait pas s'étendre sur ses ennuis privés. Il allait arborer la sympathique disposition au bavardage, qui génère respect et considération, toute cette sorte de choses exténuantes.

— Bonsoir, monsieur : je m'en vais, décrétait Camille, et, résolue, traversait la pièce.

— Attendez. Ne partez pas si vite... J'ai besoin de prendre votre avis...

— Mon avis est que vous êtes un homme très occupé. En dépit des apparences : moi aussi...

— Vous m'en voulez de vous avoir bousculée, enlevée, maltraitée peut-être ? De vous avoir abandonnée quelques instants ? Seriez-vous à cheval sur les convenances ? Je vous ai connue plus hardie... Accordez-moi un quart d'heure.

— Il est passé.

— S'il vous plaît, ajouta-t-il à retard. Assez de prolégomènes. De préambules, corrigea-t-il en hâte, avant qu'elle ne réclame la traduction.

Comme avec les *moutons*, il craignait le malentendu, le *casus belli*, et elle était déjà rendue sur le seuil. Hésitait pourtant, ce dont il profita pour radoucir le ton.

— *La Coupole* était plus agréable qu'ici, les circonstances en ont décidé autrement... Je n'avais aucune intention de vous conduire chez moi, mais j'avais un appel privé à donner, qui ne souffrait aucun délai... Considérez que je suis désolé. Plus que vous ne le pensez. Rangeons nos couteaux et soyons brefs. Dans un quart d'heure, je vous appelle un taxi. D'accord ?

Elle avait l'air d'accord, revenait écraser sa cigarette dans le cendrier et s'asseyait enfin dans un pur chef-d'œuvre de cuir et bois fauves. Rien que s'y caler donnait avantage et précellence, on se sentait une femme futuriste, une épure soi-même.

— Merci. Parlons affaire. J'ai besoin de prendre votre avis. Il s'agit de votre grand-père. Sujet compliqué, mais je résume. Les notaires et nos conseils juridiques ont eu du mal à démêler sa succession. Henri de Galay n'avait pris aucune disposition pour sa fortune. Ce sont des choses qui arrivent... Son investissement dans l'entreprise, jamais évalué en bon droit, a posé toutes sortes de difficultés, des prescriptions, des archives égarées. Cela a pris des années, mais tout est résolu à présent. Les récompenses ont été chiffrées, les parts redistribuées, ce qui libère Mme Bertin-Galay : notre gestion s'en trouve clarifiée.

— Enchantée de cette happy end.

— Moi aussi. Que prendrez-vous ? Champagne ?

— Un petit coup de rouge ferait mon affaire, riposta-t-elle, très remontée.

— De rouge ?... Ah, oui ! Attendez !...

Il disparaissait encore, alors elle le suivit, sans demander son autorisation, cette fois décidée à ne plus faire tapisserie en son absence, et quand même curieuse des coulisses. C'était d'abord un corridor spacieux, dans la demi-obscurité des murs couverts de petits formats, photos, gravures et dessins qu'elle longea à toute vitesse sur ses pas, angle droit et l'on débouchait à l'office : un endroit désert, blanc laboratoire moderniste où ne traînait pas un quignon de pain, une miette. Pas une odeur, un fumet. Pas un ustensile. Y mitonnait-on vraiment des repas, des festins, y prenait-on parfois son petit-déjeuner, en pyjama, cheveux en bataille ? Ou bien les habitants de cette maison étaient-ils des êtres désincarnés ? Le maître des lieux s'y trouvait pourtant chez lui, cherchait et trouvait prestement une bouteille entamée, des verres sous protection, magnifique desserte à miroirs et structure d'acier.

— Un *petit coup de rouge*, Camille ?... Saint-estèphe, 1925. Une année de garde. J'avais des invités, hier soir... La bouteille est ouverte, c'est indélicat, mais *à la bonne franquette*. Elle a eu le temps de bien chambrer. C'est un vin d'esprit : il reste au nez autant qu'au palais. Vous aimez ? A votre santé...

Il humait, contemplait. Il goûtait, roulant le vin comme s'il le mâchait, claquait de la langue, très vulgaire. Il avait l'air content de son effet. Celui venu à sa bouche était surprenant, délicat, même pour une béotienne la bonté sur la langue, boisée, sensuelle, suggestive de toutes sortes d'images qui poussent à rire, à s'abandonner, mais elle n'avait pas l'intention de s'abandonner, plutôt celle de résister à cette opération de charme.

— Vous traitez donc vos affaires à domicile, et même à la cuisine ? A ces heures indues ? Mme Lewenthal a bien de la bonté de tolérer ces incursions...

— Mme Lewenthal ne vit pas ici, coupa-t-il sèchement. Mes enfants non plus.

Elle se le tint pour dit, se mordit la langue de son imprudence. Mais il reprenait le ton de la conversation, comme si cette mise au point ne souffrait pas plus de commentaires.

— Votre grand-père n'a pris aucune disposition, sauf en ce qui concerne les objets qu'il rapportait de ses voyages, poursuivait-il. A vrai dire, je ne sais si cela constitue proprement une collection... Cela vient des endroits les plus divers du monde. Tantôt des choses usuelles, profanes : des outils, des armes, des pièces de vêtements, des vaisselles ; tantôt accessoires religieux, objets sacrés. Selon comme on l'envisage : des œuvres d'art… Où l'art commence-t-il, en quoi la science, la technique exquise d'un artisanat s'élèvent-elles à la dimension artistique dans leur propre culture, et pour nous, qui en ignorons tout. Au statut d'œuvre universelle. Ce que nous y reconnaissons de beau tient-il à la séduction exotique, à notre ignorance de leur fonction et de leur usage, auxquels nous prêtons une aura, ou à la force autonome de leur inspiration, qui force notre jugement ?

— Je me le demande, acquiesçait Camille, gagnée par un fou rire nerveux, parce que cette soirée dépassait l'entendement, mais, craignant de l'avoir blessé, elle eut une mimique idiote pour excuse. Il en riait aussi, bon prince.

— Quoi qu'il en soit, Henri de Galay a obéi à une logique de collectionneur. De mon point de vue, l'éclectisme apparent de ses acquisitions orientales et africaines témoigne d'un discernement singulier dans ses choix occasionnels. En tout cas, sur un si long temps, d'une visée humaine accomplie, une sorte de legs testamentaire, très personnel. Un homme étonnant. Vous souvenez-vous de lui ?

— A peine. Qu'ai-je à faire là-dedans ?

— Il désigne pour héritiers ses petits-enfants. Vos cousins, Théo et vous, donc. Votre grand-mère répugne à s'occuper de cette affaire, elle m'a chargé de trouver un accord. Une solution qui satisferait tout le monde. Votre cousin, qui est commissaire-priseur à Drouot, plaide pour une vente aux enchères. Dont vous vous partageriez le bénéfice. Il y a des amateurs, aujourd'hui. Le pillage colonialiste commence à être regardé d'un autre œil… A moi, la dispersion semble une hérésie. Il faudrait songer à sa conservation… Ou bien à une donation, qui respecterait mieux son œuvre. Le Musée ethnographique du Trocadéro, rattaché depuis quelques années au Muséum d'histoire naturelle, serait sûrement preneur. Ses conservateurs sont éclairés, nous pourrions envisager une transaction, qui garantirait l'intégrité…

— Cher monsieur Lewenthal, je vous suis où vous voudrez. Votre idée est épatante. Mais je ne veux pas abuser davantage de votre vin, ni de votre hospitalité, il se fait tard…

— Sauriez-vous en convaincre Martin Guillemot ?

— Martin ! Sûrement pas. Je rencontre mes cousins une fois l'an, nous sommes d'aimables inconnus les uns aux autres. En sus, comme vous le constatez, je ferais un piètre avocat de votre cause : je n'ai aucun avis d'esthète. Quoique vos tableaux, dans le salon, m'aient fait forte impression, le temps que vous m'avez laissée en tête à tête avec eux…

— Delaunay. Grosz. Si vous m'en donniez le temps, je vous apprendrais beaucoup de choses… A goûter le vin pour ce qu'il est, sans souci d'étiquette. A regarder les œuvres de nos contemporains. Elles sont plus expertes que nous pour observer notre époque, elles nous rendent responsables de notre cécité chronique. Aussi à connaître votre grand-père à travers ce qu'il a laissé de sa vie, à vous persuader de sauver sa collection de la dispersion… Puisque vous restez, cette fois, puisque vous ne repartez pas comme une voleuse dans vos villes d'Amérique, j'aurais grand plaisir à votre compagnie. Revoyons-nous plus à loisir. Qu'en dites-vous ?

Camille n'en disait rien, pas vraiment prise au dépourvu par cette proposition directe qu'elle subodorait, qu'elle attendait, ou qu'elle craignait depuis l'autre soir, pour quoi elle avait peut-être aussi préféré ce rendez-vous à *La Coupole*, plutôt qu'ailleurs, un endroit encombré et bruyant dont elle escomptait qu'il la mettrait à l'abri de cette tentation, ou de cet embarras d'une nouvelle invitation. Finalement, ils étaient allés au cinéma *Marivaux*, voir *King Kong*. Une des premières projections où se pressait la foule alléchée par l'annonce sensationnelle, et il faut dire que c'était magnifique, effrayant, bouleversant ; la compagnie de Lewenthal tout autant, surprenante, étourdissante. On oubliait quel infréquentable patron d'industrie il était tant il se montrait simple, affranchi du protocole, se prêtant avec un naturel confondant aux plaisirs du populaire, élégant en toute modestie, et bon public, à la fin de la séance applaudissant d'enthousiasme sincère, ou alors bien simulé. Lui tendant son mouchoir, parce que l'agonie du grand singe au regard mouillé, mort d'amour pour Fay Wray lui avait tiré des larmes, comme à tout le monde. Derechef, profitant lâchement de son émoi, il l'avait entraînée chez Paul Guillaume, dans sa nouvelle maison de l'avenue du Bois, comme il en avait le projet. Ils n'avaient fait qu'y passer, tombant au milieu d'une réception entre amis et artistes, une assemblée bohème et distinguée parmi laquelle elle se sentait une Huronne, mais Lewenthal avait eu le bon goût, après avoir obtenu l'aparté urgent qu'il espérait, de ne pas s'attarder et ils avaient fini la soirée sur les quais, dans un petit restaurant de poissons, avec filets de pêche et faux crabes tapissant les murs, et des lampes-tempête rustiques sur les tables, propices à la paix des braves. La conversation avait d'abord été empreinte de défiance, chacun observant l'autre en chasseur susceptible, le tenant en respect et donnant des gages de prudence, mais il s'était montré disert avec bienveillance, comme s'il n'avait d'autre souci au monde que de trouver grâce à ses yeux, réussissant à éviter les sujets sensibles, d'un naturel confondant. Car le contentieux sportif de Choisy restait en suspens ; il avait eu la discrétion de n'y pas revenir. Non plus sur ses frasques supposées de Broadway Avenue, ni sur la vie qu'elle menait à Paris, et bientôt vaincue par tant de bonne volonté, elle s'était détendue, conquise par ce jeu d'approche. Le film de Cooper, qu'il commentait avec esprit, avait failli les mener sur un terrain miné, celui de son expérience piteuse dans la comédie musicale de son oncle, alors il avait changé opportunément de sujet, il lui avait raconté sa rencontre avec Paul Guillaume, dont elle venait de voir la riche demeure. Comment celui-ci, petit mécanicien de Montmartre, impécunieux et sans éducation, avait découvert un stock de sculptures nègres égarées dans une cargaison de caoutchouc livrée à son garage. Il les avait disposées dans sa vitrine, par goût inné pour ces formes inédites. Cette bizarre exposition attirait des artistes, par eux le garagiste inspiré faisait connaissance d'Apollinaire, le poète immense, et des artistes du Bateau Lavoir. En quelques années, Simon avait vu Paul devenir l'ami des peintres, leur marchand, leur mécène, un collectionneur de nouvelle manière, qui avait la folie de faire partager son plaisir, prosélyte et prodigue… C'était avant la guerre. Il avait eu cette chance de croiser Paul, pas plus riche que lui à cette époque, de grimper avec lui dans les ateliers sous les toits, au fond des cours où s'inventait l'art moderne, de s'ouvrir les yeux, et le cœur, une génération qui voyait tant de choses basculer.

— Mais vous n'avez pas souvenir de ce temps-là, à peine étiez-vous née, Camille, à peine poussiez-vous votre cerceau sur les chemins du Mesnil…

En l'écoutant évoquer avec émotion le temps révolu de sa jeunesse et les souvenirs personnels qu'il pouvait avoir de sa petite enfance, Camille observait qu'à mettre entre eux la distance des générations, avec tant d'insistance souligner, par une sorte de timidité ou de tact, leur différence d'âge, il se protégeait davantage qu'il ne l'épargnait et, loin de partager son point de vue, elle avait au contraire une impression joyeuse d'accélération. De même qu'elle courait après ce cerceau, dans l'élan tout de la vie avait couru vite, très vite, de plus en plus vite pour annuler ce qui les séparait au départ, lui un homme déjà fait et elle une fillette ; et s'ils avaient voyagé dans des compartiments séparés du temps, s'étaient beaucoup perdu de vue, c'était pour se trouver maintenant côte à côte sur la plateforme arrière, voir s'effacer le paysage du passé, une plaine fuyante qui, par le vertige et le bienfait de cette merveilleuse vitesse, leur donnait, dans cette lumière du voyage, de considérer maintenant l'avenir sur un pied d'égalité. L'avenir ! Le vin blanc pétillant, ou bien l'euphorie de la nuit d'été, lui donnait la sensation enivrante d'avoir liquidé un bloc de passé, épuisé vaines peurs, angoisses et incertitudes, neuve et vivante, à en pleurer de bonté gratuite ; le passé, un résidu minuscule qui n'était qu'annonce d'avenir.

Très à l'aise, désormais, dans cette ambiance bon enfant du restaurant, elle avait imaginé gaiement l'image qu'ils donnaient, un père et sa fille qu'une idylle rapproche, par jeu ou par revanche, ou par complicité, un couple que son intimité affichée tient à l'écart des soupçons. Soupçons ? Mais non, se rebellait-elle, ils n'étaient pas père et fille. Ou alors un père qui aurait son âge, d'une jeunesse permanente, avec qui traverser d'un pas allègre ces strates de temps où ils étaient passés, où avaient eu lieu si peu de choses irrémédiables, ou bien, si elles l'étaient, il suffisait de les oublier, d'un commun accord. D'ailleurs, peut-être gagné par la même ébriété, il avait cédé, il avait renoncé à son quant-à-soi et à sa prudence. Il s'enquérait maintenant de ses journées, le menton sur la main, d'une amitié qui désarmait tout à fait. A cesser de feindre, il était plus charmant, une manière vaincue de laisser tomber sa voix dans les graves, et tandis qu'elle buvait son café, que montait à sa narine le sombre arôme, elle regardait derrière la vitre l'image mouvante et silencieuse de la rue, la nuit dangereuse du dehors plein de promesses, se laissant aller à lui parler des photos qu'elle ferait bientôt sur la route de Choisy, des choses entrevues qu'elle voulait revenir voir de plus près, d'un œil objectif, disait-elle, ramenant vers lui son regard, surprise de rencontrer le sien, gris-vert, ou vert-gris de mer calme, agrandi par la lueur de la lampe-tempête.

Mais sitôt qu'elle l'avait quitté, escaladant dans l'obscurité l'escalier de la rue Buffon, brusquement dégrisée, elle était tombée à une tristesse belliqueuse, une rancune contre cet enjôleur de première, qui lui faisait si facilement oublier ses préventions contre lui et ses semblables. Qu'avait-elle besoin d'un père ? Elle en avait un, fort imparfait, et si soucieux de son imperfection que c'était peine perdue de l'en consoler. Si inquiet de sa paternité qu'elle avait passé son enfance à chercher à la satisfaire, en vain, à le rassurer et l'encourager, pauvre papa, claquemuré dans ses silences et ses scrupules, et ses soucis de savant aux prises avec les microbes, les bactéries, les virus ou les gènes, pullulement insignifiant sur les lamelles de ses microscopes. A s'user les yeux dans cette contemplation, il perdait de vue la vraie vie, cantonné dans des territoires virtuels, dont elle ignorait tout, qu'elle jalousait pour lui confisquer l'intérêt de ce père absent, jamais plus absent que quand il était présent et en face d'elle, une énigme. Avec l'inconséquence de l'ivresse, noire ivresse de son retour au bercail, elle congédiait son père, et celui-là, surgi dans sa vie récente, avec la même ingratitude, la même aversion. Considérant autour d'elle le décor du petit appartement en désordre, le désordre que Magda et elle y mettaient sans souci depuis qu'elles le partageaient, elle n'avait pas allumé, s'était déshabillée dans l'obscurité et s'était couchée, en se promettant de veiller jusqu'au retour de Magda. Tous les soirs, ou presque, celle-ci assistait à des réunions politiques en tous lieux de Paris, la coqueluche des féministes et des militants de tous poils. Elle lui en faisait le compte rendu en rentrant, le feu aux joues, l'œil allumé par ses joutes, les nouvelles alarmantes qu'elle rapportait, la tête prête à exploser, ainsi disait-elle, exaltée. Tard dans la nuit, elles discutaient dans la cuisine ou au bord de leur lit, en se faisant des tartines du miel d'Ottilia et, en quinze jours, Magda lui avait ouvert les yeux sur l'été qu'elle venait de passer, enfouie dans son chagrin stérile, ne laissant aucun écho du monde réel lui parvenir. Un désintérêt qui la navrait de remords : que faisait-elle ce soir au cinéma, à visiter les galeristes en vogue dans les beaux quartiers, tandis que Magda s'occupait des affaires du monde, exerçait son intelligence et son esprit, au lieu qu'elle se laissait subjuguer par la conversation frivole d'un Simon Lewenthal…

Pourtant, elle dépensait ses journées, elle courait Paris, suivant son programme à la lettre, avec l'obstination qu'elle savait y mettre : elle voulait trouver qui concéderait de jeter un regard sur les photos de Jos, leur conférerait existence et dignité, partagerait sa conviction. Elle avait listé les revues nouvelles, acheté tout ce qu'elle trouvait dans les kiosques, lu les critiques du photojournalisme en plein essor, visité les quelques galeries où commençait de s'exposer la photo, mais par où commencer ? Jamais de la vie elle ne se servirait de son nom pour carte de visite. D'ailleurs ce milieu se moquait du quart comme du tiers de celui des Bertin-Galay. Au jugé, elle prenait ses repères, notait des adresses, des noms dans un carnet, découpait des photos dans les journaux et les classait, avec une application d'écolière, découragée par son ignorance, son manque de discernement. Elle ne savait départir celles qui l'émouvaient, celles qui la choquaient ou la bouleversaient, rarement signées : on ne sait qui a déclenché, saisi ce que tout un regarde sans le voir : le jeu des corps, des espaces, le geste dans son exactitude, la rapidité de la vie, son instable et fugitive exigence, avec cet éclair de lucidité inimitable. Il y avait des noms, pourtant, Cartier-Bresson, Kertész, un exilé hongrois comme Jos, et Lucien Aignier, comment les rencontrer ?… Il y avait

L'Intransigeant, et *Match*, presse illustrée, magazines sportifs, mais qui s'intéresserait aux images de misères si lointaines ? Elle avait fait développer les négatifs dans un petit laboratoire du quartier, boulevard Saint-Marcel, un jeu de contacts médiocres, et tenté de sélectionner les vingt ou trente tirages qui, à ses yeux, montraient quelque chose du périple en Alabama, illustraient cet œil objectif, que revendiquait Jos. Mais que valaient ses yeux pour justifier son choix ? Que valait chaque image, sinon par le souvenir dont elle l'accompagnait, de ce qui s'était passé à côté, juste avant, ou après la prise, que ne restitue en rien la photo ? Où est l'anecdote, la prise facultative, et celle qui illumine par sa nécessité. Il fallait seulement raconter une histoire en images. Mieux qu'une histoire, il fallait que la suite des photos exprime la volonté qu'ils avaient eue, là-bas, de nommer, de désigner et dénoncer, de découvrir une réalité et une conscience. A servir ce dessein, si faible, si incompétente qu'elle gémissait de son indigence. Ni Magda, ni Simon, personne ne l'aiderait. Qui ? Sur ce constat désespérant, elle s'était endormie, n'avait pas entendu rentrer son amie sur la pointe des pieds, qui l'avait trouvée étendue en travers du lit, parmi les photos éparpillées de Jos…

Alors Simon Lewenthal pouvait bien lui faire goûter ce vin excellent chambré à point dans sa cuisine d'avant-garde, et lui promettre de l'enseigner sur toutes sortes de choses alléchantes, elle allait décliner. Elle allait signifier, polie, et ferme, que tout cela était bel et beau, que le quart d'heure avait passé, et qu'elle avait d'urgentes obligations, quand la sonnerie du téléphone retentit loin, tout au fond du labyrinthique appartement. Elle aurait dû partir à ce moment-là. Profiter de l'occasion parfaite pour s'éclipser, le laisser à ses communications privées, mais elle resta. Il le lui demanda, et elle admit d'attendre encore, une petite minute. Minute un peu longue, si bien qu'elle revenait vers le salon, s'attardant dans la pénombre du corridor à examiner les dessins et gravures au mur, surtout une femme alanguie, crayon robuste, sensuel, quand il reparut. Dans le cadre de la porte c'était un homme méconnaissable, l'expression égarée, qui lui infligeait son regard véhément, d'incompréhensible accusation ou reproche. L'orbite creuse, la prunelle errante, il semblait l'interroger sur quelque spectacle qu'il voyait à travers elle, et elle fit vers lui un pas de secours incertain, craignant qu'il ne la repousse des deux mains, comme si ce fût elle qui le menaçait. Mais il se reprit, recula à son approche comme devant un adversaire, passa une main sur son visage.

— C'est une nouvelle… Excusez-moi. Je crois que vous devriez partir. Tout de suite.

Au tremblant équilibre de sa voix, blanche, à son geste alarmant, elle fut sûre du contraire. Sur le point de défaillir, de perdre connaissance, à son cœur il portait la main, cherchant autour de lui quelque appui, aussi chuchota-t-elle, parce qu'il semblait que, d'un son de voix plus haut, il serait tombé.

— Quelqu'un… Voulez-vous que j'appelle quelqu'un ?…

Il y avait quelque chose de dissuasif, et même de provocant, dans sa manière de résister à quel assaut intérieur, une douleur. Tellement envie de rire, irrépressible, ou de pleurer, qu'il n'y arrive pas, qu'entre pleurer ou rire, pas de différence ?

— Il n'y a personne ici, que nous, finit-il par articuler. Partez, Camille.

Prête à obtempérer, elle hésitait malgré tout, de peur qu'il ne se passe quelque chose de pire si elle partait. Si elle restait aussi. Au bord d'enfreindre cette limite privée qu'on ne franchit sans risque définitif, elle inclinait à fuir, à ignorer ce qui provoquait un tel bouleversement, mais au bord du rasoir, ce fil des décisions fatales, par compassion, effroi de ne pas le reconnaître en cet homme effondré, elle osa se planter devant lui, et lancer, brutale :

— D'accord. Je vous laisse étendu sur votre tapis et je m'en vais vaquer tranquillement ! Qu'est-il arrivé ?

— Mon frère est mort.

Elle l'avait lu sur ses lèvres plus qu'entendu, mais comme elle tentait un geste vers lui, à l'aveugle, il s'éloigna brusquement, fit cette chose extravagante d'aller se poster devant le tableau de Grosz, comme s'il n'y avait rien de plus pressé que de le scruter soudain, avec une intensité hagarde, afin d'y vérifier un détail. De retrouver tout de suite un signe parmi les figures grimaçantes et grotesques, niant de la tête, acquiesçant, surpris et peu à peu convaincu que les ombres indéchiffrables dansant devant ses yeux, ses yeux seuls, lui apportaient une réponse, qui sembla le hérisser de dégoût. D'un long frisson, il s'en détachait, à regret quittait cette contemplation absurde et, avec accablement, incrédule, il la prenait à témoin, comme si elle pouvait juger de tout cela, mais elle avait beau aller de lui au tableau, revenir à son visage décomposé, elle ne comprenait pas davantage.

— J'étais en retard à notre rendez-vous parce que je suis resté longtemps avec lui, finit-il par dire d'une voix éteinte. Je n'avais qu'une hâte, en revenant ici, le rappeler. Je lui ai parlé, il y a moins d'une heure. Il est mort.

Comme Jos, en une seconde, pensa-t-elle. Dans l'air orange du soir, la bonté du ciel, l'éclair foudroyant. Un suspens aérien, que rien ne sauve.

— Mais quoi ? souffla-t-elle très bas, terrifiée par ce qui se présentait. Un accident…

— Accident ?… Une sorte.

— Vous avez un frère… Où est-il, où cela s'est-il passé ?

— Il écrit, il est philosophe. Convaincu que la bonté gouverne le monde ! Le Bien, la raison. La clarté des Lumières, imaginez bien… Philosophe, qu'est-ce que cela ? Il est mort, à présent. Il n'est pas religieux. Les apparences trompeuses n'ont pas de prise sur lui. Nous avons été élevés dans l'esprit de justice, d'ordre, de rigueur…

Il eut un hoquet, haut-le-cœur qu'il ne semblait aucunement soucieux de réprimer, non plus de prendre quelque décision que ce soit, assiégé par des pensées pénibles qui faisaient leur chemin en lui, et dans ce chaos il cherchait une issue, avec la même intensité que parmi les détails du tableau.

— Il a connu une jeune fille, avant la guerre, dit-il brusquement, comme s'il venait de se rappeler une chose importante. Elle l'aimait, nous le savions tous, et il ne la voyait pas se languir de lui. C'est si triste de passer à côté d'un amour, mais ce qui vous manque, le cherchez-vous vraiment ? Que lui a-t-il manqué ? Deux ans de guerre, le front de la Somme. Elle s'est découragée, elle a fini par épouser un de ses amis ; il est le parrain de leur fils. De mon fils aîné aussi, il est le parrain. Professeur à Henri-IV. C'est un très bon lycée. Normalien, élève de Bergson, avant la guerre. Il suivait ses cours au Collège de France comme on va au temple. Entre les quatre murs de sa pensée, sans plier. Un être doux, inoffensif…

— Où est-il maintenant ? Ne devez-vous pas, tout de suite… Peut-être n'est-il pas…

— Un des êtres les plus purs en morale, coupa-t-il avec emportement, et cette protestation sembla le satisfaire tout à fait. Asseyez-vous. Voulez-vous boire avec moi ?

Il ouvrait fermement une bouteille de cognac et versait deux verres, avec la sévérité excessive des gens qui se défendent d'une colère, en tendait un à Camille, submergée de honte, de désolation, tellement interdite par cette nouvelle affreuse, cet homme en proie au plus grand désarroi, qu'elle n'osait rompre son discours décousu, risquer quelque parole déplacée, ni refuser de s'asseoir, de prendre le verre, et il la regardait avec inquiétude, cherchant à assurer sa perception, comme s'il ne l'avait pas vraiment vue jusque-là.

— Dieu, que vous êtes belle, Camille, murmura-t-il pour lui-même… Voulez-vous que je vous ramène ? Voulez-vous un taxi ? Vous êtes quelqu'un de bien. Fallait-il que vous tombiez là, ce soir, pauvre enfant. Excusez-moi... Vous n'avez pas peur de boire avec moi, n'est-ce pas ? Buvons. Ensuite, rentrez chez vous.

Elle avalait l'alcool d'un seul coup, sans suffoquer ni ciller.

— Ne vous inquiétez pas pour moi : ensuite, je rentre. Enfin, me direz-vous ce qui s'est passé ?

— Il a fait une chose... Rien ne pouvait l'empêcher. Il est allé à Berlin, en avril. Il y a appris qu'il était juif. Un accident, en effet...

Il eut un rire bref, vida son verre.

— De quoi mourir, en vérité. Vous trouvez que je ne suis pas très pressé d'aller là-bas ? Ne vous inquiétez pas. Je vais y aller. Je vais aller reconnaître le corps d'Alain Lewenthal. Il avait ses papiers sur lui. Les voisins le connaissent. Je vais y aller, tout de suite. Rien ne presse : il n'a plus besoin de moi. A présent, je ne suis plus inquiet. C'est horrible à dire... Depuis des mois, je n'ai pas passé une heure sans redouter cette nouvelle. On chasse cette pensée, mais elle insiste, on finit par l'apprivoiser, sans le savoir. Voulez-vous que je vous dise ? Je suis soulagé. C'est monstrueux, mais c'est vrai. La vérité est affreuse. Il est tombé de sa fenêtre. Un accident ? On le dira. Il a sauté, je le sais. Je le sais, absolument. Il est mort à Berlin. Regardez Grosz.

Et sans se retourner, il désigna le tableau qui semblait, seul au milieu du mur environné d'ombre, rayonner d'une puissance maléfique, ses créatures abjectes, hideuses de gaieté, des insectes voraces grossis par un miroir déformant.

— Voulez-vous que je vous accompagne ? Où faut-il aller ? Je vais y aller avec vous... plaida-t-elle faiblement.

Elle claquait des dents, un tremblement incoercible monté de sa nuque aux mâchoires, le cœur au bord des lèvres d'une nausée soudaine. Je vais aller avec vous, sinon on court seul dans les rues, égaré, moins qu'un chien. On retient les gens en suspens dans l'air de toutes ses forces, on en perd la raison. Elle tendit son verre, qu'il remplit de nouveau et elle but à petites lampées, cherchant à imiter le calme qu'il affichait maintenant. Il s'installait vraiment, croisait ses jambes, scandaleusement détendu, dans cet apaisement insolite des gens qui viennent d'apprendre qu'il est trop tard.

— Que va-t-il donc faire à Berlin ? Mais penser, voyons ! Croyez-vous qu'il y ait une place pour les philosophes aujourd'hui, à Berlin ? Une association internationale de philosophie l'invite. Inconscients, tous autant qu'ils sont, intellectuels, hommes mûrs et pleins de sagesse, jeunes étudiants idéalistes. Ils se réunissent dans une salle de café. L'université est interdite aux juifs, savez-vous ? Alors, par solidarité, les non-juifs bien-pensants vont au café avec les juifs. Héroïques ! Dans une arrière-salle enfumée, ils s'adonnent à leurs nobles spéculations et ils croient, les imbéciles, que le monde tourne sans eux, qu'ils peuvent impunément converser d'idéal dans un pays en état de siège, où désormais l'ennemi n'est personne et tout le monde. Pas d'armée à vaincre, pas d'embuscade : l'armée est civile, partout levée, en masse. Les civils, tous ceux que vous croisez dans la rue, celui qui rentre du bureau avec son journal, les écoliers venus en rang au musée, la femme que vous aimez, l'ouvrier et son patron, le marchand de ballons... En sortant du café, ils se sont trouvés avec ces gens de la rue, leurs semblables, qui saccageaient un magasin juif voisin, boycott, jeu de massacre à la fête des enfants, hors de vue des parents. Il n'y a plus de parents, permissivité totale. Des camions sont arrivés, des milices SA, alors roués de coups, barres de fer. Jetés à terre, molestés. On tâche de se défendre, mais cela ne dure pas. Obligés à se déshabiller, battu pour ce déshabillage. Vous voyez ? Mon frère a dû enlever son pantalon, son caleçon, ramper en chemise. Nettoyer le trottoir. Avec ses vêtements, et puis avec ses ongles. Avec sa langue. Il l'a fait. Il a craché et léché de son mieux les aspérités, les immondices. Mais, assez vite, il n'y a plus de salive, la langue à vif. La langue est une muqueuse. Il léchait avec son sang, ses vomissures. Il l'a fait. En exposant sa nudité, vous comprenez, à quatre pattes...

Il concentrait son attention sur le verre, les gouttes d'alcool doré qui en nappaient le fond et qu'il faisait glisser avec précaution d'un bord à l'autre. Suspendue à ce geste, Camille ne bougeait plus, atterrée, laissant le silence retomber, et dans le désastre de ce salon luxueux, eux deux installés comme à une banale conversation, la scène antérieure semblait actuelle, aussi chaotique, invraisemblable et toxique que les figures ignobles du tableau, la représentation d'un cerveau fou, qu'aucun être de raison ne pouvait concevoir ni admettre.

— Cela vous choque, n'est-ce pas ? Les mots qu'on met là-dessus ? On se demande s'il est possible de parler de cela sans honte des mots. Je le fais à vous, pourtant. Ce ne sont pas les mots qui sont honteux. C'est leur pauvreté. Pardonnez-moi. Je suis désolé. Il aurait mieux valu pour vous de partir tout à l'heure.

— Je ne suis pas partie. Je n'ai pas peur de vous, ni des mots.

— Alors écoutez bien. Nous sommes juifs, d'Amsterdam. En France depuis trois générations, laïques, agnostiques. Rien ne distinguait mon frère de ses compagnons du café. Ils ont été pris en otage de cette messe ignoble parce que l'un ou l'autre a voulu s'interposer, empêcher le sac, ou seulement protester. Rien ne le signalait, entendez-vous ? Mais là, sur ce trottoir de Berlin, il a appris qu'il était juif. Même s'il ne l'avait pas été...

— A son retour... Qu'avez-vous fait ? A-t-il porté plainte ?

— Plainte ? Auprès de qui ? De quoi ? A son retour, il s'est remis de ses ecchymoses. Il n'a pas jeté ses vêtements. Il les a portés à laver. Il m'a raconté ce qu'il avait fait, sans honte des mots. Ni humilié ni révolté. Il n'avait haine ni mépris. Il disait que c'était quelque chose à quoi il était préparé, qu'il savait faire, de toute son âme. Il disait que, sans le savoir, il avait passé toute sa vie à apprendre pour en arriver là, le faire. Il n'en avait pas encore eu l'occasion, elle s'est présentée et cela le complétait, l'achevait. S'il n'avait fait cela, sa vie n'aurait pas été complète, il n'aurait pas atteint cette limite de l'apprentissage poussée à son extrême perfection. Il disait : Une perfection qu'on doit entrevoir peut-être en naissant, en sortant, ébloui, du tunnel de chair, du magma, cet accueil éblouissant d'un monde qu'on ne connaît absolument pas, qui vous propulse vers des confins impensables. Naître vous les promet, mais vous ignorez comment y accéder. Cette chose horrible, vous ne parvenez pas à l'imaginer. Il devait faire cela, vital et mortel, et il comprenait qu'il n'était pas seul. Ceux qui le battaient avaient aussi à le faire, à le rejoindre hors des limites, dans la pureté, oui la pureté du mal où il se trouvait, et s'ils le lui demandaient, s'ils le voulaient pour lui, c'est qu'ils savaient déjà combien cette connaissance était indispensable et qu'avec bonté, oui, bonté, ils la lui enseignaient.

Il y eut un silence pendant lequel Camille pensa absurdement à ce qu'elle avait vu de la fenêtre, la fuite d'un criminel courant au bord des toits, vision de cauchemar.

— Vous pensez qu'il était devenu fou, n'est-ce pas ? Je le croyais aussi. Je l'ai persuadé de consulter un aliéniste. Il y a une semaine, il a cédé, par bonne volonté, pour me faire plaisir. Savez-vous ce qu'il m'a dit ensuite, avec commisération, une indulgence navrée : Ce pauvre homme est *limité.* Il avait raison. Lui était passé hors limites. Pas fou, au contraire, plus sain d'esprit et lucide que son médecin, que vous et moi. Déjà mort, comprenez-vous ? L'air d'un vivant, il s'habillait et lisait, il sortait dans les rues de son quartier, à Daumesnil. Il achetait le journal, il corrigeait ses copies. Mais mort. En décomposition, debout. Radiographié par cette vérité vraiment illuminante. Il en cherchait en vain une autre de remplacement, pour la mesurer, ou la juger, pour l'invalider. Une idée qu'il aurait rencontrée auparavant, de celles que son cerveau avait construites et comprises ou entrevues, les pensées de Bergson ou de Leibniz, celles de toute notre culture... Aucune n'était comparable, ne pouvait égaler celle-là, pure, achevée, révélée sur le trottoir de Berlin. Je l'ai quitté ce soir, très tranquille, paisible, sûr de m'avoir convaincu que tout était bien. Malgré tout, inquiet, je lui ai téléphoné en arrivant ici. Il m'a dit : *A présent*, tout va très bien. Je n'ai pas compris que c'était *à présent*.

Elle vit qu'il pleurait mais il ne s'en rendait pas compte, cette eau des yeux était sans importance devant elle. Il pouvait devant elle dire les choses impensables et nues et avoir les larmes qu'on retient devant un tiers, mais elle n'était pas un tiers. Elle était là juste au moment où il commençait à comprendre la nouvelle de cette mort, où il aurait dû être seul, seul avec cette pensée impudique, inabordable, qui ne souffre aucun regard, et si elle a un témoin celui-ci doit n'être personne, ne tenter rien qui la dérange ou la dissipe, la juge et la console, il doit être celui qui recueille et se tait. Camille se taisait, elle recueillait son regard à travers ces larmes sans importance, et comme il tendait sa main, elle la prenait, elle n'avait rien d'autre à donner que la pesée silencieuse de sa joue dans sa paume.

A la sortie du métro, Camille et Magda clignèrent des yeux, éblouies par la vigueur du soleil bas. Un dernier rayon perçait les nuages, posait sur les toits de zinc, au faîte des marronniers, une lueur soufrée que reflétaient le pavé et la jonchée des premières feuilles mortes, cet or et ce gris magnifiant le triste décor urbain d'un dernier éclat, éteignant de leur force les enseignes déjà allumées et l'éclairage des cafés, mais presque aussitôt la rue sombra dans la grisaille. Prises dans la foule du métro qui se dispersait sans hâte, elles hésitaient sur la direction à prendre, aussi ignorantes l'une que l'autre de ce quartier populaire. Au carrefour du boulevard de Charonne et de la rue d'Avron, les gens formaient de petits groupes autour du kiosque à journaux, il y avait foule à la terrasse du coin, sous les auvents rayés du *Café de l'Olivier*, des clients bruyants, hélant un passant ou sifflant les filles, le long des boutiques, laiterie et cordonnerie. Jusqu'au grand bazar aux devantures encombrant le trottoir, des femmes s'attardaient, cabas au coude, entourées d'enfants pendus à leurs tabliers. Quelques constructions modernes, flambant de la brique rouge des habitations à bon marché, dominaient de leurs étages l'enfilade de la rue, mais c'était surtout d'anciens immeubles bas aux persiennes vermoulues, aux vieux toits de tuile, des murs d'enceinte que dépassaient des cheminées d'usine, palissades couvertes d'affiches, un faubourg ouvrier dont l'animation grondante leur tournait la tête.

De ce pas, elles se rendaient à un meeting que Magda ne voulait manquer à aucun prix avant de repartir et elle avait mis, à convaincre Camille de l'accompagner, une fougue dont celle-ci n'avait pas besoin pour se décider, curieuse qu'elle était d'assister enfin à l'une des réunions auxquelles courait Magda, qu'elle entourait de mystère, sans lui en donner l'adresse ni le motif. Cela se passait la nuit, dans des quartiers éloignés et quand elle rentrait, elle était trop fatiguée pour lui en faire le récit, ou bien Camille dormait déjà. Rien à voir avec les matinées mondaines où elle l'avait entraînée plusieurs fois. Des réunions de féministes néophytes autour d'un thé, chez des glaciers élégants, ou au fond d'une librairie. On y conversait avec politesse, on y écoutait religieusement la lecture de manifestes pour la cause des femmes, avec un frisson d'effroi quelques audaces lesbiennes que déclamait une poétesse en cravate et veston croisé, un cran gominé plaqué au front. Camille s'ennuyait ferme, sans trop le manifester, attendant que Magda prenne enfin la parole, de sa voix rauque et fervente électrise l'assemblée des petites dames, déclenche l'enthousiasme soudain de leurs applaudissements. Elle y parlait en termes crus de la viande des hommes hachée par la guerre, que les femmes honnissent, elles qui en supportent le mal en silence ; de leurs ventres colonisés, des enfants qu'elles portent sans en avoir le choix, et de la paix qu'elles veulent pour eux ; des confiscations d'argent, de chéquiers, des cœurs battus, des désirs refoulés, de la solidarité féminine que les frontières des pays et les classes sociales interdisent, du travail qui libère, du salaire qui émancipe.

— Tu perds ta salive, protestait Camille, crois-tu gagner ces coquettes à ton combat ? Ce soir, elles harasseront pareil leur bonne et enfileront leurs chaussons à leur époux.

— Il n'y a pas de mauvais public, se défendait Magda. Le meilleur est celui qui reste à convaincre. Il faut agir et plaider partout, surtout auprès de celles-là, les plus protégées. Les secouer de leur léthargie, tirer les rideaux de leurs fenêtres et leur découvrir des horizons, serait-ce celui de leur jardin. Chacune a un père, un mari, un amant dont elle subit la loi. Elles savent bien, toutes, qu'elles ne s'appartiennent pas, même si elles ont l'air satisfait de leur sort. D'ailleurs, elles viennent passer leur après-midi là, écouter ces choses qui les remuent. Entre deux causeries de perruches, le doigt en l'air, elles boivent du petit-lait à mes discours musclés. Je fais le bonimenteur de foire ; ça les amuse, moi aussi. Mais sans y penser, un mot, une idée fait son chemin : elles finiront par exiger leur droit de vote, tu verras.

Camille, ébranlée par l'exemple, gardait pour elle ses doutes, relançant quand même la discussion pour le plaisir d'être querellée par la belle parleuse, dont elle serrait tendrement le bras, émue et envieuse de sa foi militante. Quel étrange couple faisaient-elles sur les trottoirs, Magda avec sa coupe au carré, en robe plissée et paletot cintré, et elle en garçonne, sac au dos et sandales de toile, marchant de front contre le vent, volubiles et complices, l'une faisant la leçon à l'autre, collégienne indocile. D'où Magda tirait-elle sa colère, son indignation et cette énergie combative, de quel fond de révolte, de quelle expérience ? Que de chemin parcouru depuis deux ans ! A Constance, elles étaient encore de si jeunes filles, hésitantes et désarmées, livrées comme autrefois à la malfaisance d'István, à sa morgue et ses intimidations, réduites à le fuir plutôt qu'à l'affronter... Si elles ne reparlaient pas de ce séjour, c'est que son souvenir devait leur laisser le même malaise d'avoir encore été son jouet, le sentiment bas d'être assujettie, humiliée par la laideur. Depuis, chacune avait osé des actions inédites, elles avaient mué, et grandi chacune à leur manière, sans élucider ce qui les réunissait si bien, et c'était si joyeux de s'essayer l'une à l'autre, de se mesurer. Pourtant inégales, ce n'était pas la moindre des craintes de Camille que de trouver son amie mûrie par son engagement, haussée à des idées qui embrassaient la société tout entière, forgée par des luttes collectives dont elle ignorait tout, quand elle, de son aventure sur les routes d'Alabama, ne tirait qu'une crise intime sans grandeur, dont elle n'osait s'ouvrir à Magda. Celle-ci était si admirative pour ses coups d'éclat, qu'elle eût tout quitté pour suivre Jos, affronter les réalités de la crise américaine, aussi qu'elle se soit embauchée à la chaîne d'une usine, actions de si grand prestige à ses yeux que Camille, de peur de la décevoir, taisait son sentiment. En réalité, il n'y avait rien de glorieux à ses foucades ; en réalité elle n'obéissait pas à de nobles idées, mais à des motifs privés, si confus, dès qu'elle tentait d'y réfléchir, que Magda aurait été consternée par cet aveu...

Alors, ce soir, elle la suivait hardiment, impatiente d'assister enfin à une réunion sérieuse, pénétrée par la gravité de la circonstance, car Magda l'avait prévenue du risque : c'était un meeting illégal. Il s'en tenait un peu partout, en contravention avec la loi interdisant toute réunion ou prise de parole publique par des émissaires étrangers, tolérés sur le sol français mais suspectés de porter le désordre et l'insécurité. Depuis que Gorgulov, un Russe dément, avait assassiné le président Doumer en mai 1932, bien que ce crime fût sans motif politique, une virulente campagne de presse dénonçait étrangers et réfugiés, nourrie des attentats et règlements de comptes entre fascistes et antifascistes italiens, et roumains, qui défrayaient la chronique ; contre les exilés allemands indésirables, les juifs fuyant leur pays, dont l'afflux affolait l'opinion. Les appels se multipliaient contre leur danger pour la santé publique, leur concurrence sur le marché du travail. La France comptait plus d'un million de chômeurs : ils prenaient le pain des nationaux, apportaient les miasmes du peuple allemand, la tuberculose et la syphilis, et les ferments séditieux de leur propagande. Comment admettre sans contrôle ces véritables déchets humains ? Leurs femmes se livrent à la prostitution, les enfants maladifs encombrent les rues ; de même intellectuels et artistes, répandant de dangereuses théories, inassimilables par la culture française. "Ils avarient notre patrimoine national", accusait l'Action française dès août, et même Henry Béranger, le président de la commission interministérielle des réfugiés allemands, prévenait que la France voulait bien être "une voie de triage mais pas une voie de garage", d'accord avec Chautemps pour le quota des visas, désormais consentis au compte-gouttes... Tout cela, Magda l'expliquait à l'oreille de Camille dans le métro : la préfecture interdisait le meeting auquel elles se rendaient, comme bien d'autres qui se tenaient un peu partout, en toute clandestinité. Ce soir, des étrangers irréguliers y prendraient la parole, invités par les syndicats et les associations. Le faubourg d'Avron et de la Réunion accueillait nombre d'immigrés, installés de longue date, pour certains d'avant la guerre, logés dans des immeubles insalubres, près des fonderies, des fabriques de colle ou de bougies stéariques, de térébenthine, de caoutchouc, les dépôts de poudre, les ateliers de carton-feutre et de cuir, les briqueteries et les menuiseries qui les employaient à bas prix. Sans compter les chômeurs sans-abri, hébergés par l'Œuvre de l'hospitalité de nuit, du boulevard de Charonne, ou la Fondation de la Croix-Saint-Simon, accusées de faire de ce quartier un repaire grouillant de tous les peuples apatrides. Pourtant, le spectacle du soir, tous ces gens attardés sur les trottoirs et aux terrasses des cafés, semblait bien paisible, et les visages amènes. Rien ne les distinguait de la population parisienne, ni de celle des banlieues. Ils avaient la tête de tout le monde, ne manifestait rien que la pauvreté universelle des laissés pour compte.

Mais déjà, sans laisser Camille songer davantage, Magda l'entraînait d'un pas vif, ayant trouvé sa direction. Comme si le quartier n'avait pas de secret pour elle, elle remontait le boulevard vers la rue des Vignoles, la laiterie, œufs, crème et fromages, qui en faisait le coin, un immeuble de guingois, surmonté d'une réclame dont la peinture tombait en lambeaux sur le mur lépreux. Une fois quitté le boulevard, la rue coudée et pentue offrait un assortiment de constructions décrépites, mauvaise pierre ou torchis délabré, le trottoir alternant terre battue et pavement déchaussé par l'écoulement des rigoles, des immondices jusque dans le caniveau. Des femmes bavardaient d'une fenêtre à l'autre, sans souci des passants, et sur la chaussée jouaient de jeunes garçons dépenaillés, jambes maigres, genoux cagneux, pieds nus dans les galoches, que surveillaient de pensives fillettes, des bébés plein les bras. Par les portes ouvertes sur la rue, on entrevoyait d'étroites cours humides où pendait du linge, lâchant des effluves de lessives aigres prenant aux narines. Ce n'était pas grande misère, mais une gêne et un abandon que les cris et les jeux coloraient de gaieté factice, toute cette agitation avait une brutalité qui mettait Camille mal à l'aise comme si le spectacle lui en était destiné. Magda escomptait-elle lui en faire la leçon ? Elle pensa à retard qu'être venue là était d'une bêtise inqualifiable, qu'à assister en touriste à ce meeting politique elle se donnait le beau rôle, et pour ce qui est de la misère, je suis édifiée, il me semble. Jos et moi, nous avons donné. Mais qu'avait-elle besoin de convoquer Jos à cet instant pour se défendre, et de quoi ?

Magda pressait le pas, jetant des regards dans l'enfilade de ruelles s'enfonçant entre les maisons, cherchant parmi celles, au nom bizarre, qu'elles croisaient, impasse de Satan, impasses Poule et Rançon, le passage qu'on lui avait indiqué... Elles revinrent sur leurs pas, hésitant à demander une indication. Enfin la Robelloise ! Si étroite qu'un volet ouvert touchait presque le mur d'en face. A son coin, un débit de boissons faisait aussi épicerie, à l'enseigne du *Père Aimable*, peinte de bleu au fronton, une sorte d'estaminet aux rideaux tirés à mi-vitres, derrière lesquels des consommateurs se penchaient pour les voir passer, de même le patron depuis son zinc, qui tirait du vin à la cantine avec l'entonnoir. Elles enfilèrent prestement la ruelle, évitant la rigole centrale en déclivité, suivant d'autres personnes furtives, qui allaient au même rendez-vous, glissant entre les murs et s'engouffrant soudain derrière elles par une porte d'atelier aux gonds à gros clous, entrebâillée sur un enclos. La surprise que ce jardin ! Ses charmilles jaunies effondrées sur des arceaux de fer, des arbustes échevelés tapissant les murs et se répandant en broussaille sur le pavé moussu... Mais jonché de guenilles, encombré de barriques défoncées, d'égouttoirs, culs de bouteilles vertes, avec au milieu de vieilles tables et chaises rouillées, vestiges d'un clos charmant où l'on avait dû s'attabler autrefois, chanter et rire, écouter de la musique sous les treilles au printemps, que l'abandon et l'automne finissaient de ruiner. A travers les branchages, on apercevait au fond, entre de gros piliers de brique, les vitres éclairées d'une grande salle qu'on n'aurait pas imaginée de la rue, une guinguette du quartier tombée à l'oubli, ou un atelier vidé de ses machines.

Elles s'essuyèrent les pieds dans la sciure du seuil, et découvrirent, sous l'antique verrière d'où tombait le halo jaune de lampes industrielles, la profondeur obscure de la salle où des groupes déjà nombreux accueillaient les nouveaux venus d'embrassades brèves. A peine une rumeur montait-elle, mais la tension était palpable, celle des préparatifs de quelque cérémonie. Pourtant, en ce crépuscule frileux une chaleur humaine contagieuse émanait de cette assemblée grossie d'instant en instant, venue du poêle de fonte qu'une femme aux bras nus bourrait de charbon, ou de l'affairement de tous, qui déroulaient des tissus au nom des associations et les piquaient sur le mur du fond, tandis que d'autres installaient des chaises, des bancs de fortune. Cela dans une improvisation apparente que l'efficacité de leurs gestes démentait, comme entraînés à dresser ou défaire la mise en scène et l'escamoter, rendre à la minute la salle à son aspect ordinaire de plancher de bal désaffecté. Il y avait beaucoup d'hommes, de tous âges, en vareuse ou chemise, la casquette vissée sur le front ; nombre de femmes aussi, plus jeunes, certaines en vêtements de travail, encrassés de cambouis, blanchis aux genoux, mais leurs foulards noués sur la nuque, les couleurs plus claires des étoffes mettaient ci et là des touches de gaieté et vers l'une d'entre elles se dirigeait Magda. Celle-ci, la reconnaissant, l'embrassa aussitôt d'une accolade et tirant à elle Camille qui restait en retrait, la jeune fille la présenta, *une des nôtres.* Alors la femme l'embrassa aussi, d'une rude empoignade, qui la fit chanceler. Le temps qu'elle se trouvait contre elle, elle respira l'étrange parfum de sa peau, un mélange salin et fruité, des sueurs d'enfance dans les foins, ou de tendre sommeil, qui la fit la regarder ensuite curieusement, tandis qu'elle s'écartait pour un bref aparté avec Magda. Cette grande femme mûre et solide, dont la nuque blanche avait une inclinaison étonnamment juvénile, était pour le reste d'une force chevaline, dans son port d'une assurance de chef, le nez fort et le front tavelé, l'ampleur féminine de ses hanches perdue dans la robe à gros plis, mais de curieuses mains menues, voletant comme papillon tandis qu'avec autorité elle informait Magda de quelque nouvelle récente à voix basse.

— C'est Suzon, soufflait la jeune fille revenant à son amie, et elle chercha du regard un coin confortable.

La salle s'emplissait sans cesse et, ne trouvant pas un siège, elles s'adossèrent à la vitre, derrière laquelle le jardin s'obscurcissait. Suzon ? Ce nom devait suffire, sans doute, mais Camille en demanda davantage, jetant des coups d'œil vers la foule que le halo des lampes défigurait d'ombres portées inquiétantes.

— Suzanne Valadon, correspondante d'atelier de la SFIO. Elle travaille à l'usine Letang-Rémy. J'adore cette femme.

Camille eut un pincement de jalousie pour tant de prestige, et se rencogna contre un pilier, dans l'expectative. Plus un siège libre. D'ailleurs, parmi les premiers rangs, tous restaient debout aussi, au point qu'on ne voyait rien de la table où devaient se tenir les orateurs, qu'on enlevait soudain à cause de la presse, les tréteaux prestement repliés pour faire plus de place, et, sans transition, un homme prenait la parole. Inaudible d'abord, au point que Camille crut qu'il ne s'adressait qu'au cercle le plus proche, mais de place en place le silence gagnait sans qu'il élevât la voix. Celle-ci sembla enfler, porter par ondes douces et fermes jusqu'au fond de la salle, pleine maintenant. A peine Camille l'écoutait-elle, étourdie par cette discipline commune, impressionnée par le silence subit qui régnait à présent, obtenu sans qu'un ordre fût donné. Elle observait les visages graves, aiguisés d'attente, tous les regards braqués vers cette place où l'orateur se tenait, se haussant pour le voir entre les épaules. Lui-même ne regardait personne, visait au-dessus des têtes quelque interlocuteur qui les résumait tous, articulant brièvement mais sans hâte un discours plein d'allusions que l'assistance entendait, opinant du chef chaque fois qu'il détachait un mot, ou le martelait du poing sur sa paume, et cela la fascinait tellement qu'il eut fini sans qu'elle comprît ce dont il s'agissait. Déjà il s'effaçait, laissait la place à deux hommes qui se tenaient près de lui. Il les poussait au-devant, des deux bras passés à leur épaule et la foule reflua vers eux, refermant davantage le cercle des corps, dans une houle d'émotion et de murmures qui moururent aussitôt.

— Qui ? Qui est-ce ? chuchota Camille, à l'oreille de Magda.

— Chut ! Des socialistes italiens, les frères Zamorri. Umberto et Giuseppe Zamorri…

Autant que celui de Suzon, ce nom devait désigner quelque autorité considérable, alors, rejetée à son ignorance, Camille décida de ne plus rien demander et d'écouter de son mieux. Des frères, on ne pouvait en douter. La même stature élancée, membres longs et maigres, musculeux, le teint hâlé et des yeux ardents, de belles figures qu'elle voyait se détacher sur l'ombre enfumée de la salle en profils de médailles, front haut, nez droit aux narines larges, et l'aîné, une barbe soignée, portait au cou un anneau d'or, que l'échancrure de sa chemise découvrait dans la toison noire de sa poitrine, tandis qu'il levait haut son poing fermé, pour scander son discours. Il avait une élocution aisée en français, que son accent faisait chanter, mais grondante de courroux, avec des accès quinteux qui enrouaient sa gorge, une voix si phosphorescente que Camille retint un sourire pour ce déploiement de charme et d'emphase. Où donc avait-elle la tête, au lieu de se concentrer, au lieu de se pénétrer de ces paroles décisives, au lieu de s'instruire ? Car l'homme parlait de liberté, de démocratie, d'effacer les frontières, celles des cerveaux et des cœurs, enfants de demain, camarades. Ce mot brutal, ni féminin ni masculin, elle en avait des frissons à la nuque, elle écoutait une histoire d'emprisonnement, d'évasion et d'exil forcé auquel un héros persécuté, apparemment connu de tous, devait sa notoriété. L'homme lui rendait hommage avec ironie, mais il dénonçait le sacrifice personnel qui dessert la cause commune.

— Pour assurer les réseaux de solidarité, faire circuler nouvelles et colis, fabriquer les papiers dont nous avons besoin, il faut choisir la nuit. Nous n'en sommes plus à l'affrontement public et démocratique. Vous êtes plus de cinq mille Italiens dans ce quartier. Avec nous, Espagnols, Polonais, nous sommes en guerre ! Soyez prêts à tout sans prendre aucun risque : celui qui est arrêté manque à notre lutte. Socialistes de tous les pays, le fascisme est notre ennemi commun. Communistes, rejoignez-nous, ne faites pas l'erreur de nos camarades allemands… C'était très enlevé, téméraire, mais Camille ne comprenait pas qui visait ce discours. Qui ces deux frères représentaient-ils, dont le cadet se taisait, la boucle noire sur le front et la bouche petite, froissée d'une moue chagrine ? De qui étaient-ils émissaires pour porter de tels mots d'ordre ? Il y eut soudain deux ou trois interpellations au fond de la salle, incompréhensibles, qui firent rire l'assemblée, et l'aîné reprit : Polonais, Allemands, Espagnols, Italiens, tous avec les sociaux-démocrates, contre le fascisme et le totalitarisme ! Socialistes, debout ! Camarades, pensez à nos frères trahis de 17 !

Il y eut un chahut, des heurts. Un s'était dressé, il approchait. Un vieux en costume de ville lustré, joues effondrées sur le col sans cravate, propret et trapu, assez costaud pour fendre du coude la foule des corps : J'en étais, moi, de 1917 ! Furibond et calme.

— Moi, j'étais marin à Kronstadt. On a écrasé Kazan, les mutilés, trois jours à crever sur place, les yeux arrachés, la carte du Parti épinglée sur la veste pour leur apprendre : les bolcheviks ont vaincu grâce à nous, et alors, c'était quoi, 1917 ? C'était quoi ? Explique-leur !

Il balbutiait, roulant de terribles consonnes, trébuchait sur un mot, rattrapait l'autre en perdant une syllabe.

— La famine, chez nous, à millions de morts, pas de pain, ils mangent les enfants, où est la démocratie des soviets ? Ah, ah, 1917 ! Lénine, Trotski, des menteurs, des tricheurs. La Tcheka massacre. La révolution vraie, la pure, on l'a faite, nous, en octobre, Commune libre des soviets de Kronstadt ! Avec Petrichenko, on déchire nos cartes ! Les ouvriers de Petrograd, les cadets aussi : liberté et justice ! Des traîtres, à la solde des blancs ? Contre-révolutionnaires ? Lénine a menti. Chien ! Huit jours, Kronstadt plein de mines, l'offensive du 8 mars, tu connais ? Nous les marins, on écrase l'Armée rouge, nos frères... Les chefs tirent dans leur dos pour les faire avancer... Alors là, le siège... Vas-y, l'artillerie lourde, les mitrailleurs à découvert sur la glace, c'était mars 21. Des cadavres en tas plein les rues, ils achèvent les blessés. Les côtes craquent sous nos bottes, j'ai marché sur les figures, j'ai pleuré. Jeté mon fusil, traversé la mer à pied, à genoux, nos camarades laissés derrière, milliers de noyés dans la glace, rouge jusqu'en Finlande. Nous autres, c'est rien. On est sauvés... Mais entendez : fusillés, déportés en Sibérie, nos familles, les enfants, les charniers. Exterminés, ils ont creusé leur fosse. Moi, je suis rescapé de Kronstadt. Je suis Rostro, chauffeur de taxi à Paris.

D'un seul souffle, étranglé, sa tirade finie, il restait bouche bée, tout pâle, les bras ballants, surpris d'en avoir tant dit et que personne l'en ait empêché, ce trop-plein avait passé ses lèvres, une nausée jaillie d'un seul hoquet à sa gorge, pauvres mots, mais de quoi parlait-il ? Que se passe-t-il ? Camille, hérissée d'effroi, revoyait le tableau de Grosz, en son milieu la face, écarlate à présent, du vieil homme ahuri, ses cheveux hirsutes, alors comme la foule grondante tanguait, hésitait, le cadet des Zamorri eut la présence d'esprit de mettre fin à la parenthèse inopinée : d'une forte accolade fraternelle, il le baisa aux joues.

— La liberté de demain sera toi, camarade ! Kronstadt, avec nous !

Et le vieux, pantelant sous les acclamations, éberlué par son triomphe, étreignait l'homme sans plus savoir où il en était de sa révolte, dépassé par ce reflux de souvenirs qui devaient les avertir tous de quelque chose qu'il ne comprenait plus, par sa mémoire chancelante un instant réveillée que l'unanime ferveur engloutissait de bravos et, un instant, comme les bras l'enveloppaient, l'emportaient, Camille croisa son regard noyé, glauque gris papillotant de larmes, exultant et désespérément triste. Ensuite, ce fut assez confus. Un responsable syndical, apparemment contrarié par l'allocution des Italiens, et comme faisant la leçon, énumérait une liste de réfugiés pris en charge par sa section : il cherchait hébergement pour deux familles de quatre et de trois personnes ; pour cinq célibataires, âges et métiers ; fixait le tarif de l'aide de la caisse d'assistance attribuée à chacun. Du bras levé, des volontaires se désignaient ; le vieux Rostro avait disparu. Succéda au recrutement une toute jeune femme élégante, menue et grande, venue exprès de Mulhouse pour témoigner de la situation dans l'Est de la France. Rédactrice de la nouvelle revue *Kadimah* avec le rabbin Hirschler, le Pr Oualid, le Dr Meyer, qu'elle citait comme des amis, elle expliqua quel rôle éminent les femmes juives pouvaient prendre dans la société en dépit de la doctrine enseignée, au-delà du rôle de mère et de gardienne de la cohésion familiale, qu'elles devaient maintenir selon les recommandations du judaïsme, elle s'embrouillait un peu avec les nuances, mais il fallait, plaidait-elle, soutenir ceux des leurs qui passaient la frontière, ayant tout abandonné, maison et travail, leur argent bloqué dans les banques, leurs biens et leurs papiers confisqués. Vous le savez bien, vous toutes, venues des quatre coins de l'Europe, qui vivez dans ce quartier. Femmes, aidez les femmes juives, accueillez-les avec leurs enfants !

On applaudit encore, puis vint un orateur, mandaté par la Ligue des droits de l'homme, qui se mit en devoir de lire la litanie glaçante, une liste d'exactions inouïes, de mesures et de lois, interdiction de la presse, arrestations, spoliations, décrets... Ivre, accablée par chiffres, faits et dates, Camille restait accrochée au bras de Magda. Sous les poutrelles de fonte, les faibles lampes, fumées et brouillards de plomb assombrissaient la pensée, corrodant les nerfs, non une vue de l'esprit mais la réalité même, telle que la désignait Simon Lewenthal dans le tableau de son salon. Penser à lui en cet endroit était inattendu, mais naturel, mais correct, et elle se disait : Si vrai que soit l'énoncé de l'art et ce qu'il figure, son dessein n'a que cette ombre mortelle pour objet, sinon il insulte aux êtres réels et vivants, aux hommes et aux femmes réunis dans cette salle. Si le tableau de Grosz fait grand cas d'eux, s'il a cette ombre affreuse pour souci, il faut qu'ils puissent tous voir ce qu'on ne voit pas sur les places et dans les rues, que son œuvre montre, que Camille soudain voyait devant elle incarné, l'ordre effroyable de cette nuée de mort.

— Contrôle ! Contrôle ! Police !

Assourdi, le cri d'alerte remontait du fond de la salle et, avant qu'il ne leur parvienne clairement, ce fut un invraisemblable changement à vue. D'une promptitude proprement fantastique, immédiatement escamotés accessoires, affiches et banderoles, chaises pliées, et les couples dansaient ! Ils dansaient comme au bal-musette, femmes enlacées, hommes et femmes au bras les uns des autres, au son d'un accordéon surgi du néant, flonflons de java. Ils dansaient autour du poêle, des piliers et, se faufilant entre les couples, sept, huit personnes pressées refluaient vers ici, s'extrayant de la foule, les frères italiens plus prestes qu'aucun, les emportant dans leur mouvement d'évasion subite, une retraite étrangement lente et sûre, sans affolement ni hâte. Suzon les tirait, les poussait fermement ensemble vers une porte basse, brève bousculade dans la pénombre confinée d'un corridor, puis le long d'une galerie vitrée, et soudain l'air libre de la nuit, humide sur la face. Entre des murs, des palissades, fouettées par des branches basses, elles couraient, ils couraient tous en silence dans un piétinement de troupeau rapide, disparaissaient l'un après l'autre, avalés par la nuit. Au bout de la ruelle, elles débouchaient dans une rue, mal éclairée d'un réverbère :

— Troisième maison plus haut, la porte est ouverte, ordonnait Suzanne, son odeur de foin et de fleur déjà lointaine.

Solitaire, elle descendait la rue de son pas de cheval tranquille, sans se retourner. Troisième maison. Elles s'engouffrèrent, porte refermée, obscurité d'encre. Sur le palier, une lampe parut, elles virent là-haut une femme petite, penchée sur la rampe :

— Ici. Montez vite, chuchotait-elle.

La salle du meeting est à des années-lumière, aussi irréelle qu'un théâtre de lanterne, et ici, la pièce où elles entrent, une cuisine prosaïque, encore plus surprenante par son silence de maison endormie, la bonté confinée d'une cellule. De leur fuite, le cœur bat, hors d'haleine, mouillées par les branches, ou de sueur, mains moites, interdites devant la petite jeune femme en robe de nuit, qui frissonne, les épaules couvertes d'un châle écossais, la natte de ses cheveux demi dénouée. Ses yeux, des hosties d'or mangeant le visage, une expression de surexcitation, mélange d'effroi et de confiance en soi, qui ne tranquillise guère. Pourtant, elle pose la lampe sur la table et va s'assurer que le rideau obture bien la fenêtre, tourne la clé deux fois à la porte et se retourne, son corps fluet tendu comme un arc, les gestes brefs, de furtifs regards très ajustés sur les deux intruses, elle en impose.

— On savait qu'ils risquaient de venir. Le père Aimable fait le guet. On a l'habitude.

Camille convint pour elle-même qu'elle claquait des dents, à retard réalisait que la descente de police leur pendait au nez. Que l'organisation était parfaite. Que ces gens étaient fort prévoyants. Que la jeune femme était enceinte. Celle-ci n'avait aucune sympathie pour leur imprudence, mais admettait que c'était comme ça. Comme d'habitude. La pièce était étroite, tout en longueur. Une table poussée contre le mur, sous des étagères un fourre-tout d'ustensiles, des verres, quelques assiettes et des couvercles en équilibre, une cafetière émaillée, des couverts dans un bocal, tout cela d'un seul coup d'œil, y compris les pots de faïence alignés, sucre, farine, sel, café, avec frise de cerises. La lampe à pétrole fumait. Cela sentait le beurre brûlé, le porc grillé, une odeur animale ; une lessive pendait au-dessus de la cuisinière à charbon. La jeune femme avait disparu, elle revint, tirant un gros rouleau de molleton sur le plancher, en faisant le moins de bruit possible.

— Ne vous dérangez pas, souffla Magda. Nous allons attendre un peu, et partir tout à l'heure.

— Non. Vous restez là. C'est entendu comme ça.

Elle avait à la bouche un pli de mépris ou de colère, l'impatience qu'on réprime avec les enfants rétifs. Magda ne comprit pas tout de suite, mais Camille oui, qui retrouvait son sang-froid. Elle était au comble du bonheur de vivre, pour le plaisir extrême de cet arrangement tombé du ciel, et elle se fiait à la tête froide de cette femme, qui ne se fâchait ni ne commentait, sans tenir discours sur les raisons et la grandeur des sauvetages nocturnes, le jeu abattu, en toute clarté.

— Vous partirez demain matin. Les cabinets sont sur le palier, dit la femme.

Elle déroulait le matelas, les couvertures entre la table et la cuisinière, un lit de fortune sur le plancher. Camille s'en empara vivement, honteuse de la laisser faire, déjà acquise à la situation imprévue. Le labyrinthe des impasses et des ruelles, des jardins, autant d'issues pour la dispersion, de planques pressenties, en cas d'alerte, d'urgence. Autant de gens avertis, sur le qui-vive, tout le quartier prévenu. Le seul danger que nous courions à présent est qu'elle nous prenne pour des écervelées, ce qui serait désobligeant pour nous et décevant pour elle, qui prend tant de risques à nous sauver la mise. Si elle peut croire que nous sommes de dangereuses agitatrices, donnons-nous l'avantage de la laisser à sa perplexité. Taisons-nous et obéissons avec dignité, pensa-t-elle. Un fourgon remontait la rue au ralenti, moteur ronronnant, que Magda alla regarder prudemment, entre les rideaux.

— Ils vont patrouiller le reste de la nuit, confirma la femme.

Entre elles trois circulait une force agissante et contraire, et si extraordinaire que fût la rencontre, elles collaboraient à la rendre naturelle, à évacuer à grande vitesse tout ce qui se présentait d'obstacles. Les gestes élémentaires de l'hospitalité, le danger conjuré admis comme un vieil accord passé entre elles, c'était une circonstance susceptible, et la mauvaise humeur la moindre des choses, pour tant de contrariétés réciproques. Il devenait indélicat de faire des manières envers une hôtesse qui n'en faisait pas. Puisqu'elle avait résisté au sommeil, au cas où il faudrait ouvrir sa porte, elles allaient passer la nuit là, dormir sur son plancher, sans plus de façon. C'était entendu comme ça. Déjà retirée sur le seuil de sa chambre, la jeune femme les regardait, les yeux cernés par l'obscurité.

— Nous n'avons que notre chambre, avec le petit, s'excusa-t-elle à voix basse. Mon mari se lève de bonne heure.

— Merci, bonne nuit, madame, dit Camille obligeamment et, avec des précautions infinies, et beaucoup de diplomatie, elle acheva d'installer leur couche. Elles s'allongèrent en silence, chaussées, tout habillées, tirèrent sur elles un couvre-pied qui sentait la naphtaline et la poussière, cherchèrent une position. Blotties l'une contre l'autre, moitié sous la table, Camille sentait sur ses joues les cheveux courts de Magda, un chatouillement de plume. Parfaitement paisible, contente de sa juste compréhension. En venant, dans le métro, les avertissements de Magda lui étaient parus des paroles un peu fanfaronnes, mais la réalité ratifiait. Les deux beaux hommes italiens dorment-ils aussi sous une table de cuisine ? pensa-t-elle avec gaieté. En dépit de leur faconde et de leur beau dédain pour les héroïsmes déplacés, ils sont bien contents qu'il s'en trouve pour leur sauver la mise, à titre *personnel.* Sans compter que si Magda n'avait pas été là, elle aurait été terrifiée. Pas assez d'entraînement pour les meetings à haut risque. Elle n'en courait guère, mais Magda sûrement. Une étrangère, agitatrice hongroise. Suzon avait l'air de le croire, qui les avait prestement embarquées. On entendait un lointain raffut au bas de la rue. L'immeuble était tout à fait silencieux, sauf un bruit d'eau, goutte-à-goutte très lancinant.

— Dors-tu ? souffla Magda dans son cou.

— Oui, dit Camille. Ce plancher est moins dur que le siège arrière de la Ford. A la guerre comme à la guerre.

Puis, après un silence :

— C'est où, Kronstadt ?

Bras croisés enfouis dans ses larges manches, sœur Thérèse de l'Enfant Jésus faisait son rapport aux deux jeunes femmes, toutes trois debout. De toute façon, il n'y avait que deux chaises rustiques et raides, qui y aurait posé ses fesses pour tenir conversation ? Le lieu n'invitait guère à prendre ses aises : plancher nu blanchi par les lessives, vitres dépolies filtrant un jour parcimonieux entre ses grilles, un bureau badigeonné de vert administratif, sur lequel était posé un livre de prières, poussiéreux. Très seulet au milieu du mur, Jésus sur son crucifix recueillait les chiches paroles qu'on échangeait là, puisque c'était l'antichambre où les sœurs accueillaient les visiteurs et livraient les pensionnaires.

— Il n'est pas difficile, il a au moins cette qualité… Docile, appliqué. Il apprend bien les chefs-lieux, les sous-préfectures et les évêchés. En calcul mental, très bonne mémoire. Il ne tache plus ses doigts d'encre… Il sait ses prières, mais Dieu qu'il chante faux ! Notre Seigneur lui pardonne… Il faudra ajouter deux flanelles et un cache-nez neufs à son trousseau, voilà qu'il fait plus frais, et une paire de mouchoirs supplémentaire, nous avons un automne humide…

Chaussettes tirées sur ses mollets de grenouille, pèlerine boutonnée au cou, Petit attendait, négligeable personne plantée près de la porte, son regard placide observant la pédagogue qui cherchait inspiration au ciel du plafond pour donner un peu matière à son bulletin. Quand elle en aurait fini de la pluie et du beau temps, de sa santé, de ses dictées, on sortirait dans les rues. Passer le portail de la pension se payait de ces pourparlers dominicaux, ainsi soit-il, pensait Elise, dont la patience avait des limites. Elle était toujours étonnée que Pauline boive comme parole d'évangile celle de la docte et sainte femme, teint de cierge, vaticinant sans fin. Elle devait y trouver contrition et pénitence, absolution pour tout le mois suivant, amen. Après quoi, sous la bénédiction de la sœur, on pouvait enfin entrer dans Charenton, déambuler dans ses rues de faubourg à maisons basses, passer l'église et entrer chez Gâtineau, le troquet sur la place ; en été, pousser jusqu'à la guinguette au bord de l'eau, un territoire dont Petit observait la mélancolie avec la curiosité d'un explorateur scrupuleux, muet sur ses étonnements ou sur ses ennuis, on ne savait ce qu'il tirait de son étude. L'immuable promenade se poursuivait l'après-midi au bois de Vincennes, on faisait le tour du lac, dans un sens, dans l'autre ; puis un trot à dos d'âne, sur les allées de sable semé de crottin, et l'on s'en revenait par les rues grises à pas lents, jusqu'au parloir derechef.

Elise avait pris la main du garçonnet, il la lui laissait. Il veut bien tout ce qu'on veut, ne rechigne pas au bœuf carottes de Gâtineau, ne réclame dessert ni friandise, ni tour d'âne supplémentaire. Il marche entre nous deux, tellement sage que c'en est troublant. Tu peux toujours le presser de questions, il ne répond qu'en secouant la tête, oui ou non selon. Il prend uniment sucettes et joujoux, les souliers neufs, la pièce à nouer dans un coin de son mouchoir. Rien à acheter au pensionnat, où passe le sou ? Mystère. Il a le crâne tondu, les sœurs ont les poux en horreur. Les ongles rongés, les lèvres gercées, il se les mord en permanence, fluet, une plume. Où Pauline a-t-elle la tête ? Contente du sort de Petit, contente du bulletin mensuel.

— Jamais malade, jamais une larme, tu ne me diras pas qu'il est difficile…

Pour ça, non ; un ange. Au dire des sœurs, il se trouvait cou nu, pieds nus dans la neige, un soir de décembre dernier, Noël peut-être. Au fond du jardin, devant le trou des poissons. Loin du désespoir, au contraire ; dans une extase muette pour la mort qu'il encourait. Mais il n'est pas mort, il n'a même pas eu un rhume. Un ange. Si les anges ont cette plate figure, ces oreilles en feuilles de chou, la peau de lait tourné, un cou grêle de poussin. Si ingrat que c'est fascinant. A qui ressemble-t-il ? Pas à Pauline, aucun risque qu'il réclame… A son père, sans doute ? Amant d'occasion, passade, accident, quelle imprudence, fille mère, une catastrophe ! Elle l'aurait vendu s'il y avait eu un marché d'enfants, l'aurait mis à l'Assistance publique, jeté à la poubelle. Elise ne s'expliquait pas quoi l'avait retenue, comment elle avait consenti à son existence. A être sa tante, pas plus. Petit, est-ce un nom, protestait-elle, mais Pauline ne se souvenait pas de celui qu'avait donné le préposé de la mairie. Elle répugnait à vérifier, l'extrait de naissance était perdu, aussi bien. Petit suffisait, non ?

— Petit, il ne le sera pas toute la vie…

Dix ans, il fallait prendre une décision. Enfant de troupe ? On n'allait pas en parler aujourd'hui, devant lui. Demain non plus, d'ailleurs. Demain, Pauline aurait la tête ailleurs, sa couture, ses affaires, alors Elise tenait la main de Petit et elles faisaient le tour du lac au soleil tiède d'automne, les rameurs soulevaient des gerbes d'eau, les maladroits ; on donnait du pain aux moineaux. L'enfant était né dans la période où elles se perdaient de vue, années d'après-guerre où Pauline ne venait plus au Mesnil, ne donnait plus de nouvelles. Vache enragée, disait-elle, sobre, l'œil noir. Cela recouvrait beaucoup de choses qu'on ne raconte pas en détail au premier venu. Mais à sa meilleure, sa seule amie, à elle qu'on vient de retrouver par inadvertance, par chance, sur un quai de gare de banlieue, on peut enfin confier ce que la terre entière ignore, la fureur de ce qui vous échoit au ventre par hasard, de l'adresse, fausse, donnée pour faire passer cette chose. Envolée, la faiseuse d'anges, trop tard. Ces affaires sales, Pauline les lui avait plaquées sur les bras, un cadeau à couper le souffle. Elise tombait de haut, de sa vertu, de son ignorance, pour ainsi dire des nues. Cela remettait violemment les entrailles à leur place, cela situait le délit, l'injustice, le crime. Elle en était malade, d'apprendre tout à la fois, toute blanche d'effroi, de dégoût, de révolte : Pauline avait le bon soldat sous la main, puceau des horreurs qu'elle débitait crûment. La taille compressée de bandes Velpeau pour travailler quand même, et ensuite, sortie de la clinique des Batignolles, quoi faire ? La logeuse ne tolère pas ces cochonneries. Perdre son emploi, il ne manquait plus que ça ! Elle avait placé Petit chez une femme de Nanterre. Il y dépérissait de crasse, d'abandon. Un an, la taille d'un nourrisson, hâve, entortillé de loques souillées, si infâme tableau que, devant la pocharde interloquée improvisée sa nourrice, Elise, outrée, avait fait une scène à la mère indigne. Elle qui n'élevait pas la voix, ne savait que se taire, y était allée d'une colère mémorable. Puisant dans ses lectures des accents hugoliens, elle dénonçait le forfait. A côté de ce taudis, le galetas Thénardier, un palais ! Elle avait eu des mots qu'elle croyait très méchants : vilaine, créature dénaturée. Ils n'étaient pas à la hauteur de son ire mais la vengeaient des révélations sordides, du baptême express des maternités. De ce jour où, d'une voix de fausset étranglée par l'indignation, Elise avait crié à l'infanticide, datait la sujétion de Pauline, qui craignait beaucoup de perdre sa bonne Samaritaine. Elle ne l'avait quand même pas conduite à Nanterre par hasard : ce dont elle rêvait, qu'elle appelait de ses vœux, la disparition subite de Petit, il fallait une bonne pomme pour le conjurer, mais Elise n'était pas dupe de son guet-apens. En attendant, Pauline sanglotait de surprise. Suffoquée par l'algarade, elle partait devant la porte, sur le trottoir de terre battue étaler son désespoir, lui chercher un public, prendre à témoin des passants compatissants. Qui ne s'émouvaient guère ; dans ce quartier, c'était monnaie courante que cris, coups et fracas. Pendant quoi Elise, furibonde, payait le mois échu, pas un sou de plus, et ramassait l'enfant avec ses hardes. Elle avait pris les choses en main, s'était baptisée marraine le soir même pour M. Brasier, qui avait hébergé l'enfant quelques jours, en attendant une solution. Il l'avait trouvée, par ses relations : une brave veuve de Montfermeil avait pris Petit sous son aile, l'avait mignoté comme oisillon, puis, comme sa sœur était religieuse dans cette pension de Charenton, l'âge venu, il était passé d'une maison à l'autre, naturellement. C'était un bon arrangement, qui coûtait un peu, mais Elise payait son écot. Comment faire, c'était simple, indispensable, on n'avait pas le choix et, à deux, on s'en sort mieux, disait Pauline, magnanime.

— Il est quand même gentil, disait-elle, revenant à son bras.

Ces retours étaient les seuls moments où elle s'attendrissait, car sauvage, intraitable, elle aurait coupé son bras plutôt que de s'avouer sa mère et si, d'accord là-dessus, elles gardaient le secret de cet enfant, Elise savait qu'il ne tenait qu'à elle qu'il fût visité de temps en temps, parce qu'elle consentait à se rendre à Charenton le voir avec elle, et peut-être lui avait-elle plus d'attachement que sa propre mère. J'ai charge d'âme, se disait-elle, étonnée. Qui d'autre que moi en aurait souci ? Les parents de Pauline auraient-ils accueilli ce rejeton, eux qui n'avaient pas élevé leur propre fille ? Autrefois privés d'elle par l'intransigeance des maîtres, Mme Mathilde excluant que ses domestiques eussent charge d'enfant, ils étaient à présent en service au Mesnil, depuis qu'étaient morts M. et Mme Victor. Leur fille leur était une étrangère, de qui ils ignoraient tout. Une élégante en visite, à qui ils n'avaient rien à dire. Ni à en remontrer, ni à en attendre. Par son mépris, ses forfanteries, Pauline leur faisait payer la défection de son enfance, par son évasion réussie désavouait leur vie de domestiques. Elle n'allait pas, en plus, leur faire le cadeau de cet enfant. Du petit bâtard, ils auraient plutôt triomphé, trouvé enfin un objet au grief latent qui les irritait, au ressentiment qu'ils tournaient contre elle, plutôt que de maudire leur condition. Croyait-elle les gratifier en venant faire la pimbêche, les narguer avec ses robes, ses mouchoirs et ses gants parfumés ? Cela s'aigrissait, tourné en rancune, et c'était une épreuve que d'aller là-bas, d'affecter les bonnes relations, au risque d'un mot plus haut que l'autre. Pourtant, là aussi elles se rendaient ensemble, alliées pour s'acquitter de loin en loin des visites obligées au Mesnil, où vieillissaient Mauranne, et Meyer. Où commandaient maintenant le couple, qu'on continuait d'appeler les Victor, les maîtres perpétuant la lignée du nom, comme s'il fût attaché par servitude au domaine… A deux, on s'en sort mieux. Elise, triple buse ! Pourtant, elle avait la meilleure part. La main de Petit dans la sienne comblait un besoin de douceur, dont elle se gardait d'abuser, craintive, circonspecte, instruite d'enfance qu'on ne gagne rien aux avances incertaines, que la rebuffade punit les méprises. D'ailleurs à sa pression, celle de l'enfant ne répondait que timidement, rien n'altérait son visage impavide. Maintenant qu'ils étaient revenus au seuil du parloir sinistre, il tendait son front au baiser, comme le bœuf attend son joug, en ployant le cou. Elle connaissait son silence, et sa résignation, qui n'est qu'attente prudente.

— Tu sais, babillait Pauline, cherchant un taxi, Léon est enchanté : il est comme larron avec Sylvain. Crois-tu, des gens de milieux si différents ? Au fond, l'argent, il n'y a que ça pour faire s'entendre les hommes, les vrais. Ne me parle de la lutte des classes, s'il te plaît… Petit était-il mignon, aujourd'hui ! Fais un nœud à ton mouchoir pour penser aux flanelles…

VII

Rien de plus fascinant que la cour de l'hôtel battue par la pluie, les petites gerbes d'eau bondissant sur les pavés, les bulles irisant les flaques, musical, ludique, magique. Le nez collé à la vitre, Camille tournait le dos aux splendeurs du vestibule, son bel escalier de pierre, ses miroirs vénitiens, albâtre et boiseries. Tout lui était connu. Grandeur nature, la Diane au chien toujours sur le départ, et les plumes de paon dans les vases, même l'odeur de térébenthine des planchers, celle camphrée du bouquet ornant une console. Même le tic tac de la pendule Empire, marbre noir et bronze, carillon tous les quarts d'heure. Loin était le temps où cet endroit lui paraissait un immense hall des pas perdus, l'hôtel une cathédrale funèbre ; à cinq ans, l'échelle des choses s'appréhende selon une démesure qu'on passe sa vie à réduire. Tout cela ne m'impressionne pas, avait-elle décidé. Elle avait décliné l'offre d'attendre au salon, malgré l'insistance du majordome, plastron rayé d'or et noir, qui voulait absolument lui servir une collation, un rafraîchissement, qui hésitait à la laisser là comme un quelconque fournisseur, très embarrassé par son arrivée inopinée. Elle dégoulinait sur le carreau historique, pendant qu'il se débattait avec son grand parapluie bleu, et il mettait tant de soin à ne pas l'éclabousser davantage, à se désoler de ses bottines trempées, qu'elle avait osé le dévisager, avec une sympathie soudaine pour pareille obligeance.

— Je dois retourner à l'office. Mademoiselle prendra ma défense, plaidait-il. Il me sera fait reproche de l'avoir laissée patienter dans l'entrée.

— Allez sans crainte, disait-elle, bienveillante. Je ne débine pas mes amis.

Cette déclaration d'amitié l'avait laissé pantois, et pour faire bonne mesure, elle avait allumé un cigarillo, par indiscipline, ce qui lui avait coupé le sifflet. Ayant en vain cherché un secours, il avait précipitamment disparu dans la coulisse, mais elle avait déjà tourné le dos pour s'absorber dans le spectacle de la cour. Derrière les petits carreaux, il tombait avec la pluie une lumière grise très belle, pleine de douceurs d'automne, qui mettait une étincelle à chaque goutte. Cela avait été plaisant de venir à pied depuis la rue Buffon, sous le grand parapluie qui faisait tambouriner l'averse, une marche de santé avant d'affronter la réunion de famille où elle se rendait, un conseil de guerre. La pluie faisait monter du pavé de la ville une odeur de campagne, de feuillage et de terre, le vent s'engouffrait au coin des rues avec une fraîcheur guillerette, avenues désertes en ce dimanche matin de mauvais temps, ciel gris dessiné d'arabesques par les fils électriques du tramway. A peine avait-elle croisé quelques cyclistes sous poncho ciré évitant les rails, tressautant sur les pavés. A Saint-Germain-l'Auxerrois, c'était la sortie de la messe, les grondements d'orgues l'avaient fait fuir, elle avait obliqué à grands pas et longé les arcades du jardin du Palais-Royal, traversé droit le quartier vers la Chaussée-d'Antin et dès qu'entrée dans la cour d'honneur, s'était précipitée sur l'hôtel de sa grand-mère, avait gravi les marches du perron au pas de charge, sûre de son quart d'heure d'avance et d'avoir ses aises pour envisager la situation.

Un *meeting* pareil se prépare avec d'autres prudences que celui de la rue des Vignoles, pensait-elle, je n'aurai pas une cuisine de repli en cas d'alerte, soyons sur nos gardes. Mme Mathilde avait convoqué elle et ses cousins, ce dimanche matin, en des termes aussi lapidaires que sibyllins : "en vue d'étudier vos intérêts patrimoniaux". Cette assignation éveillait la curiosité. Encore que Camille se doutât de la raison qui lui valait ce rappel à l'ordre. Depuis qu'elle était à Paris, elle avait échappé à la vigilance de sa grand-mère, s'était appliquée, avec une étourderie calculée et beaucoup de constance, à tenir avec les siens, elle en particulier, une distance opportune ; cela ne pouvait durer. Le billet posté rue Buffon lui signifiait que, en dépit de ses dispositions, l'aïeule connaissait son adresse et son séjour incognito, n'attendait que l'occasion pour y mettre fin. Le bras long, des informateurs partout, une façon à elle de mener ses assauts, de tenir ses territoires. J'ai les miens. Voyons comment nous nous regarderons en chiens de faïence, après un si long temps, grand-mère. Elle se tenait des discours pour prendre courage, mais bâtir des théorèmes ne plie pas la contingence, le poids énorme de cette maison, sa forteresse de murs et de fondations, dont elle avait été une sentinelle, abandonnée à l'obscurité de ses chambres et de ses couloirs. Dans son dos, le grand silence de la demeure ne manquait pas de surprendre. Pas moins d'une douzaine de domestiques, de cuisine, de chambre et de table, lingère, majordome et chauffeur, devaient s'affairer au sous-sol et dans les étages, mais pas un tintement de cristal, une porte qui grince, pas un soupir. C'est pourquoi le soudain glissement d'un pas à l'étage, soutenu d'un bruit de canne, fut un événement considérable, dont elle nota les variations crescendo, passage étouffé sur un tapis, sonnant sur le plancher, tapis, plancher, et comme il y avait un arrêt manifeste, Camille fit volte-face, leva les yeux vers le palier, où paraissait Mme Mathilde en majesté. Celle-ci faisait grand effet, escortée de jeunes jumelles en tablier blanc à bavolets, bas noirs, toutes raides d'importance pour être de l'ambassade, pénétrées de la circonstance extraordinaire : il fallait que Madame fût dans ses bons jours pour faire grande toilette, renoncer à sa réussite dominicale, et recevoir au salon avant midi. Magnifique, songea Camille, conquise. Auguste, telle que dans son souvenir, sans excessive corpulence, en dépit de son grand âge fort droite, tenant son menton haut dans le gorgerin empesé. En sa robe d'une autre époque, elle avait l'allure d'un général sanglé de soie noire, les bandeaux blancs impeccables tirés sur ses tempes, sa vaste poitrine couverte d'un triple rang de grosses perles. Elle toisait l'impertinente qui tenait à faire le planton, l'œil de glace à travers ses bésicles, qu'elle rejeta, les laissant osciller au bout de sa chaîne d'or, pour empoigner la rampe et amorcer une prudente descente.

— Tu as fait peur à M. Paquin. Il n'a pas l'habitude des visites *à l'américaine*. Il était tellement interloqué de tes façons qu'il bégayait en m'annonçant ta visite. Donnez-lui un récipient convenable, je ne veux pas de cendres sur mes tapis. Es-tu trempée ! N'y a-t-il donc pas de taxi dans Paris ?

Cette conférence pour distraire la galerie, faire par diversion bonne figure, car l'exercice s'avérait délicat, et l'aide des deux bonnes périlleuse, l'une devant, l'autre derrière, veillant à l'équilibre instable sans marquer d'irrévérence, sans se précipiter d'un geste au secours de qui n'en voulait pas. Car, dans l'épreuve, grand-mère, quatre-vingt-deux ans, gardait prestance et aplomb, respectant l'étape de chaque marche, assurant sa canne circonspecte avant d'aventurer le pied, si digne en sa vieillesse et en son escalier monumental qu'elle intimait considération pour tant de bravoure. Ayant enfin touché terre ferme, elle eut une inspiration profonde, de satisfaction ou de lassitude, on ne pouvait guère en décider, tant elle pouvait tirer l'une et l'autre d'avoir descendu l'étage d'un trait, sans encombre, et en public. Ce public était uniquement Camille, non la domesticité ordinaire, gens intimes et de peu qu'elle payait pour qu'ils sachent rien voir et s'épargner le jugement. Sa petite-fille ne lui avait pas fait l'offense de détourner le regard tout du long de la descente, un bon point pour elle. Rien de plus insultant que les respects polis de la jeunesse, qui croit ménager la susceptibilité des vieux en feignant d'ignorer leurs exploits.

— L'ai-je bien descendu, petite ? Approche. Quel âge as-tu, grand Dieu ?

Quoi qu'elle en veuille, approcher Mme Mathilde mettait Camille au supplice. Bien que de sa taille, à son abord elle se retrouvait subitement, comme devant Simon Lewenthal – mais avec lui cela avait duré moins d'une seconde –, avoir dix ans, ou cinq, régressant à un état d'enfance chétive, naine autant qu'Alice une fois rétrécie. Furieuse au point de rire de la peur basse d'être cette enfant sans force, que l'ombre de la vieille femme couvrait naguère de son empire, dont le regard bleu de glace traversait son inconsistance et la condamnait à pleurer, pour seule protestation débile. Aujourd'hui, elle ne pleurait plus. Sa grand-mère l'embrassait au front qu'elle tendait, la lèvre sèche, et donnait aussitôt des ordres alentour, qu'on installe ses coussins, qu'on serve du vin de Porto, qu'on porte des cendriers pour les fumeurs, qu'on ferme les courants d'air, d'où vient ce courant d'air épouvantable ? Et qu'on la laisse un peu tranquille à son audience. Son visage anguleux dans l'effondrement des chairs gardait l'architecture d'antan, haut front blême casqué de bandeaux de neige, joues amples étonnamment fraîches, d'un rose naturel de jeune fille, quand le reste de la face se froissait de très fines rides, craquelures d'une porcelaine de Chine sous la poudre pâle, masque de guerre que la lumière grise rehaussait de reflets métalliques ; une belle vieillarde. Une femme grande, en son port altier, qui ne rend pas les armes, aucune, contre l'adversité de l'âge, ni contre les autres. Aucune.

Le grand salon devait être en l'état où, un demi-siècle plus tôt, l'avait trouvé Mme Mathilde en l'héritant de son père, tel sans doute que l'avait lui-même choisi Raoul Bertin, le petit minotier parvenu, une fois sa fortune faite élisant domicile dans ce quartier de la bourgeoisie d'affaires. Signe de sa consécration sociale, il satisfaisait naïvement aux goûts de son époque pour la pompe mais, le temps passant, gagnant en patine et qualité, ses tentures et ses meubles écrasants, les consoles et les canapés, causeuses et table de trictrac, les rideaux de velours las aux embrasses passementées de vieil or, et les moulures surchargées du plafond, l'imposante cheminée de marbre et les tapis persans finissaient par acquérir la noblesse d'un musée antique, au milieu duquel cette femme de tempérament et de pouvoir dressait sa digne silhouette, telle une impératrice immuable, et si le temps avait prise au-dehors, agitait le monde de ses mutations, il échouait ici. Entrant sur ses pas, Camille ne put se défendre du sentiment qu'elle abordait un sanctuaire dont chaque objet avait une ombre en propriété, dans sa matière enfouie une mémoire muette, exposée et vulnérable, irradiant des douleurs et des passions dont ils avaient été le témoin ; si triviaux et dérisoires en leur fausse grandeur, pourtant chargés d'une sorte de beauté, que la nature blessée et malgré tout résistante de ses usagers avait empreints de leur histoire, et pour cela il fallait ne rien en changer.

Tombée dans ce qui était d'évidence son fauteuil favori, où les bonnes diligentes avaient disposé ses coussins brodés, Mme Mathilde calait sa canne sous le siège et tirait à elle le guéridon, y déposait ses bésicles et son grand mouchoir en dentelles, ordonnait à Camille de s'installer ici près d'elle, sur le siège dont elle tapotait l'accoudoir, et sans la quitter des yeux, de ce regard qui radiographie tout ce qu'il touche, et traverse, elle se pencha vers elle, tira sur sa manche.

— On me rapporte que tu occupes tes vacances parisiennes à tâter de l'ouvriérisme ? Je n'y suis pas opposée. Tu jettes ta gourme, tu complètes ton éducation, qui laisse peut-être à désirer. Es-tu à si bonne école, à New York ? Rien ne compte, jeunesse, que d'aller à ses passions. Mais ne me dis quand même pas que tu tournes bolchevik, j'en aurais des vapeurs. Epargne-moi tes bêtises. Leur donnes-tu de l'argent ? De quoi vis-tu ?

— Chère grand-mère, si vous faites fouiller dans mes tiroirs, j'y cacherai de quoi faire rougir vos espions, et faire pendre leur régiment. Je vis de mes actions dans la biscuiterie. Par fatalité de classe, et grâce à vous : je suis rentière. Je dépense selon mon humeur du jour. Grand-mère, vous êtes fraîche comme la rose.

— Pourquoi voudrais-tu que je ne sois pas fraîche comme la rose ? Tes cousins sont à l'heure, eux. C'est-à-dire qu'ils se présenteront dans dix minutes. Nous avons dix minutes, n'en perdons pas une : résume-moi tes projets.

— J'en ai, qui ne se résument pas en dix minutes. Je vous les exposerai à l'occasion, en exclusivité. A condition que vous n'en parliez ni à vos agents, ni à mon père ; qui se ferait un souci de tous les diables.

— Il s'en fait, de toutes les façons, c'est un homme tourmenté, et par bien d'autres démons que la science, pauvre Pierre… Le seul tort qu'il a, c'est d'être ton père. Je m'entends. Il est reparti à Zurich, à présent, à peine retour d'Allemagne, je doute que son congé soit très sabbatique. Il devait prendre du repos, figure-toi. Dans quinze jours, il donne une conférence solennelle à l'Institut Pasteur, la presse l'annonce. On m'en félicite, comme si j'y étais pour quelque chose. En attendant, Gabrielle se languit au Mesnil, te sachant ici, en rupture de famille, sans nouvelles de toi : elle se fait un sang d'encre, mais pour rien au monde ne viendrait te chercher chez toi. Que se passe-t-il ? Que lui diras-tu ?

— La même chose qu'à vous. Elle comprendra.

— Il y a trois jours, tu étais au Père-Lachaise, aux obsèques du professeur Lewenthal.

— Vous y étiez donc aussi ?

— Oui. Dans ma voiture, au bout de la rue du Repos. J'évite les tombes, à mon âge. Je les salue de loin. Cette affaire de défenestration est consternante. Que faisais-tu là ? Il n'y avait personne. Stricte intimité.

Camille s'inclina, comme d'une caresse tâtant du doigt enjôleur les perles du collier.

— Dieu qu'elles sont d'une belle eau…

— Personne, que la famille proche. Son frère, ses neveux, deux de ses collègues d'Henri-IV en délégation. Que faisais-tu là, toi ?

Camille soupira, se rejetant au fond du petit fauteuil, croisant ses jambes et ses bras, soutenant le regard de Mme Mathilde comme elle ne l'avait jamais osé.

— La même chose que vous, sans doute… Grand-mère, j'avais un ami en Amérique. Il est mort. J'ai eu vingt-quatre ans soudain, je ne l'ai pas compris tout de suite. Mais cela me permet de répondre à vos questions tout droit : j'étais venue avec un peu d'avance par crainte de vous, et de cette maison. Vous m'inspiriez de la crainte, savez-vous ? Je ne saurais vous décrire les années que j'ai mises pour admettre qu'il ne s'agissait pas de vous, mais de moi. Je viens tout juste de le comprendre, en fait…

A ce discours direct, Mme Mathilde opinait gravement, d'un air entendu.

— J'étais au Père-Lachaise, poursuivit Camille, parce que je me trouvais avec Simon Lewenthal, le soir où il a appris le suicide de son frère. Figurez-vous qu'il voulait me parler de la collection d'Henri de Galay. Une coïncidence, n'est-ce pas ? Ne me dites pas que vous n'y êtes pour rien, j'en aurais des vapeurs.

A cette insolence, la vieille femme éclata d'un rire franc, mais bref, qui exposa sa denture impeccable. Dentier neuf, de la même eau que les perles, nota Camille, admirative.

— Alors tu sais : Martin veut vendre. Il s'y connaît, et il veut se démontrer dans son tout nouveau métier, où il a des concurrents, il aime briller. Lucien a besoin d'argent, il ne gagne rien, il vit comme un saltimbanque, il veut être jardinier. Jardinier ! Quant à Jeanne, elle n'écoute que son mari, qui prospère dans les affaires immobilières. Sais-tu qu'Hervé Lubin fait une fortune, avec les terrains de ton oncle Charles, à Genilly ?... Quant à Théo, il ne répond pas aux lettres qu'on lui envoie, Boston est un peu loin pour mes invitations dominicales. Son silence sera pris pour acceptation de la décision : nous sommes au délai de trois mois. Il suffit que l'un de vous... Il suffit que toi, tu t'opposes. Litige. J'ai voix pour trancher. S'il y a litige.

— Parce que votre idée...

— Mon idée est que j'écoute Lewenthal : jusque-là, il a très raisonnablement réglé la succession d'Henri, une affaire de fous. Tant pis pour moi, qui ai tout passé à mon mari, pourvu qu'il me laissât en paix. En fait de paix, j'ai récolté une plaie, qui a mis trois comptables et deux juges à la peine durant cinq ans sans compter les notaires. Mais, vois-tu, la dispersion de ces vieilleries exotiques sur le trottoir me reste en travers... Je m'y suis attachée. Une lubie sénile, dirait-on.

Sa lèvre tremblait, elle la mordit cruellement, pour cet aveu soudain, qu'elle corrigeait d'une faible ironie, comme vainement on rattrape un lapsus, et Camille sentit de nouveau la reprendre au creux de l'estomac la crainte qu'elle chassait tout à l'heure. Non, cette fois, celle de subir l'ascendant détestable de cette femme, qu'aucun dans la famille n'avait été en mesure de vaincre ; au contraire, que lui fût donné de voir, par une brèche insoupçonnée, ce qui pouvait l'amoindrir, et même la menacer, compromettre à la seconde l'échafaudage de toute une vie, s'efforçant tellement de le restaurer, de se dominer, sa volonté suspendue à un ressort intérieur lui refusant de s'effondrer, un instant sa respiration retenue comme on résiste à la tentation de se lancer d'une grande hauteur. Camille voulait ignorer ce signe, moins pour sa sauvegarde que pour celle de la vieille femme, moins pour supporter impunément et sans pitié ce qu'elle découvrait là d'une intime douleur : pour ne pas y ajouter ni porter atteinte à sa qualité.

— Je n'ai pas cette lubie, enchaîna-t-elle très vite. Mais M. Lewenthal a des vues sur la destination de ces *vieilleries* qui me conviennent : il pense à une donation, n'est-ce pas ? Au demeurant, je n'y connais rien. Et comme je n'ai pas besoin d'argent, cela me rend corruptible.

— J'aime de ces paradoxes. Tu as bien fait de venir avant l'heure. Cependant résiste, argumente, que nous n'ayons pas l'air de larronnes : tes cousins en tireraient rancune, et je suis pour la paix des familles, relativement. D'ailleurs, ils ignorent ma préférence, je ne dirai mon mot que pour finir, s'il le faut.

De ce renversement rapide d'alliance, la jeune fille restait interdite, remuée plus qu'elle n'imaginait, parce que, en venant ce matin, avançant d'un bon pas sous la pluie adverse qui battait son parapluie, pensant aller à la guerre en solitaire et mal armée, elle se réservait les arrières d'une défaite prévisible, d'avoir à prêter, minoritaire, les mains à une liquidation, un arrangement qu'elle n'aimait pas. Et de ne pas l'aimer elle préférait également ne pas distinguer les raisons, quels motifs secrets et personnels l'attachaient à cette collection, ni quel rôle y jouaient l'avis de Simon, les circonstances où il le lui avait donné, la soirée rue de Lille, et la nouvelle affreuse de la mort sous le tableau du peintre allemand.

Elle alluma un autre cigarillo et sitôt Mme Mathilde tendit un cendrier, comme on coopère par de menus services pour sceller un contrat d'importance, considérant avec une sympathie goguenarde le brûlot et les volutes de fumée qui montaient en silence dans la lumière blonde, une subite éclaircie fouaillant la demi-pénombre du salon et tombant sur le bouquet de roses inaperçu, par cette grâce l'illuminant de gaieté, le grain charnel des pétales révélant leurs veines ardentes et sombres, du même coup leur intense et suave parfum.

— Elles viennent du Mesnil, Gabrielle me les a apportées cette semaine…

Si bien que lorsque arrivèrent Martin, avec Jeanne qu'il était allé prendre à Passy en voiture, puis Lucien sur leurs talons, venu à pied de son logement, rue des Petites-Ecuries, ce furent des retrouvailles presque charmantes, à peine entachées de la gêne qu'ont des parents éloignés à s'approcher après un long temps de séparation, s'observant à la dérobée, masquant l'empêchement par des timidités et des amabilités de bon aloi. S'ils avaient tous peu ou prou le même âge, ils se trouvaient tellement divers dans leur personne et leur histoire qu'ils étaient comme des étrangers, seule la présidence de l'aïeule les portait à feindre d'ignorer cette évidence, par égard pour elle et par bonne éducation. Martin, surtout, se montra disert et bon garçon, poussant son avantage d'exercer déjà un métier florissant dont le prestige pouvait lui donner cette mâle assurance. A vingt-trois ans déjà repéré comme bon expert et meneur d'affaires, ayant son nom d'associé gravé sur la plaque de cuivre d'un cabinet réputé, il jouait avec modestie de son crédit pour épargner le benjamin ombrageux, qu'il ne fréquentait guère, que ses fantaisies botaniques mettaient en infériorité. A vrai dire, supportant le blâme familial avec un détachement qui confinait à la provocation ; mais avec Jeanne sa cadette Martin avait à plaire, à renouveler une connivence enfantine, comme il s'en trouve dans les fratries, par affinité ou par intérêt, et elle se laissait chatouiller de ses grâces sans s'aviser qu'à tous il en paraîtrait, comme nez dans la figure, qu'en chemin au moins, ils avaient pactisé. Ainsi, selon cette distribution qu'une compagnie inconnue appelle, qui fait élire d'instinct l'un ou l'autre pour allié, Camille sentit-elle d'emblée le maillon faible de Lucien, une inclination intuitive lui faisait reconnaître dans sa marginalité la sienne. Outre qu'il était le plus jeune, à peine vingt ans, il affichait dans sa dégaine et ses vêtements négligés la différence d'avec ses frère et sœur élégants ; comme elle, qui venait en pantalon de flanelle, gilet de jacquard et blouson de daim souple, chaussée de bottines en caoutchouc. Et puis Martin ressemblait tant à son père que c'était choquant, et comique, son teint rouge sous sa crinière animale domptée à la gomina, déjà bedonnant, déjà assis, avec la jovialité jouisseuse de Charles, qui masquait beaucoup de matoiserie. Pour avoir joué avec lui au tennis ou au croquet, dans ses années d'adolescence, Camille le savait tricheur, mauvais joueur. Il le sera cette fois, suspecta-t-elle. Quant à Jeanne, déjà mariée, déjà mère deux fois, assise elle aussi ; mais moins assurée, moins bardée de certitudes, tout occupée de sa personne délicate. Avec des chatteries et des gentillesses naïves, elle tentait avec sa cousine des démonstrations extrêmement aimables comme si celle-ci fût une Comanche débarquée de sa réserve, mais elle se forçait, on le sentait et c'était touchant de bêtise. Ils s'étaient mis en rond, comme à une collation d'enfants sages, autour de Mme Mathilde, aux anges, qui laissait Martin distribuer les verres et servir le porto. Elle affectait, rencognée dans ses coussins, de subir héroïquement les attaques de quelque rhumatisme chronique, jouant avec les perles de son collier et tapotant ses bandeaux d'un geste suranné, voilant de sa paupière lourde le feu excessif de ses yeux. Le tout, pensait Camille, enchantée de la leçon, est de sonder l'adversaire en gardant sur sa figure le marbre du joueur de poker, d'être prête à dire des mots de charretier avec le miel d'une carmélite.

— Mes enfants, nous ne sortirons pas d'ici que vous ne vous mettiez d'accord, et s'il le faut, je vous fais séquestrer par mes gens. Moi, je ne suis que votre arbitre, entendez-vous ? Que faites-vous du legs de votre grand-père ?

Ils s'attendaient tous au sujet ; pas un ne broncha à sa question. Ayant ouvert les hostilités, elle ne dit plus un mot, laissa se déployer devant elle les arguments à fleurets mouchetés, puis à couteaux tirés, observant que Martin, pourtant entraîné à des négociations plus feutrées, se précipitait imprudemment dans un exposé de ses raisons, que personne n'attendait si tôt découvertes. Sans doute jugeait-il que tous seraient convaincus d'avance, puisqu'il jonglait comme d'avec balles de la cote des pièces d'Orient et de celles d'Afrique, du cours qui donnait aux unes faveur de saison, aux autres une plus stable, mais de moindre rapport, et Jeanne renchérissait, plaidant pour une estimation de l'origine de chaque par Martin, qui saurait dans ce fatras distinguer les meilleures.

— On pourrait, proposait-elle, garder un reliquat des moins intéressantes au Mesnil ? En souvenir sentimental, dans un coin approprié, une jolie vitrine de babioles…

La modeste mais inflexible objection avancée en toute douceur par Camille, selon laquelle le cœur lui fendait de brader une par une ces babioles comme sardines au détail, jeta un froid. D'autant que, dans la dispute, comme s'il n'attendait que la trouée où s'engouffrer, Lucien basculait de son côté, opposant à la grande surprise de tous que, pour sa part, cette liquidation lui semblait aussi un peu vite emballée. Renonçait-il vraiment à satisfaire son besoin d'argent pour le plaisir de contrecarrer son frère ? A moins qu'il n'en trouvât un autre, plus mystérieux et troublant, à soutenir les arguments de Camille, sinon pour gagner sa sympathie, du moins pour prendre place dans son jeu.

— Je partage avec Camille le sentiment que ces objets tiennent ensemble, avançait-il. Apparemment disparates, ils sont un tout, non une addition. Si se présente un acheteur qui les prenne tous, alors et seulement on peut envisager de s'en séparer… Avec pour consolation que l'acquéreur y apprécie la valeur que leur attribuait grand-père. Certes, un tel amateur doit se faire rare, admettait-il, mais peut-être Martin connaît-il l'oiseau rare ?

Là contre, Martin avait du mal à aller sans avouer crûment son envie de liquider, qui passerait désormais pour une ladrerie, une insulte à l'ancêtre. Et lui qui s'y entendait si bien aux finasseries notariales, aux silences éloquents comme au mot bien placé, celui qui fait mouche l'air de rien, aux allusions et discours indirects, c'est toute la science, dans ces milieux, que d'employer un vocable pour l'autre, de parler à l'étourdie pour faire passer le morceau, il n'y arrivait pas. A cause de grand-mère, qui n'en perdait pas une. Difficile de se mettre hors de ses gonds avec effets de manches sans donner une migraine à la vieille dame qui, sans les interrompre, endurait son mal de dos très diplomatique. N'importe où ailleurs, il se serait permis. Devant elle, exclu de crier, de cogner, en paroles s'entend, arguments bons aux terrains de foire et au commerce des vaches, il avait assez vu faire son père ; bons aussi dans les salles de vente, où l'on peut taper du marteau. Mais ce salon vénérable intimait la retenue, impensable d'étaler âpreté, rapacité, toutes choses vulgaires. Impossible de marchander les sentiments sacrés. Comme, au bout d'une demi-heure, les verres de porto étaient depuis longtemps vidés, et les sacs aussi, Camille suggéra l'idée qui lui venait soudain à l'esprit, pour trouver un compromis : une donation ne serait-elle pas une solution ? Une transaction avec un musée, ou une fondation…

— Cela se fait beaucoup aux Etats-Unis, et chaque partie y gagne, en remises fiscales et prestige public. Qu'en pensez-vous, grand-mère ?

— J'en pense qu'il est midi, mes enfants, et que vous êtes très gentils de vous entendre, à la bonne heure !

Et la chose fut entendue, sans triomphe des uns, sans murmure des autres, d'ailleurs Jeanne cédait avec d'autant plus de hâte à présent qu'elle devait rejoindre Hervé chez sa belle-mère pour le déjeuner, devant un miroir elle se repoudrait, replaçait son béret de soie sauvage gansée de gros-grain, enfilait ses gants et réclamait que Martin la conduise, puisqu'il allait de ce côté, porte Maillot, à un match de boxe. Les yeux fixes et furieux sous le bord vengeur de son chapeau de feutre, Martin baisait aux joues sa cousine, lui tapotait le menton :

— Sacrée bretteuse, Millie.

Le petit nom qu'il lui jetait avait le venin d'une menace dans l'effluve de son savon à barbe, il la ramenait au temps où il jouait à l'affranchi sur le court du Mesnil, la défiait à la course en bicyclette pour le plaisir d'étaler son excellence sportive, sa fatuité de jeune mâle que flattait tante Bertille, énamourée, confondue du bonheur de retrouver en lui la réplique de son petit frère adulé, son notaire de frère repu d'agapes et de fêtes, dont l'embonpoint défigurait le souvenir radieux qu'elle avait de son enfance. En son tailleur rayé strict, étranglé par sa cravate, Martin était pourtant piètre angelot. Camille réprima un fou rire. Menace ? Qu'ils sont bêtes, les hommes, qui croient se payer d'un mot, ils y sont bien moins habiles que les filles, quand elles s'en donnent la peine. Elle ne se la donna pas, si contente de la conclusion et qu'il n'y eût même pas *litige*, qu'elle le baisa aussi, franchement, et sa cousine de même, qui embaumait la poudre, leur donnant rendez-vous au Mesnil bientôt. Nous nous reverrons bien vite, n'est-ce pas ?

Mais en retournant, sa légèreté s'évapora. Un dernier aparté l'avait retenue sur le perron, au bénéfice d'une éclaircie, Lucien tenant à lui préciser, bredouillant dans sa précipitation, que, s'il avait pu lui être rapporté par médisance qu'il avait pour ambition le jardinage, qu'elle l'entende bien : il étudiait la botanique tropicale au Jardin des plantes.

— Chacun sème et récolte ce que bon lui semble, conclut-il.

Il louchait un peu, de timidité, ou de colère. Une fois faite cette mise au point, qui semblait de la plus haute importance, ne trouvant rien à rajouter, il l'avait quittée en se jetant dans la rue comme un noyé. En retraversant le jardin du Palais-Royal, Camille avait beau occuper son esprit à la beauté des quinconces d'arbres, dont la pluie avait noirci les troncs sous le feuillage d'or, que mouvementait le vent généreux ; à la noble symétrie des allées donnant aux arcades leur perspective royale, elle se sentait rattrapée par une mélancolie insidieuse à laquelle l'automne ajoutait, sans doute, mais on ne monte pas impunément au front des souvenirs d'enfance. On ne visite pas sans risque les lieux de mémoire, se morigénait-elle, malcontente. Pourtant, il fallait se féliciter du succès. Qu'en tirait-elle donc pour se féliciter ? Pour elle-même rien, sauf une satisfaction qu'elle n'escomptait pas, d'entrer si bien dans la combinaison d'une Mme Mathilde qui manœuvrait à son avantage, la conduisait où elle voulait, d'un tour de poker matinal remarquable. Ce n'était pas la moindre des surprises. L'autre satisfaction, plus obscure, serait d'avoir réussi là où elle promettait à Simon Lewenthal d'échouer, cette affaire de legs étant le cadet de ses soucis. Vraiment ? objectait une voix dissidente. Il l'était moins depuis que le directeur des usines B&G avait brillamment plaidé dans sa cuisine avant-gardiste, depuis qu'il lui faisait la faveur de ses conseils. Depuis qu'elle avait posé sa joue mouillée dans sa paume, en ce soir de deuil… Au fait, cette collection devait continuer de l'indifférer !

Mais, l'évoquant, elle se souvint brusquement des pénombres d'été au Mesnil, le grand salon enténébré au fond de la maison et ses murs de sagaies luisantes, les masques cruels aux cheveux de crin, aux yeux d'agate et dents d'ivoire, le froid serpentement d'angoisse qui lui venait à s'attarder à leur contemplation, à aller sans surveillance d'une pièce à l'autre examiner le secret et le poison de chaque, l'éblouissant manteau d'apparat impérial suspendu au mur que des dragons convulsés tailladaient de leurs griffes d'or, la multitude de flacons précieux, pots à tabac de porcelaine translucide, onyx et jade, vases peints de chasses, d'agonies et hallalis, biches et papillons hybrides, dans l'odeur légère et pénétrante de la maison, composée d'encaustique et des sucs de cuisine, du jasmin ou de la verveine qui circulent par bouffées dans les courants d'air, et celle douceâtre et fétide qui émane de ces objets importés de loin, toile écrue, peau de bêtes mortes, soie brûlée, ébène qu'ont chauffée des soleils d'outremer, de crasse, de poussière et d'encens. De leur somme, s'exhalait l'odeur unique, de celles qui s'épousent et se corrompent pour former le souvenir d'une maison, qui est son fondement même. A laquelle s'associait une autre, respirée au seuil de la chambre à coucher d'Henri où elle était entrée, bien longtemps après sa mort, où flottaient encore les relents amers des fioles de médicaments, des potions et des pansements, l'odeur de mauvais sommeil des alités de longue maladie que la literie garde, matelas et linges, dont s'imprègnent le vieux papier peint et les vieilles tentures qui ont vu se décharner un corps, et mourir.

Elle stoppa net, tomba sur un banc humide de pluie, les jambes rompues, soudain suffoquée de chagrin pour cet homme qu'elle avait si peu connu, ne connaissait pas, de qui la silhouette élancée et hautaine ombrait à peine l'espace de son absence, silhouette floue, immatérielle et résistante, sans yeux. De lui, elle avait seulement entendu, par bribes, la légende de sa dissipation aventureuse, voyageur des mers, prodigue, inconséquent... On ne sait ce que retiennent des récits les enfants réfugiés sous la table des cuisines, abandonnés aux somnolences d'été, fin des repas, le temps languit. Les hommes sont absents, partis à la sieste ou à l'écurie, dehors le soleil brûle. Les femmes font la vaisselle, cognent les assiettes, essuient les verres au torchon, elles boivent le café dans les mazagrans. Là-haut, par-dessus la nappe cirée, les langues vont. L'ombre des cuisines est propice au colloque postprandial des Parques, qui filent, tissent et coupent le fil du roman familial, destinées sentimentales. Les langues travaillent à ce qui tient les femmes entre elles, affaires de ventres, d'enfants attendus, perdus, ou qu'on a fait passer, convoitises, héritages et filiations, usufruits, viagers, accordailles et corbeilles. Voyages lointains et veuvages soudains, portons des fleurs au cimetière, adultères, trahisons, la jeune tante enfuie un jour d'avril, laissant mari et enfants pour un voyage sans retour, d'elle il ne reste que son tilbury attaché à la palissade d'un jardin, derrière la gare... Sous la table, on écoute le feuilleton, la chronique à suivre, d'un jour sur l'autre, d'une année sur l'autre, lacunes et fragments, ellipses abruptes, voix polyphoniques, les langues sont fourches. Elles parlent à l'envi et de travers. Elles disent un peu de bien et du mal beaucoup, des vivants pareil que des morts, comme s'ils venaient juste de passer le seuil. D'ailleurs ils sont là, apparitions. Ils se tiennent debout, à contre-jour, dans l'embrasure de la porte… Là se tenait Henri, dont elle n'avait pas le souvenir.

Elle restait immobile, les yeux bordés de larmes, submergée d'une nostalgie absurde pour quelque chose d'inconsolablement perdu. Mais qu'aurait-elle perdu, puisqu'elle n'avait rien eu de cet homme ? Alors elle vit la poupée chinoise. Elle la vit, en toute lumière. Figurine précieuse aux bras et tête de porcelaine, minois rond peint au pinceau fin, ses traits hiératiques et ses yeux bridés, piqués d'une perle de jade, longs cheveux de soie floche en coques, et sous son kimono turquoise de chétives jambes, un ventre mou rembourré de son, petits pieds bandés, des moignons en souliers de cuir rouge… Si peu un joujou qu'elle n'avait pas rejoint les autres ; cette princesse minuscule, raide et flasque à la fois, n'invitait pas au jeu, seulement au conciliabule muet que comprenait son sourire de sphinx. L'oubliée surgissait dans le jardin détrempé, une incongruité, et pardessus le faîte des arbres grandissait, géante dans les nuées grises du jour, elle qui n'était qu'une miniature, pas plus longue que sa main de cinq ans, si délicat bibelot qu'aucun adulte sensé ne l'aurait confié à un enfant, et c'était son premier Noël au Mesnil… Quand il allait de soi que la poupée tombait du ciel par la cheminée, comment avait-elle su, de science aussi sûre, qu'Henri en était le donateur, comme Gabrielle de la petite bague bleue, qui l'accompagnait dans son soulier ? Les géants tutélaires s'imaginent tromper les enfants de croyances, mais ceux-ci sont déjà avisés des leurres féeriques, ils en entretiennent l'illusion ravissante par feinte et par bonté, ainsi paient-ils les adultes de leur âge d'or perdu. Mais où est ma poupée chinoise, s'effarait Camille, où est-elle ? Où l'ai-je oubliée, laissée, est-elle vraiment, définitivement perdue ? Son besoin de l'avoir, la toucher, la prendre était si véhément qu'elle se mit à rire et sécha ses larmes. Si, enfant, elle n'avait pas été la dupe de ce cadeau, elle avait pourtant oublié, enseveli en elle la connaissance qu'elle avait de son origine, mais elle ignorait alors ce qu'elle comprenait à présent. Que le bel indifférent, mari volage et père négligent, de séjour dans sa maison entre deux voyages, avait un soir prélevé la poupée parmi les objets rares de sa collection pour la lui destiner, orpheline échouée dans ses murs. Qu'en faisant cela, sans le savoir sans doute, mais quelle intuition conduit les êtres en ces circonstances, il l'élisait. Il la désignait, ainsi que par tout don, tout sacrifice, qui oblige, pour être un jour peut-être celle qui considérerait son legs de telle façon que n'en serait pas mésestimée la valeur. Le vœu secret qui l'inspirait, en faisant de ses petits-enfants les légataires de sa collection, son bien le plus précieux, dans lequel sa vie entière était contenue bien plus qu'en ses terres, meubles et immeubles, peut-être était-il que, d'entre eux, elle soit celle qui serait mise au défi d'en recueillir l'héritage, comme elle avait reçu de lui la poupée. Elle avait pu, comme eux tous, grand-mère et Lewenthal, ses cousins, s'étonner d'une disposition aussi originale, assurément foucade de vieux fou, ou de grand malade, qui laissait par ailleurs dans l'indifférence l'abracadabrant chantier de sa succession, mais à elle seule revenait, après tant d'années écoulées, d'en deviner le secret et que la touche enfin, dans ce jardin, la main d'ombre du vieil homme, déposant, une nuit de Noël, son présent de bonté.

Elle marchait d'un bon pas, le grand parapluie sous son bras, maintenant que le ciel virait au bleu vif. Fouettée par les bourrasques qui ridulaient les flaques, emportée par une ferveur neuve pour cet homme dont elle avait ignoré la fin, qui n'avait pas ignoré son enfance, au moins une nuit de Noël, elle pensait que de lui venait la nouvelle du jour selon laquelle il fallait, voilà qui pressait absolument, retrouver la poupée chinoise, se rendre au Mesnil et la chercher. Par conséquent, s'avisa-t-elle, aussi la petite bague bleue, l'anneau d'argent à la fleur d'émail, ou de pierre, son premier bijou, et quand l'avait-elle ôté de son doigt où il allait si bien ? Quand avait-il glissé pour s'oublier aussi, dans le grand départ de 1914, ou bien plus tard ?... Les tiroirs de famille escamotent les traces d'existence, accidents petits et grands drames, ils les enfouissent mais ne les font pas disparaître. Elles dorment, couronnes de mariées, mèches des bébés, lettres des fiancés, de guerre et de notaires, sous-seing et testaments, chacun a sa volonté, jamais dernière, que la mort ne fait pas taire, alors ce serait bien le diable si, dans un coffre, sur le plancher d'un grenier, au fond d'une armoire, elle ne retrouvait pas ces trésors. D'ailleurs, elle n'en parlerait à personne, ils ne regardaient qu'elle. Ils me regardent. A défaut qu'ils m'aient été vraiment destinés, je me les destine ce matin. Les effets des causes, et ce qu'ils entraînent de nouvelles causes n'ont pas de compte à rendre pour dire où ils conduisent. Nulle part, peut-être. Sinon à devenir une raison de vivre, qu'en rien le vieil homme n'a anticipée ni voulue pour elle, ni pour qui que ce soit d'ailleurs. Hormis son caprice, son inspiration de l'instant, il n'avait aucune visée, pas plus que Gabrielle lui offrant la petite bague bleue, mais si les sens échouent à capter la vérité de leur don, si réflexion ni déduction n'est bonne à résoudre la question, c'est qu'à un degré très faible, cependant imprescriptible, elle est porteuse d'une joie, d'une plénitude et d'une beauté qui entament l'obscurité de son enfance, dont l'expérience silencieuse bouleverse ce matin.

Elle avait soudain grande envie d'un bol de chocolat noir, de pain beurré, ou bien de saucisses grillées avec de la tomate, de l'ail et du vin blanc. Elle aurait mangé un petit cheval, ses jambes fourmillaient d'impatience, elle allongeait le pas et son appétit en réveillait d'autres. Elle s'était promis beaucoup de choses depuis le départ de Magda, trois jours plus tôt. En se quittant, elles faisaient mille projets, pour l'une et pour l'autre. De ne plus se perdre si longtemps, de se retrouver bientôt à Budapest. Là-bas, Camille avait à porter à quelqu'un l'étui de Jos et si elle n'en avait pas parlé à Magda, si la mission dont elle était chargée, à ce stade, n'avait pas encore assez mûri pour la partager, si elle n'en était pas encore assez la propriétaire pour être prodigue, viendrait le moment où elle aurait besoin d'elle pour s'acquitter de sa promesse. Mais ce temps différé de la livraison, ce temps pendant lequel elle était encore à mi-chemin et sans avoir traversé le pont, était aussi une joie, que d'une certaine manière la petite poupée chinoise permettait de connaître.

C'était bon de faire ce qu'elle avait à faire, de penser, d'éprouver ce qu'elle avait à cœur de comprendre, au risque d'échouer. Ainsi était-elle retournée rue de Terre-Neuve, pour exécuter son projet de remercier la jeune femme enceinte, qui prêtait si bien sa cuisine aux gens de la nuit. Elle l'avait fait, hier. Elle voulait porter au petit garçon endormi dans la chambre d'à côté un cadeau qui n'offenserait pas sa mère, que celle-ci refuserait peut-être pour elle mais admettrait pour l'enfant ; elle voulait procéder avec tact, elle avait échoué. Elle les avait trouvés dans la cuisine, lui encore ensommeillé, à peine son menton atteignait-il le bord de la nappe cirée, sous ses cheveux embroussaillés un museau de petit animal d'une étrange beauté, à laquelle elle s'efforçait de ne pas prêter attention, comme si ce fût une faute de la remarquer, de se laisser intimider par elle. La femme tournait une bouillie sur la cuisinière, elle l'avait accueillie sans surprise, ni malveillance, sans aménité non plus, d'une sévérité hostile derrière laquelle il y avait le refus de toute avance qui entamerait son intégrité. A la façon dont elle la regardait, ses yeux d'or dur qui ne fléchissaient pas, Camille avait senti la gagner une honte écœurante, l'envie basse de s'enfuir ou de se mettre à genoux, une envie folle de demander pardon pour sa méprise. Retenue par le sentiment de cet acte déplacé, elle était restée un instant sur le seuil, n'avait osé avancer qu'au signe imperceptible de la femme, concédant comme une grâce qu'elle déposât l'offrande, un camion de pompier disproportionné à la table de la cuisine, à l'échelle de ses murs et des ustensiles pendus à l'étagère, au bol de l'enfant, à sa tête menue, à ses yeux agrandis d'incompréhension. Pour ne pas ajouter au fiasco, elle avait tourné les talons, couru jusqu'au bas de la rue, le moins qu'elle devait faire était de disparaître, de se dissoudre à l'instant. Alors elle s'était souvenue qu'elle n'avait cessé d'être, en Alabama, tout au long des six mois d'errance, poursuivie par le même sentiment d'indignité, ou d'imposture devant les gens qu'ils rencontraient. Ils avaient le même regard que la femme, et reléguant dans un plan second sa honte de commettre par incompétence, par indigence, un crime contre nature qui excédait sa pensée, d'exercer un acte impur, et pourtant dépourvu de malignité, sa bonne conscience évanouie, démentant tout ce qu'elle avait cru apprendre et comprendre par son éducation ; une telle nudité d'être, qu'à tout instant elle pouvait en mourir. De cela, elle tirait expérience, mais lentement, comme c'était lent à lui parvenir… Comme elle prenait de retard sur elle-même, et sur Jos, pour atteindre, comme dans les rêves de guérison qui ont le pouvoir d'éclairer l'inconscience du sommeil, l'intersection exacte de temps et de lieu où se délivre une connaissance. De cela non plus, elle ne parlerait à personne, mais exultait à la fois d'en souffrir et d'en tirer une leçon personnelle dont elle ne savait encore que faire. D'où lui venait cet appétit joyeux d'en découdre, de s'avancer jusqu'au pont, et de traverser.

Au milieu du pont Marie, elle s'attarda un peu à regarder les péniches remontant la Seine, leur lente procession sur les eaux grises et les remous qu'elles laissaient dans leur sillage, à l'image de sa vie présente, pensait-elle, lente et lourde, entravée d'un chargement dans ses flancs qui ralentit sa course, mais descendant le fleuve où va sa pente. Demain, elle avait rendez-vous avec le directeur du magazine *Vu*, qui publie de l'information en photos sur tous les sujets du monde. Elle avait osé téléphoner, sur le conseil du petit photographe du boulevard Saint-Marcel, qui disait qu'on pouvait le rencontrer facilement une fois, pas deux : dès la première, il sait ce que vaut une image. M. Vogel était la personne la mieux indiquée, un géant dandy, grand patron de presse, un génie à l'œil d'aigle. Elle avait obtenu son rendez-vous en s'autorisant d'elle-même, sans recommandation ni appui de personne, rien qu'avec son culot et sa persuasion, son courage, et elle tirait orgueil de suivre son idée, celle dont elle harcelait Jos dans les rues de *downtown*. Demain, elle montrerait ses photos, selon sa volonté, contre laquelle il ne pouvait rien. D'ailleurs, elle ne le rencontrait plus à tout bout de champ, posté au coin de la rue, ou appuyé à une colonne Morris. Elle avait établi avec lui un commerce apaisé et bienveillant, et il s'en remettait à elle, maintenant. Ainsi quand elle était allée faire enfin les photos qu'elle voulait, sur la route de Choisy, elle n'avait pas pensé à lui une seule fois. Elle opérait en toute légèreté et solitude, comme s'il n'était plus que dans son geste, cette souplesse de danseuse qu'elle avait apprise de lui, la voltige de l'œil pour guide des pas, flexion fluide du poignet et de la nuque ajustés au viseur, il n'était plus qu'un dessein amical incorporé à sa visée, et si les photos n'étaient pas bonnes, s'il fallait revenir, encore danser sur la route de Choisy, en rien il ne l'y condamnait, ou ne la jugeait, il était seulement passé de son côté.

Enfin, elle avait l'intention de lire les livres de tante Agota, la meilleure façon d'habiter sa maison, d'apprivoiser les fantômes qu'elle avait si mal traités, en faisant beaucoup de poussière de plâtre et des badigeons de peinture neuve pour les chasser, pauvres présences, si faibles, en voie d'effacement. Ce premier jour où elle était entrée rue Buffon, dès le seuil, elle avait été ensevelie par la senteur des lieux reclus, vieux murs et tentures rances, par ce linceul de solitude jeté sur les choses abandonnées ; elle avait reculé. De la cuisine, venait une clarté blafarde dont l'angle vif faisait saillir, dans toute cette obscurité, un pan de mur du corridor, papier peint violine et jaune fanés. Elle s'était s'enhardie à entrouvrir une porte. Un rai de soleil filtrait entre les persiennes, mourant sur le plancher, nimbant les meubles enveloppés de housses livides et, sur une cheminée, une pendule de marbre, arrêtée, dont le cadran de nacre luisait comme un œil mort. Du coin le plus sombre, des rayonnages de livres, il émanait de faibles éclats dormants, le cuir des tranches, échos d'une lumière épuisée depuis longtemps, qui faisait signe pourtant. Alors, avait surgi le fantôme de celles qui avaient habité là, vécu leur vie et peuplé l'espace clos de leurs voix. Il s'en fallait de peu qu'elle n'entendît leur chuchotement d'autrefois, l'inflexion et le timbre de leurs paroles tues, le glissement lent de leurs feutres ou leur tapotement de talons sur le plancher, leur petit ménage au fond du corridor, le froissement de linges dans une corbeille de couture, et que, au passage, elles ne frôlent l'intruse de leur robe, revenantes de souterrains où pas une haleine ne respire. Alors elle voulait lire les livres en hongrois d'Agota, les recueils que Magda avait ouverts et feuilletés devant elle avec tant d'étonnement et de piété, des pages desquels montait le parfum tenace qui traverse le temps, et voleuse, peut-être criminelle, elle voulait se glisser, furtive, dans l'échancrure qu'ils offraient, peut-être y trouverait-elle alors quelque chose d'elle-même, qui lui manquait… En attendant, installée dans un petit restaurant du quai d'Austerlitz, devant une assiette de saucisses grillées et un verre de vin blanc, elle écoutait, distraite et heureuse, un air de swing en sourdine à la radio qui trônait derrière le zinc, entre les plantes vertes et les bouteilles d'apéritif. Derrière les rideaux, passait un autobus beige et vert, vide, des promeneurs du dimanche flânaient, penchés au parapet du pont, il faisait un si beau soleil d'octobre…

Entre la messe de onze heures et les vêpres de cinq heures, l'église Saint-Sulpice retrouvait une relative sérénité, dans l'air flottaient des effluves suaves d'encens et de fumée des cierges éteints, qui ont cette qualité commune de caresser l'esprit. Seules quelques dévotes chaussées de feutres patinaient prudemment sur les dalles luisantes, s'affairant à leur petit ménage pieux, d'autel en confessionnal transportant des piles de paroissiens en ruine, des linges de messe empesés et des fagots de cierges neufs, furtives, silencieuses, en rien ne dérangeant la paix de reposoir du vaste édifice dont les piliers tailladaient la lumière tombée d'un vitrail. En cette solitude d'après-midi dominical, Elise attendait, assise au dernier rang, s'épargnant la torture du prie-Dieu de paille qui scie les genoux, son immobilité de statue valant pour contrefaçon du recueillement. D'ailleurs, les deux personnes arrivées avant elle étaient assises, elles aussi ; l'une très vieille, ratatinée dans châles et mantille, égrenait un chapelet, son vaste fessier épaté sur la chaise, elle pouvait passer pour une bigote abonnée aux dizaines ; l'autre plus jeune, chapeau et voile noir tombant à la taille, abîmée en prières d'un grand deuil récent, dodelinait par intermittence, sous l'effet d'élancements intérieurs ou de crampes subites. Elise les tenait bien dans son angle de vision, l'une sur le bord de la travée déserte, l'autre deux rangs plus haut ; de même l'autel enrobé de dentelles et le tabernacle d'or ; par accident, le passage de l'une ou l'autre des vestales ménagères. Il venait de s'installer quelqu'un, sur sa gauche, un monsieur d'âge moyen, demi-calvitie dès qu'ôté son chapeau taupe, en écharpe et pardessus de prix. Il ne faisait rien, visiblement ne priait ni ne souffrait. Un promeneur fatigué qui préfère l'église au café pour faire une halte ; il se reposait. On pouvait le croire, au lent affaissement de son torse plombé par la somnolence, la nuque emportée par son poids, qui, d'un tressaillement se redresse, et elle avait bien observé son manège, parce que, à feindre la sieste, se disait-elle, on ne la lui faisait pas. Mais non, celui-là non plus ne serait pas un quidam envoyé en reconnaissance : il ne serait pas venu, innocent, se coller à cette place surexposée. Quant à elle, calée entre le pilier et le gros bénitier veiné de rouge, dans une demi-pénombre propice, personne derrière, elle contrôlait la place, en bonne sentinelle.

Louvain tardait, mais elle ne détestait pas attendre. Elle aimait même ce temps suspendu en embuscade, qui offre dans sa parenthèse toutes sortes de satisfactions. Elle se prenait pour un ange de duplicité à cause des vingt façons secrètes qu'elle avait d'attendre. Après les averses du matin, la pluie drue qui s'engouait dans la rigole des caniveaux, de jolies éclaircies balayées de vent avaient séché les rues, et maintenant c'était un magnifique rayon colorié par les fantaisies du vitrail, qui tombait à pic pour agrémenter sa patience. Pendant ce temps où rien ne se passe, des images adviennent au coin de l'œil et de la pensée, qui sont fictives ou réelles, se mélangent et s'adoptent au point qu'ensuite on se sait plus, de ce temps élastique, si on l'a rêvé ou vécu. Ainsi de Virginia Woolf, dont elle se demandait parfois si elle l'avait bien vue sortir de la Hogarth Press ou si, à force de l'espérer, elle n'était pas une illusion de l'attente. Ah, mais non : elle avait bien vu Virginia Woolf, en personne, en chair et en os. En vieille veste de velours, avec parapluie et chien jaune. De ces expériences optiques dont l'exactitude vous laisse froissée d'émotion. L'œil a capté les rayons de lumière venus de quelque coin de l'espace, un éblouissement net, évanoui sitôt que perçu et qui, dans sa précision parfaite, demeure sous les paupières, alors on ferme les yeux pour mieux voir, pour retenir le bonheur perdu, donné et confisqué, d'avoir entrevu l'invisible. Ne cherche rien d'autre, ni à ressusciter la vision, ni à la repenser, la joie ruisselle sur les parois de mon âme, elle me lave de tout, elle me console, elle est toute petite, elle est immense, il pleut des cordes, merveille, quel pays ! Elle s'était hâtée de fuir, évitant les flaques, elle ne touchait pas terre, aérienne dans son transport amoureux et si, avec personne au monde, personne, elle ne le partageait, cela n'amoindrissait pas cet instant. A cause de la pluie d'aujourd'hui, semblable à celle de Londres, et de ce rayon divin traversant le vitrail tel d'une annonciation, s'en souvenir était d'un plus grand contentement.

Elle se souvenait avec moins de plaisir de son attente à Berlin, des heures passées à l'étage d'un appartement inconnu à épier à la fenêtre, seule dans une ville, un pays dont elle ne connaissait pas la langue, les mœurs, ni les soldats. Il y en avait énormément, debout sur la plateforme de camions cornant, ou s'appropriant en maîtres la chaussée, débandés ou marchant au pas, chemises brunes ou noires à brassards rouges, en casquettes et bottes cirées, jeunes et moins jeunes sanglés de ceintures en cuir neuf, et des drapeaux partout. Oriflammes de croix gammées aux vitrines, aux balcons, la ville en fête, son lendemain ou sa veille électrique qui jonche les rues de tracts, d'affiches aux murs, une alarme, une exultation basse de kermesse ou de braderie. En deux jours, elle n'avait rien pu voir de cette ville cacophonique, sale, élégante et vulgaire, opulente, que sa foule brutale et plus de pauvres gens en file devant les magasins qu'elle n'en pouvait imaginer. Mutilés de guerre, unijambistes à béquilles, manchots vendant des grappes de ballons multicolores, mendiants offrant cartes postales et billets de loterie aux kiosques, distribués comme on oblige, d'un geste qui entrave le passage, voitures cornant, charrettes à bras, autobus peints de publicités, Chlorodont, et Pschorr, tramways, bicyclettes filant en tous sens au bruit de gong des sémaphores, à vous en tourner la tête. Potsdamer Platz, elle avait bien cru s'évanouir. En dépit du plan du quartier appris par cœur, elle ne trouvait pas l'avenue sur laquelle prenait, deuxième à droite après le grand hôtel *Kaiserhof*, en face de la station de métro Nord-Süd, à son coin une grande coutellerie, la rue où, face à un magasin de modes, hommes et dames, à côté d'un *Delikatessen*, était l'imprimerie Klaus, à enseigne jaune, où elle se rendait. A pied, parce qu'elle n'aurait su demander en allemand un billet de métro ou prendre un taxi, rendre sa monnaie ni dire merci, toutes choses impraticables ; d'ailleurs la gare était proche. Le plan se brouillait dans sa tête, il y avait trop d'artères semblables en étoile, de perspectives fuyantes, elle avait failli se perdre, pourtant en dépit du vertige gardait un pas assuré. Droite, alerte, elle avait fait deux fois le tour de la place sur ce manège infernal, avant de lire enfin la plaque, Friedrichstrasse, de retrouver son aplomb, son esprit et sa direction. Louvain, vous ne me la ferez pas deux fois, et vous me le paierez, jurait-elle, requinquée, en fendant la foule attirée par les vitrines comme mouches par le sucre, mangeant sur le pouce des harengs, de l'anchois, des choses grasses, et des pains craquants, se pressant aux terrasses des cafés, donnant à des dames le bras ou campant au bord des trottoirs, abîmés dans leur journal grand ouvert, des ouvriers en vareuse traînant en grappes désœuvrées à l'affût d'un appel de la rue, dans un état de fièvre morne qu'un hasard réveille. Ebahie par l'architecture massive de béton, de métal et de verre, les enseignes géantes et le tapage, elle se faufilait, pimpante, son petit sac au bras, comme une bourgeoise pressée, qui sait où elle court.

Dieu sait pourtant si elle l'ignorait ! Si elle avait les jambes, le dos rompus par ses douze heures de train, sa nuit blanche à écouter le cahot des traverses et les grincements des bogies, et aux stations dans des gares sonores, derrière le store, à guetter le nom des villes qu'elle traversait, dans un éloignement de tout ce qu'elle connaissait, se maudissant d'avoir cédé à cet enjôleur de première, pour la curiosité de sa cicatrice émouvante à la lèvre. Il n'avait pas lésiné : wagon-lit en première classe, moquette chamarrée dans les couloirs, globes de verre laiteux à dessins de cygnes, cuivre et menuiserie en loupe d'orme, et miroirs, luxe et volupté, son repas servi dans son compartiment, cristal tremblotant ; un voyage d'altesse. Par politesse et par scrupule, elle avait usé de tout avec naturel, comme si elle fût née une cuillère d'argent dans la bouche, étonnée de son aisance et de son toupet, mais elle n'avait pas dormi de la nuit. A Londres, elle avait ses habitudes et sa pratique, Sparrow à l'arrivée, son petit commerce de revues bien arrangé, son crumble du soir. Là, rien que d'aventuré. Même si tout était réglé, sa feuille de route arrêtée, il restait trop d'impondérables, à chaque minute.

Attention, pas de protection, vous n'êtes pas une personne autorisée dont on suit les déplacements, avec passeport diplomatique, une qu'on ne touche pas sans aviser en haut lieu. A tout moment, vous pouvez être contrôlée : on vous demande ce que vous faites là, qui vous envoie, qui vous cherchez, on fouille vos bagages. Pas de mistigris, les dissimulateurs se dénoncent ; par les temps qui courent, on fusille pour moins que ça. Prenez-le plutôt de haut, outragée : vous êtes une éditrice avec pignon sur rue, qui rencontre des auteurs, négocie des traductions. Vous fricotez avec des écrivains, une toquée d'échanges artistiques imbue d'elle-même, péché véniel bien français : vous êtes une idéaliste candide, c'est pourquoi vous êtes insoupçonnable. Voilà comment Louvain envisageait son rôle de composition.

— Au fond, insinuait-il, ce n'est pas difficile, vous verrez : se faire passer pour une autre, c'est très amusant. On n'est pas ce qu'on est, ou pas absolument, bien d'autres personnes secrètes patientent en coulisse, qui brûlent de s'exercer. En réalité, vous êtes d'une trempe étonnante, vous pourriez, dans une autre vie, faire un capitaine, un ingénieur, un ministre ou un assassin. Le tout est de bien choisir, d'adapter la circonstance, celle qui sommeille en vous tiendra le rôle à s'y méprendre. Celui-là vous va comme un gant. J'ai vu, consignée au fond de la librairie Brasier, une Mlle Cazzoni pointer son nez entre les livres, combative et très avisée ; elle a fourbi son petit couteau, fine lame, elle me plaît beaucoup. Et vous, vous plaît-elle ?

Ici même, une semaine plus tôt, Louvain lui avait tenu ce langage ; très persuasif. Il déployait ses tentations méphistophéliques dans la nébulosité ombreuse de l'église, celles d'une vie qu'on mène entre parenthèses, féerique, imaginaire. Cela donnait une accélération du pouls délicieuse de l'envisager. Ils avaient eu à voix basse un entretien serré, fort véhément, qui tirait au clair les raisons des voyages à Londres, un jeu qui n'était pas pour les enfants, mais vous avez de la jugeote : toute seule, comme une grande personne, vous éventez le petit tour des semelles à double fond, vous êtes très forte.

— Cependant le prochain voyage vous demandera plus d'estomac qu'à leurs tours de foire les fiers-à-bras. Vous transporterez sur vous, entre deux semelles, comme vous savez, dans une ceinture ou une montre, une épingle à chapeau, ce qui ne peut se transporter d'aucune autre façon. Mieux vaut, en principe, que vous ignoriez quoi. S'ils sautent, de petits fusibles comme vous ne font pas péter toute l'installation. Cela coûterait très cher à nombre de gens. C'est ingrat, n'est-ce pas, sans éclat ? Autant que vous sachiez le prix du service : le pire n'est pas sûr, mais il arrive, comme dans les romans. Nos voisins sont incommodes, cependant notre organisation est assez bonne, vous verrez. Etes-vous toujours partante, Elise ?

Il tordait une moue dubitative, assez suffisante, comme s'il lui proposait une chose malpropre. Tu te trompes, gros malin, pensait-elle, tu t'embarques où tu n'as pas besoin d'aller ; tu y patauges, malpoli. Elle n'était ni offensée ni maltraitée, juste un peu émue qu'il prenne tant de risques et de bonté à se ridiculiser en explications pénibles.

— Cette façon de parler m'indispose, dit-elle. Restons modestes, restons décents. Mon âme incline à collaborer.

Le coup de l'âme le prenait de court, il rengaina ses discours de mort subite, mais son sourire en coin tirait sur sa cicatrice, plus claire, aiguisée en fine rature qui démentait sa raillerie. Pour lui épargner plus de frais, elle mit beaucoup de gentillesse : au sujet de nos identités secrètes, permettez-moi de vous dire que Meaulnes vous va comme un nez rouge.

— Cette désinvolture me blesse, donnez-moi un gage, et nous serons quittes : comment vous appelez-vous, Augustin ?

A ce revers non plus, il ne s'attendait pas, mais, bon prince, après une seconde d'hésitation, livra son nom à son oreille.

— Attention, ce qui s'entend au confessionnal est sacré, ne l'oubliez pas, Elise.

Elle ne l'oubliait pas, un nom pareil. Lange, encore un nom d'emprunt, mais celui-là, elle le fréquentait à part soi avec satisfaction, elle avait bien besoin de ce viatique céleste pour se sentir moins seulette à Berlin.

Car, dès que poussée la porte de l'imprimerie, plancher poisseux, murs noircis, suffocante odeur d'alcool et d'encre, un assourdissant cliquetis de mécanique fatiguée crachant le papier imprimé, elle avait vu aussitôt, du premier coup d'œil, s'entassant par saccades sur les tapis roulants, les paquets de feuillets frappés de croix gammées, que ficelaient machinalement quelques ouvriers en tablier de cuir ; mais où suis-je tombée ? Accusant le coup, cœur battant d'une possible méprise, elle cherchait du regard celui qui devait l'accueillir, l'homme annoncé, ce Klaus directeur de l'officine. Il l'attendait, un blond bedonnant à nœud papillon, en gilet et bras de chemise, visière de celluloïd. Sans cérémonie, s'évitant un mot inutile dans le fracas, il l'avait tout naturel engagée à gravir l'escalier qui conduisait, au-dessus des machines, à son logement, un endroit désaffecté, sorte de grenier : cuisinette, chambrette et petit salon à fauteuils de cuir avachis, ensevelis de poussière grasse, où personne n'avait dû séjourner depuis des lunes. Mais un homme maigre entre deux âges avait sitôt surgi sur ses pas, Dieu seul sait d'où, costume râpé, affecté d'un asthme que son ascension précipitait, le crâne prématurément dégarni : son traducteur attitré. Un peu effarée de la réception express et de l'irruption instantanée, n'osant encore quitter son manteau, un peu réconfortée de voir que tout avait lieu selon le programme, et qu'enfin on lui parlât en français, elle s'était un peu rassérénée. Ce monsieur se présentait pour son contact, spécialiste en critique littéraire, grand amateur de poésie française, flatté de recevoir une éditrice amie intéressée à contribuer aux bons rapports entre nos deux pays qu'en dépit des conflits mutuels tant d'affinités de l'esprit unissent à travers l'histoire, d'un seul souffle, après quoi, il eut une quinte de toux. Clignotant derrière ses lunettes à gros verres, il lui confirmait être M. Lieben, l'instigateur de cette rencontre pour laquelle elle avait la bonté de se déplacer. Il avait là, dans son cartable, tapotait-il, les œuvres de poètes en herbe qu'il recommandait, qu'il lui présenterait tout à l'heure. En attendant, tout miel, il lui proposait de prendre ses aises, un peu de repos dans la chambre attenante, tandis qu'il préparerait un goûter de réception, et excusez-nous pour cet accueil rustique : nos moyens sont modestes.

— Klaus, qui imprime nos recueils, héberge gracieusement nos invités, quand nous en avons…

Le petit monsieur disparaissait et elle, mortifiée, prenait possession de sa chambre dont les murs vibraient du roulement des rotatives à travers le plancher, ou bien c'était elle qui tremblait de tous ses membres. Elle avait beau se répéter que, selon la consigne, elle n'avait pas à poser de question, seulement se laisser mener où on lui dirait, elle suspectait le piège, doutait de la louche personne à cartable, et de son comparse au nœud papillon, membres de la confrérie comique, pathétique, des conspirateurs d'opérette. Elle avait passé une heure très éprouvante, très déprimée, assise au bord du lit étroit, à retourner ces pensées folles, à attendre, d'une minute à l'autre, l'irruption de quelque brute armée éructant, à qui le faux Lieben la livrait d'un doigt dénonciateur… Elle se sentait très petit fusible à aller, sur la pointe des pieds, écouter derrière la porte les prétendus préparatifs ; à guetter à la fenêtre, parmi la foule des badauds, des passants pressés, qui ressemblerait au vrai Lieben venu la délivrer, avec l'espoir absurde qu'il aurait la dégaine de Sparrow… En face, le magasin hommes et dames aux grilles fermées portait une pancarte, en grosses lettres gothiques, dont seul le mot *Juden*, lui était connu. Longtemps elle resta là à interroger le reste, indéchiffrable. Mais, au bout d'une heure, bien poliment M. Lieben avait toqué, parce que s'annonçaient les auteurs. De tout jeunes gens gravissaient l'escalier, s'introduisaient et prenaient place dans le local exigu. Un vrai colloque autour de la table, biscuits au gingembre et pain d'épice, thé noir, chocolat noir. A quel degré croyaient-ils avoir affaire à une véritable éditrice, et elle-même, à quel degré faisait-elle illusion ? En tout cas, Lieben traduisait sans sourciller, du moins on pouvait croire que, ce qu'ils disaient, il le lui disait aussi, tant un traducteur est maître en mensonge et trahison. Il exaltait leurs essais poétiques comme de bouleversantes découvertes, traduisait quelque titre ou incipit, classait lui-même manuscrits, opuscules et argumentaires distingués, laissés à sa disposition, qu'elle emporterait ; remerciait. Les étudiants, à peine un duvet au menton, et l'écolière en chaussettes, lunettes d'acier, pénétrés de respect envers cette dame influente, envers ce discoureur surréaliste, aussi sages qu'à la messe, buvaient ses paroles, timides, déférents. Feindre l'aspiration noble, l'élan sincère et l'admiration n'est pas du premier venu, il y faut du métier, de l'expérience, ou alors, et voilà le plus fameux de cette rencontre : c'est qu'elle en était une *pour de vrai*. Que ces jeunes gens étaient d'authentiques amateurs d'art, *pour de vrai* les amis du critique, qu'un lien spontané et cordial les liait à lui, leur professeur, peut-être, leur mentor. A moins qu'ils ne fussent la dupe, mais à quel titre, de Lieben ou bien de Klaus au nœud papillon, de qui encore, pour servir d'aussi dociles figurants à son entreprise éditoriale ? De son mieux, elle fit à son tour un petit speech de remerciement pour le crédit dont on l'honorait, jurant de la passion qui pouvait lui faire traverser l'Europe afin de rencontrer des poètes, débutants comme eux, ou artistes consacrés, ainsi allait-elle jusqu'à attendre Virginia Woolf à sa porte, avouait-elle, rien que par estime pour le grand écrivain londonien ; emportée par son élan, étourdie par sa fatuité. Effarée par l'aveu déplacé. Où se croyait-elle ? Ce décor miteux ne portait pourtant pas à l'effusion, mais sa sincérité avait dû toucher les cœurs car on lui pressait les mains, on levait sa tasse d'enthousiasme, et quand Lieben annonça qu'on se retrouverait tous ce soir à Wannsee, chez Pola Wajda, une amie des arts, elle comprit que c'était une très bonne *organisation.*

Ainsi sommes-nous partis chez cette Mme Wajda, comme prévu, disait-elle à Louvain, glissé devant elle sans un bruit. Agenouillée sur le prie-Dieu, elle chuchotait à son oreille comme on se confesse et regardait, proches à en loucher, les petits cheveux bruns sur sa nuque, un point de vue attachant. Donc, entassés dans la guimbarde poussive de M. Lieben, ils avaient traversé des parcs humides et des Gartenstädte, rues de cottages silencieux ; elle n'en menait pas large… Elle doutait de plus en plus que cette visite en lointaine banlieue de Wannsee, entre chien et loup, pût donner le change à qui vous suspecte, vous surveille, s'informe et transmet au central téléphonique, jusqu'à quel bureau, le renseignement de votre ambassade bizarre. Mais au final, une fois passé la frontière, quand le train file, crachotant, cahotant vers Paris sur les lignes entre Metz et Reims, confortablement calée dans le coin de la fenêtre, sauve, vous repassez les épisodes absurdes et vous concluez, avec des frissons d'aise et de lâcheté rétrospective, que c'était une très bonne organisation.

Cette Mme Wajda, qu'elle devait rencontrer, habitait donc une belle maison dans un grand jardin au bord du lac. Il en venait un concert de grenouilles, l'atmosphère humide voilait la nuit, on voyait l'eau scintiller sous le clair de lune et, attachée au ponton dans la brume, une barque romantique dans les roseaux ; un décor à donner le frisson. Dans cette grande demeure à fenestrons et toits pentus, tout était baroque, tarabiscoté, antique : les armoires, les horloges, les fauteuils gothiques, le chat siamois et la dame aux cernes noirs, joues osseuses, teint de cire ; une amie de la France. Que son père, diamantaire polonais, avait emmenée en Provence et au Pays basque avant la guerre, une fois. De sa villégiature enfantine, elle avait un souvenir piquant, de la soupe au pistou et du piment d'Espelette ; à Paris, elle avait sauté sur les genoux de Mallarmé, entrevu Marcel Proust chez un pâtissier de renom. Ces informations jetées tout à trac, traduites par M. Lieben, car elle ne parlait pas un mot de français. Avec un grand naturel, elle faisait à l'invitée les honneurs de sa maison, un mausolée croulant sous photos, tableaux et bibelots, vacillant sur ses jambes d'une maigreur d'échalas et compensant le déficit d'échange de mimiques inquiétantes, clignant de l'œil charbonneux, d'un air entendu. Puis, brusquement, se désintéressant d'elle pour se consacrer à ce qui semblait une messe noire avec son cercle d'affidés, les petits jeunes gens s'empressant de mettre, sur un gramophone antédiluvien, un disque rayé qui grinçait la mort de *Wozzeck*. D'extraire de sa bibliothèque les volumes en ruine qu'elle désignait, pour lire la page qu'elle indiquait. Lieben, en confidence, lui donnait les titres à la sauvette, dans un soupir asthmatique qu'aggravait l'influence du chat démoniaque. Heine, expirait-il, un doigt pâmé sur la bouche. Zweig. Elle en avait profité pour lui demander ce que signifiait la pancarte de la boutique, en face de sa chambre, et lui, se raclant la gorge, au martyre, ayant cherché en vain son inspiration au plafond, lâchait à contrecœur : *commerce fermé*... Chut !... Pour la suite, résignée à ne plus rien obtenir, exclue de la séance spirite qui ressuscitait des voix d'outre-tombe, fataliste, elle avait entendu jusqu'à la lie des lectures incompréhensibles, pour se désennuyer avait bu plus que de raison de l'alcool de poire, bercée par les conversations que les jeunes idolâtres semblaient devoir mener jusqu'au bout de la nuit. Mais, à dix heures, brusquement, une jeune bonne avait paru, mettant fin à la causerie, avait tendu, maussade, manteaux et chapeaux à la compagnie ; à elle, son sac et ses gants. C'était donc fini, ici échouait l'aventure. Dehors, il faisait frais ; dans l'obscurité laiteuse, parmi les roseaux, il lui sembla que rôdait le fantôme de Wozzeck revenant sur les lieux du crime, mais au retour, dans la voiture de M. Lieben où s'entassait la bande fanatique, elle avait trouvé positivement charmante, exquise, cette soirée chez Mme Wajda, se gardant bien de poser la question redevenue brûlante, taraudante : quand, où et comment rencontrerait-elle celui qui et que, enfin la personne, le Sparrow local, pour qui elle se donnait tant de mal. Selon la consigne qu'elle devait jouer son rôle et seulement, ne rien tenter ni improviser, elle avait admis d'être déposée comme paquet devant l'imprimerie encore éclairée, que la quittent son aimable chauffeur et ses compagnons, qui remerciaient et remerciaient encore, on se demandait bien de quoi.

Au bout de la rue, sur la Friedrichstrasse, la tour de contrôle de la circulation éblouissait de ses faisceaux comme un phare, avec ses quatre horloges phosphorescentes, les illuminations doublées par la chaussée resplendissaient, effrayantes dans tout ce noir, enseignes clignotantes de *Mercedes* et *Ullstein*, colonnes Morris lumineuses, une Metropolis de débauche électrique, et en face, accrochée aux grilles sinistres du magasin éteint, la pancarte solitaire battait au vent aigre. Klaus faisait ses comptes à la lueur d'un lumignon, ses rotatives toujours en action. Sous son œil impavide, elle avait grimpé dans son étage, secouée jusque dans son lit par la trépidation des machines endiablées. Dans cette pièce, tout était hostile, étranger, l'odeur de literie poussiéreuse et vieux tapis, le dénuement du mobilier désaffecté, plus miteux que d'une chambre d'hôtel de dernière catégorie, un contrepoint ahurissant au salon baroque de Mme Wajda et sa barque au clair de lune, comme au luxe du wagon-lit, et elle ne pouvait que s'interroger avec anxiété, découragement, sur son périple aberrant, le fiasco dès lors avéré de sa mission, sur les motifs insondables des uns et des autres, leur rôle exact dans cette farce, et leurs visages récents se levaient dans l'obscurité en spectres blêmes, acteurs d'un théâtre effondré tapissé de tentures pourries ; alors elle les giflait pour leur insolence. Sous sa main, leur figure se déchirait, dispersée par sa baffe magistrale, leur bouche partait en lambeaux répugnants de toiles d'araignée, car ils étaient déjà bien morts, ou même pas nés. Et elle, bien vivante, Elise Casson, fourvoyée parmi eux, n'était pas dupe de leur perfidie. Car sous la scène d'invisibles machinistes actionnaient encore poulies et roues dentées, hissant le décor en toile peinte défraîchie d'une baraque de foire, semblable à la maison de Mme Wajda, son toit pointu et ses clochetons ruinés par un vent d'orage, dont le grondement métallique soulevait le plancher qui penchait, penchait, basculait… Grâce à l'alcool de poire, ou à ce tangage et ce roulis, elle avait beaucoup rêvé, et dormi finalement, mieux que dans le train à l'aller et, comme convenu, avait repris celui de son retour, dès le lendemain matin, très abattue de revenir bredouille.

Mais, à la gare, à huit heures, où elle débouchait en courant, une foule encombrait l'accès aux quais, les voyageurs poussés sans ménagement dans une file d'attente, ouvriers, musette à l'épaule, bourgeois gantés, employés à cartables, toutes ces personnes entravées par leurs bagages divers, avec la passivité maussade des troupeaux passait entre deux rangées de soldats en uniformes bruns, brassards à croix gammée, et l'un d'eux poussait de temps en temps un ordre retentissant, *schnell !* qui faisait rire certains sous cape pour son absurdité, tant l'embouteillage rendait proprement impossible son exécution. Elle comprenait que cette gaieté équivoque participait de l'humiliante résignation de subir le contrôle, une gêne basse et contagieuse, lâche, qui circulait, littéralement liquéfiait la pensée et les sentiments, dans l'odeur corporelle des corps moites, que la promiscuité exaspérait, et pourtant tout se passait correctement. Chacun observait, passé sa brève hilarité, un quant-à-soi prudent, détournant les yeux de ceux qu'on jetait brutalement à l'écart, indifférent à ce qui se passait derrière les soldats. Elle aussi attendait, encore mal réveillée, ayant à peine eu le temps d'une toilette succincte, et quitté en hâte l'imprimerie, vide, ses machines au repos, la porte sur la rue entrouverte, et couru jusque-là, sans demander son reste. Elle avait été contrôlée, fouillée, ni plus ni moins malmenée ou suspectée que les autres, n'avait donc pas eu à jouer l'étrangère offusquée ; personne ne s'adressait à elle, ne l'interrogeait. Tandis que les soldats feuilletaient négligemment les recueils, les manuscrits, elle constatait froidement que, si s'y trouvait le message qu'elle rapportait, mieux valait, en effet, ignorer comment il avait pu atterrir là, car la terreur qui raidissait sa nuque l'avertissait qu'elle l'aurait avoué tout de suite, et l'adresse de l'imprimerie, et celle de Mme Wajda. Mais son passeport les intriguait à peine. Une fois celui-ci examiné, retourné, sa photo comparée à sa physionomie d'un regard qui la vidait de toute substance comme si elle fût une bête empaillée au muséum, son petit sac de voyage avait été renversé, ses linges intimes, et même son nécessaire de toilette étalés sur une table, son bâton de rouge à lèvres dévissé, revissé, et puis quoi encore ? Cela se passait sous le contrôle morne, et pour ainsi dire neurasthénique, de trois civils qui surveillaient l'inspection, manteaux de cuir noir, bottés, l'un très jeune, l'œil si pâle qu'il était dissous dans l'orbite, imberbe, effrayant de puérilité, qui semblait le chef, donnait le droit de passer la chicane du guichet, d'un coup de menton d'automate. Une fois sur le quai, alors, la peur séparée l'avait rejointe, fondant sur elle tel un rapace, arquant ses reins douloureux, un tic tiraillant sa bouche comme si elle allait mordre, ou rire, du rire qu'elle avait vu aux autres, elle en aurait pleuré de honte.

Le train était parti depuis un bon moment qu'elle frottait encore sa bouche, cet endroit où le tic fou était paru, et à ses doigts elle sentait encore l'odeur infecte qui émanait des corps, du sien, l'odeur ignoble de la peur. En face d'elle, avait pris place une petite jeune fille dont elle pensa vaguement qu'elle lui rappelait quelqu'un, mais elle ignora avec indulgence sa face ingrate, fade et inexpressive. C'était un tel soulagement, une rémission si consolante que d'être enfin dans le wagon, de voir défiler le paysage urbain derrière les vitres, cheminées d'usine et bâtisses brunes dans la grisaille du matin, de s'éloigner à chaque tour de roue du cauchemar de Berlin, de la chambre affreuse et des rotatives, qu'elle aurait, avec la même indulgence, trouvé à n'importe qui la bonté d'une parentèle ; et ils étaient bien tous, installés dans les compartiments du train en partance, une famille qu'unissait la même indignité chanceuse, le même détachement veule d'avoir passé le contrôle des SA sans encombre. D'ailleurs, la jeune fille lui épargnait de partager la gêne que procure le voisinage accidentel des voyages, elle s'engourdissait, se laissait aller, yeux clos, aux secousses du convoi, et comme en vis-à-vis, deux vieux messieurs en col de celluloïd engageaient une conversation à voix basse, berceuse, ronronnante, elle avait fini par fermer les yeux elle aussi, épuisée, et s'endormir. Brusquement, elle était réveillée par un contact insolite, rapide, l'effleurement indélicat que d'instinct on évite : on venait de s'arrêter en gare de Potsdam, et à peine avait-elle le temps de comprendre que la jeune fille disparaissait dans le couloir. Tout en se levant, dans la légère bousculade que provoquait son départ, elle venait de heurter sa main, d'y placer fermement un objet dur, lisse, plat comme un galet. *Oublié à Wannsee*, avait-elle dit, dans un souffle. Mon poudrier, réalisait Elise, tétanisée, auscultant l'objet des doigts. Son poudrier, introuvable ce matin, pas eu le temps de chercher davantage, pas eu l'esprit de s'en inquiéter, l'inconnue le lui restituait d'un geste furtif. Du même, elle l'enfouissait au fond de sa poche de manteau, encore tiède des mains de sa compagne de voyage, il brûlait à présent, chauffait sa cuisse, faisait monter à sa gorge un incendie. Elle plongea vers la vitre, dont elle effaça la buée, crut entrevoir la silhouette anonyme se perdant dans la foule du quai, alors seulement reconnut avec certitude la petite bonne qui rendait manteaux, sacs et gants dans la maison de Mme Wajda, à retard revit son visage inexpressif et fade et son sommeil, depuis qu'on avait quitté Berlin. Comme s'ébranlait le convoi quittant Potsdam, dernier arrêt avant Leipzig, elle claquait soudain des dents, maintenant glacée au souvenir de la fouille tatillonne, méthodique, de son sac à main vidé, jusqu'au bâton de rouge à lèvres, dévissé, revissé.

— Très bonne organisation, convenait-elle, glissant, entre les barreaux du prie-Dieu, le poudrier dans la main de Louvain. Mais ce Lieben chafouin, qui fricote avec son imprimeur nazi, je ne m'y fie pas bien…

Elle avait tort. Louvain le lui avait expliqué derrière le bénitier, avant de la quitter, pour qu'elle sache un peu mieux les choses : fonctionnaire aux archives, Lieben était aussi, jusqu'à l'interdiction du *Weltbühne*, chroniqueur d'art pour ce magazine ; sa marotte secrète. Mais il avait un beau-frère communiste ; alors en mars, juste avant les élections, il avait été arrêté pour un dossier prétendument falsifié par ses soins, interrogé deux jours par la Gestapo, un peu bousculé, ensuite plusieurs fois perquisitionné, sa maison mise à sac par les milices des SA, ses matelas défoncés. Tracasseries, brimades ordinaires. Ils cherchaient des armes, ils les avaient trouvées : un couteau de cuisine et un loquet de porte avaient fait office. Sur quoi, son propriétaire l'avait congédié. Harcèlement, chantage, chicaneries administratives, isolement, la recette était efficace, ce n'étaient pas les pires moyens de réduire la population. Le marché lui avait été mis en mains : signer une déclaration selon laquelle il renonçait à toute activité "politique", lui qui n'en n'avait jamais eu ; cela avait suffi. On lui fichait la paix, à présent, il avait retrouvé son travail aux archives et un logement dans une *Mietskaserne* sordide, grâce à l'appui des nazis. Ce rapport sur le dos, les armes trouvées chez lui pouvaient servir à tout moment contre lui, intimidation classique. Il était censé se le tenir pour dit. D'une certaine manière, la bienveillance sous condition dont il faisait l'objet le mettait à l'abri. On le laissait mener ses petites activités maniaques, pourvu que ses publications soient conformes. Son imprimeur traitait les commandes nazies, caution relative. Des gens assez compromis pour offrir la meilleure couverture possible. Avec de solides raisons personnelles d'en prendre le risque. Ce qui nous oblige, souvenez-vous-en. Nous n'avons plus qu'eux. Je vais vous dire : dans votre poudrier, il y a un schéma qui permet de déchiffrer certains communiqués militaires et diplomatiques très protégés. Le code change souvent, plus secret que le Saint-Graal. Une autre fois, je vous expliquerai ça. Il existe des machines à crypter assez alambiquées, ceux qui s'en servent ont un revolver sur la tempe, vous me suivez ? Nos amis polonais sont très forts en circuits électriques, ils organisent la fuite. Vous êtes un brave petit soldat.

— Nous n'allons à Wannsee que pour donner à cette fille l'occasion de visiter mon sac, d'emprunter mon poudrier et de me le rendre, une fois passé le danger du contrôle. Elle a fait pour moi un aller-retour Berlin-Potsdam un peu matinal. Son toupet m'a survoltée : figurez-vous que je me suis poudré le nez pendant que la douane inspectait mon bagage à la frontière ; dans mon petit miroir, j'étais assez contente de mon air.

Elise mettait à sa fatuité d'autant plus de gloriole que, deux jours plus tard, l'épisode la faisait encore frémir de tant d'inconséquence. M. Brasier hochait, songeur, cette légèreté lui déplaisait ;

et de n'être informé qu'après coup. Jamais il ne l'aurait laissée partir s'il avait su le quart de cette histoire. A Londres, c'était routine, vingt fois rodée la formule. Ce réseau de Berlin était d'un autre niveau, sa surface et ses méthodes. Sous son air artisanal, très sophistiqué, trop de risques. Ne retournez pas à Berlin, Elise, c'est la guerre. Vraiment. Syndicats, communistes, SPD, associations : en moins de six mois laminés par la dictature ; la presse entière passée à la propagande. Une entreprise de masse qui flatte la mystique la plus basse. A quoi s'injecte à haute dose la barbarie culturelle, de l'ordre de la foire aux bestiaux, énervante, stimulante, qui dans son vacarme séduit jusqu'au *Lumpenproletariat* ; l'esprit, l'art, en décrochage fatal… Les appels à la raison comme celui de Mann sont devenus inaudibles. Les intellectuels disparus. Trop tard. Ce qui reste ? Au mieux, la conviction intérieure, l'ironie rentrée, la conjuration du silence… Vous devez y prendre garde, pour votre propre compte. Moi, je vais mourir, mais vous…

A ces derniers mots, M. Brasier mettait une ironie amère, jetant à travers la vitrine un regard désabusé sur la portion de rue que la pluie désertait. Il ouvrait les pages d'un livre au coupe-papier, d'un geste rageur, et tous deux observaient la paix de la librairie, les murs de livres enfermant tant de pensées et de connaissance, qui brûlaient sur les places de Berlin, Mann, Marx, Remarque, Heine, Seghers et Freud, Zweig, Kästner… Où l'on brûle les livres, on ne tarde pas à brûler ceux qui les écrivent, Elise. Ne retournez pas à Berlin. Vous n'y êtes pas obligée, et moi je suis coupable de vous avoir entraînée là-dedans, au prétexte que je ne suis plus bon à rien, qu'à considérer comment va notre monde depuis mon fauteuil. Il y a bien trop de risques, vous n'avez pas de raison de les prendre.

— Qu'en savez-vous ? J'en ai, et elles valent bien les vôtres…

— Chacun ses raisons…

— Votre fils ?

Il la regarda par-dessus ses demi-lunes, stupéfait, et elle, toute pâle de ce qui lui avait échappé par colère, ne savait plus quelle expression tenir.

— Ça !… Vous avez trouvé toute seule, petite ?

— Qui d'autre me le soufflerait ? Vous n'avez pas besoin de me donner vos raisons, monsieur Brasier, ajouta-t-elle très vite, effrayée d'avoir lâché ce mot, déjà désolée d'avoir forcé d'une clé irrégulière un tiroir interdit.

— Diablesse, murmura-t-il, sa main suspendue d'incrédulité, le coupe-papier tendu vers elle comme une arme.

— Je vis avec vous depuis des années. Je connais la place de chaque livre, de chaque objet. Dans votre appartement, là-haut…

— Rien, pas une trace.

— Justement. Voilà que votre maison est pleine comme un œuf et qu'il y manque la seule chose au monde qui devrait s'y trouver. Pas besoin de la chercher : son absence est partout, en soustraction de tout, elle fait du vide. Elle m'a sauté aux yeux du jour où vous m'avez dit que votre fils est mort à Londres. Que vous aimiez y aller parce que vous y aviez appris l'anglais. Vous ne me faites pas beaucoup de confidences, moi non plus, ce qui fait que leur rareté éclaire énormément. Un fils, ce n'est pas rien, me disais-je. On n'évapore pas un fils dans la nature sans se donner du mal, ou en avoir.

De ces données, elle ne pouvait faire autrement qu'elles étaient des données qui se rapportent et s'imbriquent et, quant à leur vérité, se masquer qu'elle en ignorait tout, en dépit de quoi l'intuition sorcière fait marcher ses alambics, concocte malgré vous des poisons subtils qui dépassent vos capacités, et par là récusent le droit que vous avez de vous en servir, et pourtant il arrive un moment où son usage se présente de lui-même. Toute chose peut être discernée, dans l'immédiateté ou dans le temps, sans être disséquée par le bon sens ou la logique, elle peut apparaître en dehors même de la conscience qui la nie, se présenter dans sa toute simple clarté, comme la vue de ces livres autour de nous, qui dénoncent en silence l'incendie du monde présent.

— Alors, je me suis dit : si M. Brasier va à Londres et se charge des affaires du monde sans faire de bruit sur ses raisons personnelles, les miennes d'aller à Berlin ne le fâcheront pas.

Puis elle ajouta très vite :

— L'été dernier, je me suis rendue au cimetière de Highgate, où vous aviez dit qu'il était ; je me suis perdue au milieu des tombes, je n'ai rien trouvé.

Cet aveu pour s'acquitter tout à fait, qu'il ne soit entre eux plus rien de dissimulé à ce sujet. Il y eut cette chose imprévue que, pour la première fois, il y avait aux yeux de M. Brasier de petites perles d'eau suspendues à sa paupière, sur le bord de tomber, aussi pures que celles qu'on voit au bord des feuilles, si neuves, si jeunes, elle en rougit de chagrin.

Mais le vieil homme reprenait son découpage, à peine ses mains tremblaient-elles.

— Je ne vous dirais quelle raison est mon fils que si vous me disiez le nom du criminel qui vous envoie à Berlin sans ma permission. Et comme vous ne me le direz pas – je vous l'interdis –, nous en resterons là.

Non, elle ne dirait pas le nom de Lange, parole donnée. Ils en restèrent là.

VIII

Le Dr Zeisser avait cédé à la proposition que Grete lançait à Löchen après son numéro de danse nègre, plus qu'une invite un défi, assez inquiétant pour le décider à faire un aller-retour à Berlin s'assurer de la vie qu'elle y menait avec son frère. Il n'y venait que rarement, hostile comme beaucoup d'Allemands des länder à cette immense ville qui revendiquait le titre de capitale. En moins de vingt ans poussée de manière anarchique, grossie à millions, avec ses quartiers industriels rattachés au vieux centre historique elle restait à ses yeux une métropole incompréhensible dont la réputation sulfureuse décourageait la visite. Il avait bien eu besoin de Grete pour le guider jusqu'à cette cité excentrée où elle logeait avec Oskar, il ne l'aurait jamais trouvée seul. Elle lui faisait l'effet d'une planète inconnue, rues et immeubles linéaires de béton, identiques à se perdre, où s'entassaient écrivains et artistes désargentés au milieu de la population ouvrière ; il savait leur loyer à bas prix, pour le payer tous les mois…

— Ne me quittez pas d'un pas, encordons-nous, sinon je vous perds, le moquait-elle.

Ils quittaient la Bonnerstrasse, pour retrouver Oskar au centre-ville, avant que Jürgen ne reprenne son train ; le jeune homme avait trop d'occupations pour consacrer davantage de temps à son père. Elle lui fit brusquement traverser la rue, pour éviter, disait-elle, de passer devant certain café : un antre fasciste annexé par les milices SA au cœur des bastions populaires, là comme à Kreusberg, Neukölln ou Richardstrasse, une politique concertée par Goebbels pour soumettre la Babylone rouge.

— Ils occupent les tavernes, ils en chassent les habitués. Leur promesse aux tenanciers d'y consommer trente tonneaux de bière par mois s'avère efficace. Les gens n'ont plus assez d'argent pour boire, ils sont au chômage : les cabaretiers périclitent, alors ils sont très contents de devenir des *Sturmlokale.* A quoi cela tient-il ! riait Grete, hâtant le pas.

Elle ne disait pas les tentatives de résistance des communistes à cette implantation, les vains boycotts, les saccages, suivis de raids punitifs. Ils avaient atteint la station du S-Bahn, son quai moderne et son auvent futuriste et, en attendant le métro, elle avait passé son bras sous le sien, serrait son coude d'une pression affectueuse, rare chez elle. Il s'y abandonnait, ému qu'elle jouât à inverser leurs rôles, mais elle avait peut-être à se faire pardonner... Jürgen était encore sous le coup de la soirée d'hier : il avait assisté à sa pièce dans un cabaret de la Posener Strasse, quartier de Friedrichshain. *Lass uns heiraten !* L'affiche, un collage d'Oskar que Grete lui présentait pour une œuvre d'art, annonçait pourtant le pire, mais c'était mieux encore : une sauterelle géante régularisait sa vieille liaison avec un nabot bedonnant ; leur rejeton hideux joué par un nain portant un masque à gaz ; la parentèle, une galerie de porcs, rotant, pétant, le tout à l'avenant, jusqu'à ce que la mariée, ôtant au final sa perruque et ses oripeaux, se révèle un travesti en jarretelles, reprenant voix et gestes masculins sous l'avalanche des rires ; sa nudité inspirant à l'époux un regain de désir lubrique, cela s'achevait en un baiser, immonde, qui les barbouillait tous deux de rouge à lèvres sanglant... Plus accablé, Jürgen ne pouvait l'être. Grete, metteur en scène de ce chef-d'œuvre, jouait la sœur de la mariée, une mongolienne affublée d'hypertrophie mammaire ; défigurée. Plus encore que la laideur, la bêtise de cette farce, son hystérie burlesque, le public l'avait effaré. Une trentaine d'étudiants ou d'employés, la plupart des cols blancs mais quelques prolétaires aussi, installés aux tables et fumant, enlaçant les filles avec gentillesse, lui avaient semblé des jeunes gens normaux, jusqu'à ce que le spectacle commence ; alors déchaînés, riant à gorge déployée, applaudissant, frénétiques, possédés. D'abord éperdu de honte et de malaise, cherchant autour de lui un secours, leur rire, plus que le comique supposé de la farce, avait fini par dérider Jürgen, déclencher chez lui une irrépressible hilarité, puis un fou rire effrayant, par une espèce de contagion répugnante gagné à l'absurdité grotesque de ces scènes, vous êtes-vous bien amusé, papa ? demandait Grete, une fois dans la rue.

La jeune fille qui marchait à son côté ne pouvait être l'épouvantail qui dansait la sarabande tout à l'heure ; ce monstre, sa petite fille. Moins ulcéré que blessé, il était envahi d'immense tristesse, contrecoup du rire qui l'avait secoué contre sa volonté, une insulte à l'intelligence et au bon sens ; il n'osait penser : au bon goût. De quoi nos enfants rient-ils, où cette jeunesse trouve-t-elle l'essence du comique qui paraît à ma génération un déni de culture ? Il en était si malheureux que le retour dans les rues nocturnes, leur théâtre urbain de béton, lui semblait rétablir un ordre esthétique consolant, et Dieu sait si c'était une désolation pour les yeux, comparé à l'ancestrale noblesse des rues de Tübingen… De quoi ris-tu, Grete ?

Ils avaient bu un dernier verre avant de se coucher, dans la cuisine fonctionnelle carrelée de blanc sinistre, à milliers reproduite dans toutes les cases de l'habitat social, distribution géométrique selon les normes imposées, la bière était amère. Je ris de la fin du monde. Tout va bien pour nous, nous avons un contrat pour trente représentations place Bülow, à la Volksbühne : un officier SS a trouvé ça drôle, il nous a recommandés, trouverez-vous à redire ? Comment prendre l'apocalypse au sérieux quand elle est annoncée par un clown ? Un caporal bouffon déguisé en frac pour singer l'homme d'Etat, adoubé par un cacochyme maréchal, acclamé par les croque-morts de la classe politique, y a-t-il meilleur numéro de cabaret ? Qui s'en est offusqué ? Jürgen avait trop chaud soudain, il se mouillait le visage au robinet de l'évier, en s'essuyant les mains se faisait l'effet de Ponce Pilate sous le regard narquois de Grete.

— *Marions-nous !* Notre numéro est faible, notre théâtre a du mal à égaler son modèle. C'était en janvier, papa, le 31 janvier : à la face du monde, l'histrion autrichien promu chancelier, en moins d'un an, un sommet de l'art ! Ne me dites pas que nous nous réveillons du matin dans la catastrophe. Que le Reichstag en feu, les camps, la falsification générale sont un coup de tonnerre dans un ciel serein. Ne me dites pas que la dictature est votre divine surprise. Ni qu'elle vient des urnes ! Le coude gauche sur le social-démocrate, le droit sur l'épaule d'Hitler, depuis trois ans nous transitons vers le fascisme, depuis bien longtemps nous y sommes prêts. Votre génération, et la nôtre. Vous trouvez vraiment notre noce de mauvais goût ?

Elle riait, ce rire glaçait Jürgen, il vidait bière sur bière.

— Depuis trois ans, les coalitions gouvernent à coups de décrets-lois sous la pression de la rue, la Reichswehr et les milices ; les députés font de la figuration, laissent le président autocrate démettre les cabinets sans souci du parlement, n'est-ce pas du plus haut comique ? Les intellectuels eux-mêmes nous le disent : *il ne faut peut-être pas prendre tout cela au tragique.* Même Mann, même Zweig croient à la farce, alors pourquoi pas vous ? Riez, donc, papa, rions ! Voici l'annonce des temps nouveaux, alléluia ! Qui croira au néant, à la fin du monde ? Cela récuse la raison, cela épouvante l'esprit. Nous préférons croire à une *fausse* fin du monde, une *presque* fin du monde… Une petite, une réparable, une provisoire. Ne prenons pas cela au tragique, rions. Le baiser final vous choque ? Confiture. Vous en avez la face barbouillée ? Léchons-nous les doigts. D'une actualité proprement obscène. Ce n'est pas pour demain, tout à l'heure : c'est maintenant. Que fait maman ? Arrange-t-elle toujours ses petits bouquets de fleurs séchées ? Les fleurs de l'été à Löchen ? Elles sont coupées. L'été est mort.

Jürgen l'avait laissée dire, assommé par cette sortie. Elle y mettait une gaieté sardonique sans réplique, qu'opposer à son euphorie de catastrophe ? Ils étaient allés se coucher. Il l'avait écoutée à sa toilette, se brosser les dents, à travers les minces cloisons venaient toutes sortes de bruits des appartements voisins, bruits d'une humanité ordinaire qui mange, se lave, dort et travaille. Rêve ? Lesquels. Il avait rêvé, il ne se rappelait quoi, qui l'avait réveillé au petit matin blafard. Autres bruits de toilette, écoulements. Grete n'avait pas de rideaux à ses fenêtres. Le lit d'Oskar, où il couchait, était une banquette étroite. Otto avait perdu deux doigts à la guerre. Une amputation bénigne au regard de celles des anciens combattants qu'on voyait dans les rues, les hôpitaux, les asiles, mais cette main estropiée, une chirurgie morale définitive. Ils avaient couvert de silence la rupture, l'enfant divorcé d'eux. Il n'y a pas de nom pour désigner ces veuvages-là. Comment nommer le lieu mental où échoue la filiation ? Trahison du père, de la nation entière. Où un individu tire-t-il de ne pas sombrer. Une telle accumulation d'ignominies. Numéro de cabaret ! Comment élève-t-on ses enfants, se conduit-on soi-même, enfant incurable ?

— Le fait est, disait Grete, que nous avons eu une belle jeunesse. Nous n'avions plus d'espérance, alors nous avons tisonné l'utopie, quelle flambée, mes amis ! Libres enfants des années folles !

Etait-elle si vieille, pour porter ce jugement ? Grete l'effrayait. Une femme nouvelle, d'une virilité qui renversait l'ordre naturel qu'il avait peut-être, jeune homme, espéré trouver en Eva, différente de sa propre mère, plus émancipée ; en vain. Les femmes de cette nouvelle génération étaient-elles des mutantes rapides, pressées d'incarner leurs rêves impatients, prêtes à rire de l'horreur ? L'altération de l'histoire dilapide toutes les valeurs avérées. Stabilité, continuité, respect, fidélité aux principes moraux et religieux ; tout a volé en éclats. Grete et son frère ont assisté à la gigantesque cascade des dévaluations anéantissant l'épargne, à la course folle aux actions, aux trafics en tout genre, précipitant en un jour fortunes et faillites. Des lycéens d'hier, devenus du matin des banquiers de vingt ans, faisant crédit en usuriers à leurs parents ruinés, payant le champagne à des inconnus dans les boîtes de nuit tapageuses, sectateurs du nouveau "réalisme", cyniques et joueurs, jouisseurs, dans la frénésie glacée des petits matins clamant la nouvelle des temps nouveaux : *tout est possible, rien n'est vrai.* Nihilisme extravagant, plus de justice, de morale. Le vol, la débrouille pour vertus. Les plus faibles punis d'indigence, de mort, pour leur manque d'habileté. Le principe du crédit, applicable à toutes choses, aux affaires d'argent comme à celles de l'esprit et du cœur. Grete et Oskar avaient fait crédit à leur temps. Ils accueillaient les opportunités, les occasions passantes comme les idées. Ils pouvaient les échanger et les peser avant de les adopter, ou les jeter, à chaque instant elles pouvaient changer, pile ou face. Cela leur avait inspiré quel mélange de rouerie et de naïveté, une curiosité pour toutes choses neuves, un goût de la provocation et de la polémique que jamais ni lui ni Eva n'auraient su leur donner... Ils s'essayaient à tout et n'importe quoi, avec une sorte de gravité dangereuse, de sérieux expérimental. Là s'était nouée leur complicité, étanche aux parents, à qui ils ne s'opposaient ni se soumettaient, enfants de ce temps, mieux armés que leur aîné pour refuser le vent de peste qui passe sous les portes ? Nous aspirions à Hitler, il vient à temps. Otto porte le poignard dans le dos, sa légende criminelle. Une revanche du temps long, l'ordre ancien a dévoré Weimar, il accomplit ses promesses. A peine quinze ans de parenthèse, comment bâtir une culture républicaine dans la passion guerrière, chauvine, cléricale, obscurantiste ? Quel héritage ! La vieille haine des romantiques pour les Lumières, le cosmopolitisme... Liquidation des ennemis, on en trouvera chaque matin de nouveaux : les spartakistes, Dada, Stresemann, le Bauhaus, Mann ou Brecht, le bolchevisme, les juifs, les jeunes gens comme Grete et Oskar... Le nazisme est cannibale, Otto engloutira sa sœur et son frère, monstre d'enfance inassouvie, inapte à l'histoire, à l'humanité. Nous l'aimions ! Il est notre enfant ! Nous sommes perdus. Il s'était lavé les dents, rasé, dans le cabinet de toilette aux sinistres carreaux blancs. Grete sautait du tramway, légère. Elle fredonnait *Deutschland über alles,* elle achetait un cornet de marrons grillés, lui en offrait, gourmande.

— Ne vous inquiétez pas, nous allons très bien, papa. Le public raffole de notre farce. Un critique du *Völkischer Beobachter* a même écrit que c'est un parfait portrait de la juiverie, nous sommes tranquilles. Pour le reste, nous nous cachons. Je me cache pour lire Kafka, pour aimer Klee. Je me cache pour penser, rêver, aimer. Je me cache pour pisser. Un art de la double vie. Laquelle menez-vous donc, à Tübingen ? Oskar a croisé Otto, Friedrichstrasse. Il a un bel uniforme, il est en bonne santé. Il lui est passé à côté sans le reconnaître, ne sommes-nous pas bien cachés ? Peut-être viendra-t-il à notre spectacle ! Le plus rigolo, savez-vous, c'est que l'art de masse nazi a pour idéal le rêve petit-bourgeois de la paix des chaumières. Nous y sommes… Dormez, braves gens…

Grete le fatiguait. Il haïssait Grete et ses leçons assénées, sa rhétorique harassante. Il l'aurait plantée là et repris son train, mais Oskar les attendait dans une gargote enfumée en demi-sous-sol d'une rue, derrière Alexanderplatz, un repaire de misérables. En le croisant dans la rue, Jürgen aurait-il reconnu son fils en ce jeune homme distingué, intellectuel râpé, lunettes d'acier, visage en lame de couteau, qui lui présentait un ouvrier de ses amis, Werner. Celui-là, mine de plomb, manque de sommeil. Et la soupe de betteraves, infecte. Les communistes vivent dans leur sphère, scission, polarisés, Moscou… Jürgen n'écoutait plus. Il faut écouter les vaincus. Il faut lire l'histoire à travers le récit de ceux qu'on n'entend pas. Viens Otto, viens mon enfant. Mon tout petit garçon, viens sur mes genoux, dis-moi ce qui s'est passé, dis-moi qui tu es, qui je suis, ou nous sommes perdus.

Simon Lewenthal n'avait pas allumé, laissant la cuisine à cette ombre glauque qu'on voit au fond des puits. Le jour venant faisait à peine un halo à l'angle des meubles. Il s'approcha de la vitre, le temps que son café refroidisse, souleva d'un doigt le rideau, pour jeter un coup d'œil au jardin. Qui l'eût surpris ainsi posté dans l'obscurité et en cette tenue négligée n'aurait pas reconnu le grand patron des usines B&G, sa chemise de la veille ouverte sur la poitrine, pieds nus sur le carreau, les traits lissés par la sorte de repos qu'on a après les longues nuits de sommeil ou après l'amour. Par la petite croisée, il observait le sombre berceau végétal barrant l'immédiat horizon, les énormes ramures de lauriers tins haussés en arbres contre le mur d'enceinte. Celui-ci, envahi de lierre, faisait un rempart foisonnant où nichaient les oiseaux, attirés par son fourmillement d'insectes et de larves ; mais à cette heure, pas un remuement, pas un cri. On n'entrevoyait, se détachant sur l'envergure pâle de la nuit, par-delà le faîte du mur hérissé de tessons de bouteilles, que le sommet du toit de la demeure voisine, d'un seul étage comme celle-ci ; interdite de plonger sur ce fond de jardin. Cet arrière de la maison n'invitait guère au séjour, toujours baigné, même au plus fort du jour et de l'été, d'une pénombre humide et froide ; Lewenthal y descendait rarement. Pas davantage dans le jardin de devant, chiche pelouse dévorée de mousse, plantée de buis, de rosiers anémiques sous l'abri stérile des sapins et des cèdres, surdimensionnés à l'exiguïté de cet enclos et à son usage. De toute façon, quand il venait ici, il n'avait aucune envie ni le loisir d'occuper le jardinet. Lui convenait très bien qu'il fût impraticable, un enchevêtrement végétal décourageant l'indiscrétion de voisins ou de passants, si par hasard l'un se fût avisé d'épier la propriété. C'était évidemment possible, certains interstices du portail autorisaient l'accès à une perspective partielle et décevante, dans l'axe de laquelle il n'oubliait pas de laisser en vue parfois un râteau négligent, parfois un arrosoir, ou un pot renversé, à l'intention d'éventuels curieux. Ainsi, derrière son mur de briques, son petit portail de fer, la maison ressemblait-elle à ce qu'elle était : un tranquille pavillon de banlieue en meulière, de ces résidences de petits-bourgeois parisiens en mal de verdure, boutiquiers et employés jaloux de leur tranquillité dominicale. Tout en buvant son café noir à petites gorgées, il regardait ce puits végétal comme le bastion qui protégeait la sienne quand il y venait le dimanche, celle de la brève nuit, après laquelle il quittait les lieux, jusqu'à un autre dimanche, selon sa convenance. Ni jardinier, ni femme de ménage, aucun intrus. Personne au monde, sauf une fois par an le livreur à la cave de charbon, n'avait mis là les pieds, que lui, depuis qu'il avait acquis cette demeure, juste après la guerre. Il ignorait ses voisins et réciproquement, rentiers, petites gens tranquilles, comme lui confinés dans leurs murs, qu'il croisait rarement aux heures où il arrivait et partait, leur salut mutuel mêmement distant et sans suite. Ici, était domicilié Adrien Patient. A ce nom inscrit à la boîte à lettres, il recevait de rares correspondances, de la mairie de Villeneuve-Saint-Georges, de l'Office des eaux ou de l'électricité ; il payait ses factures et les taxes foncières. Au moins le facteur savait-il que quelqu'un vivait là, assez régulier pour prélever son courrier. Il est facile de mener double vie.

Il s'était parfois demandé si c'en était une vraiment, étonné que cette identité d'emprunt affectât si peu la sienne, qu'une fois quittée sa maison il fût si peu importuné par cet individu qui restait obligeamment théorique, une vue de l'esprit. Simon n'avait épousé personne de ce nom-là, n'avait aucune histoire à lui prêter, une parentèle, des manies, pas un importun auprès de qui avoir à le contrefaire. Il oubliait cette instance imaginaire qui ne demandait qu'à s'abstraire en l'accueillant dans ses murs, le laissait y loger sans revendiquer sa part d'existence. C'était même étrange, à proportion de l'intense néant où il campait, qu'il lui fût devenu une entité sympathique, dénuée de tout dessein, volonté ou désir, exemptée de passé et d'avenir, expropriée du temps et de l'espace, comme dans les rêves. Dans la réalité, il n'existe pas de telle compagnie humaine. Grâce à ce propriétaire fictif, d'une certaine manière, jamais mieux que dans cette maison, il pouvait être Simon Lewenthal, rendu à lui-même. Non un double inquiet ou traqué, contraint à se cacher pour se fuir, à se barricader pour se retrouver, tourmenté par l'artifice de la clandestinité, au contraire. Ici, il ne se quittait pas, y importait tout entiers résumés son être et son caractère, la diversité de ses expériences en corps et en esprit, blessures et fardeaux, son ambition, son avidité du pouvoir et du succès, ses intuitions et ses talents d'industriel, ami des banquiers et des négociants, ses prédilections les plus chères, ses goûts et ses rêves rassemblés. Un et seul, en toute immunité.

Ici, il ne travaillait ni ne spéculait, ne réfléchissait pas non plus, ne pensait guère, jouissait seulement de la fortune la plus rare, du don d'être en proie à lui-même, absorbé par l'unique passion de la possession, ce lieu de relégation constituant le champ le plus vaste de sa liberté. La condition en était ce nom d'emprunt, décidé en ouvrant les pages d'un annuaire, mais on n'adopte pas un nom au hasard. Patient lui avait convenu par ce qu'il évoquait du temps long, qu'il savait engager en élisant ce domicile secret. Ce qu'il avait à y faire exigeait en effet qu'il eût la vertu de la patience et sa constance pour habiter durablement la raison de son existence, là où nul au monde ne pouvait le rejoindre. Loin du centre et des voies de communication, cette rue écartée et de faible circulation offrait la paix d'un monastère ou d'un bunker. C'était surtout le grand silence du vieux quartier des hauteurs qui était le plus déroutant, une qualité de silence sans pareille. Il semblait qu'elle laissât place à des bruits d'ordinaire inaudibles, la vie souterraine que mène un peuple microscopique dans les murs et les charpentes, les planchers, dans ses galeries minuscules et la nuit parfois, dans ses contemplations extasiées, il tendait l'oreille, jusqu'à l'hallucination distinguait les variations ténues de leur cheminement. Le grattement de leurs mandibules, l'extension d'une toile d'araignée, le froissement d'une souris inquiète. Ou bien c'était, à grande distance, que la nuit étire, la rumeur d'un train du PLM longeant la Seine, les wagons s'entrechoquant à la gare de triage, très loin. Mais il imaginait plus qu'il n'entendait, à sa guise peuplait la nuit de signaux qui donnaient les directions cardinales, reconstituaient la cartographie de la ville, son activité nocturne, ou le sommeil des gens sous les innombrables toits d'ardoises et de tuiles, et tandis qu'il étendait, du plus proche au plus lointain, sa perception élastique de l'espace, il éprouvait le bonheur de ce réduit inviolable où il campait, veilleur insomniaque.

Il avala une dernière tasse de café noir, rinça son bol dans l'évier et nettoya celui-ci à l'éponge, l'essuya au torchon, le rangea dans le placard avec le sucre. Il ne répugnait pas aux menues besognes, lui qui, par ailleurs, n'avait que des subordonnés, donnait ordres et directives, disposait pour leur exécution d'une armée de directeurs et de conseillers, de chauffeurs, serviteurs, d'appariteurs et de secrétaires en nombre. Ses chemises partaient à la blanchisserie par magie, il fermait rarement lui-même une porte. Au demeurant, ce petit ménage, pas grand-chose : une paire de draps, quelque linge de toilette à emporter de temps en temps, un minimum de vivres faciles à conserver, l'approvisionnement succinct du garde-manger pour sa subsistance, une économie de célibataire frugal. Rue Lepic, on ne traitait pas la bonne en bête de somme, Mme Lewenthal avait entraîné ses fils à faire leur lit et laver leur bol ; son séjour d'étudiant, à Denver, lui avait enseigné les rudiments domestiques et l'art du campement sommaire. Retrouver ces gestes d'autrefois était un des plaisirs de la maison. Il vida le marc dans le petit sac des déchets, rinça la cafetière, inspecta l'ordre de la cuisine d'un coup d'œil, rassembla dans l'entrée ses quelques effets en balluchon. Il fit ensuite le tour de l'étage, tira les volets et assujettit les verrous. Rapide, méthodique, ferma chaque porte à clé ; au pied de l'escalier, enfila son veston et son pardessus, sortit sur le perron, tira la porte blindée. Le jour venait à présent, une brume baignait le jardin encore nocturne ; sous les plus basses branches des sapins, le tapis d'aiguilles luisait de rosée dans l'humus et les fongosités, d'où montait une odeur verte, anisée, qu'il aimait sentir à chaque départ. La rue pentue était déserte, il ferma le portail à double tour, s'éloigna d'un pas tranquille vers le bas de la ville. Aux abords de la gare de Villeneuve-Saint-Georges, il se débarrassa des déchets dans une poubelle publique, attendit peu de temps sur le quai, il était à l'heure. Il monta parmi les ouvriers du matin dans le train de banlieue en direction de Paris, descendit à Maison-Alfort, la gare suivante. Dans une rue adjacente, il jeta le ballot de linge dans le coffre de sa voiture, une Panhard dernier modèle à vitres fumées. Le volant était froid, la vitre embuée. Il prit la direction de Choisy.

A l'usine, le portier lui ouvrit la grille avec empressement, ils échangèrent un signe amical. Celui-là tirait une fierté personnelle d'être distingué par le salut du patron, d'être avec lui le premier présent à son poste. Au loin, sous les ponts métalliques, les gardiens de nuit quittaient le travail, la musette en travers de la poitrine, ensommeillés et las, s'attendant les uns les autres au coin des bâtiments pour aller boire un verre au café de la place. Dans le hall désert, Lewenthal croisa l'escorte des femmes qui, entre quatre et six heures du matin, faisaient le ménage des bureaux, passaient les aspirateurs et vidaient les corbeilles ; elles aussi prêtes au départ. Il les salua pareil, cordial et pressé, tirant les pans de son pardessus sur sa chemise froissée. Il ne croisait ces employés-là que les matins où il arrivait ainsi de Villeneuve-Saint-Georges ; pour les autres, à l'entretien des ateliers et des machines qui avait lieu la nuit, il en rencontrait les équipes lorsqu'il restait dormir à l'usine. Il lui prenait parfois de descendre, vers minuit, pour une tournée, avant de se coucher. Il ne négligeait pas ces visites épisodiques, autant par besoin d'inspection que pour le plaisir de bavarder avec les mécaniciens, flattés du privilège de cette relation parce que toujours il écoutait, attentif et courtois, prenait note des remarques et les rapportait aux ingénieurs, souvent moins bien informés que lui des problèmes techniques.

Le liftier n'ayant pas encore pris son service, il se hissa seul au dernier étage et débarqua dans son bureau, fin du voyage ; rigueur et silence, ordre impeccable, piles des dossiers, rangés en attente. La vaste baie plongeait d'un vertige sur le panorama jusqu'à l'horizon déployant son moutonnement de banlieue urbaine, encore bleu de nuit, d'où émergeaient à contre-jour le paysage industriel, les cheminées et forteresses de béton modernes en leur noblesse brutale, tels autrefois les châteaux féodaux érigeant leurs tours d'orgueil. Mais ce matin le crépuscule d'aube empourprait l'atmosphère, sous les nuées déchirées un puissant rayon bas éclaboussait le serpentement de la Seine, échancrait ses rives de rouge. Cette vision sanglante s'éteignit d'un nuage au moment où il entrait, tel le présage d'une nuit imminente. Dans cette obscurité revenue, il chercha, comme chaque fois vainement, à situer l'emplacement du pavillon de M. Patient dans les hauteurs de Villeneuve, à vol d'oiseau quelques kilomètres à peine. Mais l'éloignement noyé des masses en faisait une sorte d'île utopique perdue dans l'océan nocturne. Il lui suffisait, à cette altitude, d'en percevoir l'horizon, l'endroit indécis où se condensaient, contre l'avertissement sinistre du jour, contre les menaces et les défaites, ses forces de résistance les plus intimes.

Il prit une douche rapide, un drap de bain autour des hanches s'installa devant la tablette d'acajou sur laquelle attendaient les accessoires de sa toilette, disposés par une main chirurgicale ; le pot du savon à barbe, le blaireau de martre, le rasoir d'argent, la serviette immaculée chiffrée à ses initiales. Lime à ongles, polissoir, assortiment de petits ciseaux. Dans le miroir, il étudia ses traits avec attention, surpris de se rencontrer, mince, son torse nu, glabre, encore ferme. Pigment clair, teint de blond, cheveux cendrés, entre or blanc et argent ; pilosité soyeuse, aérienne, faible ; qu'il n'avait pas en sympathie. Pensée assez vaine, qu'on garde pour soi : il enviait la constitution des bruns, le poil noir et dru qu'il voyait à certains de ses directeurs, d'implantation robuste, la frontière nette au front, la barbe fournie dont le rasage bleuissait le menton ; on ne se choisit pas. Son origine flamande, sa famille, des blonds tous et de peu de poil, à peine aux aisselles. Au pubis… Il se découvrit, considéra sans indulgence sa nudité, dans le miroir un corps d'homme mûr, géométrie nette, l'affaissement des hanches cependant, la dépression thoracique. Il ne faisait pas beaucoup de sport, pas le temps, ni le goût. L'activité sexuelle non plus, pas le temps, beaucoup d'embarras. Le travail, le pouvoir, un substitut hygiénique. Suffisant. Très satisfaisant. Il se rasa activement, acheva sa toilette et s'habilla rapidement.

L'endroit s'apparentait à une cabine de transatlantique, lambrissée d'acajou, couchette étroite, couette blanche, et le dressing où était disponible à toute heure un change complet de linge, assortiment de chemises, costumes et cravates, vie célibataire. Souvent, quand un conseil s'était prolongé, il commandait un plateau, restait dormir là. Une annexe de la vie qu'il menait ailleurs, mais où la menait-il ? Rue de Lille, confort raffiné, modernité, pied-à-terre fastueux, et vide… Il ne quittait pas le luxe, divers, identique. Chambres de grands hôtels, déplacements nombreux, les affaires. Le château des Ulis, à la campagne, chez les parents de Berthe, vieille France ; il n'y allait plus beaucoup, à présent. Longtemps, leur couple avait passé des week-ends à Houlgate, dans le chalet somptueux des Menier ; ensuite, seul. Il y avait eu sa chambre attitrée, face à la mer, en habitué, un hôte de marque. Chenil de luxe et plage privée, cabines de bain, soirées où l'on recevait le gratin, venait chanter une telle, un tel au piano ; les croisières sur le yacht familial en mer d'Aran. Mais pendant la guerre, le marché du chocolat en chute, mévente, sanction des temps de pénurie, et la concurrence, farouche ; pour finir, la grève des rouges en 1926 : les Menier avaient connu leur crise, avant celle de 31. Lewenthal fréquentait les fils, comme leur père Georges des élus : Antoine, maire de Lognes ; Jacques de Noisiel, mêlant industrie et politique. Acculés à la réduction du capital après la guerre, en dangereux déclin. Au début, quand Lewenthal s'était lancé dans le chocolat, c'était en ami, sous-traitant leurs produits, mais il avait vite pris son indépendance, traité en direct avec leur réseau du Havre. Il était devenu un familier des docks en brique ocre du quai des Antilles, surtout du fameux hangar 36, réservé au café. Ainsi, quand la fabrique Menier déclinait, B&G avait gardé les reins solides grâce à sa gestion opportune, sauvée par sa production de guerre en céréales. Devenu dès lors un rival, traitant son café direct du Brésil, son cacao de Cuba, du Cameroun, ils avaient rompu. Lewenthal n'était pas retourné à Houlgate. Le dimanche, il allait à Villeneuve-Saint-Georges.

Ces relations âpres, fluctuantes, ces renversements d'alliance, antagonismes, il en faisait son affaire, ne comptait jamais sur Mme Mathilde pour les nouer et dénouer. A lui revenait de les établir, d'en cultiver les équilibres, de jouer les unes contre les autres, une guerre permanente où les armes sont invisibles, les munitions secrètes. Où avait-il appris l'industrie, lui qui n'avait pas de maître, ni héritier ni apparenté, famille modeste, un milieu d'enseignants. Plus loin peut-être, l'ancienne branche collatérale des Lewenthal, restée en Hollande ? Des besogneux, commerçants impécunieux en bijouterie, pacotilles ; un marchand de couleurs, à Amsterdam, un siècle plus tôt. La bosse du commerce, innée chez ces gens-là. L'argent dans les veines, les gènes, voilà l'héritage. Cette race. Les juifs. Il évitait cette pensée imbécile, mais elle circulait, tôt ou tard lui revenait. Rumeur insidieuse, outrageante de bêtise, de haine atavique. En son for intérieur, il se savait construit par la circonstance, qu'il avait forcée. L'Amérique où il partait, fasciné par quelque lecture de Jack London ou de Mark Twain, destination le grand Ouest. Et s'arrêtait à Denver, un hasard, s'initiait à la finance, l'économie, passait deux ans dans l'industrie automobile, un moyen de gagner sa vie pour prolonger le séjour. Au retour, cherchant un emploi, d'enseignant comme son père, son frère, il sautait sur une annonce, se présentait chez Bertin-Galay. Pour s'essayer à jouer sa neuve expérience. Cela n'invalidait pas le préjugé racial. Le justifiait, au contraire, par une ironie insane, puisque, ayant cru s'éloigner, il était retombé au commerce comme ses aïeux, les juifs hollandais…

Alors le marchand de couleurs, l'ancêtre séculaire devait-il aussi lui dicter sa passion pour la peinture, survenue sans que rien l'y prépare ? L'attrait d'abord timide, hésitant, qui le faisait rôder autour des peintres de son quartier, grimper dans leurs ateliers, entrer dans les galeries, en passant furtif... C'était bien avant la guerre. Il n'avait pas d'argent, aucune fortune, il était inculte. Mais son engouement devenu obsessif, hors normes et sans garde-fou, et son impécuniosité chronique le menaient à l'assouvir par des achats de marge, petits formats ou pièces considérées comme secondaires, sans conseil ni expertise en un domaine dont il ignorait tout, pour critère de l'achat son seul plaisir, l'intuition irrationnelle, l'impulsion de l'instant... Son premier tableau, un Juan Gris. Un mois de salaire. Celui qu'offrait Mme Bertin-Galay, exactement. Il s'attachait à ce poste par commodité, calcul naïf du revenu mensuel, de ce qu'il en économisait avec des ruses rapaces pour pouvoir acheter encore, s'approprier ce qui, par une sorte de carence ontologique, lui faisait défaut : le don de créer. La jalousie, la convoitise dévorante, le besoin de combler un vide intérieur le jetaient vers les œuvres comme un drogué de poisons virulents, mais sans le savoir, à l'aveugle, il commençait pourtant cette collection, ou cette collecte maniaque dont l'addition lente d'achats sélectifs représentait aujourd'hui une fortune inestimable ; qu'il n'évaluait pas. Longtemps, à peu de gens il avait consenti de montrer ses tableaux, autant par pudeur que par défiance envers lui-même, la crainte de s'exposer ou d'exposer l'autre, avant de rencontrer ceux qui partageaient la même passion, tirant de leur regard et de leur autorité ce qui lui manquait, se tenant à leur égard dans une circonspecte réserve, ayant vite compris quelle avidité régnait dans ces milieux ; aucun d'eux ne pouvait se vanter de connaître l'ensemble de ses œuvres. Des offres lui avaient été faites de ses premiers achats, à des prix exorbitants, mais jamais il n'avait envisagé de se séparer d'une seule des pièces de sa collection. Même les plus faibles, ou celles d'inconnus, chacune ponctuait un temps de sa vie et portait sa mémoire, il n'en désavouait aucune. Sa soustraction eût laissé un vide tel qu'il eût fait crouler l'édifice qu'il bâtissait, peut-être porté atteinte à son existence même, et parfois ce sentiment le submergeait d'effroi. Il voyait bien certains marchands avisés acheter pour revendre, spéculer sur les cotes et jouer de l'enchère, faire du commerce, comme du biscuit et du chocolat. Il était leur ami, comme de Paul Guillaume, en connaissait dans toute l'Europe. Il était leur client, difficile et discret, prodigue et rare. Il ne comptait pas, une fois fait son choix. Sa passion était trop exclusive pour compter ; s'il ne le méprisait pas, l'argent l'indifférait, ce luxe de ceux qui le possèdent.

Il avait épousé Berthe pour son argent. Ne s'était jamais dissimulé le motif réel de son mariage : la perspective d'une vie aisée, l'assise sociale. En son for intérieur, admettait dans la rage, la honte, de pactiser avec ce sort jeté à ses origines de calcul, d'intéressement et d'usure. En réalité, n'avait, une fois marié, jamais demandé à Berthe une avance, un prêt ou un don. Sa dot placée par ses soins avait plutôt fructifié, cela était apparu dans le divorce, à son avantage d'époux intègre. Dans les débuts, l'argent de Berthe avait pu payer l'appartement cossu du parc Monceau, les domestiques, les dîners ou l'opéra, jamais les tableaux. parce que leur possession ne souffrait aucun partage, trouvait à ses seules ressources le prix de la prise, entière, inexpugnable. Et au sacrifice qu'il y consentait la valeur unique et pure de leur détention, de sa jouissance solitaire. Célibataire.

Il quitta les lieux, laissant le désordre de sa toilette derrière lui, rasé de frais, son corps épousé avec aisance par la flanelle, le coton fin, confort, élégance et plaisir de soi. Cela s'acquiert assez bien, se cultive. Il en avait les moyens, fortune faite, intéressé au capital, actions et placements. Ses costumes, ses cravates venaient de chez Read, le meilleur faiseur de Londres, ses chemises et ses chaussettes de Milan. Rien que de choisi, marques d'excellence ; son eau de toilette, ses mouchoirs, ses cigares, les caramels au beurre salé dans la coupelle sur son bureau ; la coupelle elle-même, venue tout droit du Bauhaus, un Marianne Brandt. A ce petit jeu, certains parvenus se contentent. Il n'avait pour dessein de parvenir où que ce soit, ni d'arriver, non par vertu ou faute d'ambition ; son unique mobile : le risque, sa relance, qui met hors de portée. M. Patient y veillait. Il s'installa à son bureau, tournant le dos au panorama que le jour découvrait sous la couverture grise de nuages. Il pleuvrait, aujourd'hui encore. La pluie s'égoutterait sous les lauriers-tins, dans ce puits de verdure qu'on voyait de la petite fenêtre de la cuisine. Un jour de tolérance unique sur ses propriétés réelles.

De Mme Mathilde il tenait ce goût du risque, une dette dont elle ignorait peut-être jusqu'où il le portait, encore ne l'eût-il pas juré. Depuis près de vingt ans, elle lui laissait champ libre pour constituer son armée d'experts et de collaborateurs cooptés, débauchés à la concurrence, intéressés à l'actionnariat, salariés mieux que n'importe où ailleurs. Cette équipe moderne, de haute volée, était aux antipodes des empires familiaux et de leurs mœurs tribales qu'avec elle il méprisait, les dynasties héritées du XIXe siècle, leur puissance de réseaux appuyée sur la famille, le socle sacro-saint de la famille, en trois ou quatre générations épuisant son élan, la force vitale se gaspillant en sinécures, conflits d'intérêts et querelles intestines, tombant aux mains de tel héritier incompétent, qui ne trouve qu'à dilapider, prenant le gain pour acquis, le capital pour matelas. Mariages arrangés, captures de fortunes, brus et gendres avides, corrompus par cette maladie chronique de la famille vandalisant l'héritage, gangrenant la puissance des fondateurs, filiations et descendance stérilisant le bien commun au nom de l'instinct clanique. Inaptes à innover, inventer et risquer, à voir le monde changer autour d'eux, encore moins à en anticiper les mutations ; des parvenus. Lewenthal avait pour la caste des héritiers un mépris sans bornes, à la mesure de son admiration pour cette femme, dont le déficit et la force étaient d'être elle-même, d'abord. De s'être mise, fille unique, au défi de se substituer au fils que son père, veuf précoce, n'avait pas eu, du moins imaginant qu'il en avait eu le désir, et le manque, d'en souffrir ou jouir assez pour se sommer de réussir, avec et contre son sexe, là où la condamnaient à l'échec la société tout entière, ses mœurs et ses lois. On ne sait comment, en certains êtres, le désaveu s'inverse en élan tonique ; le fait est qu'elle portait en elle l'intense verdeur des conquérants, leur pugnacité et leur audace. Elle ne descendait pas d'une dynastie, n'en avait pas fondé. D'elle la descendance s'échappait où elle la laissait aller, par négligence, par mépris souverain du capital des maternités ou par règle infrangible de la liberté qu'elle s'appliquait à elle-même, qu'elle avait inspirée à ses enfants par sa désertion souveraine. Cadeau de son égoïsme et de son indifférence à la progéniture qui lui poussait au flanc, par fatalité ; une liberté qu'ils construisaient contre elle, par indiscipline majeure. Pierre, grand médecin pastorien se vouant à la recherche, et Daniel aventurier du cinématographe, tous deux expatriés en Amérique aujourd'hui ; ses filles moins bien loties, l'une sombrant dans la folie, l'autre ne trouvant issue que dans celle, aussi radicale que scandaleuse, de la fuite.

Lewenthal avait connu cette famille au moment où le souffle de la guerre achevait le travail, anéantissait la fratrie. En quelques mois de ce printemps 1914, dispersés ou disparus, ils laissaient Mme Mathilde seule, vieillissante, bientôt veuve, à la tête d'une entreprise qu'aucun n'avait souci de reprendre. Et c'était la force paradoxale de cette femme, qu'au moment le plus dangereux elle élisait d'intuition l'inconnu Lewenthal pour l'héritier qu'elle n'avait pas, libre chaque jour de rompre le contrat ou de le reconduire. Peut-être pour cela l'aimait-elle le mieux, et lui elle ; pour cela tenait-elle encore debout, maintenue en son grand âge jeune et vivante par l'inquiétude de leur pacte d'estime et d'intérêt, de désir, aussi menacé que dans les histoires d'amour. Rien de cette femme ne lui était venu de médiocre, de décevant. Sa capacité de travail, sa rapidité à apprendre ce qu'elle ignorait, à évaluer, décider, son intelligence des êtres et des situations, exonérée de tout préjugé, et surtout sa rage insatiable de pouvoir, lui donnaient un attrait animal, pour ainsi dire érotique. Au fond, pensait parfois Lewenthal, elle est la seule maîtresse que je désire encore. Aucune ne m'a inspiré un attachement de cette sorte, aucune ne m'a retenu dans une aussi longue liaison. Berthe, en dépit de son inexpérience de jeune épouse, ne s'y était pas trompée, devinant d'emblée en cette femme tyrannique et brutale un monstre de séduction virile, la redoutant et l'enviant telle une rivale. Sentiment d'autant moins avouable que son âge ni sa condition ne pouvait en faire une concurrente sexuelle déclarée ; pauvre Berthe. Reléguée au devoir conjugal sans contrepartie, elle n'avait trouvé la revanche de sa disgrâce que dans la maladie, sans grandeur ni noblesse. Simon n'aimait pas revenir sur cette époque pénible des grossesses, des maternités, du naufrage de leur couple, sur le rôle indigne qu'il avait pu jouer à l'époque, excédé par lui-même, la nasse où il s'était pris de son plein gré, par jeunesse, fatuité, et peut-être résigné à y rester, autant par concession aux convenances que par lâcheté. Mais Berthe avait si bien travaillé à son dégoût, tourné en exécration, que la séparation avait été une bénédiction.

Maintenant que tout était apaisé, il allait la voir encore de loin en loin, la trouvait immanquablement alitée dans ses draps brodés, dolente, accablée par ce mal féminin mystérieux et providentiel, biais par lequel elle avait trouvé le moyen de le punir ou de l'éloigner. On ne comptait plus les consultations, examens et traitements qu'il nécessitait, mais ils avaient justifié très bien qu'elle élise de plus en plus souvent la propriété de ses parents pour domicile principal. Aux Ulis, elle languissait de convalescences en rechutes, le recevait étendue, toute fraîche dans les dentelles, lui épargnant le détail trivial de sa maladie diplomatique, des rémissions pendant lesquelles les médecins lui autorisaient des villégiatures en Italie, en Grèce ou à Malte. Au fil des ans, s'était institué ce régime de leur couple, selon lequel, retenu par les affaires, il laissait à sa femme liberté de mener une vie séparée, de multiplier les séjours coûteux que nécessitait son état dans les villes d'eaux où, élégamment neurasthénique, elle mettait en scène son ennui intéressant, se soumettant aux cures miraculeuses qui jamais n'apportaient la guérison. Cette maladie imaginaire se situait à l'endroit de leur contentieux, dans ces parties du corps que, même entre époux, on ne nomme pas, génitales, par le chantage desquelles les femmes affirment la propriété qu'elles n'ont pas, croyant qu'en admettre ou interdire l'accès les venge. D'une telle confiscation, son mari s'arrangeait fort bien. Elle avait cru bon d'en passer par là. Par sa faute d'époux, évidemment, la vieille faute virile. Devant ce verdict, les hommes capitulent, ils s'inclinent devant les mères, confidentes, et les médecins, tenus au secret, équivoques profiteurs de ces différends sensibles, abuseurs autant que confesseurs et directeurs de conscience. Dès qu'il avait tourné les talons, il savait qu'elle sautait du lit et vaquait à ses occupations. Elle savait qu'il savait, il savait qu'elle savait qu'il savait, et tout allait très bien pour la comédie des apparences. Dont il s'était lassé, à cause ou grâce à une liaison accidentelle, assez intense pour qu'il crût se persuader qu'il était épris, heureusement aussi vite dépris, mais l'occasion s'était présentée d'engager le divorce. Auquel avait consenti Berthe, aidée d'une armée d'avocats aussi nombreuse que celle de ses médecins ; à la suite de quoi il avait renoué avec le célibat.

Il passa plus d'une heure à consulter ses dossiers ; s'attarda sur certains, sonna sa secrétaire. Dorénavant, on disait : assistante de direction, un titre récent qui donnait prestige et autorité, il faut gratifier le personnel. Surtout Mme Lemoine, une providence. Dix ans de maison, pas un jour d'absence, pas un impair, pas une boucle de travers à sa permanente. Magique commande digitale, elle apparut dans la demi-minute. Sobres amabilités du matin, chère Mme Lemoine, son calepin et son stylo, vieille routine de leur petit colloque quotidien. Elle était discrètement enrhumée, il lui offrit un caramel, qu'elle refusa poliment, comme d'habitude. Une perle. Alors, expédions les affaires courantes…

— Dans cette chemise : diverses notes internes vers le secrétariat, suite aux services intéressés. Urgent : l'emballage. Nous démarrons la cellophane au lieu du papier cristal pour les tablettes de 125 et 250 grammes des qualités supérieures, soit : *Surfin B&G ; B&G Santé, Bon Goût Vanille, Surfin Vanille.* Le reste des paquetages de ces gammes reste inchangé. Commande en hausse de papier gaufré pour la série *Boudoirs chéris,* etc. Vous verrez le détail. Nos commandes doivent être aux ateliers le 15 novembre. L'autre chemise : bordereaux de déclaration d'emplois à la préfecture…

— Les deux accidents de travail, à l'expédition ?…

— Recrutez des intérimaires, en attendant les conclusions du service de santé. J'ai lu le rapport de Courtois sur les derniers tests de conchage… Convoquez-le. Demain matin ? Ou alors mercredi, fin de journée… Voyez mon agenda : une heure, pas plus.

L'ingénieur avait passé les quinze derniers jours à suivre les tests. Eu égard à tout ce travail, Simon Lewenthal devrait l'écouter lui répéter tout du long ce qu'il venait de lire, poser quelques questions, au besoin le chicaner sur quelques clauses annexes, l'ingénieur y avait bien droit. Au demeurant, il lui faisait confiance totale, s'alignerait sur ses propositions. Les méthodes récentes révélaient amertume et viscosité. Plaintes de distributeurs et consommateurs, un défaut chronique à corriger. Hypothèse : question de durée, d'immersion et de rinçage. Après la fermentation pour éliminer le mucilage, on étudiait la durée d'étendage au brûloir, testée sur Cameroun et Cuba…

— On me signale que la CGTU a posé des affiches en divers endroits de Choisy et de Vitry, distribué des tracts à la débauche, vendredi soir. Cette réunion au café Perreux, samedi, je veux bien que Chireuil se croit cru obligé d'y aller écouter ce qui s'y dit… Mais enfin, il y perd son temps. Les mêmes revendications. Invitation à créer des comités de délégués… Vous avez entendu parler de comité ?

Non, Mme Lemoine n'en avait pas entendu parler, mais on n'était que lundi matin…

— Tenez-moi au courant. Son rapport conclut : surveiller Bayard, poste 23. C'est qui, ce Bayard ?

— Employé à la biscuiterie, depuis deux ans.

Lewenthal fit une moue, calcula entre l'encouragement au zèle de Chireuil et l'inconvénient d'une procédure de surveillance, très désagréable.

— Allons-y, mais discret. Confiez ça à Sarrasin, le contremaître, il fait des rapports plus nuancés…

Mme Lemoine avait encore des courriers à faire signer, une sollicitation pour Rigal, le directeur financier, distinction de chevalier de la Légion d'honneur. En réalité, Mme Mathilde s'était occupée de tout, démarches et intercessions. Il signa. Aussi le bordereau des primes accordées aux musiciens de l'Harmonie B&G, un orphéon méritant. Une lettre encore, sollicitant une récompense honorifique de la Société nationale d'encouragement au bien. Etats de services, dont le détail ci-contre…

— Résumez-moi ça…

— Débute aide-comptable de M. Gillon, quai d'Austerlitz, le 2 octobre 1903. Complète son instruction, occupe successivement les emplois de comptable, puis secrétaire du comité de direction, février 1910. Service aux armées. Directeur du dépôt de l'usine de Choisy de 1918 à 1927. Nommé à la direction du personnel puis, 1er juin 1929, de la comptabilité. Puis des institutions patronales : cités ouvrières, caisse de secours, caisse d'épargne, caisse de retraites… "A titre de simple renseignement : mon père a été pendant dix-huit ans chef de service dans cette maison, ainsi que ma mère, vingt-deux ans. De plus mon grand-père y est entré à sa création, en 1880 (chef de fabrication)… En vous remerciant à l'avance du bon accueil, etc." Belon Paul, né à Paris le 5 avril 1874.

Lewenthal se leva, alla se poster devant la baie. Un si long temps, trois générations au service de la même entreprise… Une angoisse le prit, du vertige panoramique. Vertige d'un gouffre intérieur. Toute une existence résumée, états de service, fidélité, tant de jours identiques accumulés, ramenés à un seul dans leur répétition absurde, une culture d'entreprise irremplaçable, anonyme, qu'aucune chronique ne signalerait à l'histoire ouvrière, l'ample mémoire stratifiée dans ce bilan laconique… Soudain resurgit son rêve de jeunesse, le vaste espace vierge du Nord, la neige d'Alaska et le chuintement du traîneau emporté par les chiens… Contre son habitude de ne fumer qu'après midi, il alluma son premier cigare, arpenta un instant le bureau, gagné par une exaspération sourde contre ce pauvre type méritant, digne, consciencieux, employé modèle haussé à la force du poignet, que l'honneur si humblement sollicité paierait en monnaie de singe. Il l'aurait cogné de colère. Il se sentait furieux contre cette pluie assommante qui menaçait pour la journée entière. Contre le sentiment inédit de frustration, d'insatisfaction profonde à traiter ces dossiers remontés d'étage en étage vers le sommet de la pyramide, comme si dans ce nid d'aigle pouvait s'exercer réellement le pouvoir qu'il représentait ; et encore de lassitude, d'ennui, et de faim. Faim d'exultation. Faim de bonheur. Bonheur ? Il souffla une longue bouffée de tabac qui fit juste le petit nuage de fumée dont il avait besoin pour dissiper ces pensées détestables. Il revint s'asseoir.

— Faites le nécessaire. Qu'il ait sa médaille. Avons-nous terminé pour aujourd'hui ?

Non, restait un dossier épineux. Celui de l'installation du nouveau système de pointage. Un régulateur Brillié donnerait, par déclenchement électrique, l'heure uniforme à sept pendules pointeuses : quatre à l'entrée principale, trois sous le porche de la gare d'expédition. Distribution de cartes individuelles, casiers appropriés. La proposition de *Règlement* établissait l'horaire normal, celui de la nuit, les absences en cours de travail… Liste des cas de fraudes et sanctions. Seules les heures pointées faisant foi, tout oubli perd le temps correspondant. A noter : appuyer à fond sur le levier de la pendule, sinon la carte n'est pas imprimée. Premier coup de sirène, ouverture des portes. Deuxième : chacun atteint son poste. Troisième : mise en route. Sortie : un coup de sirène trois minutes avant l'heure indique pour tous, sans exception, de quitter le travail pour se laver les mains et s'habiller. Avant le coup de sirène, nul ne doit quitter sa place, sauf infirmes et femmes enceintes. Les retards : retenue sur la paie sur les bases suivantes : de zéro à cinq minutes : un quart d'heure ; de cinq à quinze : une demi-heure…

— "A titre exceptionnel, pendant la première semaine d'application et pour permettre à chacun de s'y adapter avec une bonne volonté dont elle ne doute pas, la direction ne fera aucune retenue. Retenues d'ailleurs versées à la caisse de secours mutuel du personnel de l'usine…" Alambiqué ! Trop compliqué, trop long, madame Lemoine. Etant donné le meeting du café Perreux, nous allons différer. Vous ramassez tout ça en cinq lignes. Par ailleurs, réunions du personnel par atelier, par bureau. Qu'on explique, qu'on argumente. Il faut convaincre que le système favorise les bons ouvriers et empêche les profiteurs, fraudeurs et tire-au-flanc. En tout cas, pas de flottement d'une direction à l'autre. Sinon revendications, désordres et chicanes…

Le dernier dossier était plus exaltant. Tout le programme de publicité à rénover, un vrai chantier. Depuis trois mois, le projet était à l'étude, les responsables sur le pied de guerre. Un quitte ou double qu'il appelait de ses vœux, que Mme Mathilde suivait de près. Lewenthal attendait beaucoup de cet Enzo Calvino. Fils d'émigré italien, deuxième génération, grimpé en vitesse. Un brun très brun, pensa Simon avec sympathie, cheveux et yeux de charbon, bouche poupine un peu mouillée, friande de plaisir, gros travailleur… Il avait fait ses classes chez Menier, auprès des meilleurs publicistes, ceux qui inventaient, pionniers, de cofinancer et d'accompagner la caravane du tour de France : distribution d'échantillons de chocolat, de cirage et de réveils, de casquettes de police ornées de la marque, au bord des routes et à l'étape. Offensive publicitaire déclinée selon la notion neuve de cible commerciale. Calvino arrivait, bouillonnant d'idées et d'astuces, une machine haut de gamme, et il s'amusait beaucoup dans la création, une gaieté contagieuse, rafraîchissante. L'augmenter très vite…

— Nous tenons conseil vendredi soir, quai d'Austerlitz, pour étudier cette question. Convoquez qui de droit. Pas trop de monde, Mme Bertin-Galay aime bien les conseils restreints. Que M. Calvino passe me voir avant. Jeudi en fin de journée, voyez mon agenda. Est-ce tout ?

— C'est tout, monsieur.
— Ah ! Madame Lemoine, deux choses encore. S'il vous plaît, retenez une table à déjeuner mercredi, chez Vagelende. Deux couverts. Roger et moi… Non, Guy. Roger est à Nancy. Peu importe, deux couverts, treize heures. Et puis, s'il vous plaît encore : commandez une gerbe de chrysanthèmes, livraison au Père-Lachaise, deuxième allée… Enfin vous trouverez ça dans mon agenda. Choisissez quelque chose de bien. S'il vous plaît.

Mme Lemoine savait faire, pas besoin de lui faire un dessin. Son répertoire avait les meilleures adresses, et elle une discrétion de carmélite. Elle repliait calepin, crayon, attendait de sortir pour éternuer, se moucher. Des chrysanthèmes, soit : Toussaint a ses rites. Lewenthal fréquentait peu les cimetières. Peu de tombes à visiter. Celle-là, unique : ses parents, son frère, résumé de la famille, aussi bref que celui de la vie de Belon Paul. Seul survivant, puisque était sectionné l'arbre, toute généalogie antérieure. Père ni mère à consoler de la plus cruelle peine, voir avant soi disparaître un enfant, scandale absolu. Leur mort à tous le délivrait de l'obligation de rester vivant. Désormais libre de vivre ou de mourir, cette faveur du dénuement. Même à ses enfants, il ne devait pas sa vie. En cela digne émule de Mme Mathilde : dans le partage de leurs prérogatives, il avait laissé latitude à Berthe de mener l'éducation de ses fils à sa guise. Lâche agrément, pourtant très honnête, loyalement il avouait sa désaffection, il ignorait toujours si lui faisait défaut ou non de n'avoir suivi leur jeunesse, si peu doué de fibre paternelle qu'il les regardait pour d'aimables inconnus, de curieuses personnes qu'il rencontrait à un déjeuner mensuel, depuis quelque temps avec un seul : l'aîné venait d'intégrer une école d'ingénieur à Nancy ; son cadet peinait à obtenir le bachot. Il interchangeait souvent leurs noms, Guy et Roger, sa langue fourchait. Il en avait de l'embarras, pas eux. Cette confusion ne les contrariait pas, ou bien ils ne le manifestaient pas. Il n'aurait su exercer son ascendant paternel, infléchir leur destinée, au moins leurs études, sans passer à ses propres yeux, aux leurs peut-être, pour un imposteur, pariant pour eux, comme il en avait été pour lui, qu'un Jack London, un Jules Verne ou un Conrad les conduiraient où ils devaient aller, sinon qu'ils en restent là… De temps en temps, il revoyait ce dont il rêvait, enfant : chasseur du Grand Nord. La neige en raquettes, les chiens de traîneau, la bise dans les plaines glacées, bivouaquer seul et veiller le foyer de braises, du givre à ses cils, dans l'immensité blanche et le silence entendre les loups, chasser l'ours et le caribou. Lire la trace de leurs pas à l'orée des forêts, comme le lui enseignaient les tribus de sauvages qu'il fréquentait en ami ; faire commerce des peaux... Chasseur, il l'était dans l'âme, dans le sang. Sur d'autres territoires, derrière d'autres proies, peu importe, même mélange d'angoisse et d'impunité que procurent les spéculations stratégiques, le jeu de la traque. Sa vie d'altitude, dans ce bureau directorial, sa double vie patiente et recluse à Villeneuve-Saint-Georges faisaient l'affaire. La faisaient-elles ? Et pour son frère, qui n'avait pas aimé qui il devait, ne s'était attaché à personne, avait perdu son tour de chance, avait-il trouvé ailleurs ce qui faisait l'affaire, dans ses spéculations philosophiques ? Avant de se rencontrer nu sur un trottoir de Berlin, seul à savoir ce qu'il apprenait là... Lewenthal était soulagé du dénouement, il n'osait dire heureux. N'aurait confié à personne ce sentiment affreux, réellement monstrueux, d'absolue adhésion à la décision de son frère, épousant sans réserve son enjambement de la fenêtre. Non par impulsion ; par mûre réflexion. Même le temps de la chute, suffocant, enivrant, l'envol du pantin désarticulé, fiancé de la mort, et son écrasement dans la rue, il était d'accord, solidaire. Ravagé de chagrin. Quelqu'un en avait été témoin, songea-t-il soudain. Rue de Lille, Camille Galay...

Les dossiers attendraient. Il s'accorda le temps d'achever son cigare par subit besoin de gourmandise et de lenteur. Le tabac n'avait pas le même goût que d'ordinaire, plus âcre, plus grisant, une saveur curieuse qu'il voulait goûter tranquillement. Tous les matins ont une heure de l'ange qui annonce la qualité du temps devant, le renouvelle et l'ensemence, ou l'empêche de son aile chagrine. En dépit de la longue pluie promise sous le gros ventre pachyderme des nuages, mercure et violets, en dépit du funeste avertissement qui ensanglantait l'aube vilaine, en dépit de l'ingrat inventaire des dossiers, il régnait dans le bureau une atmosphère de jeunesse et d'excitation légère. Un appétit de nouveauté circulait de place en place, une impatience joueuse très stimulante qui n'avait rien à voir avec sa hargne de tout à l'heure, sa colère, ni avec son inspection au miroir du cabinet de toilette, qui lui disait en quelle estime bilieuse il se tenait ; ni avec l'agacement de son contentieux dynastique, ni la nostalgie enfantine du rêve nordique. De tout cela, dans la fumée du cigare, paradoxe, il ressortait qu'il était très content.

Il ouvrit doucement le tiroir de son bureau, le dernier, en bas. Vérifia ce qu'il savait y être, où s'était portée sa main sans qu'il y pense, juste à cet instant d'appétit et de gourmandise, à l'heure de l'ange, le petit appareil photo qu'il venait d'acheter, un Leica dernier modèle. Il caressa avec amitié la belle boîte compacte de métal soyeux, noire et chrome, confortable et légère, maniable, 24 x 36. Filetage normalisé pour admettre plusieurs objectifs, une des plus belles productions de l'optique allemande. Une sorte de bijou sophistiqué, et très simple, en sa ligne dépouillée apte à la main, au poignet, intelligent et sensible, un appareil moderne qui faisait les meilleures photos du monde. Qui permettait au moins d'essayer, de tenter le diable. C'était ce qu'il avait trouvé de mieux à offrir à Camille.

Il le lui destinait, c'est-à-dire que, dans son esprit, il était déjà à elle. Sans parvenir à imaginer par quel subterfuge il pourrait le lui donner. Un cadeau se conçoit en pensée, c'est tout simple, il aspire à appartenir, à aller droit à son but, mais il y a le geste, la circonstance où il se met dans la main, un instant critique. Un cadeau est plus susceptible qu'une offense, il prend le risque de son engagement, et le prix qu'on met à son aventure doit être assez généreux pour ne pas froisser par sa dépense. L'inquiétude du don est qu'il a à se trouver de bonnes excuses, à procurer à l'autre des raisons de vous pardonner, une diplomatie d'amour-propre, se disait-il, qu'on n'apprend pas dans les écoles de commerce... Par quel biais s'ôter l'embarras des cérémonies, faire en sorte qu'il tombe, naturel, tout cuit, comme caille dans sa poche ? L'envoyer par la poste, un paquet anonyme : il n'envisageait même pas la roublardise, l'indélicatesse du procédé, choquant, et d'abord un cadeau veut être délivré en mains propres, sinon c'est une livraison de commissionnaire...

Enfin, ces réflexions autour du Leica lui procuraient une nouvelle façon de souffrir, délicieuse, qui instrumentalise le cœur, un outil sensible dont il ne s'était pas servi de longtemps. Le cœur ? A cet endroit cardiaque, il ne se passait rien, Dieu merci. Mais en toutes sortes d'endroits de son corps, au creux des poignets, du ventre, à la pomme d'Adam et même à la lèvre, des palpitations troublantes, qu'à part soi il trouvait excessives, car enfin qu'escomptait-il acheter de Camille par ce cadeau épineux ? Rien que l'idée de lui faire plaisir était extravagante. Toucher aux plaisirs de l'autre est une entreprise équivoque. De quelle sorte ses plaisirs étaient-ils, ses désirs de quelle nature, vers quoi ou qui allaient-ils, voilà une question incertaine, impudique, qu'il ne se poserait pas. Que posait fort imprudemment l'appareil photo, et même avait conclue sans scrupule au prétexte, il le trouvait assez bon, que Camille lui avait dit trois mots de photos qu'elle projetait de faire sur la route de Choisy... Qu'il lui avait vu pendre au cou un appareil cabossé, un engin sommaire, qui faisait pitié. Cependant son port de tête, sa nuque s'accommodaient joliment de ce pendentif ingrat, calé entre ses seins menus de jeune fille. Sous la blouse fine, elle avait un long buste ; ses hanches de sauterelle un balancement très féminin de garçon manqué. Il lui accordait un certain charme. Quoique, ici même, elle l'eût mis au tapis d'une prise de judo déloyale, dont il n'excluait pas de tirer vengeance. Elle avait été une petite fille dans ses bras, il avait joué à la faire voler haut à l'ombre des grands cèdres du Mesnil, cela conférait-il le droit de lui faire un cadeau ? L'argument pesait peu. Elle avait aussi, convenait-il, contrarié, assisté à l'affreuse soirée, rue de Lille, un accident regrettable. Qu'il ne regrettait pas. Il n'aurait pu se trouver quiconque d'aussi... Exact, trouva-t-il, déçu de ne pas qualifier mieux en quoi elle avait bien fait d'être là, sous le tableau de Grosz, et de boire avec lui de l'alcool à vous arracher le palais. De se taire.

Il repoussa le tiroir en douceur, lentement, le fit glisser sur ses rails jusqu'à sa fermeture, un petit bruit sensuel en conclusion de sa rêverie. Il écrasa énergiquement son cigare dans le cendrier et entreprit d'ouvrir le dossier de Calvino, très concentré sur son travail désormais, oubliés le Leica, M. Patient et le jardin de Villeneuve-Saint-Georges.

Il se trouve que les fenêtres de Dora Gombrowicz donnaient aussi sur un jardin, mais celui-là délicieux enclos miniature, un jardin de curé aimait-elle à dire, elle qui n'en fréquentait guère. Il était à l'abandon quand elle avait acheté cet appartement du quartier de Picpus, l'aile d'une folie du XVIIIe siècle tombée à la ruine, que beaucoup de hasards et d'improvisations successives avaient reconvertie en habitation. L'appartement, tout en recoins et décrochements, jouissait du plain-pied sur cette enclave végétale, résidu du jardin qui entourait jadis la propriété, démantelée par l'urbanisation anarchique. Un haut mur très laid le clôturait désormais, pris dans sa brique un pan en pierres de l'ancienne demeure. Là-derrière s'enchevêtraient des bâtis de bric et de broc dont dépassaient les toits d'un atelier d'ébénisterie et un matelassier, assez distants pour qu'on n'entende pas d'ici leur bruit. La terre était bonne, tout y poussait à foison. Ainsi cette parcelle du jardin gardait-elle le charme de ses simples, réensemencés ou greffés par providence naturelle, à quoi la main jardinière de Dora avait donné courage en laissant graminées et fleurs pousser selon leur caprice, s'écheveler le chèvrefeuille sur le toit de la gloriette demi effondrée, et courir sur le mur un cep de vigne centenaire dont la treille folâtre tombait devant ses fenêtres en rideau de pampres. Si minuscule espace qu'on s'étonnait d'y trouver tant d'espèces en désordre, un groseillier épuisé, un poirier au tronc squameux grimpé en espalier voisinant avec pois de senteur, lupins et giroflées, et sous la forêt folle d'un seringa de petits plessis aromatiques, thym, hysope et sarriette en mosaïque, tels en offraient les jardins médiévaux. Tout cela s'encadrait par la fenêtre en tableau de tapisserie où chaque échantillon végétal semblait ciselé au pinceau d'artiste, et toute cette ombre entrée dans la maison teintait les murs, les meubles et tapis d'une buée d'absinthe fraîche. Mais l'orgueil de Dora était, sous un bosquet de lilas, un petit bassin de très vieilles pierres moussues, élégiaque et croupissant, son eau de bronze couverte de lentilles, où glougloutait une chiche fontaine à gueule de gargouille et dans laquelle vivait une famille de grenouilles, pour laquelle elle avait des accents maternels. Aussi pour les abeilles qui, prétendait-elle, tout l'été butinaient ses fleurs, une goinfrerie de sucre. En été, c'était une débauche de couleurs.

Voilà ce qu'elle expliquait à Gabrielle, toutes deux passées dehors de quelques pas. Il fallait un peu d'imagination pour se représenter tout cela, car en ce jour d'octobre il n'y avait abeille, libellule ou papillon, ni les couleurs que peignait Dora : il avait plu tout le jour, les arbres dégouttaient, les herbes ployaient d'eau, et dans cette humidité ne resplendissait qu'un buisson bleu de plumbago, dernière floraison de l'automne. Elles restaient prudemment sur le seuil, difficile de s'aventurer dans ce fouillis, d'affronter l'humidité du jardin sans enfiler des sabots, une paire était déposée contre le mur. Une brève éclaircie les avait attirées là, mais déjà reprenait l'averse, alors elles se réfugièrent dedans, d'un frisson abandonnèrent leur brève contemplation. Une vieille ratatinée, ensevelie de noir et très blanche de peau, tout en os et angles, apportait le thé sur la table, dans les dentelles d'une corbeille arrangeait les gaufres poudrées, disposait les tasses et les cuillers de vermeil avec des onctions de dévote préparant un autel.

— Je te chasse ! Laisse-nous tranquilles ! Va voir à la cuisine si j'y suis, la tarabustait Dora en polonais.

Elle avait fait venir de Łódź cette vieille tante, sœur de son père, une année de bienfaisance, disait-elle, inspirée par elle ne savait quel remords ou quelle nostalgie d'enfance, peut-être alarmée des nouvelles de désordres qui venaient de Pologne, de chômage et de pogroms, d'émeutes, d'incendies, et c'était la seule survivante de sa famille. Elle vivait là-bas recluse dans une sorte d'asile, les yeux perdus de broder des ouvrages de fil pour payer sa pension, pas un zloty en poche, déshéritée, indigente. Une fois là, elle s'était acclimatée, Dora n'avait pas eu le cœur de la faire repartir. Au fond, prétendait-elle, c'est tout ce qu'il me fallait. Une duègne aussi obtuse, j'en fais mon affaire, elle n'a pas intérêt à redire de mon train de vie et elle tient mon ménage : il n'y a pas de meilleure repasseuse qu'elle, elle passe tout à l'eau bleue et à l'empois, même les torchons. Elle récure le cuivre à en faire de l'or, même en cuisine, elle a des raffinements de maître queux : avec trois fois rien de rognons, elle mitonne un plat de marquis. Elle n'a pourtant servi personne, que mon père, une brute.

— Crois-tu que j'aurais les moyens d'entretenir une servante, surtout d'en supporter une sous mon toit ? Elle loge sous les combles, une chambre de bonne que nous lui avons bien arrangée, mais ce galetas lui fait l'effet d'un palace. Figure-toi qu'elle dormait à la salle commune, son lit au milieu de ceux de vingt vieilles, le crachoir au bout de chaque, aligné au pot de chambre, et l'hiver sans poêle. Tante Vita n'a jamais eu une vie pareille. Pour mes bienfaits, elle me voue gratitude éternelle, elle se ferait couper la main pour moi, elle mordrait, un dogue. C'est bizarre d'obtenir des gens une telle adoration, ma charité est proprement mesquine, j'y trouve trop mon compte. C'est moi qui lui dois. Mais quoi que je fasse, elle me le rend au centuple, tu ne peux savoir quelle imagination elle a dans les petites choses de son ressort. Elle est orfèvre en esclavage, une artiste.

Gabrielle écoutait son amie avec le sourire. Tous ces discours, elle les avait entendus dix fois, et sous la rudesse du ton elle savait ce que cette affaire recouvrait : tante Vita était venue de Pologne en 1919, l'année où le seul homme que Dora eût aimé venait de la laisser tomber, une rupture brutale, sans dispute ni congé. Même pas un mot d'excuse, un au revoir, pourtant un homme d'une courtoisie, d'une délicatesse incomparables. La grippe espagnole emportait les gens en un cinq secs, comme diable. Denis Louvain l'avait quittée. Cette lâcheté, ce scandale, une forfaiture. Un crime. Sa peur, sa douleur étaient moins abominables que sa colère, une ivresse de colère, prodigieuse, contre toute chose et quiconque, qui brûlait ses nuits, ses jours à fomenter des vengeances. Tout ce qui lui passait par les mains cassait, s'abîmait, s'écrasait, se déchirait. Elle avait oublié une casserole sur le feu, incendié sa cuisine. Elle n'ouvrait plus son piano, jetait à la poubelle sans les ouvrir son courrier, ses contrats, ne mangeait plus. Dix kilos perdus dans le mois, et elle disait : il y a une bombe cachée quelque part. Elle avait pris une amante, petite chanteuse de Montmartre, dans un beuglant, un claque de filles, cette épave imbibée d'éther aurait bu l'alcool à brûler, l'eau de Javel. Entre deux comas éthyliques, elle la volait, vendait ses robes, ses bijoux au fripier, aux bouquinistes ses livres. Dora ne trouvait qu'à la battre comme plâtre, lui aurait arraché les yeux pour passer sur elle sa folie de meurtre, une catastrophe.

Par quel sursaut, instinct de survie, une intuition de sa colère, faisait-elle venir tante Vita, qui avait débarqué dans ce capharnaüm du petit appartement, rue des Saints-Pères ? Ne parlant pas un mot de français, elle avait donc fichu la fille à la porte sans commentaire ni ménagement, et s'était mise à ranger le désordre indescriptible, à débarbouiller et peigner Dora, à boutonner ses guimpes, à la promener dans les squares comme une petite enfant, à astiquer cuivres et chaussures et taper les coussins, tout en lui racontant des histoires, pas moyen d'en placer une. Un monologue intarissable, étourdissant, une litanie pressée de mots qui ne laissaient aucun courant d'air entre eux, s'enchaînaient à une vitesse phénoménale, elle ne reprenait souffle qu'au milieu d'une phrase pour sauter dans l'autre sans suspens ni ponctuation et tout y était passé, par le menu. Les histoires d'inconnus, de gens dont Dora n'avait aucune idée, la tête encalminée de belles-sœurs, cousins, arrière-grands-oncles, leurs maîtresses et amants, et pièces rapportées, de voisins, d'amis de ces voisins et leur parentèle, leur naissance et leur mort, accidents de charrette, hydropisie, pendaison dans une grange, assassinats malpropres, croup, érysipèle, eczéma, et comment on les traitait, d'onguents et pommades, les herbes qu'il y fallait, leurs recettes de colporteurs et guérisseurs, et celle des plats de bêtes et d'humains, leur préparation. Tous les usages culinaires et médicinaux du paprika, du clou de girofle, de l'ail, les formules magiques ou sataniques qui les accompagnent, comment on fabrique le savon et les bougies, comment on ressemelle de vieux sabots, on tisse le chanvre, on prépare le pain de pavot, on cuisine le bortsch quand on n'a pas de porc sous la main, que des betteraves, des oignons et des champignons, les petites aiguilles sous les sapins où on trouve ceux-ci cachés. Et comment on s'habillait de son temps par-dessous et dessus, en été et en hiver, comment on prévoit le temps de neige, de pluie à l'observation des plantes et du sel. Non seulement les arbres généalogiques d'un village entier et ses environs, mais physionomie et tempérament de chaque, ses travers, ses manies, ses verrues, qui bégaie, qui louche, qui a belle voix, des mains habiles, les idiots, les jalouses, énumérait les pièces de monnaie en cours et les billets de

Pologne, les trois façons de saigner le cochon, de le débiter, les parties succulentes, celles qu'on laisse aux pauvres, aux chiens, aux femmes, façon de déshabiller le lapin en un tour de main, les cinq usages de sa peau, de chasser le loup, à torches ou à fourches, de dépiauter les noix sans se noircir les doigts de tanin qui ne part d'un mois sous les ongles, de puiser l'eau au puits, à la balance ou à la corde, l'avantage et inconvénient de l'un et l'autre, l'art de cicatriser les plaies, d'exterminer les poux, les servitudes de passage, de puisage, et chicanes de propriétés, une par une les pièces de trousseau d'une mariée, les chansons de sa noce, les comptines et berceuses dont on endort les petits enfants...

Dora n'entendait rien de ce soliloque infernal, soûlant. Mais il l'ensommeillait, la roulait dans la farine, l'enveloppait de ouate, de cendres, elle sombrait dans le grondement sourd d'une avalanche blanche, assommée d'anesthésie indolore sous des cataractes neigeuses et murmurantes, ensevelie, endormie. Elle dormait, se réveillait, la lune entrait par un carreau et tante Vita la bordait comme un bébé, elle redormait, rouvrait les yeux, replongeait dans l'inconscience ; le front caressé par une herbe d'or, elle s'éveillait et voyait le soleil. Elle était guérie de la mort. Elle pleurait enfin, gonflée de larmes bienfaisantes, une hémorragie salée, qu'épongeait tante Vita. Celle de ses histoires était tarie, maintenant elle se taisait. Elle ne disait plus que les trois mots indispensables du jour, à l'avare, grognonne. Dora avait quitté la rue des Saints-Pères. Elle avait déniché le pavillon de Picpus, un endroit où Denis Louvain n'était pas mort. Il y avait ce jardin.

Gabrielle n'avait pas vu le petit appartement en l'état abominable où l'avait trouvé tante Vita. A cette époque, elle était à l'hôpital du Val-de-Grâce, les chirurgiens tentaient de sauver sa jambe, d'une intervention à l'autre greffaient les os, limaient les articulations et cousaient les tendons, elle dormait comme Dora, mais d'anesthésie chimique. Elle n'avait pas été là pour consoler son amie de ce grand malheur. Elle gardait donc du dernier étage mansardé, donnant sur les toits et les cheminées de Paris, son souvenir d'avant la guerre, la bonbonnière délicieuse croulant sous les bibelots féminins et les petits tableaux de paysages nordiques, où elle avait connu Dora, jeune émigrée impécunieuse, qui lui avait donné ses premiers cours de piano, où elles avaient noué amitié, vécu des heures si sombres, si heureuses. Tout cela était loin et c'était hier. Elle évitait de passer dans cette rue, mais si par hasard cela arrivait, à l'approche de la porte cochère elle changeait de trottoir, le cœur affolé par tout ce qui remontait de ce temps enfui, fuyant l'ombre vacillante d'un revenant qu'elle oubliait, n'en finissait pas d'oublier, son amour empoisonné de jeunesse... Elle préférait bien mieux venir dans le quartier Picpus, en pleine modernisation, avec ses habitations à loyer bon marché, immeubles flambants de briques rouge et ocre, la perspective du cours de Vincennes défoncée par le chantier de démolition de l'immense gazomètre pour le stockage et la distribution de l'Est parisien, devenu obsolète ; pas de souvenir ici pour lui sauter à la gorge.

Dora mordait à belles dents dans la gaufre qui poudrait ses lèvres rouges de sucre glace. Elle avait gardé son visage de belette sous le casque de cheveux noirs, qu'elle teignait peut-être, une frange au ras des sourcils aiguisait son regard, excessivement chargé de khôl, élégante, ronde dans la soie, les seins lourds, la taille un peu épaissie, mais souple, sensuelle, tentante. Elle avait envoyé ses escarpins à l'autre bout de la pièce, sous le piano à queue offert par Gustave Lyon lui-même, en hommage après le récital historique de 1927. Un grand moment que cette inauguration de la salle Pleyel, en présence du président de la République, de ministres, ambassadeurs, princes et maharajah, tout le Gotha musical et artistique d'Europe, une apothéose.

— Gaubert conduisait ! Sur ce piano, j'ai joué Debussy, et de Falla. Pauvre ! Il était là, tout maigrichon et chauve, toujours si malade... Un auditorium de trois mille places, un bijou d'intelligence acoustique... Ah ! Je ne me console pas de cet incendie, l'immeuble ravagé, neuf mois plus tard... J'étais en tournée en Egypte, au Liban. Tandis que j'étais fêtée, adulée, mon vieil ami Lyon croulait sous les dettes. Une fortune que la réparation ! Là-dessus, la crise, la filiale qui gère l'immeuble tombée en faillite, Lyon ne peut rembourser. Même sa fabrique de pianos est menacée, il est sur le point de céder Pleyel à sa banque, le Crédit lyonnais. Le joyau de sa vie... Ils en feront un cinéma, ou un grand magasin, tu verras. Je suis très malheureuse, très...

Elles attendaient Camille. Celle-ci avait des courses mystérieuses à faire, des rendez-vous urgents, elle viendrait les rejoindre plus tard, saluer Dora, avant de se rendre à la Chaussée-d'Antin avec Gabrielle : ce soir, Mme Mathilde réunissait une table, chose assez rare, pour l'événement de la conférence de Pierre à l'Institut Pasteur, dont toute la presse se faisait l'écho. Demain, ils repartaient au Mesnil, on y est tellement mieux qu'à Paris.

— Et moi je vais à Lille pour un concert, offert par les Sucrières du Nord. En attendant, mangeons de ces gaufres, ma douce, nous ne savons pas qui nous mangera...

En attendant, c'était au bonheur de l'instant, elles se pelotonnaient dans l'intimité du salon, entourées des peintures un peu délabrées qui décoraient encore le trumeau des croisées, le manteau de la cheminée, bergeries et idylles sous le plafond lambrissé de vieux chêne ; si vieilles complices qu'elles auraient pu boire leur thé et regarder la pluie tomber en silence, sans se déranger. Mais à Dora Gabrielle voulait se raconter, pour quoi elle était venue ce soir, la seule à qui livrer ses pensées, ses soucis. Si la vie les éloignait souvent, l'océan entre elles, jamais elles ne manquaient de se retrouver à chaque séjour, par cette connivence qui fait parler mieux qu'à soi, parce que chacune connaît mieux le secret de l'autre que le sien propre, et la science qu'elle en a autorise à sauter les préfaces, met à nu tout de suite ; on ne se passe rien et on admet tout. Il s'agissait de Camille, justement, et il pressait d'en parler, avant qu'elle n'arrive.

— A notre retour de Löchen, nous avons appris qu'elle était à Paris depuis deux mois sans voir personne ! Comment sa grand-mère l'a-t-elle su ? Son œil d'aigle : elle a toujours su trouver les aiguilles… En réalité, il y a bien six mois que Camille mène sa vie à son envie…

— Si tu veux ma pensée, il n'était que temps…

— A ses dires, partie faire des études dans le Sud, à Montgomery… Elle est si fantaisiste, aux antipodes de Théo, je me demande chaque jour ce qu'elle va inventer demain… En réalité, je ne m'inquiète de rien. Sinon qu'elle a fait cette chose de s'installer rue Buffon. L'appartement lui appartient, je le lui ai donné, tu le sais bien… Cela n'a pas été simple, mais j'y tenais absolument… Seulement, je n'avais pas imaginé que cela se passerait ainsi. Elle qui n'y a jamais mis les pieds, qui s'en fichait comme d'une guigne, a demandé tout de go les clés au notaire et s'y est installée, sans même m'en informer…

— Et qu'avais-tu imaginé, donc ? Qu'elle te demanderait ton avis ? En as-tu demandé un, toi ? A son âge et bien avant, tu prenais tes quartiers où bon te semblait…

— Je voulais l'y conduire moi-même, ouvrir la porte et lui montrer cet endroit, lui expliquer. Enfin, c'était l'occasion de lui dire… Dora, j'ai laissé passer le temps, le moment où je le pouvais a dû se présenter mille fois. Chaque jour il s'est présenté et j'ai fait celle qui ne voit pas, j'ai été lâche, ou prudente, j'ai laissé passer. Attendu ! Attendu quoi ? Que la vie passe… Je te parle du temps de ma vie. Il me semble que je suis morte une fois, là-bas… Morte à la Croix-Vilain et ressuscitée, alors depuis chaque jour est une provision de bonheur à portée de ma main, qui ne sera pas assez longue, assez avide et preste, assez douce pour l'attraper. Quand je la tiens, j'en ai de la joie. Ma joie est sauvage, elle est rapace. Une journée passe, et sa nuit, je les amasse, autant de pris. Je n'y regarde pas de trop près parce que j'ai les mains trouées, panier percé, la vie fuit et elle est si bonne, j'ai peur de lui faire du mal. J'ai peur de faire du mal à Camille. Va venir le jour, que je repousse toujours, de lui dire pourquoi je lui ai donné cet appartement. Qui est tante Agota, chez qui elle vit à présent…

— Et tout le roman familial avec ! T'es-tu imaginé la cérémonie des révélations au milieu de l'ossuaire ? Quel démon te pousse donc à faire l'ange ? Les annonciations sont très méchantes. Sous prétexte de vérité, on fouille dans des endroits meurtriers. Ne vois-tu pas qu'à descendre à la cave, à chercher dans les guenilles pourries, juste à en soulever un petit coin, c'est tout ce qu'il y a dessous que tu exposes ? Tu n'auras pas la main légère, tu n'auras pas le choix. Tu voudrais montrer uniquement le petit coin aimable qui te convient, n'est-ce pas ? Mais c'est tout le reste que tu déterres ! Là-dessous : intacts les cadavres, vermine, poison, les taches qu'aucune lessive ne fait partir. Et pour ta propreté d'âme, tu vas lui mettre le nez dedans ?… Ne donne pas à Camille les réponses aux questions qu'elle ne pose pas. Reste dans ton petit pigeonnier, à attraper le jour qui passe comme un bel oiseau, ne descends pas à la cave, Gabrielle ! Tu m'ennuies à la fin. Mange ton bonheur du jour, savoure-le, gave-t'en et ne soupire pas à fendre l'âme pour gâcher le mien.

Toujours Dora, avec son esprit abrupt et sa langue leste, et son juste à-propos, et tout le sérieux qu'elle pouvait mettre au badinage. Elle avait presque convaincu Gabrielle, étonnée de ses raisons si simples, qui allaient pile dans le sens qu'elle voulait, et comment ne les trouvait-elle pas toute seule ?

— En dépit de tes belles protestations, ta mort et ta résurrection, et ta joie d'illuminée, tu as le malheur pour bon ami. Il te tourne le dos, le malotru, en voilà des impolitesses ! Alors tu lui fais des grâces et des agaceries pour l'attirer, qu'il s'intéresse un peu à toi ? Je t'interdis de dire un mot à Camille de ces vieilles histoires, ou je ne t'adresse plus la parole. D'ailleurs, il est trop tard : tu aurais bonne mine de mettre les pieds dans le plat, après l'avoir si joliment contourné. Elle aura une indigestion de tes révélations tardives, elle aura du mal à les avaler. Cette petite en a déjà avec ses études, elle vagabonde, elle cherche fortune, laisse-la vaquer. Que dit Pierre de tout cela ?

Pierre n'en disait rien, ils n'abordaient pas ce sujet ensemble. Il n'avait pas avec la vie la même conversation qu'elle et même très habilement évitait d'en avoir une, parce que le plus grand risque qu'il pouvait courir c'était de renoncer à se taire, une qualité de silence qui neutralisait les mots inutiles, ce qu'ils fermentent de mort, les mots sont tuants, l'un après l'autre ils enchaînent. Il avait une passion, une ivresse de vivre, mais en rien elle ne se contentait dans les mots. Que Camille fût sa fille au même titre que Théo son fils, il résultait qu'il paraissait être un père comblé, c'est-à-dire mêmement empêché d'en dire quoi que ce soit.

— Alors, n'en dis rien toi-même. *Sois sage, ô ma Douleur, et tiens-toi plus tranquille*... Est-ce que je la taquine, moi ?

Elle taquinait son collier du doigt, un bijou d'abeilles et de libellules serties de nacre et de turquoise, que des nudités féminines enlaçaient de leurs bras d'or ; un Lalique, léger et gracieux, et Gabrielle eut la gorge nouée de ce geste désinvolte, peut-être involontaire, par lequel elle désignait à son cou le présent amoureux de Denis Louvain, dont jamais elle ne se séparait, qui la suivait dans ses voyages, qu'on lui voyait porter aux concerts, dans toutes les photos de magazine, à croire que cette pianiste célèbre n'avait que celui-là à se mettre. L'art nouveau avait passé de mode sans doute, mais sa fidélité à ce bijou s'en moquait, et peut-être n'avait-elle élu le pavillon de Picpus que parce qu'elle trouvait à profusion dans son jardin les libellules et les abeilles promises par le collier, donnant raison à l'amant qui le lui destinait, qui par sa mort, par sa main absente, les libérait pour elle dans la bonté des étés.

— Je suis contente que tu sois rentrée d'Allemagne. Il ne se passe rien de bon là-bas... En mai, j'étais à Berlin. Nous avons joué devant Hitler et Goebbels, le ministre de la Propagande, un sinistre, et toute l'escorte des dignitaires. Tout un parterre d'uniformes noir et rouge, jamais vu ça ! Mais à la sortie, c'était une odeur d'essence à en avoir la nausée, la fumée noire, des remous jusque par-dessus le toit de l'Opéra. On a cru à un attentat. Dans la nuit, la face éclairée par les flammes, une foule de fous en liesse, si jeunes, des étudiants ! Des étudiants ! Ils brûlaient des livres, des tonnes de livres ! Collectés par les sections du parti, depuis des semaines. Ce feu de joie en l'honneur d'Hitler, pour le divertir sans doute ? Il venait d'écouter Mozart, dis-toi bien. Les pompiers tenaient les lances, ils arrosaient les bûchers de pétrole. Que faire d'un peuple qui s'en remet à des pompiers pyromanes ? Je ne remettrai pas les pieds à Berlin de sitôt. Enfin, que veux-tu, j'ai encore un concert signé à Leipzig, dans quinze jours... J'espère qu'il n'y aura pas de désordres en ville, avec le procès de l'incendie du Reichstag qui reprend... La commission internationale d'enquête a déjà statué, à Londres. Accablant : les nazis ont mis le feu eux-mêmes. De l'art pompier. Ces stades pleins, c'est grandiose, quand même. Qu'as-tu vu, là-bas ?

— Nous étions à la montagne… La nature est belle, éludait Gabrielle.

— Voilà Camille !

On avait frappé, tante Vita glissait sur ses feutres vers la porte, noire et blanche comme une béguine. Mais sur le seuil, Camille, car c'était bien elle, n'était pas seule. Un homme jeune et grand se tenait derrière elle, tous deux dégoulinant de pluie, embarrassés comme des gens qui viennent juste de faire connaissance, et c'était le cas. A l'instant où elle entrait en coup de vent dans le vestibule de l'immeuble s'y trouvait déjà quelqu'un, en étrange posture devant la porte, hésitant sans doute, un peu comme s'il tendait l'oreille, mais pas vraiment, il s'écoutait plutôt lui-même, indécis. En tout cas, il ne pouvait, pris en flagrant délit à son approche, que confirmer, en effet, que c'était bien là qu'il allait aussi, n'est-ce pas, je vous en prie, et bien obligé de frapper avec elle. Cet individu aurait visiblement aimé s'éclipser mais il entrait, moitié contrit, moitié amusé du quiproquo.

— Etienne ! Ah, quelle surprise ! Que tu es gentil de me rendre visite ! Gabrielle : Etienne Louvain. Camille Galay.

Présentations un peu confuses : dans l'entrée il y avait beaucoup de monde, et tante Vita n'en perdait pas une, tout en recueillant les parapluies. Gabrielle savait qui était ce jeune homme, non qu'elle l'eût beaucoup rencontré, une ou deux fois peut-être, et c'était bien des années plus tôt, alors un tout jeune homme qui étudiait le droit à Strasbourg, en Angleterre, ou en Allemagne, selon. Un garçon que Dora avait en quelque sorte adopté pour son fils, plutôt son neveu, enfin un parent, elle qui n'en avait pas, se souciait si peu d'en avoir. Quoique tante Vita lui en fût un assez encombrant. Et si ce jeune homme n'avait pas besoin d'elle, Dora avait besoin de lui, qui avait connu le temps, si court, où elle aimait son père, assez gentil, assez complaisant pour nouer un lien filial que rien n'obligeait ; enfin, elle avait tout de même payé ses études, ses séjours à l'étranger, les meilleures écoles : un collège à Cambridge, une faculté de droit en Westphalie… Et même rencontré la grand-mère de Digne, inquiète de ce petit-fils orphelin perdu dans la grande ville, tu parles. Elle dissimulait mal le plaisir de cette visite imprévue, d'Etienne tombant de la dernière pluie, c'est le cas de le dire : mouillé comme un chien. Il venait toujours sans prévenir, quoique assez régulièrement, le temps d'un bavardage gentil, en réalité pour ramasser son courrier, les quelques correspondances qu'il se faisait adresser chez elle, et il repartait. Cette fois encore, il filerait à l'anglaise, surtout avec ce prétexte excellent qu'elle avait des visites, alors elle hésitait. Entre l'envie très grande de les garder tous et de faire une fête, Vita improviserait bien un pique-nique ; l'autre de chasser Gabrielle et Camille pour être seule avec ce chenapan, une anguille, un as de l'esquive. Elle voulait ne perdre les uns ni les autres, les retenir et les amadouer ensemble, et ce n'était pas aisé de trouver un compromis. La lumière verte qui venait du jardin pâlissait les visages, tante Vita restait plantée là, et voilà que Camille annonçait qu'elle avait un taxi, avec cette pluie un exploit d'en obtenir un, il attendait devant la porte, alors elle enlevait Gabrielle, si celle-ci en était d'accord, si Dora le permettait et la compagnie n'y voyait pas ombrage, pour rentrer tout de suite à la Chaussée-d'Antin... Cette autorité bousculait un peu la réception, mais Dora convenait que c'était une chance que ce taxi complaisant, il aurait été difficile d'en faire venir un de la place de la Nation... Tandis qu'elle et Gabrielle, qui avait compris l'embarras de son amie, prenaient date pour un prochain jour, Camille observait à la dérobée le silencieux visiteur du soir, opportunément absorbé par la contemplation extasiée du petit jardin, tournant le dos avec discrétion, exquise politesse, quel butor. Même une rencontre de paillasson suppose un peu plus de civilité... Il n'empêche qu'elle avait fort bien remarqué ses yeux de noisette verte, cette manière de voiler de la paupière un œil qui dort à moitié, et la cicatrice curieuse de sa lèvre supérieure, une marque intéressante. Des baisers, des étreintes, manteau, chapeau et gants, et Gabrielle munie de sa canne, elles étaient déjà sur le seuil. De loin, le jeune homme saluait, quand même ; il n'avait pas enlevé son imperméable et mouillait le tapis de Dora, mais celle-ci en avait l'air si ravi que ç'aurait été indécent de s'attarder davantage.

IX

Jamais Pauline n'aurait imaginé se trouver de son plein gré dans un endroit pareil… Il était cinq heures du soir, elle était assise seule à la table d'un troquet minable, le plus loin possible du zinc au bout duquel se tenaient avachis trois individus en salopette râpée, sans âge, abîmés ; pas si vieux qu'ils en avaient l'air, mais elle n'avait pas envie d'y regarder davantage. Au patron non plus, une espèce de chancelant échalas au teint terreux, d'une maigreur considérable et le geste faible, quand il l'avait servie tremblotant au point qu'elle avait évité de justesse qu'il n'éclabousse sa robe ; visiblement miné de maladie dévorante, outre son éthylisme flagrant. Elle avait commandé un bourbon, ce qui l'avait interloqué : il n'en avait pas. Du Lillet non plus, du curaçao ?

— Alors ce que vous avez… Un verre de vin rouge.

Dans le verre grisâtre, le liquide stagnait, elle n'y goûtait que du bout des lèvres. Depuis, l'échalas était retourné camper derrière son zinc, écouter d'une oreille absente la conversation grivoise que tenaient à mi-voix les trois piliers de son bar, à elle adressée d'évidence, mais le bruit n'en venait pas jusqu'à sa table. Chuchotant, ricanant, ils déclinaient des commentaires paresseux, écœurés, et même désespérés de l'aubaine qu'ils tentaient sans y mettre la moindre conviction. A croire que c'étaient eux qui soutenaient le zinc, arrimés à son bord tel un bastingage, tangage et roulis, pour un voyage dont l'horizon et ses embruns se bornaient au rang des bouteilles, clairsemé sur une étagère de guingois, leur nombre doublé par un chiche miroir étoilé, bagarre ou projectile perdu, entouré de vieilles affiches publicitaires et de pages de journaux, et d'un calendrier périmé piqués à même le mur, constellés de taches suspectes, un décor déprimant. Ces trois-là étaient atteints d'une maladie semblable, d'un dépérissement qu'aucune énergie de leur âme malade ne pouvait guérir, une maladie d'être, avec cette complication particulière ou sa variante maligne qu'ils l'aimaient, qu'ils y étaient installés, pour ainsi dire calfeutrés, et de là ils la regardaient avec une inéluctable et profonde antipathie, une hostilité manifeste qu'elle affectait d'ignorer. Où suis-je tombée ?

Elle se tenait de son mieux assise du bout des fesses sur la chaise bancale, accoudée au plateau douteux, circonspecte, son bois poissé de vieille crasse. Mais qu'est-ce que je fais là, gémissait Pauline en pensée, essayant de changer en rien ses façons naturelles, qui ne pouvaient ici que paraître extraordinairement affectées et provocantes. Ses jambes croisées, ses bas de soie moirant le galbe du mollet, et ses petits souliers de cuir fin, et son manteau en laine peignée, son béret en tartan, son maquillage frais, toute son élégante et délicate personne ne pouvaient qu'offenser gravement l'endroit, où elle n'aurait jamais dû se trouver. Or elle y était, par sa propre volonté, il y a des circonstances où nécessité fait loi. Si j'offense la compagnie, j'en ai autant à son service. Parce que, obtenir de son corps propreté et beauté, charme, séduction, est une occupation de tout instant. Des ongles pareils, pétales vernis de rouge, une peau ointe de crèmes, fardée, poudrée à frimas, le teint de rose, et le galbe de son buste, de ses hanches, sa coiffure crantée, et tout de l'allure, cela ne s'obtient pas sans extrêmes soins, amour et respect de soi, une dépense exorbitante dont ces gens n'ont même pas l'idée. Tout ce travail ici dévalué, souillé, et elle humiliée, punie, se morfondant du supplice qu'elle endurait, prenant son mal en patience en s'absorbant dans la contemplation du paysage qu'offrait la rue, navrant, à travers la vitre sale du café embuée de respirations épaisses, cet air empuanti de mauvais alcool, de sueur, qui sait, de déjections naturelles, mon Dieu qu'on en finisse.

Elle était bel et bien perdue au fin fond d'une banlieue, égarée dans un de ces quartiers périphériques où elle ne mettait jamais les pieds. S'il lui fallait en traverser pour aller au Mesnil, c'était sous la protection des vitres du train ; et encore ceux de l'Ouest parisien, pimpants jardins et pavillons coquets, avaient meilleure allure que ceux de Montreuil. Elle n'avait que répulsion pour la zone de laideur encerclant Paris, l'étouffant de son étreinte et même les arrondissements excentrés lui semblaient contaminés par la proximité de cette ceinture ; elle ne vivait qu'au centre. Dans le périmètre circonscrit par les boulevards, et encore ne se risquait-elle qu'à quelques excursions touristiques aux marges, à Montparnasse ou à Montmartre, où l'on s'encanaille entre gens du monde : son centre à elle, c'était le quartier Saint-Germain, un peu de Saint-Honoré, le substrat urbain où se respire un air éthéré, une aire insulaire loin des miasmes suburbains, aussi venir jusque-là, à Montreuil, dans le lointain Montreuil, était-il d'une incongruité choquante. Elle était choquée. Là végétait, grouillait et se reproduisait l'espèce qu'elle abhorrait, les ouvriers, cette engeance que le vide et l'apathie de mort abêtissent, une population que grossissait l'exode rural, ces migrants venus mendier aux portes de la ville leur place à l'usine, à la mangeoire du travail posté, à peine rescapés de l'indigence des campagnes tombant à celle de la ville, mentalement dénués d'espoir, de la moindre étincelle d'ambition, des infirmes ataviques de la société, saleté de pauvres.

Rien qu'à contempler le paysage de la rue, on en avait le spectacle édifiant, transmué aux choses, jusqu'à la couleur du ciel blafard qui versait à seaux l'eau froide. La chaussée aux gros pavés inégaux, huilés de pluie ou de cambouis, des ornières, des bosses à déjanter un pneu, n'avait trottoir ni rigoles, bordée de talus de terre ravinés par la pluie. Pas un arbre en vue, le long de la rue qui grimpait à l'horizon bouché ce n'étaient, à droite, que bâtisses inachevées en matériau brut de mauvaise brique, ciment et chaux, noircis par l'atmosphère de suie, palissades déglinguées, un long pâté de maisons squelettiques aux fenêtres éteintes, mais qui pouvait bien vivre là-dedans ? A gauche, un terrain vague, plus ou moins dépôt d'ordures semé de touffes d'herbe coupantes, agrémenté de buissons de ronces. Au milieu de quoi, la casse de Legarrec faisait l'effet d'une entreprise prospère, telle une verrue en bonne santé, avec son mur presque neuf, hérissé de fil de fer barbelé, son portail en fer plein, grand ouvert, dont un molosse musculeux, heureusement enchaîné, gardait l'entrée, et par où l'on entrevoyait, contre un mur de carcasses désossées rouillant et croulant, étayée de pneus en pyramides, la cahute en planches du propriétaire. Sur son toit de tôle, exclusivement lisible du ciel, aux avions sans doute, était écrite au gros pinceau la raison sociale : Garage Legarrec. Sinon garage du moins entrepôt d'épaves en tout genre, de véhicules amochés qui devaient servir de réservoir à pièces de rechange. Quelques modèles récents étaient parqués dans la boue grasse, labourée de traces de pneus, les flaques auréolées d'essence. Un endroit de trafics louches ; cela ne la regardait pas. Elle savait, pour recoller les bribes, que ce Legarrec, dit Mon Oncle, réparait au noir des véhicules un peu suspects, les repeignait ou les arrangeait de nouveaux chromes, achetait, vendait des occasions, troquait des pièces, immatriculait de neuf des voitures volées, peut-être bien les papiers qui vont avec. Ce marché florissant, à l'abri des regards et des investigations, qui serait venu le chercher au fond du labyrinthe de ruelles et passages qui aboutissait ici, en enfer ?

Débarquant de la Peugeot rutilante, chaussée de boue jusqu'aux essieux par le voyage, elle était entrée dans la cour avec Sylvain, en s'abritant derrière lui à cause du chien qui montrait les crocs, n'avançant que sur la pointe de ses talons fins, ne sachant d'un pas à l'autre où poser le pied qui ne fût un bourbier, tellement occupée à se prémunir qu'elle avait buté du nez sur un estomac. Mon Oncle, soi-même. Sylvain avait fait les présentations, et de celui qui s'encadrait derrière, le débordant en hauteur et largeur, son acolyte fascinant. Bébé, ainsi dénommé, tendait une main molle et moite, à elle seule un kilo de saindoux, soufflait quelque honk de bienvenue, et se taisait, parvenu à l'extrême dépense de son vocabulaire. Homme de peine, bon à tout faire, le mécanicien, le portefaix, la grue ou le cric ; dans une telle masse de chair disparaissaient le muscle et la charpente, un Hercule déchu, torse de colosse et crâne de moineau, sa tête si petite qu'elle était le prolongement direct de son cou et comme son moignon. Pourtant pas vraiment repoussant, et même assez sympathique dans son idiotie hilare : il avait des dents de lait. Curiosité phénoménale, ce géant gardait une dentition naine, petites perles d'une blancheur étonnante, éparses dans ses gencives mauves, de vraies dents de lait qui n'étaient pas tombées, les autres n'avaient pas poussé, sa mâchoire béait en un sourire d'animal dénaturé, d'où son joli sobriquet. Legarrec, à côté de lui, avait l'air d'un intellectuel, il faisait des phrases entières, qui en sous-entendaient d'autres, son discours paraissait double dès qu'il ouvrait la bouche, et avant qu'elle ait compris ce qu'il demandait ou ordonnait à Sylvain, celui-ci traduisait :

— Nous sommes en affaires, cocotte, va nous attendre là-bas.

D'un pouce jeté dans son dos, il désignait le café au coin de la rue, cinquante mètres plus bas, ils avaient disparu dans la cahute. Outre que *cocotte* et le geste qui l'accompagnait étaient extrêmement vulgaires, outre que Sylvain ne s'était pas encore permis ce genre de licence, il semblait vouloir faire devant Mon Oncle montre d'une autorité virile déplacée, Pauline avait trouvé plus désobligeant encore qu'il la laisse sautiller seule vers la sortie, seule passer devant le molosse en furie, à ses risques et périls. Pour le reste du chemin, elle avait évité tant bien que mal les flaques et les ornières, avait poussé la porte de ce troquet du bout du monde, résignée à attendre la fin du conciliabule entre hommes. D'instinct, elle détestait ce Legarrec dit Mon Oncle, son animosité envers le genre féminin, et même la façon dont il estimait à vue votre viande, en vous traversant de son œil diaphane, presque blanc à force de délavement, des pensées sales là-derrière, dangereuses, qu'elle n'avait pas envie de connaître ; cela ne me regarde pas. Sylvain, tu me le paieras. Soi-disant, il le lui avait appris en badinant dans la voiture comme on passait la porte de Montreuil, ce type natif de Brest avait fait des études de philosophie avant de se mettre à la navigation, bourlingué de par le monde, fait tatouer à chaque escale le nom des ports sur son dos, ses pectoraux, ses biceps, qu'il avait fins, d'une élégance nerveuse d'athlète qui s'entretient, un artiste. Son père avait été officier de marine, lui docker, par révolte ; un déclassé, un anarchiste. Par aventure, il avait aussi été amuseur de foire et contorsionniste, avant de se sédentariser dans la casse de Montreuil, un commerce d'avenir où, en dépit des apparences, il prospérait : ne t'y fie pas, fillette.

— Mon Oncle a du matelas, il argente, tu n'imagines pas. Il nous sert de trésorier. Il a des amis, dans tous les milieux. Tu le croises à l'American Club de l'avenue Montaigne ou au champ de courses de Longchamp, je mets ma bille que tu ne le reconnais pas. C'est comme ça qu'il va te dépanner, fais-lui confiance : il a trouvé ton pigeon pour les icônes de Léon.

Il n'empêchait que cet individu était un goujat, un malfaisant, et je demande à voir pour l'American Club, n'est pas milord qui veut. Il faut se lever de bonne heure pour singer les bonnes manières sans que le gorille rapplique au galop, le naturel est coriace… Mais son inimitié envers Legarrec était sans commune mesure avec l'exécration que lui inspiraient les buveurs accoudés au zinc, consternants d'abrutissement et de déréliction dans leur promiscuité crépusculaire. Aucune pitié pour eux, protesta-t-elle, outrée. Seulement la colère, immense, le mépris pour le danger qu'ils représentaient d'insinuer en elle une once de commisération, indue, de lui extorquer ce sentiment dégoûtant de la pitié. Mon Dieu, qui nous débarrassera de leur engeance ? Ils valent moins que les épaves de la casse. Je hais leur sale peau, leurs durillons et leurs cals, ces stigmates de classe, la corne de leurs ongles noirs, la crasse incrustée dans leurs rides comme dans leur âme, exterminez ces gens… Mais qu'est-ce que je fais donc ici ? Elle but une gorgée de vin sans y penser.

Il y eut alors un événement étrange. Depuis un moment, elle voyait bouger dans l'atmosphère trouble de la pluie une chose blanche en haut de la rue, une sorte de papillonnement, de clignotement aérien comme tenu par un élastique au-dessus de la chaussée, et cela approchait ; c'était un enfant. Un petit homme en culotte et tablier noir, pour quoi elle n'avait bien distingué d'abord par quoi il touchait au sol, et c'était son col qui volait au vent. Un col extraordinaire, une cape presque, soulevée par son sautillement, voletant telles de petites ailes autour de sa tête d'une blondeur angélique, un elfe, créature céleste de grâce et de beauté tombée d'où l'on ne savait et qui dansait, insoucieux de la pluie, entravé par ses galoches engluées de boue, si poignante et ravissante apparition dans ce décor lugubre, la scandaleuse innocence de son rire, cette joie, insupportable, effrayante joie de sa bouche enfantine dans la corolle blanche du col… Elle ne sut pourquoi, cela lui parut diabolique. Cette vision, une manifestation du mal, à elle destinée. Elle s'était retournée, pour voir si les autres avaient vu ce qu'elle voyait, s'ils connaissaient cet enfant, mais ils n'avaient pas bougé de leur morne entretien, ni le patron de son apathie, et quand elle revint vers la rue, il avait disparu. Elle avait vidé son verre d'un coup, le palais arraché, par l'immonde breuvage ramenée aux réalités. Car, en place de sa vision, sortaient enfin Legarrec et Sylvain, en compagnie d'un troisième individu, Bébé restant sur le seuil, laissant sa main aux débordements d'affection du molosse qui la mordait de joie. Ce nouveau partenaire portait beau, en costume croisé à fines rayures, double boutonnage, cravate un peu voyante et feutre gris clair, les pans de son manteau ouvert soulevés par le même vent qui emportait le col de l'enfant, mais lui en rabattait l'envol d'une main et tenait son chapeau de l'autre, il n'était pas un elfe. Ils approchaient vite, demi courbés sous la pluie, et entrèrent ensemble, apportant du dehors un courant d'air froid.

Dans la Peugeot, sur la route de Paris, Pauline se taisait, partagée entre contrariété et contentement. Elle boudait pour montrer à Sylvain que l'épreuve infligée de cette expédition et l'attente dans le café, sa désinvolture proprement ignoble, étaient une offense personnelle qui exigeait réparation. D'un autre côté, la transaction qui se présentait grâce à ce M. Amedeo très poli, un ami personnel de Legarrec, offrait des perspectives immédiates excellentes. Entre les deux, elle hésitait, remercier ou protester. D'abord, ce qu'elle avait compris du marché était que Legarrec prenait une commission au passage, et qu'il lui faudrait bien calculer, à tête reposée, ses marges de profit. Ensuite, elle escomptait bien ne plus avoir affaire avec le patron de la casse, ne jamais remettre les pieds dans ce quartier abominable, ne traiter qu'avec M. Amedeo, un homme de bonne éducation, un aristocrate d'origine italienne. A peine zozotant, de la classe. Un homme de centre-ville, fourvoyé comme elle dans ces régions. Tout cela, elle l'examinait en allant, dans le rétroviseur, du paysage arrière fuyant qui l'éloignait du cauchemar de Montreuil, à son minois froissé, chiffonné de tout ce qui avait blessé ses yeux, porté atteinte à sa distinction de mœurs, dont Sylvain ne semblait même pas avoir l'idée. Elle le trouvait finalement peu à la hauteur. Son pardessus camel une pelure prétentieuse, laine de seconde qualité, sa cravate à pois jaunes, une faute de goût, et ses mains courtes, accrochées au volant, ongles trop longs, des extrémités communes, vilains poils aux articulations. Et lui d'habitude si farceur, si drôle, un vrai boute-en-train, il restait morose, soucieux sous le rabat de son chapeau fronçant le sourcil, l'œil fixé sur la route.

— Charmant retour, laissa-t-elle tomber, avec une moue de sa jolie bouche rouge.

— Tu as intérêt à être réglo avec Amedeo. Je joue gros coup, moi.

— Que joues-tu donc ? C'est moi qui traite.

— Oublie pas ma pomme, mon petit. Avec ses clients, Amedeo fait du bénéfice pour nous, il me rendra des comptes. Ton magot fait des petits pour notre caisse.

— Caisse de quoi, mon petit ?

— Du Comité. On t'a à l'œil, ne nous double pas. Compris ?

Pauline ne comprenait rien, sauf que des choses pas très claires, pas très propres étaient en question, mais elle n'allait pas y mettre son nez par plaisir. Quand on est poli, on se pince les narines, on regarde ailleurs. Léon serait enchanté d'apprendre la nouvelle définitive de l'écoulement de ses icônes, quelle bonne amie elle était ; il paierait le dernier tiers de son magasin, rue Saint-Benoît. Renfloué, il épongerait ses dettes, et elle n'avait qu'à bien conduire l'affaire à son dénouement, sans être trop regardante sur les tenants et les aboutissants de cette organisation ; qui ne la regardait pas.

— Doubler, mon ange ? Que tu as de vilaines idées ! C'est celui qui le dit qui y est.

Elle se pelotonna, très chatte mouillée sur la banquette de cuir, bâilla sous sa main parfumée, étira ses jambes soyeuses.

— Conduis-moi plutôt au *Dôme*, rejoignons les autres. J'ai très envie d'un bourbon sec. Un vrai, dans un joli verre.

Mme Mathilde rentrait enchantée, le dos fourbu par son long séjour dans le vieux siège directorial, mais l'esprit attisé, ragaillardie par la séance quai d'Austerlitz, une des réunions d'entreprise qu'elle affectionnait le plus. De ces conseils mensuels, sa cure de jouvence, elle sortait reverdie, ses pensées fouettées, les sens aiguisés, sa vision claire. En haut de la longue table, trônant en son fauteuil historique, elle dominait ses propriétés, un point de vue réjouissant. De ce promontoire, elle entrevoyait, comme au fond d'une vallée harmonieuse, la ville de ses usines, leurs toits et leurs cheminées fumantes, leurs rouages tournant à train d'enfer, la fourmilière de ses ouvriers, et les rails, routes et fleuves étendant leurs ramifications tentaculaires jusqu'à ses succursales, les greniers à blé, les entrepôts, les ports d'où partaient les fiers cargos vers les rives d'Afrique, dont les forêts coloniales reculaient devant les champs de café, de cacao, de cannes à sucre, où un peuple nègre travaillait à sa richesse. Un moment de pure exultation où prenaient corps sous ses yeux la puissance et la gloire de son empire, telle la fresque en retraçait l'allégorie en face d'elle, sur le mur de la salle du conseil. Une idée à elle, ce tableau un peu pompier, une fiction hyperbolique, à l'époque outrepassant les réalités ; mais elle s'était réalisée, cela enflait son orgueil. Ces séances étaient d'autant plus agréables qu'en administrateur diligent Lewenthal lui en épargnait les contraintes paperassières. Il fixait avec elle l'ordre du jour et s'occupait du reste, vérifiait les dossiers, convoquait le personnel, éventuellement tel fournisseur, tel expert, à l'occasion invitait des personnalités, politiques ou financières. Elle donnait la parole, elle présidait. Ce rituel, une messe austère et fervente, un acte de foi mensuel en la puissance des affaires, se passait dans la salle du conseil de l'ancienne fabrique, quai d'Austerlitz, et ce n'était pas le moindre de ses plaisirs que de refaire chaque fois le voyage en voiture depuis son domicile, et son retour, par les mêmes rues et avenues qu'antan et toujours.

Dans les débuts, elle était allée à Choisy, fière d'inaugurer le nouveau siège, mais elle ne se sentait pas chez elle là-bas. Trop neuf, trop futuriste. Lewenthal avait compris qu'il y avait là plus qu'une frilosité de vieille dame, qu'il faisait une maladresse, dans l'élan de la modernisation, de vouloir tirer si vite un trait sur le passé. C'était de la précipitation, une faute grave. Les raisons susceptibles qu'elle avait d'y résister, elle qui avait poussé à cette extension industrielle, valaient d'être respectées ; et les siennes, de faire table rase, d'être modérées. Il avait eu l'intention, une fois désaffectés les vieux bâtiments, de réaliser le bien immobilier, des propositions intéressantes se présentaient, mais c'était un calcul hâtif. En réalité, cette fabrique incarnait, jusque dans son lustre vieillot, la fondation de la maison, sa longévité remarquable, et sa vitalité actuelle. Il en avait fait une vitrine glorieuse en hommage à ce passé, qu'en jeune homme étourdi il avait failli raturer. On n'avait pas touché au bureau de Raoul Bertin, resté en l'état, un vrai musée : ses meubles Empire, son bureau, les lampes à pétrole, qui ne servaient plus, les majestueux rideaux d'époque, et son portrait monumental au centre d'un mur, hantant les lieux de sa présence tutélaire. Le tableau patiné virait au verdâtre, Lewenthal n'osait poser la question de sa restauration. Pas touché non plus à la salle de conseil avec sa fresque modern style, ni aux ferronneries de l'escalier qui y conduisait. Dans une ancienne salle d'attente, au rez-de-chaussée, attenante à la loge vide du concierge, une petite exposition permanente offrait des photos de l'histoire de la fabrique, une idée de Lewenthal. Les plus anciennes dataient du chantier de la construction, de l'inauguration solennelle en présence de M. Pierre Tirard, ministre de l'Agriculture et du Commerce, représentant le président Grévy, les architectes et des invités de marque, parmi qui la haute silhouette de Bertin semblait un géant. Une des rares photos de lui, paysan embourgeoisé, montre au gilet, considérant avec une placidité bovine le photographe qui les prenait, enfoui sous son drap noir. Il y avait des vues de la fabrication, une perspective de travées avec les empaqueteuses au travail, en ce temps d'avant la mécanisation ; d'autres ouvrières présentant, sourires contraints et timides, les premières boîtes de biscuits, madeleines et boudoirs. Une galerie des portraits de quelques directeurs endimanchés. Le premier parc automobile, au milieu des charrettes à cheval, et des groupes d'ouvriers, sagement rangés comme dans les photos d'école, devant un mur, un contremaître ou un comptable au bord du cadre, en col blanc, plastronnant… Toute une archive exposée, à laquelle s'opposaient, sur le mur d'en face, trois vues glorieuses du site de Choisy, dont une aérienne. On ne manquait pas, pour leur édification, d'y conduire les invités, les nouveaux directeurs, les dirigeants de comptoirs lointains, de passage à Paris.

Quant à la fabrique, une fois vidée de ses machines, à murs nus, elle s'était révélée une construction en cathédrale. Avec ses ouvertures projetées, la halle centrale découvrait sa structure métallique, ses colonnettes de fonte à chapiteaux, ses baies à armatures de fer en arcs brisés, un joyau d'art industriel conçu par des ingénieurs d'Eiffel, digne de rester au patrimoine. Les portes surmontées d'un tympan néogothique produisaient un effet monumental, et le soin apporté au décor, les linteaux rivetés, le travail des chapiteaux affichaient le métal comme un matériau noble, que l'encombrement des machines et des fours, les constructions intérieures de loges pour les contremaîtres, les lieux d'aisances et les vestiaires, la crasse accumulée avaient fini par ensevelir. Au fond, pensait Lewenthal, avec ironie, les lieux de mémoire ouvrière ne sont jamais plus beaux qu'en l'absence du travail et des ouvriers. Ce vaste espace nu était loué pour des banquets, des congrès, pour des réunions de la chambre de commerce. L'école des Grands Moulins de Paris venait d'y fêter son troisième anniversaire, une institution récente à l'initiative du grand minotier, pour la formation professionnelle aux métiers de la boulangerie, de la viennoiserie et de la pâtisserie. Le site voisin des Grands Moulins, sur la rive gauche de la Seine, et sa longue association avec l'usine Bertin-Galay, en faisait un hôte de choix. Mme Mathilde avait elle-même remis les diplômes aux jeunes apprentis lauréats du tout nouveau CAP, et promis d'œuvrer pour que l'école soit reconnue d'utilité publique par l'Etat. Il y avait surtout que ce site historique était devenu le fleuron de la marque, sa vitrine prestigieuse, avec l'ancien cartouche en céramique de ses débuts au fronton, les initiales de Mme Mathilde Bertin et d'Henri de Galay entrelacés, fiancés, mariés pour l'éternité, au moins.

Elle rentrait fatiguée, mais enchantée du brillant exposé d'un certain Calvino, qui avait magnétisé le conseil. Il tirait d'abord leçon des campagnes concurrentes, acquiesçait de bon gré à cette vieille idée de l'enfant pour appât, excellent support de réclame, chevillé à l'esprit populaire : la petite Menier, l'enfant Poulain, le bébé Nestlé, et le bébé Cadum, donc ! L'enfant est notre tyran. L'après-guerre a produit ses familles nombreuses, il y a eu des prix du Mérite national, l'encouragement de l'Eglise pour le repeuplement, mais la démographie stagne, et la consommation avec… C'est que la France veut deux enfants, c'est son idéal, son horizon. Deux enfants, toute une classe sociale y aspire, menacée par la crise, inquiète du chômage. Offrons-lui le bon miroir : une fille et un garçon B & G, un petit couple vaillant, qui a tous les appétits de la vie, des gourmands. La campagne de santé publique vante la bonne nourriture, saine, équilibrée : il faut des forces à la terre, au commerce, à l'usine, pour l'armée et pour la colonisation. Très bien, nous sommes au cœur : nutrition, diététique, santé, la force du travail et de l'étude. Trouvons deux bons petits Français conquérants, aux joues pleines, image d'une France robuste et saine. Saine, le mot clé. Nos produits sont dans la ligne. Alimentation de base et gourmandise. Vertu et péché mignon réconciliés. Qu'ils croquent à pleines dents nos biscuits, nos chocolats. Le bon lait, les farines et céréales, le sucre, denrées élémentaires, produits nutritifs : nous sommes d'utilité publique, pour la morale et pour le ventre.

Nous savons faire… Notre cible de propagande par excellence : l'Instruction publique, qui transmet les règles de vie, d'hygiène et de morale. L'ambition nouvelle est le certificat d'études ? Les petits B&G le tiendront à la main. Nous aidons à l'étude, orthographe et calcul, nous sommes ludiques et studieux : nos fascicules de contes, nos albums, cahiers de coloriage, très bien. Nous encourageons la lecture, l'émancipation des masses. Buvards, protège-cahiers avec tables de multiplication et conjugaisons, porte-plume, tout cela en prime aux instituteurs, ils sont nos alliés. Bons points et images de félicitations. On donne, c'est gratis… Gardons ces vecteurs, gardons nos méthodes, elles sont éprouvées : le principe de la prime, le coupon et le cumul, droit au bon de remise ou de gratuité. C'est bien, le calcul des points développe l'esprit de capital et d'économie, en ces temps de réduction des salaires, il induit une mathématique du gain, qui fidélise la consommation.

Mais ce que nous allons donner en plus, le supplément spectaculaire, c'est la réalité. Débarbouillons cet enfant de ses attifiaux et de ses mignardises dessinées au vieux crayon, à l'aquarelle. Même la silhouette dynamique inspirée de Cassandre, le grand maître, graphisme stylisé, est devenue académique. Soyons naturalistes, mon concept est le réalisme. La photo ! Le réel en direct, le miroir de la vie. La preuve sous les yeux. La photo ratifie la réalité, elle atteste, garantit, convainc. Empruntons au photojournalisme, à l'information, en couleurs. Son esthétique est un langage, nous déclinons son alphabet. On retouche, on rehausse, filtres et maquillages. La couleur crée l'illusion atmosphérique du réel, angles de prise de vue, montages, trucages, nous manipulons à notre guise, nous inventons *notre* réalité et nous l'imposons. Continuons d'offrir des illustrations aux enfants, mais remplaçons-les par des photos. Depuis l'Exposition coloniale de 1931, les gens sont friands des curiosités. Nous avons décliné l'imagerie encyclopédique : curiosités botaniques, zoologiques, les peuples et les races du monde, le Zoulou, l'aborigène, le Papou, le Maori, l'Indien, le nègre de nos colonies, avec l'album pour coller les images. Mais, désormais, offrons le document scientifique, géographie, monuments, paysages, faune et flore : en photos. Aux ménagères, nos pages de recettes de cuisine, la reliure fournie ? Mettons-y de belles photos des plats réalisés et mis en scène. Nos gâteaux friands et crèmes au chocolat, cake américain, turinois aux marrons : photographiés. Photos de nos primes : tabliers de cuisine, ustensiles aux marques B&G, nappes, serviettes et torchons ; ménagères de couverts, vaisselle… Nos fournisseurs en textile, nos porcelainiers de Limoges sont partants pour la publicité photographique. Mon équipe a fait une estimation avec le service financier : créons un studio spécialisé, une équipe de photographes de talent. La photogravure est maîtrisée, soyons artistes ! Inspirons-nous du cinéma, colonisons-le. Concevons un petit film, saynète ludique, et diffusons-le dans les salles. Le nouveau support du slogan, c'est la radio, le cinéma, on nous parle de télévision ! Inondons la France d'images B&G surgies du réel. Que dans chaque école, chaque maison, on ait sous les yeux, à l'oreille, l'image de notre modernité.

Lewenthal l'avait laissé parler, s'enflammer, avec sa faconde d'Italien très roublarde, très séductrice, en finesse et gaieté, en impertinence et férocité. Un diable de garçon, bonimenteur de foire et concepteur subtil, argumenteur de première, à lui seul la démonstration de l'idée innovante, ambitieuse, de la publicité moderne. Ce que ne disait pas Lewenthal, c'est que, tout en l'écoutant, en observant le visage des autres, les joues échauffées, l'œil allumé, qui se faisaient passer les planches de dessins, croquis et logos, il rêvait déjà l'extension de cette image. Il voyait déjà, posée au pied des deux enfants portant sur leurs bras toute la gamme, café, chocolat, biscuits, et bouillie du matin, la bouteille de lait B&G... Un projet qu'il menait d'intéresser B&G à la distribution du lait, un breuvage d'avenir, lié de plus en plus à la consommation du café et du chocolat, leur accompagnement naturel et quotidien. L'explosion urbaine, le changement des mentalités vis-à-vis de ce breuvage autrefois cher et suspect de fraude – les mouilleurs avaient fait grand mal – ouvraient un nouveau marché. Mais malgré les progrès, le rapprochement des grandes laiteries aux portes de Paris, et l'acheminement en train aux gares laitières, le système restait insatisfaisant, toujours la guerre entre hygiénistes et nutritionnistes, entre pasteurisation et stérilisation. Et toujours la chaîne incertaine des bidons aux crémeries, le danger des bacilles, de la fermentation, les règles d'hygiène mal respectées, l'ignorance populaire limitaient le marché... En Suisse, Nestlé avait de longtemps lancé le lait concentré ou en poudre, comme aux Etats-Unis, mais la France y goûtait peu, peuple attaché au plaisir du palais. La solution d'avenir : améliorer le conditionnement. Voilà ce dont il rêvait : la distribution en bouteille étanche, cachetée, chaque matin livrée au seuil des maisons ! Le pis des vaches, fontaine féconde, enrichie par la science. Il étudiait le dossier, s'informait, prenait des contacts, le temps d'asseoir son projet sur une étude complète : l'association avec l'industrie de la verrerie, et la garantie de l'Institut Pasteur, label scientifique. Une chaîne du froid, de bout en bout. Un rêve.

En cette époque de crise de tous les marchés des farines, blé et maïs, de chute de la production agricole, blé, vin, betterave, leurs cours effondrés, crise à retard qui atteignait la France depuis deux ans, stockage excessif, comme toujours Lewenthal pensait à contre-actualité. Il cherchait à anticiper, à passer en force, équilibre périlleux mais indispensable… Une France routinière, trop de petites entreprises, hostiles au productivisme, baisse des salaires et chômage, conjoncture difficile ; en sus protection douanière et politique de déflation… Que ferait maintenant la gauche revenue au pouvoir, et les radicaux ? Du côté des minotiers, on était en pleine crise, les grands moulins cherchaient la concentration contre les petits meuniers, réclamaient un plan de contingentement. Il faudrait bien y venir, que l'Etat légifère sur la quantité maximale de grain écrasable… Cette mutation affectait directement B&G, concernait sa gestion, conditionnait son avenir, à court et moyen terme. Alors le marché du lait était à prendre, et par ce mouvement qui le portait à l'avant, lui faisait imaginer d'intuition l'avenir, volontariste, Simon Lewenthal donnait chance à son rêve. Les rêveurs sont stériles s'ils ne se donnent les moyens de réaliser leurs utopies. Lui ne se contentait pas de rêver, il inventait. Aussi ce jeune Calvino, un pionnier, lui plaisait-il infiniment, et son succès devant le conseil. Conquise, Mme Mathilde avait fait voter le budget de préfiguration de la nouvelle campagne publicitaire. Et dans son enthousiasme, qu'elle ne manifestait guère, seule une rougeur montée à ses pommettes d'albâtre, que Lewenthal connaissait bien, elle l'avait pris à l'écart, lui avait fait part de son idée : une chasse au Mesnil. Une chasse ! Au Mesnil !

— Une grande fête d'automne, la saison s'y prête. On ne va pas faire un vin d'honneur dans la grande halle, non ? Foin ! Je veux une réunion amicale dans ma propriété, petit cercle privé. Il faut distinguer et flatter tous ces gens. Sans publicité, gardons la surprise pour le lancement…

On invitait ce Calvino, évidemment, mais aussi des directeurs, ce Courtois qui se donnait un mal de chien avec le conchage, et quelques ingénieurs méritants, à choisir avec doigté. Qu'ils sachent se tenir et manier un fusil. Et elle invitait aussi qui Lewenthal voulait, à sa discrétion, financiers amis. Le patron des Grands Moulins de Pantin ? Très bien. Le député de la circonscription, en voisin, ce serait bien aussi…

— Enfin une société choisie, pas plus de vingt. Nous logeons, n'est-ce pas…

Une chasse ! Au moins dix ans que cela ne se faisait plus au Mesnil, que Mme Mathilde refusait toute compagnie de plus de cinq personnes, à part quelques dîners très choisis, qu'obtenait Lewenthal à grand-peine. Il l'avait complimentée pour son inspiration, sobrement, d'abord parce qu'on ne contestait pas un vœu de Mme Mathilde, ensuite parce qu'il trouvait l'idée très bonne, en outre le signe d'une combativité bienvenue, et la ratification magistrale de son travail. Approbation réciproque, sans discours, tacitement consentie, de ces moments où ils se trouvaient ensemble, réunis à même altitude, sur les hauteurs d'où l'on embrassait la vallée B&G, sa puissance et sa gloire. Il l'avait laissée dans la contemplation ravie de la fresque, tandis que la salle du conseil se vidait, retombant à sa solennelle solitude.

Voilà qui l'occupait énormément, calée au fond de sa voiture, tandis que défilaient derrière sa vitre les trottoirs encombrés de la foule du soir, ce pavé de Paris qu'elle fuyait et aimait, son terrain de chasse favori. Calculant déjà ce que sa décision subite entraînait de conséquences et d'embarras. Elle n'avait pas de regret, faisait confiance à ses intuitions, par orgueil, peut-être ? Par modestie aussi, cela va ensemble, elle se donnait raison sans discuter. Sa très vieille pratique d'elle-même. La tête de Lewenthal ! Je te connais, mon garçon. Tu ne bronches ni ne souffles, mais je t'en bouche un coin. Tu ne t'attendais pas à celle-là. Voyons... Une chasse de vingt personnes, cela se décrète dans la seconde, mais cela met en branle toute une logistique. Elle aimait les plans de campagne, les veilles de bataille, cartes étalées sur la table. Mon Dieu, ce temps lointain où Lewenthal avait déployé pour la première fois devant elle la carte de Paris et de sa banlieue, déjà pointé Choisy du crayon rouge, terrains à acquérir, à bâtir... Comme elle avait joui, alors, du bruit du papier qui craquait aux pliures, jalouse de n'avoir pas eu l'idée avant lui, amoureuse de son idée, séduite, conquise... Nourrir, loger tout ce monde, au moins deux jours, un week-end prochain, à fixer très vite. Le personnel, les commandes de bouche, la cave, le linge, le service, et les préparatifs de cette chasse... Le gibier, il y en a, Victor y veille. Il connaît ses territoires, ses bois et ses garennes, mieux que ses braconniers. Que chasse-t-on en cette saison ? Lièvres, perdreaux, palombes ? Du petit. Nous ne sommes pas à courre, nous sommes à pied. Mais le chenil ? Nos chiens n'y suffiront pas. L'armurerie : à visiter, elle dort dans les toiles d'araignée. Dénombrer les armes à feu utiles, en louer pour le reste. Pas du neuf, des pétoires, équipement de parvenu ; une bonne batterie de fusils éprouvés, faciles à manier, société de chasse à contacter. Les maîtres-chiens, leurs bêtes, et les rabatteurs, à recruter au village. Et les cuisines, grand Dieu, les cuisines : Mauranne vieillissait, et cette fille Victor ne valait pas sa mère. Au souvenir de Mme Victor, la mère, elle eut un pincement au cœur. En voilà une qui savait préparer les chambres, les cabinets de toilette, et mener grand ménage, tapis et vaisselles ; je veux les miroirs et les planchers comme soleils. Et puis des fleurs, de la musique, des cigares, les journaux, des feux de cheminée à brûler un diable. Prévoir le bois en conséquence. Et le chauffage ? Là-bas, la maison de moins en moins nombreuse, désertée depuis que… Depuis des années, on ne chauffe plus les étages qu'en cas de nécessité. Il faut au moins une semaine de chauffage à plein régime pour assainir l'air. Je ne veux pas d'un séjour dans l'odeur de vieille maison, moisi et naphtaline. Nous savons recevoir. Vérifier la chaudière. Pourvu qu'elle tienne… En voilà un chantier, s'il faut changer la chaudière pour cette occasion ! Enfin, elle jubilait.

Elle jubilait en passant le seuil de son hôtel, éclairé à giorno, accueillie par M. Paquin compassé, ponctuel, à croire qu'il avait passé l'après-midi à l'attendre dans le vestibule en compagnie de Diane. Un accueil indiqué, que cette bonne vieille chasseresse… Par l'entrebâillement de la porte, elle voyait, sous la suspension de cristal, le couvert déjà mis, la grande table apprêtée, et les bouquets au centre, des giroflées, une délicatesse en cette saison. Quel homme providentiel. Elle l'enverrait au Mesnil en reconnaissance, il réglerait tout à la perfection, comme à son habitude.

— Madame a monté seule le perron…

— Madame est dans un bon jour. Appelez Minette, qu'elle fasse ma toilette du soir. Ici en bas : je ne monterai quand même pas un autre escalier d'affilée. Sommes-nous prêts ? Où est Mme Galay ? Où est mon fils ?

— Nous sommes prêts, madame. Mais nous avons un couvert de plus. Je me suis permis…

— Un couvert de plus !

— C'est un événement, madame : M. Daniel est à Paris. Il s'est invité. Pouvais-je lui refuser… C'est-à-dire : il ne m'en a pas donné l'occasion. Je ne pouvais vous déranger en plein conseil, pour prendre vos ordres…

Rarement M. Paquin en disait autant, il fallait un grand trouble pour qu'il ne résumât pas en deux mots son dilemme.

— Je me suis permis de mettre son couvert. C'est-à-dire, il l'a mis lui-même… En réalité, il est déjà là…

Sous le coup, Mme Mathilde fléchit deux secondes, pas plus. Daniel débarqué, sautant de la passerelle du bateau à la table familiale tel Philéas Fogg : Messieurs, me voici ! Au moins : seul, sans un Passepartout à ses basques. Sans une Américaine platinée à son bras, comme la dernière fois. Et pour son compte, plus de quatre-vingts jours d'absence. Disons deux ans… Une nouvelle divertissante. Vraiment, le lustre vous tombe sur la tête. Mais, ce soir, tout pouvait arriver, elle se sentait d'une humeur excellentissime.

— Où est-il ?

— Je ne savais que faire de lui, n'est-ce pas. M. et Mme Galay n'étaient pas encore rentrés, Mademoiselle non plus. Nos invités ne se présentant qu'à huit heures… Il a dit qu'il attendrait. Il est au billard.

— Au billard… Bien. Laissez-le au billard. Dites à Minette de venir dans le petit salon de derrière. Je veux me rafraîchir, avant de recevoir.

Recevoir son fils après deux ans d'absence ne passait pas avant ses aises et son apparence. Elle rentrait en robe de ville, son mantelet, sa toque d'astrakan déjà emportés par M. Paquin, mais ses souliers crottés, rien que de faire trois pas dans la cour de l'usine pour monter dans sa voiture ; il fallait s'apprêter, robe du soir et coiffure, un bain de bleuet pour ses yeux, et respirer un peu. Surtout envisager au calme la circonstance imprévue, apprivoiser sa nouveauté. La contrariait d'avance que Daniel ne serait pas en habit, évidemment vêtu de son après-midi, peut-être depuis son matin, débraillé au pire, au mieux très froissé. Et elle attendait une société huppée, des médecins de l'Institut Pasteur, des sommités, collègues de Pierre. Avec sa désinvolture coutumière, ce sauvage d'outre-Atlantique jetait au fossé les manières du monde, des façons de garçons vachers ou de gangsters, encore heureux s'il ne mettait pas les pieds sur la table. Les mœurs relâchées pouvaient avoir cours, là-bas, ce peuple hybride de migrants et d'aventuriers inventait le mode d'existence qu'il voulait, mais l'art de vivre de la vieille Europe, français surtout, ne se laisserait pas intimider. On voyait assez leurs danses et leur musique coloniser l'esprit de la jeunesse, les négresses nues, en pagne de bananes, se trémousser sur les théâtres. Elle avait l'esprit large, mais, ce soir, Daniel tombait mal. Pauvre M. Paquin, qui l'avait poussé au billard, autant dire dans la coulisse, en attendant les ordres. Minette avait la main légère, preste, aérienne, elle vous déboutonnait une robe sans qu'on sente ses doigts, défaisait les boucles, délaçait votre corset, vous massait la nuque au passage, un délice. Artiste de la brosse et du peigne, en un tour de main lissés ses bandeaux, la coque assouplie :

— Pour votre réception, un peu de coquetterie, Madame.

Elle avait porté la robe du soir sur son cintre, l'écrin des bijoux, pendentif et broche, cliqués, épinglés d'une caresse. L'eau de Parme, au pulvérisateur, et la poudre, un nuage. A genoux, vous enfilait, sans heurter l'oignon sensible, les escarpins vernis, les larges, fabriqués sur mesure, elle y était comme dans des pantoufles, le soir, quand ses pieds gonflaient. Cette petite avait de la fée, silencieuse, magique, tout à fait apaisante.

— Tu l'as vu, toi ?

Sans que Madame spécifie de qui il s'agissait, elle avait compris, opinait, demi-sourire.

— Que porte-t-il ?

— Un costume bleu nuit, une cravate, chemise blanche.

— Dieu soit loué !

Bleu nuit, moins bien indiqué qu'anthracite ou noir, mais nous sommes saufs s'il a une cravate convenable.

— Comme c'est agréable d'arriver dans une maison où tout le monde parle bas !

Elle se tenait sur le seuil, sa canne à pommeau d'argent en appui, grandie par le cadre de la porte, surprenant Daniel et sa nièce qui parlaient à l'étouffée, là-bas, sous le cône de la lampe basse, lui nonchalamment accoudé au billard la regardant ajuster un coup, coude en l'air et moitié couchée sur la bande, leurs têtes proches à se toucher. Ceux-là se quittaient-ils de la veille, pour être aussi bons amis ? Du coin de l'œil, Mme Mathilde nota que Camille portait une robe de ville, ma foi presque élégante, du crêpe plissé qui pouvait à la rigueur passer en soirée pour de la simplicité juvénile, sauf que, là-dessus, un gilet de jacquard, à crier... Mais, à son corps défendant, elle n'avait d'yeux que pour son fils, curieuse, émue un peu, satisfaite d'estimer sa mine bien meilleure que la dernière fois, très bel homme dans ce costume anglais, un peu pirate, un peu brigand, sa moustache rasée en mince brosse claire au bord de la lèvre gourmande, cette virilité sans vergogne qu'il avait toujours arborée, déjà garçonnet, un jeune coq...

— Ne chuchotez pas, rien n'est plus désobligeant pour une personne qui arrive, gronda-t-elle.

Ils riaient, se redressaient, Daniel montait déjà vers elle, traversait la zone d'ombre, empressé, mains tendues, prenait les siennes et les baisait aux paumes, y enfouissant sa face à la chien fou, de telle manière qu'elle ne voyait plus que ses cheveux de blond roux, frisés en feuilles d'acanthe lustrées jusque sur sa nuque robuste.

— Allons, garçon, se défendait-elle, aussi remuée que déroutée par cette effusion. D'où tombes-tu, soudain ?

— Eau de Parme, murmura-t-il, pâmé d'un ravissement qui commençait à indisposer sa mère.

Mais il sembla à Camille que sa démonstration filiale feignait fort bien l'excès, que son jeu enrobait une réelle émotion, qu'elle n'attendait pas, que Mme Mathilde ne parut pas voir. D'ailleurs il s'était effacé d'un pas, reculant dans l'ombre pour revenir à un ton plus moqueur et déclarer :

— Je passais. Je vois de la lumière : j'entre. Là-dessus, Camille débarque. Veine. Nous jouons une partie, nous devisons... Des mois à rattraper, pour nous mettre à jour de nos aventures. Et puis vous, sans vous annoncer : une apparition. Vous êtes absolument magnifique.

— Tu me tournes la tête, Daniel.

— Vous êtes sublime.

— Qu'il cesse ! Camille, tu joues au billard, à présent ?

Camille fartait une queue, attendant la fin de la scène.

— Elle s'en sort pas mal... D'où tombé-je, ma mère ? De Londres. Je débarque de Londres à midi et ma première visite est pour vous, séance tenante. Je n'imaginais pas que vous m'offririez une réception de bienvenue ! Allons, je sais : c'est une soirée en l'honneur de mon frère. Il est votre préféré, mais je prendrai part à sa fête, sans rancune... Je dois donc traverser l'océan, passer par Paris, pour le rencontrer ! Il n'a même pas dans l'esprit de venir me voir à Hollywood... Figurez-vous que je m'installe : retour au pays. Enfin, pour quelques mois... J'ai un projet fameux. Je vous en parlerai, si vous daignez prêter une oreille à mes bricoles. Pour le moment, je suis au *Lutetia*, mais je vais chercher un pied-à-terre. Vous me recommanderez bien à vos amis ? Une villa vaste et moderne : j'ai du monde à loger. Comment vont vos affaires, nos biscuits et nos chocolats ? On ne voit que vos affiches en ville, les colonnes Morris sont prises d'assaut. Mais j'ai trouvé un peu vieux genre notre galette rouge et or, elle date... J'aurais une idée...

— J'en ai une aussi, et n'entends pas te l'exposer. Je suis assez restée debout, passons au salon. Pierre et Gabrielle vont descendre, nos invités ne vont pas tarder : Camille, ôte ce chandail, s'il te plaît, nous sommes à dîner.

Ce que celle-ci consentait de faire, d'une docilité suspecte, découvrant son dos échancré assez bas d'un joli drapé de plis, et elle prit le bras de sa grand-mère de très gentille façon. Dans le salon attenant à la salle à manger, où tout était prêt selon la promesse de M. Paquin, ils prirent place comme gens chez eux qui attendent visite, respectant l'écart bienséant qui épargne aux arrivants le sentiment indélicat d'interrompre un aparté. Mme Mathilde dans son fauteuil attitré, Camille au bout du sofa, et Daniel accoudé au manteau de la cheminée ; entre eux beaucoup de vide. Entre eux la distance de tout ce que l'éloignement, les séparations installent d'irréparables divisions, que la vie recouvre, telles les cendres couvant les braises, et chacun consent au silence, retient son geste, sa respiration, sachant qu'à souffler dessus par accident, à y jeter une brindille à l'étourdie, il suffit. Alors le brandon dormant part d'une étincelle, une escarbille se tord et réclame nourriture, désormais la tentation est irrésistible de jeter à brassées le bois qu'il faut pour faire flamber, se brûler. Tout à l'heure, la saillie de Daniel sur la préférence de Mme Mathilde pour son fils aîné jouait beaucoup avec le feu ; elle avait eu la prudence ou l'intelligence de l'ignorer, mais il planait encore son danger. Le mot est décoché comme flèche, si bien ajusté que le contentement qu'il donne, avant même qu'il atteigne sa cible, éteint le remords de sa cruauté et le temps bref de sa trajectoire il déploie dans l'espace sa force maléfique ; le mot de *préférence* heurtait encore l'oreille de Camille. Il avait déjà fait beaucoup de dégâts, on le voyait à la fausse décontraction de Daniel lissant sa moustache, le sourcil soucieux ; à la raideur de sa mère, se haussant du buste contre le dossier, se rengorgeant dans la dentelle de son col et tapotant de ses bésicles agacées le bord du guéridon. Entre eux, Camille faisait la biche, pour l'instant épargnée par l'inattention des deux fauves qui, l'air de rien, s'observaient sans jamais croiser le regard, sans tomber dans le piège du regard mutuel qui engage le combat…

A vrai dire, elle avait d'autres soucis en tête. Pourtant, ce mot belliqueux engrangeait un document nouveau, qui rejoignait le corpus lacunaire de sa connaissance de l'histoire familiale, un avenant, une note en bas de page. C'était bien plus. Son éclairage révélait le pan obscur des relations de son père à son oncle, de si longtemps vivant sur le même continent sans se rencontrer, ou très rarement comme le rappelait justement Daniel, sans s'ignorer cultivant un rapport de distance ombrageuse, opposés dans leurs caractères et leurs mœurs, leurs domaines de prédilection, le cinéma et la science, le divertissement et l'étude, leurs cercles aussi éloignés que des astres adverses. Elle seule, par tentation expérimentale, avait cru les rapprocher en jouant dans la comédie musicale du grand réalisateur Daniel Galay. Pierre ne s'y était pas opposé, s'était abstenu de tout commentaire mais n'était pas venu à la première, à deux pas de chez lui.

Il recevait son frère lors de ses passages à New York, mais laissait à Gabrielle le soin de l'accueillir, de lui faire les honneurs de la maison de Brooklyn qui lui avait appartenu autrefois, prêtant l'oreille à ses récits excentriques et ses provocations sans intervenir, comme si son domaine d'expertise lui interdisait de poser même une question. Pourtant il ne marquait à son égard condescendance ni hostilité, avec sa retenue coutumière ne manifestait rien qui fût blessant. Il n'exprimait rien. C'était d'ailleurs l'énigme de cet homme offrant un visage uni, en toute circonstance aussi impénétrable que la nuit, par impuissance, incompétence plus que par choix peut-être, ou bien celui-ci s'était modelé comme le sable s'égalise à la vague retirée, et quoi s'était retiré de lui pour qu'il fût si démuni. Tandis que sur la face animée de Daniel se lisait toute la gamme surexposée des sentiments et des émotions, aussi bien feintes et grimaces. Tel un acteur du muet il jouait du sourcil, de la narine, de la paupière, de la bouche extraordinairement mobiles, rien que pour sonder votre visage, obtenir de lui qu'il l'imite, enfantin, farceur et gentil, si mélancolique, là-dessous... *Il est votre préféré.*

Ce mot lâché, telle une torche jetée dans des profondeurs ténébreuses, éclairait des escarpements, des saillies, de longues fractures et pour finir, ayant touché le fond, avant de s'éteindre, il laissait le temps de voir sur ses parois des signes cryptés, effrayants. Les fiertés offensées, le dédommagement qu'on ne prend jamais pour les atteintes d'amour-propre, ressentiments inavouables et revanches inassouvies et les décisions irrévocables qu'on a prises sur un coup de tête, qui ne laissent plus le choix que de les tenir, pour se donner raison contre l'autre, contre soi, pour démentir ce que chacun croit détenir sur vous par confidences, surprises ou rapportées, contresens savamment entretenus ; parfois un mot, un seul, les met au jour. Rarement une vraie violence, le poing qui part, le corps à corps sordide, mais des coups de ciseau délicats, à vous déchirer le cœur. Familier de l'autre, armé d'une intelligence ultrasensible, un instant on pense comme lui, on sait à quel souvenir précis se rapporte le poison du mot. Mme Mathilde avait bien raison de ne rien entendre, rien voir et de se taire. En tout cas, elle avait ses raisons. Et Camille d'autres, de laisser ces deux-là à leur silence éloquent, à leurs retrouvailles étranges, une mère et son fils que tout sépare et cependant les meilleurs amis dans la guerre qu'ils se mènent.

Du dîner, Camille gardait un souvenir assez agréable. Elle croyait s'y ennuyer, subir par complaisance pour Gabrielle, pour son père, une de ces corvées dont elle était enfin exemptée depuis qu'elle ne vivait plus avec eux à Brooklyn, depuis qu'elle avait pris ses quartiers où bon lui semblait. Mais non, pas du tout, elle ne s'était pas ennuyée. D'abord Gabrielle et Pierre les avaient rejoints au salon, et elle, ayant assisté à l'impromptu des retrouvailles de la mère et du fils, attendait de s'instruire des leurs, mais déjà prévenus de la présence de Daniel ils n'avaient eu rien à manifester que de joyeux et d'affectueux, chacun jouant son rôle à la perfection. Elle s'était rattrapée ensuite, divertie par l'exotisme de cette réception parisienne dont le rituel présentait à ses yeux le même intérêt que sa science rudimentaire de l'ethnologie lui faisait découvrir aux aborigènes. Dans chaque société, il y a une façon de se tenir qui offre des aperçus instructifs non seulement sur la partition mais sur la manière toute particulière qu'a chacun d'interpréter son morceau, jamais elle ne l'avait observé avec autant d'amusement, instruite de ses règles et libre d'elles. Loin étaient les gênes de son enfance, de son adolescence, la peur de contrevenir, le souci d'être sage, de mériter compliments ; de même sa révolte inutile, les contorsions auxquelles elle se croyait obligée pour manifester sa résistance. Elle était très à l'aise, finalement heureuse de sacrifier à ce dîner, d'autant que sa place en bout de table lui donnait une perspective d'ensemble intéressante. D'ailleurs, les illustres collègues de son père étaient des échantillons sympathiques de cette tribu des savants, elle en avait assez rencontré de pontifiants et pénibles. Ceux-là n'avaient rien de rébarbatif, des hommes ouverts et diserts. Sortis de quelque réduit austère, ils prenaient plaisir au divertissement de la table, faisaient fête sincère aux mets délicieux, au bon vin ; les liqueurs les avaient tout à fait détendus, et même égayés. Quant à leurs épouses, des dames entre deux âges : touchantes de simplicité. Camille étendait son indulgence euphorique au décor de la vieille demeure, ne voyait plus au musée qu'un charme vieille France, et même le service lui avait paru teinté d'un relâchement bonhomme. M. Paquin consentait, paternel, à laisser circuler les bouteilles, les convives servir leurs voisines et leur présenter le plat des macarons exquis dont la variété étonnait et tout en les dégustant, la conversation avait roulé sur la tuberculose, un sujet accessible, qui l'avait intéressée au plus haut point. Grâce à Calmette et Guérin, collaborateurs de trente ans, on était en mesure de vaincre cette abominable maladie, mais on était encore sous le choc du drame de Lübeck, en 1930, deux cents nourrissons contaminés par une souche virulente venue de Kiel…

— Le médecin la laissait voisiner avec les vaccins de son laboratoire ! Négligence, manipulation hasardeuse… Soixante-seize morts, tuberculose foudroyante, une catastrophe scientifique ! Elle a failli ruiner le crédit du BCG. Nous sommes à la merci de ces erreurs…

La plupart autour de cette table avaient l'âge de se souvenir du temps où la peur et la honte de la phtisie hantaient les esprits, un fléau. Si contagieuse que personne n'était à l'abri, transmissible rien qu'à respirer l'air d'une chambre. A échanger un mouchoir, donner un baiser, on inoculait la mort. Rares étaient les familles qui ne comptaient un enfant, une jeune fille portés à la tombe, les poumons, les os rongés par l'horrible bacille. Alors on vantait la maison de la tuberculose, les nouveaux bâtiments de l'Institut Pasteur qu'on avait pu visiter avant la conférence du Pr Galay, ses vastes laboratoires sur trois étages clairs, leurs paillasses installées sous les grandes baies donnant sur les jardins de la rue Falguières d'où partait, vers l'Europe et le monde entier, les fameuses souches, cultivées sur place à Montréal, à Boston, New York et San Francisco, à La Havane et la Martinique, à São Paulo, Montevideo et Buenos Aires… Mais aussi en Afrique, Dakar, Alger, Casablanca, Conakry, jusqu'à Calcutta, Hanoï, Hué et Saigon. La fragilité du vaccin excluant qu'il fût stocké, l'Institut imposait un cahier des charges aux laboratoires disséminés en régions lointaines, plus strict encore depuis l'affaire de Lübeck.

— Pensez qu'en France nous sommes malgré tout passés de huit cent cinquante enfants vaccinés en 1924, à près de cent vingt-cinq mille l'an dernier, par distribution gratuite aux médecins, aux sages-femmes. Une prouesse face aux résistances populaires et, il faut le dire, à bien des médecins obtus, méfiants devant les méthodes nouvelles, aussi obscurantistes que leurs patients… L'ignorance, voilà notre ennemie.

On avait pu visiter les belles salles dallées de rouge et blanc où une équipe permanente travaillait sans relâche sur les différentes souches, humaines et animales, car la guerre se menait sur tous les fronts : bacilles bovins, ovins et aviaires, saprophytes classés dans les bacillomètres. Les ferments étiquetés dormaient dans ces armoires à tiroirs, six cents sortes distinctes et l'on en découvrait encore de nouvelles, testées dans les ménageries de l'Institut : cobayes, lapins, souris et rats, chiens et moutons, et même une singerie…

— N'oubliez pas que tout individu peut devenir vecteur de la maladie… Un agneau bêlant, un veau charmant, une poule égarée du poulailler : par ses fientes, la poussière de ses plumes, elle la transmet à l'oiseau migrateur posé au bord du fossé. Contaminée, son aile l'emporte à des milliers de kilomètres, elle ensemence une région entière, à son tour disséminant la maladie mortelle aux bétails, aux volailles... On n'ose imaginer qu'elle se transmette de l'animal à l'homme ! Rien que l'envisager en théorie donne un effroi, car, alors, comment l'homme survivrait-il à de telles pandémies ?

— Quelle arme serait-ce entre les mains d'un fou ? demandait Camille surgissant dans la discussion, gagnée par ces évocations d'apocalypse.

— Ne faisons pas de science-fiction, protestait un des professeurs, il suffit de la réalité.

— La science-fiction est très sérieuse, protestait Daniel, cognant de son ongle le bord du verre. A temps perdu, je lis de ces *pulps*, des bandes dessinées populaires... Il en naît des collections tous les jours, aux Etats-Unis. *Argosy*, *All-Story Weekly*, et *Science Wonder Stories*, *Astounding* ! Ils anticipent, ils extrapolent, c'est très drôle : des machines à voyager dans le corps et dans le temps, des astronefs, des substances, des armes futuristes, rayons et molécules, radars... Sont-ils si loin que ça de la réalité ?... Très bons sujets de cinéma. Le vieux père Méliès nous donnait déjà la piste de ces imaginations... Vous avez vu *Le Voyage dans la Lune* ? Nous irons bientôt, vous verrez...

— Le cinéma peut servir à autre chose qu'à ces chimères : voyez Jean Painlevé. Connaissez-vous Painlevé, professeur Galay ? Il fait de petits films très curieux sur le crabe, la crevette, la daphnie. Avec toutes sortes d'optiques grossissantes, très ingénieuses, il a réussi à saisir l'évolution et l'éclosion d'un œuf d'épinoche, image par image, et aussi l'électrolyse du nitrate d'argent... Sujets austères, mais il en fait des compositions, ma foi, instructives, et poétiques ; avec la musique de Milhaud ou de Scarlatti, le profane se prend à aimer la science...

— Voilà ce qu'il faut : le cinéma comme outil d'instruction et de propagande, s'enthousiasmait son voisin. Que Painlevé vienne à l'Institut : passons-lui commande d'un film sur la tuberculose. Qu'il éduque les masses en les amusant, et nous aurons cinq cent mille, un million d'enfants immunisés !

— Cela n'empêche pas la science-fiction : je tiens qu'elle pense l'évolution scientifique et instruit les masses des réalités, s'entêtait Daniel. Ses écrivains et ses dessinateurs sont des savants, chimistes, biologistes, ingénieurs. Ah ! Ah ! Vous n'avez pas encore lu *Le Meilleur des mondes* ! Ce Wells nous en promet de belles ! Laissez-moi vous raconter : la société a bokanofskifié les hommes, entendez des individus clonés, génétiquement planifiés dès l'embryon pour diriger ou obéir : les Alphas et les Epsilons, conditionnés à être contents de leur sort grâce au soma, un opium d'Etat. La suggestion hypnotique, pendant leur sommeil. Imaginez les ouvriers de nos usines, de nos mines, et de mes studios : plus de grèves, plus de revendications ! Chacun à sa place et heureux d'y être ! Plus d'envie, de désir, plus de jouissance, mais plus de malheur non plus. Et les échantillons manqués, les indésirables, éliminés dès la naissance ! Plus d'infirmes, de malades, d'émigrés, de métèques ! Une société utile, propre et en paix. Le règne des tyrans, programmés pour l'être, et une fois pour toutes résolue la lutte des classes. Qu'en dites-vous ?

Il ricanait, l'œil dur, la joue enflammée, sa sortie jetait un froid.

— Ah ! s'écriait Mme Mathilde, Daniel, tu nous assommes de tes paradoxes.

— Il a raison, coupait Pierre, sortant de son silence. Les livres nous préviennent des utopies qui engendrent les monstres.

Sur ce verdict abrupt, il se tut. Jusque-là, il avait écouté les échanges avec son air d'attention absente, et le son de sa voix surprit, lui-même étonné d'intervenir, s'excusant de la main et chassant le sujet, jetant à Gabrielle un regard navré. Mais hormis ce petit épisode de controverse, la soirée avait filé, pour finir échouée au salon où l'on servait le café, que Mme Mathilde prenait dans un bol à elle, une antiquité, laissant à ses invités le précieux service de Limoge ; assez lasse de sa journée, et les pieds gourds dans ses chaussures vernies qu'elle brûlait de déchausser. Mais, retranchée en son for intérieur, elle revenait, dans les parenthèses d'oubli, loin du brouhaha des voix, à l'idée excellente de sa chasse, repassait son organisation, certaine que cultiver son souci accompagnerait d'agréable manière les insomnies de sa nuit… Quant à Camille, hormis son intervention inopinée sur le sujet des épidémies, elle n'avait suivi, l'attention flottante, que certains échanges concernant la grande conférence de son père, un événement dont le complimentaient encore les savants. Ils restaient assez abasourdis, et pour tout dire incrédules, quoique très curieux des expériences qu'il menait à l'Institut Rockefeller de New York avec un groupe de jeunes chercheurs, dans la foulée des découvertes récentes de l'Anglais Griffith. A partir d'une variété de bactéries de la méningite, celui-ci avait identifié le rôle d'une certaine enveloppe héréditaire, facteur transformant la bactérie et lui conférant de nouvelles propriétés génétiques. Le Pr Galay, proche du grand Oswald Avery, étudiait maintenant cette capsule. Ou plutôt la cause de son absence, sa mutation provoquant une anomalie de l'enzyme nécessaire à sa synthèse : comment la recette se transmet-elle, comment une bactérie en informe-t-elle une autre et conditionne-t-elle son immunité ? Voilà la question qu'il posait et ses conséquences vertigineuses semblaient troubler fort ses amis, les laisser poliment dubitatifs, ébranlés par cette piste inédite.

Camille perdait le fil de leurs échanges kabbalistiques, écoutant parler cette langue qui a tous les dehors de la vôtre et produit pourtant des vocables aussi incompréhensibles qu'une langue étrangère. Elle imaginait des colonies de bestioles affublées de capuchons fabuleux, réservoirs de mystères aussi féeriques qu'inquiétants. Ces molécules qui occupaient son père existaient-elles seulement ? A cette échelle infinitésimale, méritaient-elles qu'il y consacrât sa vie, qu'il cherchât des recettes aux réactions d'enzymes, de protéines, aussi époustouflantes que les inventions fantastiques des auteurs de *pulps* ? Mon père qui si peu, si mal est mon père, songeait-elle en le regardant exposer calmement les anomalies fascinantes de son laboratoire, mon père qui observe si peu ses propres enfants en fabrique de monstrueux à la chaîne, et un fou rire lui venait de cette fécondité comique ; qu'empêchait le spectacle de Pierre, sa belle tête grave penchée sous la lampe, son haut front osseux tourmenté par les rides du sourcil inquiet, et ce geste qu'il avait de porter sa main à la cicatrice de sa tempe, d'y chercher par la palpation une information ou un secours.

Elle observait en même temps que sa grand-mère rêvassait, à mille lieues d'ici, paupière mi-close. Que Daniel écoutait, captivé, pour une fois oubliant ses grimaces facétieuses, ce qui donnait à sa face une expression inhabituelle, de celle qu'ont les enfants au fond de la classe, ébahis par un problème d'arithmétique nouveau ; que Gabrielle elle-même s'évadait, retirée en une région personnelle qui semblait la tenir hors d'atteinte, le regard alerté pourtant, allant de l'un à l'autre, veillant à feindre une attention aimable aux dames, que la pluie d'étoiles filantes du 9 octobre dernier ravissait.

— L'observatoire Flammarion de Juvisy l'avait annoncée ! Nous avons pu la distinguer, par chance le ciel était dégagé. Du fond du jardin, nos petits-enfants ont vu cette merveille, qui leur restera en souvenir !

Gabrielle souriait, Camille lui connaissait ce visage, le rose sombre en haut de la joue qui fait un lac sous le regard et le noie. On ne voit plus que cette noyade, plus la bouche ni le menton resserrés sur leur silence, qui peuvent s'habiller d'un sourire automate tout à fait accueillant, mais fermé à double tour. Et comme son front se perdait sous la couronne de cheveux courts, une coiffure de page, il n'y avait vraiment que l'amande de ses yeux, perdus ailleurs. Qu'avait bien pu lui dire Dora pour la tourmenter, pour que, dès que dans le taxi, elle ait pris son air des jours de tristesse ? Mais de ces mystères, Camille avait l'habitude. De longtemps, de cette femme elle n'avait que le meilleur, sans faillir, depuis son enfance. Depuis qu'elle avait paru dans sa vie, elle n'avait eu pour souci que d'occuper la place où manquait l'absente, et mère, elle l'avait été très bien, jusque dans cet éloignement secret où elle menait sa vie. C'est pourquoi Camille pouvait laisser vagabonder ses pensées personnelles, revisiter avec satisfaction sa journée, qui avait très bien rapporté. Quelle chance, le petit photographe du boulevard Saint-Marcel, qui se souciait beaucoup d'elle décidément, lui avait livré une nouvelle piste, formidable. Bien mieux que chez le grand Vogel, accaparé par ses mondanités, puisqu'elle avait des accointances hongroises, qu'elle se présente chez Rapho, une toute nouvelle agence. Que des Hongrois, là-dedans, des émigrés à Paris.

— Rado paie en droits d'auteur, une exception ! Il fait dans l'alimentaire, évidemment, faut bien vivre. Mais chez lui on rencontre des gens qui n'ont pas leur œil dans la poche… N'allez pas chez Keystone, ils mélangent tout, l'actualité, la mode… Tandis que chez Rapho, vous trouverez de vrais bonshommes, des pointures. Leur bête noire, c'est la photo de Harcourt, léchée, posée. Même le Leica, ils se méfient. Alors, vos photos au Vest Pocket, ça va leur plaire. Tentez le coup !

Elle l'avait tenté. Une rencontre entre deux portes, à l'étage du petit immeuble : elle avait laissé le portfolio fabriqué par ses soins à un petit homme pressé, aux gros yeux noirs et perçants, la cigarette à la lippe, la cendre tombant sur les revers de sa veste de laine effilochée, intrigué par cette fille en blouson de daim qui lui mettait son colis sur les bras, qui avait l'air si sûre d'elle. Elle l'était, en tout cas le feignait, d'un seul coup envolés ses scrupules et ses timidités, portée par une audace qui s'était effondrée à peine enfuie sur le palier, tandis qu'elle dévalait l'escalier, de peur qu'il ne se ravise et ne la rappelle. A peine avait-elle entrevu la grande chambre croulant sous les photos piquées au mur, les piles instables de classeurs jetés sur d'autres piles, entre quoi téléphones, cafetières, bouteilles thermos se perdaient au milieu d'empilements de la revue *Minotaure* ; ils emménageaient ou bien déménageaient ? A retard, elle s'était rendu compte qu'elle n'avait pas laissé son nom, ni demandé celui de l'homme, une étourderie, impossible de remonter là-haut sans se déconsidérer tout à fait, et peut-être n'avait-elle tellement oublié que pour ne pas donner le nom de Jos, ne pas avoir l'air d'abuser de la Hongrie comme carte de visite.

Dans son élan, elle avait poussé une visite à Lucien, tout aussi hasardeuse, mais cet après-midi rien ne semblait devoir l'empêcher de suivre son inspiration, et elle avait besoin de son cousin. Elle escomptait bien, puisqu'il était tombé dans son camp, qu'il accepterait d'aller à sa place au Trocadéro rencontrer la personne qu'indiquait Lewenthal, un spécialiste de la civilisation chinoise, un conservateur éminent. Au moins qu'il viendrait avec elle, que cela ait l'air sérieux. Mais rien qu'à le voir dans l'entrebâillement de la porte, ses espoirs s'étaient envolés. Il lui avait ouvert en manteau, rien là-dessous, il s'en servait aussi bien de robe de chambre, nouant à la va-vite sa ceinture, mais par l'échancrure du col on voyait son cou nu, sa poitrine pâle. Et l'appartement ! Une pièce mansardée, dès le seuil une odeur acide vous sautant au nez, encombrée de bacs de verre où végétaient de livides pousses à vilains poils gris, aux stades divers de leur croissance.

— Du soya, avait-il précisé. Ne t'inquiète pas, cela ne mord pas.

Il cultivait du soya en chambre, le reste de même bohème, son lit, une couchette repliée dont dépassaient les draps froissés, un évier encombré de semis, trois nippes pendues au clou, et des livres ! Il sortait d'une sieste car, précisait-il, il travaillait la nuit, passait ses matins au Jardin des plantes, suivait des cours le soir, il n'avait pas trop de temps pour elle et il clignotait, le sommeil dont elle le tirait augmentant sa myopie, si éberlué de sa visite qu'il ne cherchait même pas un siège, finissait par pousser vers elle un tabouret et lui proposer une infusion de ginseng, une herbe orientale tonique. Par le vasistas, le ciel de Paris était un rectangle uni de sombre gris noyé de pluie, assombri par sa déception, la brusque dépression du courage qui l'abandonnait. Lucien ne viendrait pas au Trocadéro. Sa tanière de la rue des Petites-Ecuries en disait long sur ses mœurs et son goût de la société, même si l'eau chaude infusée de ginseng, ma foi, avec beaucoup de sucres, finissait par être buvable.

— Tu n'as pas d'argent, déduisait Camille, sans s'embarrasser de précautions de langage. Tante Bertille n'a-t-elle pas honte de te laisser sans le sou ? Elle tient les cordons, je le sais. Plus grigou que son frère. Enfin, ton père. Mon oncle. Quelle famille…

— Je ne veux rien de tante Bertille, ni de mon père. Je suis fâché avec eux. Je suis fâché avec tout le monde.

— Que gagnes-tu, au Jardin des plantes ?

— Tu es venue me voir pour compter dans mon porte-monnaie ? Il est vide. Au Jardin des plantes, je gagne juste ce qu'il me faut pour subsister, et ça me va. Je ne veux pas d'argent de cette collection du grand-père, d'aucun héritage.

— Fâché avec moi aussi ?

— Je n'ai pas encore de raison. Donne-m'en une ?

— Holà, Lucien ! Tomber en pleine sieste, c'est déjà un *casus belli*, non ?

Il s'était amadoué, juché sur son propre tabouret, ses genoux cagneux dépassaient de son manteau et il fumait une cigarette très mince, égyptienne, tu en veux une ? Finalement, elle avait passé un très bon moment avec ce cousin inconnu, dont les faibles souvenirs d'enfance lui représentaient un garçonnet malingre, furtif comme une chauve-souris, mais blond, yeux bleus, joues roses, une pipistrelle effarée qui muait avec l'âge en écureuil, drôle de corps que ce jeune homme farouche et digne, jardinier tropical entortillé dans son manteau. Une fois apprivoisé, il pouvait être disert, et même drôle à sa façon, pince-sans-rire. Qu'elle ne s'inquiète pas, des plantations de soya, il ne broutait pas l'herbe : il observait cette plante très répandue en Chine, une sorte de haricot, toxique consommé cru, mais une mine de protéines, ses fèves comestibles sous toutes formes, d'huile, de farine, de lait et même de fromage. C'était son étude de cette saison : l'an dernier il s'était occupé d'hybrides du riz, assez prometteurs.

— Comme tu le vois, je ne suis pas jardinier. Je suis cultivateur, au grand dam de ma famille, la nôtre si tu préfères, qui aimerait me voir à des occupations de meilleur rapport. Eux ne pensent qu'à spéculer du mètre carré de terre, moi je m'intéresse aux profondeurs du mètre cube : que ferons-nous pousser pour nourrir la planète ?

La planète ? Il y songeait, dans son galetas de la rue des Petites-Ecuries… Mais elle n'était pas venue pour espionner ses plantations au profit de grand-mère ? Quoi l'amenait donc ? Il avait des effronteries brusques de timide, rouge jusqu'aux oreilles. Sans se laisser démonter, Camille lui avait avoué tout de go que si l'avait effleurée l'idée qu'il l'escorterait au Trocadéro, c'est qu'elle n'avait pas encore envisagé la question sous l'angle de la planète. Ni goûté de son ginseng. Non, il ne viendrait pas. Cette affaire de collection l'indifférait : qu'elle ne s'y trompe pas : il n'avait épousé sa cause que parce qu'elle était contraire à Jeanne et Martin. Il se réjouissait quand même de sa solution, lui souhaitait bonne chance, à elle qui débarquait, candide, dans les histoires de cette famille. Elle apprendrait vite quel assortiment elle offrait…

— Mais je ne tiens ni à dénigrer ni à réformer. Si l'on ne choisit pas où l'on naît, pour le reste, on est libre. Je suis le dernier des Guillemot, un accident regrettable. Vingt ans qu'on me le répète : un surgeon, excédent malin. Alors, de mon propre chef, j'ai sectionné la tige qui me tenait à eux, si peu à vrai dire qu'ils n'ont pas senti le coup de sécateur. Je me débrouille. Ne crois pas que je me sente de trop, ce sont eux qui le sont, vieille souche. Me voilà orphelin pour de bon, par ma décision. Toujours les orphelins se croient les abandonnés, jusqu'à ce qu'ils réalisent que ce sont eux qui choisissent cet état. J'ai entendu ce qu'on disait de moi... On croit que les enfants n'entendent rien, mais ils ont l'oreille qui traîne, ouverte à tous les bruits. Ils ont une écoute impitoyable pour ce qu'on chuchote entre adultes, aux collations des dimanches entre voisines, rêches vieilles vêtues de noir, aux visites du canton où l'on traîne les petits. D'un coup de menton, on désigne le dernier qui chancelle encore, à peine s'il marche, il se tient branlant au bord d'une chaise, et voilà la légende familiale dont il est coiffé : c'est lui ce bébé, lui qui ne l'a pas *retenue*... Dire que celui-là n'a pas *su retenir* sa mère. Au moins celui-là, dans les langes, *devait la retenir*. Par quel pouvoir, qu'il n'avait pas, et de quoi retient-on sa mère ?...

Lucien tirait sur sa cigarette égyptienne et faisait des ronds de fumée, cercles fascinants flottant dans l'air parfumé d'engrais.

— Quel empêchement peut-on lui être dans les limbes où l'on vagit qui lui serait un soutien, une interdiction de faire ce qu'elle a à faire, elle qui ne pouvait être soutenue par personne, sauf par elle-même et par son désir, pour accomplir cette chose surhumaine de s'amputer vive ? Je n'ai pas entendu qu'elle était une garce, folle de son corps, une hystérique, une criminelle. Je ne l'ai pas entendu. Seulement que, n'ayant pas arrêté ma mère, prévenu sa fuite, ne m'étant pas interposé, n'ayant su punir de mon existence celle par qui le scandale arrivait, j'en étais fautif, et sans doute la cause autant qu'elle. Qu'avec elle, j'avais partie liée pour l'avoir laissée si simplement partir d'une heure à l'autre, attacher son cheval à la barrière et prendre son train sans retour ; il était parfaitement à l'heure... Les autres étaient exemptés de ce grief, pas moi.

Camille resservait de la tisane de ginseng, un euphorisant puissant. A écouter Lucien, elle buvait du petit-lait, un réconfortant. Avait-elle jamais entendu pareil portrait de sa famille ?

— Cela a fini par me convenir, cousine, j'ai mis du temps, mais j'ai adopté mon rôle, il me va. Et j'ai aussi adopté ma mère, moi qui suis le seul de nous trois, ses enfants, à n'avoir aucun souvenir d'elle, même pas une ombre. Il n'y a pas de photos de ma mère à Genilly, elles ont disparu, comme tout ce qui touchait à elle. Mon père y a veillé, et tante Bertille qui est son chien de garde, trop heureuse de contribuer au sac. Pas un objet ne reste, un bibelot, un livre qui lui aient appartenu. On ne peut rêver plus parfaite révision de mémoire. Toi, te souviens-tu d'elle ?

Cela tombait du ciel, des escadres de pluie tambourinant au vasistas. Cela s'abattait avec les paquets obliques d'eau grise que versait le jour si sombre et Camille était d'accord, elle aussi avait entendu. L'ouï-dire est bouche d'or, elle savait tout ce qu'il disait d'être orphelin et d'en porter la faute. De sa mère morte de la faire naître, elle savait aussi la légende. Aucune photo non plus, seule une tombe. Moins qu'un fantôme ; celle-là n'avait pas eu le temps d'en composer la forme livide, qui tangue au coin d'un couloir. Mais, de tante Sophie, Camille avait des visions. Elle avait croisé ses pas, respiré son air durant ce laps d'enfance qui fait glisser les sensations dans le feuilleté du souvenir et les incorpore. Quelque chose de léger sur l'épaule, sa main ; un parfum de roses brûlées au soleil embuissonné d'abeilles, des craquements de jupes à l'envol, une présence blonde, une vapeur dans le vestibule, à contre-jour d'une porte. Elle se souvenait surtout de sa course derrière un cerceau que Sophie avait offert. Tandis que là-bas, sous les glycines de la terrasse, devant l'orangerie, elle et Gabrielle étaient, silhouettes confondues, un groupe de mères de qui l'inquiétude la tenait éloignée, elle courait après le cerceau, et elle n'avait tant couru, à s'époumoner, que pour consentir de son mieux à leur conciliabule, otage des secrets qu'elles partageaient et leur gardienne résolue, par cet assentiment des enfants qui tirent orgueil de participer aux décrets des dieux. A cause de cela, elle se souvenait du refuge qu'était le corps de Gabrielle quand elle venait câliner ses chagrins le soir, dans la chambre du Mesnil, comment elle passait son bras sous sa tête et caressait sa joue. A travers la couverture sa chaleur l'enveloppait et sa respiration endormait la sienne, lui donnait le lent et doux repli des vagues de sommeil. Alors, tandis qu'elle sombrait, elle savait qu'elle pouvait en toute impunité laisser l'assaillir la peur horrible de la perdre, et la toiser, parce que le secret que détenait cette femme, elle l'avait en propriété et l'aimait sans le connaître, il ne fallait surtout pas le connaître, il était la composante d'amour par lequel elle l'adoptait.

— Il y aura bien des photos de Sophie, dans les albums du Mesnil… Tante Bertille n'aura quand même pas mis son nez jusque-là. Je les chercherai, disait Camille, vidant sa tasse d'infusion. Veux-tu ?

Il restait dubitatif quant au désir qu'il avait de ces photos, si seulement elles existaient, une demande qu'il n'avait pas faite, pas même formulée à lui, et la dictature des images est redoutable, qui occupe ensuite l'imagination sans recours, c'est trop tard, elles se substituent à l'espace vide où l'on plaçait l'attente, et la falsifient.

— Ce n'est pas mon souci, protestait-il mollement, laisse donc tout cela dormir…

Dormir les visages qu'on n'a jamais vus, qui pas plus que les nuages n'ont contour ni matière stable, se déploient en nébuleuses géantes peuplant ciels d'aubes et de nuits, poudre d'étoiles qui recomposent sans cesse leurs voies lactées et les effacent, laisse-les dormir. Laisse dormir cette exultation secrète, à tout le moins l'illusion d'une plénitude de posséder ce qu'on n'a pas, à jamais dérobé, que de manière inquiète on invoque au comble du délaissement, et dont la compagnie absente ajoute au monde sa part d'invisible. Laisse dormir. Camille entendait cette consigne sans y consentir, en elle un démon récent lui donnait à croire qu'était plus dangereux le renoncement que l'imprudence d'ouvrir les yeux. Voir ne les brûle pas. S'ils sont éblouis de ce qu'ils voient, c'est que ce n'était pas le moment. C'était vrai pour Lucien, peut-être. Pour elle, elle se sentait prête.

La femme chantait sous le cône de lumière que taillait un projecteur, le seul braqué sur la scène, une estrade étroite où elle se tenait, très crâne, adossée au piano droit, juchée sur un petit tabouret. Tout auréolée de bleu, inondée de bleu, son justaucorps de satin noir et sa peau nue pailletée de poudre, très décolletée, épaules et bras, le haut des cuisses pâles que dénudaient les bas barré par la jarretière, et par l'altération du bleu, sa bouche, ses ongles rouges étaient d'anthracite. Sous l'ombre rabattue du haut-de-forme, sous la frange, on ne voyait que ses yeux incandescents, immenses, dévorant la joue, et d'une tension des reins, par quelque miracle d'équilibre, gardant sa longue jambe gainée de soie noire tendue devant elle, demi déchaussée, elle balançait son escarpin au bout des doigts du pied, tandis qu'elle enlaçait l'autre au genou, repliée contre sa poitrine, son talon planté au bord du tabouret.

La voûte de la cave rabattait sur elle toute la lumière, son reflet bleuâtre mourant au premier rang sur les visages et les verres, laissant le reste du cabaret plongé dans l'obscurité, la lueur des bougies disséminées sur les tables la trouant de brûlots à peine. Derrière le pianiste, quelques spectateurs restés debout se peignaient de fuligineux reflets, parmi eux le patron, ou l'impresario, dont la chemise blanche faisait une tache phosphorescente. D'une voix rauque, envoûtante et basse, à l'étrange pouvoir narcotique, elle psalmodiait en *parlé-chanté* une complainte allemande où il était question de bandits, de marins et d'une fille de joie achetée pour une robe de taffetas, de trahison, de vengeance et de sang, dont l'histoire sans fin, entrecoupée du refrain lancinant, tenait captifs les spectateurs. Un de ces airs dégénérés qui l'avaient chassée de l'Allemagne hitlérienne, entre autres raisons, et elle y mettait une insolence lasse, une sorte de désabusement provocant qui soulignait son intention, sa volonté brutale d'entraîner jusqu'au bout ceux qui l'écoutaient, de les enchaîner à elle, à sa féminité exposée et solitaire, ironique, exaspérante.

Vraiment douée, admettait Julia Brighten, rencognée au plus loin de la scène, dans la zone d'obscurité la plus dense. Elle a du chien, et du courage. Il en faut pour garder de l'allure dans un bouge pareil, ce décor minable. Mal aéré, le cabaret empestait le tabac dont les volutes enfumaient le halo de lumière bleue, l'odeur amère de la bière, la sueur, les parfums mélangés, tout ce qu'exhalaient d'infect les corps pressés dans l'espace exigu, sur les chaises sans confort, accoudés aux tables étroites surchargées de verres, une cave aux murailles couvertes de salpêtre dont la vieille pierre avait noirci, et dans cette caverne les ombres déformées par la voûte semblaient recouvrir la femme de rêves malfaisants, leur peuple nocturne l'entourer de menaces gigantesques. Elle chante toujours aussi bien, elle a la voix éraillée des âmes en peine, son âme a de la peine à exporter ici sa vie bannie et son art indésirable, mais c'est un ordre des choses auquel elle ne se résigne pas. Elle met toute son intelligence et son opiniâtre talent à interpréter une histoire vieille comme le monde, plus vieille que les pierres, d'infortune et de départ, de nostalgie, d'abaissement héroïque que la fatalité ne désespère pas ; elle résiste. Elle montre ses jambes et ses seins, sa bouche est un serpent noir qui se tord et luit, ses dents ont la blancheur cruelle de la neige. Tes petites dents sont bien aiguës, Ilda. Tu es froide et belle, tu te moques de tous ceux-là qui t'écoutent, de la tentation, du désir que tu suscites, des bouches humides qui s'ouvrent à t'entendre et te voir, des yeux qui te déshabillent, tu n'as que morgue pour la chose basse qui rôde autour de toi parce que toute ton âme est dans ton chant… Le pianiste accompagnait d'une main furtive, donnant de loin en loin un accord, et c'est *a cappella* qu'elle achevait sa chanson, sa voix tombée si bas dans les graves qu'elle semblait sourdre de son ventre, d'où tirait-elle une vibration pareille ? A faire se dresser les cheveux sur la nuque, hérisser les poils sur les bras, sensuelle corde de contrebasse tendue jusqu'au silence.

Il y eut des applaudissements et des cris d'enthousiasme, mêlés d'appels grivois sous lesquels elle saluait en soulevant son haut-de-forme, nonchalante, dédaigneuse, son regard charbonneux dardé au-dessus des têtes vers quelque horizon absent, lentement ramenait sa jambe tendue et renfilait sa chaussure, s'éclipsait dans l'obscurité derrière le piano sans céder aux rappels. Le pianiste enchaînait, seul désormais, un air de swing pour l'intermède, tandis que, lampes rallumées, un éclairage sinistre tombait sur les têtes du public, cette petite foule si compacte que le garçon pouvait à peine circuler pour renouveler les consommations. Julia attendit le numéro suivant, que l'obscurité revienne, pour abandonner sa table. Se glissant contre le mur, elle contourna l'estrade par l'arrière, enfila le corridor des coulisses. Personne ne s'était interposé, les spectateurs debout tournaient le dos, elle laissa retomber le rideau lourd de poussière. Une veilleuse éclairait le boyau se prolongeant dans le noir vers d'autres caves, sans doute, ce sous-sol parisien labyrinthique pouvait traverser un quartier entier, d'un immeuble à l'autre. Un peu de lumière filtrait sous une porte. Elle ne toqua pas, l'entrouvrit et s'introduisit, aussi rapide et fluide qu'un serpent, s'adossa au battant. Dans cette loge de fortune, enveloppée d'un peignoir rouge trop grand pour elle, Ilda se démaquillait, d'une poignée de coton arrachait la couche de fard, ses maigres poignets émergeant des manches béantes, et si concentrée qu'elle n'entendit ni ne vit d'abord l'intruse qui l'observait. Puis elle découvrit, au fond du miroir, un visage éclairé en dessous par la lampe de la coiffeuse, les faibles reflets étirant les ailes du nez, aiguisant la joue et l'arc des sourcils, tel un masque blême troué d'yeux opalescents et durs, une tête décapitée suspendue dans les plis de vêtements accrochés. Ilda se retourna brusquement fronçant le sourcil, cherchant à percer l'obscurité et à en chasser cette apparition, et au moment où elle allait crier, peut-être, Julia se précipita vers elle, posa sa main sur sa bouche, un doigt sur la sienne.

— Chuuut ! N'ayez pas peur. N'appelez pas. Je ne serai pas longue. Ecoutez-moi.

Elle ôtait sa main, engluée de rouge à lèvres écarlate, posément essuyait ses doigts à un coton.

— On vous reconnaît mieux comme ça, convint-elle, dévisageant la jeune fille dans le miroir, et cette fois leurs deux visages rapprochés avaient repris un aspect naturel, dorés par la lumière des petites ampoules. Les yeux agrandis, Ilda examinait celui de la femme penchée sur elle, mais celle-ci n'y lisait aucun effroi, aucun affolement, que la tension intense de son examen et le vacillement d'une question qu'elle retenait.

— Non, vous ne m'avez jamais vue. Moi, oui. Je vous ai souvent entendue chanter dans les *Singspiele* et les cabarets, à Berlin. Au théâtre, au Schauspielhaus. Au Schiffbauerdamm, *L'Opéra de quat'sous.* Vous avez repris le rôle de Lucy. Mackie le Surineur, hein ?... Qui est le plus grand criminel, celui qui vole la banque, ou celui qui la fonde ? La fille de Soho, ça vous allait très bien. Vous avez plus de talent que la von Koszian, Ilda Becker...

— Qui êtes-vous ?

— Je ne suis pas une amie. Il faut se méfier des amis, ils sont changeants, ces temps-ci. Les vôtres cherchent quelle main prendre. Ils en trouvent, à tâtons, n'importe laquelle. Celle qui se présente n'est pas toujours la bonne. Je vais vous dire : ils sont bavards. La nécessité, la peur, l'incompétence. Qui leur jettera la pierre ? Qui apprend en quelques jours à devenir une bête traquée ? Quelques-uns sont doués. Leur instinct se réveille, meilleurs renards que le chasseur, mais c'est rare. Les autres tombent dans le premier piège venu. *Les messagers à cheval ne secourent que ceux qui résistent aux tyrans,* n'est-ce pas ?

— Que voulez-vous ?

— Je suis pressée. Ecoutez : je sais comment et par où vous et vos petits camarades faites passer les transfuges, ceux qui ont la chance de tomber sur vous, des gens sûrs. Vos filières sont irrégulières mais ingénieuses, très. J'en sais dans les chancelleries qui donneraient cher pour les connaître... Je vous propose un marché.

— Je ne sais pas de quoi vous parlez.

— Tutt, tutt, ma belle ! Je te protège, toi et tes amis : je me tais. A une condition.

— Sortez d'ici.

— Si tu voulais que je sorte, tu aurais déjà appelé, Becker. Ma condition : un nommé Harbayer cherche à quitter l'Allemagne. Il n'y sera pas autorisé. C'est très difficile pour lui. Un qu'on ne laissera pas partir comme ça. Ecoute bien : vous le prenez en charge. Tu me tiens informée de bout en bout, et je me tais sur votre réseau.

— Vous mentez. Vous ne savez rien.

— Löchen.

A ce mot soufflé à son oreille, Ilda eut un fléchissement bref des épaules comme si elle ployait sous le vent glacé des hauteurs.

— Sinon je vous donne, tous. Où que vous soyez. Et tous ceux que vous aidez ; ça fait du monde, vous allez leur manquer. Tu comprends le marché ? Harbayer, le professeur Sigmund Harbayer. Trouvez le moyen de le faire sortir, et informez-moi. Toi. Tu as compris ?

Ilda avait repris son démaquillage à gestes lents, sans plus se départir de son calme, son visage maigre tendu vers le miroir, sous sa frange auscultant du regard le sien, si impénétrable regard que Julia pensa avoir échoué.

— Que ferez-vous de lui ? finit-elle par demander, comme s'il s'agissait du temps qu'il faisait.

— Il en décidera.

— Quelles garanties ?

— Mon silence, le temps de l'exfiltrer. Le temps pour vous de trouver d'autres sorties que je ne saurai pas. Deux mois.

Ilda se levait, laissait tomber son peignoir. Nue, elle traversait la petite loge, décrochait ses vêtements sans hâte, offrant la maigreur de son dos où saillaient les côtes, ses reins creusés et ses fesses longues, indifférente dans sa nudité, souveraine et insolente, ses gestes sûrs et lents pour enfiler sa culotte, sa robe, et se retourner, se donner un coup de peigne, et puis poser la brosse.

— Vous êtes encore là ? demanda-t-elle, une ironie lasse.

— Tenez : son adresse à Berlin. Attention, il est très surveillé. Deux mois. Vous n'avez pas droit à l'erreur.

— Vous êtes une ordure.

— D'accord. Voilà de l'argent. C'est moi qui te contacte. Je sais où te trouver.

Elle sortait, porte refermée sans bruit. Ilda resta un moment immobile, considérant de loin le petit papier griffonné de l'adresse, et la liasse posée sur la coiffeuse, un tas de billets verdâtres, d'un bleu et vert-de-gris délavés, usés, exténués du contact de mille mains immondes, progressivement un point focal environné de ténèbres, concentrant la lumière impure de ce réduit, irradiant une force nocive qui répandait une qualité palpable de haine et de laideur, contaminant l'espace, et pourtant en rien n'altérait l'intégrité de la femme. Tandis qu'elle se mesurait à ce rayonnement, elle gardait confiance en le port de sa beauté, en son talent, en l'estime de soi et le respect de l'esprit qui immunisent et donnent motif, son visage avait la luminosité de la mort.

X

Louvain se laissait aller aux secousses du train, une sorte de massage qui dorlote les courbatures. Rien à voir avec le soigneur de la salle de boxe qui maniait sa jeune bidoche sur son billot, un attendrisseur de première. Peut-être des mères admet-on un contact pareil, expertes à force de pétrir la pâte des tourtes, d'y enfoncer les paumes et faire gonfler leur dôme ; cette emprise, on n'y consent que par sujétion. Il n'avait pas eu de mère, son père ne le touchait pas, ou mal. Grand-mère non plus, ou alors du bout des doigts. Le train le brinquebalait en toute neutralité, sa carcasse de métal grinçait. Il progressait, gigotant, se déhanchant sur les rails de la ligne Florence-Rome, poussif à travers la campagne bleuie de brumes matinales. Une ligne de desserte locale, wagons recyclés datant des lendemains de la guerre ; de pareils avaient pu, quand l'Italie s'était décidée à entrer dans le conflit, transporter les soldats jusqu'à Caporetto, devant von Below qui attaquait aux gaz toxiques, aux grenades et aux lance-flammes, retraite ignominieuse, désespérante, les soldats en larmes, perdus en débandade, écrasés de honte, trois cent mille prisonniers, armes et matériel, stock de vivres, une catastrophe. C'est de votre faute, vous nous avez fait souffrir pour rien, sacrifice et trahison, vaincus, avilis pour rien, rien… Cette démoralisation des hommes dans toute l'Europe, les hordes d'infirmes, estropiés, l'humiliation vissée au crâne, au ventre, fumier du nationalisme et des haines prospères… Il changea de position, cala son épaule contre la vitre, étendit ses longues jambes sur le siège opposé. Seul dans le compartiment depuis San Giovanni Valdarno, heureusement personne en face, et une vigilance molle pour guetter les bruits du couloir, si quelque intrus se présente, entrouvre la porte coulissante : qu'il renonce. Il ferma les yeux mais le sommeil ne venait pas. D'ailleurs il n'avait pas envie de s'assoupir pour de bon, même fatigué, même fourbu, suffit de se laisser dodeliner. Il avait mal dormi, dans l'express de nuit, sur la couchette étroite tantôt à plat ventre, tantôt sur le dos ; sur le côté, il ne tenait pas, et pour le chien de fusil, avec ses jambes, c'était sans espoir. Il aurait pu louer ou acheter une voiture d'occasion à Florence, arriver par la route, l'autonomie de la voiture, véhicule individualiste, l'indépendance qu'il donne, mobilité, vitesse ; mais aussi le souci d'être repéré : dans ces campagnes, on ne voit guère d'automobiles. Ils en sont encore à la charrette, peut-être au vélo, mais au cheval surtout, encore de service. Il devait disparaître avec le moteur à explosion, tous ces abattoirs... On en a liquidé tant et plus, la guerre a déjà fait son tri, éventrés sur les champs de bataille, carcasses pourries, entrailles puantes ; le meilleur ami de l'homme. Après le chien. Le chien aussi a fait sa guerre, comme un homme.

En voiture, il aurait pris l'autoroute : là, le grand bond en avant mussolinien. On coule du béton, des plaques de ciment à perte de vue, la vue conquérante, l'Italie moderne a faim d'espaces. Louvain a pris le train. Attendu à la gare d'Arezzo, dans une heure à présent, si ce tortillard n'accumule pas son retard. Sur les voies secondaires, c'est toujours du vieux matériel, ailleurs le diesel remplace les motrices au charbon. Des escarbilles tourbillonnaient dans la fumée noire, plaquée contre la vitre au rythme du souffle court de la locomotive, qui toussait, crachait, asthmatique. Sur le quai, il y aura de l'accueil. Voir du premier coup d'œil, avant la dernière marche du wagon, qui l'attend, s'il repère l'inconnu, ou si celui-ci a assez d'entraînement pour passer inaperçu, le premier contact livre son combat. Il y a une essence de joie et d'angoisse dans ce premier instant, une acuité d'empreinte visuelle, et même olfactive, qui tient de l'instinct. A la manière de se détacher, d'avancer, de se servir de ses mains, aussi à la carrure, l'envergure, selon qui vous aborde, on sent les ondes négatives et les bonnes, on sait à qui l'on a affaire : l'entrée en matière donne le *la.* En voiture, il serait allé tout droit à Montepulciano, à la *fattoria* des frères Zamorri, par les petites routes de l'intérieur, contact frontal à l'arrivée. Le train supposait un chauffeur à la réception, donnait le temps différé du transfert pour estimer le second couteau, qui augure souvent du chef. Il aimait ces moments critiques qui mobilisent l'instinct. Dans l'Alpe, il n'avait pas vu venir. Pourtant posté à l'avance, le repérage, l'affût. Chasseur, on discipline l'échine, le jarret, et l'œil. Pourtant, il n'avait pas vu venir. Pris de court, il laissait trois cadavres sur le pré, un autre dans le ravin. Ce figement de silence, ensuite... Ce qui s'appelle stupeur. Et dans le long silence s'était élevée la dissonance en mineur, lancinante, scandaleuse, des aiguilles de sapin, le froissement des mélèzes, le crissement ténu d'insectes ; sa respiration rauque. Une affaire classée, mais trop dangereuse, limite de risque. Grubensteiger endossait sa part d'erreur, bon prince. Mais Louvain en gardait une blessure, qui n'était pas d'amour-propre, ou du remords d'avoir failli, mais une incrédulité inquiète quant à lui, son propre ennemi. Hawthorne laissait entendre d'une manière suave, insinuante que, s'il n'y avait pas eu de suite, c'était pourtant un précédent regrettable.

Il avait surgi hier soir au *Train Bleu*, de ces concours de circonstances inopinés. Il passait entre les tables, un rien aurait suffi pour qu'il s'éloigne et disparaisse, mais un garçon chargé de plateau se trouvait dans le passage, s'était effacé, Hawthorne en même temps que lui, si bien que le quart de tour l'avait placé en face d'Etienne, ils s'étaient reconnus. Aussi surpris l'un que l'autre, aussitôt debout, poignée de main franche, ils encombraient davantage, si bien que Hawthorne s'était glissé à côté de lui sur la banquette d'une fesse, sur le départ car, disait-il, il allait à Genève une dernière fois, fermer ses classeurs et vider son bureau : il avait enfin obtenu son poste à Londres, retour au bercail. Etienne dînait à la grande brasserie de la gare de Lyon, avant de prendre son train pour Florence. Un peu à l'écart du tapage, en bout de travée, d'où cependant il embrassait très bien l'enfilade de la vaste salle aux plafonds peints, fresques de tous les paysages romantiques de Riviera qu'exaltait l'art pompier, les destinations de rêve, et les bois dorés et les tapis, les anges de stuc, les marbres multipliés par les miroirs, que les lampes et les torchères illuminaient. Dans cet espace en cathédrale, avec le ballet des serveurs en tenue noire et grands tabliers blancs, c'était une rumeur de départs, l'excitation de partances promises, l'aventure des sens et du cœur, ou d'exil, de fuite sans retour, surchauffés par le bruit du hall d'où venaient sifflets et cris, gros souffles des motrices réverbérés par les verrières. L'atmosphère survoltée et le décor de palace lui convenaient pour déguster en solitaire huîtres et foie gras, cèpes, écrevisses, figues confites, un de ces dîners fins qu'il s'offrait de loin en loin, pour fêter rien ; que l'exception luxueuse de son caprice. Soit la perspective de son retour à Londres, soit le revenu d'une bonne journée, le jeune attaché portait un air satisfait, dans la mesure de sa réserve toute britannique, si soigné de sa personne qu'il semblait débarquer d'un cocktail mondain, nœud papillon et cheveux lustrés, sa longue mèche lissée casquant son crâne oblong, et les joues roses de son repas, ou de la hâte de son départ.

— Vous partez aussi ?

— Je ne pars pas : je dîne. La carte est excellente.

Cette station menacée par l'imminence de son train avait précipité leur brève conversation, et c'était même étonnant qu'en si peu de temps se soient dites tant de choses. De son séjour à Sienne et Cortone, des Lorenzetti, Thomas Hawthorne le remerciait, pour ses indications judicieuses ; cependant, il avait été horriblement persécuté par les moustiques à Trasimène, et avait pris un coup de soleil mémorable sur le lac, une journée à rame. Mais il était encore sous l'émotion du télégramme de von Neurath tombé l'avant-veille, en pleine séance, laconique constat de l'échec de la Conférence du désarmement et de la SDN, considérant caduque la condition du gouvernement allemand de participer aux travaux. La rupture unilatérale et théâtrale avait mis la SDN en état de catalepsie. Le soir même, discours d'Hitler, toutes les radios allemandes sur même longueur d'onde, traduit en toutes langues dans l'heure : il remonte au traité de Versailles, origine de tous les maux, misère, chômage. Comme de bien entendu l'Allemagne martyre, l'innocente victime des conséquences de la défaite, seule à en payer le prix : sans le national-socialisme, une nation entière sombrait dans le désespoir et le bolchevisme, entraînant l'Europe dans la catastrophe. Mon cher, le national-socialisme sauve l'Europe, le parti n'a pas de visée belliqueuse, il s'arme uniquement contre les rouges.

— Selon lui, après le rattachement de la Sarre, il faudrait être fou pour croire à la possibilité de la guerre. La main sur le cœur, lyrique, hymne à la paix, ainsi soit-il. Malgré son succès relatif du 5 mars, Hitler n'a pas la majorité. Mais il a les pleins pouvoirs, tous les partis liquidés, ou neutralisés. Il dissout le Reichstag, et tous les parlements des pays, annonce des élections pour le 12 novembre… Les derniers vestiges du fédéralisme vont disparaître, un régime unitaire. Dictature, un gros mot, croyez-vous ? Qu'en pensez-vous, Louvain ?

Etienne savait tout cela, d'autres choses encore, et il n'avait pas l'intention d'en penser quoi que ce soit dans l'immédiat ni plus tard pour Hawthorne, il le laissait parler. Le temps passait, à chaque secousse d'aiguille, à l'horloge, l'heure de son train approchait, dans un instant l'Anglais bondirait vers la porte à tambour, avant quoi il poursuivait, tout à son sujet :

— Le président Henderson consulte toutes les capitales pour un projet de résolution commune qui dicte à l'Allemagne l'interdiction de réarmer. Norma Davis, notre ministre des Affaires étrangères, réunit di Soragna pour l'Italie, Paul-Boncour et Beneš au nom de la Petite Entente, et Politis pour la Grèce… Mais le délégué du Reich rappelé à Berlin laisse la place à von Rheinbaben, qui ne fait que répéter : désarmement à égalité pour toutes les puissances. Hitler pousse la France à rompre ses alliances avec la Pologne et la Petite Entente ! Nous n'avons pas connu semblable provocation, le coup de couteau en traître, entre les omoplates. D'après les statuts, la démission de l'Allemagne ne sera effective que dans deux ans, d'ici là il incombe au Reich de respecter les accords de Locarno et de Versailles, mais s'il viole les traités, si on en est là, quelle sanction reste-t-elle possible ? Le 16, la semaine dernière, Henderson a obtenu un ajournement de dix jours pour réfléchir. Réfléchir ! Nous sommes dans le lac, mon cher…

Hawthorne en tirait une espèce de joie sardonique, que sa bonne éducation tempérait d'un sourire en coin, et il passait sa main impeccable, ongles lustrés, délicates articulations, sur son casque gominé, un certain effroi dans ce geste, une dérisoire consultation d'ordre capillaire qui semblait devoir exorciser l'ébranlement majeur dont il parlait.

— Voilà d'où je viens, où je retourne. Dans deux jours, l'ajournement est à échéance, et je peux vous dire que rien n'est à l'horizon, que notre naufrage… Je suis assez content de rentrer à Londres, *my good fellow.*

On en était là quand il avait soudain consulté sa montre, réalisé l'urgence de quitter la place et Louvain, qui n'avait pas dit trois mots, se félicitait déjà de l'au revoir quand, se ravisant, au lieu de se lever Hawthorne s'était rapproché sur la banquette et, avec l'indélicatesse que seuls s'autorisent les gens de la bonne société, il avait piqué une écrevisse restée dans le plat.

— Louvain, vous vous souvenez, votre protégé… Ce Gustav Werfel. Ou Maïcheff ?… Assassiné salement, en pleine Alpe des Diablerets. Il était en compagnie, figurez-vous…

D'une mimique contristée, Louvain encaissait la nouvelle, suffisamment alerté pour tapoter sa lèvre de la serviette.

— Mon protégé ? Comme vous y allez… Une relation de relation. De ces gens qu'on vous recommande. Assassiné, dites-vous ?

— L'enquête piétine. Un agent nazi. Tombé dans un guet-apens, qui a mal tourné. Ou bien il l'avait préparé, mais mal… Amateur. Cela a fait un peu de bruit. La presse, les ambassades. Le Haut-Commissariat pour les réfugiés. Dites-moi…

— Je n'ai rien à en dire.

— Je préfère. Gardez ça pour vous. Je le garde pour moi. On est assez dans la chienlit, et je ne vais pas faire le boy-scout, à présent que je peux *filer à l'anglaise.* Vous dites comme ça, jeune Français ? s'enquérait-il en torturant la patte de l'écrevisse.

— Exactement.

Exactement à ce moment-là, Etienne avait vu Julia Brighten entrer dans la brasserie, chercher du regard à travers la salle, et l'apercevant amorcer un petit geste de loin, abrégé aussitôt dans un autre, de retenir son chapeau dans le courant d'air, opportun ajustement car déjà le garçon qui l'accueillait jetait un œil par ici, mais non, elle ne cherchait personne, et il l'avait vue enfiler un couloir vers les salons privés. Hawthorne n'avait rien remarqué du manège, du léger haut-le-corps qui le rejetait au fond de son dossier, une rencontre catastrophique, autant que celle des salons de la SDN, sauvée de peu, il ne manquait plus que ça, eux trois réunis au *Train Bleu* ! Mais Hawthorne lâchait l'écrevisse et s'essuyait les doigts, prenait congé en hâte, laissait une carte avec son adresse à Londres.

— Au cas où vous y seriez de passage un de ces jours, un stage, sait-on jamais ?

Etienne avait attendu le délai raisonnable de cinq minutes après le départ annoncé du train de Genève pour abandonner ses figues, il n'en avait plus aucun plaisir, payer son dîner et rejoindre Julia, comme prévu réfugiée dans un des petits salons discrets du corridor, seule à occuper la place, assez répandue sur le canapé et les fauteuils, son sac et son manteau étalés, pour signifier qu'elle comptait le rester. En délicieux tailleur écureuil, très ajusté, l'échancrure de sa blouse de soie verte laissant entrevoir la tentante vallée entre ses seins de nacre, et un chapeau impertinent piqué d'une plume de faisan, adorable gibier. Elle pouffait dans sa main pour l'accueillir, un geste de petite fille, sa bouche entre ses doigts brillait, et ses dents parfaites, moqueuse, très réjouie de la farce.

— Nous avons frôlé l'incident diplomatique, n'est-ce pas ? Quelle idée d'inviter Hawthorne quand je vous donne un rendez-vous !

— Il s'est invité. Le hasard l'a invité. On ne compte jamais assez avec le hasard.

Au garçon qui passait son nez, il commanda un café. Il se détendait à présent, du moins l'affectait, ses jambes croisées et défaisant son veston, mais la contrariété du quiproquo ne passait pas, l'alerte mineure, mais réelle, la perte de contrôle, un peu trop d'imprévus accumulés, par quel relâchement, et ce rendez-vous au dernier moment, qu'elle voulait, elle avait insisté inhabituellement pour l'obtenir, auquel par extraordinaire il cédait sans prendre de précautions, bien décidé à ce dîner, qui ne fêtait rien... Calculant, ainsi qu'avec Hawthorne, que les minutes seraient brèves de cet entretien impromptu, puisqu'il restait un quart d'heure avant son train, et si Grubensteiger avait des choses à lui dire pourquoi passer par elle, qu'il le fasse lui-même désormais, comme convenu. Aussi se tenait-il sur ses gardes. Se tenant sur ses gardes, il était d'autant plus aimable, enveloppant Julia de son regard le plus tendre, ce qu'il savait manifester de tendresse en ces circonstances. D'un doigt léger, il effleura la plume arrogante, descendit à son cou, glissa le long du col de soie verte.

— Où vous rendez-vous, cette fois, dans quel consulat, quelle ambassade ? Ne vous mettez pas en retard…

— Tu dois m'écouter. Nous avons dix minutes.

— Douze.

Le garçon en prit une pour glisser le plateau sur la table basse, s'esquiver, parfait.

— J'ai un cadeau pour toi. A l'*Adlon*, on rencontre toutes sortes de gens, c'est le *Ritz* berlinois, interlope, ça circule… Là, j'apprends, mais c'est unique, attends : une information entre toi et moi, exclusive. Tu entends ? Elle vaut très cher. Ma peau, c'est rien à côté. Tu joues la tienne ?

Il eut un petit rire suffisant, intrigué malgré tout par le ton menaçant. Pour la mettre à l'épreuve, il prit le temps de savourer son café, et elle attendait, ne tint pas plus que quelques secondes.

— Tu veux voir avant, n'est-ce pas… Brelan d'as ? Mon chéri, c'est plus fort que ça.

Elle mordillait sa lèvre, au bord d'une décision à prendre, déjà prise, mais qui lui coûtait encore, parce qu'il n'avait pas l'air de comprendre qu'elle contrevenait à une règle d'airain, qui commandait sa vie depuis près de quinze ans, sur le bord d'oser une entaille au contrat qui la liait au-delà de ce qu'il pouvait imaginer, et si elle le faisait là, à présent, c'était par une liberté qui l'effrayait, dont pas une seconde elle n'avait prévu qu'elle la prendrait un jour, par quoi elle courait un risque insondable, dont jamais elle n'avait mesuré à quel point il la terrorisait.

— Un savant, physicien chimiste. Formé à Göttingen. Il a travaillé ces deux dernières années à Vemork, en Norvège. La centrale Norsk Hydro, programme secret. Le seul juif à n'avoir pas été chassé de l'Académie de Prusse. Il veut partir. Une femme, deux enfants. Je te le donne.

— Me le donnes ?

— Ils le retiennent, très surveillé. Intérêt militaire, armement. Tu as entendu parler de l'oxyde de deutérium ? Etienne, c'est à négocier au plus haut.

— Quelle carte abats-tu, ma douce ? Tu pipes.

— Je pipe Grubensteiger. Il est hors jeu. Absolument.

— Tu es bien sûre de toi, un loup pareil…

— Je le suis. Et je sais comment organiser son passage, une filière à moi. Je m'occupe de tout, tu le récupères. Cet homme-là, plus explosif que de la nitroglycérine. Attention à toi.

— Attention à toi, Julia.

Il y avait eu un long silence entre eux, d'une étrange intensité, que la rumeur de la brasserie et celle de la gare n'altéraient pas, au contraire protégeaient d'une pellicule atmosphérique, et cependant ensemble absorbés par l'écoute mutuelle de leurs pensées plus rapides que l'éclair, électrisant entre eux le faible espace qui les séparait, cet air intime où circulait l'odeur tiède des corps, le parfum sucré de Julia, épicé de la qualité acide des transpirations que donne la peur, tout le registre de l'esprit et de la mémoire exploré en apesanteur, avec une rigueur, une maîtrise de soi, exténuantes. Impossible d'imputer à l'un ou l'autre l'effet que ce silence procurait, accélérant l'échange variable, le chevauchement ou la tergiversation des questions tacites qu'ils posaient, qui annulaient immédiatement les réponses, stimulant et déprimant la dispute muette, finalement Etienne vida sa tasse de café. Il tendit son paquet de cigarettes, le briquet. Tandis qu'elle tirait du feu, son front contre le sien, ses boucles agaçant sa joue, il voyait sa bouche trembler, une moiteur perlant au bord de la lèvre, ourlant la ligne du rouge.

— Tu aimes ça, murmura-t-il. Le danger.

— J'aime ça.

Elle ne dit pas *je t'aime.* Elle ne dirait pas à Etienne Louvain par quel égarement elle faisait pour lui ce qu'elle n'avait jamais fait pour personne. Il n'était pas prêt à l'entendre, ni même à l'envisager, et elle non plus, n'avait pas à le formuler pour son propre compte. C'était peut-être entièrement dit dans leur colloque muet, ou bien resté inaudible, moins sexuel que sentimental, et d'une ironie pure.

— Bon voyage, mon Lange. A ton retour !

Elle expulsait la fumée devant elle, un petit nuage de provocation, maintenant que, rejetée au fond du fauteuil de cuir, elle s'abandonnait, toute tension évaporée, une exquise jeune femme en tailleur écureuil, la plume fanfaronne de son chapeau oscillant sur son épaule.

— Sigmund Harbayer, souffla-t-elle en le défiant du regard.

Entre San Giovanni Valdarno et Arezzo, le train s'arrêtait à toutes les gares, des stations perdues en pleine campagne et, derrière la vitre, il regardait, paupières plissées par la réverbération, le spectacle des quais où s'évacuait la foule maigre de voyageurs de commerce, couples de paysans, petites dames frileuses. Un beau jour d'automne, bleu sur les collines toscanes, le soleil perçait et la pierre blonde des façades, les toits de tuile, foncés par l'humidité de la nuit avaient un camaïeu mélancolique d'arrière-saison. Cette soirée au *Train Bleu* avait dû l'empêcher de dormir son saoul. Elle perturbait son sommeil par l'indiscernable concours dont elle résultait, cette consécution d'entrevues avec Hawthorne et Julia Brighten étendait ses ramifications problématiques à Genève, à Berlin, l'agitait de réflexions pénibles assimilées à des rêves brefs, fondus en d'autres, plus éprouvants, où il perdait le fil. Dans une ville tout en décrochements escarpés, il cherchait la gare qui, d'après le plan dont il disposait, devait se situer au point culminant, spéculait par quel prodige d'art ferroviaire on avait pu hisser la ligne à cette altitude, quel ingénieur fou avait pu le concevoir, une absurdité, et il s'était trompé de ville, ou bien de plan. A demi réveillé par l'inquiétude, il reprenait la main, organisait un rêve conscient qui mettait à plat l'étendue de cette ville, y substituait un plan d'action dont il avait l'initiative, tirait en rouge une ligne : il ne doit rien y à voir entre le fiasco mortel de l'Alpe et le projet d'évasion du savant allemand, une opération d'une autre envergure, et là, il était tout à fait réveillé. On était arrêté dans une gare de montagne, cela se sentait au coulis d'air glacé sous la vitre, qu'il fermait, de nouveau étendu. Guettant les bruits sonores de métal frappé à coups de barre, le chuintement de la locomotive au repos, il tentait de trouver la position favorable pour se rendormir, et l'effort qu'il faisait pour évacuer toute pensée, sensation, obtenir le vide propice où l'on s'abolit, si difficile à négocier avec soi, était maintenant de s'engager prudemment dans cette vallée entrevue entre les seins de Julia, il rêvait de nouveau de la dépression ombreuse des globes satinés sous sa blouse, de ne s'y aventurer qu'à la condition qu'elle, la femme, privée de toute conscience et présence, en esprit et en corps, ignore ce qu'il faisait là…

Dans la demi-somnolence du trajet, il combattait encore les épuisantes pensées rétrospectives de la nuit pour se projeter avec énergie dans l'immédiate réalité. Ce déplacement en Toscane, chez les frères Zamorri, une interférence qu'il jugeait prioritaire. Il en avait pesé la nécessité et le risque, référé en haut lieu, parce que le renseignement de seconde et troisième main parfois ne suffit pas, il faut aller au contact, rencontrer les gens. Trois semaines plus tôt, Umberto et Giuseppe Zamorri étaient signalés à Paris, mais on avait fermé les yeux sur la virée des deux socialistes, d'ailleurs plus ou moins officielle. Trouver un prétexte pour les intercepter présentait plus d'inconvénients que d'avantages, une surveillance de routine suffisait, inutile d'agiter leurs amis. Spécialistes en machines infernales, ils avaient attisé la peur et la xénophobie par leurs attentats, perçus comme provocateurs et terroristes quel que soit leur parti. Cela s'était calmé, le syndicalisme intégrait… Mais depuis quelques mois une dizaine d'agents de l'OVRA étaient signalés, la police politique du Duce infiltrée dans le milieu parisien, basée jusqu'au consulat d'Italie, des employés tout à fait en règle ; d'autres circulaient en province, dans l'Ariège et l'Aude, jusque dans le Sud-Ouest, entre Angoulême et Périgueux : on suivait leur trace d'hôtels en hôtels, on les perdait dès qu'ils étaient hébergés par des particuliers ; là, très organisés, évaporés. Les frères Zamorri avaient l'air d'en savoir long là-dessus, ils étaient demandeurs d'un contact direct. Autant les rencontrer. Autant remonter à la source des informations qui circulaient, mal recoupées. Ils avaient admis le principe de sa visite, moins exposée qu'un contact à Paris, une rencontre discrète dans la ferme familiale de Montepulciano que tenait Giuseppe ; l'aîné, Umberto, viendrait de Bologne, où il vivait ordinairement.

A Arezzo, à la descente du train, Louvain ne repéra pas qui l'attendrait parmi les gens qui accueillaient les voyageurs, cette fois bien réveillé, sa vigilance décuplée par l'imminence d'un abordage dont il ignorait d'où il viendrait, se laissant entraîner par la petite foule qui gagnait lentement le hall de la gare. Par la porte ouverte sur son parvis, inondé de soleil, s'encadrait une courte avenue en pente, bordée de banques et de magasins sous les arbres roussis, c'était un jour de marché, onze heures du matin. Pour cet aller-retour, il voyageait sans bagages, il pouvait passer pour un visiteur local : il sortit sans se presser, acheta au kiosque le premier journal qui se présentait et l'ouvrit nonchalamment, jetant par-dessus la feuille un regard vers la place envahie par une cohue de citadins et de paysans agglutinés sous les toiles de tente, dans l'enchevêtrement de carrioles et camions, avisa, juste en face, une *casa del fascio*, le drapeau des *squadristi* flottant au vent. Il se plongea dans la lecture de la *Gazetta del popolo*, apprit que le *Manifesto futurista della radio* de Marinetti faisait encore grand bruit. Ce chantre de la politique culturelle mussolinienne exaltait les expériences de la télévision menées à Milan comme promesse d'un avenir enivrant : “En attendant l'invention du télétactilisme, du téléparfum et de la télésaveur nous, futuristes, nous perfectionnons la radiophonie destinée à centupler le génie créateur de la race italienne, à abolir *l'antico strazio nostalgico delle lontananze e imporre dovunque le parole in libertà come suo logico e naturale modo di esprimersi.*" Son émule, Pino Masnata, sacré *poeta campione nazionale futurista*, chantait les louanges du maître en deux colonnes. Apprendre des nouvelles aussi sensationnelles valait le déplacement… Valait qu'il attende deux minutes de plus dans la posture du lecteur absorbé, puis il ferma le journal et traversa la place d'un pas dégagé, ayant estimé suffisante la pause pour que, s'il était bien au rendez-vous, son correspondant l'ait repéré et le suive, règle élémentaire, et l'aborde plus loin, dans un endroit adéquat. Ce que fit en effet la personne, il avait senti sa présence derrière son épaule gauche tandis qu'il inspectait en flânant une charrette chargée de fruits odorants, figues et raisins blonds, pommes reinettes ; au cours de la lire, le kilo était tentant. Il suivit à distance l'homme qui lui avait furtivement pressé le coude et filait vers le fond du marché. Au coin de la ruelle, ce n'était pas une voiture qui attendait, mais une moto. Une superbe cylindrée Guzzi avec son aigle pour emblème, symbole de l'escadrille où avait péri un des jeunes inventeurs à la fin de la guerre, carrosserie noire et chromes impeccables. En amateur jaloux, Louvain considérait que la machine sur sa béquille avait belle allure. L'homme botté, casqué de cuir, canadienne brune, pas causant, bon signe, figure en couteau, claquemuré sur son silence, lui tendait un casque. Ganté, son col remonté aux joues, son chapeau calé entre eux deux, c'était jouable.

A midi, malgré le franc soleil d'octobre, filer sur les routes était glaçant, et son pardessus à fine doublure une faible protection. Il n'avait pas prévu l'hypothèse de la moto, au temps pour lui. Il serrait les dents, la face marbrée par l'air vif, les yeux fouettés. L'autre avait ses lunettes de moto, des hublots fumés collés à l'orbite, et il fonçait, moitié couché sur sa machine, pas facile de s'abriter dans son dos pour couper le vent. A plaisir, son conducteur faisait ronfler le moteur de la 350, rond et puissant, arrachant les côtes et les dévalant en bolide. Il n'aurait pas eu si froid, Etienne se serait réjoui de cette virée de roi, après son voyage au bout de la nuit. Il sentait le corps de l'homme arqué avec souplesse, la juste tension de ses reins, son intimité animale avec l'engin et qu'il jouissait de sa course, de la partager avec son passager ; une entrée en matière excellente. Il n'aurait pas rêvé mieux. Du paysage, il ne vit rien, que les bas-côtés qu'ils rasaient à toute allure, couchés à l'oblique, l'herbe abattue par leur passage, et de temps en temps l'aperçu d'un brouillard gris-vert d'oliveraies, d'un champ labouré, ses sillons à grosses mottes montant vers l'horizon, éblouissant de bleu. Un dernier virage, et la moto ronronnante entrait au ralenti entre deux piliers monumentaux dans une cour de ferme, gravier crissant, longeait de hauts bâtiments agricoles en belle brique ocre et rose, les treilles de vigne courant au bord de la tuile, au fond la façade d'une demeure rurale cossue, riches viticulteurs du Val di Chiana, champs d'oliviers et vignes foisonnantes autour, rousses et vertes sur les pentes. Dans ce creux de vallon, c'était la *fattoria* Zamorri. Une famille de vieille souche, qui avait eu des députés et des maires dans la région, dont les deux héritiers exploitaient la propriété ; Giuseppe à la terre et son frère dirigeant leur conserverie d'olives, à Bologne. Celui-là avait étudié le droit à Aix, puis enseigné un temps, mais était revenu aux affaires familiales à la mort du père, par nécessité, par loyauté. Eux deux, des démocrates influents et estimés dans les instances locales, mais aujourd'hui les paysans pliaient l'échine, harcelés, persécutés par les *squadristi*, bandes de fascistes organisés en milices qui incendiaient les *case del popolo* encore debout, battaient la campagne, rôdaient dans les marchés et les foires, des voyous connus de tous, issus de familles du coin, terrorisant leurs voisins en toute impunité, multipliant les candidats à l'exil. Les frères Zamorri l'excluaient pour eux. Trop de terre aux semelles, et la conviction farouche que c'était là qu'il fallait résister, sur le sol italien. Etienne le savait, ils soutenaient *Giustizia e Libertà*, la revue de Rosselli diffusée à Paris, d'accord pour dénoncer la ligne de Moscou qualifiant la social-démocratie de “social-fasciste”, ennemie bourgeoise des forces révolutionnaires au même titre que les droites… Les effets s'en voyaient aujourd'hui : un boulevard ouvert à Hitler. Classe contre classe, une stratégie suicidaire. On était loin des efforts de Filippo Turati, au congrès de l'Internationale ouvrière socialiste de 1931, des coalitions antifascistes à Bruxelles, à Vienne. Trop tard, trop tard… Alors, oui, la violence était légitime, il fallait s'en donner les moyens et Umberto y œuvrait à sa manière, artisanale, voyageant au prétexte de son commerce d'huile, multipliant les contacts, au fur et à mesure que se resserrait l'étau totalitaire, se faisant la plaque tournante de tout le Nord italien, coordonné aux réseaux d'exilés, tandis que Giuseppe, sédentaire par force, gérait la logistique, tenant les comptes de leur organisation en même temps que ceux des foudres de vin et des tonnes d'olives. Un duo expérimenté, une longue culture politique et de fins stratèges, chasseurs de sangliers, experts en vins, le vin noble des coteaux de Montepulciano…

Voilà ce que ses fiches enseignaient à Etienne sur les frères Zamorri, et quelques informations annexes, épouses, enfants, parentèle dispersée jusqu'à Florence et Sienne, bourgeoisie aisée. Leur blason de pierre dans la façade de briques, l'envergure du logis aux croisées voilées de rideaux en lin brodé, protégées de volets à persiennes et la lourde porte de chêne, aussi la grosse Fiat 520, carrosserie noire, garée plus bas, son pneu de rechange calé dans l'aile avant, disaient assez leur train de vie, leur assise sociale. Le motard mutique poussait son engin vers un chai, devant lequel un groupe d'ouvriers agricoles cassaient la croûte, près d'un tas de moût fumant, exhalant une odeur poivrée de fermentation alcoolique. Laissé en plan, Etienne entra sans attendre, surpris par la pénombre de la pièce traversante. A l'autre bout, la porte vitrée donnait sur la campagne, une découpe lumineuse, tel un tableau en trompe l'œil, un paysage de vallons opulents et dorés, qui lui firent penser aux seins de Julia, la vallée dangereuse dont il rêvait cette nuit. Des frises noires de cyprès et d'ifs montaient en escalier jusqu'à l'éminence lointaine de Montepulciano, ses clochers et ses tours, la petite Florence aux places à fontaines, dans ses murs d'enceinte le vieux bourg Renaissance si nettement découpé sur le ciel bleu où montaient de gros nuages violets, qu'on eût dit une des vues qu'offrent les loupes de porte-plumes aux yeux éblouis des enfants.

Ebloui, Etienne l'était, aimanté par cette beauté ultime du voyage, et comme son but, la splendeur surréelle d'une fiction. La pièce était si vaste qu'elle aurait pu servir de salle de bal. D'ailleurs, y restaient les tréteaux d'un banquet, fin de vendanges. Aux murs des massacres de chasse, têtes de sangliers et de renards. Il n'eut pas le temps d'examiner davantage l'endroit, d'une pièce adjacente sortait un homme, grand et maigre, belle tête mûre et barbe noire sur sa chemise éclatante de blancheur, dans cette pénombre une figure romantique que le bronze de son costume en velours ennoblissait, botté de cuir fin, et la main tendue. En français d'abord, mais d'emblée en italien, que parlait assez bien Etienne, le premier échange était de bienvenue, le beau temps, le fond de l'air frisquet, en cette saison… Cependant, ces secondes décisives, une épreuve que connaissait Louvain, et son hôte, d'évidence, où se mesurent les hommes, s'évaluent et se sondent par une chirurgie mentale autant que physique, un acte animal accompli en profondeur. Non au mépris de l'adversaire, au contraire surestimant son charisme ou sa réserve comme étalon intuitif de la relation à venir, qui se stabilise à ce point d'équilibre, se réévalue ensuite, pour fixer définitivement son socle. Passé cet abordage bref, sans plus de cérémonie, Umberto Zamorri l'entraînait dans son bureau.

— Mon frère nous rejoint dans un instant, il est aux chais pour le nettoyage des pressoirs : nous finissons les vendanges, elles ont été tardives, cette année… Merci d'être venu jusqu'à nous.

Ils avaient parlé, beaucoup. Dans ce bureau d'abord, parmi les rayonnages de livres aux tranches de cuir bruni, archives de la propriété et ouvrages savants, parmi les gravures de paysages romantiques, ruines et lacs, les tableautins de natures mortes, coupes de raisins en grappes, embuées de bleu, cerises et melons patinés de bonté, un décor pour toujours attaché à cette conversation, que Louvain reverrait longtemps comme le théâtre mensonger, criminel, des maisons où l'on pense, raisonne et espère, où l'amour, l'intelligence et l'expérience bâtissent les dérisoires remparts de paix. Dans la cuisine ensuite, au sous-sol, ouvrant à l'arrière sur le paysage entrevu là-haut, une vaste cuisine sous les voûtes de brique brune, dallée de pierre cuite, rouge et ocre, cuivres et faïences, où ils avaient longuement déjeuné à la table servie par la femme de Giuseppe, une paysanne placide aux yeux magnifiques, vert d'amande, un duvet de moustache à sa lèvre gourmande, belle comme une fleur de soleil, deux bambins, les yeux ronds, pendus à sa jupe ; et par sa cuisinière, une petite ronde aux hanches larges, fessue, dodue, l'œil d'amadou, et c'était une débauche de gros pain, soupe de poivrons et tomates farcies, cailles en gelée, une tomme entière de pecorino et une jatte de crème, le vin grave et onctueux en carafes de grès. Je ne suis pas un esprit frivole, pensait Etienne, je m'installerais bien pourtant ici, pour goûter de cette vie-là, qui donne les yeux plus gros que le ventre. L'idée du bonheur l'effleura, mais il ne la reconnut pas.

Ils avaient parlé beaucoup, eux trois, en présence du propriétaire de la Guzzi, qui faisait le quatrième. Il était arrivé sur les pas de Giuseppe, ses bottes souples aussi silencieuses que sa personne mais, avant qu'il n'entre, présenté par Umberto pour homme de confiance, sa longue histoire résumée en quelques mots, et chacun portait : d'origine française, anarchiste dans sa jeunesse et mêlé aux mouvements du Nord. Arrestation, relégation dans l'île de Lipari, évasion, depuis lors fixé ici, ayant changé son nom, veuf, instituteur au village. Taiseux toujours, et faucon, une conscience alerte posée tel un oiseau de poing, vigie inquiète de leur échange, l'œil terne, endormi, à fleur de peau les vibrations nerveuses de l'envol qu'on retient. Il n'intervenait pas, écoutait Etienne, son oreille penchée, toute sa face inclinée à contre-lumière de la porte, tenant à mi-ombre son profil aigu, un homme qui savait négocier les virages et dévaler les pentes en seigneur. Il agaçait Etienne. De celui-là, il n'avait jamais entendu parler. Aucune fiche à la sécurité. Inconnu au bataillon, et il fallait qu'Umberto et Giuseppe soient bien fort crédités pour qu'il subisse l'arbitrage de sa présence. Il le fallait, parce qu'un tiers est toujours de trop. On ne sait de qui il est le garant ou l'homme lige, pour qui il travaille ; dans la relation, un facteur de doute. Ne te fie à personne, qu'à celui que tu choisis, et encore. De ton choix seul tu es responsable, ce risque suffit. Tu n'as pas d'ami. Par exception, Etienne avait accepté que l'homme assiste à la rencontre, puisqu'il s'était déjà résolu au cas de figure inédit, au double partenaire qu'étaient les frères, inséparables. Le troisième faisait la paire ; pour ainsi dire.

Le jour baissait, la chaleur virait à l'orage et ils étaient encore attablés devant leur café, parmi les reliefs du repas qu'un rayon bas dorait, les miettes et les pelures de fruits, autour desquelles bruissaient des moucherons électrisés par l'air lourd. Depuis longtemps avaient disparu les femmes, la servante dodue et sa maîtresse. Quelques cris d'enfants résonnant dans des greniers avaient pu dilater l'espace de la maison, démesurer l'envergure de ses charpentes et de ses murs hospitaliers, un bâtiment assis sur ses terres fécondes, ses fondations robustes ancrées profond, en caves et celliers de terre battue, qui sent le vin, l'ail et la châtaigne. Cela donnait à leurs paroles une couleur grave, à leurs propos une résonance de tabernacle parce qu'en ce fond de vallon, parmi les vignes et les oliviers, cette maison se dressait dans la campagne de Toscane, bénie par le soleil bas, et toutes choses en elle gardaient mémoire de ceux qui étaient nés et morts dans ses murs, de leurs années de vie où le ciel basculait vers le soir comme aujourd'hui, exposée et vulnérable, irradiant grandeur et beauté. La portée du mal était hors sujet. Hors sujet ses raisons et ses racines, les cruautés de ces temps dégénérés et en quoi chacun s'abusait ou s'effrayait de sa nature barbare, tentait de les vaincre. Sous les voûtes de la cuisine, ils s'appliquaient seulement à reconstituer une théorie dans l'espace. Des cercles grands et petits, chacun son centre, articulé aux autres de rayons fléchés et tangentes, satellites en orbite, et dans cette toile astronomique des passerelles, autant de couloirs de circulation. A cette abstraction de géomètres, ils rapportaient la part de réalité que chacun détenait : par là passaient de l'argent, des informations, des armes, des munitions. Des personnes, des ordres, des arrêts de mort. Le réseau comprenait des agents de l'OVRA et de la Guépéou, appuyés à la maçonnerie, pourtant persécutée, et même au Vatican. Associations occultes et partis politiques, adhérents, affiliés, collaborateurs occasionnels ou permanents, une nébuleuse dont le tracé arachnéen étoilait sa cohérence et son étendue territoriale ; ils n'écrivaient, ne notaient rien. Même pas un relevé, un schéma, surtout pas de noms, d'adresses ou de chiffres, ils savaient tout par cœur. Louvain avait pour ces sujets une mémoire particulière, il enregistrait. On trouvait là des banquiers, des ouvriers, des femmes, des prêtres, des artistes, des pères de famille et des repris de justice, des secrétaires de préfecture, une humanité banale. Ce réseau et ses ramifications, une construction sociale qui ne devait rien au cheval-vapeur ou au cheval de trait, à l'arriération ou à la modernité, pays à parlement ou à dictature, à la bourgeoisie ou au prolétariat, elle tenait à la ruine morale, à l'abjection de l'âme humaine, à son exécration d'elle-même, mais là-dessus ils n'avaient rien à dire.

Ce que livraient les frères Zamorri débouchait bien des coins d'obscurité mais Louvain n'en prenait pas son parti, affaire de tempérament. Il était déjà au futur, posait son plan d'action en calque sur le leur, dont les interférences mentales le réjouissaient. Il se déplaçait très vite, court-circuitait les couloirs de circulation, saccageait les plates-bandes, impatient d'en découdre, comme il malmenait, enfant, le damier d'échecs, à force de précipitation. Il avait mis des années à apprendre la patience, à planifier les coups en imagination, à ronger son frein. Une discipline. Cela n'apprend pas à mourir ; à agir, un peu. Il en oubliait les cratères de nuages incandescents montés à l'horizon de Montepulciano, une vue de l'esprit. Il en oubliait presque le profil en couteau de l'homme à la moto, qui buvait peu et se taisait, prenait de temps en temps un grain d'ambre à la grappe de raisin. Il venait d'apprendre trop de choses essentielles, il voulait en savoir davantage. C'est pourquoi quand Giuseppe avait dit qu'à six heures, au *Caffè Poliziano*, seraient quelques-uns de leurs amis de Pienza et Grosseto, qu'une expédition jusqu'au bourg était affaire d'une heure, il avait imprudemment rengainé sa réticence, mis de côté sa méfiance et levé le camp avec eux. Il pensait à ce moment-là être en présence de gens responsables et aguerris, la sympathie est dangereuse. Elle vous lève les verrous d'une chiquenaude et débarricade les portes, elle vous persuade que vous avez bonne vue, double vue ; un tour de passe-passe assez hypnotique. Et par exemple vous inspire en toute providence de préférer la moto à la voiture d'Umberto qui embarque son frère, d'opter pour la proposition inopinée du taiseux de faire avec lui le trajet, en dépit du froid, en dépit du pardessus trop léger. La Guzzi, une tentation un peu ivre, peut-être bien avec une arrière-pensée, mais que dissipent les volutes du vin. Juste un réflexe, sur le départ, vous glissez le portefeuille dans la poche de poitrine, vos papiers et votre argent, vous ne laissez rien derrière vous, par principe. Vous ne dites même pas au revoir à la maîtresse de maison qui vaque dans les étages, puisque vous revenez tout à l'heure. La nuit tombe et la cour de gravier phosphore dans la lumière de soufre. Les portières ont claqué, la Fiat d'Umberto vient de quitter la cour, elle a passé les portiques de brique à chapiteau, ses phares disparaissent sur la route, dans la demi-pénombre du crépuscule.

Sauf qu'au démarrage, le moteur de la Guzzi rechigne, il s'étouffe. Une machine pareille, réglée comme une montre. C'est l'humidité. L'instituteur ne désempare pas. Méthodique, comme on soigne une bête susceptible, il dévisse un bouchon de chrome, le dépose, bijou brillant sur le gravier, siphonne en douceur. Cela prend dix bonnes minutes, pendant lesquelles, accroupi près de la moto, à l'ombre déjà noire du chai, il rompt le silence, s'adresse à Etienne, et dans cette paix de la cour où tout repose, futailles rangées contre le mur, outils remisés, on entend sa voix. Pour la première fois, il donne de la corde vocale, un son agréable, à croire que ce type n'est avare de son instrument que pour mieux en jouer au moment propice.

— Vous n'êtes pas d'ici, faites attention. Au *Poliziano*, taisez-vous. Vous êtes exposé. J'ai connu un Louvain, à Paris, enchaîne-t-il du même ton. Autrefois. Un commissaire de police…

— Mon père.

Malgré l'étrangeté de cet aveu, Etienne ne se sentait pas en danger. Au contraire, cela déliait quelque chose de secret, qui avait à voir avec les fenêtres éclairées à l'étage, des yeux paisibles veillant dans la façade, avec la frise des feuilles de vigne tombant au bord du toit, une dentelle antique sculptant la nuit, la touffeur d'orage baignant le vallon.

— Il chantait *La Chanson des fusils* de Gaston Couté, dites donc… Pour un flic, c'est farce…

— Il est mort.

— Ça arrive. Il n'avait pourtant pas froid aux yeux.

— La grippe espagnole.

— Tiens donc. Pas besoin de lui donner mon bonjour, alors.

Il s'essuyait les mains, rangeait proprement son matériel et tendait son casque à Etienne.

— Moi, c'est Marco. On y va ?

Ils y allèrent. Il faisait bien moins froid que le matin, le vent était tombé, l'atmosphère tiédie, de ces retours d'été insolites immobilisant la campagne, que le phare de la moto découvrait sous son faisceau jaune, d'abord une route tortillant dans le creux, encaissée entre haies et champs d'oliveraies puis, dans la pente ascendante, à l'assaut des collines. L'horizon nocturne s'ouvrait, au loin les lumières de Montepulciano comme un navire illuminé flottant au bord du ciel sous des nuées d'encre rouge, extravagantes. Ils avaient fait quelque dix kilomètres à vitesse moyenne, ils glissaient dans une griserie crépusculaire, encore remués des vieilles choses qu'ils s'étaient dites près du chai. L'homme ne cherchait pas à rattraper leur retard, il se donnait le plaisir de la balade en retenant le moteur, pour faire entendre son chant murmurant quand, au détour d'un virage un peu sec, il fit une embardée soudaine. Le dérapage surprit Etienne. Le temps que l'autre redresse d'un coup de reins violent, et il voyait ce qu'ils avaient dans leur phare, à deux cents mètres : la Fiat arrêtée au bord de la route, sa carrosserie noire étincelant, portières grandes ouvertes. Ils étaient déjà parvenus au ralenti à hauteur du véhicule et c'était un spectacle à faire dresser les cheveux. Giuseppe était au volant, ou ce qui restait de lui, de sa tête explosée, le crâne décalotté par un coup de feu à bout portant, des jets de sang, d'os et de cervelle projetés dans tout l'habitacle. A quelques pas, dans les phares de la voiture restés allumés, Umberto était couché en travers de la route, vautré dans une drôle de position. Il avait dû tenter de fuir, ou de résister, la poitrine défoncée d'une bizarre dépression, plate et flasque, que contenait la veste de velours toujours boutonnée. On avait roulé sur son corps, écrasé le buste, mais avant tailladé la gorge, au point de presque détacher sa tête, sous la barbe béant une entaille géante d'où glougloutait une fontaine, un geyser vorace que buvait la chemise écarlate, et, au-dessus, il y avait son visage intact, sa belle face pâle aux yeux mi-fermés, paupières pesantes d'un rêve fatigant. Un éclat de pierre luisait entre les cils, ses dents s'irritaient d'un rire étonné, prêt à la morsure, laissant dépasser une langue dardée, très raide, obscène jusqu'à la nausée. Eux deux, pétrifiés, se tenaient debout, la moto ronronnant entre leurs cuisses bandées, absurdes cavaliers figés dans leur élan. Un temps qui sembla très long, ils restèrent ainsi, incrédules contemplateurs du spectacle, dans son horreur apaisante presque, d'une sérénité effroyable.

Le silence était d'une amplitude énorme, il portait loin des ondes qu'on aurait dites chargées de tonnerre, mais c'était un roulement réel d'orage. L'air tremblait, cela les réveilla. Sans un mot, Marco relança le moteur, l'emballa d'un coup de talon. La machine cabrée s'arracha littéralement, sa roue avant soulevée avant de retomber lourdement, et ce choc rassit Etienne, arrimé à la taille du conducteur. Ils traversaient la scène du cauchemar et plongeaient dans la nuit. Dans l'accélération, la vitesse de la pensée, extralucide, s'exaspérait de la lenteur du bolide, jusqu'à la douleur la cambrure des reins anticipait les virages, eux deux emportés dans la folie de la course, fusant dans l'espace, à l'assaut des hauteurs de Montepulciano, où ils entraient à toute allure, longeant des jardins débordants de bougainvillées, un lavoir, ruelles faiblement éclairées, quelques rares passants réfugiés en hâte dans le renfoncement des portes, et cet ensemble urbain de nobles demeures à perrons de marbre et heurtoirs de bronze, places pavées en rosace, parvis d'églises et flambeaux antiques aux fenêtres à meneaux, au fronton d'un palais ducal, deux lions de pierre flanqués d'aigles, tenant un écusson de la griffe, l'harmonie seigneuriale de la ville semblaient un décor élisabéthain apprêté pour quelque représentation anachronique, une incongruité. De ce qu'il avait vu, d'inouï, Etienne ne doutait pas. La réalité vous rattrape avant même qu'on ne la pense. C'était un coup renversant la raison, la notion même d'illusion ou de vérité outrepassée, et il n'avait pas le temps d'en examiner la controverse, la nouvelle donne imposait une urgence à décider, une révision absolue du programme ; que la conduite acrobatique de Marco interdisait. On ne doit jamais être le passager de personne. Lui allait où il savait, en toute hâte. Son corps, un bloc de fer brûlant sous le blouson, il enfilait une ruelle abrupte, escaladant des degrés de petits galets qui faisaient tressauter l'engin et rugir le moteur, virait en chassant dans une rue plus large, descendait un corso Cavour, si pentu que les roues patinaient et mordaient les dalles, boutiques éclairées, étals de fruits d'une épicerie, un rempailleur, ses chaises en vrac contre les marches, une pharmacie, enfin ralentissait sur une zone plus plane. Il passa au pas, moteur grondant, devant un établissement brillamment éclairé, sa double porte ouverte sur la rue. D'un coup d'œil, Etienne embrassa en même temps que lui l'aperçu, la salle en profondeur, son pavement décoré de frises, tapissée d'élégantes peintures marbrées et moulures de stuc modern style, les suspensions à globes opalescents multipliées par les miroirs, murs couverts de tableaux et gravures, bar et tables nombreuses, autour desquels des groupes consommaient dans la fumée de tabac. Mais ils dépassaient le *Caffè Poliziano*, entraient dans l'obscurité de la rue, où Marco stoppa brusquement. Ils se trouvaient devant une petite église au porche fermé, un peu en retrait, Chiesa San Domenico.

— Attendez-moi là. Quoi qu'il arrive. Je n'en ai pas pour longtemps.

Un ton sans réplique, souffle court, sans laisser le temps d'une objection il virait et retournait là-bas, plus haut à cent mètres, calait son engin contre le mur et s'engouffrait dans le café. Laissé à lui-même, Louvain encaissa le coup. Ses cuisses tremblaient, muscles tétanisés par les chocs de l'engin. Il recula, se rencogna dans l'ombre compacte du petit parvis, s'adossa au coin d'un pilier du porche, d'où il contrôlait la perspective. La pierre sentait l'odeur rance de cave, la moisissure et la fiente de pigeons. Il avait du mal à respirer, une oppression subite, n'avait peut-être inspiré ni expiré depuis qu'ils avaient roulé dans le sang, fait gicler sous les roues la flaque gluante, laissé derrière eux le massacre. C'était à des siècles-lumière, dans des ténèbres lointaines. Il tâta sa poitrine, trouva le renflement de son portefeuille, et sous l'aisselle la bosse de son browning. Ce n'était que réflexe machinal. Impuissant, privé de toute initiative, et dans cette ville, cette région inconnues, à pied, le fil qui le tenait à cet individu rompu par l'éloignement provisoire, un suspens de temps imprévisible, chaque seconde un retard sur il ne savait quoi. Il se représentait sans fard qu'il était dans la pire des situations. Et par-dessus le marché, l'orage éclata. Sans prévenir d'une ondée, d'un coup de tonnerre, l'averse s'abattit à seaux, drue et droite, bondissant sur le pavé en pente, liquéfiant la poussière grasse, dans la minute dévalant en ruisseau, puis en torrent furieux et lui, reculant encore pour s'abriter, éclaboussé jusqu'aux genoux par cette trombe dont le rideau brouillait la vue. Pas d'autre issue, d'abri. En face, une bâtisse haute aux fenêtres éteintes, porte barricadée de planches clouées, et l'enfilade ruisselante des murs tombant au bas de la rue. Un ou deux passants surgirent, rasant les murs, tête baissée et fuyant, le chapeau gorgé d'eau tiré sur la face, disparurent. Bientôt le courant rabattit son remous rageur contre les marches, inondant ses pieds. Un vieux vacillant, projeté vers lui, s'abattait sous le porche, et à plein bras s'emparait de lui, telle une épave résiste à la noyade. Brutal, exaspéré, il se défit de l'étreinte, prêt à cogner, au moment où surgissait une voiture qui les éblouit de ses phares, les éclaboussa ensemble, et comme emporté par le déplacement d'air le vieux se détacha, auréolé d'or sombra vers le fond de la rue, avalé par les paquets de pluie, le gouffre d'une venelle.

Apprends le goût du jour, goûte bien le goût qu'il a. Ce n'est plus gros pain craquant, soupe de poivron, figues juteuses de miel. Il n'y a plus de davantage ou de pas du tout, et j'en veux encore. Plus de schéma, de plan sur la comète, de réseau, circulations d'armes et d'argent. Tu veux quoi, la marche du progrès, le bien de l'humanité contre elle-même, sauver sa liberté, tu veux prendre une insolation d'avenir ? Tu veux tirer les ficelles du sale petit théâtre des marionnettes ? Tu veux crever la peau des salauds, des ordures, qui assassinent en rase campagne. Tu veux le pouvoir et donner la mort. Là-devant, c'est comme toujours la cataracte d'eau, un programme comme un autre. Marco ne revient pas, il va falloir envisager la suite immédiate. A ce moment, il vit, du haut de la rue, une cohorte arriver à la course, dominant le bruit de l'averse qui faiblissait, bruit sonore de leurs bottes et souliers ferrés, une masse confuse hérissée de bâtons ou de hampes, apparition médiévale de guerriers grossiers, et comprit en un instant. Ils entraient en bousculade, un détachement de *squadristi* en chemises noires prenait d'assaut le café. En quelques secondes des gens projetés à la rue fuyaient, débandés et criant. Il hésita une seconde, tenu par l'ordre de Marco de l'attendre, conseillé par une voix faible d'obéir, de ne pas bouger, mais en même temps bondissait sur la chaussée. Il trébucha, dérapa, heurta une marche du flanc, une décharge électrique au genou. Mais il se redressait, la nausée le soulevant, le déposant de l'autre côté du torrent boueux, de nouveau une voiture descendait la rue et il n'eut que le temps de se jeter contre le mur, dans l'écart perdit sa chaussure, et il s'élança en jurant, fonça, un pied nu, vers la porte éclairée du *Poliziano*, où l'on tirait un coup de feu. La détonation fit un bref silence, étrange, pendant lequel on n'entendit que la battue de la pluie, avant que ne reprennent le brouhaha, les chocs et les hurlements. Tandis qu'il se propulsait, ses forces décuplées, aveuglé par l'eau, ou de larmes de rage, il n'avait pour but à présent que la moto de Marco, la Guzzi garée contre le mur, une question de vie ou de mort. Mais au moment où il atteignait son but, Marco surgit sur le seuil, dans une auréole de fumée rousse poussant en rempart deux brutes agrippées à lui, déséquilibrées, qui s'étalaient sur la chaussée, et en même temps que lui, traversant la rue, il enfourchait la machine et la poussait à toute force des talons dans la pente, en roue libre, en quelques secondes ils étaient hors de vue.

Etienne ne sut comment ils avaient dévalé la ville, un labyrinthe de passages et ruelles en escaliers, lanternes et enseignes grinçant dans le vent, stoppé une minute au coin d'une place déserte pour lancer le moteur, et cette fois il n'était pas noyé, ils n'avaient pas à déposer le bouchon d'argent, religieusement, dans des graviers. Marco avait à la face une ecchymose bleuâtre, du sang à la lèvre.

— Je vous conduis à Florence, plus sûr. Train de nuit.

— Et vous ?

— Ici, c'est fini. Vous occupez pas de moi.

Ils fonçaient à présent sur une route noire, il ne pleuvait plus, l'orage était derrière eux, des éclairs dans les lointaines nuées nocturnes, la nuit derrière, la nuit devant, seule la trouée oblique du phare jaune trouant l'espace béant.

Dans les salons de l'hôtel *Excelsior*, une foule huppée se pressait sous les lustres autour d'Elsie Grauber, la reine du jour, une jeune beauté en robe de satin rose bonbon, courte à découvrir ses genoux gainés de soie rose, coiffée d'une couronne rose en plumes d'autruche, une pointe de broderie de strass rose tombant entre ses yeux bleus, poupée de sucre, poudrée de nacre, et radieuse, Miss Berlin 1933 ! Très entourée, elle minaudait et battait follement des cils, au faîte de sa neuve gloire, une obscure secrétaire du groupe de presse Ullstein. On était mal tombés, ce patron de presse juif, encore toléré… Elle qui se rendait tous les jours en autobus à la Schützenstrasse, soudain propulsée sous les feux, rayonnait du soleil de son avènement, Elsie par-ci, Elsie par-là. Un orchestre sous sapins entamait une valse viennoise perdue dans le brouhaha assourdissant, les hourras, le champagne coulait à flots, déversé d'un jéroboam sur une pyramide de verres, le serveur juché sur une échelle, éclaboussant de ses fontaines les convives qui en trépignaient de joie.

Répugnant spectacle, pensait Grubensteiger. Il détestait ces vulgarités, la débauche de bruit, la liesse des noceurs et ces cataractes de lumières qui blessaient sa vue. Reculé contre un pan de mur, à l'ombre relative d'un rideau, il observait le salon d'honneur de l'*Excelsior*, poutrelles de fonte et céramiques vernies, défiguré par le gala que donnaient le parti et les sponsors de l'opération, en pleine campagne électorale pour le renouvellement du Reichstag. Pendant les allocutions, on avait regroupé les invités d'honneur et leurs proches près des tables du buffet, patrons de presse amis, surtout celui du *Völkischer Beobachter* ; celui de la radio d'Etat, directement sous le contrôle du ministère de la Propagande ; quelques directeurs du textile, de l'électroménager, les grands magasins Karstadt, l'épouse d'un patron de la Metal IG Fargen, de séjour à Berlin… Cette Gertrud Dietrich, une névrosée, cernes bleus, regard apeuré ; elle a des soucis, qu'elle ravale, vaille que vaille. Aussi quelques artistes choisis du cinéma et des variétés, des éditeurs. En bref, un échantillon représentatif de l'industrie, du commerce et des arts, mais les civils se perdaient dans les uniformes, la foule noire et brune des gradés, dignitaires SA et SS, d'un saisissant effet martial, tout ce monde détendu, enchanté, se congratulant. De toutes les têtes, dépassait celle de Heydrich, récent *Standartenführer*, le cerveau de Himmler, notre blond escrimeur de première, en délégation officielle ? Grubensteiger soupira. En fallait-il des déploiements d'uniformes, de robes du soir et de bijoux, cigares, de victuailles, d'alcool et de paillettes, pour mettre la viande d'une dinde dodue sous les micros et les caméras ! Juste pour lui faire accoucher quelques borborygmes de vanité, niaiseries et roucoulades qui passeraient aux actualités du dimanche, dans toutes les salles de cinéma. Du levier sentimental, hisser la masse à l'idéal nationaliste. Rien que la publicité sur cette cruche, extraite de son médiocre anonymat et sacrée reine d'un jour, subjugue les foules accrochées à leur radio : demain matin, ils se prendront tous pour Elsie Grauber, ils voteront NSDAP. La radio, une arme de guerre. Depuis que Joseph a exigé des industriels qu'ils baissent le prix des postes de TSF, il y a un VE 301 dans chaque foyer, audition obligatoire des programmes d'Etat…

Mais voilà que bondissait sur la scène une troupe de gamines enjouées à tresses blondes. En jupettes, un épi aux dents, elles levaient la jambe de concert, culottes à fanfreluches, belles cuisses, filles saines. Du foin dans les cheveux, elles arrivent de la ferme, ou d'une auberge de jeunesse, leurs mères étaient déjà adeptes du Wandervogel, exercice et grand air, la santé au soleil, c'est bon pour le moral du peuple, la fibre rurale… Qui y croit parmi ceux-là, dont les faces ruissellent de sueur sous les mille ampoules électriques ? La clique bottée, uniformes sanglés, képi sur le coude et main au ceinturon ; civils bombant l'épigastre sous le plastron blanc, et les femmes languides, tête petite crantée au fer, bruissant dans la soie… Celle-là, hommasse, fume-cigarette en or, une critique en vue, amie de Herbert Jehring, le pilier du *Berliner Börsen-Courier*, il se tient près d'elle, ce malin sent le vent tourner, passé en vitesse au populisme, un tenant farouche de l'aryanité. Il salue la célèbre danseuse Ilse Ardent, décolletée jusqu'au nombril, sa poitrine flasque, décatie, les joues hâves, elle abuse de la cocaïne… Lil Dagover ? Non, ce n'est pas elle ; un ersatz… Le dirigeant de la radiodiffusion, derrière ses techniciens… Il les refoule : suffit les interviews de la Miss, on ne va pas gâcher davantage de pellicule. Il vient de reconnaître Gottfried Benn, salutations et félicitations, embrassades. Un poète fameux. L'œil globuleux, massif, sa mâchoire bovine… On ne croirait pas, mais de ces êtres-là sourd la poésie la plus pure, féminine, évanescence et sensibilité. Il pète dans sa redingote, louée ou quoi ? Et l'acteur Gründgens, séduit par les enfants Mann, leur complice en théâtre dégénéré, époux d'Erika mais on dit qu'il l'a quittée, ou elle le quitte, toujours en voyage, une juive, errante forcément. Un rallié récent, comme eux tous à présent, encartés à la Chambre nationale de la culture, obligatoire aux artistes et rédacteurs. Qui d'eux s'enthousiasme vraiment de ce grand barnum ? Capables, figurants, de se prendre à y croire, l'autosuggestion de masse…

Grubensteiger ne décolérait pas, son ire refroidie, une glace intérieure rafraîchissante : il fallait se traîner là, endurer ce cirque, parce que, à la chancellerie, impossible de croiser Goebbels aujourd'hui, pas encore rentré de Dresde, son train retardé. Il passerait ce soir, il prendrait la parole. Brièvement, disait son secrétaire, un pince-sans-rire sans doute. Bref, Goebbels ? Il voulait voir ça. Et se montrer à lui, lui signifier uniquement du regard que deux rendez-vous successifs manqués, c'était deux de trop. Mais voilà que notre égérie fait son entrée, notre divine Riefenstahl éclipse toutes les beautés ! Notre Junta de *La Lumière bleue* ! La fille de cristal dans sa grotte des Dolomites, kitsch et niaiserie, un navet épatant. Notre Führer en est fou. Cinéaste officielle, elle aura pleins pouvoirs pour son prochain film, trente caméras, une armée d'opérateurs, le stade, les athlètes, muscles en saillie, l'œil sur l'horizon. L'animal moderne, l'homme nouveau ! Ah, Leni, vraiment, tu nous changes des canailles… L'an dernier, Fritz Lang nous narguait encore, dans des soirées de ce genre. Ce juif converti, Viennois morbide, suffisant, son bandeau sur l'œil. Un accident sur le tournage de *Metropolis* : nullement borgne de guerre, comme d'aucuns le prétendent. Il a ruiné l'Ufa avec ces décors futuristes, Brigitte Helm en danseuse nue, pasionaria du prolétariat. Et son robot, un culot !… Aux studios Staaken, un directeur s'était quand même opposé à *Mörder unter uns*, de la provocation : les assassins sont parmi nous !… Ils étaient plutôt dans son film : ses acteurs, des repris de justice, des criminels recrutés à leur sortie de prison. La pourriture de Weimar. En mars, la commission de censure a interdit son *Mabuse*. Il était temps que Joseph mette de l'ordre…

Les numéros se succédaient, une escouade d'ouvriers en salopette de soie cliquetant des clés à molette, des montagnards en culottes de cuir iodlant, lahilahila, laborieux simulacre de revues, des amateurs. Mais Goebbels, *Gauleiter* de Berlin, assurait la promotion de ses jeunes militants de quartiers, à vrai dire plus vaillants propagandistes que doués pour le folklore. Il faut savoir flatter, ne rien négliger. Joseph s'y entend. L'esprit vif, la main lourde. En mars, d'un seul décret, suspendus *Jena Volk* et la *Rheinische* des socialistes, *Vorwärts* dans la foulée, et la *Rote Fahne* des communistes, toutes libertés annulées, d'opinion, de presse, de réunion, secret postal, téléphone et télégraphe ; partis interdits. Autorisées les perquisitions et saisies. place nette. Après ça, flambées de livres, une apothéose. Un stratège inné, sa passion pour Hitler décuple son génie. De ces êtres déficitaires, nombreux, qui faillissent à être leur propre maître, ils ont besoin de s'en donner un pour se dépasser. Même un moins bon que soi. Un qui croit dur comme fer qu'il en est un, voilà la trouvaille. Celui-là, Hitler, ne vaut pas plus que les autres, médiocre. Il a juste le don, proprement divin, ma parole, de révéler les gens à eux-mêmes. Vénération collective.

Grubensteiger connaissait Joseph Goebbels comme sa poche, un vieil ami. Si l'on peut dire. Je n'ai pas d'ami. Cela datait de 1922, leur rencontre fortuite, sur un banc d'hôpital, à Heidelberg, couloir carrelé de jaune, déprimant. A force d'attendre, on fait connaissance. Au département d'orthopédie, ils patientaient à la consultation. Des patients, c'est le cas de le dire : des heures dans l'odeur d'éther, de sanie. Joseph et son pied bot, des opérations inutiles, il s'acharnait, souffreteux et furieux, sans le sou, dispensaire public. Et lui, trois côtes en moins, une quatrième à scier, dégâts secondaires de vieille blessure. Les autres passaient devant eux, mutilés de guerre prioritaires, gratuité. Eux deux n'en étaient pas, Joseph réformé, et lui… Il avait fait sa guerre autrement, hôpitaux, sanatoriums de Trieste, d'Autriche, et puis employé à Heidelberg aux archives ; il végétait. Comme Joseph. Mais la maigreur de ce garçon, phénoménale ! Sans buste, sans épaules, un nabot, contrefait par son boitement. L'idéal aryen, absolument. Il ne perdait pas un pouce de sa taille, profitait de sa chaussure compensée pour hausser l'autre d'une semelle, héron là-dessus, aigre échassier. Alors, le docteur en philosophie était plutôt piteux, teint de bile, intellectuel de province sans appuis, enchaîné par indigence au domicile familial, petits employés, pour rogner son quignon de pain, affamé de tables mieux servies. Ils n'avaient pas sympathisé, ces endroits sont ingrats, juste échangé de quoi se renifler, s'estimer de même espèce. Au secrétariat des frères Strasser, Joseph avait été à bonne école, avant de liquider sans état d'âme cette aile gauche du NSDAP, ses mentors idéologues dévoyés, racailles. Ses ailes de héron chétif enfin déployées, d'un coup de bec, il leur avait crevé les yeux. Son seul principe : sa volonté de puissance, implacable, net et pur. Depuis, ils ne s'étaient jamais perdu de vue,

Grubensteiger trop utile, trop fin serpent, se glissant dans les interstices, là où il faut colmater les fuites, repérer les colonies de cancrelats qui s'insinuent, cloportes, vermine. Les coins où personne ne va mettre son nez. Vous devenez indispensable, vous en savez trop sur les malfaçons et les vices cachés. Mais les secrets que vous détenez, les services que vous rendez, ne doivent pas faire d'eux vos obligés. Il ne faut jamais obliger, cela fait les mauvais payeurs, et de vous un gêneur. Surtout n'endettez pas l'autre, il vous en voudra. Ne rien demander, là est le vrai pouvoir. Pour ça, il faut être riche, doubler son crédit en empruntant ailleurs ; toucher des traites sur d'autres comptes vous laisse la main libre pour donner sans contrepartie, dispendieux. Une économie que Joseph entendrait si Grubensteiger daignait la lui suggérer, mais lancé comme il est, au faîte de sa puissance, il pense qu'il roule tout seul. Voilà où il boite pour de bon. Il est ivre. Ivre et givré. Puceau, il expérimente le sexe, ses petites femmes des loges de théâtre, une rage. Chiche que Miss Berlin l'allume, avec ses jambons roses et ses yeux bleus. Et ses Mercedes-Benz, chaque dernier modèle livré à sa porte, il bande rien qu'à caresser leur capot. Satanique antisémite, drogué à sa haine du juif, chacun le favori qui vous justifie. Sa dépendance majeure : si le juif n'existait pas, il l'inventerait. Au fond, il adore le juif, son bon démon, une providence. Cette machine froide a besoin de toxiques puissants, pas un gramme de graisse, rachitique, il brûle au carburant explosif. Je le connais. Il n'a aucune cuirasse, pas d'arrière-pensée, monolithe ; mais le roc, ça casse. Il finira cassé, trop d'addictions violentes. Moi, de son espèce, mais subtil. Fluide, plastique, aussi contrefait que lui j'ai une souplesse infinie, soluble, flexible, couleur muraille, gris sur gris, je n'ai pas d'ombre, je suis l'ombre de quiconque. L'ombre résiste à la raison, les meilleurs géomètres s'y sont cassé les dents. Même dans ce palace, je suis invisible : il y a trop de lumières. Les ombres portées partent en tous sens, elles s'annulent de trop de sources, je suis très bien contre ce mur, couleur muraille. Joseph s'expose, il est génial dans l'exposition. Chacun son domaine. Sur les estrades, un possédé. Une fois, il m'a dit : "Regardez là-haut, dans le ciel, ces nuages blancs, ils sont en forme de croix gammée." Un signe du destin, pardi !

Alors cette petite Gertrud Dietrich a des ennuis ? Depuis qu'on a mis dans son lit un jeune juif, photos lubriques à l'appui, elle ne sait plus où donner du sein. En voilà un scandale : son mari apprend qu'elle fraie intimement avec cette vermine, cela peut vous foutre des carrières en l'air. S'il veut garder son poste, il lui faudra être éloquent au conseil d'administration de l'IG Farben. Il va filer doux, et faire payer le petit chantage à l'amiable à son épouse. On se paie sur la bête qu'on a sous la main. Raison pour laquelle Mme Dietrich se tient bien, ce soir, impeccable. Voilà un petit service gratuit, pour lequel Grubensteiger ne demande aucun pourboire. Il faut bien avoir barre sur ces industriels... En novembre 32, pendant la grève des transports à Berlin, il a fallu s'allier avec les communistes, exaspérer la crise pour obtenir des banquiers et industriels, ces nationalistes mous, qu'ils nomment Hitler chancelier, de peur de pires désordres, leur terreur chronique. La peur est bonne conseillère, elle inspire à Herbert Dietrich de faire ce qu'on lui dit de faire. Sa Gertrud soigne désormais ses mélancolies avec qui on lui choisit : un homme de mérite. Il faut encourager nos troupes. L'élu a déjà entrepris son siège, il lui porte un verre de champagne, claque des talons, viril ; nos SS ont de la classe, quand même. Mais c'est Otto Zeisser qui s'y colle, en service commandé ! Ce Zeisser, il lui manque deux doigts, mais il a la main leste. A la chancellerie, à présent, il grimpe. Grimpe Gertrud, mon petit. C'est gagné d'avance, elle est cuite, ne te fatigue pas. Quoique ce genre de fatigue fasse partie de la gratification, papotage et mignotage. Le SS normal est sentimental. Quelques-uns, des psychopathes, mais il faut de tout pour faire un monde...

Soudain, un mouvement de foule refluait par ici, cris et pâmoisons, et alors bras tendus, comme un seul homme, *Heil Hitler* ! Les lustres en vibraient, Joseph Goebbels faisait son entrée. Il faut dire invisible, sa petite taille perdue parmi les géants, mais son passage se faisait par magie, autour de lui on s'écartait, derrière lui on se pressait, caméras en folie, crépitement de flashs, un délire. Hissé sur l'estrade d'une main secourable, il dominait enfin, sur fond de girls de banlieue, toutes frissonnantes d'approcher de si près, privilège de scène, le ministre de l'Information et de la Propagande. Où trouvait-il son accoutrement, quel tailleur malfaisant lui fabriquait-il ses costumes ? Camp de concentration : qu'il y apprenne à coudre. Et sa femme, sa belle épouse, à quoi pense-t-elle ? Veston à poches plaquées, trop long sur son buste court, ses épaules de criquet flottant là-dedans, revers de travers. Et la chemise, il a voyagé avec, deux tailles audessus, le col sous les oreilles, sa cravate une ficelle, un pantalon à grosses rayures. Sortez-le de là, transportez-le sur une arène de cirque, c'est Gugusse, le clou de la soirée. Mais voilà qu'il prend la parole, il harangue, et là, chapeau. Domptée, la foule se tait, trois cents personnes statufiées, on boit à ses lèvres sublimes le petit-lait, le miel, l'hydromel, la nitroglycérine. Une voix pareille défie l'entendement, instrument infernal, passe de l'aigreur étranglée, couac et fausses notes, au velours enrubanné, de l'aboiement bref, hoquets, au chant grégorien, dans les basses, les aigus, son registre a une amplitude de diva, à peine s'il respire. Cette cage thoracique étique, une soufflerie de forge, Vulcain fulminant, Faust rajeuni, Siegfried, Odin, il est tout à la fois. Sa tête, son nez en couteau, sa bouche sans lèvres, un charme fou. Et sa gesticulation, fascinante. De quoi parle-t-il, voyons, tendons l'oreille ? Pas d'exorde, il avance à la prosopopée et à l'oxymore, inspiré dans l'hyperbole, s'envole à la gradation, tant pis pour l'amphigouri, la chute est cinglante. Deux périodes enflammées, périphrases, et coup sur coup, une antiphrase ironique qui soulève l'enthousiasme, on a tous compris : les juifs sont des rats. On a tous compris : un seul Dieu, mon Führer.

Il me fatigue. Ces gens me fatiguent, la rhétorique de bazar les subjugue, crétins. Je suis fatigué, je rentre. Debout depuis plus d'une heure, mon dos me torture, je ne vais pas dormir de la nuit, saloperie. La dernière fois, Julia m'a raccompagné en taxi à l'hôtel, s'est occupée de tout, commander mon plateau, tisane de verveine, mes gouttes de codéine ne suffisent plus, elle m'a fait elle-même ma piqûre de morphine. Elle se figure que j'en suis là. Que depuis la première injection qu'elle m'a offerte, à Paris, je ne peux plus m'en passer. Maternelle, connivente, bienveillante chérie. Tu as des rêves dangereux, Julia, je les lis à travers toi. La seule femme qui m'ait servi sans rêve, sans connivence ni bienveillance maternelle, juste par amour de Dieu, c'est la petite sœur Mélanie. Comme elle a couru à Trieste, de toutes ses jupes, cornette au vent !... Elle priait pour moi. C'est que j'étais en sale état, j'allais passer l'arme à gauche, nom de Dieu. Même mes jurons, elle les bénissait, une sainte femme. J'ai eu du mal à me séparer d'elle. Il fallait bien, Julia. Je me sépare des gens s'ils encombrent ma route. Fais attention à toi, chérie. Ce n'est pas parce que tu m'offres Lange sur un plateau que tu gagnes le paradis. Celui-là a plus d'une identité dans son sac, tu ne les connais pas toutes. Les gens à identités multiples, je demande à voir, je suis un expert. Par exemple, cette Magda ex-Quandt, épouse Goebbels, *alias* Behrend par sa mère, *alias* Friedländer par son père adoptif, *alias* Ritschel par le géniteur, reconnaissance tardive, a frôlé Arlosoroff avec son amant, un Russe à surveiller ; elle flirte avec Hitler, elle plaît. Et comment qu'elle a mis Joseph dans sa poche ! Intrigante, elle se fait nommer secrétaire aux archives, son bureau en face du *Gauleiter* de Berlin, huit jours après dans son lit, maintenant elle pond. Flancs féconds. Intelligente, très, et cultivée, égoïste, il faut ; arriviste, fanatique de tout et n'importe quoi, Jésus, Bouddha, Hitler, d'elle surtout. A surveiller. Je suis fatigué, bonsoir. Demain, je ferai porter un pli à la chancellerie, passons par-dessus Joseph, parlons à Dieu. Il s'achemina sans hâte vers la sortie. Il était bien le seul à pouvoir sortir en plein discours de Joseph Goebbels, sans qu'un soldat s'interpose. Une ombre.

Une fois dans le hall, un besoin pressant lui fit envisager sans plaisir de descendre aux lavabos de l'hôtel. Pas un chat pour s'enquérir, ils étaient tous massés aux portes, à suivre l'événement, réceptionniste, liftiers, soubrettes comprises. Il descendit l'escalier, fonte et céramiques, souffle court, son dos martyrisé, de méchante humeur en arrivant en bas. Le gros bonhomme pipi piquait un somme sur sa chaise, il ronflait, sa serviette sur le genou. Rouflaquettes du temps de Bismarck, son costume fripé, à côté du seau et de la serpillière, ses attributs professionnels. Dégageant une odeur de citronnelle à tourner de l'œil. Il le réveilla d'un pinçon cruel à l'oreille. Debout d'un bond, au garde-à-vous, effaré.

— Alors, on dort pendant le discours du ministre Goebbels ?

Il balbutiait, éperdu, en bavait de confusion.

— Repos. C'est bon pour une fois, lâcha Grubensteiger, magnanime.

Le temps qu'il se soulageait, il entendait le gardien des W.-C. astiquer à grands coups de balai, ahanant, cognant le seau, quelle énergie sanitaire !

— Vous ne vous ennuyez pas un peu, au sous-sol ? demanda-t-il, en s'essuyant les mains, dévisageant au miroir, derrière lui, la face rubiconde du vieux, yeux exorbités.

— Je n'ai pas toujours été à ce service. Depuis trois semaines. Avant, j'étais portier de l'hôtel, en haut. Je portais la livrée.

— Sans blague ? Comment avez-vous pu choisir ce poste ? Pour roupiller, hein ? Pour tirer au flanc ? Sacré malin de planqué !

Grubensteiger lâcha la serviette, comme par maladresse, elle chut à ses pieds. Le vieux se précipita pour la ramasser.

— Je suis trop vieux. On ne veut plus de moi, là-haut…

Il en avait des larmes au bord des paupières fripées, cernées de rouge, dégoûtant.

— Quelle idée de vieillir, aussi ? A-t-on idée de se laisser aller comme ça… Bonne nuit Mister Pipi…

Et il regrimpa l'escalier, ragaillardi. Dans le grand salon, Joseph continuait sur sa lancée, ils en avaient bien pour une heure, le ministre serait bref. Personne pour lui pousser le tambour, mais, sur le seuil, il y avait un portier, raide, en grand uniforme rouge à brandebourgs, casquette vernie, Excelsior en or. Il n'y a plus que des hôtels à Berlin. Plus de palais comme à Paris, à Rome, à Vienne. Les aristocrates n'ont jamais vécu à Berlin, ils restent dans leurs provinces. Leurs plus belles résidences berlinoises ont été détruites pour faire des palaces clinquants, nouveaux riches. Celui des Reder, rasé pour construire l'*Adlon.* Le Reichstag sur le terrain du palais Raczynski. Même les princes Pless et Henckel-Donnersmarck préfèrent descendre à l'hôtel, luxe frelaté, les valeurs se bradent, fin de race. Place aux nouveaux seigneurs.

— Belle livrée. Vous êtes content ?

Le jeunot arrogant ne broncha pas, menton impassible. Mais ça lui pend au nez, lui aussi. Devenir le dernier des hommes, pleurer dans les lavabos de l'hôtel, un jour ou l'autre, quand on lui confisquera sa livrée. Déshabillez les hommes, mettez-les nus, qu'est-ce qui reste ? Il renonça à quémander un taxi au larbin, il allait à trois rues de là. Sur la chaussée, les voitures officielles attendaient, chauffeurs, plantons de la soldatesque en train de fumer, gardes du corps, gardes de la dernière Mercedes-Benz de Joseph. Enlevez-lui sa voiture, enlevez-lui son Führer… Il s'éloigna, l'air de la nuit lui faisait du bien, secousses froides sur la face. Dans la rue noire, la chaussée luisait. Tandis qu'il s'enfonçait dans l'obscurité, l'ombre de Grubensteiger s'allongeait, gigantesque, sur les murs une figure longue et déchirée, oreilles pointues et ses doigts crochus de vampire étendus vers le ciel, une fantasmagorie de la nuit.

XI

Lentement, le long du chemin traversant la prairie, ils diminuèrent à la vue, leurs silhouettes en file indienne, lui ouvrant la marche, front nu, la femme suivait, portant sur son dos le plus petit, quatre ans, ses jambes autour de la taille de sa mère, ses bras menus en écharpe à son cou de bête de somme, qui aime son fardeau d'enfant. Il dressait sa tête d'oiseau en vigie pour voir la nuque haute de son père ; les deux autres venaient derrière, la fille et le garçon déjà grand, le chien dans les mollets, qui devançait ou s'égarait, s'attardait à renifler une motte, rattrapait le groupe, trottinait sur les talons de la vieille claudiquant sur sa canne, toute noire, enveloppée de noir, se hâtant pour fermer la cohorte. Cette année, le vieux n'était pas venu, cloué au lit par la bronchite. Leurs têtes dansèrent encore, une à une, au-dessus de la haie d'églantines que l'automne dépouillait, une frise en ombre chinoise sur l'orée brumeuse du bois, une à une disparurent ; ils sont partis. Ils vont suivre le chemin de la combe qui descend jusqu'aux Armand, à la ferme où ils vivent, une famille.

A la mort de Renaud, c'était si grand désespoir, leur fils unique, tombé au front. Il avait fallu louer un ouvrier, des bras pour remplacer sans délai le mort à la terre ; un de l'Assistance publique, réformé parce que rachitique. Il ne restait que de ceux-là, on n'avait pas le choix des hommes, la guerre faisait le sien. Mais, à la table des Armand, il s'était refait une santé, brave et dur à la tâche, sans compter sa dépense, comme s'il voulait se faire pardonner d'être à la place de l'autre ; il s'était acclimaté. Comment, un matin, la vieille Armand lui donnait-elle la culotte en gros velours de son garçon, sa chemise du dimanche, et son lit ? Comment le père lui offrait-il une montre suisse, achetée chez l'horloger du bourg, pour ses vingt-cinq ans ? A l'armistice, Gaston avait pris femme, une jeune blanchisseuse veuve avec son orphelin, et ils avaient eu deux enfants de plus. La ferme s'emplissait de cris, des couches séchaient sur les cordes, par jeu on juchait l'aîné sur le cheval de trait, la petite fille rentrait les vaches. Le petit dernier se vautrait dans le foin, il courait après le chat, se barbouillait à l'auge du cochon, et les vieux parents riaient de ce remue-ménage, éblouis de la descendance qui leur était échue par le retournement du malheur. Au Mesnil, on connaissait l'histoire simple et très susceptible de cette adoption, dont le secret résidait en mille silences et non-dits de mort, qu'enferment les murs, cette fortune des pauvres qui tient à la science de savoir regarder voler les mouches, se contenter qu'elles se posent au bord du compotier. Laisser le gros soleil rouge disparaître derrière les bois, à travers la dentelle des branches d'hiver, patience, les bourgeons viendront, et fermer sa porte au givre de la cour. A l'intérieur, du coin du feu où elle campait, regardant sa bru en tablier propre tourner la soupe sur la cuisinière, et sous la lampe Gaston couper le gros pain au bord de la table mise, dans sa paume ramasser soigneusement les miettes qu'on réserve pour les poules, la mère Armand disait en extase : "oui, mon fils, oui, ma fille", et elle chuchotait "petiot, petiot" derrière l'oreille menue, sous les cheveux de soie du bébé chancelant entre ses genoux, fourrait son nez dans cette chaleur de pomme douce, à s'en chavirer le cœur de satiété. Ils venaient au Mesnil en ambassade, saluer les maîtres quand ils arrivaient, et quand ils partaient, une cérémonie dans la cuisine où ils restaient debout, les enfants très sages, levant les yeux ébahis vers les poutres et la belle suspension de cuivre ; le chien à la porte. Ils ne venaient chercher rien, que la salutation, pour la pérennité du fermage et la paix du contrat. Pour le Premier de l'an, Mme Mathilde les recevait au salon, elle commandait qu'il y eût une pièce d'argent d'étrenne donnée à chaque enfant. Au cimetière, il n'y avait pas de tombe pour Renaud, porté disparu vers Mons, seulement son nom gravé dans la pierre du monument aux morts, parmi ceux des trente-huit jeunes hommes du canton du Mesnil, tombés au champ d'honneur. Dans la chambre des parents, aux Armand, sa croix de guerre à titre posthume était au fond d'un tiroir, elle avait son plomb d'amertume ; deux photographies de lui au mur. L'une prise au service militaire, à Amiens, devant une toile peinte de montagnes, il n'en a jamais vu de sa vie. Il tient son Lebel au flanc avec la baïonnette au canon, on le reconnaît à peine, il ne sourit pas. L'autre était frontale et joyeuse, son front large, ses cheveux drus, une cocarde de fiançailles à son revers. Mais on voyait que cette photo avait été découpée aux ciseaux en son milieu, parce qu'une main délicate restait passée à son bras, venue de nulle part s'accrocher là, sectionnée. Cette main avait une vie bouleversante, paume légère, ouverte en corolle, et l'on aurait dit que ce n'était pas lui le mort, dont le cadavre déchiqueté avait fini de se décomposer, quelque part enfoui dans la terre du Hainaut belge, mais celle à qui avait appartenu cette main exilée.

Le pré était désert à présent, la houle rase du vent agitant l'herbe grise, et de longs nuages roses s'effilochaient dans le bleu pâle du soir. Gabrielle quitta la fenêtre de la bibliothèque où elle se tenait, croisa frileusement sa veste. Il ne faisait pas froid, le temps restait à la douceur de l'arrière-saison, après un épisode de pluie qui avait ravivé la campagne. Mais souvent ici, elle avait froid, sans raison. Jusque-là, c'étaient toujours des séjours brefs, quinze jours ou trois semaines, mais cette année, pour la première fois depuis quinze ans, ils restaient longtemps, des mois, le temps de ce congé sabbatique qu'obtenait Pierre. Une installation durable, leurs malles nombreuses défaites et rangées au grenier comme s'ils revenaient d'un long voyage, enfin vivre où ils devaient vivre, n'avaient jamais vécu. Ils n'avaient jamais trouvé, ni cherché la maison qu'au mois de juillet 1914 ils se promettaient pour loger leur amour, ruine avant même d'être rêvée, avant d'avoir compris la bonté du bonheur, plus forte que les horreurs du monde, le pardon des arbres, d'un jardin. La guerre hait les maisons, les murs et les chambres, elle hait les amants, les époux, les enfants, où veux-tu que je t'attende, dans quel endroit du monde serai-je en attente de toi qui ne sais quand tu reviendras, qui mens sur ton retour ? Il n'y a plus de chambres, plus de murs, tu ne peux plus rien promettre, ne promets pas, cette boue est atroce aux chemins détrempés, et partout à la ronde on ouvre des tombeaux... Leur foyer était-il à New York, sur les hauts de Brooklyn, la belle maison victorienne que tenait la fidèle Mme Baxter, où avait grandi Camille, où était né Théo ? Si charmante demeure, ses bow-windows donnant sur le jardin de ville, où ils recevaient amis et visiteurs de passage, cet endroit était-il d'ancrage réel, ou bien le succédané d'une autre vie, jamais vécue comme elle devait l'être, de la maison jamais habitée, qu'ils n'avaient jamais plus trouvée ni cherchée. Ils n'en avaient plus parlé, d'un accord tacite y renonçant, au point que chaque fois ils descendaient au Mesnil, plutôt qu'à la Chaussée-d'Antin, chez Mme Mathilde. Au Mesnil, en dépit de l'éloignement de Paris, ils étaient un peu chez eux, dans ces murs où ils s'étaient connus, de si étrange manière, et aimés, de si violent amour. Elle avait pourtant froid dans cette maison qui l'avait adoptée, où elle errait, froid dans la bibliothèque solitaire où elle avait trouvé refuge après le départ des Armand, et ailleurs aussi, dans le grand bureau où dorment les tableaux, dans la chambre qu'ils occupent, sur la façade, que l'ombre des grands cèdres bleuit, elle avait froid, et même devant la cheminée du salon où brûle une flambée, où elle rejoignait Pierre, à présent.

— Ils sont partis. La petite est si jolie, elle ressemble à son père. Son port de tête est d'une princesse. Mais elle est friponne...

Pierre acquiesçait, distrait. Rejeté au fond de la bergère, ses jambes croisées, accoudé et mains jointes devant ses lèvres, il contemplait le feu. Il avait toujours contemplé le feu avec cette intensité étonnée, cette sorte de songerie pénétrante devant les convulsions voraces des flammes. Y voyait-il toujours brûler les pages d'un cahier maudit, les pages d'une histoire, de si loin venue, qui écrivait sa jeunesse à l'encre de sang ? Gabrielle posa sa canne contre le fauteuil, tendit ses mains à la flambée, réprimant un frisson des épaules.

— Camille est dans sa chambre. Elle n'ouvre pas sa porte. Elle répond qu'elle réfléchit. Qu'on la laisse réfléchir... Vous devriez monter la voir. A vous, elle ouvrira.

— Viens, dit-il, tendant sa main à l'aveugle vers elle.

Il la tirait à lui, enlaçait sa taille et l'asseyait sur ses genoux, refermait ses bras sur elle, et un instant elle s'abandonna à cette étreinte, à la chaleur de sa poitrine, à son odeur familière, si lâchement privée de forces qu'elle en gémissait en pensée.

— Laissons-la réfléchir. Je lui parlerai ensuite. Tu as froid...

Son menton appuyé sur son front, et ses mains à son flanc, il l'enveloppait de tendresse, réveillant la toujours neuve émotion de leur intimité amoureuse, l'éclosion de beauté douloureuse que leurs corps connaissaient.

— Ne te tourmente pas, disait-il dans ses cheveux. Cela devait arriver. Cela est arrivé, et si nous n'avons pas choisi le moment, par notre faute sans doute, nous avons fait en sorte pour qu'il nous choisisse, peut-être le fallait-il... Quand nous sommes-nous trouvés ensemble, ici, avec elle assez longtemps pour que tout de notre vie s'y rencontre et réclame d'être dit ?...

— Dora me conseillait le silence... Le silence encore...

— Dora avait raison pour elle, mais elle n'est pas Camille.

Cela était tombé comme foudre ce matin, au milieu de mille choses préoccupantes, qui, en regard, paraissaient à présent dérisoires. M. Paquin, envoyé par Mme Mathilde, arrivait à la gare, au train de onze heures. Victor devait aller l'y chercher avec la voiture, mais il se trouvait que le garde-chasse attendait un éleveur de Genilly, qui avait tardé à emmener ses chiens dans sa bétaillère. Toutes affaires cessantes, il fallait les apprivoiser à la cour, leur faire sentir l'écurie et la sellerie, bien apprendre leurs noms et les flatter un à un, bouchonner leurs oreilles, tapoter leur croupe, les accoutumer au chenil, pour qu'ils ne pleurent ni ne s'échappent, et qu'ils prennent un repas en présence de leur maître avant son départ. Cinq belles bêtes, deux springers, des leveurs vifs et sanguins, robe blanche à marques de feu, et trois labradors, bons rapporteurs, mémoire visuelle imparable, mâchoire puissante, poitrine large, chocolat. Meyer avait connaissance de leurs soins, étrillage et brossage, leur nourriture et leurs mœurs, mais il écoutait patiemment les recommandations du maître-chien, un homme court sur jambes et roux carotte, qui faisait l'important, très plein de son sujet, très flatté de louer de son élevage chez Mme Mathilde, curieux surtout d'apprendre des détails de cette chasse annoncée pour la fin de la semaine, un événement dans le pays. Victor ne pouvait le laisser en plan. Du coup, il avait fallu envoyer Casimir à la gare, or le jardinier n'avait pas l'habitude de la voiture, son permis, bien sûr, passé au régiment, mais Victor hésitait à le laisser partir, retenu pourtant par cette affaire, et il expliquait en hâte au garçon l'art et la manière de cette automobile, comme si Casimir devait partir en expédition dans la savane. Au milieu de quoi, Mauranne protestait que Mme Victor la jeune tenait la liste des commandes sans en référer à elle, qu'elle avait maints articles en défaut à la réserve, et qu'il fallait la compléter avant de téléphoner à la grande épicerie du bourg, à la boucherie et à la crémerie ; que ce serait temps perdu, embarras sans fin de faire trente-six listes. Que nourrir vingt personnes elle savait mieux que quiconque ici ce que cela signifiait, et qu'elle était maîtresse de ses fourneaux et de sa cuisine, et de son garde-manger ; et aussi que, pour les denrées spéciales, elle avait ses pratiques personnelles à Paris, auxquelles tenait Mme Mathilde : qu'on la laisse faire sa liste seule, sans quoi, elle rendait son tablier. On avait beau être habitué aux coups d'éclat de la cuisinière, à sa vieille acrimonie contre la seconde Mme Victor, qui, à ses yeux, n'avait jamais mérité ni conquis son droit de représentation sur elle, ses cris du matin résonnant dans la maison avaient obligé Gabrielle à intervenir dans la dispute.

Or le facteur venait d'apporter le courrier, parmi lequel une grosse enveloppe de New York pour elle, dont elle prenait connaissance dans le bureau : des nouvelles de l'école qu'elle avait fondée, au début des années vingt. D'abord une dizaine de jeunes filles de Brooklyn, plus ou moins illettrées, polonaises, russes et hongroises qui, après avoir passé la sélection d'Ellis Island, devenue draconienne depuis la loi Johnson-Reed sur les quotas d'immigration, traînaient à la rue, en proie au chômage et à la misère, c'était pitié ; et révoltant. Elle avait eu l'idée d'encourager leur apprentissage de l'américain, tout en perfectionnant leur langue d'origine, une chance que le bilinguisme : le secrétariat et la traduction, un débouché sérieux et une chance d'intégration plus rapide. A cette école du soir, elle s'adonnait en pionnière inexpérimentée, sans plus de pédagogie que son inspiration et beaucoup de bonne volonté mais, en peu de temps, recrutant quelques professeurs dévoués, louant une maison de bois, mal chauffée, au bas de leur rue, cette école était devenue un vrai centre de formation, financé par les associations d'émigrés. A présent, près de cent élèves étaient installées dans une belle bâtisse que dirigeait diligemment M. Poliakoff, un Russe polyglotte, ancien précepteur d'un prince à Saint-Pétersbourg, qui menait cela à la baguette, intransigeant sur la tenue, maître en bonnes manières qui vous font estimer dans ces emplois. Dans la foulée, il s'était mis en tête, outre la sténo et la dactylographie, pour quoi il avait acquis un parc de machines à écrire d'occasion, d'enseigner la comptabilité à ces demoiselles. Gabrielle ne s'occupait plus que de l'administration, de démarcher pour faire valider le diplôme par l'Etat de New York, d'obtenir statut de fondation grâce aux dons privés, à quoi elle espérait enfin arriver, en juin, au moment où ils quittaient New York. Ce qui était acquis, M. Poliakoff le lui annonçait, les déclarations légales étaient déposées, restait à signer les documents, qu'il lui adressait.

Voilà à quoi elle s'absorbait, quand il lui avait fallu descendre arbitrer le litige à la cuisine, et presser Casimir de partir à la gare. Sur ces entrefaites, Camille avait paru à la porte, encore en pyjama, si pâle que Gabrielle avait cru un malheur arrivé. C'en était un, dont elle n'avait pas l'idée encore, mais en ce matin ensoleillé, l'effervescence de la maison était telle qu'elle n'avait pas pris le temps tout de suite de la rejoindre comme celle-ci le réclamait. Elle avait dû passer par l'écurie, saluer le maître-chien, admirer la meute qu'il installait au chenil et bavarder avec le vieux Meyer. Avec l'âge, sa blessure à la mâchoire était moins terrible, ou bien on s'y était habitué. Plus de vingt-cinq ans qu'il était palefrenier au Mesnil, avec Mauranne le dernier à avoir connu les temps anciens, leurs drames et leurs secrets, dépositaire de cette mémoire qui donne créance, et pourtant, avec une négligence bien imitée, il semblait qu'il ne se souvînt de rien, prenant avec dédain et bougonnerie les marques d'estime et d'affection. Au retour, il avait encore fallu s'assurer que la paix était revenue à l'office. Mauranne ayant eu gain de cause, Mme Victor ayant déclaré forfait, il fallait concéder à celle-ci, en compensation, d'entendre par le détail ses préparatifs pour les chambres nombreuses, la distribution du service qu'elle prévoyait entre les filles recrutées au village, que M. Paquin accueillerait lui-même après midi ; une autre question épineuse. D'évidence, forte de la concession qu'elle venait de faire, la gouvernante entendait circonscrire son territoire avant l'arrivée de celui-ci. De la discussion qu'elles avaient eue dans la buanderie, son royaume, à la lumière filtrée par les persiennes et parmi les belles piles de linges, draps frais et taies brodées, nappes et services de table damassés, torchons de lin, tout cet empilement immaculé embaumant la fleur d'oranger des repassages, il résultait que Mme Victor tentait de prendre Mme Galay en otage dans la nouvelle querelle qui s'annonçait. Acerbe, sanglée dans son tailleur gris en grosse serge, ses cheveux poivre et sel collés au front d'un peigne sévère, son col blanc piqué d'une maigre broche, elle dégageait une vindicte que Gabrielle tentait d'amadouer, prudente quant à ses revendications, se gardant bien d'empiéter sur les prérogatives de M. Paquin qui arrivait, serait là d'un moment à l'autre, et sa résistance à régler sur l'heure ces questions diplomatiques ne rencontrait que l'obstination rancunière de la gouvernante.

Gabrielle répugnait à ces questions d'intendance, il y avait tant de rivalités sourdes entre domestiques, de pouvoirs disputés au nom de l'usage, des préséances, et de contentieux mêlés à l'histoire de la demeure que la mort de Mme Victor avait laissée à ses guerres intestines… Du temps où elle débarquait au Mesnil, un soir d'automne 1913, c'étaient des gens qui avaient conclu entre eux un pacte d'alliance, telle une famille ils s'accordaient à vivre ensemble, avec la sagesse et la vieille intelligence paysannes, sous l'autorité incontestée d'une gouvernante sévère et bonne, dont les clés sonnaient clair à la ceinture. Mais sa fille, exilée de la Chaussée-d'Antin, était de la race citadine, de ces employés de maison jaloux d'une supériorité que la ville donnait sur les péquenauds, elle rageait de régresser à cette condition, pour elle infamante, et l'héritage de sa mère n'était pas facile à prendre. Y compris celui du nom des Victor, attribué d'office à leurs fille et gendre, que ce titre ne baptisait pas. Adrien s'y était fait sans sourciller, c'était plus aisé d'étendre son empire sur les terres et les bois, le fusil en bandoulière, d'arpenter le territoire en régisseur et garde-chasse, de nouer avec le voisinage des relations de bonne amitié en s'asseyant aux tables pour boire la goutte, d'entrer dans les affaires des uns et des autres, maître des propriétés. Il était bel homme dans son costume de velours, sournois, finassier, à ce degré où la confiance en soi et la ruse peuvent y ressembler. Régine avait eu plus de mal à conquérir sa place. Au vrai, elle y échouait, en butte à l'hostilité de Mauranne qui ne cédait pas d'un pouce, intraitable ; partageant avec Meyer l'avantage de son ancienneté. Amère d'avoir quitté la ville pour ce service qui la vexait, menacée dans sa féminité par les libertés que prenait Adrien dans ses tournées, à faire le joli cœur auprès des filles de paysans placées en ville, qui ne revenaient que trop souvent en visite, elle s'aigrissait, redoutée et moquée pour ses rancunes et sa prétention.

Si Gabrielle avait suivi de loin les nouvelles dispositions de la maison, ses séjours étaient trop brefs pour entrer dans ces luttes d'influence, mais depuis qu'ils étaient rentrés du séjour chez les Zeisser, depuis qu'ils vivaient au Mesnil, elle se trouvait aux prises avec cette situation, qu'elle n'avait pas imaginée, d'être tout naturellement désignée, en place de Mme Mathilde, pour arbitrer les problèmes de la maisonnée. Rôle ingrat qu'il fallait tenir bon gré mal gré, mais elle avait la tête ailleurs, aussi avait-elle mis un terme à l'entretien au sommet avec Régine, éludant lâchement sa conclusion, et rejoint enfin Camille à l'étage ; où elle ne l'avait pas trouvée. Elle n'était pas dans sa chambre, la petite chambre tendue de toile de Jouy bleue, qu'elle avait elle-même occupée autrefois, avec la niche de l'oratoire dans son coin, et le secrétaire sous la fenêtre, la vue sur le parc, ses frondaisons et l'arrondi de la colline lointaine, où l'on voyait à présent le toit de maisons neuves, poussées comme champignons. Camille y logeait, de la veille arrivée de Paris, par exception acceptant de passer quelques jours, et même, elle n'avait pas exclu de rester pour la chasse de sa grand-mère… Comme la jeune fille n'était pas non plus dans le cabinet de toilette, ni dans le grand bureau, Gabrielle avait appelé sur le palier, lançant son nom dans la cage d'escalier, alors Camille avait paru là-haut, penchée sur la rampe, et pas l'air de vouloir en bouger. Gabrielle s'était hissée jusqu'à elle, sans se plaindre que cette ascension lui coûtait, avec son genou raide, intriguée, inquiète de la mine altérée de Camille, son visage n'augurait rien de bon. Sortant des tracasseries domestiques, elle n'était pourtant guère d'humeur à affronter celle de la jeune fille, connaissant assez de quelles sautes elle était capable, ses révoltes, sa susceptibilité, son art de la fâcherie, d'ailleurs vite envolées, fondant en mélancolies, mais elle l'aimait telle, sa franchise et sa liberté, tout ce qu'elle était devenue depuis qu'enfant elle l'avait adoptée pour sa fille bien-aimée, tant aimée…

— Ma Millie, ma douce, me voilà !

Rarement elle lui redonnait ce petit nom, seulement dans les moments de gronderie ou de tendresse, mais ce matin Camille n'avait pas l'air de vouloir l'entendre. L'air buté des mauvais jours, elle campait bras croisés, ruminant sans doute sa demande expresse restée sans réponse.

— J'ai eu de la peine à m'en sortir : en bas, c'est une révolution. Je reçois les cahiers de doléances, tenta-t-elle de plaisanter…

Elles se trouvaient au carrefour du second palier. A cet étage, les plafonds étaient plus bas et les corridors plus étroits qu'au premier, partant vers les deux ailes de la maison et distribuant les chambres nombreuses, de longtemps fermées. En prévision des invités, Régine les avait fait aérer, encaustiquer : depuis une semaine, on entendait ronfler l'aspirateur et la cireuse électriques, Mme Mathilde était entichée des équipements modernes. On avait battu les tapis, déroulé les matelas, sur chaque lit attendaient les beaux draps glacés et les courtepointes ; on avait disposé quelque fauteuil ou causeuse, pour l'agrément des hôtes, et des cintres dans les armoires, les cabinets de toilette embaumaient de pastilles balsamiques, posées dans des coupelles. L'odeur de pin en circulait, avec celle de la térébenthine, rivalisant avec celle tenace, des endroits longtemps fermés, que la chaleur des radiateurs libérait.

— Que se passe-t-il, qu'as-tu ? Que fais-tu ici, dans les chambres ?

Elle ne faisait rien dans les chambres, elle était au grenier. Un escalier en colimaçon y menait, au bout d'un des corridors ; là-haut, on allait moins souvent encore, même les chambres de bonnes étaient désaffectées. Mauranne, qui y avait eu la sienne, logeait à présent en bas, un privilège en raison de son âge, dans un local aménagé pour les domestiques ; Meyer de même, longtemps installé au-dessus de l'écurie. Monter au grenier, Gabrielle en eut un frisson. Il y avait là-haut de mauvais souvenirs. Une nuit de fièvre et de peur, un vieux rebouteux y avait traîné ses guenilles malodorantes et de ses onguents exorcisé le mal qui dévorait Mauranne, à qui l'aveu affreux échappait des lèvres desséchées. Il y avait aussi une enfant violentée sous la soupente, un après-midi d'hiver… Gabrielle n'aimait pas cet endroit. Elle y suivit pourtant Camille, baissant la tête sous les poutres, évitant de frôler les murs où pendaient hardes et vieilles vanneries. Une lumière verdâtre tombait des lucarnes, leur vitre obscurcie de moisissures, vieilles coulées de pluie poissées de pollen.

Dans l'air anémié, de tiède torpeur, il y avait l'entassement hasardeux des combles, meubles ternis de patine et chaises dépaillées, bergères bancales, cadres désaxés, leurs peintures crevées, une grande cage à oiseaux en osier, malles de cuir brûlé, et piles de livres, paperasses, revues jaunies ; le temps accomplissait là l'œuvre lente de sa ruine. Sur le plancher nu, parmi les crottes de souris et la sciure tombée des solives, un coffre déversait son contenu de vieux jouets : voilà vers quoi la conduisait Camille. Elle semblait avoir passé là le long temps d'une fouille méthodique, traces de sac visibles, buffets aux tiroirs ouverts, nippes répandues.

— Que cherches-tu donc ici ? murmura Gabrielle, assaillie d'un pressentiment.

— Je cherche ma poupée chinoise. Je ne l'ai pas trouvée.

Sa poupée chinoise ? Interloquée, Gabrielle allait du coffre répandu au visage de la jeune fille qui contemplait, avec une hostilité manifeste, la famille des poupées de toutes tailles jetées en vrac, mannequins piteux, leurs robes fanées, leurs intenses yeux de verre et leur sourire pâle, et leurs mains, leurs innombrables petites mains mortes. Elle avait tout déballé, boîtes à musique, singe automate, danseuse en tutu sur sa pointe, un manège miniature et une lanterne magique, un boulier, et ses cahiers d'écriture, ses herbiers desséchés, bocaux remplis de coquilles d'escargots, de petits cailloux, brindilles, poussières…

— Ta poupée chinoise ? Seigneur, de quoi parles-tu ?… balbutia Gabrielle.

— Où est-elle ? Tu ne t'en souviens pas, évidemment… Moi non plus, je ne me rappelle pas quand je l'ai perdue, où je l'ai abandonnée… Voilà que j'ai décidé de la retrouver. Elle est forcément quelque part dans la maison. Elle devrait être là, puisque quelqu'un s'est avisé de ranger mes jouets, de monter au grenier ces nippes et ces objets. Nous ne pouvions pas tout emporter… Nous partions loin et pour longtemps, pour toujours, n'est-ce pas ?… Elle n'est pas dans ce coffre, ni ailleurs. Mystère et boule de gomme, mais je ne désespère pas. On cherche une chose, on en trouve une autre…

Résolue, mains aux hanches, son mince visage en fer de lance sous la frange, si sombrement belliqueuse que Gabrielle sentait s'effondrer en elle sa colère d'être montée jusque-là, et même sa répugnance aux souvenirs mauvais qu'elle y attachait. Un saisissement d'autre nature y faisait place, de stupeur somnolente, plus effrayante que l'émotion montée des vieux jouets, une froide angoisse vidait ses forces, elle chercha un fauteuil.

— Et ma couronne de plumes !… Est-elle amochée !… J'étais princesse indienne, paraît-il. Ainsi m'appelait mon oncle, non ?

Suffoquée par ce souvenir, Gabrielle prit la couronne que lui abandonnait Camille. A l'instant, se présente le soir de ce jour d'automne où Millie a porté fièrement la couronne fabriquée par Meyer avec les plumes du faisan, qu'offre Charles en trophée de chasse équivoque. Elles sont au piano dans l'obscurité du petit salon de musique et Pierre écoute, visiteur de la nuit… Assise par terre, un sourire en coin, la jeune fille guettait le visage de Gabrielle avec une acuité d'affamée. Dans son pyjama de satin, pieds nus, elle semblait démunie et fragile, mais son silence était de quelqu'un d'assuré qui ajuste son tir. Elle tira un paquet de cigarettes de sa poche, en alluma une.

— Ainsi, vois-tu, dit-elle avec une légèreté menaçante, j'ai violé impunément tiroirs et armoires. J'ai forcé les portes, les serrures. J'ai passé en revue les coins de la bibliothèque, des chambres, toute la journée d'hier. Ce matin, j'ai attaqué le grenier. J'aurais dû commencer par là, je manque de logique… Ne me dis pas que je suis une cambrioleuse. Je suis chez moi, ici. Le suis-je, oui ou non ?

— Tu le sais bien. Que ne m'as-tu demandé… Nous aurions cherché ensemble…

— Je cherche une poupée, et voilà sur quoi je tombe. Berlingots de Cauterets.

Elle tirait une boîte de fer brunie de rouille. Sa peinture écaillée évoquait encore les fraîches couleurs qui avaient pu décorer son couvercle, qu'elle fit sauter. D'évidence, elle en avait déjà passé en revue le contenu. Elle en tirait à poignées des liasses de papiers jaunis, en vrac.

— Devine qui est enfermé là-dedans, lampe d'Aladin ?

Gabrielle avait reconnu la boîte, le cœur glacé. Toujours les maisons gardent de ces boîtes, crêpes dentelles ou bonbons, parfois cartons à chaussures, ou à chapeau, pratiques pour entreposer les menus objets de la vie ordinaire qui peuvent servir et ne serviront plus. Boutons dépareillés, chapelets en verroterie, jarretelle de caoutchouc rose et canif ébréché, qu'a-t-il donc coupé, menus de mariage, récépissé sans objet, une aiguille encore enfilée de coton rouge, épingles de nourrice, toutes choses inutiles et déchues… On y trouve le vrac des photos, que l'album néglige, mauvaise mémoire. Ces boîtes sont cruelles et dangereuses. Un jour d'été, rue Buffon, Renée a eu celle-là sous la main ; boîte de berlingots, souvenir de voyage, cadeau de quelle voisine ; on ignore alors sa destination fatale. Elle y a rangé en hâte ces papiers. A Gabrielle, dévorée de remords au chevet de sa tante mourante, la vieille nourrice en léguait la garde. Il fallait jeter ces papiers, les jeter, les brûler comme Agota le voulait…

Oh Renée, cela ne devait pas finir ici, pas de cette manière ! Gabrielle arrachait la boîte des mains de Camille, la serrait violemment contre elle, une épave dans le maelström qui l'emportait, soulevait le faîte de la maison de vague géante, et ce n'était désespoir ni colère, ni révolte, non. Seulement le consentement à la fatalité de cette boîte de berlingots venue de la mort, tendue par sa main décharnée.

— Une biographie entière ! Regarde donc : livret de famille, acte de naissance, reconnaissance de paternité, pension à perpétuité, une rente ! C'est du hongrois, n'est-ce pas ? Un fils illégitime, quel roman ! Ses carnets scolaires, diplômes. Ingénieur. Lettres, cartes postales... La plupart à toi destinées, remarque bien. Il y a des photos. Une vraie archive.

Gabrielle ne regardait pas, elle fermait les yeux. Camille, impitoyable, reprenait la boîte de ses mains évanouies, indifférente à la rougeur sombre montée à ses joues, son front.

— Qui est Endre Luckácz ? Le fils de ta tante. Tu as donc un cousin ? Quel voyageur !... Que fait-il ici, dans notre grenier ?... Tu me dois une histoire, Gabrielle. Jamais je n'ai entendu parler de ce cousin. Il est beau, il porte beau, quelle allure ! Tu sais quoi ? Je n'aurais pas lu ces paperasses, je l'aurais reconnu. Un air de famille, comme qui dirait...

Il y avait dans son ironie une vindicte accablante, méchante, sous laquelle beaucoup de rancune et de colère, proportionnées à sa découverte, sous lesquelles une peur, de celles qui ne disent pas leur nom, lovée au fond des nerfs, qui fait palpiter le cœur. Pour la conjurer on ne veut que faire du mal, ou fuir. Camille avait décidé de ne pas fuir. Atterrée, Gabrielle se taisait. Ses pensées, qui n'en étaient pas, fusaient en tous sens, l'âme éperdue se disait : c'est arrivé, mon Dieu, nous y sommes. Alors l'oubli, le silence, longues années de cendre, d'oubli, il suffit d'un souffle, cela devait arriver... Elle ne se demandait pas comment était échouée là la boîte, rangée dans un tiroir du bureau, la nuit où Pierre et elle brûlaient le cahier maudit. Si faible sacrifice, cet autodafé, si faible protection, le tiroir, sa clé, contre l'impéritie du destin. Elle qui avait violé ce même tiroir savait pourtant qu'aucun réduit n'a la sûreté des tombes. Même une tombe... Il fallait brûler tout, alors ! Incendier, foudroyer tout, comme l'orage de cette nuit-là le grand hêtre. Il le fallait ! Que ne l'avait-elle fait ? Le danger de garder n'a pour pareil que celui de perdre. Cette fois pouvait-elle mentir ? Inventer n'importe quel conte, dans le mensonge escamoter le mal, l'envelopper de fictions habiles. Mais les spectres ne meurent pas. Immatériels, obtus, ils se glissent dans les paroles inconséquentes, leur voix dissidente traverse les linceuls, ils s'incarnent, cadavres. Camille ne croirait aucun conte. Elle voulait une histoire. Gabrielle la lui devait. Mais si perspicace, si pénétrante qu'elle fût, imaginait-elle à quoi elle touchait… Serait-elle capable de rencontrer celui dont la beauté l'effrayait, qui lui inspirait cette extraordinaire rancune, irrationnelle et vénéneuse ? Plongeant dans ses yeux d'enfant, elle sut que oui. Camille le connaissait déjà, de tout temps elle avait connu son visage, sa silhouette noire, élancée, irrésistible fantôme dont l'aura maléfique avait contaminé son enfance, elle voulait entendre son histoire, maintenant.

Le soir tombe, derrière la vitre les nuages roses virent à l'encre violette, déteints sur le ciel marine ; un beau crépuscule que le faîte des cèdres festonne de noir. Camille hait cette beauté offensante, hérissée qu'elle soit réelle au même titre que sa colère, que son désarroi. Eux-mêmes bien moins réels que le contentement fondamental sur lequel ils reposent. Elle n'est pas en colère, et le crépuscule l'indiffère. Elle est tout à fait sereine. Elle réfléchit. Réfléchir n'est pas naturel, cela mobilise des compétences mystérieuses qui sont supposées tirées de la raison, or elle n'a aucune ressource de raisonnement. Jusque-là, elle a vécu de sensations et d'émotions, percées de flashs électriques, et si ce sont des idées, pas bien organisées. Des sortes de carrefours où elle se trouve, elle ne sait comment elle y est rendue. Elle s'y est plus précédée que suivie, et déjà elle est plus loin, se fiant aux dérivations sentimentales par lesquelles une impression vaut jugement et une perception connaissance, à quoi s'adonnent les enfants, qui suffisent pour prendre des directions subites. Comme abandonner le piano pour la danse, le droit pour l'ethnologie, suivre Jos dans sa Ford, se présenter à l'embauche d'une usine. Toutes choses appréhendées par l'esprit lui passent d'abord par le sang et la chair, qui n'ont pas vertu déductive ni spéculative, mais donnent des prémonitions, par quelque science profuse. S'en prévaloir rencontre le doute, et même la réprobation des adultes, qui préfèrent l'argumentation, le bon bout de la raison, dont ils tiennent seuls le fil. Aussi Camille se garde-t-elle de montrer sa déficience en matière de raisonnement, cette aptitude exclusive des grandes personnes, dont elle ne se sent toujours pas douée. A Magda seule elle peut avouer, sans être déjugée, dans quelle ignorance elle est de toutes choses, générales et particulières, son infantile, désespérante inaptitude à réfléchir, et comment devient-on adulte, accède-t-on à ce promontoire d'où s'ordonnent la vue, les opinions et les jugements, s'étaient et s'assoient les certitudes qui conduisent une vie ? Enfermée à double tour dans la petite chambre du Mesnil, Camille se trouve à un carrefour extraordinaire, où elle ne s'est jamais rencontrée. Jos ni Magda ne sont là pour les consulter. Pour la première fois de sa vie, elle réfléchit. Le mot lui est venu pour donner un nom à ce qu'elle fait là, gardant obstinément sa porte fermée à Gabrielle qui est venue y toquer, plusieurs fois. A son grattement craintif, elle a opposé le silence d'abord, davantage d'indécision et de perplexité que d'hostilité, étonnée alors de sa voix, assurée et calme, de ce mot magique jeté à travers l'espace :

— Je réfléchis.

En réalité, assez dépourvue, elle examine, avec une attention détachée mais très scrupuleuse, avec un intérêt proprement expérimental, le ressac que produit en elle l'aveu inouï de Gabrielle. Tel un enfant, elle réclamait une histoire, et celle-ci surgit tout écrite, au passé simple, à l'imparfait. Une narration articulée à des faits, des événements et des circonstances dont ces papiers, encre délavée, photos jaunies, ne sont qu'épaves accidentelles, surnageant à leur naufrage. Irritée par sa trouvaille, par l'énigme de cette boîte où, d'évidence, dort un fantôme, elle exige des comptes, sans soupçonner à quel point ils lui sont dus. Le revenu qu'elle vient de toucher est surprenant. Il dépasse en merveille ce qu'on obtient à frotter la lampe d'Aladin. L'image du conte lui est surgie tout à l'heure sans qu'elle y pense, elle flotte dans l'air de la chambre, une vision lumineuse entourée de fumée. Est-ce réfléchir que revisiter le conte dont, tant de fois, Gabrielle a enchanté son enfance ? Eprouver sa vérité sorcière, avoir en cet instant l'étonnement d'Aladin rencontrant le magicien qui se prétend son oncle, quel imposteur ! Mais, dit Aladin, ma mère ne m'a jamais parlé d'un oncle, ni mon père d'un frère… A travers le tourbillon de fumée, merveille, cette trappe a un anneau de fer. On l'ouvre, on y descend, sitôt rendu aux entrailles de la terre. Là pend la lampe magique, toute rouillée, poussiéreuse, à peine sa faible lueur éclaire-t-elle les ténèbres, où gît un trésor ! Quoi en faire ? pleure Aladin, pris au piège de la caverne. Et le génie jaillit, terrifiante apparition, qui réalise les vœux, les désirs : Maître, que veux-tu ? Conduis-moi auprès de ma mère… Auprès de ma mère conduis-moi, rends-moi mon père. Mon père est-il mon père ? se demandent les enfants. Se demande Camille depuis toujours, du plus loin de son enfance. Ce savant grave, occupé d'un souci lancinant, qui porte par distraction sa main à son front et traverse vos yeux des siens noyés de chagrin, est-il vraiment mon père ? Et qu'est-ce qu'un père, à quoi s'origine mon existence ? Génie, je veux le savoir. Je veux aller au centre de la terre chercher ce trésor convoité, de richesse et de puissance, de vérité. Donne-moi la connaissance. Longtemps les contes, les récits, les romans dorment en nous, ils délivrent goutte à goutte le secret qu'on est à soi. On a tort de n'écouter que d'une oreille ma Mère l'Oye, de ne pas se fier à sa voix de miel et de lait. De si longtemps Gabrielle lui raconte cette histoire, sa vérité latente ne demande qu'à se manifester au moindre frottement. Camille est à peine surprise de ce qu'elle vient d'apprendre. Elle l'est bien davantage de découvrir la providentielle obscurité des lectures, et leur long temps de révélation ; d'apprendre ce qu'elle sait déjà. De cela, elle est en train de faire l'expérience, que ne donne aucun raisonnement, aucune leçon d'école. Un bond remarquable, pour lequel elle a besoin de solitude.

Le crépuscule fait des manières de couleurs excentriques, mais ses nuages fondent dans la nuit venue. Elle est couchée en travers du lit, son menton dans les mains : elle réfléchit. Considère qu'elle devrait examiner avec sévérité, colère, avec effroi, cette mémoire révisionniste qui bouleverse sa généalogie, une vraie révolution. Au lieu de quoi, elle rêvasse. En voilà, une histoire ! Pauvre Gabrielle, bouleversée, le cœur au bord des yeux, retenant ses larmes, si pâle, si grandes sa détresse, sa douleur, qu'une pierre fondrait. Mais elle ne pense même pas à lui tendre son mouchoir, elle n'en a pas dans sa poche de pyjama. Même pas à lui offrir une cigarette, trop curieuse de la nouvelle, pendue à ses lèvres, impatiente et brutale. Voilà qu'elle hérite d'une histoire. Voilà qu'un père inconnu sort des limbes. Il s'avance, il s'annonce, fantôme chancelant. Derrière Pierre, un autre, son double d'ombre, décline son nom : Endre. Il éclaire moins qu'il n'opacifie le mystère de cet imposteur qui se dit son père, de son mieux assume la feinte, pauvre papa. De l'un à l'autre, quoi circule, les enchaîne, au point d'échanger leur paternité, de les confondre, jeunes hommes dont la virilité et les passions s'épousent. Quel pacte scelle son destin d'orpheline accouchée au Mesnil, au bout d'un si long voyage, là-bas. Mais où est-ce donc, la Birmanie ? Quel sceau d'amour et de mort entre eux fait de l'un l'âme damnée de l'autre, prend Gabrielle en otage, sœur de cette mère sans visage, disparue corps et biens, et qui était Jane, dont la tombe se visite une fois l'an ? Sa mémoire pieusement entretenue, celle cachée d'Endre, si soigneusement tue, ont toujours eu leur ombre portée sur l'amour tourmenté de Pierre et Gabrielle, l'ignorait-elle donc tant ? Ne posant pas de question, on en reste aux évidences qu'induisent les familles, en rien l'enfance n'accède au secret qui lie les parents. Ou alors elle en est très bien informée, par cette science innée des origines qu'on met une vie à déchiffrer. Belle allure, séducteur de première, ce jeune homme arrogant des photos a un air de famille si étrange, lui ressemble-t-elle vraiment, au point de se reconnaître en lui, ou bien la reconnaît-il de son regard de spectre, lui qu'elle a fréquenté sans le voir, de qui elle a croisé l'ombre inquiétante dans les couloirs du Mesnil, qu'il hante de si longue date ? En rien, le récit de Gabrielle ne résout les questions. Il les pose toutes, la confisque à son histoire et l'oblige à une autre.

Elle se réveille, dans l'obscurité de ce crépuscule rendue à elle-même, à la fiction de l'existence qu'elle doit mener, par quoi se fait le deuil de l'enfance. Orpheline ? Je ne le suis que de moi-même, songe-t-elle, tout à fait sereine. En même temps submergée d'immense tristesse et nostalgie, de peine inconsolable, non pour ces deux revenants dont elle est la fille, semble-t-il, mais pour Pierre et Gabrielle, dont elle est l'enfant, l'a été parfaitement. Qui l'ont choisie pour telle, ce don royal, et n'y ont pas renoncé, avec constance et loyauté, avec amour sans faille, mais à qui elle renonce maintenant. Et non encore pour adopter les deux autres à leur place, leur substituer ce couple d'inconnus, à qui elle ne doit rien, qui lui sont si peu, mais pour s'adopter elle-même. Cela ne va pas sans se séparer, cette chirurgie cruelle qu'opèrent les enfants un jour, en renonçant de l'être. Cela ne va pas sans consentir à la solitude d'être, vers quoi tend toute œuvre d'engendrement, de filiation et d'éducation. Je suis une personne, pense-t-elle avec effroi, étourdie par la commotion de son baptême. Devenir adulte, est-ce cela ? Cette conscience allègre, inassujettie à une réflexion ou à une raison logique, et cependant claire comme le cristal, à laquelle elle adhère, à laquelle elle prend part, accomplie et récompensée, en corps et en esprit. Un avènement à quoi elle aspirait, qui se promettait dans le récit du conte, oh Gabrielle, ne pleure pas… Ne pleure pas, il y a de la joie dans cette affreuse histoire. De tant d'amour et de désir, elle s'invente. Il y a une joie dont il faut dire merci, merci que vous soyez vivants et moi votre fille, vivante, tellement vivante que je vous bénis et vous pardonne, je vous abandonne. Nulle équation ne demande plus de sagacité et d'intelligence que celle-là. Comme de s'émerveiller à présent de l'apparition de la lune, dont la grâce n'est que notre aptitude à nous émerveiller d'elle, de croire en l'étoile qui naît avec elle, clignote, petite et toute blanche, comme tu m'apprenais, Gabrielle, à l'espérer et la distinguer dans toute cette vastitude nocturne. Elle ne console pas, elle exauce en présence le grand vide du monde. C'est peut-être cela, le bonheur ?

Il se fait, calcule-t-elle encore comme perles sur le vieux boulier, que Théo n'est pas donc mon frère, Théo chéri. Grand-mère, non plus, n'est pas ma grand-mère, sacrée Mme Mathilde que j'aime, en dépit de ses airs de dragon. Ni Henri mon grand-père, ni sa collection ma propriété, que j'hérite pourtant. Il se fait, par conséquent, que j'ai pour grand-mère cette tante Agota, dont j'occupe indûment les murs, Gabrielle m'en dote à bon escient. Agota est dans les livres que je lis, qu'ouvre si religieusement Magda. Elle m'attendait dans le couloir de la rue Buffon. Le premier jour, j'ai senti le frôlement de sa robe, et il m'a fait peur, quelle cruche. Gabrielle, que je croyais ne m'être rien, est la cousine du géniteur accidentel et fatal, qui ne fut pas mon père mais le revendique effrontément. Elle m'a appris le hongrois, donné une amie Magda qui m'attend à Budapest, où Jos me pousse, avec son étui de cuir. J'ai une famille ici, doublée d'une autre là-bas, aux uns, aux autres j'appartiens. Ils se sont ligués pour que chacun en cache un autre, c'est intéressant. J'en suis riche, j'ai trouvé la caverne aux trésors. Tu es assez grande pour savoir quoi en faire, ou c'est à se damner. Et n'oublie pas que tu cherches ta poupée chinoise. J'ai assez réfléchi, maintenant j'ai faim, décréta Camille, et elle ouvrit sa porte.

Daniel Galay sortait d'une entrevue éblouissante, exaltante et faramineuse comme il les aimait, de ces montages qui fouettent le sang, remettent le cœur à sa place sous le sternum et rompent les membres, fouaillent le ventre. Bataille de chiffres comme toujours, l'argent doit être battu, abattu, atout et dix de der. On en passe par là avec les marchands, les financiers, les producteurs, on leur arrache les billets de la poche, pantalons, veston et gilet, et on retourne leur doublure, on inspecte les ourlets de leur caleçon : détroussés, comme au fond des bois. Pour cet exercice, il avait la main preste, brutale, Robin des Bois rapace, par ici la monnaie. C'est qu'il volait, achetait, truandait et surenchérissait pour une cause qui ne tolérait pas la demi-mesure. Lui-même ne mégotait pas, qui s'était par trois fois ruiné, mis en faillite et refait. Les caïds de la Mafia, hommes de paille, syndicats et sociétés prête-noms ne lui faisaient pas peur, gens avisés qui prennent le cinéma pour leur lessiveuse. Le cinéma blanchit à tour de bras et rapporte gros, une fois sur deux, un pourcentage raisonnable. Parce que lui, avec l'argent, savait fabriquer, en deux tours de manivelle, surtout depuis le parlant, des machines à sous formidables : la comédie musicale divertit les masses essorées par la crise et le chômage. Elles veulent du rêve, du brillant clinquant, des paillettes, du strass et des bluettes simplettes avec plongeons et ballets de piscine, claquettes endiablées, entrechats et chansonnettes, des tubes, des scies, des succès faciles, toutes plumes dehors, brésiliades et mexicaineries. Il avait pris goût à ces comédies, en dépit du mépris où il les tenait, appréciait musiciens et chorégraphes, en tant que producteur ne renonçait pas à y mettre sa touche, une fantaisie loufoque qui plaisait, il imposait de jeunes talents. L'an dernier, il avait eu la petite Jean Rogers, lauréate d'un concours de beauté sur le point de signer avec la Warner, avant que les maquignons ne fassent monter les prix, une aubaine. Mais quand il en avait assez des sirops, Daniel s'offrait de l'alcool fort, une passion ruineuse.

Il avait tourné deux films très noirs, gangsters fêlés, tragédies ironiques et vénéneuses, boudées par la critique et le public qui refusaient ce miroir ; un four. Dans ce four, il brûlait sa vie, son sang, son âme. Il lui fallait l'argent de son prochain film, ou bien il finirait à l'hôpital psychiatrique ; où avait fini Gloria. Elle perdait ses cheveux, ses dents, elle se lacérait des ongles, il avait fallu la camisole. Elle avait fini étranglée par ses sangles, trop serrées. Disait-on. En réalité, dans ses délires, elle racontait trop de choses impudiques et compromettantes sur ses imprésarios, ses amants, des gens en vue. Une pitié que Gloria, fille de magasinier irlandais chez Ford. Elle avait trop écouté la radio, dans sa banlieue perdue de Detroit. Elle avait quitté ses copines et ses magazines pour venir faire la starlette à Hollywood, vendre ses jolies jambes et ses boucles platinées au premier venu. Rien d'autre à vendre, pas une once de talent, mais alors, là, une intelligence de viande, phénoménale. Elle avait trop payé de sa personne, quand on n'a pas d'autre monnaie, c'est tuant. Il y en avait mille et une comme elle, qu'on ramassait chaque nuit, elles ne mouraient pas toutes mais quand elles disparaissaient de la circulation, elles étaient abîmées. Surtout si elles avaient mieux qu'un petit pois en guise de cervelle. Là, elles entrevoyaient les abîmes de la chiennerie humaine, vertigineux, à s'en exploser la tête...

La place laissée vide par Gloria, Daniel avait eu un moment de solitude, salutaire. Un certain dégoût du business, une période de célibat qui lui avait permis de s'apercevoir qu'il fréquentait depuis deux ans une dame, une vraie, élevée dans les plantations d'orangers de Floride : sa secrétaire Samantha. Sur la paille, comme lui cette saison-là, vu que son père n'avait même pas besoin de la déshériter, il avait tout perdu. Pour gagner sa vie, elle tapait à la machine comme une pianiste virtuose, et vous torchait un scénario dans la nuit. Enfin, dans la semaine. Incolore, inodore, une planche à pain, question viande, zéro. Mais d'une grâce, d'une impertinence, et d'une conversation, quand on lui prêtait deux minutes d'attention… Voilà l'histoire qu'elle racontait, celle de son père : fils de vieille famille sudiste, il avait été militaire, guerre de Sécession, héros et puis oisif, ennui et mélancolies. La lubie lui était venue d'entreprendre des affaires. Il avait créé une société de vapeurs sur le Mississipi, roues à aube, qui marchait très bien. Mais les roues le lassaient : il avait acheté des hôtels, soirées musicales avec banjos et nègres à trompette, ses rouflaquettes plaisaient, aussi le tour de ses lacs bordés de cyprès et de palmiers, pêche avec hérons, grues, alligators en prime, on descendait chez lui, bonne chère. Des sommités, chefs d'Etat européens en voyage d'agrément, et même un président des Etats-Unis, son heure de gloire. Alors un directeur partait avec la caisse, un autre mettait le feu, incendie horrible, trente morts, procès, indemnités. Il avait investi dans le cigare, une année de mauvaise récolte. Pendant laquelle le bétail broutait ses orangers laissés à l'abandon. Il avait construit des abattoirs surdimensionnés au marché local, le quai pharaonique d'un port fantôme qui devait attirer le commerce, ses entrepôts vides dévastés par une inondation. Tout ce qu'il touchait tournait à la catastrophe : le récit de Samantha faisait rire Daniel aux larmes. Mais, dans ses temps de splendeur, il avait accueilli un ministre belge, qui lui offrait l'occasion de se refaire : investir pour le roi dans les chemins de fer de son Congo, la ligne de Léopoldville aux Stanley Falls. Ni une, ni deux, il traversait l'Atlantique, prenait ses parts dans un consortium qui faisait le trafic de rails et de traverses, entre Anvers et l'Afrique, et s'embarquait pour aller voir ce qu'il pouvait inventer là-bas, un territoire neuf. Comme chez lui, tout ratait, évidemment. Il avait dans l'idée de réitérer la seule de ses entreprises qui avait marché : installer un trafic de vapeurs sur le fleuve Congo vers Stanleyville, plus de mille kilomètres. Mais les compagnies déjà nombreuses étaient jalouses de leur monopole, ses chaudières américaines rouillaient le long de la voie ferrée des montagnes de Cristal, abandonnées par les porteurs de ses concurrents qui le boycottaient, il croulait sous les dettes. Alors, histoire de n'être pas venu pour rien, il était parti en reconnaissance sur l'immense fleuve, aller-retour, une fois. Une seule, où il avait rencontré la mère de Samantha sur le vapeur de retour, une presbytérienne américaine dont le mari pasteur venait de mourir de fièvres, qui rentrait au pays. Non seulement il était tombé amoureux d'elle, mais il avait passé les longues semaines de navigation, tout en la consolant pour la séduire, accoudé au bastingage du *Roi des Belges*, à regarder le paysage aval avec elle et, aux escales, sur les rives boueuses, la contrée et les mœurs, le commerce du caoutchouc, en pleine expansion. A l'aller, il n'avait rien vu que de très ennuyeux. Au retour, par les yeux de l'amour, il avait découvert l'envers du Congo, vu les cadavres mains coupées descendre le courant en même temps que lui. Il ne s'en était jamais remis. Ce qui, à domicile, paraissait la moindre des choses, harasser la gent noire, l'exploiter, la vendre, lui était paru sur ce fleuve d'une épouvante sans nom. Avec sa presbytérienne d'épouse installé à La Nouvelle Orléans, néophyte d'un humanisme qui dépassait son entendement, il avait milité avec elle pour dénoncer au monde les atrocités coloniales, en vain. A financer ligues et associations, il avait dilapidé les derniers deniers de sa fortune, perdu la maison de la plantation, ce qui restait des orangers, et peut-être la raison.

Samantha ne riait plus, Daniel non plus. Elle détenait un cahier. Le journal que son père avait tenu à cette époque. Maintenant que ses parents étaient morts, et elle tout à fait ruinée, elle n'avait que ce testament, un éblouissement noir. Ce que racontait Conrad, c'était donc la réalité, l'horreur, l'horreur, l'horreur… Daniel voulait adapter au cinéma quelque chose comme *Au cœur des ténèbres*. Avec Samantha Harrison pour scénariste. Comment un sudiste, raciste ingénu, barbare charmant, ouvre les yeux, et en meurt. A Hollywood, pas un parrain, pas un syndicat ne blanchirait de l'argent avec cette histoire. En Europe, à Londres, à Paris, il avait une chance. Des adresses de témoins, d'informateurs, de journalistes, et d'associations militantes, et puis la possibilité de tourner en Afrique-Occidentale française, en Côte-d'Ivoire : c'était d'une économie radicale, dix fois moins cher qu'une comédie musicale, un budget dérisoire. Des naturels pour figurants, des décors naturels. En novembre, fin de la saison des pluies… Il fallait juste un soutien politique qui créditerait son intention bienveillante, endormir les soupçons avec un projet de fiction à la gloire du colonialisme français, les investisseurs n'y regarderaient pas de si près : le droit était bien moins terroriste en France qu'à Hollywood où la censure régnait, les producteurs avaient le monopole, ils contrôlaient les sujets, sabraient les scénarios, et taillaient au montage.

Daniel Galay venait de dévaliser des banquiers concessionnaires en AOF. Il irait voir le ministre pour se faire recommander auprès du gouverneur général, Jules Brevié. Voilà pourquoi il descendait d'un si bon pas l'avenue de l'Opéra. Plutôt que prendre un taxi, des impatiences dans les mollets, il voulait se dérouiller les jambes, arpenter les trottoirs de la capitale qu'il avait fuie autrefois, en exilé volontaire, aimanté par Hollywwod naissant, par une décision aussi fantasque que raisonnée… C'était loin, ce temps où il adaptait *Les Mystères de Paris* en feuilleton, avec Mme Anouilh, de la Comédie-Française, et Dorothée… Qu'est-elle devenue, celle-là, camisole de force également ? En ce temps-là, il innovait, il emmenait la troupe au Mesnil filmer des scènes d'extérieur à la campagne, une incongruité artistique. Il rencontrait Gabrielle. Un coup de foudre, comme on n'en connaît pas deux fois en une vie. De ces cadeaux qui vous empoisonnent durablement l'existence, vingt ans qu'il ne se l'extirpait pas du cœur. Une maladie chronique à laquelle on se résigne, on l'apprivoise comme une vieille séquelle d'accident, sans guérison… Il en reste une épine incrustée, les chairs se sont refermées autour, mais elles ne cicatrisent pas, le point sensible irradie, par élancements…

Il traversait la Seine au pont des Arts, face à lui les toits de l'Institut flamboyaient dans le crépuscule, il faisait si beau, en ce début de novembre. Il pressa le pas, maintenant agacé de n'avoir pas pris de taxi, trop tard, il restait peu de distance d'ici Sèvres-Babylone. Il avait hâte de rejoindre Samantha à l'hôtel *Lutetia*. Très femme d'affaires, elle s'occupait de son côté de constituer l'équipe du tournage, de recruter les techniciens et un acteur : son héros, un homme blanc, le seul du film. On trouverait les seconds rôles sur place, administrateurs, employés, des non-professionnels, qui n'ont pas les tics du métier… Elle pensait à Jean Gabin, une belle gueule des variétés, qu'il voulait à contre-emploi, taciturne et sombre, un bloc de violence brute. Mais voilà qu'il se mariait dans trois semaines, avec une fille de revues ! Pas prêt à partir passer trois mois à Bingerville. Elle était sur d'autres pistes, quelqu'un qui supporterait chaleur humide et moustiques, campement sous la tente. Dans moins d'un mois, départ au Havre, les lignes sont bien assurées, confort et plaisance, il faut s'amuser, nom de Dieu. D'ici là, il y avait cette chasse au Mesnil, qu'il se promettait comme une curiosité gourmande. Il les retrouverait tous, là-bas, une réunion de famille assez exceptionnelle. Ce genre de rendez-vous rare qu'on redoute et qu'on espère. Et puis, vraiment, assister à un événement pareil, de vieille Europe, sa mise en scène très installée, d'ancien usage, cette théâtralité des bienséances bourgeoises transportée à la campagne, un spectacle exotique… Comme toujours, il extrapolait, il s'emportait en imaginaire, construisait une fiction avec passions amoureuses, intrigues et drames, trahisons, rapports de classes, sur fond de chasse au lièvre et au faisan, le gibier comme métaphore de l'amour et de la mort… Sa mère avait le génie des improvisations, une vraie scénariste de sa vie. Toujours général d'active, un cas d'espèce. En avait-elle traversé des tempêtes et des coups de Trafalgar, des désastres, sans lâcher le gouvernail, pirate coriace ? Il n'aurait pas besoin de son appui pour trouver une résidence à Paris, ou alors au retour ? Les choses allaient plus vite qu'il n'avait pensé, pour une fois son projet ne rencontrait pas d'obstacles, c'en était presque inquiétant. Mais là-bas, ce qu'il allait faire serait un chef-d'œuvre. Il en sentait la poussée noire, ce rongement mental aiguisé au fil des nerfs, qui exaspère et exténue. Alors il devait tenir son mal en veilleuse, le couver, l'alimenter, l'exacerber de ses pensées, sans le laisser encore exploser. Mécanique du désir, son plaisir célibataire. Cela aurait lieu là-bas, quand il respirerait l'atmosphère brûlante des forêts, ses bottes engluées dans les marécages, sous la couverture asphyxiante du ciel… Les scènes se présenteraient d'elles-mêmes, pour y loger son dessein. La réalité est prodigue en fictions, elle est la fiction elle-même, plus imaginaire que toutes les constructions de la physique et de l'esprit. Comme il entrait au *Lutetia*, il tomba sur un attroupement, vingt individus très agités escortaient un personnage officiel vers la sortie, avec cette servilité des subalternes pour qui un centimètre de conquis à l'assaut du corps vénéré est leur galon du jour. Il s'effaça, laissa passer la troupe, en reculant heurta un jeune homme qui filait en sens inverse comme lui, sans doute peu soucieux de se trouver dans le sillage. Il s'excusa, l'autre aussi, fort civilement, et ils se retrouvèrent dans l'ascenseur, à se lancer ces regards de neutralité amène que la promiscuité oblige. A peine Daniel remarqua-t-il l'étage où celui-ci descendait, seulement la curieuse cicatrice de forban qu'il portait à la lèvre, séduisante en diable…

Etienne Louvain remonta le large couloir de son pas élastique. Sur le haut tapis de laine, ses semelles de crêpe ne faisaient aucun bruit ; et d'ailleurs, à cet étage, régnait un silence de bon aloi, le double vitrage de la croisée à balcon, au bout du couloir, exilait la vulgarité de la cacophonie urbaine. Le concierge lui avait donné la clé de Julia, selon leur accord. Non, Monsieur, Miss Brighten n'est pas encore rentrée. Non, elle n'a pas laissé de message, Monsieur. Il referma la porte matelassée, demi-pénombre et silence encore plus profond ici, s'il était possible, son parfum flottant dans l'air confiné. Etienne éternua, se moucha en trompette : seul, on a licence pour y aller de bon cœur. La poudre de son parfum n'irritait pas ses sinus, il ne la sentait pas, il était enrhumé. Gros rhume, compliqué de toux. Il enfila dans sa narine le compte-gouttes du flacon de Rhinol, tiédi dans sa poche, renifla. Eucalyptus concentré, un placebo ; mais consolant. Ce que sa grand-mère de Digne opposait à ses rhumes de gamin, avec des réglisses pour la toux, une récompense gentille des maladies infantiles. Sale habitude. La réglisse, ou la récompense ? On s'habitue à la récompense, on veut toujours en obtenir une, plus gratifiante, dépendance aux mères, qui savent comment elles vous tiennent. Ensuite, on s'invente d'autres gâteries, plus sophistiquées, mais toujours selon la même logique qu'à une épreuve, une contrariété, aux saletés de la vie, il faut réparation intime. Toucher l'indemnité de sa dépense. Petit commerce avec soi, on se dédommage comme on peut. Grand-mère de Digne n'était plus là pour le materner.

De son aventure à Montepulciano, il avait rapporté ce rhume carabiné, à la suite de l'équipée nocturne en moto, trempé, tête nue, un pied nu, sa chaussure perdue dans le torrent qui dévalait la rue. Sur le siège du passager, il avait gelé, sans même penser qu'il grelottait, arrimé à son conducteur qui n'avait qu'une idée en tête : attraper le train de nuit au départ de Florence, le mettre hors d'atteinte, se débarrasser de lui le plus vite possible. Et qui prenait tous les risques sur sa Guzzi de luxe, un sacré engin pour un instituteur socialiste. Chacun ses compensations, camarade. Ils avaient eu le train, et même un quart d'heure d'avance. Le temps de prendre son billet, d'acheter à un vendeur encore ouvert du hall de la gare ce qu'il avait : une paire de mules pour le saut du lit, beau cuir artisanal. Pas le choix, à cette heure, encore heureux qu'il ne repartît pas pieds nus. Le temps aussi de se dire trois mots, parce que, depuis ceux qu'ils avaient échangés contre le chai, dans l'obscurité, ils ne s'étaient pas dit grand-chose. Marco était un drôle de type. Dans le décor nocturne de la gare où traînaient des clochards, des voyageurs de luxe attardés, escortés de porteurs, des filles en maraude, il passait aussi inaperçu que sur le marché d'Arezzo, une capacité caméléonne à se fondre dans l'anonymat, à emprunter la dégaine moyenne, un don qui se travaille, s'acquiert à l'usage. Rares sont ceux qui poussent le mimétisme à ce degré artistique. On y mesure la somme des expériences, dont le total aboutit là. Lui, en revanche, avait zéro, sur toute la ligne. Son pardessus de ville souillé de boue, son chapeau de feutre cabossé du séjour dans sa poche, et pantalons mouillés, un pied en chaussette, voyageur sans bagage, de quoi se signaler au moins à dix employés, mais ils bâillaient de sommeil ; et au contrôleur, mais il embaumait le vin rouge à trois pas. Ils avaient trouvé refuge dans la salle d'attente, vide, pour se quitter en urgence. Le contrecoup ne les avait pas encore rattrapés de cette soirée affreuse, il était resté en rade derrière eux, quelque part sur une route de campagne dans la lumière des phares, l'horreur du massacre, les violences de l'assaut consécutif au café, tout ce qui ressemblait à un guet-apens concerté. Marco gardait son calme, imperturbable malgré la course, malgré ce qui l'attendait maintenant, un contrôle des nerfs que Louvain appréciait.

— Ne vous inquiétez pas pour moi, je sais ce que j'ai à faire.

— Vous êtes en danger. Grillé.

— Exact. Mais deux, trois choses à régler avant de quitter.

— Pour où ?

— J'ai mes arrières. Umberto et Giuseppe ont des amis, qui ont besoin de moi, d'abord. D'ici la frontière, restez sur vos gardes. Je ne crois pas que vous soyez concerné, mais on ne sait jamais.

— Je sais ce que j'ai à faire, moi aussi.

— Bien. Faites-le. Ciao, Louvain.

— Si vous avez une raison de me joindre, écrivez là : 37, avenue de Picpus. Dora Gombrowicz.

— Gombrowicz, vous dites ?

— Une poste restante. Ciao, Marco.

Poignée de main, et fini. Marco s'était esquivé par une porte secondaire. Le voyage, nuit blanche, cette fois. La couverture des wagons-lits était mince, il avait froid, et il avait faim, une faim torturante. Cette faim irrationnelle qui sanctionne les décharges d'adrénaline, quand retombe le pic de poison personnel. Le balancement du train ne l'endormait pas, il aggravait son insomnie, et il avait fini par se relever à la recherche d'un garçon, pour mendier un petit-déjeuner : pas encore disponible, pas avant Dijon. Il avait obtenu un grog, et un paquet de friandises anglaises, chocolat fourré à la menthe, mince provision. La mort l'avait rattrapé de son vol rapace vers Parme, s'était abattue sur son ventre, ailes battantes, serres acérées. Il savait ce que produit le rappel du danger auquel on vient d'échapper, ce sursaut rétrospectif, hérissé d'épouvante. Lui, indemne. Morts, des cadavres, les deux hommes qui mâchaient de leurs dents de vivants la croûte de pain brûlée, les poivrons poivrés, et la douce figue, cette bouillie délectable au palais des bouchées de nourriture, coup de vin là-dessus, déglutition suave, et la passion assourdie des mots qu'on échange, chargés de vie, de l'intensité grave et légère de la vie, la vie matérielle et mentale. La tendreté des muscles au repos dans les linges qu'on a enfilés le matin, la veste de velours, prise distraitement à la patère, c'était la dernière fois. Une dernière fois le sommeil, une dernière fois le rasoir sur la joue, l'odeur du savon. L'inconséquence avec laquelle on exécute chaque jour mille gestes en instance d'être les derniers… On fait très bien de ne pas y penser. Ils n'ont de prix que par cet oubli massif, permanent. Un guet-apens. Embuscade préméditée, mais de peu. Le rendez-vous au *Poliziano* ne s'était décidé que dans l'après-midi, suspendu à ce qui se passerait entre eux. Ils ne l'y auraient pas invité si, pour une raison ou une autre, ils n'avaient pas établi la relation de confiance qu'il fallait. Donné les uns aux autres les gages nécessaires. Ils seraient restés à la *fattoria*. Peut-être un des deux frères aurait-il fait, seul, un saut à Montepulciano, sans même lui dire qui il rejoignait. Lui serait resté à la cuisine, ou dans un salon, une chambre, celle que la belle jeune femme lui avait préparée pour la nuit, où il devait dormir avant de repartir, comme prévu, le lendemain matin. Ce lit ouvert dans l'ombre d'une chambre, ses draps frais lui serraient le cœur. Un attentat très organisé, la voiture interceptée, stoppée sur la route… Cela n'avait pu avoir lieu que parce que les assassins se tenaient prêts pour l'occasion, leur plan arrêté. Ils étaient à l'affût, en alerte. Depuis longtemps sans doute. Ils visaient les deux à la fois, expédition punitive. Un coup spectaculaire, qui frappe l'imagination de terreur. Les frères Zamorri, exécutés. Très sale travail, des bouchers. Canon à la tempe, froide pression sur le ressort, explosion à bout portant. Mais le massacre d'Umberto, égorgé à la main. La force qu'il y faut, bestialité, ce degré de haine, de jouissance… Rouler sur le corps, une satisfaction ultime, les régions organiques où celle-ci se loge, viscères, sexe. Cette zone du cerveau reptilien, le plus ancien, la barbarie est-elle située là ? Louvain en eut la nausée, menthe et chocolat ne passaient pas. La voiture des tueurs disparaît vers Montepulciano : ils n'ont croisé personne en montant. Marco et lui arrivent sur place, quoi, cinq minutes après l'attentat ? Parce que la moto rechigne. A quoi cela tient-il ? A la nuit humide. Sinon, eux quatre, même massacre…

A quoi cela tient-il qu'il soit maintenant assis, jambes étalées, dans le fauteuil de Julia, celui qu'occupait Grubensteiger la dernière fois ? Dans cette suite qu'elle loue à l'année depuis des années, silence et luxe, luxe et volupté. Sauf ce rhume, assommant. Il alluma une lampe Gallé, délicat col opaque, la pâte de verre translucide à l'ampoule électrique déployait feuilles de fougères et champignons. Il chercha une cigarette, y renonça, la toux. Si, quand même, une. La récompense. Il chercha un alcool dans le bar, but son verre de bourbon, debout derrière les vitres. De l'autre côté du square, les enseignes du *Bon Marché* clignotaient dans la nuit venue. Julia est en retard. Trop ponctuelle pour dix minutes de délai. Une heure, c'est une anomalie. Pas de message, pas d'appel du concierge depuis qu'il attend. Elle n'a pas annulé avant, ne prévient pas après, donc une raison imprévue la retient. Assez d'imprévus. Louvain écrasa sa cigarette, enveloppa le mégot dans une feuille de son calepin, alla à la salle de bains laver le cendrier, le verre. Replia la serviette de bain, replaça les objets. Laissa la clé sur la porte et descendit par l'escalier de service, pas question de repasser par le hall, on ne sait qui y attend.

Ce rendez-vous ne lui plaisait pas, il n'en contrôlait rien, et Julia s'aventurait seule sur un territoire dont il ignorait tout. L'entrevue au *Train Bleu*, sa proposition bizarre, que son aller-retour en Italie avait quelque peu écartée, introduisaient une donne nouvelle, gênante pour le moins. Julia interférait gravement, elle provoquait un déplacement de lignes irrégulier, qu'il tolérait mal, qui tombait mal. Il avait en tête de sérieux soucis. Le rapport qu'il venait de remettre impliquait que, dans les semaines suivantes, il serait mobilisé par les conséquences du renseignement de première main qu'il rapportait d'Italie. Une affaire sensible, au point que le Deuxième Bureau n'en serait pas informé. En cette période de turbulence, mieux valait laisser l'armée hors du coup, on ne sait que trop où elle penche, de quoi sa hiérarchie est capable sur des sujets pareils. Le service de documentation et de sécurité auquel Louvain était rattaché restait une administration civile, en principe étanche au renseignement militaire. En principe. En tout cas, sous cette appellation, un département autonome, directement rattaché au président du Conseil. Mais qui, au gouvernement et parmi les élus, les diplomates, dans les instances nationales et internationales, prenait en considération, tenait compte de ce que son service fournissait d'informations sur la réalité des intentions d'Hitler et de Mussolini ? Sur l'axe Berlin-Rome, sur les tractations menées en sous-main et les actions offensives menées, *via* leurs agents infiltrés partout et jusqu'en plus haut lieu. Le réseau d'activistes à présent identifié, au moins sa nébuleuse mieux circonscrite et ses activités localisées, relevait de ses fonctions, et ce serait déjà une galère que de garder les coudées franches, d'obtenir les moyens et les hommes dont il avait besoin, parce que, lui-même franc-tireur dans ce service, autorisé à une autonomie d'action spéciale, électron libre, à ses risques, n'en référait qu'au patron du département, surnommé la Gomme. Une légende lui valait ce sobriquet : il n'estampillait rien, il n'écrivait rien, sinon au crayon à papier et gommait sa dernière ligne pour écrire par-dessus, et gommer encore. Avec ça, vous étiez couvert… En tout cas, Louvain venait de lui demander carte blanche. On avait affaire à une entreprise de déstabilisation politique de grande envergure, dont l'assassinat des frères Zamorri faisait partie. Mais si le scandale ferait peut-être du bruit en Italie – pas plus que ça, sans doute, parmi tant d'exactions fascistes, de brutalités et de meurtres –, s'il agiterait les milieux italiens en France, très vigilants, il devait rester un fait divers transalpin, se limiter à quelques entrefilets dans la presse française sur les mœurs mussoliniennes. En rien il ne devait être rattaché à sa mission secrète à Montepulciano ; en rien concerner le Deuxième Bureau. Un bon point : Marco avait agi magistralement en le tenant à l'écart, de bout en bout, en évitant la casse, y compris en le laissant sous le porche de la chapelle, sous la pluie, plutôt que de le mêler à la descente prévisible des *squadristi* au café. La Gomme trouvait qu'un rhume, c'était peu cher payé l'aventure… Il offrait des pastilles de menthe en dédommagement. Chacun sa grand-mère.

Alors Julia mettait beaucoup de désordre au milieu de tout cela, avec son plan Harbayer. Visiblement, elle avait pris la main dans cette affaire à très haut risque et prétendait n'en référer à personne. On ne sait jamais jusqu'où va la prétention. Pour elle, tenir Grubensteiger hors circuit constituait une infraction, sinon un délit. Dont elle avait pourtant l'air de mesurer les conséquences. Mais cette décision unilatérale mettait Louvain en porte-à-faux. Depuis assez longtemps il avait ce renard-là dans son viseur, il le voyait rôder aux lisières, sortir du bois, rarement. C'était pourtant lui qui avait sollicité le contact. Par l'intermédiaire de Julia, une entremise gracieuse. La rencontre avait eu lieu ici même, dans cette suite du *Lutetia*, qu'il venait de quitter. Grubensteiger l'attendait, embusqué, on aurait dit dans une tanière personnelle. Un rendez-vous instructif. Armistice pour la bavure des Alpes. Ce dont ils étaient convenus ensuite était d'importance, tout ce qu'il y a de plus diplomatique. Mais l'intéressait peut-être davantage ce qu'il avait entrevu de la relation du maître espion avec Julia… Un drôle de jeu de connivence, chat et souris, interchangeable. Julia avait l'air, ou le feignait, de traiter cet individu, une vieille connaissance à elle, en docteur Caligari. Une espèce. Cette créature de cinéma, montreur de marionnettes, prestidigitateur occulte hypnotisant un somnambule pour exécuter ses crimes, avait impressionné la jeunesse de Louvain. Au *Ciné-Opéra* en 1922, rien que l'affiche vous donnait la frousse : les ombres déchiquetées du décor, Cesare en collant noir, emportant sous son bras la jeune fille évanouie, sa robe blanche, ses cheveux défaits. Les vampires et leurs proies féminines, des rêves érotiques pour jeunes gens… Mais la figure machiavélique de l'acteur Werner Krauss, le charlatan grimaçant, roulant des yeux, ne ressemblait en rien à Grubensteiger, un individu quelconque, un peu mal foutu, vaguement bancal, une austérité de clergyman pauvre, et une modestie d'allure, de ton, élocution feutrée, étrangères au cinéma expressionniste qui stylise à gros traits, incline et distord follement les réalités pour les faire apparaître. Les réalités sont bien plus nocives, elles ont une apparence banale, ordinaire. Hypnotique, peut-être ? Au naturel, Caligari est monsieur Tout-le-monde, ou à peu près, là se joue la subtile distinction. Il faut approcher d'un peu près, renifler la bête, subodorer ce qu'elle promène sous son pelage. En deux heures de tête-à-tête, Louvain en avait appris assez pour se faire une idée de Grubensteiger. Celui-ci s'en était-il fait une de lui ? Peu probable qu'il ait pris pour argent comptant son nom de M. Lange, pas plus que lui le sien, de Grubensteiger. Les identités sont des masques. Mais ils s'étaient ajustés dans leur marché. Dans ces rencontres de troisième type, entre l'offre et la demande, cela se pèse sur balance de diamantaire, au milligramme près. Et encore, même la balance se soupèse, faussée d'un ongle. A la pesée, il avait senti le spécimen. Un animal de cuir épais, poil terne, des plaies suppurantes d'anciennes chasses, sans graisse et d'une rage terrible sous ses airs fatigués de vieux fauve, un rat plus qu'un renard. Un rongeur de chancellerie nazie, mais qui a ses trous dans d'autres fromages. On le rencontre partout ; en Allemagne mais aussi à Moscou, voyages privés ; il a ses quartiers à Bruxelles, Paris. Ami de jeunesse de Goebbels, ses entrées personnelles. Cela remontait à Heidelberg, aux débuts minables du nabot. Avant, l'histoire de Grubensteiger se perd vers l'Autriche, Trieste… Un interlocuteur d'importance, qui a pouvoir de négocier, achète d'une main et vend de l'autre, on ne sait dans quelle poche cela tombe, la sienne d'abord. Il valide sans broncher la suppression de son agent dans l'Alpe suisse, il y a pourvu. Son *sniper* est intervenu trop tôt, dégâts regrettables. Grubensteiger est un homme compréhensif, il efface l'ardoise, il s'excuserait presque. D'une culture raffinée dans son domaine, un pur produit du bas-fond, un spécialiste du labyrinthe d'égouts dont la société a besoin pour évacuer ses immondices. Elle sous-traite aux éboueurs de son genre. Mais, là-dessous, un empire. Julia prend des risques, inconsidérés. Elle a pourtant une sacrée expérience. Elle fait une affaire personnelle de l'évasion de ce Harbayer, un ami à elle ? Ou un ami d'ami à qui rendre service, au nom de quelle dette ; contre quoi ? Julia a énormément d'amis. Elle fréquente le Gotha, le demi-monde et celui des caves, elle en connaît tous les étages, une agilité de rat d'hôtel. Drôle de souris. Elle n'a aucun ami. Elle a des relations, des débiteurs, des commanditaires, des confidents, des obligés, beaucoup. Parfois des amants, ce qui revient au même.

Etre l'amant de Julia n'engage à rien, à condition de n'être aucun de tous ceux-là, se disait Etienne, arrêté au carrefour du boulevard Raspail et de la rue de Vaugirard. Il doutait de son assertion, très aventurée. D'une forfanterie suspecte. Il doutait de Julia, de la manière dont elle vous donnait accès, en bonne camarade, à son corsage, à ses bas et ses jarretières, à sa peau de nacre. Dont elle vous tenait quitte, ensuite, d'avoir effeuillé ses dessus et ses dessous de luxe, de les avoir malmenés tant soit peu, et de durer assez dans la démonstration pour la distraire. Un désabusement tel que vous avez du mal à prendre l'exercice au sérieux. Peut-être l'art pervers de vous prendre au piège de ses tentants appas et de ne rien donner, pas même un soupir en remerciement. En récompense, on y revient toujours. Ou alors son déficit secret, son impuissance suprême de jouir ? Sinon, c'est de moi qu'il s'agit, concluait Etienne, perplexe devant le flot des voitures, leur sillage lumineux dans la nuit. Il se méfiait beaucoup de cette botte secrète du féminin, coup bas, estocade qui vous disqualifie, par laquelle on devient de la confrérie des débiteurs de Julia Brighten, de ses obligés, pour n'avoir pas satisfait à l'épreuve de son corps parfait, un instrument de guerre très sophistiqué. Très sommaire, décida-t-il, en traversant la chaussée. Vieux comme le monde.

Il se tenait sur ses gardes, ce soir, en venant au *Lutetia*. Ce nouveau rendez-vous qu'elle lui donnait, moins de trois jours après celui du *Train Bleu*, une contrariété. Outre qu'il avait d'autres chats à fouetter, vraiment, sur le point de mettre en branle une opération délicate concernant un certain M. Amedeo, pivot du réseau italien parisien, avec pour couverture un trafic de voitures d'occasion qui requérait une attention particulière, filature et souricière ; outre qu'il prévoyait deux ou trois déplacements en province ; outre que son rhume l'enchifrenait et lui donnait une humeur massacrante, à vous dégoûter de la cigarette, il n'avait aucune envie d'une séance de gymnastique avec Julia. Depuis qu'il avait vu Umberto et Giuseppe Zamorri gisant sur une route de campagne, il y avait entre lui et le paysage un écran écarlate. La terre manque sous les pieds, on a beau avoir du métier, soudain tout chaloupe et branle, tout fout le camp. Chacun se cale les oreilles dans les casques fourrés, houppelande et fourrure d'hiver, mais c'est sanie excrémentielle, bourbier sanglant qu'on enjambe en se pinçant le nez. Les chancelleries s'envoient des papiers timbrés et des délégations, pendant quoi elles remplissent les casernes. On fait semblant de parer au plus pressé dans ce coin d'écobuage tranquille, un départ de feu anodin dans la petite broussaille, mais l'incendie a commencé là où on ne regarde pas, surtout pas : juste sous nos semelles. Bientôt épouvantés, nos nippes calcinées, nus, nus, on sera à mains nues contre la bête à mille têtes, l'hydre goulue, inhumaine, et nous, nouveaux idiots, nouveaux fous, nous réclamerons un tribunal pour nous juger irresponsables, nous acquitter du crime, blanchir nos consciences et nos âmes débiles…

D'un bond, il évita une voiture lancée à toute vitesse, se retrouva de justesse sur le trottoir d'en face, un peu secoué. Il était à deux pas de la librairie Brasier. L'idée d'une visite le tenta, absurde. S'en voulut qu'elle en ait surgi aussi violemment. Un contrecoup du bolide urbain. Il avait d'autres endroits pour rencontrer Mlle Casson, selon leur accord. A cette heure, le vieux libraire ne faisait pas sa sieste, et pour rien au monde Louvain n'aurait voulu se trouver en sa présence. Il y a de ces êtres, quelques-uns dans toute une vie, dont le regard vous traverse de part en part. Ils n'ont pas de grief, c'est le pire, aucune accusation. Ceux-là ont pardonné de longtemps, mais l'arrêt de clémence qu'ils ont rendu vous met pour toujours à votre propre pilori. Louvain passa le doigt sur la cicatrice de sa lèvre, un endroit sensible, qu'il oubliait souvent, qui ne l'oubliait pas. Cette mémoire du corps écrit l'histoire bien plus scrupuleusement que toutes les archives du SDS, aucun coup de gomme ne l'efface. Elle écrit à l'encre de sang, indélébile. M. Brasier pouvait lire sa cicatrice et la traduire avec un code crypté personnel, d'eux deux seuls connu. Et de celui qui, couché sous une pierre du cimetière de Highgate, à Londres, n'était plus là pour les en consoler, son père et son ami.

Il remonta le boulevard du Montparnasse d'un pas pénible, la foule du soir sur les trottoirs avait quelque chose d'hystérique qui lui hérissait les nerfs, et les enseignes clignotaient dans un brouillard épuisant. Il avait de la fièvre, une migraine en vue. Le bourbon sur le Rhinol, un cocktail détonant. Dans la cour de son immeuble, rue Campagne-Première, le concierge le héla ; un coursier avait apporté, deux minutes plus tôt, ce pli à son intention. Au chiffre de l'hôtel *Lutetia*, livraison rapide. Le coursier avait pu le doubler sur le boulevard. Julia s'excusait : la séance chez son dentiste avait duré bien plus que prévu, la pose délicate d'une couronne, qui lui faisait très mal : elle se couchait avec deux cachets d'aspirine. Il avait dû manquer son retour de peu, mais il n'en était pas mécontent. Deux aspirines, c'était exactement le traitement dont il avait besoin.

XII

A midi, M. Paquin avait tenu séance à l'office, tout le personnel convoqué, vingt personnes en tenue de service : une veillée d'armes. Assez ému sans doute, il passait un doigt nerveux dans son col. Pour le déceler, il fallait être de ses familiers ; aucun de ceux-là n'en était. En certaines occasions, lors des quelques dîners mondains que donnait Mme Mathilde, il sacrifiait à cet exercice pour ordonner les troupes, rappeler au règlement, sa prérogative et son devoir, lourde responsabilité lui incombant : majordome, il tenait à ce titre. Un seigneur parmi les gens de maison, véritable ministre des Affaires intérieures. M. Paquin en avait expérience et qualité : il avait été *butler* à Londres, chez un Arlington, diplomate de grande famille ; puis maître d'hôtel chez les Barre de Nanteuil, après la guerre. Cependant, un coup du sort, une atteinte de psoriasis avait interrompu son ascension, maladie répugnante aux yeux, dans ce métier : une tare. Cet épisode l'avait mis au chômage, pire, condamné au bannissement des grandes maisons, mais il avait eu la chance d'agréer à Mme Bertin-Galay. Vu ses états de service, elle avait eu la bonté de tolérer sa malheureuse infirmité. D'ailleurs rien n'en paraissait. Il endurait ses démangeaisons, un calvaire privé, avec un stoïcisme héroïque, au point que le personnel en ignorait tout. Cette place était de moindre prestige, mais sa gratitude immense pour Mme Mathilde ; certes une bourgeoise, mais dont le despotisme éclairé le rétablissait dans sa dignité. Aussi lui vouait-il fidélité aveugle depuis dix ans qu'il menait sa maison, et grande estime, à proportion de celle dont elle le gratifiait. Ravi de cette partie de campagne, une chasse dans la tradition, conjoncture rare. Elle lui offrait l'occasion de restaurer les mœurs anciennes, quelque peu ignorées de ce personnel-là, inappris, il en souffrait comme d'une offense personnelle mais cela participait aussi de son plaisir, de devoir transiger, *faire avec*, disait-il, navré, à Mme Mathilde. Non pour se dédouaner d'avance de manquements, inévitables, mais pour bien marquer à quel niveau il plaçait l'excellence. Il avait donc, d'abord, passé en revue les tenues, pointilleux sur le détail. D'évidence, ces filles recrutées au village avaient, au mieux, servi au café du bourg, à des noces et banquets, et ces garçons, plus souvent décrotté des bottes de labour que ciré des chaussures de ville. Il ferait avec, de son mieux. C'était donc d'abord rectifier le nœud d'un tablier blanc, bavette brodée, la tenue d'une coiffe empesée ; le boutonnage d'une veste, le coup de peigne, inspecter la propreté des mains, des ongles. C'était clairement distribuer les rôles, aux chambres, aux cuisines, et là, Mme Régine et Mme Mauranne lui étaient adjudantes, chacune à sa façon. Qui s'entendait : à lui rapportée. Car dans le détail connaître son service relève d'une discipline et d'un principe, qu'il dictait à présent. On n'approche pas le corps de maîtres, que ce soit de bouche ou d'intimité, sans quelque règle qui tient autant à la diplomatie qu'à la morale. En son for intérieur, il en gémissait de détresse : comment, en une journée, inculquer à ses gens un art que vingt ans ne suffisent à parfaire ? Comment graver dans leurs têtes que servir confine à l'abnégation, et qu'à cette servilité, loin de s'abaisser, on se hausse, soi-même ennobli par le respect qu'on porte à sa charge, une vertu aristocratique qui participe de l'âme. Il se gardait d'employer ces mots, il énonçait les règles. Elles n'éveillaient que peu le regard des domestiques, plutôt mornes, sinon impertinents dans leur silence. Peut-être Mme Régine entrevoyait-elle de quoi il parlait, mais, à son air pincé, il pressentait quelque dissidence. Quant à Mauranne, elle écoutait, placide, cause toujours, mon lapin. Adrien, de son côté, avait à faire avec les rabatteurs, réunis à l'écurie, une cérémonie que M. Paquin laissait à sa discrétion, les bois n'étaient pas son domaine.

Il en était maintenant à donner les horaires, celui du service des chambres et celui de la table, le repas des maîtres, et celui de l'office, tournant. L'horloge de la cuisine faisait foi, pas la montre de chacun. Puisque l'on ne disposait pas d'un dispositif de sonnerie électrique, c'est à la cloche que les appels se feraient. Cette cloche nouvelle, Casimir l'avait accrochée au-dessus de la porte, il la fit tinter, et cela provoqua des fous rires, vite réprimés. On attendait ces personnes, dont il rappelait titres et fonction, dans la soirée pour les premiers, membres de la famille et intimes ; pour les autres, du voisinage, demain matin. On parquerait au fur et à mesure les automobiles sous l'ancien hangar à foin, le garage n'y suffisant pas : Casimir avait en charge de lustrer les carrosseries pour le départ. M. Paquin soupira, pensif, à l'idée que cette causerie, pour être nécessaire, laisserait peu de traces. Mais il veillerait à son application, deux jours de haute vigilance.

Gabrielle n'avait pas assisté à sa harangue, elle trouvait très soulageant de s'en remettre aveuglément à son autorité, mais il y avait surtout que Daniel était débarqué juste avant midi, sans prévenir, comme à son habitude. Il tombait au milieu des préparatifs, appelant dans le vestibule désert à grands cris et, dès les dernières marches, la soulevait dans ses bras, l'embrassait aux joues, réclamait sa nièce, son frère, présentait Samantha. Une personne qu'on ne s'attendait pas à trouver en compagnie de Daniel, grande femme ingrate en tailleur et souliers plats, sans fard ni teinture, dont raffolaient ses fiancées précédentes, une physionomie effacée et douce, paupières curieusement bombées, équipées de longs cils naturels qui veloutaient le regard, sa seule beauté. Réservée, souriante et paisible, antithétique au possible à l'homme qui l'accompagnait.

— Où est donc passée la famille ? Sommes-nous des sauvages pour faire fuir la tribu ?

Il faisait des grimaces, Gabrielle riait.

— Camille est partie à vélo pour une grande tournée chez ses cousins de Genilly, Pierre a pris le train, tôt ce matin, pour un rendez-vous à Paris… Je me trouve seule à vous accueillir !

Comme il fallait, vraiment, éviter d'interférer à l'office, de perturber M. Paquin et ses adjudantes, Gabrielle avait pris l'initiative de tirer une table de jardin, de mettre un couvert de fortune dehors, sur la terrasse. Devant l'orangerie, on était à couvert du petit vent, il fallait profiter de cet été indien, une dînette, à la bonne franquette. Leurs sacs déposés dans le vestibule, derrière l'escalier, afin de ne déranger personne, ils avaient entrepris des allées et venues furtives pour prélever quelques provisions à la réserve dans un panier, pain et saucisson, un pâté de foie, un quart de brie et des pommes du verger. Ce cambriolage bénin et le pique-nique improvisé avaient tout à fait détendu Miss Harrison, et Daniel, enchanté des gamineries, était allé chercher une bouteille à la cave.

Ils avaient passé un très bon moment ensemble, sous la glycine dépouillée de ses feuilles, à grignoter sans façon, à deviser au pâle soleil de novembre, à s'apprivoiser, cet exercice délicat entre familiers qu'un tiers sépare. Miss Harrison parlait un français approximatif, mais Gabrielle pouvait passer à l'anglais sans difficulté, et au fond savourait que cette invitée-là empêche entre elle et Daniel un tête-à-tête qu'elle redoutait vaguement. Toujours en sa présence, en dépit de la longue tendresse, des marques nombreuses de son affection, elle craignait un danger d'épanchements ou de confidences, peut-être de brutalités soudaines, au moins en langage, aussi était-ce une bonne surprise que la compagnie de cette personne, d'un humour mesuré, fort maîtresse d'elle-même et d'une indulgence aimable pour les excès de Daniel, très en verve, comme d'habitude. Perplexe, Gabrielle s'interrogeait sur la nature de leurs rapports, on n'échappe pas à cette curiosité, à chercher où se manifeste le degré de familiarité, d'intimité où en sont deux personnes. Daniel exhibait si souvent à son bras sa dernière conquête, grande actrice ou starlette, l'imposait comme une revanche, ou une provocation, bien certain que Pierre ni elle ne s'en formalisaient, mais cherchant quelque peu à pousser on ne savait quel avantage, sexuel ou social. Aussi cette personne intriguait-elle Gabrielle, si différente, si plaisante. L'amusait surtout l'air particulièrement satisfait de Daniel de la lui présenter, la considération qu'il paraissait lui porter, la lueur qu'il avait à l'œil en la prenant à témoin : hein, Gabrielle, tu n'en reviens pas ?

Mais le sujet qui l'occupait avait fini par l'éclairer un peu. Avec sa passion coutumière, le cinéaste n'avait pu se retenir d'exposer son grand projet, les démarches et les préparatifs de leur voyage, ce film terrible, ce chef-d'œuvre qu'il allait tourner en Côte-d'Ivoire. Et comme toujours il captivait son auditoire, par pur plaisir de dépense déployait ses discours pour elles deux gagnées d'avance, rien que pour le plaisir de les charmer, de les conquérir davantage, cette grâce de séduire qui l'est déjà, peut-être pour se convaincre lui-même, enivrer ses doutes, emporter victoire sur eux. Miss Harrison était donc sa collaboratrice, sa scénariste, peut-être bien la cheville ouvrière du projet, voire son inspiratrice. Voilà qui était nouveau. Voilà qu'une femme entrait dans la vie de Daniel autrement que par son lit... Gabrielle n'en aurait pourtant pas juré, et elle ne s'était sortie que de justesse de la délicate question du logement. Elle avait offert d'installer Daniel au rez-de-chaussée, dans l'ancienne chambre d'Henri de Galay, en face de celle qu'occupait désormais Mme Mathilde quand celle-ci venait au Mesnil, pour s'éviter l'épreuve du grand escalier. Cette aile de la demeure donnait sur un grand jardin de roses à l'écart, un enclos privé avec en vis-à-vis la porte vitrée du petit salon de musique ; une faveur qu'elle lui réservait, sans s'avouer ce qu'elle prétendait réparer ou prévenir par là. Heureusement, cette chambre comportait une antichambre, où avait longtemps dormi Sassette, du temps où celle-ci veillait la maladie d'Henri, durant la guerre, une pièce petite mais bien aménagée. Il y avait suffisamment de linge dans l'armoire pour y dresser un lit, si on le voulait, et s'il fallait partager le cabinet de toilette, c'était moindre inconvénient... Elle avait trouvé de suggérer à mi-mot, par quelque inspiration obligeante, qu'une autre chambre se trouvait disponible au deuxième, en vérité l'ignorait, et s'était éclipsée sur cette ouverture implicite : elle avait à consulter M. Paquin sur la réception qui se préparait.

En réalité, elle était montée dans sa chambre pour reprendre un peu ses esprits, sachant que dès la première voiture elle n'aurait plus une minute à elle. Là, elle était chez elle. Pierre et elle étaient chez eux. Cet endroit adopté pour leur chambre avait abrité les de Galay depuis deux siècles, de génération en génération, un privilège des maîtres de la demeure, la plus spacieuse, la plus agréable : elle donnait d'une grande porte-fenêtre sur le seul balcon de la façade, devant les grands cèdres du Liban aussi vieux que la maison, dont l'ombre bleue se réverbérait aux murs et dominait le parterre, le pré que fermait le mur d'enceinte. Solennelle chambre, où étaient nés la plupart des membres de cette famille, les quatre enfants de Mme Bertin-Galay ; Pierre en avait ironisé, peu tenté de s'installer là. Mais elle l'avait arrangée à sa guise maintenant que Mme Mathilde n'y montait plus, agrémentée depuis leur arrivée d'objets personnels, de petites gravures rapportées d'Allemagne et de Londres, avait agencé les meubles plus confortablement, fait brancher un raccord de la ligne du téléphone et disposé un bureau, avec les livres et les dossiers de Pierre, les siens propres. En bas, la maison bruissait d'une fièvre, qu'elle fuyait, son agitation montait jusqu'ici, une rumeur de ruche folle. Elle n'avait en comparaison que le lointain Noël 1913, dont la réception nombreuse lui restait en souvenir, le trouble et l'angoisse d'avoir à y figurer. Elle était alors la nouvelle institutrice de Millie, une intruse, une voleuse de secrets, et elle n'y assistait, comme le lui disait Mme Victor, en toute complicité, que pour *faire quatorze* à table…

Chère Mme Victor, son âge n'était pas si grand même si, à cette époque, les gens semblaient plus vieux qu'aujourd'hui, si vite disparue d'un cancer foudroyant, quelques mois à peine d'agonie, et Gabrielle ne pouvait s'empêcher de penser que le départ de Pauline y était pour quelque chose, par l'effondrement intérieur dont la grand-mère ne disait rien, son chagrin de voir l'enfant très aimée, trop aimée, avilie par la mort du fiancé qu'elle avait tant voulu, par la guerre, elle qui en portait la nouvelle atroce en courant depuis le bourg, dans le bourdon du tocsin déjà instruite de l'horreur à venir. De ce saccage d'enfance, de la fuite de Pauline et de son silence, elle avait pu mourir. Le chagrin ronge, on le dit, il propage ses morsures mortelles, que le corps endure, il ne demande que cela, et se rend. Gabrielle était alors en convalescence au Mesnil, quelques semaines pour se remettre des opérations de sa jambe, avant de partir avec Pierre à New York, de repartir avec lui, dans l'éblouissement du bonheur féroce qui abolissait les souffrances, quelles qu'elles fussent, celle de son genou torturé, celle de la mort d'Henri de Galay, et puis de Mme Victor. Elle les avait à peine regrettés alors, leur disparition effleurait sa conscience d'un souci mineur, par quelle sauvagerie le droit d'être heureux s'achète-t-il ? Mais d'avoir survécu, revenants hallucinés de cette région barbare, du tombeau des tranchées asphyxiées d'un ciel infernal, ils avaient droit, encore à l'aplomb du sépulcre, encore à la peau l'odeur immonde des charniers, boue et poudre d'obus, ils avaient droit à l'inconscience ou à l'innocence, à l'accablante cruauté de la grâce. Alors, elle n'avait pas pleuré Mme Victor, ni Henri, seulement à présent, dans le temps retard qu'offre aux vivants le cadeau de vivre. En réalité, elle ne les pleurait pas, elle s'entretenait avec eux souvent, dans ce dialogue sans réponse qu'on invente pour que vivent encore les morts, ou bien ce sont eux qui nous font vivre de leur présence. Un peu plus, depuis qu'ils étaient revenus au Mesnil, qu'à tout instant elle croisait leurs pas, leurs silhouettes drapées d'ombre, ce qui avait émané d'eux et demeurait, continuait de hanter les murs de leur chair disparue, elle en sentait l'accompagnement invisible. Mais dans cette chambre, elle était seule, seule avec Pierre, un territoire à l'écart des fantômes et des vivants, leur chambre, où plus un ne les voyait être ensemble.

Elle changea de tenue et s'apprêta, un instant occupée à sa toilette, veste de soie jonquille sur sa robe droite, une broche au col. La broche de Sophie, un camée d'opale et de diamants, Orphée et sa lyre… Par quelle prémonition Sophie lui faisait-elle ce cadeau en souvenir, sur le point de disparaître pour toujours, lui écrivait-elle, une dernière fois : *Orphée vous ramène à lui, où que vous soyez…* Cela avait eu lieu. A cause de la broche ? A cause de ce vœu jeté à l'étourdie, ou en pleine conscience, dont les mots faisaient leur chemin en elle, et lui donnaient la force, le courage insensé de tenter l'impossible voyage pour chercher Pierre au fond du tombeau. Elle descendait aux enfers, tel Orphée, pour l'arracher à la mort qu'il voulait, et elle ne s'était pas retournée, non, elle n'avait pas cédé à la tentation fatale qui précipite l'amour au lieu de le sauver, elle avait marché droit vers la lumière, au risque de sa propre mort. Les mots nous réalisent, ils prescrivent nos actes, non qu'à les dire ou les entendre nous ayons mis tant de conviction ou de foi, ou alors ils nous connaissaient déjà, ils écoutaient plus qu'ils ne dictaient la direction, et longtemps après nous découvrons l'enchantement ou le maléfice de leur pouvoir. Elle épingla la petite broche, émue d'une pensée pour Sophie, qui vivait très loin, sous d'autres cieux. Elle vivait, bien sûr, elle était vivante de l'autre côté du monde, s'il n'en était pas ainsi comment n'en aurait-elle pas été avertie par quelque appel, ce tressaillement profond dont l'alerte étreint jusqu'à l'âme ?

Il restait peu de temps, elle tendait l'oreille, déjà une voiture remontait l'allée. Elle jeta un regard de la fenêtre, Mme Mathilde arrivait, la première, et Camille qui n'était pas rentrée ! Camille allait très bien. Camille était une jeune fille magnifique et forte. Elle avait encaissé le coup avec l'intelligence et la lucidité d'une grande personne. Dire que tant d'années, tourmentée de remords pour ce qu'elle assimilait à un mensonge, à une trahison, Gabrielle avait redouté cet instant, s'était ingéniée à le différer, à le conjurer comme s'il devait ébranler le fragile échafaudage de la vie, détruire jusqu'à ses fondations, mais la maison était solide ! Elle n'avait pas eu assez confiance en ce qu'ils avaient construit, Pierre et elle, cette famille étrange, de chaux et de sable, bien plus puissante forteresse que les dynasties établies, un organisme vivant et robuste, ses contrepoisons sécrétés en même temps que ses venins… Camille était descendue de sa chambre, elle avait réfléchi, et par sa belle franchise leur déclarait son amour, leur donnait leçon et merci de ce qu'ils étaient, avaient été avec elle, de ce qu'ils avaient fait d'elle, et si rarement elle avait vu Pierre dans un tel bouleversement la prendre entre ses bras, la tenir longuement d'un enlacement maladroit et brutal, caresser son visage et la baiser aux yeux, dont elle riait, au bord des larmes. Enfin ils étaient tout à fait ridicules, eux trois enlacés au milieu du salon dans cette effusion du soir, mais quel ridicule craint-on dans de pareils moments ? Et elle, encore égarée par la scène du grenier, encore défaite d'angoisse, ne se précipitait-elle pas bien vite dans ce dénouement de bonheur, ne l'accueillait-elle pas avec la lâcheté des rescapés qui voient s'éloigner le mal, ferment les yeux de faiblesse, baignés d'euphorie ? Quelle sape, ignorée maintenant, travaillerait ses galeries dans l'esprit de Camille, y débusquerait la petite Millie, l'enfant que chacun porte en soi en toute ignorance, ce continent noir de l'enfance dont la géologie échappe à toute science, et discernement… Mais Camille s'était réveillée d'aplomb, et ce matin, avant huit heures, déjà équipée pour sa tournée à bicyclette, déjeunait à la table de la cuisine avec Meyer et Mauranne, qui lui avait préparé le bol de chocolat d'autrefois avec le lait de la ferme, et beurré ses tartines, ouvert un pot de confiture de mûres. Dora l'aurait maudite : qu'allait-elle anticiper des malheurs, les convoquer, quand tout était si simple, et le soleil de ce jour de novembre un présent de gratuité, et la chasse de Mme Mathilde une fête annoncée ?

Au moment où elle descendait à sa rencontre, une autre voiture se présentait au portail, et ce ne fut plus que succession d'arrivées, les portières ouvertes devant le perron déversant les invités, avec cet air de cérémonie qu'empruntent d'abord les gens en visite. Mme Mathilde, encore en son tailleur de ville et manteau d'astrakan, n'était pas encore entrée chez elle qu'elle campait au bas des marches en maîtresse de maison, sa canne plantée dans le gravier, impériale et satisfaite parce que les garçons, cheveux lustrés, très corrects, remplissaient en bon ordre leur office de descendre prestement les bagages des coffres et c'était une noria dans le vestibule, les bonnes, tabliers immaculés, s'activant sous la houlette de M. Paquin en grand apparat, très strict en bleu roi, revers lie-de-vin. Daniel surgissait alors, saluait sa mère, et les nouveaux venus, présentations. Le directeur des Grands Moulins de Pantin, Albert Laes, en veste et casquette de cheviotte, foulard anglais, la cinquantaine bedonnante et un début de calvitie, avec son épouse, en rondeurs alertes, que Mme Mathilde félicitait pour avoir chaussé des bottines par précaution, quand elle portait encore ses escarpins de ville, mais le temps était au beau, en voilà une chance ! De l'autre voiture descendaient leurs enfants, Delphine et son mari, un jeune couple élégant, lui, un garçon un peu fat, peut-être par inquiétude, il n'est pas si facile d'épouser les héritières.

— Gabrielle Galay, ma bru… Daniel, mon fils américain : il vous montrera à chasser le bison… Où est donc Pierre ?

Daniel feignait de se retourner, de le chercher, une mimique d'excuse à sa mère. Il avait enfilé une grosse veste de laine à torsades et un pantalon de golf sur ses chaussettes, très gentleman-farmer, bon garçon, secouait d'une main énergique celle du grand minotier, lui présentait Miss Harrison, et à sa mère, à qui sa bonne éducation interdisait de s'étonner de cette invitée supplémentaire, toute miel et sucres répandus, mais à ce moment-là s'annonçait Simon Lewenthal, et il fallait en hâte dégager le perron des voitures, manœuvrer pour libérer la place, les garer derrière les communs. Casimir n'y suffisait pas, Adrien venait en hâte régler la circulation, enfin c'était une désorganisation plaisante que ce débarquement général, un ballet quelque peu décousu, mais dans le savoir-vivre et les amabilités de courtoisie, compliments et civilités.

— Mon cher Lewenthal, s'exclamait Mme Mathilde, ouvrant le bras en bienvenue et en présentation générale à la compagnie, tandis que celui extrayait du véhicule sa haute taille déployée, affable, souriant. Avez-vous eu les embouteillages, à Neuilly ? Mais voyons, voici avec vous notre bon monsieur Courtois !

Notre plus brillant ingénieur ! Vous allez prendre quelque repos et bien vous amuser, j'espère. Chère madame Courtois, quel plaisir de vous connaître ! Entrez, je vous en prie. M. Paquin vous fera conduire à vos logements pour vous rafraîchir, n'est-ce pas, monsieur Paquin ? Entrez, Lewenthal, entrez chez vous, mon ami !

Mais à cet instant Camille débouchait au portail, dans sa lancée descendait l'allée en roue libre, à toute vitesse, cheveux au vent, et comme tous entraient, Simon Lewenthal redescendait les marches à sa rencontre, mû d'un élan impulsif dont personne ne s'avisa, sauf Daniel qui l'avait aperçue aussi, et applaudissait bruyamment.

— En voilà, une Amazone ! Freine, freine donc, casse-cou !

Elle freinait très bien, s'offrait un dérapage magistral sur le gravier, ravie de sa démonstration et, les joues rosies par la course, elle immobilisait sa monture, jambes écartées, riant du remue-ménage dans lequel elle tombait.

— Tu es en retard ! criait Mme Mathilde, de l'intérieur. Viens te faire pardonner, gredine !

Celle-ci ne se pressait pas d'obéir, reprenait souffle, défaisait le foulard autour de son cou et soutenait d'un regard triomphant celui de Simon Lewenthal, assez troublé pour rester bras ballants après son mouvement d'accueil. Daniel s'empressait, prenait la bicyclette au guidon et embrassait Camille de baisers sonores.

— La prochaine fois, c'est dans un western que je t'emploie. Y a-t-il d'autres vélos, que nous fassions un tour ensemble, demain ? File, notre Jupiter s'impatiente…

Et il s'éloignait, enfourchant le cadre d'un saut, roulant vers les communs pour ranger le vélo. Camille et Lewenthal restèrent seuls, un peu interdits, s'interrogeant, hésitants et gênés du face-à-face. Comme elle se battait avec le nœud du foulard, il osa approcher, s'en emparer, et elle ôta ses mains, un peu vite, au contact des siennes, le laissa maltraiter la soie, cependant qu'elle tendait le cou dans un mouvement de consentement amical, le tweed de son veston chatouillant son nez, thème de santal et citron, énergique, séduisant… Mais il ne s'en sortait pas mieux qu'elle, il renonça.

— Désolé, c'est hors de mes compétences. Je n'osais vous espérer de la partie, dit-il. Bonsoir, Camille…

De nouveau à deux pas, mains aux poches, et si moqueur qu'elle riposta :

— Moi je vous en savais. Voilà huit jours que grand-mère harcèle tout le monde avec sa liste d'invités. Pas vous ?

— J'ai eu d'autres affaires à suivre. Mais voilà Calvino… Vous allez connaître ce jeune homme, un grand stratège, un artiste de chez nous. L'avez-vous repéré sur la liste ?

Il arrivait en moto, avec side-car, harnaché jusqu'aux yeux, faisait sensation parmi les garçons sortis sur le perron, interdits par la Wartburg, une grosse allemande au cadre bas, qu'il stoppa au bas du perron, ôtant son casque et ses lunettes, sa tête hirsute et des cercles imprimés autour des yeux. Il eut un sifflement admiratif.

— Beau domaine, s'écriait-il. Pas facile à trouver : je me suis égaré vers Viroflay… Aucun sens de l'orientation. Vous me perdrez dans les bois ! Bonsoir mademoiselle. Monsieur Lewenthal, bonsoir. C'est chic, ici. Je vous préviens : je n'ai jamais touché un fusil. Où est l'écurie ? Le picotin pour mon cheval ?

Il n'avait qu'un sac léger, enlevé de son side-car, et un cartable qu'il tapotait.

— Les premiers essais, tirages quadrichromes. Je n'allais pas venir sans vous porter ça !

Mais Camille disparaissait déjà, les laissant à leur sujet, et comme le vestibule se vidait, bruits de voix et piétinements dans les étages, elle tomba sur Gabrielle, restée seule au pied de l'escalier.

— Va vite te changer, sauvageonne… D'où viens-tu si tard ?

Pantalons retroussés aux mollets, gros pull de jacquard et son foulard en ficelle, mèches folles, elle venait droit de Genilly, où c'était une autre réception : Jeanne et son mari arrivés du matin avec enfants et bonne d'enfants, tante Bertille aux cent coups, bien que prévenue s'offrant la grande scène du trois avec vapeurs et palpitations, de contentement, d'émoi et de convoitise. D'appétit vorace pour la bonne chair enfantine qu'elle allait tripoter, mignoter, tarabuster pendant deux jours d'affilée, sa fibre maternelle célibataire si longtemps tenue sous le boisseau par sa sœur, la veuve atrabilaire, hypocondriaque et gémissante, qui avait eu le bon goût de trépasser de rien, d'un évanouissement subit, une extinction de vieille chandelle. Et puis Martin tombait là-dessus, en compagnie d'un camarade de son cabinet, son jumeau ou presque, c'en était comique : qui se ressemble s'assemble, aussi petits messieurs et piquerons l'un que l'autre, peu enthousiastes de cohabiter avec la colonie enfantine, mais la maison du notaire avait de la ressource, on vous logeait le monde. La bonne ronchonnant et traînant savate obtempérait aux ordres de tante Bertille, en l'absence de Charles parti à Paris signer des contrats de vente… A Genilly, on était au courant de la chasse de Mme Mathilde, le bruit en avait couru dans le canton, mais ils n'y étaient pas conviés. Cette branche-là, un grief ancien la tenait éloignée, personne n'en parlait, mais le froid durait. Au départ de Sophie, Charles et ses sœurs avaient marchandé sou à sou le prix du scandale, ce prix de la réparation une offense que Mme Mathilde, réduite à quia, ne leur pardonnait pas. De si longues années après, si l'on se croisait au bourg, au cimetière pour la Toussaint, c'étaient longues mines et politesses contraintes. La fortune que faisait le notaire avec les terrains de la dot, obtenus par traîtrise, ventes et lotissements lucratifs, les prix envolés par le marché, lui restait sur le cœur, une goujaterie de maquignon. Elle voulait bien voir ses petits-enfants, à la rigueur, mais Charles et sa sœur, non. Suffisait qu'elle ait offert le porto, et arbitré le litige de la collection – en sa faveur, une revanche –, Mme Mathilde n'avait pas mis leur nom sur sa liste. Aussi la visite de Camille étonnait-elle. Son vélo posé à la grille, elle s'était présentée sans façon, on l'avait prise comme elle tombait, au dépourvu, mais elle s'était installée, un peu fourbue après son grand tour à vélo depuis le matin, ivre de grand air, de descentes et de montées. Elle avait accepté un verre de sirop d'orgeat, puis aidé au goûter des petits, des frimousses fraîches au sortir de leur sieste, ahuris d'être livrés à tante Bertille, ce dragon à moustache tendre et bourru, qui les gavait de crème et de sucreries. Jeanne avait été gentille : un article de journal sur la conférence de son oncle, à l'Institut Pasteur, lui avait fait grande impression… Et Martin, ma foi, cordial, sans rancune pour sa belle cousine qu'il se flattait de présenter à son ami. Camille en était là de son compte rendu de la virée à Genilly quand Pierre avait paru, lointain dans le cadre de la porte, sa silhouette élancée et sombre. Il entrait dans la propriété, revenant à pied de la gare comme il aimait tant à le faire, une marche de trois kilomètres, et le soleil bas rougissant l'air, teignant jusqu'aux branches des cèdres, empourprant le pré, l'auréolait d'une lumière irréelle. Camille laissa Gabrielle se porter à sa rencontre, elle escalada l'étage quatre à quatre, tirant son foulard par-dessus la tête, puisque ce nœud, décidément, ne cédait pas.

Avant le dîner, ces messieurs s'étaient rendus avec Daniel à l'armurerie consulter Meyer et Adrien pour le choix des fusils, un conseil tenu entre hommes devant les râteliers d'armes, ceintures et cartouchières étalées sur la table ; puis visiter le chenil, flatter les chiens, sentant la chasse et lançant leurs abois. Comme il faisait encore jour, ils avaient longé le mur du verger, le court de tennis abandonné et poussé jusqu'au bas du grand pré, en reconnaissance de la campagne, ses froissements de vent dans les arbres presque nus, la fraîcheur des fossés, leur odeur d'humus et de roseaux. Le soleil disparu derrière la colline, les ténèbres ensevelissant les fourrés, colmatant les orées, ils rentraient à présent, frissonnant du froid soudain, battant en retraite devant cette mélancolie de la nuit que les citadins oublient. Ils revenaient lentement vers la haute demeure trouée de toutes ses lumières, de quand n'avait-elle été ainsi illuminée ? Inexplicablement remué par cette vision, Daniel s'était surpris à jouer l'historien du domaine, qu'achetaient ses arrière-arrière-grands-parents à un banquier de Louis XV ; alors, y séjournaient des princes, des savants, des écrivains, Voltaire peut-être, et quelques encyclopédistes... On n'y vivait pas ordinairement, c'était surtout un rendez-vous de chasse, loin de Paris, giboyeux et sauvage. La deuxième aile datait de la Restauration avec son prolongement en rez-de-chaussée ; l'orangerie, d'avant le siège de Paris. Des détachements de Versaillais y avaient cantonné, une halte pour les bagnards de la Commune embarqués plus loin, beaucoup de dégâts... Qu'avait-il besoin d'en retracer l'historique en ce soir d'automne, de convoquer un passé dont le prestige et les drames ne le touchaient pas, de les faire revivre, moins par forfanterie que par une nostalgie insidieuse. Moins pour ces vieilles histoires de pierre et de terres que pour conjurer le sentiment d'un temps révolu, irréversible et perdu, celui de son enfance, ou plutôt d'une enfance du désir, que rien ne comble. Aux questions, curieuses ou polies, il n'avait plus répondu, soulagé que la nuit protège son silence.

Mais ensuite, la soirée avait été gaie, chacun y mettant du sien, et même le gendre de M. Laes, cet Edouard très guindé, s'était détendu après qu'il en était venu, dans un aparté avec Daniel, à l'aveu qu'il fabriquait des modèles réduits, en concevait lui-même les plans originaux, passionné de maquettisme et d'aviation, heureux d'éveiller l'attention de Daniel qui lui suggérait d'en commercialiser la gamme de jouets, pochette des pièces et mode d'emploi, un rêve d'enfant, lui qui avait monté autrefois un *Titanic* en carton collé... C'est que la maquette intéressait le cinéma, pour filmer batailles navales et décors du fantastique, l'illusion à l'économie, le grandiose en miniature, encore y fallait-il de sacrés artistes, expliquait-il... En bout de table, le jeune Calvino faisait face à Camille, entre Mmes Courtois et Laes, très amusé par cette curiosité de la soirée et, tout en se calquant sur leur modèle pour le jeu des couverts d'un maniement subtil, il les avait entreprises sur la question des couleurs, leurs goûts et leurs préférences, un débat qui débouchait sur des profondeurs de psychologie... La table nombreuse permettait les conversations privées entre voisins, une fois tombées les préventions, chacun acclimaté à la maison, charmé des délicatesses de l'accueil, des bonnes manières et du service impeccable. Mauranne avait soigné un civet poivré à la maniguette ; ses girolles poêlées, une félicité, et des salades de pourpier, de pissenlit parsemées de croûtons aillés, un feuilleté à la frangipane, à se pâmer. On se pâmait d'ailleurs, félicitations à la cuisinière que M. Paquin recevait pour elle, en toute modestie. Mme Mathilde avait placé à son côté d'une part Lewenthal, d'autre part le patron des Grands Moulins, dont Raoul Bertin avait bien connu les fondateurs, comme lui des minotiers de la Brie. Dès 1882, ils avaient fait construire, entre le canal de l'Ourcq et les voies du chemin de fer de l'Est, le premier moulin équipé de vingt-quatre meules, adoptant le procédé de la mouture hongroise et pionniers de la mécanisation. Après divers legs et achats, la société anonyme de Strasbourg-Port du Rhin était désormais actionnaire majoritaire, mais dans le contexte de l'après-guerre, la production céréalière française stagnait, aussi sa mécanisation. Face à la croissance de la demande urbaine et à la cherté, ils avaient fait le pari de la concentration, multiplié les silos, augmenté la capacité de stockage, équipé la chaufferie d'une chaudière de type Babcock et Wilcox et construit un nouveau quai sur le canal ; une expansion qu'admirait Mme Mathilde, jalouse de garder avec son fournisseur les meilleures relations. Aussi écoutait-elle avec attention sa description du chantier de la nouvelle boulangerie, des laboratoires modernes dont se vantait M. Laes, assuré de trouver une oreille avertie ; ainsi que de M. Lewenthal, son interlocuteur direct en affaires.

A part M. Courtois, réduit à un silence respectueux, leur discussion intéressait peu le reste de la table, qui passait d'un sujet à l'autre au gré de ses inspirations, apparemment fortuites, en réalité une manière de s'ajuster, tout en effleurant les délicates nouvelles d'actualité. Comme le renversement du ministère Daladier, tombé sur la question du prélèvement exceptionnel. Son pathétique discours pour adjurer les députés de trouver un équilibre budgétaire, de chercher des ressources. Remplacer le droit de circulation des automobiles par une taxe sur l'essence, frapper des pièces de nickel, contrôler la fiscalité, taxer la récente Loterie nationale, certes en plein essor, et les sociétés concessionnaires du gaz et de l'électricité, tout cela n'y suffirait pas… Pas même l'idée du précompte de M. Piétri, de retenir sur le paiement des coupons des valeurs immobilières, sur les dividendes, à l'exclusion des rentes d'Etat, une somme de 15 % imputable sur les impôts du contribuable, avec promesse de remboursement du trop-perçu… Cette taxe enrageait ceux qu'elle frappait, les fonctionnaires que la crise touchait le moins, également les pensionnés, même de guerre, sauf les grands invalides… Il y avait eu une manifestation avortée, le pont de la Concorde fermé par les gendarmes, des embouteillages monstrueux, une crise aiguë, le Conseil était tombé. Maintenant, on attendait de nouvelles propositions du gouvernement Sarraut. Mais pensez : un ministre des Colonies, qui, en 1919, envisageait l'indépendance de l'Indochine ! Louis Maurin à la Guerre, Bonnet aux Finances… Cette valse des portefeuilles donnait le tournis, jusqu'à quand ce gouvernement tiendrait-il ? De tout cela, on parlait en privé, en famille à la table du soir, au petit-déjeuner, mais pas en compagnie. Non plus de la situation en Allemagne. De l'occupation de la Sarre et du fiasco de la SDN, de la diplomatie en panne. On parlait plutôt de l'accident récent de chemin de fer, une horreur. L'express 354 déraillé au kilomètre 121, près d'Evreux, sur un viaduc. Des dangers du voyage, des plaisirs du voyage, des rencontres qu'on y fait. Des vacances à Deauville, au Croisic, une station que des actrices mettaient à la mode. De l'excursion en montagne, à la mer de Glace, en téléphérique ; de la pâtisserie Sénéquier à Saint-Tropez à laquelle Delphine préférait le chocolatier Itsaray de Bayonne. On parlait du comte de Keyserling, un Socrate moderne, professant à son école de la Sagesse de Darmstadt, d'enseigner la philosophie et l'esthétique aux deux sexes ; un invité de Paul Valéry au Club des Grands Européens, avec MM. Duhamel et Romains et des savants étrangers, des hommes éclairés. Aux deux sexes ! Cette mixité osée faisait débat, une idée hardie, qui émoustillait.

Camille admirait que Gabrielle et Daniel suivent à droite, à gauche, le fil de ces conversations décousues ; Pierre écoutait, de son air absent. Elle, rêvassant dans le vague, échangeait parfois avec Miss Harrison un petit sourire d'encouragement : Daniel, occupé par le jeune maquettiste, celle-ci se trouvait exclue des échanges en français, trop loin pour en avoir avec Camille, en anglais. Un défaut de votre plan de table, M. Paquin. Enfin, café au salon, on avait parlé de choses sérieuses : de la chasse. Des dispositions prises : départ de bon matin, le député et le maire, un de nos directeurs qui avait sa maison non loin, seraient au pied du perron à sept heures. Pour quoi on se quittait tôt.

— Bon repos, mes chers amis. Je n'en serai pas, vous l'imaginez, mais je vous accompagne de bon cœur en pensée, déclarait Mme Mathilde, un peu lasse.

Jusque-là, elle avait tenu brillamment son rôle, mais à présent n'espérait que ses coussins et sa tisane, son eau de bleuet, et bercer son insomnie dans le confort de son lit. L'ascension des étages avait encore donné lieu à toutes sortes d'allées et venues plaisantes, politesses, erreurs de porte et excuses. Camille, montée avec les invités pour épargner à Gabrielle l'effort de l'escalier, jouait les bons offices.

— Monsieur Calvino, avez-vous un petit nom, comme moi Camille ?

— Enzo, mademoiselle Galay…

— Enzo, votre chambre est celle-ci : elle donne sur le pré et le beau clair de lune. Faites de beaux rêves.

— Bonne nuit, Camille.

— Bonne nuit, madame Courtois.

Qui emportait une pile supplémentaire de linges de toilette, en prévision. C'est en redescendant, qu'elle était tombée sur Simon Lewenthal. Il s'était attardé avec M. Laes au salon, ils atteignaient le palier comme elle y atterrissait d'une descente à la course. Bonsoir, monsieur Laes, troisième porte, ce corridor à gauche. Alors seuls encore, pour la deuxième fois de la soirée, l'impression de raccorder cet instant à celui du foulard resté sans son dénouement, resté sans suite, un suspens agaçant. Ces consécutions de temps, étranges, précipitant le cœur avec la collision des pensées qu'une urgence affole, ou bien les vieilles appliques qui n'éclairaient que mal le palier, laissant des coins d'ombre, maintenant toutes portes refermées, suscitant le chuchotement, cela avait-il inspiré à Simon de lui tendre, tout droit sorti de sa poche, un appareil photo neuf, bijou noir et chrome soyeux, lourd à la paume, dont, ébahie elle ne savait que faire, que dire, comment le prendre. Recevoir déconcerte, cela décontenance, mais pour rien au monde ne montrer que, plus fort que le saisissement, plus troublant, c'est le plaisir qui vous renverse, enfantin, de la surprise, plaisir confus de la méprise supposée, agité d'arrière-pensées rapides, agréables et inquiétantes. Enfin elle fit l'ingénue, de son mieux mima l'embarras, pas trop pour ne pas augmenter le sien, parce que maintenant il se tenait fort indécis à trois pas, et presque contrarié.

— Pour moi, vraiment ? chuchota-t-elle.

— Pour vous, il le semble, dit-il de même.

— Ce n'est pas ma fête, ni mon anniversaire…

— Justement. Nous faisons fi de ces conventions. Il vous plaît ?

— A vous, il a plu. Je devrai être à cette hauteur…

Et, par jeu, elle porta le viseur à son œil, feignit une prise, le doigt sur le déclencheur. Derrière ce rempart, derrière ce masque qui cache les yeux, il était plus facile de proposer ce qui lui passait alors par la tête, qui y rôdait, y traînait sans qu'elle l'écoute ni l'examine, mais se prêtait à la circonstance, à l'heure, à l'occasion, à ce silence et cet éclairage faible des lampes qui épargne la rougeur aux joues :

— Voulez-vous que je vous montre quelque chose ?

Il le voulait bien, intrigué, et peut-être soulagé de la diversion qu'elle offrait, parce qu'il ne savait plus comment la quitter, tourner les talons sur ce cadeau abrupt qu'il venait de lui faire, en toute improvisation. Encore qu'il en eût mûrement prémédité l'occasion, ignorant s'il la trouverait et, si elle se présentait, doutant de son habileté à la saisir, à y ajuster son geste et lui à garder sa qualité. A cause de cela résigné presque à renoncer, à repartir avec le Leica dans sa poche, où celui-ci pesait pourtant, lui rappelait à chaque pas son projet et le devoir qu'il se faisait d'y parvenir, le provoquant à s'exécuter puisqu'en venant il savait, très bien savait que Camille serait au Mesnil, il ne s'y rendait qu'avec cette idée en tête, ridicule, obsédante, que ce serait cette fois ou jamais. Aussi la suivit-il, comme elle étouffant ses pas, et maintenant ils longeaient, furtifs l'un derrière l'autre, le couloir de cet étage où il avait sa chambre, plus loin, des portes derrière lesquelles nul ne devait les entendre marcher ainsi à pas feutrés tels des complices, ou des coupables, c'était le tour que prenait leur escapade, mais Camille refermait la porte, donnait de la lumière : ils étaient dans la bibliothèque.

— J'ai trouvé quelque chose, dont vous n'avez pas idée…

Grimpée à l'échelle, les mollets tendus, bras en l'air, du plus haut rayon elle tirait un gros livre, sa tranche de cuir renforcée de ferrures, coincé entre d'autres de même allure, ces ouvrages qu'une maison accumule au fil des ans, des siècles, que plus personne ne consulte, ni même ne monte épousseter. Cette table d'étude de même, personne ne vient plus y lire, passer des heures en silence, ni dans ce fauteuil s'asseoir, méditer, rêver ou dormir. L'endroit semblait tellement abandonné que la silhouette déliée de Camille, dressée en mince danseuse contre le mur des volumes austères, presque en apesanteur, faisait l'effet de quelque magie nocturne, un djinn échappé de ces vieilles pages, le soupir d'un poème romantique. Mais elle sautait, hop, se rétablissait dans sa réalité de jeune gymnaste contemporaine.

Voilà, posée sur la table non pas un livre, elle en avait l'apparence, mais une boîte, une sorte de coffret gothique, qu'elle différa d'ouvrir en prenant l'air mystérieux des enfants qui réservent une surprise. Après tout, la sienne contre celle du Leica, il n'était pas contre, de plus en plus curieux de l'aventure, et même si elle n'avait rien de très bénin, son prétexte était une manière délicieuse de prolonger l'aparté. Sa main posée sur la couverture, elle expliquait :

— Figurez-vous que, ces jours-ci, c'est une première, j'ai fouillé la maison de fond en comble. Je cherche ma poupée chinoise, à cause de vous. A cause de vous, je m'en suis ressouvenue : vous me mettez sur les bras la collection d'Henri et de fil en aiguille, etc., même si cela ne vous dit rien, à moi cela dit beaucoup. Aimez-vous avoir le cœur net ?

Le cœur ? Il sourit de la question, patientant très bien, et même il tirait une chaise et s'asseyait, prêt à entendre les histoires de cette drôle de jeune fille, qui connaissait assez de judo pour vous tenir à distance, et vous parlait de cœur sans ménagement.

— J'explore pas mal de recoins. On croit connaître les endroits où l'on a vécu, mais quelle illusion. Si vous saviez sur quoi je suis tombée, par inadvertance, en cherchant ma poupée au grenier…

Elle eut l'air d'écouter la tentation importune d'une digression, pesa son indécision, alla à l'extrémité de la lenteur et du silence qu'il fallait pour la suspendre, puis revint à lui, sachant qu'elle le tenait en haleine, du moins qu'il voulait bien admettre ses parenthèses mentales. Dans la nuit enténébrée et caverneuse de la demeure, leur solitude dans cette niche de douce lumière donnait toutes les patiences.

— Entre autres choses intéressantes, voilà ce que j'ai trouvé. Regardez…

Elle ouvrait enfin le coffret, rabattait son couvercle. Des photos de famille, un vrac poussiéreux. Il sourit encore. Bon, ce n'était que cela, mais il voulait bien passer la nuit avec elle à les considérer toutes, une à une, va pour les photos. Un assortiment de sépia et rouille, brun, violine, certaines voilées d'une neige jaune mais, dans l'ensemble, des épreuves monochromes assez bien conservées.

— Je vous épargne la plupart, ne craignez rien. C'est qu'il y a énormément d'inconnus, là-dedans. Mais regardez plutôt celles-là…

Regardons. Elle avait tiré une chaise aussi et, coude à coude, ils étaient à présent.

C'était, il en eut le cœur serré, cette journée de juillet 1914 qu'il revit dans la clarté violente d'une apparition. Il avait porté son folding, l'appareil circulait, cette journée si belle où Mme Mathilde donnait son accord aux plans de Choisy, où il arrachait sa promesse, et elle la sienne, qu'ils réussiraient… Berthe est là, elle est enceinte, posant sur la terrasse, son ventre proéminent caché derrière Mme Mathilde qui trône, de toute sa carrure. Une brodeuse du bourg est venue dans l'après-midi, elle a répandu un trousseau de linge à ses pieds ; sur la table de fer, les verres de limonade… Et puis le champ de coquelicots, une promenade en compagnie, la dispersion des silhouettes dans le pré, une enfant court, sa brassée de fleurs au poing, soleil bas. Celle-ci : il est sur le seuil du grand salon, entre Pierre et son père, Gabrielle s'encadre dans la porte, passant de l'obscurité à la surexposition de lumière, triomphante et sereine, sa couronne de cheveux nimbée de soleil… Henri vient de leur montrer sa collection de masques nègres… Vingt ans ont-ils passé ? Ont-ils tellement vieilli ? Ce jour-là, il porte un costume d'été, élégant, et Henri aussi, toujours vêtu de clair, le lin colonial, front haut, tenant Gabrielle au coude, si tendrement…

— On ne voit rien sur les photos, c'est aveuglant… Savez-vous que mon père est amoureux d'elle sur cette photo ? Savez-vous qu'elle l'aime, qu'elle porte son enfant, que mon frère Théo est sur cette photo en puissance, en puissance il les noue d'amour. Ils l'ignorent encore, mais nous le savons maintenant, ce grand secret, n'est-ce pas ? Cela finit, et cela commence…

Quoi des photos subjugue qui ressort du secret enfermé en silence dans leur désert d'images, du chiffre qu'elles détiennent dans leur infime profondeur pelliculaire ? C'est en nous qu'il demeure, et se pencher sur elles c'est interroger l'usage étourdi que nous faisons du temps, du présent qui passe et demeure, aussi fragile que l'image et recueilli par elle… Ceux-là sont morts qui sourient, dont les mains lasses reposent sur les genoux. Mme Victor, droite, ombrageuse, elle se méfie de la prise qui la surprend, lui vole quelque chose dont elle ne sait rien. Et Henri de Galay, voyez ses mains longues, dont la pose sur ce dossier d'un fauteuil de jardin n'a rien de hasardeux, ni de dérisoire. Elles ont l'intelligence dont il touche toute chose, et son dédain fatigué, son ironie distante, sa science de la mort prochaine qui travaille son squelette… On ne voit rien de son mal sauf la lassitude de sa main et sa jouissance extrême de sentir à sa paume l'accident rêche de l'osier.

— Allons, je ne vais pas vous raconter l'histoire de mes parents ! Vous voyez bien que là – c'est moi –, j'en ignore tout. Cette petite personne en robe à volants, qui baye aux corneilles, en ignore tant que c'est miracle si elle est avec vous ce soir… Il s'en est fallu de si peu… Ils auraient pu, ils avaient peut-être le droit de m'oublier, de me perdre dans les plis de leur histoire, dans un courant d'air…

Mais voici une photo de groupe, tous réunis sur le perron, une mise en scène nombreuse, qui la dirigea ? Car, comme au théâtre, un tableau s'apprête, quelqu'un a indiqué aux uns, aux autres, de se rapprocher, de descendre une marche, de sourire aussi ? De ne plus bouger… Ils se sont concertés, ils ont pris la pose, les dames en chapeaux d'été, les messieurs, vestons ouverts sur le gilet, une main à la poche, l'autre tient un cigare. Ils se sont prêtés aux consignes, bienveillants et flattés de la bienveillance du photographe qui les considère. Mais personne n'a dicté à la petite fille de s'approcher du monsieur en costume clair qui occupe tant sa grand-mère, assis sur la dernière marche, ni à lui d'enlacer sa taille d'enfant, ni, au moment où le doigt presse le déclencheur, à elle de passer son bras confiant autour de ses épaules et de pincer son oreille. D'une main délicate, elle tient son lobe entre deux doigts, et son regard vers le photographe, sous le chapeau de paille à rubans, déclare qu'elle fait cela en conscience, adresse au lointain futur antérieur de cet instant qu'elle y sera rendue, qu'elle y est déjà.

— Vous souvenez-vous ?

Non, il ne se souvient pas mais dans ce présent apprend qu'il le savait, et ils rient, la gorge nouée, ensemble penchés sur la photo, qui n'est pas très grande. Il faudrait une loupe pour mieux voir de quoi est fait son sourire à lui, d'étonnement, de consentement, et son grave regard à elle, de résolution farouche. A bien regarder, elle a au doigt une petite bague, une fleur d'émail. Cette bague, aussi perdue que la poupée chinoise... Alors émue, cœur battant aux tempes, elle se penche davantage, elle cherche éperdument dans le grain fin de la photo à distinguer quelque chose de plus qui résiste et se fond dans le brouillard des yeux, dans le fourmillement liquide de l'image, et lui le cherche aussi, on ne voit rien sur ces photos, c'est aveuglant dit-il, on ne voit rien, Camille, ne pleurez pas. Elle pleure, c'est idiot, c'est révoltant, et qu'il passe son bras autour d'elle tout autant, et désespérant, et bouleversant, mais en quelque sorte équitable ; qu'il la prenne contre lui, inconfortable à cause de ce dossier de chaise entre eux, qu'il repousse, alors le téléphone pouvait bien sonner quelque part dans la maison, sonner en vain, maintenant que debout, enlacés, il prenait à sa bouche, fondante, oh comme elle fond et s'ouvre à ce baiser d'homme, à sa bouche mouillée, impatiente, avide qu'il lui donne ce baiser, qu'il la prenne et la garde contre lui pour ne pas en finir, que cela dure encore et donne de la douleur épuisante à présent, enfin.

Le téléphone avait sonné, Pierre avait aussitôt décroché. D'un réflexe, il avait tendu le bras par-dessus le manuscrit qu'il lisait, contrarié de cette sonnerie, du timbre strident, en bas, dans le vestibule, qui résonnerait dans toute la maison et réveillerait chacun dans son premier sommeil. Gabrielle était encore dans le cabinet de toilette ; avant de se coucher, il feuilletait le rapport que le Pr Grandrieux lui avait confié aujourd'hui, un bilan de son étude des maladies tropicales, menée ces dernières années en Indochine et en Chine, maintenant qu'il rentrait, reprenait un poste à l'Institut Pasteur. Celui-ci l'avait invité dans un restaurant asiatique près du jardin du Luxembourg, pour lui faire goûter les plats excellents d'un Annamite malin en diable, éduqué au français par les frères d'une mission catholique, qui menait très bien son affaire à Paris, en veine d'orientalisme. Toutes ces années, Pierre avait perdu de vue Emile Grandrieux, mais il prenait de ses nouvelles par les publications du jeune assistant qu'il avait formé avant-guerre, parti sur les traces de Yersin en de si dramatiques circonstances. Ce qui les réunissait en ce jour ravivait le souvenir de cette époque révolue : la mort récente du Pr Roux, qu'ils vénéraient l'un et l'autre. La disparition de l'immense pastorien, connu dans le monde entier pour sa probité exemplaire, la haute idée qu'il se faisait de sa mission de savant et de directeur, même si elle était prévisible navrait toute la communauté scientifique ; eux deux particulièrement. Le grand octogénaire vivait en ermite sous les combles de l'Institut, avec lui disparaissait un siècle de pionniers, mais aussi la part singulière qu'il avait prise à leur vie. Ils s'épargnaient d'y revenir, l'un et l'autre trop pudiques pour mettre des mots sur leur tristesse, mais renouer en cette circonstance était une manière de lui rendre hommage.

Ils s'étaient retrouvés pour ce tête-à-tête convenu lors de la conférence publique de Pierre, et c'était le plaisir simple, après un si long temps, que de raccorder leurs visées, et l'estime, la considération mutuelle, ce territoire partagé des connaissances qui constitue, par-delà les séparations, l'assise d'une relation durable. Devenu spécialiste de virologie orientale, Grandrieux avait fait carrière dans ces pays lointains, épousé la fille d'un administrateur de Hanoï, dont la mère était native de cette colonie, et ils avaient trois enfants métis très beaux, dont il lui montrait fièrement les photos ; l'aîné déjà adolescent, tous scolarisés à Paris depuis la rentrée. Grandrieux avait le hâle des coloniaux, son teint tranchait parmi les visages pâles du restaurant, un air de santé et de mâle assurance, mûri par l'âge et les épreuves. Il se rétablissait dans la vie parisienne, réapprenait les usages de la vieille institution mère dont les équipes avaient beaucoup changé, mais pas les intrigues et les conflits de pouvoir.

— Quelles que soient les orientations scientifiques et la répartition des laboratoires, j'observe un bouillon de culture instructif… Les agents révulsifs de la nature humaine sont curieux sous toutes latitudes, plaisantait-il.

Il affectait une humeur frondeuse, avec ce fonds de timidité que lui connaissait Pierre. Il plaisantait de la manière dont celui-ci se servait des baguettes : son maître avait-il perdu la main depuis le temps où, jeune chercheur, il voyageait dans ces contrées ? Il plaisantait des crises de paludisme qui le mettaient à plat tous les six mois, séquelles coloniales ; aussi de son allergie aux alcools, dont la consommation dans les missions faisait des ravages, une maladie contagieuse qu'on désespérait de traiter, aucun vaccin en vue… Il avait aussi plaisanté d'un dîneur attablé seul à l'autre bout du restaurant, dont il jurait à Pierre qu'il était à sa conférence l'autre jour. Un jeune admirateur, sans doute ? Il n'en aurait pas juré, mais, ma foi, presque.

— Ou bien j'ai la berlue, ou bien il était tout à l'heure sur le trottoir en face de l'Institut, quand nous en sortions. Est-il donc venu à pied avec nous jusqu'à ce restaurant ?

De cette plaisanterie-là, Pierre ne riait pas, la trouvait incongrue et, sur l'insistance de Grandrieux, avait fini par se retourner. Non, il ne connaissait pas ce jeune homme, ne l'avait jamais vu. Ils avaient changé de sujet. Ils s'étaient quittés un peu tard, Pierre avait pris le train suivant, ramenant au Mesnil son gros manuscrit, dactylographié par sa femme, un état final de son travail avant qu'il n'en fasse communication. C'était au milieu de cette lecture que le téléphone avait sonné.

En robe de nuit, Gabrielle sortait du cabinet de toilette, alertée par la brève conversation qu'il venait d'avoir, inquiète. Mais qui donc appelait si tard, quel importun, ou bien Théo oubliait-il le décalage horaire ? Ce n'était pas Théo, qui n'appelait guère. C'était Jürgen Zeisser.

— Jürgen, vraiment ? Que se passe-t-il ?

Pierre en était troublé, stupéfait. Un appel tardif, inaccoutumé, à vrai dire rarissime. Ils échangeaient plutôt des lettres, une dernière était arrivée quinze jours plus tôt. Une communication nocturne si surprenante qu'il en restait songeur, et de son motif :

— Il s'enquiert, ou plutôt il demande, j'ai même le sentiment qu'il exige… Un tel ton, il ne l'a jamais employé… Il demande que nous prenions chez nous, enfin, que nous nous inquiétions d'accueillir une personne qui est sur le point de quitter l'Allemagne. Si j'ai bien compris, qui n'a pas encore décidé de la date de son voyage… Un candidat à l'exil, il fuit le régime nazi. Un savant physicien, qui connaît des ennuis. J'ai cru comprendre, mais c'était si rapide, que Jürgen en faisait une affaire personnelle…

Cru comprendre ? Mais que comprend-on d'un échange aussi bref, et la voix lointaine du correspondant, le grésillement de la ligne, son débit pressé et comme étouffé laissaient la réponse en suspens... Un voile nocturne affectant son timbre, Zeisser allait au plus court, chevauchant les questions de Pierre, en fait monosyllabes d'interrogation et oui, évidemment, s'il le demandait, il ferait en sorte de rendre ce service.

— Mais ce n'était pas le mot employé. Service, aide, ou appui, je ne sais quel mot il a employé... En réalité, je ne suis pas sûr d'avoir reconnu la voix de Jürgen.

— Grand Dieu, que cela signifie-t-il ? D'où appelle-t-il ?

— J'ai l'impression d'un lieu public. Des voix derrière la sienne ? Un brouhaha interférait, peut-être d'une rue, plutôt d'un café... Pour tout dire, j'ai l'impression qu'il n'était pas en sécurité, qu'il était dehors. Il a demandé de ne pas rappeler chez lui, d'attendre d'autres nouvelles. En fait, il voulait seulement obtenir mon accord, il me pressait au point que je l'ai donné, sans avoir bien compris de quoi il s'agit... Pouvais-je refuser ?

Cela tombait dans cette chambre close, dans la maison endormie, tels les brefs roulements de tonnerre annonciateurs d'orage qu'on entend dans le sommeil mais dont l'écho se perd, et l'on a beau tendre l'oreille dans le silence de la nuit, chercher confirmation à l'inquiétude passagère, il n'en reste que le doute. Assise au bord du lit, Gabrielle passait machinalement la brosse dans ses cheveux, frappée par la stupéfaction de Pierre, elle qui n'avait rien entendu de l'échange, troublée par son indécision et tout ce que remuait de confus et d'alarmant cet appel inusité de leur ami. Comme on le fait dans ce cas, elle posait des questions trop précises. A aucune Pierre n'était en mesure de répondre : non, Jürgen n'avait pas indiqué quand ni de quelle manière ils pouvaient aider, appuyer, rendre service, s'assurer et auprès de qui, pour obtenir quoi ? Un laissez-passer, une autorisation ? La législation devenait draconienne sur l'accueil des milliers d'émigrés en partance par familles entières, les villes du Nord et de l'Est saturées de gens sans ressource livrés à la désorganisation des services d'assistance, désemparés par ce brusque afflux depuis six mois que les persécutions antisémites étaient légales, que le régime hitlérien terrorisait les opposants politiques refoulés de transits en expulsions et rejetés vers la Suisse, la Hollande ou la Belgique, confrontées au même problème des réfugiés. Le paradoxe est que, de ces mesures, résultait une fuite des cerveaux, des cadres et des intellectuels, artistes, médecins, avocats et enseignants, comme si ce pays n'avait pour but que de chasser ses forces vives, de réduire sa population à la plus médiocre sélection, une équation absurde. Ils savaient que leurs amis Zeisser et certaines de leurs relations en étaient consternés, voire effrayés, mais la communauté scientifique restait divisée, autant que la population hésitait aux solidarités élémentaires et assistait à cette débâcle, impuissante. Peut-être même lâchement fataliste, ou somnambulique, domptée voire conquise par la montée en puissance d'un régime ouvertement totalitaire, que rien ne semblait pouvoir arrêter dans son extension nationale. On ne sait quand cela a commencé… On se réveille un matin, son journal quotidien disparu. Au travail, un collègue manque, et dans la rue des boutiques se ferment. Un autre jour, on trouve la liste affichée du personnel prohibé ; on regarde l'appariteur de la faculté la piquer au tableau. Le médecin de famille n'a plus le droit de vous soigner, n'a plus le droit de prendre l'autobus, d'écouter la radio, de sortir le soir ; le lendemain, la crémière vous reproche, à mots à peine couverts, de ne pas avoir levé le bras au passage d'un camion de SA dans la rue, et dans le square les enfants, deux par deux, accompagnés de leur instituteur, chantent en chœur la mort des juifs, de leur voix cristalline. Il aurait fallu un singulier aveuglement pour ne pas recouper les informations fragmentaires mais convergentes : de l'autre côté du Rhin avait lieu une révolution inédite et criminelle, Pierre et elle en étaient effarés. A leur arrivée en France, ils étaient encore mal informés, mais le séjour à Löchen, cette année assombri, la lecture de la presse, les bruits qui couraient les avaient vite dessillés, et cela revenait de loin, l'angoisse diffuse d'un monde basculant dans la folie, son horizon de colère, l'étrange lumière de soufre qui irradie de quelque incendie lointain, tout l'escadron cabré de haine amassant ses troupeaux de nuages livides, qu'une tornade souffle et répand d'un seul instant dans la totalité du ciel. On se réveille un matin dans le bruit du tocsin, les cloches sonnent à toute volée, il est trop tard, trop tard… Ils partageaient ces pensées en silence, Pierre assis sous la lampe à son bureau, encore dans le geste qu'il avait eu de reposer le combiné, et elle au bord du lit, sa brosse inutile aux mains abandonnées.

— Ce dont il voulait s'assurer, reprenait-il, dans un effort de rationalisation, c'est que nous étions ses amis, et prêts à l'aider. Nous le sommes, n'est-ce pas, Gabrielle ? Il rappellera, quand il le pourra, ou il écrira, alors nous en saurons davantage. Que faire, d'ici là ?

Rien à faire, que se coucher et éteindre la lampe. Mais, dans l'obscurité, il cherchait la confiance de sa main, son épaule, elle étendait son bras en corbeille pour y loger sa tête, dans cette étreinte familière de leurs corps étendus, que le repos appelle, ou le désir, douce caresse originelle et pesante qui allège et désempare de sa nouveauté recommencée, affranchie des craintes primitives, et pourtant inquiète de sa sombre promesse. Ils avaient mis si longtemps à retrouver ou réinventer les gestes du désir, de l'amour... La guerre tant réclame des hommes leur virilité, la leur confisque, exige de leur sexe qu'il s'anéantisse dans la sidération des corps disloqués, la bestialité des combats et le harassement massif du travail exténuant de tuer. Par instinct de propriété, dans l'individuation générale et l'asservissement de tous, cette place si menacée de soi, plus encore en imaginaire, s'interdit ou s'indemnise en avilissements hallucinés, exaspérés d'absence, et comment redevenir un homme ? Pierre avait été de ces hommes convaincus que la science et la culture, l'intelligence, l'idéal de leur siècle de progrès pouvaient abolir la barbarie ; la mobilisation d'août 1914 les avait cueillis dans cette certitude et transportés en un jour dans les champs de la Marne, vers Philippeville et Arlon, parmi les moissons inachevées, les vergers croulant sous les fruits, dans l'aveuglant soleil de canicule de cet été d'injure ; la leçon de la boucherie, d'un ricanement formidable, les avait ramenés à sa raison. Jamais nous ne reverrons le monde sous un jour heureux, l'humanité est morte. Mort l'homme en nous, nous sommes les cadavres de notre illusion et les criminels qui l'assassinent. Parmi tous ceux-là, ses frères en démence, montant au front dans le pressentiment du pire, Pierre était le plus averti peut-être, lui qui en avait entrevu la promesse dans les films muets d'horreur rapportés de Birmanie, qu'il avait si longtemps laissés dormir dans la sacoche déposée auprès du lit de Meyer, au-dessus de l'écurie... Ces images atroces annonçaient le siècle, en étaient la prédiction abjecte. Oui, il savait, il était prévenu. Et il avait croisé ceux qui la préparaient, avait été instruit de leur dessein, qu'il avait voulu enfouir au fond de cette sacoche d'épouvante. Ce ne sont pas la culture, l'esprit, qui vont de soi, c'est la barbarie. Elle est naturelle à l'homme, il la porte en lui, incoercible, et comment s'extirper du cervelet sa tumeur ? Outrepassée la convulsion des viscères et du cœur, rendu à l'état assigné de spectre ambulant que voulait la guerre, il avait été moins qu'un homme, rendu à la bestialité de son impuissance.

C'est ce que comprenait Gabrielle, du moins ainsi se l'expliquait-elle, le devinait-elle, pour avoir ensuite approché cet endroit dont nul n'a idée, une terre où s'entretuent les hommes. Elle n'avait compris que tard que l'amant d'avant la guerre, le bel amant ébloui de passion mettait plus de temps que son corps avili à quitter la place, à sortir du tombeau dont le séjour désespère, et il avait fallu tant d'amour encore, de patience et de tact, d'humbles égards pour qu'à nouveau ils s'aiment. Tant de peine à retrouver ce qui n'existait plus, parce que sauvagement il l'avait quittée, et renoncée, trop sacrifiée pour que s'oublie le malentendu affreux qui devait les séparer pour jamais, porté disparu, il n'était plus de ce monde... Elle avait quitté la France et mis au monde Théo, à New York, le plus loin possible de l'endroit où ils s'étaient rencontrés et aimés, et tandis qu'elle renaissait à cette vie sans lui, il se rétablissait lentement en captivité dans un hôpital allemand, évadé, le long périple de son évasion par Löchen, la Suisse, et le rapatriement de sanatoriums en administrations... Puis cantonné dans une caserne à Lyon par cette suspicion attachée aux évadés qui n'étaient pas morts au champ d'honneur, s'étaient livrés à l'ennemi plutôt que de mourir ! Ce qui leur valait, par défiance, la déportation dans des camps du Maroc, en bataillons disciplinaires, ou d'interminables démarches pour attester de leur sincérité, interdits de communiquer leur retour aux leurs, jusqu'à ce que, enfin blanchi, en quelque sorte, et libéré, il puisse enfin revenir à Paris, se présenter, un matin, à la Chaussée-d'Antin, un revenant. Mme Mathilde avait-elle compris, alors, d'où il arrivait, et comment, dans quel état d'épuisement et d'hébétude, d'amertume il était ? Acharnée qu'elle était à réaliser ses grands projets, effarée que le deuil de ce fils, si vite fait, se retournât en son retour, encombrant retour, peut-être compromettant, moins heureuse que troublée par cette résurrection du matin et du premier jour répondant mal à ses questions sur ce qu'il en était de Gabrielle et de Millie... Lui tendant pour toute réponse la photo envoyée à l'automne par Daniel où l'on voyait réunie une famille au fond d'un jardin d'été, Millie rieuse, Gabrielle un bébé dans les bras, que couvait si amoureusement Daniel du regard. Cet enfant invisible dans ses langes annoncé sans légende, qu'en savait-elle, enfin que savait-elle de ce qui se passait là-bas ? Les malentendus tiennent à si peu, de légères erreurs d'aiguillage lancent les convois de mort dans la nuit, du lendemain Pierre avait disparu, déserté la maison de sa mère, et même rue de Turenne, on ne le trouvait pas. Il avait fallu à Mme Mathilde s'en inquiéter au bout de plusieurs semaines, dans une parenthèse de ses affaires, pour apprendre de l'Etat-Major où elle avait ses entrées que son fils Pierre Galay, officier de santé, était reparti au front, vers Verdun. Par quel hasard Dora apprenait-elle le retour de Pierre, grâce au commissaire Louvain cherchant à s'en assurer, à obtenir confirmation de la nouvelle incroyable avant d'en télégraphier à Gabrielle, devançant la lettre embarrassée de prudences par laquelle Mme Mathilde annonçait à Millie que son père était vivant, et en bonne santé. Gabrielle avait croisé cette lettre, elle était déjà sur le paquebot, en plein océan Atlantique...

Elle se souvenait du dernier soir de sa traversée, une éclaircie soudaine avait illuminé le ciel, sculptant les nuages, les bordant d'une aile de feu, si légers qu'on eût dit un duvet de plumes, perdu par quelque immense oiseau de mer. Accoudée au bastingage, elle contemplait la beauté du soir, le cadeau royal du crépuscule dont la gratuité étonnait. Les nuages se dispersaient dans la vastitude du ciel, si bien que, malgré l'heure tardive, une sorte de jour extraordinaire avait empli l'air marin, toutes choses scintillant d'une épuisante clarté qui blessait le regard ; à cet excès de lumière ne répondait qu'obscurité en elle. Il y avait peu de monde sur le pont. A cette heure, les voyageurs prenaient un verre au bar ou se pressaient aux tables du restaurant où commençait le premier service, l'orchestre entamait déjà des airs de fox-trot ou de tango. Les flonflons en venaient, mêlés au bruit de vaisselle entrechoquée, au brouhaha des voix, éclats de rire, l'effervescence d'une société insouciante qu'égayait la promesse prochaine du port. De rares voyageurs emmitouflés se tenaient non loin d'elle, deux hommes en habit sous leur manteau de fourrure, des Russes, qu'attirait l'aubaine de ce crépuscule, le seul en cinq jours de traversée, en cette saison d'hiver accompagnée par les pluies et les coups de mer. Le contentement évident qu'ils tiraient de cette embellie l'accablait, elle qui rentrait l'angoisse au cœur, l'esprit en déroute, exaspérée par la lenteur du voyage, les interminables journées vides sans dérivatif, indifférente aux livres de la librairie, aux divertissements offerts aux passagers, à la compagnie qu'elle fuyait, enfermée dans sa cabine, n'en sortant que pour aller harceler le technicien de radio, envoyer ou recevoir des télégrammes à Mme Mathilde, de Dora, chaque jour. Réponses laconiques, contradictoires. Sans nouvelle de Pierre, espérons confirmation. Espérez, disait la vieille femme. Et Dora : Confirmation : Pierre vivant. T'attendrai à Nantes.

Elle se souvenait à peine des premières heures où, dans une sorte d'anesthésie, de froide folie, elle avait pris les dispositions de son départ. Impossible de joindre Daniel, le seul qui eût pu intervenir, sans doute tergiverser, qui eût pu donner sur ce télégramme affolant un avis de bon sens, sinon le contester, du moins le raisonner. Mais sa secrétaire le disait absent pour huit jours, et rien ne pouvait s'opposer à son départ, aucune entrave matérielle ni morale, aucun impératif de conscience. Le message de Dora, dicté quelques heures plus tôt dans un bureau de poste du Palais-Royal, avait été délivré à quatre heures de l'après-midi, dans un silence de sieste, qu'elle utilisait pour mettre à jour la comptabilité de la petite école qu'elle venait de créer. Sur le seuil, le coursier tapait de la semelle, la face rougie par le froid, et elle se souvenait qu'en signant son registre elle avait la tête ailleurs, songeait de manière dissidente, en regardant la buée de son haleine, aux emplettes du lendemain, à sa promesse d'assister à une répétition de sa chorale avec Millie : par ce froid, elles prendraient un taxi... Quand elle décachette le télégramme, elle est encore dans la distraction de ces pensées, revenue dans son bureau, près de la table où l'attendent ses livres de comptes. L'onde de choc est passée, de blanc absolu. A présent, elle perçoit le silence de la maison, inerte face au néant de toute pensée, ses sens en éveil, hypersensible aux insolites détails visuels, comme l'anse contournée de la théière, la petite rose de son décor, une fleur d'églantine, les miettes de biscuits sur la dentelle du plateau. Illuminée par la seule conviction, insensée, qu'une infime fraction de seconde dément l'ordre du monde. Rien n'a bougé autour, les aiguilles de la pendule progressent dans leur immobilité apparente. Le soleil d'hiver décline dans sa chute insensible, dans l'infinie étendue cosmique les poussières célestes gravitent, l'agitation cellulaire, l'anarchique fourmillement de la vie, quelle que soit son échelle de grandeur, dans la zone mentale où s'évalue cette nouvelle : *Pierre est vivant. Crois-moi. Lettre suit.* Dora est vraie, elle seule peut dire que mort parmi les morts il est vivant, c'est simple, d'une perfection sans ombre. Lettre suit ! De quoi meurt-on ? Elle meurt dans l'instant. Il y a longtemps qu'elle est morte, d'une intelligence supérieure en ce qui concerne la mort. Naître est simple et mourir aussi, le malentendu d'un cri, d'un râle. Crois-moi, crois en cette folie. Elle se souvenait du calme extraordinaire du jardin en cette journée d'hiver, blanc derrière les bow-windows, d'une branchette contre la vitre étoilée de givre, fragile et robuste, de la paix sommeillante, des pièces ordonnées dans leur silence, des tapis étouffant ses pas pressés tandis que chaque geste avait la vitesse de l'éclair, chacun accompli avec une justesse, une détermination inspirée qui résolvaient dans l'instant les obstacles. Obéissant à son impulsion, sans mesurer l'inconséquence de sa hâte, elle téléphonait à une agence de voyages, dans l'heure obtenait sa place dans le premier bateau pour la France, le lendemain soir. Cette providence ratifiait sa décision, déjà elle descendait à la cuisine où Mrs Baxter repassait du linge, elle s'entendait déclarer sans affolement ni crainte, au contraire pondérée, très calme, proche de l'hallucination :

— Je pars. Je vous confie les enfants, je pars.

Il lui semblait énoncer à retard des choses déjà résolues, recommandait de prendre toutes dispositions pour l'école, de payer son chauffage, de prévenir Daniel, tout en signant un pouvoir pour la banque à Mrs Baxter elle vérifiait un devoir de Millie, donnait son biberon à Théo. Elle les avait déjà quittés, cela ne faisait ni peur ni mal. Avait-elle jamais eu l'esprit aussi aiguisé, sa volonté hors d'elle, mécanique parfaite, la réalité pliait sans résistance. Dans son ébriété, elle ne s'étonnait même pas du basculement monstrueux d'une heure à l'autre, de cet acte hasardé du départ et jusqu'au soir tant de tâches matérielles avaient occupé les heures qu'elle avait sombré dans le sommeil, hébétée de fatigue, sans qu'un rêve la trouble, levée dès l'aube et, le temps de son bagage, quitté les enfants que son départ semblait si peu étonner, Millie seulement soucieuse de ne pas manquer sa chorale. Elle les avait laissés dans cette cuisine de la maison de Brooklyn comme si elle rentrait demain matin, sans même recourir au rituel de séparation qui les amusait d'ordinaire, le tour du jardin, ou une chanson dans le vestibule avant une course. Tout avait eu lieu dans une rapidité somnambulique jusqu'à son embarquement, dans la bise qui portait du large des flocons glacés, brouillait l'air d'une brume irréelle, au point que le navire avait croisé la statue de la Liberté sans qu'elle en voie la silhouette… Elle ne s'était effondrée qu'une fois dans sa cabine, dans la terreur de l'espérance.

Qui y trouve à redire s'il n'est passé par là, qui ose dresser tribunal et juger quand une fois mastiqué par la bête et vomi par elle on se réveille dans une obscurité que le jour ne discerne plus, en plein jour la nuit continue, *revenir* quel drôle de mot, de quoi Pierre était-il revenu ? Une fois déjà il avait cru *revenir* de Birmanie, du voyage au long cours *revenir* à son laboratoire de l'Institut, à son travail de chercheur, à son appartement de la rue de Turenne et, rétabli parmi ses semblables, continuer sa vie comme si de rien n'était ; encore cette fois il croyait revenir d'Allemagne, de la guerre, mais revient-on de la mort ? Une fois franchi le pont et baptisé à elle, on consent à son dessein totalitaire, à l'intérieur du crâne, des circonvolutions du cerveau, dans ce bulbe mou quoi circule-t-il encore d'une conscience ? Dans les cavernes pulmonaires, l'entrechoc visqueux des viscères où est perdue la personne dont on a eu connaissance, une et entière, qui allait par les rues parmi les vivants, dans un soir lointain aimait une femme entre toutes les femmes ? Désormais un être multiple éviscéré, décervelé, époumoné se consulte, pense qu'il revient tandis que l'autre agonise à son chevet, un autre spécule contre ce tiers et ratiocine faiblement, désire et souffre, rêve, remémore, s'enivre de son rêve et le tue, il se croise et s'ignore, pourtant tient colloque, dans la connaissance infuse de l'horreur et le volontarisme absurde décide de repartir au front chercher la mort qu'il a déjà trouvée puisque dans le monde des vivants personne ne l'attend plus, puisque la femme qu'il aimait a mieux su que lui qu'il ne reviendrait pas. Le matin où Pierre quittait la Chaussée-d'Antin, dans tout ce gris de la pluie froide et parmi les passants il s'imagina l'autre qu'il laissait derrière la fenêtre se regarder partir, debout derrière la vitre il se voyait fondre et disparaître, le dos trempé, l'allure rapide de quelqu'un qui se quitte sans retour.

Alors c'était miracle renouvelé chaque instant qu'ils continuent de vivre, de se coucher ensemble dans la douceur des draps, et de s'aimer. De se faire du souci pour un appel au téléphone qui résonne dans la maison et risque de réveiller les dormeurs. De craindre pour Camille qu'elle n'apprenne de qui elle est la fille, ou qu'elle ne tombe de vélo sur la route, casse-cou comme elle l'est. De s'inquiéter des rivalités à l'office entre Mauranne et Régine, et d'espérer que, demain, le temps sera beau pour la chasse, qu'elle sera une bonne partie de plaisir, que Mme Mathilde en sera satisfaite. Un miracle que d'épingler à son col la broche de Sophie, d'adresser à son souvenir une pensée d'amour, et encore de presser Théo de venir comme il l'annonce, pour suivre à Cambridge l'enseignement d'un logicien réputé, et de prévoir son inscription, en janvier ; miracle, en pensant à tout cela de se donner des baisers, de bénir la tendresse et le désir des corps, toutes lampes éteintes, dans le silence d'une maison où dorment des vivants.

XIII

Parmi les jeunes gens huppés de Columbia, pas un ne l'avait embrassée ainsi ; Camille n'avait embrassé personne de cette façon. C'étaient des baisers acides, lèvres durcies de précipitation que le contact des dents agace, une variante et non un aboutissement des caresses, abrégées dès qu'on approchait d'une lampe, mais l'ombre n'était pas plus propice. Les garçons fanfaronnaient, mais c'étaient les filles qui osaient les enlacements incorrects, au prétexte des danses à la mode. Toutes ces fêtes, folles, les extravagances ! Chacun avait ses adresses de clubs où l'on trouvait l'alcool des bootleggers, où l'on pouvait rire, parader, s'enivrer, danser sur les tables, piétiner les verres, les tapis et les convenances ; tout était-il permis, sauf se donner de vrais baisers ? Dans l'euphorie électrique des nuits d'une après-guerre dont ils ignoraient tout, les lampes ne s'éteignaient jamais, et de trop de lumière, trop d'air, d'espace, elle suffoquait, sa griserie d'indépendance la vengeait en fraude, de quoi ? Lors des virées, au petit matin, sur les plages tristes de Long Island, enlacée à un inconnu, son flirt d'un soir… Ils faisaient semblant de s'aimer, affalés contre le capot d'une voiture ensablée, qu'ils laisseraient là. Elle était la plus drôle des filles de la bande, l'œil au charbon, barbouillée de maquillage et fière de sa jeunesse, de sa grâce qu'aucune n'égalait, elle était la plus courtisée, les épatait tous par son chic et son chien, son originalité et ses provocations ! Elle s'était beaucoup amusée, une jeunesse rapide, rien ne coûtait, ou si peu que c'en était dégoûtant, et quand un Jos vous tombait sous la main, quand il s'annonçait avec sa Ford et vous engageait, vous preniez la poudre d'escampette sans laisser d'adresse ; mais lui non plus n'embrassait pas, il ne la touchait pas. Ou alors en camarade, des bourrades, des coups de coude dans les côtes. Personne ne l'avait embrassée comme Simon Lewenthal. Ce n'était pas une initiation, elle savait, toujours avait su ce que serait ainsi, l'avidité redoutable des lèvres, l'emprise saline de la bouche, liquide et musculeuse, et l'on respire très bien au souffle de l'autre ; à écarter les lèvres et nouer les langues tout le corps fond et s'enveloppe de vertige, merveilleux vertige, à quelle intensité un tel baiser trouve-t-il satiété ? Que cherche-t-il à prendre, à donner, pourtant cela finit, hors d'haleine, navré on se regarde aux yeux suppliants, chavirés de fatigue, d'effroi et de nouveauté ; lui plus que vous peut-être, c'est surprenant. Pourtant un homme fait, il sait embrasser. Combien de femmes a-t-il embrassées de cette manière ? L'idée en volette, papillon de nuit désagréable, qui vous fait baisser les bras et prendre l'air détaché : croit-il que vous tombiez de la dernière pluie, croit-il que c'est votre premier baiser ? Il ne le croit pas, et pourtant demande pardon. Il ne demande rien, mais mendie des yeux que vous pardonniez sa méprise, déjà il craint que le malentendu ne vous fasse fuir, alors vous vous précipitez au-devant.

— Ne soyez pas fâché, dit-elle très vite, aussi faussement contrite que dans son bureau, le jour de leur rencontre.

— Je ne le suis pas, chuchotait-il. Et vous ? Cette fois, vous ne vous êtes pas défendue d'une prise de judo en traître…

Il souriait, moqueur, vaincu plus qu'elle ne l'imaginait. Mais de cette ironie elle ne voulait pas. S'il raillait, elle ne lui laisserait pas prendre cet avantage, aussi, par une inspiration de revanche, à défaut ne trouvant que la tendresse pour se défendre, osait-elle tendre sa main, toucher le lobe de son oreille du doigt comme autrefois, une caresse qui fait frémir, qu'il arrêtait de sa main, et prenait la sienne, la gardait enfermée.

— Vous aviez du chagrin…

— Vous m'en consolez bien, merci, dit-elle, lui retirant vivement ses doigts, suspectant qu'à présent il ne céderait plus rien.

— Vous voyez bien, se défendait-il, sur cette photo, vous êtes une petite fille, et moi déjà en âge d'être votre père…

Suffoquée par cette déloyauté, assez basse, elle affecta de lever les yeux au plafond, prenant à témoin quelque divinité d'une esquive aussi piètre.

— Ah ! vraiment, trouvez mieux ! Ne m'offrez pas vos services de père : j'en ai déjà deux. C'est une maladie, en ce moment, que je m'en découvre un nouveau à chaque coin de couloir !

Elle le laissa méditer cette énigme, pas la peine d'expliquer, d'entrer dans les détails, elle ramassait en hâte les photos éparpillées sur la table, les fourrait en vrac dans le faux livre aux belles ferronneries ridicules et, déjà grimpée à l'échelle de bibliothèque, replaçait le volume entre ses semblables. Il faisait grand-nuit, tout à fait silence, aucune sentinelle pour les veiller.

— Bonne nuit, sans rancune, dit-elle, tendant sa main franchement, si désinvolte qu'il la prit, interdit, malheureux, ou bien très soulagé de ce dénouement, lui qui ne savait dénouer les foulards.

Avant sept heures, c'était grand rassemblement au bas du perron, à peine pris un café noir à la cuisine encore noyée de nuit, que Mauranne servait en tablier bleu, taciturne à son habitude. Ils étaient tous là, descendus en catimini des étages, en habit de chasse, et soufflant la buée de leur haleine dans le froid du petit matin, dernières étoiles au ciel pur, à peine une pâleur à l'est éclairait-elle le parc, peuplé d'ombres. Une gelée légère pailletait l'herbe et le gravier, lustrait les feuilles du houx, il faisait près de zéro degré, une excellente température. Ces messieurs battaient la semelle, vestes épaisses et ceinturées, à poches plaquées, chaussures de marche et grosses chaussettes tirées sur des mollets variables ; ils avaient omis le rasage, toilette furtive pour ne pas réveiller ces dames. Encore que Delphine, la fille de M. Laes, fût là, en tenue élégante, jupe de daim, veste de tweed et petit feutre à plumet. Aussi Samantha, mains aux poches d'une longue gabardine d'homme, bottée de cuir. Pierre Galay n'en serait pas, excusé d'une lecture urgente, qui lui prendrait la journée. De toute façon, on connaissait sa répugnance pour la chasse. Alors Simon Lewenthal accueillait les équipiers, et les derniers invités qui avaient laissé leurs voitures sur la route, devant le portail, pour ne pas réveiller la maison. Avec Daniel, il allait à leur rencontre sur l'allée, le maire, jambes courtes, tout en poitrine et le député Chardin, un monocle coincé à l'orbite, leur fusil cassé au coude ; enfin Sachs, le directeur des expéditions, hâtant le pas pour les rattraper, suivi de son chien courant, un petit franc-comtois alerte avec lequel il chassait le lièvre, par chez lui, le dimanche. Devant l'écurie, sous la lanterne, une dizaine, ils avaient rejoint Adrien qui tenait les chiens à l'accouple, bien acharnés de la veille au soir, remplis d'un carnage de gibier pour exciter leur goût à chasser, mais qui avaient jeûné ce matin, et frémissaient de l'échine, babines noires retroussées sur leur denture blanche. Meyer distribuait les cartouchières et les fusils, pour chacun faisait jouer une dernière fois la culasse ; eux deux, fin prêts, équipés, résolus et graves pour la responsabilité qu'ils avaient du succès de la partie.

— L'esgail n'est pas trop farouche, disait-il. La rosée du petit matin refroidit la truffe des chiens, elle leur enlève le sentiment… Il fait juste le temps qu'il faut, petite gelée de rien, une chance !

Mais le franc-comtois de M. Sachs assaillait les chiens de sa verve, il les flairait et leur faisait fête, très aguiché par cette compagnie. Les autres l'accueillaient mal, grondant ; sitôt mis au pied par Adrien, contrarié de la bête libre. Enfin, ils s'étaient mis en route sur le chemin longeant le pré, et comme à certains il fallait expliquer, Meyer marchait derrière avec ceux-là, prêt à la pédagogie, surtout pour les dames, croyait-il. Mais Miss Harrison ne comptait pas tirer, elle voulait seulement assister, mains aux poches, à cette curiosité d'une chasse à la française. Quant à la petite dame élégante, elle était aguerrie : son beau-père avait des bois giboyeux, du côté de Fontainebleau. C'était plutôt ce M. Calvino et M. Courtois qui avaient besoin d'un conseil, qu'ils écoutaient fort poliment. On irait d'abord à la billebaude, tranquilles le long des fourrés, des friches et des lisières dès qu'on aurait passé la ferme des Armand, au fond de la combe. A partir de là, c'étaient bien cinq kilomètres de pays clair, champs de céréales, chaumes et bosquets où se loge le lapin de garenne, que débusqueraient les chiens, dès qu'Adrien leur lâcherait la bride. On marcherait de longtemps, jusqu'à l'endroit de la battue pour laquelle attendaient, au rendez-vous de neuf heures, les rabatteurs recrutés au village et fixés à leur poste dans les bois : les chasseurs feraient un grand tour pour se trouver à l'affût à contre-vent, au moment que s'amènerait le gibier débuché par leurs crécelles. D'ici là, ils auraient de bons coups de hasard, en chassant devant, avec les chiens qui ouvrent leur voie à petite distance et font lever au bon moment : alors on ajuste le tir au mouvement, pas au jugé, attention : ces messieurs vont se déployer, chacun son aire, on avance de front, pas de bourde !

Depuis quinze jours, le garde-chasse avait pris ses repères, puisqu'il fallait fournir plume et poil, belle viande à ces messieurs, et comme c'étaient des préparatifs dans les bois qu'il ne faisait pas si souvent, il s'était fait accompagner d'un paysan du coin, fin chasseur, connaisseur, avec lui avait inspecté la contrée, il en avait bien appris. D'abord, il avait enfin trouvé les filets d'un braconnier qu'il ne serrait jamais, d'une malignité si sournoise qu'on pouvait le croiser en plein bois, toujours les mains vides, ingénu, poli. Ses draps de mort, il les posait joliment, lui avait montré son guide, dans des creux qu'on ne voyait pas ; il installait ses lacets ingénieux à proximité des remises du petit gibier, lapereaux, cailles et perdreaux, qui les cueillent au moment du soir où ils commencent leur quête de grains. Adrien avait surtout appris à suivre les fumées, d'un chevreuil plutôt que d'un cerf, c'étaient des traces fraîches de ses crottes, à peine les araignées y avaient-elles tissé leur filandre. En suivant ses allures, ils avaient trouvé sa niche bien cachée au fond d'un fourré, une merveille que de tomber sur ces reposées secrètes des grandes bêtes inquiètes. On ne chasserait pas au gros, alors c'était pur plaisir de la découverte, l'intimité animale du solitaire. Ils l'avaient laissée dans le respect, sachant que le chevreuil éventerait pourtant leurs odeurs d'hommes… Le reste du temps, il avait passé ses journées à agrainer pour cantonner les faisans et les lièvres, les attirer vers les lieux de la battue, qu'ils apprennent plusieurs nuits de suite à venir chercher leur provision afin que, ce matin, il s'en trouve beaucoup de surpris par les rabatteurs, et que le plaisir de la compagnie soit grand, à tirer dans leur foule. Beaucoup de tracas, mais grande satisfaction pour le garde-chasse qui, maintenant qu'on avait passé les Armand, lâchait la petite meute.

— Haye ! Haye ! Mâtin ! Haye ! les encourageait-il à quêter.

Et ce fut une bonne heure de poursuite, après le premier lapin de rencontre, mais non, c'était un lièvre ! Ah le beau monsieur ! Quittant son gîte d'un bond prodigieux, plus de quatre mètres de détente, la longue extension de son corps dans l'envol, oreilles couchées, pointes noires, dans la brume de l'aube… Une beauté fulgurante, si rapide que personne ne réagit assez vite. Ou bien ils étaient encore ensommeillés, moins vifs que le leveur qui l'avait débusqué, et déjà le lièvre filait droit devant dans le labour, une flèche de rousseur. Les deux ou trois détonations inutiles, parties à l'étourdie, durent les secouer de leur torpeur parce que, ayant perdu celui-là, ils se mirent ensuite aux aguets pour de bon. Pourtant, les chiens cherchaient encore le gibier, déjà bien à couvert dans un roncier, et ils y entraient de force, courageux à la ronce, la ravageaient par-dessous, mais en vain. Le lièvre a des ruses, et celui-là pas assez apeuré pour crier, de sa voix perçante d'enfant quand il est blessé ou traqué, se cachait si bien qu'ils revinrent, rappelés au pied par Adrien, rageurs et honteux, cette fois alarmés et leur ardeur contagieuse, puisque les chasseurs déployés s'étaient mis maintenant en bon ordre. A partir de là, c'était chacun sa chance, et solitaire dans sa voie. Les piètres tireurs, Courtois et Calvino, bredouilles, évidemment ; les autres plus habiles, M. Laes surtout et son gendre, de fins fusils, eurent trois lapins. Et M. Lewenthal, un perdreau, levé à ses pieds. Le député, pas causant, tirait une alouette, rien. On prenait le temps d'admirer ces premières proies, à la gueule des chiens de sanglantes dépouilles encore palpitantes, poil humide de la nuit et l'œil brillant sous la paupière frémissante ; que Meyer accrochait à la lanière de sa gibecière, pendus à l'épaule…

— Ils n'ont pas encore fait leur mue de pelage pour l'hiver, observait-il. De jeunes bêtes, nées de l'été…

Le jour se levait, ample et serein sur la campagne, bleuissait les orées sans réchauffer encore, mais la nature fumait, des nappes livides stagnaient dans les creux, étendues sur les champs d'où montait la senteur glacée des terres au repos et, le long d'un fossé, celle de l'eau verte et croupie, le musc des champignons. Plus de deux heures, ils avaient avancé, piétinant les feuilles mortes, sans échanger beaucoup, de simples appels d'alerte lancés aux chiens.

— Hé ! Hé ! Hava ! Tiens, tiens ! Encore ! Encore !

Ces cris rauques dénaturaient la voix, et chacun saisi par cette fièvre virulente serrait les dents, la mâchoire durcie, l'instinct aiguisé. La seule contrariété d'Adrien, c'était le franc-comtois, un chien menteur qui criait à faux et trompait les autres : il zigzaguait à l'aventure, suivant ses lubies et ses rêves, mal dressé ou vicieux, et cela faisait rire M. Sachs au lieu d'excuses, d'évidence pas très scrupuleux avec sa bête. Une malhonnêteté que ni Adrien ni Meyer ne se permettaient de commenter, mais ils n'en pensaient pas moins.

Vers neuf heures, ils étaient parvenus à l'affût préparé par le garde-chasse contre la lisière d'une forêt de chênes rouillés d'automne, devant eux ouverte une clairière en pente légère, plantée d'arbrisseaux et bosquets bas, assez vaste pour qu'ils s'installent adossés au bois, derrière le léger rempart de branchages croisés, haut à la taille, que le garde-chasse avait dressé pour chacun, et c'étaient des cérémonies pour se distribuer les postes. Ainsi aligné de front comme à la guerre, on avait devant soi la place où viendraient les bêtes se précipiter sous le tir groupé. Cela avait offert une pause après la longue marche, assez sportive, à travers champs et fourrés, le jarret aussi tendu que celui des chiens à l'arrêt, pointant la patte avant de bondir, et comme ils allaient bien à la chair, ceux-là bien dressés, c'était sans cesse une détente des reins que de pointer l'arme calée à l'épaule, cartouches légères : on ne tirait pas à la chevrotine mais le départ du plomb secouait le torse, la détonation déchargeait dans tout le corps la tension sauvage du tir. Lewenthal admirait que la petite dame se tînt aussi bien, pincée comme à la table du dîner, l'œil froid et d'une pâleur cireuse aux joues, campée dans le tir comme un homme, visiblement piquée de n'avoir encore rien eu… Alors on avait commencé d'entendre la battue lointaine, un cliquètement de tam-tam heurtant les troncs, les crécelles tournant, dont le bourdon trépidant montait du fond des bois, une alarme que les chiens, à présent de nouveau accouplés par Adrien, écoutaient avec une passion furieuse, se retenant de clatir, étranglant leur cri dans la gorge tendue et claquant des crocs. Sous le soleil net, le ciel bleu, toute brume évaporée, le champ de chasse s'offrait dans sa nudité, jonché de feuilles mortes, herbes sèches en touffes jaunes, pas un angle dérobé à la vue, la nasse naturelle où convergeait le gibier à vau-vent, rabattu par le bruit, le grand tapage affolant des hommes qui montaient de la droite, latéralement placés en ligne pour ne pas être dans l'axe des tirs, quand la fusillade commencerait. Alors c'était l'attente dernière, la tuerie promise dans quelques minutes et déjà, à la lisière, le fruissement de bêtes commençait, à tire-d'aile quelques volatiles petits, perdrix ou alouettes éperdues, allaient d'effroi sur leurs pattes menues, piétant sans pouvoir prendre leur envol dans la terreur de la fuite, et il y eut un premier bond, un lapin de garenne, ses sauts en zigzag, faisant des crochets saccadés, qu'une décharge foudroya sur place : Delphine, donnant le départ de feu, faisait mouche. Désormais, avec ces politesses qu'on se fait encore, le temps de recharger, chacun tirait à vue de grands faisans débouchant à l'orée, ils n'avaient pas le temps de gagner l'espace qu'ils tombaient, leurs ailes étalées, d'envergure immense, chatoyante, et l'un crut s'échapper, brancher sur un arbrisseau, resta sur le buisson cloué en nappe pourpre. Dont M. Laes félicitait bruyamment M. Courtois, pas très sûr que la balle fût la sienne, mais content qu'elle lui fût donnée. Calvino s'était écarté, il abandonnait, jetait son fusil et offrait une cigarette à Samantha qui, adossée à un chêne, considérait l'hécatombe mains aux poches, avec un sourire engageant, rentrant le cou dans les épaules, assourdie par le fracas, les salves tellement nourries maintenant qu'on ne savait plus qui tirait, touchait, les vivants projectiles envahissant la clairière, stoppés en pleine course. Il y eut plusieurs coups du roi, dont un à la verticale parfaite, magnifique, qui explosa un faisan brun et or, dont les plumes tombaient en pluie sous la mitraille… Dans la furie des tirs en batterie, les déflagrations se chevauchaient, exacerbant la joie bestiale d'exterminer tout ce qui bougeait, sans distinction, dans cette frénésie de mort dont l'équation collective exempte chacun d'une pensée. Et perçant ce vacarme, il y eut un cri soudain :

— Cessez ! Cessez le tir ! hurlait Lewenthal jetant son fusil, s'élançant sous les balles au péril de la mort.

— Holà, criait Meyer à retard, à bas le feu ! A bas !

Le premier, Simon avait vu, au fond de la clairière, paraître une silhouette à vélo emballée dans la pente, une tache de neige dansant à l'orée, légère comme un flocon tressautant aux cahots, le premier il avait vu le danger, ce cycliste fou, en pleine zone de tirs, inconscient, et que la fusillade n'arrêtait pas ! Au contraire, accélérant ! Il y eut un bref silence, de stupeur, au passage de cet homme lancé fonçant vers là-bas, assez insensé pour couper en oblique la ligne de feu, mais le vélo avait déjà dépassé la limite de la clairière, et les chasseurs reprirent aussitôt, parce que des lièvres libres galopaient en terrain découvert. Dans la brève interruption, ils avaient eu le temps de traverser, de s'esquiver, si peu que c'était amusant de les arrêter en plein élan, de les bousculer de tirs proches, en avant, par-derrière, ricochets de balles au sol qui soulevaient des gerbes de terre, et ensuite leurs convulsions tétanisées !

Sous le couvert, Lewenthal avait rejoint Camille, arrêtait son guidon, d'une poigne forcenée jetait le vélo à deux mètres, l'agrippait par son pull-over et la giflait, à toute volée. Portant la main à sa joue, se protégeant du coude, elle résistait mal, à bout de souffle, et il la malmenait, la secouait tout entière, dans une fureur incoercible.

— Folle, folle ! rugissait-il, hors de lui, et soudain calmé, blême, la lâchait, vacillante.

Elle reculait, sa main toujours à la joue, l'œil étincelant de colère.

— Vous vous faisiez tuer, folle, dit-il, et sa voix chevrotait.

— Vous pareil, riposta-t-elle, avec une méchanceté froide.

Ils se dévisageaient, des ennemis, lui l'odeur de poudre encore aux narines, glacé de peur, et elle, suante de sa course, la joue enflammée, traces de doigts barrant son visage, échevelée. Ils se mesuraient du regard, le contrecoup de la peur soudain évanoui par le désastre nouveau de leur violence, maintenant cœur battant, autant de la brutalité que de la rancune, et accouraient Samantha et Calvino, moitié riant, moitié inquiets, aussitôt rassurés de les trouver indemnes et debout, à deux pas l'un de l'autre.

— *What a frightening time, little girl ! We were scared to death !*

— Moi pas du tout, lançait Camille, l'œil mauvais.

Refusant d'en rabattre, elle époussetait son pull blanc, redressait son vélo, dégageait des herbes des rayons de la roue comme si, vraiment, c'était la machine la plus offensée ; qu'Enzo s'empressait d'examiner, complaisamment.

— Il n'a pas de mal, ricana Lewenthal, tournant les talons.

A la lisière, les rabatteurs paraissaient enfin, une escouade de huit hommes sortant du bois, leur tablier en toile de jute plaqué aux genoux les distinguant dans le fouillis des bois, ils donnaient les derniers coups de crécelle et c'était maintenant, dans le silence relatif, la débandade des chiens rapportant à la course le gibier, à pleine gueule. Le petit franc-comtois, dans une agitation stérile, ne rapportait rien, il jappait de joie comme un chien de salon. De loin, Meyer jetait un regard impavide sur le groupe qui revenait lentement, Samantha et Enzo encadrant Camille poussant son vélo, tandis que Lewenthal, hargneux, félicitait Delphine pour son tableau, à ses pieds un massacre admirable. Le groupe rassemblé des rabatteurs restait à distance, faisant déjà circuler une bouteille, discutant à mi-voix entre eux tout en observant ces messieurs, et attendant tranquillement la suite. Qui venait, d'ailleurs. Casimir arrivait en voiture, sur le chemin par où Camille était passée, à vitesse lente se hâtait, cahotant dans les ornières, et il portait le casse-croûte ! Il déchargeait des paniers de bouteilles, de victuailles, pâtés, cochonnailles, gros pain et beignets aux pommes, et une malle d'osier avec vaisselle de chasse peinte de faisans, gobelets d'argent et couteaux à manches de corne. Comme le petit groupe les rejoignait enfin, Daniel accueillit Camille, sa peur ravalée, goguenard :

— C'est ce qu'on appelle une *guest star*... Nous avons failli assister à l'entrée et sortie de plateau la plus rapide. Sauf qu'au cinéma, on tire à blanc... Ça va, Diane chasseresse ?

— Très bien. Et vous, contents de votre tuerie ?

— Vous vous y êtes invitée sans carton, ma chère, remarquait Delphine, sucrée.

— Magnifique nature morte ! s'écriait Enzo. *Still life*... En photo, on n'obtient pas ces couleurs naturelles, quoi qu'on fasse.

Vingt-trois faisans, trente-deux lapins, et sept énormes lièvres, au moins cinq kilos, sans compter le petit gibier, très abîmé, et même un écureuil, éventré, une jonchée que les chiens cherchaient encore dans les herbes et rapportaient, cadavres au pelage et plumes souillés de sang, l'œil déjà bleu voilé de mort, chauds encore et fumants, sur lesquels Meyer jetait la chasse du matin. Un fumet de sauvagine, âcre, enivrant, montait de ces chairs chaudes, et Lewenthal, à l'écart, maintenant tout à fait calmé, allumait un petit cigare, scrutait avec une attention intense le fond de la clairière étrangement silencieuse et paisible, comme s'il y guettait un signe. Les sinus picotés par l'odeur de poudre qui flottait dans l'atmosphère, il inspirait profondément, et soufflait sa fumée, une moue de dédain à la lèvre. Il n'avait jamais aimé la chasse à la battue, il y prenait un plaisir trop fruste, privé de cette qualité qu'il voulait à ses plaisirs, et qu'ils fussent solitaires. A peine le premier lièvre du matin lui avait-il donné un tressaillement, son bond élastique et puissant, le jet de vie fusant du buisson dans l'air froid, alors une brûlure avait tendu ses reins ; pure, cathartique. Il goûtait que l'animal eût échappé aux chiens par sa belle ruse de petit fauve nocturne, qui répugne à se tapir au terrier tant qu'il n'a pas séché son poil, humide de givre, de gelée, qui préfère le risque du petit jour à la sécurité de son refuge, fier et noble ; pas de flair, juste son ouïe, l'appareil hypersensible de ses longues oreilles mobiles, dressées, orientées sans erreur, une perfection naturelle. Non que l'épargner l'indemnisât, il n'avait aucune pitié pour les proies, chacun son prédateur, la chasse est bonne. Quand elle est loyale. A présent, ce tableau de chasse, d'une vulgarité obscène, les kilos de viande avilie amoncelés dans l'herbe que noircissait le sang caillé, et de plus l'appétit robuste des chasseurs, que le pique-nique étalé à côté ne dégoûtait pas, non. Ils mordaient à belles dents, plaisantaient et se congratulaient de la prouesse qu'il y a à abattre le gibier sans effort comme pipes à la foire, de la bestialité lubrique des chasses. Furieux d'en avoir été, qu'en pleine ivresse basse de la fusillade Camille ait surgi, une gamine odieuse, imbue de son intrépidité stupide, il ne décolérait pas. Cependant d'un calme total, sa face impassible, soufflant toujours la fumée de son cigare, le meilleur dérivatif. Le député Chardin avait remis son monocle, il mâchait aristocratiquement une tartine de pâté, vieille famille de hobereaux enrichis, réélu de justesse. Calvino avait entrepris une discussion avec les rabatteurs, des garçons costauds empaquetés de leur jupe de battue, que la partie amusait : ils en auraient la pièce, et un déjeuner servi à l'office, le temps d'agacer les filles qu'ils connaissaient de leurs grivoiseries. A l'écart, Delphine et son mari discutaient à voix basse ; se disputaient-ils ? Lewenthal leur tourna le dos.

Voilà qu'il souffrait pour de bon, dans l'effondrement qui suit les raisonnements. Sa panique de tout à l'heure et ce qui en avait résulté le rendaient à l'esseulement de sa nuit. L'insomnie l'avait tenu dans les draps froissés, irritants, entérinant sans recours son égarement, injustifiable. Avoir pris cette jeune fille dans ses bras, obtenu d'elle sa bouche à la faveur de la nuit et de son chagrin, constituait sans doute un abus d'elle, mais, se disait-il, balayant les scrupules de morale, encore davantage de lui-même. Il s'était abusé, par traîtrise avait laissé au désir sa loi, que toujours il tenait en laisse, chien dressé, sauf pour le choix de ses tableaux. En affaires, dans sa vie célibataire, une règle qu'il n'enfreignait pas. Cette gifle, il ne la regrettait pas. Il n'en avait souci ni remords, elle vengeait sa nuit blanche. D'ailleurs, il lui en faudrait plus souvent de telles. A se faire photographier, cuisses nues, sur la chaussée de Broadway, à jouer les bolcheviks de salon, ouvrière de luxe, à se laisser embrasser, très savante en baisers – en quoi d'autre encore –, des corrections se perdaient. Elle avait trop de pères ? Il lui en manquait un, un vrai. Il écrasa son cigare et rejoignit les autres, mais voilà qu'à l'orée un groupe sortait du couvert, quatre chasseurs nonchalants approchaient, le fusil à l'épaule, de loin faisant un signe amène : c'étaient Charles, son gendre et son fils Martin, escortés d'un petit homme malingre, une ficelle en guise de ceinture, et sa veste trouée, vieux feutre rabattu sur le front. A l'abord, on exagérait la surprise, mais le député et le maire, notables du canton, connaissaient le notaire ; aussi Daniel, qui secouait la main de son oncle et réciproquement avec une franche énergie, celle de ses neveux, alors avec moues admiratives, hochements d'estime, on considérait les butins, sans comparaison de l'un à l'autre, évidemment : Charles chassait devant, à la promenade, histoire de faire visiter les environs à son gendre, de lui faire prendre l'air, par ce temps radieux... Visiter, le gendre Lubin en avait-il besoin, qui vendait des parcelles par tout le pays ? On offrait des gobelets de vin, on trinquait à la belle journée.

— Marcellin, vous connaissez ?

Charles présentait son acolyte maigrichon au garde-chasse, un sourire narquois dans sa moustache rousse, guettant l'effet. D'emblée, Adrien avait reconnu le braconnier qu'il traquait sans pouvoir le serrer, un ennemi personnel ; celui-ci le narguait, modeste. De ce petit jeu, on riait dans le pays. Maintenant qu'il avait repéré ses collets, on allait bien voir qui rirait le dernier. Il salua, raide, d'un coup de menton, ignorant la main tendue.

— On se rencontre, admit Marcellin, bonhomme.

— Monsieur aime le lapin, souligna Adrien.

— Il n'y en a que trop, ça pullule, ça infeste les jardins, un ravage. Enfin, ça nourrit ma vieille mère... Que voulez-vous, la crise, hein ?

Il prenait la compagnie à témoin : ces messieurs avaient beau être de la haute, ils devaient savoir que la crise touche tout le monde, et surtout les petits, faut bien vivre des ressources qu'on a.

— Et de celles qu'on n'a pas, ne put s'empêcher de conclure le garde-chasse.

La moutarde commençait de lui monter au nez, que ce galeux fasse la conversation.

— Présentez-vous donc chez ma mère, riait Daniel, débouchant une nouvelle bouteille. Peut-être aura-t-elle besoin de quelqu'un ?

— Ça, je dis pas non... J'ai toujours rêvé d'être domestique. A cause du costume... Si Madame veut me relever en faisant de moi un domestique... Cirer les bottes, je sais faire.

Il parlait sérieusement, ou bien il se moquait du monde ? Finalement, on se détourna de lui, car Meyer entreprenait de ranger les fusils et les cartouchières sur le siège arrière, et il s'agissait aussi d'entreposer le gibier dans le coffre de la voiture, sur des sacs, pour le rapporter au Mesnil, une affaire délicate confiée à Casimir. Même si, demain, chacun emporterait son trophée, un échantillon de la chasse, c'était toute une semaine de travail pour la cuisine, que de plumer, écorcher, mariner et confire... Mais Charles s'attardait, avec intention mauvaise tournait autour d'un sujet qui le tentait, auquel il renonça, assez finaud pour savoir que serait rapportée à Mme Mathilde son irruption inopinée dans sa chasse, un hasard, tout à fait. Camille, restée à l'écart, quitta sa bouderie ostensible et finit par s'approcher avec Samantha, embrassa ses oncle et cousins, leur reprochant, moqueuse, leurs joues mal rasées d'hommes des bois, et cela fit diversion. Cependant les conversations divaguaient, éloges et vantardises, alors Lewenthal, brusquement, annonça qu'il prenait les devants, rentrait de son côté. Non, pas en voiture, merci, il aimait marcher. Au revoir, à tout à l'heure. Il s'éloigna d'un pas vif. Une bonne vraie fatigue de marche forcée, voilà ce dont il avait besoin pour se passer les nerfs, et d'une sieste réparatrice à l'arrivée ; en évitant le salon, où ces dames devaient attendre le retour des mâles guerriers auréolés de leur gloire matinale.

Une fois seul, d'humeur sombre, il admit avoir cédé à son aversion subite de ces gens, ne s'en chercha pas d'excuse, celle qui se présentait était déplaisante : il était mauvais joueur à cette partie, qui s'éternisait. On ne sait plus qui dirige, qui décide, biaise ou triche, qui passe son tour ; mieux vaut tourner les talons. La rigueur du jeu rend les gens à eux-mêmes ; toute fin de partie démasque. Blindé, il l'était pourtant, en ce qui concernait les aléas de la relation humaine, y compris ceux-là, prévisibles. Si l'on ne pose plus les pièges soi-même, on tombe dans ceux des autres ; tractations, stratégies, diplomaties implacables, il s'y connaissait. Coups en traître aussi, l'écart irrégulier qui vous donne avantage, réparations et dépens calculés d'avance, la société est un échiquier. Mais à celui de cette chasse, il y avait trop d'interférences, de pions pipés. Le chemin de terre serpentait à découvert, à mi-hauteur de la colline, entre boqueteaux et pâtures avant de plonger dans la combe forestière. Maintenant le soleil était haut, grand bleu vibrant au ciel traversé de petits moutons en troupeau de nuages, guillerets, une cloche lointaine sonnait onze heures. Un peu plus loin, il dut grimper sur le talus pour laisser le dépasser Casimir qui, très raide de son importance, lui fit un salut militaire, lâchant une seconde le volant de la grosse voiture, l'œil rivé au chemin. Le silence retomba, libérant le gazouillement d'oiseaux dans les taillis. Il descendait d'un bon pas, emporté par la pente, désormais son rythme de marcheur accordé au souffle, passant du soleil à l'ombre rousse de la forêt d'automne, une chênaie épaisse que de jeunes bouleaux tachetaient de blanc et d'argent dans les fougères, des coups de vent subits dispersaient dans l'air la folle pluie des feuilles d'or dont le tourbillon l'éblouissait mais, comme il atteignait le creux, il n'entendit pas venir, sursauta au moment où le doublait le vélo de Camille, le frôlant en trombe, dont la surprise le stoppa net. L'ayant dépassé, elle abordait la montée par sa vitesse acquise, pour quoi elle n'avait pas freiné, et maintenant recommençait de pédaler en danseuse, sa jupe flottant au vent. Sans aménité, il la regardait s'éloigner, sa mince silhouette énergique se déhanchant dans l'effort, et son grief s'en trouva ravivé, satisfait de la voir disparaître. Il serait seul enfin. Les autres, poursuivant leur pique-nique et bavardant au soleil, ne se mettraient en route que pour revenir lentement, en coupant sans doute à travers champs par les collines, il comptait sur ce répit. C'est pourquoi, au débouché d'un petit virage, à mi-pente de la montée, il fut très contrarié d'apercevoir Camille assise contre un arbre, son vélo couché dans les buissons, jupe tirée, genoux au menton, qui le regardait venir. Plus que contrarié, de nouveau la vindicte bourdonnant aux tympans, il continua de marcher d'un pas ferme. Si elle s'imaginait le narguer à le regarder passer, c'était d'une insolence, d'une provocation sans borne. Qu'il traiterait par le mépris. Il en avait plus qu'assez de cette fille. Comme il approchait, elle s'était levée, et elle avait tout perdu de sa superbe, l'attendait dans la posture des sentinelles fatiguées. Il vit qu'elle avait les paupières rougies, les lèvres gercées.

— Vous ne me battrez plus jamais, lança-t-elle, avant qu'il ne parvienne à sa hauteur.

Un avertissement belliqueux que le ton démentait, davantage une promesse qu'une menace, mais il feignit de poursuivre sans répondre, pressé de fuir une discussion pénible. Alors elle avança jusqu'au milieu du chemin, barra sa route maladroitement, un faible obstacle pour sa résolution.

— Donnez-moi une chance…

Une chance de quoi ? Ce toupet ! Avait-il le temps de faire l'éducation de cette péronnelle ? Cependant, il daigna ralentir, prit son air le plus condescendant.

— Une chance de ne plus mériter de gifle ? J'ai eu tort. Restons-en là.

— De vous mériter.

Ça ! Elle avait dû préméditer cette jolie formule, tout le temps qu'elle le guettait. Ou bien son improvisation touchait juste, parce qu'il en fut désarçonné, toute rancune envolée, ses projets de représailles et son assurance, tandis qu'elle avançait encore d'un pas, cette fois l'arrêtait tout à fait, offensive et sombre, si proche qu'il sentait dans la laine de son pull-over monter l'odeur de sa peau, citron, fleur d'acacia qu'enfiévrait la transpiration de sa course.

— Aidez-moi...

Plus que de honte, de repentante humilité, tout amour-propre renoncé, c'était de tristesse que sa voix se voilait, et elle cacha son visage des deux mains. L'aider, ou la secourir, de quoi serait-il capable ! Et surtout de la garder, de l'empêcher, la protéger, pour rien au monde il ne fallait qu'elle pleure encore. Mais elle ne pleurait pas, elle respirait fort entre ses doigts, comme on suffoque de trop grand effort. Devant lui si misérable, si humiliée qu'il céda et la prit, l'enveloppa des bras, l'attira et la pressa contre sa poitrine d'une appropriation farouche, en chancela. Ne me refusez pas, ne me repoussez pas, mais il ne le faisait pas, grand Dieu ! Sa joue contre sa joue, sous ses cheveux, pour qu'elle se taise, ne dise plus ces mots de prière, il en murmurait d'autres, alarmants, dont la portée n'avait pour destination que son oreille, le réduit secret, l'ourlet du pavillon sensible, l'hélix délicat que frôlaient ses lèvres affamées. Lui-même ne les entendait pas, ni les bois d'automne, les sombres fourrés où se cachent les bêtes sauvages. A ce murmure, elle s'abandonnait. Non seulement s'y soumettait, mais sous sa veste passait ses bras et l'enserrait ; de cette emprise sa taille fléchit, une flambée brutale. A la fois d'une lucidité affolante, qui lui donnait à voir le désordre majeur de leurs silhouettes enlacées au milieu du chemin, et d'un aveuglement sans borne pour son désir, d'une exigence immédiate pour ce qu'il voulait faire, absolument. Qu'il faisait, dont il était roi, le maître et le mendiant, assez loin enfoui dans le parfum de ses cheveux, de sa peau, pour oublier le scandale d'y succomber. Maintenant pendue des bras à son cou, elle se laissait aller contre lui, souffle court, alors si, vaincue du même désir, elle consentait, il n'y avait pas loin à marcher pour entrer dans le bois, pour fuir cette place exposée du chemin et à travers les taillis se frayer un passage, chercher la place qu'il fallait. Ils ne disaient rien et c'était simple d'étendre sa veste dans les fougères, de s'y coucher, soumis au commun dessein d'être allongés ensemble à la terre. Il faisait si obscur que c'était comme une chambre naturelle, les rais du soleil filtrant à travers les branches telles des persiennes d'été, obscur comme un cristal nocturne et peuplé du bruissement que font les forêts dans leur solitude. Sur cette couche, il la recouvrit de son corps, résolu et vigilant, et ainsi c'était bien, infiniment plus exact et nécessaire que sur le chemin, ainsi elle pouvait appeler son poids sur elle et l'homme fouler la terre qu'elle lui était, meuble et chaude, presser contre elle son sexe, l'exaspération de sa volonté. Il pouvait soulever ses reins d'un bras et de sa cuisse l'ouvrir, si bonne à ouvrir qu'il en gémit d'impatience, différant pourtant sa hâte de la toucher. Il pouvait la toucher, et elle le pouvait, paumes et doigts avides d'emparement mutuel, dont ils souffraient. Il ouvrait ses vêtements où il le désirait, prenait ses seins nus soudain sous le pull, sa cuisse en haut du bas, et elle, sous sa chemise, la colonne du torse et ses flancs chauds, de mieux en mieux inerte pour le laisser défaire ses dessous, où il la caressait, errant et gauche, alors, s'il ne savait s'y prendre, comment saurait-elle à présent ? Et ce fut simple encore qu'il la pénètre, actif et ferme, si intense que sa brûlure lui arracha un cri, d'étonnement plus que de douleur. Soudain immobile, relevé sur un coude, il interrogeait son visage, les traits altérés d'incrédulité ou de frayeur, et elle aussi, effrayée de ce qu'il comprenait. Vous n'en avez rien dit, murmurait-il, effaré et peut-être irrité, ne me refusez pas, ne me laissez pas, suppliait-elle, sa détresse si grande qu'il n'osait plus bouger. Une première fois n'est neuve que de la vérité de son désir, que de se vouloir miséricorde et bonté mutuelle, qu'importe une première fois. Elle s'agrippait à lui, d'une force impérieuse tendait ses hanches, rappelant l'accablante lourdeur et dureté en elle, qui la heurtait maintenant, de sourde, intense battue que des hanches, de sa poitrine, il imprimait aux siennes, l'emportant de sa pesée irrésistible, dont la houle déliait les sens, tendait vers un horizon de nuit où elle perdrait tout à fait connaissance, pourtant inquiète de ce rêve dont il la pénétrait, avec précision l'enseignait. Mais, d'un brusque écart, il se retirait. Il s'arrachait à elle, si injuste abandon qu'elle étreignit ses reins, le retint pressé contre elle, éperdue de peur, et sentit sur son ventre le spasme, le sanglotant soubresaut de son plaisir dont l'onde montait à sa poitrine et mourait. Ils restèrent immobiles dans cette nudité, haletant doucement, sous eux le crissement des feuilles, des fougères où ils reposaient, l'immense paix de la forêt assouvie. Et peut-être plus que tout à l'heure quand il était en elle, elle écoutait le mystère de son corps d'homme, et du sien, non qu'elle ait éprouvé grand-chose, sinon la bouleversante nouveauté d'être donnée, ou prise, d'avoir pris ou donné ce qu'elle ne possédait pas, et la déception qu'il en fût si peu de chose. Pourtant il la tenait encore entre ses bras, restait allongé sur elle, la baisait au sein lentement, anxieux et fervent, aux joues brûlantes, aux paupières, caressait de sa main bonne le renflement de son ventre humide, l'aine ouverte, cet endroit intime où demeurait la cuisson. De leurs corps abandonnés émanait une odeur nouvelle et sauvage, d'une essence inconnue, fauve et amère, capiteuse, secrète, qui leur appartenait, et il était un homme, elle une femme. Ni Millie ni Camille, mais un être donné, orgueilleuse et humble, qu'il ne pouvait blesser, et elle non plus ne le blesserait plus. Ce fut simple encore de se relever, de rajuster en silence leurs vêtements, le visage en feu, émus par ces gestes humbles d'entraide, du soin qu'ils mettaient à détacher les brindilles de leurs cheveux, à décoller de leur peau les brisures de mousse, découvrant autour d'eux l'étrangeté du bois traversé de flèches de soleil étincelantes et tièdes, le chatoiement des couleurs d'automne que la chute des feuilles exaspérait, aveuglant cette place foulée parmi les fougères, qu'ils quittaient. Une paix douloureuse défaisait leurs traits, lavés de jeunesse pour cet acte accompli dans la solitude inhumaine de la forêt, dérobé aux regards et leur propriété, dans la profondeur et la connaissance, le consentement mutuel d'une liberté que rien n'aliène, alors ils étaient revenus sur le chemin, pleins d'appréhension et de timidité, n'osant plus se regarder au visage.

— La roue est voilée, dit Camille, redressant son vélo, couché dans les broussailles.

Sa voix la surprit, fêlée, un timbre trop haut. Accroupi, il examinait les rayons. Il avait jeté ce vélo si violemment là-bas, dans la clairière, qu'il devait réparation, ou bien à ce dont ils ne parlaient pas, qu'il avait meurtri en elle, aussi mettait-il à son examen un sérieux extrême.

— Je crains qu'il ne soit vraiment abîmé, murmura-t-il, la tête baissée.

— Ce n'est rien, Meyer le réparera, dit-elle précipitamment.

Cette diversion ne dissipait pas leur trouble, la gêne du grand jour défigurant le chemin. Il parvint à rectifier un peu l'axe de la roue en maintenant le cadre entre ses genoux, et pendant ce temps, elle voyait sa tête inclinée, au cœur une palpitation ardente et douce, rayonnante, pleine de compassion pour la fragile dépression des vertèbres sous ses cheveux cendrés, où elle posa craintivement ses doigts. De cette caresse imprimée à sa nuque, d'une douceur formidable, il frissonna tout entier. Il l'embrassait de nouveau et la caressait. Comme dans la bibliothèque prenait sa bouche, pour obtenir encore d'elle ce que maintenant, tout à l'heure et ensuite il n'aurait plus, soudain revenus à la pensée de l'endroit perdu où ils se trouvaient, et de l'heure avancée, de la journée nombreuse qui les séparerait, empêcherait qu'ils ne s'approchent, soudain la conscience de n'être plus seuls. Distraite par l'accélération du temps, la parenthèse menacée hors du chemin donnait un vertige, sa confiscation la nostalgie déchirante du renoncement, peut-être de son oubli, et déjà il la poussait sur la route.

Sur une autre route du pays, Elise marchait d'un bon pas, venant du bourg. Le soleil de novembre, inespéré, autorisait sa promenade à pied, ce trajet de la gare au Mesnil mille fois arpenté dans un sens et dans l'autre, qui traverse le bourg, sa place et les rues du centre, aux dernières maisons monte sur le plateau, parmi les pavillons neufs, de plus en plus loin étendu ensuite va par la campagne ouverte, au gré des descentes et des courbes entre les haies d'aubépines jusqu'à ce que soit en vue l'enceinte du domaine, son mur de vieilles pierres épousant le caprice du terrain, et bientôt les toits de la demeure parmi les frondaisons hautes des cèdres et des hêtres. La route avait été goudronnée récemment, longtemps une voie de terre, que défonçaient les pluies, où passages de charrettes ou de voitures soulevaient un nuage de poussière, qu'on voyait de loin, depuis l'étage où elle avait eu sa chambre autrefois. Les poteaux électriques avaient été remplacés, et ceux du téléphone, leurs câbles plus nombreux et les grappes d'isolateurs en verre scintillaient au soleil, cette ligne prolongée jusqu'aux Armand, un cadeau de Mme Mathilde ; comme le tracteur flambant neuf, que Gaston conduisait ; bientôt on sacrifierait le dernier cheval de trait, plus bon à rien, qu'à mâchonner son avoine à l'écurie. De ces changements, le paysage était peu affecté, une fois quitté le bourg. Mais au centre, sur la place de la gare, c'étaient des transformations permanentes. Le *Grand Café* doublait sa terrasse à la faveur des installations voisines de nouveaux commerces, le studio d'un photographe, un magasin d'appareils Electrolux, la mercerie modernisée exposant corsets classiques et gaines en tulle élastique, assortiments de bas dernier cri ; une station essence Shell ouverte au printemps, ses pompes rouges au bord du trottoir, pour l'approvisionnement des voitures de plus en plus nombreuses, maintenant que des quartiers entiers se bâtissaient au sud de la commune. Il y avait des signaux de circulation lumineux à la sortie du bourg, en direction de Paris. D'ailleurs, la grande route de Saint-Cloud à Versailles était désormais éclairée la nuit sur cinq kilomètres, par la Compagnie de l'Ouest-Lumière, ce tronçon inauguré à la fin du mois d'octobre, dont elle avait vu les illuminations depuis le train, à son dernier voyage. Autant de nouveautés que sa mère ignorait, obstinément confinée au fond de sa cuisine du Mesnil, qu'elle ne quittait que rarement, sauf pour une visite chez le dentiste, l'an dernier, cette pose d'un dentier, un événement.

Elise marchait vite, plein midi, soleil au déclin d'hiver et baignant de lumière blonde les champs au repos, la ligne fière des peupliers jaunes où des corbeaux en famille cherchaient leur provende, oiseaux de malheur, on le dit, s'ils croisent votre route. Elle pressa le pas, se moquant d'elle-même, ces superstitions paysannes ont la vie dure. Elle rendait visite à Mauranne. Ce samedi M. Brasier ayant fermé la librairie pour cause de banquet de la Société des amis du livre ancien, auquel il assistait tous les ans, lui avait donné congé. Aussi profitait-elle de ces deux jours de liberté pour débarquer à l'improviste, puisque le temps était au beau. Mais, aux abords du portail, elle vit des voitures garées sur le bas-côté, et dès que franchi celui-ci d'autres sous l'ancien hangar à foin, une affluence extraordinaire. Elle n'avait pas téléphoné, cela contrariait Mauranne. Ces appels personnels la mettaient au supplice, autant par principe que par crainte de son fonctionnement elle refusait d'utiliser l'appareil, un apanage des maîtres. Un instant, Elise pensa rebrousser chemin. L'affluence mondaine l'effrayait, elle redoutait de tomber en pleine agitation de cuisine et d'encombrer sa mère, qui n'aurait pas une minute à elle. Mais elle n'était pas venue depuis plusieurs semaines et, tout en avançant prudemment, elle se promettait déjà de repartir le soir même : il y avait des trains jusqu'à dix heures. Par chance, à cette heure de midi, personne dehors, la cour déserte. Elle pressa le pas mais, comme elle approchait, longeant les communs et passant par-derrière, elle vit venir des Armand, longeant le mur du verger, une jeune fille à bicyclette qui pédalait avec difficulté, finissait sa course devant l'écurie et qui, l'ayant aperçue, lui faisait un signe de la main. Saisie, Elise reconnut Camille Galay. Aussitôt transie de timidité au milieu de la cour, résignée à ce qu'elle voulait éviter à tout prix, deux minutes plus tôt. Mais la jeune fille était sans doute aussi intimidée qu'elle, elle avait l'air fourbu, son mince visage aiguisé d'une fièvre insolite. De quelle course arrivait-elle, en plein midi, sa jupe froissée et son pull clair souillé de terre ? En tout cas, sa mine défaite rassura Elise qui ne craignait rien tant qu'une telle rencontre, d'y faire mauvaise figure : aujourd'hui la sienne était plus flambante que celle de Millie. Qui, d'un élan imprévisible lui donnait deux bises aux joues, si sincèrement émue qu'Elise resta éberluée de l'accueil.

— Oh ! Sassette, que je suis contente de te voir, comme tu as bien fait de venir ! Arrives-tu donc à pied de la gare ? Il fait si beau aujourd'hui, on en est ivre... Tu as une mine magnifique !

Son plaisir valait-il qu'elle en eût les yeux aussi brillants, et sa lubie d'amitié qu'elle la prît aux mains avec tant d'empressement ?

— Vous aussi, balbutia Elise, prise au dépourvu pour les compliments, et elle mentait d'en faire en retour.

— Dis-moi tu, je t'en prie... Mauranne sera contente, viens ! Elle gouverne ses fourneaux, comme elle s'y entend. Nous allons la surprendre, et ne t'inquiète pas de tout ce monde : ils en sont encore à revenir de la chasse qu'a donnée ma grand-mère. Les autres personnes seront à table, nous avons la place libre, viens, viens !...

Elle l'entraînait, bras dessus, bras dessous. Leur entrée dans la cuisine produisit l'effet qu'Elise redoutait. Du seuil, où elles paraissaient à contre-jour, elles embrassaient le spectacle de l'office en plein coup de feu, le ballet des souillons s'affairant aux fours et à la vaisselle. Dans une buée odorante, fumets de cuissons et d'herbes fraîches hachées, les sucs mélangés, un garçon coupait du pain sur un billot, et deux filles en tablier amidonné attendaient de prendre sur la longue table les plats qu'inspectait Mauranne, avant qu'ils ne partent à la salle à manger pour leur service. Elle, tendant le nez suspicieux, houspillant toujours : avait-on pas semé la persillade à la diable tout du même côté de la poularde, et rempli les saucières à ras bord ? Une dégoûtation pour le service. Trop tard, les coquilles d'escargots revenaient, il fallait enchaîner. D'ailleurs le temps de transvaser, la sauce serait figée. Elle pestait :

— Partez donc, et versez bien sur les genoux ! Te voilà, toi ? C'est bien le moment ! D'où sortez-vous, vous deux ?

Comme au temps d'autrefois, ramenées à cet état d'enfance et morigénées ensemble sans ménagement, elles firent comme alors profil bas, se glissèrent dans la cuisine ; assises sur le banc attendirent un peu de calme. Les salades étaient prêtes, l'assaisonnement de ciboulette dans son bol et le grand plateau de brie dont la crème jaune fondait ; au dessert : une mousse au chocolat, avec vin de Sauternes. Mauranne jugea qu'elle pouvait leur consacrer une minute, approcha, essuyant ses mains au grand tablier bleu.

— Sans te commander, Millie, tu pourrais aller te changer ! Tu es du deuxième service. Ces personnes seront bientôt là, si elles ne traînent pas en route...

— Je n'en serai pas. Je veux déjeuner avec Sassette.

— Au moins donne-toi un coup de peigne, et passe-toi un gant sur la figure. Tu as bien choisi ton jour, toi !

Elle embrassait quand même sa fille, du coin du menton, gauche, ronchonne, au fond très satisfaite de l'embarras supplémentaire qui lui donnait matière à fulminer.

— Eh bien, puisque vous êtes là, à ne rien faire, tournez le moulin : il y a le café à moudre. Toi, mâtine, pose la pile d'assiettes ici, tu vois bien que l'évier déborde. Et toi, gaupe, en auras-tu fini bientôt, de rincer et rincer ? Le torchon te fait-il peur ?

Elle était repartie harceler les souillons. Encore heureux qu'elle ne les pince pas comme elle aimait à le faire, par punition, mais elle avait à surveiller ses escargots farcis qui attendaient au four, deuxième service pour les chasseurs, douze couverts, moins un puisque Millie se désistait... Tandis qu'Elise, docile, s'emparait du moulin à café, plutôt que d'aller jusqu'à sa chambre Camille s'esquiva un instant dans la buanderie. Elle rafraîchit son visage au lavoir, jeta son pull par-dessus la tête et frissonna de froid, en soutien-gorge, emprunta à la corde à linge un lainage de Gabrielle qui séchait, vite enfilé, fermé jusqu'au cou de petits boutons de nacre ; elle lissa sa jupe. Un de ses bas était filé, une grille descendait à son mollet... Soudain, elle enfouit follement son visage dans le pull sale, dilata ses narines, ivre d'y respirer l'odeur de fougères, l'ambre boisée de sueur que sentaient leurs corps, une odeur si forte qu'elle cacha le pull au fond d'une armoire, se jurant de ne jamais, jamais le laver, de le garder en son état impudique et secret, afin qu'il conserve pour toujours l'odeur de l'amour. Craintive, elle porta la main à son entrejambe, à travers la jupe toucha cet endroit meurtri où demeurait la faible brûlure, et ce n'était pas là qu'elle souffrait, mais de tous ses membres, de son cœur inassouvi, de l'angoisse où elle était maintenant de lui, quitté si vite sur la route, quelles étaient ses pensées, et ses sentiments ? Elle regagna la cuisine où Maurane avait dressé deux couverts en bout de table : par mansuétude bougonne elle concédait qu'elles soient à l'encombrer, au milieu de son grand chantier. Et encore, ce n'était rien, avec tout le gibier attendant sur une table de l'écurie...

Elise d'abord interdite par l'assaut d'affection de Camille, qui en aucune autre occasion ne lui en avait manifesté, s'apprivoisait, prudente, circonspecte. Les rencontres avaient été bien rares, toutes ces années, elles étaient restées étrangères, séparées par tant d'espace, leur vie et leur milieu, et d'ailleurs une année, une seule, les avait réunies, elles qui n'auraient pas dû se connaître, l'enfant confiée à la fillette qu'elle était alors, une bonne inexpérimentée et sauvage, que sa mère terrorisait. C'était surprenant que, de la chrysalide de son corps, gauche et ingrat, tout empaqueté de honte, soit issue la jeune femme d'aujourd'hui, élancée, droite et nette, une belle personne, solide et sûre, se disait Camille, soudain curieuse de quoi était faite son existence. Libraire à Paris ? Je vends des livres, corrigeait Elise, rougissant. Avouerait-elle, par orgueil, qu'elle éditait des recueils de poésie sous son nom de Venise ? Elle le faisait, en confiance, et par défi, une tentation de forfanterie, tout en guettant les réactions de la jeune fille, tout en se régalant d'un reste de la poularde à la sauce de moutarde violette. Camille ne mangeait pas. Pas faim, disait-elle. Elle ouvrait de grands yeux : Sassette, éditer des livres ? Comment s'y prenait-elle ? Alors celle-ci lui racontait M. Brasier, comment le vieux libraire l'enlevait un soir : elle qui devait rester au Mesnil à servir, dans l'ombre de sa mère, s'échappait par le plus beau des chemins, celui des livres. Des livres ! Camille lisait-elle Virginia Woolf ? Non ? Elise expliquait, racontait la Hogarth Press et les romans de cette femme extraordinaire qui avait un chien jaune et sortait à cinq heures. Tu vas donc à Londres ? Rien que pour voir Mrs Woolf ? Elise riait. Mais non, elle y allait s'approvisionner en revues littéraires, que vendait M. Brasier. C'était émouvant de voir s'animer son visage, lui monter aux joues le rose de sa passion. *Une chambre à soi*... Venez à la librairie, disait-elle, je vous le donnerai. Dis-moi tu. Je te le donnerai. Alors, de fil en aiguille, gagnée à son tour par la confiance, Camille lui avait parlé de Jos, ce garçon de rencontre qui n'obéissait à personne, de ce qu'elle avait vu avec lui en Alabama, et de ses photos, qu'elle avait portées à l'agence Rapho, laissées à un petit homme hongrois aux gros yeux globuleux, qu'elle reverrait cette semaine... Comme elles rattrapaient le temps perdu, étourdies l'une et l'autre de se livrer si vite dans cet aparté, au milieu de l'effervescence !

Car on servait à présent la compagnie des chasseurs de retour, des affamés de grand air ; et à l'office, une fois la cloche sonnée, c'était aussi le tour des domestiques, Meyer et Adrien avec les rabatteurs réunis à la longue table qu'on débarrassait pour eux, dix personnes de plus à nourrir, pommes de terre sautées au vin blanc et rôti de veau ; les filles leur tournaient autour, enjôleuses, aguicheuses. Ignorant cette agitation, ayant tiré des chaises près de la fenêtre, Elise et Camille poursuivaient leur conversation, enhardies par le bonheur de se donner des gages d'amitié, de recenser les souvenirs communs et de renouer. Ainsi s'étaient-elles remémoré Venise, leur grand voyage de juin 1914, et oui, Sassette se rappelait l'*Hôtel des Bains*, les jeux sur la plage et dans les jardins, et la petite Hongroise, Magda, et sa mère, la belle comtesse, inabordable… Si étonnées, heureuses l'une de l'autre, que le temps avait passé, l'après-midi avançait, on en était à torcher à grande eau les carreaux de la cuisine, on les chassait. Elles s'éclipsèrent en catimini, passèrent par la buanderie et l'escalier de service pour éviter une rencontre. Elise logeait là-haut, expliquait-elle, au bout d'un corridor, dans une petite chambre du deuxième étage que lui attribuait Mauranne. Sur le palier, elles se quittèrent à regret : tout à l'heure, n'est-ce pas ? Avant son départ, elles se reverraient, Elise le voulait-elle ? Elle le voulait bien.

Etendue sur son lit, à demi somnolente, Elise contemplait au plafond le reflet du soleil pâle d'automne, les dessins mouvants qu'y projetaient les plus hautes branches des cèdres, un réseau arachnéen amplifiant de sa toile le volume de la chambre, dessinant un ciel de lit imaginaire. Elle n'avait aucun besoin des grands espaces de la campagne, elle aimait les trottoirs de la ville, son anonymat. Dans la multitude, elle pouvait aller son chemin sans un regard attaché à ses pas. Ici, lui revenaient l'anxiété de son enfance, l'impression oppressante de ne pas s'appartenir, et même si Mauranne s'abstenait de la questionner sur sa vie parisienne, ayant une fois pour toutes, sans rien en connaître, réprouvé ce qu'elle y faisait, elle avait la sensation de devoir des comptes. Pourtant, cette fois encore, sa mère n'aurait pas une minute à elle, occupée jusqu'au soir et tard dans la nuit à sa grande affaire de la réception. Demain matin, peut-être ? Elise n'attendait rien de ces visites rituelles. Qu'avaient-elles à se dire ? Beaucoup, sans doute, que l'une ni l'autre ne tenait à aborder, et la vie passait, de saisons en saisons différait le moment – était-il nécessaire ? – où l'on se dit les quelques mots par lesquels s'éclaire l'obscurité d'une relation filiale, ou bien s'épaissit, et sur l'énigme de sa naissance jamais Elise ne questionnerait Mauranne. Sur le jeune homme qui avait pu, si jeune, quatorze ans, la séduire ou abuser d'elle, la prendre au fond d'une grange, au bord d'un fossé et la laisser à sa misère. Mauranne avait-elle aimé ? Avait-elle eu un printemps ? Cette expression de mauvaise littérature troublait Elise, parce qu'elle évoquait tout juste l'étrangeté de Mauranne, de si peu son aînée qu'on les avait longtemps prises pour des sœurs, et pourtant vieille de toujours, vieille de naissance. Depuis quelque temps, la question se posait à elle : ma mère a-t-elle eu le temps d'être une jeune fille, a-t-elle eu une enfance, quelle petite fille a-t-elle été, dans quelle famille dont elle ne parle jamais ? Sa vie semblait commencer ici, dans la cuisine du Mesnil, entre ses fourneaux et la grande table de l'office, avec pour attribut sa batterie d'ustensiles, qui lui donnaient dignité. Là, elle avait mis Elise au monde, avait trouvé une famille, un genre ; un toit, une chambre à soi. Si peu de choses lui appartenaient en propre... Une brosse à cheveux en ivoire donnée par Mme Victor, en quelle occasion ? Un trèfle à quatre feuilles trouvé dans le pré, plié dans du papier de soie ; un chapelet de verroterie, un missel en latin, elle qui n'allait jamais à l'église. Une collection de fioles sans étiquette, potions médicamenteuses de sa fabrication. Une petite boîte de pastilles contenant des dents de lait d'Elise. Quoi encore ?... La jeune fille se rappelait avec effroi le grand ménage, après la mort de Mme Victor, le sac de sa chambre qu'on vidait, les tiroirs renversés déballant ses corsets de coton rose, fanés, son linge de corps, brodé de jours, et ses trésors dérisoires. A quoi bon garder cette brassière de bébé à minuscules boutons, ces bandages roussis, les gros yeux bleus d'une poupée collés à leur prothèse, le sachet de lavande éventée, la boîte de talc ; un calendrier de 1874... Tout était parti à la poubelle. Accrochée à une épingle de nourrice, une petite médaille gravée du nom d'Antoinette. Qui l'avait jamais appelée ainsi ? Une mère, son mari, dans les temps de leur jeunesse ?...

Viderait-on un jour de même les tiroirs de sa mère, jetterait-on ces rebuts pitoyables qui résument une vie ? Dont chacun, puisqu'il a été si pieusement conservé, date un chagrin, une joie dont la mort emporte le secret. Nul doute qu'on trouverait intacts les cadeaux qu'Elise lui faisait : la veste en laine d'Ecosse rapportée de Londres, la chemise de nuit, les bas, les beaux mouchoirs de fil, et la paire de feutres qu'elle ne portait pas, gardait neufs, disait-elle, pour le jour où il lui faudrait partir à l'hospice. C'était là qu'on finissait, venu le temps où l'on n'est plus bon à rien, aboutissement fatal de l'existence. Mauranne tenait sa valise prête en prévision de ce grand départ, elle qui n'était jamais partie nulle part. Sans amertume ni peur, ni regret, seulement par assentiment sévère à sa destinée. Bien que navrée de contribuer à ce trousseau, Elise continuait de lui offrir ces objets, sachant qu'ils rejoindraient les autres. Y compris les denrées périssables : boîtes de caramels ou flacons d'eau de Parme finissaient dans sa valise sans qu'elle y touchât, comme s'ils fussent trop beaux pour elle, destinés à une jouissance différée que seule permettrait la mort. Elise se pliait à cette loi maternelle, la seule manière qu'eût cette femme d'accepter un cadeau, elle qui n'en faisait à personne ; la seule qu'eût sa fille de lui dire son amour, et de quel amour s'agissait-il ? Ce commerce de la chose donnée et reçue sans plaisir, un pacte conclu entre elles. Peut-être Elise y adhérait-elle, bien plus qu'elle ne croyait, appliquant à sa propre vie la règle austère, intransigeante et cruelle, qui prohibe le plaisir, nie les appétits du corps, les rêves et les désirs comme de redoutables tentations. Par quelle solidarité obscure avait-elle pour la chair la même aversion inquiète ? La chair ! Mauranne en avait-elle une ? Sous sa robe, des organes vivants, un corps. Voué au harassement du travail qui abrutit les sens. Quand Elise avait-elle décidé que le sien lui était propriété solitaire, dévolu à son seul usage, célibataire et farouche, son seul patrimoine, bien trop menacé pour un partage avec quiconque. Rien que l'idée la hérissait de nausée d'une main masculine portée sur elle, son contact et sa contamination répugnante, la convoitise de l'homme rapace qui veut reddition. Le souvenir du grenier nourrissait la répulsion dont elle tremblait à l'idée de la possession physique, dont elle ignorait tout, ne voulait rien savoir, jamais. Mrs Woolf avait-elle subi dans son enfance l'avilissement du rapt, la violence inédite qui fait de vous ce mannequin sidéré, ébloui, oui, envoûté par la volonté prédatrice, hypnotisé par l'attirance vénéneuse de qui vous veut du mal, aime le mal qu'il vous fait, vous le fait désirer, et mendier tel un bienfait ? Ensuite vous êtes grondée, malmenée et punie, bien que victime tenue pour coupable. L'êtes-vous alors d'être traitée comme telle, ou bien de ce que vous venez d'apprendre, insoupçonné, la sujétion enivrante de la faute ? Il s'en était fallu de peu. Pour briser l'enchantement, l'arracher aux mains de M. Charles et la rendre à elle-même, il avait fallu l'irruption de Gabrielle qui la jetait, poupée de chiffon, sur le plancher poussiéreux. La scène du grenier n'était pas une honte, mais une révélation, unique dans sa perfection. Une très bonne expérience. Cette petite chambre toute provisoire qu'elle fût, comme celle qu'elle avait au-dessus de la librairie, lui était un privilège ineffable. Une chambre à soi, c'est un corps à soi. Même territoire inexpugnable, jouissance suprême de ne se devoir à aucun autre. En rien un sacrifice, une frustration, au contraire : une licence, un décret légitime, et combien d'êtres en ont-ils l'exercice, qui consentent à l'asservissement de leur sexe sans en avoir la propriété ? Aussi pouvait-elle très bien vivre dans la compagnie scrupuleuse de M. Brasier, fréquenter les amis infatués de Pauline, à *La Coupole*, et voir passer les hommes sur le trottoir, sans un frisson pour la déranger dans sa chasteté…

Seul M. Lange lui causait quelque souci. Sa cicatrice à la lèvre intriguait. L'histoire en serait intéressante à connaître. Mais il avait surtout une manière surprenante d'ignorer votre sexe, par ce biais vous déconcertait : vous n'aviez rien à défendre. Du coup, c'était plus dangereux, et plutôt agréable. De lui, c'était chaque fois nouvelle surprise. Ainsi lui apprenait-il qu'elle n'avait rien transporté du tout dans son poudrier. Il le lui avait expliqué gentiment, très sérieusement : sur ce coup, elle était un appât, un leurre, en quelque sorte supplétive pour protéger la sécurité d'un autre agent investi de la vraie mission. Ignorer la substitution mettait chacun en position de force : il n'aurait pas dû le lui dire, mais il lui faisait confiance, il pouvait se montrer loyal. D'ailleurs, il se trouverait aussi bien, une prochaine fois, qu'une ou un autre lui servît de couverture à son tour. Candide M. Lange, croyait-il la consoler par cette promesse ? Loin d'être décevante, la nouvelle donnait un tour piquant à l'expédition de Berlin. Une fausse commissionnaire ? Le subterfuge ne faussait en rien sa peur au ventre, ses angoisses, qui avaient été très réelles. A ce jeu du gibier qui égare le chasseur, à l'irrégularité du compas et de l'équerre, elle trouvait une logique personnelle : Elise Casson était un leurre naturel. Née de père inconnu dans une maison de hasard, libraire par aventure et amoureuse de Virginia Woolf, directrice des très confidentielles éditions Cazzoni, elle pouvait tromper tout un sur ses motifs, sans difficulté. Y compris M. Lange s'il n'y prenait garde, tout abuseur qu'il fût, savant en feintes et artifices secrets, et petits dessins sur son calepin... La dernière fois, il l'avait sorti de sa poche pour lui faire un schéma du fonctionnement d'une machine à crypter électrique, le clavier alphabétique, le tableau des connexions, le principe des rotors et l'astuce du chiffrage multipliant les codes de façon exponentielle, réversibles ou non. Elle n'y avait compris goutte, seulement que c'était très ingénieux mais, par inadvertance, elle avait entrevu, tandis qu'il feuilletait les pages, d'étonnants dessins dans son carnet : des jambes de messieurs, une mouette, une treille de vigne le long d'un chai, un jardin de curé, une gloriette en ruine, un petit bassin avec une fontaine à gargouille... M. Lange avait un bon coup de crayon, il croquait la vie en fraude, un dissident du coup d'œil ; cela donnait des aperçus. Quant à Camille, elle savait assez de son histoire, par les indiscrétions de cuisine, pour juger qu'elle aussi menait le jeu qu'il lui plaisait. Au milieu des chausse-trappes de son destin, elle choisissait l'esquive, ou le combat frontal, à sa guise. Une qui ne demandait pas permission non plus pour s'aventurer, l'indiscipline se mérite. En cela semblable aux personnages de Mrs Woolf... Cette rencontre imprévue devant l'écurie lui donnait un grand contentement. Elle rehaussait le goût et l'estime, effaçait le souci des préventions, ses craintes timorées de paraître, et les tristesses confuses. Camille viendrait à la librairie. Elise avait quelque chose à lui donner, et une autre à lui rendre.

Dora Gombrowicz arriva au Mesnil en fin d'après-midi. Mme Mathilde avait envoyé sa voiture la prendre à sa maison de Picpus, d'accord avec Gabrielle pour réserver à ses invités cette surprise du soir qui parachevait la fête : un récital privé, par une des plus grandes pianistes. L'accordeur de Dora était venu dans la semaine en grand secret voir ce qu'on pouvait tirer du vieux piano, sur lequel l'artiste acceptait de jouer par amitié pour Gabrielle, et pour l'amusement d'une soirée à la campagne. Pas d'instrument de location : on n'obtient que des chaudrons, autant y aller gaiement sur cet ancêtre rustique. D'ailleurs, Dora déclarait adorer les guinguettes et le pianola. Elle était escortée d'une jeune fille qu'on eût dite nonnette sortie du couvent, pruneau anémique, lointaine et distante, des yeux de braise sous la paupière lasse : Miette, un fille d'émigré catalan, soprano à son école de chant et son accompagnatrice, tourneuse de pages excellente dont elle ne pouvait plus se passer ; celle-ci semblait ne pouvoir non plus se séparer de sa maîtresse d'un pas, l'ombre de sa jupe, l'ombre de sa main.

Leur apparition réveilla l'atmosphère quelque peu languissante de cette fin d'après-midi. Après les ardeurs de la chasse et le déjeuner copieux, chacun avait trouvé une occupation de loisir. Pour Mme Mathilde, promenade lente au rythme de sa canne, dans les allées du parc dont elle faisait les honneurs aux épouses de M. Sachs, du maire et du député, qui avaient rejoint la compagnie au déjeuner. Les autres avaient poussé plus loin, conduits par Gabrielle jusqu'aux Armand, pour une visite de la ferme qu'accueillait la vieille, restée seule avec les enfants, médusés par le beau monde qui admirait les vaches à l'étable, et le nouveau tracteur sous le hangar. Au retour, ils s'étaient encore arrêtés à l'écurie. Les stalles désertes, au pavé bien balayé, évoquaient le temps révolu où l'on élevait des chevaux au Mesnil… Le dernier, Loyal, y était mort de sa belle mort, comme un homme usé. Une bête de l'autre siècle, qui tirait aussi bien qu'elle tolérait d'être montée ; une plaque de cuivre à son nom restait accrochée à sa mangeoire. Sur les tréteaux dressés, ils avaient regardé un instant le tableau de la chasse du matin que Meyer avait disposé, toute cette plume et ce pelage fauves, le roux et le gris tendre poissés que la mort ternissait. Peut-être étaient-ils trop nombreux, cette veillée funèbre mettait mal à l'aise. Sa bestialité amoindrissait le plaisir qu'auraient pu en tirer les plus endurcis, et il s'agissait moins d'un remords que d'une conscience vague de ce que corrompait en eux cette exposition impudique du charnier. Simon Lewenthal attendait dehors avec Gabrielle, ils partageaient un petit cigare sur le seuil, silencieux. Même les remarques plaisantes d'Enzo sur les grandeurs et misères des vanités n'avaient pas dissipé la gêne. Il faisait froid dans l'écurie, le soir venait ; ils étaient rentrés.

Seule Delphine avait tenu à rester. Ses joues pâles s'enfiévraient, narines dilatées à humer l'odeur fauve des cadavres dont le sang séchait, brun et noir coagulés, le caillot veiné de filaments pourpres qu'un pinceau cruel ciselait sous la lampe, et elle semblait ne pouvoir se détacher de leur vue, cherchant on ne savait quelle satiété à étudier le bleu globuleux des yeux exorbités, ou bien le songe à mi-paupière d'une pupille vitreuse, la patte raidie d'un lièvre encore tendue par le ressort de son élan, ses petites griffes tétanisées dans la touffe des poils, telles que les avait figées la mort ; l'aile brisée faisant saillir une plume nerveuse, vernie de vert mordoré, précieux éventail ouvert ; toute cette chair mortifiée, un ravissement. Meyer l'avait trouvée là, solitaire et muette. Il avait fallu l'irruption d'Adrien, que le garde-chasse fasse grand bruit en rangeant les fusils et, goguenard, plaisante son goût du carnage, pour qu'enfin elle s'arrache, frissonnante, à sa contemplation. Il l'avait alors invitée à aller avec lui assister au repas des chiens. Car, lui expliquait-il, ils avaient droit en récompense à leur pitance de chasse : à les acharner de cru et de saignant avec la viande du gibier qu'ils avaient levé, on les encourageait à bien faire, et c'était un sacré spectacle que de les voir dévorer. Elle n'avait cure de rejoindre les autres, elle l'avait suivi au chenil.

Pendant ce temps-là, on avait ouvert le salon d'apparat, qu'on visitait rarement, où dormait la collection africaine d'Henri de Galay. A la demande de Mme Mathilde, Simon Lewenthal avait bien voulu en commenter quelques pièces tapissant les murs, particulièrement à l'intention de M. Laes, très curieux de se faire expliquer leur provenance, d'apprendre quel voyageur original avait été l'époux de son hôtesse ; aussi à Enzo, qui appréciait les masques en amateur éclairé, mais la plupart observaient avec un respect mêlé de crainte l'assortiment guerrier sorti tout droit d'un conte barbare, et comme Samantha, très surprise, interrogeait à mi-voix Daniel sur ce père, dont il ne lui avait jamais parlé :

— Il a pu croiser le tien chez les Koubas du haut Congo, avait-il admis, gêné que se révèle là quelque motif inavoué du film qu'il projetait. Les a-t-il assez pillés, pour nous ébahir ?

Dora Gombrowicz apportait un intermède bienvenu à cette fin de journée. Prête à une récréation nouvelle, par ce besoin de divertissement que l'oisiveté réclame, l'assemblée lui faisait fête, piquée par la délicate attention de Mme Mathilde, la faveur que lui faisait cette célèbre artiste amie de la famille, très simple en dépit de sa célébrité internationale, d'une complaisance exquise et d'une franchise de langage rafraîchissante. Dans le vestibule, l'attroupement attirait les domestiques, pointant curieusement le nez aux portes car Dora, enchantée des présentations nombreuses, trouvait un mot aimable pour chacun, en toute modestie distribuait ses bontés et compliments, très à l'aise, drapée de soie du buste aux chevilles, d'une élégance antique, à elle seule un événement mondain. Gabrielle souriait de ce jeu auquel excellait son amie, et même Pierre, qui venait de descendre de son bureau ; ne manquaient à l'accueil que Delphine, et Camille, décidément disparue dans les étages.

— Ai-je besoin de jouer les divas, puisque j'en suis une ? susurrait Dora, abandonnant ses mains à Daniel, qui exagérait à plaisir des mines d'admirateur dévot, ravi de la diversion. Mais venait l'heure de la collation du soir, qu'annonçait M. Paquin : un buffet servi au salon. Cailles en gelée, tourtes au chèvre frais et foie gras au miel, vins fins et fruits d'automne dans les corbeilles, figues et raisins d'Italie ; un pique-nique sans façon. A présent le soir tombait, le fouillis du jardin s'assombrissait derrière les vitres et le ciel virait au gris de fumée, déchiré de languissants nuages vieux rose, toute cette mélancolie frileuse de novembre abandonnée au-dehors, tandis qu'ici brillaient les lampes, et la flambée dans la cheminée. Le plafond peint d'oiseaux fanés en était animé comme d'une lanterne magique et cette gaieté du dedans repoussant les assauts de la nuit, l'enjouement de Dora aidant, la verve de Daniel acheva de dégeler les esprits : on voulait entendre de la musique. Avant les nourritures terrestres, celles de l'âme, si elle le voulait bien : il l'en suppliait ! Sans autre préambule, elle s'exécuta, bonne fille, sans prévenir attaqua une sonate de Beethoven, *La Chasse*, une pièce de circonstance ! L'Allegro fit silence, eux tous rassemblés dans les fauteuils, adossés au chambranle d'une porte, pénétrés par la gravité soudaine qu'impose la musique. En fait, la difficulté ne s'en présentait pas dans les grandes salles de concert : Dora rusait avec les défauts du clavier, les masquant en sourdine, si habile à créer de la beauté où la corde manquait qu'on en oubliait les faiblesses du vieil instrument, et jouant des rythmes pointés, accélérés et syncopés, elle enlevait les morceaux où, par divine prouesse, la fugue s'intègre à la sonate. Cependant au sublime il fallait un soulagement, aussi enchaînait-elle avec des variations de Beethoven sur la valse de Diabelli, jouant de cette chose sérieuse de l'émotion. Le plus béotien y succombe, propriété exclusive, privilège des sens qui discernent intelligence et beauté sans en connaître le prix : Mme Courtois en secouait la tête d'incrédulité, la plus touchée sans doute, atteinte par ce qu'elle ignorait, et presque honteuse de le manifester. La trame mélodique ou rythmique captive, à ses lignes de flottaison ou de fuite elle arrime une écoute dont la résolution divague en chacun, qui recueille en lui sensations et pensées, réminiscences subites dont il s'étonne ou s'ensommeille, rappelé dans ces régions de solitude qu'il fréquente peu, dans leur étrangeté semblables au rêve endormi où le dialogue primitif avec soi effraie par sa nudité. Où s'égaraient-ils chacun pour soi, dans cet écart intime de la musique, au secret de ses songes, sur un lit de fougères foulées, sous le couvert d'une forêt tropicale, dans quel jardin d'enfance enivré d'aubépines, ou emporté au souvenir d'une lecture, au galop romanesque de chevaux emballés sur des routes italiennes, séparés les uns des autres et livrés aux chimères privées qu'empêche la trivialité du jour, désarmés et jaloux de le rester encore un peu, dans cette parenthèse magique…

A la commotion du dernier accord, succéda un silence. Puis applaudissements de gratitude, joie unanime de se réveiller ensemble, dans la douleur et la bonté prodigues. Alors, sentant conquis son public, Dora improvisa une variation de *La Jeune Fille et la Mort*, inclinant vers Gabrielle sa petite tête pour la lui adresser, lui destinant un souvenir commun dont le mystère émouvait, et puis, cette fois pour elle-même, elle joua certaine *Gymnopédie*. Qui lui tira soudain les larmes. Elle rompit, d'une note abrupte. Nul ne comprenait la rupture, ni pourquoi ces acrobaties ironiques convoquaient de tels accents funèbres…

Par jeu, comme pour se venger des émotions importunes, elle enchaînait furieusement, avec une énergique *Marche turque* ! Mozart après Satie, après Schubert, la liaison laissait perplexe ! Depuis longtemps Miette restait sur le sable, résignée aux enchaînements décousus et au soudain parti pris burlesque de la pianiste, lâchée à ses fantaisies. Nul besoin qu'elle tournât ses pages de partitions : Dora y allait en toute fantaisie. Elle n'était plus d'avis de rassasier son auditoire de grandes œuvres, elle décrétait le programme prévu par trop rasant, on aurait bien plus de plaisir au pot-pourri ! Alors, saisissant dans son caprice quelque signal de pitrerie, Daniel, s'enturbannant la tête du foulard de Mme l'épouse du député, mima le grand mamamouchi autour de la table servie, turquerie de zoulou dans laquelle il entraîna Mme Laes, un peu contrainte mais tentée par l'aubaine, avait-elle de longtemps pu danser comme autrefois ? Puis Samantha et Enzo, d'autres suivirent, que Gabrielle applaudissait, gagnée par la franche explosion de joie qui mettait dans le vieux salon un désordre juvénile, et Pierre riait de bon cœur de la pantomime, que même sa mère accueillait d'un sourire indulgent : avait-on donc tant l'occasion de s'amuser ? Voilà que le petit salon de musique, qui prêtait son décor suranné au théâtre du recueillement musical, était soudain transformé en bastringue... Tandis que Dora plaquait les accords sans plus se soucier d'épargner aux oreilles les cordes fautives, M. Laes, tombant sa gravité, une serviette sur le bras, entreprenait de distribuer les assiettes au nez de M. Paquin, interdit, et, à son exemple, M. Sachs de remplir les verres, de porter un toast à la fameuse concertiste, que son abattage de meneuse de revue emballait : une qui ne se prenait pas pour la fleur des pois, et vous enlevait un charivari en moins de deux ! Il la baisa à la nuque d'enthousiasme, comme elle attaquait l'air de *Faust*, qu'il chantait devant son miroir, les matins de bonne humeur :

— *Une puce gentille, chez un prince logeait, Comme sa propre fille, le brave homme l'aimait... Et l'histoire l'assure, par son tailleur, un jour, lui fait pren-endre, me-e-sure, pour un habit de cour !*

Il avait une voix de stentor encombrée dans les basses, mais fort agréable, avec M. Courtois à l'unisson, on en redemandait ! Alors Enzo réclama du bel canto, quelque chose de sentimental, de terrible : allons-y pour les chrysanthèmes, allons-y pour la mer calmée, au loin une fumée, qui va là, qui va là ? Miette, qui jusque-là n'avait pas fait entendre un filet de voix, surgit sur le devant. Elle qui semblait au bord de la consomption entonna l'air pathétique de Mme Butterfly avec un brio stupéfiant, si superbe métamorphose, que Daniel l'enleva dans ses bras, une nonne pareille !

Au milieu de quoi survint Camille, suivie d'Elise, réticente, qu'elle tirait par le bras. Alertées par la cacophonie, elles venaient aux nouvelles, de quoi s'amusaient-ils tant, pour assourdir la maison ? Elles étaient passées par la cuisine où l'on riait du tapage que de longtemps Le Mesnil n'avait connu ; surtout de la mine contristée de M. Paquin, très abattu, qui ne savait plus s'il fallait ou non servir maintenant les compotes glacées, et le champagne : empêche-t-on les maîtres quand la folie les gagne ? A peine entrées sitôt enlacées avec fougue par Daniel, qui ne lâchait pas Miette pour autant : connaissait-il cette demoiselle amie que sa nièce lui cachait ? Elise admit le geste leste, trop intimidée pour regimber. Venir au salon lui était déjà une hardiesse, que Camille obtenait d'elle d'autorité, résolue pour deux à enfreindre la séparation de classe qui excluait la fille de la cuisinière.

— Si quiconque y trouve à redire, nous tournerons les talons ensemble, entends-tu ?

Elle calculait aussi avec quelque remords que, chaperonnée d'Elise, elle éviterait mieux Simon Lewenthal, dans cette assemblée nombreuse, en pleine effervescence, quel meilleur rempart ? D'ailleurs, avait-il souci d'elle, ni elle de lui ? Or sans le chercher elle le trouvait, aimantée d'instinct par sa présence. Dans l'espace encombré par tous ces gens, parmi l'agitation confuse de leurs déplacements, on eût dit que la fatalité rivait leurs regards, sitôt désorientés par cet excès d'allégresse qui sans égard offensait leur besoin de grâce, au supplice d'être otages de l'exubérance générale et ils semblaient de cette souffrance s'accuser mutuellement ; cela ne dura pas. Elle détournait les yeux, Enzo le confisquait déjà à sa vue, lui mettant gaiement aux dents des grains de raisin, la tirant vers la table : allons, qu'elle rattrape son retard et prenne part à la fête ! Alors, par revanche ou dépit, pour se fuir, Camille se jeta dans le jeu à son bras, au moment où Dora attaquait, enragée, une fougueuse *Danse macabre* : Saint-Saëns, jadis son maître, s'en retournerait dans sa tombe ! On ne l'arrêtait plus, de son infernal galop elle balayait les derniers scrupules. Dans cet emportement, il n'y a plus de bon ou mauvais goût, d'indécence à rire de ce qui fait peur, à mimer le spectre agité de soubresauts, pantin disloqué par les affres de la mort, et de moquer, en ce soir de chasse, la camarde et son ravage, et Daniel roulant des yeux, claquant des dents, effrayait la compagnie, poursuivait les fuyards faussement apeurés jusque dans le vestibule, sous le grand escalier, réapparaissait en diable par une autre porte, parmi les cris de peur et de joie qui sont les mêmes appels enfantins à se rendre. Boute-en-train, saltimbanque, il savait l'être ! Par métier, par nature, un goût inné de la farce et de la mystification qu'un démon lui inspirait, contre bien des tourments et des rages secrètes, et par quel art débusquait-il chez les uns et les autres le goût assassin des facéties, libérait-il l'envie enfouie en chacun de moquer le ridicule des solennités ? Très digestive pour accompagner le foie gras, une sarabande ! Il y fallait du cœur, y mettre du sien, chacun collaborait, enchanté des improvisations, battant de moignons d'ailes, tournant en croassant, et qui eut alors l'initiative d'une farandole ? Elle se forma, sous l'œil inquiet de Mme Mathilde qui voyait sa soirée tourner au carnaval : ah, bah ! Que le monde s'amuse ! Puisque

M. Laes lui-même semblait trouver cela farce ! Il y a un moment où il est trop tard pour jouer les rabat-joie, interdire licence et ramener son monde au sérieux. La cavalcade en désordre partit à travers les pièces sombres, vira sous les sagaies et les masques grimaçants, retourna au salon éclairé, Dora martelant le motif à l'envi et Daniel, qui menait le bal, déboula à l'office, entourant Mauranne de la folle danse, prenant au passage les filles ébahies, et il ne lâchait pas Camille, qui ne lâchait pas Elise, enchaînée à M. Sachs, à Miette, à ces messieurs et ces dames hilares, suffoquant de rires, ils étaient tous rendus là, quand retentit la détonation.

Le coup de feu proche, assourdissant, les figea sur place. Un instant, ils restèrent statufiés dans la posture grotesque des fresques macabres. C'était venu de la cour, où ils se trouvaient tous à présent, sortis en débandade, égaillés et tremblants, la nuit froide glaçant les épaules et les fronts en sueur, éblouis au sortir des lumières de la fête, devant ces ténèbres béantes saisis d'une épouvante que les chiens exaspéraient. Ils hurlaient à la mort, leur long aboiement lugubre issu de quelque gouffre de la nuit. Mais là-bas, de l'écurie, accourait, criant vers eux, Meyer avec sa lanterne, alors seulement à cette lueur se découvrit au milieu de la cour la silhouette immobile de Régine, le fusil tombé, livide, la mort en personne. Avait-elle vraiment tiré, sur quoi, sur qui, dans toute cette obscurité ? Quelques hommes se précipitaient, Lewenthal, Pierre, M. Laes surgi derrière eux, et comme on lui prenait des mains le fusil, qu'elle ne défendait pas, la femme s'effondra, tomba sur place en convulsions. La confusion fut à son comble, de cris et d'appels, Gabrielle accourait, derrière elle Dora et Mme Mathilde, tous les domestiques rameutés du fond de la maison, sur le seuil de la cuisine un chœur tragique et ridicule, dans l'incompréhension et la terreur absurdes qui venaient à retard entériner la réalité de ce coup de feu, cette scène insensée qui provoquait la stupeur. Car Delphine, c'était elle, sortant maintenant du chenil, une apparition incongrue, traversait vivement l'espace nocturne à leur rencontre, indifférente à leur effroi, implacable de défi et de morgue.

— Cette folle me prend-elle pour son gibier ? lança-t-elle à la compagnie.

Sa remarque les laissa pantois. Sans lui accorder un regard, elle passa devant la femme évanouie, fraya son passage parmi la petite foule médusée, dédaigna le geste maladroit que tentait son mari, rentra ; lui à sa suite. Qui étaient-ils, tous, venus d'où, hors d'haleine, de quelle joie monstrueuse sortaient-ils pour se réveiller, anéantis, dans cette brume glacée de novembre chassés de la joie factice de la fête, leur visage encore tiraillé par le rire d'une liesse mauvaise, face de carton qui ne masque plus la peur hideuse de cette sanction tombée du ciel. Ils se détournaient les uns des autres, leur regard se fuyait, s'épargnant d'y rencontrer sa propre gêne. Mais porter secours offrait un dérivatif à l'émotion générale, on s'employait à soulever Régine, à la transporter dans une chambre, et nul ne pensait à remarquer l'absence d'Adrien, ce mari introuvable, que personne ne songeait à chercher, ou n'osait. Nul ne s'interrogeait non plus sur ce que faisait Delphine au chenil à cette heure, ni ne pensait à contester ce qu'elle affirmait, avoir été la cible de ce tir inexplicable. Un malentendu, un quiproquo. Par quelle aberration, frayeur irraisonnée, par quelle folie la gouvernante avait-elle pu croire à un renard, une bête égarée ? A un rôdeur frayant avec les chiens ? Régine n'ayant jamais touché un fusil, elle n'avait pu que viser à l'aveugle pour faire peur, alerter, et par chance manquer sa cible, sans doute même tirer en l'air... D'ailleurs, dans cette obscurité, on n'y voyait goutte, heureusement !... Heureusement, heureusement, le mot en courait, et l'on se rassurait lâchement du scandale évité par miracle, dont le soulagement provoquait des rires nerveux, des hochements d'incrédulité, un accident absurde... Jusqu'à ce que Mme Mathilde, sentant d'intuition que ce désordre insupportable appelait une conclusion, qu'elle se devait de la donner, décrétât que Régine, cette sotte, avait toujours eu les nerfs fragiles, une imagination morbide : la campagne ne lui valait rien.

— Il y a plus de peur que de mal... Rentrons, mes amis ! N'allons pas prendre une congestion par ce froid !

Meyer, impénétrable, opinait. Sa lanterne à la main, il s'enfonça dans l'obscurité de la cour, pour aller calmer les chiens. Alors ils rentrèrent, se faisant des politesses gênées sur le seuil. Ils n'osaient pas encore se dévisager, sous le coup du désastre frôlé, mais déjà gagnés à l'idée que la fête devait être poursuivie, ils le devaient par égard pour leur hôtesse, par besoin tacite de rétablir les bienséances, réflexe de classe autant qu'instinct de sauvegarde qui commande de sauver les apparences, et la paix, à tout prix la paix, consentant à ce que l'incident soit clos, sans plus chercher midi à quatorze heures.

— Monsieur Paquin, où sont vos compotes ? Aurons-nous du champagne, enfin ?

Les servantes s'affairaient déjà, houspillées par Mauranne, dans la cuisine un bel embarras de personnes, maîtres et domestiques si bien mêlés que cela détendit l'atmosphère. Mme Laes avait disparu, allant aux nouvelles de sa fille, mais Daniel empoignait les bouteilles, de son bras levé donnait la direction du salon où l'on se réfugiait, frissonnant encore du froid de la nuit, et de cette grande émotion. Dora s'était déjà remise au piano, plaquant les premiers accords endiablés d'un morceau de jazz. Cependant sur leurs talons, entre gens de l'office déjà les langues étaient lâchées, on daubait sur ce que faisait la petite dame avec le garde-chasse, en compagnie des chiens… Qui lança cette chose sarcastique et crue, provoqua les ricanements obscènes dont Camille reçut en pleine face la boue ? Qu'entendit Elise, restée en arrière, qui fermait peureusement la porte sur le noir du dehors. Simon Lewenthal était encore sur le seuil, sur le point de quitter la cuisine, il n'avait pu que l'entendre aussi. Il l'entendit, feignit qu'il n'en soit rien, disparut avec les autres. Ce qu'elle avait appris de cet homme au plus intime de midi en fut défiguré dans l'instant. Que fût puni ce jour, souillé sans réparation, et qu'il en fût témoin sans broncher, rien de pire ne pouvait arriver ; elle s'enfuit. Elle traversa l'obscurité des couloirs, courut à sa chambre et se jeta sur son lit, sanglotante de honte, de désespoir, tandis qu'à travers les murs lui parvenaient les éclats et les rires de la fête continuée.

XIV

En approchant de la librairie, Camille hésita, étonnée par l'affluence à cette heure tardive. Il y avait nombre de silhouettes sous les lampes, c'était bien pourtant ce soir qu'Elise l'avait invitée à passer… Elle poussa la porte, se risqua sur le seuil. Un événement, en effet, les gens se pressaient autour d'un homme fluet à longue figure, long nez, œil d'or azuré, haut front lumineux hérissé de crinière et sa pochette safran, d'un dandysme très étudié, autour de qui le cercle se serrait.

— M. Cocteau, soufflait Elise, tirant Camille à l'intérieur. Tu as manqué de peu sa lecture ! Il a lu des pages du *Fantôme de Marseille*. Cela vient de paraître à la NRF… Et M. Brasier qui souffre le martyre ! Il a une nouvelle crise de son rhumatisme. Je ne peux obtenir qu'il s'asseye…

Héroïque, le vieil homme se tenait adossé aux rayons de livres, appuyé d'un coude à la caisse, sa face illuminée par un effort de concentration qui tenait davantage aux élancements de sa jambe qu'aux échanges de la réception. Quoique, d'échanges, il y eût peu. Dans un silence admiratif, on écoutait le monsieur éloquent, bel esprit, peut-être enivré d'opium, brillant à pleurer, lyrique et primesautier. Tout ce monde, tel celui qu'elle avait croisé chez Paul Guillaume, extasié, buvait ses paroles, des élégantes, des actrices de théâtre, un adolescent d'une beauté effrayante, ce M. Marais, à damner les anges, et M. Jouvet en personne, clergyman séduisant, œil perçant, moue aiguë, avec qui se menaient les pourparlers pour adapter *La Machine infernale*, expliquait Elise à son oreille. M. Cocteau soutenait que, en réalité, Orphée n'a cure d'Eurydice : il est bien plus intéressé par le monde des morts, sa résidence d'élection ! En cela le vrai poète, messager des ombres, au risque d'en périr ! Tout miroir est passage au pays des spectres, regardez-y votre visage !… Alors il évoquait, la face transfigurée de chagrin, ses vacances avec Raymond Radiguet, à Pramousquier et au Lavandou, leur arrivée à Port-Cros, dans le vacarme des cigales, leur séjour dans un manoir romanesque. Et puis Villefranche. Ah ! Villefranche-sur-Mer…

— En 1929, Christian Bérard y inventait ses peintures fantômes, Stravinsky et moi composions *Œdipus Rex* ! Les poètes de toutes les langues échangeaient leurs fluides à l'hôtel *Welcome*, une jeunesse éprise des miracles de l'esprit ! Nous étions si jeunes !

De sa voix perchée, nasillarde, il tempêtait en vrac contre les ravages des pick-up, de la TSF, des films de gangsters et du tourisme, contre la vie factice, les combines de toute espèce chassant la poésie des lieux. Il évoquait, l'œil mi-clos, le spectacle de la rade, les filles du port arrivant le même jour que les destroyers pour servir de pâture aux marins, authentiques et prosaïques Vénus déposées par la mer… Cette vision ravissait l'assistance.

— Enfant je confondais ingénieur et ingénieux ! Je voulais devenir ingénieux… N'était-ce pas devenir poète ? J'ai retrouvé l'enfance et ses inventions cocasses et les sommeils de plante et les réveils rapides qui apportent de la fièvre et de l'énigme… Il ne faut pas négliger la nuit qui nous habite et qui, comme la mer, cache des monstres et des luttes inconnues. Il faut jeter le bric-à-brac qui tient lieu d'âme par-dessus bord. Esprits actifs méfiez-vous de la chaise longue ! Troquez votre activité contre une autre. Le métier ! Vous l'apprendrez à l'épreuve. Assez de gens qui ne sont pas écrivains écrivent pour que vous puissiez vous permettre d'empiéter sur leurs prérogatives… Pour chercher son enfance, il faut se méfier des privilèges de l'âge. Fréquentez la jeunesse, et par jeunesse, je veux dire l'enfance qui s'obstine… *Le Fantôme de Marseille* ? Un fait divers… Je l'ai trouvé à Marseille, dans un tiroir de l'hôtel *Beauvau*. Un journal protégeait le fond de ce tiroir, et ce journal contenait l'amorce de cette féerique et véridique aventure…

Mais la conversation errait, on parlait de Daisy Fellowes, de son yacht luxueux, le *Sister Anne*, de Léon Bailby et de son *Match IV*… De Bérard encore, un décorateur de théâtre génial, disait-il à Jouvet. D'un dîner avec Colette, et les Kessel… La voix du poète dominait les bavardages : mes propres œuvres me travaillent plus que je n'y travaille, déclarait-il, elles ne peuvent venir au monde que par l'entremise d'une sorte de sommeil. Elles représentent déjà beaucoup trop d'efforts, si l'on pense que je déteste écrire, et que l'idée de saigner de l'encre me tourne le cœur…

Camille en avait le cœur tourné, à la fois séduite par le poète magnétique, magnifique, auréolé de sa gloire, dont le discours étourdissait, et déçue de si mal tomber, quand elle s'était imaginé qu'à cette heure la librairie serait sur le point de tirer son rideau, qu'elle aurait Elise à elle seule. Elle faisait mine de s'esquiver, mais Elise la retenait :

— Ils ne seront plus longtemps : M. Cocteau est attendu pour une conférence… Reste donc.

Elle resta. Ecouta encore, regarda surtout cette faune parisienne qui trouvait à la vieille librairie un décor propre à sa représentation sociale, s'illustrant aux yeux les uns des autres de célébrer ensemble le culte de la poésie, de l'art, dévots initiés, dans ce temple des livres et des revues dont M. Brasier était le prêtre crucifié. M. Cocteau, après avoir dédicacé généreusement quelques exemplaires, l'embrassait avec une emphase tendre, remerciait excessivement, sincèrement gentil, ému de sa propre gentillesse, de quoi M. Brasier gémissait de gratitude ; ou bien transpercé de ses douleurs. Car sitôt vide la librairie, en un instant désertée par le poète et son aréopage, épuisé, il s'effondra sur la chaise derrière la caisse, son crâne nu dépassant à peine du comptoir. Tandis qu'Elise l'accompagnait dans l'arrière, traînant la jambe, le grondait de son obstination, Camille remit un peu d'ordre, rangea quelque pile en danger, erra entre les tables. Tomba sur les recueils des éditions Cazzoni, émue d'en feuilleter quelques pages, beau papier ivoire et couverture de carton velours, vert amande… Elise, qui revenait, rougit de lui trouver ses livres entre les mains.

— Prends, dit-elle. Et aussi celui-là.

Elle lui donnait le livre promis de Mrs Woolf, et elle eut vite fait de donner un tour à la clé, d'éteindre les lampes.

— Montons chez moi.

Chez elle c'était, en haut d'un escalier abrupt, un petit logement de deux pièces. Elise vivait donc au-dessus des livres, au sommet de la pyramide de papier dont ne la séparait que le plancher ; à cette altitude, son royaume. Quand on entre dans un endroit inconnu, on ne regarde pas au détail, l'impression d'ensemble prévaut, et celle-là était très étrange. Camille entrait chez quelqu'un qui n'était pas Elise. Elle n'avait touché à rien, sûrement pas déplacé d'un centimètre le moindre bibelot. Tout y était au vieux monsieur, mobilier d'un autre siècle, tapis et cadres aux murs, assiettes précieuses, papier peint fané, un mausolée. Qui veillait-on ici, d'absent ? Elise si absente elle-même de cet endroit que Camille se retourna vers elle. Peut-on habiter où l'on n'existe pas, où pas une trace, pas un signe de vous ne manifeste que vous y mangez, dormez, que vous y accomplissez les mille gestes ordinaires, et par quelle rigueur, quelle religion veille-t-on à n'en laisser aucun d'apparent ? Une chambre à soi ? Qui es-tu donc, Sassette, pour te glisser, transparente, dans cet appartement d'un autre, de quel autre et, pure absence, l'occuper en fantôme ? Mais Elise, ignorant la surprise de Camille, revenait déjà de la cuisine, portant un plat de sandwichs sur une assiette et, tirant une nappe cirée d'un tiroir, installait leur couvert sur un coin de la table, servait, dans de jolis verres de cristal, un doigt de curaçao, et chuchotait :

— Ne faisons pas de bruit : M. Brasier va s'endormir. Je lui ai préparé sa soupe, et il prendra sa valériane. Je me fais du souci pour lui. Il s'affaiblit et ne veut rien entendre… Tu es la première à monter chez moi, dit-elle brusquement.

Cet aveu incongru l'étonna elle-même. Elle en rit.

— Fêtons l'événement ! Je n'étais pas sûre que tu viendrais… Tu as bien fait. Je ne me serais pas présentée au Mesnil, le nez au vent, je ne t'aurais pas rencontrée là-bas, ou tu m'aurais ignorée, je n'aurais jamais eu l'idée de te rendre quelque chose qui te revient… A quoi cela tient-il ? Voilà.

Sur le buffet, elle prit un paquet de papier journal, qu'elle tendit à Camille en souriant de son effet, mais quelque peu anxieuse tandis que celle-ci, très intriguée, défaisait la ficelle et l'emballage grossier. Sur ses genoux, apparut une épaisse liasse de feuillets jaunis, couverts d'une encre pâle, lignes serrées…

— C'est le journal de M. de Galay, ton grand-père.

— Son journal ?…

— Le récit de ses voyages. La première partie, des notes prises sur le vif, lors de ses expéditions de par le monde. Assez elliptiques : petits croquis, des schémas, adresses d'hôtels, noms de ports, horaires de chemins de fer, le prix des passages, il notait tout, des listes de personnes, l'amplitude des marées, les pluies, la température, ses achats… Mais une fois rentré, il s'est mis à rédiger ses souvenirs, à partir de ce journal de bord en mauvais état, qu'il a dû reclasser par dates… Je crois qu'il a commencé à écrire du temps où nous étions encore au Mesnil, toi et moi. Une sorte de livre d'heures, des descriptions, des commentaires… Ses Mémoires. Sa maladie lui en laissait le loisir, c'était son occupation essentielle. Il y passait tout son temps, attablé au bureau de sa chambre, tourné vers le petit jardin de roses, où il n'allait plus. Ensuite, quand il a été trop malade, j'écrivais sous sa dictée, moi à la table, lui dans le fauteuil ou dans son lit. A partir de là, c'est mon écriture. Il relisait, il corrigeait. Je recopiais. Jusqu'à la veille de sa mort… Il disait que cela ne regardait personne, mais ne voulait pas que cela s'égare, il craignait… Il me l'a confié. Il m'a demandé de le garder.

— Il t'appartient.

— Non. Il est à toi. Je te le donne. Il lui faut un lecteur.

— Tu l'as lu, toi.

— Je l'ai écrit. Il ne m'est pas destiné.

Alors à qui l'est-il, ce manuscrit sans adresse, conforme à la vie de cet homme, un legs aussi hasardeux que celui de sa succession, ou bien aussi assigné dans sa prescription muette, et pourquoi Camille se trouve-t-elle être, en cette période de sa vie, celle entre les mains de qui chacun remet le cadeau vénéneux des morts ? Devenir adulte est-ce aussitôt être saisi par leur main blême de spectres, cette terrible emprise du passé qui ne renonce pas à vous, avant même votre naissance vous choisit et vous rattrape, se noue aux chevilles, à la taille, à la gorge et vous entrave, vous étrangle de son étreinte posthume ? Et toujours les gens ont besoin de raconter, de livrer, de se confier, de partager le fardeau de ce qu'ils savent, ou croient savoir, dont ils ne se résignent pas à être les seuls détenteurs, alors ce qui était caché cesse de l'être. Le secret a traversé le temps enfoui dans le silence, mais pas dans l'oubli. Dans les limbes où il dormait, informe, larvaire, il attendait qu'un récit lui invente un aspect, et à vos yeux, à votre oreille, il se représente en sa nouveauté, agité et déformé, altéré par le dessein, l'intention malfaisante ou bienveillante, ou le désir de celui qui vous le transmet par sa parole. Il l'empoisonne de le répéter, ensuite on n'a plus le choix de ne pas avoir entendu, ou vu… Je suis trop jeune, pensait Camille, je suis pressée de vivre. J'ai peur de ne pas vivre assez longtemps pour avoir des expériences à moi, neuves et vraies, je suis impatiente et avide, je ne veux pas de ce passé, de son poids brumeux qui m'emplit malgré moi, et m'oppresse, je n'en veux pas ! Pourtant rien ne peut être rétracté ou nié, les traces existent, les cahiers, les boîtes de photos, et les lettres, les preuves. Dans une chambre à soi, il faut ne rien laisser, y habiter comme un fantôme, comme tu le fais ici, Elise. Personne ne m'a jamais vue, ne sait qui je suis, nul ne me connaît ni n'a jamais parlé avec moi, je n'ai rien dit, je n'ai ni visage ni regard, ni peau ni chair ni odeur. Je ne t'ai pas entendue, tu ne m'as pas dit les mots empoisonnés, cela n'est pas arrivé…

Camille s'empara du paquet et, tout en le remballant vivement, s'avisa au-dessous d'un renflement insolite. En dépit de sa répugnance à en connaître davantage – je ne veux pas savoir et pourtant je veux savoir –, résolvant l'irritant dilemme elle céda à sa curiosité, renversa le paquet et le rouvrit sur ses genoux.

Alors c'était, enveloppée de papier de soie, allongée telle une momie précieuse, tout écrasée et fanée, la petite poupée chinoise qu'elle avait tant cherchée ! Qu'elle voulait, si intensément, retrouver et toucher, prendre dans ses mains et la palper, matérielle, réelle et présente, qui aurait traversé le temps dans le silence mais pas dans l'oubli, attendrait, dans les limbes où elle dormirait, qu'un geste la réveille et la rende à la bonté de l'existence. Dans la seconde s'évaporait son rejet du passé, sa négation absurde renversée à présent en son vœu contraire : que rien ne se perde, que rien ne s'évanouisse des choses vécues, que les faits demeurent et se déposent en signes inaltérés, et les désirs s'accomplissent ! De joie, Camille porta la poupée à ses lèvres, de tout son cœur respira, dans l'étoffe délavée auréolée de taches, son odeur vieillotte de moisi sous laquelle elle devinait, ou imaginait une autre qui lui appartenait, celle qu'on porte des persistants souvenirs enfouis en soi, *l'enfance qui s'obstine*, disait ce soir le poète… Elise lui lançait un regard qui était un mélange de reproche et de contentement. Elle avait compris ce que son geste raturait, et ratifiait à présent, car elle aussi avait douté, n'était pas si sûre qu'elle devait livrer, confier, partager le fardeau de ce qu'elle savait, dont elle ne se résignait pas à être la seule détentrice, et le secret pèse, il réclame de n'être plus caché. Elle n'était pas sûre de son dessein, de son intention ou de sa volonté, de son désir, de bien ou mal faire, et sait-on jamais si l'on fait mal ou bien. Camille l'embrassait, d'un élan l'étreignait, confuse de son excès de joie.

— Ma chère Elise, je l'ai tant cherchée, l'autre jour au Mesnil ! J'aurais démoli la maison pour la trouver ! Est-ce déraisonnable ? Comment est-elle arrivée là, puisqu'elle était perdue ?

— M. Henri l'a trouvée dans le pré, abandonnée dans les herbes, après ton départ… La maison était tellement vide, la guerre éloignait chacun. D'une de ses dernières promenades il est revenu avec ta poupée, défraîchie de pluies et de soleil, une loque, bonne à jeter. On avait déjà rangé tes jouets au grenier. Il l'a gardée sur son bureau, près de l'encrier et de ses feuilles d'écriture, comme si elle l'aidait à écrire. Je l'ai emportée avec son manuscrit… C'est pourquoi il te revient.

Ah, merveilleuse Elise ! Scribe silencieux, gardienne de mémoire et d'amour ! S'imaginait-elle un tel présent du hasard, en venant ce soir ? Mais rien n'est de hasard. Ni la promenade solitaire d'Henri à travers le pré de 1914, les yeux songeusement posés dans les herbes, quand au-dessus de sa tête le vaste ciel d'automne transporte les somptueux nuages vers des lointains qu'il ne verra plus ; il n'attend, ne cherche plus rien, et il trouve la poupée oubliée, pour toujours elle devait disparaître. Non plus les longues journées de la petite bonne au chevet du malade, sa dernière compagne, appliquée et scolaire, qu'on croit obtuse et qui déjà vagabonde dans le libre espace des livres ; ni la visite de M. Brasier à son ami, et son adoption d'Elise, rien n'est de hasard, sinon par l'ignorance où nous nous tenons des destinées.

— Alors je peux partir le cœur léger ! s'exclamait Camille. La semaine prochaine, je pars à Budapest. Je dois y aller voir Magda et sa famille. Pour Noël, ils seront tous réunis. J'y suis allée plusieurs fois, enfant, et j'ignorais alors que m'y attendraient tant de choses, que je dois faire. D'abord rapporter à quelqu'un un petit étui que m'a donné Jos avant de mourir. Est-ce que je fais bien, ou mal, de lui obéir ? Comme toi, de garder et de rendre ce qui est destiné ? Cela pèse, n'est-ce pas ? On en est encombré et coupable presque, de ne savoir si l'on garde ou rend à bon escient... Oh, Sassette, merci d'être ce que tu es. Que tu me donnes de courage...

Elles s'étaient quittées devant la librairie. Elise courait à un rendez-vous dans le quartier ; elle s'en excusait comme d'un enfantillage. Curieuse Elise, si simple, et mystérieuse... La nuit de décembre était claire, les trottoirs encore peuplés de passants frileux, s'attardant le long des vitrines illuminées par l'approche de Noël. Camille rentra à pied rue Buffon, sous son bras le paquet reficelé du manuscrit d'Henri et dans la poche de son manteau la poupée petite, toute molle et fanée, trésors chéris. Comme sa journée avait été chanceuse ! Ce M. Brassaï aux gros yeux de grenouille l'attendait à midi, au milieu des piles en désordre du bureau. Lui et Charles Rado, le directeur de l'agence Rapho, avaient regardé les photos de Jos, ils étaient tombés d'accord que c'étaient des images, des bonnes. Pas de la gnognote. Il disait cela de son accent rocailleux, avec une moue maussade et presque fâchée. Il avait voulu qu'elle raconte ce qui s'était passé là-bas, comment s'y étaient-il pris ? On aurait dit qu'il ne croyait qu'à moitié son histoire. Un reportage ?

— Ce n'est pas du reportage. Foutaise, le reportage, disait-il : des photos pareilles, c'est dessiné. Je me moque des trucs à sensation. Je m'en moque, de son voyage : ce gars-là se déplace dans sa tête. C'est du naturel pur, on n'invente pas le réel surréel de la nuit. Cette photo éclairée à la lampe-tempête, regardez : on voit les moustiques, les empreintes de souliers dans la boue séchée. On sent le vent et la chaleur dans les sillons de la terre, les éboulis d'agrégats, la poussière à rase lumière. Le pied nu du fermier, une sculpture fossile. On discerne ses tendons, ses os ; la texture du pantalon, du sac à engrais, et l'ourlet effiloché... Ses yeux scintillent, intelligents, stupéfiés d'être regardés dans cette nuit de sa vie. La texture de sa vie : la veine du bois de la véranda, sous la lampe. Sa ceinture en cuir boursouflé, le harnais, sa combinaison de travail très vieille, entailles qui bâillent, il n'y a que la nuit pour écrire ça...

Très intimidée, Camille l'écoutait, voyait ce qu'elle n'avait pas encore vu des photos de Jos. Ce Jos faisait donc ça avec un Vest Pocket ? Pas mal. Celles-là au Rolleiflex. Le mieux, c'est le Leica, un appareil de roi. On vend du reportage, nous, mais entendons-nous là-dessus : pas du journalisme à l'estomac. Rado veut vendre des choses comme celles-là, moi aussi.

— Je ne parle pas d'art, hein ? Qu'est-ce que c'est, l'art ? La volonté d'art tue la vérité. C'est raide, mais c'est comme ça. Je vous préviens : Rado n'a pas d'argent en caisse, il paie à la vente... De vos images, aucun magazine ne voudra : ils veulent du léché, mode et publicité. Pas même *Regards*, le sujet est trop américain. Quoique, pour les communistes, montrer de la misère américaine... Mais il ne faut pas vendre ça pour du reportage. Il faudrait faire un livre. C'est cher.

— J'ai de l'argent, disait Camille faiblement, honteuse de sa faiblesse.

— C'était qui, ce Jos Nádas, d'où venait-il ? C'est quand même grand, la Hongrie, même si c'est découpé en petits morceaux à présent... Moi je suis de Braşov, pays roumain annexé.

Elle n'avait pas dit qu'elle avait une adresse où se présenter, elle ne pouvait désigner ces gens inconnus, que Jos avait quittés. Les ayants droit, c'est délicat. Vous êtes un ayant droit ? Droit de regard, de publier ? Vous voulez un reçu ? Un papier comme quoi ces photos sont à vous ? Elles sont à vous, comme qui dirait. Il faisait la moue, paupières mi-baissées sur le globe de ses gros yeux fatigués. Alors, sans frapper, un homme avait passé le nez par l'embrasure de la porte, svelte, nerveux, lunettes à grosses montures, même pas bonjour, un farouche.

— Rado est là ?

— Mlle Galay. Henri Calet. Un Uruguayen aussi belge que je suis roumain, présentait Brassaï en rigolant. Le parrain de la maison : c'est lui qui l'a baptisée de ce foutu nom ! Rado n'est pas là, il dort. Repasse ce soir. Moi aussi, je vais me pieuter. Je ferme la boutique, je laisse les clés au troquet.

Il l'avait mise dehors sans politesse, sans hostilité non plus, juste embarrassé par cette affaire, mais il avait gardé les photos : Rado verrait ce qu'on pouvait faire. Cette fois, elle n'avait pas dégringolé l'escalier, elle l'avait descendu tranquillement, contente, et fière de mener si bien ses entreprises, seule ! L'après-midi même, elle s'était présentée, seule, au Trocadéro, chez M. Jacob, un conservateur du Musée ethnographique. Elle s'attendait à un vieux monsieur chenu brûlé par les soleils d'Asie, son casque colonial sur le chef, mais c'était un homme jeune encore, veston de ville bien taillé, sa moustache aussi, boutons de manchette et pochette, un élégant de l'ethnographie qui avait reçu dans son bureau, dont les fenêtres donnaient sur les jardins et la tour Eiffel, la petite-fille de Mme Bertin-Galay, biscuits et chocolats fins, cafés du Brésil, du Cameroun, une ambassade distinguée. Mais Mme Bertin-Galay l'indifférait totalement, il n'en avait que pour M. Lewenthal. M Lewenthal suggère, M. Lewenthal propose. Et moi je dispose, ripostait-elle en pensée, dissimulant son agacement. N'empêche, M. Lewenthal avait dû prendre son téléphone et passer du temps à argumenter, au milieu de toutes ses occupations, pour convaincre le conservateur. Son sens des relations, ses connivences et sa réputation d'amateur d'art, et sa puissance, et son entregent… M. Jacob était tout à fait gagné à l'idée d'une visite au Mesnil, de faire l'inventaire, une recension exacte, d'expertiser lui-même les pièces orientales, sa spécialité, quinze ans de terrain. Pour l'Afrique, il faudrait susciter un autre expert.

— Une donation, c'est un beau geste. Un geste intelligent, et rare. Les pilleurs du marché sont légion, trafic international, c'est la jungle. On brade des objets inestimables, on vend du toc à prix d'or, à des gogos ignares. La mode, l'engouement falsifient la valeur, et notre musée, tout récent, n'a pas les budgets pour préempter… Nous vous sommes très reconnaissants. Mais cela suppose un rapport détaillé, un accord scientifique, nos commissions statuent, n'est-ce pas ? M. Lewenthal se porte garant…

De quoi encore, de qui ? Elle commençait à en avoir pardessus la tête des garanties de Simon Lewenthal. Elle n'était pas une enfant, de tuteur n'avait pas besoin. *Ayant droit*, disait M. Jacob, lui aussi. Pourquoi pas *bien propre* ? Avait-elle enfin le droit de décider en propre de ses entrevues et de sa vie, le droit de suivre ses idées, de prendre les risques qu'elle voulait ? Le droit d'être ferme avec M. Jacob et de lui fixer aimablement la date qui lui convenait : pas avant le début de l'année prochaine. Elle souhaitait être présente à l'inventaire, or elle serait absente de Paris, un certain temps. Elle voyageait. Février, très bien. D'ici là, il aurait reçu l'acte notarié faisant état de l'accord des légataires. Théo serait à Paris à Noël, le dernier à signer.

Voilà comme elle avait mené tambour battant sa journée et ce soir rentrait rue Buffon, un peu étourdie de tous ces événements, positivement favorables. Impatiente et hardie, heureuse ! L'était-elle tellement, satisfaite, comblée ? L'est-on de réaliser ses projets, d'accomplir ses désirs ? Le bonheur n'est pas une équation logique, il ne résulte pas, trait tiré, de l'addition des raisons de l'être. D'un calcul mauvais, elle réévaluait le rapport de sa journée. Le précieux manuscrit des Mémoires pesait à son bras. Un livre, avec les photos de Jos ? Il suffirait de payer. La collection d'Henri ? Exposée sur les murs d'un musée, étiquetée pour les visiteurs, rendue à sa destination d'embaumement officiel, conclusion funèbre… Même cette poupée qu'elle avait voulue avec tant de passion, sortie debout de son rêve, désirée comme si vraiment sa vie en dépendait, était un bout de chiffon dans sa poche, attendrissante et fragile mais déjà dépouillée de son aura, déjà déchue d'être en sa possession. Rien de cela n'était un revenu. Non plus le Leica – un appareil de roi, disait M. Brassaï ! –, un cadeau qu'elle avait si mal reçu sur le palier du Mesnil, ce geste pris pour ce qu'il n'était pas… Non plus les photos qu'elle faisait avec, qu'elle avait tant attendu de prendre : *Réfléchis, entre plexus et estomac…* Rien ne la payait du besoin soudain effrayant de quelque chose de plus, d'une démesure. Un désir, une envie plus furieuse, impérieuse que ce qu'elle avait éprouvé jusqu'alors. Qu'une crise se déclare, un foyer s'embrase ! Dans son corps, ses membres fatigués, si lasse qu'elle chancelait de colère, de peur, la maladie flambait, un accès sauvage. Besoin d'être, tout de suite, enlacée. Soulevée, allégée de son poids, étreinte par des bras, la douleur et la violence exclusives des bras, poignardée, oh emplie et dévastée, traversée d'une lance d'amour, désirée ! Simon, appela-t-elle, une voix inconnue sortie d'où ? De sa gorge, son cœur, son sexe, sortie de sa bouche brûlante, de tout son corps incendié par cette infecte maladie d'amour qui vous prend là, en plein carrefour de la ville, dans la nuit de décembre, pantelante de désarroi. Sans force pour protester que l'équation ne vous convient pas, non ! Rien ne s'additionne. Où est-il dans la ville, pense-t-il à moi comme moi à lui ? Je ne veux pas le savoir, non ! Je ne veux mendier ni attendre, ni souffrir de lui, je veux souffrir de lui et qu'il souffre de moi, qu'il mendie et attende, qu'il n'ait d'autre pensée que moi, je le veux, implorait-elle. Alors rien n'empêchait qu'il soit à son côté dans la rue. Qu'il vienne en face, marche à sa rencontre. Qu'il donne le regard où l'on met ses yeux dans les yeux, sans sourire de la bouche ni des yeux. Regard soutenu sans faiblir, à en avoir des frissons de panique du retrait, de l'abandon. Bien au-delà du manque d'égard ou du respect, les yeux ne sourient pas, ils ne mentent pas. Tout ce qu'on éprouve et pense, attend et désire s'y concentre, que des heures durant les mots ne diraient pas. Avec persistance et courage, sans crainte ni étonnement, ni sujétion, donner le regard nu et serein, lumineux, adouci et timide, de connaissance, de patience, le pur regard d'amour. Cela n'existe pas !

Ce qui existe, à hauteur de sa face, c'est soudain le regard d'un grafitti, masque de hasard sculpté par des doigts errants dans la lèpre des murs de la ville, orbites vides, lèvres tailladées, aussi cruel que ceux d'Henri, rapportés d'Afrique… Elle tremblait de froid, de solitude, si malheureuse qu'elle en gémit, tout à fait perdue au coin de cette rue, définitivement perdue. Dans le salon du Mesnil, leurs yeux avaient eu honte de se chercher, de se trouver, alors les rires offensent, toutes choses vulgaires qu'on voit blessent l'amour, et dégradent. Elles séparent. Et dans la cuisine ! Ces mots d'ordure, comme jetés aux chiens, ce que font les chiens et les chiennes au chenil ! Il a entendu, il ne s'est pas retourné. N'a pas donné un regard de pardon, la miséricorde du regard qui sauverait du mal que font ces mots. Souillée, elle l'était, et même si c'était son premier baiser, s'il savait que c'était sa première fois dans les fougères, il savait que la saleté de ces mots la punissait. Puisque sous les flashs elle était traînée dans la rue, comme une fille de rien. Puisqu'elle avait passé avec Daniel tout un été à traîner dans les bars de nuit et les bordels de luxe d'Hollywood, à attendre les séances de prises de vue qu'une starlette alcoolique, viande de cinéma cosmétiquée, annulait jour après jour, trop droguée pour donner une réplique. A rire aux plaisanteries salaces de séducteurs gominés, de producteurs infatués, puants d'arrogance, coupures de dollars au revers, en guise de pochette. Ce peuple fardé, sa laideur, était-elle trop jeune pour en comprendre la pourriture, ce qu'ils achetaient et vendaient, et ils la déniaisaient si bien de sa virginité d'oie blanche ! Son oncle riait de la mettre à bonne école. Sous sa protection, certes. On ne la touchait pas, on n'aurait pas osé un geste équivoque, un frôlement. Mais elle avait entendu, elle avait vu. Elle serrait les dents, suivait son mentor fatigué, dont la fatigue même lui inspirait le mépris, au mépris d'elle-même, trop fatiguée, trop orgueilleuse pour se révolter, pour laisser tomber. Elle s'évanouissait ! Alors, on pouvait fêter la sortie du film sur Broadway Avenue, acclamer sous les sunlights la vedette faisandée en lamé or, ces gens en liesse ignoraient quelle saleté c'était. Lui ne l'ignorait pas. Il ne viendrait pas à sa rencontre, avec le regard de respect et d'amour, la rue était vide.

Eh bien, en voilà une fameuse ! Louvain, soufflé, encaissait le coup. Il en avala de travers sa bouchée de confit. Dans la foule de *La Coupole*, c'était le ballet ordinaire des pingouins, plateaux portés au-dessus des têtes, glissant entre les tables de la brasserie illuminée, les couverts sur nappes immaculées, et cette faune ordinaire des soirs électriques, quelque célébrité provoquant un attroupement à l'immense comptoir américain, au fond de la salle. Les lampes art déco tamisaient leur lumière jusqu'à la coupole du plafond, découpant le bel alignement des piliers marouflés de toile peinte ; ce décor artiste, la coqueluche des noctambules parisiens et des étrangers prestigieux, peintres, écrivains cosmopolites. Parmi eux certains, désargentés, aux abois, traînent dans tout ce lustre et ces élégances des désespoirs d'exil, des suicides dans l'œil. Il s'y trouvait aussi des confréries plus louches, papillons attirés par les lumières, parvenus de fraîche date, demimonde, maquereaux de luxe et midinettes en chasse descendues au dancing, tous spécimens d'une zoologie urbaine intéressante. Qu'étudiait Louvain de son regard nonchalant, l'environ immédiat et la profondeur, attablé devant une assiette de confit de canard à la compote de coings, avec un verre de nuits-saint-georges. Il avait pris au râtelier un journal, n'importe lequel, il se trouve que c'était *Le Matin*, ouvert devant lui ; il ne lisait pas. Il tenait dans son angle de vision, juste au-dessus du bord de la feuille, un groupe de dîneurs à l'autre bout de la salle, légèrement éméchés, mais ils n'en étaient qu'à l'apéritif, ils avaient de la marge. Petit tapage d'entrée, puis ils s'étaient calmés. Louvain connaissait maintenant cinq des sept hommes. Philippe Loustal et Gonzague d'Ormon. Et les deux femmes : la régulière de Bibi et la petite poule, première chez Coco Chanel. Ce d'Ormon, rejeton dévoyé d'une famille de boulangistes, antidreyfusards, plein aux as ; Loustal, le fils d'un garagiste sur une route d'Ariège ; et Bicaud, dit Bibi, imprimeur : trois ans de prison, faussaire. Les autres, plus reluisants : Henri Martin, médecin raté, il ne franchit pas le concours de l'internat. Consultant en maladies infectieuses au laboratoire du Dr Vaudremer, vieux biologiste, héros de guerre, transfuge de l'Institut Pasteur et hébergé par Gosset, à la Salpêtrière. Des idées très personnelles sur la vaccination antituberculeuse… On est entre soi. Ce Dr Martin, bien taillé, une brute éduquée, gueule à la serpe. L'autre, le beau Corrèze Jacques : tapissier décorateur de son état, organisateur d'exercices illicites de tir en banlieue, transport d'armes ; ce jeune homme, le protégé, l'homme de liaison d'Eugène Deloncle, chez qui il vit en parasite, 2, avenue Rodin. On voyage des banlieues aux beaux quartiers… Action française, Camelots du roi, activistes séditieux, agitateurs confirmés. Grand bourgeois brestois, ce Deloncle, polytechnicien dans la botte, blessé, décoré, à présent ingénieur aux chantiers navals de Penhoët, à Saint-Nazaire. Il a construit le *Normandie*. Respectable, féru d'ésotérisme et de sociétés secrètes... Il a un frère aîné, bijoutier à Cannes, des amis à Nice. Une nébuleuse sous-marine. Incroyable comme les bancs se forment dans les grands fonds, autour de certains poissons-pilotes. Des déclassés, des aventuriers, des besogneux, des illuminés, hommes de gang, militaires : si divers qu'ils soient, une confrérie soudée par des intérêts communs ; qui est le dénominateur commun, qui dirige ? Deux nouveaux venus complétaient la bande. Un Sylvain Montagne freluquet, gandin ganté de cuir, même pour prendre son verre. Il revend de la voiture volée, trafic lucratif de banlieue, habitué d'une casse à Montreuil. L'autre, inconnu au bataillon. Une espèce de Russe excentrique, maigre comme un clou, sa veste à brandebourgs cocasse, arrivé au bras de Mlle Pauline, très délicate, raffinée. Elle le bichonne, le couve, elle le sert. Il boit sec...

Mais alors là, pantois, Louvain en oubliait de déglutir. Celle qui venait d'arriver, rejoignait la bande, une apparition. Elise Casson ! Toute menue dans la foule, si discrète qu'il ne l'avait pas vue venir, à peine une ombre, d'une transparence de vitre. De gris vêtue, juste un foulard azur au cou, et son bibi de laine tricotée, penché sur l'oreille, Elise Casson, frayant avec cette clique !... Pauline l'embrassait, rectifiait son foulard et la poussait sur la banquette. On l'accueille, une familière, on la salue. Distraitement. On ne peut pas dire qu'elle intéresse ces messieurs, mais ils lui font malgré tout une petite place, à côté du beau Corrèze. Qui ne la regarde même pas, il court d'autres furets. Encore sous le coup, stupéfait, Louvain se tassait au fond du siège. Nom de Dieu, qu'elle ne me voie pas, qu'elle ne se tourne pas vers ici ! Mais elle ne se souciait guère d'inspecter les environs, plus immobile qu'une poupée. Une cousine pauvre de province, admise par charité à la table des seigneurs, elle ne bronchait plus. Il la voyait de profil, son fin profil perdu, effacé à force d'épouser les lignes de fond, un camouflage savant au crayon fin, dans lequel elle perdait toute présence. Une abstraction, inquiétante presque à force d'anonymat et de douceur soumise. Ce qui s'appelle un poisson dans l'eau. Dans l'eau glauque de cette bande de requins que fais-tu Elise ? Il révisait à grande vitesse ses bases de données, bouleversé, et Dieu sait si, pour les surprises, il était blasé. En voilà, une retenue arithmétique, qui change tout du calcul... La petite libraire ne lui donnait aucun fil à retordre, une recrue comme on en rêve dans les services.

Sagace, exacte, des nerfs d'acier. La Gomme dit que la souris la plus grise, la plus chétive, est bien plus forte que le plus malin des vieux rats, le plus pervers, le plus rusé. Elle a une moustache ultrasensible et un cerveau d'homme. Sparrow aime beaucoup Mlle Casson, il la préfère à M. Brasier. On peut se fier à lui, il a du métier, un flair de limier. Il a chassé la souris bien avant que la Gomme ne théorise le rongeur. Que fait-elle avec cette engeance ? A quoi leur sert-elle, et si elle sert, quel est son rayon, sa spécialité ? Perplexe, il s'avoua capot. Il fallait tirer les choses au clair très vite, mais, dans cette obscurité, il y a des moments où l'on désespère du moindre lumignon. Il renonça au café, régla sa note et fila par le fond de la brasserie. En passant, d'un imperceptible coup de menton, signifia à son agent installé à une autre table, de rester à son poste. Ceux du dehors cueilleraient ces clients-là à leur sortie et les fileraient, chacun pour soi. Une bonne souricière prend du temps, l'affût est long, la chasse incertaine. Et le monde qu'il faut y mettre ; démêler de tels écheveaux, un casse-tête… Si l'un suit Elise, il n'aura pas loin à aller pour planquer. Rue Notre-Dame-des-Champs, chez M. Brasier, libraire, un de nos agents dormant. Très endormi. Pas loin du grand sommeil. Louvain réprima le pincement au plexus, un coup en traître qu'il se donnait en pure perte. Sur le trottoir, il respira l'air froid, un grand coup. Lui non plus n'avait pas loin à aller. Un de ses gars lui souhaita bonne nuit au passage, tapant de la semelle, pas réchauffé, réduit à contempler la vitrine du bar-tabac… Bonne nuit, tu parles ! Il s'en allait avec une belle épine dans le pied, de celles qui promettent l'insomnie.

Insomniaque, Simon Lewenthal l'était, une anomalie absolue. Dans sa cuisine futuriste de la rue de Lille, il feuilletait un vieux catalogue des peintures cubistes d'Alfred Flechtheim, qu'il consultait sans plus d'intérêt que pour une collection de timbres-poste ordinaires. Otto Dix avait fait le portrait de ce marchand d'art berlinois, une charge féroce stigmatisant les cubistes parisiens, qu'importait celui-ci. Dix abhorrait l'abstraction, il sortait du carnage des tranchées, un séjour réaliste, répulsive beauté des horreurs. Flechtheim avait reçu Lewenthal chez lui, dans son appartement aux murs couverts d'œuvres cubistes, des plus fameux. C'était au moment de sa grande exposition pour les cinquante ans de Paul Klee, alors au sommet de sa gloire. Mais depuis longtemps Simon se détachait des abstraits, du géométrisme où il perdait l'émotion, aucun goût pour les surréalistes non plus. Un *Carnaval* de Picabia, pour son voisinage avec ses masques d'Ensor. Mais il achetait Gromaire, Kirchner et Kokoschka, après le choc fondateur de Schiele, avant-guerre, un éblouissement qui avait changé l'orientation de ses choix… Et s'il conservait avec dévotion les achats de ses tout débuts, des fauvistes, les natures mortes de Gris et de Braque, ses Picasso de la période bleue, et même un Laurencin, s'il aimait encore les prismes célestes de ses Delaunay, il adoptait Beckmann et Hofer, depuis dix ans consacrait l'essentiel de sa collection aux exacerbations paradoxales de Grosz et de Dix. Aucun peintre français ne se colle aux réalités, à quoi ajustent-ils leur œil ? Jusque-là il avait acheté Dix à son marchand Nierendorf mais, bien que répugnant de plus en plus à rencontrer les artistes, il était allé le voir dans son atelier à Dresde. Un vertige devant le carton monumental du triptyque qu'il préparait, *Der Krieg*, démesure tragique, inutile courage déjà condamné au néant par les représailles prévisibles pour son atteinte à l'honneur allemand, son affront au nationalisme virulent des nouveaux maîtres ; d'ailleurs, Flechtheim, proche de Kahnweiler comme de nombreux marchands en vue, bientôt au ban lui-même. Cimaises des musées vidées, publications d'art interdites, épuration des bibliothèques, et le Bauhaus fermé en juillet par les nazis. Dix, destitué de son poste de professeur à l'Académie prussienne d'art, parmi tant d'autres. Plus de remparts institutionnels, plus de droit, toute résistance collective impossible, un naufrage. La résistance individuelle, un suicide. Dix ne tiendrait pas. Tous partaient. Beckmann, Klee accusé de bolchevisme culturel, revenu à Berne. Qui resterait, dans ce cloaque ?

Alors ces reproductions d'abstraits, couleurs passées, ces œuvres cubistes qui avaient eu leur audace et leur vérité, semblaient échouées loin de lui en cette nuit de décembre, débris éparpillés au vent d'un incendie, que d'autres artistes peignaient. Il tournait les pages du catalogue avec le sentiment d'une immense inutilité, désaffecté du plus mince intérêt. Un ennui à bâiller. Sa fatigue sans doute, mais il ne s'endormait pas pour autant. Il croyait s'assoupir, glisser à la somnolence, mais soudain réveillé, l'œil froid d'un oiseau de nuit. Une semaine sans vrai sommeil, ni sur sa couchette du bureau de Choisy, ni dans son lit, rue de Lille. Ni dans son hôtel, le meilleur de Brest où il descendait pour le bilan annuel avec les importateurs de café : il avait passé deux nuits blanches dans la chambre empuantie des odeurs du port, en dépit des désodorisants que le personnel pulvérisait avec ses excuses : à cause d'une grève des dockers, les morues pourrissaient sur le quai. En contravention avec son habitude de ne pas y aller en semaine, il se disait : Je vais aller dormir à Villeneuve. Chez M. Patient, je dormirai peut-être. Jamais il ne souffrait d'insomnie, cinq ou six heures de sommeil lui suffisaient, sans rêves, une mécanique mentale. Il aurait dû s'arrêter à la pharmacie, acheter un somnifère.

Il vida au goulot le fond de vouvray, vin léger, gouleyant ; qu'il trouva âpre. Rejeta le catalogue et passa en revue le réfrigérateur, sans faim. Il n'avait sommeil ni faim, ni soif, finalement. D'ailleurs quoi trouver, là-dedans ? Provisions de célibataire, locataire épisodique des lieux. Ce vide de l'appartement ! Tous ces mètres cubes luxueux sous plafonds laqués ; inhabités. Il tourna le dos au tableau de Grosz, cette nuit insupportable. Qu'habitait-il réellement hormis sa maison de Villeneuve, où il se possédait, entier ? Depuis les Ensor, Van Gogh, un autoportrait, le long temps de filiation souterraine, malgré ses errements de choix, jamais désavoués, et quelques impasses, les œuvres tissaient leur lent appariement, érigeaient un être vivant, organe et charpente, donnant direction et vigueur, épine dorsale, raison de vivre ! Sa propriété physique, chiffre mental et centre nerveux conférant identité à son cerveau, sa chair, son âme, par la gratuité fortifiante de l'art, son énigme insoluble : tous ses tableaux étaient entreposés à Villeneuve, dans ce bunker en meulière banale, l'inexpugnable refuge à l'abri des convulsions du monde, des atteintes bestiales, des démences, à l'abri du mal. Mieux protégé par son anonymat que tous les coffres-forts des banques, les caves fortifiées des musées. Une fortune incalculable dans ce pavillon de banlieue, nul n'en partageait le secret avec lui. Une enveloppe était scellée chez son notaire, toutes mesures dictées pour une fondation posthume, ses volontés dernières. Testamentaires. La collection fortifie la pensée de la mort ; elle l'apprivoise, plus aimable qu'on ne le croit. Paix à Alain, pensa-t-il avec ferveur. Mon frère, paix à toi. Chaque dimanche, il descendait dans ce sépulcre où il était vivant, mort au monde. Le monde est borné à cette frontière. Il n'en éprouvait crainte ni trouble métaphysique, au contraire une sérénité parfaite, il y dormait comme un enfant. Il respirait. Il jouissait de lui-même comme aucune guerre financière, aucun projet commercial, aucune partie de poker ou chasse de gibier n'en donne l'occasion. Cette chasse au Mesnil, un accident personnel. Un séisme intime, de là datait son insomnie, désordre majeur.

Cette idée le rejoignit au milieu du salon. Elle le faucha de plein fouet, colonne instable dressée sans appui, il en eut un vertige. J'abuse du vouvray, ironisa-t-il, et il tomba dans un fauteuil. Serait-il d'aplomb demain, ou bien excusé, comme Mme Mathilde ? Du conseil d'administration, quai d'Austerlitz, elle ne serait pas. Il était passé hier à son hôtel, lui faire signer son pouvoir, elle prétendait un refroidissement ; réel ou diplomatique ? De la scène ridicule dans le froid de la nuit d'hiver, elle ne décolérait pas. On avait frôlé le scandale, une catastrophe. Elle avait pris des mesures, rapatrié Régine à Paris, l'avait expédiée dans un service de santé soigner ses nerfs. Au moins pour la façade, c'était nécessaire. On verrait ensuite pour décider de son sort. Tirer au fusil ! Et une carte d'excuses à M. et Mme Laes, délicatement tournée, cela lui avait pris la journée pour trouver la formule. Au gendre, un fin coffret de cigares. A la fille, rien. Elle a eu son paquet.

— N'en faisons pas trop, nous aurions l'air de prendre cette bouffonnerie au sérieux. Nous aurions l'air d'être en faute. Que faisait cette cinglée au chenil ? Que faisaient-ils pour que Régine ait vu rouge, hein ? Y pensez-vous, Lewenthal : avec un garde-chasse ! On se tient, quand on est la fille d'un grand minotier. Ces femelles d'aujourd'hui ! On n'a plus idée de sa classe, bientôt les domestiques coucheront dans nos lits. Quant à Adrien, je ne m'en sépare pas. J'en ai trop besoin : il tient la dragée haute à mon gendre Charles, il connaît mes terres et mes bornages. Mais qu'il se tienne à carreau. M. Paquin en est malade. J'ai pris froid. Je n'ai plus l'âge des chasses. Vous êtes-vous amusé, mon ami ? C'était bien, tout de même ?

— C'était très bien, madame.

— Vraiment ?

— Une partie superbe, et Mlle Gombrowicz, une grande artiste.

— Je déteste la campagne. Les gens m'ennuient. Cette maison m'ennuie, c'est un tel poids. Des tracas, des frais… Il faut faire réviser le toit, au printemps prochain. S'il ne tenait qu'à moi, je m'en débarrasserais…

Elle buvait son café, dans son vieux bol rafistolé, une antiquité.

— Voyez-vous, mon garçon, la vieillesse détache. A mon âge, on ne tient plus à grand-chose…

Lewenthal ne croyait pas un mot de sa déclaration désabusée. Elle avait passé plus d'une heure à éplucher les dossiers avec lui, acharnée au détail, vengeant sa déconvenue par la chicane.

— Pensez à augmenter Sachs et Courtois, qu'ils n'aillent pas clabauder. Ce Calvino est un chenapan, mais il nous sert bien. N'est-ce pas ?

— Oui, madame, un excellent publiciste.

— Cette foire, c'est à cause de Daniel. Des mœurs d'Apache. Enfin, il part bientôt chez les nègres, bon voyage…

Simon était encore épuisé par cette séance, ajoutée à sa semaine de travail, d'allées et venues, malade du bouleversement qui résultait de ce week-end. Qui résultait de plus loin, du matin où Camille tombait de la lune dans son bureau, du jour de cet automne datait sa maladie. De bien auparavant dans sa vie, un déficit ancien, où cela remontait-il ? Quand commençait-il à marcher dans la neige du Grand Nord, où il ne mettrait jamais les pieds qu'en aventurier imaginaire ? L'imagination affamée de ce qu'on n'a pas, qu'on ne se donnera pas le droit ni le moyen de posséder pour de bon, qui manque à ce que l'on possède, réveillée par la flambée soudaine des sens, la certitude d'exister comme jamais, seulement de deux corps liés l'un à l'autre ? Cela avait été nul avec Berthe. Leur nuit de noces, ainsi dit-on, la solennelle nuit des noces préparée dans la pompe, grandes orgues et festivités mondaines, voile virginal, frac, gants beurre-frais. Mais sitôt quittée l'église, au-dessus des verres portés aux lèvres, les regards grivois s'échangent, la convoitise bête, en réalité bestiale, pour ce moment de la nuit, la nuit évidemment. La couche nuptiale, l'accouplement conjugal, prescription du coït, ainsi soit-il. Déchirer le voile, s'en distribuer des lambeaux, ils s'en donnaient à cœur joie parmi les hourras. Il avait eu plus de mal à s'en donner l'envie une fois dans la chambre, à le faire, elle ne voulait pas, voulait un peu, il fallait bien, geignait, appâtait, s'effarouchait, négociait, ce cirque grotesque des virginités ! La lutte humiliante, fiasco à la clé, une fille de famille ne s'enfile pas comme la première venue… La lune de miel, pitié ! Berthe n'y était pour rien, lui non plus, amen. Ils étaient jeunes, inexpérimentés, ils ne s'aimaient pas. L'amour ! On peut baiser sans aimer. On le doit. Pour tirer un coup, rien n'oblige d'aimer. L'amour ? Avait-il connu, seulement soupçonné cette frayeur convulsive parcourue de joie, plus animale que le sexe, plus hypnotique que tous les philtres enchantés ? Qui ôte la faim et dénature le vin, qui empêche de dormir. Je pourrais être son père…

— Je pourrais être son père, répéta-t-il à voix haute pour s'entendre le dire, s'entendit et n'en crut rien.

Il n'y a pas d'âge pour une première fois, aucune expérience antérieure, aucun avant n'entre dans le bois, n'étend sa veste sur les fougères pour s'y coucher en plein jour. Comme des enfants, l'enfance qui s'obstine, le corps enchanté d'inexpérience, terre vierge, infiniment neuf, émerveillé de la nouveauté d'oser y entrer sans peur. Il y a des jardins d'Eden qu'on passe sa vie à fuir, à n'oser y entrer de peur de s'y perdre. Il n'avait pas l'âge que cette jeune fille lui rendait en lui donnant l'odeur carnivore, luxuriante de son cou, son oreille avide. Sur le chemin, les mots dangereux annoncent, ignorant ce qu'ils désignent, cela fait peur et c'est bouleversant d'éprouver une chose neuve, pure comme une forêt du Grand Nord, d'y pénétrer en plein jour, à pas certain, résolu, d'entrer sans prière ni pardon dans un corps qui s'ouvre et vous dépossède, vous possède sans prendre, libre s'avoue pris sans dire : c'est ma première fois ouverte, déchirée, ouverte sans excuse ni honte d'être une première fois… Il n'avait pas prononcé son nom une seule fois, elle non plus le sien, ils n'avaient pas de nom ni d'âge, de mémoire, ils n'avaient que la jeunesse affolante du désir nouveau, l'instant sans passé ni avenir, les photos n'y peuvent rien. Les photos ne savent rien qu'on ne sache déjà. Il se demande s'il désire davantage son sexe que sa bouche par où il peut entrer en elle et fouir, jouir, assouvir la faim épuisante d'elle, pauvre chérie suppliant sur le chemin, quémandant ce qu'il veut déjà, comme un forcené…

Et cela posé, cela admis. Cela, actuel. Rien ne peut être rétracté ou nié. Le manque de sommeil épuise, il est bon, il rend à soi. Jusque-là, il dormait ; il a assez dormi. Très réveillé, au fait, trois heures du matin. Ne confondez pas le désir et l'amour, voilà ce qu'il avait préparé de lui dire, en rentrant. Il marchait sur le chemin d'un pas alerte, allégé du poids de toute chose, la campagne soulevée de vent léger, transparence pure. Une exultation du plein jour, de la lumière à marée haute, divin midi : vous êtes jeune, vous n'avez pas d'expérience, ne confondez pas un acte sexuel et un sentiment. N'allez pas croire que je suis amoureux de vous, que vous l'êtes de moi. Se figurait-il qu'elle pouvait l'envisager ? Une femme moderne : Aidez-moi. Rendez-moi ce service de me déflorer s'il vous plaît, une bonne chose de faite, merci bien… De cette méchanceté, il pleurait en marchant, et riait de ses larmes, ébloui de soleil. Comme il se défendait ! Comme il la défendait, protégeait, ou la secourait, de quoi serait-il capable ! De la garder surtout, de l'empêcher, pour rien au monde il ne fallait qu'elle pleure encore. Il devait l'empêcher qu'elle s'imagine, qu'elle croie que cette première fois oblige, l'oblige elle, et lui. Rien d'un coït n'est solennel et nuptial. Qu'elle sache qu'elle est libre de lui et d'elle, une femme libre que son corps n'aliène pas, qu'elle ne doit rien, et lui non plus. Il s'entendait le dire et s'indignait de ces mots lâches, d'exonération commerciale. Ils n'étaient pas quittes. Il avait joui et pas elle. Elle n'avait pas su, pas pu, il n'avait su lui donner de plaisir, une première fois on n'en a guère, et il avait joui d'elle, hors d'elle qui ne savait pas, ou ne voulait pas savoir ce que cela engage qu'il reste en elle et prenne son plaisir sans égard pour sa liberté de femme. Alors elle l'avait retenu, pressé contre son ventre humide, entre ses hanches cabrées, de tous les savoirs qu'elle n'avait pas instruite de compassion pour qu'il jouisse jusqu'au bout… Bonté, qu'elle ne croie pas que je suis amoureux d'elle ! Ensuite, c'était d'un malentendu détestable. C'était prévisible, inévitable parmi tous ces gens, une foule à tuer ! Ce que sont les contraintes sociales, apparences, bienséances, les regards salaces par-dessus les verres, une abomination… Vous en êtes poissé jusqu'à la fin de vos jours ! Et le grand guignol final, ce pétard de foire, vaudeville. Selon l'angle où on l'envisage, du comique boulevardier et les gens de la cuisine ne mâchent pas leurs mots, comme au salon nos chers amis. Pauvre chérie, il vous reste à apprendre, de la saleté humaine. Celle des mots et des regards. Ignoble. Personne ne vous a vue dans les fougères que moi, je vous y garde à l'abri du monde nous y sommes seuls… Camille n'était pas reparue, partie du matin à Paris avec la fille de la cuisinière, Mlle Casson… La revoir ? C'est facile, il n'y a qu'un pas à faire. C'est impossible. Qu'elle fasse le premier. Mais elle l'a déjà fait sur le chemin, barrant sa route de si bouleversant courage ! Rien que donner le Leica lui prend trois semaines de réflexion au fond de son tiroir, alors faire un pas, sauter le pas ! Amoureux, c'est terrifiant, qui empêche ça ? Un homme mûr, cinquantenaire bientôt, chef d'entreprise, responsabilités, puissance, fortune, non seulement son orgueil impuissant à vouloir mais armé de la volonté contraire, toxique, furieuse, de l'abdiquer, non seulement d'abdiquer mais son contraire, d'être épris et de posséder, d'être aimé et désiré. Vaincu, qui empêche ça ? Qu'elle me veuille, m'attende et souffre de moi comme moi d'elle, qu'elle adore et implore comme j'implore son désir de moi, l'exige et le mendie, qu'il soit sans guérison, qu'à cette plénitude il n'y ait solution ni pardon.

Grete se tenait assise en équilibre sur le bras du fauteuil, balançant sa jambe comme elle le faisait, petite. Elle se glissait dans son bureau, malgré les interdictions de sa mère : ne dérange pas papa. Elle faisait mine de marcher à petits pas de souris et elle s'installait là, balançait sa jambe en le regardant travailler, grave et curieuse, et lui faisait semblant de ne pas l'avoir entendue entrer. Il feignait de travailler, prolongeait cet instant où il la tenait en otage du spectacle qu'il lui donnait, ou bien c'était lui qui était son captif, condamné à jouer son personnage de professeur abîmé dans ses réflexions, pour mériter qu'elle reste encore un peu, et de sa petite jambe, dont il voyait juste le mollet en chaussette et la bottine lacée – il ne pouvait davantage lever les yeux sans mettre fin au charme –, elle lançait des appels de plus en plus pressants pour qu'il se réveille, qu'il la découvre et pousse son cri de surprise, qu'il la prenne sur ses genoux. De ce jeu, il ne savait si elle avait été la dupe, ou si elle n'était pas déjà plus savante que lui en ruses amoureuses.

Jürgen, incrédule, voyait cette jeune femme assise à la même place, et c'était hier. Les mêmes livres, les mêmes meubles, le lourd lampadaire au pied de bois torsadé, son abat-jour de velours, et sous la lampe de bureau en verre vert, le sous-main de cuir taché d'encre, ses dossiers ; tout cela un peu plus vieux, à peine, les objets résistent mieux que nous. Ce soir, dans la maison de Tübingen aux volets clos, rue silencieuse, il avait neigé la nuit dernière, la mince couche aussitôt glacée, Grete ne s'était pas glissée en petite souris, et il ne feignait pas de travailler. Elle arrivait de Berlin et repartait demain matin. Elle n'avait pas annoncé sa visite, se posait en oiseau de nuit effarouché, pleine d'une angoisse qu'elle maîtrisait avec son insolence ordinaire. De son corps nerveux, souple, flexible, il émanait une tension pénible, dont il souffrait pour elle, sans oser amoindrir sa détermination à la contrôler. Elle avait la peau blanche et lisse, la taille mince, bien prise dans sa jupe longue de laine chinée toute de blanc, ivoire et gris pâles, et son pâle visage en fer de lance, ses yeux à l'embuscade surveillaient jusqu'à elle-même avec gravité, dans un mélange d'expectative et de résolution, hostile, douloureuse. Elle avait dû être heureuse autrefois, avoir foi en le port de sa beauté sans en éprouver d'effroi, et son corps, ses poses et ses gestes, ses yeux plus purs qu'aujourd'hui avaient pu séduire, plaire à des hommes ou des femmes, mais ce soir il ne pouvait lui dire combien il la trouvait belle, parce qu'elle avait renoncé à l'être. Elle l'était encore sans plus le vouloir, ce souci dépassé, et en quelque sorte disqualifié par la blessure de vivre, la force et l'indignation de vivre. Autrefois ! Pour son enfant, si jeune, il y avait donc déjà un autrefois, un temps révolu d'innocence et de légèreté… Sa surexcitation atone interdisait qu'il se laisse aller à l'attendrissement, laisse ses yeux fermenter de larmes indignes. Elle demandait des comptes, agressive.

— Ils ont accepté, dis-tu. En quels termes ? Comment as-tu obtenu d'eux ce que je voulais ? Dis-moi exactement ce que tu as dit, ce qu'ils ont dit. Répète-le-moi, mot pour mot.

Ils avaient accepté, Pierre avait dit oui. Il l'avait eu, lui, au téléphone ; c'était la nuit et la communication malaisée. Comme elle le lui avait demandé, avait exigé, il avait appelé d'un café en ville, derrière la Stiftskirche, à une heure où les buveurs étaient éméchés et ne faisaient pas très attention à leur voisin de comptoir. Non, pas trop tardive, pas une heure avancée, juste après dîner, vers neuf heures. Et non, il n'avait pas demandé son numéro, il l'avait composé lui-même : c'était une cabine automatique. Jamais de la vie il ne serait passé par une opératrice, il n'était pas un enfant de chœur ! Il ne s'était pas fait remarquer, il avait consommé longuement, deux bières et un verre de schnaps, avait traîné comme un homme qui a son temps, qui s'ennuie et n'a pas envie de rentrer chez lui. Pas comme quelqu'un de pressé, qui a une intention suspecte, une idée derrière la tête. Qui se cache pour appeler à l'étranger. D'ailleurs, il allait parfois dans ce café, comme dans d'autres du Holzmarkt, après ses cours ou en sortant de la librairie Heckenhauer, on le connaissait de vue, il n'était pas un inconnu qu'on soupçonne. D'ailleurs d'autres téléphonaient aussi, avant lui, après lui, la cabine ne désemplissait pas. Il avait dit exactement ce qu'elle voulait qu'il dise, ni plus ni moins. Pierre n'avait pas demandé de détail, pas posé de question. Jürgen ne lui en avait pas laissé le temps : il lui demandait seulement, au nom de leur amitié, qu'il donne son accord de principe, accepte d'accueillir un réfugié, de prendre toute mesure pour sa protection. Non, il n'avait pas prononcé le nom de Sigmund Harbayer. Seulement dit que c'était un savant, candidat à l'exil. Un physicien, oui, comme tu le voulais. Si tu es si peu sûre de moi, que n'as-tu appelé toi-même ?

— Je ne peux pas prendre ce risque. Je n'appelle plus personne. Nous n'utilisons plus le téléphone. Les postes privés sont sur écoute. Et s'ils ne le sont pas tous, nous ignorons lesquels le sont. Nous avons intégré le principe de haute surveillance policière. Ensuite, ce sont tes amis, pas les miens. Moi, ils m'auraient questionnée, ils se seraient étonnés.

— Ils l'étaient. Pierre l'était, je t'assure. Mais il a dit oui. Tout de suite.

— Il te le doit.

— Il ne me doit rien. Comme tu es brutale, Grete.

— Nous n'avons pas le choix. Il te le doit. Ce que tu as fait pour lui, il doit le faire pour cet homme, pour toi.

— Si tu l'envisages sous cet angle… Et moi, pourquoi dois-je faire ce que tu demandes de cette manière ?

Elle ferma les yeux deux secondes, une moue de mépris tordant sa lèvre.

— Parce que tu n'as plus le choix non plus. Nous sommes une nation qui n'a plus le choix. Il est derrière nous, d'autres l'ont fait à notre place. Maintenant chacun dénonce le voisin qui n'a pas encore compris qu'il a été choisi. L'épicière qui n'affiche pas les tracts, la meneuse de revue qui se pince le nez quand l'officier pète devant elle, les étudiants qui reçoivent une délégation étrangère, leur professeur qui l'a invitée, le libraire qui n'a pas brûlé les livres : tous arrêtés, leur méfait transformé en crime de haute trahison. Le voyou assomme le vieillard dans la rue et lui arrache son manteau, les passants rient de lui marcher sur le corps. Les voleurs exercent en toute impunité, leur brassard les autorise à enfoncer la porte des maisons, à piller et vider les commodes, à violer la fillette malade, ils pissent sur le pain et l'obligent à en manger. La pègre fait son travail au grand jour, elle réglemente les gueux, son syndicat du crime a remplacé tous les autres, bien plus efficace et organisé. Les juges font des stages militaires dans des détachements d'assaut, les avocats sont achetés par les assassins, les médecins ne soignent que les bien portants : ceux qui ont la maladie d'être juif, journaliste, franc-maçon, syndiqué, poète, gréviste, bolchevik, catholique, doivent crever vite, vomir leur maladie et la manger au bord du trottoir sous les huées des bien portants. Certains de ceux-là crèvent aussi de peur, certains, mais ils mangent leur peur, qui leur donne des coliques, ils ravalent leur nausée et s'en régalent : finalement, elle n'a pas si mauvais goût, on s'y habitue. Et c'est moins infect qu'une correction, une bonne correction à la barre de fer, au nerf de bœuf, le poing armé de clous, c'est moins répugnant que d'être battu, interné dans un camp aux portes de la ville. Il y en a un, à Oranienburg, il affiche complet… Dachau ouvre ses portes : bienvenue aux pestiférés…

Doucement, Jürgen posa sa main sur la bouche de Grete, interrompit le flot de sa litanie et elle ne se défendit pas, laissa ses lèvres dans la main de son père, pesant de son front, fléchissant son poignet.

— Ma petite fille… Cesse de me faire la leçon… Nous ne vivons pas à Berlin mais ici, à Tübingen, nous voyons de quoi il retourne… As-tu parlé à ta mère ?

— Non ! Pas à maman, ne lui dis rien non plus, tu as promis.

Il avait promis, et cela le contrariait. Rien dit de la visite à l'université où elle avait surgi, un après-midi de novembre. Parmi les étudiants, il avait aussitôt distingué sa présence, et au coin d'un couloir, pas dans ton bureau, pas avec tes collègues, elle lui avait demandé qu'il l'aide, avait posé ses conditions, les termes de sa démarche auprès de ses amis Galay. Seul son père pouvait trouver en France un point d'accueil, une destination, elle s'occupait du reste, qu'il ne pose pas de question. Mais au nom de Harbayer, qu'elle donnait pour le convaincre, il avait compris que c'était une chose grave, pas un petit service de confort, une aide amicale. Harbayer était de ces savants peu répandus mais illustres, son nom circulait dans les milieux scientifiques, surtout de ce qu'il n'avait pas été limogé dans l'été comme ses semblables, maintenu à son poste. En réalité prisonnier, assigné à résidence, ses enfants et sa femme, sans téléphone, sa maison surveillée et ses visites, son courrier ouvert.

— Pas à maman, ne dis rien, jure-le, exigeait-elle.

Jürgen savait bien pourquoi Grete évinçait celle-ci, avec une telle dureté. En certaines circonstances les griefs d'enfance, en dépit de l'amour, de la tendresse et l'estime, ou justement à cause d'eux, dressent la frontière jamais nommée, la limite qu'ils ont tracée, pas à pas, implacables. D'avoir eu de petits secrets avec elle, d'avoir été sa confidente et sa mère la sienne, partagé les sujets féminins, disputé de choix épineux pour les choses banales de la vie, l'amitié d'une camarade de classe, une robe, une paire de chaussures convoitées, la recette d'un gâteau, le droit de porter des bas, de faire les beaux-arts, elle avait pris la mesure de la discipline morale de sa mère, de ses résistances de classe, et d'éducation, sa raideur sous ses douceurs, enduré ses chantages déguisés, les traîtrises dont elle était capable, rapportant à Jürgen ce qui lui était confié avec promesse de le taire, lâchetés bénignes qui mortifient les enfants, froissent leur sens de la loyauté et de la justice. Actes dérisoires, dans lesquels pourtant tout un manifeste son être profond, sans pouvoir dissimuler qu'y président les options ou les motifs les plus intimes, les plus réprimés parfois. Ce n'était plus un jeu d'enfant ; pour cet engagement grave, et son danger, à lui seul elle faisait foi. De cette exclusivité, Jürgen souffrait pour Eva, et se réjouissait, lâchement heureux d'être élu, malgré ou en raison de la disgrâce qui frappait sa femme, et peut-être n'était-il pas loin de la trouver juste, entérinant par là ce qui, dans les couples, au long usage de la vie commune, se révèle sans s'avouer… Pas loin de partager sur sa femme le jugement sévère de sa fille, et de choisir son camp. Et il ne voulait pas davantage élucider quel trouble bonheur il y trouvait. Non, Eva ne devait pas savoir ce qu'il tentait de faire pour Grete, et maintenant il était trop tard pour la mettre au courant sans provoquer sa frayeur et ses objections, sans prendre le risque de l'alarmer au point qu'elle s'en ouvre à Dieu sait qui, une de ses amies de son association, une voisine de l'immeuble… Alors on en était bien rendu à ces temps de soupçon et de méfiance mutuelle qui corrompent les relations sociales, jusqu'aux liens humains les plus sacrés, la famille, les êtres aimés, et ce poison courait les long des rues, poissait les trottoirs, jusqu'aux cours des immeubles, s'infiltrait sous les huis et se propageait sous la peau des hommes, courait dans leurs veines ; jusqu'au sang, le cœur en était infesté. Non, Eva ne saurait rien. Alors, maintenant, disait Grete, tu dois attendre que je te fasse signe.

— Le moment venu, quand nous aurons organisé sa fuite, tu feras ce que je te demande. Tu le feras ?

Il le ferait, bien sûr. Pourquoi crois-tu, Grete, que je doive faire ce que tu me demandes, de cette manière si brutale et farouche, sans égard pour moi ni pour ta mère, sans tendresse ni compassion, comme si j'étais ton vassal, ton obligé ? Je le ferai, au nom de mon amour de père qui ne sait plus comment l'être encore, qui tomberait à genoux au souvenir de ta petite jambe balancée au bras du fauteuil, si poignant souvenir que je me damnerais pour revenir à ce temps béni de la jeunesse de notre famille, que l'époque défigure. Je le ferai pour démentir que le poison soit passé sous ma porte et infeste mon sang et mes veines, pour ne pas être de ceux que tu dénonces avec tant de haine et de courage. Parce que je suis mon obligé. J'ai une obligation pour n'avoir pas fait de ma vie ce que je devais, pour n'être pas parti quand je le pouvais, pas empêché ce que ma génération devait empêcher, et parce que mon ami attend de moi que je réitère le geste que je fis pour lui, qui est ma fidélité à lui, et à moi-même. Non Grete, tu n'obtiens pas ce service par vindicte et menace, tu sais que je t'aime. Le long du petit fleuve Ammer et dans le jardin botanique nous nous sommes promenés, je tenais ta menotte ; nous allions voir la tour de Hölderlin, nous récitions ses poèmes à table, et nous allions prendre l'heure de nos montres à la vieille horloge astronomique de l'hôtel de ville, tu apprenais à y distinguer les aiguilles des heures et des minutes, chacune tremblait à la secousse du temps qui s'égrène et passe, passe… Il ne dirait pas ces mots, il n'avait jamais dit ces mots.

— Donne-moi des nouvelles d'Oskar…

— Il n'a plus de travail, les théâtres ferment. Il s'embauche au jour le jour, dans une usine qui fabrique des postes de radio, dans le bâtiment. On construit, à Berlin. Des quartiers neufs, des lotissements d'habitat populaire partout. Dans chaque appartement, la radio d'Etat. Oskar travaille à la prospérité du Reich. Un brave ouvrier qui fuit les syndicats et lève le bras au passage des camions militaires, ne t'en fais pas…

— Et toi ?

— Je chante, je danse encore. Ne t'inquiète pas, juste ce qu'il faut pour être tranquille, et gagner ma vie. Papa, te souviens-tu de mon amie Ilda Becker ? Elle avait suivi l'école de danse Gsovsky, elle a joué dans des films de Lubitsch, Brecht au théâtre, elle chantait au cabaret… Elle est partie en mai, après qu'on a brûlé les livres de son père. Elle est des nôtres. A Paris, elle est en contact avec des réfugiés, nombreux à préparer la résistance. Elle nous aide, elle a des amis. C'est elle qui entrera en contact avec Pierre et Gabrielle, le temps venu. Nous sommes bien organisés, et sûrs. Avec ton aide, tout ira bien.

— Fais attention, ma chérie, sois prudente, je t'en conjure, murmura-t-il, sachant ce qu'avait de vain cette pauvre supplique.

— Nous sommes prudents. Nous ne sommes pas des têtes brûlées. Nos amis communistes n'ont rien compris, ils prennent des risques, ils ont le culte du sacrifice. Ils ont trop obéi, éblouis par le soleil de leur révolution, n'entendent rien de ceux qui racontent leur jeunesse volée, la mort et l'abandon, les ouvriers bafoués, les arrestations et les internements arbitraires, les soldats immolés, trahis, les mutineries vaines pour de la viande pourrie. Ils en mangeraient volontiers, maintenant que les greniers à grain sont vides, des millions d'affamés crèvent en Ukraine. Leur extrémisme, leur soumission à Moscou font plus de dégâts que toutes les polices du capital, ils sont suicidaires. Assis dans les bureaux dévastés des sièges du Parti, ils attendent patiemment les ordres du comité central, camarade. Le temps que la consigne arrive, ils flambent dans l'incendie sans même avoir senti l'odeur d'essence qu'on jette sur eux. Nous, nous ne sommes pas patients, nous n'obéissons pas. Nous ne sommes pas révolutionnaires, ni syndicalistes, nous sommes résistants, et seuls. Notre force, c'est d'être perdus dans le maquis de la ville, de la société. Je ne prends pas de risques. Je chante les chansons folkloriques de nos provinces, un répertoire qu'aiment les SS quand ils sortent leurs dames. *Muss i denn, muss i denn zum Städtele hinaus*… Te souviens-tu ?

Elle souriait, enfin son visage s'ouvrait, rayonnant de jeunesse, enfin elle quittait son fauteuil et venait s'asseoir sur ses genoux comme autrefois, comme autrefois passait son bras à son cou, mon bon papa, mon cher papa… Ainsi les trouva Eva passant le nez à la porte, au prétexte de leur porter un café au lait. Rassurée, enhardie par cette scène touchante, elle les rejoignit, enlaça ensemble les épaules de son mari et de sa fille, son inquiétude envolée de la visite nocturne puisqu'ils étaient à bavarder affectueusement, paisiblement, puisqu'ils l'enlaçaient aussi, moquaient sa ponctualité à décréter l'heure du coucher avec son café clair, une vieille plaisanterie entre eux, à les pousser vers leur chambre. Grete n'aurait pas froid, cette nuit : elle avait préparé son lit, sorti la grosse couette d'hiver en plumes d'oie, et mis une bouillotte dans ses draps. Le Neckar était gelé, on annonçait encore de la neige pour demain…

A cette heure, sonner à sa porte ? Dora en resta perplexe, qui vient si tard ? Heureusement, tante Vita est déjà couchée dans ses étages, elle n'aura pas entendu le timbre grelottant. Cette sonnerie expirante, *fa do sol fa*, une insulte au tympan. Elle consulta Miette du regard, blottie dans ses bras comme une chatte de gouttière, sa face empourprée, très dégrafée, ébouriffée et la lèvre gonflée de gourmandise. Contre les vitres, éclairées de rose par la veilleuse, les branches dépouillées de la glycine ; au-delà, l'obscurité profonde du jardin, le silence du quartier endormi. Sur la table, les reliefs de leur dînette du soir, sacristains croustillants et Bénédictine, à la santé des paroissiennes qu'elles étaient. Elle n'allait pas se déranger dans les émois, ouvrir sa porte sans savoir, et puis elle n'était pas là, d'ailleurs elle était aux abonnés absents. Ses malles étaient prêtes : demain matin, Dora Gombrowicz et son accompagnatrice prenaient le train de Vienne pour une série de concerts, Graz, Linz et Salzbourg. Elle retournait à ses caresses, prenait entre ses lèvres le bout du sein de Miette, une mûre taquine, pulpeuse à souhait, quand, *fa do sol fa* encore, ah, la peste des importuns ! Très contrariée, elle tira la porte du petit salon derrière elle ; dans l'entrée, tout en croisant les pans de sa robe d'intérieur, nouant la ceinture, elle ajusta son œil au judas. On n'y voyait goutte dans ce tunnel optique, qu'une silhouette vague dans le vestibule, si déformée par la loupe que c'était autant un ectoplasme qu'un vampire… Elle accrocha la chaînette de la sécurité, tira le verrou et entrebâilla sa porte. La personne n'avait pas allumé la lampe de l'entrée, évidemment. Un homme, mince, maigre, si près de l'huis qu'elle sentit son souffle sur la joue.

— Dora Gombrowicz ?

Une voix d'outre-tombe, contrebasse intense.

— Elle est en voyage. Que lui voulez-vous ?

— La voir quand même, une minute. Deux.

— C'est énorme, ça ! Qui êtes-vous ?

— Louvain m'envoie. J'ai besoin de le voir. Ouvrez-moi.

Louvain ouvre les portes. Etienne est un monte-en-l'air, un trousseau de clés à lui tout seul, et justement parce qu'il n'a jamais donné celles de Dora à quiconque, cet événement a de quoi surprendre. A une heure telle, sans s'annoncer, comme lui d'évidence, ce visiteur est une anguille ténébreuse surgie d'eau trouble. Il se glissait par l'entrebâil, tirait la porte derrière lui bien précautionneusement, comme s'il savait que tante Vita risquait d'entendre. Vous êtes en robe d'intérieur, soie froissée par vos emportements sensuels, l'esprit en ébullition, et vous tombe sur les bras un noctambule en canadienne et gants, casque de cuir sous le bras. Il enlevait quand même ses lunettes de moto, se frottait les paupières rougies, ébloui par la faible applique, clignotant de son œil de taupe, de quel terrier sort-il ? Pourtant un hâle animal de grand air, une tête de brigand ; de bagnard aussi bien. Malgré qu'il en ait, un regard aux abois.

— Bien des excuses pour venir si tard.

— Que voulez-vous à Etienne ? Il n'est pas là. J'ignore où il est. Qui êtes-vous ?

Au lieu de répondre, il inspecte votre domicile, d'une suspicion d'huissier, et votre personne tout entière avec, dans la pupille enfin accommodée à la pénombre, une étincelle d'amusement que vous trouvez déplacée. Cependant cet individu n'était pas menaçant, inquiétant pas du tout, plutôt séduisant au contraire et même convaincant, une manière ambiguë de vous déshabiller du regard qui ne s'adressait pas à vos appas, mais à une part de vous qu'il semblait connaître déjà. Cela n'avait rien d'offensant, mais désemparait, intriguait au-delà de tout.

— Vous ne vous souvenez pas de moi... Moi, oui, murmurait-il.

Il avait un bizarre sourire en coin, qui adoucissait son visage tout en angles d'une gaieté triste, d'une ironie amicale, touchante. Mais, troublée, elle avait beau faire effort, interroger ses traits, cela ne lui disait rien et elle commençait à trouver l'intermède un peu long. Alors il eut un geste étonnant. Il prenait sa main et la baisait brusque, si gauche qu'il tordait son poignet.

— J'ai porté une de vos robes, et votre porte-jarretelles, Dora Gombrowicz. Le commissaire Louvain m'a sauvé la vie, autrefois. Vous aussi. Cela ne s'oublie pas.

Oublié ? Une robe ? Denis est mort autrefois. Et les bras lui tombaient, ses jambes se dérobaient, elle portait ses mains aux joues, plus stupéfaite que bouleversée de reconnaître en cet homme le jeune assassin traqué qui la menaçait d'un couteau de cuisine ébréché... Ah ! quel ahurissant neuf heures du soir quand se présente à vous le fantôme d'un passé qui ne passe pas, d'un ressac suffocant le dépose sur votre seuil et donne cette exultation subite, pleine de mélancolie, cette illusion qu'en rien le temps ne s'est écoulé et que tout peut être revécu, la mort abolie, le plain-chant de la mémoire triomphant comme dans l'absolution des jeunesses, où tout était neuf et promis, de quelles folies était-elle capable, alors ? Marcus ! Marcus ! A des années-lumière de sa pensée, le souvenir de lui !

Alors c'était vraiment une commotion, une aventure si étourdissante qu'elle en oubliait les prudences, introduisait l'intrus magnifique dans le salon, prenait son blouson, ses gants, riait et secouait la tête, incrédule, prenait à témoin Miette, interloquée. Au moins celle-ci avait-elle eu l'esprit, le temps que durait l'aparté du couloir, de rajuster un peu ses effets.

— Qui vient si tard, crois-tu ? Un vieil ami de ma jeunesse, un revenant ! Cherche donc un verre, cherche un alcool, fort ! Avez-vous dîné ? Vous allez m'expliquer tout parce que je suis aussi soufflée qu'une crêpe. D'où sortez-vous ? Comment Etienne vous retrouve-t-il ? Par quelle idée vous envoie-t-il à moi ? Quelle affaire, bon Dieu de foutre Dieu !

Mais la présence de Miette mettait une gêne. Marcus en avait eu un recul imperceptible, peut-être moins de ce qu'il imaginait de leur soirée privée, sans doute – avait-il besoin d'imaginer ? –, que de l'interrompre, mais surtout, elle le devinait, à cause d'Etienne et de ses mystères, de ses évitements sourcilleux, de ce qu'il avait à lui dire de sa part des choses personnelles, sans témoin. Une ambassade aussi impromptue, le casque de moto sous le bras, l'œil rougi de quelle conduite nocturne ? Aussi expédia-t-elle Miette au lit sans plus de façons ; cette petite chatte espagnole, l'échine souple, dressée chez les sœurs à la docilité pénitente avant d'époumoner sa voix dans d'autres chorales, obéissait au doigt et à l'œil. Miette s'éclipsa en bâillant qu'elle leur souhaitait bonne nuit. Ils étaient seuls à présent, à se regarder bêtement aux yeux comme des écoliers qui ont fait le mur, se retrouvent de l'autre côté des aventures, éberlués et émus, en avaient-ils des choses à se dire, pour rattraper le temps perdu ? Mais on ne raccorde pas si facilement les péripéties malheureuses, les épisodes pénibles, et toutes ces choses compliquées qui font une vie, se tiennent les unes aux autres, on ne peut en citer une sans avouer la suivante, ou celle qui précède, et toutes ne valent pas d'être dites.

D'autant que Marcus – c'était bien lui, foutre Dieu ! – était moins causant que celui d'autrefois, tout enflammé de ses révoltes et de ses utopies anarchistes. Il voulait bien boire un verre de cognac cul sec, croquer un sacristain, mais ne se confessait pas. En contrebande et par défaut rapiéçant ce qu'elle pouvait des bribes qu'il voulait bien lâcher, très parcimonieux sur le détail comme sur le général, elle entrevoyait qu'en Italie il avait dû se conduire en forban, faire les quatre cents coups et en prendre quelques-uns. A son visage on le voyait, où s'imprimait l'amertume que les épreuves laissent, sans extirper le fonds de jeunesse ardente, combative et ombrageuse, un homme à présent. Qu'il eût connu Denis Louvain, en quelles dramatiques circonstances, intimait un certain silence mutuel sur la mort qui les laissait dans l'expectative, soucieux de ne pas aller à l'étourdie poser le pied sur des sables mouvants. Quant à Etienne, à l'objet de la visite, Dora était tout aussi prudente. A son tour de ne pas se confesser. Elle ne donnerait pas l'adresse d'Etienne, top secret. Elle-même ne s'était jamais permis de s'y présenter, un pacte. Voyons de quoi il retourne, mon petit ami. Il résultait des renseignements que Marcus voulait bien laisser entendre, qu'ils s'étaient rencontrés récemment dans une région d'Italie où Marcus était instituteur. Instituteur ? Le dernier métier qu'elle pouvait lui imaginer… Mais il ne l'était plus. Il revenait en France, et selon le conseil de Louvain de s'adresser rue de Picpus pour le joindre en cas de nécessité, il se permettait cette intrusion tardive et expresse : il arrivait droit de Nice, d'une seule traite en moto. Où est-elle, cette machine ? Dans un garage du quartier, pour révision. Bonne précaution. Comme on dépose les chevaux fourbus au relais de poste… Et votre auberge ? Il n'en avait pas, comptait sur elle pour lui indiquer un hôtel. Le temps de contacter Louvain, au plus vite.

— Vite, c'est vite dit. Ce garçon est un furet, il est passé par ici, il repassera par là. Il voyage. Je crois bien qu'il n'a pas assisté à un seul de mes concerts en quinze ans… Croyez-vous que je le savais en Italie, à visiter les écoles ? Picpus est une province pour lui, et moi je suis une vieille tante poste restante.

Marcus n'en croyait pas un mot mais admettait cette version, respectueux des traités. Pas d'hôtel, mon pauvre ami, mais c'est d'une imprévoyance… Ainsi, comme autrefois, vous vous en remettez à la petite Dora pour vous héberger ? Je ne vais pas plus vous mettre à la porte qu'alors : j'ai davantage de place ici que je n'en avais rue des Saints-Pères… En attendant qu'Etienne daigne refaire surface, installez-vous chez moi. Où sont vos malles ? Voyageur sans bagages. Mains aux poches. Quelle vie de mercenaire menait-il, ce condottiere instituteur ambulant ? Il se relâchait à présent, son long corps maigre détendu dans les moelleux coussins, et laissait errer son regard sur les peintures libertines des trumeaux, les lampes juponnées, les branchettes de la glycine griffant la vitre ; aussi sur Dora qui, attendrie par cet oiseau de nuit venu du passé, en oubliait de fermer les pans de sa robe de chambre sur sa gorge nue, peau d'ivoire veinée de bleu, aperçu tentant. Il l'avait reconnue aussitôt, dès la porte entrebâillée, son quant-à-soi de grenadier, l'œil noir de café, le nez impertinent qui retroussait la lèvre. Elle avait moins son accent polonais, à couper au couteau du temps où il l'avait rencontrée. Plus mûre et lourde de rondeurs aimables, mais du sang-froid en réserve, rebelle, fine guêpe, on ne la lui faisait pas plus qu'alors. Il s'ensommeillait à la regarder, laissant se délier les tensions du raid, épuisant, le sentiment hagard d'entrer dans la ville immense, dérouté par les changements, sa difficulté à trouver ce quartier, yeux brûlés, gelé jusqu'à la moelle, et l'alarme d'avoir à sonner à une porte inconnue, sans savoir si l'indication laissée dans l'urgence, à la gare de Florence, serait la bonne. Cette incertitude des évasions, tous repères perdus sauf un, la providence dangereuse qui vous met aux abois, sujet au faux pas qui ne pardonne pas. Fourbu, il l'était, si abruti de fatigue qu'il bénissait Dora de lui offrir une chambre, d'accueillir le fuyard sans poser trop de questions. Très pratique, maintenant que la décision était prise. Elle partait demain matin, pour trois semaines. Il s'accommoderait de la compagnie de tante Vita, très bonne à résoudre les problèmes d'intendance, sourde comme un pot, muette comme une carmélite, et fidèle comme un chien de garde. Elle ne disait pas que, de la gare, elle expédierait un télégramme rue Campagne-Première. Elle ne disait pas à ce visiteur du soir qu'il retournait des profondeurs oubliées, faisait que les choses se présentaient à elle, ressuscitées. Elle les observait à grande distance, comme au travers des jumelles qui les rendent proches et pourtant infiniment lointaines dans leur qualité optique, leur grossissement à toucher du doigt et pourtant inaccessible au tact. Combien la nuit naturelle peut sembler étrange derrière les vitres, éclairer bien mieux que la lumière des lampes et combien elle cisèle délicatement les replis secrets qu'on croyait ne plus jamais voir, rendus à leur précision première, proches, intacts, satinés et sensibles, aussi acérés et tendres que le solo d'une flûte traversant le grandiose orage d'une symphonie, déchirant de douleur.

Le porteur poussait son diable, dédaigneux d'un bagage aussi léger quand autour tant de voyageurs sérieux entassaient les malles, des montagnes. Sa cliente partait avec une seule valise, genre de sac en cuir souple, et un sac à dos, bretelles aux épaules ; et un appareil autour du cou, dans son étui. Une reporter photographe ? Maintenant, les femmes font tous les métiers d'hommes, elles conduiront bientôt les trains. D'ailleurs celle-là, sous son manteau jeté sur les épaules, portait des vêtements masculins, pantalons de laine à revers et veston croisé, sous sa grosse écharpe une cravate. Tête nue, une couronne de cheveux rebelles taillés court, gonflants au ras des oreilles ; pas de moustache quand même. Si jolie qu'on a du mal à voir des filles pareilles habillées en garçon. Elle marchait derrière, consultant un prospectus ferroviaire, mais il n'allait pas traîner davantage, pressé de trouver un client de meilleur rapport. C'était bien là, son wagon ? Alors il grimpait le colis d'un saut et au revoir. Le pourboire était plus que correct, merci bien, mam'zelle.

Camille resta sur le quai, indécise au milieu de la foule du départ ; elle était arrivée bien en avance et, en cohorte, les familles d'accompagnants se pressaient, ne se résignant pas à laisser le voyageur à son voyage, un spectacle pénible d'effusions et de palabres. Aussi revint-elle sur ses pas à la recherche d'un café, que vendaient les boutiques ambulantes dans le hall. Sachant son aversion pour les cérémonies de départ, personne ne s'était proposé pour l'escorter gare de l'Est. Hier, Gabrielle était venue rue Buffon pour lui donner un petit cadeau à l'intention de la mère de Magda, prétexte pour des recommandations, qu'elle évitait de rendre trop pressantes. Et puisque Camille ne serait pas des leurs pour Noël ni pour le Premier de l'an, elle lui offrait d'avance cette écharpe en laine de mohair, il ferait froid à Budapest. Tendre Gabrielle, comme toujours inquiète des séparations, sans le montrer, et Pierre lui offrait aussi cet agenda de poche pour l'année 1934, qu'elle ait beaucoup de choses heureuses à y noter, qu'elle soit heureuse, leur enfant chérie. Elles avaient passé un grand moment paisible, à prendre un thé à la bergamote dans le petit salon d'Agota, si mal transformé que Camille se promettait, à son retour, d'en restaurer la disposition : dans le débarras de la chambre restaient entassés toutes sortes de meubles auxquels elle rendrait leur place, non par piété stérile mais pour le plaisir de les rétablir dans leur usage. La lumière d'hiver pénétrait en douceur, liquide, assombrie par l'averse qui tombait toujours et régulièrement plus grise d'eaux monotones, mais peu importait. Dans l'éclairage étrangement mêlé de la lampe jaune et du jour gris, elles avaient devisé des livres que Camille avait lus, ces romans de l'autre siècle, poèmes épiques, élégies romantiques. Sa maîtrise du hongrois était trop défectueuse pour tout comprendre, limitée à la langue courante, encore en avait-elle bien oublié, ce séjour la mettrait à l'épreuve… Elle avait donc lu, avec application et beaucoup de curiosité, plusieurs volumes de la bibliothèque d'Agota, qu'elle avait encore du mal à imaginer sa grand-mère, la considérer comme telle. On n'admet pas d'emblée une inconnue au panthéon des ancêtres, surtout quand celle-ci s'est si longtemps tenue dissimulée sous un autre titre, vague silhouette issue des allusions que Gabrielle pouvait y faire, parfois. De plus, elle s'était récemment présentée sous l'aspect d'une fillette en corset lacé et tablier fleuri, pommettes hautes, front pur, regard grave et décidé sous la barre des sourcils inquiets, assise devant un mur couvert de lierre, parmi une ribambelle de frères et sœurs, adolescents et enfants… Cette grand-mère était plus jeune que sa petite-fille aujourd'hui, définitivement arrêtée à cet âge par la photo, et aucune autre des rares qui dataient de sa vie à Paris ne rivalisait avec celle-là, qui satisfaisait son imagination. Peut-être, par sa ressemblance frappante avec Camille enfant, offrait-elle l'étrange biais sororal par lequel celle-ci pouvait, renversant la filiation, accéder à sa réalité et l'adopter un peu.

Lucien, qui n'avait jamais vu le visage de sa mère, aurait-il la même impression de déplacer les lignes du temps et de s'inscrire comme le frère de celle qui avait disparu de sa vie avant même d'y paraître ? Tenant sa promesse, Camille avait pris au Mesnil, dans le faux livre gothique, les quelques photos de Sophie qui s'y trouvaient. Elle les avait volées, sans la permission de personne les avait emportées, et elle écrivait à Lucien que, s'il le voulait, s'il en éprouvait un jour le besoin, il sache que, rue Buffon, il pouvait venir prendre ces images confisquées, dont à Genilly il ne restait rien, par un sac de mémoire sauvage. Il fera ce que bon lui semble, rien ne l'oblige, expliquait-elle à Gabrielle. On peut passer sa vie, non à ignorer, mais à choisir de ne pas savoir, et c'est déjà une belle connaissance de soi. Irai-je explorer la forêt obscure de la vie de mon père, ce fils de la petite fille en tablier fleuri, ce jeune homme que tu aimais ? Et celle de ma mère, des gens de la famille Archer qui sont restés en Birmanie, ou rentrés en Angleterre, de son frère, mon oncle inconnu, ces grands-parents inconnus qui m'ignorent, ont vécu et sont morts peut-être, sans savoir mon existence ? Comme Agota, ils ont tous pu vivre sans moi, moi sans eux, et je suis pressée de vivre. Je veux avoir des expériences à moi, neuves et vraies, je suis impatiente et avide. Il suffit que tu aies aimé mon père assez pour aimer Pierre qui l'aimait, et que vous m'ayez ensemble prise pour votre fille. Si vous vous êtes trompés sur votre amour de lui, s'il vous a tourmentés, il a bien fait, puisque je suis Camille Galay, votre enfant et la sœur de Théo. A Gabrielle, Camille ne parlait pas de Jos, de son aventure en Alabama et de son expérience de la mort, du deuil dont elle avait fait, seule, l'apprentissage cet été, par quoi elle était fortifiée et plus fragile, une épreuve encore trop récente et il n'est pas bon de tout partager, même avec les êtres que l'on aime le plus. Il faut se méfier du besoin de raconter, de confier, de partager le fardeau et la joie, qui s'agitent et se déforment d'être relatés, altérés par le dessein, l'intention malfaisante ou bienveillante d'en transmettre le secret par la parole. Ensuite on n'a plus le choix de ne pas avoir entendu, ou vu, et on en est responsable. Non, elle ne parlerait pas de Jos. De Simon Lewenthal non plus. Du mal qu'elle en avait, de la désespérante angoisse de l'amour, pas plus qu'elle ne voulait entendre Gabrielle lui parler de son amour de Pierre, cette chose secrète, la plus intime et la plus menacée de soi.

Elle lui avait plutôt parlé de Mrs Woolf, du livre que lui avait donné Elise. *Une chambre à soi.* A-t-on écrit un livre plus saisissant ? Voilà ce que Gabrielle devait lire, de toute urgence ! Les femmes doivent affirmer leur droit de voyager seules, de s'instruire sans limites et d'ouvrir leur esprit, d'être seules dans un café, seules dans un jardin, de faire des études. Gabrielle riait : n'avait-elle pas tout cela, libre fille des Etats-Unis ? Libre de réfléchir, s'entêtait Camille. De librement réfléchir sans se calquer sur la pensée des autres, des hommes surtout ! De refuser le mariage, le ménage et les enfants, qui leur aliènent les femmes, des servantes entretenues, comme ils l'exigent tous. Si l'on ne se conforme pas au modèle qu'ils attendent, s'il vous arrive de revendiquer votre indépendance, cela les choque, ils vous prennent pour une fille facile, comme celles qu'on traîne dans les rues, cuisses nues sous les flashs, ils n'ont plus de respect ni d'amour. Oh Gabrielle, comme ils sont injustes ! Et, sous ses yeux, tombait le double ruisseau vertical de ses larmes qu'elle ne retenait pas, dont Gabrielle la consolait, inquiète de tant de passion pour ce livre.

— En voilà une fontaine ! Mais on n'a pas attendu Mrs Woolf pour savoir tout cela ! A ton âge, je me disais déjà la même chose, je rageais et me révoltais. Beaucoup de femmes ont montré, pendant la guerre, de quoi elles étaient capables, et les hommes ne sont pas tous aussi obtus, ils voient bien ce qu'ils ont à gagner à des compagnes dignes et adultes... Vois donc ton père. Pierre n'est-il pas de ceux-là ?

Il s'agissait bien de Pierre ! Virginia Woolf a raison, ergotait-elle, pour déplacer le sujet : bien plus que le droit de vote, c'est l'argent qui rend les femmes libres, leur autonomie économique. Manques-tu d'argent, Camille ? Non, elle n'en manquait pas. Mais l'argent qu'elle possédait ne la rendait pas heureuse, ni libre, comme Mrs Woolf le promettait, et cette contradiction la désespérait. Au moins, disait-elle, farouche, j'ai une chambre à moi... J'ai l'appartement de tante Agota.

— Merci grand-mère, merci Gabrielle, riait-elle à travers ses larmes...

Le petit café brûlant entre les doigts était d'un réconfort relatif. Partir seule, voyager et réfléchir seule, était un programme impératif pour devenir la femme libre qu'elle commençait d'être, dont Magda, qu'elle allait retrouver, lui donnait l'exemple. Avec Jos, elle avait fait un premier pas. Mais dans cette gare, à quelques minutes du départ, l'émancipation avait un prix amer, et sa solitude dans la foule supposait une contenance difficile à tenir, beaucoup d'aplomb et d'orgueil pour résister au spectacle que donnaient tous ces couples enlacés et ces familles en grappes... Le ventre noué de détresse, cœur serré, gorge nouée, dépitée de sa faiblesse, elle jeta son gobelet à moitié plein dans une corbeille. Ah ! Bah ! s'écria-t-elle, la sotte, à la fin ! Au moment où Simon Lewenthal surgissait devant elle. Elle manqua en défaillir, rouge de surprise, cette rougeur absurde enflammant son visage, et lui si pâle en vis-à-vis que c'était comique. Et quant à la contenance, toute superbe effondrée.

— Mme Mathilde m'a appris votre départ tout à l'heure, s'excusait-il. Je suis venu vous souhaiter bon voyage...

Il ne disait pas qu'il avait roulé comme un fou depuis Choisy, qu'il avait laissé sa voiture en travers d'un stationnement de taxis, qu'il avait longé le train jusqu'à la locomotive sans la trouver, dans aucun wagon, et maintenant il se tenait devant elle dans un embarras navrant, son visage défait, traits tirés par la fatigue, le manque de sommeil, ou le souci de ses affaires ?

— Je vous ai cherchée, j'avais peu de chances. J'en ai eu quand même...

Il trouva la ressource de dire cela sans fausse légèreté, sans sauver la face comme sans humour envers lui-même, juste un énoncé sincère par droiture et humilité, pour le cas où elle trouverait déplacés son anxiété, et le désordre de son vêtement.

— Oh oui, dit-elle avec ferveur, nous avons eu de la chance...

Rien de ce qui était dit ne faisait de différence avec une conversation courtoise, mais chaque mot s'entendait d'une portée à l'autre, avec des accents bouleversants, qui en renversaient le sens et il fallait garder cette foi dans les mots ordinaires.

— J'emporte votre Leica, dit-elle.

Il pouvait le constater, mais le dire importait absolument.

— Ne restons pas là... Combien avons-nous encore ?

— Un quart d'heure. Ne restons pas là.

Mais où aller qui ne soit une foule et une gare ? Il l'entraînait vers le haut du quai, remontait à grands pas le convoi vers la locomotive soufflant sa grosse vapeur dans l'air glacé du soir, et elle n'était plus rouge du tout, son sang s'était retiré de ses veines, d'une langueur alarmante, bientôt ses jambes ne la porteraient plus, alors il la portait ou quasi, l'allégeait de son poids, soulevée comme elle avait tant désiré l'être, étreinte au bras par sa main ferme, oh emplie et dévastée, traversée d'une lance d'amour ! Alors, enfin loin de la multitude, loin sur le quai, à cette extrémité d'une jetée qui dessine dans l'obscurité grandissante ses effrayantes lignes de fuite, ils furent seuls, hors d'haleine et désorientés, rendus au point où l'on met ses yeux dans les yeux, à en avoir des frissons de panique du retrait, de l'abandon, pourtant sans crainte ni étonnement, ni sujétion, et c'est étonnant qu'un tel décor de métal et de béton scintille, de mille feux illuminé par la vapeur d'une chaudière, de quelle joie, de quelle aura sereine il est empreint, et ennobli !

— Vous reviendrez.

— Vous m'attendrez.

— Ne croyez pas que vous soyez amoureuse, Camille, vous êtes libre…

— Libre de ne pas vous aimer, et vous, ne m'aimez pas !

Cette douceur neuve et cruelle de rire et s'enlacer et se caresser, d'ouvrir les manteaux pour presser leur poitrine, entre deux baisers dire : je vous aime et je t'emporte, je t'aime, je vous garde, pantelants, reviens ! Sans force pour déclarer que l'équation est juste et que tout s'additionne, que l'on peut mendier et attendre sans abdiquer ni vaincre, souffrir d'avoir ce qu'on souffre de désirer, désirer en souffrir et jouir de ce mal. Le reste, il le disait à son oreille, au réduit secret et sensible que baisaient ses lèvres et elle prenait entre ses doigts ravis le lobe de son oreille, et les photos ne savent que ce que nous savons déjà.

XV

Elles flottaient dans l'eau laiteuse, leur buste raccourci par la diffraction aquatique, leur tête ondoyant à la surface et, béates, elles tendaient le visage à la poudre de neige tombant du ciel nocturne, au picotement glacé qui givrait leurs joues. De l'immense voûte noire, de l'infini fondait le fourmillement des flocons, un essaim féerique d'asphodèles hivernaux. C'était idéal de se laisser dériver dans l'eau thermale fumante. Magda enlaça Camille, la tira vers le milieu du bassin d'où l'on ne voyait plus les bords, seulement les statues de femmes, leurs épaules nues couvertes de neige émergeant du nuage de vapeur. Dans cet éloignement, seuls leur parvenaient le bruit des fontaines, les clapotis mous, quelque éclat de rire bas réverbéré dans la chambre d'échos des grottes rococo, et de temps en temps quelque tête décapitée passait près d'elles, se dissolvait dans la buée, épave extatique… Elles étaient entrées là par un caprice soudain, Magda insistant pour offrir ce bain avant de rentrer. Maintenant, la peau encore brûlante, elles se rhabillaient en hâte, rendaient au vestiaire les maillots et quittaient les bains Széchenyi, le bâtiment illuminé aussi grand qu'une gare, et s'éloignaient, frileuses, dans la rue nocturne en pataugeant dans la neige fondue. Il fallait regagner au plus vite la rue Rózsa, ce soir était dîner de fête, avant le départ. Le soir de Noël, elles n'avaient pas pu : Yolie dirigeait la chorale de ses élèves à la messe de minuit de Saint-Mathias, et Sabeth avait un mystérieux rendez-vous ; avec Kolia, prétendait Magda. Cette fois, un festin : Sabeth devait préparer des beignets de porc, Yolie une ratatouille de paprika, oignons et saindoux revenus à l'étouffée, sans tomates : hors saison, elles sont introuvables, ou hors de prix ; et elles rapportaient le dessert ! Camille s'en était chargée : elle voulait offrir, ne disait pas payer, un vrai beau gâteau pour marquer l'occasion, et Magda avait cédé : elles étaient entrées dans la pâtisserie Gerbeaud, rue Vörösmarty. Dans cet endroit somptueux au baroque décor de l'autre siècle, ors et miroirs, draperies de théâtre, les présentoirs croulaient de gâteaux fabuleux. Elles avaient hésité entre un roulé aux noix perlé de caramel, une génoise au chocolat chapeautée de crème, finalement opté pour la spécialité la plus tentante, un feuilleté au fromage blanc fourré de griottes confites, gourmandise impénitente. Elles en rosissaient et, dans la foulée, puisqu'elles étaient là, Camille avait commandé deux chocolats, les plus épais, crémeux, odorants de toute l'Europe ; B&G pouvait s'aligner… Alors épongeant de la délicate serviette la moustache à leur lèvre, elles échangeaient des regards complices, imitant des poses de dames dans ce salon élégant où l'on chuchotait, où glissaient les serveuses, leur court tablier de dentelle bouillonnant autour des hanches, qui semblaient dicter, par leur port de reine, des règles aristocratiques révolues. Camille le savait, Magda n'entrait jamais dans ce café luxueux, elle n'en avait pas les moyens. Les aurait-elle eus, elle s'y serait opposée par principe, au nom de la solidarité ouvrière. Elle faisait donc une entorse sévère, en grondait son amie : vois donc ces femmes, ces couples suppôts du régime, qui encaissent les dividendes de leur trahison ; des profiteurs.

— Profitons, nous expierons plus tard, promettait Camille, taquine.

Elles avaient passé un si bon moment que, leur paquet Gerbeaud au bras, elles avaient ensuite remonté l'avenue Andrássy jusqu'au Bois de Ville, une ivresse de flânerie, longé les beaux magasins et les grands hôtels, les restaurants, les banques, les façades noircies des nobles immeubles, ces gris de charbon, mine de plomb, gorge-de-pigeon et gris de souris, tous les gris de Budapest, qui ne sont pas ceux de Paris, ensorcelés de sombres songes, colonnes et encorbellements, ou stricte géométrie moderniste. Pest est riche, commerçante, affairée de profits, mais comme elle est belle et fière, disait Camille, entraînant Magda plus loin encore. Elles s'étaient arrêtées un instant devant la façade de l'hôtel néorenaissant où les Reviczky avaient vécu, des générations ; où Camille avait autrefois passé des séjours, juste après la guerre… Silencieuses, soudain, étreintes de nostalgie. *Le monde ne dure qu'un seul jour*, avait murmuré Magda, *Csak egy nap a világ*, et elles avaient continué leur balade. C'est ainsi qu'elles étaient arrivées aux thermes Széchenyi brillants de tous leurs feux. Alors, puisqu'elles en étaient aux folies, elles avaient pris aussi un bain de sept heures dans un bassin à ciel ouvert, le plus chaud de tous.

Maintenant la nuit était tout à fait tombée, la neige éparse déposait une couche poudreuse sur les trottoirs, écrasée en boue sur la chaussée par les roues de voiture, et elles se hâtaient. La famille Reviczky vivait à présent au troisième et dernier étage d'un vieil immeuble, au nord de Thérèseville, non loin de Kodály köröнd ; elles y seraient rendues bien vite. C'était un quartier très convenable, mais un immeuble vétuste, que ses propriétaires ruinés avaient renoncé à entretenir. Ils ne se manifestaient que pour réclamer les loyers avec une cupidité de rapaces. Pas moyen d'obtenir d'eux qu'ils réparent le toit, à défaut du reste qui se délabrait tout autant, la cage d'escalier comme les planchers, les canalisations et l'installation électrique, sans parler des lézardes ; enfin, une ruine. Sabeth faisait le plombier, le plâtrier, l'électricien, et même restaurait les beaux carreaux de Delft de la cuisine. Mais le toit ! Depuis deux ans, Yolie avait mis en service un système de bassines pour les jours de pluie, elles en riaient : excellente gymnastique que de sauter par-dessus, et cette réserve d'eau douce, très bonne pour la peau !… Elles riaient de beaucoup de choses, Camille s'était mise au diapason. Il semblait que ce fût une morale, et même une politique. Une résistance aux malheurs domestiques qui valait pour les malheurs du pays, à quoi le rire était la réponse la plus frondeuse, la plus subversive, résistance passive. Elle riait donc de la chambre sans chauffage qu'elle partageait avec Magda, du cabinet de toilette commun, des cabinets malodorants sur le palier, et des restrictions alimentaires qui inspiraient à Erika, la bonne serbe, des trésors d'ingéniosité. Depuis huit jours qu'elle partageait la vie des sœurs et de leur père, le tableau que lui en avait fait son amie, en septembre, se confirmait dans toute sa désolation mais y participer allégeait quelque peu sa tristesse d'assister à la chute de la maison Reviczky… Cette grande famille, apparentée aux Esterházy, autrefois des plus fortunées, dont les propriétés terriennes et les demeures illustraient une longue histoire aristocratique, d'avant même l'occupation turque, disait-on – savants, musiciens, poètes en étaient issus –, sombrait aujourd'hui, en quelque sorte accompagnait la déchéance de la Hongrie, les convulsions de la grande guerre et les ruines qui avaient suivi, de la révolution éphémère de Béla Kun à la prise du pouvoir par Horthy.

— L'usurpateur hissé sur son cheval blanc, notre Árpád des temps modernes ! raillait Magda. Il a destitué et exilé le roi, il a couvert les atrocités de la terreur blanche, laissé massacrer et noyer des innocents dans le Danube. Nous avons vu ses sbires, revolver et grenades au ceinturon, lui faire une haie d'honneur devant le Parlement avant de l'élire… La police politique est plus nombreuse que les ouvriers, chômeurs à millions… Nous sommes sous la botte de Gyula Gömbös !

Plus encore que Horthy, Magda nourrissait envers Gömbös une haine viscérale, qui interdisait conseils ouvriers et communistes, infligeait aux juifs le *numerus clausus* dans les universités, en faveur des enfants de la bourgeoisie hongroise ! Cynique, flattant malgré tout les banquiers juifs qui alimentent les caisses de l'Etat, signant des contrats commerciaux avec Mussolini et Hitler, juteuse industrie des armes. Nous réarmons à tour de bras, voilà dans quel pays tu arrives, lui expliquait-elle, à peine sorties de la gare Nyugati où elle était venue l'accueillir.

— Vois, Camille, vois ces trottoirs de grande ville européenne, sa riche architecture et ses parcs charmants, ses intellectuels et artistes, ses athlètes ! Vois nos quartiers américains du Mont Gellért, les clochers néogothiques de Saint-Mathias et notre baroque Sainte-Anne, le Parlement monumental, coupole et pignons, le palais royal et la fierté de nos ponts, l'île Marguerite, regarde bien ma ville : elle crève de peur et de veulerie. Une vieille peau, le fard coule de ses lèvres décaties comme dans le tableau de Goya : *Qué tal ?* Qu'en penses-tu, comment me trouves-tu ? Regarde-moi, Camille. Suis-je ton amie, malgré ce désastre ?

Descendant du train, Camille en était bouleversée. Magda sortait d'une réunion contre la propagande des Fraternités, étudiants fanatiques financés par l'Etat qui bizutaient férocement les juifs. Elle avait ronéotypé des tracts, diffusés sous le manteau, pas question de les distribuer au coin des rues, à la sortie du métro ! A son université Péter Pázmány, un groupe de jeunes marxistes militait ; elle était un des piliers de ce club où l'on échangeait livres et informations, mais si elle voulait débattre des idées, pas question d'adhérer à leur Ligue… La colère froide de Magda, sa détresse ! Et tout ce qu'elle disait s'entendait appliqué à sa famille : Yolie, gâchant son talent, subsistait de chiches cours de solfège, Sabeth du secrétariat, maintenant divorcée de Kolia, à quel prix ! Il venait encore lui demander de l'argent, des prêts dont elle ne voyait pas le remboursement, qu'elle lui faisait en cachette des siens ; elle ne se résignait pas à cette séparation…

— Papa relie ses vieux livres et mange la pâtée de ses chiens en douce. Maman gratte ses démangeaisons dans sa maison de santé. Nous sommes indignes, riait Magda, avec cet humour noir qu'elle affectionnait.

Il fallait en rire, bouche pincée, l'œil tombant, rire d'un air sinistre, essaie ? Les Hongrois ne rient pas, ils sont moroses, ils sont tristes, il y a de quoi… Nous sommes un grand peuple *déchiré par le destin*, figure-toi. C'est notre névrose, notre drogue. Cette diatribe servait d'introduction et ensuite, rue Rózsa, l'accueil ineffable de Reviczky Sandór ! Dignement squelettique, joues creuses étonnamment fraîches et front lisse de jeune homme, d'une sérénité distraite et comme enjoué d'une vision intérieure, ses rares cheveux dressés sur un crâne d'ivoire : *kezét csókolom*, Camille… D'une courtoisie parfaite, les doigts poissés de colle ; il fallait en rire ! Et c'était vrai, la vie était gaie.

Camille était gaie. Demain, elle partait en train à Vác avec les trois sœurs, pour passer chez leur grand-mère Reviczky la fin de l'année loin de la ville, loin des tristesses de Budapest occupé. Gaie de cette semaine fructueuse… Magda l'avait conduite, plutôt traînée car elle ne demandait guère à s'y rendre, dans le quartier de Viziváros tout en pentes et décrochages, escaliers encombrés de définitifs échafaudages provisoires, places minuscules et jardins suspendus, pour retrouver la demeure d'Agota, celle de la famille Kertész qu'elles se souvenaient, enfants, d'avoir visitée une fois, avec leurs mères. Que restait-il des ruines d'alors ? Des ruines. Ma foi pas beaucoup plus dégradées. Rendus à un certain état d'effondrement naturel, les matériaux trouvent leur équilibre et les lois physiques s'accordent à ralentir le ravage, les décombres se tassent et s'arrondissent. Les grands volets, une fois décrochés de leurs gonds, pourrissent lentement au gré des intempéries, le bois ligneux a durci comme le fer et la grille était d'un meilleur métal qu'on ne le pensait, sa rouille la protège. Seule la végétation prospère, coriace. Elle croît et embellit, foisonnante, même au creux de l'hiver. Cet acacia malingre est devenu un arbre, son tronc énorme se tord pour loger ses ramures, de ses contorsions il emplit le jardin, ou ce qui en reste sous les ronces. Les vandales ont eu tout le temps de voler ou de détruire ce qui pouvait encore l'être. Que crois-tu qu'il reste, là-dedans, d'une famille qui y vivait, il y a près de cinquante ans ? Peut-être ce lierre, fourrure inquiétante de robustesse noire, maligne, a-t-il pour souche celui qui tapissait le mur devant lequel pose Agota en tablier fleuri avec ses frères et ses sœurs, un jour de soleil ?

— Viens, disait Camille, rentrons. Allons boire un chocolat et manger des brioches, allons nous réchauffer au café *Ruszwurm*…

En retraversant le Danube, sur le pont des Chaînes, elle n'avait pas un regret pour cette maison perdue dans les pentes de la colline, qui s'éloignait derrière elle, dans le brouillard du soir. Sa ruine finirait par s'écrouler un jour, ou un promoteur la raser, achevant son destin naturel et c'était bien. Désormais, elle allait de l'avant. Elle traversait le pont vers Pest la moderne, laissant ses vieilles histoires à la vieille Buda. L'avenir était infiniment plus excitant à envisager, le futur et ses promesses de conquête, de renaissance, d'invention, de bonheur !

Enfin, elle avait accompli la promesse à Jos de rapporter son étui de cuir rouge. Au fond de ma sacoche, regarde. Ivre de fièvre, de morphine, jure-le-moi, fais-le… Elle avait juré de le porter un jour à cette adresse de Budapest. La peur flambait devant ce mourant qui se retirait, traversait, où partait-il, si doux, et cruel éloignement de brume ? Il voyage dans sa tête, disait M. Brassaï de Braşov. Jos Nádas n'avait plus très loin à aller. Sa jeunesse rapide avait croisé Sudek à Prague, le photographe manchot rescapé de 1914, puis Riis dans un livre de la bibliothèque de Columbia, des ouvriers dans les fonderies de Denver et des fermiers d'Alabama. Il avait croisé Camille avec qui il ne voulait pas parler hongrois mais à qui il confiait le petit étui, au fond de ma sacoche, regarde. Cette longue traversée du pont avec Jos, un pont jeté entre son enfance et sa vie de femme, entre l'ignorance, l'indécente fatuité de l'enfance et l'expérience d'un inconnu qui donne connaissance… Alors les fantômes peuvent venir à votre rencontre, ils peuvent se lever, chanceler dans la brume, avancer vers vous, spectres menaçants tendre leurs longs bras décharnés et leurs doigts avides, ils peuvent venir, Camille n'a pas peur d'eux. Elle est jeune et forte, elle aime un homme adorable, qui l'attend. Elle est si gaie qu'elle n'ose le montrer à Magda, mais elle achète quand même ce gâteau des *Mille et Une Nuits*, dans cette ville qui brasse tous les sortilèges d'Orient et d'Occident.

La table était mise, une nappe ancienne, précieuse broderie ravaudée des mains d'or de Sabeth ; de belles assiettes, dépareillées mais chacune ravissante de décors floraux, la bouteille de saint-estèphe qu'avait apportée Camille et une carafe d'argent à cabochon de cristal, ce faste ! Les sœurs si différentes, juvénile Yolie, expansive et combative, et Sabeth secrète, rongée par ses déboires conjugaux, qui écrivait ses poèmes de révolte en gâchant du plâtre, Magda leur cadette empruntant à l'une et à l'autre, leur synthèse paradoxale, le corps généreux, énergique, sa peau claire tachée de son, tourmentée ; la plus émancipée, la plus intellectuelle. Sandór présidait tel un petit-bourgeois, ayant noué à son cou une serviette de table grande comme un drap de lit, ses chiens couchés sous la table contre ses pantoufles, et ce fut un dîner comme antan, servi par Erika, qu'une cataracte aveuglait, mais qui n'en montrait rien. Elle portait cérémonieusement comme plats de prince le *lecsó* et les beignets, venait s'asseoir pour boire un doigt de vin français et manger du gâteau. Alors, dans la pénombre que laissaient les chandeliers, les meubles vétustes et les lambeaux du papier peint, le plafond fissuré disparaissaient, la ville vénéneuse reculait dans des confins, l'eau du fleuve pouvait poursuivre sa course, ils étaient réunis par la chaleur vivifiante de l'amitié. De l'autre côté de la table, Magda se tenait droite, veillant aux uns et aux autres comme si elle fût responsable d'eux tous, de leur confort et de leur plaisir, échangeant avec Camille des regards sérieux, au fond de la prunelle pétillants de joie paisible, qui ne nécessitent pas le sourire pour se faire comprendre, peut-être ne le supporteraient-ils pas ; sourire amoindrirait leur bonté. Elles ne devaient pas se connaître, jamais se rencontrer, pourtant elles étaient à cette table ce soir, comme elles étaient sur une plage d'enfance par ces décrets du destin qui font de hasard nécessité, si jeunes alors, que le souvenir s'était mué en légende…

Cela semble un conte où deux petites filles venues de très loin arrivent dans le même château et se cherchent, car sans se connaître elles se connaissent déjà… L'hôtel, immense comme un navire échoué, est plein d'échos, de miroirs et de marbres, de parquets glissants, de palmiers sous le stuc des plafonds. Il y a des vertiges d'étages et d'ascenseurs ; souvent leur bonne les égare par les interminables couloirs, mais toujours un groom rouge et or les ramène à travers les luxueux salons aux baies voilées de stores. Elles s'épeurent de mendiants joueurs de mandoline qu'on chasse vers les jardins ; d'un singe à rubans sautant entre les tables ; de l'autruche qui tire une carriole d'osier en courant sous la pergola. Elles s'ennuient de jeux incompréhensibles qu'on organise pour eux, les riches enfants de l'hôtel, à toute heure du jour. Le matin, elles se penchent au balcon de la chambre pour voir l'étendue de sable, l'alignement des cabines, les mouettes et la mer ; loin des bateaux de rois appareillent pour l'azur. Sur la terrasse, le vent marin soulève la jupe des nappes du petit-déjeuner. Il y a du *zabaione* et du miel des Abruzzes, des viennoiseries dorées dans de petits paniers. Un jour, les souffleurs de verre de Murano offrent des poignées de larmes de cristal. Un jour, on lâche des ballons multicolores sur la plage. Les adultes sont de lointains géants, occupés à toutes sortes de menées étranges. Entre eux, ils parlent de choses obscures, paraissent et s'absentent. Rien de tout cela ne les distrait du sentiment de vastitude et de perte, de leur inconsolable petitesse, de l'attente où elles sont l'une de l'autre, sans le savoir.

Un matin, elles se rencontrent. Sortant du premier bain, encore entortillées de serviettes éponge, de nouveau perdues, elles se hasardent seules entre les cabines. C'est étroit et noir, entre deux pans de lumière crue. Dans ce goulot, il n'y a pas de place pour se croiser. Laquelle des deux cédera le passage ? Elles se dévisagent en silence, curieuses, perplexes d'être à même échelle. Cette hauteur d'enfance autorise à étudier avec sérieux, avec pénétration, l'image intense de l'autre. Promesse du regard ou vœu des lèvres, quelque chose de neuf s'annonce : l'étrangère semble un miroir aimable de soi tendu par un ange. Entre les doigts de pieds, le sable pique, encore humide de la nuit, l'air salin mouille leur peau. Une goutte d'eau pend au lobe de Magda. Millie en tire la langue d'adoration. Entrée en matière bouleversante : elles se sourient. Observent qu'à se sourire elles se grandissent. Que la propriété, l'audace de sourire, le don qu'elles s'en font sont une liberté d'amour, qu'aucun ne disputera. De cette annonciation matinale, nul ne sait encore la nouvelle. On entend pourtant la voix proche des nourrices, les cris des autres enfants, le ressac des vagues de la lagune, l'appel des mouettes, ce grondement confus des plages. Mais ici elles sont seules et muettes, ravies d'elles-mêmes. C'est qu'elles se cherchaient, c'est qu'elles se voulaient. Voilà ce qu'elles se raconteront, ensuite : leur grand ennui et leur errance comme prélude à la rencontre dans l'ombre des cabines de bain. Elles ne se quittent plus. A défaut de se comprendre, elles inventent un sabir, des gestes et des mimiques, avec passion se courtisent, s'apprivoisent, s'enchantent de leurs conciliabules ; plus rien ne pourra les séparer, pas même leur langue inconnue, le hongrois et le français.

Que par magie parlent, au-dessus de leur tête, la belle *contessa* Reviczky et Gabrielle, arrêtées au milieu du hall en ce dernier jour. Ces femmes ne se seraient rencontrées non plus, si les petites ne s'étaient adoptées d'abord. Si elles n'avaient fait ce pacte amoureux, auquel elles consentent. Elles s'abordent avec égard et déférence, avec grande prudence aussi, comme des gens susceptibles qui ont entre eux une longue science du malheur, avec lequel il faut feindre et ruser. En dépit qu'elles sont des inconnues, telles les deux petites entre les cabines de bain, elles se regardent maintenant, observent combien elles ont ensemble des raisons de se lier, et de se taire ; et jurent de faire en sorte de tenir la promesse de leurs petites filles. Elles l'ont tenue. Par passion subite, les enfants s'adoptent, ils ignorent la lente approche des séductions et l'épreuve du temps long. Il fallait donc, pour que dure leur rencontre et s'échangent les lettres, que Gabrielle et la mère de Magda y mettent du leur, de la bonne volonté et de la constance. Qu'elles donnent raison à leur inclination d'enfants, la respectent et lui prêtent foi. Il fallait surtout que le penchant qui les portait l'une vers l'autre dans le hall de l'*Hôtel des Bains* ait des motifs propres, que devinaient Millie et

Magda, en toute obscurité pressentant que ces femmes ne consentaient si fort à leur vœu que pour accomplir le leur. Longtemps elles s'écriront des vétilles, des broutilles, missives puériles dont les mères auront tenu la main et cacheté l'enveloppe. Si leur amitié a une dette aujourd'hui, c'est à la bonté qu'elles eurent de croire en leur enfant comme en une créature de passion, de croire en elles-mêmes, malgré la Grande Guerre puis tant d'épreuves, d'éloignements, qui auraient dû les séparer, empêcher le serment qu'elles faisaient en leur nom, à Venise, un matin de juin 1914. Il fallait qu'elles le tiennent pour que Camille et Magda soient ensemble ce soir.

Il y eut soudain dans le couloir un bruit de clés, des heurts sourds. Avant qu'elles ne se dressent, avant que Sandór ne sorte de sa songerie gustative, un morceau de feuilleté encore au bout de sa fourchette de vermeil, l'homme entrait, en long manteau ceinturé, son chapeau de feutre humide de neige fondue. István ! Son entrée d'un mauvais courant d'air balayait la gaieté de la table, la flamme des bougies vacillait, et personne ne se levait, tous arrêtés dans leur posture, tournés vers l'intrus qui défaisait son manteau.

— Quel banquet ! On fait bombance, ici ! D'où la manne tombe-t-elle ? Camille ! s'exclamait-il, la découvrant.

Erika s'empressait, cherchant un couvert, mais Magda l'arrêtait d'un geste. Ne sachant quelle contenance prendre et se calquant sur celle des sœurs, du père retombé à son absence, Camille ne bougea pas. István fit donc le tour de la table et s'assit à son côté, souffla sur son épaule une haleine chargée.

— En voilà une surprise ! Notre petite Française ! Et personne ne me dit rien ! Cachottières, que vous êtes... Une assiette, Erika !

Celle-ci s'exécutait mais la gêne augmentait, qu'il semblait ne pas sentir.

— Gerbeaud... Peste ! On ne se refuse rien dans cette maison... Mais peut-être la fée prodigue est-elle à côté de moi ? Camille, tu es superbe, *palacsinta* de mon cœur !

Petite crêpe, ce surnom qu'il lui donnait, oublié, à lui seul portait tous les poisons qu'István pouvait donner aux mots. Il le lui avait complaisamment expliqué, autrefois : petite crêpe que je retourne à ma volonté, elle saute, elle virevolte, elle tombe du côté que je veux...

— Que veux-tu ? Que viens-tu chercher ? l'interrompait Magda, sans aménité.

— Un peu de chaleur familiale, la bonne affection qui réchauffe, par ce froid de canard. Je me suis dit : Tiens, il y a de la lumière, montons voir mes chères sœurs et mon cher père, et cette brave Erika. Comment vont tes yeux ? Si tu es bien gentille, sers-moi une part, je t'obtiendrai un bon pour aller consulter l'oculiste, tu auras des lunettes gratuites !

— Nous n'attendons pas après toi, Dieu merci, lançait Yolie.

— Laisse Dieu tranquille, il a d'autres soucis en ce moment.

Il tirait une cigarette, la tapotant sur le couvercle de sa boîte, on eût dit celle de Jos que Camille gardait dans son sac. Il en examinait l'extrémité, comme le bout d'une longue-vue, humectant ses lèvres puis, la bouche en cul de poule, se la planta entre les dents et ce tuyau branlant à ses paroles, il déclara :

— Je veille à la tranquillité de Dieu. La pensée chrétienne protège la race.

Qu'il se paie plutôt le dentiste, rageait Magda. Dans ses gencives, les dents étaient noires, inégales et rongées de caries, une denture si laide qu'elle dénaturait son pur visage apollinien, un visage lumineux aux traits délicats, mince nez aux ailes sensibles, et tout l'ovale d'une douceur juvénile, imberbe, boucles tendres à son front, soyeuses et fermes comme en ont les anges vénitiens. Cette insolente beauté, un présent naturel qu'aucune de ses sœurs n'avait hérité de leur mère, à qui il ressemblait, telle une version virile remaniée, mais viciée, minée par la virulence extrême de sa grâce, que ses chicots dénonçaient. Quelle dentition affreuse, et il ne s'en cachait pas, l'arborait au contraire comme si elle fût sa fierté, un défi pervers à l'admiration qu'il pouvait inspirer.

— En réalité, j'ai rendu visite à vos voisins du deuxième, dit-il, tout en tirant un briquet de la poche de son gilet, et allumant sa cigarette avec recueillement.

Tirant sur le tabac, ses joues s'affaissèrent comme celles des morts. Sandór s'était levé, il posait sa serviette sur la table et se retirait en silence, suivi de ses chiens ; Erika disparaissait dans la cuisine.

— Que veux-tu à nos voisins ?

— Ils ne vont pas le rester longtemps. Le propriétaire se plaint…

— Tu joues les huissiers, à présent ?

— Je veille à la tranquillité de Dieu. Ces juifs en prennent à leur aise. Prolifiques : cinq rejetons. Les quatre grands-parents, plus un cousin de province impécunieux, étudiant parasite ; et la gouvernante polonaise : ils grouillent, là-dedans, excédentaires au nombre admis par leur bail…

— Les Worki sont de très bons voisins. Ils sont propres, ils ne parlent yiddish qu'entre eux. Ils ne dressent pas de tente dans la cour, ils mangent comme nous et ne vont pas à la synagogue, crut bon de protester Sabeth.

— Et le feraient-ils ? coupait Magda. De quoi te mêles-tu, István ? Fous-nous la paix !

— Ils occupent indûment un appartement trop petit pour eux. Ils offensent le quartier. Vous vivez dans la misère, et eux se gobergent. Avant la fin du mois, je m'en porte garant, ils auront vidé le plancher.

— Tu ferais mieux de t'occuper du nôtre, osa encore Sabeth, avec sa placidité ordinaire.

— Nous n'avons besoin de lui ni pour le plancher, ni pour les lunettes d'Erika. Débarrasse le nôtre tout de suite. Nous ne t'avons pas invité.

Magda s'était levée, contenant mal une colère que Camille lui connaissait, forte comme un homme et capable de vraies brutalités physiques, dont István avait peut-être fait les frais… Il sembla prendre la menace au sérieux mais garda la face, soufflant sa fumée par sa bouche et par son nez avec une lenteur voluptueuse, le visage pourtant un peu crispé.

— Vois-tu, Camille, comme on m'accueille ici ? Quelle ingratitude…

Il se levait sans hâte, reprenait son manteau qu'il jetait sur ses épaules.

— Allons, bonne nuit, mes femmes… Vous formez un chœur charmant. Musique, à présent ! Camille, joues-tu toujours tes petites valses de Brahms ? J'espère te revoir, un de ces jours… Tu restes bien un peu, j'imagine ?

Il se retirait, la porte se fermait sur lui. Il la claquait, d'un geste rageur qui démentait ses dernières paroles, traînantes et moqueuses.

— Va au diable, lâcha Magda, retombant assise.

Yolie servait le reste du gâteau, répartissait les dernières parts dans les assiettes, mais le charme était rompu. Ce frère maudit, une plaie dans leur vie. Le joli enfant de Venise, sa grâce au bord des vagues, la main sur la hanche tel un Cupidon préraphaélite, instruit précocement de sa beauté et corrompu par elle ; son pouvoir de séduction, une arme entre ses mains d'enfant, que sa mère adulait, le seul fils qu'elle eût… Il a enlevé son brassard pour monter chez nous, disait Magda : il l'a mis dans sa poche avant que je ne le lui arrache. Rayé blanc et rouge, nos couleurs, avec ce macaron de croix noires fléchées dans le cercle rouge, leur emblème… Ils n'ont pas encore fondé un parti, mais cela viendra. Gömbös dirige leurs commandos de mort, il raffole des sociétés secrètes, il a été de toutes : Hongrois en éveil, MOVE, et de l'union d'Etelköz, des Sang et double croix, ramassis d'assassins… István est un de ces scélérats de *Nyilasok*. L'as-tu entendu ? Il règne en maître, il est chez lui partout. Il est de ceux qui mènent interrogatoires et tortures dans les commissariats. Il a détruit le portrait d'Ady Endre de ma chambre, l'a piétiné devant moi : infesté par le vaccin juif, hurlait-il. Ady, mort depuis plus de quinze ans !… On eût dit un chien enragé, écumant, j'ai cru qu'il était devenu fou. Il est fou. Il est de tous les trafics, de toutes les exactions, notre honte. Faussaire, spoliateur, persécuteur, homme de main, et il nous protège, prétend-il, il veille sur notre sécurité… Il avait bu, n'est-ce pas ? Il empeste l'eau-de-vie. Il traîne dans les *borozó*, il écoute, il espionne. Qui ? De pauvres bougres abrutis de misère et de tuberculose, des gueux, les épaves que produit notre régime, il fait des rapports aux *Nyilasok* sur leurs propos d'ivrognes. Nettoyage, dit-il, épuration de la société. Il a besoin de notre public, celui de ses amis ne lui suffit pas. Il débarque ici selon son caprice, nous terrorise de ses vantardises et dort là, sur le canapé, jusqu'à ce qu'il ait cuvé. Ah, Camille, je crois, je suis sûre, qu'il est toxicomane, je ne sais de quelle drogue… Il peut dormir là, deux jours durant, nous ne pouvons le sortir de sa torpeur, un malade. De quelle maladie ! *Sur une grand-route foulée d'atrocités, Sur la cime qu'encore une fois veut ma volonté, Je traverse en transe la ligne des horreurs : Oh quelle détresse échoit au Hongrois Et comme Dieu est défaillant parfois*… Il m'assommerait de citer Ady, mais sa détresse à lui, d'où lui vient-elle, d'où lui viennent sa haine, son désespoir, cette passion dépravée ?

Magda ne le précisait pas, Camille savait. Lors de cette semaine dans un petit hôtel des bords du lac de Constance, où il avait surgi deux ans plus tôt, ses yeux s'étaient dessillés. L'enfance ne permet pas de nommer ces actes troubles et honteux, le jeu de la princesse et de ses esclaves, comme une petite crêpe… Dans les chambres d'Ottilia, par les après-midi de sieste, dans l'ombre et le silence de l'été, abandonnés à eux-mêmes les enfants ne dormaient pas. István se glissait chez elles, furtif comme un criminel, sa permissivité de jeune garçon offerte en faveur, il violait les tiroirs des commodes, leurs affaires de filles, s'habillait en fille pour mieux s'étendre avec elles, jouer à la princesse qui ordonne ses caprices, donne des gages et punit… Avec ses sœurs était-il allé plus loin, osant ce que, prudent, il n'osait pas avec la petite Française ? Ces secrets, les enfants se gardent de les confier à un adulte, conscients qu'ils touchent à des choses sales, avilissantes, mais aussi parce que, contaminés par leur séduction, fascinés et peut-être demandeurs de les connaître, ils ne savent décider de leur limite, ignorant si elle est franchie. Avec elle, István l'avait assez franchie sans doute pour que Camille gardât de lui le sentiment nauséeux de sa soumission d'alors, de l'abus qu'elle représentait. Assez pour mettre un nom, à Constance, sur l'arrogance du frère de son amie, la répulsion qu'il inspirait à celle-ci, et la scène entre eux derrière l'hôtel, dont elle n'avait entendu que des bribes, tant ils parlaient à voix étouffée, haineuse ! Non, Camille ne questionnerait pas Magda, mais cette plaie ajoutée aux autres la navrait d'amour pour son amie.

— N'y pense plus, disait-elle. Oublions István ! Demain, nous partons à Vác… Nous allons finir l'année ensemble. La prochaine sera meilleure, tu verras !

L'année finissait, si brève, alors est-ce cela, grandir : voir s'écourter les années qu'enfant on trouve si longues ? Cette année, elle avait accompli un tel chemin, affronté et résolu tant de questions, accompli des actes neufs. Réalisé ses projets jusqu'à ce dernier, rapporter à la famille de Jos ce qu'elle avait promis. A l'adresse indiquée, sur les hauts de Buda, une maison trapue à porche et cour intérieure dans la rue principale de Makkosmária, il n'y avait plus personne de ce nom. Il avait fallu toute l'obstination de Magda, frappant aux portes des voisins, faisant le tour du bourg pour trouver un café ouvert, une épicière complaisante ; celle-ci, de longtemps installée, voulait bien se souvenir ! Sous ses chapelets de piments séchés, entre ses paniers de pommes de terre et de choux, elle s'était remémoré une famille Nádas, dont le père, originaire d'une province de Roumanie, était le bibliothécaire d'un noble seigneur de Buda, chez qui il se rendait à pied chaque jour, un éternel béret vissé sur le crâne. La famille était partie, il ne restait qu'une cousine, à la sortie du bourg. Blanchisseuse méfiante, sournoise, qui avait fini par lâcher, au milieu de ses piles de linge, dans la buée de son repassage, et contre quelques fillérs, une adresse à Angyalföld, peut-être y trouveraient-elles quelqu'un… Magda y avait conduit Camille, le lendemain, piquée par l'intrigue. Des histoires comme celle de Jos, il y en avait mille pareilles en Hongrie, peuple voyageur. Dans quelle famille en manquait-il un qui n'ait fait son tour d'Europe, fasciné par Paris, et Londres ? Et des histoires d'exil aussi, d'enfants partis, jamais revenus. Depuis vingt ans de malheurs, combien fuyaient leur pays… Mais ce garçon échoué sur une plage de Long Island, de qui Camille était anxieuse d'exécuter la dernière volonté, elle en faisait une affaire personnelle. Elles avaient fini par trouver l'immeuble, parmi dix autres semblables de ce quartier qui plaisait tant à

Kassák l'intransigeant, un adepte du constructivisme ennemi du décadentisme de Babits et de sa revue *Nyugat*... Ce bel apôtre de l'urbanisme moderne y venait-il vivre pour autant ? Tristes volumes gris où logeait le prolétariat, que Magda semblait bien connaître ; déjà délabrés, mal entretenus... Banlieues grossies par le flot des réfugiés des territoires perdus, attirés par la ville hypertrophiée : nous avons une tête hydrocéphale sur un tronc d'infirme, ironisait Magda.

Elles avaient sonné à la porte grise d'un appartement, une femme avait ouvert, grise dans le jour gris, sans muscle ni sève, seule sa rousseur pouvait évoquer Jos, un visage usé d'enfant vieille avant l'âge, quarante ans ? De chétive stature mais les attaches grosses, mine défaite, la peau abîmée au mauvais savon, joues rouges de quelque fièvre, elle toussait. Jos ? Ce nom éveillait une lueur dans son regard bas, à peine le levait-elle vers ces deux dames sur son seuil, qu'elle finissait par faire entrer dans sa cuisine carrelée de gris. Jos, son petit frère, parti et sans donner de nouvelles de si longtemps, un ectoplasme du passé... Perdue l'aptitude à l'étonnement, comme si rien ne pouvait lui arriver que de déjà entériné et de subi, au-delà des ultimes étapes de sa fatigue... D'une voix atone, elle énumérait la mort de son père, de sa mère, de sa sœur aînée, s'en excusait presque. La cousine de Makkosmária le sait bien, que vous envoie-t-elle ici ? Il est donc mort aussi, Jos ? En Amérique ? Cette nouvelle la laissait dans une indifférence telle que lui tendre l'étui rouge était un sacrifice, révoltant qu'aboutisse là le viatique de Jos. Déjà Camille en avait le remords, aurait rétracté son geste si elle l'avait osé, mais trop tard. Déjà la femme s'en emparait et, ne pouvant l'ouvrir, fermé qu'il était par sa petite serrure sans clé, cherchait un couteau de cuisine, forçait l'interstice en déchirant le cuir, un geste vandale dont Camille, navrée, détournait les yeux.

— Il n'y a pas d'argent, constatait la femme, déçue.

Haussant les épaules, déjà revenue de sa déception devant le contenu vraiment misérable, le porte-plume d'ivoire à plume rouillée, les dents de lait, d'un jaune brun, des perles de verre, des tickets de métro d'une ligne de Budapest, et quoi encore, un ruban de satin décoloré ?... Du geste de dépit dont la femme rejetait l'étui, il glissa de la table et tomba, répandant son contenu sur le carreau que, aussitôt à genoux, Camille ramassait, avec le sentiment d'une profanation épouvantable. A cette hauteur de génuflexion ployée, retenant ses larmes, en proie au chagrin le plus grand, vouant à Jos sur son lit d'hôpital une prière de pardon, suppliant pour son absolution... Alors elle avait trouvé la petite bague bleue ! Cette bague, *sa* bague ! Le bijou de pacotille à fleur bleue, myosotis d'émail éblouissant ! Sans un remords, d'un mouvement preste escamotant le trésor, elle s'était redressée, avait déposé sur la table les déchets lamentables du legs auquel Jos accordait tant d'importance dans le brouillard de sa mort et qui, une fois tourné leur dos, finirait d'évidence à la poubelle. De marbre, elle les déposa, s'acquitta jusqu'au bout de ce geste inutile. Donna aussi les papiers d'identité, cela peut toujours servir... Offrit également de l'argent, tout ce qu'elle avait sur elle de billets, sous le regard réprobateur de Magda.

— Mais si prenez, je vous en prie, c'est ce que Jos m'a remis pour vous, mentait-elle, allègre, pressante, et s'absolvant sans scrupule du larcin.

Köszönöm... Elle avait passé l'anneau à son petit doigt et marchait gaiement dans la rue au bras de Magda. Fallait-il venir là ? chantait son cœur, fallait-il tout ce périple pour recevoir le cadeau inouï ? Pour qu'échoue et triomphe la vertu des promesses, sa récompense bénie. Cette bague, un colifichet de bazar, à milliers d'exemplaires vendus dans des boutiques de Hongrie au siècle dernier, qu'Agota avait pu garder, pour quel souvenir, et donner à Gabrielle, et Gabrielle à elle, et Jos à elle ! Parce qu'il lui appartenait. Il lui revenait, soustrait sans scrupule à l'héritage de cette femme indifférente, usée de malheur, à ces inconnus tous morts vers qui tendait la pensée d'agonie d'un garçon perdu à des milliers de kilomètres, oh comme il avait bien fait d'exiger d'elle la promesse, Jos chéri, mon ami, mon ange !

Camille avait mille raisons d'être gaie ce soir, de chasser l'odieuse image d'István, la contagion délétère de ses dents gâtées et de son souffle empuanti et, vite déshabillée, de se glisser avec la bouillotte d'Erika dans le lit, avant que Magda n'éteigne la lampe, de lui envoyer des baisers.

Elles avaient passé trois jours merveilleux aux environs de Vác, dans la maison de campagne qu'occupait la grand-mère, depuis que le grand domaine patrimonial d'Ottilia avait été vendu. La noble dame n'avait connu que les hautes sphères d'une classe féodale maintenant les paysans à l'état de serfs ; la domesticité pléthorique, le luxe et ses privilèges, les voyages dans les grandes villes d'Europe, les palaces d'Italie, de Grèce, mais elle s'accommodait avec une dignité princière des trois pièces d'une ferme que d'anciens métayers lui cédaient, par respect pour sa puissance passée, ou par servilité atavique, selon qu'on l'envisage ; ils la fournissaient en œufs et lait, en pain, lavaient son linge : je suis *heureuse comme le bon Dieu en*

France, prétendait-elle, elle qui parlait mieux allemand que hongrois. István la méprisait pour cette résignation scandaleuse à sa décadence, sénile à ses yeux. Sourde au destin de sa famille comme de toute la société, aux bruits divers qui pouvaient en venir : aucun ne devait perturber sa tranquillité de vieille dame. Ni les délires de Teresa, les lubies de son fils relieur, le sort de ses petits-enfants, et celui de la parentèle perdue de vue, ni le naufrage général du siècle. Elle avait sa Bible pour seule information, ses promenades au verger et le chant des coqs pour réveille-matin. D'une abstinence d'ermite, fuyant toute conversation un peu avancée, hormis celles concernant les dispositions de sa vie frugale, elle affichait une sérénité de sainte ; seulement charmée de cette jeunesse qui s'entassait dans la même chambre et partait tout le jour en promenades. En bande, elles étaient allées à pied à Vác, entre les congères sur la route gelée, avaient traversé le bras du Danube en bac, éblouies sous le soleil par ses berges rousses, les plaques de neige miroitantes. L'été dernier, les sœurs étaient venues là canoter et se baigner ! Le temps de boire un petit verre de *pâlinka* dans un café, elles retraversaient, traînaient dans les rues désertes du bourg endormi, entraient dans les épiceries pauvres qui sentent le paprika et le genièvre, le salami, dans la boulangerie quand sortent du four les pains de pavot torsadés, regardaient un long temps le bourrelier réparer un harnais... On vivait ici comme au siècle dernier, cette paysannerie de province à mille lieues des agitations de la grande ville. Mais ne te fais pas d'illusion, disait Magda, ils sont archaïques et réactionnaires. Elles revenaient par la même route, les joues et le nez rougis de froid. Le lendemain, elles étaient allées voir Teresa à Vácrácót, la belle *contessa* définitivement réfugiée dans son institution de santé, recluse dans sa névrose éruptive. Couverte de lésions bienheureuses, extatique et soumise aux traitements qu'elle réclamait comme faveurs, prodigue à les déjouer par de nouveaux symptômes, avec cette ruse des démences douces, et le Dr Ferenczi, qui ne venait que de temps en temps de Budapest, laissait des diagnostics favorables ! Camille redoutait cette épreuve, mais les sœurs et leur mère étaient rompues à l'enjouement des visites, dans la chambre coquette elles rivalisaient de puérilité, babil bénin, régressant à l'enfance pour satisfaire leur mère qui, dans ses gazes huilées de camphre – elle empestait le camphre –, gardait son altier maintien, sa beauté mélancolique, une automate fascinée par la souffrance qu'elle domestiquait à sa manière... Notre mère est l'icône de la Hongrie, plaisantait Magda en rentrant, et ses sœurs la grondaient. Le soir, la nuit tombe tôt, elles laissaient grand-mère à ses lectures pieuses, à ses silences, et les pieds collés au poêle de faïence, qui fume et empeste, elles se régalaient d'une boule de fromage aigre toute chaude, avec de la crème et de la cannelle, devisaient de futilités, si loin de tout…

Mais la nuit du Premier de l'an, une fois couchée la vieille dame, elles étaient sorties faire ce pour quoi elles étaient venues, sans se le dire vraiment, elles n'avaient pas besoin de délibérer. Enfilant manteaux, grosses chaussures, écharpes et bonnets, elles s'étaient glissées dehors pour suivre le chemin craquant de neige glacée qui conduit à Ottilia, à la barrière du domaine perdu. Deux kilomètres dans l'obscurité, mais Magda porte la lanterne, dont le halo jaune éclaire leurs pieds ; pas le talus, ni les buissons gelés, ni la campagne noire autour, nuit noire, sans étoiles, sans lune. Pressées, elles marchent, se tenant du bras, silencieuses, peu à peu gagnées par le froid de cette dernière nuit de l'année, hâtant le pas, soufflant devant elles la buée de leur haleine, et plus elles avançaient plus le voile épais des ténèbres les enveloppait hors du temps. C'était comme si elles revenaient à la maison après une longue promenade de toute la journée, une longue journée d'absence et que, rendues à la barrière d'Ottilia, elles arrivaient chez elles ; entre les branches dépouillées du parc la grande demeure les attendait, ses fenêtres allumées brillantes et jaunes. Elles n'écoutèrent que leur courage pour approcher, davantage qu'elles ne le croyaient, se faufilant entre les arbres jusqu'à voir la véranda vitrée et ses trois marches de bois inégales, ployées dans leur milieu par tant de pas, usées de tant de semelles. Alors c'était vraiment comme si elles étaient parties du matin même. Les lampes veillent derrière les croisées du grand salon, à la salle de jeu, à l'étage, la chambre de maman ; et la grande pompe est toujours là, emmaillotée de paille, le bassin dont l'eau est prise, et sa fontaine en fausse rocaille où des pendeloques de glace scintillent… Mais elles ne pouvaient avancer davantage sans rompre le charme, un pas de plus et le mirage se dissout. Elles savaient bien qu'au-delà les lampes n'étaient plus les leurs, la pompe non plus, ni la salle de jeu, ni rien de leur enfance, la moiteur des étés, le souffle brûlant de la paille envolée, les greniers ombreux où l'on se faisait peur, te souviens-tu des chauves-souris sous la charpente, te souviens-tu des fantômes, Magda ? Sans se consulter, elles s'éloignaient pas à pas, à reculons regardaient s'amenuiser entre les branches d'hiver l'image lumineuse de la maison, se tenant de la main, du bras, accrochées les unes aux autres et tremblantes du même sentiment que rien ne déshonore la vue, ne la profane ou ne l'insulte de lui donner à voir ce qui n'existe plus, chaque atome de silence rajouté à l'autre parachève le don ou le vol du souvenir, alors elles tournèrent les talons et s'enfuirent. Elles rentrèrent au pas de course, grelottant de froid sur le chemin où leurs pas foulaient la réalité, la piétinaient et l'écrasaient, ce froissement sourd de la neige, un soulagement. Alors, seulement une fois rendues sur le seuil de la ferme, hors d'haleine, elles s'embrassèrent follement : bonne année Yolie, *boldog új évet* Magda, Camille, Sabeth, bonne année !…

Il y eut au retour de Vác une semaine de bonheur, derniers jours d'une plénitude scandaleuse dont plus tard Camille chercherait à se remémorer les mille détails. L'éloignement de Simon irritait et exaltait son attente du retour, son rêve sensuel la dédoublait en une créature nouvelle, elle souffrait et jouissait de muer en cet être inconnu qu'ils formaient, dont l'existence donnait à toutes choses pensées, vues et senties une intensité exténuante comme s'il les éprouvait à travers elle ou elle à travers lui… Ainsi lui destinait-elle, fervente, la vibration d'un rai de soleil au plafond de sa chambre, les bruits de lessiveuse dans la cuisine où Erika faisait bouillir le linge, la flexion de la main de Magda rythmant ses paroles pendant son cours à l'université où elle l'accompagnait, son regard lumineux levé vers le ciel de neige ; et les hangars, les entrepôts en chantier sur les quais du Danube en plein aménagement, brique et béton, pavés, traverses de fer, matériaux bruts sous les flocons légers d'une féerie bouleversante ; le goût épicé du café turc au zinc d'un café du Marché central, les amoncellements de cosses de paprika, les auges de choucroute, les fûts à cornichons, les groupes de paysannes autour d'un brasero, la neige durcie sous ses semelles, l'enchantement lui en était dédié… Comme il aimerait la nuque penchée de Yolie sur les dictées de solfège corrigées sur la table, la chanson de la bouilloire, l'impatience des chiens, jusqu'à l'odeur de colle que Sandór portait dans ses vêtements… Tant de sensations, de visions ordinaires éprouvées dans l'extase bienheureuse, chacune un trésor unique et dilapidé, dans quelle étourderie criminelle, quelle affreuse inconscience était-elle alors de ce qui se préparait…

En ce début d'après-midi, elle était rentrée tôt, de petites courses en prévision de son départ, deux jours plus tard, croyant trouver la maison vide : Magda avait expédié Erika à la clinique ophtalmologique de la rue Maria, pour contrecarrer une initiative importune d'István ; celle-ci devait patienter dans une longue file d'attente… Sandór était absent par exception, sorti s'approvisionner en cuir chez un lointain maroquinier de Józsefváros, Yolie à son école de musique et Sabeth à sa banque. Camille se promettait un thé bouillant pour se réchauffer dans l'appartement humide et froid mais, du seuil, elle avait vu Magda, blême, au milieu du salon. Debout telle une statue du malheur, dominant István vautré sur le canapé, son long corps effondré dans une pose enfantine et grotesque, leur groupe immobile dans un silence oppressant de tombeau. Les voisins avaient disparu, déménagé comme István l'avait annoncé. Mais ce n'était pas tant le silence de l'immeuble qui l'avait saisie, que celui de Magda. Il semblait émaner d'elle et se propager, conférer à l'espace et aux choses sa qualité d'inconditionnel, implacable verdict, aux lèvres le mépris d'une Athéna sortie tout armée de son Olympe. A l'interrogation muette de Camille, à sa mimique inquiète, elle avait répondu par un geste étrange, sa main ramenée violemment de l'oreille à la taille, la hache dont un bourreau tranche l'air avant de décoller une tête et, sans un mot, elle désignait du menton une mallette noire posée sur la table. Sans se soucier du bruit, faisant claquer les serrures, un fracas dans ce silence, elle l'ouvrait. Mon Dieu ! Ces liasses de billets de banque couchées dans la mallette, vertes, bleues, orange ! Que Magda feuilletait d'un doigt sec. Des coupures autrichiennes, des pingös, des roubles, des marks en petits paquets tenus par une langue de papier. Elle planta son regard dans celui de Camille, l'y vrilla longuement, cherchant quelque chose qu'elle sondait, appréhendait, si véhément regard de prescription que la jeune fille, ainsi ouverte et traversée, perdait toute pensée, éperdument suspendue à lui. Camille avait-elle jamais vu autant d'argent ? Sidérée par la vue des billets, par la portée de leur découverte, elle pressentait, sans rien en discerner, le ravage en cours dans les pensées de son amie, dont le regard fixe ne la quittait pas. Magda claqua le couvercle.

— Caisse noire. Butin de sa société secrète. Assassins. J'ignore les taux de change. Au moins un demi-million. Une fortune.

Sa voix franchissait à peine ses lèvres livides, méconnaissable. Elle eut une sorte de faiblesse, chancela, se retint à la table.

— J'ai réfléchi. C'est réfléchi… Il en mourra. Ils le tueront.

— Que veux-tu faire, Magda ? Magda !

— Il est mort. Touche-le, secoue-le donc ! Il ne bougera pas d'ici quarante-huit heures.

— Jetons-le dehors. Portons-le sur le trottoir, gémit Camille, effrayée par la pâleur de la jeune femme, convaincue qu'il fallait d'abord ôter István de sa vue.

— Nous avons quarante-huit heures devant nous. Es-tu avec moi ? Le feras-tu ?

— Que veux-tu que je fasse ? Je le fais avec toi !

Cette adhésion aveugle la devançait, comme l'absolu consentement au premier regard échangé, entre deux cabines de bain. A cette hauteur d'enfance, la promesse ou le vœu muet, quelque chose de neuf s'annonce, une entrée en matière bouleversante. La liberté d'un amour qu'aucun ne disputera.

— Je suis avec toi.

— Je connais des gens qui sauront quoi faire de cet argent, ils en ont besoin. Je ne peux pas rester ici, regarder cet argent dormir avec lui. Fermer les yeux comme si de rien n'était et le laisser repartir avec quand il daignera se réveiller. Maintenant que je sais, tant pis pour lui. Je ne devais pas ouvrir la mallette. C'est fait. Je ne peux faire que je ne sache pas. Je veux lui voler cet argent. Entends-tu ? Je veux prendre l'argent et partir. Partons, Camille.

Camille entendait, mais l'énormité n'atteignait pas son cerveau. Voler ? Voler et partir ?

— Je ne peux le donner à mes amis du Kimsz. Ils sont surveillés, fichés. Certains persécutés, emprisonnés. La police les connaît, ils seraient immédiatement arrêtés, moi avec. Personne ici à qui livrer sûrement cet argent. Je dois aller à Berlin. Pour la résistance au fascisme. C'est à cela qu'il doit servir. C'est juste.

Elle ne réfléchissait plus, son plan déjà arrêté avant que Camille ne rentre, dans les quelques minutes où elle était restée seule devant István. Seule ! Un concours unique de circonstances, tous absents…

— Il faut partir tout de suite. Je ne peux te laisser derrière moi, avec István sur les bras. Partir seule me dénonce. Je ne peux partir que si tu pars avec moi. Cela va être terrible, ici. Ils le tueront. Il est fou. Un malade. Il dort. J'ai quarante-huit heures pour être le plus loin possible. Pars-tu ?

Partir tout de suite, dans l'instant ?

— Ton père… Yolie et Sabeth ? Erika ? Que feront-ils d'István ? A son réveil…

Magda prit une longue inspiration. C'en était fini des spéculations, il fallait poser le premier geste, quitter l'immobilité et agir.

— Personne ne le sait ici, que nous deux. Faisons-le disparaître avant qu'ils ne rentrent… Pas dans la rue, on le trouvera tout de suite. Descendons-le dans l'appartement des Worki. J'ai leur clé. Aide-moi !…

Camille eut un regard d'effroi, allant de Magda à l'individu sans visage affalé à plat ventre sur le canapé, aussi immobile qu'un mort. Elle distinguait enfin la visée de son amie, que rien ne semblait plus pouvoir arrêter à présent.

— Ce soir, nous annonçons à papa, à mes sœurs, que tu pars demain. Tu avances ton départ et je t'accompagne jusqu'à Vienne, un petit séjour chez tante Lottie. C'est plausible. Toi, tu rentreras à Paris. J'irai à Berlin porter l'argent. Au retour, je verrai…

— Avant ton retour, il se réveillera…

— Pas avant deux jours. Sur le plancher d'un appartement inconnu. Il ne se souviendra plus, ou si mal que c'est pareil, comment il a échoué là… Le temps qu'il réalise, malade, la tête brouillée. Ensuite, il aura trop peur. Il sera terrorisé à l'idée d'avoir égaré, qu'on lui ait volé… J'ai réfléchi. Camille. Prends ta décision : es-tu avec moi ? Le feras-tu ?

Elles le firent, d'une hâte lente qui donnait à chaque geste son poids de fatalité. Une fois le premier accompli, l'un après l'autre, chacun interdisait de reculer. C'était un poids très lourd, le grand corps inerte. Le temps était compté, de l'acte qu'elle accomplissait. Méthodiques, résolues. Elles le faisaient. A tout instant, la porte pouvait s'ouvrir, en bas. Leur cœur ne battait pas, il était insensible. C'était lent et pénible dans l'escalier, dans le désert de l'après-midi, le silence de l'immeuble. Elles le laissèrent étendu, inconscient ; loin des fenêtres d'où l'on pourrait le voir, depuis les appartements d'en face. Son sommeil torpide. Ce n'était pas István, ce cadavre ignoble. Il n'avait pas été un frère, un enfant au bord de la lagune. Il était un ennemi sans identité, ses dents étaient gâtées. Il leur voulait un mal sans nom. Il ne leur voulait pas de mal, il était le mal, une incarnation ordinaire qui va par les rues, son flot est intarissable. L'haleine de sa bouche, hostile. L'hiver traversait la Hongrie. Elles vidaient l'argent de la mallette, le fourraient en tas sous le lit de Magda. Elles redescendaient, déposaient la mallette vide près de lui, couché sur le plancher nu d'un appartement vide. Il y avait encore la trace des tapis, le bois était plus terne à leur endroit. Des traces de cadres aux murs, la place était plus pâle. La lumière tombait à l'oblique par les fenêtres nues, elle était grise et froide. Une odeur stagnait, d'ancien ragoût, d'évier. Le corps à leurs pieds ne respire pas, son thorax ne se soulève pas. Magda tire sa paupière, découvre le globe vitreux, renversé. Un peu de salive sourd à sa lèvre. Une beauté diabolique, sa laideur est immense. Il est perdu. Elles ferment l'appartement. Pas à clé, cela dénonce. Elles jettent la clé dans le trou des cabinets, sur le palier. Elles rentrent.

Ensuite, c'était simple de ranger les coupures bien à plat au fond du sac de voyage, d'assujettir à points serrés une pièce de toile cirée à la doublure, de ranger le nécessaire de couture de Sabeth. Magda faisait bouillir de l'eau, elles prenaient le thé au coin de la table quand Yolie rentrait, puis Erika. Erika réchauffait un reste de *gulyás*. Elle n'avait pas pu passer, à la consultation trop de monde ; elle y retournerait demain matin prendre son tour. Sandór, enchanté, avait négocié des vélins anciens à moitié prix. Avec la remise, il s'était acheté du tabac. Sabeth avait les yeux rouges : Kolia vivait avec une autre femme, dans le quartier. Camille mettait le couvert. Camille disposait les fourchettes et les couteaux bien droits, de chaque côté de leur assiette. Magda feuilletait le journal que Camille avait acheté en rentrant. Le premier ministre Duca abattu à la gare de Sinaia, le 29 décembre. "Une juste vengeance de la Garde de fer." La milice fasciste de Corneliu Codreanu, interdite par le gouvernement roumain, au début de ce mois… En France, un scandale : un directeur de banque arrêté à Bayonne, son maire complice, faux bons de caisse, spéculations frauduleuses, un escroc en fuite. Un certain Sacha Stavisky, juif russe, racaille interlope… Ces choses irréelles importent peu quand sous le plancher dont les lames s'enfoncent et grincent au moindre pas, dans l'obscurité et le froid de l'appartement des Worki, à la lumière blafarde d'un réverbère, un homme dort de sommeil narcotique. Magda annonçait d'un ton naturel la décision de Camille d'avancer son retour, le sien de l'accompagner jusqu'à Vienne. Pressé de se retirer dans son atelier, Sandór ne levait pas le nez de son assiette, Sabeth pleurait dans la sienne. Yolie seule déplorait ce départ, mais tante Lottie serait si contente de les voir. Alors, puisque c'est le dernier soir, ouvrons une bouteille de tokay ! Il n'y en avait plus une seule, et Yolie querellait Erika de l'avoir bue. Une accusation injuste dont la bonne pleurait, et elles s'embrassaient dans la cuisine, tant pis pour le tokay… Ensuite, elles étaient dans leur chambre et faisaient leur bagage. Magda un sac léger, plombé par son double fond. Camille le sien, pas beaucoup plus gros. En silence.

A dix heures du matin, elles débarquèrent de l'autorail Árpád. Un si court voyage depuis la gare nocturne de Nyugati que Vienne semblait une banlieue proche de Budapest, dangereusement proche, et non la grande ville d'un pays étranger, dans le piémont des Alpes autrichiennes. Elles avaient passé la frontière sans encombre, les douaniers mal réveillés étaient peu enclins à inspecter les voyageurs somnolents de cette ligne très fréquentée, un trajet familier aux commerçants, bourgeoises, intellectuels et étudiants des deux capitales. Sous ce jour maussade, malveillant, qui s'était levé vers Györ sans découvrir la campagne et les lacs noyés de brouillard, la gare de Vienne semblait crasseuse, son carrelage poissé d'humidité ; des mendiants dormaient sur les bancs. Le vent hivernal s'engouffrait des quais dans le hall où elles se retrouvaient, écrasées de fatigue, et la journée commençait à peine ! Levées dès avant le jour, elles avaient quitté l'immeuble sans réveiller personne, étaient passées sans un frisson devant la porte des Worki ; mais ensuite, frileuses, évitant de croiser le regard des premiers passants, elles avaient marché vite dans les rues désertes jusqu'à la gare proche, inquiètes, fuyant comme des voleuses qu'elles étaient. Une fois installées dans l'autorail, la tension s'était relâchée. Cela se réalisait, tout se passait sans encombre, d'une facilité déroutante. De leur départ, dont elle n'imaginait pas, alors, où il les conduirait, Camille avait le souvenir comme d'un de ces rêves qu'on fait en se disant qu'on fait un rêve, dont on laisse le scénario se dérouler sans être dupe de sa fiction, dans l'illusion la plus totale quant à la lucidité qui y préside, et c'était dans cet état d'euphorie artificielle qu'elles avaient discuté du projet de Magda, à voix basse, loin du dormeur le plus proche que secouaient les cahots du train.

Non, elles ne regrettaient rien, elles ne revenaient pas là-dessus. Si la nuit porte conseil, dans sa brièveté celle-ci leur avait donné quitus pour ce qu'elles entreprenaient. Elles descendraient chez tante Lottie, pour donner ne serait-ce qu'un semblant de vérité au voyage de Magda. Demain, celle-ci prendrait le train de Berlin, et Camille le sien vers Paris. Une journée de séjour, et elles se quitteraient. Sur la suite, Magda restait réservée. Camille en était malheureuse mais respectait son silence, tout cela était trop lourd de conséquences. Elle n'osait pas poser de questions sur les gens clandestins à qui Magda destinait le magot des Croix fléchées, ses amis berlinois, qui en feraient le meilleur usage par le détournement ironique de sa destination. A ses yeux, Magda était grandie par cet acte ; loin de lui paraître insensé celui-ci s'accordait à ce qu'elle savait d'elle, à tout ce qu'elle avait montré de courage et d'engagement. Jusqu'à condamner István, avec quelle inflexible rigueur, au sort qu'il méritait, disait-elle, son visage empreint de mépris. Aussi bien, ces billets sont des faux. István a commencé par là. Il a travaillé quelque temps à l'imprimerie des monnaies, on se demandait pourquoi il avait pris un emploi, lui qui ne vivait que de loisir ! Pour mieux s'acoquiner avec la bande de Schultze, l'envoyé d'Hitler à Budapest. Dans les caves de l'Institut national de géographie, au vu et au su de tous, de Teleki et sa police complice, ils fabriquaient de fausses coupures françaises pour les corps francs irrédentistes de Tchécoslovaquie en lutte contre la France, coupable des accords de Trianon. Scandale étouffé, condamnations de principe, quelque témoin gênant empoisonné après un thé chez Gömbös ; István avait été amnistié dès 1928. Ces machines à imprimer ont bien tourné, elles tournent sans doute encore : nous avons une vieille tradition de faux monnayeur, depuis le prince Patate... Ainsi surnommait-on l'aventurier Windischgrätz, un de ces héros dont notre Hongrie a le génie... Camille se perdait dans ces histoires qu'évoquait Magda, les joues rougies de fièvre, pleine d'amertume et de colère.

— Mais à mon avis, ce sont de vrais billets. Ou alors fameusement bien imités. Ils sont sales, usagés. Dieu sait d'où les tient István, à qui il les a pris, à quoi lui et ses amis les destinaient... Ils ne lui pardonneront pas de s'être laissé dévaliser, ils ne croiront pas un mot de son histoire. Entre eux, ils sont aussi féroces qu'envers leurs adversaires. Il ne t'appellera plus *palacsinta*, Camille...

Elles descendirent du taxi sur Josefstadt, un bizarre tacot avec sa haute toiture démodée, et sonnèrent chez tante Lottie, dont la bonne, ouvrant sa porte, s'ébahit, yeux d'escargot. Mais déjà tante Lottie surgissait, alertée par cette invasion matinale, encore en robe de chambre, un fichu de dentelle sur ses cheveux gris. D'où sortaient-elles, ces deux filles gelées, la mine de papier mâché ? Court-on les rues, dès potron-minet ? Il faisait chez elle une chaleur suffocante, comme les vieilles personnes s'en protègent, jamais assez chaud pour résister aux atteintes de l'hiver, cette saison qui étiole et prépare à la tombe. Longtemps, elle avait passé l'hiver sur la côte italienne, dans un hôtel charmant d'Amalfi où elle avait ses habitudes, mais la crise, ses dividendes menacés, elle était devenue économe. Magda aimait tellement cette aînée de sa mère, son contraire absolu ! Certes moins bien dotée par la nature, une tête de jument qu'elle tenait de leur père, un vieil officier de François-Joseph. Mais un archétype de la fin du siècle dernier, instruite, férue de littérature, amoureuse de l'ancienne Vienne, joyeuse et avide de plaisirs, d'humeur frondeuse, avait-elle pourtant connu des revers ! Autant que sa sœur, mais elle en tirait une philosophie d'inaltérable optimisme. Contre l'avis de sa famille épousant un obscur compositeur sûr de ses talents, trop esthète pour convaincre les milieux viennois entichés alors de valseurs frivoles, elle avait donc quitté Vienne avec lui. Ils avaient tenté Trieste, puis Milan, enfin Gênes, où ils s'embarquaient pour Sydney. La photographie trônait du compositeur incompris : son heure de gloire, dirigeant l'orchestre philharmonique de Sydney. Mais leur maison avait brûlé, il était mort dans l'incendie. Rentrant à Vienne, inconsolable de ce génial mari, elle rencontrait sur le vapeur Cianocescu, homme d'affaires influent, de mèche avec un ancien député anglais qui, se relevant d'une faillite retentissante, lançait un programme d'exploitation pétrolifère en Roumanie et en Galicie, projet faramineux soutenu par les princes Radziwill et Lobkowitz, grands seigneurs. Mais ce Trebitsch, qui menait grand train à Bucarest sans beaucoup trouver de pétrole, déposait son bilan pendant la guerre des Balkans, et Lottie, son mari Cianocescu en fuite, revenait à Vienne consoler son infortune auprès d'un banquier du double de son âge, qui menait tambour battant son divorce, et l'enlevait dans ses voyages à Montréal, à Vancouver et Tokyo. Elle avait couru le monde jusqu'à le perdre en mer d'Egée, lors d'une imprudence en croisière, une hydrocution fatale. De ses aventures, elle ne s'étonnait pas, ni de vivre à présent en petite rentière sur Josefstadt, au milieu de ses calorifères, dans ce quartier où tout le monde était triste, méfiant et de mauvaise humeur. Ils s'ennuient sous leurs lambris et leurs ors, leur baroque tardif s'est fini en rococo, une *dégoûtation*... Elle piquait son allemand de mots français insolites, par coquetterie, pour plaire à Camille.

Elles avaient déjeuné d'un gigot d'agneau à la confiture d'airelles, et d'un dessert de pâtisseries que tante Lottie avait envoyé sa bonne chercher chez Sacher. Un plateau à s'étouffer de sucreries, chocolats à l'abricot, granité aux griottes, dont tante Lottie se gavait sans vergogne, contristée qu'elles lui fassent si peu honneur. Mais Magda ni Camille n'étaient en appétit, elles brûlaient de se retirer enfin dans leur chambre, au prétexte d'une sieste que commandait leur voyage matinal. Adepte de ce repos postprandial, la vieille dame les avait laissées, et c'est dans la petite chambre, une boîte à bonbons à rideaux volantés d'organdi derrière lesquels tombait la pluie glacée, que tout s'était décidé.

— Je vais avec toi à Berlin, déclarait Camille.

Elle y pensait depuis le voyage en autorail, ne se l'était pas dit à elle-même, mais c'était dit à présent. Aux protestations farouches de Magda, à son refus catégorique, elle avait opposé ses raisons pratiques et morales. D'abord que cette cachette au fond de son sac était une faible idée. N'importe quelle fouille un peu sérieuse la découvrirait. Magda était-elle si naïve pour croire qu'aucun contrôle n'en viendrait à bout ? Elle avait une bien meilleure idée là-dessus. Ensuite cette somme était telle qu'elles gagnaient en prudence de la partager, chacune une moitié. Ensuite, elle avait accepté de porter István chez les Worki, de faire cette chose juste, mais cruelle, et peut-être criminelle, de voler avec elle l'argent infect des fascistes. S'imaginait-elle qu'elle rentrerait à Paris bien tranquillement et la laisserait seule courir tous les risques ? Enfin n'était-il pas très habile de la prendre pour prétexte d'un voyage touristique : une amie américaine, à qui elle faisait découvrir Berlin ? En sa compagnie, elle serait bien moins suspecte aux douaniers et aux polices. Elle aurait un bon alibi pour se promener dans la ville, au lieu de s'y déplacer en fraude. Et puis, disait-elle, sentant faiblir les objections de Magda, pour qui la prenait-elle, à la fin ? Elle avait pris sa part de responsabilité jusque-là, accepté le danger, et à présent, elle la renvoyait dans ses foyers, comme une gamine encombrante ? Elle était son amie, et d'accord sur tout. Depuis que je t'ai rencontrée, entre les deux cabines de bains, je suis ton amie. Te souviens-tu, Magda ?

Il y eut un moment d'égarement, d'émotion ridicule. Aux bras l'une de l'autre étreintes, elles étouffaient leurs larmes, ou leurs rires, alors, quelle est ton idée ?

— Coudre ces billets dans la doublure de nos manteaux, le long de l'ourlet. L'étoffe est épaisse, son ampleur dissimulera leur volume ainsi réparti sur toute la largeur : nous les porterons sur nous et pas dans des bagages, qui peuvent se perdre ou se confisquer…

Trouver des ciseaux, du fil, des aiguilles, la bonne s'en chargea, et la sieste dura assez pour réaliser ce travail de couture inédit. Piquer dans le papier-monnaie leur déchirait les doigts, cinq épaisseurs à la fois, à gros points solides, les liasses se recouvrant telles les tuiles d'un toit, bien assujetties à l'étoffe de laine, épousant le repli de l'ourlet, la doublure recousue, cette fois à petits points, et l'étoffe malaxée, travaillée, pour que la raideur du papier se fonde au naturel de la laine : sur leurs épaules les manteaux allaient parfaitement, un peu plombés par cet excédent. Elles avaient manipulé tout cet argent sans émoi, une fortune pareille pas plus bouleversante que du papier journal, et pourtant que de choses en dépendaient ! Au final, invisible vraiment, un million se subtilisait comme le prestidigitateur son lapin. Magda embrassait Camille, bluffée par son imagination, son idée ingénieuse, subtile, simplissime. Bravo, camarade, jubilait-elle. Que serais-je sans toi ! Où as-tu appris la couture ? Avec Jos, sur les routes. Et aussi, à ressemeler mes chaussures avec un bout de pneu, à écrire à la machine avec deux doigts et à faire des nœuds de marin. J'ai aussi appris le judo, des rudiments.

— Seulement, encore une chose, Camille, disait Magda, prise d'une crainte irrépressible, soudain grave : si nous avons des ennuis, s'il nous arrive d'être séparées… Si nous tombons entre les mains de la police allemande, il faudra savoir te taire. Il faudra oublier tout ce que tu sais. Des vies sont en jeu, ajouta-t-elle, presque honteuse de ces mots.

La nuit tombait, à peine quatre heures et déjà le jour faible s'évanouissait. C'était facile, près de la petite lampe rose, dans la bonbonnière de tante Lottie, de dire qu'elle n'avait aucune mémoire, plus étourdie qu'elle il n'y avait, une vraie tête de linotte. Tellement tête de linotte qu'elle ne pensa aux siens que tard dans la nuit, réveillée par la clochette aigre d'un mendiant, ou les coups d'une horloge à un clocher, ou bien c'étaient d'étranges échos de gong résonnant par la ville enténébrée. Elle pensa à Pierre et Gabrielle, à Simon par-dessus tout. Simon, qui la fit se dresser assise sur le lit. Il ignorait, ils ignoraient tous où elle était, ce qu'elle faisait, avait décidé de faire. Pour se mériter et mériter leur amour. Pour être à hauteur de ce qu'elle attendait d'elle-même, loyale envers ce qu'elle commençait de comprendre du monde, que Magda lui découvrait. Envers Jos, qui lui montrait la direction. Ils l'ignoreraient, décidait-elle, le cœur palpitant, déchirée d'angoisse et de remords. Ils ne devaient rien en savoir, ni maintenant ni plus tard. La petite bague bleue passée à son doigt, elle traversait un pont dangereux, déjà engagée, déjà trop avancée entre les deux rives et suspendue au-dessus d'un vertige d'eaux noires, dont les remous torrentueux et visqueux grondaient et, de l'autre côté, l'attendaient des fantômes qu'elle seule avait à affronter, et non, ils ne lui faisaient pas peur, non.

XVI

En voilà, des personnes distinguées, qui d'une dent croquent trois petits fours dans la soirée sans une miette sur le rouge à lèvres. Quand on est de la haute, on ne se jette pas sur le buffet, glouton, à ruminer comme vache, écluser comme Polonais, savoir-vivre, un art qui se travaille au mental : quand on n'en est pas, poussée dans une cuisine, le tout est de bien reluquer pour faucher les manières. Singe, une seconde nature. Mes petites guenons, je vous mange dans la main, demain je vous la dévore. Derrière vos façades, je sais les grues que vous êtes. Vous voulez plaire, séduire, appâter ? J'escamote vos bourrelets, vos excédents mammaires et vos fesses plates. Vous serez toutes mes débitrices, je vous adore. Pauline savourait son plaisir, glissait, serpentine, entre les groupes de belles dames, ses fidèles, ses futures clientes, qui quitteraient les salons de Mlle Chanel pour fréquenter sa boutique. Pour une fois, Léon se tenait bien. S'il torchait les verres, c'était en galant, une grâce de Cosaque acclimaté. Elles lui trouvaient toutes un charme fou d'avoir fouetté ses moujiks ; sa nourrice kirghize excitait l'imagination… Chintz blanc, acajou, moquette bleu nuit, lampes Tiffany, tout ce qu'elle voulait, d'un raffinement à bluffer les dindes. Qui se pavanaient, roucoulaient. Ah ! les délicieux modèles exposés sur mannequins de toile… Ligne de printemps, exclusivités de la maison *Mlle Pauline* : robes du soir en faille, en gros de Naples très simple devant, derrière en coquilles gros nœud, je masque le popotin ; fourreaux de soie, de crêpe, très légers, un nuage ; bien doublés d'une taille au-dessous, ça vous tient le petit boudin du ventre : les corsets en maille n'y suffisent pas. La combinaison pantalon à jambes larges, il faut être un fil pour porter ça… Une robe, une seule, à profond décolleté en V, vertigineux sur les reins, juste pour faire rêver les clientes : elles ont rarement la plastique qui va avec, elles n'achèteront pas mais, titillées, se rabattront sur les modèles plus réalistes que propose Mlle Pauline. Pour l'après-midi, tailleurs en laines pied-de-poule et ratine, grain de poudre, jupe de pongé et veste doublée de marceline douillette, cosy, cols et poignets de lustrine, très Colette écolière. Un principe : décliner le modèle en étoffe, on ne dit pas à bon marché, on dit : pratique. La crise essore les portefeuilles. A défaut de soie, le satin fait son effet ; la feutrine aussi : passementée, elle est très coquette. Celles qui quittent Coco pour ma boutique, ce sont les frustrées qui vont se rincer l'œil chez elle, sans pouvoir acheter. Ici, c'est à votre portée, mes poulettes. Mais le secret de tout cela, l'astuce vraiment géniale : le biais ! La fluidité élastique du biais, fauché à Coco. Il n'y a pas brevet, ma belle. Le seyant du biais qui épouse et drape, dissimule, allonge, dont l'oblique se façonne à volonté, surtout s'il joue du bicolore, camaïeu de gris, de vert. L'astuce du jeu optique, empruntée à Vionnet. L'émeraude et l'anis de ce boléro, un bijou. Crêpon de deuxième qualité, mais l'effet ! Et puis, l'accessoire, qu'on se casse la tête à assortir, en courant aux *Galeries Lafayette*. Ils vous proposent leur photomaton, pour voir si ça va... Ici chapeau et ganterie disponibles, voyez les miroirs de nos cabines d'essayage. Le chapeau : une modiste de Belleville, chassée de chez Chanel pour son langage de charretière ; celle-là, le savoir-vivre... Mais une artiste ! Elle vous travaille le feutre vulgaire au fer comme du beurre, le modelé, la touche mutine. Du masculin féminisé, comme les vraies femmes en rêvent. Les autres, les lesbiennes, vont se faire tailler des costumes chez les hommes, grand bien leur fasse. Ici, on est correct. On ne fréquente pas le *Colombin*, ce salon de thé mal famé du Mont-Thabor, on ne traîne pas rue de Rivoli, au bar du Wagram... Le gant ? Un petit pelletier de Millau, la crème de province, chevreau fin à boutons dorés, mais il ne crache pas sur la suédine : il la façonne comme du vélin, le chic que ça prend ! Voilà, mes belles, rêvez, bavez, je m'ajuste à votre porte-monnaie, par ici les billets.

Mais ce soir, on ne vend pas, on n'est pas dans ces bassesses. Ce soir, c'est gratuit : petits fours et champagne, inauguration de ma boutique, rue Saint-Benoît. Mon rêve réalisé, le but de toute ma vie, mon soir d'Austerlitz à moi. Léon, ne te fais pas d'illusions, mon mignon. Tes icônes t'ont rapporté assez gros pour que tu sois généreux avec moi mais n'attends pas, par-dessus le marché, remboursement du capital et des intérêts. Je me suis donné trop de mal avec M. Amedeo, ce truand. Il paie rubis sur l'ongle, mais il s'est ramassé un de ces magots sur ton dos ! Tu touches ta part, elle est confortable, contente-t'en, il ferait beau voir. Non seulement, elle paie tes dettes, mais aussi ma boutique.

De quoi le peuple se plaint-il ? Si M. Amedeo ramasse presque autant que toi, à ton nez et à ta moustache, tu n'as qu'à mieux te tenir au courant du marché parallèle... Les émigrés sont des pommes. Avant d'être au parfum du business, ils sont raclés comme carottes. Sauf les juifs : c'est génétique, dit Corrèze. Ce Stavisky, dans son genre un artiste, quand même... Chapeau. Tu es marron, Léon. Et pour bibi : bon rapport, M. Amedeo me consent du pas mal pour cent. Avec des petites privautés désagréables en prime... Ce souvenir des gâteries, Pauline le mettait dans sa poche, il faut savoir ce qu'on veut dans la vie, mais elle en voulait à Léon de ce qu'elle avait subi, sans scrupule pour sa mauvaise foi, une rancune qu'il paierait cher, en temps voulu. Elle n'était pas aussi bête que Valentine Tessier, qui se fait plumer par les hommes et se suicide pour finir. En voilà une sotte, cette Bovary ! Il fallait vraiment la pluie de ce dimanche pour s'enfermer au *Ciné-Opéra* avec Carmen... A cela près, tout le monde était content de la transaction. Sylvain, pas fâché d'en boucher un coin à d'Ormon, et Deloncle soi-même lui avait envoyé de Nice une corbeille de chocolats de chez Florian, une attention délicate pour la remercier de ses bons services... Au service de quoi, Pauline l'ignorait. Mais la bande de *La Coupole* avait fêté ça gentiment, caviar à la louche et fontaine de vodka, Léon réglait l'addition. Il n'y avait qu'Elise pour couvrir son verre de la main, une sœur de Saint-Vincent-de-Paul. Elise, je tiens à toi, mais pourquoi viens-tu, si tu ne t'amuses pas ? Je suis brave fille, je te fais connaître mes amis, et tu leur fais grise mine, rabat-joie. Il faut reconnaître qu'ils sont *olé olé*. Heureusement, pas un ne se présente ce soir, pas de ça, Lisette. Hormis Léon, mais comment faire autrement, qu'ils s'abstiennent de franchir le seuil de ma boutique. Sauf M. Deloncle si ça lui chante, un homme qui a du savoir-vivre et des relations, un de la haute... Mais j'ai touché le jackpot ! Ces dames journalistes se sont déplacées, *Femina, Modelia. Le Petit Echo de la mode* : un million d'exemplaires... Ne crachons pas dans la soupe : si la photo d'un de mes modèles, un seul, passe en couverture, j'offre le patron. Les couturières de province le copieront. *Mlle Pauline* habillera les bourgeoises de Clermont-Ferrand, de Dax ou de Bar-le-Duc, et alors ? Chacune ses élégances. Je suis pour la démocratie en couture. Attention, pas pour le prolétariat. La démocratie des beaux quartiers. Elise ! Si je m'attendais ! J'ai envoyé un carton, par principe et par amitié, mais de là à l'inviter... Pourtant pas mal, ce soir, elle a fait un effort, sa gabardine sort au moins de chez Burberry. L'a-t-elle achetée à Londres ?

— Mon Elise, susurrait Pauline, gonflant sa gorge de tourterelle, quelle surprise !

Elise souriait, aucunement dupe des effusions de son amie, mais émue de son plaisir, quelle effervescence mondaine autour d'elle ! Enfin concrétisée l'ambition qu'elle s'acharnait à poursuivre, enfin parvenue au succès. Et des larmes sincères au bord des cils, que la survenue d'Elise lui tirait, parce qu'elle était bien la seule, ce soir, à savoir d'où elle venait, quel éreintement pour en arriver là. Elle l'attira dans un coin, à l'écart du tapage, lui fourra un petit four au bec et demanda, inquiète :

— Dis-moi : ma mère ? Que s'est-il passé ?

En réalité, elle s'en moquait, se contentait des paroles lénifiantes d'Elise : un accident, une méprise, Régine prenant une agitation insolite au chenil pour la présence d'un rôdeur. Mais enfin, tirer au fusil ? Elle aurait pu tuer quelqu'un ! lâchait Pauline, l'œil rivé à la porte où arrivaient des nouvelles personnes.

— Elle a peut-être bien failli, mais par chance raté. Comment lui en vouloir ? D'ailleurs, Mme Mathilde lui a pardonné, elle la reprendra à la Chaussée-d'Antin. Ta mère supportait mal sa réclusion au Mesnil, ses nerfs ont lâché…

— Je la comprends. C'est bien la seule fois que je serai d'accord avec elle. Moi d'abord la campagne, j'ai jamais pu la sentir, je l'ai toujours trouvée triste, avec ses bourbiers qui n'en finissent pas et ses chemins qui ne vont nulle part…

Elle ne disait pas : quand on y ajoute la guerre en plus, c'est à pas y tenir. La guerre lui avait enlevé pour toujours le goût des rendez-vous à la brune sous le hêtre, et celui des coquelicots. Renaud ? Il suce les pissenlits par la racine, à sa santé. Voilà comment une fois, une seule, Pauline avait dit le *requiem* pour son grand amour d'enfance.

— Avec ça, mon père trousse les filles dans tous les taillis… A la place de ma mère, je l'enverrais sur les roses.

Elle chassait le sujet, en enfourchait un autre, Elise tombait à pic pour lui ôter ses épines du pied.

— Et Petit ? Voilà un mois que je ne suis pas allée le voir, le mignon… Pour Noël, j'étais très prise, comprends-tu ? Vraiment pas une minute à moi, avec le chantier de la boutique. Je lui ai quand même envoyé un jeu de l'oie. Tu vois que je suis gentille…

— Il était très content. Je l'ai emmené déjeuner au bois de Vincennes, sur l'île. Ensuite au *Club des Ursulines*, voir *Les Sans-Souci*, le dernier film de Laurel et Hardy…

Parfait. Elise pourvoyait à tout. Une sur qui compter sans faute. Alors si la bande de Sylvain la trouve incolore et sans saveur, si elle n'est pas dans leurs canons esthétiques, qu'ils fassent lanlère. D'ailleurs, ils s'en fichent : ils l'ont adoptée comme lampadaire, elle fait partie des meubles.

— Dis-moi, quand même, comment c'était, leur chasse ? Y en avait-il, du beau monde ! Devine comment je l'ai su ? Cette dame, là, qui guigne mon fourreau vert… Mme Chardin, la femme du député. Elle ignore que je viens du Mesnil… Elle en a plein la bouche, de sa partie de chasse ! Un événement mondain qui lui donne du lustre dans la conversation ; on brille comme on peut auprès des petites mains qui vous piquent l'ourlet à l'épingle…

Mais du récit de la chasse Pauline se moquait aussi, elle papillonnait déjà vers les nouvelles venues, tout en amabilités et gracieusetés. Elise s'éclipsa sans que quiconque s'avise de son départ, remonta la rue Saint-Benoît, traversa le boulevard Saint-Germain. Elle se hâtait de revenir à la librairie. M. Brasier n'allait pas bien ; sa crise de rhumatisme devenue aiguë, il se traînait le matin jusqu'à son fauteuil, installé derrière la caisse, ne le quittait pas jusqu'au soir, l'oreille collée à sa radio. S'il devenait impotent pour de bon, que se passerait-il ? Fermerait-il la librairie ? Et s'il s'obstinait à la garder ouverte, comment le quitterait-elle, le laisserait-elle seul, pour aller à Londres, comme elle l'avait encore fait la semaine dernière ? Ce qui l'alarmait le plus, c'étaient les visites, anormalement nombreuses depuis le début de l'année. Le traducteur d'anglais, M. Boudot-Lamotte, venu feuilleter quelques livres et bavarder avec M. Brasier du temps qu'il faisait ; et puis M. Mounier, sous prétexte de parler de sa nouvelle revue *Esprit*, bien en vue au milieu des autres, *Les Nouvelles littéraires*, *Revue bleue*, *La Revue hebdomadaire*, et notre sélection britannique… Brice Parain passait dans le quartier, un hasard… Le secrétaire de Gaston Gallimard s'inquiétait de la baisse des abonnements à la *NRF*, un effet de la crise, mais M. Brasier était tombé d'accord avec lui que le philosophe rêve de la paix, il soumet sa pensée à la rigueur, alors que le poète seul est un inconditionnel de la liberté : Nietzsche est un poète… Cet après-midi encore : Marcel Aymé, en compagnie d'une dame, entré le remercier de garder sa *Jument verte* en vitrine quand la polémique, et même les insultes pour pornographie, les menaces de procès accablaient son livre, pourtant d'abord bien accueilli. Le vieil homme, déridé par cette visite, plus optimiste que l'écrivain qui se forçait à plaisanter, s'en était trouvé ragaillardi ; mais tous venaient prendre des nouvelles. Chacun conseillait à Elise tel ou tel spécialiste, et cette affluence confirmait ses craintes : le bruit circulait bien que le vieux libraire allait plus mal qu'il n'y paraissait. Elle avait beau, le soir, le quereller pour son obstination à ne prendre que sa valériane, un cautère sur une jambe de bois : c'est une herbe-à-chats, cela soigne les coliques et les insomnies, pas vos rhumatismes. Les soldats en prenaient contre la nervosité causée par les bombardements, prétendait, docte, le pharmacien : cette plante avait eu une vogue extraordinaire pendant la Grande Guerre. Quel bombardement M. Brasier craignait-il ? Pour la nervosité, il allait très bien, sauf son caractère de cochon. Pauvre M. Brasier, pitoyable et courageux…

Elise était très inquiète. D'autant que M. Lange lui demandait à présent de se tenir prête à partir, pour une destination qu'il ne précisait pas mais qui avait l'air d'une affaire de la plus haute importance. Si c'est pour refaire le coup du poudrier, ce genre de cinéma, mieux valait rester soigner M. Brasier… A Londres, au moins, elle avait ses habitudes, la routine, et il y avait Sparrow. Celui-ci, bien que peu bavard, lui avait laissé entendre que, pour avoir envoyé ses Tommies dans les tranchées de la Somme, peut-être à cause de ça, l'Angleterre n'était pas spécialement amie de la France. Bien mieux avec les Hongrois, et passablement tolérants avec les Schleus, avait-il ajouté, tout en bichonnant ses cactus. Une remarque incidente, comme s'il lui rendait un fieffé service, quasi compassionnel, eu égard à son ignorance intense. Elle était ignorante, mais pas assez niaise pour s'imaginer que les petits secrets qu'elle passait par la chatière étaient un signe d'amitié franco-anglaise. La semaine dernière, M. Simpson rendait visite de courtoisie à Mussolini, le diplomate était reçu avec les honneurs. Dans les semelles d'Elise, il était peut-être bien question de ces pourparlers. Sparrow avait un contentieux avec son pays. M. Brasier aussi. Il disait aimer Londres, il n'avait jamais dit les Anglais, ni l'Angleterre. Cela ne dérangeait pas beaucoup les nuits d'Elise. La maladie de M. Brasier, oui. Et son avenir, car une fois fermée la librairie, sur le trottoir avec sa valise, que deviendras-tu, Elise Casson ? Et Petit ? Elle n'avait pas dit un mot à Pauline de ses soucis. Non plus à M. Lange. A Camille, peut-être ? Quand elle rentrerait de son voyage à Budapest… D'ici là, laissons l'eau couler sous les ponts… Il en coulait, la vie allait vite, des remous, des agitations ! Ce Sacha Stavisky, qu'on venait de trouver suicidé dans son chalet, à Chamonix ! "Suicidé d'une balle qu'on lui a tirée dans la tête", titrait *Le Canard enchaîné*… Et chaque jour des révélations sur les parlementaires radicaux qui avaient touché, dont un ministre de Chautemps. Le beau-frère de celui-ci dirigeait le parquet qui accordait des remises de peine systématiques au beau Sacha, en toute impunité laissait vaquer à ses affaires cet escroc récidiviste, qui avait des amis partout…

Voilà qui échauffait les amis de Pauline, l'autre soir, à *La Coupole*. L'affaire prenait de l'ampleur, un scandale à tiroirs, on venait d'arrêter le député Garat… Le caviar craquant sous leurs dents, salive noire aux commissures, ils en étaient ivres. On ne peut pas dire d'indignation. D'exultation punitive, de hargne, revancharde, lyrique. Pas tellement contre ce Stavisky, bon à pendre aux crochets de boucher : contre la gueuse, les chéquards, les francs-maçons pourris de la gauche parlementaire... Malgré tout, Pauline prenait la défense de M. Sacha : son amie Carmen avait été sa manucure dans un palace de Saint-Jean-de-Luz, c'est dire si elle était de ses intimes ! Un baigneur élégant, homme du monde, et sa femme présidait le concours de beauté de la plus belle Basquaise, qu'avait gagné Carmen ! Il se refaisait en une nuit d'une perte au jeu de trois millions ! Et généreux, avec ça, des pourboires princiers. Ses amis avaient rabroué Pauline : allait-elle défendre la juiverie internationale ? Mais le sujet n'était pas là, le sujet était que ça ne pouvait plus durer. Elise en avait-elle appris, sur leurs projets ! Ils baissaient la voix mais, la vodka aidant, la fièvre haineuse, leur vindicte, ils s'étaient vraiment lâchés. M. Lange en était comme deux ronds de flan. Benêt ! Croyait-il qu'elle était de cette engeance ? Il n'avait pas fait le mistigri, il avait amené le sujet franco : ainsi, vous connaissez Jacques Corrèze ? Imaginait-il la prendre de court ? C'est lui qui s'emmêlait les pieds ensuite, comme quoi, passant par hasard à *La Coupole*, il avait cru la reconnaître en compagnie... Ç'avait été un moment de pure jubilation : l'étonner.

Ils étaient à Saint-Eustache, derrière les Halles, les cierges brûlaient pour exaucer les vœux de pénitents en prière, sortant du confessionnal. Eux aussi se recueillaient. Il la confessait et elle sentait bien, dans l'ombre parfumée d'encens, que son jeune curé restait médusé par ses aveux sans contrition. Elle n'avait pourtant pas abusé de son avantage, modeste au contraire, racontant tout ce qu'elle savait des beaux amis de Pauline, dans le général et le détail, des renseignements de première main, en veux-tu, en voilà. Manigances, transports, combien, d'où à où, avec qui, adresses, noms cités une, deux, plusieurs fois, Chiappe, vous êtes sûre ? Et même Bébé, une montagne de graisse qui avait encore, paraît-il, ses dents de lait ! Deloncle et son frère, du détail inédit sur les caves de Nice, qui recoupait le renseignement de Marcus... Cette souris avait non seulement des moustaches ultrasensibles et un cerveau d'homme, mais une mémoire d'éléphant. A elle seule, dix indicateurs. Cette fois, il n'avait pas pris son air de sympathie condescendante pour lui dessiner un petit croquis de machine à décrypter sur son calepin. Il écoutait bien poliment, et elle y était allée de bon cœur. Son goût de la relation expérimentale, son démon de l'anonymat. Qualités intrinsèques, de capiteuse jouissance. Elle ne pensait pas les monnayer si cher auprès d'un as comme M. Lange, pour qui elle se sentait soudain une compassion de grande sœur : mon petit garçon, la vie c'est comme ça. On croit tirer les ficelles, et on se trouve pendu à celles d'un montreur plus malin. Tu peux prendre des notes sur ton calepin, mais pas touche à Pauline. Pauline est mon amie.

— Si vous embêtez ma Pauline, nous serons très fâchés.

Donnant, donnant. Il l'admettait, d'autant que Pauline était sa couverture excellente. Pour le moment. Attention à ne rien lui laisser entendre, Elise. Ne la prévenez de rien. Un fusible pareil, attention. Des activistes aussi entraînés, prêts à tout. Croyez-moi : très dangereux. Vous m'avez compris ? Elle comprenait surtout qu'elle avait choisi son camp, trahi celui des amitiés d'enfance, et peut-être fait le deuil de toute innocence. Glissé, sans savoir quand, à un jeu qui n'en était plus un, par quelque obscure impulsion consenti à une pente intérieure, ratifié une décision qu'elle n'avait pas prise et pourtant s'imposait, qui bouleversait sa vie, et elle avait honte et pitié d'elle-même, de Pauline, de leur enfance que la guerre, l'histoire écrivaient à leur place. C'est pourquoi, ce soir, elle ne s'était pas attardée à l'inauguration de la belle boutique de modes, elle fuyait, sans demander son reste.

Elle marchait vite sur le boulevard Saint-Germain, électrisé d'illuminations et de circulation, ce flot ininterrompu des folies humaines librement lâché dans la grande ville. Mais, à l'approche du boulevard Raspail, un attroupement l'arrêta, garde mobile et garde républicaine bloquant la chaussée. Déjà, hier soir, des manifestations avaient été réprimées près du palais Bourbon, cela s'étendait-il ? Elle se mêla aux badauds massés derrière les cordons, tentant de voir entre les têtes. Des détonations éclatèrent, soudain des hordes descendant les deux boulevards convergeaient au carrefour. La police écartait brutalement la foule, mais Elise, fascinée, résistait au reflux, tentant de distinguer, parmi les clameurs, les slogans des séditieux qui gagnaient du terrain, lançant grilles de fonte arrachées aux arbres, sacs de sable et de sel entreposés dans les guérites des cantonniers, ces guérites elles-mêmes des projectiles explosant contre la vitrine des cafés, dispersant les derniers consommateurs dans l'affolement général. Cela se déplaçait vers la rue de Bellechasse, et maintenant tramways, taxis et autobus bloqués encombraient les deux boulevards, un embouteillage monstre entravant les forces de l'ordre, exaspérées, alors elle vit des policiers traîner des femmes par terre, s'en prendre aux journalistes, casser leurs appareils à coups de matraque, elle tourna les talons. Remontant à la course vers Odéon, elle espérait contourner les échauffourées pour atteindre sa rue et elle croisait des groupes emportant des blessés, des gens au visage tuméfié, hagards… Elle se sentait pourtant d'un calme insolite, encore dans les yeux le spectacle nocturne des violences, mais comme insensible, immunisée du poison qui courait les rues, rampait sur les trottoirs et se glissait sous les portes, jusqu'aux veines infectait le sang, les cœurs, et l'esprit…

Se promener au bras d'un jeune homme aussi beau, sentir dans votre sillage se retourner les passants, émus par ce couple du fils et de sa mère, emplit d'un bonheur naïf, ineffable. Vous avez beau vous dire qu'il est coupable, que s'y mêlent l'orgueil, la fierté vaniteuse de ce qu'on n'a guère de gloire à mériter, qu'il est impur et un peu ridicule, cela n'amoindrit pas votre joie. Gabrielle quittait le Louvre avec Théo, ils cherchaient un taxi. Malgré leur longue marche dans les salles du musée, elle ne sentait pas sa fatigue, son genou raide tirailler. Légère, elle aurait longé avec lui la rue de Rivoli, traversé la place de la Concorde et remonté les Champs-Elysées, sa noble perspective à peine digne du jeune Alexandre qui la tenait à son bras, jusqu'à l'Arc de Triomphe, son monument dédié à la gloire du conquérant de son cœur. Elle riait de sa puérilité, protestait qu'elle n'avait pas besoin de taxi mais il s'entêtait, en arrêtait un, et enfin sur les sièges de la voiture, c'était un nouveau bonheur de tenir sa main.

— C'est à trois pas, Théo. Nous y serons rendus trop tôt…

— Nous irons prendre un chocolat au *Balzar*, en attendant…

Ils devaient retrouver Pierre rue des Ecoles, pour dîner chez Emile Grandrieux, une soirée en famille après la journée que les deux hommes passaient à l'Institut Pasteur, et comme Gabrielle ne connaissait pas Mme Grandrieux, elle avait scrupule à se présenter en avance. Le *Balzar*, un des rares cafés de Paris que Théo connût, pour l'associer au souvenir de sa découverte de *La Dame à la licorne*. Les tapisseries du musée de Cluny avaient été un éblouissement de son enfance. Un jour d'hiver comme celui-là, ils étaient entrés dans ce café voisin pour y boire un chocolat, et Théo restait coi. De ces chocs dont les parents ne mesurent pas toujours les répercussions, mais ensuite, de retour à New York, il en avait réclamé les reproductions, l'explication des tableaux allégoriques, les cinq sens illustrés. Le sixième résistait dans son énigme insoluble, *A mon seul désir…* Cela dépasse l'entendement : la Dame dépouille-t-elle ses bijoux, ou les reprend-elle dans la cassette que lui tend sa servante, geste d'une résolution merveilleuse, et le sixième sens se nomme-t-il vraiment l'*Entendement* ? Sur le tapis floral ciselant les échantillons d'un herbier primitif, le lion et le chien, le singe, le lapin, et la licorne légendaire, cette faune évoquait un monde fabuleux, aussi attrayant que celui des bandes dessinées qu'il lisait à New York, les créatures d'anticipation rocambolesques des *pulps* que lui portait son oncle Daniel, féru de science-fiction ; la Dame étrange aussi séduisante dans sa robe de brocart rouge que les héroïnes de *fantasy* gothique dont il se gavait… Quel méli-mélo, le moquait Gabrielle. Mais elle avait l'intuition que le geste ambigu de la Dame, le mystère chiffré de la tapisserie avaient décidé sa passion pour le raisonnement logique et les clés qu'il délivre, pour les vertiges de l'*entendement*, un mot suranné qu'il aimait à reprendre, dans son français sommaire. Il était de langue américaine, un jeune homme américain sportif et studieux, passionné de sciences fondamentales, un étudiant brillant et monomaniaque, comme en produit le système américain, à son âge déjà diplômé de son université de Boston, mais assez imperméable à la littérature et aux arts. Sauf au jazz et à sa trompette ! Pour quoi Gabrielle l'avait traîné au Louvre, faire un peu son éducation de jeune barbare. Il voulait bien l'accompagner, d'une complaisance touchante. Il avait enduré d'une oreille distraite ses commentaires sur l'usage de la laque garance par le Tintoret, les clairs-obscurs environnant le *Philosophe* de Rembrandt ; plus attentif, s'intéressait au geste de la matrone de la *Vénus d'Urbino* : retrousse-t-elle ses manches, pour administrer quelle punition à la servante agenouillée devant le coffre, ou les rabat-elle, ayant achevé sa tâche, et laquelle, qui laisse Vénus si songeuse ?

En face de lui, au *Balzar*, Gabrielle ne se lassait pas de regarder son fils, d'emplir ses yeux de sa présence menacée. Enfin débarqué du Havre, parmi eux depuis une dizaine de jours, elle prenait soin de ne pas l'accaparer, de respecter son indépendance de jeune homme, mais le bonheur de le retrouver, après six mois de séparation ! Qui d'autre qu'elle éprouvait ce sentiment possessif et douloureux, exaltant ? Toutes les mères ! Mais aucune n'avait un fils pareil, un don divin. Parachevé par sa mue radieuse d'adolescent, le portrait vivant de son père, réincarné en ce jeune homme qu'elle n'avait pas connu, lui offrant la duplication de la jeunesse de Pierre, à un point troublant adoptant ses gestes, par le mimétisme familial qui assure autant la ressemblance que les traits, scelle cette intimité physique profonde de la filiation, et à dix-huit ans plus grand que son père ! Théo avait ses yeux durs et rapides, clairs, pailletés d'or, au même front osseux ses cheveux très noirs et plantés dru, taillés en brosse courte, comme les boxeurs qu'il admirait. De lui émanait une force vitale, qu'il laissait endormie, consacrée à ses algorithmes plutôt qu'aux filles, du moins il le semblait, mais doux avec elle, aimant, et même enjôleur, quel diable es-tu, mon petit garçon ? Un enfant touchant à l'âge d'homme, de quelles expériences déjà averti, testant sa neuve autorité, condescendante, fatuité des fils ; mais ferme, et sérieux, initié aux inquiétudes de sa jeune virilité, elle en observait les signes avec anxiété... Et son père avec lui si insoucieux, ou confiant de les voir apparaître, ayant déjà mis entre eux cette distance des hommes qui ne savent ou n'osent prolonger les tendresses de l'enfance. Déjà en allé, déjà occupé par son inscription à Cambridge où l'attendaient sa chambre d'étudiant dans un collège, et ce professeur de logique de grande réputation. Déjà ailleurs, même s'il s'était prêté avec gentillesse aux réunions familiales, ses cousins Guillemot, et grand-mère. Avait suivi son père à l'Institut Pasteur, pour une journée de conférences ; accepté une séance de magasins, pour renouveler son vestiaire : une misère, son bagage à l'épaule. Dans deux jours, il serait parti à Londres. Aussi Gabrielle jouissait-elle de sa présence, refusant à sa peine future d'amoindrir sa joie, jalouse de cette soirée chez les Grandrieux qui lui confisquerait l'exclusivité de sa compagnie, et les minutes couraient à sa montre, réduisaient, voraces, le laps de temps suspendu du café, l'intimité candide de leur tête-à-tête, ce cadeau dont les fils comblent leur mère ; moins ingénu qu'il n'y paraît, et pourtant adorable. Elle-même redevenue une jeune fille par sa grâce, rappelée à une jeunesse des émois amoureux, en Théo confondant les temps et les hommes de sa vie, troublée de projeter sur lui l'ombre d'Endre, dont il ignorait tout, et celle de Pierre, l'amant passionnément aimé, jusqu'aux frontières de la mort, et non il ne fallait pas, c'était un sacrilège, porter sur lui ces ombres qui n'appartenaient qu'à elle, dont les tourments ne devaient pas contaminer sa jeunesse. Elle tendit sa main et caressa légèrement sa brosse, la laissa descendre brièvement sur sa nuque, le vol timide de ce qui lui revenait en propre. Mais il tenait à l'instruire de sa dernière découverte, peut-être pour lui donner la leçon, après celle qu'elle lui avait infligée au Louvre. Il venait de lire Kurt Gödel, un jeune logicien surnommé *Mr Warum* qui bouleversait la pensée mathématique.

— Un génie. Il n'a pas vingt-six ans... Son théorème de l'incomplétude pose que tout système axiomatique assez puissant pour décrire les nombres naturels ne peut être à la fois cohérent et complet... Sa démonstration démontre sa propre indémontrabilité. Le plus fort, c'est le procédé qui interroge la démontrabilité elle-même, le procédé *diagonal*... Je commence juste à comprendre, c'est très compliqué, mais c'est lumineux... Maman, cela dépasse-t-il l'*entendement* ?

— Ah ! Le mien, oui !

— Plus simplement dit : ce qui peut se prouver n'est pas nécessairement vrai et ce qui est vrai n'est pas forcément démontrable...

— Mon chéri, tu parles à une ignorante, mais il me semble avoir compris cela de la vie de tous les jours...

— Gödel le formalise, c'est ce qui fait son génie. J'ai hâte d'être à Cambridge. Je suis sûr que, là-bas, j'avancerai dans ces questions... Si aucune vérité mathématique ne peut être intégralement formalisable, quel chantier, cela ouvre-t-il ! S'il existe en toute logique des vérités inaccessibles au raisonnement, il faut raisonner là-dessus. Quitte à en devenir fou ! Aussi folle est la vie ! La vie est formidable.

Il riait, buvait son chocolat avec une gourmandise de petit garçon, et elle eut presque un effroi de ce qui se passait dans cette tête de jeune homme, dans ce cerveau neuf, sous la fontanelle qu'elle avait sentie battre sous ses lèvres, il y avait si peu de temps...

— C'est à trois pas, mais nous finirons par être en retard... Allons-y, maman.

— Allons-y, Théo.

Le dîner avait été très agréable, Mme Grandrieux cuisinait des plats asiatiques délicieux ; ses enfants étaient de jeunes personnes intéressantes, Emile un être charmant, mais enfin la soirée lui avait volé les dernières heures avec Théo qui, d'ici son départ, restait chez sa grand-mère, où ils l'avaient déposé, et dans la voiture, à côté de Pierre, Gabrielle retenait ses larmes. Ce trajet nocturne, maintenant presque totalement urbanisé jusqu'à Versailles, elle l'avait fait tellement de fois dans un sens et dans l'autre, dans l'insouciance ou l'angoisse, en d'heureuses ou de dramatiques circonstances ; dont le souvenir se présentait ce soir. Sans un mot, Pierre posait sa main sur son genou, sachant ce qui l'attristait. Il y avait un brouillard épais que trouaient mal les phares de la voiture, leur halo diffus échouant à éclairer à plus de dix mètres, absentant le paysage dans une opacité ouateuse et il semblait qu'ils roulaient dans un tunnel sans fin, environnés de ténèbres hors du temps, hors de l'espace, tous repères réels abolis. Absorbé par la conduite, Pierre ne quittait pas la route des yeux. Avait-il la même sensation qu'elle, cette certitude que, croyant rentrer au Mesnil, ils avaient bifurqué quelque part, s'étaient fourvoyés sur une route inconnue et, enfermés dans cet habitacle illusoire, qu'ils se précipitaient vers quelque précipice imminent, couraient à leur perte ? Toutes choses confondues et ruinées était le monde alentour, un effondrement général, un chaos au milieu duquel ils avançaient en aveugles, encore en vêtements de ville, civilisés et douillettement enfouis dans leurs manteaux, mais dans ce sursis aussi désarmés et nus que dans un paysage de guerre, défoncé par les bombes, son désastre définitif.

Elle avançait avec peine, pourtant avec résolution, avec la foi des illuminés. Ce qu'on peut croire n'est pas nécessairement vrai et ce qui est vrai n'est pas forcément crédible… Elle n'avait pas eu peur d'entrer au pays des morts. Le premier qu'elle avait vu sur un brancard, la poitrine sanglante, yeux vitreux stupéfiés, peut-être n'était-il pas mort encore, l'avait tétanisée, mais ce n'était rien. Ensuite, le spectacle inédit dépassait tout ce que, de mémoire immémoriale, on se représente de la mort, que les hommes se sont ingéniés à inventer pour la tenir à distance, par la comédie policée des funérailles, malgré leur lugubre rituel rendue supportable aux vivants. Mais la guerre lève le rideau, arrache le masque. Passé une certaine frontière du canton où les trains ressemblent encore à des trains, les gares à des gares, passé les postes avancés où les hommes ressemblent à des hommes, où des soldats maussades mais entiers vérifient votre sauf-conduit signé par un général ; passé les villages en ruine, clochers écroulés, maisons éventrées, rouges dans l'air glacé du soir, incendiés de soleil bas ; passé la longue route aux pavés englués d'une boue écœurante dont aucun homme n'a jamais revêtu une chaussée, où l'on croise de lentes cohortes d'ambulances cahotant, bâches battant au flanc, d'où s'échappe une puanteur inconnue, se renversant dans des ornières profondes comme des puits ; passé cette coulisse, on entre sur la scène cachée au regard des vivants, l'envers du théâtre. Le spectacle dément se donne des réalités suppliciées, qu'aucun cerveau de décorateur fou n'imaginera jamais. Le plus étrange est qu'on s'y trouve depuis longtemps, toute pensée annihilée, et que se réveiller n'est que plonger dans un cauchemar plus grand, à un tel degré d'incompréhension que les sens sont restés loin en arrière, dans la gare, au poste avancé, parmi les vivants, et que l'étonnement dépassé échoue à les rappeler. Livré à la monstruosité du spectacle, plus de coulisse où réfugier un regard de biais qui rétablirait la vision, on n'imagine plus, ne pense, ne sent plus rien que la perte abêtie de ce qu'on savait, croyait savoir, que des siècles avaient additionné de rêve humain, en lambeaux dispersé derrière soi dans un désert sidéral. Son premier mort avait vu, il venait de là. Ses gros yeux surpris, sa bouche ouverte, même son ventre béaient de stupeur, jamais il ne s'était imaginé montrer la nudité de ses boyaux brun et nacre, ses viscères exhibés et son sang dehors. En cet état, les hommes ne sont plus des hommes, leur viande explose et saigne, leur bras, leur jambe les quitte, et ils se voient les uns les autres tels les chevaux qu'à l'abattoir ils dépeçaient hier ; encore le coup de merlin les a-t-il assommés, on n'équarrit pas la viande vivante, pitié pour les bêtes. La guerre n'assomme ni n'enterre, elle laisse à ciel ouvert son carnage, pourrir les dépouilles bestiales aux membres arrachés, est-ce un corps, ce bras autonome planté dans le talus, paume noire ; ce tronc étêté, côtes blanches saillies du mou sanglant, un torse ? Cette outre crevée, une tête d'énorme limace ? Le rat la mange, il dévore l'œil, à petits coups de griffes le tire de l'orbite, il lèche le trou des paupières et croque l'œil comme un petit œuf ; l'autre enfoui ronge le poumon, s'éloigne d'un saut quand un tendon résiste, qui dresse le thorax et donne au mort une respiration subite, mais il retombe immobile dans la boue et le rat revient, disputer à l'essaim des mouches rapaces sa ration immonde. Ah, cette infestation des mouches vrombissant en nuées dans le soir, à l'approche de l'infirmerie de la Croix-Vilain, le seul bâtiment encore debout dans la carrière minérale de ce qui avait pu être un hameau, un groupe de fermes isolées au bout d'un chemin bordé de haies, parmi des vergers et des prés, blotties dans ce qui avait dû être une combe entre deux collines, à présent nivelées par les bombardements, comblées de gravats pilonnés, concassés d'un poing de géant furieux, réduits à la même grisaille blême que la nuit tombée ensevelissait, noires les ombres tapies entre les ruines, ce dégradé inouï des gris, un de ses derniers étonnements. Un monde monochrome, d'où toute couleur avait disparu. Dilués les chatoiements du rêve qu'était le monde, où l'herbe était verte, rouge la fleur, jaune l'épi, cette palette insensée de la vie, de même la carnation des hommes, exsangue ; ce théâtre exténué ignorant même le noir et blanc des photos, grisaille de cendre, extinction de tout.

Il y avait pourtant de la lumière, bleuâtre, des lanternes, un générateur sous un auvent. Des guimbardes, dont le moteur lâchait une fumée âcre, nuage stagnant dans l'air froid, asphyxiant, dans lequel allaient et venaient des brancardiers fantômes, chargeant les blessés sur les claies précaires des fourgons, des infirmiers en tablier de bouchers, brunis de quelle rouille sanglante, qui ne parlaient pas, ils criaient. Ils ne s'effaraient pas de voir cette femme en manteau de pluie, de la boue jusqu'à la taille, demander si le Dr Galay dirigeait bien cet hôpital. Hôpital ? Ils se criaient le mot, pris d'une gaieté lugubre. Ils criaient sans dominer l'assourdissant grondement d'un tonnerre proche ébranlant la terre, secouant l'air d'ondes intenses comme venues de galeries telluriques mais non, c'était du ciel que venait la basse profonde en vibration continue, ni terre ni horizon à la déflagration monotone dont l'amplitude obturait le tympan, avec lequel rivalisaient faiblement les cris, des aboiements rauques, qu'elle avait du mal à comprendre : au bout du couloir, à gauche... Un couloir, ce boyau, sol de terre battue, murs de guingois, un pan soutenu par des madriers de travers ? Elle entrevit des salles plongées dans une obscurité glauque que les lampes trouaient de halos gris, autrefois des granges dont les cloisons de planches séparaient des alignements de brancards, lits de toile enchevêtrés et saturés de formes livides, d'où venaient des bouffées de pourriture et d'éther, suffocantes, mais elle avançait, dans ce tunnel halluciné progressait, trouvait au fond, à gauche, une impasse. Cela aurait pu ressembler à un bureau : une chaise paillée, une table de bois sur ses maigres pieds, bizarre araignée dressée, une lampe à pétrole, et piquées dans le plâtre d'innombrables fiches tapissant la cloison, comptabilité sinistre. Elle s'assoit sur la chaise et attend longtemps. Parvenue à ce cul-de-basse-fosse, dans le grondement qu'elle n'entend plus, l'odeur qu'elle ne sent plus, rendue tout au fond de la guerre ; c'est donc cela, la guerre. La fin du voyage au bout de la nuit : un bureau désert, une lampe, une table, une chaise. Un décor de café-théâtre dénué de sens, environné de ténèbres. Une horreur anesthésiée, étrangère comme une contrée vierge. Elle ne ressent pas de crainte, au contraire, une aisance déliée et comme supérieure, démence démoniaque qui observe et même examine la nature nouvelle de cet endroit, un caveau. Les enfers ont donc cette apparence. Et que Pierre entre, soudain s'encadre dans cette porte infernale, il n'y a pas d'étonnement non plus. Il est là. Pierre, ce spectre gris d'une saleté repoussante ? Face hérissée de barbe et front décharné, sans regard, le voile hideux de la mort exténue ses yeux insomniaques, veinés de rouge et qui cherchent loin à travers elle, debout, à travers la forme floue de cette femme debout, quelque chose d'effrayant venu des confins d'un monde aboli. Sur sa face l'étonnement du premier mort, de tous, frères en laideur et malheur, et il dit, crie : Allez-vous-en ! Il ne crie pas, c'est rugi dans la barbe fuligineuse qui cache sa bouche. Il n'a pas de bouche, de nez ni de joues, un cadavre. Je suis venue te chercher, dit-elle, à elle inaudible. Dans cet endroit, on ne peut s'entendre. Dans cet endroit aucun entendement, mais elle dit : Théo est à toi. Tu as un enfant. Il nous faut une maison. On parle aux morts comme aux enfants, avec douceur et fermeté : viens, partons d'ici, c'est fini. Elle ose toucher sa manche, alors il bondit hors de sa portée comme si elle était un tison, mais elle n'a pas peur. Elle brûle, comme tout ce qui brûle autour, mais elle est vivante et lui mort, il ne sait pas encore qu'elle est venue le chercher. Dans son bureau de médecin des enfers, il croit qu'elle est une apparition, une illusion atroce de plus parmi les visions infernales, alors il ne comprend pas qu'elle dise : Viens. Viens, mon amour, je connais le chemin, je l'ai fait. Je t'ouvre le passage, suis-moi, je te guide, je suis venue te chercher. N'aie pas peur de moi, je suis ta femme, tu es mon amour. Il fallait avoir moins d'orgueil que les hommes, tous les hommes, et davantage de pitié pour l'amour, davantage de compassion pour toutes choses humaines afin de descendre où nul ne pense descendre, pour tomber maintenant à genoux et mendier la vie, doucement et avec révérente ferveur supplier un salut, le commencement d'une fin des calamités dans la lenteur de la vie retrouvée, le vœu des résurrections.

Contre quoi il a le geste le plus barbare, des deux bras tendus la soulève et la jette dehors. Dans ce boyau obscur, se heurtant aux murs, elle recule et il la chasse, la pousse devant lui de coups qu'elle ne sent pas, rend les coups et le tire à elle, sans se retourner elle l'entraîne et s'il crie elle n'entend pas, ne s'entend pas non plus l'insulter, le braver de ces injures qui n'offensent pas les enfers mais les hommes, leur disent de sortir d'eux-mêmes et de revenir hors d'eux au monde des vivants, alors ils sont parvenus dehors. Alors dans le nuage nauséabond des fourgons que trouent les halos bleuâtres de lanternes perdues, silhouettes de succubes vacillant dans les fumées grises, une déflagration formidable soulève les enfers. La guerre en furie démesure le ciel noir, toits et cloisons, brancards, camions, chaise, blocs de pierre et colline fusent en gerbes gigantesques, monstrueux fétus aériens lentement retombés, sans bruit, il n'y a plus de bruit, plus de cris, rien qu'un grand silence béni de paix.

Elle s'était réveillée bien longtemps après, cela avait été long, le retour. Long le temps d'apprendre par quel déluge d'obus l'infirmerie de la Croix-Vilain avait été anéantie, et tant de soldats, d'infirmiers tués, de blessés ensevelis sous les décombres du bâtiment bombardé, tant de morts dans cette combe devenue une excavation fumante dans le silence de l'aube glaciale, et de comprendre que, s'il ne l'avait pas chassée, hors de lui, hors de sa peur d'elle et poursuivie dans le couloir, s'il ne l'avait suivie jusque dehors, le bureau des enfers les aurait gardés pour toujours. Ils n'auraient pas été projetés par l'explosion de la première bombe, propulsés par son souffle infernal à plusieurs mètres de son impact, recouverts par l'amoncellement inextricable des débris de moteurs, de poutres, de tôles tordues, de terre et de cendres. Et long avait été le temps que de nouveaux secours arrivent, de dégager les survivants et les morts, ils se ressemblent, d'évacuer les blessés à l'arrière, où les soldats sont juste maussades, les hommes sont entiers, et les gares des gares… Longue la souffrance, les services où elle dormait de sommeil chimique entre deux opérations pour recoudre les tendons, les muscles et les chairs de sa jambe écrasée, pour que Pierre, évacué dans un autre service, soit à son chevet, rasé de sa barbe, la face livide entourée de gazes, brûlé à la face et jusqu'à l'épaule, pour qu'il pose sur l'oreiller sa tête blessée près de la sienne et dise : Mon amour, Gabrielle, nous aurons une maison. Mme Baxter est à Paris, Millie est avec nous, et Théo. Nous te guérirons, viens, mon amour, viens…

Alors ce soir, la route de Versailles, son tunnel de brouillard et de ténèbres, n'était rien qu'une route ordinaire où l'on rentre chez soi en voiture, dans le confort de l'habitacle tiède, derrière la buée des vitres en rien un paysage de guerre, et Pierre conduit prudemment. Il met sa main sur son genou, que n'enserre plus la prothèse de cuir depuis que les médecins américains ont vissé des agrafes qui tiennent l'articulation, un genou en acier, plaisante Théo, une maman inoxydable. Ils vivaient et par une chance extrême elle pouvait repenser comme à quelque chose de lointain, et peut-être d'imaginaire, à cette combe de la Croix-Vilain, dont ils étaient les revenants. Elle palpait du doigt la broche de Sophie à son corsage. *Orphée vous rappelle à lui, où que vous soyez…* Qui d'eux avait-il été l'Orphée de l'autre, avait arraché l'autre aux enfers ? Pierre blessé de si loin revenu, évadé marchant vers elle, et elle traversant l'océan pour le chercher dans le petit bureau de la mort…

Du pays des morts on peut revenir, en être les revenants bénis. On peut craindre des vétilles pour ses enfants, et s'enorgueillir de leur beauté, de leur jeunesse. Regretter une soirée qui a été charmante, avec des gens aimables, et leur en vouloir de vous confisquer un tête-à-tête avec Théo. On peut s'impatienter de voir revenir Camille, l'attendre en sachant qu'elle aura mille choses à faire et empêchements de venir au Mesnil, de vous consacrer plus d'un thé, ou alors il faudra discuter pied à pied des idées de Mrs Woolf, qui réclame des guinées pour être libre… On peut espérer maintenant, c'est une destination merveilleuse, le lit de la grande chambre où s'étendre contre l'homme que l'on aime de si profond amour. On peut arpenter avec lui la ville qu'ils fuyaient, voilà quinze ans, à la fin de la guerre. Trop épouvantés encore pour remettre leurs pas dans les pas comme si de rien n'était. Pour retrouver les avenues de Paris où avait hurlé la population survoltée du mois d'août 14, pour revoir les gares embouteillées de la mobilisation, la liesse hideuse de la foule sous les drapeaux flambant au soleil ; la même, chantant l'armistice… Trop malades de souffrances pour marcher tout de suite sur les chemins du Mesnil, dans les couloirs de la grande maison où ils avaient été heureux, dans l'ignorance mortelle de ce qui s'annonçait, chaque coin de rue, rayon de lumière, chaque parfum, chaque objet les blessait, citait ce temps d'avant, rendait insupportable d'y vivre. Impossible pour Pierre de réintégrer son laboratoire de l'Institut Pasteur comme on le lui offrait, de retrouver la sérénité de son travail scientifique dont quatre ans de guerre avaient anéanti les motifs. Il fallait mettre entre eux et tout cela assez d'espace, et de temps. Alors c'était facile de repartir en Amérique, de fuir le continent dévasté, de lui tourner le dos comme à une vieille catastrophe dont l'écho ne les concernait plus, ne devait plus jamais les concerner. Facile de croire en la vie neuve, parce que attendait là-bas la maison de Brooklyn où elle avait vécu sans lui, qui était mort. En ce novembre 1914, égarée de douleur, amoureuse de la mort, aimant la mort et l'adorant, elle donnait à Théo le temps de naître. C'était miraculeux d'en avoir fait le choix quand tout la vouait au néant. Mourir et renaître, elle en avait le don, la force effrayante et souveraine. D'où tenait-elle ce pouvoir d'agonie et de résurrection pour être si familière des ombres, sans succomber à leur enlacement mortel ? Elle posa sa tête sur l'épaule de Pierre et s'endormit presque, bercée par le ronronnement du moteur…

Mais en traversant Versailles, elle se réveilla brusquement. Ils tombaient sur un barrage, les forces de l'ordre détournaient la circulation. Dans l'embouteillage, Pierre obtint d'un passant la raison de ce désordre : le Comité radical-socialiste organisait ce soir une réunion, dans une salle proche du château. M. Zay, député du Loiret, et M. Rucart, député des Vosges, avaient pris la parole, et cela avait dégénéré en pugilat : une soixantaine de jeunes gens des Jeunesses patriotes avaient voulu porter la contradiction ; pacifiquement, disait l'homme, outré. Refoulés du palais Bourbon, ils entendaient protester contre les vendus du Parlement présents à cette réunion. Des chaises avaient volé, des coups, vitres et miroirs brisés, candélabres, lustres arrachés, les bagarres se poursuivaient jusque sur la chaussée, et il y avait des blessés, emportés à l'hôpital de Versailles, des arrestations… Ils achevèrent le trajet en silence. La petite route du Mesnil, une fois quitté le bourg, semblait dérouler sous les phares la voie paisible, maintenant dégagée du brouillard, mais, sur le bas-côté, dans les fossés et les taillis, la nuit était pleine d'oppressantes menaces, qu'ils ne connaissaient que trop.

Le convoi roulait de nouveau à vitesse réduite, on ignorait à quelle heure on atteindrait Berlin. Les contrôleurs s'étaient absentés une fois passé la frontière, laissant les voyageurs tenter de s'endormir, malgré l'inconfort, à la lueur des veilleuses, stores tirés, leur compartiment fermé. Par chance, Camille et Magda étaient seules dans le leur. Elles avaient pu se mettre en tenue de nuit et s'allonger, résignées à passer la nuit de la meilleure façon, chacune étendue sur une banquette, leur manteau pour couverture, encore que le chauffage, sans doute lui aussi déréglé, soufflait son air trop chaud par le conduit, un chuintement qui berçait leur insomnie, avec le choc monotone des traverses. Elles n'avaient pas pris de couchettes, évidemment, puisque leur train du matin arrivait à Berlin à six heures du soir, mais le convoi était longuement resté bloqué à Vienne. Selon les informations, contradictoires, en raison du déblaiement de voies enneigées entre Tábor et Prague, ou d'un problème de motrice, ou encore de difficultés à la frontière autrichienne, cette dernière hypothèse d'autant plus alarmante qu'elle était vague : le départ, sans cesse annoncé et différé, les avait mises à l'épreuve. Devait-on y voir un mauvais signe, quand tout s'était si bien passé jusque-là ? Il faisait encore nuit dans l'appartement de Josefstadt, mais tante Lottie était debout avant elles. Pour Camille, elle avait tenu à faire préparer un en-cas par sa bonne, mal réveillée : le trajet est long jusqu'à Paris, et la restauration affreuse quand on ne voyage pas en classe de luxe. Et puisque Magda repartait à Budapest, il fallait qu'elle emporte, enveloppés dans un panier, ces conserves, ces bouteilles, une de riesling, une de *marillen*, et ces biscuits fourrés, et des bananes, un fruit nourrissant ; la maisonnée en avait besoin. Et ce châle de cachemire, pour Teresa. Celle-ci ferait mieux de venir consulter le Dr Freud, Berggasse, à quelques rues de là, plutôt que d'attendre miracle de ce Dr Ferenczi, un charlatan. Il vaut mieux s'adresser au bon Dieu qu'à ses saints. Chargées de colis comme paysannes, elles avaient réussi à quitter la maison, toute honte bue pour les mensonges, et si elles avaient pensé se débarrasser des victuailles, elles se félicitaient de n'en avoir rien fait, le voyage s'éternisait.

On avait encore stationné à Tábor, puis à Prague, manœuvré dans la gare, changé de motrice, enfin passé la frontière allemande à six heures du soir, et l'on approchait de Dresde à cinquante à l'heure, la même vitesse que pour traverser la Tchécoslovaquie, moins de trois cents kilomètres. Elles en avaient pris leur parti, rassurées que, par deux fois, le contrôle de leurs papiers se soit si bien passé. La police tchèque était bienveillante, une formalité, et au poste frontière de l'Allemagne, hérissé de chevalets et de barbelés, les trois hommes à brassard nazi sur leur manche noire semblaient, davantage que les voyageurs, inspecter le douanier qu'ils escortaient, celui-ci un grand-père à képi obséquieux qui, par zèle, faisait vider les sacs, tapotait leur fond et vérifiait les glissières des poches extérieures. Il avait confisqué la bouteille de riesling, n'avait pas osé prendre celle d'alcool d'abricot, enrubannée comme un cadeau de grand-mère. Le passeport américain de Camille avait éveillé son intérêt, il l'avait passé aux policiers, mais tout était en règle, d'ailleurs ils font surtout la chasse aux juifs, et ils filtrent davantage les sorties que les entrées, affirmait Magda, sans en être très sûre.

Malgré la lenteur exaspérante, cette parenthèse tchèque avait été d'une légèreté insulaire quand en Hongrie, en Autriche comme en Allemagne où elles roulaient à présent, les mêmes dictatures régnaient. Au petit matin, elles avaient croisé les motocyclettes à mitrailleuses des Heimwehren, casqués et vêtus de cuir, fonçant dans les rues désertes de Vienne, sinistres maîtres de la ville. En dépit des décrets de Dollfuss centralisant les forces armées dans le seul ministère du major Fey, les nazis autrichiens instauraient la terreur, et il fallait l'insouciance de tante Lottie pour ignorer, sous ses fenêtres, l'atmosphère de guerre civile. La veille, une bombe avait arraché le bras d'un agent de police, près du passage Freyung ; on ne comptait plus les exactions, les provocations des fascistes favorables à l'annexion allemande, cet Anschluss redoutable, que le Front patriotique du chancelier, parti tout aussi fasciste, instrumentalisait pour conduire la répression ; celui-ci avait échappé de peu à un attentat, en octobre, mais il laissait les sections d'assaut imposer leur loi. Partout au Tyrol, en Basse-Autriche, les violences insurrectionnelles se multipliaient, et le Schutzbund des socialistes, le dernier parti autorisé, préparait une grève générale, disait Magda, qui se demandait en quel état elle trouverait Vienne à son retour, s'il lui serait seulement possible de prendre l'autorail pour Budapest… Toutes ces menaces n'entamaient pourtant pas leur optimisme. Elles avaient vu la nuit tomber derrière les vitres embuées, campagnes aux villages paisibles, bassins industriels, où l'on voit fumer de loin les cheminées des maisons et des usines, les toits miroiter sous le ciel de neige, les clochers et beffrois dresser leurs tours séculaires, et rien ne manifeste qu'en tous lieux travaille un ferment mortel, que dans l'air cristallin du soir l'atmosphère est contaminée de peste. Elles avaient ouvert un pot de conserve de girolles, froides avec le jambon, c'était très bon, et les bananes nourrissantes, une lampée de *marillen* là-dessus, puis elles s'étaient étendues ; mais elles ne dormaient pas. Elles se tenaient aux aguets des passages dans le couloir, des bruits de compartiments voisins, tenant leur manteau à pleins bras et luttant contre le sommeil qui annihile la vigilance. Cette fortune cousue dans les ourlets pesait sur leurs jambes, moins par son poids de papier que du souci de la transporter en fraude. Aventurières d'occasion, moins aguerries qu'elles ne le croyaient, elles se dissimulaient l'une à l'autre la crainte qui les tenait dans l'insomnie. Mais soudain le train prenait de la vitesse, le rythme s'emballait enfin, accélérant les secousses, et cette fois lancé de toute sa masse métallique donnait l'impression d'une force autonome traversant la nuit, par sa puissance animale de machine accordait l'immunité du repos, la sensation illusoire de glisser entre deux mondes, d'être emporté, hors d'atteinte.

Elles somnolaient depuis quelque temps quand Camille, ressentant le besoin pressant d'aller aux toilettes, se leva, à moitié somnambule, sans bruit tira la porte coulissante et se glissa dans le couloir. Un effet du sommeil, dans le frisson du courant d'air froid elle ne perçut pas tout de suite, à l'extrémité mal éclairée du wagon, une agitation confuse, étrangement silencieuse dans le fracas du roulement. Il lui sembla que deux hommes luttaient pour le passage, ou se disputaient la place sur l'étroite plateforme entre les wagons, mais en approchant, s'éveillant tout à fait, elle vit qu'ils se battaient, la porte ouverte sur la voie engouffrant un vent glacé, alors par quel démon continuait-elle d'avancer vers la scène obscure et violente, aimantée par la curiosité autant qu'alarmée par ce qu'elle comprenait maintenant, à la vitesse folle des rêves ou leur fascinante lenteur : l'un poussait l'autre dans le vide. Il s'acharnait en ahanant à lui faire lâcher prise de la rampe d'acier où sa main crispée s'accrochait encore, du talon cognait sur cette main, basculait l'homme en arrière sur le point de le faire lâcher, alors toute peur envolée, n'écoutant que son réflexe, elle ceintura l'agresseur, lui bloqua la carotide d'une prise fulgurante et, du genou propulsé à son entrejambe, le plia en deux. Cela eut pour effet instantané que l'homme à demi rejeté sur les marches extérieures se rétablissait d'un coup de reins athlétique, tel un fauve bondissant tournoyait sur lui-même, renversait la situation, d'une impitoyable poussée expédiait dans le vide son agresseur, que la vitesse et la nuit avalaient… Cela n'avait pas pris plus de quelques secondes, ensuite tout alla plus vite encore, sans qu'elle eût le temps de reprendre ses esprits ; on venait au bout du couloir, des voix… L'assassin qu'elle venait de sauver claquait la portière battante du wagon, il la poussait dans les toilettes et tirait la porte sur eux. Si serrés dans l'exiguïté du cabinet qu'ils étaient au corps à corps et, si elle en avait eu la velléité, ce réduit n'autorisait plus aucune défense ; l'homme la tenait enlacée d'une main de fer, de l'autre la bâillonnait.

— Chut ! ordonnait-il à son oreille et comme elle ne semblait pas résister, ses jambes devenues de coton, il relâcha son bâillon. Un mot, et nous sommes pris…

Nous ! En dépit de l'affolement qui la gagnait à présent, elle trouva choquant ce pluriel, une victime muée en meurtrier, en un éclair Janus incarné. Et d'une impudence rare, qui vous prenait pour complice de son épouvantable forfait ; elle n'osait pas penser au corps déchiqueté du voyageur jeté sur le ballast, à cette vitesse d'enfer. Par une méprise fatale, chevalier blanc, elle se trompait d'assaillant, prêtait assistance à l'agresseur, grâce à son aide la vraie victime de cette altercation express envoyée à trépas ! D'évidence un innocent voyageur molesté par son voleur, se défendant de son mieux contre le rôdeur criminel. Dont elle était l'otage à présent, dans les bras duquel elle étouffait. Le nez dans son pardessus de laine moelleuse, elle en pyjama de satin, une anomalie scandaleuse, dont elle ne parvenait pas à se scandaliser, tout à l'écoute des passants du couloir, comme lui tendue à en discerner les voix mais les noctambules passaient, ils s'éloignaient. Elle sentit les muscles de l'homme se détendre, dans l'obscurité un enveloppement viril, qui durait plus qu'il n'est tolérable.

— Vous m'avez sauvé la vie, reconnut-il, bon prince, chuchotant dans ses cheveux.

— Vous avez tué cet homme.

— C'était lui ou moi. Je préfère votre choix.

— Je n'ai rien choisi !

— Ne vous dévaluez pas. Un vrai judoka.

— Lâchez-moi ou j'appelle.

— Mais non. Vous l'auriez déjà fait…

Elle n'en aurait pas juré, mais sa voix avait quelque chose de narquois, totalement déplacé, et même équivoque, révoltant. Il pressait l'interrupteur et, d'un recul, ils se dévisageaient, papillotant à la lumière crue.

— Camille Galay !

Et elle, dans la stupéfaction, reconnaissait le visiteur du soir surgi chez Dora. Même croisé sur un paillasson, un spécimen pareil ne s'oublie pas. Il a à la lèvre une cicatrice intéressante, et sous sa mèche un regard de métal vert, d'un cynisme inquiétant. S'il était surpris, il encaissait le coup admirablement, ajustait à la vitesse de la lumière son estimation de la situation.

— Vous voyagez donc... Quel hasard, quelle coïncidence ! Opportune, ma foi. C'est ma chance, que vous empruntiez cette ligne...

Il n'allait pas engager une conversation mondaine dans un endroit pareil, en ces circonstances ! Elle serrait les pans de son pyjama autour de sa taille, évitant de son mieux un contact désormais, son esprit battait la campagne. Et malgré elle continuait de chuchoter, complice impuissante de cet odieux individu.

— Que faites-vous là ? Que s'est-il passé ? Qui était cet homme ? Seigneur, que m'arrive-t-il ?...

— Gardons notre sang-froid. Où est votre compartiment ?

Le compartiment, Magda, les manteaux ! Elle avait tout oublié depuis quelques minutes de folie pure.

— Je voyage en compagnie. Ne comptez pas me prendre en otage plus longtemps. Vous êtes un repris de justice, un assassin.

— Selon comme on l'envisage... Je vous dois deux mots d'explication, je crois. Allons dans mon compartiment, vous ne pouvez me retenir là plus longtemps, c'est inconvenant...

Décontenancée par sa désinvolture, outrageante, elle ne savait plus à quoi se résoudre. Cet Etienne Louvain renversait à plaisir les situations, lui brouillait l'esprit, et dire qu'ils filaient à toute allure à travers cette nuit insensée, vers Berlin où l'on signalerait la disparition du voyageur, où il y aurait des contrôles d'identité et des interrogatoires... Elle s'effondra, mesurant enfin sa situation catastrophique, en proie au plus grand désarroi, secouée de petits sanglots ridicules, un chiot aux abois.

— Tttt, tuut, tut, chuchotait-il, compatissant. Tout va bien : il ne s'est rien passé. Je vous assure que vous n'aurez aucun ennui. Vous avez été formidable. Sortons d'ici, attention...

Il jeta un coup d'œil dans le couloir, la tira dehors et, au poignet il la tenait, ne la lâchait pas, l'entraînait rapidement jusqu'à son compartiment, le voisin du leur. Tirée la porte coulissante, ils étaient seuls, à l'abri. A l'abri de quoi, grand Dieu !

— Asseyez-vous. Buvez un coup. Vous en avez besoin.

Il lui tendait une flasque d'argent, qu'elle but avidement au goulot, l'alcool lui filait dans le gosier, une douche froide.

— Belle descente ! Ecoutez, je serai bref. Merci pour votre aide. Je crois que, sans vous, j'y passais. Mais nous ne nous sommes pas rencontrés. Je ne vous connais pas. Et je vous remercie de ne pas inquiéter inutilement ma marraine : elle ignore le dangereux métier que je fais.

— Quel métier faites-vous donc, hormis celui de jeter les gens sur les voies ?

— Je suis voyageur de commerce, exploitation minière. Il y a des secrets industriels que convoitent nos rivaux. En cette période de crise, la concurrence est sauvage. Les enjeux élevés. Certains ne reculent pas devant les pires moyens. Ce type me suivait depuis Vienne : il cherchait à me voler des documents professionnels. Ce sont les aléas du métier. Ma foi, je crois qu'il m'aurait liquidé pour les obtenir… En tout cas, vous l'avez constaté, il s'en donnait les moyens. Je l'ai échappé belle. Vous n'auriez pas eu envie de faire pipi, je serai à sa place sur le ballast.

Vulgaire, par-dessus le marché ! Voyageur de commerce, se disait Camille, ébranlée par ce nouveau point de vue sur la scène, à présent confuse dans son souvenir, de la lutte bestiale entre les deux hommes. Prêts à tout, à ces extrémités criminelles, pour des affaires de minerais ? Deux brutes que leur rivalité, l'intérêt ou le lucre, poussait à s'espionner, à se poursuivre jusque dans un train, à s'entretuer ? Le filleul de Dora n'en ressortait pas grandi dans son estime. Déjà il lui était paru d'une suffisance rare, d'une fatuité exécrable, cette manière de les faire proprement congédier, Gabrielle et elle, du petit salon de Dora, parce qu'il y débarquait en tapinois, entre chien et loup, sans prévenir ni s'excuser… Chiens et loups, voilà ce que sont ces malfrats. Vraiment sale mentalité, le commerce. Un pauvre type, sa cicatrice, sans doute héritée d'un pugilat semblable ?

— Et vous éliminez souvent vos collègues ? s'enquit-elle, exagérant son ironie pour venger ses pleurs de tout à l'heure, un accident nerveux regrettable.

Elle reprenait du poil de la bête, maintenant pressée d'en finir, de rejoindre Magda qui s'était réveillée peut-être, et avait toute raison de s'inquiéter de son absence ; plus qu'elle ne l'imaginait ! Il riait pour excuse, un inconscient, un danger public, dépravé par la passion des affaires.

— Eliminer ? C'est la première fois de cette manière… La première, disait-il plus sérieusement, et cette fois un peu ému, que je me suis trouvé sur le point de l'être. Je vous dois une fameuse chandelle…

— Eh bien, brûlez-la pour moi. Adieu, monsieur.

— Attendez, un dernier mot. Je n'ai pas besoin de vous faire un dessin…

— Pourquoi non ?

— Il s'est passé quelque chose d'horrible, d'affreuse conséquence. Mais ni vous ni moi n'avons intérêt à nous en souvenir. Est-ce que je me trompe ? Vous êtes d'une famille très connue…

— J'ai compris. Suffit les prolégomènes, jeta-t-elle.

Ce mot incongru surgi à ses lèvres, absolument hors de propos, lui rappela Simon, qui le lui avait appris. Simon qui ignorait quels risques elle prenait étourdiment, d'accompagner Magda dans son voyage périlleux, comme de déboucher à vélo dans une clairière de chasse, et elle se sentit éperdue de remords, de colère contre ce type, contre elle-même, qui tremblait à présent comme une feuille.

— D'accord, murmura-t-elle pour couper court, excédée de paraître céder à cette raison insultante qu'il lui offrait de se taire, et elle se levait.

Elle sortait, il la laissait sortir ; dans son pyjama de satin blanc, un elfe ferroviaire. Qui n'en menait pas large, et comme elle refermait avec précaution la porte coulissante :

— N'oubliez pas d'aller faire pipi : la voie est libre, ricanait-il.

Cette dernière provocation la laissa de marbre. Elle alla tout de même aux toilettes, sous la lumière crue découvrit au miroir son visage empourpré d'indignation, de mépris. La voie était libre, en effet. Désormais, la portière assujettie vibrait normalement aux cahots du train, derrière sa vitre embuée la nuit dense fuyait… Elle se glissa dans leur compartiment. Magda dormait si profondément que c'était ahurissant, impensable d'être aussi innocemment englouti dans le sommeil quand, à deux pas de vous, s'accomplissent de tels actes, qui soulèvent le cœur, désespèrent de leur noirceur, tels les cauchemars vous révulsent et cependant ne vous réveillent pas. La nuit confond la vie, les rêves et la mort, la nuit rend les songes à leur réalité… Elle sombra d'un seul coup, rompue de fatigue.

Louvain tira le verrou de sa porte et vida sa flasque, se rallongea sur la banquette. Il frottait sa main meurtrie, rendue insensible par les coups. Il avait un début de torticolis, la torsion forcenée pour échapper au tueur, tout le temps qu'il résistait pour ne pas basculer. Il n'avait pas menti : jamais si près d'y passer. La mort ressemble à ça, le néant sous vous à un train d'enfer, le vide, son attraction invincible et délectable, une rage de vaincu qui n'abdique pas… Par quel instinct viscéral négocie-t-on avec elle jusqu'au dernier soupçon de sursis ? Il n'avait pas cru, non, au moment venu de sa mort. Maintenant davantage, rétrospectivement. Près d'y passer. Si cette fille ne surgissait pas.

Si elle n'avait cette force de garçon, prise éclair, foudroyante. Il souriait malgré lui du retournement inespéré. Un elfe ferroviaire dans son pyjama blanc, couronne de cheveux ébouriffés, sur le seuil s'éclipsant. En voilà, des rencontres nocturnes, sur la ligne Vienne-Berlin… Il se serait passé de la première, un accident majeur. Très mauvais. Si Amedeo Guardi prenait la décision de le liquider, c'est qu'il n'avait plus le choix, un outil pareil ne prend pas de tels risques. La portière, excellent procédé. La preuve… Prend-il le risque de se brûler ? Il rencontre ses amis dans les cafés de Trieste, il entre à la banque… Mettons qu'il me sait le suivre depuis son départ, avant son départ, attend-il si longtemps cette occasion ? Ne trouve-t-il pas le moyen de me semer, ni de changer d'aiguillage, de perdre la piste ? Il suit son trajet à la carte, il a tout son temps. Bon Dieu, il est sûr de lui, absolument : il veut juste s'assurer que je suis seul… Une hyène pareille, pas froid aux yeux, change pas d'un iota son programme, sûr de lui, sûr de moi. Lui-même, seul. S'il avait été en compagnie, j'aurais juste eu le temps de le savoir, ils s'y seraient mis à deux pour m'éliminer et l'elfe n'aurait rien pu pour moi. Seul, c'est risqué, c'est dur. La preuve, Louvain… Pour toi aussi, c'est risqué, Amedeo. Tu en as vu d'autres, tu te crois invincible. On ne sent pas la vieillesse venir. Celle du muscle, celle du mental. Une once de vigilance en moins, un peu d'hésitation à pousser là où il faut, le centre d'équilibre. Du premier coup, il devait m'envoyer en l'air. Le temps qu'il perd à rectifier, ensuite ! Sale boulot, mon vieux. J'ai quand même failli y passer. Vigilance. Mental. Pas prévu, trop tard, qu'il fumerait une cigarette devant mon compartiment. Trois pas de dos, jamais ! Il me cueille. Jamais ne tourner le dos à ce genre de tueur. J'ai cru qu'il ne m'avait pas repéré. J'ai fait mine de m'éloigner… Merde Louvain, tu perds le nord. Sous-estimation, ça ne pardonne pas. Mortel. Il est mort. D'un cheveu. Cette fille, Camille Galay. Une rentière du biscuit, qui voyage… Elle a du cran. Elle est jeune. Louvain, ça ne va pas, pas du tout, bordel… Vaincu, anéanti.

Un frisson de terreur lui parcourut l'échine, soudain sur lui une honte anéantissante, qu'est-ce qu'une âme en colère, en révolte, le poids immense de cette chose sans visage, sans nom, qui de l'obscurité crache au visage, blessé de toutes parts, exposé à la destruction, ravalé à la faiblesse du nourrisson, discrédité et blessé, blessé, empoisonné et volé sans mesure et ni colère ni révolte ne rachètent ce mal, ne font lever la moindre lumière. La flasque vide, pas un sandwich depuis Prague. Il se rassit, tâta sur lui le revolver à son flanc, ses papiers dans la poche intérieure de son pardessus, un moment de pur dégoût de soi et de déréliction, tels qu'il se laissa aller, il était seul, à prendre sa tête dans les mains et à pleurer, merde. Pleurer comme ça, depuis quand ? Nommer ces choses et faillir à les évaluer, à connaître leur nature anéantissante, leur puissance à infliger la douleur, est une trahison sans rachat, et s'en tirer sans plus de mal, une honte. Gilles Brasier en est mort, il s'est pendu dans sa chambre du collège. Ses dix-huit ans assassinés par cette science du flétrissement qui effondre toute espérance et dignité, un crime contre nature fomenté dans la nuit de la haine. Qu'avaient-ils fait de plus scandaleux alors qu'aller à cet unique rendez-vous dans la barque sous les saules, au fond de l'étang, suivre le sentier qui longe la berge furtive, cœur clandestin battant comme un oiseau fragile, affolé, se heurtant à la cage thoracique, qui donne au plexus une douleur inédite, et dans l'obscurité deviner la silhouette désirée de si tendre amour. Mais ils ne le nommaient pas ainsi, n'avaient pas mis sur leur sentiment de ces mots qui appellent. Le creux du genou où saille le tendon sensible, l'attache frêle du muscle, le pan délicat sous l'oreille qui dessine le cou et sa veine bleue sous la peau n'avaient pas du cœur épris épelé l'étrangeté. Ils étaient restés enlacés et confondus à l'ombre, au bercement de la barque, au clapotis de l'eau, si immobiles que les rainettes un instant dérangées avaient repris leur chant dans les roseaux, et les grillons leur grésillement négligeable et doux, les oiseaux de nuit leur pépiement inquiet. Les feuilles du saule s'égouttaient de la dernière pluie et ils écoutaient ces bruits nocturnes avec la gravité des êtres sans défense, intimidés et neufs, au fond de la poitrine un appel d'urgence et d'espoir que la sombre clarté de la nuit entendait, dans l'air zébré de brumes quelques étoiles clignotaient. Ils n'avaient rien entendu d'autre, rien vu de celui ou de ceux qui guettaient dans l'obscurité et attendaient Gilles, ou plutôt venaient à sa rencontre au milieu du cloître, à la croisée des allées lui signifiaient quel verdict jugerait son forfait, demain quel tribunal de ses pairs, une élite virile, l'exécuterait. Dans la salle du chapitre fermée à clé, jeunes gens dressés à la dictature de la pensée morale, adeptes du châtiment par principe et santé, sous la présidence du régent, ils bandaient dans leur culotte de futaine de cingler les reins nus de Gilles. Etienne n'avait rien trouvé pour l'empêcher, rien sinon, devant le réfectoire où il prenait sa place en tête du rang, entraver le régent, d'un pied faucher son sourire et sa prestance, le faire s'étaler dans la boue et au pugilat le rosser, en dépit du règlement. De la savate, il savait assez pour déjouer les coups que l'autre faillait à donner sous les ricanements de la bande, mais ensuite, ceinturé en traître, il succombait sous le nombre avant que ne surgissent les appariteurs ; la face en sang, sa lèvre éclatée. Dans ce prestigieux collège de Cambridge et par libéralité des échanges culturels, Etienne et Gilles étaient supposés s'initier au saint des saints du puritanisme victorien, sa police totalitaire… Pour ce rendez-vous de garçons tous deux chassés, Gilles pendu dans la nuit. Au cimetière de Highgate, il n'y avait qu'Etienne au bord de sa tombe, et le père de Gilles, venu de Paris. Et un instructeur d'exercice militaire, un ancien colonel des bataillons de l'Inde qu'on nommait Sparrow, à cause des miettes qu'il mettait à sa fenêtre pour les moineaux du collège… Eux trois en silence. M. Brasier n'avait pas pardonné. Il n'y a rien à pardonner où gît morte vivante l'espérance humaine. Du tort et préjudice que le mal inflige reste la fêlure, une cicatrice inéluctable et générique de toute souffrance. Ce premier stade de l'initiation au mal enferme à tout jamais sa connaissance, dans le champ focal de son moment, continûment et puissamment imprègne le sang et l'esprit d'une douleur qui s'indure, distincte et profonde, comme une cicatrice intérieure, inexorablement fixée à cette tombe.

Le train filait vers Berlin, lancé sur les rails d'acier qui soumettent sa puissance de colosse, la machine noire trouait la nuit noire des campagnes ; dans un de ses compartiments, Etienne Louvain avait séché ses pleurs. De témoin il n'y avait que lui, et son ennemi le plus privé. A dix-huit ans identifié, sous ses masques cachant le sourire ignoble, le mal à l'infernal ricanement. Les lacérations de conscience, suffit. Avec une alacrité sans remords, il refaisait les comptes. Amedeo Guardi déposait à une banque de Trieste le revenu d'un trafic d'icônes russes qui, emballées dans un entrepôt du Havre, à destination de particuliers, amateurs européens comme de musées américains, seraient saisies par les services des douanes, en temps utile. Il déposait des chèques certifiés de banques françaises, libellés au nom de deux associations fascistes. L'une, italienne avec pignon sur rue, financée par le régime mussolinien ; l'autre, autrichienne, semi-clandestine mais prépondérante, quasi un parti constitué. Guardi prenait un aller simple pour Berlin, *via* Vienne et Prague. Il voyageait en toute impunité, papiers en règle ; à chaque frontière, saluts révérenciels. Marcus arrivait à point nommé, avenue de Picpus, ayant apuré ses dettes dans la région de Montepulciano et mis fin à son bail italien, dorénavant trop onéreux pour lui, muni d'informations étayées, et particulièrement pour tout ce qui concernait un Amedeo Guardi domicilié à Nice, que Louvain venait juste de ferrer à Montreuil, un poisson de taille, *La Coupole* était un bon aquarium. Elise, chère souris grise… Pivot d'un trafic d'argent et d'armes *via* Vintimille, dernière livraison : cent mille fusils Mauser, deux cents mitrailleurs Beretta, balles, grenades, obus, stockés dans des caves du Vieux-Nice, un labyrinthe ; directeur d'une maison de transports, rue de Lescarène. Parc de fourgons ultramodernes, cabine avancée. Familier de la villa des Deloncle, il joue aux boules avec les retraités du quartier, pêche au lamparo avec les marins et possède un yacht au cap d'Ail. Des immeubles, des parts au casino. Fils d'un antiquaire de Naples, famille de grands propriétaires terriens, diplômé en droit ; il dirigeait la tuerie des frères Zamorri, un boucher. Etienne ne saurait qui, à Berlin, étaient ses hôtes, s'il était attendu ou incognito. Amedeo Guardi avait trouvé son long sommeil, désarticulé sur un ballast. Avant qu'on ne le localise, et l'identifie, de la pluie tomberait, *ite missa est.* Pour son compte, Louvain avait à faire à Berlin, en dépit des épisodes accidentels, digressions pénibles, il ne voyageait pas pour rien. Les écorchures de sa main cuisaient, son torticolis déclaré tiraillait, mais l'empiètement des douleurs physiques allège l'angoisse, vieille compagne.

A Berlin, cinq heures du matin, un comité de réception attendait à l'arrivée pour restaurer les rescapés du voyage au long cours, dix-huit heures pour venir de Vienne, un record dans les annales. Tréteaux dressés et nappes de papier aux emblèmes nazis, faisceaux et drapeaux, demoiselles à tresses d'épis servant des gobelets de café et des bretzels chauds, garçonnets des Jeunesses hitlériennes employés au service ; et les excuses de la Compagnie des chemins de fer du Reich, *Heil Hitler* ! Hébétés de fatigue, éberlués par cet accueil flamboyant, les voyageurs, empêtrés parmi leurs bagages s'attardaient dans le hall, se soumettaient au contrôle des SS, bon enfant eût-on dit ; par ce froid de canard, la buée de leur haleine donnait à leur visage un flou bienveillant d'humanité presque, et Louvain aperçut du coin de l'œil son elfe nocturne ceinturé dans un grand manteau, entre ses omoplates délicates dissimulant sans doute des moignons d'ailes, qu'il aurait fait beau voir se déployer… Elle s'éloignait au bras d'une fille de sa taille, mais plus large, et robuste, elles deux des silhouettes bientôt perdues dans la brume de la rue, où déjà commençaient à circuler tramways, camions et bicyclettes, les fourmis laborieuses du Reich triomphant.

Une sirène d'usine sonnait la débauche de midi, son lugubre hurlement courait sous le ciel bas, un plomb neigeux embrumait l'horizon urbain, brun et gris, surmonté de cheminées, de portiques métalliques et de grues. Au dernier étage, la cuisine donnait sur les toits terrasses des immeubles de la Weisse Stadt, cette cité ouvrière du quartier de Reinickendorf, un modèle du nouvel habitat populaire. Selon les plans de Salvisberg, elle devait exprimer la nouvelle joie de vivre, une conception tonique de la vie régénérée par la lumière, l'espace, le soleil, le bonheur, loin des sinistres immeubles locatifs du centre de Berlin, leurs sordides cours en enfilade, leurs puits de jour insalubres où s'étiolait l'ouvrier et se délabrait son moral. Mais, sous ce jour blafard, la cité alignait ses uniformes façades nues à deux étages, bordées de chéneaux de zinc rectilignes, trouées de fenêtres carrées identiquement découpées en trois parties et sans volets, au-dessus des portes d'entrée le haut rectangle vitré des cages d'escalier rythmant leur théorie et, devant chaque, un chiche semblant de pelouse morte, râpée par l'hiver, la même séparant les contre-allées de la chaussée humide, où se reflétaient d'étiques arbres dépouillés ; un monde géométrique et désert, à cette heure morte de midi. Werner et Margarete n'avaient guère souci du paysage ni du mauvais temps, ils avaient écouté Magda. Elles étaient tombées chez eux au point du jour, à l'improviste. Werner rentrait juste de son tour de nuit et s'apprêtait à se coucher. Margarete préparait les enfants pour l'école, emplissait leur gamelle émaillée de soupe chaude et tartinait le pain de pâté, ce pain noir, gluant et compact qui tient au ventre, une tranche de massepain pour dessert ; l'école fournissait le lait, distribution gratuite. Passé la première surprise, Margarete revenue en hâte de l'école et Werner oubliant sommeil et fatigue, ils avaient tenu conseil dans la cuisine. Les heures avaient passé à boire du café et fumer des cigarettes, la cuisine en était enfumée, mais ils n'ouvraient pas la fenêtre. Il faisait près de zéro, le chauffage collectif ne donnait qu'une maigre chaleur, réduit à son plus bas niveau depuis une semaine, en attente d'une livraison.

D'abord effaré, puis grave, le couple prenait la mesure de ce qui lui tombait sur la tête avec une anxiété qu'aggravaient l'amertume du café et l'âcreté du tabac. Werner, encore en vêtements de travail, sa salopette poissée de goudron, semblait un soldat solitaire au milieu de ces femmes, endolori de labeur. Magda, la voix altérée, plaidait sans relâche, un entêtement doux qui épargnait la peur en eux, le vertige qu'il y avait à imaginer le montant de ce qu'elle promettait, offrait, persuadait de prendre, dont la réalité impensable occupait l'espace étriqué de la cuisine fonctionnelle, et pauvre. Ils parlaient allemand entre eux, Camille ne comprenait rien à leurs échanges, sauf le nom de Pola Wajda qui revenait, mais elle écoutait de toutes ses oreilles, livrée aux seuls timbre et registre des voix, étranglement ou murmure, à ces variations suivait une partition intime de ce qui les liait, les enchaînait à présent, arrimés à un dessein commun et parfois la stridence sourde l'effrayait de ce conciliabule fiévreux entrecoupé de silences. De temps en temps Magda traduisait, le plus souvent oubliait, emportée par la sombre ferveur qui les avait gagnés. Au moins Magda avait-elle obtenu que ceux qu'il fallait prévenir le fussent, cela se passait loin dans la ville, loin de ce quartier de Reinickendorf. Par deux fois déjà, Werner était sorti téléphoner de la cabine de l'épicerie, à cette Pola d'abord, puis à un Oskar alerté par elle, à chaque retour il donnait des nouvelles de la consultation qui se tenait ailleurs, et ce qu'ils en commentaient ou délibéraient ne résolvait rien, ne mettait fin à l'attente. Enfin, une dernière fois, Werner revint, et annonça qu'ils arrivaient. Ils se présentèrent au milieu de l'après-midi, mais la lumière était la même, cireuse, on eût dit que le jour n'en finissait pas de naître ou mourir. Deux femmes magnétiques et lourdes, lentes de gestes et hostiles presque, et un homme jeune, l'air d'un étudiant pauvre, d'une suffisance maussade, cet Oskar que Werner semblait tenir en estime. Dans la cuisine, il n'y avait pas de place pour tenir assis ensemble, personne ne disait plus rien comme si étaient dépassées les questions et les pensées pour les formuler, cela se fit en quelques minutes.

— Il faut donner nos manteaux, disait Magda à Camille. Nous n'avons pas le temps de les découdre, ils n'ont pas le temps d'attendre, et c'est mieux comme ça.

Rendue à ce point de la transaction, Camille n'avait rien à opposer. C'était très bien comme ça : elle donna son manteau, et Magda le sien. Les femmes s'en revêtirent, boutonnant, fermant la ceinture, relevant le col, et les trois visiteurs disparurent. Il était l'heure d'aller chercher les enfants à l'école. Werner soudain s'abattait sur la table, la tête entre ses poings prostré, le sommeil écrasant ses épaules chétives et, à neuf heures, il repartait prendre son poste. Du grand dérangement de cette journée, de l'hémorragie de paroles il ne restait qu'une tristesse et comme la gêne d'avoir abusé de ces gens, d'avoir blessé leur vie lourde et pénible d'une promesse intenable. Elles partaient aussi. Elles enfilèrent les manteaux que leur avaient laissés les femmes. C'étaient de maigres pelures, celui de Magda plus épais que celui de Camille, mais le sien allait mieux de carrure ; elles laissèrent pour les enfants les biscuits fourrés de tante Lottie, et le châle de Teresa. Ce délestage donnait une apesanteur insolite. Il soulageait de tout ce qu'elles colportaient depuis trois jours, les trahisons et les mensonges, le fardeau mental que pesaient les billets bleus, verts et orange. Ils avaient traversé la moitié de l'Europe, entravant leur marche. Pour la première fois, depuis leur départ de Budapest, elles avaient l'impression euphorique que l'action incertaine et criminelle, décidée en quelques minutes rue Rózsa, était absoute, pour la première fois aussi pensèrent à István. István s'est réveillé, disait Camille, tandis qu'elles descendaient la rue, la palpitation floconneuse brouillant sa vue, piquant comme abeilles bientôt, en escadres serrées, il commençait de neiger. Qu'a pu faire István, se réveillant dans l'appartement des Worki, que se passe-t-il, là-bas ?... Que se passe-t-il à Paris, où arrivera demain la carte postale, postée hier matin à la gare, dans laquelle Camille dit à Gabrielle qu'elle prolonge son séjour pour visiter Vienne avec Magda, que tout va bien et qu'il fait froid ? Les convois postaux sont lents, et lentes les heures, interminable le voyage pour venir jusqu'ici, une lenteur en marche qui oppresse le temps. Mais demain s'achève le périple. Demain, elles prennent le train qui revient en Autriche. Demain, Camille quitte l'amie très chère, l'abandonne à ce qui l'attend chez elle, dans son pays. Oh Magda, disait Camille, que vas-tu devenir, ne me quitte pas ! Ces manteaux d'emprunt ne protégeaient guère, mais c'était d'un autre frisson qu'elles se serraient l'une à l'autre. Où allons-nous ? A ce carrefour maintenant nocturne, dans les tourbillons hargneux de neige, Camille posait la question. Elle se la posait absolument. Que fait-elle à cet instant rendue dans cette ville inconnue, dont la langue lui est inconnue, dont toutes les perspectives fusent indifféremment, aucun des points cardinaux n'est indiqué, ni la direction d'un centre ou d'une périphérie, ni la raison cartésienne qui en ordonne le sens ; en une seconde elle vit qu'elle était perdue. Trop loin avancée sur une jetée sans horizon, au milieu d'un pont qui n'allait nulle part, dans cet envahissement des ténèbres, stationnaire et paralysée, le sentiment qu'une longue errance, une longue quête commencée avant sa naissance la conduisait à cet endroit de non-retour.

— Viens, viens donc, riait Magda.

Elle riait ! Elle savait quel autobus prendre, brinquebalant dans les rues, patinant dans la boue glacée, et la correspondance du tramway, elle savait où étaient le centre et la périphérie, mais Camille ne sut jamais où Magda la menait.

Comme tintait encore la sonnerie du tramway s'éloignant sur les rails, noirs aiguillages dans la neige, juste comme elles quittaient Friedrichstrasse illuminée pour entrer dans une rue adjacente, il y eut, du fond de cette rue, un mouvement confus qui venait à leur rencontre, un groupe débandé, étrangement silencieux, fonçait à la course dans un piétinement qui semblait immobile, écrasé par la perspective, un klaxon gémissait longuement derrière, et des coups de sifflet devant, ou bien cela venait de l'avenue, pétarade de moteurs emballés, des camions enfilaient la rue, bâches envolées dans le virage, freinaient, dérapaient, aussitôt en sautaient des grappes d'hommes armés, et le fracas des détonations, immédiat. Il y eut un chien jaune traversant la rue, l'échine hérissée, cherchant un abri, mais nul abri ni issue, la rue bloquée des deux côtés, derrière d'autres camions surgissaient de Friedrichstrasse, fracas métallique. Il n'y avait rien à penser ni faire que cette terrifiante danse sur place, environnées de fuyards hurlants, elles dansaient parmi eux, vitrines noires vibrant aux détonations, corps renversés, affalés, ils rampent dans la boue, le sang ! Dans ce noir et blanc de la rue saccagée, rouge éclatant, ils saignent ! Troupeau de bottes à clous, giclées de neige rouge contre les murs noirs, cliquetis d'arme et les coups pleuvent, barres de fer, un crâne craque sur le pavé. Réfugiée dans l'embrasure d'un magasin, derrière sa vitre noire, Camille eut la vision éclair contre son visage d'un visage lunaire, un homme blond à nœud papillon, visière cirée au front, tirant son volet, son fixe regard inexpressif. Elle ne se souvenait que de cela : *Imprimerie Kraus.* Elle se souvenait qu'elle était seule, Magda perdue. Elle n'avait plus sac à main ni bagage, mains nues, jetée par des poignes d'acier contre l'acier d'un camion, projetée sur la plateforme, écrasée par d'autres corps jetés, et sa gorge arrachée d'un hurlement de bête, d'où il ne sortait rien.

XVII

Etienne Louvain écarta les rideaux, du regard plongea sur la Hermannplatz ensevelie de neige. La loupe du double vitrage disloquait les lignes en obliques, architectures, rails de tramways, kiosques et colonnes, la haute tour en béton des magasins Karstadt, un théâtre noir et blanc zébré de glace. Mais l'hiver restait une abstraction dans le confort de sa chambre d'hôtel, chaleur tempérée, moquette, silence. Il lui avait fallu ce cocon pour récupérer, un sommeil de brute. Trois jours qu'il se reposait, il commençait à trouver le temps long d'un signal de Julia. Son torticolis n'avait pas résisté aux bains brûlants, sels parfumés, une gâterie rare justifiée par la thérapie. Sa main cicatrisait, des éraflures superficielles. Il faisait des exercices physiques sur le tapis, par hygiène, se faisait monter des repas, du schnaps, des grogs, des cafés, toujours trop allongés, lavasse teutonne. Il se faisait porter la presse, le *Völkischer Beobachter*, Le *Neues Volk*, sources sûres, aigle et swastika en tête, le *Berliner Illustrierte Zeitung*, pages de sport, même le *Frauen Warte*, magazine de la femme hitlérienne, rafraîchissant ; pour avoir le *Rheinische Zeitung*, il fallait se fendre d'un pourboire avec la soubrette, le journal socialiste n'était pas interdit, pas encore : mais pour M. Lange, elle voulait bien aller jusqu'au kiosque. De cette lecture lyrique, vociférante et répétitive, il n'apprenait rien, en particulier sur ce qu'il guettait : rien, bonne nouvelle. Il s'ennuyait ferme. Ce matin, il avait des impatiences dans les mollets, les pompes et les jetés de jambes n'y remédieraient pas : ce soir, il allait sortir, cabaret ou cinéma.

Il prit une douche et, en peignoir de bain, s'installa pour un petit-déjeuner copieux, œufs mollets, saucisses, viennoiseries, café crème dans la porcelaine : la table roulante avait fait une apparition discrète pendant sa toilette, service impeccable. Il ouvrit les journaux. Le titre à sensation avait bonne place : “Un voyageur se tue sur la ligne de Vienne, entre Dresde et Berlin." Accident, assassinat ? La police se perd en conjectures. Ainsi dit-on en ces circonstances. Expertise difficile des contusions, ce qui reste du corps est très abîmé par la chute. Euphémisme journalistique. Les lésions constatées, assez accusées, résultent de coups portés soit avant, soit après l'accident ; deuxième hypothèse peu probable. Fort pertinent. Selon les médecins légistes, l'absence de blessure à l'arme blanche ou à feu n'établit pas pour autant la thèse du suicide ou de l'accident. L'identité du mort restait un mystère, on cherchait dans les taillis, sur le ballast, un périmètre vaste, étant donné la vitesse... Eh bien, voilà... Louvain se resservit un autre café, feuilleta, négligent, les pages intérieures. A Paris, la police débordée laissait des bandes de fanatiques socialistes attaquer lâchement des manifestants patriotes, scandalisés par la corruption parlementaire que révélait l'escroquerie d'un juif apatride... A Berlin, l'ordre régnait : les SA avaient procédé à l'arrestation d'une clique repérée, des militants de la Bündische Jugend en possession de la revue *Widerstand*, un torchon à la solde des bolcheviks, réunion illégale, provocation, etc. Rafle fructueuse : parmi eux, un agitateur déjà connu de la police, Robert Ölbermann, un fanatique, et une ressortissante étrangère, soupçonnée d'espionnage. Menées subversives, etc., rigueur, main de fer, interdire la revue, ferments qui empoisonnent notre sang, révolution national-socialiste, etc., deux millions de nos morts sacrifiés exigent des comptes... Nos morts, esprits vengeurs de l'Allemagne qui s'éveille, une semence de sang pour chaque héros à venir !... Les dernières lois visant à déjouer les complots fomentés par les propagandistes apatrides trouvaient là leur pleine actualité, etc. Un encadré : l'Américaine dénommée Camille Galay, d'évidence un nom d'emprunt, se trouvait en possession de tracts subversifs, on recherchait activement l'imprimeur.

Louvain inspecta la chambre, son ordre quelque peu dérangé, écouta le goutte-à-goutte pénible de la douche. Se leva, alla fermer le robinet, une bonne chose de faite, s'appuya au lavabo. Un peu sonné. L'œuf mollet passait mal. Machinalement, il se rasa, s'interrogea au miroir, s'assit au bord de la baignoire. En caleçons, difficile de réfléchir. Un peu plus tard, chemise, cravate, bouclant sa ceinture, il relut l'article. L'elfe ferroviaire avait de sérieux ennuis. Raflée avec des dissidents de la Bündische Jugend, le système de terreur maintenant stabilisé, plus d'obstacle aux exactions... Cette fille de bonne famille, une espionne ? Une bolchevik américaine, il fallait les lecteurs du *Völkischer Beobachter* pour gober ça ! Plutôt une écervelée qui s'était trouvée au mauvais endroit, au mauvais moment, rentière des biscuits et madeleines en voyage d'agrément... Quoique. La jeunesse bourgeoise s'émancipe, elle tente ses expériences générationnelles. Louvain ne croyait pas un mot de ce qu'il se racontait, et n'aimait pas le pincement aigu sous son sternum à l'idée que la jeune fille en pyjama, dont les formes féminines lui avaient été si proches, qui lui avait sauvé la mise, de quelle magistrale manière, se trouvait aux mains des SA, des garçons bouchers déguisés en soldats. Il trouvait même cela très contrariant : il était concerné. Il n'était pas concerné, cela ne le regardait pas. Il ne la connaissait ni des lèvres ni des dents, ne l'avait jamais rencontrée. Une fille qui vous sauve la vie ! Quant à sa petite camarade, pas un mot sur elle, étaient-elles encore ensemble ?... Il envoya valser la presse nazie et socialiste à travers la chambre, et fit les cent pas. Là-dessus, le téléphone intérieur se mit à grelotter : Miss Brighten s'annonçait. Elle tombait bien, en pleine tempête sous son crâne, un mal de crâne qui se déclarait, et récidive du torticolis. Julia était en manteau de fourrure, odorante de son bain matinal floral, poudrée à frimas, rouge à lèvres sanglant, qu'elle lui offrit par faveur languide. Bon Dieu, il n'allait pas se laisser renverser sur le lit. Ces draps défaits, il aurait dû les refermer, une faute de goût, un traquenard. Mais non, elle allait prélever, entre deux doigts manucurés, des miettes de viennoiserie, pas une sur le rouge à lèvres. Fronçant le sourcil.

— Tu n'es pas content.

Non, il ne l'était pas, et n'avait pas envie de le paraître. Trois jours qu'il patientait dans cette chambre enfermé, trois jours qu'il attendait sa visite. Ce matin, d'humeur sombre, et même belliqueuse. Elle défaisait son manteau, le jetait sur le lit, dépouille de chasse ou déclaration de guerre ? Là-dessous, en robe de lainage d'une finesse voluptueuse, une étrange broche orientale au creux du décolleté. Mais, assise au fond du fauteuil, croisant ses jambes d'élégante, elle n'avait pas l'air insoucieux non plus. Elle était pâle sous le fard, inquiète, nerveuse, et elle n'aimait pas que Louvain le fût aussi, ce n'était pas dans leurs habitudes.

— L'opération Gardénia est prête, souffla-t-elle dans sa fumée. Cigarette ?

Il en prit une, allumée si près de son corsage qu'il sentit l'odeur de sa peau, d'un remords tardif lui caressa la joue.

— Il est temps, Etienne : Moscou est sur le coup. Nous n'avons plus de temps à perdre.

Gardénia, une de ces fleurs capiteuses ajoutée au bouquet vénéneux des activités de Julia ? Jamais il ne lui avait demandé où elle allait les cueillir, comment elle les glanait impunément à travers l'Europe, reçue en amie dans tous les milieux ; d'où elle tirait l'argent de sa vie mondaine et frivole, des palaces fastueux où elle descendait. La fortune du père Brighten, à Bucarest, n'était pas sans fond, Julia avait des revenus personnels, aussi occultes que ses agissements. La règle entre eux était de ne pas poser de question, une équation dont chacun admettait les multiples inconnues. Selon son caprice botanique, l'évasion Harbayer s'appelait donc Gardénia, une fleur fragile. Sa préparation, une affaire pareille, c'était se vouer au diable que de lui laisser carte blanche. Comment reprendre la main ? Leur association datait des années d'après-guerre : à Rome, son premier poste d'attaché, Julia le cueillait du petit doigt. Déniaiser ce jeune Français était un service à lui rendre, croyait-elle ; il lui en avait rendu de fameux, gratitude réciproque. On ne sait à quelles profondeurs opère la séduction épidermique, les stimuli cutanés ont des ramifications insondables, mystère du système nerveux. Quant à celui du psychisme, surtout celui de Julia, abyssal. Un iceberg sensuel, une bombe érotique, une machine à calculer algorithmique, d'une amoralité phénoménale. On ignorait en quelle langue, six à sa disposition, elle rêvait et pensait, compartimentées ou simultanées, traduction réservée. Il avait ses faveurs, par quel décret ; jamais elle n'avait failli à les lui accorder, d'une loyauté à toute épreuve. Le plus beau est qu'elle était capable d'en accorder de pareilles à ses pires adversaires. Avec Julia, Louvain jouait une partie asymétrique, il ne concédait à aucun autre de ses alliés une telle autonomie, et pour la première fois le socle de leur pacte lui parut d'une inconsistance de sable. L'accident du Vienne-Berlin l'avait secoué plus qu'il ne croyait, avertissement sans frais. Ces trois jours de réclusion avaient fait leur travail, un certain ébranlement, salutaire, et en face d'elle, ce matin, comme chat échaudé, le poil juste sec de sa mauvaise aventure, il n'était pas prêt à tomber dans une nouvelle. Mais elle avait des antennes. D'un animal familier, on connaît les symptômes, elle consentit à donner quelques explications, une dérogation de taille.

— Chao-Kung est de passage, j'ai passé ces deux derniers jours avec lui. Je t'ai délaissé, chéri, mais c'était pour ton bien. Vois le bijou qu'il m'a offert : un truc tibétain monté en broche, il porte bonheur. Cet homme-là est ma providence…

Ce moine bouddhiste vivait maintenant à Shanghai, devenu le gourou d'une bande d'illuminés européens convertis à l'ascèse, un des parrains de Julia, son favori. Il l'avait tenue sur les fonts baptismaux bien avant Grubensteiger. Quand l'espion allemand croyait faire son initiation, elle était déjà à bonne école, mais de cette antériorité celui-ci ignorait tout, elle le laissait croire au monopole de son patronage, selon son principe du cloisonnement sanitaire. Seul Louvain, par privilège, connaissait la relation filiale un peu particulière que Julia entretenait avec cet escroc, un aventurier juif hongrois dont les impostures étaient notoires. Repéré comme agent double, triple, voire quintuple, il publiait ses Mémoires d'espion et distribuait comme tracts au coin de la rue faux vrais documents ou le contraire, valise diplomatique ambulante. Homme d'affaires véreux, repris de justice extradé, emprisonné, élu député britannique sans en avoir la nationalité, déchu de celle-ci quand il l'obtenait ; soupçonné partout, il était *persona grata* dans toutes les chancelleries et faisait des procès aux ministres tchèques tout en finançant l'Internationale blanche avec de faux billets ; un espion de génie : à un certain degré de duplicité, autant mettre celle-ci sur la place publique, la transparence est un paravent idéal. Cet homme-là se promène comme un miroir biseauté, chacun y voit ce qu'il veut dedans : derrière, il ne sait peut-être pas lui-même qui il est, sa meilleure sauvegarde, ou sa folie. Propret, bésicles d'or et moustache cirée, d'une élégance de lord, Ignace Trebitsch-Lincoln s'adonnait à présent au mysticisme en robe safran, accompagnait des généraux chinois en Europe, leur éminence grise. Julia aimait cet ami de son père, ou son débiteur frauduleux, ou le fondateur de sa fortune à Bucarest, selon. Il était donc à Berlin, en était déjà reparti : c'est de lui que Julia tenait que Moscou avait des vues sur Harbayer. Une information à double ou triple fond, objectait Louvain. Un tuyau pareil a toutes sortes de destinataires, et toute chance d'être crevé. Aussi bien, Trebitsch te choisit pour te faire sortir du bois, ou bien il est choisi par des gens qui chassent devant.

— Mon chéri, disait Julia, tu n'y es pas : c'est lui qui leur a vendu l'idée. Mais ils sont mauvais payeurs, les caisses de Staline sont vides. Moi, je ne paie pas en monnaie de singe, il me connaît. J'ai viré à sa banque de Shanghai : il a le récépissé. Débit conditionné à son aide. Tu vois. Il a en a besoin, il ambitionne de se faire couronner empereur de Chine…

Elle riait d'un rire de gorge qui n'avait pour équivalent que ses râles sensuels. Il était bien placé pour savoir qu'elle ne prenait son plaisir qu'à certaines représentations mentales, d'un érotisme supérieur. Cet orgasme une fois connu dévaluait tous les autres, accidentels, éphémères, imparfaits : les hommes sont faibles. Elle riait de son accord avec Trebitsch, dont la broche tibétaine était le chiffre exposé au plein jour : empereur de Chine ? Pourquoi pas de la Lune, au point où en était cet illuminé psychopathe ? Cela enchantait Julia, lui donnait son roucoulement de gorge rare. Que s'était-il passé dans la vie de cette femme, quel déficit d'enfance, pour que trafiquer la réalité, la plier à ses visées, rendre réelles les fictions les plus extravagantes lui inspire une jouissance aussi perverse, démone manipulatrice, face de sphinge. Elle s'étirait, déliant son buste et sa taille, mesurant du regard filtré l'effet de son plan, ou celui de sa posture.

— J'ai bien travaillé, mon Lange...

Elle était vraiment inquiète, nerveuse, elle avait terriblement envie d'un exutoire à sa fièvre, d'une récompense, la réglisse n'y suffirait pas : Julia n'avait pas eu de grand-mère à Digne. Il s'exécuta de son mieux, il avait de l'énergie à revendre, et cela dépassait quand même en fantaisie les exercices musculaires sur le tapis solitaire ; à deux, on invente des variantes et, ce matin, Julia était tendre. Elle voulait des caresses plus que des assauts, des câlins, des étreintes qui consolent son cœur, mais le cœur est plus dangereux que le sexe. Si Julia en avait un pour lui, il fallait faire très attention. Il le pressentait à son abandon nouveau, à l'emprise langoureuse de ses bras et au regard mouillé qu'entre ses cils il rencontrait, un vertige inconnu au fond du puits de ses prunelles noires, et à celui de son oreille tombait la question fatale, que jamais on ne pose, jamais elle ne l'avait posée, il en eut un frisson de frayeur : tu m'aimes ? M'aimes-tu, un aveu plus qu'une demande, une prescription. D'un renversement d'alliance aussi acrobatique, comment se sort-on ? Sauf à mentir, de tout cœur mentir. Le cœur est un organe plastique, il prend la forme sentimentale qu'on veut, bien plus faux jeton qu'une érection, une providence. Il mentit, avec une déloyauté dont la sincérité envoyait au tapis tous les Trebitsch du monde. Nue dans son manteau de fourrure, elle sembla s'en contenter, la lumière d'hiver mettait des touches de nacre sur les arrondis parfaits de sa personne, moites de caresses, il considéra qu'il avait bien travaillé aussi.

— Tout est en place. A toi de savoir ce que tu fais pour la réception. Ce colis vaut très cher. Le transport est compliqué. Il va agiter pas mal de fourmilières locales et extraterritoriales. Mon chéri, fais attention à toi.

Elle ne disait pas : fais attention à moi, elle ne réclamait rien. De la salle de bains, où coulait l'eau de son bain, son image dans le miroir faisait un petit signe équivoque, d'avertissement, ou de menace, agitant un doigt gentiment maternel, ou sombrement démoniaque. Il lui envoya un baiser soufflé sur les doigts, cela ne coûte rien. Mais par quelle inspiration subite, appuyé au chambranle, mettait-il sur le tapis le souci lancinant, bien plus perturbateur à tous égards que celui des fourmilières, qui ne l'avait pas quitté durant l'intermède sensuel, vissé à sa nuque.

— Il y a un article dans le journal. Une Américaine, arrêtée hier soir. Ils disent : soupçonnée d'espionnage. Il se trouve que c'est la fille du savant français qui réceptionne le colis.

Dans la mousse, Julia encaissa la nouvelle avec pénétration, pas un signe sur son visage devenu de marbre.

— Selon toi, que sait-elle ?

— Rien.

— Tu en es bien sûr...

— Je le suis.

— Alors ne bougeons pas.

— Sauf que, si son père l'apprend avant que Gardénia ne réussisse, il risque de se défausser.

— Il risque...

— Peux-tu le courir ?

Absorbée, elle examinait, à l'autre bout de la baignoire, les pétales rouges de ses ongles de pieds.

— Non, admit-elle, mécontente. Qui est cette fille ? Que fait-elle à Berlin ? La connais-tu ?

— Jamais vue de ma vie. Une fille de la famille Bertin-Galay, gros industriels. Pour moi, elle faisait du tourisme, une évaporée. Une coïncidence regrettable, les impondérables sont la plaie. Il faut la sortir de là en quatrième vitesse.

— D'où elle s'est fourrée, on ne sort pas. Ou alors, d'un coup de pouce des dieux.

— Grubensteiger ?

— Il est à Moscou. Ta fille nous emmerde.

— C'est ce que je pense.

Du coup, le bain n'avait plus aucun charme. Rhabillée, Julia allumait une cigarette, et n'en offrait pas, elle oubliait, ou bien le punissait de sa contrariété. Son cerveau devait fonctionner rapide, il en sentait les rouages de neurones, étincelles, connexions éclair.

— Il faut payer très cher. Je n'ai rien à offrir en ce moment. Qu'as-tu, toi ?

Rien. Poches vides. Mais dans son placard sous l'escalier, pas mal de peaux à vendre, pendues au crochet. Chasseur de peaux, voilà mon métier. Ce petit négoce du renseignement, une banque, avec pour monnaie d'échange de la viande humaine, fraîche ou faisandée, on en a les mains pleines de sang. Julia n'y répugne pas. Moi, je commence à fatiguer.

— A cette hauteur, rien, dit-il, soudain très las.

— Je quitte Berlin ce soir... Et toi ?

— Demain.

— Dans des circonstances comme celles-là, murmura-t-elle, il n'y a qu'un moyen. Donner ce qu'on n'a pas. A qui ne l'attend pas.

Grubensteiger n'était pas à Moscou. Du moins, il en était rentré plus tôt que prévu et mécontent d'avoir voyagé en wagon de deuxième classe, chauffage en panne, chasse-neige antédiluviens. Tout ça pour revenir bredouille d'un séjour dans une cave humide, sans aération, sans un tabouret décent. D'ailleurs il détestait les tabourets, des chevalets de torture sommaires sur lesquels les tortionnaires souffrent autant que les suppliciés. Une cave où des amateurs de la Guépéou, avec leurs cisailles d'équarrisseurs, vous bousillent un type en deux jours : bon à liquider à votre arrivée, plus rien à en tirer. Pays de primitifs. Le fanatisme requiert un minimum d'intelligence : à ce niveau d'inculture et d'incompétence, ils sont cuits. Staline n'est entouré que de cuistres, de parvenus et de bouchers, hypnotisé par ses voyantes, il mange trop de confitures. Grubensteiger voulait bien contribuer aux bonnes relations officieuses entre Hitler et ce rustre, mais que chacun y mette du sien. Au moins, à Paris, Münzenberg suivait ses leçons. Un envoyé du Komintern qui instrumentalise les antifascistes en douceur et en rend compte à Berlin, voilà des méthodes civilisées, du travail soigné. Il ne décolérait pas. Il avait eu froid dans cette cave, ses vieilles douleurs s'en trouvaient ravivées, lancinantes, mauvaises. Cette plaie qu'il traînait, thorax perforé, une excavation sans cesse creusée, aussi putride que les mines abandonnées, rien ne tenait plus là-dedans, les os, les organes… Y en avait-il, des estropiés de cette guerre, à mendier par les rues, vendre billets de loterie et cartes postales défraîchies ? Lui, n'avait demandé réparation ni aumône à personne. Il avait fait sa guerre à lui dans un hôpital de Trieste, miraculé de la chirurgie. Ce qu'enduraient les types, sur leur tabouret de la Guépéou, ce n'était rien, à côté de son martyre… Les dividendes qu'il en touchait ne le payaient guère, sauf quand il s'en présentait de cette qualité-là, ineffable.

La presse du matin l'avait requinqué, une nouvelle qu'on cueille comme pomme d'or au verger des Hespérides, les matins de printemps. Il s'était présenté au poste de Friedrichstrasse, mais les détenus avaient été transférés dès le lendemain de la rafle à la caserne Garde-Ulanen, un centre de détention spécialisé, sous contrôle des SS. Se transporter jusque là-bas, une petite marche qui laissait le temps de savourer. Belle façade de brique, aux fenêtres néogothiques des carreaux en cul de bouteille. Pas besoin de montrer patte blanche, juste renverser son revers de manteau et les chicanes s'ouvrent, la piétaille soldatesque s'incline. Une pioche pareille, il n'en croyait pas ses yeux, il voulait voir par lui-même. Et d'abord consulter le registre des interrogatoires, se faire donner des précisions. Il avait demandé à être reçu par l'*Hauptführer* Trautman, de ses obligés. Un garçon instruit, discipliné, qui a de l'ambition : il attend une promotion, rien ne vous rend un homme plus compréhensif, le mental attentif, l'échine flexible. Il arrivait juste, fleurait le savon à barbe, irréprochable dans son manteau noir, revers gris perle, insignes lustrés, son brassard rouge à swastika bien sanglé au coude. Ces uniformes ont de l'allure, n'importe qui là-dedans se croit une destinée de leader. Hugo Boss, en voilà, un petit génie des affaires ! Modeste fabricant de prêt-à-porter de Metzingen, on intrigue pour devenir l'unique fournisseur de la Wehrmacht et de la Jeunesse hitlérienne, ce monopole vous bâtit une fortune en cinq secs. Même les femmes, même les nurses ont une tenue alignée sur le modèle, une nation entière habillée de pied en cap en petits soldats du Führer. Du bon drap de chez nous, cette culotte de cheval, la botte virile. Le brun et le noir, avec le rouge, une palette exaltante. Le dos au poêle, les employés du bureau plongeaient dans leur machine à écrire, sous leur lampe de verre vert : les administratifs zélés qu'exige la révolution nationale. Dans la cour, les couloirs, on astique les fusils, on claque du talon, on cogne sur des dos courbés, barres de fer, belle jeunesse ardente, mais une entreprise de cette envergure a aussi besoin d'une armée de tâcherons pour tenir à jour les comptes et les archives, travail humble et sans horizon ; le secrétariat : une vocation au service de l'idéal commun, *Heil Hitler* !

Sous la fenêtre, il feuilletait le registre avec une satisfaction d'huissier devant ce compte rendu consciencieux, dactylographie impeccable, même pas une faute d'orthographe. Ce n'est pas ici qu'on bousille les rapports ni les détenus. On les fait s'asseoir en face de soi sous la lampe, on prend tout son temps, méticuleux. Ils ont eu le temps de mijoter dans le jus assaisonné de leur geôle, c'est là qu'on les accommode ; ici on est poli. La secrétaire tape. Elle a acheté son pain à la boulangerie, elle a conduit ses enfants à l'école, elle écoute la radio. Elle aime les parades, son mari a du travail. Que demande le peuple ? Que demandait Grubensteiger, ce matin ? A vérifier que la dénommée Camille Galay, raflée avec la racaille de la Bündische Jugend, était bien celle qu'il croyait, suspectait d'être, un miel pareil vous n'y mettez la patte que dans l'incrédulité extrême… Vous vous pincez, rêveur, et cette songerie vous fait courir de petits tremblements d'extase anticipée à la nuque, claqueter des mâchoires comme les tigres à la vue de la gazelle qui lape, l'insouciante, l'eau du marigot au crépuscule. Cette scène de chasse l'excitait, il lisait les minutes de l'interrogatoire, et Trautman, tout *Hauptführer* qu'il était, n'aurait pas dérangé sa lecture pour tout l'or du Reich. En quoi, bien que ne portant pas l'uniforme, vous en imposez assez à la volaille galonnée pour qu'elle ferme son bec. La détenue n'avait ni sac ni papiers sur elle, passeport ni carte d'identité, ni argent. Un Leica au cou, confisqué. On en était réduit aux déclarations qu'elle faisait, en présence d'un traducteur : elle prétendait ne pas parler allemand. Français à peine, citoyenne américaine. Avait réclamé qu'on joigne ses tutelles consulaires. Refusé. Américain, c'est sensible, la presse n'aurait pas dû spécifier. Ces journalistes, même au *Völkischer Beobachter*, sont des nouilles. Une fuite du commissariat ? L'officier déclinait la responsabilité, un peu gêné par son col. Pour le moment : gardée au secret, pas de fouille-merde d'ambassade ou de consulat. Un bon point pour Trautman. Donc, pas de papiers ? Perdu son bagage, son sac perdu, dans le désordre de l'arrestation. Enquête diligentée sur place, rien trouvé. Les rats ramassent vite ce qui traîne, engeance dégénérée, *verstädterung*. Au traducteur, elle déclinait son nom, son adresse à Paris, rue Buffon, mais voyons donc, le motif de son séjour, tourisme vacancier, mais voyons donc !...

Grubensteiger en avait mal au ventre de plaisir, un concentré d'acide gastrique et de nectar. Sur la suite, c'était d'un flou artistique comique. Infichue de donner le nom de l'hôtel où elle devait descendre, arrivée du matin par le Vienne-Berlin, qui avait pris du retard. Vienne, qu'y faisait-elle ? Tourisme de même. Pas davantage capable de dire où elle avait passé la journée, le musée qu'elle disait avoir visité, les cafés où elle disait s'être arrêtée, avoir dormi, fatiguée de son voyage. Elle ne connaissait pas la ville, n'était jamais venue à Berlin, ni en Allemagne. Sur elle, un manteau de mauvaise qualité, de marque allemande, un tract subversif dans la poche. Circonstance aggravante. Prétendait s'être trompée, dans un café : à la patère, elle avait pris celui-là pour le sien, réclamait qu'on note bien qu'elle ne l'avait pas volé, que c'était une erreur. Pour le tract, réclamait qu'on note bien que, ne parlant pas allemand, elle ignorait ce qu'il signifiait. Cette fille ne se démonte pas. On dirait que c'est elle qui mène le débat. Avait des parents français installés aux Etats-Unis, de la famille en France. Non, ils ne la savaient pas à Berlin, ils la croyaient à Vienne, ignoraient son idée subite de faire un saut dans la capitale allemande avant de rentrer, par curiosité culturelle ; elle ne manquait pas d'air. Elle n'avait rien à voir avec les personnes en compagnie de qui elle avait été embarquée, elle n'avait aucun moyen de communiquer avec elles, elle était là par hasard et réclamait, exigeait, voyons donc, qu'on la remît en liberté, porterait plainte auprès de son ambassade pour les mauvais traitements dont elle avait été témoin.

Témoin ! Tout cela chatouillait une furieuse envie de rire, qu'il réprimait de grognements. Trautman attendait patiemment qu'il prît connaissance jusqu'au bout, observant une expectative prudente. En réalité, Grubensteiger le comprenait à cette lecture, hormis l'histoire du manteau, il n'y avait pas grand-chose à se mettre sous la dent, pas de quoi proclamer, comme les journaux le faisaient, très à la légère, qu'on avait intercepté une espionne. Bon pour la propagande, mais un peu hâtif. De quoi alerter inutilement le ban et l'arrière-ban, créer des difficultés diplomatiques, on n'en avait pas besoin en ce moment : dans la déconfiture générale, les Etats-Unis observaient à la SDN une neutralité opportune. Si Camille Galay trafiquait à Berlin, c'était en amateur, aussi bien une vraie touriste… Trautman tendit l'enveloppe de kraft du laboratoire : le rouleau développé ne contenait que cinq photos de famille, femmes attablées dans un intérieur cossu ; le reste, de la pellicule vierge. Cette arrestation était d'évidence une méprise. L'officier quêtait sur le visage de Grubensteiger le signe discret par lequel celui-ci donnerait ordre de boucler l'affaire, de relâcher la fille et la remettre dans le premier train, une décision qu'il répugnait à prendre seul, mais cette patate chaude mieux valait s'en débarrasser. Le préposé à la déchiqueteuse se chargerait du reste, pas de traces aux archives… Une erreur d'estimation et vous perdez six mois pour l'avancement, calculait-il, plus les ennuis à la clé. Son visiteur du matin avait tout pouvoir, protégé de Goebbels, le bras long, un silencieux. Or voilà qu'il demandait à voir. Qu'il souhaitait s'entretenir avec la détenue, en tête à tête. On s'empressa, mais extraire la fille, l'isoler dans une cellule, cela supposait des transferts, la caserne n'est pas extensible et elle est pleine, s'excusait Trautman, considérant l'état de ses ongles d'un air pénétré. Pareillement rongés, ton polissoir n'y peut rien, mon petit, ricanait Grubensteiger *in petto*, patientant près du poêle.

Camille Galay n'était pas en bon état. Sommeil rare, chichement sustentée de trois jours, pitance rance, la toilette, n'en parlons pas. Cela vous amoche les gens en vitesse, surtout le moral. Elle n'avait plus de montre, de manteau non plus, en jupe et joli tricot torsadé, confortable, mais même une petite laine irlandaise, c'est juste, dans ces cellules sans chauffage. Au début, vous tenez le coup, et puis grelotter ne vous lâche plus, claquer des dents, danse de Saint-Guy. Tout le corps part en débandade, on ne sait plus comment le récupérer, un vrai cocotier. Le froid, premier degré de la mise en condition, économique et rentable. Pas de tinette non plus, on pisse dans un coin. Certains se constipent, d'autres se lâchent en diarrhée, les sphincters trahissent ; rien pour se torcher, on supporte mal, les dames surtout. Elle avait des grilles à ses bas ; pauvre petite, Berlin sans chaussettes ! Mais debout, malgré sa mine défaite appuyée au mur, pour tenir debout. L'ecchymose à la pommette vire au violet, l'arcade cicatrise, certes, et lèvres crevassées ; mais en cet état elle trouve le moyen, bras croisés, mains enfouies dans les manches, de vous regarder entrer, sans ciller. Sous sa frange dépenaillée, des yeux que trois jours de détention n'ont pas éteints. Ils ont pourtant dû te secouer. Une coriace pareille, elle a de qui tenir, bon sang ne ment pas… Grubensteiger observa un silence, le temps que la porte soit bien refermée, que cesse le bruit derrière, prolongea son étude avec un ravissement, qu'il se reprochait. Une vieille bête comme lui, qui n'a que l'ombre pour habitat, tapie dans ses terriers, développe une perception aiguë de l'obscurité, la pupille dilatée qu'on connaît aux taupes. Un sixième sens les alerte du moindre remuement jusque dans les recoins les plus obscurs, mais leur rétine s'atrophie, la lumière blesse. Dans son éblouissement, le nerf optique bombardé peine à discerner ; ensuite, c'est d'une délectation sans pareille. Il ne se lassait pas de la manger des yeux, les yeux ont pouvoir de dévoration. On eût dit qu'était concentrée à son nerf optique toute substance et énergie de sa chétive personne, au fond des orbites caverneuses l'incandescence d'un charbon et, à la façon qu'il la regardait, une faiblesse ignoble la gagnait, ce dissolvant du regard, son emparement, plus puissant qu'une atteinte physique, mais avec stupeur elle vit l'homme voûté redresser soudain sa taille. D'une inspiration lente, son corps contrefait et comme disloqué dans son long manteau se déployait, tel un mannequin de foire dont la baudruche hésite et se gonfle, alors sa tête émergeait, encastrée dans le col relevé, cheveu rare et ras ; un masque blême de fœtus adulte dont les traits inachevés ou décomposés imitent le faciès humain ; en cette métamorphose, pitoyable, affreux. Son nez pincé, aussi bien un postiche ; ses dents, fausses elles aussi. Car il souriait, ou plutôt il montrait les dents, sa bouche sans lèvre tirée par un rictus d'automate. Cela ressemblait paradoxalement à un sourire de séduction, sur cette bouche répugnante la vile tentation d'amadouer, ou dissuader, ou punir, mais elle n'avait pas peur, non.

Dans ses manches, elle serrait les poings. Elle avait compté les jours et les nuits, elle n'avait pas perdu la notion du temps.

Le temps lui appartenait encore. Plus de montre, cela invite à compter les heures, à corriger leur élasticité sournoise. Magda est morte, heure zéro. Camille compte à partir de Magda. A qui elle a juré de savoir se taire. A qui elle doit silence. Des femmes avec qui elle a passé la première nuit, elle apprend, dans un français sommaire ou un anglais pire, les trois vocables qui servent de clé. Ceux qui ne sont pas là, n'ont pas été ramassés, ceux qui sont restés sur place dans la boue et la neige : *kaputt, dead, broken*, morts. Elle vomit. *Schwer krank.* Malade, ne s'évanouit pas, ne perd pas connaissance. Connaissance vient. Elle vomit et se redresse, crânement essuie sa bouche de son pull, ouvre grands les yeux, dilate ses narines, se pénètre de l'odeur que désormais elle respire. La catastrophe est passée, elle n'est pas là. Là, est une certaine cellule de prison, une caserne, dans une rue donnée de certaine grande ville européenne, dehors il neige. Alabama et Long Island ne sont pas là. Un lundi soir de janvier, 15 janvier 1934, cube de brique humide, fenêtre haute à grilles croisées, boulonnées. Six femmes pelotonnées sur le carreau de ciment noir souillé de sciure, de boue. La vie de chacune confrontée à une commune expérience, qui lui est étrangère. Peut-être pas à elles, qui se parlent vite et bas, dénombrent leurs blessures, coups, corps mâché, rapetissé, s'arrangent pour se tenir chaud, se consoler, s'encourager. A elles, en tas par terre, elle s'est agglutinée pour passer la nuit, la première, sans sommeil, corps hybride secoué de soubresauts tant on hurle, crie, on ne sait qui, de ceux qui frappent ou endurent, la première nuit passe, du lundi au mardi. Transfert en camion, entassés comme bétail. Les mobiles sont si extravagants qu'il n'est pas la peine, il est interdit, de vouloir les comprendre, vain de s'expliquer à soi, se l'expliquer sera déjà pactiser avec la peur de comprendre. A partir de là, ne pactise plus, déclare : je viens de Mars. J'en viens. Ni de Long Island, d'Alabama, d'une forêt d'automne parmi les fougères, je ne connais pas de Magda ni personne. Je suis une étrangère. Je le suis de mes bras meurtris, l'arcade en sang, de mes os perclus, et de mon cerveau qui redoute les coups, timoré, peureux, je suis de toute mon âme une étrangère et je vomis. A partir de cette peur, partagée et solitaire, elle commence à prendre connaissance. Au premier interrogatoire, elle avait tenu bon, c'était facile de déclarer : je suis une étrangère, je ne comprends pas votre langue. *I don't understand.* Selon la façon dont on s'y prend l'autre en face cède, il finit par faire chercher un traducteur, trois heures de gagnées. Elle s'exprimait en anglais, elle ne se souvenait de rien. Seulement de Magda morte, le décompte commençait à partir de là, point zéro, d'absolue ignorance, on se tient dedans, il neige dehors. Avant, j'étais sur Mars, allez-y voir si j'y suis. Avec un calme surjoué dont elle se surprend douée, ajoutant à l'occasion des détails de son cru, insistant pour qu'il soit bien noté que. Dans une improvisation de chaque seconde et cependant abîmée, irrécupérable, bien trop détruite pour entendre les cris, les coups qu'on reçoit dans la pièce à côté, cette comédie ne va pas durer. Une nuit, un jour de plus, mais ne rien attendre de plus que ce jour, cette nuit. Attendre autre chose, y penser, menace le cerveau peureux de se fendre en deux ; au bord du trottoir, le crâne éclate et le cerveau coule, dans le ruisseau noir. Le mal que cela donne, de garder intact son cerveau entier dans la boîte crânienne, enfermé. On sent à peine le froid au-dehors de soi ; la mort, au-dehors ; dedans verrouillé, et claquer des dents soulage. L'homme qui venait d'entrer avait des dents de montreur de foire qui veut attirer les petits enfants dans sa cahute de toile ; il avait des mains d'araignée crochues, d'horloger maniaque, parcheminées de cicatrices laides. Il avait une voix de crécelle, se raclait la gorge pour crachoter :

— Mademoiselle Galay, comment allez-vous ?

Dans un français métallique, sans un soupçon d'accent germanique. Cette langue, que personne ne lui avait encore parlée, vrilla son oreille, à en pleurer de faiblesse, d'autant que la voix de ventriloque semblait coincée par ce qui pouvait être, surprenante, une émotion, un vibrato de corde cassée. Tout atome nerveux tendu, elle se concentrait sur cette émission d'organe qui donnait accès, plus que son apparence dans la demi-pénombre, à la nature de l'apparition nouvelle. Rien à voir avec les brutes du corridor empuanti, avec les secrétaires indifférentes, les soldats à brassard et insignes. Il ne portait pas d'arme, de barre ni de crochet. D'une espèce singulière, une autorité occulte empaquetée de manteau cossu, une sorte de clergyman frileux et souffreteux, compatissant presque. Comment allez-vous ?

— *Who are you ?* riposta-t-elle, étonnée d'entendre sa propre voix proférer un son.

Un rire l'étrangla, secoua sa carcasse branlante comme une mauvaise toux, qu'il réprima.

— Vous êtes imprudente. Que faites-vous là ? Cette geôle est indigne de vous… Voulez-vous en sortir bien vite, revenir à vos pénates ? Votre famille doit s'inquiéter de votre absence…

Elle n'écoutait pas, ne devait plus écouter ni comprendre. Depuis qu'elle avait été séparée des prisonnières, transférées dans une autre cellule, et elle isolée, Camille se sentait affranchie du danger qu'elles représentaient. La compagnie humaine, si élémentaires que soient le contact, la chaleur, la voix et le regard, si primitive et misérable soit la présence de corps étrangers aussi menacés que vous l'êtes, blottis en chenillère de résistance, au lieu de fortifier et protéger de sa solidarité, entame le rempart d'immunité, le moindre signe de compassion débilite, sape les défenses, effondrement majeur, voilà ce qu'elle avait compris en les quittant. Elle était plus forte seule. Le risque était plus grand, mais elle plus armée pour l'envisager. Ces femmes ne pouvaient rien pour elle, et elle non plus. L'homme la terrorisait. Rendue à ce constat, elle pensa qu'elle pouvait mourir à présent. Elle en avait la liberté.

— Bel appareil, vaticinait-il. Le Leica, un appareil de roi... Vous photographiez ? Qui sont ces gens sur vos photos ?

Non seulement la liberté mais le droit, et cela donne un vertige de l'admettre, si simple à admettre, qui reste enfoui dans les camouflages épuisants de la vie réelle, les retranchements qu'on s'évertue à inventer pour dissimuler cette pensée légère. Elle avait eu une vie entière. Elle avait eu une poupée chinoise. Elle avait traversé un océan, un continent, pour rendre un étui de cuir rouge, Jos était content. Elle avait lu des livres. Une gouttelette d'eau pendait au lobe d'une petite fille, entre deux cabines de bain. Un homme l'avait embrassée, et aimée, elle avait un frère. Elle avait caché sa petite bague bleue, la seule chose qui eût échappé à la fouille du commissariat. D'abord dans la poche de sa jupe, mais c'est sans espoir. Ensuite dans sa ceinture, mais la boucle est trop visible. A l'envers de son pull, avec deux fils de laine tirés d'une maille, noués de trois nœuds marins. Elle ne voulait pas se souvenir où elle avait appris les nœuds marins. Sous ses doigts, elle sentait l'anneau, sa forme petite et dure. C'était tellement étrange qu'une vie se résume à une petite fleur d'émail bleu, que la dernière possession d'un tel objet tienne le fil ténu de la vie. Si on lui prenait son pull, si elle était déshabillée, et nue, elle mourrait. Elle pouvait mourir, elle en avait le droit. A cinq ans, elle était une fois une petite fille minuscule, assise sur un nénuphar, Andersen y pose Poucette, le courant l'emporte. Un soir, grand-mère avait failli mourir, la maison résonnait de cris, elle était seule dans sa chambre et le roi était nu. Les contes donnent aux enfants les armes dont ils ont besoin pour vivre parmi les géants. Ni laide grenouille, ni taupe hideuse, araignées et hannetons, ni mensonges ni mal ne les épouvante, ils échouent à vaincre l'enfance. Cet homme croasse et ricane, koax, koax, brékékex. De son venin il s'empoisonne, sa peau verte se desquame, il est nu. A ce jeu affreux, dans un cube de brique humide, fenêtre haute à grilles croisées, boulonnées, rien que frotter du bout des doigts la petite bague magique donne l'avantage, même s'il n'en sort aucun génie, lampe d'Aladin... Elle s'affaissa mollement le long du mur, ne sentit rien du choc du ciment.

— Photos imprudentes, très compromettantes, croassait la voix cassée...

Très près, portée à hauteur de son visage, elle vit encore la face desquamée comme lune verte, cratères boursouflés, une outre prête à crever.

— Millie, soufflait-il de son haleine froide, koax, koax, petite Millie, koax...

Dans l'extrême envahissement de nuit, doux enveloppement d'ultimes lueurs, l'inexorable extinction des bruits, elle glissait, ne finissait pas de glisser d'abandon béni vers la paisible issue de l'anneau, son cercle indicible, rayon d'or ouvert aux ténèbres. Grubensteiger considérait à ses pieds la forme affalée, qu'à son abord, rien qu'à son approche, un corps pouvait adopter, et s'il avait acquis pouvoir de réduire l'humanité infecte, d'éteindre comme chandelle sa foule innombrable, ectoplasmes blêmes agités de vie débile, celle-là, Camille Galay, offerte à son souffle par la grâce du temps long, d'une vie entière, était sa récompense suprême. Qu'elle s'évanouît, une déception mineure en regard de ce qu'il se promettait.

Il cogna à la porte, remonta le corridor en tirant la jambe. Et comme Trautman, empressé, se levait à son entrée, le sourcil circonflexé de satisfaction, il doucha sa hâte à conclure selon ses prévisions imbéciles.

— KL Oranienburg, régime spécial, laissa-t-il tomber.

Sitôt son dos tourné, diligemment, l'officier fit taper le renvoi par la secrétaire, celle qui ne faisait pas de fautes d'orthographe, pimpante dans sa petite veste kaki à poches plaquées, insigne nazi piqué au col, joues de porcelaine, une perle.

— Je prends tout sur moi. Ne mentionnez pas Grubensteiger.

Une erreur de ce genre, des ennuis à n'en plus finir... Dehors, la neige avait cessé, les nues laiteuses bleuissaient, peut-être une éclaircie ?

Le boulevard Saint-Germain présentait une agitation inhabituelle ; en sus de la foule du samedi après-midi, c'étaient des passages de fourgons de police forçant le trafic, d'autres rangés en double file le long de la chaussée, des escouades de policiers, de gardes mobiles tapant la semelle sur le trottoir. Depuis quinze jours de manifestations et d'émeutes, le quartier était sur le pied de guerre. L'on n'approchait le palais Bourbon qu'entre des rangées de la garde républicaine, parfois volatilisées, laissant libre la place. Un étrange ballet, que perturbaient les consignes contradictoires d'une présence armée dissuasive, et du souci d'éviter la provocation en affichant trop les forces de l'ordre, ce qui se débattait à la Chambre, et au cabinet. Chaque matin, les journaux rendaient compte des rebondissements de l'affaire. Le ministère Chautemps gérait la crise au jour le jour, un esquif en perdition, des paquets de mer à jeter les hommes par-dessus bord, et il en tombait sans cesse, délestage, épaves perdues… Décidé à aller jusqu'au bout ! A nettoyer les écuries, à trouver les responsables, fussent-ils à la tête de la magistrature et de la police. Cela ne devait guère donner le moral aux hommes qui faisaient le planton devant *Les Deux Magots*. Qui de leurs supérieurs, jusqu'au procureur de la République, jusqu'au préfet Chiappe, serait interpellé demain, limogé ? Chautemps jurait qu'aucune considération de personne ou de famille n'entraverait la marche de la justice, que l'Etat éclaboussé se laverait de l'ignominie. Il promettait de nouvelles mesures pour protéger l'épargne, réorganiser la police, une loi pour défendre les innocents contre les diffamations de presse, et la presse protestait de sa liberté menacée… Mais que n'avait-elle joué son rôle, que n'avait-elle usé de la liberté dont elle se réclamait pour dénoncer les forfaits de cet escroc si bien connu ? Fallait-il qu'il eût de bons amis parmi les journalistes ! Un député radical-socialiste dénonçait le danger de laisser séjourner sur le sol français des étrangers douteux, infiltrés dans la société tout entière : que viennent-ils faire chez nous, ces immigrés aux agissements criminels ? Prendre le travail des Français, cambrioler leurs économies. Et les avocats de ce voleur ? Des élus, qui siégeaient à la Chambre, là même où ils avaient le devoir de le condamner… Comment ce malfaiteur bénéficiait-il de dix-neuf remises de peine ? Chaque fois les magistrats renvoyaient son procès aux calendes grecques : un certificat médical, et l'avocat obtient la remise ! Pendant ce temps, son client poursuit tranquillement ses opérations occultes, razzia de millions. Voilà sur quoi il fallait faire la lumière. Mais la police, elle, protestait qu'elle faisait son travail : depuis dix ans, rapports sur rapports perdus dans les sables de la bureaucratie ; ou distraits, par quelque main complice ? Le litige s'exacerbait entre magistrature et police, accusations réciproques, ébranlait jusqu'aux fondements de l'Etat de droit, démoralisait la démocratie. D'autant que ce Stavisky s'avérait aussi indicateur de police ! Alors, à recruter de tels escrocs, la police assurait-elle sa protection aux citoyens ?

Puisque des ministres autorisaient la création du Crédit municipal de Bayonne, fermant les yeux sur l'escroquerie en profitaient au passage, comment s'en remettre à l'exécutif pour sanctionner une magistrature à ses ordres ? Le député Ramette réclamait, au nom du parti communiste, une commission composée d'ouvriers et d'assurés sociaux, un vrai tribunal du peuple… Non ! Pour calmer l'inquiétude de la population, des petits épargnants, des milieux bancaires, c'est au Parlement de contrôler le gouvernement ! Aux institutions républicaines de fonctionner, de montrer le pouvoir du peuple et de ses élus ! Les fonctionnaires doivent être remis au pas : tant d'entre eux, retraités, sont dans des conseils d'administration fructueux, où ils gèrent des patrimoines considérables selon leur intérêt d'initiés… Le député-maire Ibarnegaray trouvait le moyen de dédouaner le Crédit municipal de Bayonne, et son président Garat : certes son adversaire politique, mais il n'accablerait pas cet élu, vivant lui-même son calvaire de monter les marches du palais de justice sous les flashs, de subir sept heures durant l'interrogatoire dans le cabinet du juge d'instruction et d'en ressortir inculpé. Qui n'éprouverait de la pitié ? Pitié ! Il ne s'agit pas de pitié, mais de justice, lui répliquait-on. Alors que justice passe et silence sur Garat. Et d'énumérer tout du long les affaires de ce voyou de Stavisky. Dès 1918, abus de confiance, quelques mois de prison ; entre 1919 et 1923, affaire de stupéfiants, sans suite ; en 1925, chèque lavé, sans jugement ; détournement de titres, poursuite, libération. Depuis 1928, plusieurs affaires, pour aboutir à la gloire : Budapest et Stresa, et un aval de cent vingt millions pour la banque de Bâle… Salles de jeux interdites ? On les lui ouvre, sur un coup de téléphone. Casier judiciaire ? On le lui supprime, et il obtient une carte de la Sûreté. Qui lui fournit un casier vierge, une carte d'électeur au nom d'Alexandre ? Qui l'assassine à Chamonix ? Chautemps s'élevait contre les doutes émis sur le suicide, trois lettres en attestant, trouvées près de son cadavre. Mais alors que faisait à ses côtés Henri Voix, ce sinistre bandit ? Les déclarations de Voix devant le cadavre encore chaud puent à plein nez le policier, s'écriait Ibarnegaray, et la séance était suspendue dans la confusion générale. Mais les arrestations se poursuivaient, le Pyrénées-Côte d'Argent amenait de Paris deux nouveaux inculpés : Dubarry et Aymard, embarqués à Juvisy dans le rapide de Bayonne, écroués à la villa Chagrin où se préparaient d'autres cellules… Des perquisitions étaient en cours, Darius et Hayotte interrogés, Mme Stavisky entendue par la Sûreté générale…

En passant devant le kiosque, Gabrielle jeta un coup d'œil à l'étal des journaux du jour accrochés aux pinces à linge, dont le mur de pages flottait au vent. Ce samedi 20 janvier, la presse titrait encore en gros caractères, celle de l'extrême droite atteignant des sommets de virulence, protestations de vertu, appels à l'insurrection, et les colonnes le disputaient à celles qui rendaient compte des échauffourées à répétition, des arrestations… Elle accéléra le pas, traversa, se fraya un passage parmi les badauds questionnant les policiers en faction, et s'engouffra chez Lipp. Elle était à l'heure au rendez-vous, malgré tous les empêchements et retards. Un brouillard à couper au couteau avait occasionné des ralentissements sur les lignes de banlieue du Nord et de l'Ouest, elle avait trouvé les wagons bondés de voyageurs furieux, accueillis à l'arrivée par les agents venus en renfort contre la rébellion de protestataires, insultes, horions échangés, interpellations ; le climat général autorisait tous les excès, chacun portait en soi hargne et rancune, une population entière prête à en venir aux mains à la moindre occasion. Elle était donc en retard chez Dora, mais celle-ci étant sortie chercher de la ouate thermogène à la pharmacie, pour tante Vita qui toussait à fendre l'âme, elle l'avait attendue un long temps : Dora avait fait la queue chez son marchand de primeurs, alléchée par sa corbeille de grenades en provenance des îles Canaries, une rareté exotique qu'elle voulait partager avec son amie. Ainsi avaient-elles décortiqué les fruits, sur le coup de onze heures, en guise d'apéritif, disait Dora.

— Prenons du plaisir, ma douce, nous ignorons si nous en prendrons demain…

Sous sa dent, elle faisait éclater les perles sanglantes, plissant l'œil de gourmandise. Mais par la croisée entrait une lumière atone d'hiver et les couleurs éteintes du jardin, tout de grisaille et de rouille, le haut mur humide composaient un bien mélancolique décor. Dora elle-même, en dépit des grenades, était morose : elle avait dû interrompre sa tournée en Autriche, où la situation tournait à la guerre civile. Elle n'y comprenait rien, et d'ailleurs cela ne l'intéressait pas, mais jouer Bartók et Debussy chez ces sauvages, merci bien.

— A Vienne, c'était encore supportable mais, sur la route de Graz, nous avons rencontré des barrages, des contrôles de milices avec chicanes de barbelés. Le couvre-feu dans la ville : à sept heures du soir, consignées à l'hôtel, concert annulé. Ah ! Ils ne voulaient pas d'une Autriche soviétique, qu'affameraient les puissances de l'Entente ! Voilà le résultat : leurs cités ouvrières baptisées de grands noms du mouvement ouvrier n'ont pas empêché le chômage de masse, les suicides, trois mille par an chez les travailleurs… Et les communistes jurent toujours du classe contre classe ! Le Komintern accuse les sociaux-démocrates de faire obstacle aux desseins émancipateurs du prolétariat ! Maintenant que Dollfuss est au pouvoir, au moins, c'est clair. Ses milices occupent le haut du pavé, c'est l'état de guerre…

— Pour quelqu'un qui n'y comprend rien, que cela n'intéresse pas, la moquait Gabrielle.

— Miette m'a fait la leçon. Nous en avons eu le temps, tous ces soirs, coincées à l'hôtel. Elle a été élevée chez les sœurs, mais elle mange du curé. Je me demande si elle n'est pas un petit peu rouge, figure-toi. Cette petite me bluffe… Tu n'imagines pas, sous ses airs de communiante…

Mais Dora s'arrêta là dans les confidences, Gabrielle s'était assombrie, la grenade ne la déridait pas. Elle finit par avouer que, justement, Camille était à Vienne en ce moment. Une carte postale, tombée au milieu de la semaine, leur avait appris son idée saugrenue, rentrant de Budapest où elle avait passé quinze jours, de s'arrêter dans cette ville, pour un séjour dont elle ne précisait pas la durée. Elle est descendue chez la tante de Magda, bien sûr, expliquait-elle, sans avouer à Dora qu'en réalité elle n'en savait rien. Mais ce que celle-ci lui décrivait de la situation autrichienne ravivait son souci de la carte laconique, une vue glorieuse de la cathédrale Saint-Etienne. De même, elle avait tu sa contrariété à Pierre, son pincement au cœur, d'anxiété ridicule : n'était-elle pas entraînée aux décisions subites de Camille ? Pourtant, elle se donnait raison de désapprouver sa désinvolture, son insouciance de jeune fille bravant des réalités qu'elle ignorait, téméraire, inexpérimentée. Quoi pouvait inquiéter davantage une mère, et quand en a-t-on fini de trembler pour ses enfants ? Par l'indépendance qu'elle avait conquise cette dernière année, Gabrielle voyait bien qu'elle s'affranchissait du joug familial, qu'elle faisait sauter un à un les verrous… Les verrous ? Qu'avaient-ils verrouillé, à elle comme à Théo ? Au moins celui-ci la laissait-il en paix. Il suivait sa route studieuse, enchanté du premier contact avec son collège, et des cours annoncés du grand logicien Wittgenstein, un Viennois justement, installé en Angleterre…

Elle ne confia pas son alarme à Dora, qui l'avait assez chapitrée sur ce sujet : laisse-la donc vivre, elle vagabonde, elle cherche aventure, qu'as-tu fait, toi, à son âge ? D'ailleurs, sentant son anxiété, Dora corrigeait sa description catastrophique. Elle en avait rajouté, par déception de sa tournée écourtée, contrats annulés, et Miette lui avait échauffé l'esprit avec ses analyses fumeuses, histoire de l'impressionner. L'ordre régnait à Vienne : as-tu lu quoi que ce soit de terrible dans les journaux ? Non, la presse ne parlait de rien. La presse n'en avait que pour l'affaire Stavisky et les ministres compromis. Camille va débarquer demain à la gare de l'Est, et je te prie de ne pas lui faire la leçon. Propose-lui plutôt de la conduire au Théâtre des Champs-Elysées, m'écouter dimanche prochain. Et reprends de cette grenade, on dit que c'est un aphrodisiaque…

Gabrielle n'avait pas non plus parlé à Dora de son autre sujet d'inquiétude, celui-là bien plus grave, admettait-elle, que les frasques de Camille. Cet appel au téléphone, hier, dans le silence de l'après-midi au Mesnil. Une femme demandait Pierre. Elle voulait parler à lui, ou à Mme Galay.

— Je suis Mme Galay… M. Galay est absent…

Elle voulait le rencontrer. Demain. Absolument demain. *De la part de votre ami de Tübingen.* Gabrielle s'était assise, les jambes coupées par un pressentiment affolant, cœur serré de ce qui s'annonçait, qu'elle avait oublié, la promesse faite par Pierre, un soir de novembre… Qu'elle n'avait pas oubliée, conjurant par le silence ce que toute promesse engage d'inconnu. Celle-ci follement accordée en une minute, sur la foi de l'amitié, arrachée au nom de ce lien sacré, qu'avec Jürgen Pierre plaçait plus haut que tout. A qui il doit tant, alors donne tout. La promesse vague et considérable, aux conséquences incalculables, d'accueillir, d'aider quelqu'un dont on ignore qui il est, d'où il vient et ce qu'il veut, attend, espère. Exige. Au nom de Jürgen. Je suis Mme Galay, disait-elle, la voix affermie par la décision qu'elle venait de prendre, accoudée au petit bureau de la chambre, là même où Pierre avait répondu à l'appel, donné son accord, sans hésiter ni délibérer. Elle serait avec lui, il le savait, quelle que soit sa réponse. Et elle l'était, de toute son âme.

— Je suis Mme Galay et je peux vous rencontrer demain. Mon mari est indisponible durant plusieurs jours…

Ce mensonge fait de sang-froid, en toute conscience de franchir une ligne rouge. Non, elle ne parlerait pas à Pierre de cet appel. Son cerveau électrisé par l'urgence lui dictait de mettre entre lui et cette femme le rempart de sauvegarde absolu. Personne au monde ne porterait atteinte à Pierre, ne l'entraînerait plus jamais sur la route qui conduit au petit bureau des morts. Elle était allée jusque là-bas, une fois. La vie ne répète jamais sa grâce, elle est avare et cruelle. Si on ne sait le garder, farouchement le défendre, elle reprend d'une main avide ce qu'elle a donné une fois, le confisque à tout jamais. Je suis Mme Galay, je viendrai demain à la brasserie Lipp. Et tout en traversant le boulevard, elle pensait qu'elle ne pouvait plus reprocher à Camille inconséquence et désinvolture, de prendre des décisions sur un coup de tête, sans demander avis à personne… Elle a de qui tenir, s'avouait-elle, souriant presque, allégée par cette idée qui amendait son jugement sévère, l'absolvait quelque peu d'avoir tu à Pierre, à Dora, ce rendez-vous auquel elle courait, et d'un geste enhardi, elle poussa la porte de la brasserie.

Il y avait beaucoup de monde aux tables et au comptoir, une atmosphère enfumée et une odeur grisante d'alcools fins, cognac et whisky, cocktails sophistiqués qu'on sert dans ces endroits. Elle n'hésitait pas pourtant, d'un regard circulaire avisait la femme attablée seule au fond le plus obscur de la brasserie, loin des vitres et de la rue, qui d'un regard l'interpellait, sous sa frange très noire, coupée net au ras des sourcils, des yeux ardents et fixes qui l'évaluaient dans cette distance, à travers les dizaines de corps intermédiaires lançait son invite à venir près d'elle. Gabrielle se glissa sur la chaise, aussitôt un rempart protégeant la femme de la salle, projetant son ombre sur son visage maigre, traits émaciés, large bouche pâle et nez aigu, une figure à la fois enfantine et vieille, lasse et résolue à l'être sans fard. Et là assise devant elle, Gabrielle fut prise de honte et de révérence, une angoisse au creux du corps vrillée qui gagnait ses mains et les faisait trembler, qu'elle cachait dans les poches de son manteau, angoisse plus poignante encore de ne pas bouger, d'être rendue où cette femme l'exigeait de si véhémente volonté, où elle-même le voulait, de la même volonté.

— Je suis Mme Galay.

— Vous êtes venue. Merci.

Un français correct, mais l'accent allemand, ce débit modulé qu'imprime la langue germanique au français monocorde. Devant elle un cognac, et sans consulter Gabrielle, au garçon qui passait, elle commanda la même chose, deux verres. Revint à son vis-à-vis, ramena son regard sur elle, si surchargé de khôl qu'entre les cils à peine le blanc de l'œil tranchait, absorbé par la prunelle d'intense noir. Gabrielle osa avancer la main, et l'autre se contenait, admettait ce geste, encore à demi sur la défensive.

— Qui êtes-vous ? demanda-t-elle très doucement.

— Une de ceux-là, murmura la femme, désignant du menton la foule des consommateurs. Ne vous retournez pas. Ils ont l'air de tenir sur leurs jambes. En réalité, ils flottent, ils n'ont plus de jambes, ils se noient. Les uns le savent, d'autres l'ignorent encore. Celui-là, plus que tout autre noyé : Joseph Roth, ivre mort. Il coule à pic et il le sait. On m'appelle Ilda. Je chante dans des cabarets. Parlez bas.

— Que voulez-vous de nous ? chuchota Gabrielle, rapprochant sa tête.

Elle disait *nous*, mais plus que jamais déterminée à faire seule ce que cette femme demanderait.

— Ce que vous avez promis.

— Accueillir M. Harbayer…

— Ne prononcez jamais ce nom, ordonna-t-elle violemment. Dites Gardénia.

— Où est-il, où devons-nous le rencontrer ?

Le garçon glissait les verres entre elles, leurs coudes à se toucher. Il ne s'agissait pas de rencontrer, il fallait aller chercher, faire un voyage. Deux jours, un aller-retour. Mon mari est indisponible. Il avait promis, il doit se libérer. C'est impossible. Impossible que ce le soit, il le doit. Plus qu'une supplique, un ordre, et dessous, quelque chose de la terreur.

— J'irai, moi.

— Vous marchez mal. Vous avez une canne, opposait-elle, sans ménagement.

— Je marche très bien, et vite.

Ilda hésitait, jaugeait cette affirmation, non sa capacité à marcher bien et vite, mais sa détermination à le déclarer. A le faire.

— Je le ferai. Personne ne le fera à ma place. C'est à prendre ou à laisser.

A ce point de leur échange, il n'y avait plus d'issue. Ni à la femme pour décliner l'offre, ni à elle pour reculer. Impossible était entre elles un trait tiré, un rideau de fer. Gabrielle vida son cognac et sentit le liquide embraser ses veines, ses nerfs, les irriguer et se répandre en eux jusqu'aux extrémités de ses doigts, à la pulpe tremblante de sa lèvre, à la pointe de ses seins, son corps actif et présent, bandé d'une énergie toxique à laquelle l'alcool conférait la puissance d'un philtre, envoûtante et rageuse sensation d'en être incendiée. Point de non-retour, elle le ferait, et rien ne s'y opposerait. Pierre n'en saurait rien. Qu'à son retour. Cette trahison, un gage d'amour, et plus que d'amour la fureur animale, viscérale, de garder ce que la vie lui a donné une fois, ne lui reprendra pas.

— Bien, cédait enfin Ilda.

Il y avait encore de l'hostilité ou de la peur dans sa voix, mais pas envers elle. Envers la noyade dont elle parlait tout à l'heure, le naufrage invisible des épaves flottant sur un océan d'incertitudes et de haines, d'abandon, de détresses solitaires et d'impuissance collective. Il ne s'agissait pas de Gardénia, expliquait-elle, mais de sa femme et de ses deux enfants.

— Transférés sur une autre voie que celle du mari, par mesure de sécurité, par nécessité absolue de disjoindre leurs trajets.

Nous nous occupons de lui. Vous les prenez en charge. Si les siens ne sont pas prémunis, nous le perdons. Il renoncera. Tout dépend de vous. Vous devez apprendre par cœur ce qui est indiqué sur ce papier et le brûler. Vous devez avoir de la mémoire. Vous devrez exécuter absolument les consignes. Vous devrez observer toutes les indications, ne rien négliger. Vous devrez marcher. Vous devrez aller vite et bien. Vous brûlerez ce papier ce soir. Vous ne m'avez pas rencontrée. Vous n'avez jamais entendu parler de moi. Nous ne nous reverrons pas.

Gabrielle avait brûlé le papier. Elle avait de la mémoire, une aptitude décuplée par le danger où elle était d'avancer seule sur ce pont nocturne, jeté entre deux rives indistinctes. Trop avancée pour se retourner avec nostalgie vers l'endroit qu'elle quittait, avait déjà quitté, où elle était encore cependant, la grande demeure du Mesnil enveloppée de nuit, où montent les bruits de la cuisine qu'on range, des éclats du bois qui brûle dans la cheminée, dans cette douceur dorée des lampes. Pas encore assez avancée pour distinguer là où elle avait décidé d'aller. Mais elle a les billets de chemin de fer, et la clé d'une maison. Elle y est déjà sans la connaître, elle sait où elle se trouve et l'attend, de l'autre côté du pont. Pierre lit un livre, que lis-tu ? Elle n'entendait pas sa réponse, ni le récit qu'il faisait de sa journée à Paris, du groupe de travail que Grandrieux mettait en place, fort de son expérience en Orient et de celles des pastoriens de Madagascar, la souche EV, après six ans de travaux, enfin identifiée par Girard et Robic qui mettaient au point un vaccin vivant, de grande efficacité. Ces deux médecins du Corps de santé colonial travaillaient depuis des années avec l'Institut vaccinogène et antirabique de Tananarive, créé lors de la première épidémie de peste, entrée par les ports de Tamatave, Majunga, Diégo-Suarez et gagnant les hauts plateaux. Encore aujourd'hui, elle dévastait la région de sa variante pulmonaire. Mais l'urbanisation et l'assainissement créaient de meilleures conditions, les traitements par sulfamides donnaient de bons résultats, on avait l'espoir d'identifier un jour l'antigène par des méthodes rapides… La voix de Pierre rapportait ces faits et cela flottait entre eux, irréel, la peste, les ports lointains, le laboratoire de Grandrieux et les bacilles grouillant en nébuleuses, un écran inoffensif de mots et d'images…

— Tu ne m'écoutes pas, lui reprochait-il en souriant.

— Je pense que Camille va rentrer bientôt, que je dois la conduire au concert de Dora, dimanche prochain… D'ici là, Dora m'invite à partir avec elle, deux jours, dans une campagne d'amis, chez qui elle travaille à ses répétitions… Ils ont un Steiner magnifique, et le temps s'annonce meilleur…

Elle mentait avec une légèreté démoniaque, paisible et sûre d'elle, tendre, oh si tendre pour Pierre qui, à son tour, écoutait distraitement, acquiesçait à cette bonne idée de deux jours d'escapade avec son amie, si confiant que c'était un crime de lui mentir, mais elle n'avait aucun scrupule, aucun remords. Au contraire, une gratitude poignante pour tant de confiance, de foi en sa parole. Si serein qu'il ne demandait même pas où elle avait passé la journée, où se trouvaient ces amis, qui ils étaient pour accueillir la grande pianiste et disposer d'un Steiner à la campagne. Ni pourquoi elle avait passé un si long moment avec Meyer à l'écurie... Et tout en tisonnant les bûches, sans qu'il y prêtât la moindre attention, elle jetait négligemment au feu un bout de papier froissé, le regardait s'embraser et brûler, noircir, fine dentelle calcinée que le souffle de la flambée enlevait en virevoltes, dissipait dans la fumée bleue, une disparition effarante, et ses yeux restaient rivés à cet endroit mouvant des fumerolles tordant leurs langues translucides, aussi immatérielles que le rêve.

— Tu rêves, disait Pierre, sans lever les yeux de son livre. Tu es fatiguée, moi aussi... Montons-nous bientôt ?...

Ils étaient montés à leur chambre paisible, où veille la lampe au coin du bureau. Où le téléphone se tait désormais. Et ce soir elle était si tendre, si désirable, elle le désirait si bien, l'accueillait en elle de si profonde faim, affamée de lui au point qu'il en riait entre ses seins, surpris et troublé de la fièvre de son étreinte, de l'arc de ses reins qui le réclamaient, grave et farouche demande de jouir et qu'il jouisse d'elle, lui donne le plaisir nouveau de son élan rude, y trouve le sien et se rende, qu'elle soit rendue à lui pour les siècles des siècles à venir et sur sa bouche il buvait l'étrange roucoulement rauque, le râle de sa gorge, exaspéré de le faire sourdre des convulsions de son corps, des entrailles dont le spasme était le sien dans la lutte âpre pour sa possession. Ensuite, arrimés l'un à l'autre dans l'épuisante paix de l'assouvissement, il la caressait encore, sombrait en elle, s'endormait dans le sommeil de sa chair, dors mon amour, dors, je te garde. Elle ne dormait pas. Elle écoutait son souffle régulier, les yeux au plafond enténébré, encore étonnée par la flambée impérieuse de son désir. Et sentant les ondes en refluer, mourir les petites palpitations locales, elle ne laissait pas de croire qu'au pouvoir ravissant des grenades s'était mêlé le pressentiment voluptueux de la mort.

En entrant dans la cour, rue de Lille, Lewenthal alluma ses phares. Il n'y avait qu'une lampe allumée, le pavé obscur, une seule fenêtre éclairée dans les étages ; la découpe sombre de l'immeuble se détachait contre le ciel étonnamment clair, vert d'eau pâlissant. Des deux lanternes de laiton datant de l'époque au gaz toujours l'une était en panne, le bricolage électrique du concierge laissait à désirer. Celui-ci s'en excusait par la vitre baissée de la portière ; aussi d'avoir laissé monter chez Monsieur un visiteur qui insistait, à ce qu'il semblait une personne autorisée. Sans sa carte collée sous son nez, il ne se serait pas permis, par exception, d'enfreindre la consigne... Pas de place prévue non plus pour les véhicules, le garage devenait un problème dans cette cour depuis que son voisin du premier, un magistrat à la Cour, tenait à y ranger ses deux voitures. Lewenthal manœuvra, malcontent, et claqua sa portière, un visiteur importun et la journée avait été harassante.

Ce lundi, sortant juste de la réunion hebdomadaire avec ses ingénieurs, il avait dû quitter Choisy en hâte pour passer à sa banque, boulevard Haussmann, désespérant de trouver une place de stationnement laisser ses clés au voiturier, rejoindre ensuite à pied le restaurant voisin où Mme Mathilde l'attendait ; à treize heures. Un repas trop copieux, que s'obstinait à prendre la vieille dame en dépit des avertissements de son médecin. Mais elle tenait qu'une choucroute royale, échine et poitrine, et couenne, saucisson fumé passent très bien avec le clou de girofle, un condiment digestif. De même le genièvre. Il assoiffe à bon escient, d'ailleurs le chou, rien de plus léger. Là-dessus, vin d'Alsace. Il n'avait pu feindre d'être bon convive, s'était contenté de six huîtres et d'un filet de sole ; un coup de fourchette pareil vous laisse loin derrière. C'est qu'elle était de très bonne humeur. Rendre visite aux Grands Moulins de Pantin, une fois l'an, la ravissait autant qu'un tour à la foire du Trône les petits enfants. De surcroît, cette année, une ambassade utile pour définitivement effacer le malheureux incident de chasse, renouer avec son ami Laes le lien cordial des affaires. Aux dernières nouvelles, le gendre était rentré au domicile conjugal après une escapade punitive à Deauville, en solo : au casino, il avait fait esclandre en affichant d'indécentes conquêtes d'un soir, rien de bien grave. Delphine pardonnait ce qu'elle avait à se faire pardonner, la paix des ménages n'a pas de prix.

Reprenant sa voiture rangée par le voiturier devant le restaurant, Lewenthal avait conduit Mme Mathilde rue du Débarcadère, le long du canal de l'Ourcq, banlieue nord-est. Elle avait tenu à monter devant, pour jouir du paysage, disait-elle. Pourtant, en cette journée maussade de janvier, le plafond bas ternissait les gris parisiens, dès que franchie la porte de Pantin rabattait les fumées d'usines en voiles cendreux, et c'était seulement en vue des Grands Moulins, leur haute forteresse industrielle, qu'elle avait demandé à Lewenthal d'arrêter la voiture un instant au bord du canal, pour son contentement. Face aux deux cheminées altières de la blanchisserie Leducq, sur l'autre berge, sise entre les voies du chemin de fer de l'Est et les eaux d'agate, bleu et ocre du canal, l'usine avait fière allure de citadelle moderne. En béton armé façadé de brique, son moulin de huit étages s'élevait contre le ciel gris, surmonté de combles couverts en tuile plate, flanqué de l'autre moulin plus bas, et du campanile à lanterneau dont l'escalier intérieur couvrait le château d'eau ; et des extraordinaires silos, reconstruits sur les anciens moulins, avec leur passerelle en fer lancée entre les magasins à farine, un style alsacien pittoresque que l'architecte Haug avait fini par imposer au conseil municipal, arguant qu'en prime ses horloges donneraient l'heure à la population de toute la commune ! Sa rigueur fonctionnelle, sa verticalité obéissaient à la logique de l'industrie des farines, pivot de la production nationale, le pain, le pain des Français ! Et les issues pour nourrir le bétail, la viande, la viande des Français ! Tapie derrière les bâtiments, la centrale thermique assurait l'autonomie électrique, le cœur et le poumon de l'usine, avec son énorme silo à charbon et sa chaudière fabriquée dans nos ateliers français, fonderies de La Courneuve, se rengorgeait Mme Mathilde. Mais ce qui l'enchantait, c'était le chantier de construction, grues et palans en action, augmentant la forteresse par l'extension d'une nouvelle unité d'ensilage, d'une future école de boulangerie et, derrière le laboratoire, d'un garage pour le parc de camions Renault, spécialement conçus à Boulogne. Cette foi patriotique en l'industrie, un déni à tous les grincheux et pleurnichards de la crise, tremblant aux bruits du réarmement.

— Eh bien oui, tonnait-elle, nous sommes passés de l'économie de marché à l'économie dirigée. Nous nous conformons à la loi, contingentement des moutures, le service de contrôle des céréales planifie et nous y survivons, n'est-ce pas, mon ami ? Nous survivons.

Vous survivez, pensait Lewenthal. Une telle joie, carnassière, une exultation de conquérant à la vue de ce spectacle, doit brûler à quelque chaudière vitale, garant de longévité. Toute cette activité, les péniches amarrées aux quais, les wagons roulants sur les aiguillages de détournement, le ballet des camions entrant et sortant, la fourmilière humaine chauffant la machine, cela satisfaisait sa digestion d'animal insatiable, et il patientait, les mains sur le volant, la tête ailleurs. Troublé pour la première fois par la proximité de cette femme assise à son côté, de si longtemps une intime, de qui il connaissait les mœurs, les gestes, les manies, et jusqu'à son parfum, savait interpréter le moindre signe de son humeur et devancer les volontés, à l'usage devenue une sorte d'*alter ego*, à la fois partenaire et adversaire des combats qu'ils menaient dans l'émulation réciproque, pour la première fois il ressentait à son égard le sentiment de trahir. Non le contrat d'intérêt qui les chevillait, le commun dessein de l'aventure industrielle et sociale, mais quelque chose de plus profond, qui touchait à la nature de leur rapport, à l'élection mutuelle par laquelle ils nouaient un lien filial, jamais énoncé, que bouleversait l'irruption de Camille dans sa vie. Il n'osait projeter, dans quel futur, ce qu'il en serait de cet amour, malgré le serment qu'il lui faisait sur le quai de la gare de l'Est... L'emportement, la folie d'y avoir couru, d'avoir cédé à ce qui ne devait plus advenir... A vrai dire, qu'il n'avait jamais laissé advenir dans sa vie, à quoi succombent les autres, mais pas lui ! La flambée des sens, et du cœur. Ah, le cœur ! Il n'en était pas pourvu, tenait la sentimentalité, ses romances et ses vapeurs, que les gens nomment l'amour pour aliénation stupide. Et il y cédait ! Avec quelle joie primitive, jeune et sauvage, accueillait-il ce printemps ébloui, que rien n'égalait... Sinon son rêve enfantin de marcher dans la neige vierge du Grand Nord, pionnier d'un monde promis... Heureux de la mélancolie d'aimer, de la douleur de l'éloignement, et jaloux de sa douleur, de son bonheur, de son esseulement magnifique. Oui, il aimait, il désirait et voulait cette enfant de qui l'aïeule était assise près de lui, à mille lieues d'imaginer l'allégresse vandale dont il piétinait leur pacte. Et tandis qu'elle se rassasiait du spectacle industriel, il avait la pensée sacrilège des seins de Camille, leur tendresse première dans sa main, dont le seul souvenir durcissait son sexe, le secret splendide de son désir d'elle enfoui au bas de son ventre... Mais il souffrait de cette érection solitaire, étreint de tristesse pour son insuffisance, être amant ne suffit pas, l'intimité bouleversante des sexes n'est rien sans la plénitude exclusive d'aimer, sans la gravité de l'amour qui rend plus vivant, qui rend à la merveille de vivre, la souffrance de vivre !... Au petit café du coin de la rue du Débarcadère, il y avait des ouvriers accoudés au zinc, ceux de la relève de deux heures, et il se prit vaguement à jalouser leur gaieté, la perspective simple de leur vie de labeur ; chassa cette idée faible d'un bonheur enviable aux autres, surtout à ceux-là dont la condition était dure, et aucune destinée humaine n'est exempte de tourments. Il trouvait le temps long de cette stase contemplative, et les pensées auxquelles elle le livrait. Mais le coup d'œil d'ensemble avait enfin comblé Mme Mathilde de ses grandeurs, elle donnait l'ordre de démarrer.

Ensuite reçue avec cérémonie par le directeur, elle avait décliné une visite, qu'il offrait par courtoisie, sachant qu'avec sa canne, et son poids, la vieille dame aurait eu bien de la peine à arpenter l'usine, davantage encore à s'élever jusqu'aux derniers étages des magasins, à leur vue panoramique. Ils avaient donc devisé dans le bureau, dégustant un moka servi avec des chocolats belges, petites mains et têtes de nègre, un assortiment de pur cacao noir, friandises exquises. En les croquant, Lewenthal s'était interrogé sur leur moule, d'abord mental, inspiré à quel chocolatier colonial pour verser dans les coupelles européennes ces échantillons facétieux… Mais Mme Mathilde écoutait M. Laes, hochait aux chiffres, au croisement des capitaux avec Corbeil et Strasbourg, complimentait, s'extasiait. Tandis qu'elle s'aventurait jusqu'au chantier, profitant d'une éclaircie et du bras de M. Laes, il avait eu une réunion de travail informelle avec les directeurs de la minoterie… Production agricole en chute, le blé surtout, et cherté industrielle, déflation monétaire, valse des ministères, et maintenant ce scandale sordide exploité par l'extrême droite… Licencierez-vous ? demandait un directeur en aparté. Le bilan de l'automne n'était pas si bon que le chantait Mme Bertin-Galay Mais il n'allait pas lui gâcher sa visite, ni sa bonne amitié retrouvée, si un nuage avait pu l'assombrir lors de cette chasse… Il l'avait déposée à son hôtel de la Chaussée-d'Antin sans s'attarder, devoir accompli. Trop tard pour passer à la galerie Loeb, voir l'exposition de Klossowski, il rentrait chez lui. Et tandis qu'il montait à pied ses étages, négligeant l'ascenseur par hygiène et mauvaise humeur, il enrageait de trouver de surcroît, dans son antichambre, venu régler quelque police de quartier, un visiteur aussi tardif qu'importun, encarté de préfecture.

Lequel n'était pas dans l'antichambre du tout, mais confortablement installé dans un des fauteuils futuristes de son salon ; muni de surcroît, la diligente soubrette y avait pourvu pour le faire patienter, d'un bourbon, sans glaçons, merci. A son entrée, l'homme bondissait lentement de son siège, aussi à l'aise que s'il fût chez lui et reçût son hôte en visite. Celui-ci avait-il le droit de déposer dans les bras de la fille écharpe et pardessus, de se laver les mains, peut-être ?

— Une minute, si vous n'y voyez pas d'inconvénient…

Il n'en voyait pas. Ce fonctionnaire assermenté était en civil, vêtements de bonne coupe, une mèche non réglementaire barrant son front ; il attendait depuis plus d'une heure, s'en excusait poliment, un paradoxal. Le temps de se rafraîchir, de changer de chemise, et dans sa brusquerie d'égarer un bouton de manchette, d'en choisir une autre paire, Lewenthal rejoignait l'intrus au salon, résigné à entendre ses représentations. Mais, mains au dos, l'homme était planté devant le tableau de Grosz, absorbé comme au musée.

— Ces putains de banquiers contorsionnés, casques à pointe, monocles, buveurs de bière lubriques, estropiés ricanants, ça date, et rien ne change pour autant, qui s'indigne ?

— Personne. C'est du passé, en effet plus aucun scandale, des retraités. Si un dessin, une peinture pouvaient tuer, ça se saurait.

— Ces gens, remarquez, d'une grande correction. Bourgeoisie repue, même la couperose est juste. De l'art réaliste. Reportage sur le vif : dans la rue, au bordel ou au café du coin, ils y sont tous. J'arrive de Berlin.

Il pivotait sur ses talons.

— Très bien, convenait Lewenthal, que cette entrée en matière déconcertait.

— J'ai comme un faible pour celui-là…

Ce jeune homme avait visité, une heure, évidemment… Delaunay, tout en miroitement de prismes ? Non, le petit dessin de Picasso, la femme nue au crayon vif, à l'entrée du couloir ; devant lequel il allait se poster.

— Vous ne venez pas pour inspecter mes murs, j'imagine ?

— J'aimerais autant qu'ils n'aient pas d'oreilles, dit-il, pointant un index vers l'office.

— Venons-en au fait, monsieur…

— Louvain. C'est une affaire délicate, consacrez-moi un instant. Dans un endroit… moins exposé.

En même temps, il tendait, comme au nez du concierge, sa carte à bandeau tricolore, ministère de l'Intérieur. Sans laisser paraître sa perplexité, Lewenthal fit entrer Louvain dans le petit bureau qui ne servait à rien. Il n'y travaillait jamais, une idée du designer pour occuper cette pièce d'angle, jour de tolérance sur la cour voisine et porte matelassée. Il prit place cependant derrière ce bureau désert, plateau d'acier mat, seul un téléphone, bakélite sobre, même pas un sous-main, un stylo, pour faire sérieux, désigna le fauteuil d'en face à ce Louvain, mèche décidément rebelle, tombée sur le nez, une belle entaille à la lèvre.

— Je viens vers vous par discrétion et diplomatie. Vous êtes, me dit-on, homme de confiance, un proche, un intime de Mme Bertin-Galay, vingt ans de maison. J'aurais dû me présenter chez elle ce soir, mais on me dit qu'elle est âgée. Femme de tête, certes, mais comment dire… Entière. Un volcan, n'est-ce pas ?

— *On* peut avoir des raisons de le penser. *On* peut se tromper… De quoi s'agit-il ?

— Je n'ai pas le temps de me tromper. J'ai besoin de quelqu'un qui aborde cette affaire de sang-froid, la gère en politique, ferme, présence d'esprit, décision. Il s'agit de beaucoup d'argent.

— Qu'avez-vous à vendre ? Qui vous envoie ?

— Je m'envoie tout seul. Je n'ai rien à vendre. Monsieur Lewenthal, je m'en remets à votre discernement. Je rentre de Berlin. Lundi dernier, une personne, un membre de la famille de Mme Bertin-Galay, a été arrêtée par les SA. Nous avons des raisons de penser que l'affaire tourne mal : hier, transfert au KL d'Oranienburg. On dit camp de concentration. Les conditions n'y sont pas bonnes. Connaissez-vous Camille Galay ?

Louvain lui glissait sur la table la page du *Völkischer Beobachter*. Sans y toucher, Lewenthal lut l'entrefilet entouré de crayon rouge. Accoudé au plateau d'acier de tout son poids, il cherchait une prise, une aspérité, mais l'assise accusait son tranchant à l'aplomb du vide, quelques secondes il vécut les affres de qui bascule dans le précipice, saute par la fenêtre, le temps de la chute... Il refusa le vertige, sans savoir par quel réflexe. Reprit sa position au fond du dossier, croisa ses doigts sur ses lèvres, subit tout du long l'exposé des motifs et des circonstances, ouverture de camps sauvages, non judiciarisés, internements arbitraires, sans limitation de durée, pendant quoi la pièce d'angle tournait à toute allure, un manège à rendre malade de sang-froid parfait. De la situation, il n'avait pas besoin du descriptif, ni des conséquences, ni d'être convaincu, d'en crier, d'en pleurer. Sous les balles on peut bondir, traverser le champ de tir et se venger de violence, jeter les vélos, envoyer des gifles. Ce Louvain parlait net et bref. Pas question d'annoncer aux parents, qui remueraient ciel et terre, en vain, disait-il. Aucun accord réciproque d'extradition entre les deux pays, à couteaux tirés. Pas d'avocat, de loi qui vaille, décision discrétionnaire. Dictature. Même pas signalé l'arrestation à la représentation consulaire, aux services d'ambassade à Berlin. Cet entrefilet, démenti le lendemain. Elle est détenue depuis une semaine. Pour longtemps, et en danger. Les bruits sur ces camps...

— Je sais, coupait Lewenthal. Danger de mort.

Il s'entendit prononcer le mot, de sang-froid. La glace au cœur, aux tempes une sueur, douleur au ventre à en vomir.

— Vous avez parlé d'argent. Combien ?

— Entre le prix et la valeur des choses...

— Des gens.

— Je vois que vous comprenez. Mme Bertin-Galay a seule assez de fortune pour envisager la transaction que nous proposons. Nous pouvons peut-être négocier une libération.

— Qui est *nous* ?
— Moi.
— Qui êtes-vous ?

Louvain soupira. Il fallait en passer par là. Il fallait donner une garantie minimale, une transaction pareille a aussi ce prix. Il déclina sa fonction, son titre, services parallèles de renseignements, couvert par son supérieur. Il ne dit pas la Gomme mais presque, tant cet interlocuteur pensait vite et bien, pas besoin de lui faire un dessin sur le calepin. Seul le service du cabinet auquel il était attaché permettait d'envisager le marché, totalement illicite : donner à qui n'attend rien. C'est-à-dire à la personne réputée corruptible, supposée se laisser convaincre, suborner ; le tout est de trouver la monnaie qu'elle préfère. Pas d'argent, celui-ci a une odeur. Dans l'entourage d'Hitler, on n'achète pas avec un chèque de banque certifié. Mieux vaut flatter une convoitise, un vice, qui n'a de jardin secret ? Même en démocratie, il s'en trouve : voyez comment s'y est pris Stavisky. Louvain ne nommait pas qui a pouvoir de donner ordre, assez puissant pour se ficher de tous les gradés de la SA, de ses charcutiers et de ses geôliers. Même d'Hitler si ça lui chante. Il ne disait pas : qui se fiche de Grubensteiger. Ce patron de grande entreprise française ignore ces bas-fonds, pour les connaître il faut descendre très bas, l'air y est rare. Choisir le bon filon de la mine, celui auquel ne pense personne, que personne n'exploite, est très risqué, affaire de professionnel. On peut le tenter, mais se tromper ne pardonne pas. Julia ne se trompe pas, elle n'a pas le droit. Elle sait qu'il faut contourner Grubensteiger. Certes il n'a rien signé, il ne laisse pas de trace. Mais la secrétaire qui tape l'ordre d'internement sans faute d'orthographe a entendu le nom de qui vient lire les feuilles d'interrogatoire et envoie la fille à Oranienburg, d'un coup de menton sous son manteau long. Employée modèle, elle écoute la radio d'Etat, mais son mari a travaillé pour Trebitsch. Elle nous sauve d'un faux pas catastrophique, dit Julia. On ne passera pas par Grubensteiger, surtout pas.

— A qui pensez-vous ?

— Cela n'est pas de votre ressort, soyez prudent. Je le serais pour deux, si vous ne saviez l'être. Monsieur Lewenthal, je ne vous connais pas, vous non plus. Je suis une vue de l'esprit. Je suppose que Mme Bertin-Galay tient à sa petite-fille. Persuadez-la seulement de lever des fonds suffisants. Je m'occupe du reste. Il s'agit de peinture. Vous qui en achetez, vous savez ce que cela coûte… Rien que votre petit dessin de Picasso…

— Vous payez en œuvres de maîtres ?

— Pas du genre des vôtres, art dégénéré. De l'ancien. Tableau d'un Allemand fameux, pièce rare. Collectionneur, une addiction fatale, espérons-le. Je vous prie de garder ça pour vous. Je ne vous ai rien dit, que ce qui vous fait estimer le prix. Considérable. Persuadez cette dame que la vie de Mlle Galay le vaut. Dans les quarante-huit heures.

Lewenthal trouva la force de se lever, et même de faire quelques pas dans le bureau exigu. De respirer longuement, comme quelqu'un qui réfléchit. Il ne réfléchissait pas. Le cortex ne fonctionne qu'à certaines altitudes mentales, il a besoin d'oxygène. En certaines plongées, il n'y a plus que le cerveau reptilien pour ressource, il a sa chimie propre, traite les informations d'instinct archaïque. Pan chavire les montagnes, le chaos tectonique tremble et la fourmi humaine s'accroche à son grain de sable, le temps du séisme. L'ébranlement n'est que nerveux, se disait-il, l'adrénaline à dose massive, le muscle cardiaque s'affole, arythmie et sueur au front, tympan sourd, pas de salive. Il déglutit quand même. Il n'avait pour Camille qu'une pensée aiguë, la pointe d'un tison lancé dans la nuit, elle rejoignait bizarrement celle de son frère qui pouvait lécher un trottoir à quatre pattes et réfléchir à la question, lumineuse, dans toute cette obscurité. Surtout écarter cette pensée incandescente, elle brûle trop fort, carbone pur.

— Mme Bertin-Galay n'est pas seulement âgée, elle a le cœur fatigué. Je n'ai pas dit sensible, notez bien. Quoique sa petite-fille lui soit chère. Mais elle aura d'abord des palpitations, qui nous ferons perdre un temps précieux. Je ne l'informerai pas de cette nouvelle. Je trouverai moi-même la somme nécessaire, j'ai tout pouvoir bancaire. Les usines B&G ont un fonds de roulement confortable.

Louvain pesa l'argument nouveau, considérant en face de lui cet animal froid qui protégeait une femme de pouvoir hors d'âge, une famille qui ne lui était rien, une fille qu'il connaissait sans doute à peine, ou même pas. Tacticien, politique, un chasseur de gros gibier. Comment la fonction vous dresse à défendre des intérêts supérieurs. Votre poste, votre tranquillité, vos habitudes. Luxe domiciliaire, vestimentaire, jusqu'aux boutons de manchette qu'on change en rentrant chez soi. D'un caïman pareil, l'elfe ferroviaire dépendait, misère.

— Trouver en si peu de temps le détenteur d'une œuvre de ce genre, prêt à s'en défaire, vous n'êtes pas de taille, sauf votre respect. C'est un milieu très fermé, objectait poliment le directeur général.

— En effet. Nous avons un expert. Il a le tableau.

— Je connais le marché, je connais le milieu. De qui s'agit-il ?

— Un érudit, historien d'art et marchand berlinois. A Paris en ce moment. Un pourvoyeur persuasif, et intéressé par la transaction. Il accepte d'offrir le cadeau que vous offrez. Sa commission augmente le prix. Nous avons quarante-huit heures.

— Je veux le rencontrer. Qu'il vienne ici.

— Ce n'est pas prévu, monsieur Lewenthal. Vous devrez vous en remettre à moi.

— Je ne traiterai qu'avec lui.

C'était à Louvain de vaciller sur son assise. Plus coriace négociateur, il n'avait pas imaginé. La vieille dame, en dépit de ses vapeurs, aurait peut-être été plus souple en affaires, mais trop tard. Celui-là traitait le marché comme une cargaison de cacao aux enchères, sans plus d'états d'âme ni de scrupule, capable de rompre selon son calcul s'il n'y trouve pas son compte. Alors la fille Galay était à Oranienburg pour longtemps ; alors le professeur Galay lâchait Gardénia dans la nature. Quand on combine de pareils échafaudages dans l'urgence, il y a toujours une cheville qui foire. Julia aime trop le jeu, rageait-il, et moi je suis tocard. Je passe mon tour, qu'il traite, et qu'il aille au diable. De deux doigts, Lewenthal lui tendait le téléphone par sa fourche. Louvain décrocha le combiné.

XVIII

Il arpentait le hall, depuis combien de temps claudiquait-il, son épine dorsale irradiée, à chaque pas empalé sur cette douleur, la sollicitant comme un soulagement, qui n'en était pas un, mais elle seule pouvait rivaliser avec l'ire qui l'étouffait et chaque minute comptait, chaque seconde qui s'écoulait, dont il rythmait la fuite par un pas de plus, un élancement nouveau. Autant être traversé par le glaive du soldat en bronze de l'entrée, lacéré par les griffes de l'aigle impérial, la volaille alpestre qui couvrait de ses ailes déployées la porte de la vieille chancellerie. Le perron croulait sous les drapeaux. Un calvaire de dix marches, qu'il avait gravies une à une, sous le regard impavide des néo-athlètes de la Schutzstaffel, la récente garde prétorienne d'Hitler, toute vêtue de noir, anges de la mort. Ils étaient déployés en sentinelles, claquaient de la botte, fraîchement adoubés par le Führer, galvanisés d'orgueil martial. L'homme nouveau du Reich, une imagerie exaltée par les affiches de propagande, des virilités académiques, clones régénérés des dieux de l'Olympe, sang purifié, front d'airain et cœur de bronze ! Grubensteiger traînait sa carcasse bancale, avec la satisfaction sardonique d'en démentir l'idéal, accentuant à plaisir sa démarche souffreteuse, et il n'était pas le seul à incarner le contre-exemple de cette esthétique martiale de l'aryanité. A commencer par Hitler, physiologie douteuse, coliques chroniques ; Goebbels, nabot boiteux, rachitique, et l'autre bouffi, l'hydropique Göring, morphinomane ; Himmler, bourré de tics derrière son pince-nez, Röhm, un pédéraste, pourri jusqu'à la moelle, une galerie de grotesques… Ce vieux bâtiment du temps de Bismarck ne leur suffirait plus bientôt. Grubensteiger avait assisté à la séance où Hitler délirait à voix haute, traçant ses projets d'urbanisme : Berlin percé d'avenues nord-sud ; arc de triomphe, transfert de la colonne de la Victoire, une pompe rivalisant avec l'antiquité héroïque… Finies cette vieillerie étriquée, sa pierre noire, son échelle naine, indignes d'une mégapole du futur, il rêvait d'une chancellerie monumentale, néoclassique, colonnades de porphyre, le temple d'un culte inédit à la gloire de l'homme nouveau. Quant à Berlin, le dernier foyer de résistance, ce repaire d'intellectuels, d'artistes et journalistes, éditeurs, juristes, et prolétaires, bolcheviks... les SA se chargeaient de mettre la ville au pas, la nettoyaient de sa lie. D'ailleurs, pas plus que ses amis Hitler ne vit à Berlin, il aime mieux Munich, sa Maison brune. Lors de ses rares visites, il a sa suite réservée à l'hôtel *Kaiserhof*. Chez Julia précisément, juste en face...

Grubensteiger tomba assis sur une banquette, réprimant un gémissement. Un faible soleil oblique tombait des croisées sur le parquet du vestibule, ses plafonds perdus dans l'obscurité. En haut de la volée de l'escalier, se trouvait le bureau d'Hitler ; Grubensteiger y avait ses entrées. Décoré d'aigles en toc et stuc, croix gammées, l'attirail grandiloquent pendu aux anciennes murailles, mais un certain confort dans ce décor austère, le rouge brûlé des tapis marié au bleu de Prusse des fauteuils, et devant la vaste cheminée des canapés accueillants. Qu'il évitait : on ne se sort de là que par contorsions pénibles. Et le bureau du Führer, un monument ! Trapu comme un tank, plus long qu'un billard, sur le sous-main de cuir vert quelques volumes anciens, pour l'exposition, un encrier antique, une sculpture de bronze tarabiscotée, et son téléphone personnel. Son téléphone ligne rouge, le central d'Etat, un objet sacré. Goebbels n'en sortait toujours pas. Dire qu'en ce moment, avec son staff d'attachés et de gardes, sa clique répandue dans les fauteuils, il pouvait siroter quelque breuvage insipide, cinq heures du soir, de ces liqueurs qu'aimait offrir Hitler, et les minutes passaient...

Ce qu'il avait à lui annoncer lui ferait passer le goût du sucre. Une pilule amère que lui-même n'avait pas avalée, depuis qu'il en était informé. Un attentat fomenté par une puissance ennemie, quelle qu'elle fût. Cette inconnue le rendait fou de rage. Parce que, si le coup venait de Moscou, son récent voyage relevait du traquenard absolu, et le forfait des bolcheviks du crime de guerre. Deux ans de négociations occultes, finasseries et obséquiosités, engagements formels et transferts de fonds : à quel niveau une opération pareille se traitait-elle pour raturer tout, d'un jour sur l'autre ? D'entre eux, là-bas, quel sbire du premier et second cercle entourant Staline complote-t-il ce coup fourré de malade, dans son dos ou avec sa bénédiction, et si ce n'est lui, si ce ne sont eux, qui alors ? Avant de venir, Grubensteiger avait donné d'urgence les ordres que Goebbels aurait donnés, lancé l'opération que nécessitait cette machine infernale pour en enrayer le compte à rebours. Himmler avait été prévenu, à trois heures tous ses services étaient mobilisés, la Gestapo et le renseignement interne du Sicherheitsdienst, mais si lui arpentait pas à pas le parquet laqué, comptait ses pas, les minutes, les secondes, il ne gagnait pas de temps, il en perdait, il souffrait. Il finit par se traîner sur un canapé plus confortable, s'y s'effondrer. On avait allumé les torchères électriques, le soir tombait. Les pâles glaives de soleil avaient disparu. Les portières d'une voiture claquaient, entrait une escorte en uniforme, entourant il ne savait qui, il s'en foutait, regardait passer l'escadre galonnée, un vol de frelons vrombissant, le silence retombait.

Le professeur Harbayer a disparu, volatilisé de la veille au soir, et la nuit a passé, la matinée, tard, avant que ses gardiens ne s'inquiètent de son absence, du retard de la voiture banalisée qui assure son transport entre son domicile de Potsdam et l'Institut des sciences, où il travaille, sous haute surveillance. Sa maison elle-même : sous surveillance. Une garde renouvelée toutes les douze heures. Celui de la nuit a sa chambre, il dîne à la cuisine avec les enfants. Une intimité domestique dangereuse, on perd la vigilance... La veille au soir, comme d'ordinaire le professeur quitte l'Institut à six heures, il monte dans la voiture, ponctuel ; il n'arrivera pas chez lui. A cette heure précise, l'agent de nuit prend la relève à Potsdam ; son collègue parti, comme d'habitude – l'habitude ! – il attend qu'arrive Harbayer, que rentrent femme et enfants, sans s'en faire. Quand ceux de l'Institut s'avisent enfin, vers dix heures du lendemain matin – dix heures ! –, d'alerter par téléphone la police à Potsdam, le temps de cerner la maison, forcer la serrure, de perquisitionner : une heure passe encore. On trouve le crétin ligoté dans la cave, à moitié étranglé par son bâillon. Et encore le temps qu'il relate, qu'on recoupe, que l'information remonte, il est plus de midi. Grubensteiger arrivait juste chez Himmler, il se trouvait là presque par hasard, au moment où venait de tomber la nouvelle. S'il avait trouvé Julia à l'hôtel *Kaiserhof*, comme il l'espérait, il ne serait passé que bien plus tard... La femme Harbayer disparue aussi, une catastrophe, les enfants avec. De son côté, soumise pour tout déplacement au contrôle d'un garde qui fait le pied de grue devant la boulangerie, chez la modiste, à la librairie, conduit avec elle les enfants à l'école et va les chercher, fait le taxi à l'occasion, pépère, une sinécure. Ce soir-là, il y a répétition hebdomadaire à la chorale, dûment inscrite à l'emploi du temps que Mme Harbayer doit remplir, piqué au mur de la cuisine. Le seul endroit, au coin de la rue, où on ne l'escorte pas, au prétexte que le chef de chœur a sa carte au parti ! Une exception validée en haut lieu ! A cause de cette chorale, son gardien ne s'en fait pas, il passe la relève et rentre chez lui, la conscience tranquille. Comme son acolyte ensuite, planqué bien au chaud, attablé à la cuisine, qui boit une bière en attendant la livraison du soir, le retour du Pr Harbayer avec son chauffeur, celui de la femme, vraiment le coin de la rue, à deux cents mètres… Peinard. Il n'a rien vu, rien entendu, rien pressenti. Il ne se souvient de rien, que de suffoquer brièvement, le noir absolu. Sa gorge entamée en témoigne, et l'hématome à sa nuque : il a été strangulé, assommé net. Séquestré dans la cave, où il ne revient à lui que dans la nuit noire, une nuit glaçante passée sur son lit de charbon, avec la seule idée de parvenir à respirer malgré le bâillon, de rester en vie jusqu'à ce que vienne un secours. De son épreuve, il était sonné, expédié à l'hôpital. Mme Harbayer ni les enfants n'étaient rentrés. Maison vide. Un double enlèvement, magistral.

Grubensteiger avait eu le temps de repasser les faits, leur déroulement impeccable, ajusté au millimètre. Qui supposait long calcul et repérage des horaires, du dispositif. Ce minutage de haute précision portait la marque d'une puissance très organisée, préparatifs minutieux, technique de professionnels. Le chauffeur de l'Institut était du complot, ou bien à lui substitué un autre, on saurait vite s'il y avait désertion de poste, complicité soudoyée, ou bien s'il était escamoté, ligoté quelque part, exécuté dans un fossé… Des spécialistes du kidnapping, un sabotage criminel dont l'onde de choc n'avait pas encore révélé sa portée dévastatrice… Dans ce hall de la chancellerie, vieille gare aux torchères prétentieuses, aux bruits feutrés, on n'en entendait pas encore la déflagration silencieuse, et Grubensteiger gémissait d'impuissance. Quel tissu d'erreurs, d'approximations ! La mollesse et l'incompétence, la niaiserie de vainqueurs anesthésiés par leur assurance, la bêtise de bureaucrates qui bricolent un dispositif sur le papier, satisfaits de leurs combinaisons d'école primaire, assoupis de sieste digestive, des incapables. Ils pouvaient se prendre pour les dieux de l'Olympe : mâchoire de bovins, cerveaux d'invertébrés. Celui de Harbayer, une bombe surhumaine. A l'intérieur de son crâne, cette substance bizarre, unique, qui distingue les élus du bétail ordinaire. Grubensteiger se souvint qu'enfant, sa mère lui faisait manger de la cervelle d'agneau, pitance écœurante. Pour qu'il travaille bien à l'école, devienne intelligent. Apprenne mieux le grec et le latin. Croyance de primitifs cannibales, qui mangent le cœur et les couilles pour s'approprier leurs vertus. Il ricanait péniblement, cela secouait sa douleur, exquise, affreuse. Le cerveau, l'aspect d'un cerneau de noix, la consistance du latex, une pâte grumeleuse et compartimentée, une gelée grasse enveloppée de membranes bleuâtres, irriguée de capillaires ; elle s'écrase sous le talon comme bouillie. Où l'intelligence se loge-t-elle, le génie ? Sa mère avait-elle vraiment contribué à forger le sien, machine de ruse froide et de haine, instrument de guerre qui, dès l'enfance, s'armait de cruauté mathématicienne, muscles, nerfs et sang asservis à l'unité centrale de sa matière grise, survoltée. Que d'ivresses avait-il connues par la seule électrolyse de sa glande pinéale, fusant dans tout le corps, répandant le nectar toxique, son injection de drogue pure, naturelle. Il commandait alors un corps jeune et parfait, harmonieux. Athlétique. Un corps militaire soumis à sa discipline mentale, cultivé d'exercices violents qui sculptent et architecturent, à l'image du surhomme qu'il engendrait, fécondait en lui, par sa propre semence, sa volonté, son dessein. Il avait rencontré des obstacles, des avanies considérables. Son corps avait été broyé, annihilé par l'ennemi, mais son cerveau : intact. Sa puissance négative, son génie s'étaient régénérés par l'épreuve. Dans ses limbes d'agonie, sa carcasse cicatrisait, la chrysalide se reformait et il renaissait, phénix défiguré, mais intact. De la sanie, de l'ordure des plaies infectées, des os écrasés, de ses organes atrophiés s'accouchait la créature nouvelle, la même, en sa métamorphose méconnaissable à quiconque, sauf à lui, un revenant de lui-même qu'au miroir il contemplait, effroi des nouveau-nés. Mais il l'adoptait, l'accueillait avec la joie des miraculés, consentait à sa nouvelle apparence, et même en bénissait la mue providentielle. Son cerveau valait celui de Harbayer, des savants et des artistes qu'on porte au pinacle pour être doués du génie de la création, de l'invention. Il valait celui des stratèges et des conspirateurs de chancelleries, ces fauves dont l'instinct prédateur s'assoupit dès qu'ils ont une charogne sous la dent. Ses ruminations à lui ne se satisfaisaient pas de ses proies. Son cerveau dressait celui des autres, l'esprit des savants, celui des ingénieurs, des logiciens, arraisonnés au sien, une matière première recyclée, asservie et conformée à ses visées. Il ne léchait pas ses proies de langue repue, il les tenait vivantes entre ses dents.

Il tenait la petite Millie entreposée à Oranienburg, avec consigne de ne pas trop l'abîmer. Celle-là, une gazelle pour appâter du gros gibier, qu'il ne croyait plus chasser… Il tenait Harbayer, rapatrié de la centrale de Norsk Hydro, en Norvège, sous séquestre, secret d'Etat. Un spécialiste de l'eau ordinaire, l'élément le plus répandu sur le globe… A quoi cela tient-il ! A l'infinitésimale différence de poids entre deux molécules d'hydrogène. Un dosage de distillation : l'eau est lourde, et ce poids a de quoi exploser la planète. L'accord avec les Norvégiens était trop aléatoire, des alliés d'occasion. C'est ici, à Berlin, que Harbayer devait travailler. Le gros Göring qui ambitionne de contrôler l'industrie d'armement, Hitler lui-même ignorent à quoi touche le programme, ce que ce cerveau exceptionnel est en train de découvrir. Un juif de qualité supérieure. Ces imbéciles aveuglés d'idéologie, pureté de la race, gaspillent le capital national, vandales d'Etat. Ils pourront toujours chercher dans le sang, la forme du lobe frontal, le dessin du zygomatique, les stigmates de la supériorité génétique, ils ne résoudront pas l'énigme magnifique et le paradoxe, à eux insoluble, qu'un juif comme Harbayer est le surhomme dont ils ne peuvent se passer. L'humanité ordinaire, bestiale, dont ils font partie, n'a pas idée de la vraie race des seigneurs, des princes du monde, les élus véritables. J'en suis, songeait Grubensteiger, avachi au fond du sofa. Ma mère m'a nourri de cervelle d'agneau. Prince de l'ombre, invulnérable, incorruptible. Je suis la corruption même, son essence pure. Je vais retrouver Harbayer, où qu'il soit. J'en ai les moyens. Qu'il ait été enlevé, lui, sa femelle et ses avortons, ou qu'ils se soient évadés, c'est du pareil au même. Ils dépendent de ceux qui convoitent son cerveau d'artiste… Que faisait-il là à attendre en vain que le courtisan finisse ses ronds de jambe ? A croire qu'il en a besoin, qu'il n'est pas si bien en cour… Joseph n'a jamais vraiment conquis le cœur d'Hitler… La douche froide t'attend à la sortie. D'autres la lui donneraient, décida brusquement Grubensteiger. Il s'arracha, réprimant sa grimace de douleur. Pour lui seul il la réprimait, aucun témoin à sa contorsion simiesque pour dégager son corps infirme, le remettre debout, d'aplomb. Que de temps perdu pour rien… Il s'éloignait, silhouette chancelante doublée dans le reflet du parquet, passant de la lumière à l'obscurité tel un prince des ténèbres.

Léon n'était pas chez lui, avenue Niel, il n'était pas non plus au *Ritz*, à sa table de jeu. On le disait à Longchamp, mais il n'y avait pas de courses aujourd'hui, et Pauline en avait sa claque de lui courir après. Par-dessus le marché, c'était jour de livraison à l'atelier. Le mercredi, elle déballait les coupons avec les couturières, vérifiait ses achats, le métrage et la qualité, les fournitures de mercerie, fils et boutons, passementerie, galons, et la toile à patron, tarlatane, doublure, enfin la revue générale. Les commandes commençaient d'affluer, les petites mains y mettaient du cœur, elles filaient doux, toujours au début. Mais elle veillait au grain, les menait de main de fer, leur infligeait sa discipline ; aussi tracassière que Mlle Chanel, qu'elle avait tant décriée. Elle l'imitait très bien, sa paire de ciseaux attachée au cou, pendant au ruban, pinçait sa lèvre comme elle, sa moue dédaigneuse, son verdict sec. A l'étage, les fenêtres de l'entresol donnaient à l'atelier une lumière franche, une longue pièce à plafond bas, avec la grande table de coupe, les gros ciseaux de taille et les patrons pendus au mur, règles et équerres ; les machines à coudre. Et les mannequins sur leur pied, de nouveaux modèles, tour de poitrine, tour de hanches réglables, ces bustes de femmes décapitées, sans bras ni jambes, parées des robes faufilées, en attente d'essayage… Deux planches à repasser, fers électriques et la jeannette à la toile immaculée, les pattemouilles pareil, du travail propre. On balaie les chutes, le fil et la bourre, deux fois par jour. On se lave les mains. Un doigt piqué, une goutte de sang, c'est une toilette de perdue, retenue sur la paie. Le salon d'essayage de l'autre côté du palier, une vraie bonbonnière, que du velours, éclairage tamisé. En bas, les deux filles de la boutique, des demoiselles du monde, le dessus du panier… Alors cette galopade sur les talons de Léon, à s'époumoner, Pauline en rageait, sautant d'un taxi à l'autre, avec ça des embarras sur la place de la Concorde, en bas du boulevard Saint-Germain, une seule file, filtrée par les forces de police, à croire que Paris était assiégé ! Pauline en était remuée, l'impression que c'était pour elle tout ce déploiement, que le quartier n'était occupé que pour cerner sa boutique de la rue Saint-Benoît, la perquisitionner et la vandaliser de fouilles impies. Elle avait tout en banque, rien en caisse, rien dans les poches, rien sur la conscience, se rassurait-elle, blottie au fond du taxi. Que Léon se débrouille, à la fin, au diable Léon. Sylvain lui avait donné la pétoche, avec ses airs de conspirateur traqué. Il prétendait que les icônes étaient saisies au Havre. Que les services de douane déballaient les caisses et en faisaient l'inventaire. Tu penses bien que rien n'indique une provenance, fausses attestations, on est couverts. Mais la liste des destinataires, le réseau de transit… Ils risquent de remonter, des investigations, des perquisitions… Perquisition ! A ce mot, Pauline suffoquait d'indignation, une horripilation de tout le corps. Entrer chez elle, rien qu'une galoche à clous sur sa moquette, leur sale nez de flics dans ses affaires, un viol, une exaction qui n'avait pas d'égale. On n'allait pas lui chercher des poux quand tous ces députés, ces magistrats, jusqu'aux ministres étaient pris la main dans le sac, filouterie généralisée. Chautemps comme les autres, la démocratie, une belle pourriture. Ils se servent, ils profitent et se gobergent, arrosent qui bon leur semble, achètent la police, les avocats, les syndicats, les journalistes. Tous pourris : la République est une gueuse, Sylvain avait bien raison. Il allait falloir mettre de l'ordre, balayer cette chienlit. Mais d'abord prévenir Léon qu'il se tienne à carreau, qu'il disparaisse un peu, un voyage discret… Qu'il aille prendre les eaux à Baden-Baden, écouter de la musique à Salzbourg. Qu'il aille se choisir un cheval dans un haras en Irlande. Le mot d'ordre était : dispersion. Et moi, je me disperse ? Je ferme ma boutique, la clé sur la porte, peut-être ?

— Tu ne risques rien, disait Sylvain. Tu ne changes rien de ta vie tranquille, et surtout tu la fermes, toi aussi. Si jamais…

— Si jamais quoi, mon bonhomme, dis voir ? Envoie M. Amedeo pour me le dire.

— Tu ne l'as jamais rencontré, attention à toi.

Pauline était très remontée, elle n'avait peur d'aucun d'eux et ces menaces voilées, elle ne voulait plus en entendre. Qu'avait-elle fait de plus grave que servir d'intermédiaire, s'entremettre gentiment et arrondir les angles ? Cela lui avait rapporté, mais on ne rend pas service pour rien, sauf les caves. Cela lui avait coûté aussi. Les à-côtés. Elle était quitte. Elle était une femme indépendante, elle ne devait de compte à personne. Jamais elle ne reviendrait en arrière, ne laisserait la mouise lui remettre le grappin dessus. Ses griffes affreuses. Ils ignoraient, tous, de quel acier elle était faite, s'était faite elle-même. Elle n'était pas née une cuillère d'argent dans la bouche, comme la plupart d'entre eux, n'avait pas traîné sa peau dans des bouges, n'avait vendu d'elle-même que ce qui lui convenait, et elle dirait ce qu'elle voudrait, à qui elle voudrait, si jamais on l'embêtait. Elle n'avait pas cotisé à leur société secrète de voyous à la manque, rien juré. Elle n'était abonnée à rien, ne portait pas d'insigne ; leur Comité secret d'action révolutionnaire, un ramassis de ratés. Ils pouvaient bien imprimer des tracts “mort aux juifs”, “mort aux bolcheviks”, “la France pillée par les juifs et les apatrides”, se donner des allures de comploteurs, ils avaient surtout le gosier en pente et les mains percées. Et la folie des arnaques.

Mais quand même ébranlée par ces nouvelles, elle était allée consulter sa voyante, Mme de Brieu, 43, rue de Lyon, deuxième étage. Une personne savante qui pratiquait l'astrologie scientifique, mais aussi les méthodes classiques, horoscope, graphologie et cartomancie, et les lignes de la main, un don de la Sainte Vierge. Elle avait fréquenté la grotte de Bernadette Soubirous : des petits-neveux de la bergère étaient domestiques chez ses parents, dans le Béarn, c'est dire. Mme de Brieu avait distribué les cartes sur son tapis et tenu les mains de Pauline dessus. C'était endormant et paisible, les rideaux tirés, le tic tac de la pendule, Cupidon dans les bras de Vénus. Yeux clos, la voyante avait invoqué son don, elle ne se trompait pas. Toujours elle tirait, trèfle et carreau, ses meilleures cartes, ambition, réussite, chance et fortune. Le valet de pique vous veut du mal, mais le roi vous protège, vous êtes entourée d'envieux, de faux amis, cinq et sept. Méfiez-vous de l'as de cœur, du valet de cœur, le cœur n'est pas pour vous. Ça, elle devinait juste. Une affaire d'argent, beaucoup d'argent voyage, le roi de carreau est éliminé, une bonne chose pour vous. Attention, ne prenez pas les transports en commun... Elle ne risquait pas ! L'autobus, le métro, c'est pour les fauchés. Pour l'argent, qu'il voyage, ce n'était plus ses oignons... Enfin, une séance comme celle-là vous remet d'aplomb, et elle irait, un de ces quatre, faire brûler un cierge à Saint-Germain par sécurité, ça ne coûte rien... Elle en était là de ses réflexions, quand le taxi enfila enfin la rue Saint-Benoît, sa petite rue élégante et paisible. Les demoiselles l'accueillirent, tout sucre, l'une grimpée sur l'escabeau de velours pour raccrocher une pampille au rideau, l'autre, le nez dans un tiroir de ganterie. A quel signe décela-t-elle l'anomalie ? Une once d'obséquiosité en trop, un regard en biais ? En haut, l'atelier était une ruche, chacune plongée dans son ouvrage, mais les rouleaux de kraft n'étaient pas encore déballés, les paquets de fournitures abandonnés sur la table de coupe ! Quelqu'un attendait Mademoiselle dans le salon d'essayage, un client. Un client ? Nous n'habillons pas les hommes. Un monsieur. Son sang ne fit qu'un tour, elle claqua la porte, entra en coup de vent dans le petit salon. L'individu avait la dégaine minable d'un gratte-papier, sous son feutre un visage chafouin fatigué, l'imperméable râpé et ses souliers crottés, sur la moquette bleu nuit ! Elle regarda à peine sa carte tricolore, chiffonnée, graisseuse, indignée dégrafa son manteau à pompons de vison et ôta son chapeau.

— Oterez-vous le vôtre, en présence d'une dame ?

On n'entre pas en coup de vent chez Hermann Göring. Trois sas d'antichambres, autant de rangées de larbins gardes du corps à franchir pour atteindre la tanière luxueuse où il passe le plus clair de son temps, son salon et son bureau, sa chambre à la fois. Derrière lui, tout un pan de baies en verrière sur le jardin d'hiver, la serre où il entretient, dans une atmosphère tropicale, des spécimens importés du Congo, du Brésil et du Cambodge, un fouillis végétal hybride et foisonnant, sa collection d'orchidées rares, d'une sophistication de bijou, érotisme vénéneux. Par-delà ces vitres, en paysage irréel on voyait le jardin hivernal, branchages noirs griffés sur le ciel gris. Dans le confinement du salon, il devait faire aussi chaud que dans la serre, une odeur flottait, d'air vicié qui prend au nez, d'éther, caramel et tabac, d'encens, de sueur, et l'on ne progresse, au travers d'un encombrement de paravents laqués, de fauteuils vastes comme des baignoires et drapés de tapis, d'étoffes somptueuses jetées sur les coussins, que pour trouver derrière la table basse couverte de revues en vrac, d'objets précieux, statuettes et bibelots, de papillons rares piqués dans leur écrin de verre, dans un désordre qui confine au capharnaüm, le ministre Göring vautré, cuisses écartées, ventre proéminent débordant la robe d'intérieur de velours sang de bœuf à revers de soie grise. Ceinture dénouée, en pyjama, à cette heure du soir, il n'a pas dû s'habiller de la journée. Il vous reçoit sans vous regarder, perdu dans quelque extase de poussah ; yeux mi-clos, il s'évente d'un éventail andalou, pièce de musée, marqueté de nacre et d'ivoire et dentelles anciennes…

Bruno Lohse était déjà venu ici à deux reprises, mais n'avait jamais obtenu un tête-à-tête. La première fois, c'était avant la mort de Karin. La maison ressemblait à une demeure de grand bourgeois, austère et opulente à la fois. La comtesse von Kantz veillait sur la domesticité, à la qualité de la réception avec une grâce aristocratique, femme du monde accomplie. Enfin réhabilité, le couple pouvait effacer les années d'exil, d'humiliation, les amertumes de la défaite et le calvaire des hôpitaux. Cette gloire de la Grande Guerre, que son courage intrépide, suicidaire, disaient certains, avait distinguée, aussi héroïque que Richthofen, cet as de l'aviation avait dû vivre en paria, réfugié à l'étranger, ses décorations honorifiques pour hochet. Enfin reconnu, haussé en quelques années aux plus hautes fonctions de l'Etat et brûlant les étapes, président du Reichstag, ministre tout-puissant et bras droit du Führer, sa rage de revanche, forcenée, magnétique, en imposait à tout un, subjugué par sa réussite, mais Karin mourait. Une tuberculose inexorable et, la deuxième fois, Lohse avait trouvé la maison dans cet état de déliquescence. Cette fois-là, Göring y recevait son frère Albert et sa sœur Olga. Ils sortaient de table et Göring l'avait fait patienter debout, comme s'il fût un domestique ; pourtant dès lors avait recours à lui, venait le voir dans son petit magasin berlinois entre deux parades, deux discours de propagande… Lohse avait patienté sans broncher, curieux d'observer sans le marquer l'étrange physionomie des deux frères, si discordante. La beauté saisissante d'Hermann, sa géométrie parfaite, un moule d'atelier taillé pour la jugulaire. Et surtout son regard de glacier, cristal bleu, gemme pure. Mais la bouche vile, longue, tortueuse et fendue comme d'une blessure de haine, de mépris, d'ironie malade, travaillée de torsions subtiles. Indéchiffrable. Ce corps sculptural portait cachées des blessures malignes, jamais apaisées ; à la hanche, de l'accident d'avion qui avait failli lui coûter la vie au front, en 1915 ; à sa jambe, déchiquetée à Munich, dans l'affrontement sanglant du putsch avorté, dont les séquelles incurables le torturaient. Ce jour-là, appuyé à l'épaule de sa sœur, il faisait effort pour deviser avec Albert, mince et altier, quoique son cadet plus grand que lui, et la fine moustache de celui-ci, son port un peu voûté et sa calvitie naissante, ses lunettes lui donnaient un intellectualisme artiste, aux antipodes de cette force brute. Mais un même raffinement de classe et leur éducation de grands bourgeois les apparentaient en dépit de leur dissemblance, ces fils d'un officier prussien, toujours absent, élevés dans son château de Veldenstein par un baron lettré qu'on disait l'amant de leur mère, de qui on chuchotait qu'Albert était le fils... Albert faisait du cinéma, du moins il essayait, ignorait la politique, du moins l'affectait, se tenait loin des menées de son aîné et des milieux nazis, cependant, en dépit de ces signes d'indiscipline, Göring lui gardait une affection indulgente, dictée par l'esprit de famille, ou de caste, contre la vulgarité de l'entourage d'Hitler pour lequel il ne cachait pas son mépris. Röhm, surtout. Compagnon d'opportunité des premiers temps de la conquête du pouvoir, mais devenu sa bête noire. Alors Albert Göring pouvait venir déjeuner chez son frère, deviser d'art et de littérature, de chasse ou de sport, il était le bienvenu. A lui, Hermann ne dissimulait pas. Ni l'ébranlement de son veuvage, la perte de l'épouse aimée, ni ses tourments physiques, sa dépression chronique que les séjours psychiatriques ne guérissaient pas. Les médecins, des ignorants, des fantoches, ils n'avaient pas sauvé Karin, ils ne soulageaient pas ses souffrances. Il se soignait lui-même.

Il avait dû se soigner particulièrement aujourd'hui. Bruno Lohse approchait le sofa avec prudence, son paquet sous le bras. Rien de plus dangereux qu'un fauve blessé qui lèche ses plaies. Et sous morphine, cette substance exquise qui en anesthésie la place et la sensation, il peut se mordre où il saigne sans le sentir. Magique dieu des songes, bienveillant Morphée, jumeau de la mort qui accorde son sommeil aux mortels souffrants, mais dans les limbes, la caverne mentale où s'agitent les ombres du rêve, chacun rencontre les monstres qui le hantent. Dans le cerveau intoxiqué de cet homme affalé et béat, quel théâtre de fantasmagories se déployait-il, chimères lascives ou cruelles, de carnages, de chasse ou de verts paradis enfantins ?

On appelait “maladie du soldat” l’addiction des blessés de la Grande Guerre, traités massivement à la morphine, ce sédatif puissant qui annihile les douleurs, stupéfie l’amputé et apaise le délirant de ses crises nerveuses ; ou l’y enferme, l’entraîne en de torpides somnolences, furieuses, délectables, dont il ne veut plus sortir. Göring se grattait le ventre, où sa cicatrice flambait, mais aussi bien parcouru des fourmillements et démangeaisons imaginaires que procure l’opiacé, chatouillements irrépressibles à fleur de peau, irritants, excitants comme des caresses de sorcières, et sur les lèvres l’effleurement de leurs baisers avides. Lohse ne savait, de sa dernière bouffée d’opium, de sa dernière intraveineuse, à quel stade d’euphorie il était rendu, s’il l’accueillerait en ami parmi ses visions ou le haïrait d’y faire irruption, d’en menacer la jouissance insulaire. Il avança d’un pas et sans un mot déchira le kraft qui enveloppait le tableau, le tendit dans l’axe de l’homme et l’approcha de son visage, de ses yeux mi-voilés qui hésitèrent à accommoder, cherchèrent dans des profondeurs nébuleuses un point focal flottant. Enfin sa vue se stabilisait, ses yeux de pur azur revenaient à la fixité et s’arrêtaient à la surface de peinture. Lohse maintint la toile longtemps devant lui à cette hauteur, ignorant comment se configurait à présent la scène infernale, en quelle part ses hallucinations rejoignaient celles de Göring.

— Grünewald, murmura-t-il.

Mais le ministre n’avait pas entendu, une bave soyeuse luisait sur sa lèvre inférieure, il grogna.

— Grünewald, répéta plus haut le visiteur, patience d’ange.

Des anges, il n’y en avait guère sur cette toile, ou alors les anges négatifs déchus du ciel divin, tombés de la chute infinie où les précipite Dieu dans l’abîme des enfers. Ils ont perdu leurs plumes multicolores d’archanges, ils sont démons hideux, comme seul Grünewald pouvait les concevoir avec sa minutieuse précision visionnaire, proche de Bosch. Géhenne et tortures exquises, créatures lépreuses, batraciennes et porcines, et rires de joie sardonique, leur nanisme, leur atrophie subliment un condensé de tous les cauchemars qui hantent la chrétienté. Et le judaïsme ? Parce que enfin extorquer cette toile à un juif était l’aspect le plus amusant de la transaction. Les juifs quittent le bateau, ils fuient comme des rats, ils bradent meubles, livres anciens, œuvres de maîtres, bijoux et fourrures, ils vident leurs armoires et leurs greniers pour les troquer contre des liquidités, billets de train, de bateau, pour acheter des papiers d’identité. Ils viennent vous voir à la boutique entre chien et loup, un paquet sous le bras, négocier le meilleur prix. C’est moi qui le fixe, loi de l'offre et de la demande, je ne négocie pas, dit Lohse. Je vous rends un service qui peut me coûter cher. A ce régime, la chose est vite entendue : chez Lohse, on ne marchande pas, et l'on a ses papiers dès le lendemain. Cette fois-là, il n'en croyait pas ses yeux. Un Grünewald ! Evidemment, pas le chef-d'œuvre d'Issenheim… Le fragment de quelque retable découpé, ma foi assez intelligemment, vieux dépeçage, le châssis date d'au moins deux siècles, chevillé. Dans la famille, anversoise, depuis des générations, mais pas de titre de propriété, d'origine, cela casse le prix. Enfin, une excellente affaire, pièce rarissime… Que cet homme d'affaires parisien payait au prix fort, un connaisseur, lui. Un amateur éclairé, de ces esthètes qui ne courent pas les rues. De ces hommes d'argent qui disposent de grosses liquidités en vingt-quatre heures, rubis sur l'ongle, cash. Mais où cela devenait vraiment une très, très bonne affaire, c'était sa commission à lui, monsieur bons offices, le médiateur providentiel qui a ses entrées chez Göring, par la petite porte. Il est son fournisseur régulier, homme de confiance, au secret des gros et petits vices, des turpitudes de ce fauve inapprochable. Par exemple, il connaît des taxidermistes qui travaillent en ateliers occultes, bichonnent ours et sangliers de vos chasses en artistes ; aussi petits enfants égorgés recousus au point d'orfèvre, l'œil de verre, lèvres vernies, experts naturalistes. L'ogre est content. L'ogre vous ouvre la porte de son antre, il arrive qu'il vous caresse, dans le sens du poil. Ce privilège, et ce risque, se paie bien plus cher qu'un Grünewald de récupération. Mais celui-ci constitue malgré tout un cadeau tout ce qu'il y a de plus convaincant, il rejoindra la collection favorite du ministre, ses enfers personnels. Entrer chez l'ogre et graisser sa patte griffue, il faut y mettre le prix…

Ainsi débarquez-vous à dix heures du soir rue de Lille, un hôtel particulier luxueux, pas très fixé sur la hauteur des étages, ni sur celle du rapport réel que vous escomptez. Il faut d'abord voir à qui l'on a affaire, sur l'échelle des passions humaines repérer le niveau de son envie, sa peur ou son désir, quel motif le meut, quel calcul il fait de son côté. A quel montant il est décidé à vous acheter, ne parlons pas de corruption, pas de gros mots. Et non seulement il ne discute pas le prix du Grünewald, du premier coup d'œil il a compris : il achète ; mais il vous reçoit dans son salon futuriste éclairé à giorno, plateau d'alcools et cigares, en homme du monde. Jusqu'à deux heures du matin vous pouvez parler d'art, votre érudition lui plaît. Il vous estime pour ce que vous êtes, déférent sans obséquiosité, un égal. Chez lui, quelques toiles au mur, qu'il vous laisse examiner, flatté de votre intérêt. Son tableau de Grosz, genre Grünewald moderne, ça vaut son pesant. Delaunay, itou. Mais ce sont des peintres dégénérés, l'ogre n'apprécierait pas ; même s'il a l'œil avisé, il n'envisage que l'extermination de cette vermine. Bruno Lohse n'a pas les mêmes préventions, il a un penchant certain pour l'art moderne, il court les galeries et les ateliers d'Europe, il a ses dépôts un peu partout. On ne sait trop comment peuvent tourner les choses : des endroits sûrs, où dorment des toiles que finance la taxidermie spécialisée. Ce petit dessin de Picasso, par exemple, une merveille. A main levée, trait gras, trait maigre, magistral…

— Vous en avez beaucoup, comme celui-là ?

L'homme sourit, ce juif est d'une intelligence supérieure, il s'ajuste au quart de tour. Non, pas lui. Lui est un amateur, il écoute les conseils d'amis, de marchands, son architecte d'intérieur surtout, qui lui conseille quoi mettre de distingué sur ses murs, qui soit en harmonie avec l'ameublement… Mais il connaît un collectionneur qui accepte de se défaire, parfois…

— Alors voilà ma commission trouvée, cher monsieur Lewenthal ! Ne parlons plus d'argent. Tenez, je vous fais une faveur : disons ce dessin-là de Picasso. Et trois peintures.

Il n'a pas osé dire quatre. Il l'eût osé, c'était pareil.

— Trois toiles, voyons, qu'a donc votre ami à notre disposition ? Picasso, nous sommes servis… Mille grâces pour le Picasso. Van Gogh ? Ensor, moyen…

— Juan Gris. Kirchner. Schiele. Klee.

Que n'avait-il dit quatre ! Ils étaient tombés d'accord : le lendemain soir, livraison de deux pièces. Les deux autres, suspendues au succès de la transaction. C'était donc quatre ! Un nabab, dispendieux. Racé et courtois. Et sans un froncement de sourcil, comme s'il traitait de plaques de chocolat.

— Vous tenez donc beaucoup à la petite demoiselle ? avait-il eu l'esprit de lui demander.

Quand même impressionné par cet individu impénétrable, qui mettait la jauge à ces hauteurs vertigineuses, à deux heures du matin aussi frais qu'un gardon, pli au pantalon et boutons de manchette impeccables. Lewenthal avait eu un petit rire de connivence, assez cynique, très plaisant.

— Monsieur Lohse, ce n'est pas à vous que je vais apprendre le dessous des cartes… Disons que la mésaventure de cette personne compromet une tractation financière d'importance avec sa famille, des actionnaires sensibles. En payant pour sa libération, j'assure mes intérêts. Bien compris.

— Votre ami collectionneur a-t-il le même intérêt ?

— Il a les siens. Il est patient, monsieur Lohse. Comme vous, il calcule à long terme…

Bruno Lohse commençait à fatiguer, bras tendus au-dessus de la table basse, il fléchissait, juste au moment où Göring émergeait enfin des brouillards de la morphine, peut-être rappelé par quelque tiraillement local pénible. Il allongeait sa jambe blessée, la posait en travers de la table et remontait la jambe du pyjama, frottait son tibia couturé, un sourire hilare à sa bouche immense, et il bâilla, un gouffre.

— Mignon, mignon, grommelait-il. En voilà une surprise… Grünewald, c'est rare. D'où le sors-tu ?

— Mes amis juifs…

Un rire tonitruant le plia en deux, qui s'arrêta net.

— Pose-le là… Je vais le regarder, je vais le regarder… Combien, dis-tu ?…

— Je vous l'offre, monsieur le ministre. Un cadeau personnel.

Ensuite, les genoux un peu mous, sans autorisation, il s'était assis au fond d'une baignoire, dans les replis d'un cachemire rouge dont l'odeur aigre l'environna aussitôt, la morphine provoque aussi des vomissements, mais trop tard pour changer de siège : Göring avait réussi à suivre son déplacement et à fixer son regard dans le sien, alerté, plus méfiant que curieux, sceptique plus qu'étonné, et cependant amusé, d'une moue repoussant sa lèvre enflammée.

— Que veux-tu mignon ? Que veux-tu de bon papa ?

Il voulait la libération d'une fille internée à Oranienburg par les sbires d'Ernst Röhm. Ce camp de banlieue que Röhm disputait à l'administration de la Gestapo, comme s'il fût son pré carré. En avait-il ouvert, des camps sauvages, où il prétendait faire la loi, dans toute l'Allemagne des camps qui manifestaient la toute-puissance de ses milices de la SA, qu'il gérait à sa discrétion hors contrôle des SS, de leur hiérarchie jusqu'au sommet. Il les défiait sur leur propre terrain, on lui confisquerait bientôt cet apanage. Röhm, un serpent, son nom seul faisait rugir Göring et Lohse l'avait placé le plus vite possible. Maintenant, il pouvait prendre sa voix insinuante et dolente, cette jeune étrangère, la fille d'un ami très cher avec qui il menait de certaines affaires délicates, qui avait pour le ministre grande estime et respect, une fille interpellée par hasard, une confusion malheureuse, c'était contrariant, mais la chanson importait peu à l'ogre. Il ruminait en grattant son entrejambe. Le nom de Röhm continuait de faire des cercles en eau trouble, son esprit peinait à ramasser la vindicte sombre contre ce qu'il évoquait, l'intrigant, la punaise lubrique qu'il écraserait bientôt, un bain de sang obscurcissait sa vue. Rouges étaient le salon, son bureau et sa chambre, rouge la forêt tropicale, le ciel d'hiver, rouge le tableau de Grünewald. Il se frotta les paupières, ses bajoues, bassina son visage de tout ce rouge. Plus d'un million d'hommes sous les ordres de Röhm, les SA devenus une armée autonome. Même Himmler, son vieux compagnon de Munich, ce puceau éleveur de poules, savait à présent qu'il fallait l'éliminer. *Der treue Heinrich*... Et surtout Goebbels, également d'accord pour neutraliser cette bête à cornes. La danse macabre des démons de Grünewald s'entredévorant, songea Lohse, suivant sur la face bouffie et raffinée le cours de ses pensées de meurtre. Göring avait le réveil sanguinaire, au milieu de quoi l'histoire de la fille faisait son chemin... Elle avait la légèreté des papillons piqués sur le liège, un papillon dansant, luciole rafraîchissante dans tout ce sang qui brouillait sa vue, une pichenette à donner, pour l'instant un timbre-poste à coller sur le nez couperosé de Röhm. Il y lirait le tampon de l'expéditeur... Bon Dieu, songeait encore Lohse, faut-il être fin politique, en déployer de finasserie florentine, avec une brute pareille... Machiavel n'atteint pas ma cheville. Libérer la fille, comment l'appelles-tu, mignon ? du camp d'Oranienburg, une soustraction mineure, négligeable, mais au moins une dizaine d'ordures de la SA vont en chier, et qu'ils viennent réclamer, qu'ils protestent. Himmler est *Reichsführer*, chef de toutes les polices, et moi le bras droit d'Hitler, intouchable.

— Ecris-moi ça, là : papier à en-tête. Ecris-le-moi...

Lohse écrivait avec le stylo de l'ogre, or massif, plume d'or, gravé à ses initiales. Et tout en le regardant faire, appliqué comme un écolier, Göring s'attendrissait, vipérin.

— Irais-tu jusqu'à signer toi-même, *Herr* Lohse ?... Imite ma signature, pour voir... Non, hein ? Tu es trop prudent, Lohse... Tu as raison. Je ne suis pas si groggy que j'en ai l'air... Tu aurais pu demander un coup de main à mon frère. Albert s'y entend. Il signe à ma place, de temps en temps... Mais tu n'es pas mon petit frère, hein, Lohse ?

Il signa lui-même, un paraphe lourd, double exemplaire, et il fallut encore chercher le tampon, le sigle à ses armes, son sceau personnel, perdu dans les revues, peut-être sous le fauteuil, ou dans les coussins. Dans le pot de l'orchidée. L'encreur aussi, sous ses fesses. L'ogre agita la paperole entre deux doigts, narquois, clignant de l'œil.

— Cette fille, tu la montes ? Tu la baises ?

Lohse sourit, énigmatique, modeste. Il montait surtout un sacré cheval de course, un pur sang à vous rapporter plus de millions que tous les grands prix. Il ramassa le tableau abandonné contre le pied de la table, le considéra avec émotion une dernière fois et le posa devant Göring. De l'autre main, cueillit la précieuse feuille qui débloquerait les deux autres tableaux du collectionneur patient. Un quidam qu'il voulait rencontrer, un de ces jours. Lewenthal le lui présenterait à son prochain voyage à Paris. Ce juif lui devait bien ça.

Il ne fallait pas qu'Eva se doutât de quoi que ce soit. Heureusement, elle était prise ce jeudi par sa réunion de femmes au foyer, cette fois-ci chez eux. Un gynécée d'épouses de notables qui tenait séance tout l'après-midi, une fois par mois, pour échanger des recettes de cuisine et leurs soucis domestiques, l'éducation des enfants, le prix des denrées, les astuces de bricolage et points de tricot. Eva y trouvait un certain plaisir, un peu confuse de la faiblesse de ces papotages, mais parmi ces femmes il y avait de vieilles amies d'enfance, des compagnes de pension, qui n'adhéraient pas, non, aux idées des nazis. Elles n'en parlaient pas, en tout cas, elles n'abordaient pas ce sujet, mais sûr qu'elles étaient, comme elle, inquiètes des désordres et des bruits qui circulaient. Elles se retrouvaient alternativement chez l'une ou chez l'autre, préparaient de ces goûters d'autrefois, marmelades et strudels, du café au lait, et finissaient toujours par un verre de liqueur de fruits, en guise d'apéritif, avant de se quitter, à la nuit tombée.

Eva avait préparé la petite valise de cuir de Jürgen, elle était ouverte sur le lit de leur chambre : s'il pensait y ajouter quelque chose, qu'elle ait pu oublier... Deux jours de déplacement à Cologne, cela ne nécessitait pas gros bagage. Un aller-retour pour une session d'examen : un président de jury souffrant qu'il lui fallait remplacer au pied levé, il serait revenu demain soir. Il entendait les voix féminines monter de la cuisine, leur bourdonnement d'abeilles affairées, elles pouffaient parfois et montait l'odeur de pomme chaude, de pâte qui sort du four, cela envahissait la chambre silencieuse ; derrière les rideaux la lumière d'après-midi semblait si douce, un miel d'enfance. Son manteau, ses gants, son chapeau, et l'écharpe de laine tricotée par Eva, il était prêt. Il ne les dérangerait pas, c'était convenu ainsi, ils s'étaient dit au revoir avant que n'arrivent les invitées. Sa femme était déjà tellement occupée par ses préparatifs, le gâteau au four, elle n'avait tendu qu'une joue distraite, pressée de descendre. Ce baiser imparfait et la hâte de leur séparation l'emplissaient d'un chagrin absurde, pourtant le meilleur moyen qu'Eva ne se doutât de rien. L'aurait-il prise dans ses bras, étreinte et embrassée comme il en avait eu l'envie, elle se serait étonnée d'une telle effusion pour deux petits jours d'absence, un aller-retour comme il lui arrivait d'en faire. Son anxiété et son remords de lui dissimuler le vrai motif de son départ, de la trahir si bassement, nouaient sa gorge d'une nostalgie poignante pour le temps perdu des innocences, de la transparence, de la foi jurée, quand rien entre eux ne jetait l'ombre insidieuse du mensonge. Elle avait quitté la chambre, mais y restait un fantôme d'elle-même, réprobateur et navré. La jeune fille aux tresses sages d'autrefois se tenait dans l'angle du mur et elle voyait, savait ce qu'il était en train de faire. Il avait pris dans le tiroir fermé à clé de son bureau et glissé dans sa poche l'arme achetée récemment chez un armurier de la ville, un revolver court, assez léger, une arme comme il n'en avait jamais possédée. Aucune n'était entrée dans cette maison et cet achat impulsif, commandé par quelque nécessité qu'il ne voulait pas élucider, lui était une ignominie. On eût dit, depuis quinze jours, que ce revolver caché irradiait toute la maison de son pouvoir maléfique et, au fond, l'aurait soulagé qu'Eva le trouve. Mais elle ne fouillait pas, elle ne soupçonnait pas. Elle lui faisait une confiance aveugle, si candide qu'il en souffrait mille morts. Ah, Grete, que me fais-tu faire ? Faut-il que pour toi je sacrifie Eva, notre couple, et tout de notre vie ? Mais il n'était plus temps. Il logea le revolver dans la valise entre ses deux chemises. Dans la poche de son manteau, il avait aussi la clé de la maison de Löchen. Voilà ce que voyait la jeune fille, qu'il chassa d'un geste rude, chassa pour qu'elle rejoigne ses camarades à la cuisine, et rie avec elles. Il ferma rapidement la valise et descendit, passa, furtif, devant la porte de la cuisine et tira le plus doucement possible celle de la rue sur lui. Il s'enfuyait.

Non, il ne prenait pas le train de Cologne, mais celui d'Augsbourg, correspondance pour Immenstadt, arrivée prévue à six heures du soir. Où l'attendrait Grete, avec Harbayer. Avec Gardénia. Où elle l'attendait, dans la voiture noire garée comme convenu à deux rues de la gare, devant le magasin de jouets. Sa devanture éclairée, encore décorée des guirlandes de Noël, jouets de bois peint, Pinocchio et Polichinelle, train de petits wagons aux fenêtres de mica, soldats de plomb et manège de poupées, fleurs de papier déjà défraîchies, lui sembla sinistre. Mais la portière s'ouvrait, il s'engouffrait, et cela aurait pu s'arrêter là. Cela aurait pu se limiter à la clé, qu'il donnait, de tout son cœur donnait, et il s'en retournait. Mais Grete n'était pas de cet avis. Elle avait besoin de lui, Gardénia aurait besoin de lui. Cet homme évadé, qui prenait le risque énorme de tromper la vigilance de ses gardes-chiourme ; qui se conformait à un plan sans en connaître le détail, aussi impuissant et faible qu'un enfant, livré à ses libérateurs inconnus ; à qui, en moins de vingt-quatre heures, elle ferait traverser la moitié de l'Allemagne occupée, par des routes secondaires dont elle seule avait la carte, cet homme aurait besoin de trouver à l'arrivée le réconfort d'un autre homme, d'un savant, tu exagères, protestait-il. Aussi d'un médecin, d'un Allemand, un citoyen allemand affranchi de la peur et de la lâcheté qui témoignerait, avant qu'il ne quitte son pays, pour toujours peut-être, que tous n'étaient pas gangrenés par la peste noire. Il aura besoin d'un médecin, plaidait-elle, après un voyage éprouvant, dans l'angoisse de sa fuite et de celle de sa femme, il aura besoin de toi. Nous avons besoin de toi. C'était miracle qu'elle soit ponctuelle au rendez-vous, assise au volant, déterminée et calme, à son côté un jeune homme en canadienne de cuir fourré, chapka sur les oreilles, qui ne se retourna pas. Et sur le siège arrière il y avait dans l'obscurité cet homme traqué, pourtant droit appuyé au dossier, en pelisse de ville, son feutre rabattu sur le visage, qui ne bougea pas davantage lorsque Jürgen tomba assis près de lui. Il sentit l'odeur des habitacles exigus dans lesquels ont cohabité longtemps des voyageurs, un air chargé de leur respiration, de cigarette peut-être, mais surtout les vêtements de laine, la moiteur des corps, ce qui émane de singulier dans la fatigue et la peur ; une atmosphère confinée qui l'enveloppa aussitôt comme s'il était de tout temps du voyage. Aussitôt Grete démarrait, quittait la petite rue et se dirigeait sans hésiter à travers le bourg à demi endormi, ses magasins déjà fermés. Elle connaissait, ils connaissaient Immenstadt, où ils arrivaient autrefois chargés de valises pour les vacances d'été. Tandis qu'Eva restait sur le parvis de la gare avec les enfants, il partait sur la place du marché louer une carriole et son conducteur pour monter jusqu'à Löchen, huit kilomètres de lacets jusqu'au lac. On pouvait trouver des taxis, mais ce trajet cahotant sur la route, puis sur le chemin sous les mélèzes participait du bonheur d'achever le voyage dans la lenteur et le silence de la forêt ensoleillée, son grésillement d'insectes, le bruissement de ses aiguilles… Maintenant, les phares de la voiture éclairaient à chaque lacet la futaie de troncs noirs et les buissons fuligineux de houx, que poudrait la neige maigre, des aperçus de sous-bois sinistres aussitôt absorbés par la nuit. Par chance la route était sèche, un redoux récent l'avait dégagée. Jürgen, sans poser la question, s'était inquiété de l'état où serait l'Alpe en cette saison d'hiver. A huit cents mètres d'altitude, la maison de Löchen pouvait rester isolée pendant une semaine avant que les cantonniers ne déblaient, ou que ne monte aujourd'hui le chasse-neige. Le pire moment de l'année pour s'y aventurer, Grete ne pouvait l'ignorer. Il n'avait pas osé le lui objecter, le lui rappeler. Y pourvoirait-elle, penserait-elle à s'équiper de chaînes ? Elle lui en imposait désormais par sa farouche énergie, comme si elle se fût définitivement émancipée de son autorité en obéissant à des injonctions supérieures, des mots d'ordre occultes qui le dévaluaient, le rejetaient à son ignorance et son impuissance de père. Elle était plus savante et plus sûre que lui, mûrie des expériences que faisait sa génération à l'épreuve de l'époque, de leçons apprises d'inconnus dont il redoutait la détermination. Leur jeunesse et leur hardiesse le rejetteraient aux frilosités de son âge, le disqualifiaient. Pourtant que n'avaient-ils différé l'évasion, attendu une période plus favorable ? Mais d'autres impératifs avaient dû dicter la décision, une urgence dont il ignorait la cause, et lorsque était tombé l'appel fatal il n'avait rien eu à opposer, il n'était plus temps de discuter. Debout dans son bureau, pétrifié par la brièveté lapidaire du message, il tenait encore le combiné qu'elle avait déjà raccroché. *Demain, Gardénia.* Cela voulait dire : demain, à trois heures moins le quart, le train d'Augsbourg, changement pour Immenstadt, devant le magasin de jouets. Cela voulait dire : la clé. Et, pour son propre compte, le revolver. Il avait promis d'en être, cédant un soir à sa supplique, lâche et heureux de sa lâcheté, il ne pouvait plus que s'exécuter, se montrer à hauteur de ce qu'elle attendait de lui. Demain.

Malgré sa fatigue, Grete conduisait avec fermeté, passait les vitesses sans à-coups et bientôt elle roulait au ralenti sur le petit chemin, évitant de patiner dans la neige vierge, déjà la silhouette trapue de la maison paraissait dans les phares. Le temps bref du trajet les voyageurs n'avaient pas échangé un mot, ils se taisaient comme à l'entrée d'un nouveau venu dans un compartiment de train, devant qui cessent les discussions. A leur exemple Jürgen se taisait, agrippé à sa petite valise posée sur ses genoux, doigts gelés dans ses gants. Contre sa hanche, dans l'obscurité de l'habitacle, il sentait la présence de l'inconnu, d'une rigidité constante comme s'il fût un mannequin de cire posé près de lui et, devant, il distinguait la nuque de Grete, la ligne gracile de son cou émergeant du col de son blouson, celle de son compagnon enfouie dans le bonnet russe. Ensuite, il était descendu pour ouvrir la porte de la grange, soulever sa barre de bois, fouetté par le vent mugissant, assourdi par le remuement de la forêt proche. Grete y avait garé la voiture et il avait refermé les battants, rabattu la clenche de bois, assujetti le crochet ; ensuite moteur coupé, fin du voyage. La torche éclairait mal la pénombre, il y avait des sacs à prendre dans le coffre, dont se chargeaient Grete et son compagnon, et l'homme s'extrayait enfin. Il dépliait une silhouette mince et haute, d'une fragilité inquiétante. Non qu'il marquât une quelconque crainte, au contraire droit toujours, et patient, tout de déférence pour ceux qui l'accompagnaient mais autour de lui, palpable, et qui subjugue à distance, une tension, une lassitude hautaine qui ne demande rien, recueille la nouveauté de ce lieu du bout des terres, son obscurité et ses odeurs rances de vieille maison inhabitée. Et non encore comme s'il en redoutait l'hostilité mais comme s'il l'avait connue dans un lointain passé et qu'il y fût de retour, dans sa juste terre et sa juste demeure, celle qu'aujourd'hui il doit habiter par une nécessité dont il ne décide plus, et l'on aurait dit presque cette chose étrange qu'il avait la nostalgie déjà d'avoir à la quitter. Par la petite porte intérieure, ils pénétraient à la file dans la maison et Grete vérifiait en hâte la clôture des volets partout, tirait les rideaux, donnait des consignes brèves : pas de lumière, pas de feu. Les voisins sont loin, par leur éloignement, et surtout par ce vent ils ne peuvent avoir entendu la voiture, mais ils ne doivent voir fumée ni lueur. La torche seule. Et la lampe à pétrole, qu'elle allumait sur la table, donnant enfin un peu de clarté. Il fallait manger d'abord. Dix heures de route, avec une seule thermos de café et des sandwichs. Il fallait s'installer pour la nuit, prendre un peu de repos. Ces dispositions pratiques rassuraient par leur prosaïsme, elles soulageaient l'inquiétude de leur arrivée dans la maison close, dont ils ne seraient locataires que d'une nuit. Il ne faisait pas si froid, les murs épais et le bois des lambris de sapin conservaient une tiédeur insolite, ou bien c'était par contraste avec la température du dehors. Maintenant, ils quittaient leurs manteaux, leurs vestes, et Jürgen avait la stupéfaction de découvrir que le jeune compagnon de Grete était une femme. En pantalons de montagne, sous sa canadienne de cuir, un pull-over masculin noir à col roulé, mais, une fois ôté son bonnet, une jeune femme. Ni belle ni laide, d'une physionomie indécidable, son visage fermé, mais le regard perçant d'un félin aux aguets. D'une souris, pensa Jürgen, ces prunelles aiguës qui explorent l'espace et sans bouger détectent, une qualité perceptive qui néglige alentour les signes facultatifs. Les yeux ne se portent, et avec quelle intensité, que là où ils doivent appréhender, traversent et emportent d'un rapt fulgurant, avant même qu'on l'ait aperçue. Ainsi Elise regardait-elle Jürgen, comme Grete la lui présentait, et elle souriait de son étonnement.

— Mon père : Jürgen Zeisser. M. Harbayer, papa…

Dépouillé de sa pelisse à poils ras, en costume de ville, un homme encore jeune, quadragénaire peut-être ; néanmoins vieilli, dont la pâleur et la barbe de deux jours accusaient la fatigue ; néanmoins d'une espèce qui n'abdique pas. Là était donc rendu le grand physicien que se disputaient entre elles des puissances ennemies, dont la vocation à chercher et comprendre en un domaine de sciences qu'enfant, jeune homme, il n'avait sans doute pas soupçonné qu'elle serait une peine, et peut-être un crime, le condamnait à la sanction inique de fuir. A devenir l'otage de convoitises viles, soumis à la suspicion et à la haute surveillance, séquestré dans son laboratoire et jusque chez lui sa famille persécutée, lui-même humilié par les tatillonnes et sordides exigences de ses gardiens, avili par la contrainte de poursuivre ses recherches sous ce joug, ce qu'il ne savait s'interdire de faire sans renoncer à lui-même, tout cela Jürgen le lisait sur les traits tirés de Sigmund Harbayer. Affublé, par quel caprice, quelle ironie, de ce nom de fleur capiteuse quand il n'offrait que l'aspect des êtres traqués, qui dégrade jusqu'à l'âme, et pourtant il n'avait dans le regard que dédain, et peut-être dérision pour ce qu'il subissait. Le plus impavide d'eux tous, parce qu'il ne relevait pas de sa volonté de décider si la lampe serait allumée, dans quelle chambre il dormirait, de quoi demain serait fait ; il consentait. Il serra la main de Jürgen avec une certaine chaleur, remercia sans y mettre d'accent, comme s'il épargnait à son hôte toute grandiloquence ou émotion offensante, par tact ou par fierté déclinait l'offre d'un examen. Examen de quoi, de son pouls, de son cœur ? Aucun médecin n'aurait soigné le mal de son cœur.

D'ailleurs préparer un semblant de repas détournait l'attention. Grete ouvrait des pots de conserve, confit de porc et foies de volaille, bocal de châtaignes, confiture de framboises... En quels jours d'insouciance Eva les avait-elle préparés, sans savoir qu'ils étaient destinés à cette nuit de janvier, ni que les linges qu'elle pendait sur la corde à linge, les serviettes qu'elle repassait seraient utilisés par ces naufragés réfugiés dans sa maison de Löchen. La jeune femme ne parlait pas allemand, à elle Grete s'adressait dans son français hésitant, mais elle ne paraissait pas avoir besoin de discours ni d'explication. Quant à Harbayer, il ne semblait pas non plus désireux de s'épancher. Il avait chaussé de fines lunettes pour tartiner son pain et mâchait avec application, prenant grand soin à ne pas salir son vêtement. Celui qu'il portait la veille à l'Institut des sciences, qu'il avait enfilé le matin dans sa salle de bains de Potsdam sachant qu'il le porterait pour ce voyage, inadapté au périple qui l'attendait, mais résigné déjà à n'en rien penser, son départ excluait qu'il en fût autrement. Tandis qu'ils se restauraient, sans faim véritable, avec l'avidité pourtant que donne l'incertitude, Grete cherchait dans les penderies de l'étage, redescendait une brassée de vêtements et de chaussures de montagne.

— Ceux-là sont peut-être à votre taille, disait-elle. Choisissez ceux qui vont le mieux, les plus chauds…

Jürgen débouchait une bouteille de Schiller, le vin qu'il réservait aux fêtes en famille, aux moments heureux ; lui non plus ne pensait pas en l'achetant, en la rangeant dans le casier qu'elle serait bue en une telle occasion. Et il lui semblait à présent que toute chose était destinée, que de très loin dans le temps perdu une à une elles se mettaient en place, chacune instruite de sa visée et la dissimulant parmi la multitude des gestes anodins du jour, exécutés dans l'ignorance, chacune se rangeait où elle devait l'être et attendait cette nuit, et ainsi tout s'accomplissait, et s'achevait, tout était consommé. C'était pourtant une sorte de fête, une sorte de famille, eux quatre de parfaits inconnus, même sa fille Grete, une inconnue, et pourtant réunis, convergeant à ce rendez-vous clandestin de Löchen, chacun venu de très loin dans sa vie singulière pour boire ensemble le Schiller. Le vin avait un goût inédit, plus enveloppant à la langue et long au palais, ou bien seul le sentait-il, car il ne laissait rien échapper à la vigilance de ses sens, ni le grand silence de la maison close, l'odeur balsamique des lambris, le fracas du vent contre les volets, ni la bassesse glacée de sa peur.

Ils ne montèrent pas à l'étage, d'où Grete avait aussi descendu des duvets, comme s'il était dangereux de se disperser, de s'éloigner les uns des autres. Harbayer s'étendit sur le divan du petit salon de lecture, à côté, et la jeune fille sur celui du bureau d'Eva, parmi ses herbiers et ses bouquets séchés. Jürgen resta seul avec Grete. Ils prirent chacun un fauteuil et emmitouflés dans les couettes purent converser un peu à voix basse, alors elle raconta en phrases brèves, encore exaltée par sa réussite, l'enlèvement du savant à l'Institut, et celui de sa femme, de ses enfants. Une action chronométrée, préparée de longue date, où chacun avait joué son rôle, la suppression du chauffeur étant la plus risquée, mais ensuite un enchaînement parfait. Le camarade qui s'introduisait dans la maison dès le matin par la cave à charbon et y attendait jusqu'au soir de rester seul avec le gardien de nuit pour le neutraliser, la voiture qui embarquait Mme Harbayer à la sortie de la chorale, et désormais chacun lancé sur les routes, avec la nuit pour avance, quelques heures précieuses d'impunité pour être le plus loin possible avant que l'alerte ne soit donnée, alors ils auraient à leurs trousses toutes les polices de Himmler. Mais, il fallait encore que Harbayer rencontre sa femme et ses enfants, qu'il s'assure qu'ils étaient bien hors d'atteinte eux aussi, sans quoi il refusait l'aventure. Il avait mis à cette rencontre une condition absolue. Ils s'étaient retrouvés chez des gens sûrs, dans un village près de Halle, où la famille aurait un répit, les enfants surtout. La séparation avait été dramatique, malgré les soins qu'ils avaient pris, mais comment en vouloir à ces gens ? Elle n'était repartie avec Harbayer qu'à quatre heures du matin, selon son itinéraire de routes secondaires où l'on n'avançait qu'à des vitesses ridicules, mais elle avait atteint Augsbourg à deux heures de l'après-midi. Où ils avaient retrouvé Elise, derrière la gare. Elle attendait à l'hôtel, arrivée de la veille, par sécurité. On ne sait jamais, avec les trains…

— Elise prend le relais, expliquait Grete, c'est elle qui franchira le col avec lui, elle sait tout ce qu'elle doit faire. Elle est sûre et expérimentée. Cette fille est des nôtres. Elle a des papiers d'identité pour M. Harbayer. Quelqu'un les attend à Hittisau. Je les conduirai là-haut avant le jour. Tu sais où, papa…

Il le savait. Il n'était pas remonté au col depuis bien des années. Une ascension facile, deux cents mètres de dénivelé mais, sans chemin tracé, il fallait connaître les repères pour s'orienter vers la frontière et ne pas se perdre dans la forêt, alors on s'égarait à flanc de montagne. Il ne revenait pas là-haut sans que lui batte le cœur, non de l'effort, mais au souvenir de l'évasion de Pierre, de cette escalade ancienne où il avait engagé sa vie et son honneur. Grete y grimpait sans cesse, à chacun de ses séjours, elle aimait le point de vue sur l'Autriche, sur la vallée de l'autre côté d'où, prétend-elle, on voit le lac de Constance, par les jours de grand beau temps. Il ne l'avait jamais vu. Ou alors la vue brouillée par le souvenir de Pierre disparaissant sous les arbres dans les pépiements d'oiseaux, c'était la fin de l'été, presque l'automne, et pourtant cet homme vacillant, encore rongé de fièvre, il ne savait s'il ne s'effondrerait dans un ravin, dans un fossé avant d'atteindre le territoire suisse, sur l'autre bord du lac.

— Je les guide jusque là-haut au petit jour, je redescends et nous quittons la maison. Je laisse la voiture chez un des nôtres à Immenstadt, et nous reprenons le train ensemble. Nous nous quittons à Augsbourg. Demain, tu auras retrouvé maman. Demain, tout sera fini. Mon papa, dors à présent, dors. Dormons.

Elle avait réglé son réveil et éteint la lampe à pétrole. Jürgen avait eu du mal à s'endormir, ou bien son sommeil était comme la veille, parcouru de pensées survoltées, tourmenté par la présence d'intrus debout dans l'obscurité. La jeune fille aux nattes sages était là, elle n'était pas descendue à la cuisine manger du gâteau avec les autres petites filles, elle veillait sans rien dire, désolée, triste, si triste ; et Mme Harbayer qu'il n'avait jamais vue de sa vie était là aussi, elle prenait un retard phénoménal sur le programme, elle ne voulait pas quitter la maison sans emporter des pots de conserve, des couvertures et des vêtements chauds, un si lourd chargement qu'elle n'avancerait jamais sur la route, et les enfants dormaient, il ne fallait pas les réveiller... Otto, Oskar et Grete dormaient dans leurs petits lits, il les regardait dormir, la fine sueur à leur front d'enfants, à l'orée des cheveux et sous l'oreille minuscule, ourlée de pur ivoire, l'odeur dans leurs cheveux d'alors, et la petite moufle oubliée sur le tapis, elle avait perdu sa pareille. Il la cherchait désespérément, parce qu'on ne pourrait jamais partir sans cette moufle perdue... Il y avait aussi les voisins venus allumer un grand feu pour réchauffer tout le monde, les vieux paysans jetaient à brassées des branches sèches avec un entêtement que rien n'empêchait, et cette flambée effrayante ronflait dans la cheminée, montait au-dessus du toit, les signalait loin dans la vallée de ses flammes horribles... Il s'était réveillé au grelot faible du réveil, que Grete arrêtait aussitôt. Il est l'heure, disait-elle.

Le départ avait été rapide, les sacs à dos étaient prêts. Elise chaussée de gros souliers cloutés, et Harbayer aussi, ceux de Jürgen. Il abandonnait la pelisse pour emprunter sa veste fourrée, ses gants de cuir doublé ; une écharpe nouée sur son feutre, l'air d'une vieille femme mais qui se souciait d'en rire ? Grete avait son équipement d'hiver et ils étaient prêts à partir, dans le ventre une portion de pain d'épice et des figues sèches, avalées en vitesse. Ils partaient. Le jour n'était pas levé mais une clarté laiteuse montait du pré enneigé, vierge de pas, si rayonnant lac de sombre blancheur sous le ciel encore étoilé, que c'était un mirage de beauté. D'où cette clarté venait-elle, *Das blaue Licht*... De l'âme des cimes, leur cœur de cristal, la source de pure nature, ou bien offrait-elle la vision de son inhumanité terrible ? Mais Grete ne traverserait pas le pré, elle prenait derrière la maison par un passage d'elle seule connu, entre rochers et buissons, qui monte très raide sur cinquante mètres et gagne plus d'un quart d'heure de montée. Une séparation rapide où plus rien n'a à être dit, tout est dit, et consommé. Les poignées de main sont inutiles. Les regards aussi. Mais Jürgen avait vu Grete, au moment du départ, passer à son épaule cette forme redoutable d'un fusil de chasse, ou de guerre, tiré au dernier moment du long sac qu'elle avait sorti du coffre, dans l'obscurité de la grange. Cette arme à l'épaule de son enfant lui avait fait dresser les cheveux sur la tête. Il n'est que pour lui donner courage. Elle ne s'en servira pas, pensa-t-il, saisi d'un si funeste pressentiment qu'il en gémissait d'angoisse, mais déjà ils s'éloignaient en file indienne, furtifs dans les rochers, Grete devant Harbayer, Elise derrière ; ils disparaissaient.

Une fois la porte refermée, une fois seul dans la maison désertée, il n'avait rien eu de plus pressé que de prendre son revolver dans la valise, d'en faire jouer le mécanisme comme le lui avait montré l'armurier. Trois balles dans le chargeur. Aucune autre munition, un jouet. Aussi triste jouet que ceux de la vitrine fanée de Noël, à Immenstadt. Et derrière cette vitrine, dans la profondeur enténébrée du magasin, parmi les vieux jouets empoussiérés d'autrefois et comme la coulisse d'un monde en ruine, il y avait le visage enfantin d'Otto, qu'il avait vu dormir cette nuit dans son petit lit, à présent ses yeux grands ouverts et fixes dans l'excavation des orbites, une face de jeune vieillard sans couleur ni matière humaine, comme dans les rêves où s'accélère et se rétrécit le temps pour accoucher de monstres, et il sut que ceux qui se présenteraient un jour à sa porte y frapperaient à coups de crosse, auraient le visage de son fils.

On n'entendait rien, un tel silence ! Même le vent s'était tu. Dans l'obscurité nocturne, il voyait parfaitement la grande salle où ils avaient mangé, et dormi. Ses yeux perçaient les plus denses zones d'ombre, il savait la place de chaque objet, chaque meuble, et leur histoire. Tant d'autres fois, ils avaient été ici sous la lampe, à la table familiale heureuse des plats fumants et odorants, avaient ri et chanté, dit des poèmes... L'été dernier encore, avec Pierre et Gabrielle. Et là Grete dansait sa pantomime nègre... C'était jadis, autrefois, à jamais perdu, perdu sans retour. Machinalement, il rangea le désordre, porta à la cuisine les reliefs du repas, jeta les pots de verre dans une caisse qu'il porta au garage ; balaya les miettes, remonta les duvets et roula la pelisse de Harbayer au fond de la penderie, y cacha aussi ses chaussures de ville. Redescendit inspecter la maison. Enfouit les serviettes souillées et froissées au fond d'un tiroir. Rangea la bouteille vide dans le casier. Que rien ne traîne, qu'au retour de Grete tout soit en ordre parfait. Alors, ils quitteraient Löchen en paix, portes refermées. La prochaine neige effacerait les traces de pneus sur le chemin. Qu'aucune trace ne subsiste de leur passage. Eva ne devait rien voir, au prochain séjour rien qui trahisse Grete, et lui. Jamais elle ne devait savoir ce qui s'était passé à Löchen. La jeune fille aux nattes sages était d'accord, elle opinait gravement. C'était bien. Il avait trouvé à ce ménage un dérivatif puissant qui évaporait les chimères de la nuit, sa vision d'Otto en soldat de l'ombre et son pressentiment de l'horreur à venir, il n'avait plus peur. Il attendait la relève du jour, son revolver sur la table.

Il pleuvait à verse ; sous le tonnerre, des cataractes de pluie tombaient droit du ciel opaque et l'averse durait. Elle avait déserté la rue, les derniers passants réfugiés sous les auvents des magasins et des cafés finissaient par entrer, éclaboussés jusqu'au fond des trottoirs par les gerbes d'eau que les voitures faisaient gicler sous leurs roues. Depuis quand n'avait-on vu à Paris une telle colère du ciel ? Un orage glacé dont les grêlons bombardaient à présent la chaussée, dans un crépitement de grenaille. Les clients se pressaient contre les vitres embuées, saisis par la brutalité de l'intempérie, frissonnants de ce vague sentiment panique qu'inspirent les déchaînements naturels, que la ville oublie. Pierre détourna son regard de la rue de Rennes et revint à son vis-à-vis. Cet épiphénomène météorologique ne le troublait guère, mais son atmosphère dramatique ne pouvait qu'augmenter ses sombres pensées. Il en avait livré certaines à Grandrieux comme il ne l'avait encore fait à personne, depuis qu'il avait quitté New York. Peut-être cette pluie, cet orage étaient-ils propices à l'épanchement, encourageaient-ils à déverser aussi quelque chose de soi, amassé et pesant, qui n'attend que de trouver l'oreille favorable ? A l'époque, du temps où il travaillait à l'Institut Pasteur, la communauté scientifique avait un sens, réseaux solidaires, émulation mutuelle et partage des travaux conditionnaient l'avancement des découvertes. Quels que fussent les êtres, leur destin particulier, ils travaillaient à l'idéal commun de défier les malédictions naturelles, à assainir la vie de ses miasmes dévastateurs ; en si peu d'années, que d'avancées… Mais la guerre avait balayé tout cela. A Venise, dans l'amphithéâtre de la Scuola, le dernier symposium auquel il avait assisté en 1914, c'était déjà le délitement, la corrosion des divisions intestines qui se faisaient jour, ennemis déclarés sur cette question de l'hygiénisme à marche forcée. A quoi la biologie avait-elle servi, finalement, sinon à doter les militaires d'une arme épouvantable, le typhus comme arme bactériologique, et la chimie salvatrice à produire les gaz toxiques ?… Qu'en tirait-on de leçon ? Pourtant il était des hommes à qui la boucherie donnait sa leçon magistrale : l'humanité est morte, nous ne reverrons plus de jours heureux. Déjà en Birmanie… Ces films, qu'il avait vus, vus ! Ignominie, abjection. Qui, d'autre que lui ? Le journaliste Max Jamais, aujourd'hui député dans une Chambre en perdition. Qu'avait-il fait de ces bobines ? Qui d'autre encore ? Endre Luckácz, l'ange annonciateur du siècle. Le voyageur magnifique croisé sur un vapeur, sa séduction infernale, son âme empoisonnée et son suicide vain sous les pluies de la mousson… Fallait-il donc oublier tout cela, ou le feindre ? Dans la connaissance de l'horreur, la nier, par le volontarisme d'une foi nouvelle ? Absurde. C'est à mains nues qu'il s'agit d'extirper la tumeur, de s'opérer vivant du chancre incrusté. Est-ce humainement possible ? Il avait essayé. La réalité compose. On ruse avec elle, et elle s'y prête.

— Savez-vous, disait-il à Grandrieux, que m'ont vraiment enthousiasmé les expériences génétiques que j'ai découvertes en arrivant ? Voilà qu'après Morgan, qui changeait la couleur des yeux des mouches en 1910, qui cultivait déjà leurs colonies et leur descendance dans des bouteilles, voilà que nous pouvons obtenir des races mutantes aux ailes atrophiées et même, inouï, un individu avec une patte à la place de la tête ! Une fois établie la carte génétique, le champ immense de son analyse est ouvert à nos investigations. L'hérédité, le croisement des caractères par hybridation et la manipulation des phénotypes, ces mutations vertigineuses, comme il est simple de les envisager dans la solitude feutrée de mon laboratoire. Garantis par la solitude, le silence entre nous, et notre dispersion d'êtres humains… Notre cloisonnement, quel naufrage de la pensée. Nous pouvons peut-être chercher seuls, mais notre pensée a besoin de celle des autres. Si nous ne les unissons, les nouveaux maîtres qui viennent penseront à notre place. Alors, nous n'aurons plus de souci…

L'effroi qu'Emile Grandrieux lisait sur le visage de Pierre n'était pourtant pas celui d'un homme accablé. Il y mettait affliction et lassitude mais avec une courtoisie distante, comme s'il n'émettait qu'un humble avis flottant au-dessus du sujet, qui n'offenserait pas son auditeur, en quelque sorte désamorçant son propos de dérision pour lui en épargner le désagrément et cela s'accompagnait du tambour de l'averse dehors, le déluge d'eau assourdissant la salle du café, augmenté par l'effervescence et le brouhaha des gens sauvés de cette pluie et qui la regardaient en riant, mouches collées à leur vitre, comme si le mince carreau était un rempart inexpugnable… Grandrieux ne trouvait pas d'argument à opposer, il n'en cherchait pas, sentant que cet aveu n'attendait pas consolation, et lui-même n'était pas loin de partager cette opinion. Surtout, il pressentait que celui-ci tombait ce jour pour d'autres raisons, privées, dont la nature lui échappait, qu'il se gardait d'interroger. Derrière l'homme de sciences, le grand patron qu'il admirait, il y avait un homme secret. Il avait pu autrefois entrevoir ses tourments, pâtir de son intransigeance et bénéficier de sa générosité, mais le mystère d'un être est insondable, se disait-il, et les épreuves, l'âge en accentuent, ou en simplifient la gravité, aussi recourut-il à une diversion ; non par évitement lâche de cette question, qu'il ne poserait pas, mais par amitié, par affection et respect, et d'ailleurs la chose curieuse lui trottait par l'esprit depuis un moment, peut-être sa préoccupation dissidente l'avait-elle même rendu inattentif aux derniers propos de Pierre…

— Ah ! Savez-vous que, depuis tout à l'heure, je vois derrière vous un de nos amis ?… Si je ne me trompe, vraiment… D'où veniez-vous, avant notre rendez-vous ? Si je ne suis pas indiscret…

Pierre Galay hésita une seconde, ce coq-à-l'âne le décontenançait.

— De l'Institut, comme tous les vendredis après-midi.

— Eh bien, voilà. C'est là qu'il vous guette. Comme la dernière fois au restaurant : nous en venions. Cette personne vous y attend. Elle vous suit, elle est attachée à vos pas par une passion monomaniaque peu commune. Si vous voulez m'en croire, le sujet est intéressant. Le jeune homme, là, contre le portemanteau…

Brusquement Pierre se retourna, dévisagea qui lui désignait Grandrieux, un inconnu. Mais il semblait alors que l'orage, ou la confidence qu'il venait de faire, avait porté son humeur à un point d'exacerbation car il se levait soudain, avec une violence imprévisible renversant à moitié les verres, traversait la salle du café et se dirigeait droit vers l'individu, se penchait sur lui, appuyé des deux mains à sa table, et d'une incoercible colère l'interpellait.

— Ainsi donc vous me suivez ? Ma personne vous intéresse-t-elle vraiment ? Avons-nous été présentés ?

Ebranlé par cette sortie, le jeune homme hochait vaguement, jetait à droite et à gauche des regards inquiets, comme s'il souffrait que l'éclat de son assaillant eût des témoins.

— Qui êtes-vous ? De quel droit me poursuivez-vous ?

— Je ne vous poursuis pas, chuchotait le jeune homme, cherchant à entraîner le Pr Galay dans un registre plus bas. Excusez-moi, monsieur… Je voulais vous aborder. Je l'aurais fait, je vous assure…

Il était pivoine, son teint hâlé virait au cuivre jusqu'à la racine des cheveux, et d'une sincérité si désarmante que la colère de Pierre fondit. Un garçon d'une vingtaine d'années, longue face harmonieuse et une lèvre retroussée, encore enfantine sous la moustache fine, mâle attribut qui ne dissimulait pas sa timidité, ou sa démence légère, se demandait Pierre.

— Vous ne me reconnaissez pas, excusez-moi. Vous avez oublié… Je suis Blaise Mesnard.

Il semblait que ce nom eût dû l'éclairer, expliquer tout de son invraisemblable obstination, il le proclamait comme révélation divine. Mais cela ne disait rien à Pierre, et comme le jeune homme lui tendait la main, il la prit machinalement, la serra de son mieux, à présent conscient du ridicule qu'il frisait devant la conviction naïve de son interlocuteur.

— Vraiment ? murmurait-il, au comble de l'embarras.

— Je vois que cela ne vous dit rien. Je le comprends. Ma mère, Juliette Mesnard…

Et comme ce nom continuait à n'éveiller aucun souvenir, il se leva impudemment, avec l'insolence des timides, l'audace excessive qui combat la honte, et l'émotion, il précisa, solennel :

— Vous l'avez sauvée autrefois du malheur. Grâce à vous, elle a trouvé une vie heureuse. Elle s'est remariée avec M. Cadouin, un drapier d'Arles. Grâce à vous. C'était à Châlons, monsieur…

Châlons ! La veuve Mesnard ! Ces jours anciens, le train pour Châlons… L'affaire de Châlons qui avait nourri la campagne de presse de Max Jamais, mis le feu aux poudres, révélé sur la place publique les menées ignobles d'activistes, jusqu'aux plus hauts degrés de la hiérarchie militaire, et débusqué leur chef, le colonel Terrier… Suffoqué de surprise, Pierre étudiait le visage, une physionomie impénétrable à son souvenir, c'était si loin, celui de la jeune femme d'alors pas davantage, et quoi qu'il en soit on ne promène pas sa carte génétique sur le front, mais ce nom lui revenait à présent, tout ce qu'il évoquait, la maison lépreuse de Châlons, où il l'avait visitée au petit matin de l'autopsie, les enfants endormis, sa dignité et sa détresse, et la lettre qu'elle écrivait…

— Je me souviens à présent… C'est à Maximilien Jamais que vous devez…

— Non. Grâce à vous, votre exemple, j'ai fait des études. J'ai été admis en octobre au concours de l'Ecole normale supérieure. Je suis normalien, monsieur. Voilà ce que je voulais vous dire. Je n'osais vous aborder, je me le promettais chaque fois…

— Je vous en prie… Je vous en prie, balbutiait Pierre.

Et ils se tenaient debout, cette table ridicule entre eux, aussi désemparés l'un que l'autre, alors Pierre reprit la main du jeune homme, en proie à une émotion qu'il ne maîtrisait plus et, bouleversé, la serrait cette fois avec humilité, avec chaleur.

— Je vous félicite. Mais vous ne me devez rien. Vos talents… Saluez bien votre mère de ma part…

Il s'enfuit. A Emile, que cet aparté étonnait, il prétendit que le jeune homme était une vague connaissance, en effet ; il fuyait. Laissant Grandrieux pantois, il quitta le café précipitamment, se jeta sous la pluie battante.

Terrier, Michel Terrier, l'âme damnée du complot, cette figure haïssable qui avait empuanti sa vie, depuis la Birmanie, le double d'ombre d'Endre, son versant diabolique. Venise ! Mon Dieu, sa réapparition à Venise… Il fuyait et, dans le désordre extrême de ses pensées, ressurgissait l'angoisse qu'il avait cachée à Grandrieux, qui avait failli lui faire annuler ce rendez-vous au café avec lui : Gabrielle n'était pas avec Dora. Dora n'était pas avec Gabrielle comme il le croyait. Dora sortait d'un magasin de lingerie, ils s'étaient trouvés nez à nez, rue de Rennes, elle comme toujours confuse en sa présence, ses paquets au bras, et lui plus stupéfait que devant une apparition.

— Vous êtes donc revenues de la campagne !…

— De la campagne ?

Elle riait, ouvrait son parapluie aux premières gouttes.

— Ah, Dieu m'en garde. Par ce temps !

— Gabrielle devait vous voir aujourd'hui… Demain…

— Demain, je suis à ma répétition. Rappelez-le-lui bien. L'accompagnerez-vous à mon concert, dimanche ?

Il promettait n'importe quoi, n'importe quoi pouvait lui tomber sur la tête, à cet instant l'averse qui s'abattait, violente. Ils s'étaient quittés parce qu'un taxi passait, elle sautait dedans et d'un petit signe de la main lui faisait un au revoir joyeux, une mimique d'excuse derrière la vitre. Plus abasourdi, plus effaré, il ne pouvait l'être, et Grandrieux l'attendait, et la pluie redoublait. Alors cette sourde angoisse du malentendu, refoulée au café, dans l'élan de la conversation et par cet intermède de la rencontre, ressurgissait maintenant en pressentiment affreux, que doublait la personne honnie du colonel Terrier, surgi debout des limbes. De la mort où il dormait depuis vingt ans son spectre se levait, entre les rideaux de pluie sa silhouette tanguait, vaine réminiscence et faut-il toute sa vie porter de tels fardeaux, la mémoire, si oublieuse par ailleurs, vous remettre devant les yeux les figures du cauchemar ? Mais Blaise Mesnard, sa mère, et les débats de conscience, la tragédie de Venise, tout dans ce café empesté de basse excitation ramenait à lui, Michel Terrier, aux affres d'alors, quand ce soir Gabrielle n'était pas où elle disait être, disparaissait. Il ne sentait ni les paquets d'eau sur ses épaules, ni les bourrasques de vent, il courait devant lui comme il avait couru jadis après elle, sa silhouette fuyante dans la foule de la galerie Vivienne, couru après son rêve obsédant où il la chassait, inaccessible, exaspéré de ne l'atteindre que pour la perdre encore, comme il avait couru après elle à Venise parmi les insurgés, couru après elle dans le couloir de la Croix-Vilain, son goulot étranglé entre deux mouroirs, pour manquer de la perdre encore, ensevelie sous les décombres, et si elle était perdue de nouveau, en allée à quel rendez-vous de trahison ou de mort, c'était à devenir fou ! Où un homme de son âge court-il sous cette trombe, cinquante-huit ans qu'il court après lui-même sans se rejoindre, secoué par les assauts du mal, mais il avait eu son havre pourtant, la bouleversante rencontre du bonheur, il le croyait. Gabrielle venait à lui dans l'ombre des couloirs. Un soir, il touchait sa main. En elle, terre promise, rêve béni, il avait mis toute espérance ; sans elle, il courait à la tombe. Que n'y était-il resté, qu'était-elle venue l'en arracher, pour la torture de vivre ? Ses vertiges de chercheur, qu'il exposait complaisamment à Grandrieux, si dérisoires tourments en regard de celui-là, cette terreur d'amour qu'aucun être au monde n'entendrait, à en perdre la raison ; mais il raisonnait. Tout en marchant, trempé, il revisitait son affolement subit, la manière brutale dont il avait quitté ce pauvre garçon, et Grandrieux, abasourdi. Avait-il quinze ans pour perdre ainsi la tête ? Elle était rentrée au Mesnil. Elle était à la Chaussée-d'Antin, ou chez Camille, rue Buffon, pour préparer le retour de celle-ci. Elle était partie à Londres, voir Théo. Elle n'était nulle part. Elle était partie ce matin, un petit bagage au bras. Casimir l'avait conduite à la gare. Il avait quitté Le Mesnil à deux heures pour se rendre à l'Institut, il était six heures du soir. S'il y avait eu un contretemps, un malentendu, la méprise d'un jour avec Dora, elle en aurait téléphoné à celle-ci. Elle n'allait ailleurs qu'à ce rendez-vous, elle partait sans retour, et il se souvint du tilbury de Sophie, du cheval jadis attaché à la barrière d'un jardin, derrière la gare… Egaré, il s'arrêta au coin d'une rue qu'il ne connaissait pas. Il n'était jamais venu dans cette ville. Il n'avait jamais été cet enfant dévasté qui sanglotait, la face éperdument noyée de pluie.

XIX

Balais d'essuie-glaces silencieux, chauffage réglable, deux sources, seuls les ingénieurs de Stuttgart poussaient le perfectionnisme jusque-là : le cuir, le bois de rose du tableau de bord, allume-cigare, deux cents chevaux, souplesse de suspension… Mercedes, la reine des automobiles, le fleuron de l'industrie allemande. Grubensteiger n'y connaissait rien. Il n'avait pas appris à conduire ; ensuite, il était trop abîmé pour tenir un volant. Il s'en passait très bien, la vitesse est un leurre. Celle de ses déplacements était inversement proportionnelle à sa puissance d'action, il trouvait avantage à la lenteur, elle décante les spéculations, survolte la rapidité des calculs. Pourtant, à l'instant, n'ayant pas à peser ni calculer, il reconnaissait à la vitesse une vertu supérieure ; ils dévoraient les kilomètres depuis le matin. En traversant villes et villages, ou au gré des rares éclaircies, Julia ralentissait le rythme des balais. Ce spectacle du pare-brise présentait un piètre dérivatif à la monotonie du voyage, de faible intérêt mais cela suffisait. Il se laissait aller à sa conduite sans un regard aux incompréhensibles cadrans du tableau, effondré au fond du siège, indifférent au paysage brouillé de pluie, maintenant crépusculaire sous la vitre dégoulinante, barré à l'ouest d'une lueur verdâtre. Il souffrait. Ce n'étaient plus des élancements mais une douleur étale, exaspérée par la trépidation de la machine, aucune position ne soulageait son dos torturé. Il avait renoncé à en chercher une, concentré sur ce ravage, attentif à ses modulations. Il endurait son supplice avec l'orgueil des stoïques, une expérience instructive, avec ça aucun tortionnaire d'aucune geôle n'aurait prise sur lui, et si l'horizon reculait toujours, le temps avançait de la chasse promise. Il souffrait. Pourtant, Julia maîtrisait sa machine avec une audace virile, le cran d'une conduite sportive, pour ce qu'il pouvait en juger, ses virages négociés au frein moteur, à la sortie mordant la route d'une accélération nerveuse, sur certaines lignes droites le compteur montait à près de cent vingt, la voiture filait. De temps en temps, elle allumait une cigarette, empestait l'habitacle du miel écœurant de son tabac blond, des américaines. C'était moindre désagrément que sa fumée, il ne protestait pas : elle le menait droit où il voulait aller, n'espérait plus se rendre.

Ce vendredi matin, il était revenu à l'hôtel *Kaiserhof*, où elle était restée injoignable la veille. Elle n'avait dû guère dormir, mais à elle l'insomnie donnait bonne mine, une altération du teint et des cernes qui stylisaient sa beauté anglo-saxonne, porcelaine précieuse, aiguisait son regard d'une fièvre perverse qu'il aimait. Elle était sous la douche, son lit n'était pas défait. Elle rentrait juste, de quelle nuit d'ébats ou de jeu, il s'en moquait ; elle était là. En ces circonstances, la seule sur qui compter. Goebbels écumant, agitant ses services en tous sens, convoquait, éructait des ordres, insultait ses subalternes, téléphone, télégraphe, sa carte d'Allemagne piquée d'épingles de toutes couleurs, ivre de son filet totalitaire étendu aux gares et postes frontières, de sa main naine couvrant des espaces démesurés, les agrippant de ses doigts en crochets. Du vide. Son geste, pure gesticulation, vain exorcisme de son impuissance, inanité de ce dispositif tentaculaire censé contrôler le territoire. La carte n'est pas le territoire, Joseph, et dans l'écheveau à ramifications capillaires des routes et chemins, des voies ferrées, autant trouver une aiguille. Si l'on n'a à l'avance la moindre idée de là où elle se faufile et coud son petit point, il vaut mieux aller se coucher. Julia ne s'était pas couchée. Grubensteiger non plus. Quant aux aiguilles, il avait des idées plus pratiques que celles de Goebbels. Et parmi ses auxiliaires privés, une experte rare. En tout cas, de qui l'occasion se présentait de vérifier la compétence, et la loyauté. Il en avait besoin. Depuis quelque temps, Julia se perdait dans la nature, des voyages entre Bucarest, Berlin et Paris, dont il tenait à jour le mouvement, mais pas toujours le motif. Entre eux, une clause tacite, qui lui avait assez bien convenu. La marge de manœuvre qu'il lui concédait, qu'elle revendiquait, était d'excellent rapport, et leur vieil accord d'un revenu inestimable à l'épreuve. Grubensteiger était le maître du Temps. Il l'avait formée à son image, sa créature. Réglée au tic tac de son cerveau, un système d'horlogerie d'ingénierie savante, artisanal et sophistiqué, appliqué à ses rouages féminins d'extrême précision, qui valait tous les moteurs à explosion. Il lui avait appris le bénéfice de sécréter sa toile soi-même, un suc distillé de chimie propre, et d'en occuper le centre, araignée du matin chagrin, à tirer un fil de sa petite patte, et à faire s'agiter les mouches, à l'endroit qui vous plaît. Sans bouger d'un cil, dans le sens que vous décidez, elles bruissent et bourdonnent, vous les faites danser ou se tordre. Voulez-vous vous amuser, Julia Brighten ? Se présenter chez elle à six heures du matin contrevenait quelque peu à leurs habitudes, une intrusion exceptionnelle. Cela ne s'était produit que très rarement, et chaque fois pour des raisons d'extrême nécessité. Elle savait ce que cela supposait de gravité, de menace. Elle n'avait pas émis d'objection, rompue à son jeu. Elle en connaissait la loi, elle l'appliquait pour son compte. Mais il est bon de la rappeler, de temps en temps. En souvenir du moment de vérité où ils avaient été si intimes, où, à s'initier, elle avait joui, bien mieux qu'à coucher, bien davantage qu'au sexe, qui lui était d'un divertissement médiocre. Elle avait commandé un petit-déjeuner, en attendant cherchait dans son vestiaire, allait et venait, nue devant lui comme s'il fût un eunuque, par cette provocation sans doute lui signifiait la limite de son intimidation, il en avait souri. Mais il était pressé. Chaque minute, chaque seconde.

— Nous avons perdu Harbayer. Envolé. Ne me dites pas que vous l'ignorez.

— Non.

— Bien. Vingt-quatre heures de retard. Des amateurs. Je travaille seul. Et vous ?

— Moi aussi.

— Si je dis : Imprimerie Kraus. Archiviste Lieben. La veuve Wajda, rentière de Wannsee…

— Vous dites fort bien…

— Je n'y touche pas. J'y veille depuis pas mal de temps. Savez-vous à qui cela me mène tout droit ?…

Elle eut au creux du ventre une crispation aiguë, plus génitale qu'intestinale, nota-t-elle, clinique. Froide. L'extrême danger est mon exutoire sexuel, tu as raison mon Lange, eut-elle le temps de penser encore avant de se retourner, tenant à bout de bras une combinaison transparente, Calais, merveille des dentelles.

— A Ilda Becker, suggéra-t-elle, la tête enfouie.

Assez interloqué, il s'assit.

— J'ai passé la nuit avec elle, Grubensteiger. Ne me sous-estimez pas. Pour faire parler les gens, j'ai des méthodes qui valent celles de vos tortionnaires… Je n'ai pas de leçon à recevoir.

— Elle est donc à Berlin…

— N'y est plus, mais nous nous en moquons. J'ignore où est passé Harbayer. En revanche, je sais où passent sa femme et ses enfants. Je vous les donne. Avec ça, où qu'il soit en ce moment, Harbayer est à vous. Cela vous convient-il ?

Il eut une quinte qu'il prolongea, moitié plié en deux, expectorant son rire. Ah ! si rare exultation, si difficile d'obtenir de lui cette toux pénible, récompense suprême. Que cet animal sinistre succombât à l'hilarité tenait du prodige, pour l'instant la mettait hors de portée. Le contrecoup de sa peur venait à présent, il revenait en onde glaçante, un souffle de mort dont elle sentait courir le frisson sur sa peau. Il la couvait de son regard de saurien, en rien intéressé par sa nudité, mais soudainement admiratif, et même, oui, reconnaissant, la lueur de convoitise pour qui vous étonne, et personne n'étonne Grubensteiger. Il ne compte sur quiconque pour atteindre en lui la part qui s'émerveille, se surprend à appréhender de l'inconnu, à l'apprivoiser, ne serait-ce qu'un instant paralysée de nouveauté. Rien n'est nouveau pour Grubenteiger, sa vieillesse est très grande et sa science extrême, aussi se tenait-elle à distance, feignait-elle d'ignorer son vacillement de surprise, les fauves n'aiment pas être vus dans ces instants-là. Elle enfilait sa robe, maintenant effrayée d'avoir été aussi nue devant lui. Elle fixait à son revers une grosse broche orientale et se parfumait, de la petite poire à pompon de soie pulvérisait son décolleté.

— Voilà une proposition d'importance… Qu'en escomptez-vous, ma chère ?

— Le bénéfice que vous en tirerez.

— Vous ne l'auriez tiré de personne d'autre, n'est-ce pas ?

— Bien sûr que si. Mais vous êtes arrivé le premier, et le temps presse.

Elle riait. Elle le défiait. Elle taquinait la patte hideuse, velue, griffue, dissimulée dans sa manche de montreur de foire.

— Nous avons la journée devant nous pour faire ce qu'aucun de tout le Reich n'est en mesure de faire aujourd'hui…

— Ilda…

— Elle me doit beaucoup, une exclusivité. Et comme vous me devrez beaucoup, vous me la laissez. Voilà mon marché. Mon marché est aussi que nous agissons seuls, vous et moi.

— Vous mettez beaucoup de conditions.

— C'est votre intérêt. Et le mien, Grubensteiger.

Elle approcha de lui, prit ce risque extrême de la proximité où les plus grands acteurs se mettent en péril, si grand soit leur talent. A cette épreuve plus de masque, l'artifice ou le naturel de leur jeu met à nu la vérité de la comédie et l'on ne berne plus, surtout celui qui vous a enseigné l'art de mentir vrai, de trahir et d'escroquer, maître en dissimulation. Il fallait qu'il vît sa sincérité pour une fois, plonge au fond de son âme et de son secret, y rencontre la duplicité parfaite qu'il lui avait révélée, qu'il lui avait donnée pour arme, et jusqu'où elle était maintenant capable de s'en servir. Je te joue et je me joue, Grubensteiger, à la vie à la mort, regarde-moi bien.

— Il y a des renchérisseurs, et je suis en train de vous donner une préférence. Ils pourraient me la facturer au prix fort.

A présent, elle soutenait sans peine son regard, ses yeux d'un jaune délavé, pupille impénétrable.

— Je ne veux pas de témoins. Vous et moi ne craignons pas une femme et deux enfants. Ils seront seuls. Avec une femme pour passeur. Vous et moi armés, n'est-ce pas ? Demain soir, vous serez revenu à Berlin. Avec eux.

Il eut le geste des marchands qui se rendent, mains aux épaules, paumes ouvertes, les siennes si parcheminées que nulle empreinte digitale n'en donnerait le signalement. Pour avoir séjourné au tombeau, elles avaient oublié toute identité, ou bien il n'en avait jamais eu. De tout temps, il avait eu cet âge indécidable, comment imaginer une enfance à cet homme, une jeunesse. Dès le berceau, mais dans quel berceau naissait-il, la face émaciée, variable d'une fois à l'autre, sa moustache rasée, ou bien il n'en avait jamais porté, c'était une fausse collée à sa lèvre imberbe, et il n'avait pas de lèvre, un pan de peau brûlée, ivoire lisse ; et crâne ras, ou chevelure pauvre, une perruque mitée. L'enlevait-il parfois, tel un chapeau, comique et effrayant à la fois, comme la première fois au petit matin, dans sa suite de l'hôtel *Lutetia* ? Sa denture déchaussée, un postiche de foire. Si composite face, addition de faussetés visibles, surexposées comme un masque naturel derrière lequel rien. Sinon l'insondable horreur d'autres masques de momie en pelures et filandres, qu'elle n'aurait voulu soulever pour rien au monde. Et sa charpente pitoyable, d'une fragilité de verre, parfois redressée d'une prestance, d'une arrogance de mannequin, hissé par quelles ficelles. Jamais plus inquiétant que lorsque pitoyable…

Il avait accepté. Ils avaient pris la route. La Mercedes de Julia empestait le tabac blond, il souffrait le martyre, mais ils avaient traversé les forêts de Thuringe vers midi, dans un village avaient fait une halte dont Julia avait besoin, disait-elle, pour se dégourdir les jambes et manger un morceau, non seulement nous serons à temps mais nous serons en avance, vous verrez. Grubensteiger ne conduisait pas, il ne lisait pas les cadrans du tableau de bord ni la carte routière que suivait Julia. Le maître du Temps était soumis à la montre de cette femme qui décidait de le prendre, mangeait avec les doigts, trempait sa saucisse dans le pot de moutarde et y mordait à belles dents. Réclamait qu'on remplisse sa thermos de café. Prenait le temps de se refaire une beauté, le nez dans son poudrier. La petite auberge de bord de route, sous les épicéas et les mélèzes, était sombre et malodorante, des massacres de cerfs et de sangliers aux murs, un plafond bas de grosses poutres enfumées où pendaient des tresses d'oignons, et deux paysans attablés, ivres ou endormis. Contre le gros poêle de faïence, orné d'un drapeau nazi, hampe montée d'un aigle en laiton, ç'avait été une étrange halte. Eux deux face à face, paire disparate, de ces couples qui n'ont plus besoin de se parler, de longue date tout est entendu. Grubensteiger n'avait pas touché à son assiette, mais il avait demandé un verre d'alcool de genièvre. Il ne buvait pas. Une fois à Baden-Baden, une autre à Milan. Et à Paris, lors de la rencontre qu'elle avait organisée avec Louvain. Avec M. Lange. Un cocktail, par elle préparé. Elle ne savait toujours pas comment interpréter ce signe, s'il avertissait. Récompense ou punition, de lui ou d'elle. Mais à sa main tremblante, Grubensteiger avait-il tremblé une fois devant elle, elle devina quelque chose de neuf. Il souffrait, elle le savait. Mais qu'il eût besoin d'alcool ? Elle tapota son sac à main.

— J'ai ce qu'il vous faut, si vous décidez qu'il le faut. La route est longue encore…

— Partons.

Peut-être un garde forestier avait-il autrefois habité là, le domestique de quel domaine ancien, ou un fonctionnaire de la jeune Belgique posté en ces régions reculées et logé dans cette maison ? Elle avait pu être un relais de poste, où se retrouvaient les travailleurs des tourbières dispersés dans la lande désertique, aujourd'hui désaffecté, hors des routes modernes, relégué sur ce chemin que personne n'empruntait plus, sinon les chasseurs égarés jusque-là, derrière un sanglier ou un coq de bruyère… Cette bâtisse avait pu avoir fière allure, adossée à la forêt de conifères, d'un étage, solide et trapue, sa façade de gros moellons ocre et ardoise se fondant dans le paysage sauvage des Fagnes, en cette saison d'hiver peint en traînées de rouille et de bruns, où seuls les boqueteaux de sapins et les buissons d'épineux mettaient des taches de sombre vert grisé par la brume, bruyères et fougères déteintes que pluies et neiges avaient couchées, détrempées en tapis spongieux. A mi-pente d'une colline, elle dominait une dépression molle tombant jusqu'à la cuvette où la Vesdre formait un étang, une zone marécageuse qu'il fallait franchir en venant d'Eupen, cela n'avait pas été sans mal. Gabrielle avait cherché le sentier qui, selon le plan, contourne ce marais et remonte ensuite la colline, un raccourci qui évitait la route et rejoignait le chemin forestier au bord duquel était la maison. Elle s'était perdue un certain temps, descendant trop près des berges dans l'herbe haute qui dissimulait l'abord du marais, cette zone périlleuse où hésitent terre et eau, s'enlisant jusqu'à la cheville dans des bourbiers gluants. Ilda l'avait prévenue : il faudra marcher, vite et bien. Elle marchait et tirait sa jambe raide, à quoi sa canne aurait-elle servi ici : à enfoncer sans résistance son bout ferré dans les tourbières et les vases, à entraver son pas. Elle avait rebroussé chemin et cherché un passage, finalement atteint l'ancien gué en amont, qui n'était pas à l'endroit coché sur sa carte, mais à cent mètres plus haut, deux troncs jetés en travers du cours d'eau dont les cales de rondins ne tenaient plus que par miracle. Sur ce pont primitif, moisi et couvert de mousses visqueuses, moitié noyé par le flot, elle avait tellement eu peur de glisser, de tomber dans l'eau brunâtre, pas très profonde, mais glacée, qu'ensuite elle avait dû s'asseoir sur une souche pour reprendre souffle et frotter ses souliers de poignées d'herbes. Dans cette sauvagerie, sa solitude avait quelque chose de rassurant presque, si loin de toute présence humaine, une intimité naturelle avec l'hostilité du froid, du vent courant dans les hautes herbes sèches, son sifflement rageur ; et celle du ciel bas, longs draps de brouillard répandus sur la lande, le cri d'une hulotte proche, perchée dans quelque buisson et qui la regardait de ses yeux aveugles d'oiseau nocturne, sentait sa présence intruse et protestait, krouittt, krouittt… Elle avait ressenti l'inconnu de cette lande l'envahir tel un pays intérieur dont on ignore les pôles et les directions, avec pour horizon, mais où commençait-il, le territoire étranger de l'Allemagne comme celui d'une frontière mentale, qu'on franchit seulement dans le sommeil des cauchemars. Où la frontière passait-elle dans les bois ténébreux, sous la frange de ses cimes flottant dans la lumière faible du soir ?

Elle était montée jusqu'au chemin, entre les boqueteaux de mélèzes avait trouvé la maison, cinq cents mètres plus loin, cachée à la vue jusqu'au dernier moment dans un contrefort du bois, avec la petite clairière de sa cour tapissée de laîches et de mousses, son puits à poulie rouillée, et tout le temps de son approche il lui semblait monter vers l'énigme de son visage austère, façade aux fenêtres étroites dont la vitre sans éclat semblait dormir, la bouche de sa porte massive close sur son rêve solitaire, si loin de tout, une créature de la lande au passé séculaire, pleine d'une mémoire mystérieuse. Si loin de Liège, sa gare, de la station de campagne où elle était descendue, à la sortie du bourg d'Eupen, où elle avait attendu le départ de l'autocar et son dernier coup de corne… Près de sept kilomètres de marche ensuite, entre des champs de gros labours, puis dans les bois, jusqu'à l'étang de la Vesdre… Il était alors étonnant que la clé tourne si facilement, dans une serrure récemment huilée, que le penne cède et que la porte pivote sans bruit sur ses gonds. Pour accueil, le silence, l'air stagnant en nappes d'odeurs variables d'un endroit à l'autre, presque matérielles ; celle du papier peint moisi, dont la pulvérulence grasse décompose les pigments, acides ou amers, celle du plâtre humide, du bois pourri des solives, de fientes d'animaux qui hantent les maisons abandonnées et celle, dominante, de la tourbe, fumée de bois refroidi épicée d'humus. Celle-ci dominait dehors dès que le vent tombait, ici confinée et fermentée, mêlée au relent fétide d'étoffes rances, parce que cette maison contenait les vestiges de pièces habitées. Qu'elle explora d'un seul mouvement, avec le sentiment sacrilège d'investir un tombeau. Sans volets, la maison laissait entrer la lumière du jour ; en l'absence de tout être humain, sa variation de l'aube au midi, le déclin du soir et la nuit éclairaient ce théâtre désaffecté, dont le régisseur avait abandonné accessoires de décor et oripeaux, la pièce étant ajournée. Une table à gibier rustique, deux fauteuils défoncés, sans couleur, des chaises dépaillées… Les dalles de ce qui avait pu être une petite salle d'auberge, ou le bureau d'une administration, étaient recouvertes d'une épaisse couche de poudre, la farine jaunâtre qui tombe des poutres ; moelleuse comme une moquette elle étouffait ses pas.

Ensuite, dans une resserre, elle avait trouvé comme convenu le panier de victuailles, seul objet de neuve apparence dans cette poussière, et une lampe-tempête, des allumettes. Déposés par une main anonyme, le signe que tout allait bien. Qu'elle était attendue. Elle, la femme et les enfants. Il y avait de l'eau à la pompe intérieure, cuivre vert, et au-dessus de l'évier de grès, sur une étagère, des restes de vaisselle, assiettes, verres encrassés. Elle avait tiré une eau qui sentait l'œuf pourri, mais claire ensuite, qu'elle avait bue longuement, assoiffée à ne pouvoir se désaltérer. Un escalier menait à l'étage, sur le parquet nu d'anciennes chambres, deux matelas, de grosses couvertures pliées. Elle y plongea son nez pour trouver à leur fraîcheur de laine propre un soulagement aux odeurs écœurantes. Mais il ne s'agissait pas de tomber en vapeurs, il s'agissait de toute urgence de prendre possession des lieux, de bien en comprendre la logique. Eux en haut, deux matelas ; elle en bas, dans un fauteuil. La nuit brève et, demain matin, sept kilomètres pour reprendre l'autocar à Eupen, même trajet. Elle connaissait le chemin, ne se perdrait plus, elle serait un bon guide et marcherait, vite et bien. Autant que les enfants pourraient la suivre. Il s'agissait d'attendre et elle attendit longtemps. A peine une heure pourtant, mais si longue, si lente à sa montre, dont l'aiguille décélérait les minutes, les faussait d'une angoisse compacte comme le silence, pourtant peuplé de bruits qu'elle écoutait, immobile, le vent flappant rude au coin de la maison, un froissement intermittent qu'elle finit par identifier, une feuille du vieux journal collé à une vitre cassée, et ce qui l'effraya le plus, une seconde, un nid de chauves-souris, pelotonnées au recoin d'une poutre, palpitantes, dont la griffure peureuse crissait, insupportable.

Elle n'attendit pas longtemps derrière la fenêtre empoissée de poussière, écarquillant pour distinguer dans l'obscurité grandissante où paraîtraient leurs silhouettes, dans toute cette nature sauvage. Ils débouchaient soudain entre deux buissons, une apparition bouleversante ; leur groupe incertain et lamentable, seuls, si seuls dans la nuit tombante. Mais la femme avançait d'un pas rapide et ferme, un balluchon à son épaule, un enfant à chaque main, le plus grand accélérant de son mieux, le petit trébuchant, et elle les malmenait sans égard pour la petitesse de leurs jambes, ni leur fatigue. Gabrielle en eut au cœur un élan de joie frénétique, oublia tout de sa traversée du marais, de sa fatigue, de l'angoisse, bondit hors de la maison, se précipita à leur rencontre et prit le petit par la main, une fillette, sans un mot les entraîna dans la maison, referma la porte sur le froid et le vent. Eux quatre à l'abri, enfin, alors d'un mouvement impulsif la femme la prit dans ses bras, l'étreignit follement. Se détacha aussitôt, se reprit, par un effort surhumain retrouvant le sang-froid dont elle avait dû ne pas se départir depuis deux jours, pour les enfants, pour elle-même. Gabrielle vit la peau blanche de son cou veinée de bleu, et sa joue enflammée par la marche forcée, ses lèvres desséchées. Les yeux bordés de larmes mais sans apitoiement pour elle-même, libre de ses larmes, qu'elle ravalait, et Gabrielle s'efforçait de mettre quelque légèreté à la situation parce que, d'un geste de compassion, elle aurait aggravé sa peine, porté atteinte à son effort pour résister à l'effondrement intérieur de tout. Elle hochait seulement, oui, oui, tout va bien, vous êtes arrivés, je suis une amie, cette maison est amie et vous êtes saufs, et elle forçait son sourire à simuler le registre de tous les jours, dont on accueille chez soi des voyageurs harassés, et d'abord c'était le souci des enfants, hébétés de fatigue. Ils calquaient leur attitude sur celle de leur mère, retirés derrière leur gravité comme s'ils craignaient un geste soudain qu'il faudrait prévenir. Mais confiants en la force de cette femme et moins livrés à elle qu'elle à eux, dans la conscience aiguë, qu'ont les enfants en certaines circonstances, d'avoir à se tenir plus haut que leur âge. Ils s'y haussent et se démesurent, éveillés à la toute-puissance du danger qui menace au plus profond les adultes, ébranle jusqu'à leurs assises tutélaires et peut-être leur raison d'être. Sans toucher aux causes ni aux effets de ces affaires, ni à toutes choses de la vie, la douleur, la débâcle et la perte, ou la joie d'en triompher, ignorant d'où et comment peut surgir le danger, ils font leur baptême de la responsabilité terrifiante envers la vie, de l'idée de bonté ou de mal qui les conduit ensuite, et l'on aurait dit qu'ils savaient que cette femme dépendait d'eux, qu'ils lui dictaient d'être forte à leur exemple, et non l'inverse. Le corps vigoureux du garçon se tenait à distance, il ne cherchait pas l'assistance d'un autre corps, observait ces deux femmes, sa mère et Gabrielle, soumis à leurs consignes, mais les jugeait et les absolvait de la précarité de leurs gestes et paroles. La petite fille s'alignait sur son frère, si petite, cinq ans ?

— Maïa a cinq ans, Karl en a sept, disait Mme Harbayer, comprenez-vous l'allemand ?

Oui, Gabrielle en comprenait assez pour ces choses matérielles qu'il fallait faire à présent, restaurer les enfants de pain, de fromage et de lait cru, laver leur visage et leurs mains, les coucher. La nuit tout à fait tombée, restait le seul foyer de lumière de la lampe pour éclairer l'obscurité, et rien pour se réchauffer, alors ils montèrent et en quelques minutes, dans leurs manteaux, entortillés ensemble dans les couvertures, les enfants sombrèrent aussitôt dans un sommeil de plomb.

Ils avaient marché droit depuis que le passeur les avait laissés, une fois franchie la frontière, expliquait Mme Harbayer. Lui rebroussait chemin dans les fourrés par où ils étaient venus, cinq kilomètres de forêt inextricable, accrochée à mi-pente du plateau des Hautes-Fagnes, sapinettes écorchées par le vent et hauts buissons ; les enfants s'entravaient, ils ralentissaient leur marche, ni chemin ni sentier, un itinéraire de chasseurs connu de personne sauf de cet homme du pays, un maquignon de Roetgen. Ils y étaient arrivés le matin, une longue traite en voiture depuis Halle, entrecoupée d'arrêts et de changements de véhicules, de chauffeurs, chacun empruntant de petites routes qui obligeaient à de longs détours pour éviter villes et villages, et ils avaient dû attendre encore, dans la réserve d'une épicerie, parmi les sacs d'issues et de grains, nourris et réconfortés par une bonne femme avant de monter, cachés sous des bottes de paille, dans le fourgon de cet homme qui les conduisait à leur dernière étape pour passer la frontière de la Belgique. Il l'avait mise sur le chemin serpentant entre les tourbières abandonnées où l'eau croupissait en flaques glauques, deux derniers kilomètres à faire seule dans le crépuscule, sans savoir si, au bout, elle trouverait la maison promise, si la personne y serait, s'ils n'étaient pas devenus des hères jetés à l'inconnu sans carte, sans vivres ni argent ; ç'avait été l'épreuve la plus difficile, disait-elle sobrement. Elle se tenait debout au-dessus des enfants endormis, chuchotait ce bref récit comme si elle le lui devait, mais Gabrielle voyait à quelle limite de résistance elle était, droite pourtant, entre les pans de son manteau sa cuisse longue et nette sous la robe, de la hanche au genou une ligne ferme, jeune femme énergique et sûre d'elle, qui avait dû grandir en milieu protégé, loin d'imaginer par quel concours de circonstances elle se trouverait, un soir, dans cette chambre de fortune, perdue en pays sauvage. Elle n'avait pas repris confiance dans le timbre de sa voix, mais nul ressentiment ou amertume pour être rendue à cet état, chancelant de fatigue, et maintenant elle pouvait avoir une grâce, une douceur qui lui étaient sans doute naturelles du temps où elle vivait normalement, dans une maison libre, avec son mari et ses enfants, elle pouvait s'abandonner enfin à la lassitude. Mais l'espérance pouvait être son ennemie et l'entendement de ce qui se passait ici, qu'il valait mieux ne pas approfondir ni commenter. Elles cessèrent de parler, Gabrielle jurant que ce n'était rien de passer la nuit sur le fauteuil en bas, et qu'elle les réveillerait à temps. Elle lui laissa la lampe et descendit dans l'obscurité.

Maintenant la maison lui était familière, bonne vieille maison solide sur ses fondations, couverte du toit rudimentaire que toute humanité appelle contre les adversités naturelles et les cruautés de l'existence, en quoi, comme dans le tabernacle, les reliques de la vie domestique la plus humble paraissent des objets consacrés, un verre, une lampe, une chaise, et seule, érigée dans la vaste, immémoriale solitude de la nature, exposée et vulnérable, à la façon dont s'espacent ses murs, elle recueille le sommeil des enfants perdus. Voilà ce que chantait son cœur, en dépit du froid humide et des odeurs putrides, en dépit de l'inconfort. Et cela avait été facile, mieux qu'elle ne le craignait, de suivre point par point les consignes d'Ilda, d'accomplir le trajet jusqu'ici. Tout était exact des horaires, du train jusqu'à Liège, de l'autocar, et les indications de la carte, sauf le vieux pont sur le gué, mais elle s'en était tirée très bien, vite et bien. Alors c'était infiniment mieux qu'elle soit ici, au lieu de Pierre. Qui n'a aucun sens de l'orientation, souriait-elle, ni de sens pratique. De quel secours aurait-il été ce soir, pour accueillir la femme, rassurer les enfants ? Cette petite fatuité pour faire taire le remords où elle était du contrat de loyauté rompu, mais elle chassa cette pensée ici déplacée, maintenant que cela avait lieu, que le dénouement était proche. Elle s'installa pour la nuit, tira une chaise pour y allonger ses jambes et s'enfonça dans le fauteuil bancal, trouva une position sous la couverture. La lune émergeait des pans de brume. Sous sa lueur, le revêtement jaunâtre de fine sciure virait au soufre, une phosphorescence faible, et elle sentit venir le sommeil. Dans son endormissement, elle communiait au leur, en haut, comme si à travers les planchers elle les tenait au-dessus de sa tête suspendus en lévitation, dans cet espace inexpugnable et par sa volonté étendus en dormition et, sans en entendre le bruit, elle devinait leur souffle apaisé, y accordait le sien. Elle savait que, hors de portée là-haut ils reposaient, éprouvait la profondeur de leur fatigue comme si elle était chacun de leurs trois corps allongés sur les matelas, visitait leur sommeil et l'accompagnait, reposant en chacun d'eux de leur épuisement, effondrée dans leur somme…

Pourtant un frottement lui parvenait, irritant, insidieux… C'étaient les chauves-souris. Elles agitaient leurs ailes membraneuses, les défroissaient, dans la nuit elles n'avaient plus peur. Elles avaient grandi, géantes, et de leurs mains naines de rose cruel déchiraient les voiles de l'obscurité ; qu'elle perçait à présent, aiguisant sa perception. Ce n'étaient pas les chauves-souris. Dans le coin le plus obscur de la pièce cela n'avait de forme qu'indistincte, mais d'une densité organique, offensive et malfaisante, à l'œuvre dans son immobilité même, tel le remuement d'un ventre prêt à s'accoucher qui montre sous sa peau distendue l'ondulation de la créature qu'il contient, elle réclame de déployer ses membres entravés, impatiente de libérer sa force que brident les membranes. Dans cet angle de la pièce noyé de ténèbres, il y avait moins qu'une ombre et pire qu'un fantôme, une présence dont l'abomination lui parut ; soudain réveillée. Soudain redressée dans le fauteuil, elle plongea du buste, aimantée vers cet endroit d'où était venue l'alerte. Cela bougeait un peu, basculait aussi vers elle et, entrant dans le rayon de lune, elle vit une face terrifiante, moins par sa hideur que par la vie réelle de ses yeux, de son sourire. Elle vit aussi étinceler sous la lune l'arme lourde braquée sur elle.

— Vous ne criez pas. Vous ne les réveillez pas, chuintait une voix d'outre-tombe.

Crier, elle ne l'aurait pu, fascinée par l'effet que produit au rêveur arraché à son cauchemar la rencontre d'une réalité qui ratifie celui-ci, l'outrepasser en horreur. Cette tête de murène perçant l'obscurité relevait de l'apparition pure, surgie de nulle part sinon de quelques entrailles surnaturelles. Pour avoir traversé les murs, ce n'est pas quelqu'un, une personne, mais une création de l'esprit, une hallucination issue des profondeurs mentales où l'on enfouit ses monstres. C'était quelqu'un. Cela parlait.

Il avait eu tout le temps de la contempler, recroquevillé dans l'autre fauteuil, de la tenir, dans ce rayon de lune endormie par l'enchantement des sorcières qui jettent leurs sorts funestes : la Belle au bois dormant en son palais forestier. Il avait pu rassasier ses yeux de son corps délié par le somme, la grâce des lignes drapées dans la couverture, formes féminines honnies et désirables, infecte et sublime féminité de cette femme-là. Cette femme ! Et la nudité de son visage, sa beauté intacte que rajeunissait l'abandon, traits lavés telle une épure intemporelle, livrée à son regard, dont l'emprise était la plus forte commotion qu'il eût ressentie depuis très longtemps, un transport bestial d'exquis raffinement, comme en réserve rarement une vie entière, et Julia ne pouvait savoir, non. Miss Brighten ne pouvait qu'ignorer à quoi, à *qui* elle le conduisait, le long martyre de ce voyage pour trouver au bout de la nuit la proie suprême qu'aucun fauve ne convoite à ce point, l'idéale prise qu'aucun chasseur ne trouve à ses chasses, à lui offerte, sans chasser. Ou alors par la longue traque souterraine que volonté ni raison ne dirige, mais l'instinct, sa visée radicale. Elle logeait en son cerveau, un kyste induré, cristal tumoral ou pierre de folie, dont l'extraction magnifique avait lieu devant lui, devant ses yeux, incarnée. Il s'était donné le temps de la contempler, il avait tout le temps. L'avait-il jamais eu autant de toute sa vie ? Rien ne pressait, la nuit était longue et son pouvoir absolu, et sa récompense infinie, pur condensé de haine et de férocité, sans l'once de pitié, de compassion dont le bourreau se gratifie parfois pour celui qui est en quelque sorte son allié d'élection, son meilleur compagnon et sa chose. Oh ! Julia Brighten, pour ce moment d'extase-là, que rien ne viendra plus dépasser, tu mérites le prix que tu demandes, et plus encore, tu verras de quelle largesse je suis capable…

— Ne bougez pas, ordonna-t-il de nouveau, car elle était vraiment réveillée à présent.

Il pouvait observer sur ses traits le ravage du réveil, la rapide recomposition des traits, et la bouche mi-ouverte dont ne sortirait aucun cri, parce qu'elle penchait, oui vraiment penchait vers lui, dans un effort exténuant luttait pour rejoindre ce que sa vision promettait.

— Gabrielle Demachy, vous ai-je manqué, un peu ? Ou bien vous êtes-vous consolée de moi ?

Gabrielle tressaillit longuement, d'une secousse affreuse qui la jetait dans un réveil nouveau, ouvrait d'autres paupières dans cette obscurité, infligeait une qualité de conscience qui n'avait rien à voir avec le présent et ses leurres, ses ombres agitées sur le théâtre du présent, mais avec la géologie profonde de mémoire, celle-ci en rien un dépôt minéral, stratifié et dormant, mais un magma de passés sans cesse remonté pour crever en surface, dont l'incandescence calcine les pensées et ressuscite les monstres.

— Michel, murmura-t-elle, tout étonnement dépassé, hypnotisée et rassérénée presque qu'il fût réel, et non un songe. Michel, c'est vous ? Michel…

Ce prénom sur ces lèvres, que personne au monde n'avait prononcé depuis qu'elle l'avait dit pour la dernière fois, à Venise une dernière fois, déchargea en lui une onde inconnue. A lui de tressaillir, révulsé par ce qui se répandait dans ses veines, contractait ses viscères, et son cœur, un flot d'irrépressible violence et douceur sentimentales, dont le déferlement, insupportable plus qu'aucune douleur, sécréta l'antidote immédiat. Pour avoir articulé ce prénom, l'avoir rappelé du fond des souvenirs, osé l'atteindre en des retranchements qu'il n'imaginait même pas, elle était perdue. Bien davantage perdue qu'il n'en avait conçu le projet pendant son sommeil, quand il pouvait la croire à lui entière. Elle était de cette race femelle résistante, l'avait-il donc oublié, de cette nature inflexible qui ploie sans rompre, avait pu autrefois par traîtrise insinuer en lui l'impureté du poison amoureux, irriter ses sens et le toucher au sexe, au point de menacer son intégrité, et sa sécurité, au point de faire de lui un paria, et le précipiter dans la mort. Il la tenait en son pouvoir, Gabrielle Demachy, la femme de Pierre Galay. Il tenait celui-ci autant qu'il tenait Harbayer, nuit ineffable. Et se venger n'est rien, n'assouvit pas, son étendue est brève. Mais la puissance qu'elle donne, d'une satanique jouissance ; et le ressort exclusif de la vie, tenu à elle.

— Colonel Terrier, corrigea-t-il, la lèvre retroussée d'orgueil. Je vous expliquerai, ma chère…

Alors des ténèbres sortait encore une forme, à qui il s'adressait, celle-là totalement immobile et jusque-là invisible, mais debout, derrière le fauteuil soudain où campait le corps recroquevillé, avançant sans bruit sur le tapis de sciure, celle-là grande et belle, une femme, sous le rebord du feutre des yeux intenses et calmes, dont la face inexpressive était peut-être plus effrayante, plus hideuse que celle, défigurée, de Terrier. Gabrielle allait de l'une à l'autre, interrogeait leur résolution commune d'accomplir le forfait, un acte dont elle ne doutait plus à présent de l'horreur, qui lui paraissait enfin, annihilant toute force et pensée, la seule flottant encore faiblement était qu'ils dormaient, en haut… Qu'elle avait tenu en vain leur sommeil en lévitation, que le sien les avait livrés aux prédateurs les pires, et que dans cette solitude des Fagnes, dans la nuit profonde des forêts, plus rien ne les sauverait de la sauvagerie. Mais il poursuivait et sa voix, pourtant d'un registre bas, martelait son tympan.

— Ah ! comme vous auriez moqué mon cadavre, flottant entre deux eaux dans la lagune de Venise, échoué dans les vases… Vous n'auriez pas tendu votre chère main à cette épave crevée que dévoraient les sangsues et les crabes. Moi-même n'imaginais pas leur survivre, ils aiment la charogne… Mais moins que moi sans doute, et la providence veillait. Sa mansuétude est immense. Ne me parlez pas d'un bon ange… Les vieilles infâmes qui trient les déchets rejetés par les courants ne sont pas des anges, ce sont des succubes, mes sœurs…

Cette voix chuintante et métallique de ventriloque, cette voix… Elle enfouit son visage dans ses mains, un râle l'étranglait, de si loin monté à sa gorge, agonie de toute espérance, un épouvantement sans nom, davantage que de ces mots d'être, par ce revenant, ramenée au dialogue avec l'incarnation du mal invincible qui règne en tous territoires, et jusqu'à ceux de la mort, jusqu'au fond du tombeau étend son empire d'injure et de corruption, en tout être offense l'humanité de son ignominie.

— Vous êtes triste, Gabrielle, raillait-il. Tant d'efforts ! Tant de braves gens coalisés pour un si beau plan d'évasion, tant de moyens pour rien… Quel dommage, si près du but !

Il y mettait un miel doucereux mais sa voix tremblait de haine, crécelle cassée, grasseyant du fond des cavernes de sa gorge.

— Je vous en conjure, supplia-t-elle, laissez-les partir. Je ferai ce que vous voudrez…

Le rire secoua son torse effondré. Comme il riait, depuis vingt-quatre heures, que cette affaire était drôle, Julia… Elle avait posé sa main sur son épaule, eux deux les plus grands artistes en comédie.

— Que nenni. Vous m'avez déjà promis cela, naguère. Pour que je ne touche pas à la petite Millie, vous souvenez-vous ?… Mais, ma chérie, savez-vous que je tiens aussi Camille Galay ? Elle est à moi. Elle fait un stage de rééducation, dans un de nos centres de vacances… camp d'Oranienburg, un hôtel de banlieue administré par nos SA, de braves garçons…

Elle avait dû s'évanouir, un bref instant perdre connaissance. Elle avait dû s'absenter de cet endroit et de cette nuit, parce que, ensuite, il se passait quelque chose d'incompréhensible, cela se raccordait d'un saut à une situation nouvelle, la femme était penchée sur Michel Terrier, d'un mouvement d'étrange secours soutenait sa nuque, sa tête renversée.

— Aidez-moi, ordonnait-elle, brutale.

Aider, aider qui à quoi ? Et Gabrielle s'arrachait à son fauteuil, et l'arme était tombée sans bruit sur le sol, et tout avait lieu sans bruit, la convulsion grotesque des jambes tétanisées, le torse arqué, et la femme tenait appliquée à la gorge de l'homme une broche, un gros cabochon dont les pierres fantastiques miroitaient.

— Mieux que le curare, soufflait-elle. Tenez-le. Ses bras. Cela ne va pas durer…

Cela durait pourtant, et pendant ces quelques minutes Gabrielle se souvenait ensuite qu'elle comptait, comptait les secondes, comptait dans le vide une somme jamais atteinte, à rebours de toutes les montres et les horloges, une lutte insensée, et les soubresauts s'atténuaient, le corps disloqué s'affaissait. De quelle consistance son buste était-il donc qu'on s'y enfonçait sans résistance, sous les paquets d'étoffe un assemblage d'osselets et de gros caillots mous, une outre immonde. Elles deux embrassaient à toute force cette forme matérielle et pourtant il semblait que de partout elle échappait, se dérobait à la prise, se disloquait et reformait sous l'étreinte, aussi flasque et résistante que baudruche, enfin d'un dernier sursaut bandait en arc sa colonne et s'affaissait, inerte. Dans la lutte, elles avaient glissé au sol, mais encore elles restèrent, de tout leur poids écrasant le cadavre, haletantes, moitié couchées sur lui, dans cette intimité ignoble écoutant des bruits internes qui ne concernaient plus la vie, quelque spasme organique qui n'en finissait pas de gargouiller.

— C'est fini, dit Julia, relâchant sa prise.

Alors Gabrielle se relevait, sans parvenir à détacher ses mains du corps qu'elles avaient si passionnément étreint pour qu'il meure, et meure encore ; pendant quoi Julia tirait délicatement de la gorge de Terrier la longue fibule de sa broche, une aiguille acérée et sanglante, qu'elle essuyait avec soin au manteau de l'homme.

— Le cadeau d'un ami tibétain, chuchota-t-elle, comme d'une confidence frivole.

Assise sur la forme avachie, elle tira un paquet de cigarettes de sa poche, en offrit une à Gabrielle, qui la prit. Cela s'accomplissait en toute liberté, leurs deux visages penchés sur la flamme du briquet. Le temps de fumer la cigarette, sa lente combustion, les volutes harmonieuses de la fumée planant dans le rayon de lune, il y eut un suspens de paix absolue, dont le scandale rayonnait en silence. La femme campait, assise dans la posture de Mélancolie, un coude sur son genou, son visage sombre et son regard fixe perdu dans un inaccessible lointain, mais ce n'était pas une somnolence. Au contraire, un éveil intense à quelque chose d'intérieur vers quoi l'énergie d'une pensée tendait, vers quoi tendait celle de Gabrielle, et cela n'avait pas de solution. L'acte accompli était des choses d'ici-bas, qui dégradent l'état pur de justice, beauté, sagesse et harmonie, et l'âme secouant ses ailes par degrés se purge du contact d'avec les corps et la saleté, tend vers la sphère céleste pour se libérer de la matière impure, de l'infâme bassesse des œuvres humaines. Se pouvait-il qu'en ces volutes de fumée se purifie la maladie de l'âme, la bile noire du mal, et qu'en ce sacrifice humain s'amende un peu de la faute… Dans le décor délabré d'une maison abandonnée en pleins bois, qui eût vu ces deux femmes songeuses eût eu le cœur étreint de mélancolie, et pourtant elles n'étaient que fatiguées, éreintées par une tâche exténuante, que la nuit commande. La femme écrasa sa cigarette et se releva. Tout en agrafant le lourd bijou à sa robe, entre ses seins, elle considéra la dépouille à ses pieds d'un air déconcertant, comme si elle découvrait seulement sa présence.

— Vous le connaissiez donc ?… Il faudra me raconter ça, un jour… Je m'appelle Julia Brighten. Ilda travaille pour moi. Bon, décida-t-elle, on ne va pas le laisser là… Le puits, c'est très bien. Allons-y.

Un transport facile, la légèreté de ce cadavre, sa maigreur, ses longues jambes et longs bras, immenses quant au torse, d'un nain, sa difformité accentuée par la mort maintenant qu'elles l'allongeaient pour le porter, passant la porte aux huis silencieux, marchant sur la mousse silencieuse, la lune haute les éclairant et projetant leurs ombres sur les murs de la maison. Facile d'adosser le mannequin désarticulé à la margelle, de le pousser et de le faire basculer dans le vide. Mais avant sa chute, avant qu'il ne tombe et disparaisse dans le noir béant du puits, Gabrielle vit une dernière fois sa face inondée de clarté lunaire, tel qu'en lui-même la mort le transfigurait. Un visage humain ordinaire, où la vie avait pu inscrire ces accidents mineurs qu'à tout visage on voit, dans les jardins et par les avenues, dans les salons, les universités ou les usines, sur les quais des gares, qu'ont vos amis parfois, que porte tout homme de par le monde, et si banal même, si anonyme, en quelque sorte pitoyable de médiocrité, qu'il inspire fraternité. C'était le visage de Michel Terrier, un jeune homme croisé autrefois au coin du boulevard Saint-Germain, au soleil d'automne… Seuls ses yeux, exorbités, l'énorme globe vitreux de son œil révulsé, comme s'il contemplait dans l'envers des paupières un horizon d'extase infernale, lui donnèrent un long frisson, qui dura tout le temps de sa chute, lente chute, ou bien le puits était très profond, avant que ne leur parvienne le choc lointain de profondeurs telluriques, non celui d'un engloutissement, mais du néant. Elles rentrèrent sans bruit.

Leur calme n'était pas le moindre des étonnements. Le coup de théâtre silencieux par quoi se dénouait la scène l'achevait en rêve étrange, de ceux qui, réalisant les vœux cruels dont il désespère, accablent le rêveur par leur démesure ravissante. Effarée, Gabrielle réalisait enfin l'enchaînement qui lui avait échappé, le geste imprévisible, inouï en ce degré de perdition, qui renversait toute logique. Incrédule, elle dévisageait celle dont l'apparition l'avait glacée, par le geste providentiel de qui se réalisait le vœu, seule, seule au monde en ce lieu, en cet instant à pouvoir l'accomplir, et pour des motifs inconnus. Elle avait tué, mais elle ne tremblait pas. Gabrielle y avait aidé, plus que prêté les mains : consenti. C'est un travail ingrat de tuer qui vous tue, pénible et sale, il fait un bien ignoble. On en est contaminé et il faut que réalité revienne, que son urgence commande pour oublier sa folie. Julia tendait une flasque d'alcool à Gabrielle.

— Nous en avons besoin.

— Camille…

— Quelqu'un s'en occupe. Il la sortira de là, je vous le jure. Mlle Galay nous a donné du souci…

Cette femme gouvernait donc cent lieux à la fois, elle avait le don d'ubiquité, de divination, pour suivre chacun à travers l'Europe, tirait des ficelles et des verrous occultes, intervenait où bon lui semblait. Elle avait le pouvoir de tomber dans cette maison perdue, d'entrer sans bruit dans ses murs comme de libérer Camille, de dépêcher Ilda, de protéger Mme Harbayer, de décréter la vie et la mort. De porter entre ses seins une broche tibétaine et de fumer, assise sur un cadavre. Quelle armée d'ombres commandait-elle, de quelle nature son pouvoir était-il et de qui le tenait-elle ? Ces questions, Gabrielle ne les posait pas ; elle croyait. En certaines circonstances, il n'y a d'autre issue que la croyance absurde, puérile et fervente. Quoi d'autre que la foi eût accepté la parole selon laquelle Camille était sauve, qu'elle était non à Vienne mais à Berlin, que cette femme obtenait, contre toutes les puissances d'un pays fasciste, que *quelqu'un s'en occupe*, elle le jurait. Ce que Julia Brighten pouvait faire ici, elle le pouvait donc ailleurs, peu importait à cet instant comment, et qui elle était. D'ailleurs, par magie noire, elle avait pu rendre à cette pièce son apparence première, rien n'y restait de quoi que ce soit, qui s'apparentait déjà à l'hallucination pure et simple, rien n'avait eu lieu, n'avait duré le moins du monde ni fait aucun bruit. Gabrielle venait de se réveiller, le silence régnait, sauf le vent froissant le papier du journal à la vitre. Les chauves-souris épiaient. La lune brillait. Ils dormaient là-haut, ils dormaient.

— Laissons-les dormir. Tout à l'heure, je vous conduirai à Liège. Ma voiture est garée à cinq cents mètres d'ici… Vous avez quelque chose à manger ? Je mangerais bien un petit cheval…

Elle avait cet appétit, et Gabrielle aussi. Ce que les enfants avaient laissé, trop épuisés, elles se le partagèrent ; un tube de lait Nestlé en tartines, une fouace aux raisins et des croquants aux amandes. Une faim de loup que ces aliments rassasiaient pourtant, peut-être, elles deux, des femmes de la même trempe qui, à fréquenter la mort, savent le prix de la nourriture. Elles prenaient enfin le temps de s'envisager, dans une expectative prudente, qui pesait ce qu'elles tairaient d'elles-mêmes et qui les avait menées ici, de si loin venues dans leur histoire, suspendues au temps compté dont elles disposaient, et l'aube venait.

— Savez-vous ce que veut dire *Grubensteiger*, en allemand ? C'est un métier ingrat et dangereux : le porion des mines de charbon, le maître qui contrôle l'étayage et le percement des galeries, il travaille loin sous la terre… Je n'imagine pas qu'il l'ait choisi par hasard… Il laissait peu de choses au hasard. Les noms nous chiffrent, ils nous apparentent. Moi je suis *brighten*, qu'en pensez-vous ? Je connais quelqu'un qui s'appelle Lange. Il s'est nommé ainsi, qu'en pensez-vous ? Faut-il se fier aux anges ?… Michel Terrier ?… Terrier, vraiment… Comme il vous regardait dormir ! Je ne l'ai jamais vu regarder quelqu'un de cette façon… Il vous a donc aimée…

Aimée ! Elle l'affirmait de si sûre science que Gabrielle en avait une nausée. Seulement l'envisager rejetait à la terreur ancienne que, de l'ombre, tendent vers vous les serres d'un prédateur sans visage, qui vous agrippent et tirent à elles, à l'obscurité où il campe pour vous y entraîner et dévorer, cela n'est pas l'amour, ni le désir, cela ne peut l'être ! Pourtant y ressemble, puisqu'elle avait pu en connaître la tentation et elle ne se rappelait pas sans trouble le temps où il avait hanté son esprit et son cœur, où il jouait de sa séduction. Il se présentait si bien pour le bon ange… Faut-il se fier aux anges ? Les aimer pour ce qu'ils feignent d'être au moment où ils annoncent ce que nous voulons entendre. Alors, c'était bien la pire chose à penser. Sous les pelures hideuses des masques qui habillaient sa face, cet homme en avait-il eu un, qui eût pu être de beauté et de don, dont il aurait suffi de l'élire pour qu'il ne fût pas *Grubensteiger* en ses terriers d'horreur, que sa part de bonté fût sauvée ? Mais qui hormis les mères lit sous le visage des monstres quel enfant était promis à l'humanité…

— Il ne m'a pas aimée, disait résolument Gabrielle. Je ne l'ai pas aimé. Il était trop tard, déjà tard dans sa vie. Il avait déjà choisi d'habiter où vous le dites… Je l'ai cru mort, une fois… J'ai vraiment cru en sa mort, comme si la mort pouvait anéantir la présence, mais rien ne disparaît, nous ne disparaissons pas…

— Eh bien, cette fois, il a disparu pour de bon. Croyez-moi. Personne, sauf vous et moi, ne saura son tombeau dans cette terre perdue des Fagnes. Personne ne l'y trouvera, et nous l'oublierons, entendez-vous ? Où je l'ai mené tout ce jour était son dernier voyage. Ce n'était pas sans mélancolie… Il m'a apprise.

Elle eut un moment de suspens, reprit un peu de souffle sur sa lèvre.

— Tant pis pour toi. Depuis quelque temps, je suis devenue plus forte que toi, pauvre petit *Grubensteiger*… Sur la route, je lui ai fait deux piqûres de morphine. Faibles doses, mais cela nous a servies. Sans cela, jamais il ne m'aurait laissée mettre ma main sur son épaule… Voulez-vous mon avis ? Le diable est toujours refait. Il a un défaut de fabrication. Mon point de vue est qu'il n'en a pas : sa visée est négative, elle est nocturne.

La hulotte appelait, krouittt, krouittt. Du buisson où elle l'avait vue sans la voir, elle avait suivi Gabrielle de son vol bas. Elle savait d'avance ce qui l'attendait, les chouettes ont bonne vue dans les ténèbres, elles ne sont pas des diables. Son cri annonçait le jour qui efface les ombres, la lumière parmi laquelle les hommes vont, plus aveuglés qu'elle par le soleil des vérités apparentes, krouittt, krouittt…

Bruno Lohse était au téléphone dans la pièce voisine. Il les avait laissés seuls sans s'expliquer mais, derrière cette porte, Louvain savait que se traitaient les derniers arrangements de la transaction. Si rien n'en filtrait à travers les murs, il en connaissait la teneur, et la pugnacité du marchand, trop avisé, trop fin renard et vétilleux pour négliger le moindre détail. Tant qu'il n'obtiendrait pas le correspondant voulu dans tel service de douane, telle banque de Genève, tant qu'il n'aurait pas les assurances qu'il avait mises pour condition, il ne quitterait pas son bureau, et cela pouvait durer. Ils étaient suspendus à ces pourparlers et, en attendant, ses hôtes. Tout y paraissait, la mise à disposition gracieuse de son logement, au-dessus du petit magasin qu'ils avaient traversé. Une boutique d'encadreur des plus modestes, quelques gravures et estampes sur un comptoir à tiroirs, la boîte de gants blancs pour la consultation, et des échantillons de baguettes, passe-partout et cartonnages. Ici, l'appartement confortable d'un bourgeois célibataire, sobre mais raffiné, le soin que porte un esthète distingué à son environnement quotidien, sans qu'y traîne la marque d'une opulence excessive. Bibliothèque pourvue en livres d'art, cinq ou six œuvres modernes aux murs, une sur un petit chevalet. Echantillons. Aucun visiteur n'y aurait décelé de quelle colossale fortune disposait cet individu, camouflée en tous lieux d'Europe, et peut-être au-delà. Ni l'étendue de son pouvoir occulte, l'impunité dont il jouissait auprès des dignitaires du régime hitlérien, la manière dont il l'obtenait. A cause de cela, Louvain ne se faisait pas d'illusion : davantage que ses hôtes, ils étaient ses otages. On ne tourne pas aussi ostensiblement la clé du magasin, ni celle de l'appartement devant des gens qu'on accueille en amis. Un tel aigrefin a le bras long, et si la rue en bas semble libre, si y circulent passants, voitures et tramways, vous n'y ferez pas cent mètres sans être rattrapés. Il n'est même pas exclu que, sur le trottoir, veille quelque civil discret, que ce type qui lit le journal devant le kiosque soit un membre de la police secrète des SS, ce mendiant cul-de-jatte sur sa caisse à roulettes, un indicateur ; ou la fille qui contemple depuis dix minutes la vitrine de la coutellerie. Louvain s'écarta de la fenêtre. Camille Galay était assise sur un des fauteuils bas près de la cheminée et observait le silence, elle examinait la pièce avec l'intérêt d'un visiteur candidat à la location. Rien ne devait lui échapper, il semblait qu'elle tînt à enregistrer tout de l'ensemble et du détail, une estimation scrupuleuse du volume, hauteur de plafond et qualité du plancher, des tapis et de l'ameublement, des rideaux et du papier peint, des bibelots, le moindre. Ainsi la tabatière chinoise, la pendule de bronze, ses aiguilles de cuivre en forme de petites harpes, et son cadran d'émail peint d'une scène bucolique ; les dessins encadrés aux murs, un à un, les collages cubistes, le calendrier criard tout neuf ; un faute de goût parmi ces objets recherchés. Son inventaire mobilisait apparemment toute son attention, et rien d'autre n'était lisible sur son visage. Elle tenait le coup. Après la scène de l'arrivée, c'était assez rassurant.

Lohse avait eu la délicate prévenance de préparer sur la table un plateau de bienvenue, quelques viennoiseries, sur une chaufferette un plat, avec œufs brouillés et petites saucisses grillées sous cloche, qu'il offrait en s'excusant : il s'éclipsait pour préparer un thé et, dans le laps de son absence, elle avait tout mangé. On ne peut pas dire mangé ; avalé. Une disparition instantanée, sans mâcher ni respirer, et juste comme il revenait avec sa théière d'argent, elle avait eu un spasme de nausée. Cela avait donné lieu à tout un affolement, bousculade, tandis qu'elle se précipitait vers la cuisine, vomissait dans l'évier ce qu'elle venait d'engloutir, Lohse cherchait des linges, on ne savait si navré ou contrarié. Louvain avait omis de faire un peu de ménage ; le marchand se débrouillerait avec ça, c'était bien la moindre des choses. De faire l'infirmier aussi, il y allait avec circonspection : Camille Galay, une fois délestée de son petit-déjeuner, refusait un quelconque soin, même un verre d'eau. En cet état, pourtant pas brillante. L'elfe ferroviaire avait perdu quelques kilos. Elle flottait sous sa vareuse en drap militaire, son pull, crasseux à ne pas prendre avec des pincettes, une salopette en loques, des godillots éculés ; à vrai dire, pas plus lamentable que bien des chômeurs dans les rues... Certes, sa dégaine contrastait quelque peu avec la dernière vision qu'il avait d'elle, en pyjama de satin dans le Vienne-Berlin, mais il ne s'agissait pas d'y remédier. D'une part, il n'avait dans l'immédiat aucun vêtement de rechange à proposer, d'autre part le temps était compté, par Lohse, évidemment. D'autre part enfin elle avait refusé, comme le reste, la toilette que celui-ci suggérait ; un hôte charmant, décidément. Son air rebuté manifestait cependant qu'il n'envisageait pas sans quelque répugnance d'offrir sa salle de bains, mais le refus de la jeune fille semblait ne pas beaucoup tenir de compte de son opinion. Elle affichait une indifférence totale à son encontre, opposait un silence frôlant la grossièreté à ses politesses prudentes, d'ailleurs à Louvain de même, après avoir là-bas marqué à sa vue un étonnement sensible, mais bref.

C'était donc dans le silence qu'ils attendaient. S'il savait quoi, elle non. Mais tant que rien n'était dénoué, il n'avait pas l'intention de lui donner des éclaircissements, qu'elle ne demandait d'ailleurs pas. Elle ne croisait pas son regard, exclusivement appliqué à son examen des lieux, aussi inquisiteur que d'un huissier de justice. Il se demandait si elle le feignait par une volonté peu commune de se tenir hors d'atteinte, ou bien parce qu'elle y cherchait une réponse personnelle à sa libération du matin. Les deux, peut-être. Bien trop soucieux de la suite, il respectait ce quant-à-soi, commode en la circonstance. Au moins, elle avait l'air d'aller mieux, de tenir le choc. Pas pris de thé ; lui non plus. Lohse n'avait pas de succès. Mieux valait tabler qu'il en aurait davantage avec ses correspondants, derrière la cloison. De ces situations que Louvain détestait avoir à gérer, il n'en tenait pas de bout en bout les données. Une mission douteuse dans laquelle il s'était fourré à son corps défendant, par nécessité, mais à chaque étape sur le fil du rasoir, et en dépendait tant que c'était à se cogner la tête aux murs. Elle pouvait bien mener son inspection : lui ficher la paix en ce moment était la meilleure des choses. Malgré tout, il la tenait à l'œil, on ne sait jamais. Une fille pareille est capable de tout, de saccager brusquement le petit salon de notre ami l'encadreur, de piquer une crise de nerfs, de tourner de l'œil ou de se précipiter à la fenêtre et de hurler au secours. Il l'avait vue à l'œuvre, du cran à revendre, des réflexes de judoka. Son séjour l'avait pourtant éprouvée ; il s'empêchait d'y penser. Pas le moment de tomber dans ces considérations. Pourtant il voyait à son visage les stigmates de quelque chose qui le remuait. On a beau n'avoir connu les gens que brièvement, et nuitamment, un tel changement frappe l'imagination, ce qu'elle représente est effrayant. Non qu'il eût tellement varié, visage étroit et pommettes hautes, les traits nets, mais une qualité diaphane de la peau, comme altérée et tirée vers l'intérieur à la recherche d'une substance, que le manque de nourriture a confisquée. Certes. Mais il s'agit moins de maigreur, qui émacie tout malade affamé par sa fièvre, que d'un empiètement majeur du principe corporel ; sa masse et son modelé charnel modifiés par une atteinte mentale, dont l'empreinte au corps se communique. A la face surtout. Plus que la fatigue physique, l'immense fatigue morale qui corrode les nerfs et consume la chair, de sang mauvais l'asphyxie. Mais plus encore que cette fatigue, celle d'y résister sans secours, sans échéance connue, soumise à ce qui étroitement l'environne et la réduit à des enceintes si limitées qu'elle ne sait plus à quoi s'exercer. Le fardeau d'angoisse, l'affliction constante diminue ce retranchement et il ne reste que la fatigue sans objet, le corps malléable livré à son délabrement, à l'accoutumance non consentie aux insultes et offenses, aux plaisanteries abjectes ou aux coups, leur blessure avivée du sel des humiliations… Elle est fatiguée, pensa Louvain, la gorge serrée de résumer ainsi son diagnostic, furieux du temps qui passait, de ce tête-à-tête intenable. De se laisser amoindrir par la vue de ce visage qui ne lui demandait rien, même pas un regard. Elle consacrait le sien à une tâche d'importance, un regard transperçant, qui ne faiblissait pas. De ceux qui ont prélevé leur acuité sur la nuit noire, dans le prompt dévoilement de la mort, il ne pouvait faillir à le comprendre. Le comprenait et s'interdisait d'en tenir compte, averti du danger d'avoir à le comprendre maintenant. Sa patience à elle était infiniment plus grande que la sienne, et défiait tout calcul. Elle avait dû apprendre à attendre.

Il avait retrouvé Bruno Lohse comme convenu devant le camp d'Oranienburg à sept heures, ce dimanche matin. A l'instant où son taxi le déposait, celui-ci garait sa voiture, ponctuel, au moins cette vertu. Cette ville à trente kilomètres de Berlin, reliée par une ligne d'omnibus, était en plat pays de sables planté de pins, un bourg industrieux de fabriques et d'ateliers entre le canal et les bords de la Havel, dominé par l'énorme château de plaisance des Hohenzollern, un vestige baroque. Rien n'indiquait dans la ville la direction du camp, aucun panneau. Il était pourtant non loin du centre, sur la chaussée de Berlin, et son apparence sous le ciel gris avait tous les dehors d'une usine. Sa façade et la haute cheminée évoquaient l'ancienne brasserie qu'elle avait été, transformée en fonderie et ateliers de matériel électrique, n'était qu'y était accroché un écriteau de bois peint : camp d'Oranienburg de la 208e *Standarte* ; à son fronton, planté un drapeau nazi, quelque peu défraîchi par les intempéries. Comme ils se saluaient, sobrement, sortait une cohorte de prisonniers dépenaillés et frileux, pas de repos dominical. En équipes de vingt ou trente encadrées de gardes SA, ils partaient vers quelque chantier, sur le canal ou dans la zone forestière, un piétinement au pas militaire que les galoches faisaient sonner, et pas un ne se retournait. D'ailleurs les rares passants matinaux non plus : d'évidence, leur départ était moins qu'un événement, le camp de détention faisait partie du paysage. Par le portail grand ouvert, Louvain avait entrevu une immense cour pavée bordée de baraques, au fond l'entrée d'une sorte de goulot entre de hauts murs conduisant vers quelque cour arrière, et là-dedans, encore dans l'alignement de l'appel, la foule des détenus immobiles dans le vent glacé, en attente du signal de départ sous la menace d'un fusil-mitrailleur, un seul, posté au bord d'un toit.

Devant le camp, une cahute servait de sas, local réservé au commandement de garde et à ses hommes, première étape. Une sorte de bureau crasseux, où étaient entassés un nombre incalculable de courriers et de colis en souffrance, des tas effondrés à même le plancher attendant le tri et la censure, ajournés d'évidence. Et là trônait un certain Ewe, l'air de la brute épaisse qu'il était, aviné de la veille ou déjà imbibé du matin, sa face mal rasée, l'œil injecté et la peau blême des alcooliques, en soi une caricature de soudard qui augurait mal : il était de mauvais poil. Il insultait les jeunes recrues SA, trop nombreuses dans ce poste exigu, n'en finissait pas de donner ordres et contrordres, quant aux courriers, quant aux visites, suppression des visites, suspendues trois semaines, exception pour les salauds des länder de l'Anhalt, de Rathenow et du Mecklembourg. Contrordre : punition pour ceux de l'Anhalt. Insubordination, rébellion : une couverture disparue, un salut imparfait, un regard de trop. Il crachait par côté, manquait le pot. Inspection du matériel, ce soir à l'appel : vaisselle, gobelets, effets. Un tour de Biribi pour les coupables ; ivre de ses éructations, et perdant le fil. Lohse patientait, sourd aux bordées d'injures, le regard perdu, Louvain se calquait sur lui. Un subalterne, ou alors un supérieur, mais son attitude variait de la servilité à des protestations obscures contre les aboiements de l'autre, dénommé Stahlkopf, entrait et sortait sans raison. Ils avaient passé là plus d'un quart d'heure sans que quiconque s'occupe d'eux, pendant quoi les détenus sortaient, leur troupeau ininterrompu, mais cela n'allait pas assez vite, Ewe décidait d'aller leur dégourdir les jambes. Il distribuait des coups de *Gummi*, la matraque en caoutchouc balancée sur les têtes au hasard, du haut de ses deux marches impériales, un exercice de santé. Ayant enfin réglé les affaires courantes, il s'avisait des visiteurs. Qu'il tenait debout devant son bureau, sa table de bois blanc plus étroite qu'un bureau d'écolier, rogue et suspicieux. Des délégations, des plaideurs, des interventions de familles, quémandeurs, il en recevait tous les jours, il en tenait la liste dans le cahier graisseux qu'il tirait du tiroir, pour bien repérer ceux qu'on prétendait soutenir du dehors, nom et qualité, adresse, les cochons du SPD surtout ; les communistes, pas si bêtes, coopératifs au-dedans. Entre eux, c'était facile d'entretenir la zizanie, faveurs et délations. Vous parlez au *Sturmführer* Ewe, papiers ! De papiers, Lohse n'avait pas l'air de daigner en sortir. Il demandait à être reçu par le commandant Schäfer en personne. Il posait sur la table une feuille pliée en quatre, qu'Ewe repoussa du dos de la main, s'avachissant des coudes.

— Papiers, rugit-il.

— Vous avez tort, objecta Lohse posément, de ne pas jeter un coup d'œil à ce document. Il pourrait vous en cuire. Au commandant Schäfer aussi, de ne pas en prendre connaissance.

Le *Sturmführer* fronça le sourcil, pris de court devant tant d'audace et par curiosité déplia la feuille, déchiffra lentement, la déchira tranquillement en deux.

— Ce n'est rien. Ce n'est qu'une copie, heureusement pour vous : j'ai l'original sur moi. Son double est chez le ministre Göring.

Débonnaire, Lohse sortait de son portefeuille et tenait à deux doigts ledit document.

— Le ministre vient aussi de signer le décret qui attribue l'administration du camp à l'IKL des SS. D'ici une semaine. Monsieur Ewe, soyez raisonnable. Votre pension d'officier retraité n'est pas lourde. Votre solde ici non plus. Vous n'avez pas envie de retourner à Ketschendorf ?… Vous voyez que je suis compréhensif.

Ewe commençait à comprendre quelque chose qui l'ébranlait. Le bruit courait, il était arrivé jusqu'ici, et ici il n'y avait que des SA qui, même jusqu'à la dernière abrutie des sentinelles, s'inquiétaient du remaniement.

— Je ne saurais trop vous conseiller également de soigner un peu votre tenue. Boutonnez-vous. La braguette. Changez de chemise. C'est dégoûtant. Vous êtes indigne de servir notre Führer en cet état. *Heil Hitler !*

Cette fois, dompté. Debout et saluant. Dans ce discours châtié, plein de menaces glacées, le *Sturmführer* entendait le langage d'une autorité qui n'était pas de son espèce. Il chiffonna la feuille qu'il avait déchirée, la jeta par terre et tendit la main vers l'exemplaire de Lohse.

— Faites voir.

— Non. Vous allez porter à Schäfer le torchon qui est en votre possession. Nous attendons.

Louvain admirait la scène en amateur. Comique troupier, l'autre ramassait le papier bouchonné et le lissait sur sa table. S'il avait pu exploser, il aurait crevé de sa rage, mais il se contenait. Il hélait un des garçons qui se tenait prudemment à l'écart, un de ces paysans illettrés, de ces chômeurs qu'on recrutait à présent à tour de bras, appâtés par l'uniforme et la gaieté des rafles punitives. Il le chargeait de faire l'estafette. Le chargerait aussi s'il y avait du grabuge, lui mettrait sur le dos la détérioration du papier. En sus, le commandant n'aimait pas qu'on le dérange durant son café… Ils attendirent. Pas très longtemps, cette fois, Ewe les escorta jusqu'au bâtiment dans la cour. Le froid de la nuit avait gelé le sol, une patinoire. Un groupe de détenus, en veste de drap par cette température, transportait des pavés d'un bout à l'autre, en équilibre sur ces planches portées à l'épaule, d'autres à quatre pattes sarclaient d'hypothétiques mauvaises herbes entre les pavés, avec des morceaux de verre ou des bouts de bois, rééducation par le travail. Avec le *Sturmbannführer*, cela fut plus simple. Brutalement arraché à sa lecture du *Märkisches Tageblatt*, le canard du coin, un monument de la *Kultur* du Troisième Reich, Schäfer avait tout de suite compris que ces messieurs matinaux ne plaisantaient pas.

— L'administration laisse à désirer, constatait Lohse d'un air navré. Vous êtes pourtant là depuis l'ouverture du camp… Cet Ewe, rétention systématique d'ordres d'élargissement, la police croule sous les vérifications, les autorités se plaignent. Voyez ce qu'il a fait de la lettre du ministre… Mieux vaudrait que Hermann Göring n'en soit pas informé.

Le commandant prenait la lettre du ministre, l'original ; s'excusait de la réception. Une garnison d'une petite centaine d'hommes pour garder plus de mille cinq cents détenus, difficile de maintenir une discipline parfaite. D'autant que le quartier des femmes, une annexe, mobilisait une partie de l'effectif. Bientôt supprimé : déportées dans d'autres camps plus spacieux. D'autant que les travaux allaient commencer de l'agrandissement du camp, un projet de trois cents hectares, dix fois plus que l'actuel, des blocs en nombre et un dispositif de surveillance très performant, triangulaire, qui allait économiser du personnel… Les vieilles caves de la brasserie n'y suffisaient plus pour les dortoirs. Dans cet entassement des châlits, on ne pouvait pas tout contrôler. Schäfer jouait l'administrateur accablé, Lohse compatissait avec hauteur. Louvain endurait les préliminaires et les doléances. Ces deux fantoches en train de se jouer la scène du trois, montés sur leurs ergots, *comediante*. Cabotinage de clowns pénibles. Il fit un signe agacé à Lohse. Jusque-là, il n'avait pas bronché, son silence, sa neutralité plus efficaces pour laisser le doute sur son identité. Eût-il ouvert la bouche, que son accent le trahissait. Son manteau noir ceinturé, son feutre sur le front valait tous les uniformes. Lohse le savait, admettait qu'il jouât le rôle du témoin inquiétant, dont l'anonymat servait son jeu.

— Libération immédiate, laissait-il tomber, mettant fin au zèle du commandant.

On alla chercher la détenue quelque part assez loin, cela prit encore du temps, pendant quoi Schäfer précisait que l'ordre d'internement provenait de la Gestapo elle-même, qu'il n'était pas responsable des erreurs, il prenait ce qu'on lui envoyait. Certes, il ne mettait personne en cause, cependant… Sentant le sujet périlleux, il digressait, faisait l'éloge d'Oranienburg, une ville charmante. L'été, les berges de la Havel, près des bains publics, attiraient la jeunesse de Berlin qui venait s'y ébattre, et les citadins déjeuner dans les petits restaurants, flâner dans le parc du château. Cependant, la population montrait des signes déplaisants. Par exemple, lors des dernières élections, un groupe de députés avait été désigné de corvée pour décoller les affiches en ville, une annonce passée dans le journal invitant les habitants à venir moquer les forçats, armés de brosses, échelles et seaux. Ebert tondu, un toupet laissé en haut du crâne ; et Heilmann, Künstler, moustache rasée d'un seul côté ; et Seger, tous élus du Reichstag. Aussi des membres du Conseil d'Etat ; l'ancien député communiste Hörnicke-Zerbst, et Schulze, celui d'Oranienburg même. Toute cette racaille promenée par les rues. Eh bien, la place de l'Hôtel-de-Ville : déserte ! Pas un badaud, et même des scènes de fraternisation, des biscuits offerts ! Nos ennemis sont partout. Jusque dans nos rangs, peut-être... Tu parles d'or, mon mignon, tu sens le vent tourner, Lohse opinait, bienveillant. Une femme avait amené Mlle Galay. Traitement d'exception, exemptée de travail forcé. Juste quelques corvées, spécifiait Schäfer qui ne regardait pas la détenue, qui ne regardait personne. A peine un cillement en découvrant l'homme du train Vienne-Berlin, paupières aussitôt tombées. Le commandant signait l'ordre d'élargissement. Tamponnait, soufflait sur l'encre.

Dans la voiture de Lohse, Camille n'avait pas ouvert la bouche, assise à l'arrière, un maigre baluchon sur ses genoux. Louvain ne se retournait pas. Il sentait, Lohse devait la sentir aussi, l'odeur fétide de ses vêtements, de son corps, une odeur insidieuse de saleté, rance, de souillures diverses dont le mélange s'exhalait dans l'habitacle et, en dépit du froid, Lohse avait baissé sa vitre, un geste pour lequel Louvain l'aurait rossé. Mais on n'insulte pas l'avenir. Il n'était pas mécontent des vomissures qui avaient éclaboussé sa cuisine. Qu'il baisse sa vitre. Il surgissait enfin de son bureau. A sa tête, Louvain vit aussitôt qu'il avait obtenu satisfaction des douanes, de sa banque helvète, de son coffre à code chiffré.

— M. Patient a été parfait. Remerciez-le de ma part.

Ensuite, des formalités. Vous avez vingt-quatre heures pour quitter l'Allemagne. Voici le laissez-passer, voici les billets d'avion. Nous offrons le voyage du retour. Bon voyage, mademoiselle. Mademoiselle ne daignait pas remercier. Louvain l'empoignait au coude, sentait qu'elle flanchait sur ses jambes. Je vous appelle un taxi. Attention dans l'escalier, les marches sont traîtres. Je vous en prie. Il s'effaçait, téléphonait, monsieur bons offices, hochait d'un air encourageant vers Louvain : dans cinq minutes.

A l'hôtel *Kaiserhof*, les larbins affectèrent de ne pas remarquer la pauvresse en loques que ce monsieur élégant ramassait, les clients sont rois, ils ont de ces fantaisies, on en voit de toutes les couleurs. Ces messieurs de l'aristocratie SS qui prennent leurs quartiers ici, dès qu'Hitler occupe sa suite, n'auraient peut-être pas toléré mais, ces jours-ci, le Führer était à Munich. Descendre au même hôtel que lui, Julia ne manque pas de culot... Sa chambre était dans un ordre parfait, y flottait son parfum, *L'Origan* de Coty, luxe et volupté. Nous avons moins d'une heure, décrétait Louvain, dépêchons-nous, s'il vous plaît. D'autorité, il faisait couler un bain, fouillait dans la penderie, en tirait une brassée de vêtements sur les cintres et les jetait sur le lit :

— Choisissez là-dedans.

Cette fois, elle flanchait pour de bon. Parvenue là, il semblait que s'effondrait quelque chose de son système, un échafaudage de bâtis et prothèses soudain désarticulé. Quelque part une alèse, une cheville lâche et de proche en proche tout l'assemblage se disloque. C'était construit au mépris de toutes les règles d'équilibre et de symétrie, une improvisation d'urgence sans équerre ni compas, des madriers sur des allumettes. D'une intelligence supérieure cependant, ajustée à la nécessité, d'une logique parfaite, et l'on peut voir les enfants édifier de ces chimères hétéroclites promises à la ruine, mais le temps qu'elles tiennent d'une beauté déchirante, plus frêles sous le ciel que le plus indigne insecte, et que nous prédisions son effondrement ne nous donne pas raison sur leur science, ne nous fait pas accéder à leur connaissance ; au contraire navre et désespère de l'offense à leur génie. Ce que Camille avait conçu à Oranienburg ne rompait ni ne s'anéantissait, c'était seulement devenu inutile à l'instant où elle en sortait, si approprié, si subtil qu'elle ne pouvait plus l'adapter au scandale de cette chambre de grand hôtel, un monstre au regard du lieu qu'elle quittait. S'y trouver transplantée en une heure abattait l'effort immense et le rendait vain. Sa perte seule, la confiscation suffocante de son objet en abattait jusqu'aux fondements et il vit le moment où elle tombait, elle tombait. Il l'emporta dans la salle de bains, aussi légère qu'un enfant, la déshabilla en improvisant avec brusquerie les gestes maternels qu'il ne saurait jamais avoir, sans perdre la tête calculait le temps imparti. Ce qu'elle ne pouvait accomplir, il le ferait pour elle. Il lavait son corps, ses cheveux, faisait mousser le shampoing, sans une pensée dissidente ou un sentiment pour sa nudité constatait les marbrures violacées, les éraflures vilaines, mais la peau se répare, mieux que ne cicatrise l'injure mentale. Elle peut vous laisser à la lèvre une entaille, dont le charme peut paraître à tout un, l'accident intérieur est sans guérison. Elle se laissait faire, d'une docilité totale, la chaleur de l'eau et le parfum du savon produisaient le choc bénéfique qui annihilait sa résistance, puis le peignoir de bain moelleux, sa tête enturbannée d'une serviette éponge, déjà en cet état, métamorphosée. Ensuite, somnambule, elle enfilait un fourreau de satin luxueux sur ses maigres épaules, un tailleur trop large, et des bottines fourrées, sa pointure par chance, tandis qu'il roulait en boule les effets puants, tout cela sans qu'un mot fût prononcé, ce silence entre eux le meilleur rempart et garant de la rapidité à laquelle ils étaient tenus à présent.

Mais au moment où il jetait les hardes du camp, elle les lui arracha, d'une force qu'il avait oubliée depuis leur rencontre dans le train. Elle fouillait là-dedans telle une mendiante affolée, en tirait son pull-over. S'il avait pu être naguère la prouesse d'une tricoteuse irlandaise, il était rendu à la loque et souillé d'immondes salissures, irrécupérable, mais elle le retournait et tirait des doigts fébriles parmi ses mailles, s'acharnait des dents à rompre les fils de laine, mordant là-dedans comme si elle le dévorait, prise d'une rage muette. Interdit par cette fringale contre nature, convaincu d'un acte dément, il n'osait intervenir. Mais elle dégageait enfin ce qu'elle y cherchait, son opiniâtreté avait un but. Elle enfilait à son petit doigt une bague, un anneau à fleur bleue, dérisoire bijou enfantin, trois francs six sous. Elle éclatait en sanglots. Le buste ployé par la violence de l'accès, tombée assise sur le lit, plongée sur ses genoux elle se laissait aller aux secousses de ses sanglots, si proches du rire qu'il restait désemparé. Au spectacle de certains chagrins, l'obscénité de leur comique sidère. Que faire, de quels mots consoler un tel désespoir ? Mais elle se redressait, le visage ruisselant de larmes. Elle pleurait et elle riait, entre les deux il ne savait plus où pencher, elle non plus visiblement, cela lui donnait une expression de si grand désarroi, de triomphe ou de détresse, qu'il en fut bouleversé.

— Partons, partons, disait-elle, entre les derniers hoquets.

Maintenant debout, et prête. Maintenant d'aplomb, et souriant presque, déjà sur ses épaules un vaste manteau en poils de lapin, une fantaisie de sa propriétaire qui achevait de l'affubler, mais elle n'en avait cure. En hâte, il entassait en vrac les effets de Julia dans sa valise, une énorme malle de cuir, elle le regardait faire, reniflant encore. Il lui tendit son mouchoir.

— Pardonnez-moi, je suis si contente…

Contente ! Le mot le laissa pantois. Mais, depuis une heure, il fallait passer par tant d'incongruités, qu'il n'était plus à une près. Il paya la suite de Julia, note de frais faramineuse, la Gomme apprécierait. Il laissa le bagage de Miss Brighten à la consigne, à destination de Bucarest où la cliente l'attendrait, gratifia le préposé d'un pourboire royal ; sortit de l'hôtel, Camille à son bras. Le portier hélait une voiture et c'était rapide, expéditif, il donnait l'ordre au chauffeur, tandis qu'elle s'engouffrait sur le siège. Dans l'avenue déserte, la vieille chancellerie dormait, des employés dégageaient les câbles électriques du tramway de leurs pendeloques. La rare circulation dominicale était ralentie par le verglas, une lenteur qui donnait au paysage urbain une apparence onirique, aux magasins fermés une allure fantomatique, mais il n'était pas temps de rêver. Louvain consultait sa montre et pressait le taxi. Deux ou trois fois, il se retourna vers l'arrière, personne sur leurs traces, rasséréné : sa confiance en cette crapule de haute volée était très limitée… On passa devant la gare sans ralentir et bientôt filait le paysage de faubourg, derrière les vitres voilées de givre il semblait un lavis bleuâtre où fondaient les maisons et les arbres sans cesse renouvelés, nous allons à l'aérodrome de Potsdam, consentit-il enfin à préciser. Lohse pouvait offrir des viennoiseries et des billets d'avion, départ à l'aéroport de Tempelhof à midi, il ne décidait plus du transport, il ne décidait plus de rien. Il avait à nettoyer sa cuisine, avant de s'abîmer en contemplation du dessin de Picasso sur son chevalet, sa propriété, sa dîme. Aux abords de l'aérodrome, le taxi se perdit un peu, et Louvain jurait entre ses dents, mais finalement c'était une course rapide, à l'horloge du bâtiment onze heures pile, et au bar de l'aéro-club attendait Gérard Vilmorin, un as, technicien chez Potez, formé à son usine Anzani de Courbevoie. Avec lui, Louvain avait eu pas mal d'heures de vol. Celui-ci avait décollé de l'AC de Bourg-en-Bresse ce matin aux aurores, avec son permis de vol délivré par courrier exprès hier soir, les services de l'aéropostale fonctionnent, et ceux de la Gomme aussi, le bonheur de l'administration française : Schäfer, viens faire un stage chez nous, sinon ça va barder pour ton matricule. Deux SA somnolaient, et le garçon du bar avait même bonne bouille. Au contrôleur de vols, Louvain présenta le laissez-passer, le tampon ministériel lui en imposait : il y mit le sien avec un zeste de vanité satisfaite, il n'avait pas cet honneur tous les dimanches matin. Derrière la baie, Louvain voyait le hangar devant lequel était garé le F-PEVA, un bimoteur trapu, la crème des avions de tourisme, son fuselage métallique luisait dans la grisaille, son profil se détachait net sur les brumes du terrain plat, horizon noyé de tristesse hivernale. Louvain commanda une thermos de café et des sandwichs, au jambon à l'os et au blanc de poulet, allez-y doucement, conseilla-t-il. Camille y alla doucement. Elle s'était éloignée des deux hommes, assise à une table seule grignotait avec application, qu'elle tienne encore un peu le coup, et tout ira bien. Mais depuis qu'elle avait enfilé sa bague magique, on eût dit qu'elle avait pris des vitamines, fumé de l'opium, reniflé de l'éther, elle planait dans une espèce d'euphorie bienveillante qu'il surveillait du coin de l'œil, inquiet. C'est un biplace, disait Vilmorin, mais la soute à bagages est spacieuse, et la fille un poids plume. Si l'on peut dire, admit Louvain *in petto*, mais ce colis-là, vous n'imaginez pas son prix, ça se passe à des altitudes que vous n'avez jamais atteintes ; ni de quoi dépend son rapatriement, ni des conséquences. Une jubilation commençait à lui fourmiller dans le corps, l'effet du dégel, mais il la réfrénait, tant qu'on ne serait pas là-haut, tant qu'on n'aurait pas passé la frontière... C'est quand vous voulez, disait le pilote, j'ai fait le plein, ça gaze, vaut mieux ne pas tarder, vu le plan de vol. Il s'éclipsa vers le hangar. Louvain rejoignit la jeune fille, histoire de l'arracher en douceur à sa dégustation du sandwich.

— Je ne veux pas rentrer, dit-elle posément et elle plantait son regard enfin, il le croisait vraiment comme il l'avait croisé pour la première fois dans les toilettes du train.

Elle ne voulait pas rentrer. Il avait besoin de se le répéter pour l'entendre. Il se demanda encore une fois si, d'être passée là où elle était passée, les petites corvées dont parlait Schäfer, les horions et la schlague ne lui avaient pas dérangé le cerveau. Pourtant clair regard et droit, mendiant une chose dont la véhémence aurait dû lui faire baisser le sien.

— Je ne veux pas les revoir, personne. Monsieur Louvain, commerçant en secrets industriels, vous êtes le filleul de Dora Gombrowicz, l'amie de ma mère. Vous les connaissez, et je ne sais qui encore. Vous avez l'air de connaître beaucoup de monde. Je ne sais qui vous envoie, à qui vous me conduisez, mais je ne suis pas votre chose. Je ne suis la chose de personne. Je n'ai pas été leur chose. Je m'appartiens. Je suis libre.

C'était un petit cri, étranglé de colère et de peur, mais elle ne tombait pas, elle ne pleurait pas.

— Tout à fait. Je comprends, temporisa-t-il, assez effrayé, mais il comprenait. Comme se déchire la pensée parfois, à la vue d'une branche de lilas ou d'une goutte d'eau, d'un souffle ouverte à la conscience, la chance donnée d'entrevoir comment la vie porte en elle un message devant quoi échouent les mots, les plus exacts et brutaux, les plus douloureux.

— Cependant Vilmorin n'attend pas. Moi non plus. Je vous ramène à Paris, et là, je vous assure que rien de cela ne me regarde plus. Vous ferez ce que vous voudrez. Vous êtes libre...

Même la porte ouverte d'Oranienburg n'était pas tout à fait cela, la liberté ne passe pas exactement par ce genre d'huis.

— Conduisez-moi n'importe où. Pas à Paris. Je ne sais où aller, murmura-t-elle, je ne sais où aller...

Il la prit dans ses bras, c'était un geste pauvre, dont l'enveloppement lui était inconnu, mais elle y cédait et il sentit dans son cou la chaleur et le poids de son front, l'odeur enivrante du shampoing dans ses cheveux, dans son ignorance et son désarroi n'avait à offrir que l'appui faible de son épaule, ne s'entendant à rien il cherchait une issue, et il la trouva. Ou plutôt elle se présenta, comme les plongeurs immergés en eau profonde ayant épuisé leur ressource d'air, les poumons incendiés par l'asphyxie, s'élancent désespérément et déchirent la surface à l'air allègre.

— Nous n'allons pas à Paris. C'est entendu. Nous allons à Avignon.

Avignon est n'importe où, Avignon lui convenait. Désormais, elle pliait bagage, ils ramassaient les restes du sandwich et la thermos, et raflaient aussi le pot de sucres. Vilmorin patientait à son poste de pilotage, l'hélice tournait, il tendait des blousons et des casques de cuir, des couvertures pour la passagère, sur le marchepied enlevée et casée dans la soute derrière les sièges, et déjà le bimoteur roulait sur la piste, prenait de la vitesse, décollait en beauté tous moteurs emballés, une sensation si allègre que c'était comme crever la surface de l'eau, les poumons incendiés, vraiment s'enlever comme l'oiseau de feu qui monte au ciel du matin crier la liesse de vivre, d'une branche de lilas entrevue, d'une goutte d'eau. Camille dormait sous les couvertures avant qu'ils n'aient atteint l'altitude de plafond, trois mille mètres au-dessus des brouillards et des nuages, bleu céleste, et la vitesse de croisière, trois cents kilomètres à l'heure, le cap plein sud, Avignon-Pujaud, Vilmorin voulait bien : il avait le réservoir plein et des potes à l'aéro-club du Vaucluse.

XX

Qui en ce soir d'hiver fend du bois derrière la maison, dont les coups retentissent ? Chacun porte son battant lourd que le suivant prolonge, le perd dans les murs et cloisons, amplifie les charpentes et pulse tel un cœur lent, ou le glas. Le bruit en venait et dans l'écoute mutuelle ils s'absorbaient à l'entendre, de tout leur corps fatigué, et de l'esprit, dans le registre de la mémoire aussi, chaque coup d'abord sec et tranché, puis rehaussé de son écho, à quoi s'accorde le mouvement d'un bras lent levé, qui s'abat et aux reins reprend son élan, s'abat et recommence, entre-temps les ondes tuantes se propagent et ils se taisent. Ils se taisaient, debout au milieu du salon, le son avait surgi dans le silence. Malgré son intensité, impossible à localiser, quelque part derrière la maison, vers l'écurie ou un hangar, peut-être le verger ? Même à connaître le domaine et sa disposition, l'envergure d'espace, il leur semblait qu'il venait d'ailleurs, plus bas sous la colline, des bois noirs qu'ensevelit la nuit, de plus loin encore, extérieur mais imputé à une source intérieure, noble et grave, effrayant motif sonore dont la connaissance suscite un sens nouveau ajouté aux autres et donnant accès à son existence inaudible. La mort marche, elle est enfant des ténèbres.

Pierre et Gabrielle se tenaient au milieu du salon du Mesnil, toutes choses accomplies comme elles devaient l'être. Ils avaient fait ce qu'ils avaient promis de longtemps à Jürgen Zeisser et qui se réalisait : accueillir au Mesnil les fugitifs étrangers, arrivés ensemble presque, elle d'abord avec Mme Harbayer et les enfants, puis lui, Sigmund Harbayer, que son guide accompagnait en taxi de la gare de Lyon, sitôt reparti par la même voiture sans en descendre, abrupt et taciturne, mais qui avait envie de poser des questions ? Cela s'achevait là, le long périple de leur fuite, il y aurait un temps pour que les mots éclairent là-dessus. De leurs retrouvailles, leurs hôtes avaient respecté leur droit qu'elles fussent sans témoin, sitôt conduits à leur appartement de l'étage et livrés à eux-mêmes ; Mauranne leur monterait des plateaux plus tard, plus tard ils descendraient peut-être, ou non. Ce qui avait lieu là-haut ne concernait qu'eux, et pour un meilleur accueil au Mesnil il serait temps ce soir, demain.

Maintenant Pierre et Gabrielle retrouvaient dans le silence, porte close sur ce qu'ils avaient à se dire qui ne concernait qu'eux, eux aussi le droit que cela fût sans témoin. Mais d'abord s'étaient pris dans les bras, embrassés d'une étreinte qui chassait les paroles, et même les regards. A cette phase impossible de se regarder aux yeux comme si seul et sans comparaison l'encorbellement du corps pouvait panser et pardonner, dans ces premières secondes de réciprocité violente faire que la chair épouse de nouveau et capitule dans une compassion et tendresse sans pareilles, rétablisse l'abondance de l'amour, sa munificence et sa joie perdues, ces secondes interdisent le regard et les mots impudiques. Un homme, une femme. S'ils avaient été séparés, en actes et en pensée, de cette césure seul le corps, son étreinte, peut réparer le dommage... Gabrielle était encore en vêtements de voyage, ses chaussures ramenaient la boue de chemins inconnus et la fatigue d'une marche qu'aucune canne ne soulage, elle avait dans ses linges les odeurs de tourbe et de moisissure qu'on ne sent qu'aux maisons d'un bout du monde imaginaire. Elle fléchissait dans les bras de Pierre, ou il fléchissait sous son étreinte, de même qu'ils s'étaient si sauvagement enlacés au moment du départ en cet août de guerre. Ce soir non de séparation mais d'être ensemble et rejoints, oh pardon mendiait-elle. Que dans tes oraisons tous mes péchés aient souvenance et la peine que je te fais ne t'offense, que l'amour me pardonne d'être partie sans rien dire d'où j'allais, où je ne veux pas que tu ailles, jamais plus, où je ne suis plus assez forte pour te laisser partir sans mourir encore de te perdre. J'ai préféré partir que d'avoir à souffrir ton absence et craindre son danger, j'ai menti et trahi la confiance, en cela injurié ta force et ratifié ce que la guerre a fait de nous. Ce qu'elle a fait de toi et de moi, disait Pierre, ne peut s'injurier si nous nous aimons. Ce qu'a fait de moi la Birmanie, ce que j'ai rencontré là-bas et enfoui dans une sacoche d'épouvante pour honteusement l'oublier, tu me l'as rendu et rétabli parmi les vivants en paraissant un soir. Tu m'as tendu dans la bibliothèque les poèmes de Hongrie que je voulais oublier, et ainsi rappelé au souvenir de ce que je devais faire. Tu es venue me chercher à la Croix-Vilain, me prendre d'entre les morts pour me rétablir parmi les vivants, et Lazare peut-il vivre encore ? Peut-il se lever et marcher encore, agir, vouloir, être un homme parmi les hommes ? Je le crois parce que l'autre soir je suis devenu fou de ton absence, fou de ta disparition sur le trottoir du boulevard où il pleut comme il n'a jamais plu dans ma vie, une pluie neuve que je n'ai jamais connue, si neuve que je ris de joie et de douleur de l'apprendre, et si Meyer me dit au retour que tu es partie faire à ma place ce que tu ne veux pas que je fasse, malgré toi je marche, sans canne je marche avec toi vite et bien pour que tu reviennes me dire la nouvelle de l'amour. Je peux avoir traversé le cadavre et du linceul me défaire, et retrouver les gestes d'amour d'avant la mort, avancer dans la vie avec des bras d'accueil, partir avec toi chercher dans les forêts des Fagnes une femme et ses enfants. Je peux être l'amant et l'époux, avec toi aventurer les jours qui nous restent, être le père de nos enfants et vouloir avec eux leur demain. Je le peux puisque tu es là, et je peux savoir ce que, savant, la science impose à ma liberté. Il faut désormais que tu le croies avec moi, avec courage et bonté, avec pitié pour la vie. Assez pour que je puisse partir où tu ne veux pas que j'aille et tenir les promesses que nous faisons ensemble, tenir celle que tu fais en venant me chercher aux enfers. Alors le glas peut bien sonner dans les plafonds. Nous pouvons entendre son écho emplir la maison, il ne nous avertit de rien, nous savons que nous mourrons. Nous savons que ce bruit est celui d'un homme qui fend du bois ce soir d'hiver, un homme de chez nous vivant parmi les vivants, et nous ferons des flambées de ce bois-là, viens mon amour. Gabrielle viens, chauffons nos mains à ce feu, tes souliers sont trempés, tu as eu froid et peur, tu trembles, tu rentres chez nous, je t'aime. Cela pouvait se dire debout enlacés, cela pouvait s'entendre, et aussi ce que Gabrielle taisait. Elle ne dirait pas à Pierre, par courage et bonté, par pitié pour la vie, ce qu'elle avait trouvé sur l'autre rive, au bout de la nuit quel revenant du passé avait pu se dresser devant elle dans la maison des Fagnes, pas plus qu'on ne dit au matin certains cauchemars enfouis aux compartiments les plus affreux de l'âme, aucun mot sur eux ne peut être porté, non qu'ils soient si privés et monstrueux, mais parce qu'ils sont au contraire les plus en partage, les plus nécessaires, enfants des ténèbres.

En ce jour de mars battu par les giboulées, le cimetière de Montparnasse présentait une animation exceptionnelle, de celles qui accompagnent les obsèques d'une célébrité. Les curieux se bousculaient, montaient sur les tombes, renversaient croix et pots de fleurs pour se hausser, voir qui photographiaient les journalistes : c'étaient eux l'événement, non la personne qu'on inhumait, un obscur libraire du quartier. A la chapelle Notre-Dame-des-Anges, le convoi intriguait déjà, croulant sous les gerbes, mais surtout l'agitation des reporters : s'ils étaient là, c'était donc une affaire ? Mais les personnalités ne disaient rien aux badauds, la renommée des écrivains n'égale pas celle des artistes du sport ou du music-hall, sans comparaison avec une actrice de cinéma, ou avec le roi des Belges, dont les funérailles avaient eu un retentissement sensationnel dans la presse. Au fond, c'était décevant. Seul Jean Marais captivait l'attention, sa beauté fascinante et son jeune succès, le frisson de scandale autour de lui, inséparable du grand poète Cocteau, présent parmi l'assistance. Surtout faisait sensation le griffon qu'il tenait sous son bras, une peluche ravissante. Hormis eux, comment distinguer des voisins du quartier, commerçants et artisans, le pharmacien, la crémière, les intellectuels, romanciers et poètes présents à la cérémonie ? Pourtant, parmi ceux-là, certains fréquentaient déjà la librairie du temps de son fondateur, le père Brasier. Un modeste papetier de qui l'épouse, férue de romans populaires, avait constitué le premier rayon d'ouvrages pour dames et invité des auteurs, Georges Ohnet, Gyp ou Marguerite Audoux à présenter leurs œuvres aux lectrices du quartier et, comme elle vendait aussi du papier à MM. Mallarmé et Jarry, elle s'était piquée de poésie, de théâtre, les livres avaient envahi les murs. Mais la plupart n'avaient découvert la librairie que plus tard ; alors leur fils avait déjà repris le fonds. Un endroit discret où l'on trouvait cependant tout ce que produisaient les avant-gardes, opuscules et revues confidentielles ; bientôt une institution, le rendez-vous d'initiés consacré par le bouche à oreille et la proximité du boulevard du Montparnasse ; son propriétaire, un personnage malcommode dont le caractère sombre, la maussaderie rebutaient au premier abord, mais de qui l'érudition, la passion monomaniaque avaient conquis l'estime et suscité l'engouement du petit milieu littéraire. Sa notoriété attirait les écrivains étrangers de passage, une curiosité un peu snob : c'était à un jet de pierre des grands cafés où ils se rencontraient, une sorte de récréation pittoresque que d'aller faire un tour chez Brasier, qui parlait un très bon anglais. M. Hemingway ne manquait pas une occasion, M. Fitzgerald sur ses pas, jaloux de ses relations. Ils venaient de *La Closerie des Lilas* ou de chez Lipp, passaient l'après-midi là, parfois si ivres que M. Brasier les mettait à la porte. Tant d'autres encore avaient défilé chez lui, moins célèbres ou tapageurs, venus de Hongrie ou de Pologne, d'Allemagne… Ils n'étaient pas là en ce triste jour, mais Max Jacob oui, et M. Carco, M. Dabit, mêlés aux anonymes, des représentants de grands et petits éditeurs, traducteurs et directeurs de revues, André Gide encore, que les photographes entouraient et c'était indécent, à la fin, cette effervescence mondaine, quand les proches tentaient de se recueillir autour de la sépulture, d'écouter le prêtre, dont le surplis et les paroles s'envolaient au vent ; et tout volait, les draps du catafalque, les écharpes et les parapluies retournés, une atmosphère de dispersion qui jetait sa déroute sur la gravité de la cérémonie, dissolvait les pensées de tristesse dans celle du jour pluvieux. D'ailleurs, nul parent pour mener le deuil et donner l'exemple de l'affliction. On ne connaissait aucune famille à M. Brasier, veuf de longtemps ; que des amis et des relations. Sauf la petite jeune femme, un peu à l'écart, sa compagne chuchotaient les uns, sa fille adoptive disaient d'autres qui, sans jamais avoir su qui elle était vraiment, la connaissaient depuis plus de quinze ans comme l'ombre fidèle du libraire, infaillible pour ce qui touchait aux arcanes de l'édition, aux commandes comme au fonds, elle seule capable de trouver à la réserve le volume rare ou la revue épuisée, d'un conseil sûr, mais d'une discrétion, d'un effacement confinant à la transparence. En ce jour, elle arborait encore plus petite mine, s'il était possible. Frêle dans son manteau de pluie, un crêpe de deuil à son revers, elle tenait contre elle un petit garçon, réfugié dans ses pans mais curieux du spectacle, dans sa face lunaire semée de rousseur des yeux ronds, qui n'en perdaient pas une miette ; lui aussi un crêpe à sa manche. Mais voilà ce qui courait en murmures dans l'assistance et perturbait son recueillement : le libraire lui léguait sa librairie, un testament rendu public au lendemain du décès par le notaire, gage de pérennité mais, si on la savait à la hauteur d'un tel héritage, depuis longtemps ayant pris en main la gestion et la comptabilité, et l'accueil des clients, que sa maladie empêchait M. Brasier d'assurer, aurait-elle, seule, le courage d'une si lourde charge ? Et les moyens de payer les droits, les frais, accablants dans une succession pareille ? On disait que M. Mounier s'en inquiétait, Grasset aussi, mais les éditeurs ne sont pas des banquiers, et les librairies sont nombreuses dans Paris… La sympathie suscitée par ce décès rapide soulevait la question, elle serait bientôt oubliée… D'autant que les événements survoltaient les esprits, on était encore sous le coup des violences, la République avait vacillé, et la crise durait, autant en emporte le vent.

Autant en emportait-il, les badauds s'étaient lassés. Ils quittaient les lieux, dispersés dans les allées, et les reporters aussi repliaient leurs appareils, leur content de photos en poche, même pas sûrs que leurs agences s'y intéresseraient. Comme on avait descendu le cercueil, que le prêtre s'éloignait, suivi des enfants de chœur courbant le dos sous une nouvelle giboulée, il ne resterait plus grand monde bientôt pour jeter une poignée de terre, nulles condoléances à présenter, ce rituel qui prolonge les cérémonies en embrassades et poignées. Seul un groupe clairsemé s'attardait, attendait, imperturbable sous l'averse, que les fossoyeurs referment le caveau pour quitter le cimetière, abandonner le vieux libraire à la solitude de sa tombe, alors seulement Elise rencontra le regard de M. Lange.

Elle l'avait très bien distingué dans la foule. Depuis le début, elle avait aperçu sa silhouette parmi les nombreuses personnes du convoi. Il ne s'était pas approché mais sa présence lui avait gonflé le cœur de gratitude, son cœur si lourd de tous les chagrins récents, et maintenant, parmi les derniers il se tenait, dans une posture rigide, presque militaire, le front nu ruisselant de pluie, pâle et absorbé par quelque tourment personnel, sans rapport avec cette mort qui ne pouvait le concerner, ou si peu, mais devait trouver à ce deuil la résonance d'un autre. A moins qu'il n'eût ce jour-là le souci d'une opération d'importance différée par l'enterrement, et il allait disparaître tout à l'heure, homme des courants d'air. Cependant, elle eut un sursaut de surprise, parce que, derrière lui, elle venait de reconnaître Sparrow ! Sous son bizarre chapeau de chasseur d'escargots, qui prenait l'averse sans broncher non plus, c'était bien le portier de l'hôtel d'Armeny Street. Le cordonnier de ses chaussures, le bon Sparrow venu de Londres saluer M. Brasier, son amateur de revues littéraires favori. Ah, cher Sparrow ! Elise en suffoquait de chagrin, éperdue de bonheur, les yeux brouillés de larmes, et lui aussi se tenait comme au garde-à-vous, son torse étroit bombé sous l'imperméable, le menton haut. Qui l'avait prévenu, sinon Augustin Meaulnes ? Sinon M. Lange, ou qui l'on voulait, le jeune homme à la lèvre blessée qui détenait le trousseau de toutes les clés dans sa poche avec son calepin de dessins, qui chiffrait et déchiffrait les messages comme on joue aux mots croisés, qui vous envoyait en expédition dans la neige d'Autriche récupérer un fugitif chassé par toutes les polices nazies, comme si vous n'aviez fait que ça toute votre vie… Qui d'autre que lui s'était soucié de l'avertir que le bon facteur de secrets n'était plus, si vite mort, si soudainement qu'elle en était encore incrédule. Une crise plus aiguë, le docteur se fâchait et l'envoyait contre ses protestations à l'hôpital pour des examens. Elle ne l'avait même pas accompagné dans le taxi, il s'y refusait, on n'allait pas fermer la librairie pour contenter les lubies d'un docteur, un samedi après-midi, jour d'affluence ; lundi, il serait de retour. Et dire que ce soir-là, avant de monter chez elle, elle avait bu sa soupe, debout à la table de la petite cuisine du rez-de-chaussée, dans son assiette grande comme une bassine, bu son potage sans penser à mal, et cela lui restait un remords déchirant. Parce qu'il n'avait pas passé la nuit, rendu, disaient les médecins, au stade terminal d'un cancer des os, et heureusement son cœur avait lâché, son pauvre cœur plein de chagrins cachés avait écourté une agonie terrible. La foudre lui tombait sur la tête, ce matin-là, quand elle s'était présentée au service de l'hôpital Bichat, ce dimanche de soleil vif vibrant à toutes les vitres mettait fin à tout un pan de sa vie et elle ne savait, sous le regard interdit de l'interne, si elle sanglotait sur elle, sa détresse d'orpheline, ou sur le vieil homme, ou même sur M. Henri dont la perte ne lui avait pas tiré une larme, mais dont le mélancolique enterrement lui revenait, au cimetière du Mesnil où il y avait si peu de monde ; ou encore sur ce fils inconnu dont elle n'avait su trouver la tombe à Highgate…

Un tel chagrin mélangeait tout et il s'ajoutait à la disparition affreuse de Pauline, quinze jours plus tôt. Mais qu'était-elle allée faire dans le métro, elle qui ne le prenait jamais, jamais ne descendait dans ses couloirs ? D'où venait-elle, à cette station du terminal de la ligne de Montreuil, pour monter dans la rame encore déserte et y rencontrer son assassin ? Les passagers n'avaient remarqué que quelques stations plus loin la femme, apparemment prise de boisson, affalée sur elle-même, et elle avait, enfoncée dans la nuque jusqu'au manche, une arme épouvantable, sa robe couverte de sang, serrant encore sur son cœur son petit sac à main en peau de crocodile. Cela n'avait pas beaucoup fait de bruit dans la presse, les colonnes entières étaient couvertes des retombées de ce 6 février… L'émeute avait dévasté Paris jusque tard dans la nuit, après la grève générale de la veille. Le Palais-Bourbon assiégé, la circulation détournée vers les ponts de Solferino ou Alexandre-III, d'où convergeaient toutes les ligues, Jeunesses patriotes et Briscards, Croix-de-Feu, Camelots du roi, Union nationale des combattants, furieuses de la mise à pied du préfet de police – Chiappe n'avait-il pas promis qu'il serait dans la rue ? –, scandant ses slogans de mort contre démocrates, juifs et francs-maçons, la pourriture des chéquards, la gueuse vendue… Des hordes déchaînées, un ravage boulevard Sébastopol, rue de la Verrerie, de Rambuteau aux Halles ! Et la contre-manifestation communiste ! Cela couvait depuis des semaines, mais qui avait tiré le premier ? Qui avait déclenché la terrible fusillade, les forces de l'ordre survoltées par des heures de guérilla, en plein Paris, ou des extrémistes armés, prêts au putsch ? Pourtant le colonel de La Rocque reculait devant le pire… Au petit matin ne restaient que désolation, ruines et flammes, les morts, les centaines de blessés. Et les jours suivants, se multipliaient les manifestations antifascistes, une foule énorme autour de Léon Blum à la République… Qu'avait-on frôlé, qui laissait accablé, la répétition de quel désastre ? Une guerre civile, un coup d'Etat ?

Ah, pauvre Pauline, qui détestait tant la politique, décrétait ne rien y entendre !… Son assassinat suivait ces journées d'émeutes, comme leur conclusion sanglante. Des entrefilets insinuaient d'abominables choses. Que, la maîtresse d'un activiste recherché par la police, familier de *La Coupole*, elle fréquentait de louches personnages, acoquinés avec un garagiste de Montreuil, de chez qui elle rentrait peut-être ; celui-là en cavale de même. Aussi qu'elle était peut-être bien une indicatrice de la préfecture de police exécutée pour ses délations, une vengeance signée par un de ces tueurs sans foi ni loi, capables des pires exactions. N'était-elle pas également une proche de Stavisky, l'amie de son ancienne manucure, une certaine Carmen ? C'était d'autant plus choquant qu'elle avait pignon sur rue. Après une belle carrière chez Mlle Chanel, elle venait juste d'ouvrir sa propre boutique, rue Saint-Benoît. Mais là encore, ce n'étaient que fiel et calomnies : les scellés étaient posés, une enquête en cours sur le financement occulte de son magasin qui blanchissait un trafic d'icônes, dont le propriétaire, un Russe émigré, restait introuvable, en voyage à l'étranger. Malgré ce parfum de scandale, et les révélations outrancières de la presse qui sommait la police de faire la lumière, sa mort était passée inaperçue, et il y avait bien peu de gens, quinze jours plus tôt, à quelques allées de là, pour l'accompagner. Mauranne, par extraordinaire quittant sa cuisine du Mesnil, sur l'insistance expresse d'Elise ; et son père, le garde-chasse, que le décès de sa fille prenait au dépourvu d'une paternité à éclipses : avait-il vu sa fille vingt fois dans sa vie ? Il était là contre son gré, par obligation, sur l'ordre de Mme Mathilde. En représentation de sa femme, toujours internée dans sa maison de santé, où celle-ci se trouvait très bien, ayant sympathisé avec le personnel. Des gens s'intéressaient enfin à son cas, l'écoutaient patiemment, comme personne dans sa vie, raconter les mille brimades et persécutions dont elle avait été la victime. A qui elle avait surtout fini par confier son identité secrète : elle était issue d'amours ancillaires bien cachées du vieux père de Galay avec sa mère, alors jeune servante, pour ce promue gouvernante… Elle était donc la sœur adultérine de M. Henri, donc la belle-sœur de la directrice des usines B&G, donc la tante de ses enfants : elle tenait une généalogie implacable de sa parentèle et ne répondait plus qu'au nom de Régine de Galay. Un cas de paranoïa aiguë, diagnostiquaient les aliénistes ; délirante, mais inoffensive. Quoique. Adrien était donc seul à enterrer Pauline, et il y avait encore une ou deux camarades de travail, des petites mains de chez Coco Chanel, mais aucune de ses employées, au chômage du jour au lendemain.

Chavirée par cette nouvelle, Elise n'avait dormi de plusieurs nuits, rongée de culpabilité pour n'avoir pas prévenu M. Lange des dangers que courait son amie, de les avoir sous-estimés, de n'avoir su la protéger quand il avait découvert qu'elle fréquentait cette Pauline, et au fond d'elle-même s'accusait de tout, dans une révision cruelle de son enfance. Comment avait-elle pu perdre Pauline de vue, après la mort au front de Renaud des Armand, elle qui avait été témoin de son si grand chagrin d'amour, ignorer à quel point cette perte dévastait sa vie et la précipitait dans des folies de revanche… Elle avait pleuré toutes les larmes de son corps, M. Brasier ne savait comment la consoler, tout torturé qu'il était par ses douleurs, désolé de la voir dans cet état. Et ce n'était que plusieurs jours plus tard qu'elle avait pensé à Petit. Mon Dieu, cet enfant, qui n'avait plus personne au monde qu'elle, qui l'oubliait, n'avait songé un instant à lui dans l'affolement des émeutes et de l'assassinat ! Dans la grande affaire de son voyage en Autriche, en janvier, elle n'était plus retournée le voir à Charenton. Depuis Noël, plus un seul dimanche ! Elle n'avait rien eu de plus pressé que de s'y précipiter, de l'emmener promener au bois de Boulogne, lui offrir des tours de poney et le gaver de friandises tout un dimanche, de le câliner sur ses genoux et lui, indifférent à ses manifestations de tendresse, sans s'étonner de telles effusions, n'offrait que son visage impavide, son regard absent. Si grave dommage, inamendable, que son délaissement ; il en avait pris son parti, sans doute, depuis le temps… Alors que faisait-elle, à singer les gâteries dont Pauline achetait sa tranquillité, aussi indigne qu'elle, aussi lâche devant l'enfant qui ne demandait rien, exilé dans sa pension, qui pouvait, une nuit d'hiver, chercher la mort sans bruit, s'abstraire de ce monde où il n'était rien à personne. Cette journée, une abomination de honte. Et différant toujours le moment de lui annoncer la mort de sa *tante Pauline*, puisqu'elle était cela pour lui, sa tante Pauline, partie pour toujours…

Quand elle avait fini par le faire, à genoux devant lui, sur le seuil du pensionnat, il n'avait même pas cillé, seulement demandé si elle reviendrait, dimanche prochain. Sa décision avait pris forme sans qu'elle y pense, s'était imposée à elle à cet instant, dans toute sa clarté, selon laquelle, la marraine de Petit et l'amie de Pauline, par fidélité à sa mémoire, par loyauté envers elle-même elle ne pouvait que considérer dorénavant Petit comme son enfant. Elle le sortirait de la pension des sœurs, il vivrait avec elle, et elle l'élèverait. Elever ? Ce mot désignait des actes inconnus d'elle, avait-elle été élevée ? Elle n'avait jamais envisagé la maternité, dans son exécration du sexe, son aversion des hommes, dont elle excluait M. Brasier, et M. Lange, par une élection obscure à elle-même. Etre mère, jouer ce rôle accablant, si elle en était capable, l'emplissait d'une angoisse, d'un effroi sans nom ; pourtant, sa décision était prise. Parce qu'elle avait été élevée, justement, grandie, haussée au-dessus d'elle-même par une femme, Gabrielle Demachy, débarquée un soir d'automne au Mesnil par ces grâces ineffables de la providence, qui avait eu l'inspiration inouïe de croire en elle, qui n'était rien. Même pas peut-être en conscience, dans une visée d'avenir qu'elle aurait souhaitée, appelée d'un vœu, mais dans le pari de l'instant, de pure bonté, de mettre entre ses mains les livres qui n'étaient pas écrits pour elle… Il faut laisser les enfants lire des livres illisibles à eux. Il faut qu'ils tombent dans l'ennui d'un été de guerre ou de vacances pour que l'abordage brutal des mots les bouleverse d'une absence, d'une plénitude obscures. Quelle opération mentale assortit aux mots le chiffre du monde, celui du cœur et du corps, de l'esprit ? Pour déchiffrer, il faut qu'il y ait du chiffre, du secret, de l'opacité, des résistances occultes. Il faut laisser les enfants tomber dans ce qui ne les regarde pas, pour que cela les regarde. Il faut qu'ils ouvrent des livres qui ne sont pas écrits *pour* eux, et qu'ils passent les pages illisibles, en diagonale, à l'aventure, au petit bonheur la chance. Les laisser s'égarer, traverser des pans entiers de désert sans carte, mal lire. Bout à bout anachronique, éclectique, hasardeux, on ne sait où ni quand les épiphanies adviennent, quand s'ouvrent à eux les portes de l'imaginaire qui illumine leur vie.

Alors, c'était simple, elle adopterait Petit. Ce n'était pas simple. Elle n'avait aucune idée des adoptions, comment l'on devient devant la loi la mère d'un enfant qui ne vous est rien. Elle espérait bien s'en ouvrir à M. Brasier, lui devait le savoir, et cela bouleversait tant de choses. Changer tout de l'appartement de l'étage, s'il l'y autorisait faire entrer dans leurs habitudes de célibataires la présence d'un petit tiers encombrant, et sans doute ressusciter le souvenir de ce fils dont il ne parlait jamais… Sa mort soudaine avait résolu la question. D'une certaine manière, il lui donnait son autorisation posthume. L'annonce du notaire l'avait ébahie de sa nouveauté. Ce testament que Pauline réclamait d'un vilain calcul l'éblouissait par sa générosité, il permettait tous les projets… Mais l'acte de foi en elle qu'il manifestait l'accablait à nouveau d'angoisse, tentée qu'elle était, jusqu'à l'ivresse tentée d'en accepter la dictée, affolée par tout ce qui s'y opposait en raison. Les frais, hors de ses moyens, la charge, la responsabilité écrasantes… Ç'aurait été infiniment plus facile de fuir, de mettre la clé sur la porte, d'accrocher un écriteau au bec-de-cane, et de renoncer. Mais où fuir, pour aller où, et que faire demain de sa vie, tout entière comprise dans les murs de la librairie, dans les livres ?… Alors Virginia Woolf sortait à cinq heures ; alors la pluie cessait. Elle tendait sa main en aveugle pour voir quel temps il faisait, elle décidait que cela valait la peine. Cela valait la peine d'avoir une chambre à soi, de gagner sa vie avec ce qu'on aime le plus faire, d'assumer sa liberté, de prendre ses responsabilités. Cela valait la peine de lire ses livres… Elise était allée chercher Petit au lendemain de la mort de M. Brasier, un arrangement aisé : doutant que la pension fût payée dorénavant, les sœurs s'étaient empressées de le lui confier, jusqu'à ce que soit régularisée sa situation, un jour. Cet enfant n'était pas de l'Assistance publique, il n'était pupille d'aucun tuteur déclaré. Sur son acte de naissance, elle avait découvert son état civil : Louis Personne. Pauline prétendait avoir laissé l'employé de mairie lui trouver un prénom, avoir aussitôt oublié lequel… Mais son nom ! Le fils d'aucun père, d'aucune mère, de sa ronde zélée, le préposé facétieux écrivait ce qu'elle déclarait : personne ! Mais personne n'est quiconque, Louis, c'est un beau nom que tu portes et tu seras quelqu'un.

Il était à ses côtés aujourd'hui et cela changeait encore beaucoup de choses, M. Lange. Sparrow aussi, sache-le. Elle n'irait plus par voies et par chemins, dans des villes étrangères rapetasser ses semelles, passer des cols de montagne, boire de l'alcool de poire chez Mme Wajda ni du Schiller chez M. Zeisser, passer en fraude des petits papiers dangereux ni des gens en cavale, elle ne prendrait plus le risque de sa sécurité, ni de sa liberté, avec tant d'insouciance. Elle ne rendait pas son tablier, mais il faudrait lui trouver des loisirs clandestins plus adaptés à sa nouvelle vie, maintenant qu'elle était seule à vendre les livres et conduisait Louis à l'école du quartier. Voilà ce qu'elle pensait en regardant Etienne Louvain ruisselant de pluie, le regard perdu parmi les tombes. Elle ignorait comment elle le savait, mais elle était sûre que, un de ces jours, il pousserait la porte de la librairie, maintenant que M. Brasier était mort. Maintenant qu'il ne risquait plus de le rencontrer. Et peut-être finirait-il par lui dire qui était le fils Brasier, pourquoi il était enseveli dans une tombe introuvable du cimetière de Highgate. Sparrow aussi pouvait bien en avoir une idée… Alors elle faisait vers eux ce petit signe de tête qu'elle savait si bien faire, auquel personne ne prête attention, tellement elle est transparente, tellement elle est une souris grise, pour leur dire qu'elle était contente qu'ils soient là avec elle, qu'elle était avec eux, et d'accord pour les mêmes raisons que M. Brasier, qui ne les lui avait jamais données. Ce ne sont pas des raisons dont on fait l'addition sur un coin de table, mais des motifs graves. Plus puissants que tous les calculs des diplomates et des ambassadeurs qui trônent dans les tableaux de la National Gallery avec manteaux de brocart, pelisse d'hermine et gants fourrés. Faiseurs de guerres, de crises et de banqueroute, ils ont beau détenir le luth et le globe, la boussole, le cadran solaire et le compas, le polyèdre, leur mathématique et leur géométrie ne commandent pas le monde, ils ne l'assignent pas à leur pouvoir. Ils ne surplombent pas le temps et leurs menées échouent si des M. Lange et des Sparrow veillent. Et des gens aussi inintéressants, aussi insignifiants qu'elle, Elise Casson… Voilà ce qu'elle leur disait, de son petit mouvement de tête, l'œillade avait circulé entre eux, qu'aucune écoute espionne ni décryptage ne saisirait, hormis eux, et ils étaient d'accord, ils s'en allaient rassurés et sûrs d'elle, qui ne trahirait pas.

La nuit avait été courte pour Louvain, dans le gourbi de la Gomme la réunion avait duré jusqu'à deux heures du matin et, à ces heures-là, les plantons sont rares pour vous porter des cafés. M. Perrier s'était déplacé : pas question de tenir séance dans son bureau, le directeur des renseignements généraux doutait de ses murs. La situation était assez tendue et le sujet sensible pour justifier ces précautions : tous les hauts fonctionnaires de police étaient entendus au Palais-Bourbon, le lendemain 7 mars, par la commission d'enquête sur "les événements du 6 février et jours suivants", puisque le soupçon englobait la semaine d'émeutes et de contre-manifestations. Un mois après les événements sanglants, le ministère Doumergue s'efforçait de faire la lumière : y avait-il eu ou non conspiration ? On éplucherait tous les rapports des directeurs des services, sommés d'exposer ce qu'ils avaient pu suspecter ou établir des menées de l'extrême droite ; et des communistes, pour faire bon poids. De ces noirs desseins, s'ils en étaient, avaient-ils été informés ? A leur suite, le 8 mars, étaient convoqués MM. Daladier, Chiappe, de Kérillis, Frot et le lieutenant-colonel de La Rocque, le gratin. Perrier voulait tout entendre, surtout trier ce qui était bon à rendre public, et la Gomme marchait sur des œufs. L'enquête sur la bande de *La Coupole* dessinait une arborescence de la pègre aux plus hautes sphères, politiques et industrielles, des ramifications du Midi au Périgord et jusqu'en Bretagne, des extensions au-delà des frontières, en Italie, en Autriche. Plus on tirait, plus le rhizome s'échevelait, étendu à des zones de puissance susceptibles, affaires étrangères, polices secrètes, un empiètement de telle envergure que la question politique était posée. Mettrait-on sur la place publique la collusion d'activistes français avec les régimes fascistes voisins ? Plus que des sympathies, des collaborations actives, et le mot de conspiration à lui seul, s'il était entériné par la commission, pouvait mettre le feu aux poudres, provoquer une crise encore plus grave, jusqu'à la SDN peut-être. Si la Gomme devait faire état devant Perrier d'un certain nombre de rapports, à garder sous son coude, il en avait encore dans son tiroir, de salés ; qui oserait prononcer le nom de Louis Renault ?

En réalité, rien dans les tiroirs. Il les avait d'avance effacés, s'il les avait jamais esquissés au crayon à papier, la mine de plomb a cet avantage. Cet homme, songeait Louvain, est à lui seul un palimpseste ambulant. Du bulbe à l'encéphale, son cerveau compartimente des chambres fortes dont les parois sont plus étanches que celles des banques et des poudrières, ses neurones y ont accès par des serrures électroniques à code, de l'une à l'autre lui-même ne se déplace qu'en en changeant le chiffre, quand il s'endort le soir, à qui remet-il les clés ? Un individu ordinaire, pas plus renversant que le premier quidam rencontré dans le métro ou au zinc du coin, veston de confection, chemise industrielle, et la cravate donc ! Au miroir de sa salle de bains, il peigne ses mèches filasse, les aplatit sur son crâne à la gomina mais, réfractaires, elles frisottent, ondulent, se décollent ; poil au nez, aux oreilles, au sourcil en bataille, une tête de faune chagrin ; a-t-il séduit une femme, a-t-il des enfants, aime-t-il les éclairs au chocolat ? On ne sait d'où sortent de pareils énergumènes. On ne sait sur quel banc d'école primaire, entre une carte de Vidal-Lablache et une table de multiplications, leur est venue la passion du secret, de l'effacement des traces, gomme à la main et copie blanche devant soi, une feuille toujours vierge qu'aucune encre ne tache, aucune empreinte digitale ; fourmillant sous les yeux, du sable. La rédaction qu'aucun instituteur en blouse grise ne lira jamais. Un art de la rétention devant lequel Perrier est un amateur, un gribouille. Il sait parfaitement que la Gomme ne lâche que ce qui lui convient, et encore là-dessus le consulte-t-il poliment. Il y avait là trois autres agents et Louvain, ils ne pipaient qu'au signe du patron, juste les garanties qu'il fallait au directeur. Il ne serait donc pas fait état de l'interférence Harbayer intervenue en pleine traque de la bande de Deloncle, ni de l'accident ferroviaire supprimant un Amedeo, de ses acolytes italiens, ni de l'incidence d'une arrestation nazie inopinée sur une personne touchant de près l'hôte du fugitif, en transit vers les Etats-Unis, celui-là un poisson que devait ignorer le Deuxième Bureau. Ni même de l'assassinat d'une couturière dans le métro, un fait divers regrettable… Etanchéité des cloisons, la Gomme avait tout à fait oublié ces détails, la nuit dernière. En sommeil. Ce genre de séance au sommet était plus éprouvante que certaines missions à haut risque. Perrier jouait gros devant la commission d'enquête, les portefeuilles volaient bas en ce moment, son ministre actuel s'accrochait au sien, il ne lui pardonnerait pas le moindre faux pas…

Aussi cela s'était-il éternisé jusqu'à deux heures du matin. Se rendre ensuite aux obsèques du libraire faisait la nuit courte, mais Louvain n'aurait pas manqué ce rendez-vous là, lui qui n'allait jamais aux enterrements. Même pas à celui de son père : en 1919, il était trop loin, une bonne excuse, mais cet enterrement-là était pour ainsi dire le même que celui de Gilles à des années de distance, la boucle bouclée ; il y avait moins de monde alors. Comment Sparrow avait-il mis la main à l'épaule du père venu ensevelir son garçon, quelles paroles avait-il trouvées ? Un militaire des Indes ne fait pas dans la nurserie. Mais il n'avait guère à tenir de discours. Le tribunal des petits messieurs de Cambridge illustrait assez ce qu'une pensée totalitaire peut anéantir d'existence. Pas des brutes incultes, des sauvages. Des jeunes gens de bonne famille, propres sur eux, instruits, parangons de la décence et de la morale, la crème de l'Angleterre civilisée. C'est que les censeurs et les bourreaux portent d'abord culotte courte, ils sont dans les écoles et les maisons de tout le monde, la raie bien peignée, les fesses serrées, ils adorent le mal qui autorise à châtier. Dans leur petite tête de bons élèves, ils ont déjà dressé les barbelés de leurs camps et braqué le fusil-mitrailleur, mis à quatre pattes celui qui sarclera une herbe imaginaire entre les pavés par moins dix, inventé les sévices qui fabriquent la sous-humanité, ou le tentent : leur imagination a pour limite celle de leur impouvoir, mais pas celle de leur folie criminelle, et M. Brasier n'avait besoin d'être convaincu de rien par l'amateur de moineaux. Etienne non plus. A moins de vingt ans, il venait d'être blessé à la lèvre de vilaine façon. Les gens arborent sur leur corps les cicatrices de leurs exploits enfantins, mais certaines lésions ne se referment pas ; pour leur bien, elles échouent à régénérer l'innocence première, leur sceau perdure pour mémoire, toujours douloureux et saignant, et sensible, une scarification initiatique qui vaut tous les enseignements, nul besoin d'y porter le doigt pour les consulter.

Et puis Sparrow apportait des nouvelles de Londres. L'Intelligence Service se dotait d'un nouveau département inspiré du travail des Polonais, très performants en communications – ils avaient des raisons d'écouter leur voisin allemand… Rejewski, grand mathématicien, perfectionnait l'Enigma civile fournie aux banques par la France, en faisait un engin de surveillance pour les militaires. Et voilà qu'un certain Thomas Hawthorne était chargé de constituer un noyau de chercheurs pour les services secrets de Sa Majesté. De recruter dans les universités mathématiciens, logiciens d'élite, joueurs d'échecs, linguistes, sigillographes de la langue et des nombres initiés à la conversation secrète des signes, telles des taupes retirés dans les labyrinthes du sens, écouteurs insignes du bruit que portent les ondes radio du monde double, duplice et dupliqué à l'infini dans les terriers du pouvoir. L'espace est peuplé de ces ondes très vieilles, inaudibles à l'oreille, elles se propagent sans limites dans l'air qu'on respire, il fallait inventer les capteurs qui les filtrent et les relient entre elles, à leurs interférences offrir des vestibules de circulation plus sensibles que l'oreille interne, son tympan et sa cochlée, les canaliser vers un cerveau central qui les traite avec discernement. Mais ce cerveau lui-même, de quelle nature est-il, de qui la propriété, de qui la fiction ?…

Thomas Hawthorne aime les courses automobiles et les paysages de Lorenzetti, il peut prendre des coups de soleil sur le lac de Trasimène et croquer des gaufres sur le pouce au bord du lac de Genève sans déranger sa coiffure, faire repeindre en bleu céleste les bureaux du Haut Commissariat aux réfugiés de Lausanne ; un garçon attachant. Mais son désabusement, son amateurisme ne sont peut-être bien que de surface, un effet de sa bonne éducation britannique, de quelles conséquences sera sa nomination à ce poste ? Sparrow était circonspect, Louvain aussi. Cette nouvelle n'était ni bonne ni mauvaise, un paramètre à prendre en compte. Que Miss Brighten semblait déjà intégrer dans son programme de déplacements : elle n'avait pas l'air très pressé, apparemment, d'aller défaire sa malle du *Kaiserhof* en souffrance à Bucarest. Depuis un mois, elle était descendue à l'hôtel *Albany*, son séjour à Londres s'éternisait. Ce qu'elle y faisait, à première vue, enrichissait surtout les boutiques de mode, les parfumeurs et les joailliers de Bond Street. De l'évasion du grand physicien désertant son Institut sans formalités, motus dans la presse nazie, *idem* dans celle des capitales européennes, mais ses effets en haut lieu inspiraient sans doute à Julia de renoncer pour quelque temps à fréquenter Berlin et de prendre des vacances… Après tout, si elle renouait avec Hawthorne, rencontré par hasard dans quelque soirée mondaine de Piccadilly ou de Covent Garden, quel hasard, quelle coïncidence, à lui de consulter ses fiches, et de compter ses abattis en cas d'erreur. Julia met la barre assez haut : pour la suivre, Hawthorne, prenez votre élan… Le succès de l'opération Gardénia lui devait beaucoup, peut-être bien tout. Elle en faisait une affaire personnelle, Louvain se souvenait du *Train Bleu*. Alors il partait à Montepulciano, il avait la tête ailleurs ; dans la sienne, son plan était déjà arrêté. Selon lequel le transfuge transitait par l'Autriche, un couloir d'évasion peu fréquenté que tenait un réseau très sûr connu d'elle. A neuf heures du matin, le passeur recueillait les deux piétons clandestins à Hittisau et, vingt kilomètres plus loin, Marcus attendait à la frontière suisse avec un marinier discret du lac de Constance. Transitant par Bâle, Harbayer débarquait gare de l'Est au moment où sa femme et ses enfants descendaient gare du Nord, d'un train en provenance de Bruxelles. Rares étaient les réfugiés fuyant le régime nazi à emprunter des voies aussi rapides, exemptes de persécutions administratives. Dans toutes les gares frontalières de Belgique, du Luxembourg, de Hollande et de Suisse s'écrasaient les candidats à l'exil, contrôlés, filtrés, refoulés et livrés à la désespérance. Une organisation parfaite, sans accroc, signature d'une artiste.

Et même, une coquetterie en prime : quelques jours plus tard, déposé dans sa boîte comme un vulgaire courrier postal, Louvain réceptionnait un paquet anonyme. Joliment plié dans du papier de soie parfumé de Coty, un minuscule objet incongru : une couronne dentaire montée sur pas de vis, céramique ivoire de moulage parfait, contenant le plus petit microfilm qu'il ait vu à ce jour, on n'arrête pas le progrès. Julia fréquentait un dentiste spécialisé, elle avait une dent creuse, et si Harbayer, par force, quittait l'Institut mains aux poches, ses travaux microfilmés le suivaient par ce chemin hors normes, coupe-file absolu. En quels autres endroits de son corps cette valise diplomatique de luxe logeait-elle ce genre de colis miniatures ? Cela laissait rêveur, et à d'autres sujets encore. Louvain discernait mal le dessein de Julia pour prendre part à cette affaire, de si magistrale manière… Assurément plus que sa part, le morceau du roi. Cette femme ne se contentait pas des miettes, elle voulait tout du gâteau, jamais les yeux plus gros que le ventre : un estomac de baleine. Il n'osait supposer qu'il était celui qu'elle avalait. Qu'à sa question proprement indécente de Berlin, il avait répondu trop à l'étourdie… Il faut faire attention au pelage de la bête, certain rebrousse-poil est fatal. Envisager, fatuité, qu'elle agissait par amour pour M. Lange donnait un vertige. N'importe quoi, mais pas ça ! Ou alors c'est à désespérer de la corporation. Julia amoureuse, c'est interdit par la loi. Non, se rassurait-il, un leurre dont elle a le secret, elle a plus d'un tour dans son sac. Elle n'a pris tant de risques, une mise considérable, que pour en tirer un revenu supérieur, dont la nature m'échappe, tant mieux. Si son terrain de manœuvre, jusque-là circonscrit à l'Europe, n'exclut pas à présent les Etats-Unis, c'était un paramètre, un nouveau, à considérer avec sérieux, mais infiniment plus abordable que la sentimentalité, les décoctions d'eau de rose, un poison violent…

C'est simple : aux Américains, elle livre le père de l'eau lourde. Quelque part, un laboratoire attend déjà Harbayer, où il cherchera librement. Libre ?… Qui est libre dans cette fiction ? Qui sait vers quoi il marche, à quoi il sert dans cette obscurité ? Cet hiver chaotique bouleversait la donne d'une étrange manière, à l'image des grandes puissances proclamant leur volonté de paix tout en cherchant, acharnées, les lignes de faille, les points de rupture. Sous les proclamations aboyées dans les postes de radio, les résolutions d'une Société des nations exsangue, les communiqués des chancelleries, sous les clameurs des stades nazis et la titraille vaine des journaux, entendait-on monter un vieux bruit de fond ? Sa note très basse venue du passé, qui assourdit le tympan – pas si lointain passé, hier matin. C'était hier matin, le tocsin battant l'air brûlant d'août 14, c'était hier le canon tonnant, son premier coup, comme un obus qui traverse le vent et porte l'annonce. Hier matin, l'atrocité de cette guerre inédite équarrissant de l'homme à échelle industrielle, leçon inaugurale du siècle si affreuse qu'on n'a pas eu le temps de l'apprendre, de l'épeler, de l'assimiler, elle recommence. Ne recommence pas du tout, elle se poursuit, ne s'est jamais arrêtée, à peine une pause. Le temps de recharger les fûts de canon, d'en fondre d'autres, plus perfectionnés, de plus longue portée, et des munitions nouvelles, bien plus exquises que le feu et les gaz asphyxiants. Que des Harbayer conçoivent au fond de leurs laboratoires en toute impunité, si libres fussent-ils aussi prisonniers de ces geôles de la science que de celle de leur conscience, et nulle part celle-ci ne se localise. Pas plus dans le lobe frontal ou le sang pur d'une race, le foie ou la rate, elle ne tient pas à une symphonie de Mozart ou de Beethoven, à l'excellence des mœurs et de la culture, à la génétique ni à la bonté d'une sainte mère, à son lait protéiné. De quel équipement une âme tire-t-elle la lentille par quoi envisager la portion d'existence qui lui est dévolue, pour la rapporter à l'idée, nulle part attestée, du bien et du beau, en tirer quelque règle d'absolu qui dénature la puissance du mal, attestée partout ? Pour concevoir, à défaut de la penser, lâchée qu'elle est à sa solitude dans l'obscurité vide de la terre, une loi aussi multiforme et relative que celle qui répartit au ciel les étoiles, et les bêtes sont mieux pourvues peut-être que les humains de ce sens, ou bien il faut être bête pour y accéder. Pour supporter, par vénération et pitié, songerie d'animal à la pâture, la sauvagerie du monde, la prendre en charge sur son échine, dans la terreur et le doute élucider pour soi de quoi elle est faite, et cela n'affranchit pas. L'action se présente parfois à l'homme pour levier, dont il use par foi, à défaut de savoir, dans son incompétence, d'une souveraine grandeur et misère... Louvain quittait le cimetière, il fuyait. Tout cela remonté de la mort lui donnait la migraine, il n'aimait pas ce rendez-vous au bord d'une tombe. Sous la terre fraîche creusée du matin, par l'entrebâillement de la fosse, on entrevoit des profondeurs noires qu'on oublie, quidam qui a l'éternité devant lui, à marcher sur le trottoir des rues. Si Gilles n'était pas mort, s'il n'avait pas choisi de rejoindre la pure algèbre des étoiles plutôt que de plier l'échine, Louvain n'aurait pas été tenu d'assister aux obsèques d'un libraire de quartier, il n'aurait pas eu à payer sa dette, ce matin ni pour le restant de ses jours. Cela précipitait son pas. Il ignorait vers quoi mais, à trente-cinq ans, vous n'avez plus l'âge de demander votre direction. A ses côtés, Sparrow aussi marchait vite ; ils hélèrent un taxi, boulevard Edgar-Quinet.

Marcus les attendait rue de Picpus. Il y avait élu domicile à l'occasion, une proposition pratique de Dora. Elle prétextait qu'avoir de la lumière chez elle en ses nombreuses absences était de salubrité publique. Non seulement tante Vita vivait sous ses combles les trois quarts du temps, avoir une chambre à soi n'épuisait pas son bonheur de vieille sans domicile fixe, mais quand elle se tenait en bas, par des réflexes ataviques elle économisait la lumière, vivait dans l'obscurité, des yeux de taupe. Je serai cambriolée sous son nez, un de ces jours. Non seulement tante Vita ne voyait pas d'inconvénient à cohabiter avec ce nouveau pensionnaire, mais elle donnait sa bénédiction à sa manière, qui était de nourrir et de raccommoder. Du plus loin de sa vie de servitude, elle n'avait trouvé de fonction plus judicieuse pour justifier son existence que de réparer. La carence alimentaire comme les trous aux chaussettes. Marcus lui fournissait l'un et l'autre, bien mieux que sa nièce, autour de qui elle s'agitait vainement, comme les mouches autour du vinaigre. Marcus faisait bon ménage avec elle quand il descendait rue de Picpus, deux fois depuis son intrusion de noctambule frigorifié, un soir de décembre. De ses fréquentations dehors, Dora préférait ignorer tout, mais il avait l'air d'avoir élu Avron pour son quartier favori, y avoir noué des relations personnelles dont la nature équivoque n'était pas pour lui déplaire, à mille lieues de son champ d'influence et pimentées de dissidence. Ces retrouvailles impromptues renouaient avec une époque ancienne de sa vie : elle avait mis la main sur Marcus, ou lui sur elle, elle n'allait pas le perdre de sitôt. Il l'attirait et la tentait, l'émouvait, l'intriguait, mais avec lui d'une prudence, d'une abstinence de nonne quant à ses charmes, d'une discrétion de concierge qui voit tout, ne sait rien, porte les messages aux boîtes à lettres qu'on veut, oublie l'adresse dès que glissé le pli. Miette, en revanche, montrait moins de retenue. Marcus et elle avaient des sujets en commun, dont à mi-mots ils traitaient gravement, la leçon de Graz lui revenait : cette fille de Catalogne portait un manteau à rouge doublure, une enfant de Marie au couteau entre les dents ; si elle gardait Marcus à la maison, autant de pris. D'ailleurs, elles étaient absentes ces jours-ci, une croisière Paquet à Majorque, concerts pour clientèle choisie, climats bénis de Méditerranée, en cette saison ingrate. Tante Vita avait mijoté un de ses ragoûts, mixture polonaise qui tenait au corps, tourné les talons dès que servi le café, disparue dans ses étages, du raccommodage sous le bras. Sparrow avait tout son temps pour faire connaissance, sonder l'instituteur de Toscane, ses antécédents, ses activités politiques et ses domaines de compétence. Rien ne pressait, en cette journée de giboulées qui battaient les vitres, salaient le jardin de grésil, soudain étincelant de glace au jeune soleil.

Louvain avait laissé les deux hommes à la cuisine, il s'était étendu sur le sofa, dans les coussins de soie de Dora. Il avait crayonné dans son calepin cette vue de la fenêtre qu'il aimait, un jardin de curé qui invite aux escapades buissonnières, la petite fontaine engouée d'eau claire et le mur derrière, à lui seul une composition cubiste de briques industrielles et de chapiteaux classiques. Avant d'avoir fini, il s'était endormi, une sieste rapide qui réparait sa nuit courte. Il n'avait pas de nouvelles de Digne. Ne cherchait pas à en avoir. Une fois encaissée la livraison, grand-mère n'avait pas de compte à rendre sur ce qu'elle en faisait. S'il s'était adressé à elle, c'est qu'il savait de longue date, de long usage, de quoi elle était capable en récompenses, pastilles de réglisse, traitement de cheval et taloches, en câlins dans ses jupes qui sentaient la lavande, des brins plein les poches, la térébenthine, l'eucalyptus, la myrrhe et le benjoin, les treize vertus. Au fond, il était jaloux. L'idée lui était venue de conduire Camille à Digne, puisqu'elle ne voulait aller nulle part, ne voir personne. Vingt jours d'un tel régime carcéral, même exempté de travail forcé par calcul occulte, secouent n'importe qui, à plus forte raison une jeune fille de bonne famille tombée là par inadvertance. On commençait à en savoir assez sur les camps nazis pour concevoir qu'à la sortie elle aurait du mal à se réadapter… Il y a des traversées dont l'échouage sur l'autre rive ne sauve de rien. Le naufragé a l'air intact, mais aucun bouche-à-bouche ne le ranime. Dans les fosses où il est descendu, il a fréquenté des animaux de grand fond dont la face abjecte dissuade de rouvrir les yeux. L'elfe ferroviaire était fatigué. Elle était abîmée plus qu'il n'y paraissait, au point de ne pas vouloir rentrer, ce qu'il comprenait. Si bien que l'aéro-club d'Avignon-Pujaut, où il avait vu passer Costes et Bellonte après leur traversée de l'Atlantique nord, s'était présenté en destination providentielle, à trois sauts de puce de Digne, chez sa grand-mère Louvain, qui se languissait de lui en sa grande maison sur la route de Gap.

Les hauteurs d'Alpes provençales sont rudes en cette saison, les gens croient toujours que le Sud est aimable, riant. Il vous souffle de là-haut des bourrasques à geler les crânes, le mistral d'hiver désosse le roc, l'effrite en poussière, les montagnes de Luberon étaient blanchies de froid. L'autobus de la poste rurale qui fait la desserte des villages et des fermes isolées, assure le service de ravitaillement biquotidien, même dominical, et comme le chauffeur livre à l'aller courrier et journaux, dépose au prochain bourg les commandes chez le boucher, le boulanger, le cordonnier et le pharmacien, papier à en-tête des PTT ; au retour il ramasse les emplettes, le gigot, la paire de chaussures, le sirop des Vosges, et même les bidons de lait, on a le temps de jouir du paysage : à raison de zéro franc vingt-cinq par kilomètre, il prend aussi des voyageurs. Avignon-Digne, changement à Manosque, avait mis plus de temps que pour venir de Berlin, le soir tombait quand ils étaient entrés dans la ville, terminus. Mais le chauffeur était bon bougre, il avait poussé trois kilomètres de plus pour les déposer au bout de l'allée de platanes, qui sur le sombre ciel turquoise écartelaient leurs moignons, au fond de son arcade s'encadrait la maison, sa façade claire, rose et ocre, et sa loggia. Sur cette allée, il soutenait Camille par le bras, plus que cent mètres, c'est le bout du tunnel… Perdue dans son gros manteau en peau de lapin, elle vacillait, mais de sommeil, depuis le départ de Potsdam ne faisait que dormir, se laissait, somnambule, guider vers ce havre, qu'aurait-il inventé de mieux ?

A sept heures du soir, Mme Louvain était sur le seuil, guettant quoi l'autobus de la poste déposait chez elle, qui s'annonçait sur l'allée, qu'elle distinguait mal. Pourtant, de sa loggia, elle gouvernait la vallée jusqu'aux toits de Digne, et même pouvait pister les promeneurs à la promenade du dimanche, repérer les flâneurs sous les tilleuls, ceux qui étaient des bourgeois d'ici ; les autres, des étrangers : elle avait la vue fine à sa longue-vue. Cette maison de Digne était merveilleuse par la sorcellerie de grand-mère, une quintessence de place forte faite femme. Ses greniers étaient pleins d'engoulevents, d'hirondelles, de chauves-souris, de jour et de nuit leur peuple froufroutait, les épais rideaux enfermaient ce vent d'ailes dans les plafonds. Etienne avait passé des étés de son enfance à tenter de dessiner le paysage qu'on voit de ce grenier mais, enfant, on manque de poignet. La profondeur monte en aplats, les lignes basculent, on s'y perd en points de vue, l'échelle naine est désespérante. En avait-il mis des années avant d'admettre qu'un paysage se résout à l'échelle mentale, comme le détail, il ne livre que ce que l'œil sait déjà ; et il n'en finissait pas de chercher pour son compte la place qu'il y occupait, le schéma donne des directions, et encore. Dans la maison de grand-mère, il avait commencé de l'apprendre ; elle lui achetait ses calepins à la papeterie de Digne. Le matin, il l'avait vue s'exercer dans son miroir à des mines secrètes, elle lissait ses lèvres de salive, faisait bouffer ses petits cheveux, ensuite les brossait en chignon sévère et nouait son ruban de velours, un collier de chien qui tient les fanes du cou. Tirée à quatre épingles, en robe zinzolin et gorgerin de petit linon, comme une dame élégante d'avant-guerre. C'est qu'elle avait rêvé d'être abondamment grand-mère, et elle n'avait qu'Etienne. L'aînée de cinq sœurs ! De son mari, jeune défunt, n'avait eu le temps que d'avoir un fils, celui-là n'en faisait qu'un à son tour, et encore, il s'en était fallu de peu qu'il ne disparût avec sa mère dans les ports d'Afrique ; un seul petit-fils, c'est maigre. Elle se l'était approprié avec une jalousie féroce, l'avait multiplié en cent, tourné à ses bras, dévoré, malmené, une gloutonnerie de tendresses qui consistait à le regarder sans y toucher, durant toutes ses vacances. Le reste de l'année, elle rêvait de lui. Cette femme battait de la paupière aussi lentement que les tourterelles ; et encore d'un œil, rien ne lui échappe. D'une indulgence sans borne pour les laids, les estropiés, les mal dotés de nature, cabrée comme jument devant les injustices, les méchancetés, elle avait de quoi faire. Et quand elle s'accablait de trop de misères, elle chassait les gens du tablier, comme on le fait aux poules qui veulent trop de grain : ouste, suffit pour aujourd'hui. Mais pour les beaux hommes, par exemple son fils, par exemple son petit-fils l'unique, grand-mère avait des faiblesses de jeune fille, elle devenait sentimentale, pervenche, pâquerette. De sa grande faiblesse, elle se vengeait en montrant de l'humeur, boudait son plaisir, le punissait : ton père t'a parlé de moi en mal, sache bien que je suis pire. Alors, battu en brèche, son amour cédait, elle préparait un sabayon au pastis, avec des pistoles de son verger, séchées sur ses claies. A Digne, Etienne avait conduit Camille, l'avait laissée en pension, le temps qu'elle se retape. Qu'elle veuille rentrer. En quelque sorte, ce n'était plus de son ressort. Il avait du lait sur le feu à Paris, ce détour par Digne lui avait pris vingt-quatre heures de plus que prévu, on ne laisse pas en plan une mission, mais aller de l'infâme Lohse à une grand-mère du bon Dieu rétablit l'ordre des choses, ce qui respire sur terre n'est pas que de l'ordure. Au bout de l'allée sous les platanes, sa maison est une créature vivante, son cœur résonne et bat le temps, un abri sanctifié de bonté humaine. Il devait bien ça à son sauveteur en pyjama, si bizarre qu'ait été leur rencontre. Il était rentré très tranquille.

Sauf qu'à Simon Lewenthal il devait son rapport, donner des précisions sur le déroulement et l'épilogue de la transaction à hauts risques. D'abord certifier que la jeune fille rapatriée se trouvait en lieu sûr, en de bonnes mains. Aussi qu'elle souhaitait y rester le temps qu'elle voulait. Cela présentait des complications, dont il ne tenait pas à endosser les conséquences : si la famille réclamait, il avait pour son compte des scrupules à trahir le secret qu'elle exigeait, de solides raisons de le respecter, à la lettre. M. Lewenthal n'y voyait pas d'inconvénient, il se faisait fort, disait-il, d'informer Mme Bertin-Galay du retour de sa petite-fille, sans entrer dans les détails ; il en faisait son affaire. On pouvait lui faire confiance. Jusque-là, il avait démontré son sens des relations intérieures et des transferts de fonds, il avait tenu parole. Il se souciait seulement de cette maison où Louvain disait l'avoir conduite : des étages qu'elle comportait. Rassuré qu'elle n'en eût qu'un. Il se souciait de cet étage comme si l'altitude du bâtiment était un critère de compatibilité avec la convalescence de Mlle Galay. Il disait : convalescence.

— Les maisons de Provence sont basses, leurs greniers abritent les hirondelles, le printemps arrive et ma grand-mère lui a donné la chambre d'en bas, son plafond est peint de frises d'acanthes, elle donne de plain-pied sur son jardin de lauriers-roses, les buis et les figuiers. Elle est orientée à l'ouest, d'où l'on a la plus belle vue qui soit sur le paysage et les extravagances du crépuscule...

Mais cela ne suffisait pas, et pour finir, sous le sceau de son silence, auquel s'engageait Lewenthal, Louvain avait fini par lui donner l'adresse : il ne prendrait de nouvelles que par lettres, auprès de grand-mère. Une bonne chose de réglée. L'autre était vite traitée, la livraison du reliquat dont, devant lui, Lohse s'était garanti auprès des établissements de Genève. Celle-ci avait bien obtenu la levée d'écrou, jamais Lohse ne les aurait laissés partir sans tenir ce qu'il exigeait. Louvain pouvait même assurer avoir vu, sur un petit chevalet prétentieux, le dessin, rapté de main de filou, trôner dans le salon berlinois du marchand.

— Sur tout cela, à mon tour, monsieur Louvain, de vous demander discrétion. Je ne tiens pas, Mme Bertin-Galay non plus, à ce que notre arrangement, dont je vous remercie, soit connu de quiconque, à commencer par sa petite-fille, qui a besoin de calme et de sérénité.

Silence pour silence, un contrat raisonnable. Pour ce qui était de Harbayer, Pierre Galay avait été parfait. Louvain ignorait quel lien le grand généticien pouvait avoir avec ce savant hors de sa spécialité, pour quelle raison il le prenait en charge, à quel titre. Il préférait ignorer les connexions souterraines qui avaient pu le conduire chez lui, faire de lui l'hôte décisif engagé à organiser son départ aux Etats-Unis, sous sa tutelle et par les appuis dont sa famille pouvait bénéficier obtenir des autorités compétentes les papiers nécessaires à son exil et à celui de sa famille, des passe-droits dont manquaient bien d'autres candidats au voyage transatlantique… Pour l'instant, il hébergeait les Harbayer dans sa propriété du Mesnil, loin de Paris, une résidence confortable où les transfuges pouvaient reprendre haleine. Pour laquelle Louvain avait obtenu un appui spécial de ses services. Si sûr et discret fût-il, il y avait trop de risques à ce que la police nazie très bien infiltrée, renseignée par des accointances nombreuses, ait vent de ce refuge, aussi deux agents résidaient-ils dans la demeure de campagne ; une villégiature d'agrément, il y a des missions plus ingrates. Il avait dû insister auprès de M. et Mme Galay, les convaincre de la nécessité de cette protection. Pourtant des gens intelligents, conscients de la situation, mais réticents, froissés par quelque chose de plus profond, un tourment d'ordre privé qui les rendait plus vulnérables encore que l'Allemand, un homme sociable, que sa liberté récente et l'accueil de ses hôtes rendaient à lui-même, une ivresse d'euphorie qu'ensuite l'exilé paie cher, quand, dans l'éloignement, il réalise enfin la radicale rupture de sa vie.

En se présentant au Mesnil, quelques jours après leur arrivée, Louvain avait pu rencontrer enfin celui pour qui Julia et lui-même avaient pris tant de risques, y compris celui de défier un des maîtres espions les plus redoutables. Pour l'instant, Harbayer n'avait que sa chance en tête, étourdi par l'exploit des conspirateurs qui avaient ourdi son évasion, la prouesse dont lui échappaient tant d'aspects, une aventure dont il avait douté dès sa conception et jusqu'au dernier moment, tenaillé par l'angoisse déchirante de sa décision, ces moments de la vie où l'on ne s'appartient plus, où l'on s'en remet à d'autres, des inconnus, et à personne il n'aurait dit qu'il avait sur lui de quoi se donner la mort, s'ils échouaient. Même le plus sincère allié, le plus généreux, est alors votre ennemi. Cette jeune fille, Grete Zeisser, et son père, deux concitoyens inconnus, au courage, à la résolution exemplaires, d'une intégrité dont il mesurait ce qu'il leur devait, à cause de cela même l'effrayaient, par l'énigme qu'oppose à la raison tout altruisme, son insondable motif. Jusqu'au bout, il les avait considérés comme des adversaires armés pour un combat qu'ils menaient sans lui, contre lui, dont la rigueur même le tenait hors jeu, le rejetait à sa déficience misérable. Aussi bien la jeune Française avec qui il n'avait pas échangé trois mots. Sans hésiter elle descendait devant lui le chemin de forêt vers Hittesau, aussi inconnu d'elle que de lui, des ruses de renarde pour se fondre dans les taillis enneigés, si sûre d'elle qu'il l'aurait battue pour son aplomb insensé, quand lui ne voyait que chausse-trappes et dangers mortels à chaque pas… A présent, ces gens, qu'il ne reverrait peut-être de sa vie, rejoignaient le panthéon idéal où les enfants placent les héros. Qu'ils fussent réunis, lui et les siens, et saufs, tenait véritablement de la magie des contes. Mais où la maison aux murs clos se trouve-t-elle, sa miraculeuse sauvegarde ? Près de la lampe veille une mère sentinelle, sa bonté rayonne parmi les étoiles, mais la nuit du chasseur recommence. Il attend sous un lampadaire, il chasse. La course est infiniment lente, entravée de plomb, son souffle infect hérisse la nuque. En rêve, il agrippe et étrangle, cela se répète sans fin, met à mal la réalité qu'au réveil on consulte, épouvanté de son irrésolution. Comme si c'était elle l'illusion, et son versant cauchemardesque la vérité. Non, Sigmund Harbayer n'était pas serein. Il souffrait et feignait pour ceux qui l'entouraient d'être cet homme sociable, un rescapé heureux dispensant de son mieux la gratitude qu'il devait à ses hôtes. Qui n'étaient pas heureux davantage. Visiblement, cette affaire leur infligeait le rappel de quelque drame ancien, dont Louvain ignorait tout, mais il avait à la lèvre une blessure qui pouvait lui laisser entrevoir de quelle nature était leur peine. Le temps est court de la vie où sont inédites les circonstances, qui vous baptisent de leur ravissement ou de leur terreur. Ensuite, on ne fait plus que les croiser et revivre, les réviser au compas des épreuves, elles ont gravé un dessin qu'aucune gomme n'efface, ces secrets-là sont infiniment plus obscurs que ceux que traquent tous les services de renseignements du monde, on est à soi-même une police de la pensée implacable, la mémoire révisionniste torture mieux que tous les bourreaux.

Il avait eu un aparté avec Pierre et Gabrielle, dans une bibliothèque à l'étage, où personne n'étudiait plus depuis longtemps à voir l'ordre mélancolique qui y régnait, ses volumes endormis et la table déserte. Il avait, avec grandes précautions oratoires, exposé par quel concours de circonstances fâcheuses, très accidentelles, il avait eu à assurer le retour de Mlle Galay, un démêlé délicat traité entre services idoines. Son arrestation inopinée mettait dans l'embarras, les relations diplomatiques sont sensibles, des deux côtés du Rhin… Il fallait rassurer ces pauvres parents, éperdus d'anxiété, incrédules quant aux improvisations de leur fille, soupçonnant qu'elle n'avait pas atterri à Berlin par fantaisie et, comme de Budapest, pas plus que de Vienne en état de siège ils n'obtenaient de nouvelles, convaincus qu'il s'était passé là-bas de terribles choses. De son arrestation et de sa libération, Gabrielle, il ignorait par qui, semblait prévenue, et Pierre aussi : quoi d'Oranienburg, mais quoi de cet endroit sinistre où l'on internait les opposants, socialistes et communistes, les juifs, où l'on assassinait en toute impunité ? Il avait eu grand mal à donner une version apaisante, à certifier que Camille se portait bien, mais selon son vœu se reposait de cette épreuve avant de rentrer, qu'elle se souciait d'eux et tenait à les assurer de toute son affection : il cherchait ses mots, n'en trouvait que de ridicules, d'ailleurs il mentait. En l'état où elle était, Mlle Galay n'assurait personne de rien. Pierre Galay tenait enlacées les épaules de sa femme, par ce contact précaire qui solidarise les corps contre l'adversité, ils s'encourageaient, cela faisait peine à voir. Tous deux à contre-jour, quand lui, en pleine lumière, leur offrait sa face duplice, et il promettait, oui promettait effrontément que, très bientôt, elle serait de retour. Ils n'en croyaient goutte, mais n'ayant d'autre bonne parole à écouter, ils feignaient de prendre les siennes pour argent comptant, il semblait qu'ils eussent une longue expérience de l'attente, du cheminement à tâtons dans les couloirs d'incertitudes et des spectres qui les hantent.

Sa visite au Mesnil lui avait laissé entrevoir cela. Il avait été reçu avec les politesses d'usage, curieux de découvrir dans quel décor avait pu évoluer son elfe et l'on pouvait considérer que cette belle demeure ancestrale, son parc ombragé de cèdres, les traces accumulées d'une histoire familiale que toute maison conserve, parmi lesquelles évoluent ses habitants successifs, souvent ignorées d'eux et pourtant prégnantes, plus obsédantes par leur silence que si elles parlaient distinctement à voix haute, constituaient la fêlure originelle par laquelle un séjour aux enfers détruit l'idée même d'appartenir. Ainsi l'odeur de compote venue d'une cuisine, cannelle, pointe d'anis vert, répandue dans ce salon où il était reçu maintenant, appelait-elle la réminiscence de goûters heureux ; ainsi, derrière la maison, le cri d'enfants que leur fuite, la peur de l'interminable voyage avec leur mère n'empêchaient pas de jouer, rappelait-il l'insouciance de printemps enfuis ; ainsi le rayon de soleil traversant les vitres et mourant sur le tapis, toujours tombé à cet endroit en ce moment de l'année, avait-il pu enivrer d'espérance ceux qui s'y trouvaient. La jeune fille qu'il avait conduite à Digne ne pouvait qu'avoir éprouvé, dans les murs du camp d'Oranienburg, la douleur d'en être déchue, l'ignoble, inamendable offense d'être confisquée à la dignité d'être de quelque part, d'aimer, en cela le crime totalitaire triomphe. Et tous ceux avec qui elle était détenue, de même niés de leur appartenance et amour de soi, dignité et respect. A cela Harbayer échappait. Où qu'il soit passé, quelles qu'aient été ses affres, elles ne pouvaient être rapportées à cette bassesse. Qu'il soigne ses tourments. Que Pierre Galay et sa femme, cette Gabrielle pleine de grâce, sachent où a été leur fille, à quoi elle a échappé. Si grands et légitimes soient leurs soucis et chagrins, ils riraient de puérile joie de l'apprendre, et qu'elle en soit sauve.

Voilà ce que pensait Etienne Louvain, cela valait ce que cela valait, mais il n'était pas d'humeur à compatir davantage. Il trouvait joli le soleil et tentante l'odeur de compote de pommes. Il trouvait confortable le sofa au coin de la cheminée et agréable la chaleur des radiateurs. Il restituait à Harbayer, ému à en trembler, les microfilms qui lui revenaient. Qu'il en fasse bon usage… Il se réservait la dent de Julia, une couronne précieuse, cadeau personnel censé le payer pour sa contribution. Il s'enquérait de la date du départ, sans dissimuler sa hâte de voir s'embarquer Harbayer *and family* dans le train du Havre, tiré à cent vingt à l'heure par la super-Mountain 241-101 vers le paquebot transatlantique à destination de New York. Une révolution professionnelle pour les bagnards du rail dont la nouvelle n'arrive pas jusqu'ici. La machine à vapeur agonise, la locomotive électrique réclame une nouvelle génération de mécaniciens, leur salaire baisse au prétexte que le travail est moins pénible, ils tournent selon des horaires aberrants, ils marchent à la prime. Les passagers du Paris-Le Havre y penseraient-ils ? Louvain avait un peu conversé avec ses agents, qui mangeraient de la compote au dessert, ce soir, les veinards. Il était parti, non merci, pas de voiture, une petite marche me fera du bien, le printemps arrive…

Simon Lewenthal n'avait jamais eu à écrire de lettres. A celles que rédigeait son secrétariat, il apposait son paraphe de président-directeur général. Ordres, directives, contrats et négociations ont leur protocole ; formules de remerciements, considérations distinguées ; les politesses graduées requièrent une compétence professionnelle, pour lesquelles l'excellente Mme Lemoine mérite salaire. Si loin qu'il se souvienne, il n'avait pas eu à rédiger. Sinon, enfant, les pensums scolaires ; en famille, les cartes de vœux, petites adresses de convention sous la dictée maternelle, ni plus tard pour un quelconque destinataire : il n'était pas adepte de la correspondance épistolaire, amicale ou amoureuse, nulle occasion ne lui avait inspiré de ces billets fiévreux qu'arrache la passion, le besoin impulsif de créer l'illusion d'une présence à soi, à l'autre, dans le temps différé de l'envoi de jouir des intermittences du cœur subjectif qui élance ses appels dans l'espace. Non, il n'avait en la matière aucune expérience de cette sorte, aussi écrire à Mme Louvain le mettait-il dans une situation inédite, qui le désemparait. Ne trouvant nulle part, ni dans son bureau de Choisy, ni dans celui de la pièce d'angle, rue de Lille, les conditions favorables à cet exercice, exaspéré de froisser du brouillon, de changer de papier à lettres, d'échouer à écrire fût-ce la première ligne d'une missive pour laquelle aucun modèle, aucune secrétaire n'offrait de secours, il avait trouvé refuge à Villeneuve-Saint-Georges. Par son dénuement, cette maison de meulière sans bureau, sans l'attirail propre aux écritures, lui était paru le lieu d'un exil intérieur, d'une épreuve de soi où se risquer sans témoin. Il ne savait ce qu'il jouait qui exigeait telle retraite, n'avait pas balancé pour l'entendre, et c'est en pleine semaine, en contravention avec ses habitudes, qu'il avait quitté Paris pour se rendre chez M. Patient.

Début février, on eût dit que le jour ne s'était pas levé, jusqu'au soir le plafond bas du ciel, encre et mercure, abattant ses averses, et le puits de jour végétal baignant la cuisine de sa lumière glauque, dans l'emprise verdâtre des feuillages persistants, sur la table de la cuisine, il avait écrit sa première lettre à Mme Louvain. Il fallait donc venir là pour aussitôt trouver la langue naturelle de cette première personne enfouie dans une coulisse de sa vie. L'autre, première personne, partout s'affichait, d'un ton sans réplique proclamait son existence péremptoire, un *je* directorial imbu de lui-même, grand patron jusqu'au bout des ongles, sur le théâtre social occupant seul la scène, soudain disqualifié, cédant la place à un figurant sans voix ni texte, de l'incompétence de qui il tremblait. Où diriger cette voix qu'il ne commandait pas, qui n'obéissait à aucune direction, en cherchait follement une à orienter vers cet horizon douloureux d'indécision, bien plus lointain que les toits de Villeneuve où il repérait, chaque matin, des baies de son bureau d'altitude, l'emplacement de la maison de M. Patient. C'était bien plus loin dans l'espace, et aussi dans le temps, qu'il adressait sa lettre. Dédicataire inconnue, d'autant plus bouleversante qu'elle n'avait visage ni corps, silhouette ou ombre, se présentait en son lointain comme une instance mystérieuse, de qui il ignorait l'humeur et les goûts, le caractère, d'autant plus intimidante qu'à travers elle, médiatrice, il s'adressait à une autre, inaccessible. A quelle portée, quels registre et timbre s'ajuster pour atteindre, à travers sa destinataire déclarée celle qui, derrière celle-là retranchée, infléchissait des accents dont l'impudeur le désarmait, alors il raturait dans la honte les phrases, les mots invalides, la moindre ponctuation dont l'inanité défigurait l'amour.

Et voilà que dans la cuisine de Villeneuve c'était venu sans mal aucun. Il ne se souciait plus du style, de son artifice savant qui affecte le naturel, cette fiction de la sincérité où le moi s'avantage, ni du choix des mots, de leur éloquence et de leur rhétorique. Ce n'était pas la parole, qui discourt à l'aventure, ni sa feinte oratoire qui singe la spontanéité, mais une voix nue, sans fard ni déguisement de théâtre, une voix inapprise, dont l'inaptitude même articulait l'inflexion, et qu'avait-il donc écrit à cette femme pour qu'entre eux s'établisse la correspondance ? A sa voix, elle accordait la sienne, d'emblée posée à la même tablature, sous les improvisations tenant la mélodie, *piano*, *andante*, *diminuendo* et *amoroso*, mezza-voce, d'une grâce dans le contrepoint qui lui mettait aux yeux des larmes de gratitude. Elle parlait du temps qu'il faisait, du climat bénéfique de ce pays, air sain et ensoleillement. Des bourgeons duveteux perçant au creux des bois morts d'un buisson d'aubépines, de la poule qui pondait dans le bûcher par indiscipline ; du tracas que c'était de dénicher ses œufs, mais quelle belle omelette, accompagnée de vin clairet de Die ; du linge odorant rangé dans les armoires, pour la première fois séché sur la corde dehors, les draps claquaient, le soleil avait été si doux ; du premier bouquet de primevères cueilli au jardin. Et chez le boucher de Digne, croisé dans la file où l'on bavarde, le libraire, qui portait le soir même les livres de Virginia Woolf, qu'il ne vendait guère, en ces lieux reculés. Aussi d'une promenade, pour laquelle elle chaussait ses gros souliers ferrés, délaçait son corset, car l'effort n'était plus de son âge, mais quel ravissement là-haut, et quel appétit, au retour, vous donnent ces expéditions. Du mistral, qui fait le diable à quatre dans les greniers, mais berce les bonnes nuits sous la couette... Elle ne parlait pas de Camille, mais il ne craignait plus le danger d'enjamber les fenêtres. Il suivait pas à pas sa vie de tous les jours dans l'implicite des nouvelles quasi quotidiennes, jamais il n'aurait cru attendre le facteur avec le cœur battant d'un jeune homme amoureux, se désespérer d'un jour sans enveloppe timbrée de Digne préfecture, département des Basses-Alpes, maudire les dimanches où la poste fait relâche. La femme écrivait d'une belle ronde inclinée à l'encre violette, elle avait des tournures surannées, pleines des délicatesses d'un autre siècle, et un vocabulaire de paysanne, très terre-à-terre dans la chronique domestique, un prosaïsme sans embarras qui rend les choses présentes, leur donne odeur, saveur et couleur. Et c'était le paradoxe qu'à donner des nouvelles de sa pensionnaire, sans jamais la nommer, elle donnait des siennes sans se présenter, d'une lettre à l'autre composait un double portrait dont Lewenthal confondait les traits, bénissant qu'en le giron de l'une l'autre fût lovée, comme les corps d'Anne et de Marie s'emboîtent dans les tableaux renaissants, auréolés de gloire et de bonté. Il attendait, il patientait.

La maison de Villeneuve était propice, elle sécrétait une atmosphère de clandestinité romanesque qu'aucun passant n'aurait imaginée à voir son mur hostile hérissé de tessons, son fouillis de branchages dépouillés par l'hiver, sa façade ingrate de moellons que la pluie noircissait. Le cœur sentimental élit de ces endroits pour y loger ses émois, la fureur des transports et les rêves secrets, il a besoin du retrait loin des yeux où recueillir l'impudeur sauvage du désir, les affres de l'attente, pour régresser à la nudité du moi tourmenté, ce superlatif de l'intime où l'on déchiffre, le feu aux tempes, la lettre d'une vieille femme qui vous parle de votre amour. Cela au milieu d'un travail acharné pour aboutir dans le mois le projet qu'il poursuivait depuis près d'un an, le montage financier qui hausserait l'entreprise à l'envergure d'un trust : rafler le marché du lait. D'un saut sans précédent, en plein marasme économique et instabilité politique, s'emparer d'une activité encore artisanale et l'industrialiser, concentrer la collecte et moderniser le traitement du lait, la pasteurisation ne suffisait plus ; repenser conditionnement et distribution, de nouvelles usines à chaque porte de Paris, une bouteille B&G livrée sur le seuil de chaque maison au petit matin ! Entre deux lettres à Digne, il parachevait son grand œuvre, dont la folie et le bon sens ébranlaient Mme Mathilde. Elle qui n'avait jamais reculé, on eût dit que ce coup dépassait son entendement, et comme il prenait seul les risques, cette fois, investissait dans le crédit colossal en son nom propre, en quelque sorte greffait à son flanc un enfant que son âge ne pouvait plus concevoir, elle ne sortait pas de son effarement devant ce coup de maître, ou ce coup du sort, et il n'avait pas le temps, comme tant d'autres fois, de passer avec elle des heures à la convaincre, la séduire, à l'enflammer. Il courait à Villeneuve, s'enfermait chez M. Patient, y dormait plusieurs fois par semaine, il écrivait.

Il écrivait ses lettres au milieu des œuvres d'art qui emplissaient les chambres de la maison, posées à même le plancher. Leur châssis tourne le dos mais d'un geste elles se dévoilent, selon l'envie subite inspirent une lettre de leur rayonnement, la charte des couleurs miroite et la matière, pigment et glacis, l'élan d'une main rincée au pinceau, brossée, jetée à la toile, guide la main d'écriture. Un paysage déchiré de Soutine ou les fractures minérales d'un petit Cézanne, la contorsion exaspérée d'une femme de Picasso avaient été tour à tour la page sur laquelle il avait écrit à Mme Louvain. Sans y faire référence, leur empreinte en avait façonné la langue, chacune de ses lettres portait vers Camille la force que donne la beauté, brasier d'étoiles ; composée de substances identiques, chacune une vie nouvelle et sa justification, d'une tendresse et souveraineté incommunicables, opposant aux assauts monstrueux du monde son insoluble existence. En ce mois de février 1934, peut-être avait-il enfin trouvé le motif de sa collection, ce qui le poussait depuis tant d'années à accumuler aveuglément, à acquérir, sans dessein autre que l'addition compulsive, les œuvres que l'instant offrait aux yeux, sans que leur appel, leur réclame aussi obscure qu'impérieuse, déclinât sa nature, et maintenant il l'entendait. S'ils n'étaient assignés à une nécessité d'amour que valaient ces tableaux, ces dessins et gravures, gouache, pastel, ces collages de paille et de papier, ficelles, cartons ? Que valait la substance triviale de peinture étalée, le cyan, le cinabre et l'oxyde de zinc, le jus ou l'empâtement, le repentir, que valait l'art. Il aurait donné tout pour la soustraire à Oranienburg. Pour arracher aux dents de l'ogre sa chair et son âme, pour conjurer la mort. Il aurait donné tout, vidé la maison de M. Patient, soldé son trésor incalculable pour elle. Pour qu'elle n'enjambe pas une fenêtre comme son frère l'avait fait, sidéré d'horreur. Le petit M. Lohse avait été si modeste dans ses prétentions, que Simon Lewenthal en avait été ébahi. Stupéfié qu'il évaluât si bas ce qu'il venait négocier, maquignon ignare. D'une incompétence effarante pour la valeur qu'il marchandait, d'une médiocrité si basse que c'était pitié de rencontrer cet expert, de découvrir en lui la radicale inintelligence des barbares. Il en aurait ri, s'il n'avait eu au ventre une telle angoisse. Il en avait ri, un ricanement de désespoir qui ne monte pas jusqu'à la face, qui tord les viscères et le cœur, donne une nausée. A quelques dessins et tableaux, quatre ! à un Grünewald de deuxième catégorie, il estimait le prix de l'amour, son équivalent d'art, de l'un, de l'autre, de rien n'avait idée, ne l'avait de sa vie entrevue une seule fois ; en cela, en sa misère humaine, un monstre. Une anomalie répugnante, commis d'un marché dont il ignorait tout, sur lequel sa propre peau ne valait qu'à hauteur de celle qu'il fixait pour les autres, et si borné qu'il se faisait filouter, rouler comme à la foire, ma parole. De cette bêtise incommensurable, Lewenthal ne tirait pas avantage, l'escroc s'était escroqué lui-même en toute suffisance, mais cela lui offrait un aperçu de son infirmité scélérate, déficit tragique, radical. Une absence, un oubli, une perte criminelle qui dévalue toute existence, la réduit à son poids de viande, à son équivalent en œuvres d'art, en quoi d'autre ? Non il n'avait pas pitié de Lohse pour lui avoir si peu soustrait que c'était risible. Il avait rencontré en lui la figure de l'ennemi absolu, son incarnation effroyable et dérisoire. Et s'il avait jamais conçu de haine, ce sentiment aussi puissant que l'amour, son envers, il la lui vouait, impuissant à en refréner le dégoût, hérissé de honte d'en être atteint, et sali. Alors que Bruno Lohse se présente un jour, qu'il l'ose, il le ferait, l'inconscient, qu'il cherche à rencontrer M. Patient, celui-ci l'attendait.

Il y eut un jour d'avril où Simon Lewenthal se rendit à Digne, parce que la vieille dame le lui enjoignait enfin, parce qu'elle avait épuisé tout ce que les poules, les crocus et les pâquerettes, tout ce que les nuits venteuses et les jours ensoleillés pouvaient dispenser de bienfaits. D'ailleurs, à cette époque de l'année, elle se rendait à Marseille visiter ses sœurs et ses cousines, elle n'avait pas l'intention de renoncer à son voyage de printemps, au chocolatier du Vieux-Port, ni aux mimosas des jardins de Notre-Dame-de-la-Garde. C'est en ces termes qu'elle annonçait la fin du séjour de Camille et pressait l'épistolier amateur de venir la chercher. Lewenthal avait pris le train jusqu'à Avignon, et de là l'autobus de la poste rurale, par le même chemin qu'Etienne avait traversé villages et hameaux, livré les emplettes et les bidons de lait, changé à Manosque, était monté jusqu'à Digne, terminus. Voyageur sans bagage, il avait grimpé les trois derniers kilomètres à pied, une ascension qui serre la gorge et accélère le pouls, puis remonté l'allée de platanes vers la maison ocre et rose, sa loggia échevelée de jasmin. Mme Louvain était telle qu'il l'avait imaginée. Ou plutôt elle s'imaginait sur place, s'incarnait sans autre manière que les apparitions subites, un tablier bleu magistral sur sa jupe zinzolin, un délicat linon au col, et des mains grassouillettes voletant autour des choses comme hannetons, la moindre qu'elle touchait en était éblouie de nouveauté. Qu'elle fût ravissante de bougonnerie, et courtisane dans l'abord, pleine de prévenance et de malice dans son accueil lui faisait une belle jambe ; la seule qu'il eût voulu voir dans l'instant n'était pas là, et il lui avait fallu endurer toute une heure de compliments et considérations climatiques devant un verre de liqueur verte, écœurante concoction de chartreux. Jusqu'à ce que, dans l'encadrement de la porte, parût au bout de l'allée la silhouette lointaine d'une marcheuse, que le soleil déclinant entre les platanes hachurait de rose et de bleu, le nimbe de printemps dont Botticelli enchante ses danseuses. Sa silhouette dansait sur l'allée, la buée des yeux empêchait de voir mieux ses traits et son air, mais à son allure, son pas résolu, à la ligne ondulante de ses hanches, il sut que c'était elle ; et il marcha vers elle. Mon Dieu, comme il marchait, l'enfant qui lance ses premiers pas n'est pas plus assuré, le monde bascule et le sol se dérobe, mais il avance, intrépide, chaque pas enhardit le suivant, et les derniers courent, ivres de leur vélocité, aériens, elle court aussi et d'une telle collision, que dire ? Laissons-les sur l'allée, détournons le regard, avec Mme Louvain allons préparer le dîner dans cette cuisine de gros carreaux vernissés que la lampe illumine. Sur le gros fourneau mijote une soupe au pistou, du caquelon de fonte monte un fumet qui embaume les poutres, sa vapeur embue la vue, ou bien c'est l'ail qui pique aux narines ? Un bon coup de trompette dans le mouchoir et coupons le pain rassis. Les croûtons rissolent dans le beurre, à verser au dernier moment sur le râble de lapin caramélisé de moutarde. Ensuite tourner la salade, bien la fatiguer et la refatiguer. Ensuite, épuisé d'émotions, vidons un dernier petit verre de liqueur des chartreux.

Camille avait passé tout ce temps à écrire. Six semaines à remplir un gros cahier quadrillé de bleu, marge rouge ; entretemps à lire, à dormir, à marcher. A retourner les pommes et les prunes séchées sur les claies du grenier. A ratisser le sable devant la maison, à chercher les œufs dans tous les endroits possibles et imaginables. A converser du temps avec Mme Louvain, et regarder des photos de famille où Etienne avait des culottes courtes, son père une redingote de fonctionnaire et des bottes fines, une moustache taillée aux petits ciseaux, très séduisante. Elle avait tenu sa décision de ne voir personne, ni d'écrire, à son père ni à Gabrielle, à personne, et même pas à vous, surtout pas vous, Simon, mais Mme Louvain me donnait de vos nouvelles, elle me donnait à lire vos lettres. Tout ce temps, elle avait beaucoup à faire. Elle avait à manger lentement, mâcher chaque bouchée et par petites quantités. Cela ne passait pas. Non qu'elle fût malade, dans un état tel de dénutrition que l'estomac refuse. Elle n'avait passé que trois semaines au régime des SA, elle était percluse et amaigrie, mais pas du tout malade. C'est à sa gorge que cela ne passait pas, à sa langue, rétractée entre ses dents, serrée comme un vieil escargot desséché. Elle devait d'abord rendre gorge, laisser monter et recracher un parasite viscéral, l'extirper d'elle-même, tirer hors de sa gorge son petit mufle infect. Il ne faut pas faire de sentiments pour s'opérer vive de cette bête. Il faut être seul et loin des yeux, de qui vous aime surtout.

Elle avait à écrire ce qu'elle avait vu et pour cela inventer une langue qui ne laisse rien aux sentiments. Dans cet endroit, il s'était passé une chose qui ne les tolère pas. Elle n'avait été victime de rien ni de personne, il n'y a pas de victime à Oranienburg. Jos est victime d'un accident. Jos est mort de rencontrer un bolide contre lequel ses os et sa chair ont eu tort, si bon était son droit de piéton. Il marche comme chacun de nous au bord d'un trottoir, à l'aplomb de la mort, un abîme à chaque pas. Cela surgit comme une septicémie foudroyante, la chute d'une tuile, une vague trop forte, une tumeur maligne qui loge au cerveau. L'infortune nous destine à ces rencontres et du grief, du dol, il faut pleurer, qui fait de nous l'agneau sacrifié d'un décret absurde, mais nous sommes mortels, nous n'avons pas le droit de nous plaindre. Nous ne pouvons porter plainte, réclamer justice. Je ne plains pas Jos, j'ai du chagrin pour lui, mon chagrin est immense. Je n'ai pas de chagrin pour Magda. Magda n'est pas victime d'un accident, je réclame justice. La barre de fer qui meurtrit sa chair, qui rompt ses vertèbres, éclate son crâne, part d'un bras de fer, d'une âme de fer usinés à la forge du fascisme. Je ne l'ai pas vue mourir, mais je sais comment frappent les SA. Cela n'est pas un accident de la circulation. Oranienburg n'est pas un accident. Je ne suis pas une victime, je suis un témoin. Rien ne me sauvera si, d'avoir traversé le pont, je ne rapporte ce que j'ai vu de l'autre côté. Dans les ténèbres où je suis arrivée, j'ai vu venir à ma rencontre des spectres dont il faut rendre compte. Si atroce soit leur vue dans cette obscurité, ils ne sont pas aveuglants. Nous pouvons supporter leur vue. Ils ne doivent pas nous aveugler de peur, fermer nos yeux comme les petits enfants qui exorcisent les cauchemars en plissant leurs pauvres paupières. Nous ne sommes pas des enfants, et les spectres sont nos pareils. Je porte plainte, je réclame justice. L'indignation a droit, la colère a droit. Ma colère pour Magda est sans limites. Ce qu'ils font doit être dit et porté au tribunal des mots, que les hommes l'entendent. J'ai eu du mal à m'entendre. Je ne m'entendais plus, je n'avais que les mots. J'ai pu devenir folle, mais je n'ai pas renoncé à eux. Ce sont eux qui renonçaient à moi. Ils manquaient, ils étaient vides et vains, fossiles d'une langue morte que personne ne parle plus, mais chaque instant, je nommais, je mettais sur chaque geste les mots qui le font comparaître ; si faibles soient-ils, ils désignent. Les mots ne font pas défaut, ma langue les trouve. J'ai été lâche, Simon, j'ai claqué des dents à l'idée des coups que je n'avais pas encore reçus. J'ai uriné de peur, mouillé mes jambes et ma jupe, j'ai vomi de peur ignoble, j'ai obéi, consenti, j'ai assisté. Mangé les tartines gluantes imbibées, exprès de la veille, de graisse de machine, elles coulent en lambeaux, cette pourriture donne des coliques, elle n'assouvit pas la faim et dénature le besoin de manger, cela sépare de soi au point que jamais plus on ne pourra manger ni aimer. Je ne vous aimais plus, je n'aimais plus personne au monde, de cela il faut rendre compte. Il faut donner les noms, ils sont tous dans ce cahier. Ceux qui empêchent le sommeil, forcent à courir dix-sept heures autour de la cour dans des chaussures de deux pointures trop petites, leurs membres sont brisés, ils n'auront plus jamais de pieds. Battus à mort. Il faut se souvenir de leur nom. Celles qu'ils ont enduites de goudron, cheveux arrachés avec la peau du crâne, rouées de coups, violées. Tout est écrit dans ce cahier, c'est une description de faits. Les bourreaux sont ce qu'ils font. Il ne faut jamais entrer dans leur âme, elle est de basse littérature, elle est vide. Celui qui y entre perd la sienne. Je n'ai pas d'imagination. Je n'ai pas de sentiment, je n'en avais plus, c'est étrange, cela sauve. Un point de vue objectif, Jos me l'a appris. Sont consignés le nom de ceux qui dirigent le camp, l'administrent, ceux qui obéissent, inventent chaque jour des sévices nouveaux pour avilir, anéantir. Ils dépouillent les détenus, font trafic dehors de leur vol selon la monnaie qu'ils ont mise en cours, au taux de dix marks pour un. Le nom des tortionnaires qui torturent à la chambre 16. Schäfer, Stahlkopf, Krüger, Daniels, Ewe, Federwisch, Herzog, Petzschner, Köpke, Müller, le Dr Lazar, Kaluwig. Leur grade, leur fonction. Les cellules noires. Le supplice du cercueil vertical, soixante centimètres carrés, huit jours et nuits debout entre ses parois. Ils font des photos. Ils ont besoin de photos pour se voir deux fois, le pied sur les corps en sang. Il restera des photos. Nous les trouverons. Il ne faut pas y mettre d'adjectif qualificatif, d'adverbe ni de complément. Je ne qualifie pas, je relate. Relater ne soulage pas, ne guérit pas. Je ne suis pas malade. Je ne me jetterai d'aucune fenêtre dans le vide, ils ne veulent que cela. Je suis témoin. Rien n'est indicible, le croire ferait taire. Le croire leur donne raison. Ma langue n'est pas morte. Je ne suis pas morte, je parle pour les morts. Je parle aux vivants. Je suis vivante et je peux cueillir les primevères. Je peux marcher dans la montagne, je peux dénicher les œufs. Je peux vous attendre. Je vais très bien, Simon Lewenthal. Mon amour aimez-moi, aimez en moi la souillure et l'infection dont les mots me libèrent, les mots sont plus forts que le monde, ils l'instruisent. Je veux instruire le procès d'Oranienburg et demander justice. A ceux qui nient la justice, la bafouent, l'injurient, il faut la réclamer. Je ne peux rentrer chez moi sans avoir écrit ce cahier, je ne peux revenir vers les miens si vous ne m'entendez pas, je ne peux revenir vers vous si vous ne le lisez pas. Vous devez savoir qui je suis devenue, venir me chercher où je suis parvenue, traverser le pont à ma rencontre et me reprendre à eux. Camille ne disait rien de cela. Elle avait conduit Simon Lewenthal dans la chambre au plafond peint de feuilles d'acanthe et lui avait tendu le cahier. Il savait ce qu'il contenait, ou plutôt du geste qu'elle le donnait il le devinait. Il consentait à en être le destinataire, à recevoir la longue lettre et sa redoutable adresse, à en accuser réception, et le poids, sans juger ni désespérer de ce don, sans abdiquer. S'il avait su entendre et recevoir ce que disait Alain, alors peut-être son frère ne serait-il pas mort…

Camille avait mangé de bon appétit la soupe au pistou et le lapin aux petits croûtons, ses joues étaient roses du bon air de Haute-Provence. Sous la frange, son regard vif allait de Mme Louvain, orgueilleuse de son art à soigner les enfants qui échouaient chez elle, à Simon qu'elle traitait avec la même autorité de patronnesse, attendant des compliments qui ne venaient pas, mais une assiette torchée est plus éloquente que des discours. Et pour finir, la table débarrassée, elle avait eu la fine inspiration de s'avouer très fatiguée, bâillant que sa malle attendait, qu'elle avait de la route demain jusqu'à Marseille. Alors ils s'étaient retrouvés seuls au coin des braises du feu couvant, les derniers reflets du crépuscule frappant le mur d'un halo. Dehors, le ciel sur la vallée était de porcelaine bleue, de longues herbes de nuages couchées à son horizon, les petites chênaies fonçaient, bronze noir dans les escarpements de craie, l'atmosphère abstraite à force de limpidité de l'air et les pans tombant en géométries les uns sur les autres emplissaient le plan d'une fenêtre que peignait Cézanne. Sa palette étendue jusque dans la pièce où ils se tenaient colorait la nature morte des faïences, des bouteilles abandonnées sur la table dans les plis de la nappe, le compotier de pommes de l'autre année, descendues du grenier, la pendule noire et la tasse de café. Dans ce tableau, ils étaient réunis, et seuls. Seuls comme au bout du quai de la gare où ils s'étaient quittés, trois mois plus tôt, à cette extrémité de jetée qui dessinait, dans l'obscurité du soir et les brouillards de vapeur, ses lignes de fuite incertaines, dont ils avaient peut-être pressenti, comme dans toute séparation, qu'elles les éloignaient dangereusement, sur leurs aiguillages d'acier séparaient leurs voies et, moins que le risque des déraillements, c'était la menace des destinations lointaines dont on n'est jamais sûr de revenir le même qui les déchirait de chagrin. Vous reviendrez. Vous m'attendrez. Vous êtes libre… Je vous aime et je vous emporte, je te garde… Comme étaient faibles alors les mots pour conjurer le destin en marche, ils ne protestaient que du faible cri des amants pour que ne soit pas ruiné le neuf échafaudage de leur amour. Ils étaient tout-puissants. Ils étaient triomphants, puisque s'exauçait la prière, ils étaient ensemble ce soir. Il pouvait la prendre dans ses bras, de l'enveloppement si faible des bras d'homme qui endort les enfants et embrase le désir, une royauté qui fait droit aux tendresses, aux sources de paix et de quelle joie, de quelle aura sereine étaient-ils environnés pour envisager la nuit.

Mais tant à se dire, tant à chuchoter dans la maison silencieuse, pour ne pas réveiller Mme Louvain, pour ne pas effaroucher les hirondelles dormant dans les plafonds. A voix basse, dans l'obscurité grandissante, il osait dire : Soyez ma femme, Camille. Epousons-nous, voulez-vous de moi ? Je vous veux. Je n'ai rien commencé, vous venez d'arriver. Vous venez de loin déjà, j'ai à vous connaître, connaissez-moi, nous mettrons des roses partout dans la maison ; nous boirons du vin de Médoc, disait-elle. Dans ta cuisine, nous boirons *un petit coup de rouge*, à dix heures du soir. Nous achèterons un autre Leica, tu retourneras faire des photos sur la route de Choisy. Comme je t'aimais déjà, quand tu as surgi de l'ascenseur, ton bonnet d'ouvrière sur le front, l'odeur de moka dans tes cheveux, je dois apprendre le judo. Tu ne me prendras plus en traître, vous me direz ce que je dois faire : nous devons repenser le travail à la chaîne d'empaquetage, notre usine donnera l'exemple du travail moderne, nous irons marcher dans la neige vierge des forêts du Grand Nord en raquettes, nous verrons passer un caribou solitaire et altier, il y aura chaque matin une bouteille de lait au seuil des maisons, je vous aime, et elle respirait dans son cou l'odeur de fougères écrasées, l'humus acidulé des mousses, l'affolant parfum que garde la peau des sous-bois d'automne, il la baisait aux lèvres, demain nous reprendrons l'autobus de la poste rurale. Nous irons en plein jour au bras l'un de l'autre, nous n'avons pas à nous cacher, et elle pensait à mille choses qu'il ignorait, à la plage de Coney Island, aux fermiers d'Alabama, à la ruine de la maison d'Agota sur les pentes de Buda, et à la boîte de cigarettes de Jos, oui je serai votre femme, à l'étui de cuir rouge perdu pour toujours, je veux que vous alliez à mon bras, je veux votre orgueil. Que tu entres en moi battre l'ombre secrète de mon sexe et le prennes chaque jour, comme dans la forêt à midi nous ferons l'amour chaque jour et nuit, mais se redressant soudain, front contre son front, dans l'intense regard mutuel qui ne doit pas mentir, elle demandait :

— Qui est M. Patient ?

A cette question, Simon Lewenthal resta sans voix, le dernier retranchement au plus intime de sa vie, au bout d'une impasse de banlieue, au fond d'un puits perdu, sur lequel personne ne se penche, ce qui s'y enferme de secret est au plus noir des ténèbres, il n'est pas sûr de le connaître.

— La première fois que je suis venue chez vous, sur le mur du couloir, il y avait une femme dans la forêt. Elle dort, les bras étendus derrière sa tête. Je l'ai vue chez ce marchand de Berlin. Il téléphone, il marchande ma liberté, j'ai vomi dans sa cuisine. Qui est M. Patient ?... De quel droit m'achète-t-il avec un dessin de Picasso qui vous appartient ?

Bruno Lohse ne téléphonait pas à M. Patient. Il s'adressait à de puissants directeurs de banque qui gardent dans leurs coffres des biens sous scellés en provenance de toute l'Europe, spoliés à des hommes dont aujourd'hui la vie dépend, celle de leurs enfants. Ils trafiquent de l'espèce humaine et la pèsent à leur trébuchet, ce sont des faussaires. Eux et leurs receleurs commercent de destins, les monnaient à un change dont ils fixent le taux, ils en ont le pouvoir parce que nous les avons laissés brûler les institutions et les livres. Ils paieront leur crime d'avoir estimé votre prix, Camille. Ils l'ont si mal estimé qu'ils le paieront de leur peau, qui ne vaut rien, elle est puante. M. Patient est un spécialiste du commerce des peaux. Il est infiniment plus riche et plus féroce qu'eux. Vous le rencontrerez Camille, je vous le jure. Il n'attend que de vous connaître, de vous accueillir chez lui. Il a besoin de vous pour rester un être humain.

*

Le tracteur des Armand était passé sur le chemin, Gaston au volant avait fait un signe de bonjour, il avait laissé derrière lui une grosse fumée de gas-oil, mais le petit vent de printemps l'avait dissipée, le vent pur courait sur les semis frissonnants, traînant des vaguelettes dans la dentelle d'herbe, secouant comme jupes les buissons d'aubépine des fossés. On ne pouvait être plus heureuse que couchée à plat ventre, le nez au ras des mottes de terre, enfoui dans leur tiédeur animale. Camille y avait passé une bonne heure, à regarder la fine poussière de pollen à l'envers des feuilles translucides, la colonne de moucherons autour de la tige d'une grande fleur haussée de vanité vers le ciel ; à écouter le pépiement d'oiseaux s'égosillant de jeunesse, l'écho lointain des champs où les paysans lancent des appels sonores, et l'horloge du bourg, qui égrène les heures à son clocher, de temps en temps le passage d'une voiture, pot pétaradant sur la route vers Genilly. Le moindre bruit, la moindre odeur avait de l'importance. Seulement bouger sa main ou son bras, le chatouillement du genou incrusté dans la terre, une fourmi remonte son mollet, c'est la différence entre l'enfer et le paradis. Ils en ont une idée si médiocre que les gens ne font plus la différence, ils croient que c'est la même chose à l'aune de leur ignorance, je ris parce que je ne dois pas pleurer du bonheur trop grand. Elle était rentrée et d'avoir croisé Meyer à l'écurie, humé l'odeur du pavé brossé au balai de paille, elle chantonnait. Comme le jeune hêtre repousse vite, à présent ! Il forcit à vue d'œil, la grosse souche morte l'enracine profond. Vous l'avez vu s'abattre sous la foudre, Meyer, il était mort mais il vivra plus longtemps que nous tous… Mauranne s'affairait au four, un plat de blettes gratinées, elle se désolait que les fèves ne soient pas encore poussées, Mme Mathilde les aimait tant à la croque au sel, mais on aurait des radis tantôt.

Camille avait rejoint sa grand-mère au salon, où celle-ci avait passé son après-midi. Un samedi sur deux, elle venait au Mesnil, tant que Gabrielle et Pierre étaient encore là. Ils repartaient bientôt, tout a une fin, même les congés sabbatiques. D'ici l'été, elle n'y remettrait pas les pieds, merci bien. Le chantier du toit commençait en mai, il ferait une poussière épouvantable, des camions, des allées et venues à rendre fou. Autour d'elle, c'était un désordre de campement gitan. Les journaux de la semaine, les revues qu'elle avait dépouillés s'amoncelaient en vrac sur le tapis, sur son guéridon des dossiers de l'usine, qu'elle avait dû consulter dans la confusion ou le dépit, château branlant, et sur le canapé près d'elle, l'éparpillement de photos renversées d'une boîte, échappées d'albums en vieux cuir ; ses coussins effondrés, son châle jeté sur un fauteuil : elle avait trop chaud, avait fait ouvrir les portes sur le parc, et puis les fermer, le courant d'air était intenable, cette tiédeur, étouffante ; elle cherchait ses bésicles. Mauranne avait approché un tabouret et posé dessus le plateau, avec son bol de café, et des biscuits au gingembre, auxquels elle n'avait pas touché : leur saveur poivrée lui donnait des migraines, le sablé lui restait collé au dentier. Mais à l'entrée de Camille, elle s'était déridée, avait repoussé ce fatras qui l'ennuyait, fait une place près d'elle en tapotant le siège.

— Viens un peu ici. Donne-moi des nouvelles. Où es-tu allée courir, pour sentir la santoline ?

Pas bien loin, en haut du grand pré, au soleil, et dans le verger, à l'écurie, à la cuisine, il y a longtemps que je n'avais fait ce tour, l'hiver est fini. Que cherchez-vous, grand-mère, parmi ces photos ? Ah, bah ! C'est une lubie, moi non plus je n'avais pas fait ce tour-là de longtemps, et mieux vaudrait se l'éviter. Tous ces gens, que font-ils dans les boîtes ? Ils sont si nombreux, j'ai oublié leurs noms. Je n'ai même pas trouvé celle qui m'est revenue cette nuit. Les insomnies vous vont fouiller en pensée, c'est épuisant de ranger et classer, visiter les tiroirs des commodes imaginaires… Mes archives de l'usine ? Aussi bien perdues : les livres de comptes de mon père sont longtemps restés dans son bureau, quai d'Austerlitz, je ne sais qui les a déménagés ni quand, ils les ont égarés. C'est incroyable, le désordre des gens, on ne m'a pas demandé mon avis, les vieux employés sont partis à la retraite, va-t'en en interroger un, à présent. Je ne connais plus un seul ouvrier qui soit de cette époque, tous de nouveaux venus… Cette nuit, j'ai repensé à Hubert, mon beau-frère dominicain, savoir pourquoi ? Il a passé sa vie dans un couvent de Florence, je ne sais dans quelle chartreuse, un très bel homme. Il avait une prestance, une élégance… Se fourrer dans les ordres lui a pris comme la colique. Je crois qu'il était amoureux de moi, le crois-tu ? Il dépassait Henri d'une tête, mais je n'ai vu que son frère, que veux-tu… S'il se trouve, avec lui, j'aurais voyagé au lieu de construire des usines, j'aurais fait des études, appris le chinois, nous n'aurions pas eu d'enfants. Ne fais pas trop d'enfants, Camille, c'est un boulet. Réfléchis avant de te marier, ne te marie pas. Je voulais donc revoir la tête qu'il avait, je n'ai aucun souvenir de sa tête, c'est étrange. Ne crois pas que je perde la mémoire, mais le visage des gens s'efface si vite, crois-tu que je reconnaîtrais Henri, au coin du couloir ? Du jour au lendemain, les visages s'évaporent : toi, par exemple. Tu rentres, tu sens la santoline. Je ne suis pas sûre que tu avais la même tête en sortant. Ni quand tu as débarqué de New York, en septembre. Je t'ai oubliée, je t'oublie depuis que tu es petite, je n'ai jamais bien vu ton visage. Regarde-moi que je te regarde. D'où viens-tu ?...

Grand-mère, je viens comme vous d'une longue histoire, elle a commencé bien avant ma naissance, je ne sais où en Hongrie. Dans des jardins, il y a des enfants en tablier, sous des arbres un noble comte courtise une jeune fille mais eux-mêmes d'où viennent-ils, que savent-ils d'avant leur naissance ? Je viens d'un village de Birmanie dans la forêt, d'une maison à véranda sous les pluies de mousson, ma mère est une jeune Anglaise qui a cru que pouvait l'aimer un beau voyageur échoué à Rangoon. De quelle région vient-elle, de quelle histoire pour grandir dans ce port d'Orient et quitter, trahir son père et suivre un aventurier qui adore la mort, et venir dormir dans une tombe du cimetière au Mesnil... Votre fils ne l'aimait pas, mais Pierre l'a épousée pour me faire sa fille et me donner son nom. Je viens d'Alabama, vous auriez dû voyager, grand-mère. Rencontrer sur une plage au petit matin un photographe qui marche sur les mains et connaît les nœuds marins. Vous auriez dû partir en Afrique tourner des films au cœur des ténèbres, mon oncle Daniel rentre bientôt, une fois de plus vous ne l'écouterez pas vous raconter comment il a connu Samantha, dont le père a remonté le fleuve Congo et peut-être croisé Henri chez les Koubas. Ses sagaies et ses masques dans le salon ont apeuré mon enfance, et maintenant j'en suis héritière, je consens au legs, j'en suis fière. Au musée, M. Jacob va baptiser une salle de son nom. Henri m'a donné une poupée chinoise, une nuit de Noël, il n'était pourtant pas mon grand-père. Il a écrit des Mémoires que vous n'avez jamais lus, mais je vous les lirai. Sassette et moi allons éditer ce livre aux éditions Cazzoni, ; elle me l'a donné, mais c'est elle qui l'a écrit, sous sa dictée. Vous verrez que vous avez bien fait de l'aimer, et de le laisser voyager. Il n'était pas mon grand-père, pas plus que vous n'êtes ma grand-mère, mais je vous adopte pour telle plus que vous ne m'avez jamais adoptée. D'où je viens, on a le choix des grands-mères... J'en ai une, qui vit peut-être encore, rentrée de Rangoon finir ses jours dans quelque cottage du Surrey ou d'Ecosse. Une autre vivait rue Buffon, elle a haï son fils et aimé Gabrielle, elle a veillé son berceau d'orpheline, et j'en ai une récente, qui m'a gavée de pistoles et de réglisses, bordée dans son lit sous le plafond peint d'acanthes de la chambre de son fils, mort de grippe espagnole. Une autre encore, musicienne étouffée sous la neige, allongée au Père-Lachaise, qui visite sa tombe ? Gabrielle est ma mère plus que la jeune Anglaise ; orpheline, elle savait mieux que vous dans quelle solitude sont les enfants jetés au vide du monde, ils ne savent que pleurer et ne vouloir rien, puisque personne ne les veut : elle m'a donné sa petite bague bleue, une nuit de Noël, je l'ai perdue. Ce n'était pas grande perte, un bijou de trois sous, pourtant il venait de loin, d'avant ma naissance. Mais si vous saviez où je l'ai retrouvée ! A quatre pattes par terre, sur le carreau d'une cuisine de banlieue constructiviste, à Budapest, elle est tombée d'une étoile et si je ne l'avais pas volée et glissée à mon doigt – mon petit doigt, parce que j'ai grandi, grand-mère –, si je ne l'avais pas reconnue et recueillie, je crois que je serais morte. Là où je suis allée, de l'autre côté de ce pont où vous n'irez jamais, une bague comme celle-là vous sauve la vie. Plus que la vie, grand-mère, elle sauve l'esprit du désespoir, elle est le gage par lequel vous faites le pacte de ne pas céder, parce que votre sœur Magda vous en a montré l'exemple, je la pleure. J'accompagne le mugissement de toutes les âmes navrées, à la sienne je joins ma plainte. Mais je ne cède pas. Pour cela, il faut connaître les nœuds marins. Il faut savoir nouer la bague entre deux fils de laine et cacher ce qui vous relie à la vie, bien serrer les nœuds. Cette bague d'Oranienburg a tant voyagé, de Hongrie en Amérique, que c'est ravissant qu'elle soit là aujourd'hui, à mon doigt. Voyez comme elle est petite, une fleur d'émail. Jos me l'a transmise, je consens au legs et je le bénis de m'avoir fait promettre d'aller à Budapest, d'y revenir pour lui. M. Brassaï dit que le livre de ses photos va secouer les consciences, il dit que ce sont les images de la réalité qui nous rendent à elle. Voyez là, comme nous étions heureux, en ce juillet 1914. C'est la réalité. Nous sommes tous ensemble dans cette photo, il faisait si beau…

Mme Mathilde ne regardait pas la photo du champ de coquelicots, ni la bague, elle avait pris son bol, l'entourait de ses vieilles mains, mais il était vide, elle s'était assoupie. Ou bien elle piquait du nez, songeant aux photos répandues sur ses genoux, qu'elle ne regardait jamais, parmi lesquelles elle n'avait pas retrouvé son beau-frère Hubert de Galay, surgi de la nuit dernière et perdu depuis si longtemps, avec lui perdue la vie qu'elle aurait pu avoir. Alors, profitant de ce qu'elle dormait, ou songeait, Camille lui déclara tout de go qu'elle se marierait, qu'elle aurait des enfants. Mrs Woolf a tout à fait raison d'établir les conditions de la liberté féminine et d'en fixer les règles pour son compte, mais la liberté peut prendre toutes sortes d'autres figures qu'elle n'a pas envisagées, à cause de d'où elle vient, de son histoire, qui commence avant sa naissance… Simon Lewenthal m'aime et je l'aime, vous me direz qu'il a l'âge d'être mon père et que vous voyez d'un mauvais œil le président-directeur général de vos usines épouser votre petite-fille. Mais son âge n'est rien du tout, je suis plus vieille que lui à certains égards. Nous apprenons à faire l'amour, c'est une chose grave et très gaie, avez-vous eu du plaisir ? Avez-vous joui en même temps que votre amant, reçu et donné ce que vous n'avez pas, accueilli ce présent étourdissant de beauté ? C'est une chose qu'on ne demande pas à sa grand-mère, ni à sa mère, c'est un secret impudique qu'entre femmes on tait, quand les femmes se parleront-elles d'elles-mêmes ? Je n'épouse pas mon père, le mien est le meilleur des hommes, il est allé en enfer pour avoir cru Gabrielle perdue. Là où l'on ne descend pas, elle l'a repris, elle l'a fait et continue de le faire, parce qu'il n'en est peut-être pas revenu. Ce sont les hommes de notre siècle, ils sont blessés. Il l'a accompagnée au concert que donne Dora pour la ligue antifasciste, Miette et Marcus l'ont enrôlée, dirait-on : elle offre son cachet, toute la presse en parle…

Ils vont rentrer tout à l'heure, nous serons gais. Gabrielle traîne sa jambe avec courage, avec allégresse, elle sait le prix du bonheur, c'est pourquoi Pierre lui a pardonné d'avoir été chercher sans lui Mme Harbayer. Comme elle, Simon Lewenthal a le sens du bonheur, il connaît le prix des hommes, il en a les moyens qui ne sont pas ceux de l'argent et vous auriez dû savoir que Sophie l'avait aussi, plus radicale que vous encore à choisir sa vie. Dans votre boîte de photos, vous n'en avez plus une d'elle, parce que je les ai volées. Vous ne vous souvenez pas de son visage, mais Lucien, qui n'a jamais vu sa mère, voulait la connaître, il est venu les chercher chez moi, elles sont à lui. Je vous rends grâce, grand-mère, vous êtes aussi forte que les machines de votre temps, elles sont nées avec vous, elles tirent les trains, fondent l'acier des hauts fourneaux, propulsent les paquebots et les avions, elles distribuent l'énergie des centrales électriques, elles produisent de la fortune et du pouvoir, elles font les guerres. Pour être de cette espèce, vous avez dû avoir un front d'airain, un cœur de marbre, mais j'aime vos mains. Elles sont délicates et robustes comme d'une enfant, elles sont intelligentes et bonnes. Devrions-nous voir toutes choses abattues et ruinées, nous nous souviendrons de vos mains, vous les poserez sur la tête de nos enfants, et des enfants de nos enfants pour qu'il y ait une fin des calamités, j'en fais avec vous le vœu avec ferveur, avec révérence et amour ; il n'y aura pas de fèves ce soir, mais Mauranne promet des radis, alors le bol glissa des doigts de Mme Mathilde. Camille le rattrapa de justesse, il tombait. Il était encore tiède de ses mains, au fond le café avait laissé des traces translucides et il était très vieux, il venait de loin, d'avant sa naissance, émaillé de fines craquelures parmi lesquelles on voyait le bris d'un choc ancien, soigneusement collé et réparé, qui dessinait, comme dans un calepin, les entrelacs et les ramures d'un arbre imaginaire, peut-être d'un lilas au printemps, dont l'histoire est perdue.

— Vous dormez, grand-mère ?

Elle ne dormait pas, à présent doucement renversée dans les coussins, sa face était pâle et belle, lissée de jeunesse, sa bouche close d'un sourire intérieur et son regard aussi, renversé, appelé à l'envers des paupières vers quelque contemplation étonnante et Camille comprit, dans le silence apaisé et la déchirante nostalgie de ce présent déjà passé, et cependant vivant pour toujours, qu'elle n'avait rien entendu de ses confidences et de ses secrets, de ses questions ni de ses vœux, ou bien elle les avait tout du long écoutés, pieusement recueillis, déjà très loin avancée dans la traversée du pont, déjà disparue dans ses brumes d'où l'on ne voit plus la rive qu'on quitte ni celle vers laquelle on va.

A mes filles, à mes proches et amis dévoués, ainsi qu'à mon infatigable éditrice, pour l'épreuve des premières lectures, je dois grand merci. Grande est surtout ma dette aux écrivains, photographes, cinéastes, peintres, témoins de leur temps dans le langage de l'art qui, par voisinage intime, inspirent à la fiction son dessein imaginaire et l'obligent aux réalités. Les romans ont une fin, mais en rien ne s'achèvent, pas plus que la vie ; je dois au lecteur quelques nouvelles récentes en épilogue provisoire…

Rue Notre-Dame-des-Champs, l'immeuble racheté par le promoteur Beygou Construction a été vendu à la découpe en 2006. En dépit des interventions du Syndicat national de la librairie et des pétitions du collectif de défense, la vénérable librairie Brasier & Cazzoni, installée à son rez-de-chaussée depuis plus d'un siècle, laisse place à un magasin de téléphonie mobile du groupe.

Bruno Lohse est mort à Munich en mars 2007, à l'âge de quatre-vingt-quinze ans. Selon le *SueddeutscheZeitung*, sur commission rogatoire du parquet de Munich, la justice suisse a trouvé, dans les caves de la banque cantonale de Zurich, un coffre-fort ouvert en 1978, rempli de tableaux signés de Dürer, Monet, Renoir, Sisley, Kokoschka et Van Kessel, évalués pour chacun à plusieurs millions d'euros… Une enquête est également ouverte sur la fondation Schoenart Anstalt créée par Bruno Lohse au Liechtenstein : les réserves sont en cours d'expertise, il s'agirait entre autres d'œuvres de Picasso, Delaunay et Grosz… Des plaignants, parmi lesquels des descendants de la famille Lewenthal-Galay, se sont portés partie civile pour identifier les œuvres spoliées par ce marchand et historien d'art, pourvoyeur attitré des nazis, en particulier de Hermann Göring, pendant la Seconde Guerre mondiale.

Certains anciens immeubles de la rue Buffon jouxtant laboratoires et réserves des départements d'entomologie du Muséum d'histoire naturelle devraient être aménagés après préemption d'Etat en vue d'accueillir un centre de recherche en agrobiologie alimentaire dédié à la mémoire de l'éminent agronome Lucien Guillemot, pionnier en la matière.

Le groupe B&G, après avoir résisté à une OPA de l'Américain Natural Foods sur son activité Biscuits, confirme la dynamique de croissance à deux chiffres des Produits laitiers, portée notamment par ses marques *Blockbusters* dont les ventes enregistrent pour 2007 une croissance proche de + 20 %. L'impact de la hausse des matières premières est contenu, les gains de part de marché dans toutes les géographies ainsi que l'équilibre régional sont autant de gages de son modèle de croissance. Si l'activité Boissons a été affectée de manière conjoncturelle par la météorologie exceptionnellement défavorable de la haute saison en Europe et continue d'être impactée par le conflit avec l'un de ses partenaires chinois, la solidité du modèle reste néanmoins remarquable : le chiffre d'affaires consolidé du groupe B&G s'est élevé sur les neuf premiers mois de l'année à 12 421 millions d'euros, en hausse de + 4,4 % sur base historique. Les taux de change et les variations de périmètre ont eu cependant des impacts défavorables de - 2 % et - 0,6 % respectivement.

Longtemps décrié par la critique pour son esthétique éclectique et débridée, Daniel Galay est considéré aujourd'hui comme un témoin majeur de la cinématographie du XXe siècle. Pour le cinquantenaire de sa mort, la Cinémathèque française annonce une rétrospective complète de ses films, depuis ses premiers courts métrages muets d'avant la guerre de 14-18. A cette occasion, en présence de sa fille, l'actrice américaine Gabrielle Kidman, *Au cœur des ténèbres*, son adaptation du roman de Joseph Conrad, sera projeté en première mondiale. Les bobines de ce film, longtemps égarées après un tournage dramatique, ont été restaurées par procédé numérique. Le montage s'est conformé aux notes du cinéaste recueillies par sa coscénariste et épouse, Samantha Harrison, et miraculeusement conservées aux archives de la Bibliothèque du film.

Les restes d'un corps humain très détérioré, vraisemblablement féminin, découverts il y a quelques mois dans un chantier de démolition du quartier d'Avron, sont peut-être près de révéler leur identité. L'enquête d'abord confiée à la PJ pourrait connaître un développement inédit à la suite de nouvelles expertises croisées d'ADN et grâce à l'ouverture des archives de la Stasi, dont les secrets n'ont pas fini de bouleverser l'histoire officielle…

OUVRAGE RÉALISÉ
PAR L'ATELIER GRAPHIQUE ACTES SUD
ACHEVÉ D'IMPRIMER
SUR ROTO-PAGE
EN MARS 2008
PAR L'IMPRIMERIE FLOCH
A MAYENNE
POUR LE COMPTE DES ÉDITIONS
ACTES SUD
LE MÉJAN
PLACE NINA-BERBEROVA
13200 ARLES

DÉPÔT LÉGAL
1re ÉDITION : AVRIL 2008

N° impr. : 70741
(Imprimé en France)